BOUQUINS

COLLECTION DIRIGÉE PAR

GUY SCHOELLER

BOILEAU-NARCEJAC

QUARANTE ANS DE SUSPENSE

*****

ÉDITION ÉTABLIE
PAR FRANCIS LACASSIN

ROBERT LAFFONT

Toute ressemblance éventuelle avec des personnages existants serait l'effet d'une pure coïncidence.

ISBN : 2-221-05737-6

Ce volume contient :

Préface

POUR PRENDRE CONGÉ DE PIERRE BOILEAU

Pierre Boileau est mort, à quelques kilomètres de son complice Narcejac, à l'aube du 16 janvier 1989, quelques semaines avant la parution du tome IV des *Œuvres* de Boileau-Narcejac.

Mais il avait eu le temps d'approuver les trois premiers tomes. Il leur avait même consacré ses dernières forces et ses derniers enthousiasmes. Se piquant au jeu consistant à retrouver un maximum d'inédits, de brouillons et de lettres, il avait exploré ses placards et vidé ses tiroirs pour répondre aux exigences insatiables de son éditeur, ressuscitant les épaves qui avaient échappé à la tourmente d'un déménagement de Paris à Beaulieu-sur-Mer.

Longtemps archiviste du tandem Boileau-Narcejac, Pierre Boileau avait conservé une masse de documents dans l'appartement de sa famille à Paris. Il m'avait promis qu'il viendrait à Paris dès que sa santé lui laisserait un répit, et que nous explorerions les trésors ensemble. Voyage et exploration sans cesse remis.

Quelques jours avant sa mort, sentant qu'il ne retournerait jamais plus à Paris, Boileau avait demandé à des voisins obligeants de rassembler ses papiers et de les lui faire parvenir. Ils remplirent trois valises qui, expédiées à petite vitesse, arrivèrent à Beaulieu-sur-Mer deux jours après sa mort. Elles m'attendaient dans son bureau et j'ai eu la charge de les ouvrir. Leur contenu a fourni les inédits et documents du présent volume (et du prochain), révélant de nombreux aspects ignorés (projets non réalisés, scénarios, esquisses, variantes) de la collaboration Boileau-Narcejac et du labeur qu'elle a exigé.

C'est en 1958 que j'avais rencontré Pierre Boileau, en compagnie de Narcejac avec qui je correspondais depuis plus d'un an. Si nous avions pu lire dans une boule de cristal, nous aurions été étonnés, et ravis, d'apprendre que, trente ans plus tard, cette rencontre aboutirait à la présente édition.

Une rencontre suivie de beaucoup d'autres à Paris, à Lyon où j'avais guidé Boileau dans les traboules et jusqu'à la porte du Dr Locard (qu'il ne connaissait que par correspondance), à Nice (chez Narcejac), à Beaulieu-sur-Mer (jusque dans la cave de son appartement).

Je n'ai que l'embarras du choix entre les images souvent savoureuses qui fixent nos rencontres dans ma mémoire. J'en choisirai une, particulièrement familière et sympathique. Regardez et écoutez...

« Rééditer l'œuvre de Gustave Le Rouge? Vous n'y arriverez jamais, mon petit vieux. Ses textes sont introuvables, même aux puces! Tout ce que j'ai de lui, c'est un fascicule de *Todd Marvel détective-milliardaire*, un seul sur une vingtaine! Vous vous rendez compte!... »

Pierre Boileau et moi étions accroupis sur le parquet luisant de son ancien appartement de la rue Viollet-le-Duc. L'attitude requise pour explorer les trésors du bas de sa bibliothèque que des portes en bois plein protégeaient des importuns.

Écartant une pile de brochures de José Moselli, soulevant une lourde reliure de *Nick Carter*, Boileau arracha à l'oubli le fascicule n° 18 des *Aventures de Todd Marvel*. J'ai de bonnes raisons de me souvenir du titre : *Meurtre ou duel à mort ?* C'est le premier des vingt fascicules que j'ai mis vingt ans à réunir avant de publier le roman complet en 1986. Comme Boileau me tendait la précieuse épave, le téléphone sonna ; il alla répondre.

« Oui... Bonjour, mon petit vieux, dis-moi vite... L'opération a réussi ! J'en suis content pour toi... Tu vois, tu avais tort de t'alarmer... »

Quelques années plus tôt, les hasards de la conversation m'avaient fait raconter à Boileau comment un chat m'avait sauvé la vie pendant la guerre d'Algérie. A cette confidence, Boileau avait répondu par une autre : son amitié pour un chat noir qu'il avait recueilli, abandonné et famélique aux abords du cirque Medrano. Il avait un soupçon d'émotion dans la voix pour parler de Zoulou qui fut pendant des années son compagnon d'écriture et de travail. Il n'avait donc besoin d'aucun faux-fuyant — sourire gêné ou fausse ironie — pour justifier cet aparté téléphonique. En revenant s'accroupir auprès de la caverne aux trésors, il me dit le plus naturellement du monde : « Le malade dont on me donnait de bonnes nouvelles, c'est le chat de l'un de mes amis. » Et, le plus naturellement du monde, nous avons enchaîné en comparant la couverture illustrée de *Todd Marvel* avec celles de *Nick Carter*. Ce *Nick Carter* dont les exploits meublaient les conversations entre Pierre Boileau et Jean-Paul Sartre, prisonniers au *Stalag XII D*, près de Trèves, en 1940.

Cette fois la rêverie à deux voix sur les couvertures flamboyantes de *Nick Carter* se poursuivait avec moi et en 1965. Je me préparais à réunir pour la première fois en volume *Les Pieds-Nickelés s'en vont en guerre* (celle de 1914), les aventures des personnages de Louis Forton mobilisés dans les tranchées, ou espions au service de la France en Allemagne.

Au cours des précédentes conversations, Boileau m'avait dit que les Pieds-Nickelés, cédant au zèle patriotique, participaient à une véritable anthologie de la bêtise ambiante dont ils étaient à la fois le miroir et la parodie. Je lui avais donc demandé de préfacer cette réédition et de resituer le contexte dans lequel on voyait le joyeux trio capturer de nombreux soldats allemands en leur tendant... une tartine de roquefort !

Ce jour-là, j'étais venu présenter à Boileau un choix de documents extraits de mes collections et destinés à illustrer sa préface. Je lui exhibais entre autres un petit trésor dont j'étais fier : un fascicule de la collection « Patrie » : *L'Espionne de la marine*, par Gustave Le Rouge. Hélas, aussitôt Boileau le dévalua d'un index justicier.

« Ah ça, mon petit vieux, ça n'est pas un original, mais un retirage d'après-guerre !

— Vous croyez ?

— J'en suis sûr. Quand je lisais la collection "Patrie" en 1916-17, elle était marquée "20 centimes". Après la guerre, il y a eu des réimpressions à 25, 30 et 40 centimes. Tenez : votre exemplaire est marqué "30 centimes"... »

Lorsque le collectionneur prenait en lui la place de l'écrivain, Boileau devenait d'un purisme chatouilleux. Il m'avait demandé quel papier serait utilisé pour la réédition des *Pieds-Nickelés*. J'ai cru qu'il allait me retirer sa collaboration quand je lui ai répondu : « Un bon papier offset permettant d'obtenir des couleurs très vives. »

« Quel dommage ! Les collectionneurs vont être déçus. »

Hochant la tête d'un air consterné, il m'explique qu'un éditeur avisé devrait jouer la carte de la reproduction fidèle : sur du mauvais papier journal, semblable à celui de l'original « avec des couleurs décalées ou délavées par endroit ». Un point de vue sentimental que je comprenais. J'étais moins sûr de le voir partagé par les lecteurs d'aujourd'hui, et surtout par l'éditeur... De toute façon, la question était résolue avant même d'être posée. Depuis longtemps, les machines susceptibles d'assurer la fidélité souhaitée par Boileau n'existaient plus.

Pour exorciser notre querelle byzantine, Boileau m'avait honoré d'une faveur rarement accordée au commun de ses visiteurs : la contemplation du musée secret abrité dans le bas de sa bibliothèque. Entre toutes les couvertures de *Fantômas* illustrées de façon rutilante par Starace, ses préférences allaient au *Fiacre de nuit* (conduit par un cadavre) et aux *Amours d'un prince*. Fantômas, le maître de l'effroi, l'insaisissable, voisinait avec un autre insaisissable : Arsène Lupin s'incarnant de façon plus sage dans les couvertures élégantes de Léo Fontan. L'humour macabre de l'un, l'ironie aimable de l'autre étaient concurrencées par l'humour gaulois ou tuyau de poêle dont regorgeait une collection de *L'Épatant*, « l'hebdomadaire de la famille ». Il ne faisait pas mentir sa devise : « On ne rit pas, on se tord »...

Ses collections, que lui auraient enviées bien des Bibliothèques nationales, Boileau les avait constituées — ou plutôt reconstituées — grâce à une longue quête dans les marges d'une société aseptisée et standardisée. Des annonces insérées par lui dans *Le Chasseur français* l'avaient mis en contact avec un petit groupe de collectionneurs aux origines sociales les plus diverses. Ce petit cercle se réunissait chaque mois, sous la présidence de Jean Leclercq dans un café proche de la place de la Nation. Dans l'intervalle, chacun avait pour devoir d'acheter, chez les brocanteurs, sur les marchés, aux puces, voire chez les chiffonniers, tout ce qui entrait dans le champ de recherche du groupe. Une fois par mois, chacun reversait sa récolte au pot ; et alors commençaient d'âpres répartitions et échanges. George (sans *s*) Fronval (historien du *Far West*) ne manquait jamais de contester les arbitrages — et surtout la prééminence de Jean Leclerq.

Je me demande si les admirateurs des *Diaboliques*, des *Louves*, de *Sueurs froides*, des *Visages de l'ombre*, des *Yeux sans visage*, auraient reconnu Pierre Boileau dans ce collectionneur s'en allant plein d'espoir quêter sa part mensuelle de rêve dans un café des environs de la Nation. Seul un analyste subtil aurait deviné les rapports clandestins unissant l'univers de ces peurs et de ces livres avec l'autre monde dont Boileau, accroupi sur le parquet de son bureau, m'ouvrait les portes secrètes représentées par ces couvertures montrant *le plus grand détective du monde*, browning en main, voler de péril en péril entre d'inquiétantes palissades et des maisons aux murs « couleur de sang séché ».

Ce pudique ami des chats, ce collectionneur de rêves sur papier jauni et garni d'images « aux couleurs délavées et parfois décalées par endroit » composaient pour les quelques-uns qui l'avaient entrevu, l'aspect le plus attachant, le plus rafraîchissant — mais non le seul — de la personnalité de Pierre Boileau.

Au physique, il était petit, avec une apparence fragile à laquelle la calvitie et les lunettes cerclées de fer ajoutaient une touche respectable. Il avait le geste rare, la voix douce, le ton égal, l'humeur affable, le sourire discret. Ignorant l'ironie, l'exaltation ou la véhémence, il n'interrompait jamais son interlocuteur, sauf pour le conforter par un double « c'est ça, c'est ça ». On l'aurait pris pour un notaire de province bienveillant et attentif.

Mais un notaire qui, au lieu d'étudier la transmission des biens de ses clients, les aurait trucidés après des machinations infernales ajustées avec la minutie de « l'employé aux écritures » qu'il avait été pendant quinze ans.

A le voir et à l'entendre, peu de lecteurs du tandem Boileau-Narcejac se seraient doutés qu'il était le plus souvent l'inventeur de ces mécanismes diaboliques, d'une cruauté raffinée que Narcejac tempérait par l'émotion ou justifiait par la passion. Homme d'une gentillesse inépuisable, Boileau était bien incapable dans la réalité de faire du mal à quiconque — pas même à une puce qui aurait tourmenté un chat... Sa technique d'extermination, lorsqu'au lieu de l'écrire, il l'exposait verbalement, produisait un choc surréaliste : il n'avait pas le physique d'un bourreau.

Je tiens de Georges Franju une anecdote concernant le scénario des *Yeux sans visage*. Boileau et Narcejac avaient été engagés par le producteur pour atténuer le caractère horrible et macabre du roman original. Mais peut-on échapper à sa vocation ? Au cours d'une séance de travail, Franju et les deux adaptateurs cherchaient un moyen de se débarrasser du médecin vivisectionniste et monstrueux. Le faire arrêter : trop banal. Le tuer : comment ? Chacun cogitait en silence. Un silence que Boileau rompit de sa voix douce : « Et si on le trempait dans l'acide ? »

Aux yeux de Pierre Véry (lecteur de *L'Intrépide*), Pierre Boileau (lecteur de *L'Épatant*) était le « maître horloger du mystère ». Dans sa vie publique, oui. Dans sa vie rêvée, il me rappelait certains personnages de Pierre Véry qui réalisaient dans la plus pure tradition surréaliste un détournement de leur apparence. Comme le peintre de *Série de sept*, composant à son insu un tableau de Calbot en appelant les chats de gouttière au clair de lune, dans un terrain vague. Ou, dans la tradition du *Cercueil vide* de Fantômas, la religieuse à cornette assiégée par des chiens et les bombardant avec des rubis, des bagues, des colliers, des bracelets qu'elle dissimulait sous sa robe. Ou bien la Bretonne en coiffe, assise dans un compartiment de chemin de fer et lisant avec un vif intérêt *La Chanson de Roland*. J'imagine cette lectrice surprenante cédant sa place à maître Pierre-Adhémar Boileau, notaire à Quimperlé, et celui-ci sortant de sa serviette un numéro de *L'Épatant* (« on ne rit pas, on se tord ») qu'il se mettrait à lire avec autant d'attention qu'un contrat de mariage.

Par sa candeur diabolique et sa faculté de rêver aux couleurs de l'enfance, Pierre Boileau aurait pu être un personnage de Pierre Véry.

FRANCIS LACASSIN

L'INVISIBLE AGRESSEUR
(Sans Atout, V)

(1984)

roman pour la jeunesse

I

— Comment vous appelez-vous ?

— Sans Atout.

— Ce n'est pas un nom, ça. C'est un sobriquet.

Toute la scène est extraordinairement précise. La classe, les copains qui rigolent, le tableau où Paul a tracé le triangle ABC. Mais qu'est-ce que Paul vient faire ici ? Et pourquoi est-ce lui qui répond :

— Sans Atout, ça veut dire qu'il gagne toujours, qu'il est le plus fort.

— Pas vrai, dit François.

Il veut expliquer que c'est pour le taquiner qu'on l'appelle Sans Atout, parce qu'il égare tout ce qu'il touche et on sait bien que l'ordre est le meilleur atout, dans la vie... et que celui qui n'a pas d'ordre... Mais Paul est en train de dessiner des yeux et une moustache sur le triangle ABC, et des oreilles comme des ailes de chauves-souris. Pas une chauve-souris. Une mouette, plutôt. La plage s'étend à perte de vue. Paul ramasse un coquillage, le porte à son oreille, puis le tend à François :

— Écoute... la mer.

François écoute. Oui, c'est la mer. Non, ce n'est pas la mer ; c'est une espèce de grattement... François, peu à peu, reprend conscience. Est-ce qu'il a entendu un grattement ? Il ouvre les yeux, passe le dos de sa main sur son front mouillé de sueur. Il n'a pas bien digéré la matelote et puis le lit est trop mou... et toutes ces histoires qu'il entend raconter depuis deux jours ! Ce revenant qui... Allons donc ! Il n'y a pas de revenants.

François cherche, de l'avant-bras poussé loin sous l'oreiller et le traversin, une niche de fraîcheur et son cœur se calme. Ce mot de revenant, malgré tout, l'a fait battre plus que de raison. Il essaie de s'orienter car cette chambre lui demeure encore étrangère. Il ne « sent » pas bien la fenêtre. Elle est quelque part à droite et, malgré les volets clos, laisse filtrer, à intervalles réguliers, la lueur à peine saisissable du phare de Chassiron. Ce n'est même pas une lueur. C'est, au plafond, comme un coup d'éventail qui effleure la nuit épaisse où est plongée la pièce. Si l'on se lève, si on s'éloigne du lit en direction de l'armoire, vers la gauche, il y a une table ronde supportant un vase ancien, et puis il y a aussi un fauteuil rustique, mais où ?... et un coffre, un superbe coffre, avec des serrures ouvragées, de quel côté ? François joue avec cette pensée : il est perdu au sein des ténèbres... navigateur solitaire qui cherche sa route. Dans le noroît du lit, la commode, et dans le suroît... Ses paupières se referment. Il dérive, à fleur de sommeil. Ce bruit qu'il a pris pour un grattement, c'est la pluie, une pluie agile qui pianote sur les volets, tantôt insistante et tantôt si légère qu'elle semble courir sur la pointe des pieds.

Quoi ! La pointe des pieds ? Qui se déplace sur la pointe des pieds ? De nouveau, l'alerte. Le souffle qui s'arrête. Le silence vit, bien sûr, comme toujours dans les vieilles maisons. Les boiseries qui craquent, les planchers qui gémissent. François est sûr d'avoir perçu un grincement. Ces mots qui ont surgi, soudain, qui se sont prononcés en lui, tout seuls, comme une mise en garde. Sur la pointe des pieds, cela voulait-il l'avertir que ?...

Cette fois, il écoute avec application. Il n'a pas peur. Il a soigneusement fermé sa porte avant de se coucher. La chambre ne comporte ni penderie, ni placard, ni le moindre recoin où quelqu'un pourrait se cacher. Donc, il n'y a personne. Pourquoi a-t-il choisi la pièce la plus éloignée ? Les pensionnaires ont préféré l'autre aile, celle qui regarde vers le parc. Et lui, sous prétexte qu'on découvre, de la fenêtre, un coin de plage et d'océan, c'est cette chambre qu'il a voulue, au bout du corridor, et maintenant séparée par un désert de nuit des espaces habités.

Certes, il n'a pas peur, mais il a conscience de son extrême isolement et il sait qu'on a marché. C'est idiot. Sa pensée dit non. Et pourtant, un autre, en lui, s'entête, qui sait bien qu'on a marché. Quelle heure est-il ? Très doucement, comme s'il voulait que ses mouvements ne soient pas surpris, il s'enfonce sous les couvertures, ramène son bras puis son poignet à la hauteur de son visage. Heureusement, sa montre possède un cadran lumineux. Il faut s'appliquer, interpréter le sens de ces deux minuscules taches bleuâtres. Deux heures vingt-cinq. Le fond de la nuit. Le matin, le jour, la lumière, l'espérance enfin, comme cela est loin ! Voyons, pas de panique. Je ne suis pas menacé. Je me raconte des histoires. A supposer que le châtelain défunt déambule, la nuit, dans sa demeure comme cela se murmure au village, ce n'est pas méchant, un revenant ! Et puis, ça ne pèse rien. Ça ne peut pas faire craquer les parquets. Cependant François se recroqueville, tire avec précaution le drap jusqu'à ses yeux, s'en fait un rempart et écoute. La pluie, toujours. Et, comme la rumeur d'un orchestre lointain, le roulement de la mer, ce serait merveilleux de se rendormir, paisiblement bercé par ce bruit si confortable. Non, il faut rester vigilant, au contraire, et même, un garçon hardi n'hésiterait pas à se dégager, à tendre le bras vers la table de nuit et à allumer la lampe de chevet. Seulement François se dit qu'il devra tâtonner, parce qu'il ne se rappelle pàs où se trouve le commutateur. S'il avait le temps, s'il ne craignait pas d'être surpris... Surpris par qui, grand Dieu, ou par quoi ? Lui qui s'est montré si brave en d'autres circonstances [1], il flanche, il se cherche de mauvaises raisons, simplement parce qu'il a trouvé une position agréable, dans sa chaleur, et, après tout, cette petite peur qui le tient immobile n'est pas désagréable. Pourquoi bouger ?

Ses paupières s'alourdissent. Ses poings qu'il avait serrées s'ouvrent lentement. Allons, faire confiance à la nuit, à l'heure. Nul danger ne rôde. Une chambre inconnue, c'est comme un habit neuf. Cela doit se mouler peu à peu sur le corps et devenir semblable à une seconde peau. Si ça fait des plis, des reliefs, des saillies, aussitôt l'inquiétude s'installe. On est gauche. On est mal. On doute de soi. On...

Cette fois, il n'y a pas à s'y tromper. Ce très menu, si léger craquement, là, un peu au-delà du pied du lit, ce n'est certainement pas un soupir du bois. Le plancher a plié sous un poids. Et François, à nouveau, est mouillé de sueur. Il aurait dû fermer la porte à clé. Maintenant, cela lui semble évident. N'importe qui peut s'introduire dans la chambre. Pour voler ? Il n'y a rien à prendre. Alors, pour quoi faire ? François se décide brusquement, tout son courage revenu. Il écarte le drap et murmure :

— C'est toi, papa ?

Rien. Le silence. La pluie qui marche, dehors, et le phare, dont le rayon agile illumine, le temps d'un songe, le haut des volets qui ne ferment pas bien. François laisse aller sa tête sur l'oreiller. Il se sent ridicule. Son père est loin, dans la plus belle pièce de l'étage, la chambre bleue. Ne dit-on pas que Richelieu y a couché, à l'époque du siège de La Rochelle ? C'est Simon qui l'a présentée à ses visiteurs, montrant fièrement quelques tableaux anciens ; ici une bataille navale, là des portraits de capitaines. Et le lit à baldaquin, ses rideaux à demi tirés, ressemble lui-même à une barque qui attend le flot.

Simon a ajouté : « Si vous avez besoin de quelque chose, n'hésitez pas. La sonnette est là, à la tête du lit. Je ne dors presque pas. Quelle que soit l'heure, vous êtes sûr de ne pas me déranger. »

Il a répété la même chose à François, en lui souhaitant bonne nuit

---

1. Voir *Dans la gueule du loup*, Boileau-Narcejac, *Quarante Ans de suspense*, t. IV, collection « Bouquins ».

au seuil de la chambre. Et, avant de s'éloigner, il a souri en montrant le plafond. « J'habite juste au-dessus. » C'est lui qu'il faut alerter.

François tourne et retourne cette idée. Puisque Simon l'a dit... Puisqu'il ne dort presque pas... Quand même c'est un peu lâche de l'appeler pour rien. Il serait tellement plus simple d'allumer le plafonnier.

Et alors ? Si la lumière dévoile... L'imagination de François court, bondit, lui montre une silhouette en train de rôder par la chambre... On ne sait pas ce que la lumière, soudain, peut révéler !

Il tend l'oreille. Il s'applique tellement qu'il s'invente des glissements, des frottements, des froissements. Il souffre d'un point de côté. Le dîner qui ne passe pas. Pourtant ce n'est pas son foie qui lui joue des tours. Ce qui est là, dans l'ombre, ce n'est peut-être pas un homme. C'est peut-être une bête. Une chauve-souris tombée dans la cheminée. Ou une chouette ? Depuis son aventure auvergnate [1], il éprouve une telle répugnance pour ce qui est dans l'obscurité qu'il se laisse gagner par une terreur absurde à la pensée d'un face-à-face... avec la chose ! Il aurait dû se méfier de la cheminée. Ou plutôt on aurait dû la condamner, la murer, puisqu'il y a des radiateurs partout. Et ça, cette espèce d'imperceptible raclement, ce n'est pas un animal, peut-être ?... Ce serait une illusion ? Allons donc ! « Tant pis, je sonne », tranche François.

Il tend le bras, trouve facilement le bouton de la sonnette, appuie de toutes ses forces. Très loin, mais très nette, il entend la sonnerie. En même temps, sans doute, un voyant doit s'allumer sur un tableau, indiquant le numéro de la chambre. Il soulève le doigt puis l'enfonce encore, à plusieurs reprises, pour donner à son appel un caractère d'urgence et, appuyé sur son coude, il attend. Simon ne prendra pas le temps de s'habiller, ni même d'enfiler une robe de chambre. Il accourt déjà. Dès qu'il va ouvrir la porte, ce sera l'empoignade... avec l'être mystérieux qui est là, qui ne bouge plus, qui a peut-être perçu le grelottement étouffé de la sonnerie. Ah ! si, il bouge. Le vase tinte là, comme si le bord de la table venait d'être effleuré.

Simon doit arriver au bas de l'escalier, car il se dépêche. François croit reconnaître le claquement de ses mules. Mais il a déjà entendu tant de choses !

Non ! Pas d'erreur. Simon s'arrête devant la porte.

— Attention, hurle François. Il est là.

Le cri a jailli. François est en train de perdre la tête. A demi sorti du lit, il palpe le mur, pour trouver la poire qui commande la lumière. Il faut aider Simon à démasquer l'ennemi.

---

1. Voir *Dans la gueule du loup*, Boileau-Narcejac, *Quarante Ans de suspense*, t. IV, collection « Bouquins ».

Et maintenant, Simon frappe discrètement.

— Entrez !... Entrez !

Où est-elle, cette sacrée poire ? François a des injures plein la bouche. Et il voit, les yeux écarquillés, la porte s'ouvrir lentement. La silhouette de Simon se détache en noir sur le fond du couloir éclairé par une veilleuse. Il reste sur le seuil, le temps, d'un geste sûr, d'allumer le plafonnier.

— Quelque chose qui ne va pas ? demande-t-il, avec sa gentillesse habituelle.

François regarde partout. La chambre est vide, chaque chose à sa place, et le silence lui-même est rassurant, incline à la paix et au repos.

— Il y avait quelqu'un, bredouille-t-il.

— Quelqu'un ? s'écrie Simon. Ici ? Dans cette pièce ?

— Oui.

— Oh, je crois plutôt que vous avez fait un cauchemar.

Il s'avance, change les sièges de place, ouvre l'armoire.

— Constatez vous-même, monsieur François.

— Pourtant, j'ai entendu...

— Voyons, reprend Simon. Qui viendrait ici ? Pour chercher quoi ?

François reprend peu à peu son calme. Il se passe la main sur les yeux.

— Je ne sais pas ce qui m'arrive, murmure-t-il. J'étais tellement sûr... Il y avait des craquements, enfin, je crois... des petits bruits, quoi. Je n'ai pas l'habitude de rêver. Je regrette, monsieur Simon. J'ai honte de vous avoir dérangé pour rien.

— Mais non. Vous ne m'avez pas dérangé. J'allais me lever.

— Quoi ? A cette heure-ci ?

Machinalement, François regarde sa montre. Six heures. Il sursaute. Ce n'est pas possible. Deux heures vingt-cinq, il n'y a qu'un moment ; et maintenant, six heures ! Dans son trouble, aurait-il pris la petite aiguille pour la grande, et inversement ? Ainsi, sa montre marquait cinq heures dix.

— Je deviens, chuchote-t-il, ah je ne sais pas ce que je deviens... Je n'ai plus ma tête. Je croyais qu'on était en pleine nuit.

— C'est vrai qu'il fait très noir, dit Simon. Le temps est couvert ; c'est la pleine lune, avec la marée de 110. Allez, monsieur François, remettez-vous. Vous voilà rassuré, j'espère. Il vous reste encore deux bonnes heures de sommeil. Profitez-en.

François se recouche lentement. Simon s'approche et se prépare à le border.

— Non, merci, dit François. Je n'ai plus envie de dormir.

— Vous n'êtes pas malade ?

— Je me le demande. J'aurais juré qu'il y avait quelqu'un, ici, ou quelque chose. Je ne peux pas vous expliquer. Je n'étais pas seul. Ça, j'en suis certain.

— Pourtant, remarque Simon, en montrant la chambre d'un geste large.

— Oui, je vois, gémit François. Seulement c'est plus fort que moi.

Simon s'assoit sans façon au bord du lit, boutonne sa veste de pyjama.

— Qu'est-ce qu'on vous a raconté ? dit-il. Je mettrais ma main au feu qu'on a pris plaisir à vous faire peur. C'est Alfred Nourey, je parie, qui a encore bavardé, hein ?... Il est terrible. C'est bien lui, n'est-ce pas ?

— Oui, avoue François.

— Et vous l'avez cru ?

François hésite. Il serait fort en peine de trier ce qu'il a cru et ce qu'il n'a pas cru, dans les propos d'Alfred Nourey.

— La légende du revenant, insiste Simon. S'il y avait un revenant partout où un homme a été assassiné, ça en ferait, des demeures hantées ! Vous êtes un garçon raisonnable, vous, monsieur François. Vous n'allez pas ajouter foi à ces racontars. Qu'est-ce qu'il vous a encore dit, Alfred Nourey ?

— Il m'a parlé de certains événements bizarres. Rien de plus. Il s'est contenté de me dire : « Vous verrez vous-même. » Sur le moment, je n'ai pas compris. Mais maintenant...

Simon se lève et, les mains au dos, fait lentement le tour de la chambre.

« Quel âge peut-il avoir ? pense François. Dans les soixante ? Il est tout blanc et pourtant il a l'allure de quelqu'un de jeune... et aussi de quelqu'un qui me cache quelque chose, à voir son air embarrassé. »

Simon ramasse, au passage, une chaussette qui a été lancée vers le fauteuil et a raté son but. François, qui se sent rougir, se tait pour ne pas troubler la méditation de Simon, qui, bientôt, vient se planter devant lui.

— Des événements bizarres, commence-t-il, non ; c'est excessif. Et surtout qu'il ne soit plus question de fantômes. Ce sont les gens qui nous veulent du mal qui font courir ces bruits. Des événements insolites, c'est vrai. Oh, rien de méchant. Une fois, par exemple...

Simon se ravise soudain.

— Écoutez, monsieur François, vous avez le droit de faire encore un bon petit somme, et moi, il est temps que je descende pour m'occuper des petits déjeuners. Nous reprendrons cette conversation tranquillement. Tout ce que je peux vous assurer, c'est que vous n'avez rien à craindre. Reposez-vous.

Il adresse à François un sourire chaleureux, se dirige vers la porte, hésite, rebrousse chemin.

— Si je peux me permettre un conseil ; ne parlez pas de votre mésaventure. Surtout pas à Alfred Nourey qui est une mauvaise langue. Mais même pas non plus à votre papa. Il se moquerait de vous et ça m'ennuierait, pour vous d'abord, et puis pour la réputation de notre maison. Elle n'en a pas besoin, croyez-moi. Nous nous retrouverons ; c'est promis.

Nouveau sourire. Cette fois, il part et ferme la porte, sans bruit. En serviteur bien stylé.

Château de Bugeay,
17310 Saint-Pierre-d'Oléron

Cher vieux,

Je te préviens tout de suite ; c'est un vrai journal que je vais t'envoyer. Et au fond, c'est une chance que tu te sois cassé la jambe parce que tu vas pouvoir déguster à loisir l'histoire la plus extraordinaire, la plus affolante, la plus ahurissante, la plus terrible que l'on puisse imaginer. C'est bien simple, je suis mort de trouille. Et, tu sais, la trouille, dans un château où sont peut-être venus les trois mousquetaires, c'est quelque chose. Je vais essayer, comme Rouletabille, de prendre ma raison par le bon bout, mais, bon sang, que c'est difficile !

D'abord, qu'est-ce que je peux fabriquer dans l'île d'Oléron, au mois de mai, en pleine période scolaire ? Ça, c'est la faute de ma bronchite. Tu es au courant, mais je ne t'ai pas dit qu'elle m'avait mis à plat. Encore un coup de chance, parce que notre toubib a déclaré qu'un changement d'air s'imposait. Attends, la chance, pour toi comme pour moi, est une vieille copine. Elle s'est débrouillée pour que ma tante Léonie (je te jure qu'elle s'appelle Léonie Marie Madeleine Augustine) attrape un truc compliqué qui la tient dans les tripes (pardon dans le ventre. Je l'aime bien, moi, et je n'ai pas le cœur à plaisanter) et alors maman a sauté dans le rapide d'Orléans. Nous voilà seuls, papa et moi, pour un temps indéterminé. Or, papa, tu le connais ; papa sans maman, il fait pas bon l'approcher. Ou alors c'est le dressage en férocité. Il tourne dans la maison. Il engueule sa secrétaire, la pauvre Antoinette, qui en est réduite à se cacher sous les meubles. Il paraît que c'est ça, l'amour. J'aime mieux ma bronchite. Bon. Je me déguise en homme invisible quand, lundi dernier, il reçoit un coup de téléphone au moment où l'on passait à table. Tu l'aurais vu ! Il fumait par les oreilles. « Je m'en vais le mettre au pas, celui-là. M'appeler à cette heure-ci ! Il se prend pour qui, cet olibrius ! » Il a des mots comme ça, papa. Des insultes que tu as besoin du Petit Robert pour les traduire. Total, il revient une heure après, tout souriant, tout excité. « François, ça te dirait de faire un petit séjour dans l'île d'Oléron ? » Tu parles, si je frétillais.

— Je suis invité par un ancien condisciple de Louis-le-Grand, un charmant garçon qui s'occupe de rajeunir un vieux château.

— Aussi beau que notre Kermoal[1] ?

— Je n'en sais rien. En tout cas l'île est très pittoresque ; tu verras, on part demain.

Ça, c'est papa. Il te demande pour la forme, et il a déjà tout décidé. Et, bien sûr, hop, deux valises dans la 604. A nous la route de Rochefort. Pendant le voyage, qui n'est pas très long, il m'explique, ou plutôt il se résume l'affaire à lui-même. Dans ces cas-là, il vaut mieux ne pas l'interrompre même si on a peine à suivre. Le condisciple en question s'appelle Raoul Chalmont. Il est un peu plus jeune que papa. Il a fait HEC et maintenant il essaie de transformer le château des Chalmont en hôtel trois étoiles. Il paraît que les frais d'entretien d'un château et de ses dépendances sont absolument ruineux et papa trouve que l'idée de son copain est très bonne. Seulement, il y a un os, et même un gros. Figure-toi que...

Attends, procédons par ordre. Raoul Chalmont vit donc avec son père, Roland Chalmont... et la tombe de son grand-père, le vieux Chalmont, qui a été assassiné au château, il y a quelques années. Il a été enterré dans son parc, à la manière de Pierre Loti[2]. Tu connais Pierre Loti ? Passons ! Tu ne connais jamais rien.

— Donc, poursuit papa, le vieux Chalmont a été trucidé dans des circonstances telles que la police n'a jamais pu arrêter le meurtrier. Le crime parfait. Personne n'est entré. Personne n'est sorti. Le drame a mis le pays sens dessus dessous et le malheureux Roland, très éprouvé par l'événement, s'est retiré dans une aile du château où il vit en reclus. Il ne veut voir personne. Il ne s'occupe plus de rien. C'est son fils qui a la charge de tout. Jusque-là, rien que de très normal, n'est-ce pas.

Papa s'arrête, soudain furieux, lève un poing, crie :

— Salopard !... C'est que ça vous ferait des queues de poisson. François, note son numéro.

Ça, c'est papa qui prend la mouche. Au volant, il a une mentalité de procureur. Mais il ne tarde pas à poursuivre ce qu'il appelle en toute bonne foi son dialogue.

Raoul Chalmont, endetté, paraît-il, jusqu'aux sourcils (à elles seules, les réparations des toitures coûtent des millions) a repris une idée de son grand-père, qui consiste à transformer le château en hôtel. Il était plein d'idées, le grand-père, ça ne dépassait jamais le stade du

---

1. Voir *Sans Atout et le cheval fantôme*, Boileau-Narcejac, *Quarante Ans de suspense*, t. III, collection « Bouquins ».

2. L'écrivain Pierre Loti est enterré à Saint-Pierre-d'Oléron dans le jardin de la Maison des aïeules.

projet. Son père... ah, lui, il mérite à lui seul pas mal de pages. Rien que sa collection de soldats de plomb devrait figurer dans les guides. Elle occupe une immense pièce. Il y a là des centaines de petits troufions en bleu horizon, en kaki, en feldgrau. La bataille de Verdun, tu te rends compte ! N'aie pas peur. J'y reviendrai. Hélas, si je lâche le vieux, je vais perdre le fil. N'oublie pas que c'est papa qui parle et que je dois m'accrocher.

Ce grand-père Chalmont, veuf, bilieux, insupportable, ne s'entendait pas avec Roland, qui prolongeait à Paris une vie d'étudiant flâneur et dépensier. Il réussit à le marier avec une jeune fille de La Roche-sur-Yon, qui possédait une dot confortable. Roland parut s'assagir. Il avait commencé des études d'architecte et il vivotait à Paris avec sa femme et le petit Raoul, ne voyant son père que lorsqu'il ne pouvait pas faire autrement. Et puis, la jeune femme, un beau jour, en eut assez des Chalmont père et fils, et divorça. C'est elle qui a élevé Raoul. Elle est morte, il y a quelques années.

Tu vois bien cette étrange famille ? D'un côté, l'ancêtre, dont je viens de te parler ; de l'autre, Roland, toujours impécunieux et menant une vie de célibataire aigri, et enfin, Raoul, qui subsistait grâce à son grand-père. Et l'on arrive au drame, survenu... Papa m'a bien indiqué l'année, mais je ne m'en souviens plus. Il n'y a pas tellement longtemps ; peu importe. Ce qui est certain, c'est que Chalmont senior était un monsieur très âgé, qui estimait que le temps était venu pour lui de rédiger son testament. Alors il convoqua Roland au château. Et Roland faillit bien ne pas y aller. Il fit part de l'invitation à Raoul et à son cousin Henri Durban, un brave type dont je te reparlerai à l'occasion. Je ne vais pas te dessiner l'arbre généalogique des Chalmont. Ça se ramifie un peu dans tous les sens. Laisse tomber. Ce qui compte c'est que, ce soir-là, il n'y avait au château que les trois invités et, si on en croit Raoul, des invités qui ne s'étaient pas déplacés de gaieté de cœur. « Ne me laissez pas seul, avait dit Roland. Je vais, encore une fois, avoir droit à ses remontrances. Il sera bien obligé de me laisser l'héritage — il ne peut pas faire autrement — si vous êtes là, vous comprenez, ça le désamorcera. »

Ils arrivèrent donc tous les trois et le vieux fut tué le soir même. Les circonstances de sa mort, je te les raconterai en détail puisque mon père est ici pour essayer de les tirer au clair. Un avocat d'assises, c'est un peu un détective. Son ami Raoul en est du moins persuadé.

Puisque le crime remonte à quelques années, pourquoi Raoul Chalmont a-t-il besoin de papa maintenant ? Attends, laisse-moi souffler. Et pendant que je prépare ma deuxième bobine (mon film en comporte trois), jette un coup d'œil sur la Vendée que nous traversons. C'est juste le contraire de ton Auvergne. Imagine un pays plat (plus plat encore que *Le Plat Pays* de Brel). Des herbages jusqu'à l'horizon, coupés d'étroits canaux qui portent des noms bizarres : canal des Hollandais, canal des Trois-Abbés. Pas d'arbres. Çà et là, des toits de fermes qui semblent posés à même le sol. Quelques vaches, bien sûr, comme perdues. C'est bien simple, tout paraît loin, sauf le ciel, qui est là, qui est partout, qui passe lentement, poussé par le vent d'ouest.

Tu viens d'entrer dans la province des guerres de religion. Luçon derrière toi, l'évêché de Richelieu et, devant toi, La Rochelle, la ville insurgée. L'île d'Oléron est là, dans le sud-ouest. Je te ferai signe quand on l'apercevra. Et maintenant nous revenons au château. Papa a allumé une cigarette, profitant de l'absence de maman, et il continue l'histoire. La mort du vieux Chalmont a fait du bruit, tu penses. Bah ! elle a été assez vite oubliée. Raoul Chalmont s'est installé à Bugeay. Secondé par Simon, l'homme de confiance du défunt (je te parlerai de lui longuement), il a remis de l'ordre dans les affaires de son grand-père et il a commencé à réaliser le grand projet : la transformation de la vieille demeure en hôtel trois étoiles. Tu imagines les problèmes que cela posait. Il fallait restaurer et par conséquent emprunter à tour de bras. Raoul, cependant s'en serait sorti si des bruits malveillants ne s'étaient pas mis à circuler, de bouche à oreille. Le revenant... le château hanté... Excuse-moi. Papa m'appelle... A suivre.

II

— Dis donc, toi, tu m'as l'air fatigué, observa Me Robion. Tu n'as pas bien dormi ?

— Bof, comme ça, répondit François en regardant ailleurs.

— La matelote, reprit l'avocat, le soir, c'est lourd. Je remarque que Raoul a un bon cuisinier ; malheureusement, il ne connaît pas grand-chose à la diététique. Est-ce que tu commences à t'organiser ? Comment emploies-tu ton temps ? Pour le moment, je ne peux pas m'occuper de toi, avec mes déplacements à La Rochelle ; j'espère bien que ça va changer. Prends encore de la confiture. N'oublie pas que tu es ici pour te refaire.

— Oui, papa. Tes recherches, ça donne quelque chose ?

— Tu tiens vraiment à le savoir ?

L'avocat sourit, ouvrit en deux un petit pain et entreprit d'en beurrer les moitiés.

— Écoute, mon petit François, je comprends ta curiosité. Tu crois assister à une véritable enquête policière, et une enquête qui tourne autour d'un mystère, qui frappe l'imagination ? Alors voilà notre jeune Sans Atout qui reparaît, qui s'excite, qui ne dort plus. Oh, ne me raconte pas d'histoires. Je te vois venir. Eh bien, je te prie de rester tranquille, bien calme, bien « cool », comme tu dis. Tu te lèves tard, tu vas à la plage, tu fais une petite trempette, et puis un bon somme sur le sable...

— ... et puis je me promène dans le bourg, continua François. Et j'écris à Paul.

— Si tu veux. Attention, sans me compromettre. Ce que je fais ici ne regarde personne. Et puis tu pourrais aussi écrire à ta mère. Il n'y a pas que Paul. Bon. Je suis en retard.

L'avocat regarda sa montre, plia sa serviette.

— Heureusement, ajouta-t-il, le commissaire Bazeille est un peu dans ton genre. Il a pris des notes sur l'affaire, autrefois, et puis il a oublié où il les a rangées. Ça me laisse du temps.

Il se leva, salua les pensionnaires qui achevaient leur petit déjeuner, pressa l'épaule de François, en un de ces gestes d'homme à homme, qu'il affectionnait et sortit d'un pas leste.

« Qu'est-ce qu'il est jeune, pensa François. C'est un sacré bonhomme, papa ! »

Il chercha sa serviette pour s'essuyer les lèvres et s'aperçut qu'elle était sous sa chaise. Il la ramassa, mine de rien, et regagna sa chambre.

— A nous deux, s'écria-t-il en se frottant les mains.

Il relut sa lettre à Paul, réfléchit un instant. Ce mot de « revenant » lui paraissait bête et surtout complètement déplacé, maintenant que le soleil inondait la pièce. Il alla jusqu'à la fenêtre, écarta les rideaux. La mer, au loin, découvrait des vases qui luisaient comme du métal. Un bourrelet d'écume marquait la ligne du flot et des mouettes sautillaient au bord de l'eau, comme chaque matin, éternellement comme chaque jour. Un revenant, c'était idiot. Il y avait peut-être un passage secret. Ça aussi, c'était idiot. Pourtant, il fit le tour de la chambre, heurtant les murs du poing, à petits coups pressés.

Bien entendu, il savait d'avance qu'il ne trouverait rien. Du moins, il se prouvait ainsi qu'il s'était trompé. Pourtant, il avait entendu quelque chose. Il s'arrêta devant la glace de l'armoire, demanda à son reflet : « N'est-ce pas que tu as entendu, comme moi, le petit tintement de ce vase, là... Tiens, écoute. » Il fit un pas de côté et, de la hanche, effleura la table. « Tu vois, ça résonne comme du cristal. Je n'ai pas rêvé... »

Il médita une longue minute, les yeux fixés sur son lit en désordre. « Maria pourrait faire la chambre plus tôt, murmura-t-il. On n'a pas idée ! J'ai tout fichu en l'air... les couvertures... les draps... Fallait que je sois dans un drôle d'état ! » Il haussa les épaules et relut sa lettre. Aussitôt, il imagina Paul assis en face de lui et se mit à rire. Puis, reprenant sa pose familière, une jambe repliée sous lui, il attaqua une nouvelle page.

Salut, l'éclopé. Troisième séquence : on arrive en vue du château. Mais avant, on a traversé La Rochelle, le temps d'apercevoir, depuis la route du bord de mer, des rangées de ces étranges machines qui soutiennent un filet carré. Ça s'appelle des carrelets, paraît-il, et puis des grèves noirâtres et un océan gris. Ah, ce n'est pas ma Bretagne. Bon. Papa parlait. De temps en temps, il me coulait un coup d'œil. Il aime bien qu'on soit attentif. Bref, ce château prétendu hanté, ça ne faisait pas les affaires de Raoul Chalmont. Il devinait bien d'où venait le coup. Des hôteliers du bourg, pardi. Ils voyaient s'installer un concurrent dangereux. Alors, on a vite fait de sous-entendre des choses. « Oui, le château de Bugeay, il n'est pas mal. Dommage que... Enfin, la nuit... vous comprenez ?... Comment ? On ne vous a pas dit ?... Le vieux châtelain, il se promène, couvert de sang... Et puis, s'il n'y avait que ça ! » Tu vois ce qu'on peut raconter. Je n'ai pas pu m'empêcher de demander à papa. « Il n'y a pas que ça ? » Nous contournions les anciens bassins du port de Rochefort... des pavés, des rails, des wagons rouillés, un pont tournant qui ne tourne plus, en bordure de la Charente couleur de ciment. Papa se mordait l'intérieur d'une joue, comme il fait quand il est préoccupé.

— Je n'aurais peut-être pas dû t'emmener, dit-il.

Tu penses si je protestais.

— Maintenant que tu as commencé, tu dois aller jusqu'au bout. C'est tellement amusant ! Qu'est-ce qu'il y a en plus du revenant ?

— Justement, je n'en sais rien. Raoul m'a dit qu'il me raconterait. Il est réellement inquiet.

— Et pourquoi a-t-il besoin de toi ?

— Il se figure que je serais capable d'expliquer la mort de son grand-père. Évidemment, si l'on pouvait dire clairement ce qui s'est passé, cela mettrait un terme à cette espèce de campagne dirigée contre lui. La vérité fait toujours taire les méchants et disparaître les fantômes. Seulement, je ne suis pas sûr de réussir. C'est une affaire classée et je ne connais à La Rochelle que le commissaire Bazeille, qui est en retraite, maintenant, et ne m'aidera pas beaucoup.

Silence pendant des kilomètres.

— Et surtout, reprit soudain papa, ne va pas parler à ta mère de ces contes à dormir debout. Il est inutile de lui faire peur.

Re-silence. Cette fois, on approchait. Tu sais, les fameuses huîtres, les Marennes. Elles étaient là. On longeait les parcs. Et bientôt on s'engagea sur le pont. Tu imagines un pont de quatre kilomètres, directement sur la mer. Elle nous entourait. Il y avait de vraies vagues et des barques de pêche qui dansaient. Ça tenait du cinéma et de la baraque foraine, avec quelque chose de dangereux que je respirais dans la grosse brise qui entrait par la vitre à demi descendue. C'est là, tu vois, que je me suis senti soulevé par une merveilleuse émotion comme si je venais de pénétrer dans un pays pas tout à fait vrai, plein de trucs et de magie. Et j'avais bien raison quand je pense à la nuit dernière. Mais patience, mon vieux. J'y viens, j'y viens, doucement, le temps de te présenter les lieux et les gens. Pour les lieux, c'est facile. Que ce soit l'île d'Oléron, ou Noirmoutier, ou Belle-Ile, tu as toujours les pins, le sable et le vent. Mais à Oléron, en plus, un petit quelque chose qui rappelle la ville, et c'est très sympa. On prend à gauche, à la sortie de Saint-Pierre, en direction de La Cotinière, et le château de Bugeay est là.

Je m'attendais à voir un grand machin, avec des tours et des tas de fenêtres. Déception. Il s'agit d'une bâtisse ancienne, très vaste, bien sûr, mais d'un style indéterminé. Une façade qui ne rigole pas, flanquée de deux corps de bâtiments formant fer à cheval, et enserrant une cour d'honneur embellie par un vieux puits tout fleuri. Et puis, alentour, de superbes pins parasols un peu à la débandade et c'est ça le plus réussi. Tu te crois à l'orée d'une forêt, et cela fait un bruit continuel, comme celui d'une eau qui court. C'est ce détail qui m'a d'abord frappé, d'un côté le roulement assourdi de la côte sauvage, et de l'autre, ce grand souffle comme d'une rivière en crue. Ça te soulève ; tu t'envoles ; tu es déjà mûr pour vivre un peu follement.

Et maintenant, les personnages. Raoul, d'abord. Il nous attendait sur le perron. Pas très grand, plein de cheveux sur les côtés de la tête, autour d'une calvitie distinguée, visage soucieux, gros pull-over et pantalon gris. Il tutoie papa et, sur le moment, ça me gêne, comme s'il me volait quelque chose. Derrière lui, Simon. Là, je suis obligé d'ouvrir une grande parenthèse. J'ai appris que le vieux Chalmont l'avait recueilli, gamin et déjà orphelin. Il était le fils de son jardinier, un bonhomme qui picolait dur et qu'une embolie avait foudroyé. Quant à la mère, elle avait disparu. Si bien que Simon avait grandi au château, où il servait d'homme à tout faire, un peu valet de chambre du grand-père, et un peu intendant depuis que Raoul avait pris le commandement ; discret, efficace, ayant l'œil, bref, indispensable. Difficile de lui donner un âge. Il a les cheveux blancs mais une figure plutôt jeune, affable et dans l'ensemble l'allure réservée et un peu cérémonieuse d'un « butler », tu sais, dans les romans anglais, ces maîtres d'hôtel si dévoués ? Eh bien, voilà Simon.

Nous montons dans nos chambres après avoir visité la partie « hôtel » du rez-de-chaussée. Très chouette. Ça fait un peu *Arts et Décoration*. Raoul nous promène partout. Salle à manger. Deux salons. Une bibliothèque. Et impec... ciré, encaustiqué, briqué jusqu'à l'os par un personnel diligent. Raoul explique à papa. Il a un cuisinier, un serveur, un jardinier et un gamin d'une douzaine d'années pour les courses les plus urgentes, plus une femme de chambre et une lingère.

— Ce sont de très gros frais, explique-t-il. Si l'hôtel était plein, je m'en tirerais. Or, en ce moment, je n'ai plus que cinq pensionnaires, je mange de l'argent. Les autres...

— Oui, dit papa, curieux, les autres ?

Raoul le prend par le bras et l'emmène à trois pas, me désigne du menton et baisse la voix.

— Il vaut mieux que cela reste entre nous, murmure-t-il. A cause du petit.

Le petit, c'èst moi. Tu te rends compte. Et en avant la messe basse. Raoul parle, parle. Des bouts de phrase me parviennent. « Ils ont eu peur ; ça se comprend... Ça, on ne sait pas... C'est ce que j'ai dit aux gendarmes... Ça peut être n'importe qui. »

Papa hoche la tête et conclut enfin :

— Eh bien, on va voir !

Et maintenant, nous choisissons nos chambres, après avoir longé des couloirs qui sentent la peinture. Il est immense, ce château. Des portes marquées *privé* mènent à la partie réservée aux Chalmont père et fils. Et attends... Je repère, au passage, une petite plaque de cuivre : *Entrée interdite*. Raoul a surpris mon regard. Il sourit et me dit : « Simon vous montrera. » Ça devient aussi mystérieux que le château des Carpates, tu te rappelles, ce brave Jules Verne, ce qu'on a pu l'aimer ! Ah ! On était jeunes, alors.

Raoul a réservé à papa une chambre superbe, et même mieux, somptueuse, à cause du lit monumental. Ce n'est plus un lit, c'est un vaisseau de ligne qui mériterait une longue description. Mais si tu m'interromps sans cesse, je n'en finirai jamais, et je voudrais bien te raconter ma nuit : la nuit de l'homme invisible. C'est pourquoi je règle tout de suite le problème de ma propre chambre. Celle que l'on me destinait ne me plaisait qu'à moitié. J'aurais souhaité une échappée sur la mer. Qu'à cela ne tienne. Raoul me conduit, au bout d'un long couloir, à la pièce que j'occupe maintenant ; claire, agréable, vue sur l'Océan et meublée à la spartiate. Tant pis !

François pose son stylo-bille, s'étire un bon coup, se lève pour se dégourdir les jambes et se promène un instant autour de la chambre. Machinalement, il frappe de la main sur les murs sans y croire. Aucune ouverture ne va se démasquer. Pas d'escalier secret. Quelle heure est-il ? Dix heures et demie. Il reprend sa place, réfléchit en comptant les pages déjà écrites, qu'à ce train-là, compte tenu de tout ce qu'il a encore à dire, il lui faudra au moins deux ou trois jours avant d'aborder son morceau de bravoure : la nuit de l'épouvante. Il reprend son récit.

Tu permets, mon petit vieux. Je me suis accordé un petit répit. Avec toi, on n'aurait jamais le temps de souffler. Il faut bien que je te présente les pensionnaires. Vite fait. Il y a le ménage Bibolet, deux professeurs en retraite, gentils, cérémonieux, un peu sourds, si bien qu'ils se parlent alternativement à l'oreille et se font risette alternativement, ce qui signifie : « Message reçu. » Il y a le commandant Le Guen, ancien capitaine au long cours qui vit chez sa fille, à Saint-Étienne, et crève d'ennui loin de la mer. Alors il s'offre de petites fugues. Raoul nous a mis en garde. « S'il commence à vous raconter le cap Horn, alerte. Excusez-vous et filez. Sinon il ne vous lâchera plus. » Et puis il y a Mlle Duguet, une charmante vieille dame, qui a été la secrétaire de Piaf, ce qui, bien sûr, n'est pas vrai. « Que voulez-vous, dit Raoul, à leur âge, il ne leur reste que leurs rêves. » Et enfin Alfred Nourey. Lui, il n'a que vingt-six ans. Il appartient à une famille très fortunée de diamantaires. La vie l'a déjà éprouvé : pneumothorax, deux ans en Suisse. Maintenant, il est guéri et profite du climat privilégié de l'île pour travailler à un livre. Nous nous rencontrerons fréquemment. Quant à Émile Durban, le cousin dont je t'ai déjà parlé, c'est un morceau de choix et c'est pourquoi je l'ai gardé pour la bonne bouche. Il était là, le soir du meurtre, et tout ce que j'ai appris sur le drame, je le tiens de lui. Papa, bien entendu, se tait. Consigne : ne rien dire, ne rien faire, qui puisse altérer ma quiétude. Tu parles ! Depuis trois jours que nous sommes installés ici, j'ai récolté, par bribes, plus d'informations qu'il n'en soutirera à son commissaire.

Mais à chacun son secret professionnel. Tu ne veux rien dire. Moi, non plus. On est quittes.

La première nuit s'est bien passée. Papa, d'autorité, m'avait administré un léger somnifère, car il voyait que j'étais sous pression : la fatigue, la curiosité, le dépaysement. J'ai dormi comme une souche, sans penser au revenant. Le premier choc, je l'ai subi le lendemain matin. Je me suis réveillé largement après neuf heures. Je suis descendu dans la salle à manger pour le petit déjeuner. Alfred Nourey était là et nous nous sommes serré la main. Je te fais grâce des propos anodins qu'on échange en pareille circonstance. Naturellement, Robion, ça lui disait quelque chose. Vous êtes le fils de Me Robion, etc. De fil en aiguille, on en vient à parler du château.

— Vous n'avez pas encore rencontré le maître de ces lieux ? dit-il, sur le ton de la plaisanterie (d'ailleurs, tu verras, il affecte toujours de ne rien prendre au sérieux).

— Non. Il paraît qu'il vit en ermite.

— Entre nous, reprend Nourey, je le crois un peu fou. On l'aperçoit parfois, très tôt, dans le parc, ou bien le soir, quand tout le monde est couché. Il lui arrive aussi de se balader la nuit, comme une ombre. Il y a quelque temps, ne pouvant trouver le sommeil, j'ai voulu sortir pour prendre l'air. Je l'ai croisé dans le salon. A deux heures du matin. Il ne m'a même pas regardé. Il parlait tout seul. Vraiment, un drôle de bonhomme. Le fantôme du château, c'est lui. J'ai essayé d'interroger Simon. Il m'a simplement répondu que, depuis la mort de son père, monsieur Roland s'était barricadé dans son deuil.

— Enfin, dis-je, que fait-il de ses journées ?

— Mystère. De temps en temps, il joue du piano. Ou plutôt, non, de l'orgue électrique, un instrument qu'on appelait autrefois : l'orgue de cinéma. Oh, vous l'entendrez sûrement ; votre chambre n'est pas très éloignée de son appartement.

— Comment le savez-vous ?

Il sourit malicieusement.

— Ici, c'est notre seule distraction d'être indiscrets. Et puis...

Il s'interrompit parce que Gaston, le serveur, s'approchait de moi, portant un pli sur un plateau. Papa m'apprenait qu'il allait passer la journée à La Rochelle, pour les besoins de son enquête. Il me recommandait de ne pas me baigner encore. C'était trop tôt. Il me fallait le temps de m'acclimater, etc. Il essayait de remplacer maman, le pauvre ! Bon, bon. J'obéirais. Pendant ce temps, Nourey s'était retiré sans bruit, laissant ma curiosité insatisfaite.

Je repris le chemin de ma chambre et, arrivé au premier, je me dis que je devrais bien dessiner le plan de l'étage. Tous ces corridors, c'était compliqué et vaguement inquiétant. Je n'en étais pas au point de chercher ma chambre à la boussole, mais j'étais obligé de réfléchir. Juste après la porte marquée *Entrée interdite*, il y avait un carrefour, couloir à gauche, avec un escalier au fond, et couloir à droite, le bon, le mien. J'allais m'y engager... Seulement, tu me connais. Cette *Entrée interdite*, cela commençait à me tarabuster. Je posai la main sur la poignée, très doucement. Je ne voulais pas entrer. Juste donner un coup d'œil. Et soudain, je sentis que je n'étais plus seul. Tu sais, cette sensation que les poils du dos se hérissent. Je me retournai brusquement. Simon était derrière moi.

— Excusez-moi, balbutiai-je.

— Je vous en prie, dit-il. J'ai la mauvaise habitude de ne pas faire de bruit. Vous vous demandez pourquoi : *Entrée interdite*. Il faut bien délimiter l'espace réservé aux propriétaires, sinon les curieux se faufileraient partout. Vous, ce n'est pas pareil. Je suis sûr que monsieur Roland vous permettrait d'entrer. Venez.

Il ouvrit la porte et abaissa plusieurs manettes. Des appliques s'allumèrent autour d'une immense pièce. Et alors...

Je restai figé, assommé par la surprise. Ce que je voyais dépassait l'imagination. Je n'osais plus faire un pas. Sur des tables, attention, des tables plus grandes que celles d'un ping-pong... écoute, je ne vais pas me lancer dans une description parce que la chose me dépasse. J'avais sous les yeux un champ de bataille, voilà... Un vrai, labouré d'entonnoirs, balafré de tranchées, des vraies, avec parapets, sacs de sable, fils de fer barbelés, et debout, couchés, embusqués ou chargeant à la baïonnette, des soldats, des vrais, casqués, ceinturés de musettes, certains se cambrant pour lancer des grenades, d'autres, un genou à terre, une main sur le cœur, paraissant fauchés en plein élan. Je ne savais plus où porter mes regards.

— Verdun, dit Simon, respectueusement.

Chaque détail était prodigieux de vie, de mouvement. Il y avait, un peu en retrait, un 75, entouré de ses servants, l'un manœuvrant la culasse, un autre portant un obus dans ses bras. Plus loin, c'était un poste de premier secours, des blessés sanglants, sur des brancards. Et il y avait encore le coin des gaz asphyxiants, chaque masque fignolé, tout y était, les hublots, le groin, la couleur verdâtre. Simon m'observait et l'admiration stupéfiée qu'il lisait sur mon visage l'emplissait d'orgueil. Il s'approcha d'une sorte de tableau de commande et appuya sur des boutons. Là, mon vieux, je renonce, tellement le spectacle devint extraordinaire. Dissimulés dans des trous d'obus, des flashes éclataient et les éclairs, animant ce paysage aux reliefs saisissants, lui prêtaient soudain, comment dire, une espèce de grandeur sauvage. Simon arrêta ce bombardement et, cueillant avec précaution un commandant, jumelles aux yeux, il le posa sur sa paume, l'approcha de mon visage, et expliqua :

— Tout est scrupuleusement à l'échelle. Ces petits soldats de plomb sont rigoureusement conformes à la réalité.

Il le remit à sa place, puis embrassa d'un geste le panorama.

— Le terrain est fait de staff et de terre. Ce qui est représenté ici, c'est approximativement le Mort-Homme. Monsieur Roland s'est soigneusement documenté.

— Combien peut-il y avoir de combattants ? demandai-je, non sans timidité.

— Deux cent quatre-vingt-trois. Mais monsieur Roland en fabrique toujours. Il songe maintenant à reconstituer l'ossuaire de Douaumont, dans l'ancien billard que nous avons déménagé.

— C'est lui qui fait tout ?

— Oui. Depuis les moules jusqu'à la peinture. Il possède un four et tout ce qu'il faut.

— Et la documentation ?

— Son pauvre père l'avait réunie peu à peu. Il était capitaine en 1916 et avait été blessé à Verdun. Il avait eu l'intention d'écrire un livre de souvenirs et puis il avait renoncé.

— Et c'est monsieur Roland qui... ?

— Oui. Il ne s'est jamais consolé de la mort de son père. Ils avaient beau être, l'un et l'autre, comme chien et chat, monsieur Roland a fait une véritable dépression après le... après le crime.

Simon baissa la voix.

— C'est entre vous et moi. Monsieur Roland n'aime pas qu'on parle de ces choses. Si je vous montre cette collection, c'est parce que les garçons de votre âge savent apprécier ce genre de travail.

Il saisit délicatement un mitrailleur braquant son arme et reprit, en levant le jouet vers la lumière.

— Modèle Saint-Étienne. Ça ne valait pas la mitrailleuse Hotchkiss. Je n'y connais pas grand-chose, mais j'aide monsieur. Je l'entends parler. Alors...

J'étais abasourdi. Je le suis encore. Et je grouillais de questions comme tu peux penser.

— Les pensionnaires, dis-je, ils sont au courant ?

— Non. Personne n'est au courant, sans cela ce serait un défilé continuel, ici.

— Une pareille collection, ça doit valoir des millions.

Simon hocha la tête, fit lentement pivoter, au bout de ses doigts, la minuscule figurine, avant de la replacer dans le pli de terrain qu'elle défendait.

— Ça n'a pas de prix, murmura-t-il. Et songez que ce n'est même pas assuré. Il suffirait d'un accident, d'un incendie... Cela ne serait plus que du métal informe.

— Oh ! Il n'y a pas de danger, monsieur Simon.

Il écarta les bras en signe d'impuissance.

— Sait-on jamais, dit-il. Avec ce qui se passe ici.

Il éteignit les appliques. La visite était terminée. Je sortis à reculons, tellement j'étais fasciné.

— Où est l'atelier ? demandai-je. Ici, c'est la salle d'exposition, si je comprends bien.

— Oui. Monsieur Roland travaille au grenier. Il y a installé son matériel. Il a besoin d'y voir clair, pour soigner chaque détail. Quelquefois, il peint avec une loupe fixée à l'œil, comme un horloger.

— Ah, ce que j'aimerais le voir faire, m'écriai-je avec enthousiasme, car j'étais vraiment très excité.

— N'y comptez pas, répliqua Simon. Même moi, je dois rester souvent derrière la porte. Il lui arrive de passer là-haut deux ou trois jours sans descendre. A peine s'il mange. Je mets les plats par terre et je lui crie : « Monsieur est servi. »

Chaque réponse de Simon me mettait la tête en feu. Tu le vois, cette espèce d'alchimiste, en train de retirer de la fournaise des dizaines de petits corps calcinés pour ensuite leur donner la vie, à la pointe d'un pinceau, avant de les jeter sur le champ de bataille. Il devait avoir un grain, sûrement même, mais quelle classe !

Je remerciai chaleureusement Simon ; je lui promis de taire ma visite et j'allai dans ma chambre me passer la tête sous le robinet. L'ossuaire de Douaumont ! Dans une salle de billard ! Avoue que j'avais besoin de me rafraîchir. Je m'allongeai sur mon lit et une remarque de Simon me revint en mémoire. N'avait-il pas dit : « Avec ce qui se passe ici. » ? Ce qui s'était passé, oui, d'accord. Mais il avait l'air d'insinuer qu'il se passait encore des choses au château (et comme il avait raison !). Je regardai l'heure. Je n'avais pas le temps de descendre à la plage. Après le déjeuner, je me promis d'interroger le cousin Durban. Je m'arrête ici. Je viens de te raconter le premier choc. Il y en a un second, encore plus fort, avant que j'en vienne au récit de la nuit de la terreur. La mère Machin Chouette, tu sais, celle des *Mille et Une Nuits* n'était qu'une rabâcheuse à côté de moi, reconnais-le [1].

Tchao, mon pote. Je crâne, mais au fond, je ne me sens pas à l'aise. Qu'est-ce que papa a besoin d'être toujours fourré à La Rochelle ?

III

Je reprends le fil de mon histoire, laissée en plan depuis hier. Je déjeunai donc en tête à tête avec Alfred Nourey qui, me voyant seul à une table, m'invita très aimablement à me joindre à lui. Surtout ne va pas te monter la tête. Je sais que tu es jaloux de mes amitiés. Mon pauvre vieux, depuis notre équipée auvergnate, tu es mon frère, ne l'oublie pas. Mais je n'allais pas refuser l'occasion qui m'était donnée de questionner encore ce garçon qui habitait le château depuis déjà trois semaines. Et, ma foi, je n'attendis pas le dessert pour aborder mon sujet.

— J'ai cru comprendre, dis-je, que plusieurs pensionnaires étaient partis avant la fin de leur location.

— Trois, me répondit-il.

— Pourquoi ?

— Parce qu'ils ont eu peur.

— Oh ! Oh ! Et peur de quoi ?

— Eh bien, pour commencer il y a eu une dame et sa fille qui ont repris le car dès qu'elles ont appris qu'un crime avait été commis à Bugeay.

— Les commérages du bourg ?

1. Il s'agit, bien entendu, de Shéhérazade.

— Oui, bien sûr. Très excusables, à mon avis. Ce crime fait encore parler parce qu'il n'a jamais été élucidé. Alors, mettez-vous à la place des gens. Ils sont prêts à croire n'importe quoi. Ces deux pauvres femmes ont littéralement déguerpi. Ensuite, ça a été le tour d'un dessinateur industriel au chômage, un homme très gentil, mais un peu neurasthénique. Il était venu pour se changer les idées. Les bois de pins, la mer, la paix... Et crac, un beau matin il prétend que sa chambre a été fouillée, que quelqu'un est venu, pendant la nuit. Il a réclamé sa note et hop, la porte.

Alfred Nourey décortiquait paisiblement ses langoustines, me jetant de temps en temps un regard amusé qui signifiait : « Ne prenons pas tout ça au sérieux. » Moi, j'étais sur des charbons ardents. Tu me connais : dès que je flaire un mystère, ça y est. Je ne me sens plus. Et Nourey le devinait sans peine.

— Pour le troisième départ, reprit-il, on n'a pas bien compris. Il s'agissait d'une veuve, la quarantaine, de jolis bijoux, une Lancia au garage ; bref, quelqu'un de posé, de sérieux, qui ne s'en laisse pas conter. Et voilà qu'en revenant de promenade elle trouve, sur la cheminée de sa chambre, un galet. Naturellement, porte fermée à clé, fenêtre bouclée. Personne n'est entré. Le patron interroge Maria. Elle ne sait rien. Et d'ailleurs, un galet ça signifie quoi, hein ? N'empêche, la dame est troublée, plus troublée que si on lui avait volé quelque chose. Et le lendemain, ça recommence. Encore un galet, cette fois sur la table de nuit, à côté du téléphone. Alors, savez-vous ce qu'elle a déclaré à Simon : « C'est un signe. Ça vient de mon défunt mari. J'en suis sûre. »

— Ça ne tient pas debout, voyons. Vous croyez tout ça ?

Sourire supérieur de Nourey. Il m'agace quand il prend cet air de pion.

— La question n'est pas là, dit-il. Je me contente de vous rapporter les faits.

Je repousse mon assiette. Les fruits de mer et moi... D'abord, ça mouille les doigts et puis, quand je réfléchis, je ne peux pas faire deux choses à la fois, gober des huîtres ou débusquer des bigorneaux, et me concentrer.

— Voyons, monsieur Nourey...

— Oh ! Appelez-moi Alfred, sans façon.

— Oui, merci. Ces galets...

— Justement. Qui pouvait se douter que cette malheureuse femme allait réagir comme elle l'a fait ?

— Vous avez dit : porte fermée à clé, fenêtre bouclée. On n'avait qu'à prendre la clé au tableau, non ?

— Bien sûr. Seulement, vous iriez décrocher une clé, courir le risque d'être surpris pour déposer un caillou sur un meuble ?

— Oui, parfaitement, si je connaissais la dame et si je savais d'avance ce qui risque d'arriver.

— C'était la première fois qu'elle venait dans l'île, objecta Nourey. Elle était pour tout le monde une inconnue.

— Et quel effet cela a-t-il produit sur les autres ?

— Il y a eu un déluge de commentaires, vous le pensez bien. Mlle Daguet n'était pas très rassurée. Elle a bien failli partir, elle aussi. Ce qui la troublait le plus, c'était l'absurdité, le non-sens, de ces pierres venues inexplicablement de l'extérieur. Le vieux capitaine, qui est toujours plein d'histoires ahurissantes, y est allé de ses anecdotes, les bateaux fantômes, les spectres des marins emportés par la mer... Vous voyez le genre.

— Et les Bibolet ?

— Impavides, mon cher François. Eux, sortis de leurs parties de scrabble et de leurs réussites, le diable ne leur fait pas peur.

Une omelette aux morilles succéda aux fruits de mer. Je demeurai fourchette en l'air, les yeux perdus.

— Mangez pendant que c'est chaud, me conseilla Nourey.

A peine si je l'écoutais.

— L'incident des galets, c'est vieux ?

— Non. Il y a une huitaine.

Je rapprochai les événements : départ de la dame, appel à l'aide de l'ami de mon père. Raoul Chalmont n'aurait pas dérangé un homme aussi occupé que papa s'il n'avait pas jugé la situation sérieuse.

— Et depuis ? dis-je.

— Rien.

Rien ! Jusqu'à ma nuit avec la chose, dans ma chambre. Mais ça, c'était encore à venir. C'est pourquoi je m'efforçais de réduire à de justes proportions les événements rapportés par Nourey. En somme, mis à part le cas de l'industriel, c'étaient des femmes qui avaient pris peur, ce que je fis remarquer à mon vis-à-vis.

— Reste à expliquer ces galets, répliqua-t-il, et cette fois sans plaisanter. C'est peut-être le commencement de quelque chose.

— Quoi ? Je ne comprends pas.

— A vrai dire, moi non plus, avoua-t-il. Ce n'est pas très clair dans mon esprit. Mais il arrive, de temps en temps, qu'une maison devienne le lieu de phénomènes bizarres. Il y a des lieux hantés, c'est une chose bien établie.

Et, comme il me voyait sceptique, il continua :

— Je ne pense pas, évidemment, à l'imagerie vulgaire des histoires à faire peur, les apparitions vêtues de suaires, les bruits de chaînes et autres effets faciles. Non. Je pense à des phénomènes constatés par de témoins sérieux, des gendarmes, des hommes de loi. Ils ont entendu des coups frappés dans les murs. Ils ont vu des objets lourds s'écraser sur le sol ou voler dans l'espace. Vous avez l'air surpris. Vous n'avez jamais rien lu là-dessus.

Pour ne pas perdre la face, j'opinai mollement.

— Si, bien sûr. Comme tout le monde. Sans y faire attention. J'ai toujour cru que c'était de la blague.

— De la blague ! Détrompez-vous. J'ai potassé la question, que je trouve passionnante. C'est vrai, personne n'entrevoit l'explication scientifique, vérifiée, de ces faits tellement déroutants. Ça ne veut pas dire qu'ils n'existent pas. Non seulement ils existent, mais on a pu les classer en catégories, tellement ils se répètent de façon régulière.

Cette fois, Alfred Nourey avait perdu son air nonchalant et légèrement dédaigneux. Ses yeux brillaient d'excitation et ce changement d'attitude me gênait un peu, comme une sorte d'incongruité. Il ne me laissait plus placer un mot. J'avais droit au laïus number one, si tu vois ce que je veux dire. Comme j'étais de plus en plus époustouflé par son discours, je me gardai bien de l'interrompre. Et le voilà qui me fait un topo sur les « poltergeist », ces manifestations paranormales observées un peu partout depuis l'Antiquité. Il paraissait tellement convaincu qu'il me fichait la frousse, je t'assure. Je laissai passer la tarte aux fraises. Lui aussi. Plus question de manger. Nous étions bien trop accaparés par le problème de la télékinésie. Je t'avoue que j'ignorais le sens de ce machin-là. Eh bien, c'est la propriété d'un objet qui se déplace sans contact. Et le Nourey, je te jure qu'il en sait un bout sur la question. Je lui laisse la parole.

— Quand il se produit une « infestation » (terme technique pour désigner le début d'une période de hantise. Moi, je veux bien) il arrive souvent que des graviers, ou des petits cailloux, soient jetés contre les portes ou les volets d'une maison. Et puis le phénomène s'accélère et s'aggrave. Ce sont des pierres qui volent. De vraies pierres. Et bientôt, c'est dans la maison qu'elles tombent. Venues de nulle part. Comme si elles avaient traversé les murs.

Malgré moi, je m'écriai :

— Allez, vous me faites marcher.

— Mais je vous jure... Il y a toute une littérature sur ce sujet. On a étudié des échantillons de ces pierres. Elles sont tout ce qu'il y a de plus ordinaire, sauf qu'à un moment donné elles sont là, brusquement.

— Quelqu'un les a apportées, dis-je.

— Ce que vous pouvez être entêté, s'exclama-t-il. Je regrette de ne pas avoir sous la main le livre qui a été consacré au presbytère de Borley [1]. Vous verriez à l'œuvre le surnaturel.

— Bon. J'admets. J'accepte vos pierres.

Il me saisit le poignet et avança la tête.

1. Mystère célèbre qui a fait couler beaucoup d'encre en Angleterre.

— C'est le premier stade, murmura-t-il. Après, en général, les choses se corsent. Des vases se brisent. Des meubles se cassent. Quelquefois, le feu se déclare à l'improviste, dans une penderie, dans un grenier. On a l'impression d'assister à une révolte de l'environnement. On sent autour de soi une animosité sourde. C'est ça, la hantise. Vous comprenez, maintenant, pourquoi ces galets, mystérieusement apparus dans la chambre, méritent réflexion. Nous sommes peut-être à la veille d'accidents sensationnels.

— Et ça vous plaît ?

Il parut peser le pour et le contre.

— J'aimerais assister à ce genre de manifestations, dit-il. Mais nous n'aurons sans doute pas cette chance.

Il fit claquer ses doigts et commanda d'autorité deux cafés. Puis il me tendit son étui à cigarettes.

— Elles sont douces, plaida-t-il. La preuve : elles me sont permises.

Alors, le croirais-tu, j'en pris une, par gloriole, pour paraître à la page. Bof, la télé, la téléki... chose... bof, les galets vadrouilleurs, il m'en faut davantage pour m'épater. Je lance par les narines deux jets de fumée, je me retiens de tousser et je demande avec détachement :

— Naturellement, vous avez mis Raoul Chalmont au courant.

— Non, dit-il. Au courant de quoi, d'ailleurs ? Le pauvre homme a bien assez de soucis sans qu'on vienne encore l'embêter avec des hypothèses qui...

Il laissa sa phrase en suspens, posa deux sucres, l'un sur l'autre, dans son café, les regarda s'affaisser lentement et hocha la tête.

— Si j'ai raison, dit-il, si d'autres phénomènes étranges se produisent, il sera temps, alors, de chercher le responsable.

— Il y aurait donc un responsable ?

— Vous savez, j'ai beaucoup lu, c'est vrai, mais je ne suis pas un spécialiste de ces questions. Je me contente de répéter ce que j'ai appris et j'ai appris qu'il y a toujours quelqu'un qui provoque, par sa seule présence, l'apparition de ces manifestations. Il s'agit toujours d'un adolescent, jeune fille ou jeune homme...

— Hé, doucement, protestai-je. Je suis le seul adolescent au château.

— Vous oubliez le petit Michel, le gamin à tout faire. Vous ne l'avez pas encore vu, mais si vous avez besoin de quelque chose à Saint-Pierre, c'est lui qui fera la commission. Il est très complaisant et il mérite qu'on s'occupe de lui. Son père est mort en mer, pendant la tempête de la Toussaint. Il travaille pour aider sa mère.

La fumée douceâtre du tabac blond me chavirait un peu la tête. Heureusement, papa ne sentirait rien. J'écrasai ma cigarette dans une coquille Saint-Jacques servant de cendrier.

— Et c'est lui qui déclencherait...

— Minute ! Si nous assistions à des événements mystérieux, si, si... Vous voyez, il faut s'abriter derrière des « si ». Rien n'est sûr en pareil cas.

Il me donna gentiment une tape sur la main et conclut :

— Je regrette, François, d'avoir troublé votre digestion avec mes élucubrations. Oubliez tout ça. Le coup des galets n'était sans doute qu'une mauvaise farce. Et, quant au fantôme de ce bon M. Chalmont, je vous jure qu'il ne va pas m'empêcher de faire la sieste. Bon après-midi, François.

Il me laissa complètement perturbé. Ah, ce que j'ai pu regretter que tu ne sois pas là. A nous deux, nous aurions trouvé la force de rire et d'envoyer promener ces fumeuses théories. Tu aurais fait une cabriole. Tu aurais crié : « A poil, le poltergeist », et nous serions allés nous balader dans les dunes. Hélas, j'étais seul, l'esprit brumeux, inquiet sans raison précise. Et maintenant, avec ce que je sais, je suis bien obligé d'admettre que Nourey avait raison. Et quand je t'aurai raconté ma nuit, toi aussi tu seras de mon avis. Oh, je t'entends rouspéter : « Tu vas me la raconter, ta nuit, à la fin ! » Voilà, voilà. Mais il faut bien que tu mettes tes pas dans mes pas, que tu apprennes les choses dans l'ordre où je les ai apprises. Je veux que tu aies peur en même temps que moi. Sinon, tu me traiterais de lavette, de dégonflé, et j'en oublie. Je m'étais promis beaucoup de plaisir de cette escapade au château de Bugeay et, soudain, je me pris à regretter ma chambre, mes bouquins, mes paisibles certitudes de garçon sans problèmes. Qu'avais-je affaire avec ces contes de bonne femme ? Est-ce que Nourey n'avait pas un peu essayé de se moquer de moi ?

Me voyant désœuvré, Mme Bibolet me demanda si je ne voulais pas jouer au scrabble avec eux. Je les accompagnai sans entrain au salon. Là, mon vieux, permets que je m'arrête. Ces deux vieux braves profs, à peine la partie engagée, se transformèrent en gamins virulents. Ils s'observaient avec des regards de Commanches épiant des Visages pâles, se penchaient par-dessus le jeu pour se lancer à l'oreille de vraies vacheries que je ne saisissais pas mais dont je devinais l'effet de provocation et, quand c'était mon tour de former un mot, ils me guettaient avec des yeux de braise. C'est tout juste s'ils ne ricanaient pas d'avance. Et puis, sans même prendre le temps de réfléchir, de chercher, ils te sortaient des trucs dans le genre de MOLYBDÈNE ou de POMPILE ou de SAMBUQUE, et ils rigolaient de ma déconfiture avant de m'expliquer d'un air gourmand, que molybdène veut dire... J'ai oublié ; tu n'auras qu'à consulter un dictionnaire. J'ai seulement retenu sambuque, parce que c'est un joli mot qui désigne une espèce de harpe en usage dans l'Antiquité. Au bout d'un quart d'heure, j'étais comme un poids mouche saoulé de gnons et j'abandonnai.

— Ça viendra, me promit l'épouse Bibolet, c'est une question de pratique, tandis que son mari, sournoisement, lui allongeait un MYOME qui, à cause de l'Y, si difficile à placer, l'acculait dans les cordes. Je n'ai pas attendu la riposte. Ces deux-là, on pouvait déverser un tombereau de galets dans leur chambre, ils n'étaient pas près de se réveiller.

J'allai me rincer la bouche à cause de l'arrière-goût fadasse du tabac américain. Je décidai de me mettre à la pipe, le jour où je succomberais à l'envie de fumer. Il était près de trois heures et je vis, en écartant mes rideaux, que la mer montait. C'était le bon moment pour faire un peu de jogging dans l'écume. Je fermai ma chambre à clé, rendu méfiant par les propos d'Alfred, et je longeais le couloir quand je perçus... Cela venait de loin, cheminant le long des murs grâce à la complicité de quelque malin courant d'air... comme un air de piano, ou plutôt pas exactement, c'était le son de l'orgue de cinéma, l'instrument du vieux châtelain. Je reconnus le vibrato fébrile de ce faux harmonium qui, de près, n'est pas tellement agréable, mais qui, à cause de l'éloignement, disait soudain je ne sais quelle détresse. Je n'osais plus bouger une patte. Cela me rappelait, oui, j'étais à bord du *Nautilus* et j'entendais, au fond des eaux, gémir le capitaine Nemo. Mais quelle aventure étais-je en train de vivre ?

Cette musique m'attirait. C'était plus fort que moi. Très doucement, une main au mur, comme un aveugle, je suivis le couloir jusqu'à la porte marquée *Entrée interdite.* J'en tournai la poignée. Elle s'ouvrit. Je ne cherchai pas à savoir pourquoi. Je ne me posai aucune question. J'étais comme le rat de la légende, fasciné par la flûte de l'enchanteur. Un pas. Deux pas. Je venais d'entrer dans l'enfer silencieux de Verdun. La topographie du champ de bataille était inscrite dans ma mémoire. Je me rappelais qu'il y avait un libre passage autour des tables et un instinct m'informait que la vaste pièce communiquait, par le fond, avec les appartements du maître des lieux. Dans l'obscurité, palpant toujours la muraille, guidé par l'étrange et dolente mélodie, je traversai le terrain. Je ne m'étais pas trompé. Il y avait bien une autre porte que j'entrebâillai avec des précautions de cambrioleur. Et j'avais vraiment, alors, une âme de cambrioleur car c'était le secret du vieil homme que j'allais voler. J'étais sur le seuil d'une bibliothèque éclairée par deux fenêtres. Beaucoup de belles reliures anciennes dans des vitrines. Une longue table nue. Personne, sans doute, ne venait plus travailler ici. Coup d'œil à droite, à gauche. J'avançai.

En face de moi, il y avait la photographie d'un officier, debout à l'entrée d'un abri, casqué, l'air épuisé. Photo prise manifestement dans une tranchée. Le capitaine Chalmont, la victime de ce crime que, papa et moi, nous nous efforcions d'élucider. Troublante rencontre, rendue encore plus solennelle par les accords plaintifs de l'orgue, maintenant plus proche. J'hésitai. Devais-je aller plus loin ? Si, par malheur, on me surprenait, quel scandale ! Mais c'était l'heure la plus tranquille de la journée. Le personnel n'avait aucune raison de franchir les limites du rez-de-chaussée. Le châtelain était tout entier à sa musique. Raoul, dans son bureau, faisait des comptes ; c'était du moins très probable. Restait Simon. Si, en passant dans le corridor, il constatait que la porte n'était pas fermée à clé ? A vrai dire, une chance sur mille. Et puis quoi, je n'avais pas l'intention de m'attarder. Juste le temps de jeter un œil.

Je traversai la bibliothèque sur la pointe des pieds. Elle communiquait avec une autre pièce, plus petite, et encombrée de sièges et de meubles repoussés dans un coin, comme si on s'apprêtait à les déménager. Il y avait aussi un billard, rangé le long du mur. C'était ici, sans doute, que l'ossuaire de Douaumont trouverait sa place. Chose curieuse ; la musique semblait s'être éloignée. Je n'avais aucune idée de la disposition des appartements, et, continuant d'explorer, je découvris une salle de bains qui paraissait inutilisée depuis longtemps. Ni serviettes, ni savon, ni objet de toilette. La baignoire, le lavabo, le globe électrique, tout datait d'un autrefois qui remontait peut-être à l'avant-guerre. L'orgue jouait toujours, prolongeant des accords qui ne me rappelaient aucun air identifiable. Le musicien semblait se contenter de produire une sorte d'envoûtement sonore dont certains accents, par moments, n'étaient pas sans rappeler *L'Enchantement du Vendredi saint*, de Wagner. C'était très doux et très funèbre et je dois dire que je me sentais de plus en plus oppressé.

Cependant, ma curiosité n'était pas encore satisfaite. Une salle de bains annonce une chambre à coucher, d'habitude. Eh bien, j'irais jusque-là, mais pas plus loin. Et au retour, j'essaierais de faire un plan provisoire, que je compléterais peu à peu en glanant çà et là d'autres renseignements. Car enfin, j'étais là pour enquêter, non !

Je ne me trompais pas. La salle de bains ouvrait sur une chambre spacieuse, qui prenait jour sur la cour d'honneur, selon toute vraisemblance, mais dont les deux hautes fenêtres étaient fermées par des persiennes, si bien que la pièce était plongée dans une pénombre intimidante. Ce qui me frappa, d'abord, ce fut l'odeur, une odeur de moisi et de renfermé, comme si personne n'habitait plus là depuis longtemps. Je distinguais mal le mobilier. Je voyais la masse sombre du lit, les îlots d'obscurité des fauteuils se détachant sur les tapis couvrant le plancher. Puis mes yeux s'accoutumèrent au clair-obscur, repérèrent la commode, l'armoire à glace. Rien de vivant, comme une veste d'intérieur oubliée sur une chaise, ou une paire de pantoufles sur la descente de lit. Rien. Étais-je dans une tombe ? Prenant sur moi, l'oreille toujours tendue pour surveiller la musique, j'avançai un peu et soudain je m'arrêtai. Je ne peux pas décrire ce que j'éprouvai alors, la main de la peur autour de la gorge, la crispation horrible de la panique, le cœur forcené.

Devine ce qu'il y avait par terre. Il y avait une silhouette dessinée à la craie ; tu sais, la silhouette d'un mort tracé sur le sol par les policiers après un crime. J'avais failli marcher dessus. J'étais tellement bouleversé qu'il me fallut un moment avant de comprendre que je me trouvais dans la chambre occupée des années auparavant par le grand-père de Raoul Chalmont. Le vieil homme était tombé là, à mes pieds. Le crime était concrétisé par ce contour blanchâtre que le temps avait à demi effacé. Le rond de la tête avait presque disparu, mais la position du corps et spécialement celle des jambes était encore très visible, la gauche légèrement repliée. Était-ce possible ? Je restais là, stupidement cloué au sol. Je t'assure ; ça fait une drôle d'impression. Ce n'est que peu à peu que je saisis la vérité. Ou du moins que je formai l'hypothèse la moins invraisemblable. Le fils du défunt, le malheureux Roland, l'homme des soldats de plomb, avait été tellement traumatisé par le crime, il était tellement attaché à son père, malgré leurs différends, qu'il avait condamné les pièces où vivait le vieillard. C'était l'endroit maudit, où personne, jamais, ne remettrait les pieds. Sauf, peut-être, de temps en temps, Simon pour enlever la poussière. Et encore ! J'avais sous les yeux la chambre exactement dans l'état où elle se trouvait le soir du meurtre.

Et alors, tu vois comme on peut être bête, pendant qu'une partie de mon esprit courait après l'explication la plus raisonnable, une autre était en train de penser : « Tant que cette silhouette matérialisera le corps, il restera présent, agissant. Il se relèvera la nuit. Il cherchera, dans le château, son assassin. Et en ce moment même, il me regarde, dissimulé dans les dessins du tapis. »

Je fis un pas en arrière, puis deux. Je sortis à reculons, sans cesser de surveiller le contour sinueux qui me paraissait plus dangereux qu'un reptile. Et je me repliai silencieusement, la sueur aux tempes, comme si je venais d'échapper à un péril mortel. La musique accompagnait ma retraite, de plus en plus faible, de plus en plus semblable à une lamentation sortie des murs, sorte de supplication adressée au passant pour l'empêcher de fuir. Des souvenirs de lecture me revenaient : les âmes en peine qui pleurent et tourmentent les vivants, tant que justice ne leur a pas été rendue.

Oui, bon ; j'en remets un peu, maintenant que je suis à l'abri (mais suis-je vraiment à l'abri, depuis la nuit dernière ? Tu vas bientôt en juger). La secousse nerveuse s'est atténuée. Reste cette image surgie de l'ombre, cette espèce de graffiti torturé qui est, dans ma mémoire, comme un tatouage. Ça, pas question que je le dise à mon père. C'est du coup qu'il me conduirait en vitesse au train de Paris, direction la maison. Je sortis dans le parc, ébloui par l'intense lumière comme une chouette tombée du nid. Sous les pins, le cousin Durban avait installé sa chaise longue. Il fumait un cigare, une main sous la nuque. Il m'interpella aimablement.

— Eh bien, monsieur Robion, vous vous plaisez ici ? Avouez que l'endroit est agréable.

Je m'approchai et, sans façon, je m'assis en tailleur près de lui.

— Je parlais tout à l'heure avec Alfred Nourey, dis-je. Vous devinez de quoi.

— Oh, je vois, fit-il en mâchouillant son cigare. On s'est fourré dans la tête que la mort de mon pauvre vieux cousin était inexplicable. C'est ridicule. Les crimes de rôdeurs, ça existe. On en voit chaque jour. Et votre papa sera bien obligé de conclure comme la police.

Je viens de compter les pages. Au train où tu m'obliges à aller, j'aurai bientôt de quoi me faire éditer. Ce n'est plus une lettre. C'est un manuscrit, un roman, un livre. J'ai même un titre qui, depuis un moment, me titille. *Le meurtrier vient les mains vides.* Hein ? Tu verrais ça en vitrine, avoue que tu sauterais dessus. Tu vois, j'ai encore la force de sourire, et pourtant je n'ai pas tellement envie de plaisanter. Je sens un malaise, une sorte de contraction intérieure, un rétrécissement de l'âme. Ce château me rend frileux, inquiet, soupçonneux. J'ai toujours envie de me retourner, comme si un danger me courait après. Je sais ce que tu vas m'objecter : « Si j'avais une jambe dans le plâtre, etc. » Entendu. Je muselle mes jérémiades et j'en reviens au cousin Durban.

Donc, nous devisions à l'ombre d'un superbe pin parasol. Je ne vais pas te rapporter nos propos par le menu, simplement te dire ce qui m'a suggéré le titre accrocheur que je t'ai proposé. Tu te représentes la scène : le cousin, la veste accrochée à l'angle du dossier, parlant entre ses dents pour ne pas trop secouer son cigare, et moi, accroupi au pied de la chaise longue, immobile comme le scribe égyptien, tâchant de ne rien perdre de ses paroles. D'après lui, cela avait commencé des années plus tôt, par un coup de téléphone de Roland Chalmont lui donnant rendez-vous au Café de la Paix. Le cousin, curieux d'apprendre ce que cachait cette convocation, y va et rencontre Roland et son fils, Raoul. Roland avait l'air très embêté.

« — Mon père a quelque chose d'important à me dire, paraît-il. Est-ce que vous pouvez tous les deux m'accompagner à Bugeay ?

« Ni Raoul ni moi n'étions très chauds, continue le cousin. Raoul, à l'époque, travaillait chez un grossiste et n'avait pas beaucoup de temps à consacrer à son père. Moi, je ne pouvais pas lâcher ma librairie, comme ça, pour un caprice du vieux.

« — Tu sais de quoi il s'agit ? demanda Raoul.

« — C'est sans doute pour me parler de son testament. »

Durban s'interrompt, écarte de sa bouche le cigare et, d'un battement du petit doigt, en détache un long rouleau de cendre. Il tourne légèrement la tête vers moi.

— Ah, ce testament ! Le pauvre bonhomme en était obsédé. Et remarquez, monsieur Robion, que la loi étant ce qu'elle est, personne ne peut disposer librement de ses biens. Il y a des parts légales qui sauvegardent les droits des héritiers. Reste qu'on peut faire des donations, bien sûr, du moins dans une certaine mesure. C'était une manie chez mon cousin. Tous les six mois, il parlait de remanier son testament. C'était l'occasion pour lui de faire des remontrances à son fils ou, comme vous diriez sans doute, de lui sonner les cloches. Ces deux-là, ils étaient irréconciliables. Le père, parlant de son fils, disait : "l'Artiste", et le fils parlant du père disait : "Monseigneur" ».

Durban rit silencieusement, tire sur son cigare et lance un admirable rond de fumée, avant de renouer le fil de ses confidences.

« — Écoute, vas-y seul, conseilla Raoul. Il ne te mangera pas.

« — Peut-être. Mais j'en ai assez. Et puis, Bugeay, au mois d'août, passe encore. Tandis qu'au printemps, quand il n'y a pas de baigneurs, c'est sinistre.

« — Il y a longtemps que tu ne l'as pas vu ? demanda Raoul.

« — Ça fait plus d'un an.

« — Ah, diable. Note que, moi aussi, je n'y mets pas souvent les pieds. »

Nouveau silence. Durban réfléchit, en suivant des yeux une mouette qui plane au-dessus du jardin, puis il reprend :

— Me Robion a dû vous raconter tout ça.

Rictus amer de ton serviteur.

— Il ne me raconte rien. Et pourtant ça m'intéresse.

— Je ne vous ennuie pas ? Vous aimeriez peut-être mieux aller vous baigner.

— Oh non ! C'est passionnant de vous entendre.

Trois ronds de fumée à la file. Des anneaux si parfaits que tu aurais pu les enfiler sur une tringle et les suspendre. Le voilà remonté. Il continue :

— Quelquefois, je me dis que nous n'avons pas été très chics avec le pauvre vieux. C'est vrai qu'il était insupportable. Ce n'était pas une raison pour le laisser tomber. Roland surtout, c'était son fils unique. Un garçon tellement doué, et incapable de se fixer. Maintenant, il fabrique des soldats de plomb. Quelle misère !

— Vous croyez qu'il est fou ?

— Lui, sûrement pas. Il se punit. Il s'est fourré dans la tête que tout ce qui est arrivé, c'est de sa faute. Où en étais-je ?

— Vous vous demandiez si vous alliez accompagner M. Roland à Bugeay.

— Ah oui. On s'est fait tirer l'oreille et puis on a fini par accepter.

François s'étire, compte les feuillets couverts de sa fine écriture, et murmure :

— C'est pas vrai ! Je me prends pour Balzac, sans blague !

Il se masse les paupières, regarde l'heure, puis reprend son stylo-bille.

Au fond, peut-être que je t'embête. La famille Chalmont, tu t'en fiches. Alors pourquoi est-ce que je me donne tant de peine ? Je le sais. C'est pour moi. Parce que je suis obsédé. Je ne veux pas perdre une miette de cette affaire. L'émotion, mon vieux, il n'y a rien de pareil. Sur le coup, ça te décroche le cœur. Et après, tu en fais une espèce de musique intérieure, quelque chose qui ne te lâche plus, je ne sais pas comment dire. Et tu vas voir ce mystère tel que je le tiens, de la bouche du cousin Durban. Donc, ils arrivent à Bugeay, tous les trois, et plutôt hargneux parce que, en route, ils ont trouvé la pluie et ont crevé deux fois. Bonjour papa. Bonjour grand-père. Bonjour cousin. On se serre la main. On n'est plus à l'âge des bisous. Le dîner est prêt, dans la cuisine. Le vieux Chalmont, à l'époque, n'a, à son service, qu'une vieille domestique, Yvonne, et un jardinier homme de peine, Alphonse. Plus, naturellement, Simon, mais Simon, c'est spécial. Lui, il n'a jamais quitté Bugeay. Il y est né ; il y a grandi ; il fait partie des murs. Yvonne et Alphonse ont filé après le drame. Lui, il est resté. Chaque jour, il va fleurir la tombe de son maître, car, je ne sais pas si vous le savez, le cousin Chalmont est enterré ici, au fond du parc, sous les arbres.

Durban cessa de tirer sur son cigare et demeura un instant les yeux fermés. Je n'y peux rien, mon pauvre vieux. Je suis comme toi : j'aime qu'un récit ne flânoche pas trop. Mais je ne voulais pas lui rappeler que j'étais là. Il se parlait à lui-même autant qu'il s'adressait à moi. Et en effet, au bout d'une longue minute, il rouvrit les yeux et enchaîna :

— Je nous revois, autour de la table. Noémie avait fait un pot-au-feu, et nous mangions presque sans parler, ce qui ne nous empêchait pas d'échanger des regards tantôt ironiques, tantôt navrés. Le vieux cousin paraissait préoccupé. Il s'était encore un peu plus décharné, touchait à peine à la purée de carottes préparée exprès pour lui, et nous avions l'impression qu'il était très malade. Un peu avant le dessert, il dit, sans s'adresser spécialement à son fils : « Bugeay va à la ruine, si on laisse aller les choses sans réagir. Moi, je suis trop vieux. » Après, je m'en souviens très bien, il but quelques gouttes de vin en nous regardant avec une espèce de violence, puis il se leva. Roland en fit autant. Son père l'arrêta : « Je suis encore capable de marcher seul, dit-il. Rejoins-moi dans ma chambre, quand vous aurez fini. Et assurez-vous que tout est bien fermé. » Il s'éloigna d'un pas hésitant, gravit lourdement l'escalier en s'appuyant sur la rampe. Nous l'avions suivi de loin, Roland et moi, prêts à le rattraper s'il tombait. Sa chambre était au premier, à gauche. D'ailleurs, on la voit d'ici : ces fenêtres entourées de lierre.

J'avais envie de lui dire : je la connais ; j'en arrive. Votre cousin s'y trouve encore.

— Roland l'a laissée en l'état, reprit Durban. C'est son affaire. Bon. Toujours est-il que nous avons repris nos places dans la cuisine et cette fois la conversation alla bon train. Nous étions très inquiets.

« — Il n'en peut plus, fit Roland. Je veux bien qu'il soit affaibli par l'âge, mais il y a autre chose.

« Il appela Noémie et l'interrogea. Elle restait évasive. Non, le maître n'avait pas consulté de médecin. Non, il n'avait reçu aucune visite particulière, pas plus son notaire que quelqu'un du voisinage. Non, il ne se plaignait pas. Non, il n'était pas plus désagréable que d'habitude.

« — Enfin, s'écria Roland, vous avez bien remarqué qu'il a beaucoup changé.

« Non, Noémie n'avait rien remarqué.

« — Autrefois, dit Roland, il ne s'occupait pas de savoir si les portes étaient fermées. C'est nouveau, ça.

« — C'est parce que Simon est un peu souffrant, expliqua Noémie.

« — Qu'est-ce qu'il a ?

« — Oh, il est fatigué. Une maison comme ici, c'est lourd.

« — Eh bien, coupa Roland, je vais tout boucler pour lui faire plaisir, et puis je monterai.

« Et alors là, insista Durban, je suis formel. Roland a visité le rez-de-chaussée, ou du moins la partie habitée, parce que le reste était depuis longtemps fermé en permanence. Et il est allé rejoindre son père, tandis que Raoul et moi, alourdis par le voyage et la digestion, nous sirotions un cognac. Nous avons attendu un long moment. Noémie faisait la vaisselle et rangeait. Nous sommes passés dans le salon. Il était assez tard. Nous n'entendions aucun bruit.

« — De quoi peuvent-ils bien parler ? dis-je.

« — Oh, c'est facile à deviner, répondit Raoul. Puisque mon père n'a aucune envie de se mettre sur les bras les transformations et les aménagements auxquels grand-père pense depuis des mois, il ne reste qu'une solution.

« — Vendre.

« — Exactement. Et grand-père a peut-être trouvé un acquéreur. C'est même sûrement pour ça qu'il a convoqué mon père.

« — Est-ce que ce ne serait pas la meilleure solution ?

« — Ce serait lamentable. Moi, je sais bien que, si on me laissait faire, je transformerais cette vieille caserne en quelque chose d'accueillant qui raflerait une clientèle un peu raffinée. C'est ce qui manque ici. Beaucoup de petits hôtels à une étoile ou deux et fermés l'hiver. Mais un établissement de belle allure, capable d'organiser en toutes saisons des congrès, des banquets... Je sens que ça marcherait. Si seulement mon père m'écoutait. Pourquoi faut-il que lui et grand-père ne soient jamais du même avis... Remarque une chose : si grand-père vend, papa sera inconsolable. Parce qu'il est comme ça. Il aime Bugeay, mais tu le connais ; par négligence, par mollesse, il ne fera rien. J'aurai beau lui expliquer que je veux bien me charger de tout. D'abord, sa petite tranquillité. Il m'enverra promener. Tiens, le voilà.

« Et Roland nous rejoignit, l'air agité. Je le revois, les mains dans les poches pour ne pas trahir sa nervosité.

« — Quelle vieille tête de mule, s'écria-t-il. Qu'il vende. Je m'en fiche, à la fin. On sera bien débarrassés. Je ne vais pas m'empoisonner la vie avec une pareille baraque. Il faudrait des millions pour la retaper.

« — Il a un acheteur ? demanda Raoul.

« — Oui. Un armateur de La Rochelle.

« — Mais ce n'est pas fait ?

« — Pas encore. Il voulait me voir avant.

« — Il s'appelle comment ?

« — Ah, tu m'embêtes. Je vais prendre l'air, ça vaudra mieux.

« Il ouvrit la porte-fenêtre du salon et sortit dans le parc. Et à partir d'ici, monsieur Robion, les choses vont prendre une importance extrême. Ce que je vous raconte là, je l'ai raconté à la police, autrefois, dans les mêmes termes. Raoul et moi, nous avons causé pendant quelques minutes... peut-être cinq ou six. Je me rappelle que Raoul venait de dire, parlant de son père : "Il est impossible", quand le cri a retenti. Pas très fort mais particulièrement horrible. Raoul et moi, on a immédiatement compris que ce n'était pas un appel, mais une espèce de râle. La preuve, c'est que Raoul a dit : "On tue grand-père." Et nous avons couru... Vous voyez à peu près le trajet. La largeur du salon, la longueur du vestibule, l'escalier, il y a vingt-deux marches, le palier, la pièce qui sert maintenant de musée, la bibliothèque, le billard... Nous courions si vite que cela ne nous a pas pris plus de deux minutes. D'ailleurs, la police a vérifié. L'expérience a été faite. Nous arrivons dans la chambre et là, nous découvrons le corps, entre le lit et la commode. C'est vrai que vous n'avez jamais vu ces pièces. Vous ne pouvez pas vous rendre compte.

— Oh, mais j'imagine très bien, dis-je.

— Bon. Eh bien, imaginez maintenant le lit à peine ouvert, preuve que mon cousin s'apprêtait à se coucher. Il portait une longue chemise de nuit à l'ancienne sous sa robe de chambre. Il était tombé la face en avant. Et personne dans la chambre. Absolument personne. Seulement, attention : la fenêtre était ouverte. Voilà le détail qui nous a embrouillés. Pour moi, il ne faisait aucun doute que l'agresseur s'était enfui par là. Il lui suffisait de s'accrocher au lierre. C'est pourquoi je me penchai sur la barre d'appui et hurlai : "Roland... Ho... Roland... Saute-lui dessus... Il n'est pas loin."

« Pendant ce temps, Raoul fouillait les endroits que nous avions traversés au galop. En arrivant dans le corridor, il rencontra Simon, qui en était encore à enfiler sa veste de pyjama. Ils revinrent ensemble dans la chambre et s'agenouillèrent près du corps, pendant que moi, je m'évertuais à appeler Roland. Il se montra enfin, toujours furieux, et m'interpella violemment. "Qu'est-ce qui se passe ? Je ne veux plus parler à mon père. On s'est tout dit."

« Comme il arrivait juste au-dessous de moi, je baissai la voix.

« — Il est blessé. On vient de l'attaquer.

« — Quoi ?

« — Le meurtrier a sauté par la fenêtre.

« Le reflet du plafonnier faisait une grande tache de lumière sur le sol et je voyais distinctement son visage. Il exprimait l'incompréhension la plus totale. Je me fâchai.

« — Remue-toi un peu. Tu comprends, oui ? Ton père est blessé.

« Il parut sortir enfin de sa torpeur et cria : "J'arrive."

« Je me retournai et ce fut Raoul qui me dit :

« — Il est mort.

« Il avait repoussé le corps sur le dos et je vis la blessure qui poissait de sang ses cheveux, au-dessus de la tempe droite. Le malheureux avait reçu un coup violent. Roland entra dans la chambre suivi par Noémie, bouleversée, et qui tenait encore un bouquet de persil.

« — Elle n'a vu personne, expliqua Roland, qui avait repris son sang-froid. Si quelqu'un avait descendu l'escalier en courant...

« Je l'interrompis.

« — Nous-mêmes, nous l'aurions rencontré. Et toutes les portes donnant sur le parc étaient fermées. Noémie sortait de l'office. Nous, nous débouchions du salon.

« — Et moi, dit Roland, je me promenais sous les arbres.

« — Mais... est-ce que tu apercevais la fenêtre ouverte ? dit Raoul.

« — Bien sûr. Sans la regarder spécialement, mais elle éclairait l'allée.

« — Et quand tu es venu causer avec grand-père, elle était déjà ouverte ?

« — Oui. Mon pauvre père dormait toujours comme ça.

« Nous étions là, autour du corps, tellement abasourdis que nous paraissions comme transformés en statues. Et, le croiriez-vous, monsieur Robion, ce fut la brave Noémie qui se secoua la première.

« — Il faut appeler le Dr Rochas, dit-elle.

« — Et la police, décida Raoul qui, à partir de ce moment-là, prit toutes les initiatives, et notamment celle qui s'imposait : la fouille, une fouille complète des endroits où l'assassin aurait pu trouver un refuge. Et j'affirme que nous avons regardé partout. C'était relativement facile puisque la partie du château qui a été, depuis, convertie en hôtel, était fermée. Restait donc l'aile gauche, occupée par l'appartement actuel de Roland et la chambre d'amis. Eh bien, pas une trace, pas un indice. Par scrupule, munis de lanternes et de lampes électriques, nous avons également fouillé dans le parc. Rien. C'était Raoul le plus acharné. Il ne cessait de répéter : "C'est trop fort. C'est trop fort."

« Revenus dans la cuisine, où Noémie nous servit un remontant, ce fut encore Raoul qui résuma la situation : il n'y a pas trente-six issues. Il y en a trois : la fenêtre, mais mon père était là ; l'escalier vers le rez-de-chaussée, mais nous arrivions par là, mon cousin et moi, et l'escalier vers le second, mais Simon sortait de sa chambre et barrait le passage.

Durban jeta d'un air dégoûté son cigare.

— Votre papa, me dit-il, est certainement très fort, cependant il ne pourra pas faire mieux que la police, qui a tourné et retourné le problème. Faute de mieux, la solution qui a été retenue, c'est celle du crime de rôdeur. Si vous réfléchissez, le seul endroit possible reste la fenêtre. Entre le moment où Roland est descendu, a échangé quelques mots avec nous et s'est ensuite enfoncé dans le parc, il y a eu un petit intervalle qui aurait suffi à un malfaiteur pour atteindre la chambre, frapper mon cousin et, effrayé par le cri poussé par sa victime, s'enfuir par le même chemin.

Une objection me vint aussitôt à l'esprit.

— Voyons, monsieur Durban, si quelqu'un s'était cramponné au lierre pour monter et descendre, on aurait dû trouver, au pied du mur, des feuilles arrachées, des brindilles, des traces.

— Vous pensez bien que le commissaire qui conduisait l'enquête y a songé. On n'a rien trouvé. Et je vous défie d'envisager une autre explication.

— Vous m'avez pourtant dit que votre cousin était préoccupé, pendant le dîner, comme s'il avait redouté quelque chose.

— Simple impression.

— Et qu'il vous avait recommandé de tout fermer, continuai-je.

— Qu'est-ce que ça prouve ?

— Quand même ! Peut-être se sentait-il menacé.

— Dans ce cas, il l'aurait dit à Roland. Et puis, si l'on retient l'hypothèse d'un agresseur venu pour tuer, il aurait été armé. Cela sent l'improvisation. Non, croyez bien, monsieur Robion, que le commissaire Bazeille connaissait son métier. Il a imaginé je ne sais combien de pistes possibles. Nous aussi. Et l'assassin court toujours.

— Rien n'a été volé ?

Durban sourit et se leva pesamment.

— Vous êtes futé, jeune homme. Mais pas encore assez. Cette affaire-là restera toujours sans solution. Excusez-moi. Je me suis laissé prendre par ces souvenirs. Ils ne demandent qu'à revenir.

J'avais encore mille questions à lui poser. Hélas, je compris qu'il s'en voulait d'avoir tellement bavardé et, au fond, il valait mieux que nous en restions là. Si cette conversation avait duré, j'aurais été incapable de te la rapporter en entier et tu aurais rouspété, parce que tu es d'une exigence ! Sous prétexte que j'ai une mémoire comme du papier tue-mouches. Tout ce qui passe à portée s'y colle ; tu exiges les paroles exactes, les intonations, les silences, les hésitations. Tu me fais le coup dès que je te raconte quelque chose. Eh bien, mon pauvre vieux, je t'ai vidé mon sac. Le cousin Durban rentre dans la maison, et moi, comme j'ai besoin d'un bon coup d'air, je prends le chemin de la plage. Mets-toi à ma place : Alfred Nourey, d'abord. Et puis cette musique d'outre-tombe, et puis l'empreinte funèbre, et puis le récit du mystère et, en toile de fond, l'affreuse nuit... mais ça, c'est pour bientôt. Ma parole, je titube entre les dunes. C'est une sarabande d'images dans ma tête. Je ne sais plus ce qui est vrai, ce qui est faux, et je m'abats de tout mon long sur le sable. Un sable aussi beau qu'en Bretagne, qui file comme de l'eau entre les doigts, et il y a encore de joyeuses puces de mer, en dépit de la pollution. Ça saute. Ça crépite. Ça se moque bien des revenants et des cailloux baladeurs. Permets que je dorme. Je n'en peux plus.

Me Robion entra dans la chambre de François.

— Quoi, s'écria-t-il, toujours en train d'écrire. Allez, fais-moi le plaisir de t'arrêter un peu. Qu'est-ce que tu peux bien raconter à Paul ? Et on dit que les filles sont bavardes. Embrasse-le. Signe. Et moi, je mettrai ta lettre à la poste, en allant à Saint-Pierre.

Il s'assit dans le fauteuil, après l'avoir débarrassé d'un pull-over et d'une chemise chiffonnée.

— Le croirais-tu, François, je suis fatigué. Il est charmant, Bazeille, mais il s'imagine que tout le monde a le temps, comme lui. Alors, il te fait visiter son jardin, te fait goûter un petit blanc du pays et sa femme vient nous rejoindre et on parle de ceci, de cela... et moi j'enrage parce que l'affaire Chalmont commence à m'embêter sérieusement. Il est gentil, Raoul, et je suis prêt à lui rendre service, mais une enquête policière, non, ce n'est pas mon affaire.

— Tu as vu les rapports ?

— Oui. J'ai fureté dans les archives. J'ai interrogé pas mal de monde, et du monde pas toujours complaisant. On a l'air de penser : « Qu'est-ce qu'il vient nous ennuyer, celui-là. » Finalement, je ne suis pas plus avancé. Il me reste à parler avec Roland. J'aimerais en savoir plus long sur l'acheteur qui s'intéressait au château. J'ai l'impression que Roland n'a pas tout dit. Peut-être connaît-il le meurtrier. Il a pu apercevoir l'homme, au moment où il fuyait à travers le parc. Allez, laissons tout ça, mon petit François. Et toi ?

— Oh ! moi.

— Ne me dis pas que tu mènes ta petite enquête derrière mon dos.

— Bien sûr que non.

— Tu parles avec qui, par exemple ?

— Eh bien, avec Alfred Nourey, avec M. Durban... Avec Simon... Il m'a montré la collection de soldats de plomb.

— Tu es plus avancé que moi.

— Elle est formidable. Et M. Chalmont, maintenant, veut reconstituer l'ossuaire de Douaumont. Tu sais, papa, il est fou.

M. Robion médita un instant.

— Il n'y a pas de fous, murmura-t-il enfin. Il n'y a que des gens qui souffrent. Si, un jour, tu es avocat, rappelle-toi cela. Et puis ?... Qu'est-ce que tu as encore appris ?

— Rien. Ils ont tous l'air de penser que le château est hanté.

— Et toi, tu le crois ?... Sois franc. De toi à moi, ça t'excite, hein ?

— Heu... Oui, un peu.

Me Robion se leva brusquement, sourit et déclara avec douceur.

— Bon... Allons dîner... Et dans quelques jours, je te ramènerai à Paris. L'air qu'on respire ici ne te vaut rien.

— Et ton enquête ?

— Attention, François. Je n'ai pas promis à Raoul que je découvrirais la vérité. Je lui ai simplement dit que je chercherais.

— Tu comptes retourner à La Rochelle ?

— Non. Je vais rester ici. Je t'ai un peu trop négligé, mon pauvre bonhomme. Alors, c'est promis. Plus de château à fantômes, plus de conciliabules morbides. La plage, la baignade, un bon sommeil et c'est tout. Maintenant, finis ta lettre. Assez écrit pour aujourd'hui. Et n'oublie pas de saluer les parents de Paul.

— Attends. J'avais encore quelque chose à lui raconter.

— Demain. Tu n'as jamais goûté la chaudrée charentaise. Tu vas m'en dire des nouvelles.

IV

Cher vieux cul-de-jatte,

Tu en fais de belles ! Oh, je ne t'en veux pas, note bien. Mais tu m'as mis dans un drôle de pétrin. On n'a pas idée, non plus, de... Oui, d'accord, je t'ai envoyé une lettre inachevée. Ce n'est pas ma faute. C'est papa qui l'a carrément fermée d'autor. Il y a des moments où on est bien obligé d'obéir, qu'est-ce que tu veux. Aujourd'hui j'ai le temps et j'en ai des trucs à te raconter. La nuit, la fameuse nuit dont je t'avais promis le récit, eh bien, c'était de la gnognote, de la toute petite bière, à côté de ce que tu vas entendre. C'est pourquoi je la laisse tomber, cette nuit. Sache seulement qu'il y avait quelqu'un dans ma chambre, que j'ai eu une trouille épouvantable, que j'ai fini par sonner Simon, qu'il est venu, le pauvre vieux, en pyjama et les pieds dans des mules, qu'il a allumé et... qu'il n'y avait personne. Ça a l'air dingue. Dis-le ; n'aie pas peur : c'est dingue mais c'est comme ça. Il y avait quelqu'un, j'en suis sûr, peut-être pas quelqu'un comme toi ou moi. Plutôt un quelqu'un d'impalpable, une espèce de fluide, si tu préfères. Tu te rappelles les propos d'Alfred Nourey... les influences à distance, les galets qui atterrissent sur les meubles, à travers les murs. J'avoue que ces histoires me trottaient dans la tête. Je pensais : si cela m'arrivait, je deviendrais cinglé. Or, cela vient de m'arriver et tu vois... oh, et puis je vais tout reprendre en détail. Ça me fait du bien de causer avec toi.

Donc, mon père prend ses quartiers au château. Ça signifie qu'il ne cesse de fouiner, d'interroger l'un, l'autre. Il compare les déclarations actuelles avec les déclarations passées, celles qui ont été consignées dans les rapports de police. Il examine les lieux plutôt deux fois qu'une. Il a demandé à Raoul d'ouvrir la fenêtre par où le meurtrier aurait pris la fuite. Il a emprunté un mètre pliant à Simon et il prend des mesures. Il bat les taillis du parc. Qu'est-ce qu'il ne fait pas ? Je lui demande :

— Qu'est-ce que tu cherches ?

Il me répond :

— Rien. Je vérifie. Plus tard, mon petit François, tu verras que ce qui est vrai, c'est ce qui est vérifiable.

Et il repart, la loupe à l'œil. Non, quand même, il n'a pas de loupe, mais il est tout le temps à essuyer ses verres de lunettes. C'est la première fois que je le vois en plein travail. J'aimerais qu'il me mette au courant, qu'il ne me traite pas en gêneur. Son café, après le déjeuner, il va le prendre dans un coin du salon, avec Raoul, et ça chuchote, ça tient des messes basses. Si tu t'approches, mine de rien, c'est tout juste si papa ne dit pas : « Va jouer ! » Eh bien, le voilà, mon jeu : je t'écris et il ne saura rien de ce que je te confie et pourtant j'en sais plus que lui. Où en étais-je ? Oui, mon père, etc.

Deux jours se passent. Nous étions à table, dégustant des moules marinières, la folie de papa. Il est pire qu'un vieux matou. Le petit Michel s'amène.

— On vous demande au téléphone, m'sieur Robion.

T'aurais vu la figure du matou, tout le poil hérissé. Il froisse sa serviette, l'applique d'une claque sur la table. Il revient pas plus d'une minute après, l'air mauvais.

— C'était pour toi, ton ami Paul.

Du coup, je saute en l'air.

— Oh, tu sais, il a été bref. Le temps d'échanger quelques politesses et il m'a dit textuellement ceci : « Ne le dérangez pas. J'ai bien reçu sa lettre. Je vois qu'il n'a rien compris au scrabble. Quant à sa fameuse nuit, il peut se la garder. » Il n'était pas content du tout. Tu peux m'expliquer ce que signifie cette fameuse nuit ?

Ce que j'ai pu te maudire ! Et je me sentais rougir, rougir. Devais-je avouer ? Par-dessus ses lunettes, il lançait sur moi un regard de juge et non plus d'avocat. Je me fis une âme de prévenu endurci.

— Bof, c'est rien, rien de rien. Un cauchemar absurde. Je lui avais promis que ça l'amuserait. Tu comprends, je cherche à le distraire, le pauvre vieux. Et puis, j'ai oublié.

Il n'a pas insisté. Mais tu avais bien besoin de téléphoner ! Pour ce qui est du scrabble, c'est vrai que je n'y pige rien. Et c'est peut-être vrai, aussi, que j'enjolive ce que je te raconte. Pour t'amuser, je cherche d'abord à m'amuser un peu. Mais si vous êtes tous contre moi, alors j'arrête. Et tu ne sauras jamais ce que j'ai découvert dans ma valise, sous mes chaussettes. Ah, c'est tellement extraordinaire que je suis déjà en train de le raconter malgré moi. J'avais du sable dans mes chaussettes. Ici, je ne sais pas comment tu te débrouilles, mais tu as sans arrêt du sable dans tes chaussettes. Sous les dents aussi ; ça craque. C'est le vent qui le fait voler. Je reviens dans ma chambre. Note qu'elle était fermée à clé, bien entendu. Ma valise bien en ordre, sur le coffre. Tout bien en ordre. Je m'applique : depuis que papa, sous un prétexte ou sous un autre, passe jeter un coup d'œil. L'intérieur de la valise, impec. Les pull-overs, les slips, les tricots de corps, les chemises, les mouchoirs, comme pour une inspection. Et les chaussettes rangées au fond. J'en prends une paire, comme ça, sans regarder, rien qu'au toucher et quelque chose tombe. Je ramasse la chose. Un grand coup au plexus. C'est une petite croix de bois, de sept ou huit centimètres ; tu vois. Et coiffée d'un casque, auquel on a donné une espèce d'affreuse patine, comme s'il avait été repêché dans la boue des tranchées. Oui, un casque de Verdun. C'est sa jugulaire qui l'attache au sommet de la croix. Je le dégage. Je le tiens dans le creux de ma main. Le cœur tumultueux, j'admire le travail de l'artiste. Roland, évidemment. Il a poussé le souci de la vraisemblance jusqu'à bosseler le métal, jusqu'à marquer la trace du coup mortel. Le casque est gros comme un dé à coudre. Je le mets sur mon doigt que j'agite, et je suis obligé de m'asseoir. Cette épave sinistre, cachée dans ma valise ! Ah, je comprends maintenant la panique de cette malheureuse femme, en découvrant les inexplicables galets.

Mais moi, c'est pire. Je suis spécialement concerné. D'ailleurs... j'aperçois deux minuscules initiales, au centre de la croix. Difficiles à déchiffrer, car elles paraissent comme délavées par les intempéries. Mais il me semble bien que la première lettre est un S et la seconde, un A. Ça peut se rapporter à un Sallabert Alphonse, ou à un Sudreau Robert, ou à n'importe quel poilu imaginaire. Ça peut aussi signifier Sans Atout. Je tremble, oui, mon vieux. C'est plus fort que moi.

Sans Atout ! Personne, à Bugeay, ne connaît ce sobriquet, papa mis à part, évidemment. Alors pourquoi cette menace m'est-elle adressée ? Ou bien s'agit-il d'un de ces mystérieux objets qui se matérialisent n'importe où, sous une influence psychique que je n'arrive pas à comprendre. J'essaie de me dominer. Je ne suis pas beau à voir. Ma pensée se débine de tous les côtés, comme une bête affolée, et pour la rattraper, tintin ! Elle se débat. C'est qu'elle me mordrait, l'affreuse. Je suis obligé de lui parler doucement. D'abord, ce que j'ai pris pour un S et pour un A, eh bien, à y regarder de plus près, ce serait plutôt des numéros. Un 8 et un 11, peut-être. 811. Le 811ᵉ régiment. Ça peut exister un 811ᵉ régiment ? Ça doit forcément exister, à cause du maniaque souci d'exactitude de l'artiste. Et là, je tiens sans doute un petit bout de la vérité. Roland Chalmont a commencé, dans le secret de son atelier, à réaliser son cimetière militaire. Il va planter côte à côte des centaines de croix minuscules, chacune avec son casque et son numéro. Et ma croix, celle que je tiens en ce moment, vient de là-haut. C'est bon de réfléchir, mon petit Paul. Tu respires plus large. Et tu te mets à entrevoir les vraies questions. La vraie question, car, au fond, il n'y en a qu'une : qui a apporté ici cette petite croix ? Pas Roland. Il se tient à l'écart comme un lépreux. Pas Simon. Pas Raoul. On aurait voulu m'effrayer, me donner je ne sais quel avertissement, on aurait posé l'objet bien en vue sur la table. On n'aurait pas eu l'idée saugrenue de le cacher dans un endroit où j'aurais très bien pu ne pas le trouver. Alors qui ?

Voilà qu'une autre idée survient à son tour. Et celle-là fait du ravage. C'est pendant la terrible nuit que je t'ai résumée que cette croix est venue (ou a surgi, ou s'est matérialisée) dans ma valise. Car enfin elle est peut-être là depuis un certain temps. Hop, ma pensée prend la clé des champs. Je me sens perdu. Je regarde stupidement mon index toujours coiffé du casque et qui le fait remuer comme un guignol sinistre. Ce qui m'arrive, c'est trop fort pour moi. Le mieux serait d'aller tout dire à mon père. Au secours, papa. Je n'ai plus la force de porter ma croix. Et puis, dans ces cas-là, les frayeurs les plus torturantes se produisent en rafales. Il me saute aux yeux que je risque aussi d'être accusé de vol. Si par une quelconque malchance on vient à découvrir la chose, n'importe qui — après tout, c'est facile d'entrer dans la chambre et de fouiller —, comment pourrais-je me défendre ? Accablé, je me laisse tomber dans le fauteuil. Quand tu liras ça, cher vieil estropié, réjouis-toi d'être comme tu es ; tout le monde te chouchoutant, te dorlotant, montant en somme la garde autour de toi, tandis que moi j'étais en première ligne pour affronter je ne sais qui, je ne sais quoi. Mais le danger était là. Ça je le sentais dans mes os.

Et alors que m'arrive-t-il ? Eh bien, je m'endors. Peut-être l'excès de la peur. Je dors une bonne heure et, quand je me réveille, je m'aperçois que je tiens toujours la petite croix dans ma main. Autrefois, j'avais besoin pour m'endormir de serrer un jouet contre moi. Cette fois, c'était la croix. Furieux de ce retour au premier âge, je la jette dans la valise avec son absurde casque et je vais me passer la tête sous le robinet. Un peu calmé, je me dis : « Ami Sans Atout, ce n'est pas le moment de lâcher. D'accord, tu es dans une demeure où le mystère s'est embusqué, mais tu ne vas tout de même pas, comme un môme, supplier papa de rentrer. » Et cette simple réflexion m'inonde d'une lumière. Pardi, mais oui, c'est bien ça. Si je suis visé, c'est pour me dégoûter, m'écœurer. Pour que je veuille partir. Et pas partir seul, évidemment. Ce sont les deux Robion qui sont de trop. C'est moi qui suis le plus vulnérable des deux. C'est donc moi qu'on attaque sournoisement. On pense qu'un gamin ça n'a pas de résistance. Eh bien, on va voir.

Et d'abord, silence, bouche cousue ; je ne dirai rien à mon père. Par jeu, tu te rappelles, je m'étais promis de ne pas lui parler de mes petites découvertes. Maintenant, ce n'est plus par jeu mais par précaution et pour ne pas entraver son enquête que je décide de tout garder pour moi. Voilà qui me rend du courage. Du coup, je change bravement de chaussettes et, ma valise dûment refermée sur la croix de Douaumont, je sors, après avoir donné deux tours de clé. J'ai besoin d'un peu de jogging sur la plage. J'aime, décidément, ce rivage à perte de vue, battu de plein fouet par une brise qui ne mollit jamais. Là, tu es libre ; tu es heureux. Et si tu te ménages dans un creux de dune, face à la mer, une niche bien chaude, une vraie petite tanière, tu es encore plus libre et plus heureux. Tu te dis que tu te fais une montagne d'une taupinière, que personne ne t'en veut. Bien au contraire, c'est peut-être Roland Chalmont qui a déposé pour toi ce petit cadeau, sachant par Simon que tu as admiré ses miniatures. Il passe, il entre, il s'en va, sans bruit. Comme s'il mettait un doigt sur sa bouche. « C'est pour toi, petit François, parce que toi et moi savons le prix de certaines choses. » Ainsi, j'aurais interprété comme un signe maléfique ce qui serait, en réalité, un signe d'amitié. Pourquoi pas ? Tu vois, c'est ça le miracle de l'espace, du vent d'Ouest venu du bout du monde.

Je me sens nettoyé, récuré, refait à neuf. Je serai prudent, discret, sur mes gardes ; je me promets de garder mon sang-froid. Quoi, c'est vrai, je ne suis pas physiquement menacé. Et quand je me serai débarrassé de cette croix... Oui, c'est par là qu'il faut commencer. Je me lève. Je m'ébroue. Je dois la rendre. Pas la détruire. Jouer franc-jeu. Pas dire : elle était dans mes chaussettes, bien sûr. Dire finalement : je l'ai trouvée, sans préciser où.

Je rentre en m'efforçant de ne pas réfléchir, discuter, ergoter. Droit au but. Je récupère la croix et son accessoire. Dommage de m'en séparer. Cette petite chose, tout en m'effrayant, me plaisait bien. Et je me mets à la recherche de Simon. Pourquoi Simon ? Parce qu'il est déjà venu à mon aide ; tu te rappelles. Si je m'adressais à Raoul Chalmont, d'abord, je ne saurais pas comment m'y prendre. Et puis il mettrait mon père au courant. Tandis que Simon, je le sens proche de moi.

Il n'est pas au bureau. Il n'est pas à l'office. Je finis par le repérer dans le potager, derrière le château. Il cueille des roses pour fleurir la salle à manger. Chaque table est ornée d'une fleur, petit détail que je t'offre en passant. J'attaque sans préambule.

— Est-ce que je pourrais vous parler ?

Très surpris Simon, surtout quand j'ajoute :

— J'aimerais mieux qu'on ne nous voie pas.

Il regarde autour de lui, puis, du menton, me montre l'appentis où sont rangés les outils de jardinage.

— Alors, monsieur Robion, qu'est-ce qui vous arrive ?

Je me contente de lui montrer la croix, sur le plat de ma main. Il sursaute. Ça, je peux l'affirmer. Il la saisit délicatement, hoche la tête d'un air qui signifie : ça ne m'étonne pas.

— Elle était cachée dans ma valise.

Il se tait toujours.

— Je suppose qu'elle provient de la collection de M. Chalmont.

Silence.

— Je ne l'ai pas volée !

Au lieu de répondre, il avance la tête hors de l'appentis, observe les environs, se retourne et me dit :

— A qui en avez-vous parlé ?

— A personne.

— Quand l'avez-vous trouvée ?

— Au début de l'après-midi.

— Venez, dit-il.

Nous voilà partis, l'un derrière l'autre. Il me conduit droit à la salle de la bataille de Verdun, allume toutes les lampes et se dirige vers une bibliothèque dont je n'avais pas remarqué la présence, au fond. Il ouvre un tiroir.

— Regardez.

Il y a là, en vrac, plusieurs douzaines de croix semblables à la mienne. Mais les casques qui les coiffent diffèrent. Je reconnais des casques anglais et même des casques à pointe.

— M. Roland s'est permis quelques fantaisies, explique Simon. Quand son œuvre sera terminée, je pense qu'il ne conservera que les croix dans leur nudité. Mais, en attendant, il s'amuse un peu.

L'étrange atmosphère de cette salle m'enveloppe à nouveau et me fait vaguement tourner la tête. Cet homme qui s'applique à fabriquer des casques, est-ce possible ?

— J'ai cru lire des initiales, dis-je, ou peut-être des chiffres.

— Non, rectifie-t-il, ce sont bien des initiales. S. A. Simon Arland, c'est moi. M. Roland, pour personnaliser chaque croix, utilise les noms de ses proches. Tenez, celle-ci. G. D. Georges Durban. Et ainsi de suite. Chaque soir, avant de se coucher, il façonne ainsi une demi-douzaine de croix. Sans ça, il ne pourrait pas trouver le sommeil. C'est une petite manie bien innocente, n'est-ce pas ?

— Mais quel rapport avec Douaumont ?

— Ah, je ne sais si je dois vous le dire. Vous serez discret ?

— Parole.

— Et bien, parmi les centaines de croix de l'ossuaire qui ne porteront aucun signe distinctif, il y aura, dissimulées adroitement, les tombes, à l'état symbolique, bien entendu, de tous les membres de la famille, depuis les origines.

— Et vous, monsieur Simon, vous n'êtes pas un Chalmont.

La remarque vient de m'échapper et je voudrais aussitôt la rattraper, tellement elle semble lui faire mal. Il corrige très dignement :

— Les serviteurs aussi sont des Chalmont.

Il couche parmi les autres la croix marquée S. A. et referme le tiroir, puis il ajoute :

— Quand tout sera terminé, il y aura notre petit cimetière caché dans le grand. C'est une belle idée, monsieur Robion.

— Et qui attirera un jour des visiteurs.

J'ai ajouté cela sans malice, mais je sens qu'il est vexé, choqué et presque malheureux.

— J'espère bien que non, dit-il. Que Bugeay devienne un hôtel ce n'est pas mon affaire. Un musée, ce serait grand dommage.

J'ai l'impression que l'entretien va s'arrêter là et je ne l'entends pas de cette oreille. Simon fait quelques pas vers la porte. Je le retiens.

— Je voudrais bien savoir comment cette croix est venue dans ma valise. Car enfin, elle n'y est pas venue toute seule.

Et comme il baisse la tête, visiblement embarrassé, j'insiste.

— Vous m'avez déjà dit qu'il se passait ici des choses insolites. Alors ?

— J'aurais mieux fait de me taire, murmure-t-il. Et pourtant, c'est vrai. Ça a commencé il y a longtemps. Un peu après la mort de M. Chalmont. Des choses bizarres... Le téléphone sonnait, personne au bout. Des bruits aussi, des coups légers à la porte d'une pièce ou d'une autre. Vous alliez voir : personne derrière. Ou bien, c'étaient des tiroirs qui s'ouvraient tout seuls. Vous les repoussiez et aussitôt ils se rouvraient. Quelquefois, c'était un objet qui changeait de place. On l'avait laissé en un endroit, on le retrouvait ailleurs. M. Roland disait : « N'ayez pas peur. C'est papa. » N'empêche que notre cuisinière et notre jardinier de l'époque ont préféré partir. C'est à cause d'eux que le pays a commencé à s'écarter de nous. Moi, vous savez, on se fait à tout. Je me suis habitué à ces choses. M. Roland et moi, on parlait ensemble du défunt monsieur comme s'il avait encore été là. Quand M. Roland a eu l'idée de ces soldats, il m'a simplement dit : « Ça fait tellement plaisir à papa. » Et pareil pour les croix. Moi, monsieur Robion, je ne suis pas instruit. Je ne peux pas vous expliquer comment cette croix s'y est prise pour arriver dans votre chambre ; mais ce que je peux vous affirmer, c'est que personne, ici, ne songe à vous causer de désagréments.

Tu imagines mon état. Lui, il parle de ces phénomènes du ton le plus naturel. Je me sens glacé. Autour de moi, la bataille immobile. Devant moi, Simon bien tranquille, et qui semble dire : « Il n'y a vraiment pas de quoi s'étonner. Les choses vivent ; voilà tout. » Mais c'est justement cette vie sourde, incompréhensible, qui me terrorise. Et je ne suis pas le seul.

— Vous allez perdre vos pensionnaires, dis-je.

— Eh, je sais bien. J'ai prévenu M. Raoul. Bah ! lui, il ne croit ni à Dieu, ni au diable. Il est persuadé que quelqu'un nous en veut. Voyez-vous, monsieur Robion, un château ancien, c'est comme une personne qui a eu des hauts et des bas. On peut être pauvre. On reste fier. On n'accepte pas de se monnayer.

Il éteint, me pousse respectueusement vers le couloir, et ferme à clé.

— J'oublie quelquefois, s'excuse-t-il. J'ai tellement de soucis. Bonne journée.

Je n'ai plus envie de sortir. Je n'ai plus envie de rester. Je n'ai plus envie de rien. Même pas de continuer cette lettre. La vérité, c'est que j'ai beau avoir la tête solide, trop c'est trop. Je te laisse, mon petit vieux. Tu as peut-être une jambe dans le plâtre, mais tu ne vis pas, comme moi, dans un rébus, et je t'assure que ce n'est pas drôle.

A demain ou à un de ces jours. Affectueusement.

Sans Atout.

Et ne téléphone plus, surtout.

François n'eut pas le courage de se relire. Il colla l'enveloppe. L'adresse. Le timbre. Voilà l'occasion d'aller jusqu'à Saint-Pierre pour la poster. Me Robion, au salon, fumait une cigarette.

— Seul ? demanda François.

— J'attends Raoul.

— Je te rapporte quelque chose de Saint-Pierre ?

— Non. Merci.

— Tu as l'air fatigué.

— J'en ai surtout assez de perdre mon temps. Nous n'allons pas tarder à rentrer, mon petit François. Assieds-toi là une minute.

Il passa un bras autour des épaules de son fils.

— Je suis sûr, dit-il, que tu voudrais savoir où j'en suis. Eh bien, je vais te décevoir. Mon enquête est un échec. Je n'ai pas fait mieux, jusqu'à présent, que la police. Quelqu'un est entré dans la chambre, a tué le vieux Chalmont et a filé aussitôt. Je t'expliquerai tout ça un jour. Ce que j'affirme, c'est que ce quelqu'un n'était pas un rôdeur, mais probablement un individu qui savait ce qu'il faisait. Le châtelain mort, Roland Chalmont héritait. Ce que je crois, c'est qu'on le jugeait plus facile à manœuvrer que son père. Peut-être se laisserait-il séduire par une offre d'achat intéressante. Enfin, j'en suis là. J'ai l'impression que, si je connaissais l'acquéreur éventuel... j'y verrais plus clair. Au fond de l'affaire, il y a une question d'intérêt ; j'en mettrais ma main au feu. L'intérêt, François, toujours l'intérêt. Tu verras... Mais je ne sais pas pourquoi je te raconte tout ça. Va, François, promène-toi. Et n'écoute pas parler les gens.

Eh oui, lui aussi, il butait sur le même obstacle. Un meurtrier ne compte pas sur une arme de hasard, trouvée sur place. François ruminait ce problème, en marchant. A quoi bon chercher ? Si la police, si son père continuaient à barboter, ce n'est pas lui qui apercevrait une solution. Il se rappelait les paroles de Simon. Il se rappelait aussi les propos d'Alfred Nourey. Des images de films qui revenaient en mémoire : *Carrie, La Mort en ce jardin*. Et cela le révoltait. Jamais il n'accepterait de s'humilier devant le mystère. Au temps de Shakespeare, on pouvait peut-être croire qu'« il y a, sur la terre et au ciel, plus de choses que n'en contient la philosophie ». Mais c'était une ânerie. Des tiroirs qui s'ouvrent tout seuls ! Allons donc. Et l'autre vieille bête disant : « N'ayez pas peur, c'est papa. » Non et non. François adorait les contes à dormir debout, tant que c'étaient des contes. A partir de l'instant où ils commençaient à déborder, comme un brouillard, sur la réalité, alors : halte-là !

François mit à la poste la lettre destinée à Paul, et aperçut Mme Bibolet, devant le garage de l'Océan. M. Bibolet, quelques pas plus loin, montrait au garagiste son break Peugeot d'un air dégoûté. Ces deux-là, au moins, ne risquaient pas d'être troublés par des coups frappés dans les murs. François s'approcha et comprit très vite que tout n'allait pas pour le mieux.

— C'est intolérable, criait M. Bibolet. Je vais porter plainte. Ah ! monsieur Robion, puisque vous êtes là, regardez ce qu'ils m'ont fait.

Les portières du break étaient ouvertes.

— J'ai pour quinze cents ou deux mille francs de dégâts, continuait M. Bibolet.

François vit que la banquette arrière de la voiture était souillée par une épaisse couche de fumier.

— Il n'y a plus qu'à la vendre, pleurait Mme Bibolet.

— C'est arrivé quand ? demanda François.

— Sans doute la nuit dernière, gémit-elle. La voiture était sur le parking de l'hôtel, bien à l'abri, et voilà... Faut-il quand même qu'il y ait des vandales.

— Oh, dit le garagiste. Des vandales, ça m'étonnerait. Le mieux, pour vous, c'est de quitter Bugeay. Le coin n'est pas sain.

M. Bibolet, furieux, donna un coup de pied dans une roue, et s'adressant à François :

— L'hôtel est responsable et je vous fiche mon billet que les choses ne vont pas en rester là.

Le garagiste semblait sceptique.

— On aurait crevé vos pneus, dit-il, je comprendrais. Il y a des petits voyous ici comme ailleurs. Mais du fumier, ça, c'est spécial. Surtout que... il n'y a pas de ferme à côté du château. Alors, d'où ça vient-il ? Et du beau fumier. Je connais plus d'un jardinier qui en voudrait.

— Je vais faire établir un constat, décida M. Bibolet.

— Vous avez prévenu M. Raoul Chalmont ? demanda François.

— Oui. Naturellement. Il ne comprend pas.

— Ou bien il fait semblant, dit le garagiste.

V

De l'aveugle au paralytique, salut !

Et quand je dis l'aveugle, je n'exagère pas. Car je navigue en plein cirage. Si tu es prêt, accroche-toi. Je vais encore t'en apprendre de belles. Est-ce que je t'ai raconté l'épisode du fumier dans la voiture des Bibolet ? Peut-être pas. Je ne sais plus comment je vis. Bon. Je t'apprends donc que les malheureux Bibolet ont trouvé leur break plein de fumier. Pas aux places avant, remarque, mais derrière. Tu aurais vu ça ! Les garnitures fichues. Un désastre. Comment cela s'est-il produit ? Quand ? Tout le monde donne sa langue au chat. L'auto était sur le parking, au bout du parc. C'est un peu loin de l'hôtel, et, je ne sais pas si je te l'ai écrit, le parc est entouré d'un haut et solide grillage, comme on en met autour des tennis. Alors, il y a deux écoles :

1° L'école Robion, je parle de papa. Pour lui, il s'agit d'un sabotage délibéré. Objection : où l'a-t-on pris, ce fumier ? Réponse : l'enquête de la gendarmerie le dira (bien sûr, les Bibolet ont déposé plainte. Mais ça, je vais y revenir). Et les gendarmes mettent leur nez partout dans le pays. Tu vois la scène : « On vous aurait pas volé du fumier ? » etc. C'est du Laurel et Hardy. Et qu'est-ce que tu veux qu'on trouve ? Quelques pelletées de fumier, sur un gros tas, ça passe complètement inaperçu. Quant à expliquer comment la chose a été réalisée, mystère, une fois de plus. Or, ça n'a pas dû présenter de grosses difficultés. Papa estime qu'on a dû se servir d'une brouette, en pleine nuit, naturellement. Une grosse brouette. Il fallait être costaud. Et puis il a fallu ouvrir la grille qui ferme la propriété. Papa prétend que la serrure n'a pas dû résister beaucoup. Enfin, un vrai sac d'embrouilles.

2° L'école Nourey, maintenant. Alfred rigole quand on lui parle de sabotage, de brouette, de serrure. Pour lui, c'est clair : le « démon » continue d'opérer. Il dit le « démon » sans attacher au mot un sens religieux. C'est tout bonnement un mot commode pour désigner une influence qu'on connaît mal, et qui est peut-être aussi naturelle qu'un phénomène magnétique. D'ailleurs, il me semble que je t'ai déjà fait part de ses théories. Objection : quel rapport entre un phénomène magnétique et une brouettée de fumier ? Ce n'est pas ça qui l'arrête, tu penses. Toujours d'après lui, ce qui se matérialise, à l'insu du « porteur » (j'emploie son vocabulaire), c'est une forme inconsciente de haine. Le petit Michel en voudrait aux Chalmont et il serait satisfait si tous les pensionnaires donnaient congé et disparaissaient.

Avoue que, dans le genre « élucubrations saugrenues », on ne fait pas mieux. Et pourtant... oui, et pourtant les deux écoles aboutissent à la même conclusion. Pour papa, quelqu'un cherche à ruiner Raoul. Pour Nourey, aussi. La seule différence c'est que, pour papa, le coupable reste inconnu, alors que pour Nourey, il n'y a plus aucun doute ; c'est Michel.

Mais la théorie de papa a un mérite que n'a pas l'autre : elle relie entre eux tous les événements, depuis le meurtre du vieux Chalmont jusqu'à l'incident Bibolet ; comme si, dans l'ombre, un impitoyable adversaire s'acharnait sur la famille Chalmont, ce qui met le petit Michel à l'abri des soupçons, puisqu'il n'est à Bugeay que depuis quelques mois. Et moi, là-dedans, je suis la balle de ping-pong qui vole d'une raquette à l'autre, d'une explication à l'autre.

Je finis, ce n'est pas des blagues, par être tout endolori. Je me sens moulu. C'est un vrai passage à tabac. Qui a raison ? Si je voulais être franc jusqu'au fond, eh bien, je pencherais pour Nourey. Parce que moi, je n'ai pas rêvé. Il y avait bien quelqu'un dans ma chambre en pleine nuit, et il y avait bien une croix de bois dans ma valise. Et si on cherchait à nous faire fuir, papa et moi, il me semble qu'on ne s'y prendrait pas autrement.

Je ne sais plus. Mais j'en étais à la plainte des Bibolet. Le raffut que cette histoire a pu provoquer dans l'hôtel ! Le vieux loup de mer, aussi sec, a demandé sa note. Bon vent ! Mlle Daguet a mêlé ses larmes à celles de Mme Bibolet et a juré, à son tour, qu'elle ne resterait pas un jour de plus. Et puis, il y a eu un premier journaliste, de *La Petite Gironde*. Clic, clic, je te fais des photos à tout va. Et puis un second journaliste, de *La France du Sud-Ouest*. Clac, clac. L'auto endommagée, l'estafette de la gendarmerie. Raoul, catastrophé, répétait : « Je n'ai plus qu'à fermer. » Et papa : « Je te défends, François, tu entends, je te défends de te mêler à ça. » Ah ! je te promets que c'est dur de côtoyer un fait divers dans la peau d'un sourd et muet. Quoi ? Et d'un aveugle ? Oui, si tu veux. L'adjudant de gendarmerie ne m'a même pas interrogé. Il n'y en avait que pour papa. « Maître par-ci, maître par-là... Vous croyez que... Parfaitement, maître. » Je me suis taillé puisque j'étais de trop et j'ai rencontré le cousin Durban, qui fumait un énorme cigare, en se promenant sur la plage.

— Le vent de suroît, m'a-t-il dit, ça change le goût du tabac. J'aime mieux un vent plus sec.

Celui-là, il plane. Les événements survenus avant-hier, il s'en moque.

— Mon sentiment, dit-il, c'est que ce pauvre Raoul va être obligé de renoncer à son projet. Pour rembourser ses créanciers, il vendra. Bugeay passera en d'autres mains. Et l'on oubliera vite tous les racontars. La seule vraie victime, ce sera mon cousin Roland. Je ne le vois pas allant vivre ailleurs. Déjà qu'il n'a pas la tête très solide. Je serais curieux de savoir ce que votre papa pense de lui.

Il mettait le doigt sur un point sensible.

— Papa, dis-je, aurait bien voulu le rencontrer. Pour le saluer, d'abord. Normal. Et puis pour lui poser quelques questions. Rien à faire. Il ne veut voir personne. C'est du moins ce que prétend son fils. Maintenant, est-ce que c'est vrai ?

— Absolument vrai, affirma Durban.

— D'après Simon...

Durban m'interrompit vivement.

— Simon est aussi fou que lui. Et en plus, il flatte ses manies. L'espèce d'harmonium dont joue Roland, je suppose que vous l'avez entendu ?

— Oui, bien sûr.

— Vous avez reconnu la musique ?

— Non. Je n'ai pas fait attention.

— Dommage. Ce sont les airs que son père préférait. Il les écorche, naturellement. Il n'a jamais été un bon exécutant. Mais c'est Simon qui le pousse. Et vous savez ce qu'il lui dit ? « Quand vous jouez, monsieur est là. » Ah ! ils font un drôle de ménage, tous les deux !

La marée monte. Nous nous éloignons du bord. Soudain, Durban me saisit le bras.

— Mon cher garçon, je vais être franc. Il est grand temps que Raoul ferme la boutique et bazarde Bugeay. Sinon, ça finira mal. Retenez bien ce que je vous dis.

C'était avant-hier. Tu devines dans quel état d'exaltation j'étais quand je me suis couché. Je me suis barricadé une chaise calant la porte. J'ai failli regarder sous le lit et je crois bien que je l'aurais fait si je ne m'étais pas vu dans la glace de l'armoire, ce qui m'a rendu une espèce d'assurance. Mais je ne me suis pas déshabillé. Je n'ai pas éteint la lumière. Je suis resté allongé sur la couverture, écoutant rêver le monde, au-delà des murs, le vent, la mer, les arbres du parc et, de temps en temps, quelque poutre fatiguée. Je pensais vaguement à des choses. Ce culte que Roland rendait au vieux Chalmont, c'était plutôt sympathique. Sans doute Roland ne se pardonnait-il pas d'avoir quitté son père sur des mots de colère, dans la violence d'une querelle sur laquelle il n'y avait plus moyen de revenir. Tout se passait comme si le vivant s'efforçait encore d'apaiser le mort. A minuit, ça, je pouvais le comprendre, si, à midi, ça me semblait absurde. La vérité suit la marche de la lumière et change avec elle. Je me fabriquais, comme ça, de grandes pensées solennelles. Et finalement, je me réveillai à huit heures, ankylosé, fourbu et plein d'une curiosité morbide. Quelle surprise cette nouvelle journée me réservait-elle ?

Je ne veux pas te faire languir. Elle m'en réservait deux, et pépères. Petit déjeuner, rien à signaler. Si pourtant. Papa grognon mais qui s'oblige à rester auprès de son ami Raoul pour le réconforter et l'aider. Il n'y a plus qu'un pensionnaire : Alfred Nourey. Savoir si Raoul va continuer à assurer les frais du service pour lui seul. Les Bibolet n'ont pas quitté l'île. Maintenant, ils sont installés à Saint-Pierre, un hôtel d'une étoile, pas d'ascenseur, une table réputée médiocre. Ils attendent que leur break soit remis en état et, oubliant leur scrabble, se répandent en propos empoisonnés sur Bugeay. Arrive l'heure du déjeuner. Papa, toujours courtois, invite Nourey à se joindre à nous. Et Nourey, peut-être pour épater papa — comme si quelque chose pouvait l'épater —, enfourche son dada. Tu sais : la télékinésie, la transmission de pensée, les expériences de Geller, les cuillères qu'on tord à distance. Papa, pour s'amuser, riposte par les OVNI, les petits hommes verts, la quatrième dimension... Et c'est moi qui suis épaté et même sidéré. Il savait ça et ne m'en avait rien dit !

Mais ce n'est pas encore la première surprise. Elle vient plus tard, quand je suis seul dans ma chambre, où je me suis retiré sous prétexte de faire une petite sieste ; en réalité parce que je suis d'humeur boudeuse. Ce Nourey m'a exaspéré. Je viens d'inspecter ma valise. J'ai bien le droit de m'attendre au pire.

On gratte à la porte. C'est Simon. Et devine ce qu'il me dit :

— M. Roland serait heureux de vous voir.

La foudre, mon vieux. La foudre qui me tombe sur la tête.

Comment ! Cet homme qui ne parle à personne, qui ne reçoit personne, que papa n'a pas encore pu rencontrer, veut me voir ! Je me sens pâlir. Pardi, Simon lui a raconté, pour la croix ; il s'imagine que je l'ai prise et que, saisi par le remords ou la crainte, je l'ai rapportée et il attend des explications.

— Cela ne vous dérange pas ? reprend Simon.

Tu parles ! Non seulement cela me dérange mais ça me scie les jambes. Il faut bien y aller, pourtant. Je bafouille je ne sais quoi, et en route pour l'antre de l'ogre. Tu connais le chemin aussi bien que moi jusqu'au musée. Mais on le dépasse et on entre par la porte marquée *Privée*. Il y a une première pièce qui fait un peu figure de vestibule. Je suis trop ému pour lui prêter attention. Une seconde, qui me paraît être une salle à manger. Ensuite un bureau avec des classeurs, un téléphone.

— C'est là que je travaille, dit Simon.

J'avais oublié qu'il assurait une espèce de secrétariat, sous la direction de Raoul Chalmont. Il me le rappelle et m'indique une porte à ma droite.

— L'appartement de M. Raoul.

Vient un bout de couloir éclairé par une espèce de veilleuse. Je ne soupçonnais pas l'existence de ce dédale. Ah, quand même, nous sommes arrivés. Simon toque doucement. Je réunis mes forces, rassemble toutes mes raisons de ne pas avoir peur. Simon sait bien que je ne suis pas un voleur. Simon, s'il s'était méfié de moi, ne m'aurait pas montré les miniatures, etc. En un clin d'œil, ou de pensée, comme tu voudras, je me fabrique une innocence que je me plaque sur la figure, en vitesse, et j'entre.

Tu m'attends là. Tu te dis que Zorro vient d'arriver. Qu'est-ce qu'il voit ? Eh bien, d'abord, une pièce très vaste, très haute, encombrée de meubles qui paraissent très beaux ; mais ça intéresserait surtout un commissaire-priseur. Et puis, j'aperçois deux fenêtres du coin de l'œil. Elles sont fermées, volets clos. La pièce n'est éclairée que par des appliques dont la lumière tombe sur un grand tableau, le portrait en pied d'un officier que, par discrétion, je regarde à peine. Avant tout, je cherche des yeux le maître du lieu. Le voilà, assis dans une bergère, au coin de la cheminée où rougeoient des braises. Le croirais-tu ? Dehors, c'est le printemps, la saison des vêtements légers, et lui, il se chauffe encore. Il est vêtu de ce que j'ai bien envie d'appeler une houppelande, un machin à brandebourgs qui lui cache les jambes. Il me fait un signe amical.

— Approchez, jeune homme... Asseyez-vous près de moi.

L'accueil est encourageant. Simon avance un fauteuil et je m'installe en face de l'étrange bonhomme. Il ressemble beaucoup à son fils, en plus pâle, en plus craquelé, comme une photo oubliée dans un portefeuille. Sur sa poitrine pend une paire de lunettes que retient une chaînette passée autour de son cou ; souvent, les vieilles dames s'équipent ainsi. Et ce détail, je ne sais pourquoi, achève de me rassurer.

— Ce château, commence-t-il, n'est pas très gai pour un garçon de votre âge.

Il médite un instant et reprend :

— Pour moi non plus, d'ailleurs. Mais, à mon âge, il suffit de vivre parmi ses souvenirs.

Il s'interrompt, se penche pour tisonner, et j'en profite pour observer, maintenant que mes yeux sont habitués au clair-obscur. Je découvre l'harmonium, dont les touches luisent. Placé comme il est, il semble contempler le tableau. Ce portrait est certainement celui du mort, dont je revois la silhouette dessinée sur le tapis de la chambre. Noble maintien, une main gantée de blanc sur le pommeau d'un sabre. Cinq galons sur la manche. je le croyais capitaine. J'interrogerai Simon, puisque je viens d'entrer dans l'intimité de son maître. Le visage est sévère et de là-haut laisse tomber sur nous un regard de juge. Ça ne doit pas être drôle de vivre ici avec l'impression tenace d'être surveillé.

— Simon, merci. Tu peux nous laisser, maintenant.

Je note le tutoiement. Simon est bien plus que le factotum. Il est le confident du maître. On voit ça dans Corneille ou Racine. Peut-être Roland Chalmont va-t-il continuer à parler en alexandrins. Tu vois, je te fais part de mes impressions les plus fugitives et ce n'est pas ma faute s'il me vient un accès de gaieté bien que je n'aie aucune envie de rire.

— J'ai appris, dit-il, l'intérêt que vous portez à mes œuvres. Pour les apprécier, il faut avoir su garder l'esprit d'enfance et ce n'est pas le cas des gens qui viennent à Bugeay. On s'empresserait de raconter partout que je n'ai pas toute ma tête. Eh si, croyez-moi. Je connais la vie. Mais vous, c'est différent. Et je vais vous dire quelque chose. Dans cette maison où, depuis des années et des années, on n'a jamais entendu rire une femme ou un enfant, vous êtes le premier qui...

Il soupira, regarda le portrait et reprit :

— Quel âge avez-vous, monsieur Robion ?

— Quatorze ans et trois mois.

— Et qu'est-ce que vous allez faire, plus tard ?

— Mon droit, je pense. Je voudrais être avocat, comme mon père. Mais il me laisse complètement libre.

— Je vois. Il a raison. Les jeunes, il ne faut pas leur forcer la main. Cela crée des conflits. Après, on regrette.

Je me rappelai les confidences du cousin Durban. Les querelles continuelles entre le père et le fils. Avec quel accent poignant, il venait de dire : après, on regrette.

— Je suppose, continua-t-il, que vous arrivez au bout de votre séjour.

— Je ne sais pas.

— L'enquête de Me Robion, si j'en crois Raoul, est pratiquement terminée. J'aurais peut-être dû m'en entretenir avec lui, mais à quoi bon revenir sur le passé ?

Il rêva encore un moment. J'avais de la peine à le suivre. Qu'attendait-il de moi ?

— Vous pouvez m'accorder encore quelques minutes... Je désirerais vous montrer mon atelier.

Il se leva et se dirigea vers le fond de la pièce.

— Venez, François.

Tu te rends compte ? François, comme ça. De plain-pied. J'étais son ami, moi qui venais juste de le voir pour la première fois. Incroyable ! Mais c'était bien une façon de vieux solitaire, méprisant désormais les usages.

— Attention à la marche.

Il y avait un escalier rapide, plein de tournants, et mal éclairé.

— Je vous précède... Nous y sommes.

C'était plutôt un bric-à-brac qu'un laboratoire, en dépit de l'établi encombré de boîtes et de fioles, et du petit four de céramique. Tout voisinait avec tout : le matériel de menuiserie, la lampe à souder, les planches, les pinceaux, les tubes, la perceuse électrique... Je renonce. Et naturellement les clous, les pelotons de ficelle, une grosse loupe, des pinces d'horloger, et dans un coin une vieille pendule dont le balancier représentait un soleil.

— Excusez, dit mon hôte. Il y a un peu de désordre. Mais tant pis. C'est mon coin préféré.

Il débarrassa une chaise qui supportait une blouse mouchetée de taches de couleur.

— Asseyez-vous, je vous prie. Personne n'est jamais venu ici. Vous vous demandez pourquoi je vous ai invité. Eh bien, c'est pour vous faire un cadeau.

Il tira à lui, le pied en crochet, un petit escabeau sur lequel il s'assit en face de moi.

— Mon père a été blessé à Verdun, très gravement. Il s'est retiré à Bugeay. C'est son portrait que vous avez vu en bas.

— Remarquable, dis-je.

— Merci. C'est moi qui l'ai peint, de mémoire, après sa mort. Je l'ai peint en colonel. Ça lui aurait fait plaisir. Faire plaisir à nos défunts, mon cher François, il n'y a rien de plus important. Il adorait commander. C'est pourquoi j'ai fabriqué ces soldats de plomb. Ils sont sous ses ordres.

(Tu vas encore m'accuser d'exagérer, d'enjoliver. Pas du tout. Je te jure non seulement qu'il était sérieux, mais qu'il parlait avec son cœur. Attends la suite.)

« Après moi, dit-il, le château sera vendu. Mon fils ne partage pas mes goûts. Il est vrai que je ne partageais pas, moi non plus, ceux de mon père. Depuis, heureusement, nous nous sommes réconciliés. Ma collection de soldats et mon ossuaire iront, par testament, au musée de La Rochelle. Sauf cette petite figurine, que je vous destine pour que vous gardiez mon souvenir.

Je protestai.

— Non. Il ne faut pas.

— Mais si. Je tiens absolument à récompenser votre honnêteté. Je suis au courant, par Simon, de votre joli geste... Vous vous souvenez... ma petite croix, qui s'était égarée chez vous. D'autres que vous auraient — je ne sais pas — protesté, exigé des explications. Comme si on pouvait expliquer ce genre de choses, qui se font malgré moi. Vous, au contraire, vous avez compris qu'il valait mieux me rapporter, par l'intermédiaire de Simon, cet objet qui s'était sauvé.

Il avait joint les mains, entre ses genoux, et secouait pensivement la tête.

— Ces petites choses, reprit-il, c'est espiègle.

Je t'avoue que le mot me fit sursauter, et je me sentis soudain mal à l'aise comme on peut l'être de quelqu'un qui n'a pas sa raison. Il me sourit avec une grande bienveillance.

— Puisque vous aimez mon travail, voici ce que je vous demande d'accepter en toute simplicité.

Il étendit le bras et attrapa sur l'établi un petit paquet enveloppé dans de l'ouate, comme une pierre précieuse.

— Je l'ai fini hier soir. J'ai hésité entre la trompette et le clairon, pour une question de proportions. Finalement je crois que le clairon vous plaira davantage.

Ce disant, il sortit délicatement de sa gangue protectrice une minuscule statuette que j'identifiai au premier coup d'œil. Je te le donne en mille : c'était un zouave, pas plus haut que l'index, mais admirable par le fini du détail. Je le mis debout sur ma paume. Tout y était : les culottes rouges, bouffantes, prolongées à mi-mollet par des guêtres blanches, la large ceinture bleue, le dolman doré de soutaches dorées (je crois que ça s'appelle des soutaches, je me renseignerai), la chéchia, bien sûr, légèrement inclinée sur le côté et enfin la pièce maîtresse, le clairon, brillant, astiqué de frais, pas plus gros qu'un de ces trombones qui servent à attacher des feuillets, mais ce n'est pas tout. Par souci de vraisemblance, le clairon sonnait. Le zouave, cambré, le tenait devant sa bouche. Il avait les joues gonflées. Je n'en croyais pas mes yeux. Oui, on devinait le souffle qui, passant de l'homme à l'instrument, faisait retentir quelque musique guerrière. D'ailleurs quand tu viendras à la maison, tu verras toi-même si je mens.

Roland me guettait, un peu anxieux, comme un artiste devant son public.

— Prodigieux ! dis-je.

Une expression de joie profonde éclaira son visage maigre.

— Merci, murmura-t-il.

Je voulus le lui rendre. Il repoussa ma main.

— Non. C'est pour vous.

Il insista aussitôt.

— Pour vous seul. Ne le montrez pas trop. Et veillez bien sur lui. Qui sait quelle idée peut lui passer par la tête. Vous seriez venu un mois plus tôt ou un mois plus tard, ç'aurait été tout différent.

Il hésita, me regarda dans les yeux et baissa la voix.

— Mon cher François, je compte sur votre discrétion. Dans trois jours, exactement, ce sera l'anniversaire de la mort de mon pauvre père. Enfin, de la mort, c'est une façon de parler, vous vous en doutez bien. Mais c'est une date qui... non, je ne rêve pas. Vous savez, j'imagine que le vin travaille dans les fûts quand revient l'époque des vendanges, que beaucoup d'animaux marins connaissent le rythme des marées... bon... Eh bien, ici, c'est la même chose. Quand revient cette date, il se produit autour de moi une espèce de zone de turbulence ; je ne trouve pas d'autre mot... Ça commence une dizaine de jours avant ; ça se prolonge une dizaine de jours après... C'est la maison qui entre en transes. Je n'y peux rien. Et, par exemple, vous l'avez vu, il y a des choses qui semblent s'animer. Bien sûr, on peut nier le phénomène. Mais moi, je sais. Alors je vous confie mon zouave. Je lui ai dit, en lui donnant le dernier coup de pinceau : « C'est pour François. N'oublie pas. J'espère que tu sauras te tenir. »

Heureusement, vieux frère, que tu es là et que je peux faire le point avec toi. Parce que, si j'étais seul, je deviendrais dingue. Il y a papa, oui, d'accord. Je lui ai d'ailleurs raconté la scène. Je lui ai montré le zouave. Je n'ai pas eu l'impression de trahir Roland. Et le secret professionnel, alors ! Papa m'a écouté sans m'interrompre. A la fin, il m'a dit :

— Mon cher Sans Atout, vous déraillez complètement. Je vous croyais la tête solide et vous n'êtes encore qu'un petit garçon.

La douche froide. Je comprenais bien qu'il plaisantait pour m'aider à reprendre pied. N'empêche, j'étais furieux. Il changea de ton aussitôt.

— François, demain, je te mettrai dans le train de Paris et tu rentreras chez nous. Ce séjour ici ne te vaut rien. Crois-moi, nous n'assistons pas à un spectacle de magie noire, mais à un drame. Tu vois ça avec les yeux de ton âge. La réalité est moins merveilleuse.

— Tu la connais ?

— Je commence. Et j'ai pitié.

— Tu sais qui a tué le père Chalmont.

— Pas encore. Ce que je pressens est bien triste.

Je plaidai ma cause, naturellement. Je n'allais pas me faire renvoyer sans livrer un baroud d'honneur. Tous les arguments y passèrent : ma santé, que le climat de l'île était en train de restaurer ; ma situation privilégiée au château, puisque j'étais dans les bonnes grâces de Roland Chalmont ; les renseignements que je pourrais peut-être réunir, si l'on ne me mettait pas des bâtons dans les roues. Et que penserait maman, si je rentrais seul ? Bref, j'obtins un sursis, à la condition de rester à l'écart.

Hélas ! le sursis ne dura pas longtemps. Et ça, c'est ma deuxième surprise, celle que tu enrages d'attendre depuis le début de cette lettre. Je suis bien obligé d'aller mon petit train, un détail après l'autre. Sois tranquille, le récit de l'incendie va venir. Avant, il y a ma conversation avec Nourey. Je la rapporte parce que ses réflexions rejoignaient maintenant les miennes. Je le rencontrai à Saint-Pierre, où il achetait des pellicules pour son Kodak. Il me dit :

— Monsieur Robion, j'ai changé mes plans. Je vais écrire un roman sur Bugeay.

Il m'entraîna vers la plage et je te résume ses propos. D'abord, il renonçait à incriminer le petit Michel. A la réflexion, il estimait que le personnage capable de produire les phénomènes qui l'intriguaient, ce pouvait bien être Roland Chalmont lui-même. Cet homme qui avait éprouvé à la mort de son père une émotion terrible, bouleversante, et qui, ensuite, s'était littéralement terré, prenant, contre le monde extérieur, une attitude de défense, eh bien, il s'était chargé, exactement comme un accumulateur, de forces mystérieuses dont on voyait les effets incontrôlés.

— Et ça ira en augmentant, poursuivit Nourey. Je suis à peu près sûr que ces manifestations ont commencé bien avant notre arrivée, sans doute sous une forme très atténuée. Mais maintenant, avec ces pensionnaires qui viennent troubler sa retraite, il éprouve un énorme sentiment de rejet et l'on se dirige vers un épisode de violence. Alors, je veux être là. C'est absolument passionnant.

Violent, le pauvre vieux solitaire qui m'avait reçu si amicalement ? Allons donc !

— Je ne me doutais pas que...

Nourey interrompit ma méditation.

— D'ailleurs, dit-il, nous en aurons bientôt le cœur net. M. Raoul, avec beaucoup de précautions, m'a annoncé tout à l'heure qu'il était forcé de renvoyer la lingère, le serveur et, justement le petit Michel, pour alléger ses charges. Il a l'air désespéré. La saison commence dans un mois. Il ne peut plus s'en sortir. Je me donne encore quelques jours et je chercherai un autre hôtel. Mais d'ici là, j'espère bien qu'il se passera quelque chose.

Suivit une longue promenade sur cette merveilleuse plage qui s'en va, dans le bleu, à l'infini. Je te raconterai la suite après le dîner. Ça creuse d'écrire comme je le fais. Et j'en ai bien encore pour une heure. En fait de dîner, ça ne va pas être très excitant. Table de hors-d'œuvre et buffet froid. On se servivra soi-même. Ça sent la déroute.

A très bientôt.

VI

Coucou, me revoilà. Finalement, le repas était très bon. Les coquillages, les crevettes, les crabes, excellents. Et les viandes, super. Surtout le mouton. Ne va pas t'imaginer que je bavarde pour te taquiner. Tout cela est important. Nous nous trouvons réunis au salon, Raoul, le cousin Durban, papa et moi. Un café pour Raoul. On voit bien qu'il vit sur les nerfs. Un anisette pour le cousin. Et papa et moi, chacun une verveine. La détente.

— Je t'ai dérangé pour rien, dit Raoul à papa.

— Je suis navré, dit papa. Qu'est-ce que tu comptes faire ?

— Je me le demande. Peut-être louer une partie de Bugeay à une colonie de vacances. J'ai un contact avec le comité d'entreprise d'une usine de Lyon. Ça me permettrait de gagner du temps.

Et juste à ce moment, un cri : « Au feu ! » Simon survient, affolé.

— Vite !... Ça brûle au 14.

T'aurais vu ce sprint ! Le 14, c'est une chambre au premier étage, la quatrième à droite. L'escalier est avalé, Simon en tête. Et tout en courant, il crie par-dessus son épaule : « J'ai le passe-partout. » Tu te rappelles sûrement la légende des Curiaces. Allons ! Le jeune Horace fuit devant eux... les Curiaces suivent comme ils peuvent... On t'a appris ça au collège, quand même. Ils le rejoignent en ordre dispersé. Nous aussi. D'abord Simon, qui farfouille dans la serrure. Et puis papa, moi derrière par correction, et le cousin Durban qui souffle tant qu'il peut, et enfin Raoul, qui a raflé quelque part un extincteur. Une épaisse fumée s'accumule aux joints de la porte. Ça sent terriblement le brûlé.

Simon réussit à ouvrir et la fumée se jette sur nous. On étouffe. On tousse. On pleure. Mais on distingue, à travers les larmes, quelques détails. On s'attendait à un embrasement. Non. C'est, pour ainsi dire, un feu de flammèches, qui dessinent en rouge le contour d'un fauteuil. Et puis la moquette aussi se consume par plaques.

— Sortez de là, ordonne Raoul. Dégagez.

Son extincteur entre en action et, cette fois, on est en pleine purée de pois. J'entrevois cependant Simon qui arrache un rideau. Il me semble qu'il le déploie comme un épervier au-dessus du fauteuil, tandis que Durban piétine la moquette, comme les soldats du feu, en forêt, pour éteindre les brindilles qui rougeoient. Je suis forcé de battre en retraite dans le corridor. La bataille, bientôt, s'apaise. Quelqu'un a ouvert la fenêtre de la chambre. Je risque un œil. Le fauteuil, recouvert du rideau et privé d'oxygène, s'est éteint, mais Simon secoue les mains comme s'il venait de s'échauder.

— Pouviez pas me laisser faire, grogne Raoul.

Encore quelques petits jets d'extincteur par-ci par-là pour liquider les fumerolles. Le combat est fini. On se retrouve au centre de la chambre, silencieux, accablés. L'odeur est horrible.

— On a encore eu de la chance, murmure Raoul.

Il se tourne vers Simon et lui soulève le poignet. La main porte des traces de brûlures.

— Allez vite soigner ça !

— Je n'ai pas pris le temps de réfléchir, s'excuse Simon. Je n'ai pensé qu'à étouffer le feu. Heureusement que j'ai senti cette puanteur. Un peu plus et tout flambait.

— La fenêtre fermée, la porte fermée, observe Durban. Comment le feu a-t-il pris ?

— La chambre est inoccupée depuis le départ de Mlle Daguet, dit Raoul.

Il allume le plafonnier et ajoute :

— Ce n'est pas un court-circuit. Alors ?

Papa, jusqu'à présent, s'est tu et je vois bien qu'il rumine des choses. Raoul l'interroge.

— A ton avis, est-ce que je dois téléphoner à la gendarmerie ? Il est évident que quelqu'un nous en veut. L'auto des Bibolet, et maintenant, ce feu. Il faut faire quelque chose.

Papa le prend par le bras et l'emmène dans le couloir où ils parlent à voix basse. Moi, je sens que j'ai intérêt à disparaître au plus vite. Sinon, je suis bon pour le train de Paris. Je laisse Durban et Simon discuter sur le meilleur moyen de guérir les brûlures et je prends le large. Ce qui signifie que je file m'enfermer dans ma chambre. Alors là, le manège des questions sans réponses commence à tourner vertigineusement dans ma tête. Qui dit incendie dit forcément allumette, briquet, pyromane. Or, la chambre était fermée à clé. Et qui dit incendie, du même coup dit : flammes, langues de feu s'envolant vers le plafond, tout de suite le grand jeu du désastre. Or, ce que nous avons vu, c'était plutôt un grignotement d'incandescence en train de ronger le fauteuil, une espèce de feu en tapinois. Je sais bien que les revêtements en acrylique ont une curieuse façon de brûler. Ils crachent surtout une énorme fumée toxique. Mais cette explication ne me satisfaisait pas. Et au bout d'un moment, je n'y tins plus. Tu me connais : dès qu'une idée se met à me pincer il faut que j'agisse. Je sortis dans le couloir. J'écoutai. Personne dans les environs. Une vague rumeur au loin, venant du rez-de-chaussée. L'état-major de crise devait tenir conseil au salon. Le chemin était libre jusqu'à la chambre de Nourey. J'y courus. Nourey parut content de me voir. Il était en train de lire un roman, qu'il referma en souriant, pour me prouver que je n'étais pas importun.

— Quel livre étonnant, dit-il. *Les Hauts de Hurlevent*, vous connaissez ?

— Non.

— Je vous le recommande. C'est vous qui répandez cette odeur bizarre ?

Je flairai mes mains, les manches de mon blouson. J'aurais bien dû m'inonder d'eau de Cologne.

— C'est le feu, dis-je. Il a pris au 14. On vient juste de l'éteindre.

— Oh, racontez-moi ça !

Il s'assit à califourchon sur sa chaise, l'air prodigieusement intéressé. Et moi, encore ému, je lui fis mon petit récit de Théramène[1]. L'alerte, le début d'incendie, la courageuse intervention de Simon, enfin tout... avec, en plus, quelques détails de mon cru pour ajouter au pathétique. Nourey était stupéfait.

— Ça se passait quand ? demanda-t-il.

— Il n'y a pas une demi-heure.

— Je n'ai rien entendu. Il est vrai que, quand je lis... Les dégâts sont importants ?

— Encore assez.

— Ça brûlait comment ?

— Ah, bonne question. Ça n'avait pas encore eu le temps de flamber pour de bon. C'était le fauteuil qui était entouré de petites langues de feu.

— De quelle couleur ?

— Tiens, c'est curieux. Maintenant que vous m'y faites penser, ça ne brûlait pas rouge-rouge, si vous voyez ce que je veux dire, mais plutôt avec du bleu, comme un punch.

— Classique, opina Nourey. J'en étais sûr.

Il avait soudain l'air du matou qui vient de croquer le serin.

— Je vous avais prévenu, reprit-il, ça ne rate jamais. D'abord les manifestations anodines, transports d'objets, tableaux qui se décrochent et autres phénomènes du même genre. Et puis apparaît la violence, et ça, ça peut aller loin.

Il se frotta les mains, eut un sourire carnassier, et ajouta :

— Ça va aller loin. Parce que, cette fois, c'est bien parti. Allons voir.

Il se leva, passa son bras sous le mien et m'entraîna vers le couloir.

— Ces feux inexplicables, poursuivit-il, n'ont pas tout à fait le même aspect que les autres. Ils brûlent bas, si j'ose dire, comme de petites flammes de gaz, et ils se déclarent n'importe où, de préférence dans des étoffes ou dans des vêtements. Tout cela est archi-connu.

— Qu'est-ce qui les provoque ?

— On suppose que, dans le voisinage de certaines personnes, il se produit une espèce de décomposition de l'air, qui devient inflammable, exactement comme cela arrive l'été en forêt par suite de la chaleur.

Il aime bien pontifier, l'animal. Et ce qui l'amuse, c'est qu'il me sent à la fois incrédule et gobeur. Il me porte le dernier coup.

— Pas besoin de chercher bien loin le responsable. C'est forcément M. Roland. Oh, il ne le fait pas exprès. N'empêche qu'il est dangereux et je crois bien que je vais, moi aussi, abréger mon séjour ici.

---

1. Personnage célèbre de *Phèdre*.

Nous arrivions en vue du 14. Noémie sortait de la pièce les meubles intacts, chaises, guéridon, table de chevet.

— Quel malheur, gémit-elle. Monsieur ne mérite pas ça.

— Où est-il ? demanda Nourey.

— Il est en bas, avec ses amis. Ils attendent les gendarmes.

Nous nous arrêtâmes sur le seuil. Les murs, le plafond, tout était noir. La moquette s'épluchait en tortillons roussis et, au centre de la chambre, le fauteuil, réduit à une carcasse rongée, offrait un spectacle de désolation. Nourey, à petits coups de tête, appréciait. Moi, je pensais : « Pourquoi ce feu qui s'est déclaré ici par hasard, ne s'allumerait-il pas aussi bien chez moi, quand je dors ? » Et il me vint une autre idée, pas plus rassurante. Mon zouave, que je gardais précieusement dans ma poche, n'était-il pas imprégné du fluide du vieux fou ? Ne risquait-il pas d'attirer ?...

Enfin, tu vois ce qu'un pauvre Sans Atout comme moi pouvait s'inventer de tourments. Et ce n'est pas fini. J'abrège, parce que je commence à tomber de sommeil. Ce sommeil, je le redoute autant que le malade, sur la table d'opération, craint l'anesthésie. Si tu ne reçois plus de mes nouvelles, c'est que j'aurai péri sur le bûcher. Adios !

Me Robion embrassa distraitement François.

— Est-ce que tu as bien dormi ?

— Oui, mentit François, pas mal.

— J'ai retenu une chambre pour toi à l'hôtel de l'Océan.

— Oh ! Pourquoi ?

— Parce que ta place n'est plus ici. Si je m'écoutais, je te renverrais à Paris, mais je ne veux pas alarmer ta mère inutilement. Comprends-moi bien, mon petit François, ce n'est pas une punition. C'est une simple précaution. Je prendrai mes repas avec toi. Tu ne seras pas seul.

— Où coucheras-tu ?

— Ici. Les choses sont en train de prendre une telle tournure que je dois rester encore deux ou trois jours, et puis nous rentrerons... probablement bredouilles.

— Tu n'as vraiment rien trouvé ?

Me Robion passa son bras autour du cou de François et se pencha vers lui :

— Il est déçu, mon jeune Sans Atout, n'est-ce pas ? Je vais te dire : si mon rôle était d'accuser, j'aurais peut-être quelqu'un à désigner aux autorités. Mais il ne nous appartient pas de faire état de nos soupçons, à nous autres, avocats. Tu vois, je te parle comme à un confrère. Un confrère un peu impulsif. Si on peut avoir sa petite idée, on la garde pour soi.

— Ah, fit Sans Atout, soulagé. Tu reconnais que tu as ta petite idée.

— Bien sûr. Mais aucune preuve. J'ai tâtonné longtemps. J'ai admis, comme tout le monde, la thèse de la police. J'ai suivi, en outre, la piste de l'homme qui voulait acheter la propriété. Je me trompais, la vérité me faisait peur. Tu verras : la vérité est souvent pire que le mal. Alors, à quoi bon remuer la vase. Raoul Chalmont se résigne. Bugeay est devenu l'objet d'une curiosité malsaine. Le seul moyen d'en finir avec les journalistes, les curieux, les malveillants, les faibles d'esprit, c'est de passer la main et de tout bazarder à n'importe quel prix. Quant à savoir qui a tué le grand-père Chalmont, au fond, ça n'a pas grande importance. Ce qui compte, maintenant, c'est d'éviter un nouveau drame.

François sursauta.

— Oh ! tu crois que...

— Je ne crois rien. Je pense, simplement, que, derrière toutes ces manifestations à grand spectacle, il y a un plan. C'est tout. Et maintenant, finis ton café et va faire ta valise.

VII

Hôtel de l'Océan, chambre 24
Mercredi

Cher vieil impotent,

J'ai quitté Bugeay. Qu'est-ce que tu veux, je ne suis pas le plus fort. C'est papa qui décide. Et il préfère me tenir éloigné du théâtre des opérations, comme s'il redoutait quelque accident majeur. Qu'est-ce qu'il a dans la tête ? Mystère. Ce qui me semble évident, c'est qu'il rejette la théorie d'Alfred Nourey, à supposer qu'on puisse appeler cela « théorie ». Mais de deux choses l'une, pour reprendre la formule qui t'a toujours agacé : ou bien, c'est Nourey qui a raison et il y a manifestation involontaire de forces psychiques mal connues, ou bien c'est mon père qui a raison et il s'agit d'un complot, de quelque chose de prémédité et de méthodique. Alors dans quel but ? Si Roland Chalmont est à l'origine de tout, veux-tu m'expliquer le coup des galets ou du fumier ou du feu ? Et je ne parle pas de la mort incompréhensible du vieux Chalmont. Non, ça ne tient pas debout. Papa est un as, et, pourtant, il se goure.

Toujours est-il que je suis en quarantaine, dans un endroit sans poésie. Plus d'harmonium. Plus d'ambiance, en un mot. Autour de moi, une curiosité à l'affût. La patronne a essayé de me tirer les vers du nez. Sylvette, la femme de chambre, ne cesse pas de me dire : « On est quand même mieux ici qu'à Bugeay ! Ici, personne ne vous empoisonnera. (Où a-t-elle pris cette idée bizarre ?) C'est vrai que vous avez vu le fantôme ? » etc. Je te fais grâce de toutes les sottises de ce genre. J'ai beau essayer de plaisanter, de ne rien prendre au sérieux, j'ai le moral à zéro. J'en arrive à me dire : « Vivement Paris. »

Heureusement, reste la plage, lieu bien commode de rendez-vous. J'y rencontre Nourey et le cousin Durban. Ils me tiennent au courant de l'enquête des gendarmes. Ces braves gens s'imaginent qu'en multipliant les détails précis — l'heure à la minute près, la description minutieuse des dégâts, les déclarations revues et corrigées des témoins — ils vont jeter quelque lumière sur l'affaire. Nourey hausse les épaules. Lui, il a mieux. Il a les photos. Depuis qu'il s'est mis en tête d'écrire le roman de Bugeay, il photographie dans tous les coins, très discrètement. Il se dépêche parce que Simon lui a dit que l'on ne pourrait pas le garder plus de trois ou quatre jours. Raoul va congédier le personnel. C'est curieux, cette impression que j'ai qu'on arrive au bout de quelque chose. Pourquoi ai-je le cœur vaguement serré ? Le cousin Durban, lui, ne se laisse pas entamer par le doute. L'incendie du 14, peuh, ça ne s'explique pas plus que le reste. Tout est dingue, dans cette maison.

Papa est toujours très actif. Il est retourné à La Rochelle. Je le vois juste à l'heure des repas et lui, qui aime bien profiter d'une bonne table, il mange sur le pouce. Il a tout de suite fini. Qu'est-ce que je peux faire ? Qu'est-ce que tu ferais à ma place ? (Pardon. J'oubliais que tu circules à cloche-pied.) Je visite les environs, la forêt des Saumonards (superbe !), La Cotinière, avec son petit port et ses filets bleus qui sèchent. Moi, Sans Atout, le limier réputé, je dégénère doucement en touriste. C'est bien la première fois que je bâille devant l'Océan. Peut-être ma prochaine lettre sera-t-elle postée à Paris. Tchao Pantin.

Jeudi

De l'aveugle au paralytique, salut.

L'aveugle, bien sûr, c'est moi, parce que j'en ai les yeux de l'esprit qui clignotent à force de scruter le mystère. Je nage, je coule, je bois la tasse, je me noie. Pourquoi papa a-t-il dit : « Derrière toutes ces manifestations, il y a un plan » ? Et note que cette idée m'a déjà effleuré, un jour. Je te l'ai même écrit : on cherche à nous faire partir. Tu te rappelles la chanson de ce pauvre Claude François : *Ça s'en va et ça revient* ? J'ai cette musique dans le crâne, sur des paroles à moi : *Y a pas de plan. Si, y a un plan.* Et comme ça tout le temps.

La rengaine a du bon parce que, sans y toucher, je prends peu à peu mes distances par rapport aux fantasmagories de Nourey. Ça s'en va de moi. Je me dis : « Comment ai-je pu croire !... La petite croix dans ma valise. On l'y a mise. La voiture souillée, quelqu'un l'a fait. Le feu a été allumé. *Y a un plan ! Y a un plan !* » Et tu sais pourquoi il y a un plan ? Parce que le soleil brille. Parce que la lumière, sur le sable, ne laisse aucune ombre, parce que la vie est belle.

Ouais, je t'entends bien : S'il y a un plan, c'est qu'il y a quelqu'un. Eh bien, pour le moment, je m'en fiche. Ce qui compte, pour moi, c'est d'être délivré de ces superstitions dans lesquelles je me prenais les pieds. J'ai peut-être tort. Je n'ai pas la prétention d'être plus malin que tous les savants dont me parle Nourey. Et c'est sans doute vrai qu'il existe des lieux où il se passe des choses. Des lieux comme Bugeay. Et bien j'en suis sorti et maintenant, ouf, je dors sans rêve ; je me balade sans rêve, et le petit zouave que je garde dans ma poche n'est ni un porte-bonheur ni un porte-malheur, c'est un joli soldat de plomb et rien de plus. Libre, mon petit vieux, voilà, je suis libre. Je suis idiot, puisque je continue à ne rien comprendre, mais je suis libre. Et je m'en vais me baigner. Je terminerai cette lettre au retour.

16 heures. Chère vieille chose, je suis un monstre puant. J'aurais dû, pourtant, me méfier. J'aurais bien dû me douter que la mécanique, dans ma tête, allait tourner toute seule, pendant que je prenais mon bain de soleil après avoir fait trempette. Oh, ça n'a pas traîné. Un plan ? Qui donc est en posture de ruminer un plan, à Bugeay ? Pas le cousin Durban, évidemment. Pas non plus Raoul, qui voit s'écrouler tous ses projets. Pas Roland ; il est gentiment timbré. Pas Simon, qui va se trouver à la rue, quand le château sera vendu ou loué. Alors qui ? Ne me réponds pas : personne. Car il peut y avoir un complice. Et forcément un complice d'un des quatre. Là, je te prie de remarquer que je n'y suis pour rien. Ce n'est pas moi qui dirige les opérations. Cette saloperie de cervelle fonctionne seule. J'ai beau me dire : « Où est-ce que je vais ? » Elle est déjà en train de répondre : « Pas un complice du cousin. Il n'a pas une tête à avoir un complice. Pas Raoul. Il est bien capable de se ruiner de lui-même. Et pas Simon, qui est tellement méfiant. Mais Roland, oui. » Une idée comme ça, je te jure, ça flanque un sacré coup. Et cependant...

— Reprenons, comme dit l'indésirable, le squatter qui loge entre mes oreilles. Le soir du crime, la police a conclu qu'un vagabond quelconque s'était introduit dans la chambre du vieux Chalmont, l'avait tué et s'était enfui par le parc. Or, qui était dans le parc ? Qui aurait pu laisser passer l'homme ? Qui aurait pu, par conséquent, être de mèche avec lui ? Roland, bien sûr, et lui seul. Quand tu tiens le bout de ce fil, tu peux avancer bravement dans le labyrinthe. Seulement, au lieu d'aller vers la sortie, tu te jettes dans les bras si j'ose dire, du Minotaure. Ce que tu découvres, c'est un nouveau mystère, pire que le précédent. Car il faut, maintenant, que tu expliques le reste : le revenant, les galets, le fumier, ma petite croix, tout, en un mot. Alors ? Toujours le complice ? Et pourquoi pas Roland lui-même, qui, après la mort de son père, aurait glissé dans une demi-démence ?

Moi, tu penses, je saisis la balle au bond et j'objecte, aussi sec :

— C'est trop commode. Le pauvre type aurait été assez malin pour se procurer un complice mais assez idiot pour devenir dingue ?

Tu crois que l'autre se démonte pour si peu ? C'est à peine s'il ne me traite pas de minus. Et la démonstration repart.

Roland, sous le coup de l'émotion, aurait perdu la tête. Et ce père qui, pendant si longtemps, s'était montré intraitable, impérieux comme pas un, tyrannique, despotique, imbuvable, ce père, pour Roland, ne pouvait pas être mort. Il devait fatalement survivre quelque part, sous une autre forme, et encore plus redoutable que dans sa peau de vieillard méchant. Et voilà comment le fou aurait ressuscité le mort !

Je t'assure qu'un dialogue comme ça, je ne l'invente pas. François contre Sans Atout. Sur des kilomètres de plage. Parce que, quand tu cherches la vérité, tu as besoin de mouvement. Aucun doute. Sans Atout menait aux points. Cette idée que Roland, après avoir plus ou moins organisé la disparition du vieux, était devenu inconsolable et, pour apaiser le mort, s'était arrangé pour lui procurer une seconde existence, oui, ça me plaisait bien. Surtout parce que d'un côté, c'était logique et raisonnable, tandis que, de l'autre, ça ménageait le surnaturel, le chouettement incroyable. Mais je n'allais pas rendre les armes aussi vite.

— Admettons. Ton explication vaut ce qu'elle vaut. Elle est monstrueuse. Elle fait de ce malheureux Roland, parasité par un fantôme...

Là, il m'arrête. Il ricane. Il me dit :

— Et Hamlet, alors ?

— Quoi ? Hamlet ?

— Il n'était pas un peu monstrueux, lui aussi ? Demande plutôt à Paul.

(Comme si, mon pauvre vieux, un matheux comme toi savait qui est Hamlet ! Tu vois la mauvaise foi de ce pion de Sans Atout.)

Bref, je boude un instant. Je fais des ricochets, d'une vague sur l'autre, et puis, malgré moi, je reviens à notre affaire, mais le cœur malade, parce que j'aime bien Roland, malgré tout, et, jusqu'à présent, Sans Atout a beau dire, mon accusation est purement théorique. Donc, j'attaque à mon tour :

— Et ce complice, ce serait qui ?

Toc ! C'est là le défaut de la cuirasse.

— Je n'en sais rien, reconnaît-il. Mais après tout, Roland, avant de s'enfermer à Bugeay, avait des amis, rencontrait des gens. Tiens, je repense à ce dessinateur industriel au chômage dont nous a parlé Nourey, tu te rappelles ?... L'un des premiers pensionnaires. Il a fait semblant de prendre peur et, au fond, c'est lui qui a commencé à créer cette atmosphère de panique qui...

— Attends ! Attends ! Ne va pas si vite. Tu oublies que le vieux Chalmont était mort depuis longtemps. Tu suggères que ton dessinateur était déjà, à cette époque-là, le complice de Roland.

— Pourquoi pas ? Et quand Roland a eu besoin de lui, à nouveau, il s'est ramené à Bugeay pour y jouer la comédie et effrayer les autres pensionnaires.

— Halte ! Impossible. Pourquoi Roland aurait-il eu besoin d'effrayer, comme tu dis, les pensionnaires puisqu'il était fou et que la légende du fantôme courait le pays depuis un bon bout de temps ?

Silence. Le vent qui fait voler le sable. Les mouettes qui flottent sur l'eau comme des canards en Celluloïd. Sans Atout est fatigué. Moi aussi. Nous nous rejoignons. Nous ne sommes plus que la même lassitude et je résume la situation en soupirant : « Y en a marre. »

Tu m'excuseras. Je me suis permis ce jeu de répliques pour y voir plus clair en moi-même. Tout cela est tellement embrouillé. Si encore papa acceptait de m'aider. Mais non. Je ne l'ai jamais vu aussi soucieux, ni aussi muet. Et puis la barbe. Je suis ici en vacances, que diable. Si je t'embête, dis-le. En ce moment, j'ai besoin d'un souffre-douleur pour lui refiler mes doutes, mes arrière-pensées. Et toi, tu es le bon gros rêvé. Je t'aime bien, tu sais. A demain.

Sans Atout

Vendredi

A moi, comte, deux mots. On lève l'ancre. Papa vient de m'annoncer que nous rentrons à Paris. Je lui ai demandé s'il avait trouvé le mot à l'énigme. Il m'a répondu sèchement qu'il n'y avait pas d'énigme. Alors, j'ai osé. Je lui ai dit :

— C'est Roland Chalmont, n'est-ce pas ?

Il m'a regardé d'un air sévère puis il s'est radouci.

— Décidément, a-t-il répliqué, tu ne seras jamais avocat. Ta voie, c'est la police.

Bien entendu, j'ai insisté.

— Il avait un complice.

Il a souri.

— Où vas-tu chercher tout ça ?... Roland, vois-tu, c'est un homme très malheureux. Mais on ne peut plus rien pour lui. Ni d'ailleurs pour Raoul. Allez. Va faire ta valise.

C'est une rengaine, à la fin. Je n'arrête pas de plier bagage. Tant pis pour toi. Tu n'auras jamais la clé du mystère. Moi non plus. A bientôt.

S. A.

Saint-Georges
Samedi

Chère vieille tête de linotte,

Alors tu as cru vraiment qu'on allait rentrer à Paris ? Quel innocent tu fais ! Après tout ce que je t'ai raconté sur Bugeay, tu devais bien penser que la série des coups de théâtre n'était pas close. Et justement, nous voilà coincés ici pour plusieurs jours. A cause de l'événement le plus inattendu, le plus surprenant, le plus extraordinaire, le plus exceptionnel que dis-je, le plus déroutant, le plus déconcertant, le plus imprévu... Ah ! pardonne-moi si je suis excité. Il y a de quoi. Je disais donc, d'un mot à ta portée, le plus tsoin-tsoin, qui se puisse imaginer. Roland Chalmont, tu te rappelles, le doux dingue, le somnambule, l'homme aux doigts d'or, le maître des soldats de plomb, eh bien, il est mort. Pas d'un infarctus, d'une embolie, d'une thrombose (j'ai toujours trouvé ce mot admirable. Il fait le bruit d'un avertisseur), bref, rien de cardiaque. Simplement d'une balle dans la tête. Quoi ? Mais pas du tout. Il ne s'est pas suicidé. On l'a tué, mon petit vieux. Ou si tu préfères, il a été assassiné. Comme son père. Et quand je dis : comme son père, j'entends par là que le meurtrier s'est volatilisé, une fois de plus. Je te vois bouleversé. Oui, forcément, tu l'aimais bien, toi aussi. Tu veux tous les détails. D'accord. Je n'ai rien d'autre à faire. Alors voici.

C'est le brave et fidèle Simon qui a buté sur le corps, ce matin, quand il est descendu sur le coup de six heures pour inspecter la cuisine. Et tu sais où il a trouvé le mort ? Dans le musée, au pied de l'armoire. Autour du cadavre, il y avait un éparpillement de petites croix. Ça, je suis tranquille, c'est une image que tu verras dans les journaux, parce que déjà les journalistes se sont abattus sur Bugeay, comme des mouettes sur une charogne. Le pauvre Simon, tu imagines le spectacle. Il court téléphoner, en claquant des dents (essaie, tu verras si c'est facile !) au médecin et aux gendarmes. Et puis il réveille tout le monde, mais il se tient sur le seuil de la porte et ne laisse entrer qu'un par un, pour protéger « son » champ de bataille. C'est ce que Nourey m'a raconté ; je le soupçonne d'être encore plus menteur que moi. Il était là, attiré par le bruit. Il a pris des photos, profitant du désordre. Je lui en demanderai une ou deux pour toi. Ici, j'ouvre une parenthèse (j'adore les parenthèses. Ce sont comme des issues secrètes, des trous dans le mur). J'ai l'air de prendre à la blague un événement qui a pourtant de quoi vous retourner. Et j'avoue que, sur le moment, j'ai été salement matraqué. Surtout ces croix autour du défunt. Ça me court sans arrêt derrière les yeux. Papa n'avait pas besoin de me consigner dans cette piaule. Il m'a dit — et sur quel ton — : « Je ne veux pas que tu ailles là-bas. Ce n'est pas ta place. » Il aurait aussi bien pu me montrer la niche et crier : « Allez coucher. » Alors, ma façon à moi de grogner, c'est de faire semblant de ne plus rien prendre au sérieux. Il l'a, son crime, qu'il le déguste. Moi, je suis bien libre de le traiter à ma manière.

Donc, arrive le toubib. Il constate le décès. Ensuite, les poulets se ramènent. Première constatation : la mort remonte à plusieurs heures, probablement autour de minuit. Le pistolet devait être d'un calibre moyen. Sans doute un 7,65 mais certainement muni d'un silencieux car personne n'a entendu la détonation, ni Raoul qui couche à quelques pièces de distance, ni Simon qui dort à l'étage au-dessus. A plus forte raison, ni mon père, ni Nourey, qui logent dans l'aile des pensionnaires. Je ne parle même pas du cousin Durban qui habite à l'autre bout du château.

Ça carbure, sous les képis. Par où le meurtrier est-il venu ? Par où est-il parti ? Simon, alors, se souvient brusquement que la porte du musée, sur le couloir, n'était pas fermée à clé. Il refait tous les gestes qu'il a déjà faits. D'abord, le téléphone, dans son petit bureau. Puis il court chez Raoul. Puis il va chercher papa et, pour finir, Durban. Et c'est à l'instant où, la tête un peu perdue, il sort dans le couloir qui mène aux chambres des pensionnaires, que la porte marquée *Interdit au public* s'ouvre au loquet. Pourtant, la veille, il est sûr de l'avoir fermée à clé. De minute en minute, le mystère s'épaissit. Les malheureux enquêteurs sont littéralement lapidés de questions. Que le meurtrier soit venu par le parc, qu'il soit entré par le vestibule ou la fenêtre de l'office, au fond, c'est secondaire. On verra plus tard. Mais Roland, qu'est-ce qu'il pouvait bien fabriquer, à minuit, dans son musée ? Avait-il rendez-vous avec son agresseur ? Et pourquoi cette poignée de croix répandues autour de lui ? Et pourquoi est-il habillé comme s'il s'apprêtait à sortir ? Et pourquoi ?... Et comment ?...

Ah, ce que j'aurais voulu être là pour ajouter mon grain de sel. On finit par enlever la dépouille après qu'un gendarme eut tracé à la craie le contour du corps. Encore un endroit où il sera défendu de marcher. Si ça continue, les parquets deviendront une marelle sanglante. La suite, elle est facile à deviner. Maman va apprendre la chose par la presse et elle va nous rejoindre, toutes affaires cessantes. Je ne pourrai plus bouger. Je n'aurai plus le droit de rôder autour de Bugeay, à l'affût d'une indiscrétion. Elle me dira que Nourey a un mauvais genre et que le cousin Durban n'est pas fréquentable. Et moi, privé de mes agents de renseignement, je n'aurai plus qu'à renoncer, à l'instant même où la vérité est peut-être sur le point d'éclater.

J'en suis réduit à me répéter : « Il est mort. Il est mort. » « Il », c'est Roland, mais j'aime mieux éviter de me prononcer son nom, parce que je le rèvois aussitôt, dans son fauteuil, avec ses yeux clairs, son air de vieux mage oublié, et ça me paralyse. « Il », ce n'est plus qu'une silhouette, au contraire. Une abstraction. Et cette abstraction, pourquoi l'a-t-on tuée ? Je suis beaucoup plus à l'aise devant un problème que devant un drame. Et je me mets à phosphorer de plus en plus fort, mains aux poches, cinq pas de la porte à l'armoire à glace, cinq pas de l'armoire à glace à la porte, et avec une énorme ride de concentration au front. Que reste-t-il de mes suppositions précédentes ? Presque tout et presque rien. Ce qui disparaît, notamment, c'est l'hypothèse du complice. J'ai mieux. J'imagine que, le soir où le grand-père Chalmont a été tué, Roland, dans le parc, a vu passer le criminel et ensuite il n'a pas osé parler. Il a dû reconnaître quelqu'un qui le touchait de près. Il a pris peur. Attends ! A la réflexion, j'ai encore beaucoup mieux. Ce quelqu'un s'est heurté à lui et lui a dit : « Si tu me dénonces, tu es mort. » La voilà, ma nouvelle trouvaille. Et mon malheureux bonhomme, à partir de là, est dévoré par le remords et perd, petit à petit, la boule. Ça, c'est la partie de mon raisonnement qui reste valable. Je suis même capable de la développer. (Tu sais, ça ne coûte rien !)

« Il » se place sous la protection de son père mort, cherche par tous les moyens à apaiser son ressentiment, lui joue de la musique, lui dédie une petite armée de soldats de plomb et surtout lui demande de tenir « l'autre » à distance. « L'autre », c'est l'assassin, qui, de son côté, redoute d'être dénoncé. Tu vois, c'est une petite construction qui se défend. Je vais plus loin : Raoul a l'idée d'appeler papa à son aide. Mais « l'autre » l'apprend, et aussitôt se dit que Roland, reprenant toute son assurance, n'hésitera plus à parler. Alors, il intervient d'une manière de plus en plus énergique. D'où le coup du fumier, puis du fauteuil brûlé. Et finalement, comprenant que c'est Roland qui est de trop, il le supprime.

Minute ! Tu permets que je boive un coup. Le temps de récupérer avant d'affronter les difficultés que j'ai mises de côté, et qui sont grosses comme des montagnes. D'abord, pour quelle raison le vieux Chalmont a-t-il tué ? On ne l'a jamais su. Et pourtant c'est ça le problème. Ça, d'ailleurs, je me réserve de le demander carrément à papa. Son idée, sa fameuse petite idée qu'il garde pour lui, elle pourrait bien être la réponse à ma question. Ensuite, qui serait coupable ? Un ancien ami de Roland ? Pas suffisant. On est amené à chercher beaucoup plus qu'un ami, un proche. Quelqu'un vivant à Bugeay et libre de se déplacer dans la maison pour y jouer ses tours de passe-passe, les galets, ma petite croix... Mais qu'est-ce que je raconte ? Si je ne me suis pas trompé, s'il y avait bien quelqu'un dans ma chambre, c'était lui.

Et la vérité m'a dégringolé sur le crâne comme une cheminée un jour de grand vent : le cousin Durban ! Le sceptique, l'incrédule cousin Durban, pourquoi pas ? Qui n'a pas cessé de hausser les épaules ? De dire qu'il n'y avait pas de mystère ? Que la version du crime de rôdeur était la seule bonne ? En somme, qui freine ? Qui a pris la peine de me raconter par le menu les circonstances de la mort du vieux Chalmont ? Et remarque, je ne lui demandais rien. Non. Mais il souhaitait que je rapporte cette conversation à papa, pour jeter le doute dans son esprit. Et qui est au château comme chez lui ? Qui se balade partout, avec son gros cigare au bec et son air bonasse ? Et qui va avoir sa petite ou sa grosse place sur le testament de Roland, si toutefois il en existe un ?

Je préfère m'allonger sur mon lit. J'en ai les jambes en coton. Tu ne m'en voudras pas si je m'arrête là. Tu peux me téléphoner, maintenant que papa est mobilisé au château. Appelle-toi si tu veux dans l'après-midi, entre cinq et six. Et moi, je te tiendrai au courant.

Affectueusement, mon cher Frisepoulet.

VIII

L'interminable pont, avec ses parapets comme des bastingages. On a vraiment l'impression d'être en mer, à cause du vent, des mouettes, parfois de l'écume qui vole et de ce quelque chose de vif, d'acide, qui aiguise les couleurs et donne envie de chantonner.

— Tu as l'air bien gai, dit Me Robion.

— C'est parce qu'on est loin de Bugeay, répond François. Quand on est arrivé, j'étais content. Et maintenant j'aime autant me sentir loin.

Me Robion double un car, regarde l'heure.

— On a le temps, fait-il. On peut se permettre de flâner. Moi aussi, j'en ai assez de Bugeay. D'abord, j'ai mes propres affaires. J'ai tout lâché pour venir en aide à ce pauvre Raoul, mais il doit bien comprendre que ça ne peut pas durer. Il le comprend, d'ailleurs. Je le plains. Il est effondré. Dès que l'enquête sera terminée, nous rentrerons.

— Maman va être bien fatiguée, avec ces voyages...

— Oui. Mais elle aime mieux être fatiguée près de nous que tranquillement installée à la maison. Qu'est-ce que tu veux, on ne la changera pas.

Ils parlent, le père et le fils, avec confiance et abandon, comme des amis qui se comprennent à mi-mot, mieux encore, qui se retrouvent. Ils ont eu des jours difficiles, de grogne, d'énervement. Le doux roulis de la voiture les rapproche, les incite aux confidences.

— La police n'en sait toujours pas plus long ? demande François.

— Non. Aucun résultat. On a juste découvert que l'arme utilisée appartenait au défunt. Il avait, dans sa chambre — d'après Simon —, un pistolet 7,65, qui a disparu. Toujours le même mystère irritant, qu'il s'agisse du père ou du fils. Tout paraît absurde. Le commissaire Dupreux m'avouait hier qu'il était complètement découragé. Il est habitué à travailler sur d'honnêtes faits divers : les violences banales d'aujourd'hui, hold-up, prises d'otages, crimes d'alcooliques ou de drogués. Mais cette histoire de châtelain abattu dans un musée de soldats de plomb, parmi les petites croix de bois d'un cimetière miniature, il y a de quoi démissionner.

Me Robion aborda la sortie du pont, un peu encombrée, avec précaution, et prit la route de Rochefort. Il regarda à nouveau la montre de bord et répéta :

— On a le temps. Surtout, François, tiens ta langue devant ta mère. Elle est déjà bien assez inquiète comme ça. Sauras-tu t'empêcher d'ajouter des détails de ton cru ?... Je le connais, mon Sans Atout. Ce qu'il ignore, il l'invente. Dis que ce n'est pas vrai ?

François éclata de rire.

— Je n'invente pas, protesta-t-il. J'arrange un peu. J'interprète. Ce n'est pas ce que tu fais, quand tu plaides ?

L'avocat lui donna une bourrade d'amitié, et reprit le volant fermement pour croiser un poids lourd.

— On ne peut pas discuter avec une pareille tête de bois, dit-il.

— Je me tairai, reprit François. C'est promis. Mais à toi, est-ce que je peux vider mon sac ?... Parce que je soupçonne des choses.

— Qu'est-ce que je vais entendre, soupira Me Robion.

— D'abord, dit François, je me suis demandé si Roland Chalmont n'avait pas, parmi d'anciennes relations, quelqu'un qui aurait pu le faire chanter.

— Bravo, approuva ironiquement l'avocat, ça commence bien.

— Ce n'est pas si bête, insista François. L'individu supprime le père de Roland, ce qui libère l'héritage et enrichit Roland.

— Tu m'as l'air de connaître à fond tous les événements qui ont endeuillé les Chalmont. Qui t'a renseigné ?

— Le cousin Durban.

— Ah ! j'aurais dû m'en douter. Méfie-toi, mon petit François. Il raconte n'importe quoi.

— Et si je te disais que je l'ai soupçonné d'être lui-même le maître chanteur, le complice de Roland. Non, n'aie pas peur. C'était pour jouer, parce qu'il faut bien examiner chaque cas.

Me Robion ne manifesta aucune surprise, mais il sortit une cigarette toute tordue de sa poche, faillit machinalement l'allumer et la jeta, pour finir, par la portière. Puis il regarda Sans Atout longuement, en hochant la tête.

— Tu appelles ça « jouer », fit-il. Mais est-ce que tu sais avec quoi tu joues ?... Pour toi, les habitants de Bugeay sont des pions qu'on pousse, qu'on enlève, qu'on remet. Tu décides que l'un est fou, que l'autre est un maître chanteur. Rien ne t'arrête. A la pensée que tu assistes à une enquête, tu ne te sens plus. Et pour « jouer », comme tu dis, tu enverrais n'importe qui en prison.

— Non, papa, quand même ! protesta François. Je joue seulement à être logique.

— Logique ! s'écria Me Robion. L'autre jour, tu étais prêt à accepter n'importe quelle sorcellerie. Maintenant, tu me demandes d'imaginer que Roland a pu faire assassiner son père.

— J'observe les faits, protesta François.

— Mais justement, ce ne sont pas les faits, ou ce que tu décores de ce nom, qui importent. Ce sont les sentiments. Moi, je dois entrer, d'abord, dans les sentiments des uns et des autres. C'est mon rôle d'avocat. Et crois-moi, mon petit, tu es encore un peu trop jeune pour lire dans les cœurs.

L'auto traverse Rochefort. Me Robion tâtonne un peu avant de trouver la sortie vers La Rochelle. Il réfléchit tout haut.

— Si son train n'a pas de retard, ta mère doit quitter Poitiers. J'espère qu'elle aura songé à emporter de quoi grignoter en route.

Il donne une petite claque sur le genou de François.

— Allons, bonhomme. Ne fais pas cette tête. Moi aussi, rassure-toi, j'essaie de raisonner. Mais en me rappelant toujours que n'importe qui ne fait pas n'importe quoi. Ce pauvre malheureux Roland, tiens, il n'y a qu'à voir comment il s'est puni de n'avoir pas été là pour défendre son père.

— Tu connais la raison de leur querelle ?

— Pas vraiment. Il est certain que le vieux Chalmont était décidé à vendre ou du moins à transformer le château en hôtel. Roland n'était pas d'accord, bon. Cela pouvait provoquer une brouille, à la rigueur. Pas un crime. La vraie raison de cette mort incompréhensible, personne ne la connaît parce que personne ne connaît le criminel, ses motifs, ses mobiles, ses passions... et surtout sa façon de procéder. Réfléchis qu'il a frappé dans un endroit habité, où chacun se tenait plus ou moins sur ses gardes. Et il a attendu le jour anniversaire de son premier crime pour commettre le second, en admettant qu'il s'agisse du même assassin. La police, bien entendu, a exactement réagi comme toi, parce qu'elle ne s'embarrasse pas de subtilités. Tout le monde a été mis sur le gril, Raoul, Durban, Simon, Nourey. Pas moi, quand même, mais presque. Naturellement, personne n'a d'alibi puisque tout le monde dormait. Côté domestiques, rien. Plus dévoués qu'eux, ça n'existe pas. Les faits, comme tu vois, ne sont pas bavards. Mais on pourrait peut-être parler d'autre chose, mon petit François. Tu n'es pas mon assistant, et j'aimerais bien qu'on change de conversation.

Le ton de Me Robion ne marque aucune irritation. Au fond, il n'est pas mécontent de ce petit entretien à bâtons rompus qui lui permet de garder le contact avec ce garçon qui arrive à l'âge difficile.

— Encore une question, papa.

L'avocat sourit.

— Une seule.

— Toi, en te fiant seulement à ton intuition, tu t'y reconnais un peu ? Tu m'as dit que tu avais une petite idée.

— Ce que tu peux être poison, répond Me Robion. Ma petite idée est si fragile que c'est à peine si j'ose la formuler. Alors, permets que je la garde encore pour moi.

Il regarde la côte plate, marécageuse, qui borde la route, un peu après Châtelaillon.

— La légende raconte qu'il y a eu ici une petite ville engloutie par la mer, dit François.

— Tu sais ça aussi, soupire l'avocat. Il sait tout.

— Pour en revenir à cette date anniversaire, commence Sans Atout.

— Ah non, s'écrie son père. Maintenant, ça suffit.

Silence, jusqu'à la gare de La Rochelle, qui paraît trop grande pour le trafic qu'elle abrite. Me Robion et François garent la Peugeot et l'avocat achète *Sud-Ouest*. En première page, il y a une photo du « Musée ». Titre en gros caractères : *L'énigme du château de Bugeay*. Et en sous-titre : *Le revenant a encore frappé*.

— Mon pauvre Raoul, murmure Me Robion. Les acheteurs ne vont pas se bousculer.

Un haut-parleur annonce le train de Paris.

Good bye, béquillard, je t'envie. Tu n'as qu'à te laisser dorloter. On est aux petits soins, pas vrai ? Tandis que moi !... Figure-toi que maman, depuis qu'elle est arrivée, est furieuse. Contre moi, parce qu'à chaque instant je file au château pour essayer de recueillir des bruits. Elle voudrait que je reste auprès d'elle pour lui raconter par le menu ce qui s'est passé ici. Elle prétend qu'on lui cache des choses (et c'est bien vrai). Et s'emporte contre papa, à qui elle reproche de m'avoir emmené avec lui. Ils s'accrochent dur, à cause de moi.

— Ces choses-là ne sont pas de son âge, dit-elle.

— Il est capable de comprendre la vie, réplique-t-il.

— Tu appelles ça la vie. Deux crimes répugnants. Mais regarde-le. Il ne pense qu'à ça. Il est toujours sous pression. Et de plus, il ment. Dès que je l'interroge, ce qu'il trouve à répondre, c'est : « On exagère. On dit n'importe quoi. Il n'y a jamais eu de revenant à Bugeay ! » Tu penses comme je le crois.

Naturellement, ils ne se querellent pas devant moi ; mais j'ai l'oreille fine et je suis bien embêté. Bien sûr, que je mens. Pourquoi, aussi, veut-elle tout savoir ? Cette histoire de fantôme la tracasse, la tourmente, l'effraie, parce qu'elle a toujours été superstitieuse. Tu sais : il faut éviter de passer sous une échelle, d'être treize à table, de laisser un chapeau sur un lit. Alors, un fantôme ! On a beau lui répéter que c'est une pure invention, elle nous répond que tous les journaux en parlent. Elle qui est si raisonnable, il n'y a rien à faire. Les fantômes et les araignées, c'est sa terreur. Remarque que je suis un peu comme ça. Quand je me rappelle ma fameuse nuit — celle que je t'ai racontée — j'en ai encore des sueurs froides. Ça, je le garderai toujours pour moi.

Je reprends ma chronique. Le testament de Roland a été ouvert. (C'est un tuyau Nourey. Il est au courant de ça, l'animal. Comment s'y prend-il ?) Aucune surprise. Raoul hérite de tout. Il y a quelques legs, pour le cousin Durban et pour le fidèle Simon, qui recevra une rente. En outre, l'acquéreur éventuel de Bugeay devra s'engager à l'employer au château, à un titre quelconque : concierge, jardinier, etc. Je n'y connais rien. Pourtant je doute qu'une pareille disposition soit valable. Quant à la collection de soldats de plomb, le testament en fait don au musée de La Rochelle, comme prévu. Reste à savoir si cette donation sera acceptée. Toi, ce qui t'intéresse, c'est d'abord l'enquête, évidemment.

Eh bien, nous ne sommes pas beaucoup plus avancés. Il y a eu, toujours d'après Nourey, une reconstitution vaseuse : l'assassin aurait pu entrer par la fenêtre de l'office, qui était demeurée entrouverte. Ça, du moins, c'est sûr. Mais après ? Le pistolet était dans la chambre de Roland. Tu vois ce trajet, depuis la cuisine. Et Roland n'était pas couché. Pourquoi ? On pourrait supposer qu'il a entendu un bruit suspect, qu'il a saisi son pistolet, qu'il a surpris le visiteur dans le musée, qu'il y a eu lutte et qu'il a été désarmé. Pas question. Aucune trace d'empoignade. Et puis qu'est-ce que Roland aurait fait avec la poignée de petites croix qui s'est éparpillée autour de lui ?

Il y a un autre détail qui me revient. Roland a reçu une balle dans la tempe droite, à bout portant, ce qui fait dire au commissaire qu'il connaissait son assassin et l'a laissé approcher sans se méfier. Papa n'est pas d'accord. Je vois bien qu'il est toujours travaillé par sa « petite idée ». Nous avons juste le temps d'échanger quelques propos à voix basse, comme deux complices quand maman se repose, à côté.

— Elle est encore fâchée ? dit-il.

— Oui. Encore un peu. Elle entend raconter, ici, par le personnel, des trucs idiots qu'elle me reproche de lui avoir dissimulés. Ah, elle n'est pas commode.

— Heureusement, dit-il, nous allons rentrer aussitôt après les obsèques. Je ne peux plus rien pour Raoul. Une fois chez nous, tout se tassera. Et nous pourrons expliquer calmement à ta maman ce qu'elle appelle nos cachotteries.

Je ris et papa me demande pourquoi. Alors, ça m'échappe.

— Ma nuit avec l'homme invisible.

Je m'arrête aussitôt. Je donnerais gros pour me rattraper. Papa m'examine soudain avec méfiance.

— Ta nuit avec l'homme invisible ? reprend-il.

— Bah ! Ce n'est rien.

— Si, justement. Est-ce que ton ami Paul n'y a pas fait allusion au téléphone, la semaine dernière ?

— Bof ! Un cauchemar. Pas la peine d'en parler.

— Pardon ! Pardon ! Tu as dit : l'homme invisible. Il s'agit donc d'un cauchemar précis, qui t'a marqué. Je t'écoute.

— Ça n'a aucun rapport avec...

Il m'interrompt.

— Je l'espère. Mais avec un gaillard comme toi, est-ce qu'on sait. Allez ! Nous disions donc que tu as vu, en rêve, un personnage fantomatique.

— D'abord, ce n'était pas un personnage fantomatique. Ce n'était rien du tout.

Et je lui raconte mes terreurs de cette nuit-là, sur un ton badin, pour ne pas avoir l'air trop cloche.

— N'allons pas trop vite, dit-il. Ces petits bruits, tu es sûr de les avoir entendus ?

— Oh ! parfaitement. A ce moment-là, j'étais bien réveillé.

— Et tu n'as pas osé allumer l'électricité ? Ce n'est pas un reproche. Je te comprends très bien.

— J'ai préféré sonner chez Simon.

— Fallait-il que tu sois secoué, mon pauvre François. Alors, il est arrivé.

— Oui. Il a frappé à la porte. Il a sans doute cru que j'étais souffrant.

— Et puis ?

— Eh bien, c'est tout. Il a ouvert. Il a allumé, et il n'y avait personne dans la chambre. Tu vois. C'est idiot.

Papa médite. Maman revient, maquillée, belle à ravir.

— Encore en train de comploter, dit-elle, en nous surprenant, pensifs

— Oh ! pas du tout, fait papa, qui veut paraître enjoué. Va, va devant. Je te rejoins.

Il se retourne vers moi, écarte les bras en un geste découragé, comme si j'étais le crétin de la classe et chuchote :

— Petit imbécile !

« Petit imbécile ! » Je m'attendais si peu à ça. C'est un monde. Mais je te le répète : depuis que maman est arrivée, le baromètre est à la tempête. Jamais papa ne m'a traité d'imbécile. Au contraire, quand il se moque de moi, ce qui est fréquent, c'est avec une espèce de considération, comme un ancien, initiant un bleu assez bien doué. Le coup fait mal. Oh, je ne vais pas t'embêter avec mes états d'âme. Je voulais seulement te prévenir : l'île d'Oléron, c'est fini.

Aussitôt après l'enterrement, on file. Et je ne reviendrai sans doute plus jamais à Bugeay, qui va être vendu ou loué. Je plains ce malheureux Raoul Chalmont. Je l'ai très peu vu et j'aime autant. Tout à l'heure, j'irai serrer la main au cousin Durban et à Nourey. (Il a fini par quitter le château et il s'est installé à Saint-Georges, dans un petit hôtel qui s'appelle : Aux Quatre Sergents.) Rendez-vous à Paris.

Le petit imbécile te salue bien.

IX

Saint-Georges
Jeudi

Cher vieux, cette fois je n'ai plus envie de plaisanter. Il s'est passé des choses ! Tellement que je ne sais plus par où commencer. Est-ce que, dans ma dernière lettre, je ne te disais pas que nous étions sur le départ ? Oui, eh bien, c'était juste avant le coup de théâtre. L'ultime, le vrai. Celui qui a résolu le mystère. Pardonne-moi, je suis incapable de couper court, de te révéler comme ça, à bout portant, le fin mot de l'histoire, surtout que ce fin mot n'a peut-être pas encore été prononcé. Faisons ensemble les derniers pas.

J'étais donc allé aux Quatre Sergents pour prendre congé de Nourey. Il était en train de classer les photos du château. Il y en avait des dizaines, dont plusieurs prises dans la salle du musée. Nous les admirions quand le pin-pon d'une voiture de police nous fit sursauter. Elle passa sous la fenêtre et Nourey s'écria : « Vous pariez qu'elle va au château ! » Nous n'eûmes pas besoin de nous concerter. Déjà, nous étions en route, faisant le forcing. Bugeay n'est pas très loin de Saint-Georges, mais Nourey, au bout de cent mètres, était hors d'haleine. « Ne m'attendez pas », balbutia-t-il. Le croirais-tu ? Je l'ai laissé tomber, tellement j'avais hâte de savoir. De loin, je compris qu'il devait y avoir de la casse au château. L'estafette de la gendarmerie était stoppée devant la grille, son gyrophare tournant toujours, et trois ou quatre curieux, surgis de nulle part, étaient groupés devant un policier qui les empêchait d'entrer. Je m'approchai, l'air affairé et très renseigné.

— Pardon, monsieur. Je suis le fils de Me Robion. Nous habitons au château. Mon père est-il là ?

Le gendarme me crut sur parole.

— Il vient d'arriver.

Je franchis la grille comme quelqu'un qui se rend à ses affaires mais le cœur battant. J'avais quitté mes parents une petite heure plus tôt et ils n'avaient nullement l'intention, à ce moment-là, d'aller à Bugeay. Décidément, ça sentait le gros pépin. Je courus jusqu'au perron. Là, il y avait une voiture rouge de pompiers et une ambulance. Les chauffeurs bavardaient entre eux. Ils ne paraissaient pas du tout émus.

— Qu'est-ce qui se passe ? demandai-je.

L'homme en blanc haussa les épaules.

— Un dingue qui s'est barricadé, dit-il. On attend des renforts parce qu'il est armé.

Je marchais mou, tu penses, en pénétrant dans le vestibule. Devant l'escalier, il y avait deux policiers armés de mitraillettes. Dans le salon, j'aperçus le cercueil, les fleurs, les couronnes et je me rappelai brusquement que l'enterrement était pour l'après-midi. Tu vas trouver ce détail bizarre, mais naturellement Roland Chalmont avait voulu être inhumé au fond du parc, près de son père. Je ne savais plus où j'en étais. Une atmosphère de chapelle ardente, des policiers en armes, des pompiers, la Croix-Rouge ! Et papa, où était-il ? Je fis un pas vers les gardes. Un cri m'arrêta.

— François !

C'était maman, qui sortait du salon, bouleversée, livide.

— Ne restons pas là, dit-elle. D'abord, ce n'est pas ta place.

Tu le remarqueras, avec elle, ce n'est jamais ma place, et surtout quand le spectacle est aussi excitant. Au même moment, on entendit un coup de feu, venant des étages. Maman porta ses mains à sa bouche.

— Mon Dieu, murmura-t-elle, et ton père qui est là-haut.

— Enfin, m'emportai-je, vas-tu me dire ce que ça signifie ?

Elle me prit par le bras et m'entraîna dehors.

— Comme nous sortions de l'hôtel, ton père et moi, m'expliqua-t-elle, il a subitement décidé de venir à Bugeay. Lui qui est si calme, d'habitude, il était agité, fébrile. Il m'a poussée dans la voiture.

« — Ne t'inquiète pas, disait-il. Je dois voir Raoul immédiatement. Tu rendras tes devoirs au défunt pendant que je prendrai certaines dispositions.

« — Pourquoi cette précipitation, tout d'un coup ?

« — C'est que ça presse.

« Et après, plus un mot jusqu'ici, ou plutôt si, des petits bouts de phrases qu'il s'adressait à lui-même : "C'est évident. Maintenant, je comprends" et il conduisait comme un fou. Tiens, asseyons-nous. Je n'en peux plus.

Elle me montra des sièges et la chaise longue sous le pin.

— Attends-moi là, dis-je. Je reviens.

— Ils ne te laisseront pas passer. Même moi, j'ai été refoulée.

Elle s'assit lourdement et reprit :

— Ça grouille, là-haut. Il y a un véritable service d'ordre.

— Écoute, maman. Reprends-toi... Tâche d'être plus claire. Vous êtes arrivés...

— Oui. Raoul Chalmont nous a reçus. Nous sommes allés nous recueillir devant la bière. Et puis ton père a emmené son ami et, peut-être un quart d'heure plus tard, quand j'y pense... Les détonations, les appels, les gens qui couraient dans l'escalier. Et puis l'ambulance. Deux hommes en blanc sont montés. J'étais folle d'inquiétude. Personne ne faisait attention à moi. Et puis il y a eu trois pompiers. J'en ai accroché un au passage. Je voulais savoir sur qui on avait tiré. Il l'ignorait mais il était sûr que personne n'était blessé. Je suis revenue dans le salon. J'étais seule avec le défunt et toutes ces fleurs me faisaient tourner la tête. On m'avait oubliée.

— Ma pauvre maman !

— Oui, ta pauvre maman. A l'instant, un monsieur d'un certain âge m'a rejointe. Il m'a dit un nom que je n'ai pas retenu. Il sentait le cigare.

— Alors, c'est le cousin Durban.

— Peut-être. Il m'a dit aussi qu'il allait aux nouvelles et je ne l'ai plus revu.

— En somme, tu ignores où est papa, ce qui se fabrique là-haut, qui s'est enfermé et qui tire. Tu ignores tout. Eh bien, moi...

Me coupant la parole, un camion aux fenêtres grillagées freina devant le perron et une demi-douzaine de C.R.S. mirent pied à terre. Pas pensable, mon petit vieux ! Un enterrement comme celui-là, même au cinéma, on n'a jamais osé. J'étais mort d'angoisse à cause de papa, mais en même temps je me sentais plein d'une espèce de jubilation de journaliste. Au fond, ç'est ça ma vocation. J'échappai à maman et je grimpai le perron derrière la petite troupe. T'aurais entendu ce bruit de croquenots dans l'escalier !

— Hep, là-bas ! me cria un des policiers à la mitraillette.

J'étais déjà sur le palier du premier. Un secouriste m'arrêta.

— Où allez-vous ?

— Je cherche mon père, Me Robion. J'ai une commission pour lui.

Du pouce, il me montra le plafond.

— Il est au second. Il parlemente toujours.

— Avec qui ?

— Ah ça, je n'en sais rien. Il y a un fou qui s'est enfermé dans une chambre et qui tire à travers la porte.

Le meurtrier de Roland, pardi. Venu pour abattre Raoul, peut-être. Son idée fixe : détruire les Chalmont. Ces idées me tourbillonnaient dans la tête. L'agitation augmentait. Un homme jeune, cheveux en brosse, l'allure sportive, apparut, venant des étages. Quand il me vit, il fit claquer ses doigts d'un air impatient, se pencha au-dessus de la rampe et cria :

— Pas de curieux ici. Tout le monde dehors.

Puis, se tournant vers moi :

— Toi aussi... Dégage.

Tu te rends compte, ce tutoiement, cette façon de parler. J'étais furieux. Je me rebiffai aussitôt, tu penses.

— Je suis le fils de Me Robion, ripostai-je.

Je suis habitué — c'est de la vanité, d'accord, mais c'est comme ça — à voir les gens s'amadouer et faire risette. Pas lui. Il me coupa la parole.

— Bon, bon, dit-il. Va l'attendre dans le parc, comme les autres.

Et il me poussa par l'épaule vers l'escalier. Bien obligé d'obéir. Déjà, les gardes faisaient évacuer le vestibule. J'allai rejoindre maman, qui leva vers moi une pauvre figure décomposée par l'angoisse.

— Papa est là-haut, dis-je, faut pas s'alarmer. Il essaie de raisonner un dingue qui s'est barricadé dans une chambre.

— Quelqu'un de la maison ?

Cette question, pourtant si naturelle, me fit l'effet d'une douche. Eh oui, bien sûr, quelqu'un de la maison. Où avais-je l'esprit ? Et quelqu'un de la maison, c'était forcément Raoul. Papa discutait avec lui pour qu'il consente à se rendre. Ah, maintenant, je comprenais pourquoi papa s'était montré si réticent, jusqu'à présent. Quel secret avait-il deviné ?

Je m'assis dans l'herbe et conseillai à maman de s'installer dans la chaise longue. D'autres voitures arrivaient, déversant au pied du perron des personnages plus ou moins officiels. Et puis, comme des mouches attirées de loin par l'odeur faisandée du drame, les journalistes se présentèrent à leur tour, un, deux, équipés comme pour un safari ; trois, quatre, en 2 CV, en moto. La police commençait à mettre un peu d'ordre dans la pagaille. Un brigadier invitait les arrivants à baisser le ton. Une main devant la bouche, l'autre planant comme celle d'un chef d'orchestre conduisant un *pianissimo*, il chuchotait : « Pas de bruit, à cause du mort. » Et les gens s'interrogeaient tout bas. « Il y a donc déjà un mort ? » Cette scène, évidemment, je l'imaginais plus qu'à moitié. J'étais trop loin pour entendre quoi que ce soit. A la vérité, l'événement m'écrasait. Tu sais, on lit dans les journaux : *Prise d'otages... Les tireurs d'élite sur le toit... Le commissaire divisionnaire parlemente avec les bandits*, etc. Eh bien, c'est ça que j'étais en train de vivre. Je me trouvais, par mon père interposé, au cœur de l'action, et je respirais court, incapable de maîtriser mon émotion. Ce fut maman qui me délivra, qui me rendit un peu de lucidité.

— A quelle heure va-t-il manger ? dit-elle.

Merveilleuse maman, qui venait de mettre le doigt du premier coup sur l'essentiel. Pour discuter le coup avec un fou, il faut des forces intactes, et il était près de midi.

— Rentre à l'hôtel, dis-je. Je t'y rejoindrai tout à l'heure.

— Non. Il peut avoir besoin de moi.

L'attente continuait. N'y tenant plus, je m'esquivai, après avoir embrassé rapidement maman, et je fis le tour du château par les communs, chemin qui m'était familier. De ce côté, il n'y avait personne. J'entrai dans l'office. Le cousin Durban s'y trouvait avec un garçon barbu, coiffé d'un béret à pompon, à la manière irlandaise.

— Letellier, dit Durban, de *La France du Sud-Ouest*... François Robion, son fils.

Poignée de main.

— Une tartine, me proposa le cousin. Ça peut encore durer longtemps.

— Vous savez quelque chose ?

— Non. Simplement que Simon refuse de se rendre.

Simon ?... C'était Simon qui... ? Tu vois, mon petit Paul, je ne suis pas aussi fort que tu le crois. J'avais soupçonné tout le monde, sauf Simon. Mais pourquoi Simon ? Le dévouement, la fidélité, l'attachement en personne. Il aurait tué son maître ?

— Raoul est là-haut, reprit Durban. Et aussi le commissaire, venu pour l'enterrement. Ils essaient de calmer Simon qui semble avoir subitement perdu la tête. Il a un revolver et il tire dès qu'il sent qu'on s'approche de la porte.

— Et mon père ?

— Eh bien, il parle, lui aussi. Ils cherchent d'abord à établir une vraie conversation. Dès que Simon consentira à répondre, la négociation pourra commencer. Mais, pour le moment, il est déchaîné. Il menace de mettre le feu, de se pendre, de se frayer une sortie à coups de revolver. Des sottises, quoi. L'ennui, c'est qu'il a l'air d'avoir pas mal de munitions.

Letellier se confectionnait un solide sandwich.

— Je vais chercher Delteil, dit-il, ce pâté est drôlement bon.

Franchement, mon petit Paul, je n'avais jamais encore éprouvé cette impression de rêve éveillé. Et elle durait, elle durait. Par la porte de l'office, comme des coulisses d'un théâtre, tu apercevais l'enfilade des pièces jusqu'au vestibule et tu découvrais des personnages ahurissants : un C.R.S. avec sa visière façon pare-brise relevée au-dessus du casque, un pompier, un gamin apportant une couronne qu'il allait sans doute déposer au pied du cercueil. (« C'est la mienne, dit le cousin, je l'ai payée assez cher. Ce qu'ils peuvent être voleurs ! ») Et puis Noémie, la cuisinière, qui traversait le hall avec un cierge dont elle protégeait la flamme derrière sa main, et un homme en noir, décoré et ganté, peut-être le maire ou le député, et j'en passe, et toujours, venant du haut, un bourdonnement de voix tantôt amicales, tantôt irritées, tout cela dans un mouvement continuel. Je résolus d'aller chercher maman. Elle serait mieux ici. Il lui serait plus facile de patienter. Ce que je fis. Je la conduisis, après pas mal de détours, jusque dans ce local qui prenait des allures de salle de garde, rempli de fumée de tabac et déjà souillé de papiers et de mégots écrasés. Il y avait des bouteilles sur la table, une terrine de pâté et un pain de campagne et, maintenant, des gens entraient, sortaient, échangeaient à la volée des propos pleins d'entrain. « Il est coriace, le vieux... On a amené la grande échelle... Il suffirait d'une grenade pour le mettre au tapis... Parlez d'un cirque !... » Et des rires, de la bonne humeur, et maman écoutait tout ça, assise dans un coin sur un tabouret, refusant même un verre d'eau. De temps en temps survenait un nouvel acteur qu'on entourait :

— Alors ?

— Il a dit qu'il allait faire la grève de la faim.

— Eh bien, mes zozos, on n'est pas sorti de l'auberge.

Je mangeai sur un quignon une sardine à l'huile. J'étais tellement à bout de nerfs que j'avais envie de pleurer, pour rien, pour me soulager. Et toujours la même question me bourdonnait dans la cervelle. Pourquoi Simon aurait-il tué les deux Chalmont qu'il avait servis avec l'attachement d'un chien de garde ? A croire que le vieux était fou, que Roland était fou, que Simon était fou, que Bugeay était un château de fous. A quatre heures, le cousin Durban nous informa discrètement que l'inhumation était remise au lendemain, à cause des circonstances et que nous ferions mieux de rentrer à l'hôtel. Un peu plus tard, ce fut un lieutenant de gendarmerie qui nous prévint que nous devions partir, l'assaut devant être déclenché bientôt. Tu juges de l'effet que ce mot produisit sur maman.

L'assaut ! Moi-même, je fus glacé de terreur. Tu vois tout de suite des guerriers, fusil au poing, les yeux farouches, enfonçant les obstacles. L'officier nous rassura. Ses hommes avaient l'habitude de capturer les forcenés.

— Et mon mari ? demanda maman.

— Me Robion, précisai-je.

— Il a fait un travail formidable, admira le lieutenant. Il a réussi à raisonner ce pauvre type. Mais pas à le persuader de sortir. C'est pourquoi nous devons aller le chercher.

Il salua et s'éloigna, poussant hors de la pièce tous ceux qui l'encombraient. Je pris maman par le bras.

— Allons-nous-en. Papa ne risque plus rien.

— Il doit être bien fatigué, dit-elle.

Mais elle ne résista pas, et je l'emmenai, me retournant sans cesse, malgré tout, pour observer la manœuvre. La grande échelle, à demi déployée, s'appuyait sur le mur, juste à côté de la fenêtre du deuxième étage ouvrant sur la chambre de Simon. Quatre hommes s'apprêtaient à monter. Ils tenaient un dernier conciliabule. Perron et esplanade avaient été dégagés, et ce vide, ce silence, après l'agitation qui avait précédé, donnaient la vraie mesure de l'événement qui se préparait.

— C'est affreux, murmura maman.

Ajoute à la scène un joyeux soleil de fin d'après-midi et tout autour de la façade les cris de joie des martinets. Nous nous enfonçâmes sous les arbres et maman me conduisit à la voiture, rangée au parking.

— Ton père nous a arrêtés là, expliqua-t-elle.

Elle monta dans la voiture, à sa place habituelle, près du conducteur.

— Attendons-le, décida-t-elle.

Je m'installai derrière elle, fermai les yeux et en avant le manège des images. Mais, comme cela m'arrive souvent quand je suis très ému, je m'endormis. Et même je rêvais quand j'entendis maman s'écrier :

— Enfin, te voilà !

Aussitôt, plus éveillé qu'une puce, je bondis hors de l'auto. Papa semblait épuisé.

— Ils l'emmènent, dit-il. Ça y est. Ils ont fini par l'avoir. Quelle journée !

Il était décoiffé, comme s'il s'était battu, et il avait les joues bleues, comme si sa barbe avait poussé plus drue, depuis le matin.

— Tu veux conduire, dit-il à maman. Moi, je ne me sens pas très brillant.

Ils changèrent de place. Alors papa se retourna vers moi, qui venais de monter en voltige.

— Tu sais, François, c'est grâce à toi que j'ai compris. Mais aussi, tu ne pouvais pas me parler plus tôt de ce visiteur nocturne dans ta chambre.

Il s'adressa à maman.

— Ce grand idiot, avec ses cachotteries, m'a dissimulé le détail clé, celui qui ouvrait toutes les serrures.

Tu remarques : « grand idiot » au lieu de « petit imbécile ». C'était une promotion flatteuse, qui me laissait entendre que je rentrais en grâce. Cependant, je protestai.

— Bien sûr, qu'il y avait quelqu'un dans ma chambre.

— Entêté comme un âne rouge avec ça, sourit papa.

Il commençait à se détendre.

— Repose-toi, dit maman. Tu as bien le temps de raconter.

— Non, non ! Il faut que je lui explique. Et à toi aussi.

Alors, avec malice, c'est à elle qu'il s'adressa, comme si je comptais pour du beurre.

— Une nuit, notre Sans Atout se réveille. Il vient d'entendre un bruit près de lui. Nous ne lui ferons pas l'injure de penser qu'il a peur. Pourtant il préfère sonner Simon qui habite juste au-dessus. Il entend distinctement la sonnerie, et naturellement celui qui est dans la chambre l'entend aussi. Deux minutes passent, le temps pour Simon d'arriver. On frappa à la porte. Qui, à ton avis ?

— Mais... Simon, dit maman.

— Exact. Seulement Simon est dedans, pas dehors. Il fait toc toc à l'intérieur. Il ouvre, se retourne sur le seuil et allume le plafonnier. Personne dans la pièce évidemment. Simon, sous le nez de notre grand Sans Atout, vient de réussir un joli tour de passe-passe. Il y avait quelqu'un. Il n'y a plus personne. Et c'est vrai qu'il y avait quelqu'un et c'est également vrai qu'il n'y a plus personne. C'est comme ça que se crée une atmosphère de fantastique.

Prétendre que je suis anéanti serait au-dessous de la vérité. Je suis écrabouillé, piétiné, réduit à l'état de détritus. La vérité, quand je la reçois en pleine margoulette, aïe, aïe, aïe, c'est trente-six mille chandelles qui s'allument. Maman, elle, ne bouge pas. Pratique, elle va d'emblée à l'essentiel.

— Et qu'est-ce qu'il voulait, Simon ? demande-t-elle.

— Ah ça, c'est une autre histoire, répond papa. Dînons d'abord.

Tu vois, cher estropié, c'est ça, les bourreaux d'enfants. Faire durer l'épreuve. Vous mettre les nerfs en pelote. Dîner ! Comme s'il n'y avait pas plus pressé. Je laisse éclater mon dépit.

— Bon, d'accord, Simon m'a roulé. Où est-ce que ça mène ?

— Mais à la vérité, s'écrie papa. A partir de l'instant où tu sais que

Simon joue un rôle très suspect, de fil en aiguille tu saisis toute la machination.

Et maintenant, il va falloir attendre le rôti, et peut-être même la tarte aux fraises avant d'en apprendre davantage. Papa se verrouille, refuse de parler aux journalistes qui guettent son arrivée, fait écarter les curieux, et ne retrouve le sourire que dans la petite salle à manger séparée de la grande salle par un paravent. Lui, si retenu, si contrôlé, il gloutonne, il dévore. Pauvre papa, il a eu chaud. Maman le regarde manger avec une douceur maternelle. Mais moi, à peine le café servi, j'attaque.

— Il y avait donc une machination ?

Papa réfléchit et puis, cette fois, il s'adresse à moi :

— Essaie de comprendre ce malheureux, dit-il. Quand je le défendrai...

Maman s'insurge.

— Comment ? Tu seras son avocat ?

— Je le lui ai promis. C'est comme ça qu'il s'est rendu. Simon, voyez-vous, c'est un cas. Il n'a pas connu sa mère. Son père le battait. Orphelin, il a été recueilli par le vieux Chalmont qui, lui non plus, n'était pas un tendre. A quoi vouliez-vous qu'il s'attache ? Eh bien, c'est aux pierres qu'il s'est attaché. Oui ! A Bugeay, qui était tout à la fois son gîte, son terrier, son repaire. Vous vous rappelez Quasimodo, hantant Notre-Dame de Paris... Tu as vu le film, François... Simon, c'était le Quasimodo de Bugeay. Il en connaissait le moindre recoin, depuis les greniers croulants jusqu'aux caves, aux celliers, aux resserres. Tout était à lui, puisqu'il était le seul à aller partout. Les Chalmont, on pensait qu'il leur était dévoué. Or, pas du tout. C'est ce que j'ai eu de la peine à admettre. Les Chalmont ne comptaient pas. Ils n'étaient là que pour tenir à distance le monde extérieur, comme un rideau de sentinelles autour d'une place forte.

— Bois ton café, dit maman. Il va être froid.

— Quand j'aurai bien fait comprendre ce point aux jurés, reprit-il, j'aurai presque gagné la partie. Simon était l'âme fruste, passionnée, vénéneuse et pourtant innocente, du château. Et voilà que le grand-père Chalmont veut vendre. C'était la catastrophe, la fin du monde pour Simon. Nous en arrivons au drame.

« Roland Chalmont détestait son père qui le lui rendait bien. Là encore, cela s'explique par les caractères. Tu as entendu, François ? Les caractères. Roland était un faible qui s'était ingénié à prendre à rebrousse-poil le vieux bonhomme. Vendre ? Pas question. Une violente dispute les oppose, dans la chambre du vieillard. Si violente que Simon l'entend, s'approche, écoute. Et que se passe-t-il ? Roland, au comble de la colère, bouscule son père qui tombe et s'assomme à demi. Ça, François, tu l'avais deviné. Tu n'es pas bête quand tu veux.

Ton Sans Atout se rengorge. Pas besoin de le souligner.

— Mais, continue papa, qui visiblement, est en train de roder sa plaidoirie, Roland, toujours furieux, descend et sort dans le parc. Simon n'hésite pas. Il entre à son tour dans la pièce, attrape le vieux par le cou et achève de l'assommer.

— C'est horrible, gémit maman.

— Au salon, on entend le cri poussé par le vieillard, et on se précipite. Simon a eu le temps de remonter jusqu'au palier du deuxième étage d'où il redescend aussitôt, l'air étonné, en boutonnant sa veste de pyjama. En somme, il fait exactement à Raoul et à Durban le coup qu'il fera des années plus tard à François. Il sort coupable ; coucou, il revient innocent. Et ce n'est pas pourtant qu'il soit très intelligent. Non. Simplement rusé comme une bête qui défend son territoire.

— Mais ce Roland, dit maman, je le trouve pire que ton Simon. Ainsi, il n'avait pas hésité à frapper son père. Et c'est dans cet affreux endroit que tu as emmené François ?

— Oh, ne t'inquiète pas pour François. Il a toujours été à la hauteur de la situation. A part quelques erreurs de jugement, mais la police n'a pas fait mieux. Par exemple, il a très bien compris que Roland s'est jugé seul coupable de la disparition du vieux Chalmont. Et le remords, rapidement, l'a grignoté jusqu'au cœur. Il s'est imaginé que son père continuait à survivre et s'est mis à lui rendre un culte, ce qui faisait bien l'affaire de Simon. Tant que Roland serait dans ces dispositions, Bugeay ne serait pas vendu. Mais patatras ! Survient Raoul qui s'apprête à ouvrir aux étrangers les portes du château. Simon commence alors à répandre le bruit que Bugeay est hanté. Et ce sont les phénomènes que vous savez, les cailloux, l'incendie... et qui ressemblent à s'y méprendre à tant de phénomènes analogues qu'on commence à étudier sérieusement.

Maman s'agite, lève la main.

— Je sais, je sais, dit papa. Tu penses à la visite nocturne de Simon.

Je saisis la balle au bond.

— C'est vrai ; pourquoi Simon est-il venu dans ma chambre en pleine nuit, au lieu d'attendre que je sois sorti ?

— Voyons, réfléchis. Simon croyait que tu découvrirais la croix à ton réveil. Alors, tu n'aurais pas pu éviter de penser que c'était elle qui était venue, comme par magie. Tu permets que je continue ?

Il se tourne vers maman et enchaîne :

— Les pensionnaires s'en vont les uns après les autres. Moi, j'arrive et Simon comprend que ça change tout. Ma présence à Bugeay va effrayer Roland. Je suis bien capable de découvrir qu'il a tué son père, car c'est toujours de cela qu'il s'accuse, dans sa pauvre cervelle. Les ruses de Simon ne suffisent plus. Mais j'abrège car je suis réellement fatigué.

Maman lui emplit sa tasse.

— Arrête-toi. On a compris. Après le grand-père, Simon a tué le fils et...

Papa repose brusquement son café.

— Non, non, s'écrie-t-il. C'est bien plus beau. Roland, le jour anniversaire de la mort du vieux Chalmont, a définitivement craqué. Il a pris son pistolet, est allé se recueillir devant le musée, et s'est tiré une balle dans la tête, noblement, à la samouraï.

Cette fois, je tiens ma riposte.

— Pas possible ! On aurait retrouvé l'arme.

Papa s'amuse, maintenant.

— Simon l'a trouvée, lui, dit-il. Vous pensez bien que lui, qui ne dort jamais que d'un œil, a entendu la détonation. Il a tout bonnement enlevé le pistolet, transformant le suicide en assassinat et, qui plus est, en assassinat aussi inexplicable que l'autre. C'était ingénieux mais désespéré, car Raoul, ruiné, n'avait plus le choix. Il fallait vendre.

— Comment as-tu appris ça ? demande maman.

— Par Simon lui-même. C'est cette histoire d'homme invisible qui m'a mis sur la voie. Merci, Sans Atout. Comprenant soudain la machination, je suis allé surprendre Simon. Je n'ai eu qu'à lui dire : Avouez ! et il s'est effondré. C'est après, qu'il a été pris d'une véritable crise. Il s'est enfermé. Il était prêt à tout. J'ai dû le supplier, à travers la porte, lui dire que je le défendrais, que je m'occuperais de lui, et voilà... Il m'a cru, le pauvre vieux.

— C'est vrai ? dit maman. Tu vas t'occuper de lui ? Tu es bien bon.

— Il va en écoper pour dix ans, conclut papa. Je tâcherai de lui rendre la prison moins pénible. Là-dessus, ne m'en veuillez pas. Je vais me coucher.

Eh bien, tu vois, je regrette. Oui, je regrette que papa ait soufflé sur la magie et l'ait éteinte. C'était follement excitant, cette ambiance de music-hall, de prestidigitation. La vérité ne devrait jamais être dépouillée de tout mystère. Heureusement, il me reste mon petit zouave et son clairon ; personne d'autre que moi ne l'entendra jamais. Demain, nous serons à Paris. A bientôt. Si quelque chose dans mes explications ne te paraît pas clair, tu n'auras qu'à me téléphoner.

Salut.

Paris

C'est un petit bonjour en passant, mon cher Pollux, car j'ai un boulot monstre. On a un nouveau prof de français et, avec celui-là, je te jure qu'il faut bosser. Mais encore un mot sur l'affaire Bugeay. A peine en tôle, le Simon a fait la grève de la faim. Papa a essayé de le prendre par tous les bouts. Zéro. Et alors, tu sais ce que papa a imaginé ? (Il aurait dû se faire bonne sœur ou chien d'avalanche.) Il a raconté à Simon que Bugeay allait être classé monument historique et que Raoul Chalmont avait l'intention d'y installer un son et lumière. On avait besoin de lui, Simon, pour voir, sur plan, les meilleurs endroits à illuminer. Et il lui a apporté les plans. Et ce malheureux a donné dans le panneau. Et maintenant, c'est un vrai piranha. Il bouffe comme jamais. Il n'a plus Bugeay, mais il en a l'image. Il est un peu comme un pensionnaire du Jardin des Plantes, qui, grâce à un bout de palmier et quelques rocailles, se raconte à longueur de journée, l'histoire du pays perdu.

Je ne serai jamais avocat, mon petit Paul. Je n'ai pas assez de cœur.

Ton Castor.

LES ÉNIGMES LITTÉRAIRES DE BOILEAU-NARCEJAC

(1983-1984)

Contes

LE TESTAMENT

Alfred, le valet de chambre, entra dans l'office. Il appela Gustave, le chauffeur.

— J'ai besoin de toi pour l'habiller. Monsieur Raymond s'occupe des faire-part.

— « Monsieur » Raymond, protesta Gustave. Ça fait mal au ventre ! Qu'est-ce qu'il est de plus que nous ? Un secrétaire ! Et au chômage... s'il ne s'est pas débrouillé pour se faire donner quelque chose.

Adèle emplit deux verres de vieux bourgogne.

— Allez ! Ça vous aidera... Moi, je le regrette, le pauvre. Il était tout ce qu'on voudra. Il avait souvent la main où il ne fallait pas. Mais il était généreux. (Elle se versa un verre de vin et se tourna vers Gustave.) Vous n'avez pas eu le temps de le connaître... et puis vous êtes jeune... Pour vous, les patrons, c'est bon pour la casse. Mais nous, on l'aimait bien... Pensez, ça fait vingt-trois ans qu'on est à son service... Dame, il nous a quasiment achetés avec le château... Je me rappelle quand il est arrivé, avec Monsieur Raymond... Hein, Joseph ?... On a bien ri. On croyait que c'était lui le nouveau jardinier. Ficelé comme quatre sous !...

Gustave rafla la bouteille et suggéra, soupçonneux :

— Votre Raymond et lui... ?

— Mon Dieu qu'il est bête, s'écria Adèle. Vous me faites rire et pourtant je n'en ai guère envie... Pauvre Monsieur ! Il aimait bien les petites jeunesses, au contraire, et il n'en manque pas, dans le pays. Mais, au fond, il ne pensait qu'à ses affaires. Hein, Joseph ?... Songez qu'il a commencé tout petit... Les peaux de lapin... Parfaitement !... Qui croirait que les peaux de lapin ?... Et puis, de peaux de lapin en chiffons, de chiffons en ferraille... Maintenant, il possède la moitié du département... Parce que lui, pas si bête, les machins industriels, il n'y touche pas... Ce qu'il lui faut, c'est de la bonne terre, des fermes. (Elle s'essuya les yeux.) Dire que je parle de lui comme s'il était encore de ce monde ! Alors, ça vous explique, pour le secrétaire... Il avait horreur des paperasses...

Gustave mira son vin et hocha la tête :

— Il laisse combien, d'après vous ?

— Combien ? dit Adèle. (Elle regarda son mari.) Joseph ?... A ton avis ?

Joseph écarta largement les bras.

— Le château et le parc... les bois de Saint-Maclou... le domaine Heudebert... l'ancienne tannerie... les prairies et le bétail... et tout ce qu'on ne sait pas... Moi, je dirais plus d'un milliard... Facilement... Et tout ça risque d'aller à son arrière-petit-neveu, Marcel Esnault, un bon à rien, qui est dans le cinéma...

Il ajouta rêveusement :

— Il fait des films cochons !

— Moi, j'ai confiance, reprit Adèle. Il nous a toujours promis qu'il ne nous oublierait pas... Mais c'est sûrement Monsieur Raymond qui gagnera le gros lot... Ce n'est pas qu'on se méfie de lui, notez bien, mais, vers la fin, le pauvre monsieur n'avait plus toute sa tête... Alors, c'est facile de profiter.

— Je sais bien qu'à sa place..., dit Joseph.

— Tais-toi ! Gustave croirait que tu es un mauvais homme. Faites pas attention, Gustave.

— Vous me faites rigoler, dit Gustave. Enfin, quoi, ouvrez les yeux. Ce Raymond, qui prenait ses repas avec le vieux... qui l'accompagnait partout... et ce n'était pas marrant tous les jours, croyez-moi... parce que la conversation du vieux, pardon !... Moi, je l'entendais, quand il prenait la voiture... Vous savez, j'en ai conduit, des grossiums, avant de venir ici... On voit tout de suite ceux qui ont de la classe et ceux qui sont des culs terreux... Eh bien je prétends que votre Raymond a toujours eu sa petite idée... Sinon, il ne serait pas resté... D'abord, à quoi il servait ? Je vous le demande.

— Monsieur voulait être pris au sérieux, expliqua Adèle. C'est vrai. C'est lui qui me l'a dit, un jour que je cirais la bibliothèque... Il s'est assis ; il a allumé un cigare ; il me montrait tous ces bouquins... « Ma bonne Adèle, j'ai beau avoir la plus belle bibliothèque du département, la plus belle demeure, la plus belle voiture, "ils" ne m'accepteront jamais. » « Ils », c'étaient les messieurs de la ville, les bourgeois... Voilà pourquoi il avait besoin d'un secrétaire, d'une Rolls, de tout, quoi... Une autre fois, il m'a dit : « Qu'est-ce qu'ils ont de plus que moi, les autres ? Je leur apprendrai à me connaître. » C'est à partir de ce moment qu'il a commencé à donner des subventions, à droite et à gauche. Son coffre était souvent ouvert. Et je t'envoie un mandat par-ci, un autre par-là ; car il n'avait guère confiance dans les banques... Ah ! le pays perd gros !

Le testament de Bertrand Ramage fut ouvert en présence de Me Bertaillon. Le défunt léguait toute sa fortune à son secrétaire et donnait deux millions de francs légers à chacun de ses domestiques.

C'était incompréhensible. Ou bien le vieux Ramage avait perdu la tête ou bien il s'était moqué de son personnel. Mais le testament était peut-être un faux ?

On tint conseil à l'office. L'affaire était délicate. S'il était prouvé que le testament était un faux, la totalité des biens allait à l'arrière-petit-neveu, unique héritier naturel. Personne ne toucherait. Mais si on ne faisait pas quelque chose, l'odieux « Monsieur Raymond » se pavanerait dans les souliers du mort.

On délibéra longtemps. Finalement, Gustave prit la Rolls et monta à Paris où il conféra avec Marcel Esnault. Deux jours plus tard, celui-ci attaquait le testament et la justice se mettait en branle. Expertise. Contre-expertise.

D'un côté, le testament. De l'autre, les cahiers de comptes, des brouillons, et surtout des lettres, que leurs destinataires se firent un plaisir de communiquer.

Les documents ne manquaient pas. Les experts tombèrent d'accord. Selon eux, il n'y avait ni surcharge, ni grattage, ni imitation d'aucune sorte : le testament était authentique.

Les experts ne se trompaient pas. Quand j'eus vent de cette affaire — qui ne me concernait pas, j'y insiste, mais on me consultait quelquefois — je n'hésitai pas. Le testament était bien de la même main que les documents soumis à expertise. Mais cette main était celle de Monsieur Raymond, car il ne pouvait y avoir qu'une solution : Bertrand Ramage était complètement illettré ; ce qu'il cachait avec soin. Il se contentait de dicter. Logique, non ? Alors, vous pensez si « Monsieur Raymond » en avait profité.

Sous le titre De l'authenticité d'un testament
dans « Pleins Jeux Magazine » n° 4 [juin] 1983.

LA PERLE NOIRE

Adella Landell s'épongeait les yeux avec un de ses précieux mouchoirs réduit au misérable état de boulette.

— Jamais je ne me consolerai, commandant. Enfin, vous savez mieux que moi tout ce que représente cette perle, quels souvenirs historiques s'attachent à elle.

Un invraisemblable accent achevait de faire, de la vieille et caricaturale Américaine, un personnage de vaudeville. Mais le commandant Berteret ne songeait guère à sourire. Immobile au milieu de la luxueuse cabine, les traits affaissés, il regardait sans la voir la mer calme et grise, indifférente. Il fit, banalement :

— Croyez, miss, que je suis absolument navré.

Adella Landell eut une poussée de colère.

— Sur un cargo, passe encore. Mais imaginer une pareille chose à bord du *Picardie* !

— Que n'avez-vous déposé la perle noire dans nos coffres, en embarquant ? D'autant plus que la presse avait donné une telle publicité à l'achat de ce bijou, comme à votre voyage, que nul ne pouvait ignorer...

— Je n'ai aucune confiance dans les coffres. Quand on sait l'habileté des voleurs d'aujourd'hui...

L'officier écarta les bras en une expressive mimique qui se pouvait traduire par l'apostrophe familière : « Vous êtes bien avancée, maintenant ! »

Patrice, le détective du bord, allait, lui, de droite et de gauche à travers les bagages jonchant le sol, courbé en deux, évoquant irrésistiblement l'image d'un chien de chasse.

— Inutile de vous demander si vous êtes bien certaine de l'endroit où...

— Cette question ! Je vous répète que la perle noire était dans cette malle, sous mes combinaisons. Je l'avais glissée dans un bas.

— Très ingénieux. Et qui connaissait la cachette ?

— Personne, vous pensez bien ! Enfin, quand je dis personne... Ma femme de chambre, Alice, et ma sœur, Mrs Hanagan, étaient au courant. Mais vous n'allez pas soupçonner...

Patrice faisait jouer la serrure de la malle. Il se redressa lentement.

— Cette Alice est depuis combien de temps à votre service ?

— Combien de temps ? Attendez... Oui, c'est cela, dix-sept ans. Je l'ai engagée juste à mon retour du Tibet.

— Dix-sept ans ! C'est, en effet, une référence.

— *Yes*, référence... Si Alice avait dû me voler, un jour, elle n'aurait pas attendu dix-sept ans.

C'était là l'évidence et le détective s'inclina.

— Vous avez également nommé votre sœur, reprit-il après un instant, et non sans gêne.

Cette fois, la vieille demoiselle éclata d'un rire nerveux.

— Oui, ma sœur, Mrs Hanagan. Peut-être ignorez-vous qu'elle vient d'épouser le roi du papier peint. Sa fortune doit se chiffrer par deux zéros de plus que la mienne.

— Mais je ne soupçonne personne, miss. Je cherche seulement à m'expliquer comment votre voleur a si facilement découvert...

Adella l'interrompit :

— Enfin, en ce qui me concerne, je vous précise que je n'ai pas encore assuré la perle noire... Pas eu le temps, d'abord. Il y a à peine huit jours que j'en suis possesseur... Et puis, ce n'est pas la petite fortune que représente ce bijou qui compte pour moi. C'est... C'est...

Sa voix s'étrangla et elle se remit à s'essuyer les yeux. Un silence régna, que l'impatient Patrice ne laissa pas se prolonger.

— Vous êtes demeurée combien de temps absente de votre cabine ?

— Une demi-heure au plus. J'étais au bar, avec ma sœur.

— Et où était Alice, durant ce temps ?

— A la lingerie.

Le détective hocha la tête.

— Évidemment, notre inconnu a eu tout le loisir... Mais comment savait-il ? Comment ? Comment ?

Il désigna d'un geste circulaire les bagages épars autour de lui.

— Car ne vous y trompez pas, mon commandant. Ce n'est pas là le désordre laissé par quelqu'un qui cherche, mais grossière mise en scène destinée à donner le change. Je parierais que le voleur est allé droit au but... et qu'il avait déjà la perle noire en poche quand il s'est amusé à fracturer — et avec quelle maladresse — toutes ces autres malles.

— Maladresse ou non !...

Lorsque, une heure plus tard, les deux hommes se retirèrent, après avoir longuement interrogé la sœur, puis la domestique de la victime, leur enquête en était au même point. Tout de suite, ils purent se convaincre que la nouvelle du vol s'était déjà répandue de la proue à la poupe du navire. Partout, sur leur passage, le silence se faisait dans les groupes, et ils devinaient les regards curieux et inquiets attachés à leurs dos.

A pas rapides, ils gagnèrent le bureau du commandant, où ils se laissèrent lourdement tomber dans des fauteuils.

— Enfin, Patrice, vous êtes de mon avis. C'est... invraisemblable, cette histoire-là.

— Invraisemblable est le mot exact. Car, enfin, il ne peut y avoir que trois coupables.

— ... et tous trois sont, de toute évidence, innocents. La fortune de Mrs Hanagan la met au-dessus de tout soupçon. Alice est la fidélité même. Quant à miss Landell...

— Elle n'est pas assurée. Par conséquent...

— Vous repoussez, naturellement, l'hypothèse d'une parole imprudente lâchée par une des trois personnes intéressées ?

Patrice haussa les épaules.

— Vous les avez entendues comme moi. Mrs Hanagan et Alice sont suffisamment douées de bon sens pour ne pas s'être laissées aller à une telle confidence. Aussi bien, nous l'eussent-elles avoué. Quant à miss Landell, qui vivait dans les transes depuis qu'elle a acquis ce maudit bijou, elle était la dernière à aller raconter où elle l'avait caché.

— Autrement dit, nous en revenons toujours à notre conclusion : trois personnes seulement... et toutes trois incapables...

Le commandant alluma une cigarette, tira de nerveuses bouffées.

— Savez-vous à quoi notre affaire me fait penser ?... A ces exaspérants problèmes policiers, en apparence insolubles, que posent certains magazines, et dont la dernière page apporte, en une ligne, au lecteur confus, la solution enfantine.

— Je donnerais gros pour avoir cette dernière page, soupira comiquement Patrice.

Adella Landell se tenait assise au milieu de ses malles. Ses yeux étaient secs depuis longtemps, aussi est-ce d'un mouvement purement machinal que, pour la dernière fois, elle y porta son mouchoir réduit en boule. Après quoi, elle déplia avec précaution la fine étoffe et laissa couler dans sa paume un petit objet ayant la forme et la grosseur d'une noisette et la couleur du charbon.

Amoureusement, la vieille demoiselle contempla la perle, la porta à ses lèvres, murmura :

— Maintenant, ma beauté noire, les voleurs te chercheront partout, excepté ici... Enfin, je vais dormir en paix !

Sous le titre La Perle noire
dans « Pleins Jeux Magazine » n° 11 [mars] 1984.

ELLE OU LUI ?

Aussitôt dans la rue, Richard et Suzanne donnèrent libre cours à leur indignation.

— Décidément, l'oncle Ernest devient complètement fou, s'écria la jeune femme. Non ! Tu l'as entendu ! Parce que je fais du sport, je suis la dernière des dernières ; je ne vais à la piscine que pour m'exhiber. Quant au camping...

— Et moi donc, interrompit Richard, je suis un débauché, un joueur... Que sais-je encore ?... Ah ! le vieil ours, il en trouvera des neveux pour écouter ses compliments toute une soirée.

Frémissante de colère, Suzanne reprit :

— Ah ! je te jure bien que si je pensais qu'il en eût encore pour longtemps, je le laisserais tomber : tant pis pour la galette. Je suis à bout.

Richard haussa les épaules.

— Allons ! Allons ! Après avoir patienté des années, ce serait stupide. D'autant plus que le bonhomme a l'air de baisser terriblement. Tu as vu comme ses mains tremblent ?

— Oui, tu as raison. Je crois que tous les espoirs sont permis.

Tout en parlant, les deux cyniques compagnons étaient arrivés boulevard du Montparnasse. Là, ils se séparèrent. Suzanne se dirigea vers la gare, Richard vers le métro.

Cependant, l'oncle Ernest s'était mis au lit, après avoir enfilé une chemise de nuit surannée dont les pans trop courts s'ornaient de nombreuses reprises. (Le vieux était riche mais économe.) Il prit un livre et en commença la lecture. Il n'aurait pu s'endormir sans son roman. De plus, il était fort énervé. Décidément, Richard et Suzanne ne lui donneraient jamais que du désagrément. Ah ! s'il avait eu d'autres parents, avec quelle joie il eût déshérité ce neveu et cette nièce indignes ! Mais il n'avait personne. Enfin, il y avait la promesse faite à sa pauvre sœur !...

Le vieillard lisait depuis une demi-heure peut-être lorsque la sonnerie de la porte d'entrée retentit. Les visites nocturnes ont toujours quelque chose d'inquiétant.

L'oncle Ernest, mal à l'aise, attendit. De nouveau, la sonnerie retentit. Il sauta à bas de son lit, chaussa ses savates et gagna l'antichambre.

— Qui est là ?

Une voix familière s'éleva derrière la porte.

— C'est moi, mon cher oncle. Je m'aperçois à l'instant que j'ai oublié mes gants. J'ai préféré revenir tout de suite. Excuse-moi.

— Oublié tes gants !... Tu n'auras donc jamais de tête.

Le vieux alla jusqu'au seuil du salon, jeta les yeux sur le tapis et sur les sièges.

— C'est drôle, je ne vois rien. Enfin !...

Il revint à la porte et, tout en maugréant, il décrocha la chaîne, fit jouer le verrou.

Au matin, la femme de ménage découvrit le corps de son maître étendu le long du canapé, un couteau planté entre les omoplates. La chemise du malheureux était couverte de sang.

L'enquête marcha à grands pas. La victime était très estimée dans le quartier où on la plaisantait toutefois sur son puritanisme, qui lui avait mérité le surnom facile de « Père la pudeur ». On ne lui connaissait aucun ennemi.

— En résumé, disait le commissaire de police à l'inspecteur Mabille, deux coupables possibles : Richard et Suzanne, les héritiers. Le médecin a été affirmatif : le coup, encore que très violent, a fort bien pu être porté par une femme un peu robuste. Or, Suzanne est une sportive accomplie.

— Le neveu et la nièce ont passé la soirée chez leur oncle ; ils se sont séparés devant la gare. L'assassin est alors revenu sur ses pas et est remonté à l'appartement. Il n'a eu qu'à donner un prétexte quelconque, un objet oublié, par exemple, et le pauvre vieux a ouvert sans méfiance.

— Ah çà, reprit Mabille, croyez-vous que notre Père la pudeur se serait montré à une femme dans cette tenue indécente ? Non, mille fois non, il aurait enfilé un pantalon, à défaut d'une robe de chambre. Autrement dit, c'est un homme, c'est Richard qui est revenu.

« Oh, je sais. Ce n'est là qu'une présomption. En tout cas, elle me paraît suffisante pour brusquer les choses, et je ne doute pas qu'avec un peu d'adresse, nous ne fassions rapidement entrer notre héritier trop pressé dans la voie des aveux.

Sous le titre Elle ou lui ?
dans « Pleins Jeux Magazine » n°12 [avril] 1984.

LA DERNIÈRE CASCADE

(1984)

Roman

Il va sans dire que les personnages et
événements présentés dans ce roman
sont purement imaginaires.

Il y a une porte entrouverte, et la lumière du corridor entre par là, diffuse une clarté très douce qui allume des reflets... Reliures dorées, tableaux devinés, cendrier de cuivre auprès d'un fauteuil et, sur un bureau, des choses brillantes. La porte s'ouvre un peu plus. Une silhouette apparaît sur le seuil. Son ombre s'allonge sur la moquette. On entend quelque part le battement lent d'une pendule ancienne, et tout autour c'est le silence de la nuit. L'ombre hésite, puis fait un pas. Maintenant, le bruit de sa respiration est perceptible. Une respiration rapide et comme angoissée. Un autre pas. L'éclat entr'aperçu d'un objet métallique.

Nouvel arrêt. La silhouette est rongée par l'obscurité, mais, au dessin de l'épaule, il est facile de reconnaître un homme. Il se déplace vers le bureau ; le fauteuil grince un peu. L'homme est assis et soudain une lampe découpe, sur le bois sombre, un rond de clarté brutale qui révèle ses mains. L'une tient un mouchoir roulé en boule, l'autre, gantée, un revolver. Seules vivent les mains, violemment éclairées. Le visage de l'homme ressemble à un masque plâtreux mystérieusement suspendu. La main droite, avec d'infinies précautions, pose l'arme sur le sous-main, s'immobilise comme si lui revenait la mission d'écouter. Rassurée, elle revient en arrière, s'attarde. L'homme soupire. Il a fermé les yeux. Ses orbites sont des taches livides. La main gauche élève le mouchoir vers cette face dramatique, l'essuie à petits coups qui, dirait-on, se veulent rassurants. Et puis elle va chercher le téléphone, à l'angle du bureau et le place sur le sous-main. Elle décroche et, d'un mouvement réfléchi, appuie sur les touches. Voici l'écouteur à l'oreille. Le grelot de l'appel, très perceptible, qui semble creuser, dans la nuit, une distance infinie. Et puis, tout à coup, un déclic. Une voix.

— Ici, le Secours fraternel. J'écoute.

De nouveau, le silence. Le souffle est devenu saccadé. Les doigts pétrissent le mouchoir. Enfin, un murmure.

— Je peux parler ?

Le silence est tel que la réponse, soudain trop proche, fait sursauter l'homme.

— Je vous écoute... Je suis seul... Vous pouvez parler librement.

— Et je peux parler aussi longtemps que je voudrai ?

— Bien sûr. Je suis là pour vous rendre service.

L'homme écarte l'écouteur de son oreille, essuie la sueur qui le mouille et reprend :

— Excusez-moi... Je ne trouve plus mes mots.

— Soyez calme... là... bien calme... Nous avons tout notre temps.

— Merci... Cela se sent que je suis ému ?

— Oui... Vous êtes même bouleversé. Mais je peux tout entendre. Dites-vous que je ne suis pas un juge. Je suis votre semblable. Qui sait si je n'ai pas moi-même traversé une épreuve comme la vôtre. Alors, délivrez-vous... Ayez confiance... Là, ça va mieux ?

— Oui.

— Parlez plus fort.

— Oui.

— Je vous demande de parler plus fort parce que la voix m'indique... comment dire ?... L'état du cœur... Vous n'avez pas fait de bêtise ?

— Non. Pas encore.

— Et vous n'en ferez pas, parce que vous allez vous raconter... tout ce que vous avez dans la gorge, comme ça vient... sans réfléchir... Le poids que vous ne pouvez plus porter, eh bien, c'est moi qui le porterai à votre place.

— Merci... Je vais essayer... Mais je vous préviens, il n'y a plus d'issue.

— Ne prononcez jamais ce mot.

— Il n'y en a pourtant pas d'autre. Pour moi, il n'y en a pas d'autre... Allô ? Vous êtes toujours là ?

— Oui. N'ayez pas peur.

— Pardon. J'ai cru un moment que... Après tout, vous auriez le droit de raccrocher. Écouter les divagations d'un vieux bonhomme...

— Mais vous ne m'avez encore rien dit.

— C'est vrai.

La voix faiblit. L'horloge, au loin, sonne une fois, un coup grave, dont le bourdonnement voyage longtemps. L'homme tend son bras gauche pour dégager son poignet et regarde l'heure à sa montre. Dix heures et demie. Il s'appuie des deux coudes sur le bureau.

— Allô... Je réfléchissais... Je vais être tout à fait franc avec vous. En ce moment, j'essaie de gagner du temps. Ce n'est pas que j'aie peur. D'abord, rien n'est encore joué. Mais quand les mots seront sortis de moi... quand ils seront là, entre nous... Si je vous dis que je n'ai plus le choix... Vous comprenez... ce que je me cache peut-être encore sera venu au jour. Il sera trop tard.

— Allons donc ! Vous êtes libre, voyons !

Le ton est chaleureux. On aimerait voir ce visage inconnu. Il doit exprimer une vraie bonté, une attention un peu anxieuse, mais fraternelle.

— Non, dit l'ombre. Je ne suis plus libre. C'est comme si j'étais debout sur une étroite corniche, au douzième étage ; un rien peut me précipiter en bas. Je ne peux plus revenir en arrière.

Il se produit, alors, quelque chose d'inattendu. Le téléphone rit. Mais gentiment. C'est comme la pression d'une main sur l'épaule.

— Votre image me plaît, dit la voix. Elle me rassure. Elle me prouve que vous avez assez de sang-froid pour vous regarder en spectateur. Et c'est ça, justement, qu'il faut faire, dans votre cas. Ne pas coller à son propre drame, ne pas commencer à pleurer sur soi.

Un temps, puis la voix reprend, très vite :

— Je ne vous ai pas offensé, au moins ?... Mais laissez-moi vous dire quelque chose... En ce moment, vous êtes assis devant votre téléphone, n'est-ce pas ?... Oui, bien sûr... Vous pouvez interrompre cette conversation ou la prolonger... Vous pouvez allumer une cigarette, ou boire un verre... Vous voyez... Vous êtes le maître de vos mouvements... Alors, mon cher ami... vous permettez que je vous appelle mon cher ami ?... Je vous en prie, reprenez-vous... Ne trichez pas.

— Pardon. Je ne vous permets pas...

— Ne trichez pas par rapport à vous-même... Vous voyez ce que je veux dire ?... Allô ! Répondez !

L'homme fait passer le récepteur de sa main droite dans sa main gauche et saisit le revolver. Il baisse la voix.

— Vous savez ce que je tiens... Écoutez.

Avec le canon, il donne de petits coups sur le bureau.

— Qu'est-ce que c'est ? demande la voix.

— Vous avez compris. Un objet lourd... et moi qui suis au bout du rouleau... Oui, c'est un revolver.

— Ah !

— Je vais m'en servir.

Une hésitation, puis la voix murmure enfin :

— Je n'ai aucun droit sur vous... Vous avez cru que je ne vous prenais pas au sérieux... Je regrette. Je n'ai jamais été plus près de vous, au contraire... Vous êtes malade ?

— Non.

— Vous êtes au chômage ?

— Non.

— Une femme ?

— Non.

— Mon cher ami, vous jouez avec moi un jeu cruel. Comment voulez-vous que je devine ? Un deuil ?

— Non. Je suis vieux. Voilà tout.

— Je ne comprends pas.

— Oh ! si. Vous me comprenez très bien.

— Vous êtes déprimé ?

— Mais pas du tout... Écoutez. J'ai de la fortune, des amis, une bonne santé. J'oubliais, une femme... Tout, quoi. Je suis heureux. Mais je suis fatigué. Et encore, non, ce n'est pas tout à fait ça... Je suis détaché, plutôt. La vie ne m'intéresse plus. Je me demande même pourquoi je vous ai appelé. Vous allez me prendre pour un fou. C'est ça qui me retenait tout à l'heure. Mais c'est vrai. Je suis ailleurs, à côté, en marge, et ce n'est pas morbide, je vous assure... C'est venu tout d'un coup... Je me suis dit brusquement : « Qu'est-ce que tu fais là ? Tu vas recommencer comme ça, tous les jours... les mêmes gestes... devant les mêmes gueules... » Je ne sais pas si vous vous rendez compte... La vie comme un manège... et ça tourne, ça tourne... Et pardonnez-moi mais plus vous me faites parler et plus je me sens étranger à votre petit monde d'automates... Je me retire. Je m'en vais. Un peu ému, quand même, parce que je sens que je vous fais de la peine... Mais ça signifie quoi, la peine ?

L'homme pose le téléphone sur le sous-main. Il prend sa tête dans ses mains. La voix s'affole dans l'écouteur, une miniature de voix qui crie : « Allô, allô... Répondez... Allô. » Une profonde inspiration et, de nouveau, le combiné à l'oreille.

— Allô !... Dites quelque chose... Vous devez parler.

— Oui, dit l'homme. Mais ne m'interrompez pas... Si je vous ai appelé, c'est bien pour que vous m'aidiez... mais pas à survivre. Simplement pour laisser derrière moi un témoin qui pourra répéter mes dernières paroles.

— Non, je...

— Écoutez, je vous en prie. D'habitude, on rédige un testament. On essaie d'expliquer pourquoi on se suicide. Mais, dans ma position, personne ne me croirait et je préfère couper court aux commentaires malveillants. Vous pourrez rapporter à qui de droit... la police... ma femme... peu importe, notre dernier entretien. Vous leur direz que j'étais en possession de tous mes moyens et que j'ai résolu de disparaître tout bonnement parce que j'en avais assez de moi et des autres. Oui ?... comme un acteur... comme un écrivain... Les exemples abondent.

— C'est impossible !

— Et pourquoi donc ? Je ne suis pas quelqu'un qu'on console.

Alors ?... Le seul service que vous puissiez me rendre, c'est d'appeler police secours pour leur signaler que M. Froment, domaine de La Colinière, vient de se tirer une balle dans le cœur. Personne ne vous reprochera d'avoir échoué. Vous avez lutté de votre mieux.

— Prenons le temps de parler, voyons.

— Faites ce que je vous dis. Et insistez bien. Je veux qu'on laisse les miens tranquilles. Pas de tracasseries. Et surtout qu'on m'épargne les paroles d'adieu, au bord de la tombe.

L'homme se lève, pressant l'écouteur contre sa poitrine, pour ne pas entendre la voix qui se démène, appelle, impuissante et désolée. Il saisit l'arme et se dirige vers le fond de la pièce, tirant doucement sur le fil du téléphone pour lui permettre de se développer librement. La lumière de la lampe, quand il traverse l'espace qu'elle éclaire, révèle un veston qui paraît gris, mais la pénombre gomme aussitôt la silhouette. Il arrive devant une porte-fenêtre, l'ouvre sans bruit. Des feuillages bougent. Une odeur d'herbe fauchée embaume la nuit. Il porte le téléphone à sa bouche.

— Je suis heureux d'avoir eu affaire à vous, monsieur. Il me plaît de le reconnaître. Adieu.

Il tourne le combiné vers l'extérieur et, approchant le revolver de l'appareil, tire une balle en l'air. La voix, minuscule et dérisoire, hurle : « Non ! Non ! », comme si elle venait d'être blessée. L'homme revient silencieusement sur ses pas, éteint la lampe, pose lentement à terre le revolver et le téléphone qui, maintenant, gémit : « Allô, allô », comme s'il agonisait dans l'épaisseur de la moquette. En quelques enjambées, il sort du bureau mais il ne doit pas aller bien loin car on entend un froissement d'étoffe, puis un souffle rauque, comme celui qui accompagne un effort violent. Et bientôt l'homme reparaît, portant un corps. C'est bien un corps dont les bras et les jambes pendent. Mais déjà on ne distingue plus que des formes aux contours imprécis. Au bruit, cependant léger, on comprend que le cadavre vient d'être déposé sur le sol, au pied du bureau. Et voici que les mains s'activent, rapprochent du mort le téléphone qui s'est tu, font basculer le barillet du revolver. Deux balles ont été tirées, celle qui a tué et celle qui s'est perdue dans l'espace. Or, on ne doit trouver qu'une cartouche brûlée. Eh oui, un crime parfait exige qu'on soit méticuleux. Il faut donc remplacer par une neuve l'une des deux balles et prendre soin, quand on remet le barillet en place, de bien laisser la douille percutée dans l'axe du canon.

C'est terminé. A croire que tout a été répété, comme au théâtre. Pour finir, la main gantée referme les doigts du mort sur la crosse du revolver. Très doucement. Pour ne pas effacer les traces de poudre ; la police fera sans doute le test de la paraffine. Il faut tout prévoir. L'homme se relève, s'appuie au coin du bureau. On le devine ployé par la fatigue ou bien par quelque obscur remords. Mais il se reprend vite, vérifie tout une dernière fois. La porte-fenêtre est entrouverte. Normal. M. Froment avait toujours trop chaud. Le corps est tombé en avant. Normal. Une balle en plein cœur. Le téléphone est bien là où il doit se trouver. Ah ! fichtre ! Il faut l'essuyer. Il ne s'agit pas qu'il porte les empreintes de... Heureusement, le cadavre est souple. Sa main gauche se ferme facilement sur le combiné, le lâche ensuite sans difficulté. A reculons, l'homme gagne le seuil, embrasse la pièce d'un coup d'œil. Puis il hausse lentement les épaules, comme s'il voulait dire : « Fallait-il vraiment en venir là ? » et s'en va.

A vingt-trois heures, le commissaire Dreux fut alerté au moment où, en pyjama, il se brossait les dents. Sa femme, déjà couchée, feuilletait un magazine.

— Envoie-les promener, pour une fois, dit-elle, quand il traversa la chambre pour se rendre dans son bureau.

Elle tendit l'oreille, par habitude, mais son mari se contentait de répondre :

— Oui... Oui... C'est entendu... Bon... Je vois... Non, non... D'accord. J'y vais... Oui, bien sûr... Garnier est avec vous ?... Je passe le prendre.

Geneviève Dreux, furieuse, jeta le magazine sur le tapis.

— C'est pire qu'à Marseille, dit-elle. On t'avait pourtant promis que tu pourrais te reposer... et tu es tout le temps parti.

Mais déjà le commissaire empoignait ses vêtements et passait dans la salle de bains.

— Froment s'est suicidé, cria-t-il.

— Je ne le connais pas, moi, ce bonhomme, dit-elle. Qui c'est ?

— Les Cimenteries de l'Ouest. La plus grosse affaire de la région.

— Et il s'est suicidé comme ça, au milieu de la nuit ? On n'a pas idée... Ça ne pouvait pas attendre à demain ?... Tu vas faire quoi, là-bas ? Constater ? Garnier devrait suffire, non ?

Dreux revint dans la chambre.

— Cette foutue cravate, grommela-t-il. Où l'as-tu fourrée ?

— Mais je n'en sais rien. Et puis, tu sais, une cravate à minuit !... Même si tu n'en as pas, ce n'est pas ton Froment qui s'en apercevra.

Dreux se planta au pied du lit.

— Mon Froment, comme tu dis, est président de je ne sais combien de sociétés, premier adjoint, conseiller général, et les élections approchent.

— Et alors ?

Dreux leva les yeux au ciel puis hocha la tête.

— Dors, dit-il. Ça vaudra mieux. Je t'expliquerai demain.

Il acheva de s'habiller et descendit au garage. A l'hôtel de police, l'inspecteur Garnier l'attendait. Il monta rapidement dans la voiture.

— Raconte, dit le commissaire. Ton collègue m'a parlé du Secours fraternel. Froment aurait prévenu qu'il allait se tuer. C'est bien ça ?

— Exactement... Et le permanent, celui qu'on appelle l'« écoutant », a entendu le coup de feu.

— Ça s'est passé à quel endroit ? Je n'ai pas très bien compris.

— A *La Colinière*, le château de Froment.

— C'est où ?... Je suis nouveau, ici. Tu m'excuseras.

— Continuez tout droit. On va prendre la route de Saumur par la levée... Oh ! vous avez bien dû apercevoir le château, en vous promenant. C'est un énorme machin vaguement historique, entre Angers et Saint-Mathurin, sur la rive gauche. Une espèce de caserne. On pourrait y loger une colonie de vacances, et là-dedans ils ne sont que cinq. Froment, son cousin Marcel de Chambon, la vieille mère du cousin, la jeune Mme Froment et son frère, Richard... Un pauvre type paralysé par la faute du vieux... Attention ! Vous croyez que ces salauds de cyclistes rouleraient à droite... Oui, c'est toute une histoire.

— Je t'écoute. Il y a des gauloises dans la boîte à gants.

— Merci. J'ai fini mon paquet hier soir... Oui, je parlais du vieux. A vrai dire, pas si vieux, la soixantaine... Il a toujours roulé comme un dingue, dans d'énormes bagnoles américaines, et comme il n'avait pas l'habitude de fonctionner à l'eau qui fait pschutt, il a collectionné les pépins... Mais vous pensez, le président Froment, tout le monde fermait les yeux... Et puis, l'an dernier, peut-être un mois avant votre arrivée, voilà que, sur la route de Tours, à Château-la-Vallière, il y a un sale coin par là, il emplafonne une vieille 403, en plein dedans... Par miracle, la fille s'en tire avec des contusions, mais Richard, lui... le pauvre type... fracture du bassin, paralysie des membres inférieurs. La grosse casse, quoi.

L'inspecteur éclate de rire.

— Vous trouvez ça drôle ? dit le commissaire.

— Non. Je ris... pas à cause de ce malheureux garçon... mais à cause de Froment. C'était un vieux bouc, de notoriété publique, mais il a eu le coup de foudre pour la fille... Un beau petit lot de vingt-cinq ans, et elle a su le faire marcher, je vous en réponds... jusqu'à la mairie et jusqu'à l'église. A ne pas croire.

— J'ignorais, dit Dreux.

— C'est vrai qu'on a étouffé l'affaire. Froment a eu le geste. Il a épousé la fille, et le garçon vit au château comme un prince... Au prochain carrefour, on passera par le pont suspendu... Après, on y sera presque... Attendez, patron, j'ai gardé le meilleur pour la fin. Froment... vieille famille d'Angers... des minotiers, des ardoisiers, maintenant le ciment... du fric à pleines mains... et la fille, elle, la petite

Isabella... vous savez ce qu'elle faisait, avec son Richard... Malgré les précautions du vieux, ça a filtré... On l'a su par les Renseignements généraux... elle était cascadeuse... Eh ! oui, et Richard aussi ! Oh ! Froment a écrasé le coup ! Il a fait courir le bruit qu'Isabella était une lointaine cousine... Et comme elle s'est toujours montrée très discrète... Je ne parle même pas du garçon, qui est un peu comme le Masque de Fer dans sa forteresse... Bon... On a passé l'éponge... Vous voyez ? Pas de scandale. Ou alors à lèvres closes. Seulement, avec les élections municipales qui s'annoncent... ce suicide, hein... C'est une sacrée ardoise qu'on vous refile, patron.

— Surtout après les incidents du mois dernier, grommelle le commissaire.

— Justement. Les gens vont forcément voir un rapport entre les grèves et le suicide. C'est moche. D'ici qu'on dise qu'on lui a tenu la main, au pauvre vieux. Il n'y a pas loin... Voilà le pont. Après, on attrape la petite route sur berge.

— Le type, là... le comment... l'« écoutant » ?

— Il est convoqué pour demain. Il prétend qu'il a sauvé déjà pas mal de nanas qui voulaient s'empoisonner ou s'asphyxier... Alors il s'en veut comme si c'était sa faute. Il a l'air drôlement secoué... Autant dire que Froment lui a claqué dans les mains. Tenez. La voilà, la bicoque.

Au fond d'une prairie cernée par des frondaisons formant une muraille obscure, appparaissait obliquement, dans la lumière des phares, la façade crayeuse d'un château assez imposant... façade Renaissance, avec double corps de logis, enveloppant ce qui devait être une cour d'honneur. Au rez-de-chaussée, des lumières brillaient.

— On m'a l'air de s'agiter, dit le commissaire.

Il stoppa bientôt devant une grille et donna un bref coup d'avertisseur. De la maisonnette surgit une femme qui enfilait une robe de chambre.

— Police ! cria Dreux.

Pour ne pas l'éblouir, il coupa ses phares et se mit en code. Elle ramenait d'une main sa robe de chambre sur sa poitrine et, de l'autre, essayait d'ouvrir. Elle bredouillait des paroles incompréhensibles.

— Va lui donner un coup de main, dit Dreux.

Garnier poussa la lourde grille tandis que le commissaire regardait plus attentivement le château. Au pied du perron, deux voitures étaient arrêtées. La porte d'entrée était ouverte et le hall était éclairé.

Garnier revint.

— Ils viennent de découvrir le corps, dit-il.

— Qui ?

— Le cousin d'abord et puis la jeune dame. Ils étaient à Angers et ils rentrent à peine. Le concierge est avec eux. Ils nous ont tout de suite appelés.

Le commissaire pénétra dans l'allée. Il abaissa sa vitre.

— Ne fermez pas, dit-il à la concierge. Il va venir beaucoup de monde.

Il accéléra et des graviers crépitèrent sur les tôles.

— Elle est terrifiée, commenta l'inspecteur. Pour elle, Froment, c'était le Bon Dieu.

Dreux se rangea à côté d'une 604 blanche et d'une Alfetta rouge.

— Si je comprends bien, dit-il, le cousin et la veuve n'étaient pas ensemble. Ce sont sûrement leurs voitures.

— Le vieux avait fait place nette pour n'être pas dérangé, dit l'inspecteur.

— Oui, c'est probable.

Ils gravirent le perron solennel et s'arrêtèrent à l'entrée d'un vaste vestibule que le commissaire embrassa d'un coup d'œil. De belles appliques en fer forgé, un lustre ancien dont les feux se multipliaient le long des boiseries de chêne sombre, quelques meubles de prix, des fleurs, au fond, l'escalier, chef-d'œuvre de quelque maître compagnon.

— Si j'habitais ici, murmura l'inspecteur, j'y regarderais à deux fois avant de me supprimer. Il y en a qui ne connaissent pas leur veine !

Le commissaire traversa le vestibule et se trouva soudain devant un homme effaré, qui avait enfilé une veste de chasse par-dessus sa chemise de nuit.

— Police, dit Dreux. Où est le corps ?... Vous êtes le concierge ?... Conduisez-nous.

— C'est affreux, larmoya le concierge. M. le président avait l'air tout à fait normal... Par ici.

— On n'a touché à rien ?

— Non. Il est dans son bureau. Madame est près de lui, avec M. Marcel. On a prévenu les médecins, la police... Mais on ne vous attendait pas si tôt.

Il semblait de plus en plus troublé. Il avait relevé le col de sa veste comme s'il avait froid.

Le couloir était long, orné de tableaux entre les fenêtres.

— Il y a longtemps que Mme Froment est arrivée ?

— Non. C'est M. Marcel qui est arrivé le premier. Il a ouvert lui-même la grille. Il évite toujours de nous déranger. Il est si gentil !... J'ai vu Madame presque aussitôt. Elle, on la reconnaît facilement. Elle a une voiture qui fait beaucoup de bruit... Je suis sorti pour refermer derrière eux.

— Il y avait longtemps qu'ils étaient partis ?

— Oh ! oui. Encore assez. M. Marcel est sorti vers huit heures et demie, et Madame un peu plus tard. Je dirais neuf heures.

— Et les autres ?

— Ils dorment encore. La vieille Mme de Chambon habite dans l'aile gauche, du côté du parc. Elle a plus de soixante-quinze ans. Et M. Richard ne peut guère bouger, depuis son accident. Il se bourre de tranquillisants et de somnifères.

Le commissaire s'arrêta.

— Et le personnel ? demanda-t-il. Qui s'occupe d'une maison pareille ?

— Moi, dit le concierge, d'un air fautif. Et ma femme... Il y avait une petite bonne. Elle a rendu son tablier le mois dernier, au moment de la grève.

— Pourquoi ?

— Elle a pris peur. Ses frères venaient l'insulter. Joseph est parti, lui aussi. Il était l'homme à tout faire. Il s'occupait de la cuisine, du jardin. On l'a bien regretté.

Au bout du couloir, on entendit une voix qui criait.

— Du calme, voyons. Du calme. Il faut leur donner le temps d'arriver.

— C'est M. Marcel, dit le concierge. La pauvre Madame est dans tous ses états. Vous permettez ?

Il courut jusqu'à la porte du bureau.

— La police est là.

Un bras l'écarta et M. de Chambon apparut. Il était vêtu d'une légère gabardine et n'avait pas pensé à enlever son cache-col blanc. Mais il n'oublia pas de retirer son gant droit en se présentant :

— Marcel de Chambon.

— Commissaire Dreux... Officier de police Garnier.

Rapide coup d'œil pour jauger Chambon. Grand, maigre, genre tiré à quatre épingles. Silhouette élégante avec un rien de trop bien élevé.

Les trois hommes se serrèrent la main.

— Il est là, murmura Chambon.

Le commissaire entra dans le bureau dont toutes les lampes avaient été allumées. « C'est donc la cascadeuse ! » pensa-t-il en saluant la jeune femme qui s'appuyait au dossier d'un fauteuil, un mouchoir devant la bouche. Mme Froment portait un léger manteau de fourrure qui laissait deviner un corps harmonieux. Blonde, visage de chatte, diamants aux oreilles, collier de perles, image de la fortune.

Dreux regarda le corps écroulé.

— Je suis navré, fit-il. Toutes mes condoléances.

Chambon se tenait sur le seuil. Ce fut à lui que s'adressa le commissaire.

— Il est bien tel que vous l'avez découvert ? Vous l'affirmez ?

— Absolument.

Le commissaire s'agenouilla et souleva légèrement l'épaule du mort pour dégager le visage. Mme Froment poussa un léger cri.

— Emmenez-la, dit Dreux. Mais ne vous éloignez pas... Garnier, tu veux examiner le revolver ?

Il y avait du sang sous le cadavre, mais le gilet de corps et la chemise avaient absorbé le plus gros de l'hémorragie. Dreux tâta les mains. Elles étaient souples. La mort était toute récente. Le temps que le permanent du Secours fraternel se décide, s'explique, ensuite l'alarme, la course en voiture... Dreux regarda sa montre. Il allait être minuit. Froment avait dû se tuer vers onze heures.

— Il ne date pas d'aujourd'hui, ce pétard, observa Garnier. Il a dû faire la guerre de 14. En tout cas, il est bien mal entretenu.

— Appelle le concierge.

— Je suis là, dit l'homme.

— Vous connaissez ce revolver ?

Le concierge tendit le cou d'un air effrayé.

— Oui... Je crois.

— Vous le croyez ou vous en êtes sûr ?

— Eh bien, il me semble que j'en suis sûr. D'habitude, il était à côté. Dans la bibliothèque.

Le commissaire se releva.

— Montrez.

Il suivit le concierge dans la pièce voisine. Belles reliures anciennes. Des dos dorés au doux éclat. Au milieu, une longue table nue.

— Il était ici, dans ce tiroir.

Le concierge ouvrit le tiroir.

— Eh bien, il n'y est plus, dit Dreux. Nous voilà fixés. Tout le monde, j'imagine, connaissait la présence de cette arme dans ce tiroir ?

— Je pense, oui. Le château est isolé. C'était une précaution qui...

— Je vois... Je vois.

Le commissaire revint dans le bureau, déplia son mouchoir et saisit avec précaution le téléphone qui gisait toujours sur la moquette.

— Allô... C'est vous, Mazurier. Dreux à l'appareil. L'équipe est en route ?

— Oui. Le légiste aussi. J'ai tout de suite fait le nécessaire. Ils ne devraient pas tarder. C'est bien un suicide ?

— Indiscutable. Vous avez noté l'heure de l'appel ?... Je parle du Secours fraternel ?...

— Bien sûr. Onze heures moins dix.

— Merci.

Le concierge et, derrière lui, Chambon soutenant la veuve, le regardaient avec anxiété.

— Ne restez pas là, dit le commissaire. Attendez-moi... Voyons...

— Au salon, suggéra Chambon.

— Très bien. Au salon. Ah ! une question, avant... de pure forme, n'ayez pas peur. Mais j'aurai un rapport à fournir. Vous, monsieur de Chambon, où avez-vous passé la soirée ?

Le cousin prit un air offensé.

— Moi ?... Je dois ?... Eh bien, j'étais au cinéma, au Gallia, si vous voulez savoir... J'ai vu ce film dont tout le monde parle. *E.T.*

Il se fouilla.

— Je peux vous montrer mon ticket.

— Inutile. Comprenez que je dois situer tout le monde... Aucun détail ne doit rester dans l'ombre... Et vous, madame ?

— J'étais chez des amis... Nous avons joué au bridge... Les Loisel, place Bessonneau.

— Je vous remercie... J'aurai, bien entendu, d'autres questions à vous poser, quand les premières constatations auront été faites.

Il revint vers Garnier, désigna du menton le revolver que l'inspecteur tenait du bout des doigts, à travers un Kleenex, comme une bête crevée.

— Quoi d'autre ?

— Rien, patron. Il n'y a eu qu'une balle de tirée.

— On s'en doutait. Bon. Tu le poses sur le bureau et tu vas voir si l'infirme est réveillé. Il a peut-être entendu quelque chose.

— Et s'il dort ?

— N'insiste pas. Laisse-le tranquille. Ensuite, va voir si la vieille dame a quelque chose à déclarer. Tu demandes au concierge de te conduire, et toi, histoire de causer, tu lui tires les vers du nez... Si le vieux était déprimé... s'il était en mauvaise santé... s'il s'entendait mal avec ses proches... Enfin, je ne vais pas t'apprendre ton métier.

— A votre avis, patron ?

— Pour le moment, je n'ai pas d'avis. Mais un homme dans la position de Froment ne se tue pas sans avoir des raisons bougrement graves. Et ces raisons, nous devons les trouver. Sinon... Ah ! je ne suis pas verni. Je suis muté ici d'autorité, parce que le suicide d'Ange Matteoti n'a pas été éclairé, et c'est pour tomber sur un deuxième suicide aussi moche !... Allez, va... va... Ne t'occupe pas de moi.

Resté seul, le commissaire fit le tour de la pièce, remarqua que la porte-fenêtre n'était pas fermée, sortit et s'aperçut qu'il se tenait dans la partie arrière du château, face au parc. N'importe qui pouvait venir par là. Un voleur, par exemple. Un voleur qui aurait assassiné Froment. Ne nous égarons pas... Quand même. Je m'assurerai que rien n'a été volé. Pour montrer à ces messieurs, en cas de besoin, que je n'ai rien laissé au hasard.

La nuit était fraîche, Dreux rentra dans le bureau, étudia encore une fois le cadavre. Si Froment n'avait pas raccroché le téléphone avant de tirer, c'était évidemment pour avoir un témoin. Il voulait que son suicide ne fît aucun doute pour personne. Il savait que sa mort allait paraître incompréhensible. Et, en même temps, il désirait que son motif restât secret. Alors, quel motif ? Car il ne s'était sûrement pas entièrement confié au bonhomme du Secours fraternel.

Dreux fit lentement le tour de la pièce. Ici aussi, quelques livres, mais surtout des fichiers, des classeurs, un décor un peu rébarbatif d'homme d'affaires. Froment, méfiant, ne devait pas s'en remettre à un fondé de pouvoir. Encore moins à des secrétaires. Il faudrait aborder ce problème avec Chambon.

Sur le bureau, il y avait, près du téléphone, un vase débordant de roses, une photographie de Mme Froment, et, près du sous-main, un bloc éphéméride que le commissaire feuilleta. Rien pour le samedi. « Au fait, pensa Dreux, c'est demain dimanche. (Il regarda l'heure.) Et même, dimanche, c'est déjà aujourd'hui. Geneviève va encore être comme un crin. Elle sait bien, pourtant, que dans mon métier !... »

Un nom sur la page du lundi : *Bertaillon — 11 heures*. Un autre, pour le mardi. Et d'autres encore. Des rendez-vous, des numéros de téléphone, des initiales soulignées... Tout cela à vérifier, mais un homme qui veut se suicider renonce à noter son emploi du temps. Bizarre.

Dreux entendit claquer des portières, au loin. Les gars du labo. Pas moyen de leur faire comprendre qu'il convient de procéder avec douceur, qu'on ne vient pas dans la maison d'un mort comme une équipe de télé préparant une interview. Le bureau fut bientôt envahi.

— Le grand jeu, leur dit Dreux, comme si on avait affaire à un crime. Depuis Marseille, je suis payé pour me méfier.

Le médecin légiste arriva le dernier. C'était un jeune, en blue-jean et canadienne.

— Vous avez vu l'heure, fit-il. Cette manie de se tuer la nuit !... Pour le rapport, vous attendrez lundi.

Il avait allongé le corps sur le dos.

— Pas manchot, le client... Une balle dans le cœur, à première vue. Et ce n'est pas aussi facile qu'on pourrait le croire. Essayez, vous verrez... Mort instantanée probablement. Qui est-ce ?

— Froment... Les Cimenteries de l'Ouest.

— Il me semblait bien, aussi, que j'avais déjà vu cette tête dans le journal. Ça va faire du bruit.

Les flashes brûlaient les yeux. Le médecin s'assit sur le coin du bureau comme sur un tabouret de bar et offrit une cigarette au commissaire, qui refusa.

— Qu'est-ce qu'il lui a pris ? demanda-t-il.

— Ah, çà !... Voyez s'il n'était pas atteint de quelque chose de grave... Un début de cancer, par exemple. J'avoue que ça me plairait assez, un cancer... Venez. Nous gênons. L'examen des empreintes ne nous apprendra rien, mais j'aurai la conscience tranquille.

— Vous pouvez l'enlever, dit le photographe.

Dreux et le légiste sortirent dans le couloir, au moment où l'inspecteur revenait en courant.

— Vous connaissez mon adjoint, dit le commissaire. Alors, Garnier ?

— Vous parlez d'une cabane, s'écria l'inspecteur. Faudrait un vélo pour circuler là-dedans. Le jeune homme, Richard, habite dans l'aile droite, bien trop loin pour entendre quoi que ce soit. J'ai jeté un coup d'œil dans la chambre. Il dort. Et la douairière perche de l'autre côté, dans l'aile gauche, au premier. Sa porte est fermée à clef. Je parie bien qu'elle se plaint d'être insomniaque, mais vous l'auriez entendue ronfler !...

Balancée entre deux hommes, la civière s'éloignait.

Dreux tendit la main au légiste.

— Bonsoir... Maintenant, vous allez vous coucher... Moi, il me reste la corvée des questions... Garnier, mon vieux, veux-tu examiner le terrain, autour de la porte-fenêtre... Une idée qui m'est venue... Et maintenant, elle va me trotter dans la tête, tant que tu n'auras pas vérifié... Cette porte-fenêtre ouverte sur le parc... Je n'aime pas ça. Attends !... Une minute... Le concierge... Il ne t'a rien dit de spécial ?

— Lui !... Il n'arrête pas de se lamenter. Mais pour savoir ce qu'il pense, tintin.

— Bon. Je m'occupe d'eux.

Chambon, Mme Froment et le concierge attendaient le commissaire au salon. Chambon, bien droit sur sa chaise, boutonné, réservé, comme s'il avait été en visite. La veuve, au fond d'un fauteuil, jambes croisées, yeux clos. Le concierge, debout, mains au dos, visage anxieux.

— Je vous prie de m'excuser, dit le commissaire.

Il se tourna vers le concierge.

— Vous, comment vous appelez-vous ?

— Germain Machard.

— Eh bien, vous pouvez disposer. Je vous verrai tout à l'heure.

Dreux s'assit en face du couple.

— Demain, nous parlerons plus à loisir, commença-t-il. Pour le moment, je dois déblayer un peu le terrain. Donc, vous êtes madame Froment.

Elle ouvrit les yeux et regarda le commissaire avec crainte.

— Isabelle Froment... Nous étions mariés depuis près d'un an. Pourquoi a-t-il fait ça ?

— C'est ce que j'essaie justement d'établir. Vous, monsieur, vous êtes, je crois, un cousin de M. Froment ?

— Non. Son neveu.

— Ah ! pardon ! Expliquez-moi ça.

— Oh ! c'est tout simple ! Charles est le frère de ma mère. Un frère beaucoup plus jeune. Ma mère va avoir soixante-seize ans, tandis que Charles avait soixante-deux ans. Mon père était l'associé de Charles. Il est mort d'un infarctus il y a sept ans, et j'ai pris sa place.

— C'est-à-dire ?

— C'est assez compliqué. Les Cimenteries de l'Ouest sont une affaire de famille que nous possédons d'une manière indivise. Charles était le P.-D.G., mais, pour simplifier, je dirai que nos droits sont égaux aux siens. Le château aussi nous appartient à égalité. Moi, je suis licencié en droit, comme mon père, et je m'occupe de la comptabilité...

— Bon, je vois. Merci. Parlez-moi du jeune Richard.

Il y eut un silence gêné. Isabelle fit un mouvement vers Marcel de Chambon, qui protesta.

— Non, murmura-t-il. Ce n'est pas à moi de...

Dreux l'interrompit.

— Je suis au courant, pour l'accident. Je sais qu'auparavant, vous, madame, et ce garçon, vous exerciez un métier très original.

— Est-ce que cela a un rapport avec la mort de mon mari ? dit Isabelle.

— Peut-être pas. Mais, s'il vous plaît... J'ai besoin d'aller au fond des choses. Richard est votre frère, je crois ?

— Non. Mon demi-frère. Nous avons tous les deux le même père.

Le commissaire attendit, puis reprit :

— Je suis au courant, pour l'accident. Votre frère ne vous en voulait pas un peu d'avoir épousé l'homme qui l'a mis dans cet état ?... Je m'informe, c'est tout. Je poserai la question autrement, si vous préférez. Comment votre mari se comportait-il avec votre frère ? Sa responsabilité devait lui être insupportable, par moments.

La jeune femme et Chambon se regardèrent, embarrassés.

— Enfin, insista Dreux, quand il rencontrait Richard... à table... ou dans le parc ?

— Il se montrait extrêmement gentil, dit Chambon.

— Et vous, madame ?... Il devait bien, de temps en temps, par une réflexion, un mot, un signe quelconque, laisser voir ses sentiments ?

— Pas du tout.

— Voyons ! Ça ne vous semblait pas bizarre ? Est-ce que votre mari éprouvait de l'amitié pour votre frère... ou de la pitié... ou autre chose ?... Non ? Vous ne savez pas. Et votre frère, de son côté, est-ce qu'il aimait l'homme qui l'avait estropié ?

— Vous n'aurez qu'à l'interroger, intervint Chambon, avec humeur.

Dreux faillit prendre la mouche et le remettre à sa place. Il se contint et fit quelques pas pensivement.

— Croyez bien, dit-il, que ce déballage ne me plaît pas plus qu'à vous. Mais quelqu'un qui se supprime est toujours quelqu'un en porte à faux. On pense d'abord à des mésententes d'ordre familial, à des situations tordues et vous m'accorderez que c'est un peu le cas.

— Il ne faut pas exagérer, fit Chambon, avec un sourire crispé.

— Soit, continua Dreux, mais vous-même... Est-ce que vous vous entendiez bien avec lui ?

— Très bien. Qu'est-ce que vous allez chercher ! Évidemment, l'entreprise souffrait de la crise. Mon oncle était devenu irritable.

— Ah ! vous voyez !

— Mais n'importe qui, en ce moment, perdrait son sang-froid. On nous doit de l'argent qui ne rentre pas. Il faut que nous supportions toutes sortes de tracasseries. Il y a des marchés, à l'étranger, qui nous échappent.

— Eh bien, la voilà peut-être, la raison. Parlez-moi de cette grève dont je n'ai eu que des échos.

— On a beaucoup exagéré. C'est vrai, mon oncle a été enfermé dans son bureau. Il a failli frapper le délégué du personnel.

— Diable !

— Il s'emportait facilement, et puis, je peux vous l'avouer... il était patron à la mode ancienne.

— Et vous ?

— Non, pas moi. Nous nous querellions quelquefois à ce sujet.

— Intéressant.

— Il avait tendance à décider tout seul, à traiter même ses plus proches en employés.

— Vous aussi ?

— Bien sûr.

— Et vous lui en vouliez ?

— Oh ! ça m'arrivait bien, de temps en temps ! Mais ça n'allait pas plus loin.

— Ainsi donc, d'après vous, je résume, rien dans sa vie privée ni dans ses activités professionnelles n'aurait pu pousser M. Froment au suicide ?

— C'est mon impression, monsieur le commissaire.

— Et vous, madame ? C'est aussi votre impression ?... Est-ce qu'il vous parlait de ses affaires ?

— Jamais, murmura la veuve.

— Vous ne m'avez rien dit de sa santé.

— Il faisait un peu de tension, expliqua Chambon.

— Je m'adresse à Mme Froment, fit Dreux avec agacement.

— Oui, dit-elle. Il suivait un régime... enfin... il essayait. Mais il ne détestait pas les repas d'affaires. Il fumait beaucoup, aussi.

— En somme, il n'aimait pas se priver ?

— Voilà.

— Mais il ne buvait pas ?

— Oh ! non. Enfin, quelquefois.

— Et... pardonnez-moi, mais je dois vous poser la question... En dehors du mariage ?...

Chambon et Isabelle échangèrent un bref regard que Dreux surprit au vol.

— Ne me cachez rien, s'écria-t-il.

— Charles m'adorait, chuchota Isabelle, presque honteusement. Marcel peut vous le confirmer.

— C'est vrai, dit Chambon. Il avait autrefois la réputation de courir le jupon et il avait divorcé deux fois.

— Mais il s'était rangé ? continua le commissaire.

— Il était aux petits soins pour moi, dit la jeune femme.

Dreux regarda l'heure et se leva.

— Nous reprendrons cet entretien, conclut-il. Bien entendu, l'autopsie est de règle en pareil cas. Mais elle ne nous apprendra rien. Tout est parfaitement clair. Ce que je voudrais vous éviter, ce sont les ragots, les clabauderies, les médisances... Car vous pensez bien qu'on va s'en donner à cœur joie. Si seulement nous pouvions trouver une raison, une bonne raison, qui justifie l'acte de M. Froment. Malheureusement, nous n'avons rien... même pas un mot de sa main, comme les désespérés ont l'habitude d'en laisser... Enfin... je m'excuse de vous avoir retenus si longtemps.

— Voulez-vous prendre quelque chose avant de partir ? offrit la veuve, en parfaite maîtresse de maison.

— Non, merci... Je repasserai dans la matinée, si vous permettez. Je dois encore interroger...

— Ma mère ne vous apprendra rien, l'interrompit Chambon.

— Et Richard non plus, ajouta Isabelle. Ils dorment encore tous les deux, et ce ne sont pas eux...

— Je sais bien, coupa Dreux. Mais j'ai des comptes à rendre. Bonsoir.

Il se ravisa soudain et revint sur ses pas.

— Ah ! encore un mot. Vous n'avez pas l'impression qu'il y a eu vol ?

— Vol ?

Le couple, interdit, le considérait presque avec réprobation.

— Je m'excuse, s'empressa Dreux. La porte-fenêtre du bureau était juste poussée. Quelqu'un aurait pu venir par là... D'accord, ça ne tient guère debout. Mais enfin, entre le moment du suicide et celui de votre arrivée, il s'est écoulé un certain temps. Vous voyez où je veux en venir. Alors, la première question qui vient à l'esprit est celle-ci : M. Froment gardait-il de l'argent, des valeurs, dans son bureau ?

— Non, dit Chambon, d'un ton catégorique. Il était prudent. Le château est isolé et...

— Bon, bon, je n'insiste pas, coupa le commissaire. Bien entendu, il n'y a jamais eu de tentatives de cambriolage, dans le passé ?

— Jamais.

— N'en parlons plus. Un dernier mot : condamnez la grille. Je ne veux pas avoir la presse dans les jambes. Et ne répondez pas au téléphone. Ou plutôt, si. Répondez : voyez le commissaire Dreux. Je compte sur vous. Merci.

L'inspecteur Garnier l'attendait, adossé à la voiture.

— Rien à signaler, dit-il. Mais ce n'est pas avec une lampe électrique qu'on peut observer grand-chose. Au jour, je regarderai mieux.

Le commissaire haussa les épaules.

— Pas la peine. Mon idée, si on peut appeler ça une idée, ne valait rien. Je suis à peu près sûr, maintenant, que ce suicide s'explique tout simplement par des raisons professionnelles. Froment était peut-être sur le point de déposer son bilan. C'est de ce côté, en tout cas, qu'il faudra chercher... Où est passé le concierge ?

— Il est rentré chez lui.

— Allons ! Prends le volant. Je commence à être fatigué... Tu donneras un petit coup d'avertisseur devant la loge.

L'auto se mit en route. Dreux soupira.

— Tu sais, Garnier, c'est une étrange maison. Ces deux acrobates d'un côté, de l'autre, ce Froment qui ne m'inspire pas confiance et, entre eux, un garçon qui fait très élève des jésuites... Curieux ! Au fait, j'ai oublié de le lui demander, mais je parierais bien qu'il n'a jamais été marié. Je ne sais pas pourquoi je dis ça.

Le concierge les attendait devant la grille. Le commissaire ouvrit sa portière.

— Juste deux ou trois petites questions... Qui sert à table ?

— Moi, en attendant la nouvelle cuisinière.

— Le dîner, hier soir. Comment s'est-il passé ? M. Froment avait-il l'air soucieux ?

— Non. Pas précisément. Il ne causait jamais beaucoup.

— Ils étaient là tous les cinq ?

— Non. Mme de Chambon ne mange pas le soir. Ma femme lui monte une infusion.

— Et le jeune homme... Richard... Richard comment, déjà ?

— Richard Montano. Je crois que son père était italien. C'est ce que j'ai entendu dire... Il préfère manger à part, en général... Je crois qu'il a honte de sa voiture et de ses béquilles.

— Bon. Ils étaient donc là tous les trois. De quoi ont-ils parlé ?

— Je ne sais pas. Je n'étais pas là tout le temps. Mais je suppose qu'ils ont parlé des élections. Vous le savez sans doute, monsieur était très attaqué et cela lui faisait de la peine. Je le rencontrais souvent, le matin, quand j'arrosais. Lui, il fumait son cigare avant de partir à l'usine, et on se parlait, forcément. Il me disait : « Germain, vous croyez que c'est juste, après tout ce que j'ai fait pour eux ? Ils veulent ma peau. »

— Ah ! vous êtes certain qu'il disait : « Ils veulent ma peau » ?

— Oui, mais c'était une façon de parler. Enfin, je le pensais.

— Et à qui faisait-il allusion ?

— Dame, je ne sais pas. Un homme dans sa position a beaucoup d'ennemis.

— En résumé, la journée d'hier vous a paru semblable à toutes les autres ? Pas de visite ?... Ah ! peut-être du courrier ?

— Pas même. Absolument rien.

— Eh bien, je vous remercie. Allez vite vous coucher.

L'auto franchit la grille et prit de la vitesse.

— On va encore passer un drôle de dimanche, murmura Dreux.

Et il ne desserra plus les dents.

*
* *

« L'écoutant » était un homme d'une cinquantaine d'années, moustache grise, feutre gris, imperméable gris, gants gris, parapluie roulé serré. A la boutonnière, l'insigne du Rotary. Il salua cérémonieusement et se présenta :

— Jean Ferrand, négociant.

Le commissaire lui montra, en face de lui, le fauteuil râpé par un trop long usage.

— Eh bien, monsieur Ferrand, je vous écoute. Mais, tout d'abord, réglons un point important. Le coup de feu a été tiré à quelle heure ?

— A vingt-deux heures quarante très exactement.

— Et l'entretien a duré combien de temps ?

— Un quart d'heure. J'ai l'habitude de noter tous ces détails.

— Comment les choses se passent-elles, au Secours fraternel ? Vous avez un tour de veille ?

— En principe, oui. Mais comme je suis insomniaque, autant me rendre utile, n'est-ce pas ? Aussi, quatre jours par semaine, j'assure la garde de vingt heures à minuit. Je sais que la règle est différente dans des sociétés plus anciennes, comme S.O.S. Amitié. Et par exemple nous nous faisons un devoir d'intervenir, dès que c'est possible... Nous assurons d'abord un secours moral, bien entendu, mais aussi une aide matérielle, en organisant des rencontres avec les personnes qui nous appellent.

— Qui vous appelle, en général ?

— Surtout des femmes.

— Des chagrins d'amour ?

— Non, pas particulièrement... Des femmes au chômage, des jeunes qui se trouvent sans emploi... Je sais ce que c'est. Je suis le P.-D.G. d'une usine de pièces détachées... Ces problèmes me sont familiers, malheureusement.

— Est-ce que les tentatives de suicide sont nombreuses ?

— Non. Au dernier moment, les gens se raccrochent à ce qu'ils peuvent.

— Avez-vous eu l'impression, quand vous avez entendu la voix de votre interlocuteur, qu'il était vraiment résolu à en finir ?

— Eh bien, j'ai senti qu'il était très ému... ça, oui... Mais je ne pensais tout de même pas... J'en suis encore bouleversé... Ce coup de feu... J'ai cru que je le recevais à bout portant.

— M. Froment ?... Vous le connaissiez ?

— Comme tout le monde. Je n'étais pas de son bord... Je veux dire : politiquement. Nous nous sommes rencontrés deux ou trois fois... Il y a des mariages, des enterrements, auxquels il est impossible de ne pas se rendre... Mais enfin, mes sympathies et mes antipathies n'ont rien à voir ici.

— Cependant, quand il vous a révélé son nom, qu'avez-vous pensé ?

— La vérité, c'est que je n'ai pensé à rien du tout. J'étais assommé... J'aurais dû réagir, je ne sais pas... J'étais complètement pris au dépourvu... Et puis, il ne m'a pas laissé placer un mot.

— Ah ! justement... Si vous pouviez me répéter certaines phrases qui vous ont particulièrement frappé. Mais d'abord, résumez-moi l'entretien. Vous a-t-il dit pourquoi il voulait se tuer ?

M. Ferrand appuya son menton sur la poignée de son parapluie, qu'il tenait debout entre ses genoux. Il ferma les yeux pour mieux réfléchir.

— Au début, murmura-t-il, sa voix chevrotait un peu. Il était intimidé... C'est toujours comme ça, d'ailleurs... Et puis il m'a dit qu'il avait en main un revolver, et pour me convaincre, il a frappé sur une table, ou un bureau, avec le canon. C'est là que j'ai pris peur. Je lui ai demandé s'il était malade ? Non. S'il était trompé ? Non. S'il avait perdu un être cher ? Non.

M. Ferrand rouvrit les yeux et regarda Dreux d'un air accablé.

— Qu'auriez-vous fait à ma place ?

Le commissaire hocha la tête.

— Vous n'êtes responsable de rien, dit-il. Alors, si je comprends bien, Froment n'avait aucun motif.

— Si, mais un motif tellement bizarre !... Je me rappelle assez exactement les termes qu'il a employés.

Dreux se pencha en avant.

— Allez-y. C'est ça qui est capital.

— Il a dit : « Je suis détaché de tout... La vie ne m'intéresse plus »... Et il a dit aussi : « Je me sens comme un étranger dans votre petit monde d'automates. Je me retire. Je m'en vais. »

— Ce sont là les propos de quelqu'un qui souffre d'une dépression.

— Non, non. Il a bien insisté. J'ai encore dans l'oreille l'une de ses dernières phrases. « Je suis en possession de tous mes moyens... J'ai résolu de disparaître parce que j'en ai assez de moi et des autres. »

— C'est absurde.

— Et il a ajouté : « Je veux qu'on laisse les miens tranquilles. Pas de tracasseries. » Ensuite, il a eu une formule qui signifiait quelque chose comme : ni fleurs ni couronnes.

— En somme, résuma Dreux, il vous a laissé une sorte de testament oral.

— Oui, c'est un peu ça.

— Est-ce que vous avez continué à écouter, après le coup de feu ?

— Oui, bien sûr. Il y a d'abord eu un silence. Et puis je crois bien que j'ai entendu le corps tomber. Mais pas tout à fait immédiatement.

— Le rapport d'autopsie nous renseignera demain. Mais, à mon avis, Froment est mort sur le coup. Vous êtes certain de ce que vous dites ?

— Certain, euh, non. Je n'en jurerais pas. La tête me tournait un peu. J'étais si loin de me douter...

— Voyons, faites un effort. Pan ! La détonation. Bon. Vous avez toujours l'écouteur à l'oreille.

— Attendez, dit le négociant. J'ai eu le temps de penser : « Il est sans doute assis. Il va basculer. Je vais peut-être entendre un gémissement » et déjà je calculais dans ma tête : le temps d'appeler police secours... Trop tard ! Et c'est à ce moment que j'ai entendu quelque chose, mais très vaguement... Pas un choc, non. Je ne peux pas préciser.

— Le corps est tombé sur la moquette qui est très épaisse, expliqua Dreux.

— Alors, c'est bien ça.

— Voyez-vous, reprit le commissaire, de vous à moi, je trouve drôle qu'un homme tel que Froment... Ah ! je n'arrive pas à saisir ce qui me gêne !... Il y a, dans son geste, et surtout dans l'espèce de publicité dont il l'entoure, il y a là-dedans de la provocation... S'il en avait assez de l'existence, il n'avait pas besoin de le crier sur les toits. Une lettre aurait suffi. Demain, la nouvelle fera la une de la presse locale. Or, Froment n'était pas du genre tapageur... Tâchez de vous rappeler le moindre détail... Cela peut m'aider beaucoup à comprendre. Vous devriez bien enregistrer les communications que vous recevez.

Ferrand sursauta.

— Vous n'y pensez pas ! Si ce malheureux ne m'avait pas donné son nom et son adresse pour que j'appelle la police, j'aurais gardé le silence. Quand nous intervenons, c'est quand les désespérés sont consentants. Notre discrétion ne doit être mise en doute par personne.

— Oui, admit Dreux. Vous avez raison. Quand Froment s'est tué, il était pratiquement seul au château. Autant dire qu'il n'avait que vous sous la main. Alors... un moment de détresse... ça peut s'expliquer comme ça... Eh bien, je vous remercie, monsieur Ferrand. Mon adjoint va vous faire signer votre déposition.

*
* *

Tout ce récit est de ma main. Il est temps que je le dise. Absolument tout. Les pensées des personnages... leurs propos. Et par exemple la conversation, au début, entre le commissaire et sa femme. Bien entendu, je n'étais pas caché sous le lit. Je n'étais pas non plus dans la voiture quand Dreux s'entretenait avec son inspecteur. Et ainsi de suite. J'ai tout reconstitué pièce à pièce, comme on fabrique un modèle réduit. J'ai réalisé une maquette très acceptable. Je suis sûr de n'avoir rien oublié. Les mots que j'ai écrits ne sont pas forcément ceux qui ont été prononcés, mais ils expriment la même chose. J'ai eu tout le temps de me renseigner, de questionner, de les écouter, tous. Isa, bien entendu, et Chambon. Ah ! celui-là... et même Dreux, qui fait semblant de bavarder pour mieux vous épier... A un infirme, autant dire à un prisonnier, on n'a rien à cacher. Parce qu'on a pitié de lui, on se croit obligé de lui raconter par le menu tout le petit détail de la vie de tous les jours, afin qu'il ne se sente pas exclu, pas retranché, pas puni. Et l'on sait, en outre, que je peux être de bon conseil. Alors, ils défilent auprès de moi. « A votre avis, Richard », ou bien encore : « Un suicide comme ça, vous qui avez fait du cinéma, ça devrait vous passionner. » Mais oui, mes amis, tout me passionne. Ils ignorent que je suis, quand ils sont partis, un œil qui se promène, qui se moque de l'espace et du temps, qui distingue l'ébauche d'un roman là où ils n'aperçoivent que confusion et mystère. Et quelle revanche de les manœuvrer comme des pantins. A ma guise. Même toi, Isa, qui m'a trahi !

*
* *

Le commissaire Dreux se présenta à La Colinière à onze heures. Il était seul. Il avait fait, cette fois, un petit brin de toilette, mais il n'était pas d'une humeur plus amène. Il fut reçu par Chambon et tout d'abord voulut revoir le bureau. Là, il resta un long moment à contempler la silhouette dessinée à la craie sur le tapis.

— Il y a quelque chose que je n'arrive pas à comprendre, finit-il par dire. Monsieur de Chambon, puis-je vous demander de m'aider ?

— Volontiers.

— Vous allez vous asseoir devant le bureau, prendre le téléphone de la main gauche, comme si vous téléphoniez... Allez-y... Et à mon signal vous vous laisserez tomber... Mais pas d'un bloc... D'abord le buste sur l'angle du meuble, puis, de là, jusqu'à terre. En deux temps, si vous préférez.

— Mais... je ne saurai jamais, balbutia Chambon. Et puis, à la pensée que Charles...

— C'est très important, insista Dreux. Essayez... Vous y êtes ?... Bon. Le coup de feu claque. Pan !... Allez-y.

Chambon, tout pâle, s'abattit en avant.

— Non. Plus mou que ça, cria le commissaire. Là... Maintenant, l'épaule droite en avant. Vous basculez... Allez ! Basculez ! Vous ne vous ferez aucun mal... Stop ! Ne bougez plus.

Chambon, recroquevillé au pied du bureau, soufflait comme s'il avait couru.

Dreux étudiait la position du corps.

— Je m'en doutais, murmura-t-il. Froment devait être debout. C'est d'ailleurs plus logique... Pas facile, quand on est assis, de retourner une arme contre soi. Enfin, il me semble.

— Je peux me relever ? demanda Chambon.

— Évidemment, grommela Dreux.

Il considéra encore longuement la silhouette dessinée à la craie.

— Ce qui me chiffonne, c'est que le cadavre occupait une position qui me paraît inexplicable. Assis, il serait tombé autrement. Mais debout, le choc l'aurait rejeté en arrière. L'impact d'un tel calibre est violent.

— Il n'a peut-être pas été foudroyé, suggéra Chambon.

— Juste. Il a pu se plier en deux, tomber à genoux. Mais quand même. Je ne suis pas du tout convaincu... Où est M. Montano ?

— Encore dans sa chambre. Le matin, à neuf heures, Germain lui porte un plateau. Il prend un café et des biscottes.

— Et après ?

— Germain l'aide à se lever. Richard, pour les petites distances, se sert de ses béquilles. Il fait sa toilette puis se recouche. Il lit beaucoup. Il écoute des disques. A une heure, c'est moi qui l'installe dans sa petite voiture. Il n'a confiance qu'en moi.

— Vous vous entendez donc bien ?

— Comme si j'étais son frère.

— Mais je suppose que Mme Froment s'occupe aussi de lui... J'ai dit quelque chose qui vous gêne ?

— Non, dit Chambon avec embarras. Ou plutôt oui... Enfin, la vérité c'est que Charles n'aimait pas beaucoup voir sa femme auprès de Richard.

— Dois-je en conclure que Richard, à part vous et Germain, ne voit pratiquement personne ?

— Personne, quand même pas... Mais Richard vit très retiré, je le reconnais.

— Conduisez-moi.

Les deux hommes allèrent jusqu'au bout du couloir, tournèrent à droite, traversèrent une vaste pièce aux volets fermés. Chambon ne se donna pas la peine d'allumer. Il se contenta de signaler que c'était une salle à manger qui ne servait plus.

— Par ici... Nous sommes dans l'aile de Richard.

— C'est lui qui a choisi de venir ici ?... Il me semble que pour un infirme, c'est l'exil.

— Il a préféré. Il aime mieux vivre dans son coin... C'est ici.

Chambon frappa doucement à une porte et murmura :

— C'est nous, Richard.

Il souffla au commissaire :

— Il nous attend. Je l'ai, bien entendu, mis au courant. Ne faites pas attention ; il y a toujours beaucoup de désordre, chez lui... Et il vit les rideaux fermés. Que voulez-vous ! Il faut bien le prendre comme il est.

Il poussa la porte et s'effaça. Le commissaire apprécia d'avoir été prévenu. Seule brillait la lampe de chevet. Elle éclairait un lit complètement débordé d'où coulaient jusque sur le tapis des magazines bariolés, revues d'automobiles, de yachting, de football. Un coup d'œil aux murs. Des portraits de sportifs. Et vite un regard au visage maigre de Richard. Dreux nota les cheveux bouclés, trop blonds, trop longs. Cela faisait malade, les yeux clairs, entre le bleu et le vert, dont la lumière de la lampe, oblique, durcissait l'expression, et surtout les mains, ces mains qui... Richard les leva, les montra, doigts écartés.

— Ça vous étonne, dit-il. Ce ne sont pas des mains d'acrobate, n'est-ce pas ? Trop minces, trop fragiles.

Il tendit la droite et Dreux en éprouva avec surprise la vigueur retenue.

— Diable ! fit-il. Quelle poigne !

Richard éclata de rire, et montra ses béquilles, à la tête du lit.

— Rien de tel pour entretenir la forme. Si vous vous sentez un peu rouillé, commissaire, offrez-vous des béquilles. Résultat garanti.

Le sarcasme affleurait sous l'apparent enjouement du propos. Et même autre chose... Une espèce d'agressivité latente, celle du marginal contre le flic.

— Asseyez-vous, reprit Richard. Débarrassez le fauteuil.

— Laissez ! s'écria Chambon. Ce pauvre Richard, on a beau lui dire...

— Vous l'entendez, plaisanta l'infirme. Ici, tout le monde dit : « Ce pauvre Richard. » Vous aussi, vous devrez dire : « Ce pauvre Richard. »

Chambon libéra le siège des vêtements qui l'encombraient et Dreux s'assit.

— Quoi que vous puissiez croire, dit-il, c'est une simple visite de courtoisie. Vous êtes maintenant au courant du drame. Je sais bien que vous n'êtes pour rien dans cette affaire. Mais je dois rencontrer tous les habitants du château. Naturellement, vous n'avez rien entendu.

— Ah ! Ah ! fit Richard. Visite de courtoisie mais aussitôt on me questionne... Eh bien, non, parole ; je n'ai rien entendu. Mais même si j'avais entendu quelque chose, je n'aurais pas bougé parce que, ce qui peut arriver au père Froment, moi, je m'en fous. Vous comprenez.

— Vous ne l'aimiez pas.

— Il m'a volé mes jambes. D'après vous, j'aurais dû lui dire : merci ?

— Vous vous querelliez, tous les deux ?

— Ils s'évitaient, rectifia Chambon.

— C'est vrai, dit Richard. Dès qu'il m'apercevait, il s'arrêtait, comme quelqu'un qui s'aperçoit d'un oubli ; ou bien il regardait l'heure et je l'entendais presque murmurer : « Mais où ai-je la tête ? », et il tournait les talons après m'avoir fait un petit signe d'amitié... Ça m'amusait de jouer à cache-cache avec lui. Je suis monté sur caoutchouc, ma voiture, mes béquilles. Je ne fais aucun bruit, alors c'était facile de le coincer. Quand il était pris, je dois reconnaître qu'il était d'une parfaite correction ; m'interrogeant sur ma santé, me rappelant qu'à La Colinière j'étais chez moi. Mais tout au fond, rageant, pensant : « J'aurais bien dû l'écrabouiller ! » Rendez-vous compte, commissaire. Je déshonorais son château. Et je lui coûtais cher, en plus. Lui qui était tellement radin !

— En somme, dit Dreux, vous étiez à couteaux tirés.

— Franchement, si je prétendais le contraire, est-ce que vous me croiriez ?

— Et votre sœur... entre vous deux ?

— Ah ! Isa... Je n'ai pas eu la chance d'être tué. Ça lui aurait facilité la vie.

Et, comme le commissaire attendait un commentaire, il acheva :

— Après mon accident, nous n'étions plus que des chômeurs définitifs. Une fille sans travail, que voulez-vous qu'elle fasse... Qu'elle se marie, évidemment. Froment s'est présenté. Alors, lui ou un autre, pourvu qu'il m'épouse avec ! Ici, du moins, l'hôtel est correct.

— Vous allez y rester ?

— Je suppose. Ça dépendra du testament.

Dreux, mentalement, prit note. Savoir à qui allait la fortune. Il se leva, ramassa les magazines et les déposa au pied du lit.

— Ça vous intéresse encore ?

— Pourquoi pas, répondit hargneusement Richard. J'ai une charrette, non ? Tant que je peux rouler, je colle encore au métier.

Dreux, au moment où il s'avançait pour serrer la main de l'infirme, remarqua le téléphone. Il le montra du doigt.

— Vous n'êtes quand même pas tout seul. C'est Froment qui a consenti ?...

— C'est Isa qui l'a forcé. Ça ou rien.

Il rit et parut soudain très jeune, comme un enfant qui est fier de son train mécanique.

— Vous voyez... D'ici j'appelle qui je veux, dedans comme dehors.

— Vous vous en servez beaucoup ?

— Encore assez. J'ai des copains qui ne m'oublient pas.

— De sorte que si j'avais une question à vous poser ?...

— Eh bien, vous pourriez me joindre instantanément. Ne vous gênez pas, commissaire.

Et le commissaire s'en alla. Je savais où il se rendait. Chez la vieille, là-haut. Marcel me l'avait dit. Je n'avais qu'à les suivre, tous les deux. Marcel, inquiet comme toujours. Et le flic plongé dans ses réflexions, car il y avait quelque chose qui le chiffonnait. Ce suicide sentait mauvais. Il ne savait pas bien pourquoi. Au fond, c'était Isa et moi qui l'embêtions. On ajoutait au drame une espèce de piment suspect. Des saltimbanques ! Des romanichels ! Autrement dit un suicide faisandé, impropre à la consommation mondaine. La ville allait se boucher le nez. Déjà, la vieille, là-haut, la mère Lambret de Chambon, née Froment, devait garder son flacon de sels à la main.

Ils arrivaient tous les deux. Marcel frappait à la porte. Elle venait ouvrir, toute en noir, son visage figé comme un masque funèbre. Ce policier n'avait nullement l'intention de s'apitoyer. Mais il souhaitait lui soutirer quelques nouvelles confidences, sur Isa, sur moi...

— Le mariage de votre frère ne vous a pas surprise ?

— Si on peut appeler ça un mariage ! dit-elle. Moi, je prétends que c'était du concubinage légal.

Cela, de sa voix forte, impérieuse, cassante, qui faisait que, devant elle, les domestiques n'étaient plus que des domestiques.

Et elle continuait, déchaînée. Je croyais l'entendre à travers les murs.

— Mon frère n'était qu'un benêt... et celui-là (elle montre son fils), un pauvre imbécile... Tous les deux en admiration devant cette petite garce qui nous a amené une espèce de cul-de-jatte sorti de je ne sais quelle foire... C'est du propre.

C'est vrai. Elle m'appelle : le cul-de-jatte. Marcel me l'a avoué, un jour. Il m'en a même demandé pardon. Le commissaire tique un peu, quand même. Il proteste. Elle lui coupe la parole.

— Je ne veux pas savoir qui était responsable de l'accident. C'est le résultat qui compte. Et le résultat, c'est que mon pauvre frère a été tué.

— Mais voyons, dit Dreux, qui n'est pas encore habitué aux façons de la vieille, il n'a pas été tué. C'est lui qui...

Elle tranche l'air de la main.

— C'est vous, monsieur, qui arrangez ça à votre guise. Vous trouvez un mort et un revolver. Donc, suicide. C'est trop facile.

J'ai l'air d'imaginer cette scène, mais elle m'a été racontée par Chambon. Et il faut avouer qu'elle ne manque pas de piquant. Mais j'en reviens à Dreux qui n'aime pas qu'on lui marche sur les pieds :

— Vous connaissez M. Ferrand, dit-il. C'est un homme parfaitement honorable. Il assurait la permanence du Secours fraternel, hier soir.

— Qu'est-ce que c'est, ce Secours fraternel ?

— Une société philanthropique qui aide les gens désespérés.

— Comme si on ne pouvait pas les laisser mourir tranquilles ! Mais d'abord, Charles n'était pas du tout désespéré. En voilà une idée.

— Sachez, cependant, qu'il a appelé le Secours fraternel, lui a communiqué ses dernières volontés et s'est tiré une balle dans le cœur. M. Ferrand a tout entendu.

La vieille est furieuse.

— C'est bien ce que je dis, s'écrie-t-elle. C'est cette catin qui lui a tiré dessus.

— Elle a passé la soirée en ville.

— Alors, c'est le cul-de-jatte.

— Il dormait.

Cette fois, elle s'effondre et, quand elle pleure, elle n'est plus qu'une lamentable mémé, aussi minable que moi. Ensuite, il y a eu un vif accrochage entre elle et son fils ; je l'ai deviné mais j'ai eu beau retourner Marcel sur le gril, il s'est tu. Et puis Dreux est revenu. Pas facile de deviner ses pensées secrètes. Il s'est excusé, le bon apôtre.

— Juste une petite question et je m'en vais. Ne m'avez-vous pas dit que vous aviez des copains ?

— Si, bien sûr.

— Est-ce qu'ils viennent vous voir ?

— Ils ont essayé, au début. Mais ils ont été arrêtés à la grille. Ordre du médecin. Il a bon dos, le médecin. La vraie raison, c'est que le père Froment ne voulait pas rencontrer chez lui des... comment dire ?... des types qu'on remarque un peu trop. Mais, quand vous voudrez, je vous parlerai du métier.

— Volontiers, promet le commissaire.

Il me sourit. Il me mange des yeux. Il y a entre nous une sorte de complicité, à cause de tout ce qu'on se cache. Moi, tout de suite, j'ai trouvé ça passionnant. Et quand il m'a serré la main, j'ai gardé sa grosse poigne entre mes doigts.

— Je compte sur vous, commissaire. Je vais tellement m'ennuyer maintenant que je n'ai plus mon cerbère !

Et c'était bien vrai. J'allais m'ennuyer.

Ce fut à ce moment-là que je décidai de tout raconter, un peu n'importe comment. Mais d'abord que j'en finisse avec ce lever de rideau. Le commissaire n'oublia pas de jeter un coup d'œil au garage, puis de poser la question à Germain. Il opérait à petits coups de sonde, apparemment au gré de son humeur, mais je savais qu'il n'en était rien. Le père Froment, donc, avait pris sa voiture la veille, vers dix heures du matin. Il avait déjeuné et dîné dehors, et il était rentré assez tard. Dreux était trop malin pour demander à Chambon et à Isa des éclaircissements sur l'emploi du temps du vieux. Il préférait s'en remettre à son adjoint. C'était plus sûr. A *La Colinière* — j'en étais certain depuis que je l'avais vu — il se méfiait de tout le monde. C'est pourquoi il téléphona à l'inspecteur. Logique. Aisé à imaginer.

— Allô, Garnier ?... Je reviens du château. J'ai vu le jeune Montano. Pas du tout le genre costaud. Au contraire. Assez beau gosse mais plein de taches de rousseur. J'aime pas ça. Et agressif ! Mais ça, je le comprends. Bien entendu, il ne m'a rien appris. Ses rapports avec le vieux étaient plus que détestables. Quant à la reine mère, c'est indescriptible. Je te raconterai. Au total, une maison de dingues. Demain, tu contactes le fisc pour qu'on sache exactement où en est la trésorerie de Froment. Et puis tu essaies de reconstituer l'emploi de son temps, hier. Il n'a pas mangé chez lui. Savoir avec qui et où il a pris ses repas. Moi, je m'occuperai de l'ancienne petite bonne et du notaire. J'attends le rapport du labo et celui du légiste. Je sais : le suicide sera confirmé. Mais j'en ai ma claque des suicides qui ne sont peut-être pas des suicides. Et je n'ai pas envie, cette fois, d'être viré au fin fond du Finistère ou du Cantal.

*
* *

Le lundi matin, j'imagine très bien le commissaire lisant les journaux à la P.J. Sans doute un bureau comme j'en ai vu bien des fois. Il y a toujours un nuage de fumée bleue qui se promène, des cendriers pleins de mégots, des silhouettes qui passent derrière des vitres dépolies et des téléphones qui sonnent, au loin. Dreux parcourt les articles, coche des phrases au crayon rouge, hoche la tête : *Disparition inexplicable... L'enquête se poursuit activement... Le président Froment est de ces hommes qu'on ne remplace pas...*

On frappe. C'est l'inspecteur Garnier qui entre. Je l'ai toujours vu remuant, affairé, la truffe au sol, encombrant comme un cocker.

— Le rapport d'autopsie, patron.

— Je t'en prie. Épargne-moi cette littérature de morticole. Résume.

— Facile. Le projectile a traversé le cœur. Mort instantanée. Le coup a été tiré à bout touchant. Traces de brûlures sur le gilet et la chemise ?

— Pas de maladies ?

— Non. Le bougre était bâti à chaux et à sable. Increvable. Ça vous embête, patron ?

— Plutôt, oui.

Silence. Garnier se fouille, pêche dans une poche une cigarette tordue, se sert du briquet de Dreux. Le commissaire pousse vers lui des feuillets sur lesquels s'éparpillent des cendres.

— Le labo. Rien de neuf. Projectile provenant du revolver, bien entendu. Ce revolver appartenait vraisemblablement à Froment depuis la Résistance. Côté empreintes, les siennes un peu partout. On en est toujours au même point.

Garnier montre les journaux et laisse tomber un brin de tabac incandescent.

— Fais attention, crie Dreux. Tu vas foutre le feu. Allez, file. A ce propos, inutile d'interroger les adjoints de Chambon. Plutôt le petit personnel... les secrétaires... Recueille les bruits qui courent. C'est ça qui m'intéresse. On fera le tri... Et puis n'oublie pas le fisc. Moi, j'essaie de toucher le notaire, mais sa ligne n'est jamais libre.

— Qui est-ce, le notaire ?

— Me Bertaillon. Son nom figure sur le bloc de Froment. Il avait rendez-vous avec lui ce matin à onze heures.

— Drôle de coïncidence. Moi, je trouve que cette affaire...

Le téléphone l'interrompt. Dreux s'en empare et passe l'écouteur à Garnier.

— Vous avez le notaire, dit une voix.

— Merci, Paul... Allô ? Maître Bertaillon ?... Commissaire Dreux à l'appareil... Je vous appelle au sujet de la mort du président Froment... Je sais qu'il devait vous rencontrer ce matin. Pouvez-vous me dire pourquoi ?...

— C'est une chose affreuse, commence le notaire. Un homme si remarquable ! Quelle perte pour la ville !

Garnier chuchote, la main devant la bouche : « Sans blague ! » Dreux lui fait les gros yeux et reprend :

— Savez-vous, maître, de quoi il désirait vous parler ?... C'est très important, et vous pouvez, sans manquer à la discrétion de rigueur, m'indiquer déjà si la visite du président Froment avait un rapport avec ses dispositions testamentaires.

Le notaire hésite.

— Ce n'est pas très régulier, fait-il. Mais, confidentiellement, oui, je suis en droit de dire qu'il avait l'intention de modifier son testament.

— En quel sens ?

— Je l'ignore. Je me rappelle très exactement ses paroles. Comme je lui demandais s'il était pressé, il m'a répondu : « Oui, c'est au sujet de mon testament. Je veux le rédiger autrement. » C'est tout. Il ne m'a rien expliqué. Il s'est contenté de noter notre rendez-vous d'aujourd'hui.

— C'était quand ?

— Vendredi dernier. Dans l'après-midi.

— Et il s'est tué le lendemain soir... Avait-il l'air ému, quand il vous a parlé ?

— Non. Mais il n'était pas homme à laisser voir ses sentiments.

— Comment se présente l'héritage ?

— Tout revient à sa sœur et donc, indirectement, à son neveu, M. de Chambon. Mais il a laissé à sa jeune femme un capital important. De quoi vivre très largement. Je n'ai pas toutes les clauses en tête. Mais je peux vous affirmer qu'il a été très généreux.

— Encore une question, maître. On murmure qu'il traversait une passe difficile.

— Aïe ! plaisante Garnier. C'est la question qui fait mal.

Le notaire louvoie, toussote, s'éclaircit la voix.

— Oui, bien sûr... Tout ne va pas pour le mieux. Il avait déjà licencié du personnel, et ce n'est peut-être pas fini... Mais M. de Chambon vous renseignerait mieux que moi.

— Eh bien, je vous remercie, maître. Le corps a été rendu à la famille. Les obsèques auront lieu quand elle le voudra.

C'est prodigieusement amusant de manipuler tous ces gens comme des pions, d'être leur maître tout en respectant l'exactitude des faits car, pour m'en tenir au notaire, je savais par Isa que Froment avait l'intention de modifier son testament. Il l'en avait menacée. Je reviendrai d'ailleurs là-dessus. Non, pas un détail qu'un autre détail ne vienne recouper. C'est le « montage » qui m'appartient, la présentation des événements. Je me donne la comédie de la surprise, moi que rien ne peut plus surprendre.

Voilà donc le commissaire plongé dans une nouvelle méditation. Est-ce qu'on se suicide quand on se prépare à rédiger un nouveau testament ? Il y a là quelque chose de contradictoire. Et, d'autre part, qui veut-on avantager ? Ou plutôt qui veut-on déshériter ? Vaste champ ouvert à toutes les suppositions.

Dreux va chercher dans un classeur une chemise rose portant une inscription : *Affaire Froment*. Est-elle rose ? Il me plaît qu'elle soit rose. Ce qui est certain, c'est que ce dossier existe et qu'il contient un rapport nous concernant, Isabelle et moi. Nous étions fichés à partir de l'instant où nous sommes entrés par effraction dans la famille du président. (Je dis toujours : le président, parce qu'il collectionnait les présidences ; au point que c'en était comique. J'ai vu, une fois, sa carte de visite. Il y avait plusieurs lignes d'initiales, désignant des sociétés, depuis la Mutuelle des industries jusqu'à l'Association des promoteurs de l'Ouest. Alors, forcément, les Renseignements généraux s'intéressaient à lui et, par suite, à nous, les intrus.)

Dreux ouvre le dossier.

Montano Richard, né le 11 juillet 1953, à Florence, etc. Je ne vais pas m'amuser à tout reproduire. Juste ce qui retient l'attention du commissaire. *Profession : cascadeur. Collaborateur régulier de Georges Cuvelier*. Georges Cuvelier, je le rappelle, figure sur tous les génériques. *Cascades réglées par Georges Cuvelier*. Tout le monde connaît ce nom. Dreux cogite. Quelqu'un qui travaille avec Cuvelier n'est pas le premier venu, quand même. Rien à voir avec ces gagne-petit qui font rouler des voitures sur la tranche, le dimanche, à l'ébahissement des péquenots. Il y a une hiérarchie des casse-cou et bien évidemment Montano Richard est à situer tout en haut. A preuve ses revenus déclarés. Pas moyen que Dreux se fourre dans la tête que la cascade est un métier comme un autre. Un métier à haut risque, soit. Mais pas plus que celui de commissaire. Et tout aussi respectable. *Price, Isabelle. Née le 8 décembre 1955 à Manchester*, etc.

Dreux phosphore encore plus douloureusement. Isabelle est née dans un cirque, un de ces petits cirques anglais qui vivotent entre un manège et une grande roue. Cela le gêne beaucoup. De Manchester au château de La Colinière. Non. Trop, c'est trop. Trop quoi ? Il ne sait pas bien. Instinctivement, il se méfie de ce couple. Il n'est pourtant pas conformiste. Il a déjà vu défiler des individus de toutes sortes. Et puis quoi, cette fille est superbe. Et elle n'a rien fait pour mettre le grappin sur Froment. C'est cet idiot, au contraire, qui...

Dreux lit la suite du document. Montano et sa compagne se rendaient de Nantes à Lyon pour un tournage. Tous les torts du côté de Froment. Bien entendu, il n'avait pas soufflé dans le ballon. Aucune prise de sang n'avait été faite. Mais l'accident avait eu lieu à quinze heures trente. Le président sortait d'un banquet. On pouvait parier gros qu'il avait bu. Pour couper court aux insinuations malveillantes, il avait presque de force installé ses deux victimes au château. Le geste ! Le beau geste ! Moi, Froment, je sais reconnaître mes torts. Et même, pour mettre l'opinion de mon côté, j'épouse la fille. Reste à savoir pourquoi la fille accepte.

Le commissaire flaire ce petit mystère. Il n'en finit plus de tourner autour. Mais il y a encore trop de choses qu'il ignore. Et moi, ces choses, je vais bientôt les raconter. Je vais même tout de suite commencer à parler de moi. Froidement. Objectivement. Comme les médecins exposent un cas.

Et d'abord, ces jambes. Je ne dis pas « mes » jambes. Elles n'appartiennent plus à personne. Je les remorque. Elles me prolongent comme les membres de chiffon d'un épouvantail. Le matin, je dois me contorsionner pour les sortir du lit. Je les empoigne, je me bats avec elles, à pleines mains. Je les jette hors des draps. J'aurais pu obtenir du vieux un infirmier, un assistant quelconque. Mais si j'avais toléré ça, j'aurais consenti à quelque chose de dégradant. J'aurais préféré me pendre. Tout seul, je me suis exercé à manœuvrer ces excroissances incongrues, blanchâtres, qui s'atrophient lentement, qui ballottent, s'accrochent partout. Mes anciens pieds divaguent, à gauche, à droite. Je suis obligé de les surveiller sans cesse parce que je ne sais jamais où ils traînent. Heureusement, de la tête à la ceinture je suis encore tout nerf et tout muscle. En me soulevant, je réussis à m'asseoir. Le poids de deux jambes mortes est quelque chose d'incroyable. Mes béquilles sont appuyées à la tête du lit. Il faut les saisir avec précaution. Il m'est arrivé d'en lâcher une. Elle gît là, sur le tapis, tout près et pourtant à des kilomètres car, si j'essaie de me baisser, je risque de perdre l'équilibre et de me retrouver par terre, comme une tortue retournée.

Je peux sonner. Je l'ai déjà fait. J'ai attendu longtemps. Personne n'est venu, sous prétexte qu'on doit me laisser dormir. Merci. La leçon a porté. J'ai appris à glisser les béquilles sous les aisselles et, d'un sec élan des épaules, à me caler debout. Ça oscille mais ça tient. Ensuite viennent ce qu'il m'est interdit d'appeler les premiers pas. Il s'agit de balancer en avant tout ce poids qui m'enracine, de le projeter à la distance d'une enjambée par un mouvement de pendule et de me rétablir sur mes béquilles pour enchaîner tout de suite sur un nouveau plongeon également rattrapé. J'avance ainsi comme une pirogue qui n'en finit plus de franchir la barre. Avec un peu d'adresse et de pratique, c'est moins difficile qu'il n'y paraît. J'aurais pu me servir de cannes anglaises. J'ai mieux aimé leur infliger à tous le spectacle hideux de mon infirmité clopinante. Les cannes font convalescent. Les béquilles font déchéance définitive. Elles inspirent une pitié dégoûtée.

Dès ma sortie de la clinique, je voulais forcer leur pitié. Par vengeance. Ma fierté était intacte. Je savais que je pouvais continuer à compter sur moi. Mais le seul moyen de m'imposer à eux, le Froment, le Chambon et même Isa, c'était de leur infliger le spectacle de ma carcasse démantibulée. Froment m'a procuré le plus vite possible une petite voiture. Avec une couverture sur les genoux, je deviens montrable. Ce salaud de Froment peut se permettre d'oublier qu'il m'a assassiné.

Je dois être juste. Isa fait de son mieux pour me rendre la vie supportable. Chambon aussi. Mais avec une maladresse qui me jette parfois hors de moi. Ils me traitent, tous les deux, comme si j'étais malade. Il n'y a que la vieille rombière qui ait compris, quand elle m'a appelé « cul-de-jatte ». Voilà, je suis un monstre de cirque, bien vivant, bien allant, bien méchant. Comme tout monstre qui se respecte. Mais justement, Isa, née dans un cirque, a horreur des nains, des difformes, des anormaux. Elle n'accepte pas que je sois une moitié d'homme. A ses yeux, je vais rester toute ma vie un grand blessé dont on doit s'occuper avec patience, indulgence, gentillesse. Et je ne le supporte pas. Je sais ! Je nage en pleine contradiction. Je veux et je ne veux pas être un assisté. J'aime qu'on cale des oreillers dans mon dos, qu'on me dise : « Tu n'auras pas froid ? », que cet imbécile de Germain me demande si je me sens mieux et en même temps j'ai envie de hurler. Moi qui avais l'habitude, dans mes films, de traverser les murs et les flammes !... J'ai sérieusement songé à me tuer. Et puis non ! Plus tard, peut-être. Mais pour le moment je devais me prouver que la cascade continuait. Il fallait que je tue le vieux. Pour mille raisons sur lesquelles je reviendrai ; qui, d'ailleurs, sont évidentes. J'avais besoin de me faire justice. Mais ce qui me tentait surtout, parce que c'était là un vrai projet de professionnel, un projet d'homme complet, possédant tous ses moyens... Comment dire ?... Ce qu'il me fallait réussir, en un mot, c'était un crime parfait. Et je compris alors que ma vie allait être transformée. La joie m'était rendue. L'activité ! La fièvre ! Un meurtrier, moi ? Allons donc ! Un créateur, plutôt. Un inventeur. Plus nécessaire, désormais, de haïr Froment. Il me suffisait de calculer sa mort, en prenant tout mon temps. Et si cela durait des mois, tant mieux !

*
* *

— Mademoiselle Marthe Bonnet, n'est-ce pas ?... Commissaire Dreux. Je peux entrer ?... Merci... Vous devinez pourquoi je suis là... Non ?... Voyons... La mort de votre ancien patron ne vous a pas surprise ?... Vous lisez les journaux ?...

Marthe Bonnet n'a pas plus de vingt-cinq ans. Elle est timide et apeurée. Elle regarde autour d'elle comme si elle cherchait du secours.

— Rassurez-vous, reprend le commissaire. J'ai juste besoin de quelques renseignements. Vous avez servi longtemps, au château ?

— Trois ans.

— Vous étiez donc là quand a eu lieu l'accident ?

— Oui, bien sûr. Le pauvre garçon... Ça faisait pitié.

Elle commence à s'apprivoiser et continue :

— On ne le voit pas beaucoup. Juste un peu dans le parc, quand il fait beau. C'est M. Marcel qui le promène.

— Jamais Mme Froment ?

— Non. Presque jamais.

— Pourquoi ?

— Je ne sais pas. Germain prétend que Monsieur lui avait défendu. Il avait un drôle de caractère.

— Vous ne vous entendiez pas bien avec lui ?

— Ça dépendait des jours. Des fois, il causait gentiment. D'autres fois, il vous passait dessus sans vous regarder.

— Il était peut-être préoccupé par ses affaires ?

— Ça se peut. Mais je crois plutôt qu'il était jaloux.

Elle baisse la voix.

— Monsieur le commissaire... moi, je répète ce que j'ai entendu dire.

— Par qui ?

— Eh bien, par tout le monde, en ville.

— Et qu'est-ce qu'on disait ?

— Que Madame aurait pu être la fille de Monsieur et que ce mariage cachait quelque chose de pas très propre... et qu'on ne savait pas bien d'où elle sortait, elle et son frère.

— Son frère ?... Vous voulez parler du blessé ?

— Oui. Mais est-ce que c'était bien son frère ?... Pourquoi est-ce qu'on le cachait ?

— Et vous, Marthe ? Votre impression ?

— Un drôle de monde, monsieur le commissaire. Et ce pauvre benêt lui tournait autour.

— Quel benêt ?

— M. Marcel, pardi ! J'ai tort de parler de lui comme ça, mais j'enrageais quand il faisait le joli cœur.

— Ça se voyait ?

— Une femme sent tout de suite ces choses-là... Et la preuve, c'est que la mère de M. Marcel s'en était aperçue, elle aussi. Ils avaient eu des mots, tous les deux.

Le commissaire prend quelques notes sur un calepin.

— Résumons-nous, dit-il. Si je vous suis bien, personne ne s'entendait avec personne ? M. Froment tenait le pauvre Montano à l'écart et se méfiait de son neveu. Mme de Chambon n'aimait pas Mme Froment et le faisait savoir à son fils. Mais Mme Froment, elle ? Qu'est-ce qu'elle devient, en tout ça ? De quel côté est-elle ?

— Du sien !

Dreux apprécie. Elle n'est pas bête, cette fille. Il se rappelle les propos rapportés par M. Ferrand : « Je suis détaché de tout. La vie ne m'intéresse plus. » Froment aurait-il compris que son mariage était une monumentale erreur et que tout était en train de se retourner contre lui ? Trahi par ses ouvriers, par ses amis, et peut-être par sa femme, aurait-il soudain baissé les bras ? Pas invraisemblable. Dreux se propose d'interroger plus sérieusement la veuve. Il prend congé. Il a maintenant de quoi se défendre si on lui reproche de conduire mollement son enquête.

*
* *

Naturellement, je n'ai pas assisté aux obsèques. C'est Marcel qui m'a tout raconté. Cérémonie sans intérêt. Beaucoup de monde. Surtout des curieux, venus au cimetière pour essayer d'apercevoir Isa. Pluie fine, sur les calvities officielles. Discours expédiés en vitesse. Et maintenant, M. le président nous fout la paix. Mais pas le commissaire. Il continue à fureter. Pourquoi Froment désirait-il modifier les clauses de son testament ? C'est ce point qui donne à penser. Comme il ne pouvait guère disposer de la part revenant légalement à sa sœur et à son neveu, la seule personne visée par lui était donc Isa. Peut-être avait-il songé à la déshériter ? Mais alors pourquoi s'était-il suicidé ? Il nage, le pauvre Dreux. Il sent que quelque chose d'essentiel lui échappe et comme il est consciencieux, il accueille toutes les hypothèses. Alors, il donne des coups de sonde, au petit bonheur, et sans avoir l'air d'y toucher, car, en haut lieu, on a dû lui glisser dans l'oreille : « Pas de vagues ! »

— Chère madame, j'ai voulu vous saluer une dernière fois et vous dire que mon enquête est pratiquement terminée.

Il n'a jamais voulu s'asseoir, le commissaire. Il regarde Mme Froment et la trouve bien jolie dans ses vêtements de deuil. Il enchaîne :

— Qu'allez-vous faire, maintenant ?... Ce château doit vous paraître bien lugubre.

— Je ne peux pas abandonner ma vieille tante, dit-elle. Si Charles me voit, je suis sûre qu'il m'approuve.

Dreux en reste saisi. Il se rappelle la façon dont la sœur du défunt parlait d'Isa. Il hasarde une objection.

— Est-ce que Mme de Chambon n'est pas seule propriétaire de La Colinière désormais ? Simple question. Je sais bien qu'elle sera très heureuse de vous garder près d'elle.

Isa prend son air le plus triste.

— Certainement, dit-elle. Mais, même si elle préférait me voir partir, ce qui n'est pas le cas, elle devrait respecter les dernières volontés de Charles. J'ai le droit d'habiter ici aussi longtemps qu'il me plaira.

— Et M. Montano ?

— Lui aussi. C'est écrit en toutes lettres dans le testament.

— Mais votre mari avait songé à modifier ce testament. Vous ne l'ignorez pas. Pourquoi ?

Isa semble en proie à toutes sortes de scrupules. Elle hésite longuement.

— Mon enquête est close, insiste le commissaire. Vous pouvez parler librement. Rien ne pourra faire que votre malheureux mari ne se soit pas suicidé. Mais ce dernier « pourquoi » a son importance.

— Soit, murmure-t-elle. Je vais tout vous dire. Mme de Chambon a toujours eu sur son frère une grande influence... pas tant que sur Marcel, parce que là, c'est vraiment pathologique... mais mon mari l'écoutait et, quand il s'est cru obligé de nous recueillir, après l'accident, il l'a fait contre l'avis de sa sœur. Alors, je vous laisse à penser ce qui est arrivé quand Charles m'a épousé.

Cette fois, Dreux saisit une chaise et s'assoit près d'Isa. Il est prodigieusement intéressé.

— Ce fut la rupture, poursuit-elle.

— Totale ?

— Absolument. Elle s'est retranchée dans ses appartements. Elle ne communiquait plus avec Charles que par l'intermédiaire de Marcel. Charles n'était pas moins orgueilleux qu'elle ; c'était à qui ne faiblirait pas devant l'autre. Vous voyez la vie que nous menions. Et mon mari en souffrait. Il en souffrait même au point de m'en vouloir... comme si j'avais été responsable. Mais enfin les choses allaient cahin-caha... jusqu'au jour où elle se mit en tête que son fils était amoureux de moi.

— Et, bien entendu, c'était faux, dit Dreux.

— Oh ! totalement ! Marcel est un garçon charmant mais un peu inconsistant.

— Attendez, chère madame. Je me suis mal expliqué. Que vous n'éprouviez rien pour lui, cela va de soi. Mais lui ?... Autrement dit, est-ce que sa mère se trompait ?

— J'ai tout lieu de le croire. Marcel s'est toujours comporté en ami, vis-à-vis de nous.

— Nous ? C'est-à-dire vous et M. Montano ?

— Exactement. Richard l'intéresse d'ailleurs bien plus que moi. Marcel n'est jamais sorti de son cocon. Richard est à ses yeux une espèce de surhomme. Pauvre Richard, s'il m'entendait !

— Et alors ? La vieille dame est sortie de sa solitude pour mettre son frère en garde ?

— Oui, c'est à peu près ça. Est-ce que j'ai répondu à votre question ?

— Peut-être. Mais vous me pardonnerez de mettre les points sur les *i*. Si je vous comprends bien, votre mari, furieux contre vous, aurait pu songer à vous déshériter et à vous interdire d'habiter ici après sa mort ?

Isa écarte les mains en signe de doute. Puis elle reprend :

— Ou bien il aurait peut-être forcé Richard à s'en aller, ce qui m'aurait mise dans une situation impossible... Moralement, je me considère comme responsable de lui. Que voulez-vous qu'il fasse, où voulez-vous qu'il aille, tout seul, dans son état ?

Dreux réfléchit puis se décide.

— Pardonnez-moi d'insister, mais revenons en arrière, au moment, précisément, qui a suivi l'accident. A ce moment-là, votre mari n'a pas été tenté de placer Richard dans une clinique spécialisée, comme il en existe en Suisse, par exemple ?

— Si, il y a pensé. Sa sœur a essayé de le pousser en ce sens.

— Pourquoi a-t-il renoncé ?

— Pour ne pas me perdre.

— Il était donc déjà... excusez-moi... déjà amoureux à ce point ?

Isa sourit tristement.

— Cela vous semble bizarre, n'est-ce pas ?... Mais c'est parce que vous n'avez pas connu Charles. Il a eu envie de moi comme il lui arrivait d'avoir envie de n'importe quoi. Il ne regardait jamais au prix.

— Mais vous n'étiez pas forcée de dire oui.

— C'est vrai. D'ailleurs, j'ai d'abord dit non. Et puis...

Elle s'arrête et un peu de rose monte à ses pommettes.

— Et puis ? questionne Dreux.

— Eh bien, je lui ai dit de demander à Richard s'il était d'accord.

— Oh ! je vois !

Isa le toise, soudain, et d'une voix changée murmure :

— Puisque vous voulez tout savoir, c'est mon frère qui m'a poussée dans les bras de M. Froment.

Elle se lève.

— Vous êtes satisfait, monsieur le commissaire ?

Dreux se lève à son tour, cachant mal son embarras. Il a l'impression d'avoir commis un impair.

— Je vous remercie de votre franchise, dit-il. Mais il me faut trouver une formule pour clore ce dossier, car j'ai des supérieurs qui s'impatientent. Impossible de prétendre que votre mari s'est suicidé par suite de chagrins intimes... Vous devinez les commentaires... Ni par suite de difficultés financières... ce qui provoquerait de la panique parmi son personnel. Ni par suite d'une crise de dépression. Qui le croirait ? Je ne vois qu'une formule : « Miné par une longue maladie. » Chacun sait ce que cela signifie et ces maladies-là peuvent très bien n'être pas apparentes. Donc, si vous êtes d'accord, nous nous en tiendrons à cette version des faits, mais vous devrez la confirmer, de votre côté, auprès de vos relations.

— Je le ferai, promet Isa. Reste à convaincre sa sœur.

Je n'ai jamais su ce qui se dit chez la vieille. Marcel me parut très secoué. Isa se contenta de m'embrasser sur le front.

— Laisse... On aura la paix, maintenant.

Et, comme s'ils s'étaient fait le mot, ils ne parlèrent plus d'elle. La vie reprit sa pente habituelle, avec une différence cependant. Je pus circuler librement dans la baraque. Avant, la présence du vieux ne cessait de m'oppresser. J'aimais lui faire peur, oui. Mais c'était toujours avec la crainte sourde d'aller trop loin, de provoquer une réaction de fureur. Isa n'était pas rassurée. Elle me suppliait de rester tranquille, de ne pas narguer le bonhomme. Eh bien, il me manquait, désormais. Les journées s'étendaient, mornes. Je m'ennuyais. J'étais en état de manque. Pas de drogue. Mais de haine, et c'est peut-être pis. J'avais beau me pénétrer de cette évidence : le vieux est au trou. Il a eu ma peau. J'ai eu la sienne. Il ne me suffisait pas de le dire. Je compris que je devais l'écrire, le lire. Un petit bout chaque matin, comme une friandise. Une mort comme celle-là, ça se déguste. Mais avant, il fallait en remuer, des choses !

Oui, je détestais mon père. D'abord, il était petit. Et quand on est petit, on ne joue pas de la contrebasse. On ne s'expose pas à tous les regards, serré contre cette chose femelle. Un père, un vrai, ne porte pas une veste croisée couleur framboise. Les autres musiciens étaient, eux aussi, habillés comme des chasseurs de palace. Mais ils étaient assis. Personne ne faisait attention à eux. Lui, il était debout. On voyait ses poches sous les yeux, et qu'il avait des cheveux teints, et qu'il s'ennuyait. Il mâchait des bâillements et, feignant de surveiller sa main gauche, s'arrangeait pour lire le plus souvent possible l'heure à son poignet. Les soirées n'en finissaient pas. Les danseurs se balançaient sur place comme des algues. Je sommeillais, abruti par le bruit. Je ne sortais de ma torpeur qu'au moment où ma mère apparaissait. A elle aussi, je n'ai jamais pardonné. Elle était vêtue d'une espèce de fourreau qui jetait des éclats. Je voyais bien qu'elle était trop fardée et presque nue sous sa peau d'étoiles. Parfois, en penchant la tête en arrière, elle ouvrait une bouche si grande, pour pousser certaines notes, qu'on apercevait sa langue qui tremblait. C'était dégoûtant.

J'essaie de me souvenir. Je revois ces salles de bal, ces petits cinémas aux fauteuils élimés. On me laissait souvent au vestiaire. Je suçais des esquimaux. Et après, les petites rues, l'hôtel où le veilleur de nuit nous attendait dans une demi-obscurité. Mais tout cela brouillé, confus, comme des bouts de film collés au hasard. Je devais avoir cinq ou six ans. Étrange famille, en vérité. Un jour, mon père est parti avec une violoniste. Ma mère a donné des leçons de piano, pour vivre. Heureusement, mes grands-parents nous aidaient. Nous habitions près des Buttes-Chaumont un agréable appartement d'où l'on découvrait les frondaisons et les rochers du parc. Mon grand-père (le père de ma mère) était flûtiste à la garde républicaine. Je l'ai vu, peint comme un soldat de plomb, aux grandes fêtes. Il était superbe et un peu ridicule, avec ce mirliton en travers du visage. Il marquait la mesure de la tête, roulait au ciel des yeux mourants ou bien se penchait vers le sol d'un air concentré de charmeur de serpents. Lui, je l'aimais bien. Mais pourquoi avait-il décidé de m'enseigner le violoncelle ? Cet excellent homme, remarquable flûtiste, savait aussi jouer de beaucoup d'autres instruments, mais en simple amateur. De même que les concierges des grands hôtels savent parler de la pluie et du beau temps en sept ou huit langues, de même mon grand-père n'était qu'un touche-à-tout, du violoncelle à la harpe, comme du trombone au cor anglais. Il était, si j'ose dire, le polyglotte de la ritournelle. Il s'étonnait donc de ma résistance. Comment aurait-il compris que j'éprouvais pour le violoncelle une sorte d'animosité superstitieuse, comme si mon père avait fait un enfant à sa contrebasse.

Et puis, il y avait l'épineux problème de la clef de *fa*. Pourquoi un *do* doit-il être lu comme un *mi*, un *fa* comme un *la*, et ainsi de suite ? Cette écriture cauteleuse et masquée ajoutait à ma hargne. La seule musique qui me plaisait était celle des mobylettes. Cela ne s'explique guère, j'en conviens. Et pourtant...

Cela me prit vers l'âge de dix ans. J'avais un ami, ou plutôt un copain, Michel, qui possédait une petite machine italienne. Ce fut ma première passion. C'est l'âge où l'on aime d'amour une mécanique. On la caresse. On lui parle. On tourne sans fin autour d'elle. Pour le plaisir, avec Michel, on la démontait, on l'astiquait, on la bichonnait. Je flairais ensuite sur mes doigts, pendant longtemps, l'odeur d'huile et de graisse comme un parfum d'intimité. Parfois, il m'arrivait de me persuader qu'elle était à moi. Les camarades s'approchent. On les surveille. Il y a des regards qui déposent sur le métal une rouille d'envie. Cependant, on échange des propos un peu blasés. « Oui, ça monte à plus de 80... C'est costaud et ça bouffe pas plus qu'un briquet... Si tu me crois pas, demande à m'sieur Paulo. » M'sieur Paulo, c'est l'homme habillé de blanc comme un astronaute qui vend des deux-roues, depuis les toutes petites, maigriottes, qui ressemblent bizarrement à des filles poussées trop vite, jusqu'aux monstres aux encolures de taureau. A peine si on ose les regarder ! La vitesse est là, à fleur des muscles, prête à se déchaîner dans le tonnerre de l'échappement. Mon grand-père, mortifié par la nullité de son élève, n'était pas loin de me tenir pour un crétin doublé d'un loubard, car, pour lui, était loubard tout môme caracolant sur une chose à moteur.

— Va retrouver tes voyous, criait-il. Tu finiras comme eux.

Je filais, tout joyeux, et j'allais m'agréger au groupe de jeunes motards qui palabraient, tantôt à l'entrée du parc, tantôt devant les studios de la télévision. Ils ne formaient pas un groupe, d'ailleurs, mais plutôt un banc, comme des poissons, et si l'un se déplaçait, les autres suivaient, pour se serrer les uns contre les autres. Ils ne parlaient pas beaucoup. Ils échangeaient des bruits, comme les dauphins, à petits coups d'accélérateur, aspirant avec volupté la fumée bleue des gaz. C'est sur la mobylette de Michel que j'ai commencé mes prouesses.

Dès que nous le pouvions, nous nous échappions vers le bois de Vincennes. Mon Dieu, quand j'y pense !... Il y avait en moi du feu, de la flamme, une vitalité explosive. J'étais capable, déjà, de rouler, cabré comme un étalon furieux, ou bien de faire du surplace, muscles bandés, nerfs vibrants, comme un sprinter bloqué avant l'emballage. Premiers exercices de la méthode. J'aurais dit : premières gammes, si ce mot ne m'avait pas écorché la bouche. Mais ce que je désirais, maintenant, ce qu'il me fallait à tout prix, c'était une 125, genre « enduro ». Le lundi matin, quand j'en voyais une, couverte de boue à la suite de quelque exploit dominical, je me figeais, fasciné. Ce qu'elle était belle ! Fangeuse, dégoûtante, plus athlétique encore d'être souillée. Je n'osais pas avancer la main mais j'aurais tellement voulu toucher, m'imprégner, comme dans un rite magique, de la force endormie dans ce cœur silencieux !

Je me mis à travailler avec acharnement pour acheter la moto de mes rêves. Je lavais des voitures. Je fis même la manche car j'avais une jolie voix d'éphèbe. Personne, chez moi, ne se doutait de rien. Et puis je réussis à m'acheter, d'occasion, une Honda qui, lorsque je l'eus déshabillée, lavée au pétrole, huilée comme une lutteuse avant le combat, et repeinte dans la buanderie de Michel, se révéla, malgré son âge, bagarreuse à souhait. Et, cette fois, ce fut la haute école.

J'avais quinze ans. Mes grands-parents avaient perdu toute autorité sur moi. Ma mère ne comptait guère. J'appris, le dimanche, en forêt de Fontainebleau, à descendre avec lenteur les talus les plus raides, à traverser des fondrières dans des gerbes d'eau, à grimper des escarpements qui auraient inquiété une chèvre. O merveille ! La moto pouvait passer partout. Et elle avait la voix sèche, péremptoire des championnes, quand elle prenait son élan pour sauter par-dessus les ravines. Joie indicible de fuser dans le vide. Vent lustral de la vitesse ! Attente angoissée de la seconde où la roue arrière se reçoit acrobatiquement et tout de suite le bond pleins gaz vers un virage qu'il faut aborder en dérapage, jambe tendue, effleurant le sol, dans un geyser de poussière et de petits cailloux. Ah ! tout cela me serre la gorge ! Mes premières victoires. La haute marche du podium. Les premières larmes de bonheur sur mon visage noirci où l'emplacement des lunettes laissait comme deux trous blancs... Je préfère m'arrêter. On m'a volé ma vie.

Un tour de chambre, sur ma voiture, entre le lit, la table, les chaises. Je cherche ma pipe. C'est grotesque, un cul-de-jatte qui fume la pipe. Heureusement, il n'y a plus de miroirs dans cette pièce. Je les ai fait enlever. Comme j'ai fait enlever mes photos. Isa, au début, avait cru m'être agréable en fixant aux murs certaines images auxquelles je tenais, autrefois. Toutes, des instantanés au millième. Je semblais voler dans l'espace... Je giclais d'une auto qui amorçait un tonneau... Je plongeais vers les épaules d'un malfrat tiraillant sur des C.R.S... Souvenirs de films plus ou moins célèbres, mais qui m'avaient valu considération et respect. Entorses, aussi, et fractures et cicatrices variées sur ce qui me restait de corps. A la poubelle, tout ça. Je n'avais conservé qu'une grande photo d'Isa. Elle est là, au-dessus de la cheminée, vêtue de cuir noir, silhouette à la Fantomas, et portant drôlement, enfilé dans son avant-bras, son casque comme un panier à provisions.

Peu importent les détails de notre rencontre. Mon père, je l'appris alors, avait été tué dans un accident d'autocar (curieuse hérédité quand même !) et la mère d'Isa était morte d'un cancer du sein. Isa avait été recueillie par une équilibriste. Elle avait commencé son apprentissage sur ces petits vélos joujoux brillant comme de l'argent qui permettent grâce à un pignon fixe de danser, de valser sur la piste des cirques et d'exécuter un véritable strip-tease mécanique puisqu'on peut s'amuser à retirer le guidon, à envoyer promener la roue avant, à enlever le cadre comme on laisserait tomber fanfreluches et soutien-gorge, et même la selle s'envole à son tour. Reste une roue sur laquelle, bras gracieusement étendus, on tournoie, on virevolte, d'une légère pesée sur les pédales, en attendant qu'un clown au nez incandescent vienne vous recevoir dans ses bras.

Je la pris avec moi. Je l'initiai à la moto et elle devint, en quelques semaines, une « fan ». Cela s'attrape comme la grippe de Hong Kong, de l'un à l'autre. Il y a une courte période d'incubation et puis, soudain, on devient une moto, comme un gosse devient son voilier ou sa petite auto. On se regarde, habillé de reflets, sentant le cuir et l'acier. On est à la fois sa machine et celui qui vient l'enfourcher. Qui dira l'émerveillement grave et respectueux qu'on éprouve quand on entend le bruit soyeux, maîtrisé, voluptueux d'un gros cube au ralenti ? Vous sentez se développer entre vos jambes ce chant à la fois métallique et vivant. C'est comme si l'on mettait au monde je ne sais quelle créature mythologique. Et ensuite...

Qui ne s'est pas jeté contre l'horizon, qui n'a pas vu défiler le sol et senti son souffle sur le visage, dans les virages où l'on frôle l'écrasement du genou, de l'épaule, dents serrées, centaure, minotaure, licorne, bête monstrueuse promise à l'abattoir ou à l'apothéose. Bon ! Inutile de m'exciter !

Isa eut la révélation, à son tour. Quand elle mit pied à terre, titubante, éblouie, elle était comme l'incroyant qui vient d'avoir une apparition. Il y a une sensualité de la peur, plus pénétrante que celle de l'amour. Et maintenant que j'y pense, c'est ça la cascade. Je sais. Nous gênons. Nous traînons derrière nous des relents de suicide. C'est pourquoi nous ne sommes pas présentables. Personne, croit-on, n'a le droit d'être insolent devant la mort. Et pourtant, Isa et moi, *les Montano* comme on disait, nous étions au sommet du bonheur devant les foules pétrifiées. L'un après l'autre, à 150, nous nous envolions du tremplin par-dessus les cars rangés côte à côte. Des sauts de géant, impossibles, déments. « Ils sont dingues ! » pensaient les spectateurs. Mais nous aussi, bonnes gens, nous étions terrifiés. Au moment d'abaisser la visière de notre casque, nous échangions un regard qui nous brûlait. La flamme du chalumeau, on la règle, du rouge au blanc, du blanc au bleu, jusqu'à ce qu'elle ne soit plus qu'une aiguille dévorante. Nous aussi, les yeux dans les yeux, nous guettions l'apparition de cette langue de feu. C'était alors comme une fulgurante certitude. « Je t'aime et je gagnerai ! » Le reste n'était plus, dans une joie surhumaine, qu'abandon aux forces que nous avions calculées.

Vint cependant le jour affreux où Isa se reçut mal, sembla se désarticuler sur l'asphalte, en rebonds et tonneaux qui la roulaient parmi les débris crépitant d'étincelles jusqu'à cette immobilité sans nom du cadavre. On l'emporta sur une civière. Je retenais dans ma main sa main qui pendait. Il y avait du sang dans ses cheveux blonds. Coma. Clinique. Le chirurgien, en blanc comme moi, masqué comme moi, botté comme moi. Pas besoin de parler. Nous étions, lui d'un côté de la vie, moi, de l'autre. Pas ennemis. Plutôt complices. Je compris à sa mimique qu'il restait un espoir. En, en effet, Isa, au bout de quinze jours, reprit connaissance. Rien de cassé. Simplement un peu d'amnésie, à cause du choc.

Je passe. Ces détails sont dans ma chair comme autant d'impacts de chevrotine. Isa vivait. Mais le couple des Montano était mort. Isa ne pouvait plus voir une moto sans blêmir. Je dus renoncer aux exhibitions spectaculaires et chercher un nouveau job. Pour parer au plus pressé, je tâtai du stock-car, mais j'en eus vite assez de ces corridas minables, des ces ferrailles rapiécées qui se dépeçaient en dérapant, crachant leurs roues, leurs ailes, dans des giclées de boue. Je sortais de ces mêlées écœuré, parce que j'ai toujours éprouvé pour les mécaniques la même tendre sollicitude qu'on porte aux animaux abandonnés. J'aurais volontiers dépensé mes gains pour adopter certaines épaves qui conservaient encore comme une sorte de dignité.

Nous vivotions, au bord du dénuement. Rien à attendre des miens. Mon grand-père n'était plus qu'un pauvre vieux dinosaure bon pour le muséum. Ma mère subsistait vaille que vaille. J'eus la chance de rencontrer M. Louis. Dans le monde où il évoluait, les patrons ne portaient que des prénoms respectueusement précédés du « monsieur » qui s'accordait bien avec la corpulence et le cigare. M. Louis fournissait aux producteurs de films des cascadeurs. Il en avait pour toutes les spécialités. Jadis, il aurait aussi bien loué des rétiaires et des mirmillons. En très peu de temps, je fis le trou. Pour les rôles vraiment acrobatiques, il n'y avait pas tellement de volontaires : le gendarme mitraillé en pleine vitesse, le motard poursuivi qui slalome entre les voitures avant de percuter un autobus, celui qui traverse une vitrine dans une pluie de morceaux de verre... Tout cela se soldait par du sparadrap, des pansements, des bandages. Mais aussi par des chèques de plus en plus confortables. Or, il me fallait de plus en plus d'argent à cause d'Isa, parce que la peur s'était installée en elle. Non plus la peur de l'anéantissement brutal mais quelque chose de beaucoup plus sournois, la terreur d'une certaine pauvreté que seuls connaissent les artistes sans travail.

Elle m'encourageait à prendre des risques et elle tremblait quand je me sanglais pour quelque cascade particulièrement difficile. Elle vivait mille morts en attendant mon retour. « C'est fini, disait-elle, je n'en peux plus. » Mais elle courait s'acheter quelque bijou coûteux pour calmer son angoisse. Elle renouait alors avec une sorte de bonheur inavouable qui la précipitait dans mes bras. Pendant un mois, nous menions une existence apparemment sans souci. Et puis le niveau de nos ressources commençait à baisser. Me proposait-on quelque acrobatie en moto sur les toits d'un pâté de maisons — je le fis un jour — elle me suppliait : « Tu ne vas pas accepter ça ! » Et j'avais beau lui démontrer qu'il n'est pas plus dangereux d'accomplir un moto-cross à trente mètres en l'air que dans les profondeurs d'un sous-bois, elle secouait la tête, obstinée dans son refus. Mais sa résistance ne tardait pas à faiblir. Elle allait voir les lieux du tournage. « Il faut sauter par-dessus une rue », avouais-je. De l'œil, elle mesurait les distances. « Ce n'est qu'une ruelle », observait-elle. Cela signifiait qu'elle était sur le point de céder. Pourtant, quand je rapportais mon contrat paraphé et signé, elle se détournait avec horreur. « Tu n'aurais pas dû. Je ne t'ai rien demandé. » Et on ne se parlait plus.

Elle pleurait quand elle se croyait seule. Le moment du tournage venu, elle s'enfermait dans la chambre de l'hôtel. Il lui fallait ensuite des heures et des heures avant de retrouver sa force et sa beauté. Ce qu'elle souhaitait, tout au fond d'elle-même, je n'avais pas de peine à le deviner. Elle désirait de toutes ses forces la sécurité, le calme, la promesse d'un avenir enfin assuré. Mais moi, j'étais incapable de me transformer en rond-de-cuir, en gagne-petit entre bobonne et le jardinet. Oui, je l'avoue, j'étais drogué. J'avais toujours besoin de vitesse, d'applaudissements, d'admiration. J'aimais les entendre, autour de moi, les acteurs, les techniciens. « Pas trop de bobo, Richard ? Tu es champion. Allez ! On fait une autre prise. » Et je recommençais à planer.

Arriva Froment, au volant de sa grosse Buick. J'ai perdu jusqu'au souvenir du choc. Je me suis réveillé dans un lit étroit ; j'étais incapable de bouger, non seulement à cause des tuyaux qui me tenaient prisonnier comme un scaphandrier qu'on remonte des abîmes, mais surtout à cause... je ne sais pas m'expliquer... à cause d'une absence de densité ; j'étais comme dans la peau d'un autre. Isa, à son tour, me tenait la main. Il y avait aussi l'homme en blanc qui me regardait avec tristesse. Il hésitait à me donner le coup de grâce. Je compris que j'étais sévèrement touché. Il employa des expressions savantes qui disaient la vérité sans la dire. « Il faut attendre, conclut-il. Le temps, quelquefois, fait des miracles. »

Un blessé, quand on lui parle de miracle, sait bien qu'il est condamné à perpétuité. Mais j'étais condamné à quoi, au juste ? A marcher avec des cannes ? Je la mis au monde, enfin, ma vérité, tout seul, dans la sueur et le tremblement, quand je m'aperçus que je ne parvenais plus à commander mes doigts de pied... ni mes pieds... ni mes jambes... ni mes genoux. J'étais enlisé jusqu'à la ceinture dans une espèce de néant. Une constatation comme celle-là, elle vous glace le cœur et pourtant il faut beaucoup de temps pour en faire le tour.

Mon métier... adieu. Allais-je être le déchet qu'on promène dans une petite voiture ? Jamais je n'imposerais à Isa cette humiliation. Et de quoi allions-nous vivre ? Je m'effondrais à l'intérieur. Je n'étais plus qu'une ruine. Isa ne me quittait guère.

— Tu souffres ?

— Non. Pas du tout. Je donnerais n'importe quoi pour souffrir.

— Le chirurgien dit que ça peut s'arranger.

— C'est un menteur.

— M. Froment va s'occuper de nous.

— Qui est M. Froment ?

— Eh bien... celui qui nous a heurtés.

Alors que, déjà, j'étouffais de haine, elle parlait de lui sans même que son nom lui écorche la bouche.

— Où se cache-t-il ?... Pourquoi ne l'ai-je pas encore vu ?

— Il fait prendre de tes nouvelles chaque jour. Il viendra dès qu'il aura un moment.

— Comment le sais-tu ?

— Il m'a invitée chez lui.

— Tu veux dire qu'il te loge ?

— Oh ! cela ne le gêne pas. Il habite un grand château. Je crois que tu t'y plairas.

J'étais encore trop faible pour protester. Mais assez lucide pour comprendre que ma volonté ne comptait plus, que j'étais un poids mort dont Isa, sans en avoir clairement conscience, était heureuse de se débarrasser.

Non ! Je retire ce mot. Ce n'était pas ça. Pas ça du tout. Elle était simplement heureuse de faire halte, de ne plus courir les routes, d'avoir enfin un chez-soi. Un chez-soi prêté, peut-être, mais un chez-soi confortable. La catastrophe s'achevait momentanément pour elle en conte de fées.

Un grand château ! Sans blague ! J'eus un peu de fièvre et l'on interdit les visites. Tout en contemplant le plafond, je fis et refis le tour du problème. D'un côté, Isa, jeune, belle, lasse de la vie que nous menions. De l'autre, un individu que j'imaginais riche et séduisant. Si j'aimais vraiment Isa, moi qui n'étais plus rien, je devais accepter, me résigner, m'effacer. Facile à dire ! Je pouvais du moins faire comme si... Et c'est sur ce lit d'hôpital que j'appris à feindre, que je m'initiai à ce jeu qui consiste à sourire quand on a envie de mordre, à caresser quand on voudrait étrangler.

Froment vint. Puissant, laid, la joue abondante, l'œil dur, le geste péremptoire. Je n'étais qu'un pauvre petit David foulé aux pieds par ce Goliath de bande dessinée, mais je sus, au premier coup d'œil, qu'il était battu d'avance. J'y mettrais tout le temps nécessaire. Toute ma vie. Mais je l'aurais. Je le remerciai donc de sa générosité. L'accident ?

N'en parlons plus. Une fatalité ! C'est moi qui roulais trop vite. Oui, nous acceptons avec reconnaissance votre hospitalité. Vous m'avez déjà préparé un appartement ? C'est trop aimable. Isa nous écoutait, ravie. Elle avait tellement redouté cette première entrevue !

— N'est-ce pas qu'il est bien, me dit-elle quand il fut parti.

— Il se méfie de moi.

— Mais non. Seulement, mets-toi à sa place. Sa situation est délicate.

— Il sent que je lui en veux.

— Penses-tu. Il est si gentil, si plein d'attentions. Tu ne peux pas savoir.

Quelques jours plus tard, tout naturellement, elle me dit :

— Charles a l'intention de t'offrir une petite voiture.

Elle l'appelait Charles. Et il avait la bonté de me faire ce royal cadeau. Je pris le parti de ne pas répondre. Elle avait d'ailleurs tant de choses à me raconter... Le château... Marcel de Chambon... Cette nouvelle existence pleine de fleurs, de surprises et de joie. Le mot n'était pas prononcé, mais il irradiait d'elle.

— Eh bien, dis-je, ce Marcel, il vient ?

— Il est très intimidé.

— Pourquoi ? Il n'est pas responsable de l'accident.

— Ce n'est pas ça... C'est ton métier... Ça lui semble une chose tellement extraordinaire. Lui, il a sa petite vie, ses habitudes, son bureau, sa télé... Alors, tu lui tombes d'ailleurs, de l'espace, d'un endroit inimaginable... Je crois qu'il a un peu peur. Et puis, il y a sa mère, la sœur de Charles, qui lui monte la tête contre nous.

Je les apprenais ainsi, peu à peu, comme si, devant moi, jouant leurs petits bouts de scène, ils avaient préparé mon entrée sur leur théâtre familial. Chambon se fit précéder d'une boîte de chocolats. Il ne savait pas quel ton adopter et choisit tout d'abord celui de la politesse froide. Il s'informa, comme un imbécile, de ma santé, essaya de se rattraper, fut satisfait d'apprendre que je ne souffrais pas, comme si cela signifiait que mes jambes allaient reprendre vie. Il s'approcha de la chaise roulante, livrée la veille, et brillante comme un jouet, se crut obligé de secouer la tête d'un air connaisseur. J'ajoutai à son embarras.

— Ça va me changer. C'est ce que vous alliez dire, n'est-ce pas ?

Il rougit violemment et renonça à son air guindé.

— Je suis navré, balbutia-t-il. Si vous le permettez, je vous aiderai. Je vous sortirai dans le parc.

— Laissez, dis-je. C'est un travail pour le jardinier.

Interloqué, il tripotait ses gants, cherchait désespérément la phrase aimable qui lui vaudrait mes bonnes grâces. Il sentait vivement qu'il n'avait pas le droit, devant moi, de marcher, de s'asseoir, de jouir de ses mouvements et il louchait déjà vers la porte.

— Prenez une chaise, dis-je, et ne vous posez pas de problèmes.

Il s'assit gauchement tandis que je continuais :

— Dans mon métier, le risque est de tous les jours. J'aurais déjà pu perdre mes jambes bien des fois.

— C'est vrai? demanda-t-il, avec une sorte d'espoir craintif, comme si je venais de l'absoudre de je ne sais quelle faute.

— La dernière fois que j'ai effectué le saut de la mort, repris-je du ton le plus naturel, j'ai bien failli m'écraser. Quatre-vingts mètres par-dessus une autoroute.

Je mentais. Je n'allais plus cesser de lui raconter des histoires pour le voir blêmir. Un imperceptible tremblement lui agitait le coin de la bouche. Il était de ces garçons, élevés dans la solitude, qui sont livrés aux terreurs de leur imagination. Tourmentés, ils ont besoin d'un tourmenteur. Je sus d'instinct qu'il était fasciné.

— Vous n'avez jamais fait de sport ? dis-je. Je ne parle pas du tennis ou de trucs comme ça. Je parle de sports d'engagement, comme le judo ou la boxe.

— Non, murmura-t-il, non... Maman ne...

— Vous êtes fils unique ? Et célibataire ?

— C'est-à-dire que...

— Mais c'est votre droit. Comme d'ailleurs celui d'avoir une vie abritée. Tout le monde n'a pas la même chance. Tout à l'heure, quand vous m'avez proposé si gentiment de me promener dans le parc, je vous ai rabroué... Mais si... Eh bien, j'ai eu tort. Vous, je vous accepte, mais pas votre oncle.

Il était ému, le pauvre vieux. Il me prit les mains avec reconnaissance.

— J'avais tellement peur, commença-t-il.

Restait quelque chose qui ne pouvait pas sortir. Il finit par se décider.

— Mais Mme... Mlle...

— Isa. Appelez-la Isa. Je vous le permets.

Il se tortillait, de plus en plus mal à l'aise.

— Elle trouvera normal que...

— Que vous vous occupiez de moi. Bien sûr. Au contraire, elle sera enchantée. Elle a tant de choses à faire... Revenez quand vous voudrez.

Ce soir-là, j'aperçus, comme une allée en forêt encore enfumée de brouillard, le chemin que je devrais suivre et, pour la première fois, je n'eus pas besoin de somnifère.

— Ça va, ce matin ? dit Dreux, en déboutonnant son imperméable et en s'asseyant près du lit.

— Décidément, fit Richard, on ne voit plus que vous, ici.

— Je m'en passerais bien, reprit le commissaire. Mais la reine mère ne cesse de nous asticoter et, comme elle jouit de solides protections, il faut bien lui être agréable. Elle s'est mis dans la tête que son frère a été assassiné... Qu'est-ce que que vous voulez... C'est idiot, mais je continue l'enquête. Enfin, je fais semblant.

— Nous sommes toujours ses suspects préférés ?

— Non. Ou plutôt, maintenant, elle soupçonne tout le monde. Elle voudrait engager des vigiles avec des chiens policiers. Je l'écoute. Je la rassure car elle est persuadée que sa vie est menacée. Et après, voyez-vous, je fais escale ici, pour me changer les idées.

Dreux alluma une cigarette, cracha un brin de tabac.

— Remarquez, reprit-il, que tout ce qu'elle raconte n'est pas stupide. Moi-même, un instant, je me suis demandé si quelqu'un n'était pas venu de l'extérieur... Et dans ce cas, le champ des hypothèses aurait été immense. Mais les faits sont les faits.

Il souriait, patelin. Richard souriait à son tour.

— Si seulement je savais pourquoi il a voulu refaire un testament ! rêvait tout haut le commissaire.

— Eh ! oui, disait Richard, entrant dans le jeu.

— Naturellement, vous l'ignorez.

— Je vous ai déjà répondu.

— C'est vrai. Je rabâche. A propos, j'ai revu l'un de vos films, l'autre soir. L'attaque de la banque centrale, vous vous rappelez ?

— Ah ! oui. *Le Mystère de la chambre forte*. Ce n'était pas bien terrible comme réalisation. Mais l'idée était astucieuse.

— Qui règle la cascade, en pareil cas ?

— Ça dépend. C'est le scénariste qui a prévu que je dois me servir des câbles du monte-charge. Mais c'est à moi qu'il revient d'imaginer chaque mouvement, chaque prise.

— Et somme, tout le détail de l'opération.

— Exactement. Si on laisse un détail au hasard, le plus petit, le plus insignifiant, on est sûr de se casser la gueule. C'est pourquoi j'avais l'habitude de travailler sur maquette. Même pour effectuer un simple saut, je calculais ma trajectoire... Tout entre en ligne de compte, le poids, la vitesse, l'angle, et même le vent.

— Fichtre ! Heureusement pour nous que vous restez du bon côté de la loi. Sinon...

Le commissaire se levait, faisait son petit tour de chambre.

— Vos rapports avec Chambon ? Toujours corrects ?

— Pourquoi voudriez-vous qu'ils soient mauvais ?

— Sait-on jamais ! Maintenant que son oncle est mort, la présence sous le même toit de la jeune veuve...

Richard s'amuse franchement.

— Vous n'êtes pas homme à écouter les ragots, commissaire.

— Voyons, de vous à moi, insiste Dreux, Mme Froment serait-elle vraiment accablée par le chagrin ?

— Dites le fond de votre pensée, plaisante Richard.

Le commissaire proteste.

— Comme vous y allez ! Le fond de ma pensée ! Il faudrait d'abord que j'aie une pensée.

Il tend la main.

— Au revoir, monsieur Montano.

— Je vous accompagne.

Richard, sur ses béquilles, fait au commissaire un bout de conduite, puis le regarde s'éloigner.

— Cherche ! murmure-t-il. Cherche, mon bon chien. Tu n'es pas près de trouver.

*
* *

Froment était en voyage, quand l'ambulance me transféra de la clinique au château. Ce fut Chambon qui procéda à mon installation. Il tint à nous montrer les différentes pièces entre lesquelles je pouvais choisir. Isa aurait souhaité m'avoir plus près d'elle, mais je me décidai pour cette chambre à l'écart. Je voulais faire sentir à tous que ma présence à La Colinière serait aussi discrète que possible. Chambon me fit remarquer que je disposais du téléphone et que je pouvais appeler directement l'extérieur. J'étais aussi indépendant que le client d'un palace. A la voiture près ! Mais je savais déjà la manœuvrer avec adresse, passer à la force des bras du lit au siège et *vice versa*. J'avais encore besoin d'être aidé pour enfiler mon pantalon mais je faisais de tels progrès, j'apprenais si vite à m'accrocher, à me suspendre, à me tirer et à me pousser, que j'étais presque aussi véloce qu'un singe dans sa cage. J'aurais même été aussi leste si j'avais eu la chance d'être amputé.

— Si vous avez besoin de quoi que ce soit, dit Chambon, n'hésitez pas. Mon oncle a bien insisté. Vous êtes chez vous.

Sottises, naturellement. J'étais chez mon bourreau. La pelouse qui s'étendait devant mes fenêtres et qui ouvrait vers la Loire toute proche un vaste espace couleur de pastel, c'était sa pelouse ; tout était à lui, les papillons et les oiseaux, les nuages, le ciel qui dérivait au-dessus des coteaux. Tout devant moi était joie et mouvement. J'avais un bon fauteuil d'avant-scène pour regarder passer la vie. Merci, m'sieur

Froment. Quand Isa eut rangé ma chambre à sa guise, je la retins par la manche.

— Reste une minute, Isa.

Par où commencer ? J'avais soigneusement préparé un petit exposé et voilà que, tout à coup, j'étais pris à la gorge par une espèce de douleur sauvage.

— Tu as réfléchi à notre situation ?

— Oui.

— Tu sais pourquoi il me garde ?

— Oui. A cause de moi.

— Mais combien de temps crois-tu qu'il sera amoureux de toi ? Car enfin, c'est bien de ça qu'il s'agit.

— Oui.

Trop de dangers nous avaient unis. Nous n'avions pas besoin de beaucoup de mots, ou si peu. Nous communiquions par nos fluides, comme des insectes.

— Je ne lui céderai pas, dit-elle.

— Bien sûr.

Elle se tut, se mordillant le bout d'un doigt.

— Tu veux que je l'épouse ? dit-elle enfin.

— Oui. Je veux que tu l'épouses.

Elle inclina la tête et reprit à voix basse :

— Tu sais ce que tu fais ?

— Oui, évidemment. Je veux te donner la sécurité.

— Et quand nous aurons la sécurité ?

Elle me regardait d'un air concentré et anxieux.

— Le mariage, murmura-t-elle, c'est seulement pour commencer. Hein ? C'est ça ?

Je lui embrassai la main.

— Laisse-moi faire. D'abord, la sécurité. Nous ne devons pas être ici comme des locataires. Après... eh bien, je t'expliquerai.

— Explique tout de suite.

— Un mariage, ça se rompt.

— Le divorce ?

— Oui. Il n'est pas fait pour les chiens.

— Et tu crois qu'un homme comme lui se laissera manœuvrer ? Tu me caches quelque chose.

— Non, ma petite Isa. Je t'assure. Je ne sais pas plus que toi comment ça finira. Mais nous serons plus malins que lui. Fais-moi confiance.

Il n'y avait plus qu'à laisser aller les choses. Isa s'occupait de Froment. J'entrepris de mettre la main sur Chambon. Pas difficile de voir qu'il était sous le charme d'Isa. Si je pouvais jouer le neveu contre l'oncle !... Chambon, entre la vieille et Froment, était un pauvre puceau craintif qui n'occupait à la cimenterie qu'un poste subalterne, comme je l'appris bientôt. Il était le bon à rien habitué à filer doux. Mais ce sont les moutons qui deviennent dangereux quand ils sont enragés. Restait à lui inoculer la rage. Je m'y employai sans tarder. Il accourait, dès qu'il avait un moment de libre.

— Je vous emmène, proposait-il. Juste un tour de parc mais vous devez prendre l'air. Allez, un petit effort.

Il poussait doucement la chaise roulante vers les premières frondaisons. Il y avait là une sorte de plate-forme et un banc d'où l'on pouvait apercevoir la coulée brillante du fleuve, qui se perdait dans un lointain bleu. J'avais l'impression de regarder un pays de songe pardessus l'épaule de Mona Lisa.

— Vous êtes bien ? Vous n'avez pas froid ?

Il s'imaginait toujours que ces jambes, parce qu'elles étaient mortes, avaient froid. Je bourrais ma pipe.

— Tu vois, Marcel, commençais-je.

Cela s'était fait de la manière la plus naturelle, dès le premier jour ou presque de mon installation du château.

— Tu vois, Marcel...

Il était aussi ému qu'un gosse qui reçoit un bon point. Et j'avais enchaîné sur un souvenir plus ou moins imaginaire, me racontant avec le plaisir bien marqué d'un sportif qui a enfin trouvé un confident dont il apprécie la compétence.

— C'était à Èze. Tu n'es jamais allé là-bas ?... On ira ensemble. C'est superbe. Tu crois planer au-dessus de la mer. Je devais, au cours d'une poursuite, déraper et basculer par-dessus le parapet qui borde la route...

Il m'écoutait. Ses lèvres remuaient en même temps que les miennes. Parfois, il reniflait ou bien il chassait un moucheron et, vite, il reprenait la pose.

— J'avais une grosse Kawasaki, tu sais, une 1 000, une machine du tonnerre. Naturellement, tout avait été prévu pour que je ne me fasse aucun mal. Mais quand même, je devais arriver à un bon 50.

J'étendais les bras, je me couchais sur un guidon que Marcel voyait vraiment, avec ses commandes, ses cadrans et mes mains crispées.

— Les caméras étaient prêtes. Alors, au signal, je prends de la vitesse.

— Richard !

— Je te raconterai la suite. Mais tu parles d'une pirouette, dis-je précipitamment et, haussant le ton : Je suis là, avec Marcel.

Isa apparaissait, un bouquet couché comme un bébé sur l'avant-bras. Elle riait. Elle nous saluait de loin.

— Eh bien, qu'est-ce que vous complotez là, tous les deux ?

— Bah ! On cause. Tu te rappelles l'affaire d'Èze ? La culbute dans le ravin ?

Elle s'asseyait à côté de Chambon.

— Ne l'écoutez pas, monsieur Marcel. Il en rajoute toujours un peu.

— Vous étiez là ? demande Chambon d'une voix mal assurée.

— Il fallait bien. Pour ramasser les morceaux.

Nous jouons tous les deux à la perfection, moi, avec ce côté « macho » qui impressionne si fort Chambon. Et elle avec la résignation souriante d'une femme recrue d'épreuves. Il m'admire. Il l'admire. Il nous envie. Il nous déteste. Il n'en peut plus. Il se lève brusquement.

— Bon. Je vous laisse.

— Ne vous inquiétez pas. Je le ramènerai, dit Isa.

Il s'en va, mains dans les poches, donnant par-ci, par-là un petit coup de pied désinvolte à quelque caillou.

— Je crois qu'il est furieux, murmure-t-elle.

J'approuve.

— Et le vieux ?

— Il m'a emmenée dîner, hier soir, place du Ralliement, un nouvel établissement très chic. Il m'a présentée à quelques amis : « Ma cousine Isabelle. » Personne n'est dupe, tu penses. Il y a eu trop de cousines dans sa vie.

— Il n'a pas encore essayé de pousser les choses plus loin ?

— Oh ! ce n'est pas l'envie qui lui manque !

Elle me saisit le bras.

— Tu tiens vraiment à te faire mal ?

— Allons, nous n'allons pas recommencer.

— Il faudra bien que je lui cède un jour.

— Il paiera. Sois tranquille. Je n'oublierai rien.

Nous restons quelques instants silencieux. Puis, d'une voix paisible, je reprends :

— L'important, c'est que tu résistes longtemps. Et même quand il t'offrira de t'épouser, refuse. Ça le mettra hors de lui. Il te dira : « C'est à cause de Richard. » Il m'insultera. Il nous traitera de tous les noms. Et puis il finira par accepter tes conditions.

— Comment peux-tu en être tellement sûr ?

— J'en suis sûr. C'est tout. Tu lui promettras de me voir le moins possible et en échange tu lui soutireras une donation, quelque chose qui en vaille la peine... Tout ça sera à mettre au point. Bon. Maintenant, laisse-moi. Je rentrerai tout seul. La vieille chipie doit nous observer, je le sens. Elle doit nous surveiller, du grenier, avec des jumelles. Non, je ne plaisante pas. Tu lui prends son frère comme je lui prends son fils. Tu n'imagines pas qu'elle va se laisser faire.

Et c'est vrai. Nous sommes les envahisseurs, les occupants. Je rumine cette pensée tandis qu'Isa s'éloigne, le visage penché sur les fleurs. Je ne sais pas encore comment je tuerai Froment mais de toute façon j'aurai besoin de Chambon. Et d'Isa dans un rôle qui ne lui plaira pas trop. Allons ! A chaque jour suffit sa petite saleté, mais ce n'est pas moi qui ai commencé.

Je desserre le frein et laisse glisser la voiture jusqu'à l'allée. C'est le soir, en général, autour de neuf heures, que Chambon vient me retrouver.

— Elle dort, murmure-t-il, comme si sa mère pouvait l'entendre. Et il est tout joyeux parce que le moment est venu de sa récréation. Pendant toute la journée, il a été plongé dans les chiffres. Maintenant, il se délasse. Il a pris goût aux cigarillos que je lui ai donnés. Il se serait bien mis à la pipe, mais il a eu un accrochage avec la vieille à ce sujet. Elle déteste l'odeur de la pipe. C'est vulgaire, paraît-il. Peu à peu, j'apprends beaucoup d'elle comme elle apprend beaucoup de moi. Ce malheureux Chambon, comme un gros bourdon maladroit, nous butine alternativement, promenant de l'un à l'autre le pollen toxique de ses commérages. Je sais qu'elle dîne d'une biscotte et d'une tasse de verveine. Puis elle absorbe des remèdes variés, pour le cœur, pour le foie, pour toutes sortes de maladies plus ou moins imaginaires, et Marcel monte lui dire bonsoir. Mais avant de se retirer, il lui raconte par le menu sa journée.

— Et ton oncle ? interroge-t-elle.

— Comme d'habitude. Pas très causant. Il a offert quelque chose à Isa. J'ai cru voir un écrin, mais je ne suis pas sûr. C'était au dessert et il l'a emmenée dans son bureau.

Elle grincerait des dents si ses bridges le lui permettaient.

— Le cul-de-jatte ?

— Je l'ai juste aperçu dans le parc.

— J'espère que tu ne lui parles pas.

— Oh ! pas question ! D'abord, il fuit tout le monde.

Il me raconte tout ça, heureux de jouer devant moi l'esprit fort qui survole en s'amusant les petites mesquineries. Il ne se doute pas un instant qu'il est du bois dont on fait, en d'autres temps, les dénonciateurs.

— Souvent, ajoute-t-il, je lui lis quelques pages de Proust pour l'aider à s'endormir. Ces longues phrases, vous savez... Elle s'y perd très vite. Alors, ça et un comprimé de Mogadon...

Il rit puis en vient au sujet qui lui tient à cœur.

— Vous m'avez parlé, l'autre jour, d'une aventure qui vous est arrivée à Èze.

Il a une mémoire minutieuse et tatillonne de gamin qui se nourrit d'illustrés. Je tâtonne un peu avant d'enchaîner.

— Ah ! oui, une chute de trente mètres !

— A pic ?

Il lui faut des détails précis car il est tout à la fois crédule et soupçonneux. S'il avait l'impression que j'invente, il ne remettrait plus les pieds chez moi. Il a l'amour-propre à fleur de peau, comme une rougeole.

— Non, quand même, pas à pic. Je me serais tué. Il y avait par chance quelques arbustes qui m'ont freiné... Mais, tu sais, Marcel, je n'ai jamais été un phénomène de foire. Simplement un honnête cascadeur parmi d'autres.

Il n'aime pas ce ton de modestie sournoise. Je dois être exceptionnel pour lui plaire. Il ne veut pas d'une drogue douce. Je me rattrape en souplesse.

— Ça me remet en mémoire une cascade pas ordinaire. En ce temps-là, Isa faisait encore de la moto.

Aussitôt ses oreilles pointent. A peine s'il respire.

— J'étais un flic lancé à sa poursuite. Devant elle, un passage à niveau se fermait et un train de marchandises défilait lentement... de longs wagons métalliques dont les portes à glissière, sur les flancs, étaient béantes. Tu vois bien ça ?

Il incline la tête, fasciné.

— Alors, elle surgit... Trop tard pour freiner... Elle heurte violemment la barrière, s'envole, traverse le wagon qui passe devant elle et fait un roulé-boulé de l'autre côté.

— Elle ?... Vous voulez dire que... ?

Il bégaie. Il joint les mains. Je commente, négligemment :

— A la voir, comme ça, gracieuse, fragile, on ne se douterait jamais que... Et pourtant elle était plus audacieuse que moi. Elle a fait des trucs, c'est pas croyable !

Je prends le temps de bourrer ma pipe pendant qu'il rêve. Enfin, il demande :

— Mon oncle est au courant ?

— Oh ! très vaguement. Ce n'est pas moi qui le renseignerai. Il n'a pas besoin de savoir tout ça.

— Pourquoi ?

— Parce qu'il a l'intention de... Mais enfin, mon petit Marcel, tu le fais exprès, non ? Comme si tu ignorais qu'il va l'épouser.

Il se lève, bousculant son fauteuil. Surtout, laisser le poison agir. Ne pas intervenir... Être ailleurs... Il marche. Il s'arrête. Il repart. S'arrête encore devant la photo d'Isa, se recompose lentement un visage et s'assied.

— Je sais, dit-il. Vous êtes d'accord ?

— Oh ! moi, je ne compte plus.

— Et elle ?... Elle va accepter ?... Et puis, après tout, je m'en fiche. Ça la regarde.

Va-t-il caner ? Renoncer ? Se résigner, parce qu'il ne fait pas le poids devant Froment ? Il est grand temps de le reprendre en main.

— Je serai franc avec toi, Marcel, parce que tu es un chic type. Ce projet ne m'emballe pas plus que toi. Je ne suis pas jaloux, non. Il ne s'agit pas de ça. Je trouve seulement que ton oncle profite un peu trop de la situation. Isa ne peut pas se défendre. Moi, je ne peux rien faire non plus. Nous dépendons de lui. Il est libre de nous jeter dehors.

Cette fois, il bondit.

— Je voudrais bien voir ça, par exemple !

— Mais réfléchis, mon pauvre vieux. Suppose que tu prennes ouvertement notre parti, qu'est-ce qui l'empêcherait de sauter sur l'occasion pour sortir de votre indivision, provoquer un partage... Je parle un peu au hasard parce que je ne connais pas grand-chose à ces questions. Mais enfin, en gros, tu vois ce que je veux dire.

Il s'arrête devant moi. Il me regarde avec égarement.

— Il n'oserait pas, fait-il.

— Peut-être. Mais il en aurait le droit, je suppose. Alors, ou bien tu le laisses faire et Isa devient Mme Froment et moi... Je n'ose penser à ce qui m'arrivera... Ou bien tu essaies de t'opposer à ce projet et il a les moyens de t'écarter. C'est un fonceur. Il t'écrabouillera comme moi.

Il se rebiffe, le petit Marcel. Il tape du pied.

— Vous ne me connaissez pas ! s'écria-t-il.

— Assieds-toi et continuons à supposer. Tu lui dis, peu importe comment, que tu n'es pas d'accord pour son mariage. Il va te demander pourquoi. Et alors, qu'est-ce que tu répondras ?

Il tourne la tête. Il ne sait plus où regarder.

— Eh bien, je lui dirai qu'on se moquera de lui, qu'elle est trop jeune... Je trouverai bien quelque chose, dit-il piteusement.

— Et tu sais ce qu'il te jettera à la figure, lui ?... Que tu aimes Isa, toi aussi, et qu'il te prie de débarrasser le plancher et de ne plus venir l'embêter avec tes états d'âme.

Un silence, comme autrefois, quand j'étais sur le point de risquer ma peau. Mais c'est lui qui est blême. Il se passe lentement une main sur le front. Je lui donne de petites tapes sur le genou, en camarade.

— Remarque, dis-je, que ce serait normal. Isa, c'est quelqu'un qu'on aime malgré soi. Et même, je vais plus loin. Tu l'aimerais, j'en serais heureux pour elle. Je t'assure... Oh ! et puis je ne vois pas pourquoi je ne finirais pas, maintenant que j'ai commencé... De son côté, Isa... quand elle me parle de toi...

C'est facile, décidément, d'être un tortionnaire. Je fais semblant de chercher mes mots tandis qu'il transpire d'angoisse.

— Et elle me parle souvent de toi, tu sais. Elle me dit : « Si Marcel était seul, s'il n'y avait pas sa mère, je crois qu'il m'aiderait. »

— Taisez-vous, chuchote-t-il. Tout se brouille... Excusez-moi.

Debout, il chancelle. Il file, soudain, comme s'il était poursuivi. Et moi, je me sens très fatigué. Cela me rappelle les jours lointains où, avec Isa, j'allais donner un dernier coup d'œil à notre matériel... les motos à l'abri dans la camionnette... les cars rangés côte à côte... les calicots claquant au vent. *Championnat du monde*, et le tremplin braqué vers le ciel. Tout était prêt et c'est alors que j'éprouvais toujours la même rapide défaillance. Presque rien... Un nuage passant sur le cœur... le sentiment qu'on ne peut plus rien... que c'est aux heures qui viennent de jouer, de décider qui gagnera, qui perdra.

Je décroche le téléphone et j'appelle doucement Isa.

— Allô ?... Tu es seule ?... L'idiot sort de chez moi. Je lui ai carrément lâché le morceau... que son oncle t'épousera quand il voudra et que ce n'est pas lui qui pourra s'y opposer, et que c'est dommage parce que tu l'aimes bien, au fond.

— Quoi ? Tu lui as dit ça ?

— Il le fallait. C'est très joli d'avoir la poudre et l'étincelle. Mais tant qu'il n'y aura pas de contact, il ne se passera rien.

— Qu'as-tu encore combiné ?

— Oh ! c'est très simple ! Marcel est incapable de cacher ses sentiments. Froment va très vite comprendre. Alors il va brusquer les choses pour mettre sa sœur et son neveu devant le fait accompli. Mais je t'ai déjà dit tout ça.

— Ce pauvre Marcel ! Il ne t'a rien fait.

J'ai envie de lui crier : « Il t'aime ! Et tu trouves qu'il ne m'a rien fait ! » Je me contente de rire avec insouciance.

— Il apprend la vie, dis-je. C'est un beau cadeau, non ? Et moi, mettons que je m'offre une dernière petite cascade sans risque. Attends. Ne raccroche pas. Il faut bien que je te mette au courant. Et justement, si tu pouvais être gentille, très gentille avec ce garçon, ça m'aiderait. Ça ne m'est pas facile, depuis ma cellule, de souffler sur le feu. Voyons, vous déjeunez toujours bien ensemble, tous les trois ?

— Tous les quatre. La vieille est là, à midi.

— Encore mieux. Elle est, je crois, à un bout de la table et son frère à l'autre. Tu fais face à Marcel. Tu peux donc te montrer aimable, lui sourire, aller un tout petit peu plus loin que la situation ne l'exige... Je vois d'ici la mémé bombardant Froment de regards furieux... Tu sais, de ces regards qui signifient : « Ce que je dois supporter sous mon toit !... Je suis sûre que ce crétin lui fait du pied sous la table. » Et toi, bien innocente, bien naturelle, passant à droite et à gauche la corbeille de pain et la carafe.

Isa ne peut s'empêcher de pouffer. Nous sommes à nouveau complices. Son rire et le mien accordés comme un double chant. Nous, pas besoin que nos mains se joignent. Ni nos lèvres.

— J'essaierai, promet-elle. Ils sont tellement moches. Mais sois prudent.

Oh ! oui, je suis prudent ! Je suis même aux aguets. Deux jours sans voir Marcel. Une brève rencontre avec Isa. Elle me glisse : « Ça va ! » Je me promène dans le parc, tout seul, mes béquilles attachées à la voiture comme des rames au flanc d'un canot. J'ai vu, à la télévision, des bousiers poussant inlassablement leur boule de crotte. Je suis un bousier, relançant avec une aveugle obstination son fardeau roulant autour des parterres où volent les papillons de l'été. Tout nourrit ma rancune. Même l'air que je respire. Je rentre pour ma page d'écriture. Et puis, miracle, Froment vient frapper à ma porte, juste comme j'allais m'accorder un léger sommeil, après le déjeuner. Très cordial, Froment. Son bon sourire de maquignon. « J'espère que je ne vous dérange pas », et autres fariboles de courtoisie. Il prend le fauteuil ; à lui le cigare, à moi la pipe.

— Je suis en train de régler une affaire qui me tient à cœur, attaque-t-il. Mais Isa vous en a bien parlé... Elle ne vous a pas dit que j'ai l'intention de l'épouser ?

— Oui, en passant... comme ça. Mais je n'avais pas l'impression que c'était sérieux.

— Tout ce qu'il y a de plus sérieux. La preuve, c'est qu'elle est sur le point d'accepter. Et c'est pourquoi je suis ici.

Long regard, sous les paupières à demi baissées, pour essayer de surprendre de ma part un mouvement de surprise, de gêne, de refus. Mais rien. A ce jeu de poker, je ne crains personne. C'est lui qui est embarrassé.

— Voilà plutôt une bonne nouvelle, dis-je enfin. Ma pauvre Isa. Je pense si souvent à son avenir... Mais vous êtes sûr que ce n'est pas par charité que...

Il me regarde. Là, il est franchement épaté. Ce mot de « charité », dans ma bouche, et adressé à lui... Serais-je plus sot qu'il ne l'imaginait ? Je souris. Il sourit. Deux vieux amis dont chacun apprécie la délicatesse de l'autre. Il enchaîne :

— Je désire la rendre heureuse... et vous aussi par la même occasion.

— Merci.

— C'est pourquoi je compte refaire un testament en sa faveur... Une dotation confortable, ou même un capital qui vous mette à l'abri tous les deux.

— A l'abri de quoi, au juste ?

Il a bien compris que je voulais dire : à l'abri de qui ? Il a un geste vague qui embrasse, au-delà des murs, un horizon incertain.

— Personne n'est maître de l'avenir. Je peux disparaître. Naturellement, ma famille ne sera pas lésée.

— Isa ne le permettrait pas, dis-je. Elle est totalement désintéressée. Je ne sais même pas si elle acceptera l'arrangement auquel vous pensez.

— Elle hésite, avoue-t-il. Pourtant, ce que je lui ai promis vaut la peine qu'on y réfléchisse. Je ne prétends pas qu'elle sera riche un jour mais je vous donne ma parole qu'elle n'aura pas à se plaindre.

Il va chercher une coupe sur la cheminée et y dépose un long rouleau de cendre. Puis il change de ton et redevient M. le président.

— Je compte sur vous, tranche-t-il. Décidez-la. Je n'aime pas les atermoiements.

Il montre, avec son cigare, mes jambes rangées côte à côte, sous le plaid, comme des accessoires de théâtre.

— J'estime que j'ai été correct avec vous, poursuit-il. Encore un mot. Je sais que vous vous fréquentez beaucoup, vous et Marcel... Espacez ! Espacez ! Marcel n'est qu'un imbécile pourri par sa mère. Laissez tomber.

A nouveau son sourire charmeur. Il me serre la main d'autorité.

— Si vous avez besoin de quoi que ce soit, surtout ne vous gênez pas.

Encore un petit signe d'amitié, du seuil de la porte. Il me laisse une abondante fumée de cigare et la rage au cœur. Mais les choses se précipitent. Il est temps que j'en ajuste soigneusement le cours. Jusqu'au soir, je fignole mon plan, et, après dîner, j'appelle Isa.

— Tu peux venir ?... J'ai à te parler.

Elle est belle, coiffée à ravir ; des boucles d'oreilles que je ne connais pas multiplient mystérieusement l'éclat de ses yeux. Elle voit que je les regarde et fait un geste pour les retirer.

— Surtout pas, dis-je. Ce ne sont pas des cadeaux, plutôt des décorations pour ton courage devant l'ennemi.

Ce ton d'enjouement crée tout de suite l'unisson. Je l'attire au pied du lit et lui résume Froment.

— Qu'est-ce que je fais ? demande-t-elle.

— Tu marches. Mais en même temps tu commences à chauffer Chambon... très innocemment... comme une jeune femme qui va devenir sa parente... Et la parenté autorise de petites privautés. Bonjour, Marcel. Le petit baiser du matin. Au revoir, Marcel. Le petit baiser du soir... un peu plus appuyé parce que la vieille n'est pas là. Froment ne semble pas faire attention. En réalité, il voit tout et il va tout bousculer pour hâter vos noces. Et quand vous serez mariés, débrouille-toi pour qu'il éloigne Marcel. Il faudra mettre le paquet, même si tu dois lui faire croire que ce crétin de Marcel t'importune. Il doit bien y avoir un poste à pourvoir dans une succursale. Et moi, j'ai besoin que Chambon se ronge les sangs pendant quelque temps, surtout que tu lui téléphoneras gentiment sous prétexte de prendre de ses nouvelles. Je veux qu'il se dessèche. Moi aussi, je lui téléphonerai. On arrangera son retour quand il sera à point.

Isa se penche et pose ses lèvres sur mes paupières.

— Tu es fou, murmure-t-elle.

*
* *

— Tiens, monsieur le commissaire. Je ne me languissais pas de vous ; non, quand même. Mais je me demandais ce que vous deveniez.

Dreux pose soigneusement, sur le dossier d'une chaise, son imperméable, son cache-col, son feutre, car il est méticuleux, et s'assied en face de Richard qui joue tout seul aux échecs.

— Vous voyez, dit-il. Je fais semblant d'enquêter pour Mme de Chambon.

— Encore ! Ça n'est pas bientôt fini, cette comédie ?

— C'est qu'elle a de la suite dans les idées ; vous ne pouvez pas savoir. Pour elle, il n'y a aucun doute. Son frère a été assassiné. Alors, comment ?

— Oui, comment ? dit Richard.

— Votre cavalier, là, observe Dreux, moi, je l'avancerais. Vous permettez ?

Il pousse la pièce sur l'échiquier.

— Compliments, fait Richard. Mais pour en revenir à Mme de Chambon, elle est toquée, voyons.

— Toquée, peut-être, mais bougrement maligne. Sa dernière trouvaille... Ah ! je vous jure, c'est quelque chose !... La voilà qui décroche son téléphone, pas pour m'appeler, moi — elle me considère comme une espèce de sous-fifre —, mais pour s'entretenir avec le divisionnaire qui n'ose pas l'envoyer sur les roses.

— Eh bien, c'est quoi, sa dernière trouvaille ?

— Elle s'est fourré dans le crâne que ce n'est pas son frère qui a appelé le Secours fraternel.

Avec le fou noir, Richard se gratte pensivement le menton.

— Je ne comprends pas.

— Mais si. Ça se tient. Et c'est loin d'être bête. En effet, le bonhomme du Secours fraternel a bien entendu une voix mais il ne connaissait pas la voix de Froment. Ça pouvait être n'importe quelle voix.

— Vous voulez dire que...

— Non, pas moi. Elle !... Elle veut dire qu'on a pu tuer son frère et ensuite parler au téléphone à sa place.

Richard replace le fou sur sa case, manœuvre sa chaise roulante et prend sur la cheminée sa blague et sa pipe.

— Évidemment, concède-t-il, c'est ingénieux. Ça ne tient pas debout mais c'est ingénieux. Un coup comme celui-là et je suis échec et mat.

— Comment ça ?

— Dame ! Si les choses s'étaient passées comme elle le suggère, le crime aurait forcément été prémédité. On ne voit pas un mystérieux meurtrier arrivant par la porte-fenêtre et improvisant une mise en scène aussi compliquée. Ce serait donc quelqu'un du château le coupable. Or, Isa était chez des amis ; Chambon, au cinéma... Reste... eh oui, pardi... Reste moi... Je ne vois pas comment j'aurais pu m'y prendre, mais c'est bien là qu'elle veut en venir, la vieille carne.

— Vous raisonnez vite, observe Dreux.

— Bah ! Je sais additionner deux et deux. Et je sais aussi qu'elle me déteste. Moi, spécialement. La preuve.

— Oh ! la preuve, comme vous y allez ! Le divisionnaire en a jusque-là de ses élucubrations. Seulement, les municipales ne sont pas loin et il voudrait bien qu'on cesse de parler de l'affaire Froment. Mon travail à moi consiste à manœuvrer la vieille dame, à lui dire : « Nous avions eu la même idée que vous, mais il ne faut pas que le criminel se doute de quelque chose. Nous cherchons pour le moment des enregistrements de la voix de M. Froment. Quand nous aurons retrouvé un fragment de discours (il prenait souvent la parole), nous le ferons entendre au responsable du Secours fraternel. »

— Vous le ferez vraiment ?

— Pensez-vous ! Il s'agit simplement de gagner du temps.

Richard fume à petites bouffées gourmandes.

— Notez, dit-il, que tout ça me laisse complètement froid. C'est même plutôt amusant. A votre place, j'accepterais carrément l'hypothèse du crime.

— Hé ! Doucement ! Vous ne vous rendez pas compte que Froment guignait la mairie. Alors, motus, silence, chut, pas un mot. On écrase. C'est d'ailleurs votre intérêt. Là-dessus...

Il enfile sa gabardine.

— Continuez à jouer.

Il ajuste son cache-col, incline légèrement son chapeau, tend un doigt vers l'échiquier.

— Le cavalier blanc, dit-il. Oui... devant la tour noire.

— Vous feriez un bon partenaire, remarque Richard.

— Oh ! j'ai plus d'une malice dans mon sac. A bientôt.

Pas question que je paraisse au mariage. J'étais celui qu'il fallait cacher, l'ancien saltimbanque, l'estropié, à la fois le rival et la victime. Je devais m'effacer pendant quelque temps, ne pas donner signe de vie. Le jardinier m'apportait mes repas, comme à un prisonnier. En cachette, à la sauvette, Chambon me rendait visite. Il était de plus en plus exalté et j'avais du mal à le calmer.

— Enfin, criait-il, faites quelque chose. Bon sang, vous avez bien encore un peu d'influence sur elle. Alors, défendez-lui d'accepter mon oncle. C'est monstrueux. Vous vous rendez bien compte qu'il l'achète. Moi, je sais bien que si j'étais à votre place...

— Tu le tuerais ? suggérai-je.

Il me regardait avec des yeux hagards. Un soir, il se mit à pleurer.

— C'est vrai, dit-il, je l'aime... Vous aviez raison... Je ne peux pas m'en empêcher. C'est comme si je n'avais pas encore vécu. Vous, Richard, vous avez aimé, quelquefois ?

— Je crois, oui.

— Vous ne saviez plus ce que vous faisiez ?

— Non.

— Vous ne saviez plus qui vous étiez ?

— Tu sais. Il n'y a pas trente-six façons d'être idiot.

— Et maintenant, vous êtes guéri.

— Je ne suis pas guéri, dis-je. Je suis mort.

Chambon faisait une moue dégoûtée.

— On ne peut pas parler sérieusement avec vous. Vous ne voulez pas m'aider ?

— Mais je ne demande pas mieux, mon petit Marcel. C'est simple. Supprimons-le. Non. Je ne blague pas.

C'est ça, la pêche au tout gros. On laisse la bête s'enferrer et prendre de la ligne. Chambon se dérobait. Je n'avais plus qu'à attendre. Il m'annonça, deux ou trois jours plus tard, qu'il venait d'avoir une scène violente avec Froment.

— J'ai refusé tout net d'assister à la cérémonie. Je lui ai dit qu'il était en train de se ridiculiser devant toute la ville et qu'il faisait passer Isa pour une intrigante, ce qui était un drôle de cadeau de mariage. Enfin, je l'ai engueulé tellement qu'il m'a menacé. « Si tu ne te tais pas immédiatement, je te flanque ma main sur la figure. » Oui, il m'a dit ça. Mais s'il m'avait giflé, je l'aurais frappé sans hésiter, je vous le jure. Pour qui se prend-il ?

— Et ta mère ?

— Pour une fois, elle est de mon côté.

— Tu es content ?

— Ça soulage de dire ce qu'on a sur le cœur.

— D'accord ! Mais ça change quoi ? Hein ? Isa attendait peut-être de toi quelque chose de positif... Tu lui aurais avoué que tu l'aimes comme un dingue, qui sait si, au dernier moment, elle n'aurait pas renoncé à Froment.

Silence. Je trouve cette minute aussi excitante que les meilleures qu'il m'a été donné de vivre. Chambon est livide. Il pèse le pour et le contre, à son habitude de comptable modèle. Enfin, il se décide.

— Vous ne pourriez pas lui parler pour moi ?

— Quoi ! Tu rigoles.

— Non, pas du tout. Juste les premiers mots. Après... la suite... je pense que je m'en tirerai. (Il hausse les épaules.) Et puis non. C'est foutu, maintenant. Vous avez raison. J'ai trop attendu.

Il s'en va comme il est venu, parlant tout seul, l'air égaré. Aussitôt, je convoque Isa ; je lui résume la scène, ou du moins ce qu'elle doit en apprendre.

— Il est en train de perdre les pédales. Alors, ne t'étonne pas s'il fait quelque chose d'idiot.

— Quoi, par exemple ?

— Eh bien... qu'il se jette à tes pieds. Il est de ce calibre-là. Qu'il te supplie de ne pas épouser Froment. Je ne voudrais pas d'un éclat, maintenant. C'est un peu trop tôt. Crois-tu que tu peux me le garder au chaud sans qu'il explose ?

— Ce serait malin, dit-elle. Juste au moment où Charles vient d'assurer notre avenir.

Elle m'observe d'un air soucieux.

— Écoute, Richard. Tu as voulu que je sois la femme de Charles. Ça me dégoûte mais je le fais. Ne me demande pas, en plus, d'exciter ce malheureux Marcel. Ce serait odieux.

— Non. Pas de l'exciter. De paraître indulgente ; c'est tout. De ne pas le repousser, si tu préfères. S'il essaie de t'embrasser, tu le réprimandes gentiment. Tu lui donnes à comprendre qu'il arrive trop tard, que la place est prise. Tu vois... Le ton de la gronderie affectueuse. Après la noce... plus tard... on pourra préparer le divorce...

Elle n'est pas femme à me dire : « Je ne marche pas. » Mais, pour la première fois, elle me sent cauteleux, sournois, et s'inquiète. Je m'empresse d'ajouter :

— N'oublie pas. Froment a déjà divorcé deux fois. Une troisième fois ne lui coûtera guère. C'est sur un coup de tête qu'il t'épouse. Nous sommes bien d'accord. Dès qu'il s'apercevra que tu n'es pas la femme passionnée qu'il guette...

— Richard !

— Excuse-moi. Je dis les choses brutalement. Mais enfin j'ai raison oui ou non ? Son neveu, il l'enverra au diable et nous avec. « Allez vous faire pendre ailleurs, puisque vous vous entendez si bien, tous les trois. » Voilà ce qu'il nous lancera à la figure.

— Est-ce que tu penses aux scènes que je devrai supporter ?

— Tu ne seras pas seule. Je serai là.

— Tu me jures que tu sais ce que tu fais ?

Je jure froidement bien que je sache que je la trompe et que ce que je médite la remplirait d'horreur si elle venait à s'en douter. Je lui caresse la joue du bout des doigts.

— Allons ! Ne crains rien. Va le rejoindre, ce Froment de malheur. Il n'est pas si terrible.

Pourtant, à mesure que vont passer les heures, malgré moi, mon impatience et mon anxiété... ah ! quel tourment ! Autrefois, non seulement je pouvais créer l'événement, mais encore le construire par le menu, le réduire à l'état de docile mécanique. La pression d'un pneu, ça se mesure, et la tension d'une sangle. Mais Chambon ? C'est la paille dans le métal. Il est versatile, excessif, pire qu'un gamin qui commence à s'émanciper. Et il y a encore autre chose, que j'ose à peine noter. Si par malheur Isa allait s'intéresser à lui ? Cette brutale passion, autour d'elle ! Une passion que j'ai encouragée... presque allumée moi-même... Isa, c'est Isa, mon cœur et mon âme. Mais enfin, le démon de l'exploit s'est retiré d'elle. Pour la première fois, elle connaît le repos, le confort et, bien que seulement du bout des doigts, la richesse... Et Chambon est là, prêt à tout offrir. Il est bête. Il est moche. Il est lâche. Mais moi, je ne fais plus le poids. Et elle n'est qu'une femme, après tout. Quand j'aurai tué Froment... eh oui, c'est à ce minable que j'aurai ouvert la route... C'est bien pourquoi je dois l'associer à mon crime... Ça, je le vois clairement... c'est la seule façon, pour moi, de lui reprendre Isa. Dans quel pétrin je me suis fourré. Par gloriole !

Bon. Je reprends ce journal de bord. Des jours ont passé. Bien des jours. J'ai vu se rapprocher la date du mariage comme l'extrémité d'un tremplin. Après ? C'est le vide. Isa est nerveuse. Chambon m'exaspère de plus en plus. C'est à moi qu'il vient parler de son amour. Nous sommes autour de cette passion malade comme des carabins surveillant une grossesse à haut risque. Et Isa ? Elle essaie des toilettes. Elle est toute aux préparatifs d'une cérémonie mondaine qui lui monte à la tête. Elle essaie de me cacher son inavouable joie, mais il y a de la lumière dans ses gestes. Tout cela, je l'ai voulu. Ça ne m'empêche pas de me planter les ongles dans les paumes. Et voici la veille du mariage. Et je note.

Isa passe en coup de vent. Elle entrebâille la porte, penche la tête.

— Ça y est. Il l'a fait. Marcel...

— Mais quoi, bon Dieu, explique-toi.

— Marcel. Il m'a à moitié étouffée. Il m'a embrassée de force. Et Charles était dans la pièce à côté. Il aurait pu nous surprendre.

— Tu l'as engueulé, j'espère.

— Je n'en ai pas eu le courage. Le pauvre garçon ! Il n'a jamais embrassé personne. Il m'a dit : « Ce n'est pas ma faute si je vous aime. »

— Et tu en es encore bouleversée.

— Avoue que... Mais attends. Après la réception, nous partirons pour l'île d'Oléron.

— Quoi ! Ce n'était pas au programme.

— Non. Je ne savais même pas que Charles y possède une villa. Ça l'a pris tout d'un coup. Il veut y passer une dizaine de jours.

Je bourre ma pipe à petits coups, le temps de mettre mon cœur au ralenti.

— Eh bien, dis-je, tu vois. Je n'en fais pas un drame.

Et soudain, elle traverse la chambre en courant, me serre contre elle, sans un mot, et se sauve. Je n'ai plus qu'à me saouler, bien tranquillement, méthodiquement ; la miséricordieuse euthanasie de l'ivresse. Je vais même commencer tout de suite.

A partir d'ici, il y a du flou dans mes souvenirs. Germain m'apportait du cognac et me faisait la leçon. « Vous ne devriez pas boire comme ça. Si vous tombez malade, c'est moi qui serai responsable. » Mais le temps passait à une vitesse merveilleuse. Chambon me rejoignait dès qu'il le pouvait. Et il ne tarda pas à m'imiter pour ne pas paraître trop minable. Deux verres et il caracolait au bord d'une ébriété lyrique.

— Elle m'aime ! criait-il. Elle m'a tout promis. Je ne vous ai pas mis au courant. Je l'ai embrassée, parfaitement, et vous savez ce qu'elle m'a dit ? Elle m'a dit : « Plus tard ! » (Le salaud ! l'abominable menteur !)

— N'empêche qu'elle est la femme d'un autre.

— Oui, si l'on veut. Mais c'est moi qu'elle aime, la belle Isa... A Isabelle !

Il levait son verre, le vidait d'un trait, toussait un bon coup, et s'étendait sur mon lit, un coude replié pour soutenir sa tête.

— Racontez-moi Isa... Elle avait une moto ?...

— Oui. Une Kawasaki rouge. Elle se tenait debout sur la selle, et puis elle attrapait une échelle qui pendait d'un hélicoptère.

— Je vois... comme une trapéziste... Formidable.

— Oh ! ça, ce n'est rien. Songe qu'une fois, elle a fait onze tonneaux dans une Volkswagen... Tu freines sec, à 80, tu braques et ça part tout seul... mais dame, tu es secoué. Elle s'était un peu abîmé le poignet gauche... Elle a toujours une cicatrice.

Mais il ne m'écoutait plus.

— Ce n'est pas possible, murmurait-il.

— Qu'est-ce qui n'est pas possible ?

— Eh bien, qu'elle m'aime. Justement moi.

Il sombrait sans transition dans un abattement qui le conduisait au bord des larmes. Je remplissais son verre.

— Tu es sûr qu'elle t'a dit : « Plus tard » ?

Il reprenait vie, s'emparait avidement du verre.

— Sûr. Et d'abord elle m'a embrassé, elle aussi.

— Mais « plus tard », ça signifie peut-être qu'elle attendra d'être veuve.

— Alors, je te jure qu'elle n'attendra pas longtemps.

Il méditait des violences dont il se savait incapable. Et moi, comme si je n'avais pas d'autre souci que de l'aider :

— Il me vient une idée. Et si ton oncle se suicidait ?

Rapporter à froid de tels propos, cela semble impensable. Mais, dans les vapeurs de l'alcool, la chose m'apparaissait tout à fait faisable, d'autant que je l'avais déjà longuement méditée, et Chambon était hors d'état de discuter. Bien au contraire, mon idée lui parut lumineuse. Il l'approuva bruyamment.

— Mais attention, dis-je. Il faudrait que ça ressemble à un vrai suicide. Ton oncle, pour une raison à imaginer, se tirerait un coup de revolver ; ça pourrait peut-être marcher.

— Tu possèdes un revolver ? demande Chambon.

— Bien sûr. Quand je jouais les gangsters, j'étais armé. Il est quelque part par là... Un automatique belge. Il pourrait servir mais il vaudrait mieux que le revolver appartienne à ton oncle.

— Justement. Il en a un... Un vieux machin qui traîne dans un tiroir de la bibliothèque. Tout le monde le connaît. Viens. Je vais te montrer.

Et c'est ainsi, tandis que Froment et Isa se promenaient sur les plages de l'île d'Oléron, que mon projet prit corps et commença à enfiévrer la cervelle de Chambon. En sa compagnie, j'allais visiter pour la première fois le domaine réservé de Froment, son bureau, la bibliothèque. Sur mes béquilles, je furetais partout, je gravais chaque détail dans ma mémoire, l'emplacement des meubles, les portes-fenêtres ouvrant sur le parc.

— Tu vois, disais-je, il suffit de le surprendre et on le descend à bout portant. Ensuite, j'ai pensé à quelque chose qui n'est pas mal. Mais attends un peu... D'abord, le revolver.

C'était un ancien revolver d'ordonnance, en assez bon état. Je le déchargeai pour le faire fonctionner. Le barillet tournait bien.

— Essaie, toi.

Chambon s'écarta comme si je lui avais présenté un reptile.

— Non, balbutia-t-il, moi, je ne saurai pas.

— Mais si c'est moi qui opère, auras-tu le cran de parler au téléphone ?

— Je crois, oui. Mais pourquoi ?

C'est là, sur place, devant le bureau de Froment, que j'expliquai mon projet à Chambon. A mesure que je parlais ce plan devenait de plus en plus précis et bientôt nous fûmes tellement excités, l'un et l'autre, que si le vieux s'était présenté à ce moment-là, nous l'aurions sans doute abattu sur-le-champ.

— Génial ! répétait Chambon.

Il avait la cervelle encore assez embrumée pour vivre la chose comme une espèce de superbe mystification. Les objections viendraient plus tard. Je rechargeai l'arme, l'essuyai longuement avant de la remettre dans le tiroir.

Chambon s'offrit encore une rasade avant de me quitter.

— Tu m'as bien compris, lui dis-je. Il n'y a aucun risque si tu te surveilles devant ta mère. Méfiante comme elle est, si elle se doute de quelque chose, tout est foutu. Et ce sera la prison.

Le mot fit mouche. Chambon se laissa tomber dans le fauteuil.

— Tu veux me faire peur, murmura-t-il, sans même s'apercevoir qu'il venait de me tutoyer.

Je poursuivis, pour profiter de son désarroi.

— Choisis... La prison ou Isa.

Sur sa pauvre gueule où les émotions passaient comme des nuées, il était facile de suivre les péripéties du combat qu'il se livrait. J'étais sûr de gagner. Il reprit peu à peu de l'assurance, et même un peu trop pour mon goût.

— Ma mère ne saura rien, dit-il d'un ton solennel.

— Passe-toi la tête sous le robinet ; ce sera plus prudent.

Et puis, un peu avant minuit, il me téléphona.

— Votre truc, c'est bien. Mais il y a des tas de détails qui ne collent pas.

Cette crise, je l'avais prévue. Je savais que Chambon, brusquement lucide, allait s'épouvanter et chercher tous les moyens de reculer. Mais j'étais prêt à discuter, comme un avocat qui possède à fond son dossier. Surtout, j'insistais bien sur le point qui tourmentait le plus Chambon. Son rôle se réduirait à presque rien : parler au téléphone, ou plutôt réciter un texte que nous établirions à l'avance, et puis porter le corps au pied du bureau. Froment était lourd, mais il n'y aurait que quelques mètres à franchir puisque je le tuerais sans doute dans le couloir. Le moment ? Encore trop tôt pour le fixer, mais d'ailleurs ça, c'était secondaire.

— Tout ça sera répété tranquillement, dis-je. Comme si on jouait une pièce. Et maintenant, tâche de roupiller et fous-moi la paix.

... Bientôt, les époux Froment revinrent et la vie au château reprit en apparence son cours habituel. A un détail près. Mais est-ce bien un détail ? Isa n'était plus avec moi. Elle avait cessé d'être mon double. Elle était gênée. J'avais perdu son regard. Autant dire que j'avais perdu ma raison de vivre. Alors, à quoi bon attendre ? Le moment était venu de régler les comptes.

J'attendis quelque temps. Rien ne bougeait, par la faute de Chambon. J'avais redouté, au retour d'Isa, quelque éclat qui m'aurait posé bien des problèmes, car, si j'étais résolu à me venger de Froment, si je connaissais le détail de l'opération, en revanche je n'arrivais pas à en arrêter le moment. Quel jour ? Et, tandis que je cherchais une solution, je devais garder Chambon sous pression. Mais c'était aussi difficile que de régler une flamme sous une casserole de lait. Tantôt Isa me disait : « Il va y avoir un coup dur avec son oncle. Il ne se contient plus. » Tantôt, au contraire, il ne parlait plus à personne et semblait sur le point de tomber malade. Quand il venait me voir, de moins en moins souvent et de moins en moins longtemps, j'avais beaucoup de peine à le reprendre en main. Je voyais bien qu'il ruminait quelque chose. J'essayai de l'interroger.

— Mais non, protesta-t-il. Tout le monde se fout de moi. Isa m'évite. Mon oncle ne me regarde même pas. Mais ce n'est pas une raison pour que je me dégonfle.

— Bon. Alors, travaillons.

Et nous répétions le texte qu'il devrait débiter à l'homme du Secours fraternel. C'était un exercice qui ne tardait pas à l'amuser. Il me posait des colles. « Et s'il me disait que... »

Vite, je proposais une variante. Ou bien je changeais de ton. « C'est moi, celui qui écoute. Vas-y... Parle... Bon... Un peu plus d'émotion quand même ! »

Il ne pouvait contenir un sursaut et une sorte de terreur lui tordait la bouche. Je me rendais compte, parfois, que je le conduisais à la dépression, qu'il ne serait jamais à la hauteur du rôle. Et la suite m'a donné raison. Je faillis tout lâcher quand Chambon me téléphona, un soir, pour me dire qu'il avait bien réfléchi et qu'il allait quitter Angers. Le directeur du bureau de Nantes allait prendre sa retraite. Pourquoi n'irait-il pas le remplacer ? Il ajouta : « Puisque tout le monde, ici, est contre moi ! »

Je compris que s'il partait, ce serait la catastrophe. Loin d'Isa, il ne tarderait pas à lui en vouloir et il finirait par se retourner contre nous. Il parlerait. Il avouerait la vérité à Froment. Pour se venger. Pour se faire valoir. C'était couru d'avance. Cette fois, je me battais, le dos au mur. Il ne s'agissait plus d'opérer dans la nuance. Il fallait frapper fort. Je lui vidai mon sac. Il m'écoutait, buté, tête basse, résolu soudain à ne pas céder.

— Tu ne connais rien aux femmes, mon pauvre Marcel. Essaie de comprendre qu'Isa ne peut pas te tomber dans les bras si peu de temps après son mariage. Ce n'est pas une question de prudence, mais de délicatesse.

— Justement. C'est bien pourquoi il vaut mieux que je parte.

— Sans t'occuper de savoir si tu ne fais pas son malheur. Mais, bougre d'idiot, réveille-toi. Elle t'aime. Si tu t'en vas, elle ne te le pardonnera pas. Ton oncle est incapable de la rendre heureuse.

J'enfilai ainsi quelques banalités bien choisies. Rien n'était trop gros, dans son état. Il s'amollisait peu à peu. J'en profitai.

— Si tu avais pu attendre quelques mois, ton oncle se tuait, bon, ça étonnait bien un peu les gens, autour de lui, mais ce sont des choses qui arrivent, n'est-ce pas ? Tandis que, s'il se suicide maintenant, quelques semaines après son mariage, alors ça, crois-moi, ça va faire du bruit. Il y aura une drôle d'enquête. On fouillera partout.

Il me regarda méchamment.

— Vous m'avez dit que nous n'aurions rien à craindre.

— Et je l'affirme. Seulement, tu nous obliges à en finir tout de suite. Moi, je suis prêt... Mais toi, devant la police, tu tiendras le coup ?... Et devant ta mère ?... C'est elle que je redoute le plus.

Il eut un geste dédaigneux qui me donna envie de le gifler.

— Bah, fit-il. Je lui mens depuis que je suis tout petit. Alors, un peu plus, un peu moins !

— Eh bien, accorde-moi deux ou trois jours de réflexion, pour que je puisse prévoir chaque détail, et on tente le coup.

Étrange garçon ! Il me serra la main, apparemment rasséréné et même allègre, comme si nous venions de nous promettre une belle partie de pêche. Je commençai à méditer de façon serrée. Le samedi, Froment assistait à des réunions politiques, la campagne en vue des municipales étant déjà amorcée. Il rentrait assez tard, rangeait sa voiture au garage et passait un moment dans son bureau avant d'aller se coucher. Il fallait l'attaquer dans le garage juste à l'instant où, sans méfiance, il sortirait de la voiture. Ensuite, on porterait le corps dans le bureau et ce ne serait plus qu'un problème de mise en scène. Restait la question des alibis. Facile. Je m'arrangerais pour qu'Isa aille à son bridge. Chambon filerait au cinéma, à la séance de quatorze heures trente et garderait soigneusement son ticket. Il regagnerait le château à bord de sa 604 mais la laisserait à quelque distance et rentrerait sans se montrer. Ensuite, quand tout serait terminé, il irait reprendre sa voiture et, vers vingt-trois heures, il se présenterait à la grille. Germain en serait témoin. Quant à moi, isolé au bout de mon couloir et abruti par quelque somnifère, je ne verrais rien, n'entendrais rien, mon infirmité me mettant d'ailleurs au-dessus de tout soupçon. je scrutai de nouveau chaque détail, jouant mentalement toute la séquence, comme je le faisais autrefois avant une cascade dangereuse. J'étais absolument sûr de moi. Le maillon fragile, c'était évidemment Chambon. Mais l'amour lui tiendrait lieu de courage. Allons ! Froment était condamné.

*
* *

— Encore vous, commissaire ! Mais non, je ne me plains pas de vos visites. Entrez. Je m'étonne simplement. Votre enquête n'est donc pas terminée ?

Dreux s'installa d'autorité dans le fauteuil, comme un familier, tandis que Richard sautillait, sur ses béquilles, jusqu'à sa chaise roulante dans laquelle il prit place en souplesse.

— Comment faites-vous pour vous garder en forme ? demanda Dreux.

— Un peu d'exercice, chaque matin, et un régime très surveillé. Et puis je suis robuste.

— Ça se voit.

Le commissaire médita pendant une longue minute avant de se décider.

— La vieille dame ? Vous avez eu l'occasion de parler avec elle ?

Richard éclata de rire.

— Fichtre non. Il m'a suffi de l'apercevoir quelquefois dans le parc... et d'entendre son fils quand il a envie de me faire des confidences. Brrr... Vous savez, commissaire, je vis très retiré.

— Je voudrais bien en dire autant, murmura Dreux. Je ne serais pas obligé d'écouter ses calembredaines. Elle est en train d'inventer un vrai roman. J'ai tout mon temps, ici. Ce n'est pas comme à Marseille. Alors j'ai eu la curiosité de pousser un peu mes recherches. J'ai appris que M. de Chambon, son mari, s'était tué dans un accident de chasse, il y a très longtemps. La haie qu'on traverse sans précaution... le coup qui part à l'improviste... bref... Marcel était encore tout petit. Sa mère l'a élevé comme s'il avait été promis, lui aussi, à une mort accidentelle. Alors, surveillance continuelle, jeunesse en vase clos. Je vous laisse le soin d'imaginer. Votre sœur a bien dû vous raconter tout ça.

— Vaguement. La vieille ne nous intéresse pas.

— Mais vous deux, vous l'intéressez bougrement, s'écria Dreux. Elle régnait paisiblement sur son fils et sur son frère, et voilà que vous tombez du ciel, plus étrangers à son petit monde que des martiens. Et que se passe-t-il ? Son frère tombe amoureux de votre sœur, au point de l'épouser. Et son fils, j'allais dire tombe amoureux de vous, mais enfin vous me comprenez. Vous le fascinez, ce garçon. Vous êtes la liberté et l'aventure.

Dreux émit un léger rire.

— Zorro sur ses béquilles, dit Richard.

— Excusez-moi. Croyez bien que... Bon. Mon tableau est exact, n'est-ce pas. Là-dessus, M. Froment se suicide, au moment précis où il a l'intention de revoir son testament. La vieille dame se rend compte que son fils, probablement poussé par vous, tourne autour de la veuve. Est-ce que j'exagère ?

— Un peu quand même, mais passons. Vous parliez tout à l'heure du roman qu'elle est en train d'inventer ?

— Je vous l'ai dit. Elle est persuadée que son frère a été assassiné. Mais elle a bien été obligée d'admettre que ni votre sœur ni Marcel de Chambon ne pouvaient être suspectés. Alors, elle a pensé que quelqu'un était venu par le parc et avait simulé le suicide, notamment en parlant avec l'homme du Secours fraternel... A ce propos, les recherches que j'ai menées ne conduisent à rien, ce qui était prévisible. Mais elle a maintenant une autre théorie. Elle pense que vous avez gardé quelques contacts avec vos anciens amis ; des espèces de diables comme vous, capables de tout et que vous avez chargés d'agir à votre place... Attendez ! Elle pense aussi qu'elle est en danger à son tour.

— A cause de moi ?

— Bien sûr. Elle m'a d'ailleurs expliqué votre plan. C'est très simple. Vous la faites assassiner grâce à un tour de passe-passe que vous avez appris quand vous faisiez du cinéma et vous mettez la main sur sa fortune et le château, avec la complicité de Marcel. Et ce n'est pas la peine de la raisonner. Elle est en pleine panique. C'est pour ça, d'ailleurs, que je suis là. Il faut faire semblant de prendre ses divagations au sérieux. Et on y est un peu obligé, remarquez, parce que tout n'est pas imaginaire dans ce qu'elle raconte. Par exemple, la propriété n'est pas défendue. N'importe qui peut s'y introduire sans risque. Les concierges ne comptent guère. Depuis la mort de M. Froment, qui se charge de fermer les portes, le soir ?

— Germain. Il fait une espèce de ronde, mais il y a tant d'ouvertures !

— Vous voyez ! Autre chose, à propos, justement, de vos anciens amis. Vous devez bien, de temps en temps, leur donner de vos nouvelles.

— Non. J'ai rompu avec mon ancienne vie.

— Complètement ?

— A peu près. Je ne veux gêner personne. Ne pas forcer des gens qui m'ont connu à dire : « C'est triste. Je me mets à votre place », comme si on pouvait se mettre à ma place ! Mais pour en revenir à la vieille folle, c'est très amusant ce qu'elle pense. Et, au fond, assez logique.

— Le fils Chambon, il vient souvent vous voir ? Sa mère prétend qu'il est toujours fourré chez vous et que vous le faites boire. Il sent l'alcool, paraît-il, quand il vient l'embrasser, le soir. Je peux même ajouter un détail : il aurait commencé à boire un peu avant la mort de son oncle.

— Bon, dit Richard avec bonne humeur. Je vais tout vous avouer. Nous sommes de vieux complices, Marcel et moi. C'est nous qui avons trucidé le père Froment, si ça peut faire plaisir à la bonne femme.

— Oui, fit Dreux, vous avez raison de vous moquer. L'embêtant, c'est qu'elle téléphone beaucoup et qu'elle raconte n'importe quoi. Le club des Mémères, comme dit mon adjoint, se régale, et ça ennuie les autorités. Écoutez, je serai franc : est-ce que vous ne pourriez pas voyager pendant quelque temps, votre sœur et vous ?

Richard cligna de l'œil.

— Jusqu'à la fin des élections.

Dreux se leva vivement, comme s'il cédait à un mouvement de colère.

— Eh bien, oui, là. Ce que vous pouvez être énervant !

— Est-ce que c'est un ordre... venant de haut ?

— Pas du tout. C'est un conseil qui vient de moi. Amical. Dans votre intérêt.

— Et moi, je vais vous dire. L'opinion publique, je m'en fous. Je n'ai plus de jambes ; je suis condamné à rester assis. Je suis donc, pour la vie, un spectateur. Et je trouve que le spectacle en vaut la peine. Ce n'est pas le moment de quitter la place.

Dreux chercha une réplique qui ne vint pas. Il sortit, furieux. Richard bourra sa pipe, en murmurant : « On ne respecte plus personne, décidément. Je suis un handicapé, moi, monsieur. »

*
* *

Nous étions mercredi. Encore trois jours. Même pas. J'attendis le milieu de l'après-midi. Froment, à cette heure-là, repassait toujours à l'usine ; je le savais par Chambon. Je décrochai le téléphone. Autant dire que je mettais le feu à la mèche qui allait provoquer l'explosion.

— Allô... Je voudrais parler à M. Froment.

— De la part de qui ?

— C'est personnel et urgent.

— Conservez.

Silence. Lourds battements de cœur. Autrefois, j'avais plus de sang-froid, mais autrefois... Brusquement, la voix de Froment, impérieuse et déjà irritée.

— Oui ?... Qu'est-ce que c'est ?

— Monsieur Froment ?

— Oui. J'écoute.

Je baisse la voix. Tous les chuchotements se ressemblent.

— Vous devriez bien surveiller votre femme. On la voit souvent avec un ami.

Je raccroche aussitôt. Là-bas, le bonhomme écume, tel que je le connais. Pauvre type ! Il va ruminer sa rage toute la soirée, mais il ne la laissera pas percer. Pas encore. Il sait, évidemment, que son neveu s'occupe un peu trop de sa femme. Il le sait déjà depuis un certain temps. Mais maintenant, le scandale devient public. Il faut trancher dans le vif. Il tranchera. Demain jeudi. Ou peut-être vendredi. Sans cris. Sans vaines menaces. Qu'est-ce qu'il peut faire ? Ne pas oublier que s'il s'attaque à Chambon, il s'attaque du même coup à sa sœur. Alors ? Éloigner Chambon. L'envoyer dans une des filiales ? Pas suffisant. Si Chambon et Isa veulent se rencontrer, ce n'est pas la distance qui les retiendra. Et puis pourquoi s'en prendrait-il seulement à Chambon. Pourquoi pas à Isa elle-même et à moi, par ricochet ? Il peut revenir sur les dispositions prises en notre faveur, nous chasser. Ou bien dire à Isa : « Si tu revois Marcel, je mets ton frère à la porte. » Je ferme les yeux. Je voudrais ressentir un peu de cette divine peur qui, pendant une seconde, me gelait les os au moment où j'allais jaillir pleins gaz, vers l'apothéose ou l'écrasement. Mais rien. Je n'éprouve qu'une rapide excitation cérébrale. Mes nerfs aussi ont été tués par Froment. Ce qui ne peut manquer d'arriver, c'est, à tout casser, une sordide querelle de famille. Et d'ailleurs, peu importe. L'essentiel, pour mon plan, est que l'oncle et le neveu s'empoignent, que les velléités de Chambon deviennent une espèce de feu rugissant et qu'il n'ait plus qu'un désir : supprimer l'obstacle. Car, désormais, de deux choses l'une : ou bien il m'aide de toutes ses forces à liquider Froment, et nous sommes les maîtres, Isa et moi. Ou bien il s'effondre et Froment nous détruit une seconde fois, Isa et moi. Voilà ! J'hésite entre le whisky et le Mogadon. Mais j'aime mieux m'endormir d'un seul coup. Mogadon.

Jeudi. Isa m'appelle à deux heures. Ça y est. L'éclat a eu lieu. Pas une explosion. Plutôt une implosion. Un Froment calme, hors de lui en dedans, mais plein de sang-froid. Disant paisiblement à son neveu, au moment du café : « Tu es une petite ordure. » Et à Isa : « Les putes, je les paie à l'heure. » Puis dictant ses conditions. Pour Chambon, l'exil. Le bureau du Havre avec interdiction d'en bouger. Pour Isa, consignée au château, vivres coupés, rendez-vous pris avec le notaire, en vue de quoi ? Mystère ? Pour moi, sous prétexte de rééducation, on m'enverrait dans une maison de santé. Bref, la réaction indignée d'un petit-bourgeois cocufié. Et la vieille ? Il ne l'a pas encore mise au courant. Mon coup de téléphone, finalement, a frappé tout le monde aussi sûrement qu'une gerbe de chevrotine. Isa est littéralement terrifiée. C'est le sol qui se dérobe sous ses pieds. Elle nous voit rejetés, misérables. Elle me rend responsable de tout et elle a raison. Mais moi, j'attends tranquillement Chambon. Les événements m'obéissent. Évidemment, j'aurais bien voulu assister à la scène, car je n'en reçois qu'un résumé exsangue. Je suis là, comme un kyste au flanc de la maison, ne recueillant que les palpitations atténuées de ce qui se passe au loin dans la violence. Mais ce que je perds en émotion, je le regagne en froide lucidité.

Ni aujourd'hui ni demain, Froment ne modifiera son emploi du temps, pour bien marquer que ses difficultés domestiques n'entament pas sa sérénité. Il doit rester M. le président aux yeux de tous. Donc, il ira à la cimenterie comme d'habitude, mais interdira à Chambon d'y paraître. Et Chambon viendra ici faire son numéro de fier-à-bras en révolte. Il me faudra éviter qu'il ne se décharge, comme une pile surmenée.

Bientôt, en effet, il arrive, surexcité. Il ne me laisse même pas ouvrir la bouche. Il raconte... Il raconte... Il marche de long en large, il donne des coups de pied dans le tapis. Mais, contrairement à mes prévisions, c'est surtout à sa mère qu'il en veut. La vieille se rangerait plutôt du côté de Froment.

— Nous n'avons qu'à sortir de l'indivision, crie-t-il. On bazarderait La Colinière et on verrait bien qui serait le plus empoisonné. Moi, qu'est-ce que ça peut me foutre d'aller au Havre. Isa demandera le divorce et je l'attendrai, un point c'est tout. S'il s'imagine qu'il va nous dicter sa loi !

L'infernal Chambon ! Il essaie encore, avec cette idée de divorce, d'éviter l'ultime face-à-face avec Froment. Il sait que c'est moi qui tirerai et qu'il n'a rien à craindre. Mais il cherche encore à se défiler en se donnant le rôle noble de l'amoureux prêt à tous les sacrifices. Il me vient des envies de lui faucher la figure d'un revers de béquille. Je me contente de l'écouter en hochant la tête comme si j'opinais. Quand enfin il se laisse tomber devant moi dans le fauteuil, je lui dis du ton le plus uni.

— Mon pauvre Marcel, tu deviens idiot.

La douche froide. Et c'est vrai qu'il suffoque. Je poursuis gentiment :

— Tu penses bien que je l'ai examinée, l'hypothèse du divorce. Si elle avait une chance, il faudrait sauter dessus. Ce n'est pas de gaieté de cœur que j'ai accepté l'idée de supprimer ton oncle. Mais c'est le seul moyen, pour nous tous, d'échapper à un tyran qui nous rend la vie impossible.

Visiblement, ce mot de tyran lui plaît. Il approuve et, le malheureux, dès qu'il approuve, il ne sait plus résister. Je n'ai pas de peine à lui montrer que Froment, avec ses relations, manœuvrerait les avocats et les juges et tous ceux qui ont à s'occuper d'un divorce. Il s'arrangerait pour mettre Isa sur la paille.

— Et toi aussi, il te ruinerait sans hésiter.

— Mais ma mère est riche, proteste-t-il.

— Qui gère sa fortune ?... Hein ? C'est encore lui. Non, reconnais-le. Il te tient.

Et j'enchaîne aussitôt, comme si la chose allait de soi.

— Nous opérerons après-demain soir. Il doit assister à une réunion des anciens combattants ; c'est même dans le journal. Ça ne durera pas très longtemps. Il serrera quelques mains, dira quelques mots et nous le verrons rentrer sur le coup de dix heures. Isa est invitée chez les Loisel. Toi, tu sais ce que tu as à faire.

Il m'écoutait, un peu pâle, la bouche crispée. Aucune reculade n'était plus possible.

— Pour la police, il n'y aura que deux personnes au château. Ta mère dans l'aile gauche, et moi dans l'aile droite. Où est Froment en ce moment ?

— Il est parti en voiture.

— Eh bien, allons-y. Je vais te montrer comment on procédera. Pousse-moi.

Il essaya une dernière objection.

— Le corps ? Comment le ramènera-t-on dans le bureau ?

— On le mettra dans ma chaise roulante. Tu le pousseras et je suivrai. C'est prévu.

Il n'en mène pas large mais il obéit et nous allons dans le garage. Il est très vaste. On peut y loger quatre voitures. Il communique avec la cuisine par une petite porte de plain-pied. C'est un œil électrique qui commande la porte d'entrée. Elle bascule comme un pont-levis, laissant sur les côtés des zones d'ombre qui nous dissimuleront parfaitement. J'explique à Chambon comment je m'y prendrai. Il me suit, aussi accablé qu'un prisonnier qu'on va fusiller. Au contraire, l'imminence de l'action me rend enfin une certaine chaleur intérieure. Je dois m'appliquer à dissimuler mon agitation.

— Le sang, dit Chambon. Il va saigner et sur le ciment... vous voyez le problème.

— Prévu aussi, dis-je négligemment. D'abord, une balle au cœur ne provoque presque aucune hémorragie, et puis nous nous munirons, à tout hasard, d'une couverture qu'on déploiera sur ma chaise. D'autres questions ?

Vaincu, Chambon baissa la tête et me ramena en silence dans ma chambre.

— Le revolver, nous le prendrons samedi au dernier moment. N'oublie pas de te munir de gants, car, avant de déposer le corps auprès du bureau, tu devras t'occuper du revolver ; je t'ai déjà expliqué... le test de la paraffine. La police ne doit trouver que ses empreintes et les traces de poudre sur sa peau.

— Vous croyez vraiment que c'est bien utile ?

— Mais je t'ai déjà expliqué, bon sang. C'est à cause du test de la paraffine. La police y pensera et cette preuve-là, ce sera la signature du suicide... Et après, mon petit vieux, ouf ! Ça ne me rendra pas mes jambes mais nous pourrons tous respirer. Passe-moi la bouteille.

Nous bûmes un petit verre et Chambon reprit ses couleurs. Il ne cessait d'osciller entre l'exaltation et le découragement. Quand il me quitta, il était regonflé. Le vendredi n'en finit plus. Isa, toute à son chagrin, restait confinée dans sa chambre. J'aurais voulu la rassurer, lui expliquer que je travaillais à sa délivrance. Je souffrais pour elle mais, en même temps, je l'avoue, j'étais content de moi. Non, je n'étais pas fini. La preuve ! Et ce fut le samedi, un escarpement d'heures à escalader, une à une. Il faisait une journée magnifique, une journée de fleurs et d'oiseaux. Je me concentrai de plus en plus, je repassai mot à mot ma leçon. Froment déjeuna au château et travailla dans son bureau jusqu'à quatre heures. Ensuite, je le vis partir au volant de sa Citroën. Peu après, Chambon apparut, calme en apparence mais les mains sans cesse en mouvement. Pour le détendre, je lui racontai quelques bonnes histoires de cascade. L'effet de ces histoires était magique. Il ne bougeait plus. Il n'y avait plus que sa bouche qui remuait en même temps que la mienne. Il partait dans un songe de puissance et de victoire. Je dus le secouer.

— Allez, file au cinéma et tâche de ne pas perdre ton ticket. Je t'attendrai à partir de sept heures.

Je me relaxai comme j'avais appris à le faire. Je dormis même un peu. Chambon fut exact. Personne ne l'avait vu revenir. Nous dînâmes d'un sandwich, en bavardant presque gaiement. Je m'efforçais de me comporter comme s'il ne s'agissait nullement d'un crime, mais d'un exercice très spectaculaire, un mano à mano qui nous vaudrait la gloire. La nuit tomba. A dix heures moins le quart, revue de détail : le revolver (je l'avais dérobé en temps voulu et soigneusement essuyé), les gants, la couverture, bon. Je montrai à Chambon comment il devrait replier le doigt du mort sur la détente.

— Et puis, ajoutai-je, je serai là, derrière la porte du couloir. Tu ne seras pas seul. Allez, on y va.

Je m'assis dans ma voiture et nous traversâmes sans bruit les immenses corridors qui nous séparaient du garage. De temps en temps, j'allumai ma lampe électrique mais, à travers les hautes fenêtres, des reflets de ciel parvenaient jusque dans les galeries. Le garage était vide, comme prévu. Je choisis l'endroit le plus retiré et chuchotai :

— Tu peux retourner dans la cuisine, maintenant. Je me débrouillerai seul.

Non. Il eut un sursaut d'amour-propre et décida de rester. L'attente fut courte. Soudain la porte bascula lentement et les phares illuminèrent le mur du fond. Sous le gant, ma main était moite mais je tenais fermement le revolver. L'auto avança au petit pas jusqu'à sa place exacte du parking, et Froment coupa les phares. Je n'eus qu'à manœuvrer mon siège avec vivacité dans l'obscurité qui aveuglait momentanément Froment. Je me postai juste derrière la portière qu'il poussait pour sortir. Il se mit debout, sans méfiance, claqua la portière. Je me penchai en avant.

— Monsieur Froment.

— Quoi ?

Saisi, il se retourna. Je tendis le bras à le toucher et tirai, sans haine, je crois. Simplement, il fallait le faire. Froment, sous l'impact, heurta du dos la carrosserie et glissa des talons, lentement, comme dans un film médiocre. Je l'éclairai avec ma lampe. Chambon s'approchait timidement.

— Il est mort ?

— Comme tu peux voir. Aide-moi.

Je décrochai mes béquilles et, si j'ose dire, je mis pied à terre. Hisser le corps à ma place ne fut pas chose facile mais Chambon, dans un paroxysme de jubilation terrifiée, y parvint en quelques coups de reins. Il soufflait comme un portefaix.

— Tu pousses d'une main, tu le maintiens de l'autre, recommandai-je. Pas question de le perdre en route.

L'étrange cortège s'ébranla. Roues caoutchoutées, semelles de caoutchouc, béquilles à bouts de caoutchouc. Respirations maintenant contenues. Ce qui défilait, le long des corridors couleur d'étoiles, c'était de la nuit, du silence, un rêve de mort, tout de suite effacé. Chambon, maintenant, tenait merveilleusement le coup. Il était au sommet de la vague, délivré du plus lourd de son angoisse, et prêt à entrer en scène sans une ombre de trac. Il stoppa la voiturette en face du bureau de Froment et, à mon tour, je maintins le mort. Le reste ne fut, en somme, que de la routine. Il fut parfait au téléphone, juste avec la pointe d'émotion nécessaire. Ensuite, il sut saisir adroitement le cadavre, sans marquer la moindre répugnance. Bref, d'une totale efficacité. Le coup de feu fut tiré vers les arbres du parc exactement comme je l'avais souhaité. Dernier coup d'œil. Rideau.

Mais aussitôt après, dès que nous fûmes de retour dans ma chambre, il eut une faiblesse, s'évanouit à moitié et là, j'avoue que j'ai un peu paniqué. Je disposais de peu de temps pour le remettre sur pied. Il devait aller reprendre sa voiture et rentrer au château aussi tranquille qu'un monsieur qui revient du cinéma. Heureusement, j'avais acquis, dans mon métier, une expérience de secouriste. Frictions, alcool, benzédrine, sans oublier les compliments, les louanges, les félicitations, toutes les douceurs que le langage peut faire couler sur un orgueil défaillant. Il se ressaisit et sourit de fierté.

— Lève-toi... Marche... Parle... D'ailleurs, Germain te regardera à peine, quand il t'ouvrira la grille. Et après, devant la police, tu auras le droit d'être bouleversé. Bravo, mon vieux. Encore une heure d'efforts mais le plus dur est derrière nous.

Il se donna un coup de peigne, s'examina une dernière fois et partit.

Alors, je rangeai la couverture, qui n'était même pas tachée, m'assis dans le fauteuil, mes béquilles près de moi comme les armes d'un soldat que la fatigue abat, après l'attaque. Je regardai avec amitié mes jambes détruites. Je les caressai longuement. J'avais l'impression qu'elles me comprenaient et qu'il n'était plus nécessaire d'avoir pitié d'elles.

*
* *

C'est maintenant que je me sens mutilé. Froment est mort et c'est comme un grand amour qui finit. Naguère encore je pensais à lui en ouvrant les yeux, le matin. Il était la joie cruelle de mes longues journées. Je rusais avec lui. Je dialoguais avec lui. Je le provoquais. Je l'insultais quand, sur mes béquilles, j'accrochais un meuble. Il était même le fidèle compagnon de mes nuits, quand l'angoisse de n'être plus personne me tenait éveillé. Je ne le disais pas à Isa, mais je souffrais souvent des reins et je restais allongé sur le lit, sans force devant l'avenir qui m'attendait. Il était là, devant moi. Je prenais le temps de haïr studieusement son visage que je connaissais par cœur comme une carte de géographie : le nez à l'extrémité gonflée, fessue et ponctuée de points noirs, les rides profondes qui, de chaque côté, semblaient le soutenir comme des ficelles, les paupières cachant à demi les yeux comme des stores toujours baissés. Nous nous regardions, et il finissait par me faire un peu peur tellement ma mémoire le restituait vivant. Alors, je m'amusais, comme autrefois sur les livres d'école, avec les portraits, à orner sa figure d'une moustache grotesque, de favoris effervescents comme de la barbe à papa. Je le repoussais. Je le cadrais en pied. Je me promettais de tirer dans le tas. Je lui criais : « Fous le camp. On t'a assez vu ! » C'était le bon temps de la vengeance. Bien sûr, je m'offre, en compensation, de petites revanches. Et par exemple je prends mes repas dans la salle à manger avec Isa et Chambon. Je vais, quand il me plaît, dans la bibliothèque. Pour lire, je m'installe au salon, dans le fauteuil de feu M. le président. J'ai l'impression que le château est à moi, mais je traîne partout mon ennui comme un gosse son cheval de bois. Isa aussi est maussade. Elle est obligée de porter le deuil, de se montrer au cimetière, de répondre à des lettres de condoléances, de signer des paperasses de toutes sortes. On est tout près des élections et elle reçoit des amis de Froment qui viennent lui demander, au nom du défunt, de figurer dans des comités, de paraître sur la liste que son mari allait conduire. Elle fait semblant de se réfugier dans un chagrin déchirant qui lui vaut des regards soupçonneux.

Je ne parle pas de Chambon. Il a maigri. Il marche de biais, comme s'il surveillait sans cesse ses arrières. Et pour se donner du courage, il boit. Non pas qu'il s'imbibe. Ça le prend plutôt par crises. Il a soudain besoin d'un coup de remontant et il réapparaît, le feu aux joues, le défi aux yeux, les gestes mal contrôlés. C'est lui qui m'inquiète. A l'usine, son oncle n'étant plus là pour le faire respecter, il est l'objet d'une sournoise persécution. Il découvre des graffiti : *Chambon est un con.* Classique. Pas bien méchant. Ou encore : *Chambon la colique.* Ça, il n'accepte pas. Je le sais parce que c'est lui qui me l'a dit.

— De quoi j'ai l'air, proteste-t-il. Qu'est-ce que je leur ai fait, hein ?

— Rien, mon pauvre vieux. Ils t'en veulent pour le plaisir de te flanquer les jetons.

— Les jetons, moi ! S'ils savaient ce que j'ai... enfin, ce que vous et moi on a...

— Tais-toi, idiot. Oublie ça.

— Isa ?... Elle sait ?... Vous lui avez raconté... ?

— Jamais.

— Et si elle savait, qu'est-ce qu'elle dirait ?

— Parlons d'autre chose.

Isa ne sait rien, évidemment. J'aurais pu, peut-être, tout lui dire, connaissant sa fidélité de chien-loup. Mais quelque chose me retient. Remords, scrupule, rancune... Elle était sa femme. Passons ! Tout comme moi, elle est un peu à la dérive. Et puis les visites du commissaire commencent à l'inquiéter. La Colinière reste un foyer de purulence, avec la vieille folle qui continue à accuser tout le monde. Ce que je redoute, surtout, c'est que Chambon, saoulé de reproches, ne finisse par dire : « Oui, bon, d'accord, je l'ai tué, là ! » Devant sa mère, cet imbécile est capable de s'attribuer le meurtre pour lui prouver qu'il n'est pas aussi mou qu'elle le croit. Je le vois bien, à toutes sortes de signes. Il a peur et, en même temps, il éprouve un immense contentement, comme s'il venait de triompher d'une épreuve initiatique. Avec moi, il devient familier. Il entre dans ma chambre sans frapper. Il se met à juger les cascades dont il n'écoutait, naguère, le récit qu'en frémissant.

— Au fond, dit-il, quand vous avez tout réglé, la vitesse, l'angle du saut, sa longueur, on mettrait en selle un mannequin, il réussirait tout pareil.

Je l'étranglerais volontiers. Il a raison, d'ailleurs. Mais je n'aime pas qu'il ait raison avec cet air suffisant, ni qu'il se dise peut-être : « Au fond, quand tout a été réglé, le lieu de l'agression, l'heure, le procédé, n'importe qui, profitant de la surprise, aurait réussi tout pareil. » La vérité, c'est qu'il commence à m'échapper. Si j'avais pu deviner que sa comédie, dans le bureau de Froment, allait le transformer à ce point, je ne sais pas si j'aurais tué le vieux. Ce qui me met hors de moi, c'est son sourire supérieur, comme s'il pensait : « Nous deux qui sommes des malins... » Aussi, je m'empresse de le doucher.

— C'est pas dans la poche, tu sais.

— Mais puisque toutes les précautions ont été prises...

— C'est vrai. Mais toi, peux-tu m'expliquer pourquoi Dreux vient encore fouiner ici ? Va-t'en savoir s'il ne nous soupçonne pas.

Encore ce sourire suffisant mais qui, maintenant, signifie : « Doucement, moi je n'ai tué personne. » Car, j'en suis sûr, le cas échéant, il m'accablerait pour se blanchir. Peut-être suis-je injuste après tout. Mais je serais plus tranquille s'il consentait à s'en aller au Havre, comme il en avait eu l'intention. Il y aurait bien un moyen. Un moyen entre les mains d'Isa. Non ! Pas ça. Mais me voilà reparti. Me voilà dans une machination compliquée. Je l'accueille presque avec gratitude, cette nouvelle intrigue. Ma pauvre tête ! Qu'elle vienne encore une fois à mon secours.

*
* *

— Vous ne m'attendiez pas, monsieur Montano ?

— Oh ! Je vous attends toujours. Et, bien entendu, vous êtes toujours le bienvenu. Qu'est-ce qui vous amène ? Encore la vieille dame ?... Un doigt de porto, commissaire ?

— Vite alors. Je ne devrais pas, vous le savez. Bien sûr, la vieille dame.

— Servez-vous, et asseyez-vous une minute, que diable.

Il a beau se dire pressé, le commissaire prend son temps.

— Je vous assure qu'elle nous donne du fil à retordre, la pauvre femme. J'en arrive à regretter mes caïds de Marseille. Elle a autour d'elle tout un réseau de connaissances, des amies plus ou moins impotentes, comme elle, et qui sont pendues à leur téléphone toute la journée. Ça bavarde. Ça raconte n'importe quoi. Des méchancetés, de préférence. Mais tout ce monde est en rapport constant, bien entendu, avec des fils, des gendres, des amis, des cousins. Les bruits circulent là-dedans avec une vitesse merveilleuse et on commence à se glisser à l'oreille que Froment ne s'est pas suicidé.

— Ah ! par exemple, dit Montano. Si je me doutais !... Il est vrai que moi, je suis ici comme un coquillage sourd à toutes les rumeurs. Ainsi, la vieille folle persiste.

— Plus que jamais, dit Dreux. Il lui est revenu un détail qu'elle monte, maintenant, en épingle. Vous avez beau vivre comme une huître, vous devez quand même savoir que, la veille de sa mort, Froment a eu avec sa femme et son neveu une scène violente. Or, cette scène il l'a racontée à sa sœur. Et il lui aurait dit — elle est à peu près sûre des termes : « Dans huit jours, j'aurai fait place nette. » Il est mort le lendemain.

— Et c'est seulement aujourd'hui qu'elle se souvient de ses paroles ?

— A son âge, la mémoire devient capricieuse.

— Vous ne pensez pas qu'elle invente ?

— Peut-être. Mais que les média fassent un sort à cette nouvelle et nous allons avoir une sacrée campagne politique sur les bras. Et quand je dis : les bras, je veux parler des miens, évidemment. Cette scène, vous en savez les raisons ?... D'après la vieille dame, Froment aurait été mystérieusement prévenu que M. de Chambon et votre sœur auraient des relations... enfin, vous me comprenez ?

— Froment est mort, dit paisiblement Montano, et la vieille déraille.

— Mais cette scène a bien eu lieu ?

— J'appellerais plutôt ça un petit accrochage entre deux hommes qui ne s'aimaient pas.

— Votre sœur et M. de Chambon ne sont pas... Enfin, entre eux, il n'y a rien ?

— Vous aussi, coupa Montano, vous pensez que nous sommes des saltimbanques capables de tout. Isa est une veuve irréprochable, je vous en donne ma parole. Vous voulez mon avis ?

— Je vous en prie.

— Eh bien, c'est Froment qui ne tournait plus rond. Son affaire de ciment ne se porte pas très bien. Sur le plan politique, il était très attaqué. La vieille le montait sans cesse contre nous. Qu'un adversaire ait profité de l'occasion pour lui souffler que tout le monde le trompait... hein ? Vous ne croyez pas ?

Dreux se leva et se massa les reins, machinalement.

— Ce que je crois, fit-il, est sans importance. C'est ce que croient les autres qui compte.

Il feuilleta distraitement une revue qui traînait sur le lit, regarda un instant les belles motos japonaises.

— Avouez que ça vous manque, dit-il.

— Un peu.

— Qu'est-ce que vous pouvez bien faire, toute la journée ?

— Rien, justement. Et ça demande un sacré entraînement.

— Drôle de garçon, murmura Dreux. Vous avez sûrement votre petite idée sur ce suicide bizarre. Mais vous préférez la garder pour vous. Bon, bon. Je ne suis pas pressé. Vous me la direz bien un jour.

*
* *

Oui, il faut un sacré entraînement pour s'habituer à n'être plus qu'un spectateur. Je lis, dans des magazines, que les handicapés s'associent, s'organisent pour vivre comme les autres. Et ils ont raison, du moins s'ils parviennent à se débrouiller tout seuls, comme si, au lieu de jambes, la nature les avait pourvus de roues. Mais moi ! J'étais déjà l'homme des deux roues ; elles faisaient partie de moi, vivantes, véloces. Elles me prolongeaient. La moto n'était pas une prothèse. Et maintenant, je suis rivé à cette voiture absurde que je dois déhaler à grands coups d'épaule. Imagine-t-on un goéland blessé faisant dans la basse-cour des pas de canard ? Enfin, je me comprends. Et c'est pourquoi je me terre. Je refuse mon infirmité. Je la ressens comme une ignoble et monstrueuse punition. Je ne veux plus du monde. Qu'il se débrouille sans moi. Qu'on se massacre, qu'on s'extermine un peu partout. Ça ne me touche pas parce que je fais partie pour toujours des écrasés, des stropiats, des béquilleux, des déchets. Alors, je regarde. De loin. De haut. Et même si Dreux découvrait la vérité, quelle importance ? On me mettrait dans une cellule ? Comique. J'y suis déjà, en cellule. Une cellule roulante dont il est impossible de s'évader. Mais quand je dis que je regarde, c'est une façon de parler. Je regarde surtout dans ma tête, mes souvenirs, mes images les plus précieuses, les foules de gosses tendant vers moi un bout de papier et un crayon. Ça peut durer longtemps, ces retours en arrière. Et il y a aussi les menus commérages de Germain, quand il vient m'apporter mes repas, faire mon lit et le ménage. Il sait que son bavardage me fait plaisir. Alors il me raconte la ville, les faits divers, les incidents de la campagne électorale, ou bien il me parle de la vieille, qu'il appelle respectueusement Mme la comtesse, mais pour dire qu'elle est impossible, qu'elle a un caractère de chien et que ses amies ne valent pas mieux qu'elle.

— Elle reçoit beaucoup ?

— Presque tous les jours, entre quatre et six. Des bonnes femmes à pékinois, et ça y va, les petits fours, le thé... Germain par-ci, Germain par-là... Comme si j'étais Figaro.

Il rit de sa plaisanterie et moi je recharge mon petit cinéma intérieur. Le thé, les vieilles dames... Il est question de cette intrigante, de ce cul-de-jatte. On ne sait même pas d'où ils viennent... Oh mais ! La police finira bien par faire toute la lumière.

J'ouvre les yeux. Ma chambre, mes photos, ma pipe et ma blague sur la cheminée, le décor immuable de mes journées. Oui. Il faut beaucoup d'entraînement pour se supporter. Heureusement, j'ai Chambon sous la main. Et Chambon, c'est un spectacle d'une infinie variété. Plaintif, excité, abattu, arrogant, toujours un œil sur lui-même et l'autre sur l'effet qu'il produit ; je ne sais pas comment il se débrouille mais il est rarement à l'usine. Je lui ai posé la question. Il a pris un air léger, insouciant. « Mettons, a-t-il dit, que j'aie besoin d'un peu de repos. » Il entre, il allume un cigarillo (ça lui va si mal !).

— Avouez qu'elle est fâchée contre moi.

C'est d'Isa qu'il parle. Il y a eu un temps où il se contentait d'allusions. Il gardait une certaine retenue. Et puis, peu à peu, je suis devenu le confident de ses émois et c'est bien là ce qui le rend si redoutable, ce besoin d'avouer, d'attirer sur lui l'attention, de jouer le personnage dominé pour devenir sournoisement le maître du jeu. C'est un virtuose de l'avanie et de la rancune. En un sens, il est pire que son oncle.

— Oh ! je vois bien qu'elle est fâchée.

— Mais non. Elle est fatiguée, voilà tout. Tu ne peux pas la laisser tranquille.

— Mais je me tais.

— Oui. Avec des yeux mourants, des empressements d'amant humilié.

— Je l'aime, Richard.

Ça, c'est un pas de plus dans l'intimité. Jusque-là, il n'avait pas osé m'appeler Richard. Mais maintenant il me traite en beau-frère. Je m'écarte de lui. Autant j'aime le tabac de pipe, autant je déteste les fumerolles de son tison nauséabond.

— Écoute, Marcel. Je vais être franc. Tu n'as jamais eu de maîtresses ?

Son regard en dessous, plein d'images dont il a honte.

— Eh bien, réponds.

— Non, murmure-t-il. Ça ne m'intéressait pas.

— Oh ! oh ! Ne me raconte pas d'histoires. De toute façon, on voit bien que tu ne connais rien aux femmes.

— Quand même ! Permettez !

— Isa mérite qu'on la respecte. Tu es là à ramper des yeux sur elle, comme une limace sur une feuille de chou. Elle est en deuil, figure-toi.

Il rit hargneusement.

— Elle n'était pas en deuil le jour où elle s'est laissé embrasser.

Et moi, je pense : « Ça, mon petit bonhomme, ça se paiera. » Mais j'enchaîne tout uniment.

— Elle ne s'appartient pas, pour un certain temps, tu devrais le comprendre. Plus tard...

Il saute sur le mot.

— Vous croyez que plus tard ? Mais ça veut dire quoi : plus tard ? Un mois, deux mois ?

Et soudain il jette son mégot dans la cheminée avec une violence qui n'est pas feinte. Il me regarde presque haineusement.

— Vous ne croyez pas que j'attendrai deux mois. Ses grands airs de veuve offensée, ça ne prend pas. Vous vous moquez de moi, tous les deux.

Il respire bruyamment. Ses taches de rousseur lui font un visage mangé aux mites.

— Après tout, ajoute-t-il, je n'ai qu'un mot à dire.

Alors, là, d'un coup de poignet, je propulse ma chaise et lui attrape le bras.

— Répète un peu... ce mot, j'aimerais l'entendre.

Il cherche à se dégager. Il ne se doutait pas que j'avais conservé ma poigne d'autrefois et il a peur. Pour un peu, il lèverait le coude pour se protéger la figure.

— Non, bredouille-t-il. Non... Je me suis mal expliqué. Je voulais dire... si je lui offrais de l'épouser... c'est peut-être ça qu'elle attend.

Il retrouve ses couleurs et, sentant qu'il reprend l'avantage, dénoue doucement mes doigts, sourit avec gentillesse. Son sourire d'enfant gâté.

— Ce que vous êtes fort ! dit-il.

Et il poursuit, mais cette fois d'un air chagrin, comme s'il souffrait d'avoir été soupçonné à tort :

— Elle a bien épousé mon oncle. Alors pourquoi pas moi ?... Qu'est-ce que je demande ? Un peu d'affection, c'est tout. Je lui ai sacrifié...

Il écarte les bras comme s'il prenait la mesure de son abnégation et, finalement, renonçait.

— Tout, dit-il. Tout. Mon repos... ma sécurité... ma santé... Parfaitement, ma santé, et tout ça pour avoir droit à des rebuffades.

— Mon pauvre vieux, dis-je. Allez, calme-toi... Mais tu comprends bien que je ne peux pas lui raconter ce qui s'est passé dans le bureau de ton oncle.

— Je lui ferais horreur ?

— Pas du tout. Elle tremblerait pour toi, pour moi, pour nous tous.

Son visage s'illumine.

— Mais je ne demanderais pas mieux qu'elle tremble pour moi, dit-il, transporté.

— Doucement, mon petit Marcel. Il y a des moments où tu es pire qu'un gosse. Pense à elle, d'abord. Cette mort si brutale, ça l'a secouée ; rends-toi compte. Alors, tu te tais. Tu cesses de tourner autour d'elle. Après, on verra... J'ai pensé à quelque chose.

Il s'assoit sur une fesse, penché vers moi, le regard avide comme si j'allais lui décrire une nouvelle cascade.

— Non, lui dis-je, pas maintenant. Laisse mûrir.

Et j'ajoute, pris d'une soudaine inspiration.

— Tu n'as pas deviné pourquoi elle te fuit et pourquoi elle paraît si triste. Le remords, mon pauvre Marcel. Même à moi, elle n'a rien dit. Mais je la connais si bien. Elle s'est mis en tête que ton oncle s'est tué à cause d'elle et à cause de toi. Et cette pensée lui est insupportable.

Chambon, saisi par cette révélation, hoche la tête, serre ses mains l'une contre l'autre.

— Oui, murmure-t-il, oui. Je n'y avais pas pensé. Elle se croit coupable.

— Exactement. Ton oncle, bien sûr, elle ne l'aimait pas. Seulement, un suicide, pour peu qu'on soit sensible, ça vous marque. Et tu vois je jurerais qu'en ce moment elle juge que tu es sans cœur, avec tes empressements amoureux.

Il ne crâne plus. Il est effondré. J'insiste.

— Tu te tiens tranquille. Tu cesses de prendre tes mines de conspirateur qui a toujours l'air de dire : « Si je voulais parler ! » Hein, tu m'écoutes ?

Non. Il n'écoute pas. Il se lève. Il est ému aux larmes.

— Je vais tout lui dire, fait-il. Tant pis pour moi.

— Mais bon Dieu, tête de bois, rassieds-toi et réfléchis. Supposons. Tu vas lui dire la vérité. Et puis après ? Il faudra bien que tu ailles jusqu'au bout et que tu te dénonces à la police, et moi par la même occasion. Parce que c'est ça qu'elle attendra. Dans son honnêteté, il n'y a pas d'autre solution.

Il en tremble d'énervement. Il essaie d'allumer un nouveau cigarillo pour se détendre mais c'est moi qui suis obligé de lui présenter mon briquet.

— Il doit bien y avoir un moyen de s'en sortir, dit-il. Mais, franchement, je n'y vois plus clair. Tout à l'heure, vous pensiez que...

— Oui, c'est vrai. Je songeais à une idée de ta mère, qu'il suffirait peut-être de creuser un peu.

— Allez-y. Qu'est-ce que c'est ?

— Trop tôt. Je le répète, ces choses-là ne s'improvisent pas. File, maintenant. Tu me fatigues.

Il s'en va. Toujours agité. Il suffit de le regarder pour comprendre qu'il cache quelque chose. Il couve un secret comme d'autres couvent une maladie. Et ça, je ne l'avais pas prévu. Et je m'en veux terriblement. Mais quoi ! Je ne pouvais pas supprimer Froment à moi seul. Et à cause de ce crétin, ma belle construction risque de s'écrouler. Car il est évident qu'il ne tiendra pas le coup. Il va prendre le temps de ruminer notre conversation, et il ne tardera pas à voir la faille dans mon raisonnement. Car pourquoi serait-il forcé de se dénoncer à la police ? Pourquoi, au contraire, ne dirait-il pas à Isa : « Si vous ne me cédez pas, je parle. » Superbe occasion de chantage. Qui demande du caractère. Mais il y a des lâchetés qui valent des audaces.

Je m'étends sur mon lit. J'ai mal dans le dos, dans les reins. Ça aide à cogiter. Et puis l'urgence donne du talent. Les élections sont dans une semaine. Laissons-les passer. J'ai besoin de n'être pas dérangé par l'espèce de fièvre bizarre qui s'est emparée de la télé, de la radio, des journaux, et qui vient me troubler jusque dans ma retraite. Je dois me pénétrer à fond de cette évidence. Chambon est désormais une menace. Et puis il y a aussi que je ne tolère pas qu'il mette sur Isa ses sales pattes. Non, je n'ai pas le choix. Mais j'entrevois un chemin bien tortueux jusqu'à la solution finale. D'abord, préparer Isa, ce qui n'est pas bien difficile car je suis pour elle, si j'ose ainsi m'exprimer, la voie, la vérité et la vie. Chère Isa !

Elle va venir, comme elle le fait chaque soir, depuis la mort de Froment. Elle va s'assurer que j'ai bien tout sous la main, que ma lampe de chevet est à bonne portée, que ma chaise roulante est à sa place, ni trop près ni trop loin, que mes béquilles sont posées là où il faut, afin que je puisse les saisir sans tâtonner, en cas de besoin. Elle va rendre à mes oreillers leur gonflant et leur souplesse. Elle va être là, enfin, avec son mouvement, son odeur, ses mains autour de moi, sur moi, diligentes, parfumées et douces. Cette fois, elle ne saura presque rien. Je ne veux pas qu'elle coure le moindre risque. Je lui dirai : « Viens là près de moi. Nous allons parler de Marcel. »

Protestations. Ah non ! Déjà qu'il me suit partout. Si je dois encore le rencontrer ici !

Elle est vive, passionnée, et j'aime quand ses yeux brillent de colère. Mais j'ai déjà préparé mon propos.

— Isa, je pense que nous pouvons éloigner Marcel, si tu m'aides.

Je suis bête. J'ai l'air d'oublier qu'elle a toujours été celle qui dit : oui, qui a accepté toutes mes folies, au temps où j'inventais les pires acrobaties. Je suis presque plus sûr d'elle que de moi. Alors, je continue.

— Il est fou de toi et il ne sait pas comment capter ton attention. Qu'est-ce que tu veux ; c'est sa nature. Il faut qu'on le regarde, qu'on soit encombré de lui ; je crois qu'il a toujours rêvé d'être une idole. Et toi, tu le traites, dans sa propre maison, comme un étranger.

Elle n'est pas contente, Isa. Est-ce que, par hasard, je prendrais le parti de Chambon ? Calme-toi, mon petit. Ce qui arrive, c'est ma faute. C'est moi qui t'ai dit, après la mort de Froment : laisse tomber l'idiot. Eh bien, je me suis trompé. Je croyais l'avoir à ma main. Mais il a cru que tu l'aimais. Alors, voilà.. Il est prêt à tout, maintenant, pour que tu lui reviennes. Il ne se connaît plus.

Je me force à rire pour qu'elle comprenne bien que je ne prends tout de même pas la situation au tragique. Je n'ai jamais pu supporter l'angoisse dans ses yeux.

— Eh oui, dis-je. Il est à la fois le méchant qui s'écrie : « Sois à moi ou je parle » et le bon qui supplie : « Un regard de toi ou je meurs. » C'est un mélo vivant, ce gars-là. Mais il est bien capable de nous perdre. Donc, il faut le museler en vitesse.

— Mais comment ?

Ma bonne petite Isa ! Suspendue à mes lèvres, elle aussi, comme l'affreux Chambon. Il faut croire que je raconte bien.

— Comment ? C'est facile. Suis-moi bien. Lui et moi, nous composerons deux ou trois lettres anonymes pleines de menaces pour Froment, et ces lettres, tu les trouveras en rangeant des papiers dans le bureau de ton mari.

— Je ne comprends pas.

— Mais si. C'est toi qui les montreras à Chambon, ces lettres, avec l'émotion que tu imagines. Quoi ! Froment avait reçu des lettres de menaces. Voilà donc pourquoi il s'est tué... Et si on s'en prenait à lui, pourquoi, maintenant, ne s'en prendrait-on pas à sa famille ?... Et tu t'écrieras : « Vous aussi, Marcel, vous êtes en danger. » Et lui, il entrera tout de suite dans le jeu. Il te dira, résigné : « Bien sûr, je suis visé, moi aussi. Je reçois de mystérieux coups de téléphone. Mais bah ! Qu'est-ce que ça peut me faire ? Pourquoi me défendrais-je ? Je tiens si peu à la vie. » Et toi, tu répliqueras : « Méchant ! Comme si vous ne saviez pas qu'on vous aime ! »

Nous éclatons de rire, parce que nous avons toujours eu ensemble des joies de gosses. Mais Isa se reprend aussitôt.

— Si je lui dis ça, on ne va plus pouvoir le tenir.

— Pas du tout. Bien sûr, il sera fou de joie. Être une victime devant la femme qu'on aime, quel rôle ! Mais si, à ce moment-là, pour lui montrer le tendre intérêt que tu lui portes, tu lui recommandes de se tenir éloigné pour quelque temps, et par exemple de se réfugier au Havre, il n'osera pas dire non.

— Et s'il refuse ?

— S'il refuse ?

J'ouvre les yeux. Je suis seul. Oui, évidemment, il refusera. J'y compte bien. Mon plan est prêt. Avec des gens comme lui, on n'a pas le droit d'hésiter.

*
* *

Le coup des lettres anonymes séduit énormément Chambon. Il n'en a jamais écrit mais c'est certainement un plaisir qu'il a caressé en imagination. Ce pouvoir qu'on se donne sans risque, c'est ce qui peut exciter le plus voluptueusement un tourmenteur tourmenté tel que lui. De nouveau, j'ai retrouvé mon ascendant. Un moyen aussi simple de passer pour un héros aux yeux d'Isa, c'est tout juste s'il ne crie pas au génie. Il se sent tellement bien dans le rôle de victime. Dans le rôle de meurtrier, il n'était pas mal non plus. Mais il aurait fallu avouer qu'il n'avait été que l'aide du bourreau. Son second. Un peu son domestique. Tandis que maintenant ! Être celui qu'on guette, qu'on vise. Il a lu dans la presse des confessions de tueurs. Bien sûr, personne ne songe à le surveiller, à noter ses habitudes, à choisir le moment qui sera le plus favorable pour l'abattre. Mais on peut faire comme si... On peut jouer. Dès que je lui en donnerai le signal, il entrera dans la peau d'un personnage dont la vie ne tient plus qu'à un fil. Évidemment, si Isa lui manifestait un peu d'intérêt, il n'irait pas s'offrir aux balles. Il prendrait ses précautions. Ah ! quels merveilleux moments en perspective ! Quels dialogues ! Je suis certain qu'il se promet les émotions les plus rares. Ce qui ne l'empêche pas de mesurer les difficultés de l'entreprise. J'en ai connu, autrefois, de ces bravaches timorés qui n'en finissaient pas de soulever des objections avant d'agir. Isa ! Pourquoi l'idée lui serait-elle venue de mettre de l'ordre dans les papiers du mort ? Et pourquoi aurait-elle attendu si longtemps ? Et qu'espérait-elle trouver ? Et pourquoi ?...

— Écoute Marcel, si tu te dégonfles, dis-le.

L'injure insupportable. Il se rebiffe aussitôt.

— Voyons, vous me connaissez. Vous savez que je suis capable de foncer, moi aussi. Mais vous m'avez déjà appris qu'il faut tout prévoir. Alors, il est bien naturel que je me pose des questions.

— Bon. Réponse numéro un. Normal qu'une épouse, le premier chagrin dominé, soit tentée de fouiller un peu dans le passé du défunt. Mets-toi à sa place. D'ailleurs, c'est moi qui lui en soufflerai l'idée. Réponse numéro deux. Son deuil n'est pas si vieux, quand même. Normal que sa curiosité s'éveille maintenant. Réponse numéro trois. Elle est toujours hantée par ce suicide. Peut-être espère-t-elle découvrir quelque chose, une lettre, un brouillon, qui expliquerait l'inexplicable.

— Et qui écrirait ces lettres anonymes ? Pas moi. Mon écriture est trop facilement identifiable. Même si j'essaie de la modifier...

— On découpera les lettres dans des journaux.

— Et qui nous prouve qu'Isa mettra la main dessus ?

— On les chiffonnera, comme si Froment avait songé à les jeter, et on les placera dans un des tiroirs du bureau, parmi ces choses qu'on oublie, des timbres périmés, des vieux crayons, des élastiques. Isa saura bien les dénicher.

— On en écrira combien ?

— Deux ou trois. Pas plus. Mais on s'arrangera pour qu'Isa comprenne qu'il y en a eu d'autres, avant.

— Et moi, qu'est-ce que je devrai dire, exactement ?

— Ce que tu peux être barbant, mon pauvre vieux. Tu raconteras qu'on t'insulte, au téléphone.

— Quoi, par exemple ?

— Eh bien, qu'on te traite de sale capitaliste... Tu vois, des trucs un peu politiques, pour qu'Isa soit persuadée que Froment s'est tué pour des raisons purement électorales.

— Mais moi, je ne suis candidat à rien du tout.

— Mais, bougre de... Ah ! tu me fiches en rogne, à la fin. Oui ou non, tu es l'associé du défunt ? Oui ou non, tu habites La Colinière ? Oui ou non, tu es un hobereau ? Ou ou non, à l'usine, on te mène la vie dure ?... Alors, n'oublie pas que tout ça, c'est de la frime. C'est juste pour tromper Isa. Et tu la verras pâlir, je t'en réponds. Tu l'entendras te dire : « Marcel, je m'en veux de ne penser qu'à moi. » Et toi...

Il m'interrompt. Il est tout frétillant.

— Oui, oui. La suite, je saurai. Ne t'inquiète pas.

— On va laisser passer le premier tour des élections. Le temps, pour moi, de préparer le terrain, de confier à Isa mes soupçons. C'est vrai. On a bien tiré sur des colleurs d'affiches ; on a bien mis le feu à une permanence. Fatal qu'il me vienne maintenant à l'esprit que Froment a bien pu être victime d'une sournoise campagne d'intimidation. Et Isa va marcher. Allez, mon petit Marcel, c'est dans la poche. Mais fais gaffe à ta mère. Et devant Isa, l'air préoccupé, distrait, de quelqu'un qui cache mal de graves soucis.

Me voilà provisoirement rassuré. Le lendemain, ma sœur m'emmène dans le parc, comme elle le fait souvent, pour permettre à Germain de nettoyer et d'aérer. Nous sommes, l'un et l'autre, des bêtes de plein vent et, d'abord, nous restons silencieux, pris par nos souvenirs. Si par hasard je dis : « Royan », elle me répond : « J'y pensais. » Et nous revoyons ensemble ce film où j'étais assiégé dans un phare ; le merveilleux panorama de la mer, à l'infini. Mais c'est elle qui murmure aussi, près de mon oreille : « Tu te rappelles Antibes ? » Oui, bien sûr. La poursuite en hors-bord. Nos mémoires ne nous offrent que des images d'espace et de liberté. Et nous sommes là, dans ce zoo !

Pas le moment de flâner dans le passé. Je lui explique comment nous pouvons éloigner Chambon. Elle trouve mon idée ingénieuse et pense qu'il n'y a pas de temps à perdre. Cependant, elle me fait remarquer que c'est reculer pour mieux sauter. Chambon écrira, téléphonera, jouera la comédie de l'exilé qui se consume d'amour et puis il reviendra, et alors ?

— On verra bien, dis-je. Tant de choses peuvent arriver. Travaillons.

Elle me jette un vif coup d'œil. Mais je suis parfaitement maître de mon visage. Il n'y a plus qu'à mettre au point le scénario de la découverte. C'est elle qui l'imagine, tout simple et naturel. Reste le petit travail de découpage. Un jeu d'enfant.

Chambon me rejoint. Il apporte des journaux, des magazines. Il n'est question, dans la presse, que des résultats du premier tour. La gauche... la droite... Ballottage... La liste des amis de Froment n'est pas très bien placée. « On s'en fout, n'est-ce pas, Marcel ? » Il opine. Ce qui compte, pour le moment, c'est de composer un texte court et percutant.

— Qu'est-ce que tu proposes ?

Chambon se masse les joues et les paupières. Il réfléchit et commence :

— *Dernier avertissement.*

J'approuve bruyamment.

— Très bien. Ça prouve que ton oncle est harcelé.

Il sourit, comme un auteur comblé, et poursuit :

— *Débarrasse le plancher ou on s'en chargera.*

Il se corrige aussitôt.

— Mettons plutôt : *Salaud, débarrasse le plancher,* etc. Avec *salaud*, c'est mieux. Non ?

— Je pense bien. On devine tout de suite que ton oncle a dû tremper dans quelque chose de louche. Excellent !

Il se gonfle, le crétin. Il se pavane. Je l'écrabouillerais avec quel plaisir !

— Tu me donnes une idée, mon petit Marcel. On va faire une seconde lettre. Attends... Je verrais assez bien : *Assez de magouilles... Tire-toi ou sinon...*

Il hoche la tête, poliment.

— J'aime assez *magouilles*, dit-il. Mais on pourrait peut-être ajouter : *salaud.*

— Bon. Si tu y tiens.

Quand je raconterai la scène à Isa, elle sera morte de rire. Et maintenant, à nous les ciseaux. *Dernier...* et *avertissement*, ça se trouve facilement. On parcourt des yeux, rapidement, les titres, les colonnes... *plancher*, pas de problème en un temps où il n'est question que de prix plancher et de prix plafond. *Magouilles*, c'est Chambon qui le déniche dans un article sur je ne sais plus quel scandale municipal. En revanche, *salaud*, ça demande des recherches.

— Tant pis, dis-je. On ne va pas y passer la journée.

Mais il s'entête. C'est son idée à lui, l'imbécile. Et il finit par mettre la main dessus, à la chronique hippique : *Mon salaud*, gagnant du tiercé.

— Gagnant du tiercé, observe-t-il. C'est bon signe.

Il s'empare de deux feuilles blanches, de la colle, et se met à juxtaposer les mots découpés, assis sur la moquette, comme un gamin qui construit un puzzle. Ensuite, il plie chaque feuille en quatre.

— Pas d'enveloppe, dit-il. Pas de date. Mais on voit par le texte que ces lettres sont anciennes. Comment pourrions-nous être soupçonnés ?

J'approuve. Aucun danger. Un coup d'œil dans le couloir. Nous sommes seuls. Nous entrons dans le bureau de Froment. J'avais pensé à froisser les deux lettres, mais, à la réflexion, je crois préférable de les glisser négligemment dans une chemise contenant des articles écrits par Froment.

— Vous croyez qu'elle les trouvera ? fait-il.

— Sûrement. Dans huit jours, elle n'aura rien de plus pressé que de balancer toutes ces paperasses après y avoir jeté un coup d'œil.

Le lundi suivant, c'est la déconfiture. Les amis de Froment ont perdu.

— Son dernier article, observe Chambon, était pourtant remarquable. Il m'en avait communiqué le brouillon.

— Je ne suis pas au courant, dit Isa.

— Comment ! Vous ne l'avez pas lu.

— Moi non plus, dis-je. On peut le voir ?

— Je ne sais pas ce qu'il en a fait, avoue Chambon.

— Moi, je sais, intervient Isa. Il avait un classeur pour chaque chose. Un pour les factures. Un pour ses affaires bancaires, en tout cinq ou six. Il y en a certainement un pour les élections. Il faudra que je m'occupe de tout ça quand je me sentirai un peu plus de courage.

— Voulez-vous que j'aille le chercher ? propose Chambon.

— Oh ! vous ne le trouverez pas ! Non, j'aime mieux que ce soit moi. Le pauvre ami préférerait sûrement.

Une trace de sanglot étouffé. Regard navré de Chambon, qui se lève pour lui prêter son bras. Nous traversons la cour. Voici le moment. Si ce crétin de Chambon joue le jeu, si Isa est à la hauteur, on sera débarrassés de lui d'une façon ou d'une autre. Nous arrivons. Isa s'arrête devant le bureau.

— Voyons. Ses affaires personnelles ; il les rangeait à gauche.

Elle ouvre le tiroir. Du regard, j'invite Chambon à se tenir prêt. Elle sort un classeur, montre l'étiquette : ÉLECTIONS. Elle pousse le classeur vers Chambon et s'assied dans le fauteuil.

— Cherchez vous-même. Ça me fait tellement drôle, d'être ici.

Chambon me lance un coup d'œil embarrassé, comme un acteur vers le souffleur. Il sort quelques feuilles dactylographiées et s'écrie soudain d'une voix qui chevrote :

— Mais qu'est-ce que c'est que ça ?

Il tient les deux lettres d'une main tremblante et je sais, moi, que ce n'est pas du chiqué. Il les tend à Isa. Et Isa, supérieure dans son rôle de veuve bouleversée, lit avec lenteur :

— *Salaud. Assez de magouilles. Tire-toi.*

Elle porte la main à sa gorge.

— Non, ce n'est pas possible !

Pour l'aider, je prends une seconde lettre et j'en détache bien les mots :

— *Salaud, débarrasse le plancher où on s'en chargera.*

Silence de mort. Et puis Isa pousse un profond soupir et joint les mains.

— Il était donc menacé depuis quelque temps, dis-je. Voilà pourquoi son caractère s'était assombri. Ça explique la scène qu'il vous a faite, un peu avant de mourir.

— Je n'arrive pas à le croire, dit Isa. Il ne me cachait rien.

Mon pied sur le pied de Chambon, je l'invite à se lancer.

— Chère Isa, dit-il, un homme menacé, s'il est fier, préfère se taire.

Et, ma foi, le ton est juste. Si l'enjeu n'était pas si grave, je m'amuserais ferme.

Isa le regarde avec surprise.

— Vous étiez au courant ?

Chambon a l'air de retenir un secret qui lui brûle les lèvres.

— Mais parlez donc.

— A quoi bon ? Lui, il m'avait dit un jour qu'il recevait des lettres. Moi, maintenant, on me téléphone.

— Quoi ? On vous a menacé, Marcel ?

— On me menace encore.

— Mais pourquoi ? Pourquoi ?

— Justement. Je l'ignore. Il n'y a jamais eu de magouilles, ni de tripotages.

Isa se lève, fait un pas vers Chambon comme si elle avait l'intention de se serrer contre lui.

— Marcel, dit-elle, je m'en veux... Votre attitude à mon égard me semblait déplacée. Je ne comprenais pas que...

Je me retire jusqu'au seuil. Il n'y a plus qu'à laisser courir. Chambon, maintenant, est à son affaire. Il parle avec émotion.

— C'est que mon temps est peut-être mesuré, dit-il. A chaque instant, je peux recevoir une balle. Chaque jour, depuis la mort de mon oncle, j'ai redouté d'être abattu.

Il a oublié que je suis là. Il prend la main d'Isa et la porte à ses lèvres.

— Ça m'est bien égal de disparaître, reprend-il, si vous ne me regardez pas.

Il est sincère, le bougre. Isa me cherche des yeux. Elle me signifie que cette scène devient gênante. Cependant, elle répond :

— Non, Marcel, vous ne disparaîtrez pas, parce que vous allez vous mettre à l'abri.

— Aucune importance.

— Vous voulez me faire de la peine.

— Vous tenez donc un peu à moi.

Il est comme ça, Chambon. Poisseux. Collant. Pas moyen de se débarrasser de lui. Cette comédie que nous jouons, tous les trois, commence à m'exaspérer. Je ne peux m'empêcher d'intervenir.

— Marcel, mon vieux, tu aurais dû nous prévenir. Il y a longtemps qu'on te menace ?

— Depuis la mort de mon oncle. On me promet de me faire la peau. Je ne voudrais pas subir le même sort que lui sans qu'Isa le sache.

— Bien sûr, Marcel, bien sûr. Mais ce n'est pas le moment.

Et c'est là qu'il place son coup de théâtre, dont il s'est bien gardé de me parler. Il tire de sa poche un écrin, l'ouvre, l'offre à Isa. J'aperçois une bague ornée d'un solitaire. Isa recule.

— Marcel, vous êtes fou.

— Non, dit-il. Simplement, s'il m'arrive quelque chose, je serai heureux à la pensée que vous porterez ce souvenir.

Il m'a eu. Peut-être même a-t-il compris pourquoi je voulais l'écarter, car il m'adresse par-dessus son épaule un coup d'œil qui me paraît ironique. Mais non. Il ne peut pas être si malin. Isa est horriblement embarrassée.

— Vous êtes gentil, dit-elle.

— Prenez, insiste-t-il. Ce n'est pas une bague de fiançailles. Je ne me le permettrais pas. C'est seulement un petit cadeau, à ma mémoire.

Il produit un pauvre sourire de condamné.

— On verra bien, déclare-t-il. Je n'ai pas l'intention de partir, en tout cas. Ne craignez rien, Isa.

Il lui fourre d'autorité l'écrin dans la main, et tire à lui le téléphone.

— Qu'allez-vous faire ? demande-t-elle.

— Prévenir la police, pardi.

Il forme rapidement un numéro.

— Si mon oncle avait pris les devants, il ne serait sans doute pas mort. Et moi, maintenant, à cause de vous, Isa, j'ai envie de vivre, ou du moins d'essayer. Allô... Marcel de Chambon. Je voudrais parler au commissaire Dreux... Allô ?... Ah ! il est occupé... Voulez-vous lui dire que je voudrais le voir au plus tôt parce qu'il y a un fait nouveau dans l'affaire Froment... Comment ? Oui, nous l'attendons. Merci.

Tout cela s'est passé si vite que je n'ai rien pu empêcher. Cependant, bien qu'un peu débordé, je ne suis pas pris au dépourvu. J'ai toujours la situation bien en main.

— Dreux va venir, dit Chambon. Je lui demanderai sa protection.

— Votre mère sait... pour ces coups de téléphone ? demande Isa.

— Oh ! non. Mon oncle n'avait pas ouvert la bouche au sujet de ces lettres. Je n'allais pas, moi, parler le premier de ces menaces.

— Mais pourquoi n'avez-vous pas déjà mis le commissaire au courant ?

Il hésite. Je lui souffle vite la réponse.

— Marcel n'avait aucune preuve.

Il renchérit aussitôt.

— C'est vrai. Pas de lettres à montrer. Les coups de fil ne laissent aucune trace. Le commissaire ne m'aurait pas pris au sérieux.

— Quand même, dit Isa. Nous serions plus tranquilles si vous partiez pour quelque temps. A cause des élections, les esprits se sont échauffés. Mais tout ça va se tasser.

— Pas sûr, réplique-t-il. Et puis, pourquoi aurais-je l'air de fuir ?... Isa, écoutez-moi.

Il l'entraîne dans le corridor et lui parle à l'oreille. Et moi... je n'hésite plus. Je me serais peut-être contenté de le savoir au diable — c'était du moins la première phase de ma manœuvre. Oui, je lui aurais peut-être laissé sa chance. Mais c'est impossible maintenant. Isa finira par l'envoyer promener et, dans un accès de rage, il criera la vérité. Il y a du fanatique, chez cet idiot. Il est de ces hallucinés qui n'hésitent pas à se faire sauter avec leurs adversaires. Le coup de la bague ! C'est ça qui le condamne. J'entends une voiture, dans la cour.

— Ah ! voilà le commissaire ! s'écrie ma sœur. Je vais le recevoir.

Elle s'écarte de Chambon, qui vient vers moi tout sourire.

— Je crois que j'ai été à la hauteur, dit-il. Le commissaire ne refusera pas de détacher un de ses hommes pendant quelque temps, pour surveiller le château. Et Isa reprendra goût à la vie. Je m'occuperai d'elle ; vous verrez.

Je suis entraîné à me maîtriser. Mes mains ne tremblent pas sur mes béquilles. Je le tue des yeux mais je lui rends son sourire.

— Tu as été parfait. Reste à convaincre Dreux.

Il est là, le commissaire, pressé, bougon.

— Qu'est-ce qu'il y a, encore ? interroge-t-il avec brusquerie.

— Regardez ce qu'on vient de trouver, dit Chambon.

Il lui tend les deux lettres que Dreux lit d'un coup d'œil.

— Et alors ?

Chambon se trouble.

— Elles étaient dans un classeur. Là... Si vous voulez voir.

Dreux hausse les épaules.

— Des lettres comme ça, dit-il, j'en ai une pile sur mon bureau. S'il fallait les prendre au sérieux !

— Mais moi aussi, proteste Chambon, je suis l'objet de menaces.

— On vous écrit ?

— Non. On me téléphone.

— Qu'est-ce qu'on vous dit ?

— Eh bien, qu'on me fera la peau... que je ne vaux pas mieux que mon oncle. Des choses comme ça.

— C'est tout ?

— Comment, c'est tout ? Vous trouvez que ce n'est pas suffisant ?

— Mon cher monsieur, le nombre de gens qui reçoivent des menaces, par lettres ou par téléphone, est tout bonnement incroyable, dans une période agitée comme celle que nous venons de vivre. Il faut croire que ça soulage d'écrire de pareilles sottises. Parce que ce sont des sottises qui ne tirent pas à conséquence, je vous assure.

— Vous oubliez que mon oncle a été forcé de se tuer.

Il est vexé à mort, notre Chambon. Cela amuse Dreux.

— Ne dramatisons pas, dit-il. Jusqu'à plus ample informé, personne n'a obligé votre oncle à se tuer. Et ce qui me prouve que M. Froment n'attachait aucune importance à ces lettres, c'est qu'il n'a jamais porté plainte.

— Moi, je porte plainte, s'écrie Chambon. Je demande qu'on mette mon téléphone sur écoute.

— C'est votre droit, cher monsieur.

— Je demande aussi que la propriété soit mise sous surveillance.

Le commissaire nous regarde, Isa et moi, comme s'il nous prenait à témoin. Il glisse les deux lettres dans sa poche.

— C'est beaucoup demander, dit-il. D'abord, je manque de personnel. Et puis il y a autre chose que vous oubliez... Vous connaissez pourtant le résultat des élections. Vos amis ont été battus. Alors, excusez ma franchise, mais en haut lieu on estime qu'on s'est suffisamment occupé de M. Froment.

— Du président Froment, rectifie rageusement Chambon.

— Soit. Du président Froment.

— Un crime ! dit Chambon.

— Un suicide banal, déclare Dreux, placidement.

— Alors, vous ne ferez rien ?... Si on me tire dessus, vous vous en laverez les mains.

— Mais personne ne vous tirera dessus, affirme Dreux. Et maintenant, si vous permettez... J'ai plusieurs enquêtes en cours.

Il nous salue tous les trois et fait un pas pour se retirer.

— Vous avez tort, monsieur le commissaire, lance Chambon. Nous avons des appuis.

— J'en suis heureux pour vous.

Dreux s'en va. Isa l'accompagne. Chambon revient dans le bureau, hors de lui.

— Ça ne va pas se passer comme ça, crie-t-il. Qu'est-ce qui m'a foutu un pareil con ?

— Calme-toi, Marcel.

— Oh ! vous, ça va.

— Ma parole, tu te crois menacé pour de bon. Oh ! Oh ! Réveille-toi. Tu sais bien que tout ça, c'est du bidon. On veut donner le change à Isa, c'est tout.

Il a l'air égaré. Entre le pouce et l'index, il s'écrase le coin des yeux.

— Je ne sais plus où j'en suis, murmure-t-il. Je n'ai aucune envie d'aller m'enterrer au Havre ou ailleurs. Vous avez une idée ?

— Bien sûr. Mais il faut me laisser un peu de temps. Devant Isa, tu ne dois pas paraître démonté par la rebuffade du commissaire. Tu es au-dessus de ça. Attention, la voilà qui revient.

Isa rentre dans le bureau. Elle tend l'écrin à Chambon.

— Nous avons tous un peu perdu la tête, dit-elle. Vous êtes gentil, Marcel. Mais je ne peux pas accepter.

— Je vous en prie.

D'un battement de cils, je lui fais comprendre que cela n'a plus d'importance. Elle ne voit pas où je veux en venir, mais elle obéit et jouant la confusion, émue :

— Merci, Marcel. A une condition. Veillez bien sur vous.

Elle ouvre l'écrin, admire encore une fois le bijou.

— Ce n'est pas raisonnable.

— Non, dit Chambon. Vous parlez comme ma mère, chère Isa. Eh bien, j'en ai assez d'être raisonnable. Si vous saviez tout ce que j'ai déjà fait pour vous !... Demandez à votre frère.

Il ne se maîtrise plus. Je le prends par le bras.

— Cesse de raconter n'importe quoi, mon petit Marcel. Puisque Dreux te laisse tomber, nous allons prendre des mesures nous-mêmes. Je t'attends chez moi.

— Écoutez Richard, dit Isa. Il est prudent.

— D'accord. A tout de suite... Isa, je suis heureux.

Il lui envoie un baiser du bout des doigts.

— Laisse, chuchote Isa. Ne te fâche pas.

Nous voilà seuls.

— Tu as une idée ? reprend-elle.

Exactement la même question que lui. Je lui fais machinalement la même réponse.

— Bien sûr, mais il faut me laisser un peu de temps.

En réalité, c'est tout réfléchi. Je sais où se trouve mon Chief spécial. Avec mon press-book et mes jumelles, reliques d'autrefois. Je l'ai toujours bien entretenu. Il m'était utile dans les films de gangsters. Il n'a jamais tiré qu'à blanc. Il m'arrivait de penser : « Quel dommage ! Une arme pareille ! C'est comme si je lui mettais une muselière. » Eh bien, cette fois, nous allons, lui et moi, jouer avec le feu. Jusqu'à présent, j'ai toujours gagné, contre Dreux. Vous ne m'aurez jamais, commissaire.

*
* *

En attendant Chambon, je cherchai l'arme au fond de la penderie. Je mis la main sur mes guêtres de motard. Mon Dieu ! je les avais oubliées. Je dus m'asseoir parce qu'une sorte de convulsion nerveuse me tordait le ventre. Tout ce que je refoulais obstinément, tant de joies volées, de bonheurs qui ne reviendraient plus, ah ! j'étouffais ! Quand Chambon entra, il me trouva, tenant mes bottes sur mes genoux, les flattant doucement, comme on caresse un chat.

— A quoi jouez-vous ? Qu'est-ce que c'est ?

— Tu le vois bien. Tiens, prends-les.

Il les saisit avec méfiance.

— Je rangeais, dis-je, je viens de les retrouver. Ça m'a fait quelque chose... Garde-les. Je les portais dans un film qui eut son heure de succès : *Direction Dakar*. Ça te dit quelque chose ? Non. Tant pis. Toi, tu donnes des solitaires. Moi, je donne ce que je peux. Allez, on n'en parle plus.

Il les pose sur le pied du lit avec un certain respect.

— Bon. Merci.

Son affreux cigarillo. Ma pipe. Un silence. Et puis je commence :

— Tu as remarqué. Il n'a pas balancé les lettres au panier. Non. Il les a mises dans sa poche.

— Et alors ?

— Eh bien, à mon avis il se réserve de les confier au labo. Il espère sans doute découvrir des empreintes. Il a eu l'air, comme ça, de se moquer de nous, mais c'est un consciencieux, ce bonhomme-là. Je peux me tromper mais je suis à peu près certain qu'il ne prend pas ces menaces à la légère. Seulement, qu'est-ce que tu veux qu'il fasse ? Surveiller ton téléphone. Il n'en a pas le droit. C'est tout un truc de mettre une écoute. Il a préféré nous rabrouer un peu pour mieux nous rassurer.

— Oui, grogne Chambon, et le résultat c'est que ta sœur ne me prend plus au sérieux.

— Pas du tout. Évidemment, si nous ne faisons rien, si la vie ordinaire reprend tout doucement, Isa se dira que nos craintes étaient excessives.

— Et elle s'éloignera de moi, achève-t-il.

— Tu veux bien me laisser finir ?... Ce qu'il faut, c'est qu'elle éprouve pour toi quelque chose comme de la gratitude, tu vois ? Pour le moment, elle est tiraillée entre ses scrupules et l'amour qu'elle n'avoue pas. Je la connais si bien. Déjà, elle a été bouleversée quand elle a cru que tu étais en danger. Elle a pris conscience de ton dévouement. Elle a eu un élan vers toi. Mais ce qu'elle ressent, ce n'est encore qu'un amour en bouton. Pour qu'il s'épanouisse, il faut que tu sois exposé à un vrai péril. Si elle tremble pour toi une bonne fois, c'est gagné.

Il m'écoute avec tant d'attention et de bonne volonté que j'ai honte. C'est comme si je me préparais à abattre un animal fou, redoutable, imprévisible mais fidèle.

— Qu'est-ce que vous proposez ? dit-il. Que j'organise contre moi une espèce d'attentat ?

— Exactement.

Ça y est. Il a fait le premier pas.

— Je ne comprends pas très bien, reprend-il. Quel genre d'attentat ? Qui m'attaquera ?

— N'allons pas trop vite. D'abord, est-ce que tu penses que j'ai raison ? Parce que je ne veux pas te forcer la main. C'est toi qui décides.

— J'aime Isa, dit-il.

L'imbécile. Bien sûr qu'il me force la main. Je m'accorde le temps de rallumer posément ma pipe. L'avantage de la pipe, c'est qu'elle ne cesse pas de s'étouffer et que, si on sait faire durer l'allumette, on peut lâcher la bride à sa pensée, éclairer le meilleur chemin à suivre.

— Oublions Isa, dis-je. Est-ce que tu te sens capable de travailler dans le bureau de ton oncle ?

— Pourquoi pas ?

— Est-ce que ça semblera naturel, si tu apportes des dossiers, des choses à finir ?

— Je n'ai de compte à rendre à personne. Par conséquent...

— Mais il faut qu'on le sache autour de toi. Tu as une secrétaire ?

— Bien sûr.

— Est-ce que tu peux lui dire, par exemple : « Laissez ces papiers. Je les étudierai chez moi. » Enfin, quelque chose dans ce goût-là.

— Évidemment. Mais qu'est-ce que vous avez derrière la tête ?

— Attends un peu. Et maintenant, est-ce qu'il existe à l'usine, dans tes services, un machin confidentiel... ou si tu préfères un dossier du genre : top secret.

Il me regarde comme un chien qui surveille la balle qu'on va lui lancer.

— Top secret, peut-être pas. Mais il existe une correspondance en cours avec un groupe hollandais qui s'intéresse à nous depuis longtemps.

— Oh ! parfait. C'est ça que tu apporteras.

Il saute en l'air, très excité.

— Expliquez-vous.

— Va dans la penderie. Sur l'étagère, tout en haut, il y a une petite valise bleue.

Il obéit. J'ai gardé tout mon mordant sur lui, dès que je fais le mystérieux.

— Tu la vois ?

— Oui.

— Passe-la-moi... Ou plutôt pose-la sur la table et ouvre-la toi-même.

— Mais quel rapport ?

— Allez, ouvre. Il y a un paquet enveloppé d'une peau de chamois un peu graisseuse. C'est assez lourd. Tu devines ?

Il s'active et s'immobilise brusquement, comme s'il venait de libérer un reptile.

— Tu peux le prendre en main. Il ne te mordra pas.

Il soulève gauchement mon 38, l'examine avec stupeur et envie. Je récite :

— 38. S.W. spécial. Cinq coups. Entièrement en acier. Poids : cinq cent trente-huit grammes. Il n'est pas chargé mais tu peux me croire, quand il tire, ça fait mal.

Il remmaillote l'arme avec application.

— C'est avec ça, dis-je, que je t'attaquerai. Oh ! N'aie pas peur. Je ferai semblant. Écoute-moi bien. Je résume. Après, on examinera les détails. Voilà. Tu travailles, un soir, dans le bureau, mettons vers dix heures. Et tout à coup, tu entends du bruit dehors, derrière la porte-fenêtre. Un outil commence à fracturer le volet. Des cambrioleurs. Tu n'es pas armé. T'enfuir ? Tu n'y songes pas. Tu n'es pas un lâche. Tu sautes sur le téléphone et tu appelles Dreux ; chez lui, naturellement. Pendant ce temps, les cambrioleurs, avec un pied-de-biche font sauter la fermeture. Tu appelles le commissaire au secours. Quelqu'un, de la porte-fenêtre, est surpris, perd son sang-froid, t'expédie deux ou trois balles sans t'atteindre et s'empresse de disparaître.

— Pas mal, dit Chambon, ravi.

— Ensuite, Dreux rapplique. Germain, qui lui a ouvert la grille, l'accompagne. Tu leur montres le volet forcé et Dreux découvre deux projectiles dans la boiserie. Cette fois, plus de doute. C'est toute l'affaire Froment qui rebondit. Et du même coup l'opinion est pour vous. Dame, mon pauvre Marcel, tu auras tout le monde sur le dos, les journaux, la télé...

— Je m'en sortirai, affirme-t-il résolument.

— Et Isa !... Elle aime les hommes très virils... Elle a vécu parmi eux. Et, tu vois, ce qu'elle t'aurait reproché, c'est d'être un peu trop couvé, protégé ; d'être un mou... Mais quelqu'un qui fait face au danger, qui appelle la police au péril de sa vie... eh bien, il est de sa race. Surtout que — et ça tu n'oublieras pas de le dire — tu n'as pas appelé au secours pour toi, mais pour ta mère, pour Isa, pour moi.

— Formidable, murmure-t-il. Formidable... Et vous ?

— Oh ! moi, pas de problème. J'aurai largement le temps de regagner ma chambre. On sera obligé de venir me réveiller pour me mettre au courant.

— Oui, oui, dit-il. Laissez que je rumine un peu tout ça. Le revolver ?

— Il aura retrouvé sa boîte et la boîte sur l'étagère. Tu ne penses pas que je l'abandonnerai.

— Pourquoi les cambrioleurs s'enfuiraient-ils sans rien voler ?

— Mais parce qu'ils te voient au téléphone et comprennent que tu appelles à l'aide. Et puis, quoi, ce sera à la police de tirer ses conclusions.

— D'accord. Moi, je veux bien. Mais ne serait-il pas plus normal qu'ils filent sans tirer ?

— Justement. C'est ce que Dreux ne comprendra pas. Cet acharnement... Réfléchis... C'est ce qui va créer un lien entre le suicide de Froment et la tentative d'agression. Et tu sais l'idée qui lui viendra ? Il pensera que c'est une affaire d'espionnage industriel. Toi, motus, bien entendu. Mais devant Isa, tu ne diras pas non. Crois-moi. Tu ne tarderas pas à être son grand homme... Encore une objection ?

— Qu'est-ce que je lui raconterai au commissaire ?... Il faudrait que je paraisse terrorisé.

— Exact... Peut-être pas terrorisé, mais très ému. Facile. Rappelle-toi comment tu as trompé le type du Secours fraternel. Tu joues très bien la comédie, quand tu veux. En plus, n'oublie pas que je tirerai pendant que tu téléphoneras. Dreux entendra les détonations, et cela suffira à le convaincre.

— En somme, résume Chambon, tout se passera comme pour mon oncle.

— Ma foi, presque.

Il s'essuie le front et les yeux avec sa pochette. C'est une sueur d'angoisse qui lui mouille la peau. Il vit la scène. Il entend les coups de feu. Et en même temps, il sent qu'il n'osera peut-être pas... Ce qu'il a fait une fois, il ne le fera pas deux. Il se soupèse et essaie de prendre sa mesure.

— C'est un peu gros ; vous ne trouvez pas, dit-il enfin. L'espionnage industriel, dans le ciment... Si encore nous travaillions dans l'électronique.

Je balaie l'objection d'un large mouvement de la main.

— Aucune importance. Dreux, après tout, pensera ce qu'il voudra. Un : il aura entendu de ses propres oreilles les détonations. Deux : il constatera que le volet a été forcé. Trois : il repérera deux balles dans le mur, derrière le bureau. Conclusion : tu as échappé par miracle à un attentat. Alors, qu'est-ce qui te chiffonne ?

— Rien... Rien.

— La peur du scandale, avoue-le.

— Ma mère est si fragile.

— Bon. Alors restons-en là.

— Non. Il ne s'agit pas de ça.

Il me considère pensivement. Il est malheureux, divisé.

— Tu voudrais être sûr, pour Isa, n'est-ce pas ?

Le cri lui échappe :

— Oui, voilà... Exactement. Qu'est-ce qui me prouve que ?...

— Si tu ne m'interrompais pas tout le temps... Tu penses bien que j'ai tout prévu. Voyons... Reprenons... Tu es menacé. Tu ne peux pas compter sur la police. Il y a, près de toi, une femme qui commence à trembler. Normalement, un homme très amoureux et qui est obligé de s'attendre au pire... Qu'est-ce qu'il ferait ?... Un geste suprême de désintéressement, hein ?... Tu ne vois pas ?

— Non, dit Chambon, piteusement.

— Allons ! Un effort. S'il est prêt à donner sa vie, est-ce qu'il ne peut pas donner autre chose ?

— Sa fortune ?

— Ah ! tu y a mis le temps. Sa fortune, oui, mais sous quelle forme ?

— Un testament ?

Je lui serre amicalement le genou.

— Bien sûr, un testament. Remarque, ce sera un geste de pure forme. Mais quand Isa apprendra ce que tu as fait pour elle... La générosité appelle toujours la gratitude et l'affection... Tu n'auras plus qu'à lui ouvrir les bras... Non ?... Encore quelque chose qui cloche ?... C'est le mot testament qui t'effraie.

Il a un mouvement d'impatience.

— Vous arrangez ça... Ce n'est pas si simple.

L'affreux petit salopard ! Il vient de se sentir touché au coffre-fort. Tant qu'il faut faire semblant, il est d'accord. Les lettres anonymes, parfait. La bague, c'est le jeu. Mais dès qu'il faut signer un engagement, on se trouve dans la vraie vie, dans le quotidien. Il est là, en équilibre, comme un baigneur frileux qui tâte l'eau du bout du pied.

— Vous ne connaissez pas Me Bertaillon, reprend Chambon. Quand il...

Je le coupe brutalement.

— Ce que j'en dis, tu sais... Le testament, ça fait mieux. Mais tu n'es pas forcé.

— Je commence par quoi ?

— Par les documents que tu apportes de l'usine. Comptons huit jours de préparation. Le temps de prévenir Germain pour qu'il ne s'étonne pas de voir de la lumière dans le bureau jusqu'à une heure peut-être tardive. Tu lui diras d'aller se coucher. Naturellement, tu entoures Isa d'attentions gentilles et tu ne fais pas le con avec ta mère.

Il sursaute. J'aime bien le déconcerter par des grossièretés qui renforcent mon autorité sur lui. J'ajoute :

— On opérera un samedi soir, comme pour ton oncle. C'est le meilleur moment. Dreux sera sûrement chez lui. On répétera. Mais, tu sais, ce sera beaucoup plus facile que la dernière fois.

Il me serre la main. Il me dit : « Tchao ! », l'imbécile, pour me montrer qu'il entre à fond dans le jeu. Il est vraiment ce que je déteste le plus au monde.

Enfin je suis seul. Isa me téléphone. Je lui réponds que j'ai la migraine, mais que tout va bien. Quant à mon idée de testament... Non, quand même. N'en faisons pas trop. J'inspecte, une nouvelle fois, mon échafaudage de faux-semblants. C'est solide. Côté suicide, c'est boulonné à fond. On peut s'évertuer, prétendre que tout est bizarre dans ce drame, et même aller jusqu'à imaginer qu'il y a eu mise en scène, les faits sont là. Et d'ailleurs Dreux, qui n'est pas bête, s'est incliné. Côté lettres anonymes, ça tient le coup. Je dirais même que ça renforce encore le suicide. Les suppositions, les hypothèses, tout le brouhaha psychologique que provoquera la mort de Chambon, ça je n'y peux rien. Mais on constatera que le volet et la porte-fenêtre ont été fracturés et qu'on a tué Chambon. Là encore, les faits commandent. Ils s'enchaînent rigoureusement.

Il est tard. J'avale un somnifère. Dans un instant, je rêverai que je m'élance sur un tremplin et que je viole l'espace. Misère de moi !

Le lendemain, je me procure un pied-de-biche. Ce ne sont pas les outils qui manquent au château. Ensuite, courte visite d'Isa. Elle est belle. Un peu inquiète parce qu'elle sent que je lui cache quelque chose.

— Comment tout cela va-t-il finir ? demande-t-elle. Tu parais de plus en plus fatigué.

Je lui prends la main droite et la soulève.

— La bague ?... Tu dois la porter. Je sais, ça t'écœure. Moi aussi. Mais tu connais Chambon, maintenant. Toujours excessif. Ou tout en haut, ou tout en bas. Et toujours tourmenté par un besoin de confession. Ou pour se vanter ou pour s'accuser. Alors, manœuvre-le en douceur... Et laisse-moi faire. Tu veux bien ?

Elle appuie sa tête contre la mienne. Nous restons sans bouger, longtemps. Après son départ, il me reste son parfum, son odeur, son fantôme, pour nourrir mes phantasmes. Je m'accorde un long moment de rêverie. Quand tout sera fini, nous chercherons un autre gîte, un vrai refuge, bien chaud, bien intime. La Colinière, fini. Trop grand. Trop plein de mauvais souvenirs. Peut-être, délivré de ma révolte, essaierai-je de me mêler aux autres, d'être ce passant à roulettes que personne ne remarque plus. En attendant, je me pousse jusqu'au bureau de Froment. Germain est venu aérer. La porte-fenêtre est ouverte. J'en examine les volets. Le soir, on les réunit par une ferrure à poignée tournante. C'est un système rustique et peu efficace. Il suffit d'introduire une lame sous l'espagnolette et de peser fort. Le bois éclate, on fait jouer la crémone. Ensuite, on casse un carreau et on est dans la place. C'est l'affaire de quelques minutes. Mais l'opération sera bruyante. A la réflexion, je m'en réjouis. Dreux entendra tout. J'arriverai par le parc sur mes béquilles. Je regagnerai ma chambre par le corridor, pour aller plus vite. Mon deuxième crime parfait. Ma dernière cascade. Il n'y a plus qu'à préparer Chambon.

Nous commençons le soir même dans le bureau de Froment, quand tout le monde est couché. Il est attentif, inquiet. Il se gratte et remue sans cesse.

— Tu n'as pas besoin d'en dire long, lui dis-je. Je frapperai aux volets et tu appelleras le commissaire. Les deux choses doivent se produire ensemble. Si, par malchance, il n'est pas là, tu raccrocheras. Moi, j'entendrai et je n'insisterai pas. Tout sera remis au lendemain. Maintenant, regarde-moi. Je ne crie pas. Je suis trop ému. Mais je parle très vite, d'une façon saccadée... « Monsieur le commissaire... Ici, Chambon... depuis La Colinière... Vous les entendez ?... Ils doivent être plusieurs... Ils sont dans le parc... Ils fracturent la porte-fenêtre... Venez tout de suite... Je n'ai rien pour me défendre... » Là, tu reprends ta respiration... Dreux va en profiter pour parler à son tour... Tu feras celui qui ne comprend pas parce qu'il a trop peur. Tu te contenteras de répéter : « Quoi ?... Quoi ?... » Et puis, tu supplieras : « Mais faites quelque chose... ON veut me tuer... » Moi, je casserai le carreau et je tirerai deux fois, dans le mur... Tu lâcheras le téléphone comme si tu t'évanouissais ou comme si tu étais trop bouleversé pour reprendre la communication... Dreux sera déjà en route. Tu n'auras plus qu'à l'attendre. Facile, tout ça.

Je le vois qui me regarde un peu en dessous.

— Tu n'es pas d'accord ?

— Si... enfin, oui, je crois que ça peut marcher, mais...

— Mais quoi ?

— Eh bien, j'aimerais mieux tirer moi-même.

Je fais celui qui ne comprend pas.

— Tu veux... Ça va tout compliquer. Tu devras lâcher le téléphone, courir à la porte-fenêtre, tirer...

Et je m'aperçois que la scène peut parfaitement se dérouler comme il le souhaite. Si je m'entête, le vague soupçon qui le rend tellement circonspect va soudain prendre corps. Qu'est-ce qui lui prouve que je viserai le mur ? Mais je sais éviter les dérapages.

— Si tu préfères, dis-je. Moi, ça m'est égal. L'important, ce sera d'opérer très vite.

Il y a une seconde lourde d'arrière-pensées. Les yeux dans les yeux, comme deux joueurs de poker, nous nous observons. S'il me dit : « Pas besoin que ce soit toi qui apportes le revolver. Je n'aurai qu'à l'avoir sur moi avant de téléphoner », tout sera foutu. Je chasse cette idée. Pour éviter toute contagion télépathique, je me force à faire le vide en moi. C'est lui qui parle le premier.

— D'accord, dit-il. J'irai très vite.

Je me compose un bon sourire innocent et j'ajoute :

— Tout ira très bien, mon petit vieux. Fais-moi confiance.

Il s'épanouit. Il aime bien que je l'appelle : mon petit vieux. L'instant critique est franchi. J'enchaîne :

— A toi de jouer... Non, reste debout devant le bureau. Moi, je me tiendrai ici, sur le seuil. Il n'y aura pas de temps mort. Commence : « Monsieur le commissaire... Ici Chambon. »

Du premier coup, il attrape le ton juste. L'acteur qu'il a toujours été à son insu est criant de vérité. Quand il dit : « Ils sont dans le parc... Ils s'attaquent à la porte-fenêtre », il improvise d'une voix haletante. « Je suis perdu, mon Dieu... Si seulement j'avais une arme... Mais rien... rien... A moi, commissaire ! »

Je l'arrête.

— C'est parfait. Pas besoin d'apprendre un texte. Tu n'auras qu'à te laisser aller. Dommage que tu ne fasses pas de théâtre.

Il éclate de vanité contenue.

— Je me défends pas mal, reconnaît-il modestement.

Et tout de suite, cédant à un besoin mesquin de critiquer :

— Ce qui ne colle pas, c'est votre intervention. Venez voir... L'espagnolette ne s'arrachera pas facilement... Comment vous y prendrez-vous ?

— Je la dévisserai aux trois quarts dans la journée... Simple détail. Avec lui, il faut toujours prendre le ton du maître. Je lâche une béquille pour lui poser une main sur l'épaule.

— Et maintenant, dis-je avec entrain, exécution !

*
* *

Je faisais semblant de dormir quand j'entendis qu'on frappait à ma porte. Je criai, d'une voix entrecoupée de bâillements :

— Voilà... Voilà... Qu'est-ce qu'il y a encore ?... Qui est là ?

— Inspecteur Garnier.

— Ce n'est pas une heure, inspecteur. Il est plus de minuit.

— Dépêchez-vous.

— Bon, bon. J'arrive.

Exprès, je heurtai bruyamment la table et une pile de magazines se répandit. Je jurai et, quand j'ouvris, je lui présentai un visage furieux.

— Alors ?... Qu'est-ce qui se passe ?

— Monsieur Chambon est mort. Il vient d'être tué.

— Quoi ?... Marcel ?...

— Oui. Dans le bureau de son oncle. Le commissaire vous attend.

Je me composai une attitude consternée, tout en achevant de boutonner ma veste de pyjama. L'inspecteur sortait ma voiture. Il m'aida à m'asseoir.

— On ira plus vite, dit-il. Vous n'avez rien entendu ?

— Non. Pourquoi ?

— Il a reçu deux balles, et deux coups de revolver, en pleine nuit, ça fait du bruit.

— Je prends des somnifères, vous le savez bien. C'est arrivé quand ?

— Vers onze heures.

— Ma sœur est prévenue ?

— Pas encore.

Il courait presque. Il était de mauvaise humeur et me répondait d'un ton brusque.

— Le commissaire doit regretter de n'avoir pas pris au sérieux ces menaces, dis-je. Vous êtes au courant ?

— Bien sûr.

— Le neveu après l'oncle, avouez que c'est moche.

Il grogna quelque chose et m'arrêta sur le seuil du bureau. Dreux était là, mains dans les poches, le chapeau sur la nuque, contemplant le cadavre. Il me regarda d'un air las.

— Voilà le travail, murmura-t-il. Deux balles mortelles, et ça...

Du menton, il désignait la porte fracturée et des débris de verre.

— J'ai tout entendu, reprit-il. Le malheureux a été surpris au moment où il étudiait des papiers, là, au bureau. Il m'a appelé au téléphone. Il avait complètement perdu la tête. J'avais beau lui crier : Foutez le camp !... Rien à faire.

J'avais toute la scène en mémoire mais je jouais de mon mieux la surprise horrifiée.

— Ils étaient plusieurs ?

— Je pense, oui.

— Ils ont volé quelque chose ?

— Je ne crois pas. Ils ont dû entendre un bruit... Ce qui est sûr, c'est qu'ils ont été dérangés et ils ont filé en vitesse.

— Des professionnels ?

— Je me demande.

— Pour moi, dit l'inspecteur, derrière mon dos, ils venaient pour le liquider.

— Approchez, me dit Dreux.

Il m'aida à me planter sur mes béquilles.

— Vous voyez... Il a fait face à ses agresseurs... Est-ce que vous pouvez regarder sa figure calmement, sans perdre votre sang-froid ?

— Oui. Je pense.

Je me penchai sur le corps de Chambon. Je n'éprouvais rien qu'un peu de pitié et de dégoût. Pour lui ? Pour moi ? Mais quelle importance ?

— Vous remarquerez, reprit Dreux, que sa dernière expression n'est pas du tout celle de la terreur. Je n'ai pas oublié sa voix au téléphone. C'était celle d'un homme épouvanté. Et qu'est-ce que je découvre ici ? Un mort aux traits paisibles. J'irai même plus loin, un mort qui semble ironique. A votre avis ?

Il avait raison. Ce malheureux Chambon, dans son désir de se montrer toujours supérieur à lui-même, avait pris un air de bravade qui s'était figé sur son visage mobile. Jusqu'à la dernière seconde, il m'aura mis dans l'embarras.

— Bah ! si l'on veut, dis-je. Pas facile de se faire une idée.

J'avais tiré au moment où il se retournait vers moi, avec son demi-sourire suffisant. Il était là, sur le dos, satisfait, condescendant pour l'éternité. Je reculai.

— Il a été tué sur le coup, reprit Dreux. Le légiste tranchera, mais j'ai l'habitude. Quand l'avez-vous vu pour la dernière fois ?

— A midi. Nous avons déjeuné ensemble. Il ne paraissait pas tellement préoccupé. Après le café, il est monté voir sa mère... Mme de Chambon sait ?

— Tout à l'heure. Elle a bien le temps, la pauvre femme. Quand le toubib et les gens du labo seront passés, je m'occuperai d'elle et de votre sœur. Ce que j'aimerais savoir tout de suite, c'est ce qu'il vous a raconté depuis notre dernière rencontre. Il vous faisait bien certaines confidences ? Vous étiez en très bons termes, n'est-ce pas ?

— Oui et non. Par certains côtés, nous étions très camarades. Par d'autres, nous restions un peu sur la défensive. Pour tout vous dire, il courtisait Isa et ça ne me plaisait pas beaucoup.

— Figurez-vous que je m'en doutais, dit Dreux. Très intéressant. Très !

Il hocha la tête plusieurs fois, comme s'il se décernait un compliment, puis, entendant du bruit au fond du couloir, il me repoussa doucement.

— Voilà mon équipe, dit-il. Allez m'attendre dans la bibliothèque. Nous reprendrons cette conversation plus tard.

— Je ne sais rien, commissaire. Je ne vois pas très bien en quoi je peux vous être utile.

— Au contraire... Vous désirez peut-être fumer ?... Garnier, va lui chercher sa pipe... Vous vous installez bien tranquillement à côté. Je vous y rejoins dans cinq minutes.

Je clopinai jusqu'à la bibliothèque, non pas inquiet, mais malgré tout en alerte. Ça voulait dire quoi : « Figurez-vous que je m'en doutais » ? Et pourquoi ce ton de satisfaction ?

Les gens du labo menaient grand bruit, dans le bureau, parlant librement comme s'ils n'avaient pas remarqué le cadavre. Je reconnus la voix du légiste et je perçus les mots : « Gros calibre... En plein cœur. » Garnier m'apporta ma pipe et mon tabac. Je me sentais fatigué comme si j'avais accompli quelque imprudente acrobatie. Et pourtant rien ne clochait. J'avais pris toutes les précautions. Le pied-de-biche, je l'avais remis à sa place, après l'avoir essuyé. Sur les graviers de l'allée, mes béquilles n'avaient laissé aucune trace. Enfin, les deux lettres anonymes étaient assez explicites. Les agresseurs étaient des gens de l'extérieur. C'est d'ailleurs ce que Chambon avait dit à Dreux, au téléphone. Des soupçons, bien sûr, Dreux en avait. Un drame aussi théâtral... et même deux drames... presque identiques... chaque fois un témoin au bout du fil... N'importe qui aurait trouvé cela drôle, alors Dreux !... Mais rien, aucun indice ne pouvait m'incriminer. La mère Chambon allait hurler à la mort, ameuter ses relations. Mais quoi ! Son fils avait bien le droit d'être amoureux d'Isa. Et contre Isa aucune charge ne pourrait être relevée, parce que j'avais pris la précaution de dicter à Chambon : « Ils sont dans le parc... Ils s'attaquent à la porte-fenêtre... » Ils ! C'est-à-dire des malfaiteurs, des casseurs, une pègre forcément inconnue d'Isa. Oh ! les morts mystérieuses du château allaient alimenter pendant longtemps les conversations. Mais nous n'allions pas tarder à nous installer ailleurs. Non, je ne craignais rien.

Il y avait des allées et venues bruyantes. On marchait dans le parc.

Germain vint me demander si je désirais boire quelque chose. Je refusai. Il était bouleversé et ne put s'empêcher de dire :

— Quel malheur ! Mais qu'est-ce que nous avons fait au bon Dieu ?

— Vous n'avez rien entendu ?

— Rien. Toute la nuit, il passe des poids lourds sur la route. On ne fermerait plus l'œil si on était sensible au bruit. C'est le coup de sonnette du commissaire qui nous a réveillés. Je voulais prévenir Madame et votre sœur. La vérité, c'est que je n'avais plus ma tête. Le petit jeune, avec le commissaire, m'a dit de rester tranquille et qu'on nous appellerait quand on aurait besoin de nous. Je vois bien que si on reste, on sera tous assassinés.

— Allons ! Allons ! Germain. Du calme. Vous avez été dans la Résistance, quoi !

— J'aimais mieux !... C'est vrai. Vous ne voulez pas une petite goutte ?

— Merci... Ils en ont encore pour longtemps, à côté ?

— Ah ! ceux-là !... On voit bien qu'ils ne font pas le ménage. Et vous croyez qu'ils s'occuperaient du corps... Pensez-vous. Ils sont là qui tournent, qui l'enjambent, comme si c'était une bête et pas un chrétien. Moi, ça me révolte. Le pauvre monsieur ! Il était quelquefois un peu bizarre mais pas méchant. Finir comme ça !

Dreux se montra dans le couloir.

— Germain... s'il vous plaît... voulez-vous venir ?

Et s'adressant à moi :

— J'arrive tout de suite.

A nouveau, des piétinements. Des voix. « Pousse le fauteuil... Par la porte-fenêtre, ce sera plus commode. » L'éclatement brutal d'une porcelaine sur le sol. « Attention, quoi ! Merde ! » Le brouhaha s'éloigne. Reste un glissement léger, le grincement d'un tiroir, le déclic du téléphone. C'est Dreux qui flaire, qui fouille, qui renifle. Je n'entends que son chuchotement et voilà que je prends peur... comme ça... sans crier gare. La sueur au front et aux mains. Moi qui ai tiré tant de fois sur des ennemis qui voulaient m'abattre... mais c'était du chiqué... leurs contorsions, leurs soubresauts, et après ils se relevaient en rigolant. Tandis que Chambon ! Tout gonflé de suffisance mais tellement innocent. Et même pas une mort de cinéma. Les genoux qui lâchent. Fini. Effacé. Comme ces pauvres bougres qu'on fusille un peu partout, dans le monde. Froment, soit. C'était une canaille. Mais Chambon n'était qu'un sale gamin, mal élevé. Deux morts pour mes deux jambes. Je sentis que je n'allais pas finir de m'interroger.

Dreux toussa, parla tout seul en remuant des choses, puis je sus qu'il sortait du bureau et il poussa doucement la porte de la bibliothèque.

— Désolé de vous avoir fait attendre, dit-il. C'est le métier qui veut ça.

Il attrapa une chaise et s'assit à califourchon devant moi.

— Avant d'aller plus loin, je pense que nous pouvons éclaircir ensemble certains points. Il y a d'étranges ressemblances entre les deux affaires.

— Vous trouvez ? dis-je. Quelle ressemblance pourrait-il y avoir entre un suicide et un meurtre ?

Il sourit, aimable, attentif, affable, comme si jamais personne n'avait été tué dans la pièce voisine, comme s'il n'était pas plus d'une heure du matin, comme si...

— Bon, fis-je avec agacement. Qu'attendez-vous de moi ? Je vous répète : je dormais. Je ne suis au courant de rien. Évidemment, je savais, comme tout le monde, comme vous, que Chambon était menacé, mais je n'avais pas attaché à la chose plus d'importance que vous, commissaire. Puisque vous estimiez qu'il n'y avait aucun danger, n'est-ce pas ? Il n'y avait pas lieu de s'inquiéter.

Qu'est-ce qu'il avait donc à sourire, d'un air si satisfait ? Il plongea une main dans sa poche, exactement le geste du monsieur qui saisit un revolver... et sortit son portefeuille.

— Reparlons de ces lettres, dit-il. De toute façon, je serais venu vous en parler aujourd'hui. C'est qu'elles sont très intéressantes. Plus que vous ne croyez.

Il les déplie, les lisse avec précaution du dos de la main, puis les lit à mi-voix d'un air gourmand.

— *Dernier avertissement. Salaud. Débarrasse le plancher ou on s'en chargera... ; assez de magouilles, salaud. Tire-toi ou sinon...* Je suis obligé, explique-t-il, de m'y prendre à deux fois. Ces lettres, à force d'avoir été examinées par mes collaborateurs et moi-même, sont devenues fragiles.

— Oui, dis-je. On voit que certains fragments se décollent.

— Exact. Prenez celui-ci, par exemple.

Il détache adroitement une lamelle de papier et me le tend.

— Vous voyez. Il s'agit du mot : *plancher.*

— Bon, je vois. Et alors ?

— Eh bien, il y a quelque chose d'imprimé, au dos, tous ces morceaux de papier ayant été découpés dans les journaux. Supposons qu'un prélèvement ait été fait page 4. Il correspond forcément à un élément du texte de la page 3. D'accord ?

— C'est l'évidence même.

— Regardez. *Plancher* c'est, mettons le côté pile, que déchiffrez-vous du côté face ?

— Je lis : *divers.* C'est important que je lise *divers* ?

— Non. Simple expérience. Mais que l'on peut étendre.

De l'ongle, il soulève le coin d'un petit rectangle et le décolle très doucement.

— Excusez, reprend-il. Je me méfie un peu du travail de mon adjoint. Au labo, tout a été examiné recto verso, et puis j'ai demandé qu'on recolle légèrement, juste pour que cela tienne. Parce que j'ai voulu que vous raisonniez comme je l'ai fait.

Il commence à me mettre mal à l'aise. Je ne comprends pas où il veut en venir.

— Ça, continue-t-il, c'est le mot : *avertissement*. Retournez-le... Allez-y, n'ayez pas peur.

Je hausse les épaules.

— On va trouver n'importe quoi, derrière.

— Qu'est-ce que vous découvrez ?

— *Ballottage*. C'est idiot.

— Oh ! que non... Tenez, nous allons éplucher complètement ces deux lettres.

— Mais vous espérez quoi ?... Il y aurait, à l'envers, un texte intelligible ?

— Ce serait trop beau, sourit Dreux. Mais, à défaut de texte, on peut tomber sur une miette significative.

— Écoutez, commissaire. Je ne suis pas là pour jouer à je ne sais quoi avec vous. C'est peut-être palpitant de votre point de vue. Mais moi, vos miettes, je n'en ai rien à foutre.

Il ne se démonte pas. Il sait que mon irritation est en partie feinte.

— Vous avez raison, dit-il. Je vais simplifier.

Il retourne et aligne les petits morceaux de papier. Au fur et à mesure, il annonce le résultat : *liste... Drouard...*

— Drouard, commente-t-il, c'était le candidat écologiste.

Il poursuit :

— *8224... bureau...* Ah ! voici le plus instructif. L'expression *s'en chargera...* Nous savons d'où elle vient. Du *Figaro*, du numéro paru le lendemain du premier tour des élections... Je lis de l'autre côté : *11 402 élu...* Et ainsi de suite. Or, quand la presse a-t-elle pu publier ces résultats ?... Le lendemain du premier tour. Vous me suivez ?

Tendu, sentant venir le coup dur sans en deviner encore la nature, j'acquiesce.

— Le président Froment, reprend Dreux, vous vous rappelez quand il est mort ?

— La date exacte m'échappe, mais c'était vers le 15 du mois dernier, un samedi.

— Donc, interroge Dreux, doctoralement, donc ?... Faites le calcul. Exactement trois semaines avant les élections.

Cette fois, c'est comme un crochet au menton qui me paralyse. Des bribes d'idées m'éclatent dans la tête. J'aurais dû penser... Je suis coincé. Ma faute ! Ma faute ! Ma faute ! Tant d'astuce et puis... C'est trop con. Tenir ! Ne pas laisser voir.

Peu à peu, je réussis à me contrôler. J'ai toujours été maître de mon visage. Il n'a pas cessé d'exprimer un intérêt poli mais qui commence à se lasser. Dreux m'épie, tout en continuant sa petite démonstration.

— Conclusion, dit-il. Le président est mort bien longtemps avant d'avoir reçu les menaces qui lui conseillaient de « débarrasser le plancher ». Peut-être apercevez-vous, maintenant, les conséquences de ce fait ?... Non ?... Je dois honnêtement reconnaître que, moi non plus, je n'ai pas bien saisi, tout d'abord. Je me suis dit : « On ne menace pas un mort. » Et puis je me suis avisé qu'on voulait peut-être fournir un motif à un suicide qui demeurait inexplicable.

Il me guette, mais toujours avec l'air du fonctionnaire qui semble gêné d'émettre une opinion personnelle.

— C'est ça la première erreur, dit-il.

J'essaie d'ironiser.

— Pourquoi la première ?... Il y en a d'autres ?

— Eh bien, il y en a une seconde qui vient immédiatement à l'esprit. Vous m'accordez que ces lettres anonymes sont des leurres, n'est-ce pas ? Pour tromper qui ? Car enfin elles devaient bien tromper quelqu'un. Moi ?... Mais pour moi, l'enquête était close. J'avais conclu au suicide. C'était une affaire réglée... Alors, quelle était la personne que ces lettres devaient égarer ? Hein ?... Réfléchissez. Qui devait mettre la main dessus ?... Votre sœur, Isabelle.

Cette fois, ma colère éclate.

— Je vous prie de la laisser en dehors de tout cela.

Dreux m'apaise d'un geste.

— Ne vous fâchez pas, dit-il. J'ai trouvé le bout du fil. Je dévide l'écheveau. C'est tout. Il n'y a pas de quoi fouetter un chat. Donc, votre sœur se demandait pourquoi son mari était mort. On lui fournissait la réponse. Il était mort parce qu'on l'y avait forcé.

— Pourtant...

— Attendez. Ne m'interrompez pas. Qui avait bien pu les composer, ces lettres ?... Oh ! vous savez, on n'a pas le choix. Je ne vois que M. de Chambon.

— Moi, dis-je. J'aurais pu le faire. Pendant que vous y êtes, accusez-moi.

— Attention ! Ne perdons pas de vue le point capital. Ces lettres anonymes, si on les prenait au sérieux, affaibliraient singulièrement la thèse du suicide. Rappelez-vous la phrase : *Tire-toi, ou sinon*. Sinon, cela signifie : on aura ta peau. Mais qui avait intérêt à insinuer dans l'esprit de votre sœur que son mari avait pu être exécuté ? Je pose la question autrement si vous préférez. Qui avait intérêt à la débarrasser de ses scrupules, de ses remords, peut-être ?... Qui se disait menacé à son tour ? Ah ! vous voyez bien. M. de Chambon, pardi.

— Lui ? Il y aurait gagné quelque chose ?

— Monsieur Montano, dit Dreux, gentiment. Ne faites pas celui qui ne comprend pas. Il y aurait gagné la sympathie, l'attention, l'intérêt, l'affection même d'une personne dont le deuil ne serait pas éternel. M. de Chambon ne risquait rien, puisque l'auteur des menaces c'était lui. Mais il gagnait tout. Osez prétendre qu'il n'était pas amoureux de votre sœur. Franchement. Est-ce que vous l'ignoriez ?

A quoi bon nier ? Cependant, je me borne à répondre :

— Continuez.

— La suite est d'une effrayante logique. Puisque M. de Chambon savait que personne ne le menaçait, pourquoi a-t-il imaginé la comédie de ce soir ?

— Quelle comédie ?

Dreux s'enfonce confortablement dans le fauteuil qui me fait face.

— Vous êtes impayable, murmure-t-il. Auriez-vous oublié la scène ? M. de Chambon me téléphonait pendant qu'on fracturait la porte-fenêtre. Ils étaient donc deux dans la pièce. Lui et l'autre. Lui, qui n'avait rien à craindre. Et l'autre, qui était forcément son complice. Tout avait été arrangé à l'avance.

Il frappe des deux mains, avec jubilation, sur les accoudoirs.

— Et dire, s'écrie-t-il, que je n'aurais rien deviné si ces bouts de papier avaient été mieux collés !

J'ai trop souvent frôlé l'accident mortel. Je ne vais pas, maintenant, tout avouer comme un petit malfrat qui s'affole.

— Ainsi, dis-je, vous pensez que ce pauvre Chambon avait un complice ?

Ses yeux pétillent. Peut-être y a-t-il longtemps qu'il a pressenti la vérité.

Il se penche vers moi, donne une tape familière sur mon genou mort.

— Il avait un complice depuis le début, dit-il. Entre nous, il n'était pas très malin. Vous le voyez, organisant toute cette machination ? Non. Jamais de la vie. Tandis que l'autre... Le coup du faux suicide, c'était très fort.

Puisque nous jouons, désormais, au chat et à la souris, autant le faire avec panache.

— D'après vous, dis-je, le suicide de Froment était un crime, en réalité ?

— Vous n'en doutez pas, voyons. Le brave homme du Secours fraternel a entendu une voix inconnue qui chuchotait : « Je vais me tuer. J'habite à La Colinière. » Mais n'importe qui pouvait téléphoner. Chambon... Vous... C'est d'ailleurs une idée qui m'avait effleuré.

— Avouez, dis-je, que ça vous plairait bien si c'était moi.

— Eh, eh ! fait-il, avec une gaieté que démentent ses yeux attentifs. Si M. de Chambon n'avait pas l'étoffe, vous, en revanche... Qui songerait, dans l'état où vous êtes, à vous demander un alibi ?... Vous allez, vous venez... Vous tirez à bout portant par exemple, sur le président Froment. Le reste n'est qu'un jeu pour quelqu'un qui a fait du cinéma. Mise en scène parfaite, avec l'aide de M. de Chambon.

Je l'interromps en essayant de persifler.

— Et ensuite, j'organise l'assassinat de ce pauvre bougre de Marcel. Mais pourquoi, grand Dieu, ça me rapporterait quoi ?

— La sécurité.

Le mot fait comme des ronds de silence. Mais il n'y a plus d'échappatoire possible.

— La sécurité, répète Dreux.

Il reprend aussitôt :

— La sécurité matérielle et morale. La mort du président Froment vous a mis à l'abri du besoin, votre sœur et vous. Mais celle de M. de Chambon vous met à l'abri du chantage. J'ignore les sentiments qu'il éprouvait pour votre sœur. Tout cela devra être précisé plus tard. Je me contente d'observer qu'il avait le moyen de lui forcer la main et que, pour vous, c'était intolérable... Monsieur Montano. Je ne suis pas votre ennemi. Regardez-moi... d'homme à homme. Votre sœur est tout pour vous. Surtout depuis votre accident. Est-ce que je me trompe ? Que vous ayez réglé vos comptes avec le président Froment, je le comprends. Il vous avait tout pris. Son mariage. Je sens bien ce qu'il vous a coûté.

— Non, dis-je, personne ne peut savoir.

— Et ensuite, l'autre pauvre idiot s'est mis sur les rangs. Et il vous tenait, parce qu'il vous avait aidé à réaliser le faux suicide.

Eh bien, ça y est. Tout est dit. Tout est fini. J'en suis presque soulagé.

— Alors ? dit Dreux.

— Alors, c'est oui... Je les ai tués tous les deux. Mais je vous jure qu'Isa n'a jamais été au courant.

— Elle n'a vraiment rien soupçonné ?... C'est un peu dur à admettre.

— Écoutez, commissaire. Nous avons, elle et moi, exercé un métier où la confiance mutuelle est une question de vie ou de mort. Vous comprenez ça ?... Pour elle, ce que je fais est bien fait. Je suis celui qu'on n'interroge pas. Je suis sa vérité. Elle est innocente.

Dreux hoche la tête, pensivement.

— On peut vous croire, murmure-t-il. Mais on voudrait quand même une preuve.

Ainsi donc, il fallait en arriver là. En une seconde, j'ai pris la mesure de la situation. Moi, qu'est-ce que je risque ? Je serais seul, je m'en tirerais avec une peine légère. On n'accable pas un grand mutilé. Mais Isa voudra m'aider. Elle s'accusera. Et Dreux, avec ses airs paternes, se fera un plaisir de l'enfoncer. Il a ses propres échecs à faire oublier.

— Je vais tout vous raconter, dis-je.

Il s'épanouit.

— C'est ça. Dites-moi tout.

Cela me laisse quelques heures à vivre. Il n'a pas pensé à me réclamer mon revolver. Adieu Isa. Seule, tu vas t'en tirer. Tu te rappelles nos cascades. Le regard que nous échangions, au moment d'abaisser la visière de nos casques. « Je t'aime et je gagnerai. » Cette fois, j'ai perdu. Mais je t'aime, Isa. Je t'aime.

*
* *

Elle regardait autour d'elle, intimidée, indécise, n'osant pas s'asseoir. La secrétaire lui désigna un fauteuil.

— Monsieur le directeur vient tout de suite.

Partout des livres, des affichettes... Les Éditions Dangeaud... Le prix des Lecteurs... Le prix Médicis...

— Excusez-moi, dit le directeur, entrant d'un air pressé. Voyons ! Parlons de notre affaire. Vous devinez pourquoi nous vous avons convoquée.

Il s'assit à son bureau, sortit d'un classeur un manuscrit qu'il déposa devant lui.

— Vous le reconnaissez, n'est-ce pas ?... La Dernière Cascade. *Mais, voyons... Il porte la signature de Georges Ancelin. M. Ancelin n'a pas pu venir ?*

— Non, fit-elle. Mon frère est mort.

— Oh ! je suis désolé. Il y a longtemps ?

— Un peu plus de deux mois.

— Ah ! j'aurais tellement voulu lui poser certaines questions.

Il ouvrit le manuscrit, le feuilleta, réfléchissant longuement.

— Naturellement, ce texte, vous le connaissez bien ?

— Je l'ai tapé et corrigé.

— Très bien. Je peux donc vous en parler. Je tiens à vous le dire tout de suite. Il nous intéresse. C'est inégal. Pas toujours facile à suivre, à cause de cette composition brisée... On passe d'un certain présent à un récit antérieur... Entre nous, le flash-back, c'est un peu vieux jeu.

Il rit.

— Péché de jeunesse. On voit bien que c'est une première œuvre.

Passons. Il y a aussi d'autres petits défauts à signaler. Par exemple, le narrateur situe son histoire par rapport aux dernières élections municipales. C'est son droit. Mais alors, il devrait être plus clair dans ces questions de dates. On s'y perd un peu. Tenez, un autre détail très naïf. Le ticket de cinéma. Tout le monde sait que ces billets portent un numéro. Il est donc impossible de se constituer un alibi pour la soirée en produisant un billet délivré pour l'après-midi. Mais peut-être pourriez-vous arranger tout cela... Non ? Je vois que vous n'y tenez pas... Vous savez, ce n'est qu'un roman policier... Comprenez-moi. M. Ancelin, s'il était là, ne refuserait certainement pas. Quel était son métier ?

— Il n'avait pas de métier.

— Ah bon... Mais alors... ce faux suicide au téléphone ?

— Pure invention.

— Et ces cascades ?

— Mon frère vivait dans un poumon d'acier depuis huit ans. Il était atteint de poliomyélite.

— Excusez-moi. C'est tellement incroyable !

— Il ne savait même pas monter à bicyclette.

— Est-ce possible ?... Quel âge avait-il ?

— Vingt ans.

— Oui. Je vois. C'est extraordinaire.

— Je lui lisais des magazines, des livres. J'étais auprès de lui toute la journée. Il fallait bien que quelqu'un l'aide à rêver sa vie.

— Mais... vous-même... quel âge avez-vous ?

— Vingt-quatre ans.

— Hmmm ! Et où a-t-il pris ses personnages ?

— Ils existent. Celui qu'il appelle Marcel de Chambon, c'est notre frère aîné. Le président, c'est notre oncle.

— Et le commissaire ?

— Notre père.

— Qu'est-ce qu'il fait ?

— Il était inspecteur des impôts. Il est mort, l'an dernier, d'un infarctus... Pour Georges, ça a été une délivrance. Il a commencé son roman aussitôt après.

— Mais... il ne pouvait pas écrire ?

— Il me dictait. Moi, j'arrangeais un peu, à mesure.

— Et votre mère ? Il n'est nulle part question d'elle, à moins que...

— Elle est partie, il y a longtemps... avec un violoniste.

— Ah ! maintenant je comprends mieux. Mais c'est une histoire terrible. Il souffrait beaucoup ?

— Non. Mais il ne dormait presque pas. A la fin, quand le manuscrit a été terminé, il m'a dit : « Maintenant, je peux m'en aller. Si ce

roman paraît je serais heureux. » C'est un œdème du poumon qui l'a emporté. Mon pauvre Georges. Il méritait tellement d'être heureux.

Elle était belle, dans son deuil. Le directeur pensa : « Isa, c'était donc vous ! Et vous l'avez aidé à régler ses comptes. Vos comptes, peut-être. »

Il se tut un instant, puis reprit :

— Vous êtes restée célibataire... à cause de lui ?

Elle ne répondit pas. Il tira d'un classeur des papiers qu'il étala devant elle.

— Le projet de contrat, dit-il.

LE SOUPÇON

(1984)

Histoire pour la jeunesse

I

POUR L'AMOUR D'UN PONEY

Mme Chasseloup ouvre la portière.

— Allons, dépêche-toi ! Il va être trois heures. Qu'est-ce que tu fabriquais ?

— Rien, dit l'enfant. J'attendais l'ascenseur.

— Tire la portière. Mieux que ça. Valérie n'a besoin de rien ?

— Non !

— J'aurais dû monter ! Susceptible comme elle est ! Elle n'a pas été trop désagréable ?

— Non.

— Tu as remis la clef en place ?

— Bien sûr.

— Attache ta ceinture.

Guy est sur le point de hausser les épaules, mais obéit sans protester. Ce n'est pas le moment de dire que la vieille est morte. Il réfléchit pendant que sa mère démarre sèchement et emprunte le couloir réservé aux bus.

— J'aurai des bottes ? demande Guy.

— Évidemment.

— Et le truc sur la tête comme les vrais cavaliers ?

— La bombe ? Bien sûr.

C'est trop de joie à la fois. Guy se tait. Il ne sait plus très bien ce qui est vrai et ce qui ne l'est pas. Le petit cheval qu'on va lui prêter, est-ce que c'est bien vrai ?

— Je galoperai ? fait-il d'une voix tout embrumée de rêve.

— Pas tout de suite, dit sa mère.

— Quand ?

— Eh bien, plus tard.

Mais, plus tard, il y aura l'enterrement de la vieille demoiselle et tout un tas d'histoires autour de sa mort. Parce que Guy sait bien que c'est un crime. Des cadavres, il en a vu au Viêt-nam. Il a beau n'être encore qu'un jeune garçon, sa mémoire reste meurtrie d'images qui effraieraient une grande personne. Et la vieille Valérie, à la façon dont elle gardait les yeux ouverts...

Il ne s'est pas approché. Pas besoin. Du seuil de la chambre, en connaisseur, il a compris. Le chandelier, sur la descente de lit... Le filet de sang le long du nez... Mais quoi ! Ce n'est pas à lui de donner l'alarme, surtout au moment où sa mère le conduit pour la première fois au manège.

Est-ce qu'il y aura seulement une deuxième fois, une troisième ?... Parce qu'il est loin, ce manège... Il faut y aller en voiture et si la police commence à dire : « Vous restez à notre disposition », et tout ça...

... Guy, grâce à la télé, est renseigné. Alors le manège, quand est-ce qu'on y reviendra ! Et mon beau petit poney... Guy l'imagine, tout blanc avec de grandes taches brunes, comme au cirque, et naturellement une grande queue jusqu'à terre et une façon tellement drôle de secouer la tête comme pour dire : oui. Allons ! Ne plus penser à la vieille. Elle est morte. C'est son affaire.

On entre dans la propriété par un porche qui porte une inscription repeinte de frais : Relais Saint-Hubert, et une allée fleurie conduit les visiteurs devant une sorte de petit manoir. On se croit déjà loin de Paris, surtout à cause d'une odeur un peu piquante de foin et de crottin. Elle est là, pénétrante, allègre, dans une salle d'attente ornée, sur ses quatre murs, de photographies de chevaux, semblables à des tableaux de famille, et elle est toujours là, de plus en plus vigoureuse et tonique, dans le bureau où le maître des lieux, culotte de cheval, bottes, veste de daim, un sourire pour dentifrice, accueille les clients, mains tendues, comme des amis perdus qu'on retrouve enfin. Et puis, la procédure d'inscription, tout un bavardage à mi-voix, des cigarettes qu'on allume. La barbe !

Guy s'est approché d'une fenêtre et découvre, avec un étourdissement de joie et de timidité, la cour, les écuries, une tête de poney qui semble sortir du mur et un employé transportant des seaux et des brosses.

— N'ayez pas peur, chère madame, dit l'homme. Nous aurons soin de lui. Revenez le prendre dans une heure. Pour l'équipement, on verra plus tard. Ces petits Asiatiques font toujours de bons cavaliers.

Guy n'aime pas beaucoup ce genre de propos et encore moins ce geste de capture, la grande main de l'homme sur sa nuque, qui le pousse en avant.

— Allons voir les chevaux.

Ils traversent la cour, passent devant une espèce de hangar d'où sort un bruit sourd.

— Le manège, dit l'homme. Tu veux voir ? Regarde.

Il ouvre une petite porte et Guy aperçoit des poneys qui semblent jouer à courir autour d'un personnage armé d'un long fouet. Il tourne lentement sur lui-même, criant des conseils :

— Le cul bien à plat... Relève la tête.

Dans une lumière grise, les silhouettes sur le dos des chevaux paraissent dessinées au fusain, à cause d'un léger brouillard de poussière de son soulevée par les sabots.

— Ce sera ton tour dans quinze jours, promet l'homme. Viens. Bambino t'attend.

Il appelle :

— Ho, Paul ! Amène-nous Bambino.

Et aussitôt, il explique :

— Paul, c'est un vieux lad qui sait tout sur les poneys. C'est délicat, un poney, tu sais ! Et capricieux. Si tu ne le mets pas tout de suite en confiance, vous ne serez pas copains, tous les deux. Mais Bambino a bon caractère. Pour lui plaire, ce n'est pas dificile. Tu n'as qu'à le caresser entre les yeux, à lui donner des petites tapes sur le cou, à lui dire qu'il est beau. Il comprend tout, tu verras. Tiens, le voilà !

Mon Dieu, qu'il est petit ! C'est un jouet plutôt comique avec des taches brunes un peu partout, une queue bien vivante, de bonnes grosses pattes solides et une tête plutôt massive qu'il tourne avec curiosité vers ce jeune garçon.

— Avance, n'aie pas peur. Touche-le, dit l'homme.

Mais déjà Guy aime Bambino. Il le caresse sur le front et autour des oreilles. Puis c'est plus fort que lui : il pose ses lèvres au petit bonheur sur la tête docilement offerte, rencontre un œil doux à la bouche comme un fruit, sous sa paupière aux longs cils, et il murmure émerveillé :

— Mon petit Bambino.

— Ça ira, madame, dit le lad. On va marcher un peu ensemble, le temps que je lui explique les choses.

Et s'adressant à Guy, il ajoute :

— Un cheval, ça ne s'enfourche pas comme un vélo !

Tout est oublié... la maison, les querelles avec Stéphane, et surtout la vieille Valérie au visage taché de sang. Mais ça, Guy est bien résolu à le garder pour lui. Ce qui compte, c'est Bambino. Comment a-t-il pu vivre sans ce petit cheval qu'il tient maintenant par la bride et dont il sent parfois le museau chaud sur sa main !

— Je m'appelle Paul Lombard, dit le lad. Avant mon accident, je montais en obstacle. Et maintenant...

Guy l'écoute distraitement. Il est si heureux qu'il n'a aucune envie de chevaucher Bambino. Il voudrait être seul avec lui, tout simplement. Se promener en lui parlant. Lui raconter, par exemple, que tout n'est pas facile à la maison, qu'il vaut mieux, quelquefois, être un petit cheval qu'un enfant venu d'ailleurs. D'abord lui vider son cœur. Après, il sera toujours temps d'apprendre à le soigner. Et puis, quand on a un ami, est-il bien important de savoir combien d'avoine il mange ?

— Hé, petit, tu m'écoutes ?

— Oui, monsieur...

Si maman était chouette, elle achèterait Bambino pour qu'il ne soit pas prêté à d'autres garçons. Mais, évidemment, il y a Valérie. Il va se faire gronder... « Pourquoi n'as-tu rien dit ? On aurait appelé le médecin ! Tu n'aimais pas Valérie ! On se demande qui tu aimes ! »

Guy, d'un élan, se penche et embrasse Bambino sur l'oreille.

— Toi, je t'aime, fait-il, les lèvres dans le poil soyeux.

— Il est gentil, approuva le lad, mais il ne faut pas le gâter. Je vais te montrer comment ça se selle, un poney. Venez, tous les deux.

C'est barbare, tout ce harnachement dont les cuirs grincent, et c'est lourd, avec ça ! Ce poids sur le dos, pour le seul plaisir du cavalier. Et les éperons ! Horrible ! Guy en a vu d'énormes aux talons des cow-boys... de vraies roues dentées...

— Tiens, dit le lad. Donne-lui ce morceau de sucre. La main bien à plat. Te fais pas attraper les doigts !

Le museau fouineur fouille la paume offerte, et le poney secoue la tête avec satisfaction. Guy entend, dans la cour, la voix de sa mère. Déjà ! C'est donc si court, une heure !

— A demain, mon petit Bambino ! Je n'aurai jamais d'éperons, je te jure.

Il prend la tête du poney dans ses bras, la serre contre sa joue.

— Eh bien, s'écrie Mme Chasseloup, c'est le grand amour... Dépêchons-nous. Tu le retrouveras demain, ton petit camarade !

« Demain, pense Guy tristement. Elle dit n'importe quoi ! »

Le retour est silencieux. Dans la tête de l'enfant, les images se font la guerre... Le poney, Valérie... D'un côté, le petit cheval si drôle, un vrai petit cheval de cirque... de l'autre, le corps, là-bas... Guy a l'impression que le cadavre est une espèce de menace pour Bambino. Mais, cette menace, il est facile de l'écarter. Il n'y aura qu'à soutenir que la vieille vivait encore à trois heures. Ensuite, à la police de se débrouiller ! Après trois heures, lui, le témoin capital, n'était plus dans le coup. Il était avec son petit Bambino, dans un monde où personne ne viendrait l'interroger. Après tout, quoi, n'importe qui, après trois heures, a pu s'introduire chez Valérie. On la savait riche et impotente. Les cambrioleurs, ça grouille, depuis le début des vacances. Ce qui s'est passé dans la maison n'a plus d'importance, à partir du moment où Guy était ailleurs. Voilà ! C'est cet « ailleurs » qu'il faut défendre coûte que coûte.

— Il a l'air bien préoccupé, mon jeune cavalier ! dit Mme Chasseloup. A quoi tu penses ?

— A rien, maman.

Mais si, justement ! Il pense que, de toute façon, il est prisonnier de son mensonge. Lui qui ne ment jamais, il s'est perdu en affirmant que Valérie n'a besoin de rien. Sa mère n'aura plus jamais confiance en lui. Et même s'il plaide, s'il essaie de se disculper, il sera puni. Elle ne plaisante pas sur le chapitre de la franchise ! Guy se rappelle certaines disputes affreuses avec Stéphane qu'elle traite parfois de... un mot bizarre... mythomane peut-être... en tout cas un mot cruel... et elle dit aussi de Stéphane qu'il est « en dessous » et qu'il devrait bien prendre modèle sur son frère !

Et maintenant, songe Guy, si je me laisse arracher que la vieille était morte, alors là !... Il se sent pris au ventre par l'angoisse. Il se penche pour apercevoir la maison, au loin. Il s'attend à découvrir une foule de curieux, des képis d'agents de police, peut-être une civière portée vers une ambulance. Mais non. Le crime ne sera sans doute signalé qu'en fin de journée, lorsque l'infirmière viendra faire sa piqûre à Valérie...

II

LE COMMISSAIRE ENQUÊTE

Guy se réfugie dans sa chambre. Il a peur. Il revoit la scène, là-haut. Il n'a pas eu à se servir de la clef : la porte de la vieille demoiselle était entrouverte. Il s'est avancé dans le vestibule, déjà sur ses gardes parce que le silence, dans l'appartement, était anormal. Ce n'était pas seulement le silence de la mort... c'était plus écrasant, plus redoutable, comme si quelqu'un, tapi en quelque recoin, avait retenu sa respiration...

Et maintenant, Guy le jurerait, il est sûr que l'assassin n'avait pas eu encore le temps de s'enfuir. Il devait chercher l'argent, les valeurs, les bijoux, toutes les choses précieuses que possédait Valérie, de notoriété publique. Oui, il aurait suffi d'appeler au secours... Le criminel était pris. Mais qui aurait entendu ? Charlène ? Elle travaillait son violon dans l'appartement voisin. Le rez-de-chaussée ? Son locataire était parti depuis des semaines pour Cannes. Guy avait eu peur. Il s'était senti observé !... Enfin, il l'avait cru... et il avait filé sur la pointe des pieds, laissant la porte comme il l'avait trouvée.

Il essaie de lire, mais le cœur n'y est pas. Il cherche l'article *cheval* dans son dictionnaire, étudie les gravures, apprend par cœur des mots savants : muserolle, sous-barbe, panurge, culeron... Mais Bambino ne sera jamais attelé, alors il est tout à fait inutile de connaître les pièces d'un harnais.

Cinq heures ! L'infirmière ne doit pas être bien loin. Mon Dieu, que va-t-il se passer ? Des policiers partout, le voisinage en ébullition. Et des questions, sans doute ! Des tas de questions. Et il ne peut pas se taire, car on devinerait qu'il cache quelque chose et il ne peut pas parler sous peine de commettre quelque imprudence. Il tend l'oreille. A la fin, n'y tenant plus, il entrebâille la porte du palier afin de mieux écouter.

Et soudain les événements se précipitent, mais d'une manière qu'il n'a pas prévue. L'infirmière n'appelle pas à l'aide. Elle téléphone à la police. Celle-ci n'arrive pas en fanfare, mais très discrètement. Guy est presque déçu. Il se précipite à la fenêtre. La voiture est en double file, son petit phare à éclipses tournant sur le toit. Les passants regardent, mais discrètement, sans s'arrêter. Le drame que redoutait Guy va peut-être s'éloigner, comme un orage d'été qui avorte. Soudain, Guy aperçoit la Peugeot de sa mère, et la peur le reprend.

Il court s'enfermer dans sa chambre. S'il l'osait, il se coucherait à plat ventre, l'oreille contre le parquet, pour épier les bruits du rez-de-chaussée et du premier, car les policiers doivent forcément intercepter, pour les interroger, les personnes qui appellent l'ascenseur, et Mme Chasseloup voudrait voir la morte. Elle allait...

Eh bien non, elle traverse en ce moment le vestibule, précédant vers le salon quelqu'un qui dit :

— Nous attendons le légiste mais il n'y a aucun doute...

Guy, se faufilant comme un Indien dans le corridor, parvient à la double porte de la salle à manger. Il entend tout. Le commissaire — c'est sûrement un commissaire, comme dans les films — dit :

— L'infirmière a trouvé la porte ouverte. N'importe qui a pu entrer, ce qui ne va pas faciliter l'enquête. En temps normal, qui habite l'immeuble ?

Et la voix de Mme Chasseloup, ferme mais un peu émue :

— Les voisins sont en vacances. Au rez-de-chaussée, le commandant Brevier. Il est en retraite et passe l'été à Cannes. Au premier, donc, la pauvre Valérie. C'est elle la propriétaire de la maison. Elle louait un petit deux pièces sur le même palier à une jeune fille qui prépare le Conservatoire. Là, au second, moi et ma famille. Au troisième l'appartement est vide. Valérie en demandait trop cher. Et le quatrième est occupé par un écrivain qui voyage en ce moment à l'étranger.

— Vous venez de parler de votre famille, madame. Voulez-vous me dire qui habite avec vous, pour que je puisse me faire une idée... Vous comprenez ?...

— C'est assez compliqué, commissaire ! (Toc ! C'est bien un commissaire.) Je suis veuve... Je gagne largement ma vie... Je possède quatre salons de coiffure... et j'ai adopté successivement deux enfants, l'aîné, qui a seize ans, Stéphane, et le plus petit, qui a onze ans, Guy. Stéphane est cambodgien d'origine et Guy, vietnamien. Stéphane avait quatre ans quand on me l'a confié. Guy, quatre ans et demi. Ils avaient traversé l'enfer, l'un après l'autre... les pauvres petits. Je les ai adoptés totalement : Phan Kim est devenu Stéphane.. Nguyen Minh est devenu Guy. Vous avez vraiment besoin de tous ces détails ?

— Oui et non. Mais sachez que j'apprécie votre dévouement, chère madame. Ces enfants étaient là, cet après-midi ?

— Non. Stéphane, pour se faire un peu d'argent de poche, travaille comme pompiste, au garage de l'Ouest. Et j'ai emmené Guy au manège. A ce propos, je peux vous indiquer que, lorsque nous sommes partis, Valérie était vivante. Mon fils lui a parlé.

Bruit de chaise. C'est sans doute le policier qui sursaute et s'agite.

— Mais c'est un détail capital ! s'écrie-il. Voyons, il était quelle heure ?

— Trois heures. Valérie lui a dit qu'elle n'avait besoin de rien. Comme elle est impotente, à cause de son arthrose, nous avons l'habitude de nous occuper d'elle. Nous descendons plusieurs fois par jour. Les enfants lui font ses commissions. Vous voyez ? D'ailleurs vous pouvez questionner Guy.

(Ça y est ! Ça devait finir comme ça...)

— Je vais le chercher, continue-t-elle. Vous pouvez fumez, commissaire...

« Aide-moi, Bambino, pense Guy. Sinon, je vais craquer. »

Elle appelle :

— Guy ! Où es-tu ? Guy !... Viens vite...

Il s'approche, les larmes aux yeux.

— Oh, mon pauvre petit, tu es donc au courant ? dit-elle. Oui, nous avons perdu notre amie...

Elle le serre contre elle, l'emmène doucement, explique au policier, comme si elle parlait d'un blessé.

— Il l'aimait beaucoup. Alors il a du chagrin, forcément... Mais il peut répondre, n'est-ce pas, Guy ? Juste avant qu'on s'en aille, tu as vu Valérie !... Tu lui as demandé si elle avait besoin de quelque chose ! Elle t'a dit que non ?

Guy se contente de remuer la tête. Ce n'est pas mentir, cela. Le commissaire l'examine avec bienveillance. Il a une moustache taillée fin, qui s'annexe quelques poils des joues. Il fait jeune, avec ses yeux bleus et son prince-de-galles.

— Comment entriez-vous chez la victime ? dit-il.

— Nous avions sa clef, explique-t-elle. Valérie se méfiait de tout le monde. Mais nous, c'était spécial ! Elle avait besoin de nous, d'abord. Sa femme de ménage a l'autre clef.

— Comment s'appelle-t-elle ?

— Germaine Pellegrin. Elle vient tous les jours, à partir de huit heures. Elle préparait le déjeuner de Valérie, l'aidait à manger, faisait la vaisselle. D'habitude, elle partait sur le coup de deux heures.

— Où habite-t-elle ?

— Rue Laugier... Elle est veuve. Elle vit avec son fils, Raoul, qui travaille au Relais Saint-Hubert. C'est même lui qui m'a donné l'adresse de ce manège.

Le policier abaisse son regard sur Guy.

— Tu t'es servi de la clé pour entrer ?

Guy préfère émettre un gros sanglot et sa mère répond tout de suite :

— Naturellement. Et avant de me rejoindre, il l'a remise à sa place, dans la cuisine. N'est-ce pas, Guy ?

Nouveau petit coup de tête affirmatif. Cette fois, c'est vrai.

— Et si quelqu'un avait affaire avec la vieille demoiselle ? insiste le commissaire.

— Eh bien, il y a un parlophone, en bas, et un autre sur le palier. Valérie, si elle le jugeait bon, pouvait ouvrir sa porte depuis son lit.

Le commissaire se décide à allumer sa cigarette. Il réfléchit, murmure pensivement :

— Elle a donc été tuée après trois heures. En un moment où la maison était vide, si je comprends bien ? Quand vous avez ramené votre fils du manège, vous n'êtes pas allée chez votre voisine ?

— Je n'en avais pas le temps.

— Et toi, petit, tu ne lui as pas rendu visite ?

— Non.

— Je vous remercie. Je vais interroger la jeune locataire de la victime. Elle sait peut-être quelque chose ? Ah, encore une question : est-ce que la défunte était riche ? Avait-elle des valeurs, des bijoux ? Il semble qu'on ait fouillé.

— Oui, elle avait de l'argent, pas mal d'argent, en liquide. Elle le cachait partout ! Une manie de vieille femme. Il y en avait dans des boîtes, dans des bocaux, et jusque dans sa pendule. Comme ça, disait-elle, si on vient me voler, on ne prendra pas tout.

— En résumé, fit le commissaire, cette malheureuse femme a été tuée après trois heures dans une maison pratiquement vide par une personne inconnue qui a emporté on ne sait quoi ! Je sens que je vais m'amuser ! Je vous remercie... Attendez... J'allais oublier !... Avait-elle des amis, des gens qui venaient la voir plus ou moins régulièrement, l'après-midi ?

— Non. Je ne voudrais pas dire du mal d'elle, maintenant, mais elle avait un caractère de chien. Combien de fois j'ai eu des piques, avec elle ! Alors les autres !

— Parfait. Je commence à y voir plus clair, grâce à vous, madame. Voulez-vous m'accompagner ? Vous qui connaissez bien l'appartement, vous pourrez me dire s'il y a eu vol. Vous verrez ce qui a été dérangé, fouillé, ou emporté.

III

UNE MOTO POUR FRIMER

Guy, resté seul, retourne dans sa chambre et s'allonge à plat ventre sur la peau d'ours, le menton dans ses mains jointes. C'est là qu'il pense. Il pense beaucoup, à l'insu de tous. Il joue peu. Il lit beaucoup. Et il pense.

Il a fortement conscience de n'être pas un enfant comme les autres. Stéphane non plus, c'est vrai ! Mais Stéphane a oublié jusqu'à la couleur de sa peau. Il est un Chasseloup, malgré ses pommettes un peu trop voyantes et ses yeux minces. Guy s'est toujours méfié de lui parce qu'il est d'un autre pays, d'un autre territoire, d'ailleurs enfin. Ce n'est pas très clair dans son esprit. Cela vient du plus profond, et c'est mal.

Mais ce n'est pas de sa faute s'il porte son nom comme une étiquette, comme un collier. Guy ! c'est lui et ce n'est pas lui. De même que sa mère n'est plus sa mère quand elle l'appelle « mon ouistiti ». Elle l'aime bien, à sa manière torrentueuse, ponctuée de coups de gueule. Lui, il a toujours rêvé d'une tendresse paisible, enveloppante, comme un prématuré qui a besoin d'un supplément de chaleur. Il pense, les yeux vagues. Il aurait préféré être un petit cheval, comme Bambino. S'il avait eu la chance d'être un petit cheval, il n'aurait pas, maintenant, à se poser des problèmes au-dessus de son âge. Parce que cette histoire d'heure, c'est un problème au-dessus de son âge.

Il appuie sa tête sur la descente de lit, le nez dans le poil d'ours. C'est plus commode pour réfléchir. Ainsi, pour ce policier, il ne fait plus de doute qu'avant trois heures il n'y a que des innocents, tandis qu'après trois heures il n'y a que des coupables. Par son mensonge, Guy a tracé une frontière entre le bien et le mal. Un tout petit mensonge, en vérité ! Même pas. Un simple mouvement de défense, puisque les choses se liguaient contre lui pour l'empêcher d'aller au manège.

Mais ce commissaire têtu va empoisonner la vie, pour commencer, de la si gentille Charlène, qui joue si bien du violon. Elle appartient à « l'après trois heures ». Elle est suspecte. Complètement idiot, ce policier ! Alors que « l'avant trois heures » était tellement excitant ! La maison était pleine de monde. Il y avait maman, qui faisait un drôle de raffut parce que le rôti était brûlé ! Et puis Stéphane... en retard, comme toujours, et occupant la salle de bains à midi passé, je vous demande un peu !... et puis moi, bien sûr, et puis la brave Germaine Pellegrin qui devait se quereller avec la vieille, comme toujours, et puis, encore une fois, cette pauvre petite Charlène qui allait se nourrir d'un sandwich, entre son métronome et son violon, et puis... Eh, ma foi, c'est tout ! Maman, Stéphane, moi, Germaine et Charlène !... Et si ce n'est pas maman, ni moi, ni Germaine, ni Charlène... Conclusion ? Eh bien ! je jurerai qu'elle vivait à trois heures. Je ne veux pas que cet affreux bonhomme vienne fouiner chez nous. Stéphane est comme il est, mais ce n'est pas une raison pour... Guy est fatigué. Il s'endort sur place et il gémit dans son sommeil.

Et puis c'est le soir. Tout le monde se retrouve autour de la table. Chacun s'est renseigné.

— Moi, j'ai vu Charlène, dit Stéphane. Elle n'a rien entendu, mais ils ne la croient pas.

Guy l'observe. Stéphane paraît bien tranquille, mais les deux frères présentent ce même visage impénétrable qu'on leur reproche souvent, comme s'ils étaient sans cœur. On ne sait jamais quand Stéphane ment. C'est bien pourquoi sa mère se bat pour qu'il dise toujours la vérité.

— Ils ont fouillé chez elle, reprend-il. On a le droit de fouiller comme ça, chez les gens ? Ils pourraient venir ici ?

— Non, répond Mme Chasseloup. Nous ne sommes pas suspects. Je sais que le commissaire a interrogé les voisins. Ça n'a rien donné, bien entendu. Depuis qu'il n'y a plus de concierges, n'importe qui peut se promener dans un immeuble sans se faire remarquer. Le commissaire n'est même pas sûr que ce soit un homme l'assassin. La pauvre Valérie a été assommée avec un de ses chandeliers massifs, vous vous rappelez... Elle n'a pas fait « ouf ». Une femme aurait pu la tuer. Ou un livreur. Ou un démarcheur quelconque. Il suffisait de dire au parlophone : « Mademoiselle Lambourdin ? Un télégramme ! » Elle aurait ouvert par pure curiosité, malgré sa méfiance.

Guy s'adresse à son frère :

— Tu l'as vue quand, pour la dernière fois ?

Stéphane regarde le plafond, prend l'air de chercher.

— Ça doit être hier soir, dit-il. Ce matin, je suis parti à huit heures. J'ai croisé, en bas, sa femme de ménage. Après, je suis revenu, il était midi passé. J'ai même dû me doucher parce que j'avais aidé à dépanner un semi-remorque. Je suis reparti vite fait... Non, aujourd'hui je ne l'ai pas vue. Ça devait être hier. De toute façon, quand vous êtes allés au manège, j'étais au boulot depuis longtemps.

« Il n'a pas besoin de nous donner tous ces détails ! pense Guy. Il s'applique à noyer le poisson ; ça signifie quoi "Je suis reparti vite fait..." ? Trois minutes pour descendre chez Valérie. "C'est moi, Stéphane." Elle ouvre. Il entre. Il empoigne le chandelier... Il sait où elle cache le plus gros du trésor... Il file... Voilà ce que ça veut dire "vite fait". »

— Eh bien Guy ! s'écrie Mme Chasseloup. Qu'est-ce qui t'arrive ? Tu n'es pas malade.

— Non, maman.

— C'est ce crime qui t'a bouleversé ! N'y pense plus.

Comme si c'était facile, alors qu'il est assis en face de Stéphane et que l'horrible soupçon lui soulève le cœur. Mais quoi ! Avant trois heures, qui se désigne tout naturellement comme coupable ? Qui était un familier de Valérie ? Qui était son préféré ?

— Allons, Guy, mange ton gâteau.

Mais Guy continue à se battre avec ses plus inavouables réflexions, et le gâteau a goût de médecine. Pourquoi Stéphane est-il toujours le préféré ? Ici, il est le maître. On lui passe tout. Pour ses seize ans, on lui a ouvert un compte au C.I.C., comme à un vrai grand. Monsieur a son compte en banque ! Si ça lui chante de placer l'argent qu'il a volé...

Guy tousse et réprime mal une violente nausée.

— Eh bien, eh bien, s'écrie Mme Chasseloup. Viens vite... Allez, au lit !

— Petite nature ! dit Stéphane.

— Demain, continue Mme Chasseloup, tu me feras le plaisir de te reposer. Le manège, avec tout ce qui se passe ici, c'est trop pour toi...

— Oh non, maman ! Je t'en prie... Non. Je ne serai pas malade.

Elle s'en va, toujours impériale, habituée à trancher, survolant l'événement. Elle est bonne, elle est généreuse, maman. Mais elle n'a jamais eu onze ans. C'est ce que Guy se dit avec d'autres mots moins clairs et plus chargés d'une tristesse qui vient de loin. Il est tout seul, dans son lit, dans sa chambre, dans le monde. Son petit compagnon, son véritable ami, en ce moment, mange son avoine dans son box garni de paille fraîche.

— On veut me priver de toi, murmure Guy. Mais nous serons les plus forts. Bonsoir, Bambino ! Ça ne te donne pas soif, toute cette avoine ?... Moi, il me semble que...

Le sommeil le saisit d'un coup.

Quand il se réveille, il se sent tout neuf, tout pur, tout propre. Jamais il n'a soupçonné son frère. Ou bien c'est une idée qui lui est venue comme ça, une espèce de mouche bleue attirée par l'horrible chose. Mais il suffit de la chasser, et ensuite d'offrir un vrai sourire de bienvenue à maman, quand elle vient tirer les rideaux.

— Comment es-tu, ce matin ? dit-elle. Ah, tu as meilleure mine.

— On ira au manège ?

— Ça dépend.

— Oh si, maman. Maintenant que j'ai commencé, je dois continuer. Autrement, ton argent sera perdu !

Comment a-t-il deviné que Mme Chasseloup, qui ne regarde jamais aux grandes dépenses, fait tellement attention aux petites ?

— C'est vrai que ce n'est pas donné ! dit-elle. Dépêche-toi pendant que ton chocolat est chaud.

Bon, la partie est gagnée. La joie remonte au cœur. Mais les heures vont être longues jusqu'au départ. Surtout que les commissions habituelles, c'est fini, maintenant. Le pain de Valérie, l'eau minérale de Valérie, et ses petites douceurs, tantôt les éclairs, tantôt les mille-feuilles, terminé ! Pour tromper l'attente, Guy va acheter son illustré *Je bouquine*.

Il descend jusqu'au boulevard, en prenant par le plus long.

Et soudain... Stéphane... c'est bien lui qui passe, qui vient de passer, sur une Kawasaki 500... rouge... trois cylindres... 190 km/heure... Toutes les caractéristiques, Guy les a dans la tête... Une moto de rêve... Mais est-ce bien Stéphane ? Le motard allait si vite, invisible sous son casque d'astronaute ! S'il n'avait pas eu la tête pleine de Stéphane, il n'aurait pas une seconde pensé à lui. Maintenant, il va le voir partout !

Et Stéphane, lui... peut-être qu'il a vu son frère, sur le seuil de la chambre ? S'il était caché quelque part, dans la pièce ?... Affreux ! C'est une idée affreuse... Mais tellement logique ! Juste le petit morceau bizarrement découpé qui manquait au puzzle. Celui-ci, peu à peu, impose sa physionomie redoutable. Guy contre Stéphane ! Un face-à-face insoutenable. Guy le refuse, le repousse, l'écarte de toutes ses forces.

Il renonce à son illustré. Il rentre, comme un somnambule. Vite ! La peau d'ours, les pouces dans les oreilles, l'immobilité d'un gisant qui ne voit plus rien, n'entend plus rien, se concentre.

Il n'y a pas la moindre preuve. Si on admet, comme le commissaire, que n'importe qui pouvait s'introduire chez Valérie après trois heures, pourquoi, avant trois heures, n'importe qui n'aurait-il pas pu ?... Non. Parce qu'avant trois heures, il y avait trop de mouvement dans la maison. Un étranger ne s'y serait pas risqué. Tandis qu'un familier...

Et Stéphane est arrivé en retard ! Et il est parti très tôt. C'est là, avant ou après le déjeuner, que la chose a eu lieu. Mais dans ce cas, à trois heures, Stéphane n'était pas dans la chambre ! Ah, tant mieux ! Guy s'avoue, tout bas devant lui-même, qu'il a inventé une histoire horrible parce qu'il est jaloux. Bien sûr, Stéphane a eu le temps et l'occasion mais qu'est-ce que ça prouve ? Attention, quand même !... Ne pas oublier la Kawasaki ! Si c'était bien Stéphane ? S'il possédait cette moto ?... Et alors ? Avec quel argent ? Mais avec l'argent de la vieille ! Et voilà reparti le carrousel des soupçons.

Pourquoi Stéphane avait-il insisté pour posséder un compte personnel ? Parce qu'on paie avec un chèque et non pas de la main à la main, quand l'achat est important. Ces choses-là, on les apprend très vite, à la table familiale. Donc, Stéphane fauche un beau paquet de fric pour le prix de sa moto. Facile ! Quand on travaille dans un garage ! On profite d'une occasion avantageuse... D'accord... il y a encore pas mal de petits détails qui clochent. Mais dans les grandes lignes, hein, c'est forcément ça !

Et Guy se tord de rancune sur sa descente de lit. Il n'a pas assez de mots orduriers pour en cingler son frère, et pourtant l'école lui en a fourni une riche provision. Il se relève et va baigner son visage en sueur. La Kawasaki pour Stéphane ! Et pour lui-même Bambino. C'est la meilleure part ! Mais la Kawasaki, elle est à Stéphane ! Tandis que Bambino, il est à tout le monde. On le prête ! D'autres garçons lui parlent à l'oreille, lui donnent du sucre. Guy plonge encore une fois son visage dans le lavabo. Il souffre d'amour, de frustration, d'envie, de colère et de honte, une grouillante boule qui l'étouffe.

« On aurait mieux fait de m'abandonner là-bas », se dit-il.

C'est une pensée qui lui vient souvent quand, la nuit, le réveillent des images du pays perdu.

Mais quand il entre dans la salle à manger, il est souriant et impénétrable. Stéphane aussi. Ils se regardent comme des joueurs de poker. C'est leur air habituel. Guy grignote quelques radis et, en lui, une voix chuchote : « Si ce n'est pas lui, le voyou, c'est moi. »

Il a toujours sa boule dans la gorge, mais il se force à manger pour que sa mère ne le prive pas de manège. Mme Chasseloup ne remarque rien. Elle parle de l'autopsie, dont les résultats sont des plus vagues. Le crime a eu lieu vers trois heures, semble-t-il. La victime n'avait pas fini sa digestion. Mme Chasseloup n'évite pas ces précisions, bien qu'on déjeune, car elle entend bien que ses fils ne soient pas des mauviettes.

— Quand on recule devant les mots, dit-elle souvent, c'est qu'on recule devant les choses.

Et elle récapitule les nourritures absorbées par Valérie :

— Le potage poireaux pommes de terre, ce n'était pas lourd. Les paupiettes, évidemment, moi, j'aurais eu du mal ! Mais son arthrose ne l'empêchait pas de boulotter comme quatre... Les frites, le camembert... elle s'en fichait de grossir ! Elle avait bien de la veine.

— Écoute, maman ! dit Stéphane. Tu ne vas pas nous servir Valérie à tous les repas ! Elle est morte, bon ! Ça suffit. Hein, Guy, tu ne crois pas ?

Il quête une approbation qui aurait valeur d'accord secret. C'est du moins ce que Guy s'imagine. Est-ce qu'il ne serait pas mieux de lui poser carrément la question : « C'est toi qui l'a frappée ? » Et d'ajouter : « J'en ai la preuve. »

C'en serait fini d'un coup de cette espèce de duel sournois qui, s'il se poursuit, va rendre la vie intenable.

« J'en parlerai à Bambino », songe Guy, soudain, et cette réflexion tellement absurde déclenche en lui comme un hoquet de rire.

— L'enterrement de cette pauvre Valérie, c'est tout l'effet que ça vous fait ! éclate Mme Chasseloup. Je n'ai jamais vu des enfants aussi insensibles !

Le repas s'achève en silence. Après, vient la vaisselle. C'est Guy qui lave et c'est Stéphane qui essuie, en attendant l'arrivée de la nouvelle femme de ménage. D'ailleurs, ce sera peut-être Germaine Pellegrin, qui est libre, désormais. Mme Chasseloup ne l'aime pas beaucoup parce qu'elle est toujours à parler de son fils : « Comme dit Raoul... Comme Raoul me le faisait remarquer... »

— Quoi, Raoul ? Il est juste bon à vivre aux crochets de la pauvre idiote. Ce n'est pas ce qu'il gagne au Relais Saint-Hubert ! Mais ce qu'elle raconte, conclut Mme Chasseloup, ça m'entre par une oreille et ça me sort par l'autre.

Hop ! Le dernier plat lavé, Stéphane s'envole. Ce qu'il a pu changer, depuis quelques semaines ! Il fume en douce. On l'a vu avec une gamine du collège. Il a un blouson en faux cuir. Guy additionne les griefs, hoche la tête : ce n'est peut-être pas une vie de débauche, mais tout ça doit coûter cher.

Et il me suffirait de dire : « A trois heures, elle était déjà morte », et le beau Stéphane aurait la police sur le poil, car elle sait raisonner, la police ! « En somme, se répète Guy, c'est grâce à moi qu'il frime ! »

Tout cela alimente la rêverie qui le tient engourdi dans la voiture qui l'emmène au relais...

IV

LA RAGE AU CŒUR...

Le porche du relais à peine franchi, Guy est à nouveau l'ami, le frère, le copain de Bambino. Il court. Il appelle Paul Lombard qui lui désigne le box. Il saisit par le col le petit cheval. Il l'embrasse. Il tient la grosse tête dans ses bras et la câline. De ses doigts écartés, il peigne la crinière, souple comme une chevelure, et la houppe blonde, entre les oreilles.

— Ça va, dit le lad. Tu l'embêtes. Un poney, c'est pas pour faire des mamours. C'est pour monter dessus.

Mais d'abord l'enfant et la bête, côte à côte, tournent autour de la cour pour s'habituer à marcher ensemble. Et pendant ce temps, Guy lui vide son cœur.

— C'est lui, tu comprends. Elle ne se méfiait pas. Et puis, pour nous, la violence, on est né dedans. Il lui fallait l'argent, tout de suite. Le reste, ça ne comptait pas ! Mais maintenant, moi, je suis bien embêté. A cause de maman, je pense que je ne dirai rien.

Le petit cheval s'ébroue et souffle.

— Ah ! tu vois, dit Guy. Tu es bien d'accord ! Je suis coincé. J'ai menti. Un peu à cause de toi, tu sais ! Eh bien, tant pis pour moi et tant mieux pour mon frère. Tiens, je t'ai apporté du sucre. Dépêche-toi.

— En selle ! commande l'homme.

C'est drôle, un cheval, vu d'en haut, quand on est sur son dos. Les oreilles bougent sans cesse. Elles causent. Et il y a toute une mécanique d'os et de muscles qui fonctionne sous le cavalier, le balance comme la mer. Guy est ravi. C'est ici qu'il est heureux. Bien plus ! Il est bon. Il ne veut de mal à personne. Après tout, la vieille Valérie, avec son arthrose, son sale caractère, son avarice, elle était un poids pour tout le monde. Ce n'était pas drôle de faire ses commissions. Toujours à râler, à compter la monnaie, jusqu'aux minuscules piécettes de cinquante centimes.

Stéphane a été un peu vif, voilà tout. On ne va pas lui pardonner du premier coup, non ! Mais s'il consent à se montrer plus gentil, à ne pas traiter son frère d'impérialiste — où va-t-il pêcher ces mots ! —, alors on passera l'éponge, surtout que la charmante Charlène, aux dernières nouvelles, n'est pas inquiétée par la police.

Guy jette autour de lui un regard méfiant. Il y a des garçons et des filles, sur d'autres poneys, qui s'appellent, crient, s'amusent, bruyamment, comme s'ils se croyaient sur les chevaux de bois, les imbéciles ! Guy se penche et murmure :

— Tu m'entends, Bambino ? je ne t'ai pas raconté, mais le commissaire est revenu. Il voulait m'interroger encore une fois. Ma mère s'est fâchée. Elle lui a dit que j'étais déjà bien assez bouleversé par ce drame. Tu parles ! Alors, on est bien d'accord, Bambino ! On ne sait rien. On la boucle ! A demain.

Mme Chasseloup l'attend, sur le seuil du bureau. Il caresse l'encolure du poney, lui souffle dans l'oreille :

— C'est moi que tu aimes, pas les autres.

Et c'est le retour, à travers la ville encombrée. Mme Chasseloup prend de l'essence, au garage de l'Ouest, juste pour voir comment Stéphane se débrouille. Tordant. Il porte une combinaison blanche, avec une inscription rouge : *Total*, et une casquette à longue visière. Une allure de supercompétence. Guy sent bouger ses rancunes, mais il a promis à Bambino. Il se force à sourire et va même payer à la caisse. Et que voit-il, le long du mur ? La Kawasaki rouge. Aucun doute. C'est elle.

Comme le garage n'est pas loin de la maison, c'est donc ici qu'elle habite. Autant dire que Stéphane l'a sous la main. S'il a envie de lui parler, le soir, après le dîner, il n'a qu'un saut à faire. Et même il peut s'offrir un petit tour de quartier, à la fraîche. Guy se rencogne sur son siège et ne dit plus rien. Mais il en aura le cœur net. Cette superbe machine, il ne peut jurer qu'elle appartient à Stéphane. Cependant, tout semble bien le prouver. Ouvrons l'œil !

Il n'y aura pas besoin d'attendre longtemps ! Mme Chasseloup ne pourra pas dîner avec les enfants, ce soir. Elle a, pour se justifier, un mot magique qui exaspère toujours Guy : les « affaires ». Jamais ils n'ont réussi, tous les trois, à passer ensemble, paisiblement, une soirée. « Ensemble », Guy ignore ce que cela signifie, mais ça doit être très doux, peut-être un peu triste, mais ça vaudrait tellement la peine d'essayer ! Au lieu de manger tout seul, dans la cuisine. Parce que Stéphane, quand il sait que leur mère sera absente, fait exprès d'arriver le plus tard possible. Et il emporte dans sa chambre n'importe quoi, un blanc de poulet, une boîte de sardines, un bout de tarte. De plus en plus, hélas, chacun chez soi, chacun pour soi. Les chambres ont beau être contiguës, ce sont des étrangers qui les occupent. Quelquefois, le jazz de l'un, le rock de l'autre, à travers le mur, se font la guerre.

Guy est aux aguets. Il sent que Stéphane va profiter de cette soirée sans surveillance.

« Qu'est-ce que j'avais dit !... pense-t-il, en se faufilant derrière son frère. Les jeans neufs ! Le chouette blouson. Il va enlever sa belle et parader sur le boulevard. Si maman l'apprenait ! »

Mais Stéphane a déjà disparu.

La nuit est là, ou plutôt l'avant-nuit, l'heure furtive où l'ombre envahit la rue tandis que les toits retiennent un reste de clarté. Quelques passants.

Mais soudain, surgi de nulle part, un grondement farouche, un fracas de moteur emballé. Guy n'a pas le temps de se retourner. La moto. Elle roule sur le trottoir. Elle charge. Guy, instinctivement, s'écarte comme un torero surpris. Le guidon lui donne un coup de corne, l'accroche. Il virevolte, s'aplatit le long du mur, s'ébroue, se relève enfin sur un genou, étourdi, le cœur en déroute.

Un vieux monsieur, qui tient un petit chien en laisse, accourt, bouleversé.

— Êtes-vous blessé ?

Guy se remet debout, s'époussette machinalement.

— Il s'en est fallu de peu ! dit-il. Non, ça va. Ma chemise est fendue. J'aurai un bleu, mais ce n'est rien. Est-ce que vous avez vu le motard ?

— Je n'ai pas eu le temps, bafouille l'homme. C'était une moto rouge. Un gros engin qui a dû échapper au contrôle de son conducteur. Passer sur le trottoir, on n'a pas idée. Vous êtes sûr que vous n'avez pas mal ?

— Non, non. Merci. J'habite tout près. Ne vous inquiétez pas.

Guy s'éloigne. Il boitille un peu. Si seulement il pouvait maîtriser ce cœur affolé ! Il s'efforce de marcher droit, bien qu'il ait du mou dans les jarrets. Ainsi, Stéphane a osé. Une Kawasaki rouge, dans le quartier ! Il n'y en a qu'une ! Stéphane !... Toi ! Tu m'as donc vu chez la vieille ! Et tu as cru que je t'avais aperçu, moi aussi ! Et tu as perdu la tête ! Et tu n'as pas hésité à...

Guy n'en peut plus. Il s'appuie à une voiture en stationnement. Il court après sa pensée. Il est bien évident qu'on a voulu le faire taire. Ça c'est du solide, ça ne se discute pas. Et qui avait intérêt à lui fermer la bouche, à tout prix ? Aucun doute ! Il n'y a qu'une réponse ! Ça fait peut-être mal, mais c'est comme ça !

« Et moi, se dit Guy, je n'ai plus le choix. Parce qu'il recommencera. Maintenant, il ne peut plus s'arrêter ! »

Il réfléchit encore.

Les forces lui reviennent, peu à peu, et il voit plus clairement la situation. Rentrer à la maison ? Ce sera le drame, quand sa mère reviendra et qu'il faudra lui expliquer. Et Stéphane poussé à bout, de quoi ne sera-t-il pas capable ! Et puis, la pauvre femme... c'est triste à dire, mais elle est en trop ! Ça ne la regarde pas ! C'est une affaire privée. Et que fait-on quand on est menacé ? On se défend ! Et quand on n'est pas, physiquement, le plus fort ? On se débrouille pour être le plus rusé.

Guy respire profondément, se récupère, fait l'appel de ses muscles. Ils sont prêts. Il regarde l'heure à son poignet : dix heures vingt. Au carrefour, non loin du garage de l'Ouest, il y a un bar. Guy n'hésite pas. Il entre. Personne ne fait attention à lui. Il demande un jeton. Heureusement, le téléphone est tout au fond, sur une tablette. Le Bottin, un vieux machin crasseux, aux pages crayonnées, lui donne tout de suite le numéro du commissariat.

— Allô... Je voudrais parler au commissaire... C'est au sujet du crime de la vieille dame, Valérie Lambourdin... Eh bien, appelez-le... dites-lui qu'à trois heures de l'après-midi, elle était déjà morte... Oui, morte. Dites-lui que le témoin a menti... Allô... Laissez-moi finir. C'est moi, le témoin. J'ai menti. Je n'en sais pas plus long. Mais ce qui est vrai, c'est que la chose a eu lieu avant trois heures. Voilà. Vous n'aurez pas de mal à trouver qui a fait le coup.

Il raccroche. Il sort, malgré tout un peu étourdi.

Il brûle et il a un peu froid. Une fois de plus, il est sans foyer. Et tout d'abord, il s'en va, au hasard. L'important est de s'éloigner de la maison. Il tressaille quand il entend une voiture s'approcher. Il cherche les rues les mieux éclairées, se dirige vers les Champs-Élysées. Là, parmi la foule qui circule devant les vitrines, il n'est plus qu'une silhouette anonyme. On va le chercher. On va redouter le pire. Tant pis ! Il n'a pas la force de revenir sur ses pas.

V

LA DEUXIÈME CLEF

Paul Lombard entre dans le manège où Jo, l'homme à tout faire, promène un large râteau sur le sol.

— Tu n'as pas vu Raoul ? Je le cherche partout ! Il est toujours en retard, celui-là.

— Non. Je n'ai vu personne.

Le lad sort en maugréant. Ce n'est pas son rôle de visiter les râteliers des poneys. Il passe de box en box. Toujours pas de Raoul. Le box de Bambino est le dernier de la rangée. Paul y jette un coup d'œil et reste saisi. Le cheval, couché sur ses pattes repliées, somnole et, la tête contre le ventre de l'animal, un jeune garçon dort... C'est bien le petit Vietnamien, le petit Guy. Pas d'erreur.

— Ho, gamin ! Qu'est-ce que tu fabriques là ? Ce n'est pas le moment de roupiller.

Guy s'éveille en sursaut, la panique sur le visage. Il se frotte les yeux.

— Je ne voulais pas ! murmure-t-il.

— Quoi ? Qu'est-ce que tu racontes ? Regarde dans quel état tu as les pieds ! Tu as marché jusqu'ici ?... Je parie que tu t'es sauvé ? On t'a grondé ? Tu as fait une grosse bêtise ? Allez, viens. Il faut prévenir chez toi. On va téléphoner. En voilà une histoire ! Appuie-toi sur moi. Sacré gosse. Tu pourrais répondre quand on te cause...

Dans le bureau, Paul cherche le numéro.

— Allô ? Madame Chasseloup ? Ici, le relais. On l'a trouvé. Il est à côté de moi. Il veut vous parler.

Guy saisit l'appareil.

— Je regrette, maman. Je n'aurais pas dû.

— Tu me feras mourir, tu sais ! gémit-elle. Veux-tu me dire pourquoi tu n'es pas rentré ! Mais d'abord as-tu mal ?

— Pas du tout. Il ne m'est rien arrivé. Je suis venu tout seul. J'avais honte, voilà.

— Oui, tu peux avoir honte. Tu t'étais sans doute disputé avec Stéphane.

— Il t'a raconté ?

— Lui, il ne raconte jamais rien. C'est à peine s'il a pris le temps de me dire que Raoul a été arrêté. Raoul ! Le fils de Germaine Pellegrin. Il paraît qu'il a tout avoué. Il a tué et volé parce qu'il avait des traites à payer sur une moto. On se demande où vous avez la tête, avec ces motos. Tu peux te vanter de nous avoir fait passer une drôle de nuit !

— Stéphane aussi ? chuchote-t-il avec désespoir.

— Quoi, Stéphane aussi ! Bien sûr ! Il tient à toi, tu sais ! Qu'est-ce que tu crois ?

Guy suffoque, lâche le téléphone et se cache la tête pour pleurer.

Guy apprend à panser Bambino. Il le brosse longuement, lui gratte le museau.

— Tu saisis, maintenant, mon petit vieux ? dit-il. La Kawasaki, c'était Raoul. Il la logeait au garage de l'Ouest, et Stéphane, dès qu'il en avait l'occasion, sautait dessus, mine de rien, pour faire un tour dans le quartier. J'ai été bête. J'aurais dû comprendre tout de suite. La deuxième clef, c'était la mère Pellegrin qui l'avait. Alors, vers deux heures et demie, Raoul s'introduit facilement chez Valérie, l'estourbit aussi sec et barbote tout le fric qu'il peut. Là-dessus, moi, j'arrive. Il se cache, me repère et pense que je suis dangereux. Quoi ?...

Écoute ! Fais un petit effort. Il n'y avait que deux clefs. La nôtre et celle de la femme de ménage. Donc ?...

« Eh bien oui, j'aurais dû penser Raoul et pas Stéphane. Je suis un pauvre type. Mais, attention ! Stéphane, maintenant, veut racheter la moto de Raoul. Pas question que je le dise à maman. Tu vois, s'il m'offre de monter derrière lui, peut-être que j'accepterai, pour lui prouver qu'on est copains. C'est ça que je voulais t'avouer. Tu ne m'en veux pas ? Ça ne te fera pas de peine ? Tu es gentil Bambino. Et moi, je t'assure ! Je ne suis pas un tricheur.

SCHUSS

(1985)

I

Paul m'a dit : « Mon cher Georges, tu es un anxieux, un inquiet, un tourmenté, tout ce que tu voudras, mais pas un malade. Ça t'ennuie, hein ? Tu serais content si je te parlais de dépression et peut-être même de névrose. Pas question ! Tu as... c'est sur ta fiche, soixante-cinq ans...

— Et quatre mois.

— Bon. Et quatre mois. L'âge des bilans. Faisons le tien. Côté fortune, avoue que tu es un privilégié.

— Je ne suis pas tellement riche.

— Je changerais bien avec toi. Des immeubles de rapport, une propriété sur la Côte, des placements probablement avantageux et surtout ta salle de gymnastique où l'on voit passer les plus beaux muscles de Grenoble, et ton établissement de kinésithérapeute où l'on voit défiler les plus belles arthroses. J'exagère ? Attends. Je n'ai pas fini. Ton premier mariage a été un échec, soit. Quand on se marie à vingt-deux ans, mon cher Georges, c'est toujours comme ça. Mais après ?... Oui, jetons un voile, ça vaudra mieux. Je ne prononcerai même pas le nom de Berthe Combaz, quoique... Je peux ajouter un mot ? Eh bien, si tu te décidais à l'épouser... depuis le temps que vous êtes ensemble... j'ai l'impression que tu n'aurais pas besoin d'un neurologue... Le voilà, ton bilan. C'est celui d'un homme à qui tout a réussi. Regarde-toi, mon vieux. Non ? Ça t'embête. Tu es de ces gens qui ne s'aiment pas. Tu préfères avaler des tranquillisants, te droguer.

— Non. Pas du tout. Je voudrais... Ah ! si seulement je savais ce que je veux ! »

Paul m'a dit : « Prends une cigarette. Aujourd'hui, c'est permis. Et écoute-moi. Je connais un remède. Je ne le recommanderais pas à n'importe qui, mais je pense qu'il te conviendrait parce que tu n'as pas dû tellement changer, depuis le lycée. Tu te rappelles ? Tu griffonnais des poèmes, des bouts de nouvelles. On se disait : "Blancart est fait pour écrire."

— Hélas ! Je n'étais surtout fait pour rien.

— Eh bien, mon vieux Georges, c'est maintenant que tu vas t'y mettre. Mon remède, le voici : à partir d'aujourd'hui tu vas tenir un journal. Je t'en prie ; ne commence pas à t'agiter. Tu serais allé chez un psychanalyste, tu aurais accepté de te raconter en long et en large, n'est-ce pas ? Moi, je te demande de noter, au fil de la plume, tout... pas forcément tes états d'âme, ça, on s'en fout, mais la vie qui passe, les propos des uns et des autres, le monde qui existe autour de toi, pour te forcer à regarder, à écouter, à t'oublier un peu si c'est possible. Crois-moi, ça vaut tous les remèdes. Et tu verras, tel que je te connais, tu y prendras goût.

— En somme, c'est *A la recherche du temps perdu*, que je dois refaire à mon usage ?

— Idiot. Tu dois simplement prendre à bras-le-corps ton ennui, ton dégoût, ton spleen — appelle ça comme tu voudras — et l'obliger une bonne fois à s'exprimer. Il est caché en toi ; tu te contenteras de le faire sortir, comme le pus qu'on presse hors d'un abcès. Pas de littérature. Pas d'effets de plume. Ou du moins ce n'est pas indispensable. Tu saisis ?

— Pas bien. Par exemple, si j'ai mangé au dessert du camembert, il faudra que j'écrive : *J'ai mangé du fromage*, comme ça, tout bêtement ?

— Non. Tu écriras : *J'ai mangé du camembert*. Le mot important, c'est *camembert*. Le sens du concret, Georges ! C'est ça que tu es en train de perdre. Un angoissé comme toi, c'est quelqu'un qui a perdu ses attaches.

— Admettons. Je tiens un journal. Est-ce que je devrai te le communiquer ?

— Inutile. Si ça marche, tu continueras. Sinon, tu laisseras tomber. »

Il a dit encore : « De temps en temps, passe-moi un coup de fil. »

Ensuite, j'ai acheté un cahier et je n'ai plus su par où commencer. J'aurais peut-être mieux fait de lui parler d'Évelyne. Tout part d'Évelyne et tout lui fait retour. C'est elle qui est ma maladie. Vous fixez un point lumineux. Il éblouit. Il emplit la tête. L'alentour disparaît. Et pendant longtemps il est encore là, il se promène comme une mouche lumineuse parmi les choses de la rue. C'est ça, Évelyne. En ce moment, elle est là, entre mon papier et moi. Elle me brouille la vue. Garçonnière, coiffée comme un chien fou, insolente ; de face, une gamine trop délurée, mais de profil une petite fille encore en bouton. Il a raison, Paul, j'ai beaucoup à dire sur elle et plus encore. Ce qui m'arrive, c'est la banalité même, mais un cancer aussi, c'est la banalité. Et il y en a eu des livres, là-dessus. *Comment j'ai vaincu mon cancer*, etc. Alors pourquoi pas moi ? Au fond, qu'est-ce que je demande ? L'oubli. Me lever paresseusement, voir, devant moi, la journée comme remplie de menues occupations agréables, flâner d'un ami à l'autre, dîner peut-être avec Berthe à condition qu'elle aussi accepte de déposer ses soucis au vestiaire. Ah ! Dieu, avoir enfin le cœur vide !

Bon, je veux bien essayer de rattraper ma vie qui passe, comme dit Paul. J'ai quitté Grenoble hier après-midi. Mes directeurs connaissent leur affaire. De ce côté-là, je suis tranquille. Coup de fil à Berthe.

« Je vais à Port-Grimaud, mais je te rejoindrai à Isola dimanche matin. C'est Debel qui t'emmène ?

— Oui. Langlois s'est excusé. Il est un peu grippé. Langogne partira devant avec la fourgonnette, pour repérer un endroit à l'écart, mais j'imagine qu'il ne doit pas y avoir grand monde, à Isola, en ce début de saison. Nous serons tous les quatre. Nous déjeunerons là-haut.

— Personne ne se doute de rien ?

— Personne.

— Évelyne ?

— Oh ! Évelyne ! On n'arrête pas de se chamailler. Elle veut se louer un petit appartement. C'est sa dernière lubie. Alors, ce que je peux dire ou faire, tu penses si elle s'en moque. Georges... tu crois qu'on va réussir ?

— Bien sûr. »

Sa voix qui tremble d'énervement. La mienne qui manque de conviction. Le silence, soudain, entre nous. On raccroche ensemble. Je ne vais tout de même pas, maintenant, raconter par le menu le trajet Grenoble-Port-Grimaud ! C'est complètement ridicule ce que me demande Paul. Je ne me sens pas du tout disposé à mettre noir sur blanc ce que je sais déjà. Et je ne vais pas non plus me rabâcher cette histoire de ski dont Berthe m'accable, je peux dire matin et soir, depuis des mois. Mais je serai honnête. Ce qui est promis est promis. J'arrive chez moi à la nuit tombante. Je note. Je note tout. À peine le temps de jeter sur un fauteuil mon manteau — pardon, Paul, mon poil de chameau, puisqu'il faut être précis — j'empoigne le téléphone. Pourvu que ce diable d'homme soit rentré !

« Allô, Massombre ?... Ah ! bien content de vous entendre. Ici, Blancart. Je suis à Port-Grimaud. Alors ?

— Elle cherche un studio à louer.

— Oui, ça, je le sais. Sa mère me l'a dit.

— Eh bien, c'est tout.

— Faites-moi le détail. (Amusant ! J'attends de lui exactement ce que Paul attend de moi. Mais moi, je ne suis pas un « privé ».)

— Le détail ?... D'abord, elle a déjeuné dans le fast-food en face de la gare.

— Seule ?

— Oui. Elle a bien échangé quelques mots avec un barbu, mais le ton copain-copain, si vous voyez. Ensuite, elle a mangé vite fait. Et puis elle a commencé la tournée des agences, sans grand succès, j'en ai l'impression.

— Et le barbu ?

— Elle ne l'a pas revu.

— C'est quelqu'un de son âge ?

— Oui, le genre étudiant, avec un petit quelque chose de clodo.

— Et l'autre ? Le grand maigre ?

— Disparu.

— Merci. Continuez.

— Vous savez, monsieur Blancart, vous jetez votre argent par les fenêtres. Moi, c'est mon métier. Bon. Que je la surveille, elle ou une autre, ça m'est égal. Mais tout ça, c'est pour rien.

— Je vous paie pour que vous me parliez d'elle. C'est tout.

— D'accord. Je n'ai rien dit.

— Ouvrez l'œil. Bonsoir. »

Au début, j'avais honte. Un vieux bonhomme comme moi s'accrochant aux jupes d'une gamine de vingt-deux ans... Je trouvais ça vaguement répugnant... Non pas répugnant à vivre et à souffrir, mais à avouer. En ai-je pris des précautions pour mobiliser les services de Massombre. « Vous comprenez, sa mère a divorcé ; son père est connu dans tous les bistrots de la ville. Moi, je suis pour elle une espèce d'oncle qui cherche à la protéger. » Et ce Massombre, les yeux vifs sous les sourcils grisonnants, m'observait en hochant la tête. « Oui, je comprends parfaitement. »

Pas dupe une seconde, évidemment. J'aurais quand même voulu lui expliquer. J'avais besoin de son aide, mais surtout de son estime ; qu'il n'aille pas me prendre pour ce que je ne suis pas. Et puis, tout d'un coup, j'ai tout balayé, les scrupules, les hésitations, les pudeurs. Ce qu'il pensait de moi, je m'en foutais. Pourvu qu'il garde un œil sur Évelyne. Et maintenant ce barbu allait me trotter dans la tête.

... Je suis sorti. Il y avait des étoiles à poignées et, malgré la saison, l'air était doux et tiède comme une chose vivante. Je pénétrais dans un film : bateaux de cinéma, maisons fleuries de cinéma, silence d'un immense studio. J'attendais presque le clap annonçant la prise de vues, tandis que j'avançais lentement au bord du canal. Je n'étais, ce soir, qu'un figurant, dans une comédie absurde. A la vérité, je n'existais pas plus que ces façades trop bien peignées, ces petits ponts adroitement bossus, ce Disneyland disposé en forme d'attrape-cœur et qui me faisait défaillir de misère et de solitude.

Dire que j'avais acheté ici, pour elle, ma maison de poupée, crépi blanc, tommettes provençales, poutres anciennes et partout, le long des murs, le miroitement doré des eaux voisines doucement remuées. Elle était venue, avait promené à droite et à gauche son petit museau moqueur : « Oui, ce n'est pas mal. Mais tu sais, Georges, sans un voilier devant la porte, ça fait paysan. » Et alors, j'ai acheté un Chris-Craft, le modèle Excalibur. Il est amarré au bout de mon petit jardin. C'est un beau jouet qui m'a coûté les yeux de la tête. De temps en temps, je l'emmène à petite allure d'un canal à l'autre, par un souci d'hygiène mécanique, mais le plus souvent il reste à l'attache. Les promeneurs l'admirent. Ils s'arrêtent. « Superbe ! Il y a des gens qui ont de la veine. » S'ils savaient !

Ici, justement, je dois noter ce que je n'ai pas osé avouer à Paul. Au fond, il a raison. D'un mot sur l'autre, je suis en train de découvrir mes recoins sombres, où je n'ai jamais passé le balai. Depuis plus d'un an, la propriété est à vendre, mais je n'ai nullement l'intention de m'en séparer. J'ai indiqué à l'agence un prix qui découragerait même un émir. Mais c'est une menace qui a mis Évelyne hors d'elle.

— Si tu fais ça, je ne te parle plus !

— Mais voyons, ma petite fille, puisque je compterais sur mes doigts tes séjours à Port-Grimaud.

— Et alors ? C'est quand même un peu ma maison, non ? »

Des cris du cœur comme celui-là, je donnerais tout pour en entendre un, ne fût-ce qu'une fois l'an. J'ai donc feint de tenir bon. Gros capital improductif, d'autres projets en vue, etc. Je sais qu'elle aime l'argent, qu'elle dépense comme une idiote et que mes arguments peuvent la toucher. Ça ne rate pas. Elle me démontre que Port-Grimaud est un placement extraordinaire. Je soutiens le contraire. On se dispute. D'elle, je n'ai que ça, des querelles, des reproches, des sarcasmes ; avec moi, on ne se gêne pas. Je suis le Georges à tout faire, le vieil ami de maman, qu'on embrasse parfois, au passage, sur la joue, quand il a glissé un chèque dans le sac à main — chut, pas besoin de le crier sur les toits —, qu'on traite sans doute de vieille bête quand on est entre copains, comme un barbon...

Bon, j'en oublie mon propos. Grâce à Port-Grimaud, j'existe, pour Évelyne. Et quand j'existe pour elle, j'existe pour moi. C'est pourquoi je tolère les visites d'éventuels acquéreurs. Mme Siponelli, de l'agence, les guide de pièce en pièce. Elle s'abstient de tout commentaire. Elle laisse admirer. Moi, réfugié dans la chambre d'amis, portes entrebâillées pour ne rien perdre de ce qui se dit, j'écoute. En général, il s'agit d'un couple. L'homme, qui est au courant des prix, se contente de vagues grognements. C'est la femme qui ne tarit pas.

« Ravissant ! Vraiment ravissant. Et quelle jolie vue... Cet amour de jardin... Tout est d'un goût !... Eh bien, Henri, tu ne dis rien ? » Lui, pratique et un rien hostile, demande : « Le séjour fait combien ?

— Vingt-trois mètres carrés, dit Mme Siponelli. Et le rez-de-chaussée, avec sa terrasse, fait quarante-deux mètres carrés. C'est le modèle Maison de pêcheur. »

Chuchotements. On se concerte. Je tends l'oreille. Je pense que j'ai eu raison d'acheter ici, que la convoitise des curieux me prouve qu'on peut aimer cette demeure et qu'Évelyne finira par s'y laisser prendre. Les voix s'éloignent. Le couple s'arrête au bord de l'eau. Elle regarde longuement la façade. Du coin de la fenêtre, je devine qu'elle murmure : « C'est dommage ! »

Tu entends ça, Évelyne ?... Pour ces passants, je suis un homme comblé. Quand je te reverrai, à Grenoble, pour te faire bisquer, je te dirai : « J'ai bien failli vendre », et tu me répondras : « Je te déteste », et ce sera ma petite miette d'amour.

Je n'aime pas beaucoup le Port-Grimaud du matin, celui de la couleur, du fard, du maquillage, du touriste. Je préfère le Port-Grimaud de la nuit, des reflets errants, de l'incognito. La mer est là. Le jour, elle n'est qu'une pièce d'eau apprivoisée. Elle ne retrouve sa vie qu'aux petites heures. La vie la plus humble, faite de clapotis furtifs, de doux ressacs, de souffles amis. Elle se caresse au noctambule. Je rentre à petits pas. Coup d'œil au Chris-Craft. Il m'est arrivé d'y coucher ; un vieux pêcheur veille à l'entretien. Il porte une casquette avachie de yachtman et il me fait le salut militaire. C'est la vérité. Depuis la terrasse, j'entends le téléphone. C'est sûrement Berthe. Elle appellera jusqu'à ce que je réponde. Autant en finir tout de suite.

« Berthe ?... Quelque chose de cassé ?

— Non. Je voulais savoir si tu étais bien arrivé.

— Eh bien, tu vois. Tu sais qu'il est plus de onze heures. Tu devrais dormir.

— Je ne peux pas. J'ai hâte d'être à Isola. Je voudrais tellement que ça marche. Langogne est sûr de lui. Il est emballé, mais il est toujours emballé. Moi, c'est ton avis que j'attends.

— Mon avis... tu es bien gentille, mais je fais si peu de ski, maintenant.

— Oh ! quand même ! La différence saute aux yeux. Tu verras.

— Qu'est-ce que tu croques ?

— Du sucre. Quand je suis énervée, je ne peux pas m'en empêcher, tu le sais bien. »

Ce qu'elle ne dit pas, c'est qu'elle a envie de parler. Elle est adossée à ses oreillers, son paquet de Stuyvesant et son briquet à gauche, le sac de bonbons et le cendrier à droite, et sa victime au bout du fil. Françoise Debel, ou Lucienne Favre, ou une autre. Ce soir, c'est moi.

Elle va me raconter sa journée, me jetant parfois : « Tu m'écoutes ? » pour s'assurer que moi aussi je tiens tête au sommeil.

« Si vous êtes tous d'accord, continue-t-elle, il va y avoir des tas de dispositions à prendre. J'en ai la tête qui me tourne. Lancer une pareille opération !... Si on se trompe, c'est foutu. Mais si on réussit on va ramasser un sacré pot. »

Ça, c'est le langage d'Évelyne qui déteint sur elle. Non, elle n'est pas partie pour son petit bavardage habituel, mais pour des confidences que je sens venir.

« Vois-tu, Georges, ce sera ma dernière bataille.

— Allons donc ! dis-je poliment.

— Si, si. L'usine n'est pas équipée pour produire en très grande série. Or, la question du prix va se poser. Il doit être concurrentiel, et j'ai les chiffres sous les yeux. La partie n'est pas gagnée.

— On est là pour t'aider.

— Oui, j'y compte bien, parce que je n'ai plus la même énergie qu'avant. Tout devient trop compliqué, les banques, la publicité, le personnel qui pose des conditions... Il y a des moments où j'ai envie de passer la main. Rends-toi compte... si je vendais, d'abord, je ferais une excellente affaire, et puis nous pourrions, tous les deux, nous organiser une bonne petite existence. Tu liquiderais tout, de ton côté, et nous irions vivre loin de la neige, enfin ! Tiens, à Port-Grimaud, pourquoi pas ?... Tu m'écoutes ?

— Bien sûr. Mais d'abord il faut imposer le nouveau ski Combaz.

— Je t'embête, hein ? Je sais à quoi tu penses... Tu te dis que Berthe n'est pas femme à lâcher le morceau, qu'elle aime bien trop le pouvoir et l'argent... Déjà, Évelyne me lâche ça dans la figure en toute occasion... Mais ça ne me gêne pas. Bon. Va dormir. On reparlera de tout ça demain, à Isola. Langogne amènera tout ce qu'il faut. Tâche d'être là sur le coup de onze heures. Bonsoir, mon petit Georges. Quel temps fait-il à Port-Grimaud ?

— Idéal.

— Menteur. Tu dis n'importe quoi. Mais je t'aime bien quand même. »

Elle raccroche. Moi aussi. Cette manie qu'elle a de disposer de tout. Et d'abord de moi ! Je vais faire chauffer un peu de café. Tu vois, Paul. Je note. Je note. Je pourrais noter que je suis en rogne. Mais c'est toi qui as dit : « Les états d'âme, on s'en fout. » Qu'elle aille donc au diable, avec ce ski de malheur. Malgré tout, j'en ai gros sur le cœur. « Tu liquiderais tout de ton côté ! » Que ça me plaise ou non, bien entendu. Je me raconterai la suite demain. Finalement, cet épouillage est plutôt amusant.

... De nouveau le jour. Cette journée devant moi comme un sentier abrupt qui ne mène nulle part. Et tous les matins, ça recommence. Et pendant que je ferai le guignol à Isola, Évelyne... Comment savoir si, en ce moment, elle ne s'éveille pas dans les bras d'un copain, puisque tout le monde est son copain. Sauf moi ! Massombre ne peut la suivre partout. Quand on y pense, c'est comique. Moi, je suis jaloux d'Évelyne. Mais Berthe est jalouse de moi. Elle ne cesse de se demander pourquoi j'élude, dès que notre avenir vient sur le tapis. Et Marèze, son ancien mari, s'il s'applique à boire, c'est pour la narguer, parce qu'il n'arrive pas à se détacher d'elle. Et Langogne ! Lui, c'est spécial, c'est de son ski, qu'il est jaloux. C'est sa chose. Pas touche. Il voit partout des traîtres, prêts à lui voler son invention. En vérité, nous sommes semblables à ces pelotes de serpents qui hibernent dans le chaud d'un fumier. Et tout m'agresse, dès que je dois sortir de l'engourdissement du réveil. Le rasoir m'écorche. Le café a un goût de ciguë. Ma Peugeot me nargue en refusant de démarrer à ma première invite. Mme Guillardeau, ma gouvernante, ma gardienne, l'âme de la maison, a oublié l'heure. Il faudra que je lui téléphone d'Isola pour lui dire que je reviendrai dans huit jours.

Mais pourquoi Isola ? Je me pose la question sans arrêt. Ce ne sont pourtant pas les endroits, autour de Grenoble, où nous aurions pu, discrètement, tester ces fameux skis. Est-ce une idée de Langogne, ou bien de moi ? Je ne m'en souviens plus. De moi, je suppose. J'avais oublié que la route, en décembre, n'est pas des plus faciles. Et il n'y a pas encore beaucoup de neige, à Isola. Et je m'écorche à chaque pensée. Je ferais mieux d'écouter la radio. Rideau. Mon théâtre intérieur affiche : Relâche.

A Isola, ils m'attendent avec impatience. Berthe vient à ma rencontre. Toque de fourrure, manteau de fourrure, bottes de trappeur. Le nez gelé, derrière la vapeur de l'haleine.

« Ça s'est bien passé ?

— Quoi ?

— Eh bien, depuis Port-Grimaud.

— Très bien. Routes sèches. Presque pas de circulation. »

Elle se recule d'un pas.

« Mais comment es-tu fagoté, mon pauvre chéri ? On dirait que tu n'as plus rien à te mettre. Heureusement qu'il n'y a pas grand monde à l'hôtel. Dépêchons. »

Elle me prend par la main et nous traversons le parking en courant. Debel est au bar, devant un whisky, plus Debel que jamais, avec son visage rose, imberbe, et ses yeux bleus à fleur de tête, si jeunes, si gais... A cinquante ans, il en paraît trente. Alors que moi... Langogne, il est vrai, c'est juste l'inverse. A trente ans, on lui en donnerait cinquante. Le front ridé, des sourcils comme des chenilles ; des lunettes qui lui servent à se gratter ou à scander ses paroles, ou à tenir ses mains occupées, et si, par hasard, elles viennent se planter devant ses yeux, on découvre un regard inquiet, effrayé, qui se dérobe.

« Tu veux un café ? dit Berthe.

— Non, merci.

— Alors, on y va. »

Et nous repartons, Berthe et Langogne devant. Debel et moi à quelques pas en arrière.

« Tant que le conseil d'administration n'aura rien décidé, dit Debel, nous perdons notre temps. Et j'ai bien peur que nous ne soyons déçus. En matière de skis, qu'est-ce que vous voulez qu'on invente ? »

Langogne a ouvert les portes de la fourgonnette. Il retire avec précaution de la voiture un long paquet enveloppé dans un étui de toile. Il explique, tout en s'activant :

« L'aspect de ces planches n'offre rien de spécial. Ce sont, en apparence, des ski Combaz de série. Fixations classiques. Même longueur. Même élasticité. Il n'y a que la semelle qui diffère. »

Il en offre un à Debel, me tend l'autre.

« Naturellement, même poids. Mais passez la main dessous, sans appuyer, à cause du fart — notez que je n'emploie aujourd'hui qu'un fart à tout faire, la démonstration n'en sera que plus concluante —, vous sentez la glisse au bout des doigts. C'est étonnant, n'est-ce pas ? C'est comme de la vitesse emmagasinée dans le bois. Monsieur Blancart ? Vous qui avez beaucoup pratiqué ?

— Oui, mais il y a longtemps.

— Raison de plus. Votre impression n'en sera que plus probante. »

Il nous reprend les skis, les met sur son épaule. Il est intarissable.

« Par ici. Pas besoin d'aller très loin. Les vrais essais commenceront plus tard. Ce qui m'intéresse, c'est le premier contact d'un ancien bon skieur avec la neige de tout le monde. »

Debel porte les bâtons d'un air ennuyé. Il s'est coiffé d'un étrange bonnet bigarré pour ne pas paraître déplacé parmi les familiers de la station. Il a froid et il voudrait bien être ailleurs. Je me rapproche de Berthe pendant que Langogne examine le terrain et surveille les alentours.

« Évelyne est au courant ? »

Elle hausse les épaules.

« Non. Je t'ai dit non. Mon pauvre Georges, tu rabâches. Pour qu'elle aille tout raconter à son père. »

Langogne s'arrête. Quelques débutants timides s'exercent en riant. Personne ne fait attention à nous.

« Ici, décide Langogne. Terrain plat. Neige tassée. Normalement, des skis classiques là-dessus, ne comprendraient pas ce qui leur arrive.

Il faudrait pousser ferme sur les bâtons. Eh bien, à vous de jouer, monsieur Blancart, chaussez-les. »

L'expérience commence à m'amuser. C'est vrai que j'ai beaucoup aimé le ski. C'est vrai aussi qu'il a fait ma fortune : entorses, fractures, membres à rééduquer, j'ai vu passer chez moi toutes sortes d'accidentés. Voyons si le ski Combaz m'en amènera beaucoup d'autres.

II

Je retrouve tout de suite les gestes efficaces et me voilà debout, à peine appuyé sur les bâtons. Une petite impulsion. Incroyable. Je pars doucement. Cela ressemble plus à du curling qu'à du ski.

« Laissez-vous aller », crie Langogne.

Je parcours plusieurs mètres sans aucun élan, sans même distinguer la moindre pente. Ces skis paraissent doués d'une sorte de flair pour progresser d'une bosse invisible à une subtile déclivité. C'en est presque inquiétant. Cette promesse d'aérienne agilité réveille dans mes vieilles jambes une allégresse perdue.

« Poussez ! » me conseille Langogne.

Recherche instinctive de l'élan, les jarrets, les reins, tout de suite à la fête, et aussitôt je freine ; je sens que ça va aller trop vite, que je m'échappe. Je suis monté sur du vent, ma parole.

« Allez ! Allez ! »

Ils s'enthousiasment tous les trois. J'aime mieux m'arrêter, ce qui ne va pas sans dérapage. Je souffle comme si j'avais couru. Langogne me rejoint.

« Alors ? Votre sentiment, monsieur Blancart. Tout franc ! Tout cru !

— Vous êtes un sorcier, Langogne.

— N'est-ce pas ? s'écrie-t-il naïvement. Essayez plus haut, avec un peu de pente. Ça vaut la peine.

— Non, merci. Ça finirait par une bonne bûche. On ne demande pas à un cavalier du dimanche d'enfourcher un pur-sang.

— Tu vois qu'on ne t'a pas menti, dit Berthe.

— Tu en as tâté ?

— Bien sûr. A L'Alpe-d'Huez. Juste pour avoir un premier contact. Et je me suis retrouvée par terre. Ça n'a pas traîné.

— Oui, précise Langogne. Avec ce matériel, il y a une période d'apprentissage. Cependant, dès qu'on est habitué, on ne va peut-être pas deux fois plus vite que les autres, mais, à poids égal, à entraînement comparable, je soutiens que l'on doit gagner plusieurs secondes sur une descente classique.

— C'est quand même à voir, note Debel. Jusqu'à présent, vous n'avez que nos trois opinions. Vous ne croyez pas que c'est un peu juste ? »

Langogne n'est pas content.

« Vous oubliez le verdict du laboratoire. Vous me connaissez bien mal si vous pensez que je me suis engagé à la légère. »

Berthe prend son parti.

« M. Langogne travaille sur ce ski depuis combien de temps ?... Plusieurs années, n'est-ce pas ?

— Quatre ans. Pas sur le ski lui-même, mais sur le plastique qui équipe la semelle. Si M. Blancart ne souhaite pas continuer...

— Non, dis-je. Je suis convaincu.

— Eh bien, rentrons. Je vous expliquerai tout ça en déjeunant. Moi, je suis gelé. »

Il enferme les skis dans leur étui avec les précautions amoureuses d'un violoniste rangeant son stradivarius, et nous revenons. Berthe me tient le bras.

« Pour cinq minutes d'essai, dit-elle, j'avoue que je vous ai fait faire un bien long déplacement. Mais d'abord, ici, la saison commence à peine. Il n'y a encore à peu près personne. Et puis, surtout, je suis sûre de ne pas rencontrer d'importuns, tu sais, le genre de curieux qui s'étonnent : ''Mais qu'est-ce que vous avez aux pieds ? Ça se déplace tout seul.'' Et autour de Grenoble, les curieux qui nous connaissent ne manquent pas. Tu es vraiment conquis, hein ? Ce n'est pas pour nous être agréable que ?...

— Mais non, je t'assure. Langogne a inventé un truc du tonnerre. Je suppose que vous êtes protégés par un brevet ?

— Naturellement. Mais le problème, maintenant, c'est le lancement. Si tu veux bien, nous pourrions passer ensemble la soirée chez toi, à Port-Grimaud. Nous rentrerions demain à Grenoble.

— C'est que...

— Ne t'occupe pas d'eux. Ils savent à quoi s'en tenir. J'aimerais qu'on parle tranquillement. Ça ne t'ennuie pas ?

— Non.

— Tu ne comptais pas rejoindre une petite amie ?

— Ne dis pas de sottises.

— Je plaisante. Je suis gaie. Je sens qu'on tient le bon bout. Ça me donne faim. Pas toi ? »

Debel a retenu une table, dans un coin accueillant. Nous nous installons et Langogne attaque tout de suite :

« J'ai eu tout le temps de réfléchir à notre affaire. Et il y a des os, croyez-moi. »

Silence soudain pendant qu'on nous sert les apéritifs, comme si le garçon était un agent secret. Il reprend, à voix basse.

« A mon avis, il faut éviter une publicité bruyante qui pourrait attirer des maladroits. Vous avez vu, il y a des précautions à prendre. Ce n'est pas le ski de n'importe qui. »

Debel rit et observe que ce serait un bon slogan. Mais Langogne n'apprécie pas. Il est trop pris par son sujet.

« La meilleure politique consisterait à nous gagner les professionnels, les entraîneurs, les moniteurs ; tout ceux qui font l'opinion. Si l'on réussit à faire courir le bruit que le nouveau ski Combaz est le matériel des champions, c'est gagné. Et ça permettra de le vendre très cher.

— Pas d'accord », tranche Berthe.

Entracte. La minute du maître d'hôtel et du menu. Si l'on essayait le couscous ? Debel prend les choses en main, commande quelques robustes cochonnailles comme entrée, promène un index fouineur comme le pendule d'un radiesthésiste sur la carte des vins, décide pour nous tous et enchaîne :

« Donc, chère amie, vous n'êtes pas d'accord ? »

La discussion s'engage et s'échauffe. Debel et Langogne penchent pour une production limitée mais vendue au prix fort. Berthe vise plutôt la grande série à la portée de tout le monde.

« Qu'est-ce que même un débutant réclame ? dit-elle. Un ski qui aille vite. La vitesse ne doit pas être un privilège.

— Vous oubliez l'essentiel, objecte Debel. Vous n'êtes pas en mesure, avec vos moyens actuels, d'assurer un débit suffisant. Il faudrait de nouveaux capitaux et tout le reste à l'avenant. Qu'est-ce que vous en pensez, Blancart ? »

Je sursaute, car j'étais en train d'imaginer le dimanche d'Évelyne. Peut-être déjeunait-elle avec son père ? Ce serait le mieux, bien sûr. Mais après ? Le cinéma ? Avec qui ? Elle a toujours besoin de compagnie. Je fais semblant de réfléchir, en taquinant mon couscous.

« Vous m'accorderez qu'il serait imprudent de décider quoi que ce soit sur une première impression. »

Langogne intervient violemment.

« Voyons, Blancart, vous avez pu constater que...

— Pardon, pardon. Ce qui nous manque, c'est l'avis d'un champion. Tant qu'un très bon spécialiste — qu'il s'agisse de descente ou de slalom — ne nous aura pas donné son point de vue...

— Je dis non, tranche-t-il.

— Et pourquoi donc ? » demande Berthe, sèchement.

Langogne prend son temps, repousse son assiette, remonte ses lunettes sur son nez. Il baisse la voix.

« On peut nous imiter, murmure-t-il. Je ne suis pas seul à travailler sur ce ski. Je suis bien obligé d'avoir des collaborateurs, au laboratoire, à l'atelier d'assemblage, bref, tout le long de la chaîne de fabrication. C'est pourquoi je vous le répète : le temps joue contre nous. Qu'on commence à murmurer "Il y a du nouveau chez Combaz", et vous verrez les concurrents pointer leur nez. Ce genre d'espionnage, ça existe. Et alors, ce sera, en moins de deux, non pas la contrefaçon mais une formule toute voisine... Enfin, quoi, je ne vais pas vous faire un dessin. »

Silence et consternation. Berthe et Debel mesurent la difficulté. Moi, franchement, j'avais la tête ailleurs. Langogne, assuré d'avoir marqué un point, reprend sur un ton conciliant :

« La proposition de Blancart est à étudier, d'accord. A condition de ne pas perdre un instant. Si un skieur confirmé nous assure que ça vaut le coup, alors fonçons. D'abord en visant la clientèle des mordus, des vrais amateurs. Pour ça, nous pouvons faire face à la demande. Et après, le succès fera le reste. Une nouvelle installation, un personnel accru, nous aurons pour nous les banques, bref, nous aurons tout. »

Il dit toujours : « nous », comme s'il était le P.-D.G., alors qu'il n'est qu'un technicien aux ordres. Mais l'ambition l'habite comme un courant électrique. Et peut-être, tout au fond, estime-t-il que la place de Berthe n'est pas de diriger une entreprise. L'espèce d'angoisse que j'éprouve en permanence à cause d'Évelyne a développé en moi un sens supplémentaire, un « palper » d'ambiance, si j'ose dire, qui me permet de saisir les moindres effluves émanés de tout ce qui est intime chez les autres. Et à la place de Berthe, je me méfierais de Langogne. N'empêche, il a raison. Je l'appuie. Debel intervient.

« Il y a un point, d'abord, qu'il faudrait préciser, mon cher Langogne. C'est bien joli de songer à ces problèmes de prix, mais est-ce que votre ski fera de l'usage à l'acheteur ? Votre plastique tiendra-t-il le coup ? »

Langogne a envie de répliquer vertement. Il se contient, au détriment de ses lunettes.

« Vous n'avez jamais vu un ski démonté, monsieur Debel. Venez à l'usine. Je vous en montrerai les composants. En attendant, sachez que mon ski, comme vous dites, est en alliage léger, fibre de verre associée à une résine époxy et polyester. Et le revêtement de la semelle est à base de polyéthylène, selon une formule encore secrète. En tout, une quinzaine d'éléments dont chacun a été étudié et testé à part. Rien que pour obtenir la bonne épaisseur des lamelles de caoutchouc et d'aluminium formant la couche intermédiaire, nous avons travaillé plusieurs mois.

— Arrêtez, s'écrie Debel en riant. On vous croit. »

Mais Langogne ajoute, d'un ton encore plein de rancune : « Naturellement, nous avons mis au point un fart spécial. Tout ça vous sera expliqué à l'usine. Ce qui est sûr, c'est que notre ski sera aussi solide que les autres, et même peut-être plus.

— Ne vous fâchez pas, dit Debel.

— Mais je ne me fâche pas », réplique hargneusement Langogne.

Courte pause. Fromages et dessert.

« Quatre cafés », dit Berthe.

Debel fait semblant de ne plus voir Langogne. Il se tourne vers moi. « Vous connaissez cet oiseau rare qui pourrait nous servir de pilote d'essai. Tous les grands sont plus ou moins au service de marques rivales. Et je suppose qu'en ce moment ils s'entraînent dur.

— C'est une question de prix, dit Langogne. Si le mot vous choque, parlons d'arrangement.

— Mais j'y pense, dit Berthe. Nous avons chez nous ce qu'il nous faut. Gallois ! Il a déjà utilisé notre matériel. On pourrait s'adresser à lui. »

Elle m'interroge des yeux. J'hésite.

« Oui, peut-être. Mais il est encore en rééducation. Une mauvaise entorse.

— Il en a pour longtemps ? demande Debel.

— Non. Quelques jours. Mais voudra-t-il essayer des skis nouveaux alors qu'il se sentira encore fragile ? Je peux toujours le consulter.

— Quand ?

— Eh bien, demain, ou après-demain. S'il est d'accord, je crois qu'on peut lui faire confiance. Il saura se taire et il a un palmarès remarquable.

— Oui, accorde Langogne du bout des lèvres. Mais il est connu comme le loup blanc. Même s'il ne parle pas, ses pieds parleront pour lui.

— Amenons-le ici, propose Berthe. C'est l'affaire de quelques jours, je suppose. Qu'est-ce qu'on attend de lui ? Une espèce de diagnostic, pas plus.

— Bon. Comme vous voudrez, mais à condition que ça ne traîne pas. Vous voulez bien vous charger de lui, Langogne ? Vous êtes le plus qualifié. »

Encore un peu grognon, mais ravi de se laisser forcer la main, il hausse les épaules.

« J'ai un coup de téléphone à donner », dit Berthe.

Elle disparaît. Debel allume un cigare et remarque que nous aurions pu nous épargner un déplacement aussi long pour tenir ce petit conseil.

« C'est un jour de détente, pour elle, dit Langogne. Moi qui l'approche chaque jour, à l'usine, je peux vous affirmer qu'il n'y a pour elle ni trente-cinq heures, ni trente-neuf, ni quarante, ni cinquante. C'est bien simple, elle est toujours là. Je me trompe, monsieur Blancart ? »

Sous-entendu : puisque vous êtes son amant, vous le savez mieux que personne. L'allusion glisse sur moi comme une goutte d'eau sur une vitre. J'approuve et même j'en rajoute.

« Elle veut être à la hauteur de son père, dis-je. Le vieux Combaz était un patron à l'ancienne mode. Le bureau, de huit heures jusqu'à la nuit. Ni dimanche ni fêtes.

— Et gâteux pour finir », conclut Langogne.

Il prend soudain un ton joyeux et familier.

« Nous parlions de vous, madame. M. Debel pense que vous vous surmenez. »

Berthe se rassoit.

« C'est vrai. Je ne sais plus où donner de la tête.

— Faites-vous aider, suggère Debel. Avec un bon directeur, vous y verriez déjà plus clair.

— Je suis très bien toute seule », répond-elle avec vivacité.

Puis, regardant l'heure : « Maintenant, je propose de partir. Moi, je rentrerai demain avec Georges. »

Impossible d'étaler notre intimité avec une plus tranquille assurance. Oh ! tout le monde est au courant ! Mais je me sens absurdement gêné. Comme si, possédant déjà une moitié de mari, elle était en train de mettre la main sur l'autre.

Elle confère avec l'hôtelier. Elle prévoit, prépare, décide. Tout sera prêt pour recevoir bientôt Gallois et Langogne. Elle revient vers moi, prend mon bras.

« En route ! »

J'admire toujours l'aptitude féminine à transformer en nid un siège de voiture. Le manteau est soigneusement arrangé, à la fois pour ne pas se froisser et pour tenir les jambes au chaud. Le miroir de complaisance est orienté comme il faut. La tablette, devant le passager, reçoit le paquet de cigarettes, le briquet, les Kleenex ; le sac à main est suspendu à la poignée. Tout cela de l'air le plus naturel, comme une chatte à sa toilette. Et pour finir, confortablement rencognée, elle allonge une main sur ma cuisse.

« Ah ! qu'on est bien, mon chéri. Et comme je voudrais te conserver plus de temps. »

Court silence, puis elle reprend, sans avoir conscience de la contradiction : « Pourvu que ça marche. Il est bien, ce Gallois ?... Je le connais très peu. »

Bon sujet de conversation, car, souvent, je n'ai pas grand-chose à lui dire.

Grâce à Gallois, nous pouvons atteindre l'autoroute sans qu'elle me pose la question que je redoute. « Georges, qu'est-ce qui ne va pas ? »

Je parle longuement de ce garçon qui fréquente depuis longtemps ma salle d'entraînement. Il a vingt-six ans. Il est en équipe de France depuis plusieurs années. C'est surtout un descendeur. L'été, il est guide, mais le problème de sa reconversion ne tardera plus à se poser ; bref, un bavardage sans intérêt pour moi mais que Berthe écoute comme elle sait le faire. Chaque détail est enregistré. Dans huit jours, dans quinze jours, au hasard d'un quelconque dialogue, elle m'arrêtera. « Tu m'avais pourtant bien dit... Rappelle-toi... » Elle est à la fois le greffier et le juge d'instruction. Et je ne dois pas oublier que si Gallois accepte nos propositions, je deviendrai responsable de son travail, de ses progrès, de tout. Ce qui clochera sera ma faute. Si je m'emporte, poussé à bout, si je l'envoie promener, elle recommencera à me harceler. « Ne te laisse pas marcher dessus. Je le paie assez cher pour qu'il tienne compte de tes observations. » En vérité, il y a longtemps que je ne m'emporte plus. Les mots ricochent. Pour l'instant, elle est en train de mettre en fiche ce pauvre Gallois.

« Tu me jures qu'il ne dira rien à personne ?

— Mais, oui. D'abord, c'est un taciturne. Et puis, entre deux séances d'entraînement, il remettra ses skis à Langogne. Cela fera partie de nos accords. Personne ne s'approchera de ses skis.

— S'il accepte de les utiliser en course, tu crois que... Georges, tu ne m'écoutes pas. Ce que tu peux être agaçant à regarder ta montre toutes les cinq minutes. Rien ne nous presse. »

Non, rien. Sinon que j'ai envie, que j'ai besoin de téléphoner à Massombre. Un besoin de drogué. Toutes les passions se ressemblent. On peut être en manque d'amour comme d'héroïne. Ça commence par les mains qui se mettent à trembler. Les nerfs entrent en crise avant même que l'esprit se sente en alerte. Je ne sais plus ce que Berthe me raconte. Je m'efforce de dresser un barrage contre l'obsession. Il est à peine quatre heures. Massombre passe peut-être le dimanche en famille. Quel que soit son dévouement, il a bien le droit de se reposer. Non ! Tout à l'heure quand nous arriverons à Port-Grimaud, je m'engage à laisser le téléphone tranquille. Au diable, Évelyne.

Ça y est. Le malaise se dissipe. C'est comme si je venais de traverser un banc de brouillard. Je m'aperçois que je n'ai pas cessé de répondre mécaniquement : « Bien sûr... Oui, oui... » Berthe fronce les sourcils.

« Tu peux me répéter ce que je viens de dire ? »

Et moi, comme l'élève qui ne suivait pas :

« J'ai un peu perdu le fil... Tu verrais, si tu conduisais.

— Tu n'as pas l'air de te douter que j'engage tout ce que je possède, dans cette affaire. Georges, je peux compter sur toi ?

— Mais oui.

— Je t'embête, hein ?

— Tu ne m'embêtes jamais. »

Nous ne sommes plus très loin de la maison.

« J'ai oublié de prévenir Mme Guillardeau, dis-je. Et comme je ne fais pas de provisions...

— Laisse. Tu as bien quelque part des biscottes et du thé ? Ça nous suffira. Je n'ai pas faim. »

Elle ne pense pas que moi, j'aimerais peut-être dîner. Je lui suggère qu'on pourrait aller au restaurant. Non, c'est décidé. Nous resterons chez moi. Elle se met à réfléchir tout haut, en comptant sur ses doigts.

« Te rends-tu compte, Georges ? Il y a sept mois que je ne suis pas venue à Port-Grimaud. C'était pour la Pentecôte, il me semble. Tu ne m'en veux pas ? Avec cette histoire de skis, je ne sais plus comment je vis. Je te néglige... Oh ! si, je te néglige. Un jour, tu t'intéresseras à une autre femme... Ce sera bien fait pour moi. »

Elle bat des mains en découvrant soudain la petite cité lacustre.

« Mon Dieu, que c'est donc joli ! Dire que je pourrais habiter ici... avec toi. »

Le crépuscule transforme l'horizon en un flamboyant rideau de théâtre, tandis que quelques lampadaires commencent à luire, comme des feux de position parmi les mâtures. Je range l'auto et nous rentrons au pas de promenade. Elle prend mon bras, regarde partout comme une touriste qui s'émerveille.

« Tu vois, Georges, pour moi, c'est toujours la première fois. Tout ça est tellement ravissant. Et quelle douceur ! On se passerait de manteau. »

Ce soir, parmi ses sincérités successives, elle a choisi celle d'une certaine tendresse conjugale. Ce qui la pousse à revisiter en détail la maison, à noter au passage que le ménage pourrait être mieux fait, à fureter dans les placards, dans la penderie. Elle a retiré ses bottes et marche sur ses bas.

« C'est un logement de célibataire, mon pauvre chéri. J'aime mieux ça, mais je me sens un peu coupable. Reste tranquille. Je m'occupe du thé. Repose-toi. »

Elle disparaît dans la cuisine et brusquement l'envie d'appeler Massombre me reprend. C'est bien plus qu'une envie. C'est un assaut. Je vois les gestes à faire. Le téléphone est près de moi. Une seconde pour composer le numéro. Je n'aurai qu'à chuchoter : « Ici, Blancart » et Massombre parlera. En tout, dix ou quinze secondes. Berthe ne s'apercevra de rien et après je serai soulagé. Ma main est sur le téléphone. Je n'ai rien voulu. C'est un autre qui murmure : « Ici, Blancart. » C'est un autre qui perçoit, très loin, une voix de femme qui dit : « Un dimanche, quand même, on pourrait te fiche la paix. » Je ne songe même pas à m'excuser. C'est à peine si j'ai la force de chuchoter : « Alors ? »

Massombre essaie de me rassurer.

« Elle a déjeuné dans le fast food près du jardin botanique. Et puis elle a rencontré un garçon qui l'a emmenée au dancing de la place Victor-Hugo.

— Quoi ?

— C'est de son âge, monsieur Blancart. »

Il y a vraiment des choses qui lui échapperont toujours. Il est à tuer. Dans la cuisine, Berthe remue des tasses, des cuillères. Je ne quitte pas la porte des yeux.

« Ce garçon ?

— Un grand blond. Pas du tout mauvais genre. J'ai passé la main à Grenier. Demain, j'en saurai un peu plus. Mais...

— C'est prêt », crie Berthe.

Je repose le téléphone sur lequel ma main a laissé une tache de sueur. Je me masse les paupières. Je voudrais me masser le cerveau pour effacer ce mot de dancing. Berthe arrive avec le plateau.

« Même pas de beurre, dit-elle. Heureusement qu'on a solidement déjeuné. J'allume la télé ?

— Oh ! non. Surtout pas.

— La route t'a fatigué, hein ? Tu sais ce qu'on va faire, mon petit Georges ? On va manger deux ou trois biscottes et puis on ira se coucher.

Elle m'allume une cigarette, ouvre avec ses ongles le paquet de biscottes, en croque une avec un bruit de lèvres, de dents, de langue, qui m'écorche la peau. J'aurais tellement préféré rester seul. Ce dancing de la place Victor-Hugo, j'en connais vaguement la façade, discrète comme celle d'une maison de rendez-vous. La salle de danse est en sous-sol. Le dimanche, du trottoir, on entend ou plutôt on perçoit par les pieds le battement d'un rythme lointain, et j'imagine ces zombis se frottant dans la pénombre, les yeux vides.

« Dire que, demain, je vais me replonger dans les chiffres, murmure Berthe. Et puis il faut préparer la campagne d'affichage. Je ne t'ai pas montré les maquettes. »

Je sombre tout doucement dans un engourdissement qui gomme sa voix. Je suis là et ailleurs. Je pense à ma mère. Après la mort de mon père, pour ne pas rester seule, elle avait adopté une petite chatte qui était devenue son adoration. Elle tremblait toujours de la perdre. La porte palière ne s'ouvrait pas tant que Miquette n'était pas enfermée. Des grillages empêchaient Miquette de se faufiler sur les balcons. Et j'entends encore ma mère crier : « Attention à Miquette », au coup de sonnette de ses proches. Quelquefois, le nez vers la fenêtre, Miquette miaulait une petite plainte résignée. Alors, ma mère la prenait dans ses bras, l'embrassait sur le museau. « Qu'est-ce qu'elle a, ma Miquette ? Raconte à maman. » Et moi aussi, je voudrais la tenir dans mes bras, Lyne, et l'embrasser sur le museau de ce même baiser d'amour pur. Un amour qui n'est ni dans mes reins, ni dans mon cœur, mais tout entier dans ma tête. Dans la prison de ma tête. Qui ne peut pas se dire. Pas parce qu'il est inavouable. Mais parce qu'il est cruel. Évelyne, chère évadée, qui n'est ni ma fille ni ma maîtresse. Seulement la forme de mon angoisse, le meilleur de moi-même, au péril de la rue. « Attention à Miquette ! »

« Georges ! Tu rêves ? Ça t'arrive souvent ? »

Je m'arrache au brouillard.

« Excuse-moi. Si tu permets ; je vais dormir dans la chambre d'amis. J'ai vraiment besoin d'une grande nuit. Je suis désolé, tu sais. Ce soir, ce n'est pas la galanterie qui m'étouffe. »

Je me lève péniblement. Je lui caresse la joue, au passage.

« J'ai repensé à ce que tu m'as dit, pour Évelyne. Je peux la loger, si elle veut. J'ai de la place. Et chez moi, elle sera parfaitement libre. Bonsoir, Berthe. »

III

Paul a dit : « Pardonne-moi, Georges. C'est plus grave que je ne le pensais. Je comprends que tu te sois arrêté. Après le malheur qui vient d'arriver, c'est tout à fait naturel. Mais enfin ouvre les yeux, mon vieux. Tu n'es pas responsable. Puisque tu l'as voulu, j'ai lu attentivement ce que tu appelles ton journal de bord. Je l'ai relu. Je te plains, bien sûr. Tu fais partie de ces gens qui deviennent brusquement adultes, la soixantaine sonnée, et qui éprouvent alors des passions d'adolescent à l'âge où l'on ne peut plus les satisfaire. Ça se soigne et je suis là pour ça. Mais, vois-tu, le meilleur remède, c'est encore celui que je t'ai indiqué : tu te tends à toi-même un miroir et tu te décris sans pitié, avec tes crispations, tes tics, tes rictus. Tu saisis ? Si par malheur tes sentiments venaient à t'échapper, s'ils s'enterraient comme un reptile dans l'herbe, alors nous irions tout droit à la névrose. Un peu de cran, que diable ! Tu vas me faire le plaisir de t'y remettre, sans rien oublier des circonstances qui ont conduit au drame. Tu allais quitter Port-Grimaud avec Berthe Combaz. Continue. Et n'oublie pas que je veux autre chose qu'un résumé. Il me manque huit bonnes journées. »

Il a ajouté : « Attends. Tu as droit à une ordonnance. Oh ! rien de bien méchant ! Un simple calmant. Un comprimé dans un peu d'eau si tu sens, en écrivant, que tu vas perdre ton sang-froid. D'accord ?

Et si, malgré tout, tu te bloques, vite, un coup de fil. Nous aviserons. »

Claque aimable dans le dos. Me voici rendu à mes phantasmes. Soit. Je veux bien essayer encore un coup.

Nous sommes donc rentrés à Grenoble, Berthe et moi. D'assez bonne humeur, l'un et l'autre. Nous entretenant bien tranquillement de cette étrange idée qui m'était venue la veille : proposer à Évelyne d'habiter chez moi, le temps de trouver un studio convenable. Derrière cette offre, rampait une arrière-pensée dont je peux bien faire état, maintenant. Je me disais qu'Évelyne, toujours à court d'argent, se découragerait et finirait par s'installer à la maison. Entrée privée. Chambre mansardée au second. J'avais tout ce qu'il fallait pour éviter tout commérage.

« Elle te tapera vite sur les nerfs, mon pauvre Georges.

— On verra bien.

— Et si elle invite son père ?

— Marèze ? Je n'ai rien contre lui.

— Mais lui il a quelque chose contre toi. Tu comprends bien pourquoi. Et la délicatesse, ce n'est pas par là que brille Évelyne. »

Bref. Je déposai Berthe devant son immeuble et je rentrai chez moi. Je note que j'étais détendu, vaguement heureux comme si la semaine qui s'ouvrait devait m'accorder quelque douceur. Commet aurais-je pu deviner ?...

Mon premier mouvement vers le répondeur, comme d'habitude. Rien d'important. Du fretin de nouvelles. J'appelai Massombre. Son agent avait sommeillé pendant sa planque, et Évelyne semblait s'être évanouie dans la nature. Mais Massombre, toujours optimiste, se faisait fort de rétablir bientôt le contact. Je raccrochai, furieux. Où avait-elle passé la nuit ? Avec qui ? Encore une journée gâchée à cause de cette idiote. J'errai un instant, du living à ma chambre, incapable de prendre une décision. Et puis je me rappelai que je devais rencontrer Gallois. Je descendis aussitôt à la salle des soins. Tout l'immeuble m'appartenant, j'en ai fait une sorte de clinique, le rez-de-chaussée réservé à l'hydrothérapie et aux salles de massage, le premier étage équipé des appareils de rééducation les plus modernes. J'habite au second et il reste encore, au-dessus de ma tête, des chambres inoccupées. Nicole, ma secrétaire, le téléphone coincé entre l'épaule et l'oreille, le registre des rendez-vous ouvert devant elle, était en plein travail. Comme un sourd-muet, la bouche grimaçant les syllabes, je prononçai silencieusement : « Gal-lois. » Sans cesser de parler, du pouce, elle me désigna le plafond. Rapide coup d'œil à l'horloge. Onze heures un quart. Le mieux était encore de l'emmener déjeuner. Je le trouvai allongé sur une table, le pied relié, par un savant jeu de poulies, à un poids qu'il faisait monter et descendre.

« Cette cheville ?

— Elle va beaucoup mieux. »

Bon. Pas besoin de rapporter les menus propos qui suivirent. Gallois avait bon espoir de reprendre bientôt son entraînement. Il accepta, non sans une certaine surprise, mon invitation à déjeuner. Nous entretenions de bons rapports mais nous n'étions pas intimes. Je m'efforçai de n'avoir pas l'air mystérieux mais de me comporter en homme qui propose une affaire. Une bonne affaire. C'est pourquoi je n'attendis pas le café pour lui parler du nouveau ski, sûr que j'étais de capter, du premier coup, son attention.

« Je l'ai essayé. Je vous donne ma parole que c'est un ski... attention... je pèse mes mots... un ski révolutionnaire. Grâce à un procédé de glisse encore secret. Vous voyez où je veux en venir ? »

Très excité, mais prudent, il se taisait. J'emplis son verre. J'étais toute cordialité, toute bienveillance.

« Mme Combaz... excusez-la, elle n'a pas pu venir... Mme Combaz serait très heureuse si vous acceptiez de nous donner votre avis d'expert. C'est une simple consultation qu'elle vous demande. Et naturellement pas gratuite.

— Je suis encore handicapé par ma cheville, dit-il. Je ne me vois pas du tout en pilote d'essai », ajouta-t-il, en riant.

Ici, je m'arrête, tellement ma main tremble. Vite, le comprimé miracle dans un peu d'eau. Il faut attendre, malgré tout, plusieurs minutes avant de sentir que la vague de panique s'éloigne. Quand je pense que, durant cette journée, je n'ai eu à aucun moment l'impression de vivre des minutes exceptionnelles ! Gallois riait. Il ne se défendait que pour la forme. J'insistai.

« Si vous êtes d'accord — mais vous l'êtes déjà, n'est-ce pas ? — on vous emmènera à Isola, sans ébruiter la chose. Personne ne vous verra. Vous choisirez votre heure. Vous serez votre maître absolu. Mais à une condition : si par hasard quelqu'un s'intéressait à vos skis, vous diriez que ce sont les skis Combaz qu'on trouve dans le commerce. Comme ça, de l'air le plus naturel, comme une chose allant de soi... Et à votre retour, gardez le silence.

— Oh, oh ! fit Gallois, que de mystère ! Je veux bien que ce nouveau matériel soit d'une grande qualité, mais enfin ce ne sont que des skis.

— Bon, bon. Jugez d'abord et on discutera après. Et si vous êtes convaincu, Mme Combaz aura sans doute une proposition qui... je n'en dis pas plus. »

Il me regardait, soudain sérieux, avec sa bonne grosse tête aux traits fortement marqués de champion de plein vent. Il n'était pas habitué à ce jeu de maquignon.

« Vous ne me faites pas marcher ? dit-il, retenant encore sa main prête pour l'engagement.

— Je vous répète que vous allez être surpris... très agréablement. »

Il tendit la main et serra la mienne, sans ajouter un mot. Accord conclu.

« Dans trois jours, dis-je. Ça ira ?

— Parfaitement.

— Vous partirez avec l'ingénieur de la maison, Langogne.

— Je connais.

— Bien entendu, si vous désirez rester là-bas plus longtemps pour vous roder, vous avez carte blanche.

— Merci.

— Du côté de l'équipe de France, aucun problème, j'espère ?

— Aucun. Tout le monde sait que je suis en congé.

— C'est parfait. Téléphonez à Mme Combaz et à Langogne pour les derniers arrangements. Je suis ravi, mon cher Gallois. »

Je l'étais vraiment et j'éprouvais presque un sentiment de légèreté en regagnant mon étage. Tout de suite, j'appelai Berthe. Elle apprit la bonne nouvelle sans marquer une satisfaction excessive. Je m'inquiétai.

« Qu'est-ce qui cloche ?

— Tu le demandes ? Évelyne, bien sûr. Nous venons d'avoir un sérieux accrochage.

— Quoi ? Elle est là ?

— Évidemment. Elle ne vit pas encore à l'hôtel, bien que... du train dont vont les choses...

— Elle a dormi chez toi ?

— Enfin, qu'est-ce qui te prend, mon pauvre Georges ? »

Et cet idiot de Massombre qui m'avait laissé croire que... Mais j'étais soudain si heureux que je me retins de parler pour museler ma joie.

« Allô, Georges ?... Tu m'écoutes ? Elle s'est querellée avec son ami. Je ne l'avais jamais vue dans cet état. Ils ont rompu, si j'ai bien compris. Ou plutôt c'est lui qui l'a plaquée.

— Ce n'est pas très grave. »

Oui, c'est moi qui disais cela, et du fond du cœur. Je savais que dans quelques secondes j'allais souffrir mais pour le moment je souriais tout seul. Berthe, au contraire, le prenait de haut.

« Comment, pas très grave ? J'aurais voulu que tu l'entendes. Tout était de ma faute. Si je n'avais pas divorcé. Si je m'étais davantage occupée d'elle au lieu de jouer au P.-D.G. A cause de moi, et aussi à cause de son père, elle n'est pas une fille à fréquenter. Alors elle est résolue à se chercher du travail ; à s'assumer, comme elle dit. Et des injures, et des larmes. Personne ne l'aime... Si, peut-être Georges.

— C'est vrai ?

— Je t'assure que je n'invente rien. D'ailleurs, elle va te téléphoner, parce que je lui ai fait part de ton invitation et je crois qu'elle va l'accepter. Elle a beau être fofolle, elle se rend compte qu'elle ne trouvera pas facilement un studio. Et avec quoi paierait-elle le loyer ? Ah ! avec elle, on n'a pas fini d'en voir. Pourtant, tâche d'avoir l'air étonné. Tu ne sais rien. Je ne t'ai rien dit. Tiens-moi au courant. Mon pauvre Georges, on était si bien à Port-Grimaud ! »

Elle raccrocha, me laissant étourdi. Je grimpai jusqu'à la chambre qu'Évelyne allait occuper. Je n'avais plus l'âge des gambades, mais je faisais claquer mes doigts comme des castagnettes sur une impétueuse petite musique intérieure. Au diable, le grand blond ! J'allais avoir Évelyne pour moi tout seul. La chambre était propre mais sentait l'abandon. J'ouvris large la fenêtre. Il faudrait d'autres couvertures sur le lit, et aussi donner un coup d'aspirateur un peu partout. Le radiateur marchait bien. Les robinets du lavabo étaient un peu entartrés mais aucune importance. Je céderais à Évelyne ma salle de bains. J'allais à droite, à gauche, fébrile, inefficace et toujours exultant. Des fleurs ! Où avais-je la tête. Bien sûr, il fallait des fleurs. Heureusement, Mme Lopez, ma femme de ménage, serait là bientôt.

Je descendis dans mon bureau et je commençai à lui faire la liste des courses les plus urgentes. J'y renonçai presque aussitôt. Je me contenterais de dire à Mme Lopez : « J'attends une jeune parente qui logera au troisième. Occupez-vous de tout. Vous saurez mieux que moi. »

Coup de téléphone. Évelyne. Non, Langogne. Quel besoin de me déranger pour me dire que tout le monde est d'accord. Gallois, lui, l'hôtelier. Bon, ça va. Est-ce que je me joindrais à eux ? Pas question. Je n'irais pas me priver d'Évelyne pour aller regarder les prouesses de Gallois. Excusez-moi, mon cher Langogne. J'ai trop de rendez-vous. Il songe à filmer les évolutions de Gallois. Oui. Excellente idée. Et maintenant, foutez-moi la paix ; ce qui se traduit par : « Bonne chance, cher ami. »

Ma pendulette sonna trois coups. Est-ce qu'elle viendrait, seulement ? Versatile comme je la connaissais ! Des femmes, j'en avais attendu pas mal, autrefois. J'avais une longue expérience des cent pas sur un trottoir ou dans un hall de gare, sous la pluie ou au soleil, ou d'un guichet à l'autre. Il y avait aussi les pauses, les stations, les factions dans l'appartement de Berthe, qui me jetait de temps en temps : « J'en ai pour une minute, mon chéri. » Mais, cette fois, ce n'était pas pareil. Comme si le temps m'était compté. Lire ? Non. Fumer ? Non. Ni m'asseoir, ni marcher, ni dormir, ni rien. J'étais de trop. Et il n'était que trois heures.

J'entendis Mme Lopez. Elle s'annonçait dès le vestibule par divers bruits qui n'appartenaient qu'à elle. Comment expliquer, notamment, qu'elle est toujours hors d'haleine bien qu'elle monte par l'ascenseur ?

« Monsieur, il y a une jeune dame qui voudrait vous parler. »

Je ne fis qu'un bond. O merveille ! Évelyne était là, sur le palier, une valise posée à ses pieds, l'air d'une démarcheuse qui craint d'être éconduite. Déjà, j'empoignais sa valise.

« Eh bien, mon petit, entre. »

Elle m'embrassa sur chaque joue, sagement.

« Tu veux bien de moi, Georges ?

— Voyons... Tu penses... Je... Allez, ne reste pas là. »

Je bafouillais. J'appelai Mme Lopez.

« Madeleine, s'il vous plaît. Elle prend la chambre bleue. »

Je poussai Évelyne dans le living.

« Assieds-toi. Tu as besoin de quelque chose. Une tasse de café, peut-être. »

Elle se laissa tomber dans un fauteuil, jambes étendues, la nuque sur le dossier, tout de suite à l'aise.

« Tu es gentil, Georges. J'ai pris un taxi ; ma bagnole est en panne. Tu le croirais pas ; je suis flapie. Ces querelles avec ma mère... Elle t'a dit ?

— Oui, oui. Tout est arrangé. »

Elle était drôlement accoutrée, sous un vieil imper qu'elle déboutonnait lentement. C'était bariolé. Cela tenait du pull-over, de la jupe, du châle, avec de la verroterie qui sonnaillait. Elle avait maigri. Elle était coiffée à la diable, maquillée au jugé. Adorable, bien entendu. Comme je me penchais vers elle :

« Non, dit-elle. Ne me pose pas de questions. Tu es au courant pour André. Oui, il est parti. Bon. Ça va. Il est parti, quoi ! »

Il y avait un peu d'eau dans ses yeux, mais elle tenait le coup, bravement. Elle ajouta, s'adressant à elle-même.

« Depuis le début, je savais que ça finirait comme ça. Tirons un trait. »

Un silence, puis prenant le parti de rire.

« Je me demande comment tu peux faire, avec maman. Elle devient impossible, tu sais. Cette histoire de skis lui tourne la tête. »

Je sursautai.

« Quelle histoire de skis ?

— Comment ? Tu n'es pas au courant ? Le Combaz Torpedo ?

— Qu'est-ce que c'est que ça ?

— La dernière invention de son ingénieur... C'est vrai que c'est top secret. J'aurais peut-être mieux fait de me taire... Georges... Ne me dis pas que tu n'es pas au courant. »

Mme Lopez intervint pour nous prévenir que la chambre était prête. Évelyne se leva. Je la retins par le bras.

« Si, dis-je, je suis renseigné. Mais toi ? Comment as-tu appris que... ?

— Par papa. Il a encore des amis, à l'usine. Et ça se murmure, dans l'entourage de Langogne.

— Mais ce nom ? "Combaz Torpedo" ?

— Adresse-toi à maman. Je suppose qu'elle n'a rien de caché pour toi. »

Comment n'aurais-je pas senti la pointe ? Dépit ? Jalousie ? Elle venait se réfugier ici mais en montrant les dents.

« Berthe a de gros soucis, dis-je. Il ne faut pas lui en vouloir. »

Elle haussa les épaules.

« Si cette affaire la dépasse, qu'elle la laisse à quelqu'un d'autre. Moi, je n'y suis pour rien. »

Elle dégagea son bras et se dirigea vers la porte. Je la rappelai.

« Tu n'as jamais parlé de ça à personne ?

— Je n'ai rien à foutre de son ski. »

C'était bien la peine de prendre de telles précautions, de se jurer le secret, de s'en aller loin de Grenoble pour essayer ce machin. « Combaz Torpedo », qui avait eu l'idée de ce nom ridicule ? Et pourquoi Berthe ne m'avait-elle rien dit ? Si Gallois apprenait par un tiers... De quoi aurais-je l'air ?

J'écoutais Évelyne qui, maintenant, marchait au-dessus de ma tête. Devais-je prévenir Berthe que son personnel, à l'usine, se doutait de quelque chose ? Finalement, il était plus sage pour moi de rester à l'écart. J'allumai une cigarette et fis un tour de living, examinant soigneusement la situation. J'avais Évelyne. Comment la garder ? D'abord, prévenir Massombre qu'il pouvait suspendre ses filatures jusqu'à nouvel ordre. Je lui téléphonai sur-le-champ. Lui aussi eut un mot de trop. « Bonne chance », conclut-il.

Bonne chance ! Comme si je partais à la conquête de cette gamine. Paul, je touche le fond du problème. J'ai beau m'interroger, je ne sais pas. Ce que j'affirme, c'est que je crèverais de honte si elle s'apercevait que je l'aime comme... eh bien, tu me comprends. S'il n'y avait pas Berthe, mais il y a Berthe... la mère... la fille... Et c'est sur moi que ça tombe. Et le pire est à venir.

Je convoquai Madeleine et lui demandai de nous préparer un dîner léger, simple, mais avec un petit quelque chose de gai. Et j'entendis soudain, au plafond, une brutale musique de jazz, ou de disco, ou peu importe le terme. Au lieu de remplir sa valise de linge, de vêtements, de choses indispensables, elle avait amené son distributeur de tam-tam. Non ! Quand même pas ça ! Je n'allais pas permettre... Et je me rappelai ma mère. « Attention à Miquette ! » Miquette était partout chez elle dans la maison. Elle se couchait dans les corbeilles, dans les tiroirs entrouverts, envahissait les lits, laissait du poil sur tous les coussins, et ma mère disait : « Pauvre petite bête. Il ne faut pas la contrarier. » Eh bien, Miquette était de retour. Elle sèmerait ses mégots sur les tapis, ferait de sa chambre un capharnaüm, réclamerait la clef d'en bas, sortirait, rentrerait à toute heure. Georges n'était-il pas un Père Noël, un cadeau vivant qui aimait se faire dépouiller ? Quand elle descendit, elle avait quand même consenti à troquer ses haillons de luxe contre une petite robe pleine de chic qui la moulait à ravir. Elle pivota sur un talon.

« Comment me trouves-tu ? »

Malgré la saison, elle n'avait rien dessous. Il me venait des envies de lui coller ma main sur la figure. Elle me sauta au cou.

« Merci, Georges. Est-ce que je pourrai rester quelque temps ?

— Mais tant que tu voudras.

— Ça ne te gênera pas ?

— Penses-tu. »

Je dénouai ses bras qu'elle serrait autour de mon cou, et elle s'assit en face de moi, sourire et caresse dans les yeux.

« Maman prétend que tu es un gros égoïste.

— Vraiment ? Elle dit ça.

— Oh ! tu sais, elle dit du mal de tout le monde ! Langogne, c'est un arriviste. Son ami Debel, c'est quelqu'un de radin.

— Arrête, je t'en prie. »

Oublié, son chagrin ; du moins en apparence.

« Tu voudrais bien, reprit-elle, que je te raconte pourquoi je me suis fâchée avec André. Si, ne proteste pas. J'arrive chez toi sans crier gare et je refuserais de t'expliquer pourquoi. Ce serait moche. Allume-moi une cigarette. Merci. »

Elle avait retrouvé son air tendu et me regardait avec une espèce de dureté, comme si je m'apprêtais à lui soutirer de force ses confidences.

« D'abord, dit-elle, ce n'est pas lui qui m'a plaquée. C'est moi. Il me plaisait bien, pourtant, mais justement, où cela nous aurait-il conduit ? Il préparait le concours d'architecture, tu te rends compte. A trente ans, il aurait encore cherché une situation. On aurait vécu avec l'argent de maman. Merci ! J'ai vu, avec papa, ce que ça a donné. Alors, il vaut mieux rompre. »

Je sentais bien qu'elle avait mal mais ce qui me confondait, c'était cette froide détermination qu'elle avait puisée dans quelle amère expérience ? Elle me devina.

« Je te choque, hein, Georges ? Tu es bien de ton temps. Eh bien, je vais te dire, moi, je ne veux pas d'un homme qui m'obligerait à compter. Je tiens des Combaz le goût du fric, voilà. Toi, tu as toujours eu de la fortune ; tu ne peux pas comprendre.

— Ma petite fille, murmurai-je, tu me fais peur. Ne parlons plus de ça. Je plains un peu ce malheureux André, mais je ne te juge pas. Tu l'aimais ?

— Je n'en étais pas sûre.

— Et tu en as été sûre, brusquement, d'une heure à l'autre ?

— Non. C'est plus compliqué. Le besoin de défier, de tout casser, d'en finir avec cette vie stupide, entre mon père qui est saoul tous les soirs, ma mère qui marque sur un carnet ce qu'elle me donne, les garçons qui me courent après... Georges, j'en ai marre.

— Ne me dis pas que tu songes à travailler.

— Peut-être. »

Elle sourit tristement.

« Le malheur, c'est que je ne sais pas faire grand-chose. J'ai eu tort de lâcher la fac au bout d'un an. »

Je la pris par les épaules et l'aidai à se lever. Elle était maigre, avec des os d'oiseau.

« Viens manger. Et pour le reste, tu peux compter sur moi. Et puis, cette grosse fâcherie avec ta mère, ça ne va pas durer. Je la connais. »

Elle me fit face, violemment.

« Là, là, calme-toi, dis-je. Je t'ai. Je te garde. Voyons, lève un peu la tête. Des larmes, maintenant. »

Avec ma pochette, je lui essuyai doucement les yeux.

« Qu'est-ce qui m'a fichu une pareille gamine. Tout ce chagrin, toute cette révolte et pourquoi ? Parce que tu as faim. La voilà, la vérité. Ce matin, tu as déjeuné ?

— Non.

— Et à midi ?

— Non.

— Eh bien, à table ! Et sers-toi bien. Tu n'es pas là pour picorer. »

Comment dirais-je la joie de la regarder manger. Elle qui, peu à peu était devenue quelqu'un d'insaisissable au point que, sans les rapports de Massombre, je l'aurais complètement perdue, elle était là, devant moi, épluchant une rondelle de saucisson, et de temps en temps ses yeux me cherchaient et, quand elle souriait, ses taches de rousseur lui donnaient un air effronté qui me paralysait de bonheur. Sa première fringale un peu apaisée, elle me dit, pendant que je lui servais à boire :

« Tu as vu, Georges, tout m'est tombé dessus à la fois. Ma querelle avec André, ma dispute avec maman, ma brouille avec mon père... oui, encore une chose que j'avais oubliée. Eh bien, tu sais pourquoi ?

— Une coïncidence ?

— Tu crois ça. Je vais te montrer quelque chose. »

Avec sa vivacité coutumière, elle alla chercher son sac sur le fauteuil où elle l'avait laissé, l'ouvrit et en retira une boule de papier qu'elle défroissa du plat de la main.

« Lis. »

Une maladroite main d'enfant avait écrit :

Chaîne Saint-Antoine. On me l'a envoyée et je vous l'envoie. Cette chaîne vient du Venezuela. Elle a été rédigée par un missionnaire. Même si vous n'y croyez pas, faites attention à ce qui suit. Pouget la reçoit, fait vingt-quatre copies et neuf jours après gagne neuf millions à la Loterie nationale. M. Benoît la reçoit, fait vingt-quatre copies et ses conditions de vie s'améliorent rapidement. M. Gardeil la reçoit, la brûle, sa maison est détruite et il est à l'hôpital de Bayonne. M. Bourdelle la reçoit, la jette et se tue trois jours plus tard. Cette chaîne ne doit pas être détruite. Faites vingt-quatre copies et envoyez-les. Neuf jours après, un événement heureux vous arrivera.

« J'ai trouvé cette lettre dans le courrier, la semaine dernière, dit-elle. Je l'ai chiffonnée et puis je n'ai pas osé la jeter. Toi, bien entendu, tu n'es pas superstitieux.

— Oh ! non. »

Je pris le billet par un coin et l'enflammai avec mon briquet. Ses fragments noircis tombèrent dans mon assiette où je les écrasai avec ma fourchette.

« Tu as peut-être tort, dit-elle. Qui peut savoir ? Avant de recevoir cette chose-là, je m'entendais bien avec tout le monde. Et puis crac... C'est curieux quand même.

— N'y pense plus... Madeleine, s'il vous plaît, le poisson. Tu mangeras bien une sole ?... Et laisse tranquille ton paquet de cigarettes. Sois cool ! C'est bien comme ça qu'il faut dire ? Allez ! On oublie le missionnaire du Venezuela. On est cool. »

IV

Le bonheur dura trois jours. Je n'y pense qu'en tremblant. Oh ! ce n'était pas une paisible coulée de joie. Il y avait des moments de profonde quiétude, mais il y avait aussi de rapides tempêtes. Je me rappelle, par exemple, la manière dont elle s'emparait du cabinet de toilette et mes sursauts de célibataire révolté. Ses bas, son slip, séchaient sur le porte-serviettes. Des Kleenex traînaient et je rongeais mon frein. Qu'est-ce que j'étais pour elle ? Une aimable vieille chose sans sexe, l'esclave noir des romans sudistes. Je grognais un peu et puis je me disais : « Si tu prends la mouche, elle va partir » et je mettais mon masque d'indulgence. Bien sûr, je ne pouvais pas me douter que j'étais dans la situation d'un permissionnaire qui va bientôt retourner au feu, mais j'avais le sentiment aigu que chaque seconde comptait. Et l'idée me vint de l'emmener à Port-Grimaud. Là-bas, nous serions complètement ensemble. Comme une convalescente, elle se ferait un cœur neuf, et elle m'en réserverait bien quelques battements. Elle applaudit quand je lui parlai de ce projet, et il fallut le réaliser là, tout de suite, juste le temps de donner quelques coups de téléphone, notamment à Berthe.

« Je l'emmène à Port-Grimaud. Ça lui fera du bien, parce que cette rupture l'a secouée... Oui, elle m'a tout raconté. Mais ce que tu ne sais pas, c'est qu'elle est au courant, pour ton ski.

— Comment ?

— Oui, enfin au courant sans l'être. Un bruit qui court à l'usine. Le Combaz Torpedo. Tu vois qu'elle est à la page. Allô ? Tu es là ?

— C'est une catastrophe, chuchota Berthe.

— Non, quand même. N'exagérons pas. Mais il est évident qu'autour de Langogne on garde les yeux ouverts. Ça ne signifie pas du tout qu'on connaisse les caractéristiques de ce ski. Il n'y a pas lieu de dramatiser.

— Mais elle, qu'est-ce qu'elle en dit ?

— Rien. Elle t'en veut, simplement, d'être obsédée par cette affaire. Iras-tu à Isola, après-demain ?

— Non. Ça m'aurait fait plaisir, mais je n'en aurai pas le temps. Et puis je préfère laisser Langogne se débrouiller avec Gallois. Il a l'air très bien, ce garçon. Il m'a affirmé qu'il est complètement remis.

— Complètement. Il va nous étonner.

— Le ciel t'entende.

— Je monterai à Isola jeudi.

— Pas avec Évelyne, surtout.

— Bien sûr que non. Elle gardera la maison. A bientôt, Berthe. »

Gentil bruit de baiser dans le micro. Sans remords. Je file, léger comme un écolier qui a fini ses devoirs. Allez, petite. On s'en va.

... Elle voulut tout revoir. D'abord à pied, lentement, s'arrêtant devant les façades bleues ou rouges ou ocre, si fraîches qu'on les aurait crues nées de la nuit. « Tu as remarqué ces balcons ; il n'y en a pas deux pareils, et ces amours de réverbères... ça fait penser à Maupassant. » Elle se suspendit à mon bras. « Qu'est-ce qu'on fait à Grenoble ? Hein, Georges. C'est ici qu'il faudrait vivre. Et toutes ces fleurs, au printemps, ce que ça doit être joli ! » Les ponts ! Elle avait oublié les ponts, en pierre, en bois, jetés çà et là pour le plaisir d'inscrire des arcs pleins de grâce au-dessus des eaux bleues. Et puis l'église, robuste, presque rustique avec son petit campanile suspendant drôlement ses cloches en plein air à un berceau de fer forgé.

« Tu aimerais jeter un coup d'œil sur le vitrail de Vasarely ?

— Non, dit-elle. Je voudrais seulement faire la promenade du chat, me frotter partout, me coucher en rond sous ces pins... et encore non, tu sais ce que j'aimerais ? Qu'on sorte un moment en bateau pour mieux posséder toutes ces images, pour les relier, les mettre bout à bout. Enfin, tu me comprends.

— C'est facile, ma petite Évelyne. Viens. Je vais prévenir mon capitaine.

— Ho ! Tu as un capitaine ?

— Bien sûr que non... Même pas un matelot. Un vieux brave type un peu gâté par le pastis.

— Georges, tu es toujours comme ça, de bonne humeur ? Maman dit que tu es plutôt du genre ours.

— Ne l'écoute pas. »

Quelques instants plus tard, nous glissions au pas entre les bateaux, les jardins, les mimosas, les terrasses où, de loin en loin, des gens, sur des chaises longues, lisaient, fumaient, somnolaient au soleil.

« Pas croyable ! murmurait-elle. Au mois de décembre ! »

De courbes en crochets, de détours en tournants, elle fut bientôt perdue.

« Mais c'est immense, s'écria-t-elle.

— Non. C'est grand comme ma main, mais tout est en trompe-l'œil. Tu revois toujours les mêmes choses et ça paraît toujours différent. Tu veux qu'on s'éloigne du port ?

— Surtout pas. La mer, je m'en fiche. Ce qui est tellement amusant, c'est le défilé des couleurs, ce mélange de solide et de fluide. Georges, n'allons pas chez toi. Restons sur ton bateau, comme deux amoureux. Ça me change tellement. Tu vois, grâce à toi, je sens que je fais peau neuve. Ici, c'est dimanche ! c'est la joie ; c'est le bel canto. »

Elle rit et, d'un élan, m'embrassa sur la joue. Je faillis faire une embardée.

« Attention ! Ça ne se pilote pas comme ta 2 CV. »

J'amenai lentement le Chris-Craft à quai et l'amarrai.

« Alors, c'est décidé. On s'installe à bord ?

— Oh ! oui. S'il te plaît.

— Bon. Mais je dois prévenir Mme Guillardeau et rapporter nos affaires. Elle va penser que je suis un vieux fou.

— Oui. Georges, sois un vieux fou. Juste pour moi. »

Pendant deux jours, j'ai été un vieux fou. Nous vivions dans le bateau comme dans une roulotte. Elle cuisinait — si cela peut s'appeler ainsi — sur le minuscule fourneau, avec des fous rires qui, parfois, me gagnaient. Elle faisait la sieste pour le plaisir sur l'étroite couchette du carré ; elle ne se lassait pas de caresser, du dos de la main, les boiseries précieuses. De temps en temps, une ombre passait devant le hublot et une molle ondulation balançait le Chris-Craft. « On part », s'écriait-elle, prête à battre des mains. Puis, soudain sérieuse : « Ce que je voudrais partir, tu sais, Georges. Grenoble, c'est bien beau. Mais il reste le monde ! » J'avais beau lui dire : « Habille-toi mieux que ça », elle circulait partout, en short et chandail, comme un garçonnet turbulent. Je l'entendais qui sifflait sur le pont ou bien qui s'asseyait par jeu devant les commandes du tableau de bord. Elle touchait à tout. Elle furetait dans les casiers, dépliait des cartes, visitait la pharmacie. « Ce que c'est chouette ! » Pour s'amuser, elle enfila un ciré jaune. J'eus beau la gronder. « Enlève-moi ça. J'ai des voisins. Qu'est-ce qu'on va penser ? », elle se moqua de moi. « Allons, Georges, on ne fait rien de mal. » Pouvais-je lui dire : « Si, à moi, tu fais mal » ? Et en même temps, je sentais filer les heures. J'avais promis de monter à Isola et cela briserait l'enchantement. De toute façon, ces jeux ne pouvaient pas durer. Ce fut Mme Guillardeau qui vint y mettre fin.

« Monsieur, monsieur. »

Elle m'appelait du bord. Je montai sur le pont.

« Eh bien, qu'est-ce qu'il y a ?

— C'est un monsieur qui téléphone depuis Isola. Il dit que c'est pressé.

— Bon. Je viens. »

Évelyne montra sa tête.

« Ne t'inquiète pas. J'en ai pour une minute. C'est sans doute Langogne. Je te raconterai. »

Je suivis Mme Guillardeau. Ce bougre de Langogne ! Qu'avait-il besoin de me déranger. Si Berthe ne l'avait pas prévenu que j'étais à Port-Grimaud ! Ah ! en prendre un pour taper sur l'autre ! J'étais furieux quand je saisis l'appareil.

« Allô... Langogne ? Oui. C'est moi... J'entends mal. Parlez plus fort.

— Gallois est mort... ou presque. Venez vite. »

Je dus m'asseoir sur la moquette et m'appuyer au pied de la table, le téléphone sur les genoux. Et puis j'essayai de discuter, comme si cette nouvelle pouvait être remise en question.

« Je ne comprends pas. Il est solide, Gallois.

— Il a eu un accident ; je vous expliquerai. On l'emmène à Nice en hélicoptère.

— Enfin, bon Dieu, Langogne, qu'est-ce qui est arrivé ?

— Un truc complètement aberrant. Il est entré en collision avec un autre bonhomme. Je viens de prévenir Mme Combaz.

— On le conduit où ?

— A l'hôpital Saint-Roch, à Nice. Allô ?

— Oui, oui. J'ai compris. Mais qu'est-ce qu'on va lui faire ?

— Il aurait une fracture du crâne. Je n'en sais pas plus. Je vous attends là-bas. »

Il raccrocha et je croyais entendre tomber les secondes comme un boxeur au tapis. Je me relevai avec peine. Gallois était blessé. Bon. C'était son métier, et les fractures du crâne ne sont pas forcément mortelles. Non. Ce qui m'accablait, c'était la pensée que j'étais en train de perdre Évelyne. Nous étions si heureux, si bien accordés que, peut-être... quelques jours encore... J'ignorais ce que je lui aurais dit, mais il m'aurait suffi de lui ouvrir les bras, de la serrer contre moi... Bien sûr, ça ne tenait pas debout, mais ce qui était certain, c'est que je ne voulais pas la quitter, crever d'un coup cette bulle de plaisir et d'insouciance où nous nous étions réfugiés.

Monter à Isola ; j'aurais pu l'emmener. Ça, j'y avais songé. Mais l'emmener à Nice, dans ces conditions... non... et de toute façon, l'accident de Gallois nous rendait à nos problèmes. La parenthèse était refermée. Tant pis. J'avais perdu.

J'aimerais mieux ne pas évoquer ces souvenirs. Ils sont encore si frais qu'ils gardent tout leur tranchant. Je me revois traversant le jardin, une main serrée sur la poitrine comme si mon émotion cherchait à s'échapper. Évelyne, au premier coup d'œil, s'alarma.

« Une mauvaise nouvelle ?

— Oui. Gallois est peut-être mort à l'heure qu'il est. »

Je descendis dans le carré et me laissai aller sur la couchette. Évelyne, à mon chevet, s'assit sur les talons.

« Georges, ne me dis pas qu'il s'est suicidé.

— Oh ! pas du tout. Un accident. Il a embouti, paraît-il, un autre skieur.

— Pas lui, quand même ! A moins que... »

Elle se releva d'une détente et me considéra en hochant la tête.

« Ce nouveau ski, c'était sans doute son premier essai ?

— Sans doute, oui.

— Il y a peut-être un rapport.

— Oh ! ça m'étonnerait... On l'a emmené à Nice. Il faut que j'aille là-bas. »

Je me sentais si vieux, tout à coup. Je prenais conscience, sous les yeux d'Évelyne, de mes cheveux blancs, de mes rides, des premières taches brunes sur mes mains.

« Maman le sait ?

— Oui. Et toi, est-ce que tu ne pourrais pas m'attendre ici ?

— Georges, ne rêvons pas. »

J'avais, de nouveau, en face de moi une petite personne qui avait fait le tour des choses.

« Je vais rentrer, dit-elle. Je ne veux pas t'encombrer.

— Évelyne... Je t'en prie. Surtout pas ce mot.

— Pardon, Georges. Mais en ce moment, c'est vrai, je suis pour toi un poids mort.

— Alors, reviens à la maison. Madeleine s'occupera de toi.

— Non. Je vais retourner chez ma mère.

— Comme si de rien n'était, dis-je avec rancune.

— Exactement.

— Et tu reverras ce garçon ?

— Quel garçon ?... André ? »

Je m'assis d'un mouvement si vif qu'il me surprit et je lui saisis les poignets.

« Évelyne... Promets-moi... Ne le revois pas. »

Est-ce que ma voix m'avait trahi ? Elle me regarda soudain avec l'attention inquiète qu'on porte à un malade. Et, à la façon dont son visage, de proche en proche, des yeux aux lèvres, exprima une sorte de doute stupéfait, je compris qu'elle s'interrogeait mais, malgré tout, au profit de l'incrédulité. Ce vieux Georges... Non... Ce n'était pas possible. Bouleversé, j'essayai aussitôt de jouer l'indifférence. Je la lâchai et, lui tournant le dos, je me mis à chercher mon rasoir électrique.

« Excuse-moi, dis-je, j'ai l'air de disposer de ta vie. Mais tu penses bien que... »

Elle m'interrompit.

« Je n'ai pas l'intention de le revoir et d'ailleurs... »

Le bourdonnement de mon rasoir couvrit le reste de sa phrase. J'attendis un peu, me tâtai les joues comme quelqu'un qui n'a d'autre souci que d'expédier une toilette rapide. Puis je revins vers elle avec un air absorbé de circonstance.

« Cet accident tombe bien mal, ma pauvre petite. Tu vas rencontrer des copains... des amis... c'est ce que je voulais dire, alors ne parle pas la première de Gallois. Pas un mot sur le Torpedo, car tu avais raison tout à l'heure. Il y a peut-être un rapport. Bon. Ma mallette, où l'ai-je fourrée ? Je serai là-bas vers midi. Ah ! que je ne te laisse pas sans un sou. »

Je me fouillai.

« Tu me gênes, Georges, protesta-t-elle. Pas maintenant.

— Quoi ! Pas maintenant. Donne ta patte. Allez. »

Je lui mis d'autorité dans la main quelques gros billets. Mon ton faussement bourru effaçait, de nos rapports, toute équivoque. Aussi, avec un sourire paternel, je m'approchai d'elle et l'embrassai sur les deux joues.

« Merci, ma petite Évelyne, de m'avoir accompagné ici.

— Mais voyons, Georges, c'est toi qui as été si bon.

— Je te téléphonerai de là-bas. A bientôt. »

J'avais déjà un pied sur la première marche de l'échelle. Elle me rappela.

« Georges, attends. Tu te rappelles la lettre circulaire du missionnaire ?

— Oui. Elle disait que, neuf jours après...

— Eh bien, il y a justement neuf jours. Je l'avais reçue depuis six jours quand tu l'as brûlée.

— Et alors ?

— Alors, rien. Je constate, simplement. C'est la série qui continue. Après Gallois, il y aura encore autre chose et... Je sais. Je suis stupide, mais j'aurais bien dû en faire vingt-quatre copies. »

Et cette fille si avertie, si revenue de tout, se mit soudain à pleurer sans retenue, un coude devant les yeux, et répétant tout bas : « C'est trop bête. C'est trop bête. » Je lâchai ma mallette et, cette fois, je n'hésitai plus à la serrer dans mes bras.

« Mon petit, voyons... Tu ne vas pas prendre ça au sérieux. Qu'y a-t-il. Regarde-moi. »

Elle dérobait son visage, murmurait : « Laisse-moi. Ça va passer. Va-t'en, Georges, maman va avoir besoin de toi.

— Mais je m'en fiche. Réponds-moi d'abord. C'est vraiment cette lettre idiote qui te met dans cet état ?... Tiens, prends mon mouchoir. »

Elle me repoussa doucement, se tamponna les yeux, se risqua à sourire, mais elle avait encore sa petite voix de chagrin quand elle me dit : « Voilà, c'est fini. J'ai craqué parce que tout nous tombe dessus, en ce moment. Il y a une heure, on était si bien, et maintenant... »

Et puis sa voix normale revint d'un coup et c'était une autre Évelyne qui s'adressait à moi.

« Ne t'inquiète pas, je t'en prie. Ça m'arrive de temps en temps, tu sais, comme ça, sans raison, ou plutôt il y a trop de raisons. Alors, il suffit d'un rien.

— C'est bien vrai, je peux m'en aller tranquille ?

— Promis. Je redeviens majeure et responsable. Va vite. On ne reparlera plus de ce missionnaire. Ou bien, si tu me vois encore nerveuse et déprimée, tu n'auras qu'à me dire : "Le moine", et ce sera le mot clef. Je reprendrai mes esprits. »

Elle rit franchement et me poussa vers l'échelle.

« File ! J'espère bien que Gallois se remettra. »

Je grimpai sur le pont, l'aperçus encore une fois, la tête levée, qui agitait la main. Pourquoi lutter ? L'amour me faisait une clef dans la gorge. Qu'il m'étouffe donc une bonne fois.

... Je roulais sans pensée. Il y avait Gallois. Il y avait le Combaz Torpedo, dont le lancement n'allait pas être facile. D'abord, ce nom était ridicule. Et puis il y avait Berthe. Pendant que j'examinais mollement le problème, le paysage défilait à toute allure. Je levai le pied. Je n'étais pas tellement pressé d'arriver. Car enfin, ce malheureux Gallois, qui était allé le chercher ? Qui l'avait désigné, comme on tend le doigt vers l'homme à fusiller ? Et Berthe était ma complice, évidemment. Une écœurante bouillie d'idées, d'images, de souvenirs se barattait dans ma pauvre tête. Je parvins à Nice comme dans un rêve. Langogne m'attendait dans la cour de l'hôpital. On avait dû le prier d'aller fumer dehors. Avec ses lunettes repoussées très haut sur le front, et sa grande bouche lippue, il ressemblait à un crapaud. Il ne me laissa pas placer un mot. D'emblée, il attaqua :

« On est en train de l'opérer, mais il n'y a pas grand espoir. Fracture du rocher, d'après l'interne. Il est dans le coma. Mais quelle déveine ! Je lui avais pourtant dit : "Faites un essai avant de vous lancer." Mais non. Un champion ne s'abaisse pas à ce genre de précaution.

— Écoutez, Langogne. Si on commençait par le commencement. »

Il fit retomber ses lunettes sur son nez et me considéra avec une expression dégoûtée.

« Il n'y a pas eu de commencement, dit-il. C'est arrivé tout de suite.

— Comment ça ?

— Oh ! c'est simple ! Il a d'abord fait quelques petites sorties, hier. Il semblait satisfait, mais pas emballé. Le genre taciturne, vous voyez ? Le bonhomme qui ne se livre pas. Et puis il a voulu, ce matin, descendre la piste la plus rapide. Il était un peu plus de neuf heures. La neige était bonne. Il m'a dit : "Attendez-moi ici." Ici, c'était le pied du télésiège. Et il est parti, mais pas pour faire un temps. La preuve, c'est qu'il n'a pas pris son casque. Il était coiffé de son bonnet de laine. Il avait l'air d'un amateur qui s'offre une petite sortie.

— Il y avait du monde ?

— Pas tellement. Il était encore un peu tôt. Le soleil n'était pas bien haut. »

Langogne écarta les bras en signe d'impuissance.

« Rien. Comment un homme de sa classe a-t-il pu s'y prendre ? C'est incompréhensible. Il a heurté un skieur qui descendait devant lui, ce qui l'a complètement déséquilibré et, à partir de là, il a filé en dérapage et vous savez ce que c'est. Pas moyen de s'arrêter. En bout de course, il a rencontré un sapin. Sa tête a porté. La fatalité quoi. »

Il retira ses lunettes, en suça pensivement l'une des branches, conclut :

« Enfin, il va peut-être s'en sortir.

— Il y a des témoins ?

— Eh non, justement. Évidemment, il y a le type qui l'a reçu dans le dos et qui a culbuté à plusieurs mètres. C'est un pharmacien d'Antibes. Il n'a pas encore compris ce qui lui arrivait. Il y a aussi un employé de la station, mais qui se trouvait loin. Et puis, comme toujours, ceux qui n'ont rien vu mais qui veulent à tout prix y aller de leur petite déclaration. Les gendarmes enquêtent pour le principe. Ils constatent. Qu'est-ce qu'on peut faire d'autre ?

— Mais vous, Langogne, vous avez bien une idée ? Voilà un coureur qui a une longue expérience de la neige, un palmarès impressionnant ; or, il essaie un nouveau modèle de ski et il se casse la figure. Alors, on est bien obligé de se poser la question. Ces skis... »

Il m'interrompit tout de suite.

« Non, monsieur Blancart. Mes Torpedo ne sont pas des chevaux sauvages. Gallois ne faisait pas un rodéo.

— Pourtant, vous venez de reconnaître qu'il n'avait pas l'air tellement enthousiaste.

— Pas du tout. Je n'ai pas dit cela. J'ai seulement dit qu'il réservait son opinion, et c'est bien naturel.

— A-t-il téléphoné à Mme Combaz ?

— Oui, hier soir. Elle l'en avait prié... Ah ! l'infirmière nous appelle ! »

Je le suivis dans l'hôpital où régnait une agitation silencieuse. L'infirmière nous conduisit dans un bureau.

« L'interne va venir », dit-elle.

Il entra une minute plus tard, encore enveloppé dans son tablier vert et botté comme un astronaute. Visage fermé. Un homme venu d'un autre monde.

« Vous êtes de la famille ? demanda-t-il.

— Non, dit Langogne. Seulement des amis.

— Techniquement, nous avons la situation bien en main. Mais elle peut nous échapper dans les heures qui viennent. A cause de l'hémorragie cérébrale très importante. Et, quoi qu'il arrive, les séquelles seront préoccupantes. Je le crois perdu pour le sport. »

Il sembla s'adoucir, franchir vers nous une frontière.

« Moi aussi, murmura-t-il, à mes moments perdus, je fais du ski. Gallois, tout le monde le connaissait. Croyez bien que nous sommes navrés. Mais je vous dois la vérité. Naturellement, pas de visites jusqu'à nouvel ordre. Est-ce qu'il est marié ?

— Non.

— Des parents ?

— Sa mère, qui habite Lyon. Nous allons faire le nécessaire.

— Très bien. Il est dans le service du Pr Mourgues. L'infirmière vous y conduira plus tard. Messieurs. »

Il sortit, pressé, efficace, et je ne le revis plus car Gallois mourut dans la nuit. Berthe nous rejoignit le lendemain matin et sa première question fut :

« A-t-il parlé ?... Non... Nous ne connaîtrons jamais la cause de l'accident. »

V

Je ne me rappelle plus très bien les deux journées qui suivirent, tellement nous fûmes bousculés par l'événement. Je revois le malheureux Gallois, les yeux clos, la tête bandée, pour toujours étranger à nos calculs. Berthe, Langogne et moi, nous n'osions plus nous regarder. Sa mère était là. Elle répétait : « Il était si bon pour moi » ; et c'était Berthe qui pleurait. Nous fûmes guettés, à la sortie, par un journaliste. Comment circulent les nouvelles ? Mais comment trouve-t-on toujours une mouche bleue dans une pièce close ? Bientôt, ils seraient tous là, ceux de la Côte et ceux de Paris. La cause ! La cause du drame ? Facile de prévoir les manchettes, les gros titres, les hypothèses, les insinuations. Gallois à Isola, pourquoi ? De qui se cachait-il ? Quel était ce mystère ? « Aucun mystère », expliquait Langogne, jouant à merveille l'étonnement attristé. « Gallois, au terme d'une courte convalescence, avait désiré se donner un peu d'air, skier pour le plaisir, incognito. S'il avait eu un accident de voiture, qui aurait songé à ouvrir une enquête ? » Ces réponses étaient notées mais avec un évident scepticisme. Il devait y avoir autre chose, que nous ne voulions pas dire. Flashes devant l'hôtel où nous avions passé la nuit, à Nice. Et flashes à Isola, car il nous fallut bien remonter là-haut, pour nous faire une idée précise de ce qui était arrivé. La cause ! La cause ! Nous aussi, nous nous posions la question. Elle nous obsédait.

Langogne nous emmena d'abord à l'endroit où il avait attendu Gallois, ce qui ne nous apprit pas grand-chose. Il faisait froid. Le manège des télésièges ressemblait à une attraction foraine qui attend le client. La neige menaçait.

« D'ici, disait Langogne, on aperçoit le bas de la piste. On peut marcher jusque-là si vous voulez, mais il aurait mieux valu être habillé autrement. »

Glissant et pataugeant, oui, nous y sommes allés. Pour rien. Aucune trace. De temps en temps, un skieur filait, non loin de nous, dans un grand froissement de neige écrasée.

« Ne restons pas là, reprit Langogne. Nous gênons. Là-bas, vous voyez les sapins.

— Et le pharmacien ? demanda Berthe.

— On l'a mis en observation, à Antibes. Nous pourrons passer le voir. Il s'en tire avec quelques contusions, d'après la gendarmerie.

— Que des débutants se heurtent, dit Berthe, ça se conçoit. Mais des skieurs confirmés, sur la piste rapide, je ne comprendrai jamais.

— J'ai mis de côté ses skis, reprit Langogne. Ils sont dans la fourgonnette.

— J'aimerais y jeter un coup d'œil. »

Ils étaient intacts, apparemment. Le choc les avait envoyés promener. Langogne les fit ployer, puis les porta devant ses yeux comme s'il avait inspecté les canons d'un fusil.

« Prêts à resservir », déclara-t-il, avec une inconsciente cruauté.

Nous retournâmes à l'hôtel où nous avions déjeuné, quand le destin de Gallois s'était décidé. Berthe commanda des grogs.

« Pour moi, affirma Langogne, c'est clair. Si ce maladroit de pharmacien n'avait pas fait un écart, il n'y aurait jamais eu d'accident.

— Et toi, me dit Berthe, qu'est-ce que tu penses ?

— Moi, je pense que la cheville de Gallois était encore fragile. Essayer des skis inconnus sans être en possession de tous ses moyens... nous aurions dû attendre un peu.

— Ce n'est pas la vraie raison, murmura Berthe. La vraie raison, c'est que ces skis sont dangereux. »

Langogne saisit brutalement le bord de la table et ses mains blanchirent.

« Dites que je suis responsable, lança-t-il, soudain hors de lui. Allez, dites-le.

— Moins fort, chuchota Berthe. On nous observe. Calmez-vous, et comprenez-moi. Nous avons eu tort de nous adresser à quelqu'un de très connu. Nous aurions dû, au contraire, commencer par un skieur quelconque, très peu entraîné, dont on aurait noté les réactions.

— Ridicule, fit Langogne. On ne confie pas un prototype à un débutant. Voyons, madame, est-ce que vous souhaitez frapper un grand coup, avec ce ski, oui ou non ? Moi, plus j'y réfléchis et plus je pense qu'il faut laisser la rumeur prendre corps. Oui, Gallois testait un nouveau matériel, en grand secret. Un ski à la pointe de la technique... Bon... laissez les gens broder. Bientôt, on vous suppliera de faire, avec ce ski, une démonstration publique, et le lancement suivra. Un lancement dont vous n'avez pas idée. J'irai même plus loin : la mort de Gallois vous servira.

— Taisez-vous.

— Quoi ! Je suis réaliste. Vous savez ce qu'on dira ? "A ski nouveau, champion nouveau. Gallois aurait dû laisser la place à un jeune"... Je vous jure que si j'étais responsable de la publicité... »

Indécise, Berthe se tourna vers moi. Langogne, la sentant fléchir, insista aussitôt :

« Si vous donnez l'impression que vous cachez quelque chose de gênant — et c'est ce qui est en train de se produire — vos concurrents sauteront sur cette occasion de vous démolir. Mais si vous suggérez, à mots couverts, que le Torpedo a de quoi surprendre le skieur le mieux entraîné, alors il n'y aura plus de mystère embarrassant, et vous savez ce qui se dira, le soir, dans les hôtels ? "Pour qu'un homme de la classe de Gallois se soit fait piéger, il faut que le nouveau Combaz soit un truc pas ordinaire."

— Peut-être, àpprouva Berthe. Mais je ne suis pas prête à chercher un successeur à ce malheureux Gallois. Pas encore. A la vérité, tout est à recommencer. Je veux dire que nous ignorions si votre ski a des défauts, à certaines allures, et lesquels... La publicité viendra plus tard. »

Langogne abaissa ses lunettes sur son nez comme un escrimeur qui remet son masque.

« Comme vous voudrez, fit-il aigrement.

— Ça ne vous ennuie pas, continua Berthe, si on vous laisse à Nice ? »

Langogne grommela quelque chose de peu aimable.

« Georges et moi, nous rentrons à Grenoble. N'est-ce pas, Georges ? »

Elle me demandait toujours mon avis une fois sa décision prise. Elle ajouta : « Pour les obsèques, pour toutes ces questions, voyez vous-même et téléphonez-moi. »

Elle se leva.

« Tu viens, Georges ? »

Puis se ravisant :

« Ah ! Langogne, encore un détail. Nous aurons à faire un geste en faveur de Mme Gallois. Tenez-moi au courant. Et puis, dès que les résultats de l'autopsie seront connus, prévenez-moi. »

Tout à coup méfiante, elle revint sur Langogne et baissa la voix.

« Vous êtes sûr qu'il ne s'était pas drogué ?

— Absurde. Nous avons dîné ensemble. Nous avons pris le petit déjeuner ensemble. Qu'est-ce qu'il vous faut de plus ? Je vous répète que Gallois n'avait pas l'intention de battre des records.

— Bon, fit Berthe, conciliante. Je me mets à la place des enquêteurs, c'est tout. Vous pouvez être sûr que cette hypothèse sera examinée. Cette fois, on s'en va.

— Je te rejoins, dis-je. Juste une minute pour prévenir Mme Guillardeau. Elle ne sait jamais si elle doit m'attendre. »

J'échangeai quelques mots avec elle. Elle m'apprit qu'Évelyne était partie par le train de nuit. Mais avant elle avait donné plusieurs coups de téléphone et je n'aimais pas ça du tout. Berthe m'attendait dans la voiture.

« Évelyne est chez toi.

— Tu aurais pu la garder, dit-elle. Avec toi, elle aurait tort de se gêner. Tu lui passes tout. »

Elle laissa s'écouler un très long moment avant de rompre le silence.

« A toi, je peux bien le dire. Gallois m'a appelé, la veille de son accident... Il m'a fait part de ses doutes. Il trouvait le Torpedo excellent, mais... C'est ce "mais" qui me tourmente. Tu ne peux savoir à quel point. Ce qui est arrivé, j'en suis peut-être responsable.

— Allons donc !

— Je ne me le pardonnerais pas.

— Écoute Langogne. Il a confiance, lui.

— Oh ! Langogne ! fit-elle. C'est un fanatique. J'en reviens à mon idée. Oublions Torpedo. C'est un mot qui m'effraie, maintenant.

— Eh bien, je propose "Veloce". Le Combaz Veloce, pas si mal, non ? »

Elle se tut et ferma les yeux. Je roulais vite et peu à peu j'oubliais Gallois et sa mort inexplicable.

Berthe chercha ma main. Elle s'était endormie.

... Voilà. Je crois que j'ai tout dit. Encore quelques broutilles, pour être tout à fait complet. J'ai déposé Berthe chez elle. Je suis revenu chez moi. Une bonne douche, surtout pour me décrasser le cœur. Ensuite, j'ai appelé Massombre.

« Eh oui, cher ami. Il faut reprendre du service. Évelyne m'a échappé. Elle habite à nouveau chez sa mère, mais peut-être pas pour longtemps. Elle prétend qu'elle a rompu avec un certain André, un grand blond que vous m'aviez déjà signalé. J'aimerais en avoir l'assurance. Alors, à vous de jouer. Merci. »

A quoi j'ajouterai que la brutale disparition de Gallois commençait à provoquer des commentaires dans mes deux salles. Bref, j'envoyai à Paul un long rapport et je passai chez lui le lendemain.

Toujours les bras ouverts, Paul. Et si je me remets à ce pénible travail d'éboueur qui consiste à ramasser soigneusement mes épluchures de sentiment et les débris et ordures d'événements qui font mon quotidien, c'est bien grâce à ses encouragements.

Il m'a dit : « En ce moment, mon pauvre vieux, tu es en plein pot au noir, d'accord. Mais tu tiens deux certitudes : d'abord, tu te vois un peu moins coupable, à l'égard d'Évelyne. Tu l'as écrit et c'est vrai : s'il n'y avait pas sa mère, tu ne serais sans doute pas plus avancé, mais tu cesserais d'avoir honte. Ensuite, l'enquête le démontre, tu n'es pour rien dans l'accident de Gallois. Que tu sois meurtri, bon, ça se comprend. Mais que tu ne te sentes plus en posture d'accusé, c'est ça qui compte et que tu dois te répéter. Donc, tu continues, tu racontes tout, tu te fais miroir. Qu'allez-vous décider, maintenant ?

— Je ne sais pas, dis-je.

— Tu as lu la presse, ce matin ? Il y a un entrefilet dans *Le Dauphiné.* Quelques formules banales : *Ce regrettable accident qui endeuille*, etc., le blabla habituel. Plus une ligne qui va provoquer bien des commentaires. *Le bruit court que Gallois essayait un matériel nouveau, mais cette information demande à être confirmée.* A mon avis, Mme Combaz va bien être obligée de prendre position. Et par ricochet toi aussi. Eh bien, moi, à ta place, je profiterais de l'occasion pour commencer à me retirer sur la pointe des pieds. Berthe et toi, franchement, vous en êtes au point où une trop vieille liaison tourne au rance. Cette affaire de ski te concerne de moins en moins.

— Quand même, protestai-je. J'ai un bon paquet d'actions.

— Oui, et alors, tu n'es pas le seul. Ce que je me permets de te conseiller, c'est de ne plus prendre aucune initiative. Laisse aller, Georges. Que diable, c'est elle la patronne. »

Je l'ai quitté sur ces mots. J'ai des raisons pour m'en souvenir. Je venais à peine de rentrer, coup de téléphone de Berthe.

« Il faut que tu viennes, vite... Ça presse.

— Quoi... Évelyne ?

— Mais non. Tu n'as qu'elle en tête, ma parole ! C'est bien plus grave. Je t'attends. »

Plus grave ! Je m'interrogeais douloureusement, dans les embouteillages d'une matinée de verglas. Un problème de santé ? Ou bien, plus vraisemblablement, un rebondissement de l'affaire Gallois ? Paul avait raison. Elle commençait à me tourner sur le cœur, cette affaire. Berthe habite un charmant petit hôtel précédé d'un jardin qui fait l'envie du passant l'été, mais qui est un piège quand il est gelé, l'hiver. Je le traversai avec tous les muscles en alerte ; comme un funambule. Berthe m'attendait à l'entrée du vestibule. Elle me parut très pâle et me tendit une feuille de papier.

« Lis ça. »

Il n'y avait qu'une ligne, dessinée plutôt qu'écrite, à l'aide de lettres de tailles différentes découpées dans des magazines.

Et si ce n'était pas un accident ?

« C'est arrivé avec le courrier, tout à l'heure ; voilà l'enveloppe. L'adresse est écrite, elle, en caractères d'imprimerie, pour donner le change au facteur. »

J'essayai de me dominer mais moi aussi j'accusai le coup. J'entraînai Berthe au salon et je m'assis près d'elle sur le canapé.

« Il n'y a pas de quoi s'affoler, dis-je. Moi aussi, il m'est arrivé d'en recevoir, de ces saloperies. Dans ces cas-là, le plus simple... »

Je saisis le beau briquet de jade sur la table de bridge et l'allumai. Berthe me retint le bras et me reprit la lettre.

« Non, Georges. Attends. »

Elle relut la phrase.

« Ce qui me frappe, maintenant, murmura-t-elle, c'est le ton. Ça ne ressemble à rien d'injurieux ni de menaçant. On pense plutôt à une espèce d'avertissement, comme si quelqu'un voulait me mettre en garde et me conseillait d'examiner toutes les hypothèses. Après tout, ça n'est peut-être pas un accident. »

J'allumai une cigarette pour me forcer au calme.

« Écoute, Berthe. Il n'y a pas trente-six solutions. Si ce n'est pas un accident, c'est... »

Je n'osai prononcer le mot. Elle non plus. Je le contournai en disant :

« Est-ce qu'on peut saboter des skis ? Mais comment ?... Langogne nous les a montrés. Ils sont intacts. »

Silence. Au bout d'un instant pendant lequel l'idée d'un crime nous priva de toute réflexion, j'écrasai ma cigarette et me levai violemment.

« Non et non, m'écriai-je. Ça ne tient pas debout. Une supposition : tu tombes dans un escalier ou bien tu te brûles, ou bien tu te coupes, n'importe quoi de ce genre, et moi je t'envoie une lettre anonyme rédigée de la même façon. *Et si ce n'était pas un accident ?* Est-ce que tu prendrais cela au sérieux ? Non, Berthe ; dès qu'une coïncidence se produit, et c'est ça la définition d'un accident, on peut faire semblant d'y voir autre chose que le hasard. »

Le souvenir du missionnaire m'effleura l'esprit. Je le chassai aussitôt.

« Et même j'irai plus loin : ce pauvre Gallois aurait seulement heurté un autre skieur, on aurait ri, on se serait moqué de lui. Personne ne pouvait prévoir qu'il allait se cogner la tête sur un arbre. Eh bien, réponds-moi. »

Elle me regarda tristement.

« Tu es gentil, dit-elle. Mais la question n'est pas là. Gallois s'est tué à sa première descente. La voilà, la vraie question. Ce qu'on va me reprocher, c'est de lui avoir confié un matériel insuffisamment éprouvé.

— Ce n'est pas un crime !

— Si. Il y a des négligences criminelles. Et plus je retourne cette phrase dans ma tête... Mais voyons, Georges, ça saute aux yeux... Relis ce texte. *Et si ce n'était pas un accident*, ça signifie : *Et si c'était autre chose qu'un accident*. Moi, je traduis : *Et si ça devait fatalement se produire.*

— Absurde. Qui te le reprocherait ?

— Tous ceux de l'usine pour commencer. Il va bien falloir que je rende des comptes, que j'explique pourquoi je n'ai pas jugé utile de faire des essais plus sérieux. Et pourquoi ? Pour un profit immédiat.

Parce que la fille Combaz est aussi âpre au gain que son père. Enfin, tu les connais.

— Je t'assure que tu te montes la tête. »

Je savais qu'elle avait raison et je me tus, le temps de chercher une solution. Mais non, je ne voyais rien à lui proposer. Peut-être organiser une conférence de presse, carrément, afin de couper court aux rumeurs.

Le téléphone sonna.

« Réponds, veux-tu, me dit-elle. Moi, je ne suis pas en état. »

C'était Langogne.

« Ah ! bonjour. Vous êtes encore à Nice ? Vous rentrez ? Qu'avez-vous appris ? L'autopsie n'a rien donné ? (Je répétais ses phrases pour Berthe qui, de loin, tendait l'oreille.) Juste la fracture du crâne. Aucune trace d'un produit suspect. Évidemment, ça, nous le savions. Comment ?... Il y aurait des produits qui échapperaient à l'analyse ? Je l'ignorais. De toute façon, l'accident est bien établi, n'est-ce pas ? Oui, je le dirai à Mme Combaz qui se fait un terrible mauvais sang. Allô ? Le pharmacien ?... Oui, vous l'avez vu ?... Ah ! c'est curieux. Il n'aurait pas entendu Gallois, sauf au dernier moment... Alors, il a voulu se jeter de côté et s'est précipité dans le mauvais sens. D'où le choc... Seulement, lui, il s'en tire... Oui, naturellement, tous les frais sont à la charge de l'entreprise. Quand, dites-vous, les obsèques ?... Après-demain, à Crémieu ?... Ah ! tous les Gallois y sont enterrés. Écoutez, mon vieux, je ne vous entends plus très bien. Alors, dépêchez-vous de revenir. Tous les détails, vous nous les donnerez de vive voix. Ça vaudra mieux. A bientôt. »

Je raccrochai.

« Crémieu, dis-je, ça représente une centaine de kilomètres, par des routes enneigées. Si tu crois que... »

J'essayai de détourner son attention mais elle m'interrompit :

« Comment expliquer que ce pharmacien n'ait pas entendu Gallois ? Est-ce que nos skis feraient moins de bruit que les autres ? »

Je m'assis près d'elle et lui pris les mains.

« Berthe, murmurai-je, ça va devenir une idée fixe, si tu continues. Mais tu peux toujours stopper la fabrication du Torpedo. Il n'est pas trop tard.

— Ça, jamais, trancha-t-elle. Avec les capitaux engagés, ou je gagne ou je liquide. Je n'ai plus le choix. Enfin, Georges, tu connais ma situation. Je n'ai pas le droit de m'arrêter.

— Bon, bon. Mais ce n'est peut-être plus toi qui mènes le jeu. Cette lettre, relis-la. *Et si c'était autre chose qu'un accident.* Ça peut s'interpréter autrement. Ça peut vouloir dire : *Et si c'était provoqué.* »

Elle haussa les épaules.

« Tu y tiens. Provoqué par qui ?... L'enquête vient de conclure à un accident.

— Provoqué par qui ? dis-je, mais réfléchis. On a cru, comme des naïfs, que personne n'était au courant et en définitive beaucoup de gens avaient entendu parler de ton nouveau modèle. Parmi eux, quelqu'un a pu être payé. »

Berthe sursauta.

« Mon mari, bien sûr. Il en est capable.

— Marèze, oui.

— Ou Langogne, poursuivit-elle. Ou Évelyne. C'est ridicule, ce que tu dis. Toi... moi... N'importe qui, pendant que tu y es.

— Non, pas n'importe qui. Mais, à mon avis, il s'est sûrement passé quelque chose de louche à l'usine. Je ne voudrais pas employer de grands mots, mais ça sent le complot, la machination, à cause de la tournure de cette phrase. *Et si c'était autre chose qu'un accident.* On dirait qu'on nous incite à chercher, comme si un comparse essayait de nous mettre sur la voie, sans se mouiller. »

Berthe se cacha le visage dans les mains pour mieux se concentrer. Et elle résuma bientôt la situation.

« Si je te comprends bien, nous avons à choisir entre l'accident, le défaut de fabrication ou le sabotage.

— Exactement. »

Pour la première fois, je la vis indécise et ce fut comme le réflexe d'une vieille tendresse qui me poussa vers elle. Je lui caressai la nuque.

« Berthe, il ne faut pas se laisser impressionner. Après cette lettre, je parierais qu'il y en aura d'autres, pour te démolir en Bourse, provoquer des réactions parmi ton personnel. Tu dois prendre les devants. Dans quelques jours, arrange-toi pour donner une interview au *Dauphiné*, parle du nouveau Combaz mais d'une façon mesurée, même si Langogne rouspète, et surtout sans faire allusion à Gallois. Tu te bornes à lancer un nouveau produit, c'est tout. Moi, pendant ce temps, je ferai un essai sérieux, mais avec mes moyens qui ne sont pas ceux d'un champion. Après tout, ces skis ne sont pas exclusivement réservés à la haute compétition. D'accord ?

— Si tu crois », se résigna-t-elle.

Et là, j'aime mieux courir à l'essentiel, quitte à revenir en arrière, car je les ai essayés dès le retour de Langogne et en dépit de ses protestations. Les skis de Gallois. A L'Alpe-d'Huez. Tout seul. En amateur qui ne songe qu'à s'amuser. Et je retrouvai la même impression de facilité. A peine se penchait-on en quête d'élan, on s'en allait déjà, sans effort, et cela ressemblait plus à du patinage qu'à du ski. Le pharmacien d'Antibes avait dit qu'il n'avait pas entendu arriver Gallois. C'était vrai. La glisse était parfaite, presque silencieuse, du moins aux petites allures. Je n'osais pas me risquer sur des pentes un peu rapides, mais je savais reconnaître que Langogne n'exagérait pas. Le nouveau Combaz était surprenant. J'esquissai par jeu les mouvements classiques : chasse-neige, dérapages en festons, stem christianias, dégagements, godilles. De temps en temps, une fugitive perte d'équilibre freinait mon ardeur, mais dans l'ensemble le Torpedo se révélait très sûr. Restait, évidemment, l'épreuve de la descente à tombeau ouvert, fatale à Gallois. Tant que cette épreuve ne serait pas renouvelée, un doute subsisterait. Et, cette fois, à qui m'adresser ?

Je revins à Grenoble et rejoignis Langogne à l'usine, mes skis sur l'épaule. Il lisait *Le Progrès de Lyon*, dans son bureau.

« Vous n'êtes donc pas mort, fit-il, méchamment. Tenez, jetez ici un petit coup d'œil. »

Il me désignait un article en page 6. Je refusai de regarder.

« Vous avez tort, insista-t-il. Ce n'est pas du tout ce que vous croyez. C'est signé : Jacques Mesle. Et vous savez ce qu'il affirme du haut de sa compétence ? Je lis : *En l'état actuel de la technique, il ne peut pas y avoir de skis miracle. Laisser courir le bruit que l'on procéderait en secret aux essais d'un matériel de conception révolutionnaire relève de l'intoxication pure et simple. La mort tragique d'un champion bien connu est assez triste pour qu'on ne cherche pas, maintenant, à en tirer un avantage commercial,* etc. C'est tapé, hein. Tout de suite, la parade, le contre-feu. Le Torpedo. Peuh ! Une blague. Et les établissements Combaz se déshonoreraient s'ils tentaient d'insinuer que Gallois n'a pas su maîtriser mon Torpedo. Il faut agir, Blancart. »

Il fit un bouchon du journal et l'expédia à l'autre bout de la pièce.

« Ce Jacques Mesle, dis-je, c'est qui ?

— Un correspondant local qui s'occupe d'écologie. Je me renseignerai. Vous qui venez de les tester, ces skis, qu'est-ce que vous en pensez ?

— Remarquables. Mais je me suis bien gardé de les pousser à fond. Je continue à me méfier d'eux. Ce qui m'étonne, c'est qu'ils ne font presque pas de bruit, dès que la neige est un peu dure. Pourquoi ? »

Langogne sourit d'un air malin. Il se leva et me prit le bras. « Venez. Je vais vous montrer. »

Il m'emmena dans la salle d'assemblage. Sur de longues tables étaient rangés tous les éléments constituant un ski.

« Le Torpedo est construit dans un atelier voisin, m'expliqua Langogne. (Il se pencha et me souffla à l'oreille :) Par deux spécialistes de toute confiance.

« Vous voyez ici, reprit-il, le ski Combaz classique. Il comporte seize éléments qui se juxtaposent comme des pelures d'oignon. Je ne vais pas vous les énumérer. Sachez seulement que le Torpedo ne diffère en gros de ce modèle que par le revêtement de la semelle. Le talon et les pointes sont renforcés. Le profil des carres n'est pas non plus tout à fait le même. Il y a aussi à adapter le cambre et la souplesse au poids de l'utilisateur. Ce que vous aviez au pied, c'étaient les skis prévus pour Gallois. Vous remarquerez, en passant, que l'idée même d'un sabotage est exclue. Un ski achevé est un bloc. On pourrait à la rigueur l'écorcher, le fissurer, l'entamer d'une façon ou d'une autre mais ça se verrait. Bon. Je réponds maintenant à votre question. Si le Torpedo est silencieux, c'est grâce à mon plastique. La couche étendue sur la semelle est à la fois plus épaisse et plus souple que ce que vous voyez ici. Ma formule assure à la marque une avance de plusieurs années. Voilà pourquoi il faut en profiter. Vous êtes convaincu ? Encore un détail : ces ateliers sont étroitement surveillés. De ce côté-là, je suis tranquille. »

Il s'arrêta, remonta ses lunettes sur son nez pour mieux me regarder.

« Monsieur Blancart, dit-il, persuadez Mme Combaz de commencer la publicité. Il est grand temps. »

VI

Le soir même, le conseil d'administration se réunit. Berthe résuma clairement la situation et fit circuler la lettre anonyme. Ensuite elle donna la parole à Langogne qui rappela les conclusions du rapport de gendarmerie. « L'accident a été causé, dit-il, par l'embardée du skieur qui descendait devant lui. Le choc a provoqué la chute, le dérapage et le heurt extrêmement violent de Gallois contre un sapin. La piste, qui est très difficile, descend du mont Mené sur une longueur de deux kilomètres cinq cents pour une dénivellation de six cent soixante-dix mètres à travers la forêt. Elle est riche en bosses, en creux, et malheureusement Gallois y venait pour la première fois. Alors, c'est facile à comprendre : des skis dont il n'avait pas tout à fait la maîtrise, une pente très raide et pour finir un obstacle se dressant soudain devant lui. Il n'y a pas à chercher plus loin. »

Debel repoussa la lettre anonyme au centre de la table.

« Il y a ça, aussi, observa-t-il.

— Nous avons des concurrents, répondit Berthe. Ils profitent de l'occasion. Vous savez, l'air de la Calomnie, ce n'est pas seulement dans Rossini. »

Debel hocha la tête puis regarda Langogne.

« Côté skis, vous êtes sûr de vous.

— Oh ! absolument !

— Donc, acheva Debel, il n'y a plus qu'à faire une nouvelle tentative. Vous êtes bien d'accord ?... Madame Combaz ?... C'est oui ?... Et vous, Blancart ? Bon, oui, à l'unanimité, si je comprends bien.

— Attendez, dit Maringes (le plus jeune des administrateurs). Est-ce que nous n'aurions pas intérêt à porter plainte contre inconnu ? Il me paraît évident que d'autres lettres peuvent circuler, et notre crédit en serait vite affecté. Nous ne devons pas nous laisser manœuvrer. »

Berthe nous consulta des yeux.

« Entendu, dit-elle, je m'en occupe.

— Reste à dénicher l'oiseau rare, reprit Debel.

— J'y ai pensé, dis-je à mon tour. Et vous savez, ce n'est pas facile. Nous n'avons pas le droit de nous tromper. Imaginez qu'il se produise un deuxième accident... »

Je revis Évelyne, au pied de l'échelle, me parlant de son missionnaire, et son souvenir me lancina. Son image ne me quittait guère. Je l'avais sur moi, comme une médaille autour du cou, autour du cœur. (Ah ! Paul, tu es médecin mais tu ne connais pas ça !)

Langogne intervint, toujours aussi sûr de lui.

« Moi aussi, j'y ai pensé. Et d'abord, un deuxième accident est exclu, ou alors il ne s'agirait plus d'un accident, c'est évident. Moi, je table sur la curiosité des skieurs... Il y en a qui auront scrupule à prendre la suite de Gallois, le petit nombre, croyez-moi. Et puis il y aura tous ceux qui désireront essayer, d'une manière plus ou moins discrète, bon, c'est entendu... Les meilleurs défendent déjà une marque, mais là encore vous en trouverez qui ne demanderont pas mieux, en cachette, que de vérifier si le Torpedo est bien le plus rapide. »

Maringes approuva.

« Aujourd'hui, dit-il sentencieusement, c'est la vitesse qui s'achète. Aussi bien pour les voitures que pour les ordinateurs. A plus forte raison pour le ski, et pourquoi ne fabriqueriez-vous pas un ski de vitesse, justement ? Il y a maintenant des compétitions pour ça.

— Non, dit Langogne, nous visons une clientèle beaucoup plus large.

— Vous devriez changer ce mot de Torpedo, observa Maringes, ça fait vieux jeu.

— Permettez, se rebiffa Langogne. Je... »

Berthe l'interrompit :

« Et si je proposais : Veloce ? Le Combaz Veloce ?

— Voilà, s'écria Maringes. Parfait. Je vote pour. »

Les doigts se levèrent.

« Adopté, dit Berthe. Il n'est pas trop tard pour la publicité. Rien d'autre ?... Alors la séance est levée. J'espère que nous nous retrouverons tous demain à Crémieu, pour les obsèques. Onze heures à l'église. Ma secrétaire a fait le nécessaire pour les fleurs. »

Langogne était furieux. Il passa son bras sous le mien, sur le trottoir.

« Torpedo, grommela-t-il, ce n'était pas si mal. Veloce, ça fait penser au vélo d'enfant. Je vous assure, Blancart, elle n'entend rien au commerce. Je vous dépose quelque part ?

— Merci, j'ai ma voiture. »

Je rentrai et m'attardai un peu au bureau. Le courrier habituel. Des prospectus. Des factures. J'aurais dû visiter ma salle de gymnastique où je me plaisais bien, d'habitude. J'ai un excellent moniteur qui pratique avec talent tous les sports. Mais il allait sûrement m'interroger sur l'accident de Gallois et j'en avais assez. Paul avait raison. Je prenais trop à cœur les intérêts de Berthe. Et puis l'envie me revenait d'appeler Massombre, l'envie tyrannique et bête qui, en une seconde, s'installe dans les nerfs, prend les commandes de l'imagination, l'assaut que je connaissais bien, la capitulation refusée jusqu'à la dernière seconde. On est déjà en marche vers le téléphone et on va dire : allô, alors qu'on se raidit encore pour dire : non.

« Allô, Massombre ? Blancart à l'appareil. »

La voix minaudière qui caresse, qui s'informe, avec une cordialité ronronnante. « Je ne vous dérange pas ? »

Bien sûr que si, je le dérange. Je le devine à sa manière de toussoter, de chercher ses mots, mais je me hâte de l'accrocher par surprise.

« Jacques Mesle, ça vous dit quelque chose ?

— Jacques Mesle ?... Il me semble, oui. J'ai lu des trucs de lui, dans la presse. *Le Dauphiné*, peut-être.

— Non. *Le Progrès de Lyon*. Vous pouvez vous renseigner sur lui ?

— Sans problème. D'habitude, sauf erreur, il s'occupe d'écologie. Rappelez-moi demain dans la journée. Pour la petite, on a du nouveau. Du petit nouveau, à vrai dire. Elle a loué un studio, au cinquième, dans un immeuble neuf, rue Lachmann. C'est dans le quartier de l'île Verte, près du parc, vous voyez ça ?

— Mais ça va lui coûter les yeux de la tête ! Où a-t-elle pris l'argent ?

— Je l'ignore, mais je l'apprendrai. Faites-nous confiance. Mon adjoint ne la lâche pas. Vous m'excuserez ? J'ai d'autres clients, vous vous en doutez ! »

Et voilà ! Question à ronger comme un os, durant des heures. Où a-t-elle pris l'argent ? Si je m'écoutais, je sauterais dans ma voiture et j'irais repérer ce studio. Heureusement il neige et la nuit tombe vite. N'empêche. Je discute. Je m'empoigne. Je me bouscule. Je me barre le passage. Tout cela au fond d'un fauteuil, en fumant cigarette sur cigarette. Et dans la fumée bleue, Évelyne se promène, sans un regard pour moi. Les fantômes sont ingrats. Mais la survie d'un vieux garçon solitaire ne se raconte pas. Je me donne rendez-vous pour demain, devant cette table et ce papier, au retour de l'enterrement.

... Ah ! l'enterrement ! On ne peut pas dire que nous nous sommes sentis entourés de sympathie. Il y avait beaucoup de monde, la famille et les amis du défunt, les clients et les relations de Berthe, une délégation de ses ouvriers, des curieux, des journalistes, Marèze, oui, Marèze — ce toupet ! —, Debel, enrhumé, Langogne, l'air absent derrière ses lunettes, et Évelyne, en anorak et pantalon fuseau. La petite église de Crémieu contenait avec peine cette foule insolite. Je m'étais placé dans les derniers rangs, ne voulant pas me montrer au côté de Berthe et je surprenais des chuchotements bien révélateurs. L'opinion publique commençait à se retourner contre nous, et la courte allocution du prêtre, devant le cercueil, n'était pas faite pour ramener la paix. Il y a des mots empoisonnés, comme « profit », « mode dangereuse », « vanité », qui, même enrobés dans un discours des plus mesurés, laissent des cloques et des boursouflures. Le cimetière, sous les flocons, était sinistre et la corvée des condoléances fut rapidement expédiée. Berthe, glacée, nous emmena, Évelyne, Langogne et moi, dans le café le plus proche du parking, pour boire un grog.

Marèze nous y avait précédés. Debout devant le bar et déjà éméché il nous fit un grand salut, puis leva son verre et dit à la ronde :

« Au ski Combaz !

— Allons-nous-en », murmura Langogne.

Mais Berthe choisit une table et commanda quatre grogs.

« Maman, tu veux que j'aille le calmer ? chuchota Évelyne.

— Laisse, dit Berthe. S'il veut se donner en spectacle, ça le regarde. »

Il pérorait, maintenant, devant quelques clients qui nous regardaient à la dérobée. De temps en temps, il élevait la voix et soudain nous parvint une phrase qui fit blêmir Berthe. « Je prétends qu'il a été assassiné. » Le cafetier dut lui dire de parler moins fort car la suite se perdit dans un brouhaha.

« Je vais lui casser la gueule », gronda Langogne, en se levant.

Berthe le rattrapa par la manche.

« Je vous en prie. Pas de scandale. C'est ce qu'il cherche. »

Des gens entraient, s'ébrouaient, frappaient du pied pour se débarrasser de la neige qui s'attachait à eux. Du groupe qui s'était formé autour de Marèze nous parvint sa voix irritée : « Laissez-moi passer. Je lui dirai en face qu'elle est pire que son père. Graine de capitaliste. Salope ! »

L'éclair d'un flash éclata. Demain, on lirait quelque part dans la presse : *Violent incident aux obsèques de Gallois*. Cette fois, Berthe céda. Elle se leva et nous aussi. Mais Évelyne resta en arrière.

« Partez, dit-elle. Moi, il m'écoute, d'habitude. »

Berthe, sur la chaussée, respira un bon coup.

« Je porterai plainte, dit-elle. Ça ne peut plus durer. Vous cherchiez l'auteur de la lettre anonyme. Eh bien, vous êtes servis. »

Et là-dessus nous fûmes accostés par un grand gaillard qui, visiblement, nous attendait. Il nous dépassait d'une bonne tête, ce qui le rendait encore plus gauche.

« Madame Combaz ? Excusez-moi. »

Il se battait avec son gant droit pour tendre sa main nue et se courbait devant Berthe avec un sourire gêné.

« Albert Derrien. Vous me connaissez peut-être.

— Vous êtes de l'équipe de France ? demanda Berthe.

— Oui, c'est moi. Je sais bien que ce n'est pas ici un endroit pour causer. C'est une idée qui m'est venue comme ça, quand je vous ai vue dans l'église.

— Ah ! oui, fit Berthe amusée. Très bien. Causons, pendant que mes amis vont chercher la voiture. »

J'ignore, pour le moment, ce que Derrien pouvait avoir à raconter à Berthe, mais pendant le trajet du retour, elle préféra se taire. En revanche, elle fuma cigarette sur cigarette. Mais il n'était pas difficile de deviner que Derrien lui avait offert ses services. Quand elle ruminait une décision, elle s'enfermait dans le silence. Nous étions habitués. Derrien ? J'avais déjà dû le rencontrer. Mais longtemps auparavant, peut-être chez moi, à l'occasion d'une foulure. Qui ne venait pas, un jour ou l'autre, se faire raccommoder chez Blancart ? Il avait vieilli. J'avais cru le remarquer, à travers le petit nuage de son haleine. Sans doute était-il à la recherche de sa dernière chance et alors... le Veloce... Berthe devait, en ce moment, peser le pour et le contre. Il valait mieux la laisser tranquille.

Je déposai Langogne devant son immeuble. Il accompagna sa poignée de main d'un regard vers le ciel qui signifiait : « Je vous en souhaite. » Berthe ne lui rendit pas son salut. Elle ne le vit même pas, et quand je stoppai la voiture devant sa grille, elle se contenta de me piquer un rapide baiser au coin de l'œil. Je ne pus quand même m'empêcher de lui demander :

« Tu as toujours l'intention de porter plainte ? »

Elle haussa les épaules et ne prit pas la peine de me répondre. Je compris qu'elle avait renoncé. Sans doute à cause d'Évelyne.

Ici, mon cher Paul, je te dois des explications, que je ne t'ai jamais clairement données. D'abord, concernant le vieux Combaz, car c'est encore lui qui, de loin, influence les événements actuels. Il est pourtant mort depuis bien des années. Tu devais être encore à New York, quand cela s'est produit. Crise cardiaque, paraît-il. Une figure, ce sacré bonhomme. Il s'était enrichi en achetant des morceaux de montagne qu'il se réservait de revendre au prix fort quand se développerait la mode des séjours à la neige. La plupart de nos stations alpestres lui doivent quelque chose, ou réciproquement, si tu préfères. Il comprit très vite que la neige n'est rien sans le ski et qu'il faut offrir les deux si l'on veut vraiment être quelqu'un. Or, il venait d'une très humble famille. Son grand-père ou peut-être son arrière-grand-père avait été berger. C'est du moins ce que raconte la légende. Ce qui est certain, c'est que le vieux Combaz avait les dents longues, un sens des affaires peu ordinaire et ce petit quelque chose en plus qui est la chance. Il serait sorti du pavé de Chicago ou de Dallas, il serait devenu de la même façon non seulement un personnage mais encore, et surtout un notable, car le pouvoir l'attirait encore plus que l'argent. Il créa donc la firme Combaz à partir d'une vieille usine en déconfiture et mit sur le marché des skis de bon aloi qui coûtaient moins cher que ceux des concurrents. Et naturellement il vendit aussi les accessoires, les vêtements chauds, les tenues de sport, bref tout ce qui nourrit et attise le désir des grands espaces blancs. Ce qui ne l'empêchait pas, évidemment, de créer des sociétés de promotion immobilière, de planter, par hommes de paille interposés, des remonte-pentes, des télécabines, tout ce bric-à-brac bien utile mais tellement laid de mécaniques à apprivoiser les sommets. Conseiller général, il va sans dire. Il est même vraisemblable qu'il glissait un œil vers le Sénat quand une première attaque lui paralysa le bras droit mais, comme il le répétait avec une espèce de jubilation, il pouvait tout aussi bien signer de la main gauche. Increvable, voilà ce qu'il était ; mais crevant tout le monde autour de lui, personnel domestique, employés, secrétaires, ouvriers. Il était veuf depuis longtemps, ayant enterré deux femmes qui avaient végété à son ombre et disparu sans bruit. Restait une fille, Berthe. Tout son portrait et tout son caractère. Élevée un peu n'importe comment, mise en pension, rendue à son père, remise en pension, insolente, têtue, fière d'être une Combaz et en même temps furieuse d'être une fille.

C'est elle qui m'a raconté par bribes son enfance, sa jeunesse. Elle porte encore des plaies qu'elle n'a pas fini de lécher. Toi qui es un explorateur de nos petites cellules grises, je t'assure qu'elle t'intéresserait. Mais j'en arrive à son mariage. Elle rencontra Marèze de la façon la plus romanesque, tu t'en doutes. Elle le renversa sur un passage clouté. Suite classique : elle lui rend visite à la clinique, puis ils sortent ensemble, etc. Marèze faisait les Beaux-Arts, autant dire qu'il était sans situation. Tu imagines la colère du vieux, lui qui avait déjà essayé de caser Berthe dans des familles « rentables ». (Le mot n'est pas de moi. Il est de Berthe.) Rien à faire. Elle s'était amourachée de son peintre. Elle ne céderait jamais. Marèze, à l'époque, était assez séduisant. Je l'ai bien connu puisqu'il est venu en rééducation chez moi. Gentil, plutôt beau parleur, de jolies manières, du talent, enfin, elle s'était toquée de lui et ça explique tout.

Au début, le père Combaz leur coupa les vivres pour prouver à sa fille que la peinture, c'est bien beau, mais ça ne suffit pas à faire vivre un ménage. Alors Berthe, à son tour, coupa les ponts. Plus une seule visite à son père. Elle tournait la tête si elle le rencontrait dans la rue. Le vieux était fou de rage mais il mit bas les armes et un arrangement fut conclu. Je le sais parce qu'il suivait un traitement contre les rhumatismes et je m'occupais spécialement de lui. En ce temps-là, je n'étais pas encore le grand patron. J'avais en charge les principaux clients et on se confie volontiers de patient à soigneur. Et lui, il en avait tellement gros sur le cœur qu'il me racontait tout.

Je l'entends encore : « Pas de fil à la patte, disait-il. Ni femme ni enfant. Ce sont toujours des bêtes à chagrin. » A peine était-il étendu sur la table de massage, il commençait. « Cette petite Berthe, devinez sa dernière saloperie... » Moi, je commentais poliment. « Oui... C'est vrai... Oh ! ce n'est pas bien. » Et je finissais par me faire d'elle une image un peu monstrueuse. C'est même ce qui m'a attiré, mais ça, c'est une autre histoire. Donc, le vieux Combaz a capitulé. Il a installé le couple chez lui. Il a donné à son gendre un poste important dans son service de publicité, mais à une condition : Marèze resterait un employé. Jamais il ne mettrait le nez dans les affaires de la maison. Et d'ailleurs le notaire du bonhomme rédigea un testament qui, à l'avance, dépouillait Marèze de tout droit d'héritage. La guerre paraissait terminée. En réalité, le conflit se poursuivait à l'étouffée. C'est à ce moment-là que Marèze commença à boire. Il faut se mettre à sa place. A l'usine, ses maquettes, ses projets, étaient systématiquement rejetés. Il avait un bureau et, faute de travail, il le transforma en atelier, reprit ses pinceaux, fit des toiles qui n'étaient pas sans valeur. Il les exposa en ville et alors — tiens-toi bien — son beau-père les faisait acheter en sous-main et les détruisait à mesure. Et Marèze ramenait les chèques chez lui et les jetait à la figure de Berthe. « Je ne veux pas de son sale fric », hurlait-il, car il avait très vite percé à jour la manœuvre. Le divorce n'allait pas tarder. Il survint au bout de deux ans, et naturellement aux seuls torts de Marèze qu'on vit peu à peu dégringoler.

Mais plus il buvait et plus son talent s'affirmait. Il trouva dans l'alcool une idée de génie. Grâce à des cartes postales anciennes il peignit la montagne telle qu'elle était avant l'arrivée des promoteurs. C'était superbe, ces étendues neigeuses inviolées. Imagine par exemple, Val-d'Isère, le petit village au cœur de sa vallée encaissée, la neige sans une seule empreinte de pas. Et puis, à côté de ce tableau, imagine, maintenant, la ville actuelle, les hôtels, les chalets, les téléphériques, le grouillement. Représente-toi les deux tableaux côte à côte. « Avant... » « Après. » Le succès fut immédiat. Non pas, bien sûr, un succès ravageur, mais un franc succès quand même, qui lui permit de vivre et de narguer le vieux Combaz qui, entre-temps, touché par une seconde attaque, se vit condamné à la petite voiture.

Chacun de son côté ruminait sa vengeance, mais ils étaient comme deux boxeurs qui se sont mis K.-O. mutuellement. Ils avaient pourtant un superbe sujet de discorde. Évelyne ! Le grand-père contre le père, à travers le bébé. A l'époque, j'étais déjà sinon un ami du moins un familier des uns et des autres. J'ai donc vu grandir la petite ; mais je ne me doutais pas qu'un jour... Passons. Ce n'est pas moi qui t'expliquerai ce qui m'est arrivé. Au départ, de la pitié, sûrement. Elle avait tellement besoin d'affection. Elle était au psychique ce que sont ces enfants du Sahel que la faim sculpte comme des squelettes. Quand le vieux parlait de son gendre, il disait : « Cette crapule. » Et quand Marèze faisait allusion au grand-père, c'était pour le traiter de négrier et de naufrageur. « Ne les écoute pas, gémissait Berthe. Ton père est un ivrogne, c'est vrai. Mais papy est gâteux. » Et la pauvre gamine m'interrogeait : « C'est quoi, naufrageur ? C'est quoi, gâteux ? » Je la serrai contre moi. Je lui répondais : « Ne fais pas attention. Ils ne sont pas méchants. » Je l'emmenais en promenade. J'essayais de la distraire et surtout de l'éloigner de ces trois tourmenteurs qui ne voyaient pas qu'ils la détruisaient.

Quelquefois, je faisais des reproches à Berthe :

« Je sais, disait-elle. Bien sûr, Georges, vous avez raison. Mais je n'ai pas le temps d'être sa mère. »

Le mot était cruel mais combien juste ! Car le vieux Combaz, lié à son fauteuil roulant, n'était plus en état de diriger ses affaires. Il avait donc passé la main à Berthe, peu à peu. Pour lui faciliter la tâche, il avait vendu pas mal de choses, des terrains, des participations, des valeurs. Je n'en ai jamais connu le détail, évidemment, mais ce que je sais, c'est qu'il avait réinvesti le plus gros de son capital dans l'usine, avec la volonté de faire du ski Combaz le meilleur d'Europe. Et si je suis au courant, c'est que j'étais maintenant le confident de Berthe et même beaucoup plus ; tu l'as compris.

Ici, j'ouvre une nouvelle parenthèse. Berthe est une femme d'une extraordinaire énergie, mais elle a aussi ses moments de faiblesse. J'étais là. Ses faiblesses, elle me les a confiées, tu vois. Le bon Georges, qui comprend tout. L'amant pas tellement. Surtout le soutien, celui qui est toujours d'un bon conseil. Alors on lui colle dans les bras le paquet des déceptions, des contrariétés, des doutes. Elle avait hérité de son père des dons insoupçonnés de P.-D.G., le coup d'œil, l'esprit de décision, l'autorité et un orgueil de femme, plus susceptible, plus rancunier, plus mesquin aussi qu'un amour-propre masculin. Il lui fallut du temps pour s'imposer à la tête de l'entreprise. Aujourd'hui, tu as dû t'en apercevoir, on supporte à la rigueur l'ascendant, mais pas la poigne. Elle a eu de sérieux accrochages avec les délégués de son personnel mais chacun était bien obligé de reconnaître que, grâce à elle, grâce à son travail, à son entêtement, la société Combaz était en train de s'assurer une espèce de monopole sur le terrain des équipements d'hiver. Aussi, le vieux « négrier », le vieux « naufrageur » put-il disparaître sans laisser de regrets. Mais... attention, il y a un « mais ». Avant de mourir, il avait imposé Langogne, séduit par ce personnage abrupt, ambitieux, intelligent, qui l'avait tout de suite traité d'égal à égal. Et le Veloce apparaissait soudain comme une sorte de suprême hommage rendu à la mémoire du défunt. Berthe devait à son père, se devait, devait à sa firme, de lancer et d'imposer triomphalement le nouveau ski. C'était, oui, vraiment, c'était une affaire d'honneur.

Là-dessus, comme un coup de foudre, la lettre anonyme. Toutes les jalousies, tous les dépits, toutes les haines commençant à flamber comme un feu de maquis. Alors, hein, où est ma place ? Auprès de Berthe, évidemment. Mais tout autant auprès d'Évelyne. Peut-être est-ce par un retournement miséricordieux du destin que ce Derrien s'annonce. La première chose à faire, c'est d'en apprendre plus sur ce garçon. Grâce à qui ? J'ai le choix. Je le répète non sans une naïve satisfaction, mes deux salles, celle où se refont les souffrants et celle où se cultivent les bien-portants, sont au cœur de la ville semblables à deux centres nerveux, deux ganglions branchés sur un riche réseau de potins, de bavardages, de confidences. Les hommes entre eux, dès qu'ils sont déshabillés, se racontent sans retenue. Je n'ai qu'à tendre l'oreille.

Par le téléphone intérieur, j'appelle Nicole.

« Est-ce que Lauzier est là ?

— Je vais voir. »

Lauzier est journaliste au *Dauphiné*. Il n'a plus d'âge, à force d'avoir roulé sa bosse de commissariats en bistrots, de stades en rues chaudes. Une patte nouée par les rhumatismes, mais une mémoire aussi prompte qu'un ordinateur.

« Oui. Il vient d'arriver. »

Une chance. Je sais qu'il suit un traitement parce que je l'ai déjà aperçu dans la salle d'attente, en train d'étudier un journal hippique. Je le trouve dans une des cabines, à plat ventre, en caleçon, les reins reliés à un appareil de vibromassage.

« C'est de la merde, votre truc, me dit-il. On se sent mieux pendant un quart d'heure et puis ça remet ça. Oui, je sais, vous n'êtes que le taulier. Asseyez-vous. Vous me collez le torticolis. »

Il bougonne mais il est ravi de parler.

« Derrien ? Vous voulez dire Albert Derrien. Un brave type. Il y a quelques années, on s'est emballé sur son compte. Mais les Oreiller, les Killy, ça ne pousse pas à volonté. Derrien s'est bien classé deux ou trois fois, et puis il a raté une saison. Dans ce cas-là, les bonnes excuses ne manquent pas. Vous loupez un slalom, et c'est la tendinite qui est responsable. Moi, j'irais causer tendinite à mon patron, il me foutrait à la porte. Derrien, peu à peu, n'a plus été que Derrien, l'homme de la douzième ou de la quinzième place, un champion estimable mais pas de première fraîcheur. Ça ne vous ennuierait pas de remonter un peu ce machin ; il me démolit le cul... Merci... C'est un cas, ce pauvre Derrien. Vocation : outsider. Celui dont tout le monde dit, quand on a cité les vainqueurs probables : "Il y a bien Derrien, aussi. Il ne faudrait pas oublier Derrien !" Ça devient une politesse, une attention gentille, parce qu'on l'aime bien, Albert. Verbalement, il a toujours droit au podium. Moi, ça me casserait le moral. Mais lui, non. A vingt-huit ans passés, il attend toujours son heure. Et vous pariez que, dans vingt ans, il ne sera pas bien sûr de n'avoir pas été médaillé.

— Allons, Lauzier, vous êtes une mauvaise langue.

— Ah ! monsieur Blancart, ce n'est pas la langue qui est mauvaise. C'est la vie.

— Est-ce qu'il est marié ?

— Derrien ? Oh ! non. Ni femme ni petite amie. Tout pour le sport. Pas un écart. Bon Dieu, faut pas que je rigole. Ça m'arrache les rognons. Mais, tenez, il me fait penser à un curé. Sa foi à lui, c'est la diététique. Ni trop de ceci, ni trop de cela. Discipline, modération et, au bout, le miracle, toujours attendu, de la victoire.

— Vous me faites marcher.

— Aïe !... Foutre non, je ne vous fais pas marcher. Une fois, j'ai bouffé avec lui et avec ce pauvre Gallois, qui s'est tué l'autre jour. Ils étaient très copains. Gallois y allait franchement : viande rouge, bordeaux, un petit alcool pour pousser le tout — le gars qui sait vivre — mais Derrien aïe, la carotte râpée, le plat d'épinards, autant être une chèvre au piquet, vous ne croyez pas ?

— Puisqu'on parle de Gallois, qu'est-ce que vous pensez de cet accident ?

— Y en a qui doivent se frotter les mains ; voilà ce que j'en pense. Mais vous êtes mieux placé que moi pour vous faire une opinion. »

Il pencha la tête sur le côté comme un nageur de crawl attrapant, du coin de la bouche, une goulée d'air et me lança un regard plein de malice, puis il se replonge le nez dans l'oreiller et je l'entends bredouiller :

« Mme Combaz vous renseignera mieux que moi. »

Je n'aime pas du tout ce genre de réflexion. Je lui donne une tape amicale sur l'épaule pour cacher mon dépit.

« Vous, au moins, la sciatique ne vous paralyse pas la langue. Allez, Lauzier, n'allez pas crier sur les toits que je m'intéresse à ce garçon. Je viens juste de faire sa connaissance et j'aime bien savoir qui j'ai devant moi. Guérissez vite. »

Je remonte, mécontent et déçu. C'est à Massombre que j'aurais dû m'adresser. Mais par quelle coïncidence le téléphone sonne-t-il au moment même où je me promets de l'appeler.

« Allô, monsieur Blancart ?... J'ai le tuyau. Vous désiriez savoir qui est Jacques Mesle ? Eh bien, c'est Marèze. C'est lui qui signe Jacques Mesle. »

VII

Un silence. Je comprends instantanément pourquoi l'article du *Progrès de Lyon* était si agressif.

« C'est un simple pigiste, continue Massombre. De temps en temps, il passe un papier. Je n'ai pas eu beaucoup de détails, mais je peux en chercher d'autres. Il représente le courant écologiste. Il est hostile, bien entendu, à l'exploitation de la montagne, et puis... »

Je l'interromps.

« Un vieux compte à régler, c'est clair. Le père Combaz a beau être mort, il continue à lui cogner dessus. Et ça lui rapporte, cette collaboration ?

— Des clous. Vous pensez bien.

— Vous pourriez vous renseigner sur l'état de ses ressources ? Parce que je vais vous dire, Massombre, Évelyne tape tout le monde, sa mère, moi et sûrement son père. Mais ce qui m'a toujours étonné, c'est que, de temps en temps, elle cesse d'être dans la dèche, comme si quelqu'un la dépannait. Et ce quelqu'un, c'est forcément Marèze. Mais lui-même, qui l'arrose ? Il peint, d'accord. Ça lui donne de quoi vivre. Mais ça ne lui donne pas de quoi faire des largesses. Alors fouillez donc un peu de ce côté-là. D'après vos rapports, Évelyne et son père se voient souvent ?

— Souvent ! N'exagérons pas. Elle va chez lui. Ils déjeunent ensemble. Normal, non ? Tenez, hier encore, elle l'a rencontré au Café de Paris.

— Et qui d'autre ?

— Comment ? Qui d'autre ? Personne.

— Où a-t-elle couché ?

— Chez elle. A ce propos, je sais ce qu'elle paie pour son loyer.

— Combien ?

— Deux mille francs par mois, plus les charges.

— Elle est folle ! Bon. Je vous remercie, Massombre. Vous êtes un homme précieux. Continuez à les surveiller tous les deux. »

Je vais me verser un doigt de prunelle. Cela m'arrive, quand j'ai un problème. Je n'aime pas le whisky. C'est bon pour Berthe, qui croit que ça fait business. Moi, je sais qu'un ballon de bon alcool, ça se lutine dans le recueillement.

A nous deux, Marèze. Tu as gardé à l'usine des amis. Tu es bien placé pour en savoir long sur ce fameux ski, sans parler des renseignements que tu peux tirer d'Évelyne. Tu es bien capable de provoquer une bonne petite campagne de dénigrement contre Berthe. Un mot par-ci, une phrase par-là. Qui a hurlé, au café : « Je prétends qu'il a été assassiné » ? Est-ce que ce n'est pas exactement le commentaire de la lettre ? *Et si ce n'était pas un accident ?* Berthe a raison. C'est toi qui l'as écrite.

Je regarde l'eau-de-vie en transparence. Ma boule de cristal. Toute la manœuvre s'y dessine. Marèze, en un premier temps, dénonce l'opération commerciale (ce ski miraculeux, c'est du bluff) et en deuxième temps accuse Berthe de lancer un produit dangereux. Qu'est-ce qu'il cherche ? L'échec financier, la déconfiture des établissements Combaz. Sa vengeance. Mais Évelyne ? Elle ne peut pas ignorer ses projets. Est-ce qu'elle les approuve ?

Mon verre à la main, je vais droit à la bibliothèque, comme si j'obéissais à un appel. Le dossier est au plus profond du rayon central, derrière des dictionnaires qu'on n'ouvre jamais. Un très beau classeur en maroquin, clos par un fermoir ciselé. Je m'installe dans un fauteuil après avoir vidé mon verre et j'ouvre le classeur sur mes genoux. Il ne contient que des photos, mais il en déborde. Évelyne, en petit et en grand format, de face, de profil, photos d'amateurs et de professionnels, certaines prises au vol, dans la rue, dans le jardin botanique, au bord de l'Isère. Évelyne, toujours semblable à elle-même, dans les accoutrements les plus variés, petit visage pointu, démarche garçonnière à grandes enjambées, son sac à l'épaule, façon gibecière, avec des espèces de franges qui pendent, se moquant du qu'en-dira-t-on, et de moi qui la contemple. Je la connais par cœur et l'oublie sans cesse. Je brasse ces images. Je range les plus expressives dans ma main, comme un jeu de cartes. Comment décider si elle est complice de son père contre sa mère ou l'inverse ? Et j'ai l'impression qu'elle m'interroge à son tour, qu'elle lit en moi des choses.

Halte ! Allez, ma petite Miquette, va dormir dans ton tiroir. Moi aussi, je vais me coucher, avec un bon somnifère.

... Le lendemain, et puis au diable, Paul. Je ne vais pas lui raconter que je suis sous la douche quand le téléphone sonne. Mais cette sonnerie insiste tellement que je finis par décrocher d'une main en continuant de l'autre à m'essuyer au pan de ma sortie de bain. Je dis : « Qu'est-ce que c'est ? », comme si je l'ignorais.

« Il faut que je te parle, Georges.

— Quelque chose de cassé ?

— Non. Mais c'est au sujet d'Albert.

— Qui ça, Albert ?

— Albert Derrien.

— Diable ! Tu en es déjà à l'appeler Albert ?

— Écoute, ne fais pas l'idiot. C'est sérieux. Tu l'as peut-être deviné ; il est intéressé par notre ski et je dois lui donner une réponse aujourd'hui. Mais j'aimerais que nous voyions tout cela ensemble. »

Je repense à Paul me conseillant de prendre mes distances. Elle sent que j'hésite. Pour masquer ma réticence, je trouve un biais.

« Est-ce que Langogne sera là ?

— Sûrement pas.

— Il pourrait nous conseiller.

— Justement. Je préfère décider toute seule. Je compte sur toi. Disons vers onze heures. Il n'est pas mal, ce garçon. Je ne lui ai pas encore parlé de la lettre, mais je le ferai. Ce sera plus franc, tu ne crois pas ?

— Comme tu voudras.

— Ce que tu peux être agaçant, mon pauvre Georges. Ça t'écorcherait la bouche de me dire oui ou non.

— Oui, oui. Onze heures, d'accord.

Et à onze heures, la palabre commença. Je vais résumer un peu, sans noter tous les mouvements d'énervement de Berthe, car je n'en finirais pas. Elle fume, elle marche à travers le salon, elle s'assied, elle m'accroche par le revers de mon veston, elle me donne des tapes sur le genou, elle se relève, elle relit la lettre anonyme ; je ne l'ai jamais vue aussi agitée. Et il est vrai que la partie est d'importance. Quitte ou double. Ou bien Derrien démontre les qualités du Veloce, ou bien Berthe se ridiculise. D'où son premier problème : Derrien, ou pas Derrien ?

Il a très franchement exposé son cas à Berthe. Il cherche un succès qui effacerait tous ses petits déboires. Il va sur vingt-huit ans, ce qui signifie qu'il en est à la ménopause du champion. Pour lui aussi, c'est quitte ou double. Or, il est tout prêt à faire confiance au Veloce, puisque son ami Gallois n'a pas hésité à tester ce ski. L'expérience s'est mal terminée, mais quoi, c'était un accident qui ne prouve rien contre le matériel.

« Il a l'air un peu fruste, comme ça, m'a dit Berthe, mais il sait fichtrement bien défendre son point de vue. Il m'a fait une remarque qui m'a semblé très juste. Si je confiais le Veloce à un très bon descendeur, simple supposition, bien entendu, et s'il gagnait mettons deux ou trois secondes sur le deuxième, on s'écrierait : "Il est encore en progrès." Il ne viendrait à l'idée de personne de parler du ski. Tout le mérite serait attribué au talent du champion. Au contraire, si un skieur un peu effacé ("moi, par exemple", dit-il) au lieu de se classer treize ou quatorzième, se classe dans les cinq premiers d'une épreuve difficile, surprise générale. Personne ne pensera qu'un sportif sur le déclin vient brusquement de s'améliorer. On songera tout de suite à ses skis. On voudra tout savoir sur eux. Tu ne crois pas que c'est bien raisonné ? »

J'opine d'un air appliqué. Je serais désolé si elle remarquait à quel point tout cela m'est égal. Elle poursuit, obsédée par son sujet.

« — A votre avis, lui ai-je dit, est-ce que des skis peuvent être dangereux ?

La question l'a ébahi.

« — Dangereux ? Ça n'a pas de sens.

« — Ils glisseraient trop vite, peut-être ?

« — Mais c'est tout ce que nous souhaitons, justement. C'est notre métier, d'aller vite. Nous nous battons pour des dixièmes de seconde. Qu'est-ce qu'on ne donnerait pas pour gratter une toute petite seconde ?

« Il était suppliant, ce pauvre garçon. Et si touchant ! Il ne demandait pas un triomphe, mais seulement un classement très honorable qui lui permettrait enfin de s'affirmer, tout en assurant la promotion du Veloce, de telle sorte que nos intérêts seraient liés. Je lui ai dit que j'allais réfléchir.

— Et tu as réfléchi ?

— Oh ! oui, à m'en rendre malade. Georges, toi qui as bien connu papa, qu'est-ce qu'il ferait, à ma place ? »

Heureusement, elle ne me laisse pas le temps de répondre. Elle continue, en proie à son idée fixe : « Il foncerait. Il prendrait tous les risques. Si seulement il n'y avait pas cette lettre. Je n'en dors plus. »

Ça, c'est son second problème : avertir ou non Derrien. Le mettre en garde, mais contre quoi, contre qui ? Long débat.

« S'il prend peur, s'il renonce, tu vois, Georges, dans quelle situation nous serons. Où trouver un nouveau volontaire ? Et s'il accepte définitivement, je vais me ronger d'inquiétude. Si tu voulais... »

Elle me regarde en joignant les mains. Je sens venir la tuile.

« Tu lui parlerais, toi. Tu lui montrerais la lettre, mais en plaisantant, comme si c'était la chose la plus négligeable. Je crois même que tu pourrais en tirer argument. Tu lui dirais : "Faut-il que ce ski effraie nos concurrents pour qu'on essaie de nous décourager." »

Je l'arrête avec une involontaire sécheresse.

« Nos concurrents... nous décourager... mais tu oublies que c'est ton affaire. Je n'ai aucune raison d'intervenir. »

Son visage se verrouille.

« Excuse-moi, dit-elle. J'espérais que...

— Bon. Je lui parlerai. »

J'aime mieux céder et qu'on en finisse. Est-ce tout ? Vais-je pouvoir m'évader ? Non. Elle saute sur le téléphone, prend rendez-vous pour le soir même avec Derrien. Il n'est pas chez lui, mais la concierge lui fera la commission.

« Et s'il a déjà promis sa soirée ? dis-je.

— Eh bien, il se décommandera.

— Et Langogne ? Il sera furieux si tu agis derrière son dos.

— Il a besoin d'être un peu dressé.

— Et moi ?... Si j'avais envie de sortir.

— Toi ? Tu sortirais sans moi ! »

Passons. Nos prises de bec n'intéressent pas Paul. En deux mots, je reviens chez moi et c'est pour sombrer dans le désœuvrement, chaque journée m'infligeant une petite traversée du désert. Je n'ai pas le numéro de téléphone d'Évelyne, à supposer qu'elle en ait un. Je ne vais pas rappeler Massombre. Je n'ai aucune envie de pousser une visite à mes deux salles ; j'aurais l'air d'être en inspection. Massombre a la chance de suivre Évelyne, de la voir à loisir, de se gorger d'elle. Et moi, je paie pour ne recueillir que des propos décolorés. « Elle est entrée au Prisunic... Elle a bu un café place de Verdun... Elle a rencontré une amie... Elle a fait ceci, cela... », et je m'efforce, comme un aveugle, de l'imaginer, de marcher derrière elle, sans même savoir comment elle est vêtue, si elle porte l'écharpe que je lui ai offerte, alors que sa vie est faite d'une multitude d'instants dont chacun est sans prix pour moi. Je n'ai droit qu'à un résumé ; même pas ; à quelque chose d'exsangue que j'oublie au fur et à mesure.

Oh ! j'ai bien essayé de la suivre moi-même, une fois ou deux, mais non, je ne peux pas. De ma part, c'est de l'espionnage. De la part de Massombre, c'est seulement de la surveillance, de la protection, une délégation d'amour... Un jour, c'est long à tuer, pour un solitaire. J'accueille le soir avec soulagement.

... Derrien est là, depuis déjà un moment, car il y a, au salon, deux verres, la bouteille de whisky, les amuse-gueule. Il a fait un brin de toilette, c'est-à-dire qu'il a un col et une cravate, ce qui, pour un sportif confirmé, représente un effort de civilité qui a dû séduire Berthe, car elle est tout sourire. Elle me montre, sur la moquette, à côté du fauteuil de Derrien, un épais classeur ouvert sur des feuilles dactylographiées et des coupures de presse. Derrien achève de lire un long papier.

« M. Albert a tous les éléments en main », m'explique-t-elle.

Je bloque un rapide rictus. Cette façon de parler me larde le cuir.

« Ma secrétaire, continue-t-elle, a réuni tout ce qui concerne l'accident de ce pauvre Gallois. Le dossier est complet ; les comptes rendus, les rapports, les dépositions... Tout est là, sauf une pièce. »

Et tout de suite, d'un mouvement de sourcils, elle m'invite à intervenir. Je prends le relais, non sans agacement.

« Nous sommes persuadés, dis-je, qu'il s'agit bien d'un accident. Et pourtant... »

Derrien, surpris, nous regarde. Je m'interromps pour laisser le temps à Berthe de produire la lettre anonyme. Elle la déplie soigneusement, la tend à Derrien qui la lit, la relit, et, finalement, sourit.

« Ce n'est pas sérieux, dit-il. Voyons, madame Combaz ! »

Il a des dents éclatantes, une fine moustache à la Clark Gable, de beaux yeux clairs et cet éclat de jeunesse que je m'efforce encore de traquer quand je passe devant un miroir ou une vitrine. Hélas !

« J'attendais votre opinion, dit Berthe. Dieu sait si Georges et moi nous l'avons scrutée de toutes les façons, cette lettre. »

Derrien la rend à Berthe avec un haussement d'épaules.

« C'est une blague. Laissez tomber. »

Il trempe ses lèvres dans son verre puis referme le classeur et, cette fois, sur le ton grave, reprend : « Écoutez, il n'y a qu'un moyen. Refaire la même descente, en poussant au maximum. Je suis allé une fois à Isola, mais je ne connais pas cette piste. Elle a la réputation d'être difficile. Raison de plus.

— Vous accepteriez ? s'écrie Berthe, en portant les mains à sa gorge d'un mouvement suppliant et gracieux. (J'ai l'impression qu'elle en fait trop.)

— Bien sûr, dit Derrien. Seulement, il faut que cela se sache, qu'il y ait des témoins. Sinon, l'expérience ne servirait à rien. »

Berthe réfléchit.

« Et si vous échouez, murmure-t-elle. Vous voyez le désastre.

— Bah, fait Derrien avec détachement, qu'est-ce qui peut m'arriver ? Que je tombe ? Ce ne serait pas la première fois.

— Mais non, proteste Berthe, violemment. Qu'on dise : "Gallois a chaussé le Veloce et il est tombé. Derrien a chaussé le Veloce et il est tombé"... Cela suffira à condamner mon ski. Ce deuxième essai doit absolument être réussi.

— Donc, conclut Derrien, je n'ai pas le droit de chuter.

— Absolument.

— Oh ! oh ! je ne peux pas, comme ça, promettre que... Il faudrait d'abord que je les essaie, ces skis, que je les sente... Si j'éprouve un doute, tant pis, je renoncerai. Au contraire, s'ils m'inspirent confiance, alors vous pourrez convoquer des journalistes et nous ferons une grande démonstration.

— Vous suggérez toujours Isola ? demandai-je.

— Pourquoi pas ? Bien sûr, il serait peut-être plus indiqué d'attendre une grande épreuve, Chamonix ou Saint-Moritz, ou encore mieux le Kandahar.

— Non, coupa Berthe, ça nous repousse trop loin.

— Je suis de votre avis, nous devons agir vite. Hein, Georges !

— D'accord. »

Et c'est ainsi que fut décidée ce que je suis tenté d'appeler l'« opération Isola ». Les préparatifs nous prirent une dizaine de jours. Langogne, mis au courant du projet, l'approuva chaudement. Berthe travaillait la main dans la main avec Derrien qui se révéla plein d'initiative et excellent organisateur. J'ignore comment il se débrouilla avec son entraîneur et ses camarades d'équipe. Ce qui est certain, c'est qu'il rencontrait Berthe d'une manière quasi quotidienne, en général à l'usine quand les ouvriers étaient partis. Langogne lui prépara des Veloce à sa taille et à son poids. D'avance, Derrien en disait merveille. De mon côté, je louai des chambres à Isola, pour lui et Langogne, pour Berthe, pour Debel et pour moi. Debel tenait absolument à se joindre à nous.

Cette fois, nous prendrions tout le temps nécessaire, une semaine s'il le fallait, car Derrien désirait tester à fond le matériel. Il montrait une assurance qui me stupéfiait. Il tranchait, décidait, critiquait le cas échéant, et Berthe approuvait docilement. Même Langogne, qui opinait et disait volontiers : « Albert, c'est quelqu'un de bien. Il faut le laisser faire. » Car maintenant, nous l'appelions tous Albert, moi le premier, et pourtant j'ai toujours détesté la familiarité. Seule, Évelyne paraissait se méfier de lui. Durant cette période, je la vis très peu. Juste assez pour lui recommander la plus grande discrétion. Il y avait comme un froid entre nous, et je n'osais pas la questionner. Elle devait sentir que j'évitais de lui parler de son père, mais, évidemment, quand je lui demandais de se taire sur le nouveau projet Isola, c'est comme si je lui avais dit : « Ton père ne doit pas être au courant. Sinon, il va clabauder partout. »

« Tu sais comment cela va finir, me dit-elle. Ma mère va se ruiner. Elle ne s'en rend pas compte, mais son affaire n'a pas la taille suffisante pour supporter l'effort financier qu'il faudrait. »

Très surpris, je ne pus m'empêcher de remarquer :

« Diable ! Quel langage ? Où as-tu été pêcher ça ? »

Elle répliqua vertement :

« Toi aussi, tu me prends pour une idiote, Georges. Tu oublies que j'ai été élevée parmi les comptes et les bilans. Ce n'est pas du lait que ma mère m'a donné à sucer, mais des chiffres. Alors, de temps en temps, j'ouvre un œil et je réfléchis. »

La discussion s'arrêta là. Certaines questions que j'aurais voulu lui poser si elle m'avait montré le même abandon qu'à Port-Grimaud, ce fut d'ailleurs Massombre qui les résolut à ma place. Ce diable d'homme avait décidément des oreilles partout. Il m'apprit que Marèze ne vendait plus beaucoup. Son procédé, d'abord très favorablement accueilli, commençait à lasser. Cependant l'argent ne lui faisait pas défaut. De temps en temps, il déposait à la Société générale une somme qui le renflouait. Tantôt dix mille ; tantôt un peu moins. L'origine en demeurait mystérieuse, car il versait toujours du liquide, comme si on le payait de la main à la main. Qui ? Allez savoir. Quelqu'un à qui il rendait service, évidemment. Mais quel genre de service pouvait-il bien rendre ?

« Pour moi, dit Massombre, il fournit des renseignements. Il a des amis à l'usine. Et puis il y a sa fille qui est bien placée pour observer ce qui se passe chez Mme Combaz. Imaginez qu'il existe, je ne sais pas, moi, une sorte de complot pour lui saper le moral. »

La phrase d'Évelyne me revint en mémoire. « Son affaire n'est pas de taille suffisante pour tenir le coup », ou quelque chose comme ça. Oui, Massombre ne se trompait peut-être pas. Il reprit :

« Vous n'ignorez pas que le marché du ski, après un développement extraordinaire, est un peu en perte de vitesse. C'est du moins ce que je me suis laissé dire. Or, le bruit se met à courir qu'un nouveau ski va être proposé, qu'il possède les qualités que certains lui prêtent déjà, et c'est aussitôt la panique. On cherche à tout prix des renseignements. On trouve un homme prêt à se vendre à la petite semaine pour démolir son ex-femme... C'est un raisonnement qui se tient, hein ? Et ça expliquerait pourquoi sa fille, par ricochet, connaît soudain des périodes de prospérité. Ils se partagent le butin. »

Je protestai vigoureusement. Le mot me choquait.

« Évelyne n'aime pas beaucoup sa mère, d'accord. Mais je ne la crois pas capable de ce genre de saloperie.

— Ah ! cher monsieur Blancart, vous vous faites des illusions. Prenez, par exemple, cette lettre anonyme. Je vois très bien Marèze l'envoyant et chargeant sa fille d'observer... simplement d'observer, ce qui n'est pas bien méchant, mais elle regarde, elle écoute, elle mesure l'impact de cette lettre, hein ? Vous saisissez ? Et à partir de là, qui sait si la manœuvre ne se développera pas. »

Bref, quand Massombre me quitta (ai-je dit que nous venions de nous rencontrer dans un café non loin de l'île Verte ? D'où j'étais, je pouvais apercevoir la maison où Évelyne logeait désormais), j'étais profondément déprimé. Que faire ? Les préparatifs s'achevaient. Langogne et Derrien allaient partir. Marèze était sûrement au courant. Intervenir ? Mais pour empêcher quoi ? Pour mettre en garde Berthe ? J'ignorais ce qui se tramait contre elle. Et cette petite Évelyne... Dans mon désarroi, je pris rendez-vous avec Paul. Les âmes en peine, c'était à lui de les dépanner.

VIII

Paul lut attentivement mon étrange journal de bord.

« Ça tourne au roman, ton histoire, dit-il. Cette petite Évelyne, tu la plains, tu l'accuses, tu te ronges les sangs à son sujet. Mais qu'est-ce qui t'empêche de lui poser carrément la question ? Est-elle pour son père contre sa mère, ou non ? Pas besoin de finasser.

— Suppose qu'elle réponde oui, dis-je. Alors ? Qu'est-ce que je ferai ? Moi qui suis l'ami de Berthe. »

Paul appuya les mains sur mes épaules.

« Mon pauvre vieux ! Voyons, résumons-nous. D'un côté, Mme Combaz tente un grand coup. Dès que ce garçon, Derrien, sera familiarisé avec le nouveau ski, il fera une démonstration publique qui aura, forcément, un grand retentissement. De l'autre, le clan Marèze, qui s'agitera, qui racontera n'importe quoi. Mais la partie sera gagnée. Je pense même qu'elle l'est déjà. Et comme ton Évelyne n'est pas bête, elle a sûrement compris. Mais elle ne peut pas laisser tomber Marèze. Alors, elle participe à son baroud d'honneur, simplement pour le geste. Interroge-la. Elle te dira exactement la même chose que moi... C'est ce week-end que tout doit se décider ?

— Oui, Langogne et Derrien partent devant. Ils prendront peut-être quelques jours de plus. Berthe les rejoindra sans doute dimanche.

— Et toi ?

— Moi ?... Qu'est-ce que tu me conseilles ? »

Paul fit un rapide aller et retour dans son cabinet, en se grattant la joue.

« J'emmènerais Évelyne à Port-Grimaud, dit-il enfin. Un, il vaut mieux, en ce moment, la soustraire à l'influence de son père. Deux, il n'est pas mauvais non plus de l'éloigner de sa mère. Et trois : si Derrien réussit, si Mme Combaz réunit une conférence de presse à Isola, eh bien, vous deux, vous resterez à l'écart et je t'assure qu'Évelyne t'en saura gré. D'accord ? Allez, mon vieux, ne fourre pas ton nez dans leur bagarre et tâche d'en sortir Évelyne. »

Il me retint sur le seuil.

« Ah ! j'oubliais ! Naturellement, tu continues ton petit pensum. Et du détail, toujours plus. Je veux, en te lisant, tout voir, tout sentir. Tu as trop tendance à escamoter. Le concret, Georges. Je veux que tu fasses une cure de concret. »

Je promis. Rentré chez moi, j'appelai Berthe. Oui, Langogne et Derrien étaient déjà en route. Elle les rejoindrait le plus vite possible.

« Et toi, Georges ?

— Moi ? Je crois que je vais passer par Port-Grimaud. Je t'appellerai tous les soirs.

— Ce n'est pas très gentil.

— Je ne veux pas me donner l'air d'être un patron de la main gauche.

— Merci. Tu as le don des formules.

— Oh ! tu me comprends très bien. Mais, en cas de besoin, compte sur moi... (Un petit silence et j'ajoutai presque honteusement :) Comme toujours. »

Ma dérobade me vaudrait une scène ; c'est couru. Les scènes, avec Berthe, c'est très spécial. Je veux dire qu'elle en possède un répertoire si riche que je ne sais jamais, quand je découvre son visage des mauvais jours, quelle partition elle va choisir. Il y a le lamento ponctué de sanglots à fendre le cœur, la pauvre chose effondrée sur une chaise, les cheveux dans la figure. Il y a la tirade tragique, ponctuée d'invectives, les yeux flamboyants, l'index accusateur. Mais il y a aussi le réquisitoire impitoyable, étayé d'arguments, détaillant sans passion apparente les fautes, les erreurs, les méfaits du monstre qui ose relever la tête. Enfin, avec des variantes pleines d'invention, il y a la bouderie, l'art de faire comme si on n'était pas là.

Je me rappelle, une fois, en ma présence, elle décroche le téléphone, s'adresse à ma secrétaire, lui dit : « Si M. Blancart me demande, je m'absente ; vous m'entendez, je m'absente pour plusieurs jours. » Et la voilà, ensuite, qui monologue : « Si ce monsieur s'imagine que je vais perdre une heure pour lui faire plaisir. Un mufle pareil ! » Et elle me frôle en chantonnant.

Paul, je te jure que je n'exagère pas. Après, bien sûr, il y a des raccommodements pathétiques. Mais je commence à être trop vieux pour supporter, d'un cœur égal, ces sautes d'humeur. Avec Évelyne, je suis tranquille, puisque je l'aime sans espoir. Pas d'à-coups à redouter : une bonne jalousie bien installée qui me point comme une infirmité définitive. La vérité, c'est que mère et fille ont été élevées n'importe comment, à la fois gâtées et négligées, et qu'elles tiennent à moi comme si j'avais le pouvoir d'un rebouteux, d'un rafistoleur de cœurs accidentés. Je sens bien que Berthe, en ce moment, me souhaiterait auprès d'elle, presque par superstition. A la limite, je suis le trèfle à quatre feuilles, le fer à cheval, la patte de lapin. Eh bien, tant pis. C'est d'Évelyne que j'ai envie de m'occuper.

... J'ai écrit cela hier, et ce matin tout est remis en question. Marèze est mort. On l'a découvert au petit jour sur le trottoir, devant son immeuble. Il a été repéré par une ronde de police. A première vue, il a succombé à une congestion. Tout est encore très confus. Massombre se renseigne. Ce qui est certain, c'est que Marèze a quitté le Café de Paris sur le coup de minuit. Il était alors très éméché. La nuit dernière, le thermomètre est tombé à moins onze. Il y avait un peu de verglas. On peut supposer qu'il a glissé et que le froid l'a saisi. Assommé par sa chute, il a perdu connaissance. Mais l'enquête commence à peine. C'est moi qui ai annoncé la nouvelle à Berthe, et je note ici sa première réaction, au téléphone.

« Il ne nous fera plus de mal, a-t-elle dit. Maintenant, j'ai confiance.

— Comment ça ?

— Il n'écrira plus de lettres anonymes. Il n'essaiera plus de me démolir. Ah ! Georges, à toi je peux le dire ! Sa mort m'enlève un poids. »

Et c'est vrai qu'elle paraît rassurée. Pas joyeuse, non, mais tout excitée, comme si Marèze cessait d'être une menace pour Derrien et le Veloce.

« Comment Évelyne a-t-elle pris ça ?

— Je ne sais pas. Elle ne s'est pas encore manifestée.

— Tu sais, Georges, à ta place, je l'emmènerais, après l'enterrement, à Port-Grimaud. Ça lui changerait les idées. La mort de son père va lui causer un grand choc. Moi, je ne peux pas m'occuper d'elle, tu comprends pourquoi. Je ne vais pas lui donner la comédie de l'affliction, du regret. N'allons pas au-devant de nouvelles querelles. Mais toi, tu peux lui dire que cette mort m'affecte quand même un peu. Elle te croira peut-être.

— Tu n'as pas l'intention de paraître aux obsèques ? »

Elle éclata de rire.

« Même pas pour signer le livre des condoléances. Bon débarras. Je n'ai pas l'intention de rester ici. Je file rejoindre Langogne et Derrien. Là-bas, on me fichera la paix. »

Je raccrochai, tout mon entrain retrouvé. Excellent, le prétexte suggéré par Berthe. Évelyne ne dirait pas non, et, très sincèrement, j'avais envie de l'aider dans son épreuve.

Je passai le reste de la journée à me renseigner. Les bruits les plus divers commençaient à se répandre. La thèse de l'accident prévalait, évidemment. Mais, en mineur, rampant parmi la confusion des hypothèses, s'amorçait l'idée du crime. La blessure à la tête, ce n'était pas forcément le choc contre le trottoir qui l'avait provoquée. Marèze avait des ennemis... et jusque dans son ex-famille. Et surtout là, tout le monde le savait. Et cette mort arrivait juste au moment où son ancienne femme connaissait certaines difficultés. On parlait même d'un éventuel dépôt de bilan. On racontait déjà qu'elle avait été interrogée par la police.

Massombre, qui vint chez moi après le dîner, était écœuré.

« C'est pire qu'un feu de brousse, dit-il. Ça s'embrase de tous les côtés à la fois. Chacun y va de sa petite méchanceté. Ce pauvre Marèze, dès qu'il avait un verre dans le nez, s'en prenait régulièrement à sa femme. De café en bistrot, il colportait les plus affreuses insinuations. Il prétendait qu'il était armé et qu'il se défendrait. Personne ne le prenait au sérieux, bien entendu, mais quand même, on prêtait l'oreille, et maintenant tout cela remonte au jour. Et il faut bien l'avouer, Mme Combaz, hein, on reconnaît ses qualités mais on ne l'aime pas beaucoup. Enfin, l'autopsie tranchera. On en aura les résultats demain. »

Malgré la nuit et le froid, j'allai rôder autour de la maison d'Évelyne. J'avais sonné chez elle, mais le parlophone restait muet. Alors j'avais patrouillé dans les environs, jetant un coup d'œil à travers les vitres des bars où elle aurait pu chercher refuge contre sa solitude. La petite idiote, alors que j'étais là, prêt à la réchauffer contre moi. Finalement, découragé, j'écrivis sur une carte de visite, en m'appuyant au mur : *Je t'attends. J'ai de la peine pour toi.* Son adresse dans un coin. Voilà. Je glissai la carte sous la porte de l'immeuble, toujours close. Quelqu'un marcherait peut-être dessus, mais la verrait et la mettrait dans sa boîte. Cette nuit-là fut longue. J'aime mieux m'arrêter. Je ne sais plus très bien ce que je raconte.

Dès huit heures, je sortis acheter les journaux. Détail intéressant : la dernière personne qui avait vu Marèze vivant était un certain Félicien Dauche, contremaître à l'usine Combaz. Marèze et puis ce Dauche, maintenant. Qu'est-ce donc qui se tramait dans le dos de Berthe ? L'article était bref. Félicien Dauche avait gardé de la sympathie pour Marèze. Il estimait qu'il avait été traité très injustement. Pour lui, l'accident ne faisait aucun doute. Mais pour Gallois non plus. Et pourtant !

J'appris par Massombre, dans la matinée, que l'autopsie avait confirmé ce que l'on savait déjà. Le malheureux Marèze s'était écroulé, ivre mort, et avait succombé à une congestion. La grosse ecchymose de la tempe avait été provoquée par la chute brutale sur le trottoir. Voilà qui coupait court aux ragots. Je n'hésitai plus. J'allai sonner à la porte d'Évelyne, et cette fois je pus entrer. Quand elle me vit, elle se jeta en larmes sur ma poitrine. Je lui caressai les cheveux.

« Pourquoi ne m'as-tu pas appelé, petite sotte ? »

Marèze aurait dû mourir plusieurs fois, puisque sa mort me valait cette longue minute de bonheur.

« C'est ça, ta chambre ? dis-je. Tu fais du camping, ma parole. »

Le désordre était presque trop composé, pour être vrai : la valise béante, perdant du linge, des fioles, des lainages ; le lit transformé en litière, avec ses couvertures formant terrier ; l'inévitable électrophone sur le parquet ; des mégots dans des couvercles de boîtes, sur l'unique fauteuil un grouillement de choses emmêlées, bas ou collants, soutien-gorge, écharpe, et sortant son museau râpé, un ours en peluche.

Le nez sur mon pull-over, elle murmura :

« Je n'ai pas eu le temps de ranger. »

Je la pris par les épaules et l'écartai de moi.

« Tu l'aimais tant que ça ?

— Je ne sais pas, dit-elle. Lui aussi était une victime. Laisse-moi, va. Je me débrouillerai. Aux pompes funèbres, ils s'occupent de tout. Assieds-toi. »

Elle chassa d'un revers de bras tout ce qui encombrait le fauteuil, et s'accroupit sur la moquette, près de moi.

« Maman s'en fout, reprit-elle. Heureusement, papa avait de l'argent, de quoi payer tout le monde.

— Sa peinture lui rapportait assez ?

— Oh ! il n'y avait pas que la peinture ! Plus tard, je te raconterai. Pauvre papa, il se fourrait toujours dans des trucs tordus. »

Elle réfléchit un peu et ajouta : « Moi aussi, je me laissais entraîner. Oh ! Georges, crois-moi ! Cette saloperie de ski Combaz aura fait notre malheur. »

Soudain, elle sauta sur ses pieds et me menaçant du doigt, elle s'écria :

« Qu'est-ce que tu cherches à savoir ? C'est ma mère qui t'envoie, hein ? »

Je l'empoignai par un bras et l'assis sur mes genoux.

« Écoute-moi, sapristi. Je suis venu pour t'emmener à Port-Grimaud. Vos histoires de famille ne m'intéressent pas. Ce que tu complotais avec ton père, je m'en fiche. Mais je ne veux pas que tu restes seule en ce moment. Tu comprends ça ? Tu ne comprends pas que je t'aime. »

C'était parti malgré moi et j'en demeurai tout tremblant. Il y eut — comment dire — plus qu'un silence — une espèce de longue seconde hors du temps. Et puis elle jeta ses bras autour de mon cou, appuya ses lèvres, là, juste sous cette oreille.

« Je sais, chuchota-t-elle. Merci, Georges. »

Je n'osais plus bouger. J'avais mis, machinalement, une main sur sa cuisse pour l'empêcher de glisser et je m'efforçais de la faire tenir tranquille, de ne pas transformer en caresse ce qui avait été un geste de pure affection. Et soudain elle étouffa dans mon cou son rire espiègle, puis elle m'échappa d'un bond et me saisit le poignet.

« Viens. »

Elle se dirigeait vers le lit. Je ne mentirai pas si je dis que mon cœur m'étouffait. Déjà, elle arrachait de son torse le lainage à col roulé sous lequel malgré le froid elle était nue. Le pantalon, le slip suivirent, chassés d'un coup de pied à l'autre bout de la chambre.

« Eh bien ? » dit-elle.

Je ne suis quand même pas un benêt, mais j'avais beau m'activer, malgré moi, j'étais tenté de plier soigneusement mes vêtements, tandis que les pensées les plus ridicules me traversaient l'esprit, et par exemple : devais-je enlever mes chaussettes ? J'avais bien, quelquefois, imaginé une scène d'amour avec Évelyne. Mais cela restait flou et conventionnel, noyé dans une poésie godiche et intimidée. L'événement me prenait de court et dans l'élan qui me jeta sur elle, il y avait quelque chose de scandalisé.

Je voudrais t'expliquer, Paul, pour que tu ne me juges pas mal. Je sais bien que tu juges tout en médecin et pas en moraliste. Mais justement, je voudrais te faire sentir ce qui m'inquiète, maintenant. Elle, très à l'aise, gentiment lascive, comme une fille pour qui l'amour est un exercice sans problème. Elle pensait que j'avais envie d'elle depuis longtemps déjà et que, ma foi, je méritais bien ça. Et moi, moi, mon pauvre vieux, qui, autrefois, était un dragueur impénitent, j'avais presque envie, bouche à bouche, sur l'oreiller, de lui dire : « Ce n'est pas ça, l'amour. Tu n'aurais pas dû. Tu es en deuil. Et puis, c'est grave, pour moi, de t'aimer comme je t'aime. » Mais je connaissais d'avance sa réponse : « Ce que tu peux être vieux jeu, Georges. » Cela, elle me l'avait déjà dit vingt fois, à propos de tout, de son accoutrement habituel, ou d'un livre, ou d'un film. Alors, l'amour ! Et je restais muet, à me demander pourquoi, au cœur de ma joie, était lovée, comme un ver, une crispation de tristesse.

Je m'arrête ici. Aussitôt après l'enterrement, nous partîmes pour Port-Grimaud.

... Et voilà ! Huit jours se sont écoulés, comme huit minutes. Et même pas. Il ne faut pas compter en unités de temps, mais en mesures de silence, de vide, de rien d'exprimable. Nous nous sommes installés dans le Chris-Craft, pour nous donner l'illusion du voyage. L'un comme l'autre, nous voulions être ailleurs. Et nous, qui nous connaissions par cœur, depuis le temps, nous apprenions à nous regarder, à nous toucher, à nous flairer. Enfin, Paul, je ne vais pas te raconter la découverte d'un amour qu'on se donne le droit de parcourir en tous sens, des doigts, de la bouche... Tiens, le goût des paupières closes, de la nuque sous les cheveux fous, et même, et surtout, des larmes de plaisir cueillies tout le long de leur pente, jusqu'au coin des lèvres. On déjeune de n'importe quoi. On dîne à la bonne franquette. Ma femme de ménage fait la gueule. Mon « capitaine » se gratte la tête sous sa casquette de yachtman. M. Blancart, décidément, se dévergonde. Quelquefois, j'attrape Évelyne par le cou.

« Tu vois, quand nous serons mariés... »

Elle éclate de rire.

« Georges, tu sais bien que nous ne serons jamais mariés. D'abord, ça ne se fait plus. Et puis, je ne veux pas te prendre à maman. »

Elle dit cela sans penser à mal. Mais elle s'aperçoit aussitôt que j'accuse le coup et elle m'entoure de ses bras.

« Georges, ne sois pas bête. C'est maintenant que nous vivons. Pas demain. »

J'essaie de plaisanter.

« Des poètes l'ont dit avant toi. Ils auraient mieux fait de se taire.

— Allons, s'écrie-t-elle, pas de cafard. Et au fait, maman, qu'est-ce qu'elle devient ?

— Elle est de plus en plus confiante. »

Et c'est vrai. Chaque soir, à huit heures et demie, quand je lui téléphone à Isola, elle me chante les louanges de Derrien. D'abord, Derrien, très prudemment, s'est essayé sur les pistes vertes, les plus faciles, celles du « Grand Tour » en particulier. Le Veloce lui a donné toute satisfaction. Glisse parfaite. Sentiment de sécurité absolue. Il s'est risqué sur les pistes bleues, la piste de la combe Grosse, celle du col de La Valette. Aucune mauvaise surprise. Langogne est là, comme un soigneur auprès de son champion, sur le bord du ring. Il y a entre eux des discussions techniques auxquelles le non-initié ne peut rien comprendre, mais qui, paraît-il, plaisent beaucoup à Langogne. Il déclare à tout bout de champ : « Albert, c'est un vrai professionnel », et ce n'est pas un petit compliment. De temps en temps, par courtoisie, je pose une question. Je me fiche tellement de Derrien, de Langogne, du Veloce, et même d'elle, la pauvre Berthe.

« Il y a beaucoup de monde ?

— Ça commence. La neige est bonne. Quand viendras-tu ?

— Tu as toujours l'intention de convoquer la presse ?

— Je pense bien. Et pas plus tard que la semaine prochaine. Dès qu'Albert se sera familiarisé avec la piste du Méné. »

Je calcule rapidement. Encore cinq ou six jours de grâce auprès d'Évelyne.

« Allô, tu m'écoutes ?

— Mais bien sûr, Berthe. Je t'écoute toujours. Si tu as vraiment besoin de moi... Mais j'ai bien l'impression que ma présence ne te sera guère utile, puisque tout marche comme tu veux.

— Debel est arrivé. D'après lui, la disparition de Marèze n'a pas fait grand bruit. Évelyne, comment est-elle ? Toujours montée contre moi ?

— Non. Elle est très calme.

— Vous vous baladez, sans doute ?

— Oui, de temps en temps. »

Bref ricanement. Elle répète :

« Vous vous baladez ! C'est merveilleux. »

Et elle raccroche. Cette montée de rage, soudain... Je sens qu'il me faudra beaucoup de diplomatie. Mais pourquoi ne nous baladerions-nous pas ? Et, par bravade, j'emmène Évelyne dans une lente promenade d'amoureux. L'air est vif. J'ai jeté un caban sur ses épaules. Nos pas sont bien accordés. Il fait bon parler. C'est là qu'elle me dit toute la vérité sur son père, à petites phrases confiantes. Massombre avait vu juste. Ce pauvre Marèze recevait des pots-de-vin d'une maison rivale pour se procurer des renseignements sur le nouveau ski. Félicien Dauche réunissait patiemment la documentation demandée, ce qui n'était pas facile, à cause des précautions prises par Langogne. Mais enfin, à force de mettre bout à bout de petits détails, on commençait par se faire une idée précise du Veloce. L'argent coulait avec abondance.

« Moi, avoue Évelyne, j'étais là en observatrice. Oh ! je n'étais pas très efficace, mais je n'avais pas d'autre moyen d'aider papa. Georges, tu dois tout savoir. Papa était ce que les médecins appellent un maniaco-dépressif. Il était persuadé que la ''clique Combaz'', comme il disait, complotait sa perte. Il prétendait que maman le faisait surveiller. Il s'était même procuré un pistolet. Oui, ça allait jusque-là. Je l'ai vu piquer des crises. Pauvre papa !... C'est vrai que mon grand-père ne lui a rien épargné. Ma mère non plus. Je réussissais à le calmer, mais pas toujours.

— Et alors, continuai-je, vous avez écrit cette lettre anonyme. »

Évelyne s'arrêta, me regarda à la lueur d'un lampadaire.

« Tu parles sérieusement ?... Eh bien, non. Tu peux me croire.

— Tu en es sûre ?

— Oh ! absolument ! S'il avait écrit une lettre, elle aurait été pleine d'insultes, et de plus il ne se serait pas caché de moi.

— Bon. Ce n'est pas lui. Ce n'est pas toi. Alors qui ? Ceux qui le payaient ? Mais d'abord, ces gens-là, qui sont-ils ?

— Je ne sais pas. Et papa non plus. Un beau jour, on lui a téléphoné ; on lui a promis de l'argent. Et l'argent lui est venu par l'intermédiaire de l'avocat qui s'est occupé de son divorce, Me Badaire. De ce côté-là, secret professionnel.

— Mais le contremaître, Dauche ?

— C'est papa qui le payait, de la main à la main. »

Tournant lentement sur moi-même, je contemplais les bateaux, les façades, que des reflets venus de la mer et du ciel faisaient briller doucement. Tout était doux et tendre, comme dans une sérénade. Je repris le bras d'Évelyne.

« J'ai eu tort, dis-je, de t'interroger sur des choses qui sont du passé. Allez ! On tire un trait. Derrien va réussir. Ta mère va vivre son rêve de P.-D.G. comblé. Et moi, au premier moment favorable, je lui dirai tout. D'ailleurs, elle a déjà peut-être tout deviné. Mais toi, quand as-tu su ce que j'éprouve pour toi ? »

Elle frotta sa tête contre mon épaule.

« La dernière fois, dit-elle, dans le bateau. Avant, non, j'étais bien près de toi. C'est tout.

— Et maintenant, tu m'acceptes, sans problème ? »

Elle ne répondit pas. Mais j'avais encore envie de parler, longtemps, à mi-voix, penché vers elle. Je ne savais plus très bien où nous en étions, perdu que j'étais dans les méandres des rues qui devenaient des quais, des passages menant à des passerelles, des bateaux qui semblaient sortir des maisons.

« Te voilà sans le sou, continuai-je. Tu penses bien que ceux qui employaient ton père vont se tenir à l'écart pour un bout de temps.

— Je sais. Mais j'espère que maman m'aidera.

— Moi, dis-je avec élan, je t'aiderai.

— Non, Georges. Ce ne serait pas très propre. Parlons d'autre chose. »

Et, comme il arrivait si souvent entre nous, une espèce de pénible contrainte nous fit taire.

« Va dormir dans ta maison, dit-elle. Moi, je resterai dans le Chris-Craft. Je suis un peu fatiguée, ce soir. »

Je ne fermai pas l'œil. Je me torturai en essayant d'imaginer notre avenir. Mais avions-nous seulement un avenir ? Est-ce que ce mot pouvait avoir un sens pour une fille comme Évelyne, tellement insaisissable. Une liaison avec elle ? Pas question. Il me la fallait, désormais, avec moi, à moi, non seulement chaque jour mais tout le jour. Je sentais que la plus brève séparation allait être une blessure. Si je m'étais écouté, j'aurais bondi jusqu'au bateau pour la prendre dans mes bras, la supplier de ne pas s'éloigner, parce que j'étais vieux, parce que je ne disposais plus que d'une très petite provision de jours, d'heures, et que c'était moi le pauvre et le mendiant. Pensées de la nuit, absurdes, épuisantes, mais qui me saignaient comme des vampires.

Et ce fut le matin, le premier soleil qui faisait étinceler les navires comme des jouets tout neufs. Et mon bonheur retrouvé brillait aussi d'un nouvel éclat. Bref, Évelyne et moi, je n'ai rien, Paul, à raconter. Comme d'habitude, j'appelai Berthe, d'avance résigné à son bavardage. Ce fut une Berthe triomphante que j'eus au bout du fil.

« Il a gagné, s'écria-t-elle. Il a descendu la piste du Méné sans tomber. Le ski s'est parfaitement comporté. Aussi je convoque la presse pour après-demain. La presse locale, d'abord. *Le Dauphiné, Le Provençal, Nice-Matin*, et d'autres encore. Langogne s'en occupe. Ensuite, je compte organiser à l'Alpe-d'Huez une grande démonstration. Georges, cette fois, c'est dans la poche. »

Et moi, hochant la tête en signe d'assentiment, je me disais : « Ce que je peux m'en foutre, de tout cela, ma pauvre vieille ! »

IX

Paul m'a dit : « Recommence tout depuis ''ma pauvre vieille''. Tu te rappelles, Berthe venait de t'annoncer qu'elle allait organiser une grande démonstration. Après, tes notes deviennent incohérentes pour un lecteur qui n'a pas le temps de se creuser la tête, ce qui est mon cas. Construis un peu plus, au lieu de raconter en vrac. Le récit des huit ou dix derniers jours, posément, voilà ce que j'attends. Ce n'est pas difficile et ça t'aidera à te calmer. »

Bon. Je recommence. Évelyne, que j'avais mise au courant, était plutôt contente. « Si ça marche, disait-elle, maman peut réussir un gros coup, et d'après papa, elle en a besoin. Papa était nul en affaires, mais il avait derrière lui des gens qui pensaient à sa place. »

Et moi, je me frottais les mains. Une chance que Berthe soit accaparée par ses soucis et ses ambitions. Quand je lui annoncerais qu'Évelyne et moi... Elle nous chasserait comme dans un mauvais mélo. Et nous serions libres. Sa situation, enfin, serait nette. C'est alors que tout s'écroula. Deux jours avaient passé. Mais voilà que Mme Guillardeau accourt :

« Madame vient d'appeler. Elle veut vous parler... Elle dit que c'est grave. »

Je crie par l'écoutille : « Je reviens. C'est ta mère qui téléphone », et je me précipite dans la maison, remuant déjà de sombres pressentiments. Derrien souffrant ou bien une querelle plus violente que d'habitude avec Langogne, ou encore une grève à l'usine. Il y en avait déjà eu. Essoufflé, je saisis l'appareil.

« Eh bien, qu'est-ce qui se passe ? »

La voix chavirée, elle murmure :

« C'est affreux, il faut que tu viennes, tout de suite.

— Mais Évelyne... »

Le ton soudain mordant, elle reprend :

« Évelyne... Je ne veux pas la voir... C'est peut-être bien elle qui... »

Sanglots. Elle se mouche. Elle reprend sa voix mourante :

« Je viens de recevoir une nouvelle lettre. Allô, tu m'écoutes ? Elle est arrivée il y a cinq minutes. Elle porte le cachet de Grenoble.

— Oui, oui... Elle dit quoi ?

— Oh ! elle n'est pas longue ! Trois mots : *Il va tomber*. Les lettres ont été découpées dans des magazines, comme la première fois. C'est assez clair, non ? Derrien va tomber. On affirme. On est sûr. C'est péremptoire. Et mes invités sont là, presque tous. Le temps est beau. La course est prévue pour demain. Qu'est-ce que je dois décider ? Si seulement tu étais là, au lieu de faire le joli cœur auprès de cette petite garce.

— Hé, doucement.

— Parfaitement. Son père est mort mais elle est bien capable de prendre le relais.

— Voyons, Berthe. Comment veux-tu que depuis Port-Grimaud elle soit dangereuse pour Derrien ? Ce serait de la sorcellerie.

— Est-ce que je sais ? Je deviens folle. Car c'est sûr. Il va tomber. Je le sens.

— Allons, Berthe. Pas de panique. Tu n'as encore prévenu personne ?

— Non, bien sûr.

— Alors, attends-moi. Dans deux heures, je serai à Isola, avec Évelyne. Tu comprends bien que je ne peux pas la planter là, sans une explication. Et puis, à mon avis, le mieux est de réunir tout le monde, sauf les journalistes bien entendu.

— Albert aussi ?

— Oui. Derrien doit être mis au courant. Si quelqu'un est concerné, c'est lui d'abord. Mais crois-moi. Il ne se passera rien. On t'a écrit ça pour t'embêter. En tout cas, je t'affirme qu'Évelyne n'y est pour rien. La lettre a été postée à Grenoble quand ? Regarde le cachet.

— Avant-hier.

— Nous n'avons pas bougé d'ici.

— Qui, alors ?

— Peut-être quelqu'un de l'usine. Peut-être un ami de Marèze. Peut-être même un de tes invités, pour créer un incident, le scoop du jour. *Menaces sur le ski Combaz Veloce*. Tu imagines ce titre. Ou bien pour nous accuser de faire de la pub. Tout est possible.

— Mais, Georges, tu te représentes bien l'enjeu. Est-ce que j'ai le droit de jouer de si gros intérêts à pile ou face ?

— Écoute. Si tu arrêtes tout, tu perds à coup sûr. Donc, il faut continuer, mais en prenant des précautions. Tu es forcée de continuer.

Même si tu doutes. Nous allons justement en discuter tout à l'heure. Enferme-toi. Ne parle à personne. J'arrive. »

Paul sera content. J'ai reproduit cette conversation aussi exactement que possible pour bien rendre sensible le trouble qui s'était emparé de Berthe. Elle était vraiment effrayée et, de mon côté, j'avoue que j'avais un peu peur. Ce genre de menaces, qui n'en sont pas mais qui, pourtant, d'une manière voilée, annoncent le pire, paralysent l'esprit en lui interdisant de choisir. Quoi qu'on fasse, on est perdant. Je rendis compte à Évelyne qui, tout d'abord, refusa de m'accompagner.

« On était si bien, Georges, tous les deux. Si je vais là-bas, je ne serai pas à prendre avec des pincettes.

— Ça m'embête autant que toi, tu sais. Mais on doit être corrects. »

Le mot la fit exploser.

« Ma mère a détruit papa. C'est tout juste si elle ne me soupçonne pas d'écrire les lettres anonymes. Toi, elle te tient en laisse. Et je devrais être correcte. Non, mais...

— Je te prie de te taire. »

J'avais lancé ces mots si sèchement qu'elle s'arrêta net. Mais sa bouche tremblait de colère et ses yeux me brûlaient. Elle me tourna le dos et commença à jeter pêle-mêle sur sa couchette ses vêtements, ses objets de toilette, ses sandalettes.

« Eh bien, qu'est-ce que tu fais ?

— Tu m'as bien dit qu'on allait à Isola, non ? »

Ensuite le silence. Un silence de femme, si tu vois bien ça, Paul. L'animosité dans chaque geste, comme une projection d'acide. Dans la voiture, le prompt retrait de l'épaule, du coude, au moindre contact, le visage m'opposant un profil rigide de masque. La fille et la mère savent qu'à ce jeu je ne résiste pas longtemps. Alors s'amorce une de ces absurdes conversations où les questions restent sans réponse le temps de doubler un poids lourd, et quand vient la réponse, à cause du bruit, on l'entend mal. On repose la question. Haussement d'épaules, il faut freiner, surveiller dans le rétroviseur celui qui réclame le passage.

« Excuse-moi. Tu disais ?

— Aucune importance.

— Mais j'ai cru que tu parlais de Derrien ?

— Oui, je le répète : qu'il se dépêche de se casser la figure. On pourra peut-être vivre comme tout le monde. »

Je ne roule pas vite. Je ne suis pas pressé d'entrer dans la bagarre, à Isola.

« As-tu assez chaud ? »

Coup d'œil aigu, mais, cette fois, c'est la voix de l'embellie qui me dit : « Ça va. » Dans dix kilomètres, j'essaierai de lui caresser la main. La montagne proche. La neige, comme une lessive étalée. Ici commencent la paix et le pardon.

« C'est sûrement une blague, dis-je. Il y a sans doute quelque part quelqu'un qui se rend compte que la démonstration de Derrien va réussir. Alors il se venge par avance en créant de l'anxiété, de la méfiance. Ça porte un nom. Cela s'appelle : l'intox, dans le monde des agents secrets. »

Elle rit. Elle voit tout de suite des silhouettes en forme de passe-muraille, des ombres rôdant dans la nuit. Je profite de cette minute de gaieté pour lui saisir le bras.

« Évelyne, mets-toi à ma place. Tu ne voudrais pas que j'agisse comme un goujat. Ta mère compte sur moi. Dès que cette affaire sera réglée... donc dans vingt-quatre heures, je mettrai les choses au point avec elle. »

Enlevant son gant, elle me tendit à plat sa main droite, comme un maquignon qui conclut un marché.

« Promis ?

— Promis. »

Ouf ! L'orage était passé. Nous arrivâmes à Isola juste à l'heure du déjeuner, mais je compris, à leurs mines, que Berthe n'avait pas su tenir sa langue. Ils savaient. Langogne et Debel, accoudés au bar, contemplaient leurs verres vides.

« Où est Berthe ? demandai-je.

— Dans sa chambre, avec Derrien. Depuis ce matin, ils discutent le coup. »

De la salle à manger nous parvenait un joyeux brouhaha.

« Les reporters, dit Debel. Ils ne se doutent de rien.

— Mais combien sont-ils donc ?

— Une bonne dizaine. Toute la presse locale et régionale. On en attend encore quelques-uns.

— Si Mme Combaz voulait m'écouter, intervint Langogne, on leur montrerait la lettre. Vous verriez monter les enchères. *Le Veloce triomphe malgré de mystérieux saboteurs... Le Veloce super-star,* etc. Demain, tout le pays passerait commande.

— Parce que, pour vous, dis-je. Derrien part forcément gagnant ? »

Langogne, d'un air amusé, prit Évelyne à témoin.

« Vous entendez, mademoiselle. Comme s'il était permis de douter. »

Debel me fit un signe discret de la tête, m'invitant à le suivre, et il dit à Évelyne :

« Nous allons chercher votre mère. Attendez-nous ici. »

Mais, dès que nous fûmes dans l'ascenseur, il me retint par la manche.

« Monsieur Blancart, il y a du nouveau, que je n'ai pas encore révélé. En deux mots, j'ai reçu hier, de Paris, un coup de fil. J'ai pris la précaution de l'enregistrer. J'enregistre tout, maintenant, et je vous assure que c'est souvent utile. C'était mon ami Lethellier. Il dirige une affaire de transporteurs aériens et s'intéresse forcément à tout ce qui se promène sur un fil, les télécabines, les télésièges, bref, il voulait savoir s'il était vrai que les skis Combaz traversent un mauvais moment. Vous voyez où il voulait en venir. D'après lui, un groupe puissant serait prêt à racheter. Je simplifie, évidemment, mais cela en dit long sur ces lettres anonymes.

— C'est quoi, ce groupe ?

— Il prétend qu'il l'ignore, mais j'ai bien senti qu'il sait des choses.

— Attention, mon cher Debel. Si nous parlons à Berthe de ce coup de sonde, elle est capable de remettre à plus tard l'expérience en cours, parce qu'elle va s'imaginer qu'elle a affaire à des adversaires résolus à tout. Et après Gallois, Derrien... Hein, il y a de quoi réfléchir.

— Mais vous, Blancart, qu'est-ce que vous me conseillez ?

— Continuer... aller jusqu'au bout... Enfin, Debel, quoi, personne ne va canarder Derrien, le tirer comme un lapin. Du bluff, tout ça. Venez. »

La chambre de Berthe était au troisième. A travers la porte, nous entendîmes déjà la voix de baryton de Derrien. Il nous ouvrit et s'écria :

« Vous arrivez bien. Aidez-moi à convaincre Mme Combaz. »

Elle était blottie dans un fauteuil, les jambes repliées sous elle, comme d'habitude. Et, sur un guéridon, à portée de main, verre et paquet de blondes. Elle paraissait fatiguée.

« Oh ! dit-elle, je suis convaincue ! Mais je reste persuadée, maintenant, que nous faisons tous une imprudence.

— Mais puisque je prends tout sur moi, dit Derrien. Tenez, nous allons procéder comme aux États-Unis, quand la police protège nuit et jour un témoin important. Je ne sortirai pas de l'hôtel jusqu'à demain. Nous prendrons nos repas ensemble. Langogne couchera dans ma chambre. Et demain matin, la piste sera passée au peigne fin. Le personnel de la station est tout dévoué et a hâte de voir le Veloce à l'œuvre. Cela vous rassure-t-il ?

— Oui, merci, Albert. Vous êtes gentil », murmura-t-elle.

Et s'adressant à moi.

« Il est temps que ça finisse. Si ce n'était pas pour la mémoire de mon père, je crois que... Bon... Allons déjeuner. Aide-moi, Georges. »

Elle se déplia et prit mon bras.

« Évelyne ? Pas trop désagréable ?

— Non. Tâchez, toutes les deux, de vous tenir tranquilles. »

Et à ce moment-là, le souvenir du moine me traversa l'esprit. Cette fameuse lettre circulaire qu'il ne fallait pas détruire ! Et pourtant, je l'avais brûlée. Et Marèze était mort. Et Derrien était menacé.

« Toi aussi, tu es soucieux ? me dit Berthe.

— Pas du tout. Je n'ai jamais été plus confiant, au contraire. »

Je m'efforçais de rire et l'entraînai d'un pas vif. Mère et fille, en bas, s'embrassèrent joue à joue. Heureusement, Derrien faisait preuve d'un enthousiasme qui n'était pas feint. Nous occupions une petite salle à manger qui nous avait été réservée, et nous pouvions parler sans crainte d'être espionnés. Derrien était intarissable sur le Veloce. Langogne, les lunettes sur le sommet du crâne, l'écoutait avec ravissement.

« En vitesse pure, disait Derrien, je ne sais pas encore ce que ça va donner. Jusqu'à présent, la neige n'a pas été fameuse. Mais le temps s'annonce bien, pour demain.

— Vous devez atteindre les cent dix, cent quinze, reprenait Langogne.

— Facile. Il y a des endroits où ça secoue dur. On risque de décoller, mais il suffit de se méfier. Ce qui m'étonne, c'est que Gallois se soit laissé embarquer comme un débutant. Un garçon de son expérience ! »

Au nom de Gallois, il ne se produisit aucun court silence. Je sus gré à Derrien de l'avoir prononcé sans gêne. La page était tournée.

« La piste sera dégagée pendant quelques instants, continua-t-il ; tout le monde, ici, est au courant, et on fera place nette, le temps pour moi d'effectuer deux ou trois descentes. Une seule ne convaincrait personne. Il faut que chacun constate que le Veloce n'est pas seulement un ski qui va très vite, mais surtout qu'il est absolument sûr.

— Il y aura des observateurs tout le long du parcours, observa Langogne. Vous serez abondamment photographié et même filmé. Morucci, de *Nice-Matin*, a amené sa caméra.

— Indispensable, approuva Derrien. On pourra voir si mon style est satisfaisant. Je n'ai pas la prétention d'avoir trouvé la meilleure position. J'ai encore des progrès à faire pour tirer le meilleur parti de ce matériel. »

Évelyne, qui était placée en face de Berthe, intervint alors :

« Tu vois, maman, c'est comme ça qu'il aurait fallu procéder, la première fois. On a eu le tort d'improviser.

— Et qu'est-ce que ça aurait changé ? s'emporta Berthe. Si quelqu'un possède le moyen de tout faire échouer. »

Concert de protestations. Et la question qui nous obsédait tous, en dépit de nos efforts pour l'écarter, revint brutalement sur le tapis. Qui ?

Ce fut Derrien qui ramena enfin le silence.

« Si l'on cède à ce petit jeu, on finira par s'accuser les uns les autres. Même moi. Mais si. Parfaitement. Qu'on se mette à raconter que je me dope, par exemple. Ma démonstration peut être truquée. Je peux trop bien la réussir, ou bien je peux me casser à mon tour la figure.

— Il ne s'agit pas de ça, protesta Debel.

— Oh ! mais, pardon ! s'écria Langogne. Albert a raison. Rien ne doit être laissé au hasard. Demain matin, avant sa tentative, il sera examiné par le médecin du club alpin, de Nice. Des prélèvements seront effectués. C'est peut-être une précaution déplaisante, mais Albert et moi nous nous sommes déjà mis d'accord. Puisque l'occasion nous en est fournie, voilà, je vous dis tout. »

Berthe approuva et le repas s'acheva dans une ambiance détendue. Je passe sur l'après-midi. Je me rappelle que Langogne emmena Évelyne, par le télésiège, jusqu'au mont Mené. Moi, j'eus avec Derrien un long entretien. Il ne me cacha pas qu'il attendait beaucoup de sa démonstration. Grâce au nouveau ski, il allait pouvoir donner sa mesure et montrer qu'il fallait encore compter avec lui, ce qui l'aiderait beaucoup à se recaser.

« Un bon professeur, dit-il, arrive à vivre très correctement. Et puis Mme Combaz a compris qu'elle s'occuperait de moi. »

Ici, éloge de Berthe, peut-être un peu pour me faire plaisir, mais non, il n'était pas du genre flagorneur. Je pris ensuite une tasse de café avec Berthe. Je dus lui raconter en détail l'enterrement de son ancien mari. Que murmurait-on dans le cortège ? Est-ce qu'il y avait beaucoup de monde ? Qui, par exemple ?

« Eh bien, Jean Laubret, de la Ligue écologique.

— Oh ! ce toupet ! Et puis, qui encore ? »

J'abrège. Manifestement, Berthe cherchait à parler de n'importe quoi pour oublier son angoisse, qui affleurait par moments et crispait fugitivement ses lèvres.

« Je suppose que tu ne vas pas t'encombrer d'Évelyne plus longtemps. Elle a du chagrin, bon. Moi aussi, je sais ce que c'est que de perdre un père. Mais je ne vivais pas aux crochets du mien. En tout cas, je n'ai plus le temps de m'occuper d'elle. Le lancement du Veloce, en pleine saison d'hiver, ne va pas me laisser une minute… Même pas pour toi, mon pauvre Georges. Mais ça n'a pas l'air de t'inquiéter beaucoup. »

Ce n'était ni le lieu ni l'instant de lui dire que je projetais d'acheter, dès mon retour à Grenoble, une superbe bague de fiançailles. J'avais trouvé ce biais pour que Berthe comme Évelyne acceptent le fait accompli. Je me hâtai donc de conclure avec une belle assurance :

« Il n'y a vraiment pas lieu de s'inquiéter. C'est gagné d'avance. »

J'ai beau faire, Paul, à partir de maintenant, il y a des trous dans mes souvenirs. Je me souviens que j'ai bavardé, à droite et à gauche, avec des journalistes. Je me souviens aussi qu'à l'issue d'un dîner qui nous réunit tous, certains convives proposèrent de boire au succès de

Derrien, ce qui provoqua des cris variés. « Taisez-vous... Touchons du bois », etc. J'eus un bref aparté avec Évelyne.

« Tu verras cette descente, me dit-elle. Ça plonge comme un toboggan. »

Et puis Langogne et Derrien gagnèrent leur chambre, chacun emportant une bouteille d'eau minérale. Décidé à dormir d'une traite jusqu'au matin, j'avalai un Mogadon, après avoir jeté un coup d'œil au ciel. Les étoiles, la montagne, la neige, comme un immense théâtre vide ; cela faisait un peu peur. C'est à partir de là, je crois, que j'ai rédigé les notes que tu as lues et que tu as trouvées incohérentes. L'émotion, Paul. Même encore, je me sens bouleversé, mais je vais m'appliquer. Quand je suis descendu, le lendemain matin, pour le petit déjeuner, l'hôtel bourdonnait comme une ruche. Ils étaient tous là, les journalistes pêle-mêle avec les clients. Debel équipé comme un chasseur alpin. Évelyne qui toussait, Berthe qui me dit :

« Quand tu penses qu'elle a pris froid. Elle ne peut rien faire comme tout le monde. »

Je cherchai Langogne et Derrien. Ils étaient dehors. Langogne tenait une poignée de neige et la triturait, l'air soucieux. Derrien, au contraire, paraissait très confiant. Tandis que Langogne me saluait d'un rapide coup de tête, Derrien me serra la main avec amitié.

« Ça va marcher, dit-il.

— Je l'espère bien, fit Langogne, en éparpillant sa poignée de neige. Il y a un peu de redoux, malheureusement. Neige glacée et sections un peu collantes. Ce n'est pas l'idéal. On se demande comment farter. Sans parler du brouillard, dans moins d'une heure.

— T'inquiète pas », plaisanta Derrien.

Ils se tutoyaient, maintenant, et cela créait une étrange atmosphère, comme celle qui règne avant une course quelle que soit la mécanique utilisée. On s'efforce de paraître gai, de dominer l'événement, et l'on sait que, dans quelques instants, selon la victoire ou la défaite, on sera devenu un autre.

« Oh ! je ne m'inquiète pas, dit Langogne, mais je n'aime pas le poker ! »

Je les laissai à leurs supputations et je rejoignis Berthe, qui discutait avec Évelyne, à une petite table.

« Assieds-toi, dit Berthe. On va se serrer. J'étais en train de proposer à Évelyne une place à l'usine. Elle ne peut pas continuer à vivre comme cela. Son père ne lui a rien laissé, évidemment. Son studio est hypothéqué, oh ! je suis bien renseignée ! Mettons qu'on en tire deux cent mille francs. Et après ?... »

Évelyne regarda Berthe méchamment.

« Et ton usine, murmura-t-elle, tu es sûre de la garder ? Tu es prévenue, pourtant : *Il va tomber*. S'il tombe, eh bien... »

Berthe m'empoigna le bras.

« Fais-la taire », chuchota-t-elle.

La mère, la fille, l'amant, entre ses deux maîtresses. Ici aussi, c'était une horrible partie de poker. Heureusement, Debel s'approcha de nous.

« Cette attente est pénible, dit-il. Avez-vous l'intention de monter là-haut ? Moi, je me contenterai de rester à mi-pente. On m'a indiqué un endroit d'où la vue porte assez loin, vers le haut et le bas. »

Ravi de l'occasion qui m'était offerte d'échapper à la querelle qui menaçait, je me levai précipitamment.

« Je vous accompagne. »

Ici, il y a du flou dans mes souvenirs. Le froid me pénétrait à travers mon anorak. La marche était pénible, le chemin n'en finissait pas, et une petite voix me répétait : « Tout ça n'est plus de ton âge, mon vieux. Plus du tout de ton âge. » J'écoutais Debel d'une oreille distraite. Il me disait :

« Que quelqu'un d'entre nous commence à se débarrasser de ses actions et ça va être la culbute. J'en ai malheureusement un gros paquet. Voyez-vous, Blancart, si j'étais Berthe Combaz, je négocierais tout de suite, avant toute manœuvre en coulisse. Notre pauvre amie est déjà guettée de tous les côtés. »

Moi, je pensais surtout à Évelyne. Craintivement. Superstitieusement. Elle était la malchance incarnée, avec ou sans moine.

« Admettons, dis-je, en m'arrêtant pour souffler un peu, que Derrien fasse une chute. Rien ne l'empêcherait de recommencer aussitôt. On a l'impression que pour Berthe et sa fille un seul échec serait la fin de l'expérience. C'est ridicule.

— Bien sûr, concéda Debel, mais songez à la contre-publicité. Rappelez-vous, par exemple, tous les déboires qu'on a connus avec la fusée Ariane. D'accord, ça n'est pas pareil. Mais dans le cas du Veloce, il y a la menace. Quelqu'un sait — et le dit — que ce ski est condamné. C'est ça le drame. »

Je gardai le silence jusqu'à notre poste d'observation. Nous entendions autour de nous des bruits de voix. Finalement, le public allait être plus nombreux que prévu. Un léger brouillard gommait un peu les sapins mais la visibilité restait bonne, surtout vers le haut de la piste. Évelyne n'avait pas menti. Cela ressemblait à un toboggan, qui filait entre les arbres, blanc de neige, avec des reflets dangereux. Debel regarda sa montre.

« Onze heures moins cinq. Il va partir dans cinq minutes. Il a bien précisé onze heures pile. Quand il passera devant nous, il sera déjà en pleine vitesse. Vous ai-je dit que j'ai commandé moi-même le déjeuner ? Il faut marquer le coup. Attention. »

Il se mit à compter et s'écria tout à coup :

« Top ! Il est parti. »

Ensemble, nous nous penchâmes en avant, guettant au loin le grattement des skis effleurant le sol. J'avais les mains gelées, les pieds gelés et je suais sous mes lainages.

« Eh bien, fit Debel. Il est en retard. Est-ce que ?... »

A nouveau, le silence. Onze heures cinq... Onze heures dix... Debel se redressa.

« Pas de doute, cette fois... »

Il ne prit même pas la peine d'achever sa phrase, et, sans même regarder si je le suivais, rebroussa chemin.

« Attendez, dis-je. Il a pu se produire quelque chose d'imprévu au dernier moment. »

Il haussa les épaules.

« Allons donc ! Tout ce que nous pouvons souhaiter, maintenant, c'est qu'il ne se soit pas fait mal. »

Nous arrivâmes parmi les derniers à l'hôtel, où l'agitation de la foule annonçait, de loin, l'accident. Quand elle me vit, Berthe, blême, crispée, ne prononça que deux mots :

« C'est fini. »

X

Je résume, Paul. Il ne faut pas m'en vouloir. Chaque détail me blesse et je n'ai que trop d'images à la fois dans la tête. Mais tu sais aussi bien que moi ce qui arrive dans ces circonstances, la bousculade, les flashes, les appels, tout ce grouillement malsain autour de l'événement. Je criai : « Où est-il ? » et Berthe me répondit quelque chose que je ne compris pas. Ce fut un journaliste bardé d'appareils qui me montra le bar. Déjà, Debel essayait de se faufiler. J'entraînai Berthe, mais elle se dégagea, devant la réception, et j'entendis : « Je monte dans ma chambre. Tout ça me rend malade. » J'hésitai, mais puisque les curieux se pressaient à la porte du bar, c'est que Derrien était là. Savoir dans quel état ! Je me frayai un chemin, stupéfait de voir tant de monde. Des clients de l'hôtel mais aussi des gens venus des hôtels voisins, et qui avaient été mis au courant de la tentative de Derrien. Je finis par pénétrer dans le bar.

Derrien était assis au fond, Langogne près de lui. Il n'avait nullement le visage défait de quelqu'un qui vient de frôler une catastrophe. Et même quand il m'aperçut, il me sourit.

« Ce n'est pas grave, dit-il, sans doute une entorse. »

Tout ça, excuse-moi, Paul, dans le désordre, le brouhaha. Il y avait des micros tendus. Je m'efforçais de saisir le fil de son récit, mais un remous me repoussa. Une voix qui m'était familière cria : « Dehors... Allez... Dehors... »

J'interrogeai l'homme qui me marchait sur les pieds.

« C'est le docteur de la station, dit-il. Il emmène Derrien à Nice pour lui faire des radios. »

La pièce se vida et je reconnus le Dr Rossi, qui avait été étudiant à Grenoble. Il me serra la main et me rassura tout de suite.

« Une chute malencontreuse. Probablement un décollement de la malléole externe de la cheville droite. Mais j'aime mieux en avoir le cœur net. Le voilà pour un mois dans le plâtre. Pas de chance. »

Je pus enfin m'approcher de Derrien.

« Ça s'est passé comment ?

— Si je le savais, dit-il. Tout le monde me pose la même question. Désolé. Ça va tellement vite !

— Vous souffrez ?

— Un peu, quand j'appuie le pied par terre. Mais j'ai déjà eu des trucs comme ça. Ce n'est pas bien méchant. Je regrette pour Mme Combaz. Venez me voir à la clinique. »

Il se leva, s'accrocha au bras du médecin et, soutenu à gauche par Langogne, sortit à cloche-pied. Je découvris alors Évelyne, littéralement blottie dans un coin du bar, devant un verre vide. Je m'assis en face d'elle.

« Qu'est-ce que j'avais dit, murmura-t-elle. Si j'avais été moins fainéante, je l'aurais recopiée vingt fois, cette saloperie de formule, et rien de tout ça ne serait arrivé. *Il va tomber. Il va tomber*. On ne voulait pas le croire. Eh bien, ça y est. »

Elle avait les yeux fixes, les lèvres tremblantes. Et soudain son visage se décomposa, se tordit en un masque de fureur.

« Ne me regarde pas comme ça, dit-elle. Oui, j'ai bu. Là, toute seule, en attendant ce qui s'est produit. J'ai bu, comme faisait mon père, quand il en avait assez, de tout.

— Derrien, commençai-je.

— Je me fous de Derrien. Je me fous de tout votre cirque. Je voudrais être morte. »

Elle croisa ses bras sur la table, envoyant promener son verre, et cacha sa figure dans le pli de ses coudes. Le barman, de loin, fit un geste compatissant.

« Évelyne, mon petit, ne restons pas là. »

Je lui caressai les cheveux puis je lui parlai tendrement à l'oreille.

« Nous allons rentrer à Port-Grimaud. Nous verrons tranquillement ce qu'il convient de faire. »

A tout, obstinément, elle disait : non. Debel survint. Je note, à mesure que tous ces détails me reviennent.

« Mme Combaz voudrait nous voir tous les trois, dit-il. Langogne est parti avec Derrien et le médecin. Nous les retrouverons à Nice.

— Évelyne, tu entends ? Ta mère veut nous voir. Allons, viens. Ce ne sera pas long. »

Si, hélas, ce fut long. Du déjeuner, commandé par Debel, il ne fut plus question. J'ignore encore qui en profita. Les invités, sans doute. Je me rappelle qu'on nous monta des sandwiches. Ils restèrent intacts sur le plateau. Berthe paraissait maîtresse d'elle-même, bien que très pâle.

« Je vais porter plainte, dit-elle. Maintenant, cette affaire regarde la police. Il est évident que les deux chutes ont été provoquées. On veut me ruiner. Eh bien, on se trompe. Je demande une enquête.

— Vous n'y pensez pas, dit Debel. Voyons, chère amie, ne nous emballons pas. Vous n'avez comme preuve à fournir à la police que ces deux lettres anonymes.

— Eh bien, répliqua Berthe, c'est suffisant pour provoquer une enquête à l'usine.

— Vous allez avoir contre vous tout le personnel, poursuivit patiemment Debel. Et tous ceux qui achètent du Combaz vont se demander si l'on peut continuer à faire confiance à ce matériel. Et ça, en pleine saison. Attendez. Je voudrais que vous écoutiez un enregistrement qui date d'avant-hier. Je vais le chercher. »

Il disparut avec une vivacité de jeune homme.

« Je suis au courant, dis-je. Et je partage son avis. Prenons le temps de réfléchir. Que diable !

Déjà, Debel revenait, portant un petit magnétophone qu'il plaça sur la table, au milieu de nous. Il manipula des touches et des boutons. Ça ne démarre jamais bien du premier coup. C'est pourquoi j'ai horreur de ces mécaniques. Tout en réglant le son, il expliquait :

« C'est la voix de Lethellier. Lethellier, chère amie, vous le connaissez ? Il n'a pas la réputation de quelqu'un qui parle pour ne rien dire. Alors, écoutez. »

Et Lethellier parla, tâtant le terrain, s'informant avec sollicitude de la santé des skis Combaz. La période était difficile. Les industriels avaient intérêt à se grouper.

« Ça va, s'écria Berthe, arrêtez. »

Elle se leva rageusement, alluma une cigarette. Le cendrier était déjà plein de mégots. Elle s'adossa au radiateur.

« Jamais, reprit-elle, mon père ne se serait laissé acheter. Je vous jure que je l'imposerai, ce Veloce. Albert s'est un peu abîmé la cheville, mais combien de fois est-il tombé, en quelques années de compétition ? Alors, cette dernière chute, pourquoi la monterait-on en épingle ? Surtout que, ne l'oubliez pas, il s'est entraîné pendant une semaine sans anicroche.

— Oui, dit Évelyne, mais c'était son premier essai à fond. »

Interloquée, Berthe changea de ton, laissant percer un doute.

« A fond ? Tu veux dire à pleine vitesse ?

— Exactement. Je n'ai rien vu. J'ai simplement saisi des propos, dans le bar... Mais je suppose que les skis, comme les machines, ont une limite de résistance ? »

L'argument nous cueillit de plein fouet. Nous n'avions pas pensé à ça. Langogne était tellement sûr de lui ! Et que ce fût Évelyne qui nous le servît ! Évidemment, le problème ne pouvait pas être écarté.

« Des propos dans le bar, dit Berthe, mais qui les tenait ?

— Je n'ai pas fait attention. Tout le monde parlait à la fois. Ce n'était pas Derrien. Il était trop loin de moi. J'ai seulement entendu quelqu'un qui faisait remarquer que les skis avaient probablement un défaut. »

C'était peut-être cela l'explication que nous cherchions tous depuis l'accident de Gallois. Et maintenant, de seconde en seconde, elle s'imposait à nous avec une clarté aveuglante. Berthe se rassit avec lassitude.

« Si c'est vrai, murmura-t-elle, tous nos plans sont à revoir. Il faut interroger Albert à tête reposée. Qu'il tâche de bien se rappeler tout. S'il sentait que ses skis n'adhéraient pas bien ; s'il se rendait compte que quelque chose n'allait pas. Lui seul peut trancher.

— Mais, pour le moment, qu'est-ce qu'on décide ? demanda Debel.

— Descendez, dit Berthe, et prévenez-les tous : je porte plainte contre inconnu. A tout prendre, il vaut mieux qu'on parle de sabotage plutôt que de malfaçon. »

Je crois, mon cher Paul, que mes notes s'arrêtaient là. Je peux les compléter sur un point que, dans mon trouble, j'avais oublié, mais qui est important : le témoignage de Derrien. A la fin de l'après-midi, nous étions réunis à la clinique De Riquier, à Nice. Derrien avait été radiographié et le diagnostic du Dr Rossi confirmé. En outre, des courbatures, une ecchymose à l'épaule, bref, rien de bien méchant. Il était autorisé à quitter la clinique le lendemain. J'en viens tout de suite à ses déclarations. A la vérité, rien de plus simple : il avait décollé sur une petite bosse et s'était envolé.

« J'allais déjà très vite, dit-il. Rendez-vous compte que j'étais à peine au quart du trajet. Sans cette maladresse, je pulvérisais le record de la piste.

— Quand vous serez interviewé, demain, car on vous guette, répétez bien ça, recommanda Berthe. Et après ?

— Après, je me suis mal reçu et j'ai chuté. Tout est de ma faute. »

Il réfléchit et rectifia :

« Non, quand même, pas tout à fait. J'ai dévié. Comment vous faire voir ? »

De la main droite, il esquissa une glissade sur une pente imaginaire, tout en commentant :

« Je suis en train de filer bien régulièrement. »

Il interposa son poignet gauche.

« Et voilà la bosse. Normalement j'aurais dû rebondir à la verticale, toujours dans l'axe de la descente. Eh bien, non. Je suis parti à la dérive, sur la gauche, de très peu, mais assez pour être déséquilibré.

— Et comment expliquez-vous ça ? » demanda Berthe.

Langogne intervint, avec sa voix des mauvais jours.

« Albert prétend que mes skis se déforment à certaines allures.

— Allons, fit Derrien, conciliant, je ne prétends rien. Je suggère. S'il y a un imperceptible défaut de rigidité, c'est seulement à l'usage qu'on peut le déceler.

— Et la lettre anonyme, alors, qu'est-ce que vous en faites ?

— Oui, dit pensivement Berthe, je commence à comprendre. Qui peut savoir à l'avance que le Veloce se déformera fatalement à un moment ou à un autre ? Quelqu'un qui a accès à la salle de montage.

— Impossible, trancha Langogne.

— Et pourtant, fit Debel, les faits sont là. Marèze était au mieux avec un technicien qui s'occupe du Veloce. Peut-être suffit-il de ployer ou de tordre violemment, à plusieurs reprises, la semelle du ski, pour l'affaiblir. C'est une idée que j'avance.

— Elle ne tient pas debout, s'écria Langogne. Je sais de quoi je parle. Madame Combaz, je suis prêt à m'en aller, si c'est ce que vous souhaitez. »

Tu vois, Paul. Ce sont ces scènes qui me démolissent. Il n'y a plus, autour de moi, que des ennemis. Tout cela sent le désastre, et je plains Berthe, écrasée de responsabilités et obligée de choisir sa route parmi tant d'obstacles. Ce fut Derrien qui proposa une solution provisoire.

« Je ne crois pas à un sabotage, dit-il, parce que c'est matériellement impossible. Mais il se peut que vos skis ne soient pas tout à fait assez larges pour la vitesse dont ils sont capables. Et qu'un technicien en soit persuadé depuis le début, ça expliquerait bien les lettres anonymes. Elles n'ont jamais menacé, si on accepte mon hypothèse. On s'est contenté de sous-entendre : ''Méfiez-vous.'' »

Nous regardions Langogne, qui suçotait une branche de ses lunettes.

« Est-ce possible, lui dit Berthe, est-ce que le Veloce peut être corrigé ?

— A supposer qu'Albert ne se trompe pas, fit-il enfin, avec hargne, cela va vous coûter des millions. Je serai contraint de... »

Berthe l'arrêta d'un geste.

« La question d'argent, c'est mon affaire. C'est la question de temps qui doit retenir notre attention. Combien de temps, simplement pour construire un Veloce expérimental ? Pas pour lancer une chaîne. »

Langogne, renfrogné, réfléchissait. Derrien intervint encore.

« J'ai quelqu'un sous la main pour un nouvel essai. Moi, je suis hors de combat pour cinq ou six semaines. Mais le petit Roque sera heureux de nous rendre service.

— C'est de la démence, dit Langogne. Mais je veux bien essayer... sans rien garantir. »

La discussion, pratiquement, s'arrêta là. Je néglige les réticences, les redites, tout le brouhaha de paroles inutiles et de commentaires oiseux qui prolongent un débat orageux. J'aurais voulu repartir avec Évelyne pour Port-Grimaud et, là-bas, oublier un peu les problèmes de Berthe. Rien à faire. Elle décida que nous rentrerions tous ensemble à Grenoble, le lendemain, et que je prendrais Derrien avec moi parce qu'il serait plus moelleusement installé. Pendant toute la soirée, Évelyne évita de me rencontrer tête à tête. De son côté, Berthe, dans un coin du salon de l'hôtel, parlementa avec Langogne. Ils devaient aligner des chiffres et ça n'avait pas l'air de marcher tout seul. Restait Debel, avec qui je vidai un verre ou deux, au bar. Et lui aussi remuait des chiffres, les sourcils froncés.

« Cette pauvre femme, me confia-t-il, de vous à moi, elle va s'enfoncer.

— Je le crains.

— Elle agit comme si elle était seule en cause. Mais il y a sa fille. Il y a... »

Il s'arrêta net. Je compris qu'il allait dire : vous. Je vins à son aide en terminant sa phrase.

« Oui, l'usine, les actionnaires.

— Si les banques la lâchent au moment où elle va avoir besoin de crédit... vous voyez la suite. Ah ! l'orgueil Combaz !... Bonsoir, Blancart. Je vais me coucher. »

... Voilà, Paul, le résumé très fidèle de ces quelques jours si dramatiques. Tes tranquillisants ne me tranquillisent plus. Je sens que je vais piquer une tête dans la dépression.

Paul m'a dit : « Tu appelles ça un résumé ? Il manque la moitié des choses. La presse, par exemple. Je suppose que, dès le lendemain matin, tu as acheté les journaux.

— Bien sûr. C'était partout le même son de cloche. Le titre de *Nice-Matin* exprimait l'opinion générale : *Échec au Veloce*. Il y avait même une photo qui montrait une explosion de neige, des jambes, des bras écartelés. Une image violente à souhait. On rappelait, naturellement, la mort de Gallois.

— Oui, dit Paul, je sais. Moi aussi, j'ai lu les journaux. Et ce qui perce, c'est un sentiment de méfiance à l'égard de la marque. Que Mme Combaz ait porté plainte, qu'elle essaie de faire croire qu'on cherche à lui nuire, cela n'empêche pas qu'elle vient de subir un revers moral et matériel considérable.

— C'est bien pourquoi, enchaînai-je, elle veut recommencer l'expérience, avec Jean-Paul Roque, qui est un ami de Derrien. Il est question de modifier le Veloce. Ce ski, mon pauvre Paul, c'est un roman. Mais un roman qui me rend malade.

— Tu ne m'as pas écouté, me gronda Paul. Il fallait rompre. Il le faut toujours, d'ailleurs.

— Mais je ne peux pas.

— Bon, bon. Un neurologue est impuissant contre une tête de bois, c'est bien connu. Mais je te prie de remarquer qu'Évelyne, elle, est en train de couper les amarres.

— Quoi ?

— Bon sang, relis tes notes. Il saute aux yeux qu'elle est prête à accuser sa mère d'avoir détruit son père.

— Allons donc !

— C'est un monde, gémit Paul. Alors, tu ne sais pas ce que tu écris. Mais elle commence une névrose, mon vieux. Elle est là qui flotte entre un père qui s'est suicidé à l'alcool, une mère qui s'apprête à la ruiner et un vieil amant (excuse-moi) qui n'ose prendre ses responsabilités. Si j'étais toi, je vais te dire... Je lui achèterais un truc genre aérobic, stretching, self-gym, une salle de gymnastique, quoi. Ça fait fureur et même toi, ça te renouvellerait. Les Vitatop Fitness Clubs, à Paris, tiens, ça ramasse des milliards. Voilà comment remettre cette petite sur ses pieds. Tu lui dégotterais deux ou trois monitrices à la page et hop ! finis les phantasmes. C'est sa liberté que tu dois lui procurer. Qu'elle ne dépende plus de personne. J'ai lu que tu pensais à lui parler mariage. Georges, voyons ! C'est ça ton cadeau ? Pour un peu, tu serais son grand-père. Réfléchis. Tu vas rentrer chez toi. Je vais te prescrire un nouveau remède qui te calmera. Et puis, à tête reposée, tu continueras ton rapport, à partir de maintenant. Oui, tout ce que je te raconte en ce moment, tu le reproduiras, afin que ça pénètre dans ta damnée caboche. L'instant viendra où, de toi-même, tu comprendras ton cas, le sien et celui de ton amie Berthe. Tu verras. »

Paul avait raison. Ce remède m'a calmé et considérablement engourdi. Le pharmacien m'a recommandé la prudence. Le Benzotyl, m'a-t-il dit, est une benzodiazépine très énergique. Ne soyez pas surpris si vous éprouvez un léger mal de tête, ou si vous voyez trouble pendant quelques instants. Ça passera très vite.

Eh bien non, je n'ai pas été incommodé mais, chose curieuse, mes problèmes se sont, en quelque sorte, éloignés de moi. Je les regarde à distance, comme s'ils m'étaient proposés sur un dépliant ou mieux encore sur un téléprompteur, comme si j'étais un présentateur à la télévision. Je suis à la fois concerné et détaché. Ce que je veux, c'est comme si c'était fait par un autre. J'ai décidé de mettre Massombre au courant. Donc, je lui ai tout raconté et il m'a paru tout à fait normal de lui demander d'enquêter sur ce Félicien Dauche, l'ami de Marèze, contremaître aux établissements Combaz. J'admets que le Veloce souffre d'une insuffisante mise au point. Ça, c'est une chose. Mais il n'en est pas moins vrai que ce Dauche, qui approche le Veloce, était aussi l'ami de Marèze et que Marèze espionnait Berthe et que, justement, on tâtait le terrain par Debel interposé, pour savoir si Berthe accepterait de traiter. Il ne fallait pas perdre de vue cet aspect de la question. Massombre fut de mon avis. Et même, il alla plus loin.

« En somme, dit-il, on est en droit de soupçonner tous ceux qui s'intéressent à la fabrication de ce ski. Alors, pourquoi pas Langogne ? »

C'est là, mon cher Paul, que j'ai apprécié l'effet de ta drogue. En temps ordinaire, j'aurais été scandalisé, révolté. L'honnête Langogne ! Caractère de cochon, d'accord. Mais incorruptible. Or, l'hypothèse de Massombre ne me troubla pas le moins du monde. Ce que voyant, il poursuivit :

« Est-ce qu'il est en bons termes avec Mme Combaz ?

— Non, justement. Il est tellement fier de son invention qu'il aimerait bien l'exploiter tout seul.

— Alors, je vous pose la question, monsieur Blancart, qui, mieux que lui, aurait la possibilité de trafiquer le Veloce ? »

Là, je l'arrêtai.

« Attention, Massombre. En provoquant ces accidents, il irait contre son intérêt. Son Veloce est déjà très discuté.

— Laissez-moi finir. Supposons que, demain, Mme Combaz soit obligée de déposer son bilan. Qui nous dit que Langogne ne passera pas au service d'une maison concurrente où il aura les mains libres et où son Veloce, sous un autre nom, sera lancé avec d'énormes moyens, cette fois. C'est pourquoi je pense comme vous que Félicien Dauche est à tenir à l'œil.

— D'autant plus, ajoutai-je, qu'il y aura bientôt une troisième tentative. »

Massombre réfléchit.

« Qui est pour ? dit-il enfin. Langogne, j'imagine. Plus Mme Combaz s'entêtera et plus on la rachètera à bas prix... si cette tentative échoue, bien entendu.

— Langogne est contre, dis-je. Ou plutôt il est prêt à construire un nouveau Veloce, plus large et plus performant.

— Oui, mais le fera-t-il ? Franchement, ça m'étonnerait. Parlons net. S'il y a complot contre Mme Combaz — et maintenant, je suis sûr qu'il y a complot — Langogne est notre premier suspect. Soyons logiques.

— Soit, dis-je, avec un calme qui me stupéfia. Si Langogne est suspect, non seulement Dauche l'est aussi, mais par ricochet Évelyne, puisqu'elle aidait son père.

— Il y a un moyen d'y voir clair, trancha Massombre. Qui encourage Mme Combaz à continuer ? Qui la pousse à l'irréparable ? Sa fille ?

— Non.

— Votre ami Debel !

— Non. Personne, en fait, sauf Derrien. Et Derrien est de bonne foi. Et de plus il n'a pas l'air maintenant de s'entendre très bien avec Langogne.

— Dites donc, c'est la bouteille à l'encre, votre histoire de ski. Pourtant, je sens que la vérité n'est pas loin. Écoutez. Je vais mettre plusieurs hommes là-dessus et faire surveiller tout le monde. Oui, tout le monde. Qui paie ? Et qui touche ? C'est ça, ma méthode. Comment s'appelle-t-il, le nouveau candidat ?

— Jean-Paul Roque. C'est un ami de Derrien. Mais il n'a pas encore été pressenti. Vous n'allez tout de même pas le soupçonner d'avance ?

— Hé ! Qui sait ? »

Massombre partit là-dessus et presque aussitôt un coup de fil de Berthe m'apprit que je m'étais trompé. Jean-Paul Roque avait été déjà pressenti par Derrien. Elle l'attendait, et me priait d'assister à cette première entrevue. Évelyne, Langogne, Derrien, Debel seraient là. Elle voulait aller vite. C'était son idée fixe, maintenant.

Et tout recommença : les sièges en rond, dans le salon, les verres et les bouteilles, la fumée des cigarettes, et nos figures d'enterrement. Présentations expédiées. On n'avait pas le temps. « Monsieur Blancart » « Monsieur Roque »... « Enchanté »... et ainsi de suite. Jean-Paul Roque avait le visage hâlé, l'air ouvert, la poignée de main franche du sportif à l'aise dans sa peau, et son palmarès, dont Berthe nous donna un rapide aperçu, acheva de nous convaincre que nous avions affaire à l'homme qu'il nous fallait. Vingt-quatre ans. Appartenant à l'équipe de France, mais prêt à prendre sur ses loisirs pour faire plaisir à Derrien. Celui-ci ouvrit immédiatement le débat.

« J'ai pensé à quelque chose. Et d'ailleurs j'en ai causé avec Langogne qui est tout à fait de mon avis. Premièrement, s'il remet le Veloce en chantier, ça va lui prendre des semaines.

— Exact, dit Langogne. J'ai promis d'essayer, mais, au pied du mur, je me rends compte que ce n'est pas techniquement possible.

— Deuxièmement, reprit Derrien, qu'est-ce qui prouve que je n'ai pas commis une maladresse ? J'étais tellement tendu, concentré, contracté, que j'ai très bien pu tomber à force de vouloir bien faire. Je n'ai pas à chercher d'excuse en incriminant le Veloce. Et troisièmement, si l'on apprenait que ce ski, dont on a dit tant de bien, n'était pas fiable, on jetterait d'avance le discrédit sur un Veloce *bis.* »

Silence. Chacun méditait et moi j'ouvrais l'œil, la tête encore pleine des déductions de Massombre. Machinalement, Derrien se gratta la jambe par-dessus son plâtre. Nous attendions la réaction de Berthe.

« Si je comprends bien, dit-elle, vous me conseillez de garder le Veloce et de tenter une expérience avec M. Jean-Paul Roque.

— Il est d'accord, dit Derrien. Je lui ai tout raconté, y compris le coup des lettres anonymes.

— Ça ne m'impressionne pas, fit Roque, avec un sourire plein de gentillesse.

— Mais, bien entendu, poursuit Derrien, nous ne retournerions pas à Isola. J'ai une autre idée. Jean-Paul est un excellent slalomeur. Il a l'intention de courir, à Saint-Moritz, dans une quinzaine. Qu'il essaie donc le Veloce à cette occasion. D'ici là, il s'entraînera normalement, sans faire de commentaires. Si on l'interroge, il répondra : "Oui, c'est le Combaz Veloce", sans insister. Et nous reprendrons l'avantage parce qu'on chuchotera : "Si Jean-Paul court sur un Veloce, c'est parce que, chez Combaz. on est sûr, cette fois, du résultat."

— Albert m'a convaincu, dit Langogne.

— Votons, proposa Berthe. Je commence par vous, Jean-Paul. On adopte la proposition d'Albert ? — Oui. — Debel ? — Non. — Langogne ? — Oui. — Évelyne ? — Non. — Albert ? — Oui. — Georges ? — Non. — Eh bien, moi, je dis : oui. Le projet est accepté. Je le trouve raisonnable. D'abord, je déteste rester sur un échec. (Elle avait l'air de s'adresser à moi.) Et puis je n'ai vraiment pas le choix. J'ai apporté le dossier du Veloce. (Elle alla chercher dans la pièce voisine un épais classeur.) Regardez. Alignez les chiffres. Je n'ai rien à vous cacher. Voyez dans quelle situation je suis.

— Tu permets ? » dit Évelyne en s'emparant du dossier.

Et moi, je me répétais les paroles de Massombre. « S'il y a complot, Langogne est notre premier suspect. » Et Langogne, comme Massombre l'avait prévu, venait de voter : oui.

XI

Et voilà le premier craquement. Grève à l'usine. Le personnel s'inquiète de son avenir. La vente des Combaz baisse de façon alarmante, alors que, les années précédentes, c'était la période la plus faste. De nouveau, c'est le mot de faillite qui commence à circuler. On sait comment, de nos jours, la catastrophe se produit : cela ressemble à une avalanche ; un incident mineur d'abord : un fournisseur qui exige d'être payé, et très vite un autre incident plus grave, une banque dont le soutien se dérobe, et soudain c'est un pan de montagne qui glisse, l'affaire qui s'effondre, le dépôt de bilan et, sur la ruine, le syndic qui survient. Alors, pendant que le comité d'entreprise montre les dents, le conseil d'administration, au grand complet, siège sans désemparer, car le vote auquel j'ai participé est remis en question. Debel a été encore une fois pressenti. C'est une firme japonaise qui est sur les rangs. Beaucoup d'argent, des conditions très avantageuses pour tous, mais les Japonais ne s'intéressent pas au Veloce. C'est l'usine qu'ils convoitent. Ils souhaitent y fabriquer, paraît-il, tous les accessoires qui coûtent si cher, depuis les chaussures jusqu'aux bonnets, en passant par les moufles, les chaussettes, les duvets, etc. Le tout à des prix imbattables, naturellement. Langogne est hors de lui. Il fait une crise de xénophobie. Son Veloce, bradé de cette manière honteuse « Qu'ils gardent leur Kawasaki et qu'ils nous foutent la paix !

— Nous serons bien avancés quand nous serons chômeurs ! riposte Évelyne, qui oublie qu'elle a toujours vécu de l'air du temps. Et toi, Georges ? »

Que puis-je dire ? Je suis sûr de me mettre à dos l'une des deux. Je propose qu'on attende encore un peu.

« Plus on attend, objecte Évelyne (et je sais qu'elle a raison), et plus on se fera dépouiller. »

Finalement, on se donne un délai d'une dizaine de jours, le temps de voir comment Roque s'en tirera. C'est jouer à quitte ou double. Et surtout c'est se préparer bien des migraines et des insomnies. Je le note parce que c'est vrai : chaque minute, maintenant, est faite de rabâchages, de ressassements, de ruminations stériles. Enfin, bon Dieu, il y a autre chose dans la vie que cette saloperie de Veloce ! Et c'est comme un fait exprès : c'est chez moi, désormais, qu'ils viennent à tour de rôle. Derrien, appuyé sur sa canne anglaise, Roque, le soir de préférence, après son entraînement, et Évelyne, qui a maigri, qui se ronge les sangs, qui me répond avec brusquerie, quand je l'attire contre moi.

« Tu le sais, toi, ce que nous deviendrons, ma mère et moi, si Jean-Paul rate son coup ?

— Mais je suis là, mon petit. »

Un haussement d'épaules qui m'envoie promener. Je lui ai fait prendre du Benzotyl. Elle a été malade et m'a jeté à la figure : « J'aime mieux la dope. » Je n'ai pas compris tout de suite, mais quand j'ai vu sa bouche se crisper, son visage se resserrer, ses yeux pleins d'une sorte de brutal ressentiment, la lumière s'est faite. Je lui ai saisi le bras.

« Évelyne, tu n'as pas... ? »

Elle a fondu en larmes comme une gamine.

« Si... mais pas souvent... Je te jure.

— Qui te la procurait ? »

Elle voudrait cacher sa tête.

« Papa, chuchote-t-elle, quand il n'en pouvait plus. Et moi... c'était seulement pour ne pas le laisser seul.

— C'était pour ça, l'argent ? D'où provenait-il ?

— Je ne sais pas. Tout ça m'était tellement égal.

— Sois franche. Tu en prends toujours ?

— Non.

— Ça te manque ?

— Un peu. »

Elle était pantelante, défaite, plus pitoyable qu'un oiseau touché par la marée noire. Je l'assis sur mes genoux. Je la berçai, son visage blotti dans mon cou.

« Il fallait tout me dire, idiote. Et maintenant, la cure, oh si ! Tu ne t'en sortiras pas sans soins. Personne ne saura ; surtout pas ta mère. Promis ? Et quand tu seras guérie, j'ai pensé à quelque chose. Ça te plairait de t'occuper d'une salle où on ferait de l'aérobic ? Tu superviserais, bien sûr. »

Je sentis qu'elle remuait la tête, le long de mon oreille, en signe de refus.

« Mais pourquoi ? »

Elle chuchota d'une voix mouillée :

« Je ne sais rien faire. Je ne suis bonne à rien. Les poids morts, on les jette.

— Tais-toi. Dès demain, je t'emmènerai à la clinique du Dr Blèche. C'est un ami. »

Et je l'ai fait. Et quand Berthe m'a demandé de ses nouvelles, je lui ai dit :

« La mort de son père l'a complètement déboussolée. Elle est en cure de sommeil. »

A quoi elle a répliqué :

« Ce n'est pas à moi qu'on offrirait un pareil cadeau. Ce que tu peux être bête, mon pauvre Georges. »

Et hop, dans la foulée, on enchaîne sur l'inépuisable sujet : le Veloce. Le petit Jean-Paul est très satisfait. Il juge ce ski parfait pour le slalom. Il va partir pour Saint-Moritz avec Langogne qui tient à garder un œil sur son matériel jusqu'au dernier moment. Reste Derrien. Ah ! celui-là ! je le vois à peu près chaque jour. Il est désœuvré. Alors il remue des projets, tout en passant la revue de mes appareils de gymnastique. Il vient vers midi, quand les clients sont partis. Il juge, il apprécie, il me questionne :

« Qu'est-ce que ça coûte, une salle équipée comme ça ?

— Pourquoi ? Vous voudriez vous établir ?

— J'y songe, figurez-vous. Le ski, bon. J'ai fait mon temps. La preuve : avec un ski comme le Veloce je trouve le moyen de me ramasser. Alors, j'ai compris. Question capitaux, j'apporte mon nom et mon expérience. Je dois pouvoir emprunter ; vous ne croyez pas ? »

Je l'emmène déjeuner chez moi. Le restaurant, d'accord. Mais une fois en passant. Derrien, de son côté, surveille son régime. Madeleine sait exactement ce qu'il nous faut. Nous causons très librement et, peu à peu, il me confie son plan. Si Roque réussit, le ski Combaz va renflouer Berthe. S'il échoue, Berthe va connaître des jours difficiles, mais il y aura toujours un industriel pour racheter. Même en poussant les choses au noir, Berthe ne sera pas intégralement ruinée. Dans tous les cas, elle aura des disponibilités.

« Et c'est elle qui vous aiderait ?

— C'est son intérêt.

— Vous en avez parlé, tous les deux ?

— Juste quelques allusions. »

Je la reconnais bien là. Secrète. Dissimulée. Toute en calculs compliqués. Nous allons au salon pour le café. Derrien m'agace un peu. Il est partout chez lui. Il tripote mes bibelots, examine les tableaux. L'abstrait, non, il n'aime pas. Je lui en veux d'intriguer auprès de Berthe. Je lui offre un verre de prunelle. Il aperçoit, près de ma tasse, mon tube de comprimés, le prend sans façon.

« Benzotyl ! Qu'est-ce que c'est que ça ?

— Un tranquillisant. J'en avale une fois par jour et je peux vous affirmer que pour des gens comme nous, tout le temps en train de ruminer des choses, c'est bougrement efficace. Vous voulez essayer ? J'en ai deux tubes. Emportez-en un. Ça ne me gêne pas. »

L'idée saugrenue de lui soutirer d'autres confidençes vient de me traverser l'esprit. Il n'y a qu'à voir comment le Benzotyl a eu raison de la résistance d'Évelyne.

« Vous auriez les capacités voulues pour vous occuper d'une salle d'entraînement ?

— Ce n'est pas sorcier, dit-il.

— Et Mme Combaz... »

Il m'interrompt en clignant de l'œil et en se penchant vers moi.

« Vous pensez bien qu'elle prend ses précautions. Je ne suis pas dans le secret de ses affaires, mais si elle mise sur Jean-Paul, en même temps elle prévoit le pire. Vous êtes aussi bien placé que moi pour le savoir. Il est encore temps pour elle de sauver les meubles. »

Cette réflexion, je l'ai remâchée longtemps. Pas un mot à Berthe, naturellement. Elle était bien libre de disposer à sa guise de son argent. Mais elle aurait pu me consulter. Je lui aurais conseillé de ne pas oublier Évelyne. Il lui était tellement facile de disposer en sa faveur de capitaux substantiels pendant qu'elle était encore P.-D.G. Pauvre Évelyne ! Deux fois orpheline, décidément. Elle se laisse conduire sans résistance à la maison de santé du Dr Blèche, qui l'examine longuement.

« Ce n'est pas alarmant, me confie-t-il. Elle n'est pas encore contaminée. Elle a surtout besoin de se refaire. Ne vous inquiétez pas. Dans un mois, elle sera complètement rétablie. »

Je redoutais le petit choc de la séparation. J'avais tort. Pas une larme. Même pas un mouvement de tendresse, ou de simple gratitude. Étrange fille. Elle me recommanda d'annuler la location de son studio et de faire nettoyer le petit appartement de son père. C'est là qu'elle irait habiter, à sa sortie de la maison de santé.

« Mais je veux qu'on ne touche à rien, dit-elle. Et puis, sois gentil. Fleuris sa tombe. Qu'il ne se sente pas abandonné. Allez, Georges. Je n'entre pas en religion. Seulement en convalescence. Alors, ne fais pas cette tête. »

Et elle me serra la main. Oui. Elle me serra la main. Je crois rêver quand je revis cette scène. Je la revis sans cesse, hélas. J'écoute distraitement l'un puis l'autre. Même Berthe, qui, à son tour, vient chez moi, quand elle quitte l'usine, sous prétexte que son téléphone la persécute. Mais elle ne craint pas de me persécuter, moi. Son comité d'entreprise s'agite, demande des comptes. Il y a des échéances qu'il faut respecter mais pour cela on a besoin de crédits, d'avances, et que sais-je encore. La vérité, Paul, c'est que j'ai beau être un patron, tous ces problèmes commencent à me dépasser. Mes affaires marchent toutes seules. J'ai un bon comptable. Et puis, surtout, je n'ai plus la tête à tout ça. L'âge, mon vieux ! Que les banquiers de Berthe se fassent tirer l'oreille, au fond, je m'en fiche. Ce que je commence à me dire, c'est que Derrien a raison. Berthe n'est pas une femme à se laisser mettre sur la paille. Il lui reste bien des moyens de garer un bon petit magot.

Et maintenant, Massombre. Ah ! il ne perd pas son temps, celui-là ! Il a appris — mais comment s'y prend-il ? — que Langogne a rencontré un ingénieur de la Compagnie des pétroles du Rhône.

« Les pétroles ? Mais quel rapport ?

— Vous oubliez que Langogne est chimiste. Les pétroles, la chimie ? Vous ne voyez pas ?

— Non.

— Les plastiques sont des dérivés du pétrole, et les qualités du Veloce tiennent à la nature du plastique utilisé pour les semelles. Vous y êtes, Blancart ?

— Vous ne prétendez pas que cette compagnie s'intéresserait à l'usine Combaz ?

— Bien sûr que non. Mais Langogne pourrait bien chercher à se caser dans un bureau d'études de cette firme.

— Il lâcherait Mme Combaz ?

— Pourquoi pas ?

— Mais il a voté pour Roque. Il pense que le Veloce a encore toutes ses chances.

— Et alors ? Il ne lui est pas interdit de se préparer une position de repli, en cas de coup dur.

— Dites donc, Massombre. Vous n'avez pas l'impression que les rats commencent à abandonner le navire ?

— Attendez, s'écria-t-il, avec la jubilation d'un enquêteur comblé, il y a autre chose. J'ai découvert que M. Debel vient de liquider quelques actions. Pas assez pour attirer l'attention. Il n'est pas fou. Mais pour voir venir. Si Roque enlève le morceau, il n'aura pas perdu. Et si Roque rate son coup, il aura gagné. Il se couvre et vous feriez bien de l'imiter.

— C'est tout, j'espère », dis-je.

Je l'entendis rire, au bout du fil.

« Peut-être pas, reprit-il. Vous savez que Derrien possède une superbe Golf, toute neuve.

— Première nouvelle. Il avait une vieille Peugeot.

— Eh bien, il ne l'a plus. Il s'est acheté cette Volkswagen il y a une dizaine de jours.

— Mais ça vaut cher, une Golf. »

Massombre s'amusait de plus en plus.

« Il a peut-être hérité. Ou bien c'est une gratification.

— Ou bien, dis-je, il avait des économies. Qu'est-ce que vous allez chercher ? Écoutez, Massombre. Je sens que vous avez une idée derrière la tête. Passez chez moi, dans l'après-midi. Et tâchons d'y voir un peu clair dans tout ce micmac. »

Ici, je vais au plus court. Les insinuations de Massombre m'avaient mis au supplice. Je l'attendis, partagé entre la colère, la rancune, le doute, le découragement, l'envie de tout bazarder, mes salles, Port-

Grimaud, tout. Et filer loin, n'importe où. Ces manœuvres sournoises derrière mon dos, non, je ne pouvais les supporter. Massombre me trouva dans un état d'agitation qui l'étonna beaucoup.

« Calmez-vous, mon cher Blancart. C'est la Golf de Derrien qui vous tracasse à ce point ? »

Je décrochai le téléphone pour nous assurer une totale tranquillité et installai Massòmbre dans un fauteuil, avec verre et bouteille à portée de la main.

« Allons-y, dis-je. Videz votre sac. Qu'avez-vous découvert ?

— Rien de nouveau du côté de Langogne, sauf qu'il est parti pour Saint-Moritz, rejoindre Roque. C'est le cas Derrien qui m'a surtout fait travailler. J'ai des contacts un peu partout, heureusement. Et il y a plusieurs moyens de connaître les ressources d'un particulier. Vous avez raison sur un point : Derrien a des économies. Ça ne va pas loin, un peu plus de trois millions de centimes. Seulement son compte s'est brusquement arrondi. Il a touché récemment un gros chèque.

— Combien ?

— Dix millions. »

Le chiffre m'étourdit.

« Ce chèque lui a été remis, continua Massombre, avant l'expédition d'Isola ; donc avant son accident.

— Par qui ?

— Par Mme Combaz, bien entendu.

— Vous en êtes sûr ?

— Je n'ai pas le droit de vous indiquer mes sources. C'est confidentiel parce que ce n'est pas tout à fait légal. Mais c'est absolument sûr. Et cela signifie, évidemment, que nous avons affaire non pas à une indemnité mais à une récompense. Mme Combaz, pour décider Derrien, lui a allongé la forte somme.

— Mais enfin, dis-je, c'est sans proportion. On ne donne pas dix millions à un champion pour effectuer en quelques secondes une descente de trois kilomètres.

— Exact, mon cher ami. Mais vous oubliez la menace. Ces deux lettres, nous en avons étudié toutes les significations possibles, sauf une. Derrien savait peut-être d'où elle venait, cette menace. Et, malgré ses grands airs d'insouciance, il avait peur. C'est de ce côté-là que j'enquête. Vous n'imaginez pas à quel point ce milieu de professionnels, jaloux les uns des autres, obsédés par des questions d'argent, est difficile à pénétrer. Oh ! ce sont les meilleurs garçons du monde, et Albert est de ceux-là ! Mais, derrière ce qu'on dit, il y a ce qu'on ne raconte jamais.

— J'admets. Bon. Derrien a eu peur. On lui a fait savoir que, s'il courait pour Combaz, il s'en repentirait. C'est bien ça, n'est-ce pas ? Mais alors...

« Mais alors pourquoi aurait-il poussé Roque à accepter une épreuve aussi pleine de risques ? Pour que Roque touche à son tour dix millions ? Non, Massombre. Votre hypothèse est ingénieuse mais je n'y crois pas.

— Et pourtant, fit Massombre en réchauffant son verre dans sa main, le chèque n'est pas une hypothèse, lui. Pourquoi ne questionneriez-vous pas Mme Combaz ?

— Pour qu'elle m'accuse de la faire surveiller ? Merci. Déjà qu'elle est furieuse contre la police officielle.

— A cause de la plainte ?

— Oui. Le commissaire l'a écoutée poliment et les choses en sont restées là. »

Il se leva, se planta un instant devant mon petit Utrillo, mais sans le voir. Il remuait nerveusement les mains derrière son dos. Puis il fit demi-tour et pointa un doigt vers ma poitrine.

« Raisonnons, dit-il. Si Derrien a exigé une prime aussi exorbitante, c'est qu'il se savait réellement menacé. Je ne sors pas de là. C'est ça qui change tout. Or, Langogne l'a prouvé : un ski ne se sabote pas. Mais si le matériel n'a rien à se reprocher, d'où vient la défaillance, hein ? De l'homme, forcément. Écartez le ski. Reste le skieur. Et comment peut-on faire tomber le skieur ? Il n'y a pas plusieurs réponses. Il n'y en a qu'une : en le droguant. Je prétends, moi qui ne suis pas Sherlock Holmes mais qui sais qu'un et un font deux, je prétends que Derrien n'ignorait pas qu'il serait drogué à son insu et qu'il se casserait la figure. Cela vaut bien dix millions. La preuve : la chute mortelle de Gallois.

— Et d'après vous, il aurait averti Mme Combaz ? Et le petit Roque ? Ils seraient trois à savoir le danger que présente le Veloce ? Mais c'est monstrueux.

— Non. Parce que Derrien a choisi le slalom pour Roque. Ça va moins vite. Roque tombera, mais sans grand mal.

— Alors, c'est un complot. Ils sont tous complices, y compris Langogne, sans doute. Il n'y a que moi, le simple d'esprit, l'idiot du village.

— Remettez-vous, Blancart. Tenez, buvez. Non, ils ne sont pas complices. Mme Combaz, au bord du dépôt de bilan, se défend comme elle peut contre un ennemi qu'elle ne connaît pas, achète les champions qui ont une chance de gagner malgré la menace et tout cela sans en dire un mot... Que voulez-vous qu'elle dise, d'ailleurs ? Qui la croirait ? Même vous, vous ergotez. La vérité vous fait peur. Les objections, je les connais. Derrien n'avait rien avalé de suspect. Les prélèvements l'auraient révélé. Mais il existe maintenant des produits qui défient l'analyse. Vous avez surveillé jusqu'au dernier moment sa nourriture et sa boisson. Eh bien, pas assez attentivement. C'est facile, vous savez, de faire tomber un comprimé ou une pincée de poudre dans un verre, dans une tasse, au moment du petit déjeuner, quand la surveillance se relâche parce qu'il y a beaucoup d'allées et venues.

— Mais pardon, il n'y avait que nous autour de Derrien.

— Eh bien, c'est un de vous le coupable. »

Massombre comprit qu'il était allé trop loin. Il s'excusa aussitôt.

« Comprenez-moi bien, mon cher Blancart. Moi, je n'accuse personne. Je me borne à mettre les faits les uns au bout des autres. Ce sont eux qui parlent. Si Mme Combaz a consenti à payer royalement Derrien, malgré l'état actuel de ses finances, c'est évidemment parce que Derrien a su avec précision qu'on allait s'attaquer à lui. Pourquoi ne lui aurait-on pas téléphoné des menaces, par exemple ? Les lettres anonymes, c'est un côté de la question. Je pense qu'il y en a un autre, plus caché. Et ce qui le démontre, c'est ce chèque, que je vous défie d'expliquer. Conclusion : allez à Saint-Moritz, observez, surveillez, et peut-être saisirez-vous ce qu'on vous cache.

— Accepteriez-vous de m'accompagner ? »

Massombre se fit tirer l'oreille. Ses occupations... les enquêtes en cours... Mais il vit mon angoisse et, finalement, se laissa convaincre. Ce qui, durant les heures qui suivirent, me rendit calme et confiance. J'appelai le Dr Blèche. Il était très satisfait de sa patiente. Évelyne lisait, regardait la télévision, mangeait bien, dormait bien, se montrait raisonnable durant leurs entretiens. Il ne fallait pas chanter victoire, mais il était permis d'être optimiste. Ensuite, j'informai Berthe de ma décision. J'allais partir pour Saint-Moritz en compagnie d'un ami. Un petit changement d'air ne me ferait pas de mal.

« Je vous y rejoindrai, dit Berthe. Moi aussi, j'ai grand besoin de m'aérer. (Soupir. Craquement du briquet. Changement de ton.) Georges, je crois bien que j'ai perdu la partie. On ne me fait aucune offre ; les Japonais ne donnent plus signe de vie. J'aurais dû commencer à négocier. Maintenant, ils attendent tous que Roque rate son coup (là, je dressai l'oreille) pour m'égorger.

— Mais, voyons Berthe. Pourquoi échouerait-il ? » (Silence prolongé pendant lequel je me dis : « Massombre a raison. Elle en sait long. Peut-être même sait-elle d'où vient le coup. ») Je suis tellement pris de court par cette pensée que je me hâte de chuchoter :

« Ayons confiance, Berthe. A bientôt, à Saint-Moritz. »

Et je raccrochai précipitamment.

A partir de cet instant, je connus une espèce d'aride sentiment d'impuissance, qui me tint éveillé toute la nuit. Parbleu, bien sûr que Berthe savait d'où venait le coup. C'était un pas de plus dans l'explication amorcée par Massombre. Mais alors, pourquoi se taisait-elle ? Et surtout pourquoi ne se confiait-elle pas à moi ? N'étais-je plus rien pour elle ? Bizarrement, cette pensée me faisait mal. Mais, en vérité, tout me faisait mal. Car enfin, l'entourage de Berthe, c'était Évelyne, moi, Langogne et Debel. Les autres ne comptaient pas. Quand Massombre disait : « C'est un de vous le coupable », il proférait une sottise. Évelyne était loin. Moi, je n'avais rien à me reprocher. Debel ? Non, c'était un petit père tranquille. Langogne ? Ridicule ! Langogne, si fier du Veloce, ne pouvait pas s'efforcer, en même temps, de le détruire.

Je me suis battu toute la nuit contre des ombres. J'ai imaginé les choses les plus absurdes. Je ne vais pas t'en infliger le récit, mon cher Paul. Venons-en à Saint-Moritz, où j'arrivai le lendemain soir, en compagnie de Massombre. Bien entendu, pendant le voyage, je fis défiler devant lui toutes mes hypothèses. Il les refusait au fur et à mesure.

« Sans intérêt, aimait-il à répéter. Supposez que Roque s'en tire avec les honneurs. Toutes vos élucubrations seront balayées du même coup. »

L'hôtel était particulièrement agréable. Nous y étions logés tout près les uns des autres, à l'exception de Derrien qui occupait une chambre au dernier étage, choisie par lui à cause du panorama des montagnes enneigées. Roque était très pris par son entraînement. Il était toujours très satisfait du matériel que Langogne lui avait préparé sur mesure.

« Son seul défaut, disait-il, c'est la vivacité. Il y a du pur-sang dans ce Veloce. »

Berthe arriva le lendemain. Je vis tout de suite à son visage que quelque chose n'allait pas. Elle me tendit une lettre.

« Lis ça. »

J'avais déjà reconnu l'enveloppe, les caractères en forme de bâtons. Quant à la lettre, elle ne contenait que ces mots : *Il n'ira pas loin*. Les lettres, comme les précédentes, découpées dans des journaux.

« J'ai envie d'arrêter Jean-Paul, dit-elle. A quoi bon l'exposer ?

— Je crois plutôt que c'est à lui de décider. »

J'étais aussi secoué qu'elle. Ainsi, nous avions eu beau changer d'endroit, remplacer la descente par le slalom, l'adversaire était toujours au courant, toujours aussi certain du résultat.

« Franchement, Berthe. Tu ne t'attendais pas à recevoir cette lettre ?

— Si. Je m'y attendais un peu.

— Et Derrien, sera-t-il étonné quand tu la lui montreras ?

— Je ne pense pas. Jean-Paul non plus. La guerre ne cessera que lorsque je serai ruinée.

— Tu le connais, celui qui t'écrit ?

— Ne sois pas absurde.

— Et tu n'as aucune idée de la façon dont il s'y prend pour démolir nos hommes ? »

Si Massombre avait raison, elle dirait non ; elle qui n'avait pas hésité à payer Derrien, sachant qu'il allait probablement être drogué. Elle n'hésita pas.

« Non. Bien sûr que non.

— Je fais prévenir Derrien, dis-je. On se retrouvera dans ta chambre. »

Mais, pendant que le concierge téléphonait à Derrien, je me précipitai chez Massombre.

« Ça y est. La lettre est arrivée. »

Massombre fumait sa pipe, paisiblement.

« Je n'en ai pas l'air, dit-il, mais je travaille, figurez-vous. Et je viens de penser à quelque chose. Pourquoi ne s'agirait-il pas d'une affaire de chantage ? Nous supposions que Mme Combaz ne sait pas qui la menace. Mais supposons maintenant qu'elle le sait.

« Ça vous étonne, hein ? continua Massombre. Mais réfléchissez. La première lettre est parvenue à Mme Combaz après l'accident de Gallois, comme si on avait voulu la terroriser en lui montrant de quoi on était capable. Tandis que la deuxième lettre l'a prévenue avant. La troisième aussi. Elle avait le temps, et elle l'a toujours, d'accepter le marché qu'on lui propose.

— Si on lui propose un marché, protestai-je. Pure hypothèse.

— Mais combien logique. Nous ignorons tout du courrier et des coups de téléphone qu'elle reçoit. Et d'ailleurs peut-être ne lui propose-t-on aucun marché. Peut-être qu'on la met en demeure d'abandonner son poste, de tout quitter. Ce qui expliquerait pourquoi elle se bat si farouchement.

— Et tout ça en dehors de moi. Allons donc ! »

Massombre eut un geste qui signifiait : « L'amour-propre, vous savez, ça n'a guère d'importance. »

Il vida sa pipe à petits coups dans un superbe cendrier et reprit :

« Voyez-vous, Blancart, c'est plein de recoins, cette affaire. Songez, par exemple, à Derrien. Il a compris, avant la course, qu'il courait le risque d'être drogué et de chuter. Bon. Il se fait payer, mais pas sans demander d'explications. C'est un point que j'ai d'abord négligé, mais je n'avance qu'un pied après l'autre dans un imbroglio si obscur. Qu'est-ce qu'elle a répondu, Mme Combaz ? Qu'elle est victime d'un chantage, et comme Derrien est un type bien, il accepte de l'aider. Ça se tient, vous ne trouvez pas ? Et maintenant il va endoctriner son ami Roque. Là encore Mme Combaz sera généreuse, et puis quoi, Roque saura tomber. C'est un peu son métier, à lui aussi.

— D'accord, dis-je, vous avez gagné. Mais qui est le maître chanteur, puisque vous prétendez qu'il faut chercher le coupable parmi nous.

— Ça, mon vieux, ça vous regarde. »

Sa familiarité ne me choque pas. J'étais bien trop sonné pour me formaliser. J'en oubliais mon pardessus, au moment de sortir. Ce fut Massombre qui me le tendit.

« Demandez-vous, fit-il, qui est en cheville avec un groupe puissant. La solution n'est pas ailleurs. »

XII

Paul, mon cher ami, tu m'as téléphoné, tu t'es demandé si j'étais malade, ou en voyage, ou résolu à me taire. La vérité, c'est un peu tout cela. Terré à Port-Grimaud, je me tenais en marge des événements qui dévalaient leur pente. Et puis j'ai retrouvé le besoin d'écrire. Tu es décidément un bon psychologue. Noir sur blanc, mes souvenirs perdent un peu de leur mordant. Et même, je me dis que tout ce qui m'a bouleversé est peu de chose. Si je n'étais pas un vieil égoïste, je me serais fait une raison depuis longtemps. Depuis longtemps, c'est-à-dire depuis trois semaines, puisque c'était il y a trois semaines. Roque est tombé, je ne t'apprends rien. Sans se blesser, heureusement. Nous avons assisté à sa chute, car nous suivions l'épreuve à la télévision. Une chute banale, parmi d'autres. Les accidents ont été nombreux. Roque est parti le quatorzième. Il allait très vite, bien en ligne, bien souple. C'est à la neuvième porte que c'est arrivé. Il l'a manquée, et on a clairement vu, sur l'écran, qu'il flottait, qu'il cherchait sa direction, mais déjà il percutait le piquet droit de la neuvième porte et alors tout s'acheva dans un éclatement de neige. J'étais assis entre Berthe et Debel. Ce fut Debel qui ferma le poste. Pas une parole. Bien. Berthe venait de comprendre qu'elle avait tout perdu. Note que Debel ne s'en tirait pas, lui non plus, sans dommage. Moi-même, j'allais enregistrer une perte sérieuse mais ce n'est pas à cela que je pensais. Si je résume cela donnait à peu près le raisonnement suivant :

« Elle a voulu résister. Maintenant, elle est à la merci de son maître chanteur. Il va forcément intervenir pour reprendre l'affaire. Il n'agira pas à visage découvert, bien entendu. Il se servira d'un homme de paille qui sera l'un de nous ; peut-être Langogne, qui sait. Mais on finira bien par l'identifier. Attendons. »

Tu remarques que j'adoptais complètement le point de vue de Massombre. Les heures qui suivirent ne firent que fortifier ma conviction. Quand Roque fut remis de son émotion, il s'en voulait, le pauvre. Il suppliait Berthe de lui pardonner. Nous l'accompagnâmes, Massombre et moi. Langogne avait préféré rester auprès de Berthe, avec Derrien et Debel. Ils essayaient de la persuader que la chute de Roque ne prouvait rien, qu'une demi-douzaine de concurrents étaient tombés ; enfin, tu devines le genre de consolation qu'on peut prodiguer en pareil cas, alors qu'on sait parfaitement à quoi s'en tenir.

Roque répétait : « Je n'ai pas bien vu la porte. Et pourtant j'avais bien étudié le parcours. Je le connaissais par cœur. » Et comme un accidenté de la route qui rabâche son histoire, il reprenait inlassablement : « J'étais bien. Je me sentais en grande forme. La lettre anonyme me semblait être une rigolade. » Nous l'écoutions se raconter. Dans ce fatras de paroles se glisserait peut-être un détail important. Il vint alors qu'on ne l'attendait plus. « C'est ce léger brouillard qui m'a trompé », dit Roque. Massombre me pinça le bras.

« Il y avait du brouillard ? demanda-t-il. Je ne l'avais pas remarqué.

— Un brouillard très léger, précisa Roque. Cela se produit quelquefois, mais on n'y fait pas attention. »

Il nous serra la main.

« Je me sens mieux, dit-il. Grâce à vous. Je suis tellement désolé. »

Massombre m'entraîna dans un bar rutilant de lumière. N'oublions pas que Saint-Moritz était en fête, que, malgré la neige qui voltigeait, il y avait la grande foule attirée par les célèbres épreuves de ski. Massombre commanda deux grogs.

« Ce léger brouillard, dit-il. Vous avez compris. Il était dans la tête de ce malheureux Roque. Il n'en est peut-être pas très sûr mais il a été drogué, comme je l'avais prévu. Oh ! ne cherchons pas quand ni par qui. Il y a plus pressé. Dès mon retour à Grenoble, je vais tâcher de savoir s'il a touché et combien. Je suis déjà à moitié renseigné. Il a un compte au Crédit agricole. L'argent, mon cher Blancart. Toujours l'argent. C'est le meilleur indice.

— Ça prouvera quoi ?

— Eh bien, que Mme Combaz a voulu par avance dédommager Roque. J'en reviens toujours là. Elle paie des champions pour faire front à l'adversaire qui paie un espion. C'est un combat perdu d'avance mais qui peut inciter les combattants à conclure un arrangement. Ils peuvent se dire : "Transigeons. Moi, je vous rachète. Mais vous, je vous garde comme P.-D.G." D'accord ; tout cela reste du domaine de l'hypothèse. Mais si vous voulez le fond de ma pensée, je mettrais ma main au feu que Mme Combaz, Derrien et Roque sont alliés. Il suffirait que l'un gagne, et Mme Combaz triompherait. Bon ! Ils ont perdu. Donc, le moment est arrivé de l'ultime négociation. »

Et les jours ont commencé à s'écouler. Massombre multipliait ses efforts tandis que je me soignais au Benzotyl. Pauvre Évelyne ! Voilà que je découvrais à mon tour les vertus maléfiques de la drogue, pas la plus redoutable, certes, mais l'une de celles qui sont capables de bercer le dégoût de soi-même, d'en émousser la pointe et de le rendre fréquentable.

Évelyne, puisque je parle d'elle, était toujours à la clinique et peut-être pour plus longtemps que prévu, car j'appris qu'elle avait très mal accueilli la nouvelle de l'accident de Roque : refus de se nourrir, crise de violence, abattement, bref, je n'avais pas le droit de lui rendre visite. Quant à Berthe, elle s'était retranchée dans une sorte de mutisme hargneux dont je ne me souciais pas de la déloger. Nous communiquions par téléphone, très brièvement, ou plutôt nous échangions des signaux, qui se voulaient d'amitié mais qui exprimaient, à notre insu, un énervement grandissant. Je signale seulement au passage que Berthe ne me semblait pas effondrée. A la voix, quand on est habitué, on reconnaît ce que les paroles essaient de dissimuler. Or, à un arrière-plan de sa voix, si j'ose dire, je décelais comme du soulagement. Et pourtant tout craquait autour d'elle. L'échec de Roque avait provoqué à l'usine des mouvements sociaux qui prenaient de l'ampleur. L'abandon du Veloce imposait de promptes décisions. La direction devait licencier du personnel si elle voulait continuer à fabriquer des Combaz de qualité courante. Et la direction, c'était Berthe et son conseil d'administration, et tout le monde hésitait.

« Négocie, lui dis-je.

— Avec qui ? Personne ne se déclare.

— Mais ces Japonais ?...

— Disparus.

— Et vraiment personne d'autre ?

— Personne. »

J'aurais dû percevoir, dans ses répliques, quelque chose de désespéré. Non. Plutôt de l'exaspération, la colère de quelqu'un qui en a assez de répéter la même chose. Debel m'appelait. Langogne m'appelait. Nous attendions l'acheteur qui ne pouvait plus tarder. Moi, du moins, j'en étais sûr puisque Massombre m'avait persuadé qu'un chantage était à l'œuvre. Il me faisait de courts comptes rendus. J'en retiens deux qui me plongèrent dans la stupeur. Le premier concernait Berthe. Eh bien, Berthe n'avait nullement mis de l'argent à gauche comme je l'avais supposé. Son hôtel particulier était hypothéqué. Elle avait vendu des actions. Autour d'elle, la meute des créanciers était à l'affût et d'ailleurs elle était guettée depuis longtemps. Comment aurait-elle pu dissimuler des capitaux ?

« Ce qui m'épate, dit Massombre, c'est qu'elle n'ait pas essayé de se couvrir ; une femme rompue aux affaires, comme elle ! Notez que je ne suis pas organisé pour pousser à fond une enquête financière. Mais je suis à peu près sûr de ce que j'avance. Elle est totalement ruinée. Le dépôt de bilan est pour très bientôt et l'histoire fait déjà le tour de Grenoble. »

Son deuxième compte rendu, il me le fit le même jour, au téléphone encore, et tout essoufflé tant il s'était dépêché.

« Roque, dit-il, le petit Roque, il a touché, lui aussi. Cinq millions de centimes, par chèque.

— Signé Berthe ? m'écriai-je.

— Évidemment. Tout ce qu'elle a pu gratter avant la faillite.

— Je ne comprends pas. Pourquoi dix, puis cinq millions, pourquoi pas cinq et cinq, puisque les risques étaient à peu près égaux ?

— Écoutez, Blancart. Attendez-moi ce soir, je vous expliquerai. »

Ah ! Paul, les heures mortelles que j'ai vécues ! J'ai failli débarquer chez toi sans crier gare. Pour te mettre encore une fois au courant. Tu connais beaucoup mieux les cœurs que moi. Tu aurais commencé à me guider dans ce dédale de sentiments dissimulés et peut-être inavouables. Moi, je suis un homme simple. La moindre intrigue me surprend, me déroute, me blesse. Et tout, dans la conduite de Berthe, maintenant, provoquait ma méfiance. Pour comble de malchance, Massombre fut en retard.

« Vous me faites mener une vie de forçat, s'exclama-t-il en se laissant tomber dans un fauteuil. Allons-y ! Mais tout d'abord une question. Est-ce que vous vous souvenez de la remarque de Roque : ''Il y avait un brouillard très léger'' ?

— Parfaitement. J'ai même été très surpris parce qu'il n'y avait pas de brouillard.

— Et ça ne vous a pas mis sur la piste ?

— Quelle piste ? J'ai pensé que Roque, sous le coup de sa chute, se cherchait une excuse.

— Oh ! pas du tout. Il a dit cela pour nous suggérer — mais sans y toucher — qu'on l'avait drogué. Cet effet de brouillard est presque toujours provoqué par des produits à base d'indométacine ou de formule analogue. Vous savez, je ne suis pas chimiste.

— Je suis au courant. Je prends du Benzotyl et je vois ce que vous voulez dire.

— Eh bien, vous avez pu constater que l'effet de cette drogue est rapide. Quand Roque l'aurait-il absorbée ? Au petit déjeuner. Donc, longtemps avant le départ du slalom, surtout qu'il était quatorzième. Voilà l'obstacle sur lequel on a buté. Comment des athlètes prévenus qu'on va tenter quelque chose contre eux se seraient-ils laissé surprendre ? Et vous-même, vous étiez là. Vous étiez plusieurs à veiller sur eux. Rapprochez les faits. Mme Combaz paie Derrien. Pourquoi ? Pour qu'il prenne le risque d'avoir un accident, ou bien, au contraire, pour qu'il accepte de le provoquer ?

— Quoi ? Vous prétendez que Derrien s'est drogué lui-même, alors ?

— N'est-ce pas le plus simple ? »

Massombre rit comme s'il allait faire une bonne plaisanterie.

« Il n'avait même pas besoin de se droguer, ajouta-t-il. Et Roque non plus. Il leur suffisait de tomber ; de le faire exprès, si vous préférez. Ils vous ont bien eu. »

Cette fois, je me fâchai.

« Minute, s'il vous plaît. Vous ne cessez de sauter d'une explication à l'autre. D'abord, c'est Mme Combaz qui est menacée. Ensuite, c'est Derrien qui devine d'où vient le coup et qui a peur. Alors, il exige la forte somme. Et puis c'est Roque qui prend le relais. Et pour finir, ils auraient simulé tous les deux leur accident, d'accord avec Mme Combaz. Bien entendu, plus question de la mort de Gallois ou de la fracture de Derrien. Ça ne compte pas. Je vous croyais sérieux, Massombre. »

De la main, il fit un geste apaisant.

« Mon cher Blancart, je vous en prie. Vous avez tort de vous emballer. Ne parlons pas de ce pauvre Gallois. Lui, tout prouve qu'il s'est tué de la manière la plus fortuite. Et quand c'est arrivé, Mme Combaz n'avait aucun plan en tête. C'est après, qu'elle a imaginé ce que vous savez : payer un premier skieur de bon renom et si nécessaire un second pour qu'ils tombent, pas plus.

— Et les lettres anonymes ?

— C'est elle qui les a écrites, évidemment. Alors, d'un côté un ennemi inconnu aux moyens puissants. De l'autre, une malheureuse femme qui lui tient tête courageusement. Bref, la poudre aux yeux. Pas de drogue. Et vous savez pourquoi tout cela ? Probablement pour qu'on ne découvre pas que ce fameux Veloce n'est pas, en réalité, un ski de haute performance. Je suppose que c'est Gallois qui lui a ouvert les yeux. »

Je voulus l'interrompre. Il cria presque.

« Attendez, Blancart. Regardez comme tout se tient. Voilà un P.-D.G. qui risque tout ce qu'elle a sur un matériel qui doit la renflouer complètement. Or, elle s'aperçoit qu'elle s'est trompée. Plus de porte de sortie, sauf une : créer autour du Veloce un grand mouvement d'opinion et amener un industriel concurrent à racheter l'affaire. »

Je ne protestais plus que faiblement, tellement toute cette histoire me semblait folle. Et pourtant logique, au fond.

« Une sacrée femme, reprit Massombre. Tenir un pareil banco !

— Et le perdre, ajoutai-je. Personne ne lui a proposé un accord, et maintenant elle est sur le sable. Je vous l'avoue. Massombre, d'accord, vous avez fait un travail formidable, mais je continue à ne pas vous croire. Il y a sûrement autre chose. »

Je ne savais pas si bien dire.

... Mes notes, à partir d'ici, ont été prises un peu n'importe comment. Je les ai rédigées pour que Paul tâche d'y voir clair à ma place.

Moi, je renonce. Je ne suis plus qu'un homme en deuil. En deux mots... mais comment dire ces choses en ne faisant que les effleurer, pour ne pas me briser le cœur ?

Voici : Évelyne a quitté la maison de repos en apparence complètement guérie. Cependant, elle avait évité de me prévenir, ce qui prouve que son coup était prémédité. Elle a demandé à la concierge la clef de l'appartement de son père. Elle a pris le revolver de Marèze. Elle est allée à l'improviste chez sa mère, et là, par deux fois, elle a tiré. Par miracle, Berthe n'a pas été tuée sur le coup. Si l'arme, mal entretenue, ne s'était pas enrayée, elle... Ma pauvre Berthe ! On pense qu'elle va survivre, mais à quel prix ? Le chirurgien ne m'a laissé aucun espoir. La colonne vertébrale a été touchée. Cela signifie la paralysie à vie des membres inférieurs. Quant à Évelyne, la malheureuse. Hébétée, elle a attendu la police et elle est en prison. Et moi...

Mais j'oubliais. D'après ses premières déclarations, elle a voulu tuer sa mère parce que Berthe aurait volontairement sabordé son entreprise par jalousie. Berthe avait compris depuis longtemps que j'aimais Évelyne. Alors, patiemment, elle avait mis au point la machination qui allait provoquer sa ruine. La meilleure façon de punir Évelyne, c'était de la laisser sans un sou. Les enquêteurs n'acceptent pas plus que moi cette explication. J'ai demandé l'aide de Me Jacquelin qui est un excellent avocat d'assises. Je pense qu'il faut plaider l'irresponsabilité. Il ne manque pas d'arguments : la mésentente familiale, l'influence néfaste du père, un caractère névrotique. Il espère aussi que Berthe, quand elle sera en état de répondre, acceptera de dire la vérité, toute la vérité. Il est certain que bien des choses restent obscures dans les rapports tumultueux entre la mère et la fille. Et moi...

Mais c'est à Paul de jouer.

Paul m'a dit :

« Je te plains, mon pauvre vieux. Tu n'es justement pas l'homme qu'une pareille situation demanderait. Trop fragile. Trop sensible. Trop scrupuleux.

— Bon. Bon. N'en jette plus. Ce que je voudrais, c'est comprendre. Cette histoire de jalousie, ça ne tient pas debout.

— Oh ! si, dit-il. Tout le long de tes notes, on la voit, cette jalousie. Mme Combaz détestait sa fille d'abord parce qu'elle était la fille de Marèze. Et si d'autre part tu veux bien te mettre dans la peau d'une femme vieillissante qui voit grandir près d'elle sa rivale et justement l'infidèle, le traître, c'était toi. Oui, cela nous fournit un motif. Mais ce n'est pas le bon, d'après moi. La pauvre petite Évelyne s'est raconté un roman.

— Alors, qu'est-ce que tu proposes ? »

Paul empoigna une chaise, s'assit à califourchon et s'installa contre moi.

« Ce que je propose, dit-il, c'est une explication de psychiatre parce que, maintenant, il n'y en a pas d'autre. Voyons, Georges, voilà une femme — je parle de Berthe — qui a été élevée dans le culte de son père. Elle a mis tout son orgueil, et ce n'est pas rien, dans son désir de faire aussi bien que lui, de le prolonger et même de le dépasser, grâce à l'invention de Langogne. D'accord ?

— Oui. Oui. Je sais tout ça.

— Tu le sais avec ta tête. Mais essaie de vivre son drame. La fortune des Combaz, leur réputation, elle a tout joué sur cette seule carte, se disant que son père ne s'était jamais trompé et que s'il avait parié sur Langogne et son ski, c'était forcément à bon escient. Et sans doute la malheureuse ne cessait-elle pas de se demander si elle serait assez forte pour tenir jusqu'à la victoire... Tu allais dire quelque chose ?

— Non, rien. Je te suis.

— Oh ! c'est très simple ! Je suis sûr, tu entends, je suis sûr qu'elle a tout de suite compris pourquoi Gallois s'était tué. Le soupçon qu'elle nourrissait secrètement s'est brusquement changé en certitude.

— Quel soupçon ?

— Hé ! pardi ! le soupçon que ce fameux ski n'était pas au point. Tu sais, quand on joue gros — ça ne t'est jamais arrivé — on est à la fois confiant et torturé. On se dit : "Ça va marcher", et en même temps on crève de peur. Elle se disait : "Papa a toujours gagné", et pourtant elle ne pouvait s'empêcher de penser qu'il n'était plus là pour forcer la chance. Et là-dessus, Gallois, malgré tout son talent, ne maîtrise plus ses skis. Conclusion : le Veloce a très certainement un défaut. Alors, elle craque.

— C'est une hypothèse.

— Oh ! que non ! A travers tes notes, Georges, il n'est pas difficile de la déchiffrer, la pauvre femme. Elle s'aperçoit que l'empire Combaz est condamné. Et c'est vrai. Ses affaires n'étaient pas déjà très brillantes. »

Je l'interrompis.

« Admettons. Bon. Le Veloce n'est pas au point. Ce n'est pas sa faute.

— Mais si, mon pauvre vieux. Elle aurait dû s'y prendre autrement, et surtout prendre son temps, procéder à des essais mieux conduits, au lieu de s'emballer, de lâcher la bride à Langogne. Elle s'est vue coupable. Coupable, tu comprends ça. Et de tout. D'insuffisance professionnelle, de légèreté, que sais-je encore ? Il ne lui restait plus qu'à affronter l'opinion publique. Reconnaître que son père s'était trompé. Qu'elle aussi s'était trompée. Qu'elle n'avait pas été à la hauteur. Autrefois, Georges, au temps des Birotteau, un patron en faillite se tirait une balle dans la tête. Aujourd'hui, eh bien, aujourd'hui, on s'adresse une lettre anonyme pour écarter de soi la responsabilité, gagner du temps, s'accorder un sursis. Mais attention, un simple sursis. L'important, pour elle, ce n'est pas de tricher, mais de couler pavillon haut, de prouver à ses créanciers, à la ville qui l'observe, qu'elle est obligée de déposer son bilan après avoir lutté jusqu'au bout. Et pour que personne ne puisse mettre en doute sa sincérité... alors, là, chapeau, il faut qu'elle accepte la ruine totale. Chez les Combaz, on ne perd pas la face. Jamais. Regarde ta petite Évelyne. Une Combaz, elle aussi. Et une Combaz humiliée par le désastre familial. Tu commences à saisir ? »

Oui, bien sûr, j'entrais peu à peu dans toutes ces raisons tordues. Massombre m'avait déjà conduit au bord de la vérité. Mais à mon tour, je me sentais honteux de mon aveuglement et puis, faut-il le dire, pas encore convaincu. Paul me donna une tape sur le front.

« Ça chauffe, là-dedans, plaisanta-t-il. Ça doute encore. Pas vrai ?

— Oui, j'avoue.

— C'est parce que tu ne te concentres pas assez sur le nœud du problème. Ce qu'il faut bien voir, c'est que tout s'explique par le Veloce. Si on reconnaît qu'il n'est pas bon, c'est le déshonneur et la chute. Mais si on trouve le moyen d'affirmer qu'il est excellent et que c'est précisément pour cette raison qu'on s'attaque à lui, alors on va tout perdre, soit, mais moralement, si j'ose dire, on va tout gagner. »

Paul me montra ses armoires métalliques pleines de fiches et de dossiers.

« Tout ça, dit-il, c'est bourré de complexes, de confessions délirantes, de confidences dont tu n'as pas idée. Moi, cette malheureuse Berthe, je la lis à livre ouvert. Premier mensonge : la lettre anonyme qui a tout déclenché. Improvisation pour parer au plus pressé. Mais le mensonge, c'est comme la drogue, il faut sans cesse augmenter la dose. On veut imposer la croyance au complot donc un deuxième essai est nécessaire. Et puis un troisième.

— Justement, dis-je. Là, je t'arrête. Tu voudrais me faire croire qu'elle a partagé son secret avec Derrien. Et ensuite avec Roque. Cette vérité qu'elle ose à peine s'avouer à elle-même, elle irait la dire à ces deux garçons ? Non, ce n'est pas possible. »

Paul secoua la tête d'un air peiné.

« Toi, dit-il, quand tu es buté !... Écoute-moi. Oublie ce que ton ami Massombre t'a raconté. Il a beaucoup d'imagination, mais une imagination de flic, évidemment.

— Tu permets ! m'écriai-je. Il a bien fallu qu'elle leur explique pourquoi ils devaient tomber.

— Mais pas du tout. Il y a une chose qu'elle n'avouerait jamais. C'est que son ski n'est pas fiable. Donc, pour obtenir l'aide de Derrien, il lui suffit de s'en tenir à la version du complot. Tu es Derrien.

Je te dis : "On me persécute. J'ignore qui. Mais j'ai un moyen de décourager celui qui s'attaque à moi. C'est de le devancer et de lui faire comprendre que je ne m'inclinerai pas. Voici un chèque. Choisissez votre point de chute. Et ne m'en demandez pas davantage." »

Je haussai les épaules.

« Et il se fracture la cheville, dis-je. On ne peut pas pousser plus loin la complaisance.

— Idiot ! Tu penses bien qu'il ne l'a pas fait exprès. Il s'y est mal pris ; c'est tout. Et attention : c'est à peine une fracture. Passons. Derrien est persuadé que Berthe Combaz est en train de préparer quelque coup de Bourse plein de malice. Elle paie largement. Elle lui laisse même entendre qu'elle s'intéresse à son avenir. On est en droit de croire qu'il est ébloui et qu'il ne va pas l'accabler de questions oiseuses. "Vous désirez que je tombe. Voilà. Après tout, ça vous regarde. Une troisième fois ? D'accord. J'en parle à mon ami Roque." C'est à peu près cela, je suppose, que se dit Derrien. Berthe Combaz, tu le sais mieux que personne, n'est pas de ces femmes qu'on se permet d'interroger. »

Je me massai les yeux, les tempes. Oui, peut-être. Après tout. Paul avait l'habitude de ces problèmes. Et c'était bien dans la manière de Berthe de dire : « Je vous paie largement. Alors pas de questions ! »

« Un petit remontant ? » proposa Paul.

Il me servit copieusement.

« Ça va mieux ?

— Oui. Ça commence.

— Et maintenant, qu'est-ce qu'elle va devenir ?

— Berthe ?... Elle n'a que moi, tu sais.

— Et Évelyne ?

— Elle n'a que moi, elle aussi.

— Et si tu tombes malade ? Tu n'as pas l'air très brillant, tu sais.

— Tu es là, Paul.

— Mais comment vas-tu t'organiser ?

— Oh ! c'est très simple ! Je vais vendre mes deux salles. J'ai l'âge de la retraite. Et puis je m'installerai à Port-Grimaud... avec Berthe, quand elle quittera la clinique. Là-bas, personne ne se retournera sur elle quand je pousserai sa chaise roulante.

— Et tu as pensé à Évelyne, quand elle sera libérée ? Ce qui ne tardera pas, tu peux en être sûr. Elle va attraper une peine pas très lourde. Tu les auras toutes les deux sur les bras. Et elles ne feront pas la paix ; je te parle en tant que médecin. Écoute, Georges. Promets-moi que tu continueras à tout me raconter. Si tu renonces à cette soupape de sûreté, je ne réponds de rien. »

J'ai continué. Il y a un an que je continue ; quand j'ai assez de courage. Contrairement à ce que j'avais craint, « l'affaire Combaz » n'a pas fait un bien gros scandale. On en a surtout parlé le jour du procès. Dix ans de prison pour Évelyne, mais avec les remises elle va s'en tirer à bon compte, si on compare son sort avec celui de Berthe, condamnée, elle, à perpétuité. Nos amis, comme il fallait s'y attendre, nous ont lâchés. L'usine a finalement été rachetée à bon prix par une fabrique de chaussures. Langogne vit à Paris. Debel, quand il me voit, change de trottoir. Les autres ? Seul, Massombre nous est fidèle. Il est vrai qu'il m'a coûté une fortune. Bref, j'ai tiré un trait sur le passé. Le présent est déjà bien assez lourd à porter. Je lève Berthe, je l'aide pour sa toilette, je la promène le long des canaux. Elle regarde les bateaux qui s'en vont. Elle parle très peu. Juste un petit bout de confidence, parfois. C'est ainsi qu'elle a consenti à m'avouer enfin que le Veloce n'était pas au point. Le fameux plastique de Langogne manquait de résistance. Mais c'était dans sa bouche une simple constatation. Rien de plus. Elle vit ailleurs, dans un monde intérieur où je ne suis presque jamais invité à entrer. On ne prononce jamais le nom d'Évelyne. Il est vrai que, de son côté, Évelyne ne parle jamais de sa mère. Une fois par semaine, je vais lui rendre visite à la prison. Je lui apporte des cigarettes, des friandises, un peu de lecture. Dans son habit de prisonnière, elle a une pauvre silhouette de déportée. Nous échangeons des banalités. Quand je pars, elle ne retient plus ses larmes. Mais quand j'arrive à Port-Grimaud, Berthe boude. Et je ne sais plus laquelle est de trop.

En 1908, un jésuite qui vivait au Venezuela eut une vision. Il sut qu'il pouvait apporter du bonheur aux uns et du malheur aux autres. C'est grâce à lui que naquit la chaîne du cœur. Ne la rompez pas.

(J'ai oublié les termes exacts de la lettre que m'avait montrée Évelyne dans je ne sais plus quelle vie antérieure, mais quelle importance ? L'essentiel est de renouer le fil, d'agir comme si je n'avais jamais brûlé aucun papier.)

Recopiez cette lettre en vingt-quatre exemplaires et faites-la circuler. M. Vigouroux a obéi et neuf jours plus tard, il a gagné une somme importante à la loterie. Mme Jemelli, au contraire, a détruit la lettre et neuf jours plus tard, elle a eu un grave accident...

« Qu'est-ce que tu fais ? » crie Berthe.

Il faut qu'à tout moment, elle sache où je suis, à quoi je m'occupe. Il faut qu'elle me respire. Pauvre Berthe !

« Je suis en train d'écrire.

— A qui ? »

Je n'ose pas lui dire : à Debel, à Derrien, à Langogne, pour qu'à leur tour ils brisent la chaîne. Mais les enveloppes sont prêtes, devant moi. Chaque lettre mise à la poste m'apportera un bref soulagement. A toi, Paul, de m'expliquer le sens caché de cette affreuse distraction. Tu me diras que je cherche, inconsciemment, à effacer par des espèces de lettres anonymes les souffrances qui nous ont été infligées par d'autres lettres anonymes. Les trois funestes lettres. Oui, peut-être.

« A qui ? » répète Berthe.

J'essaie de prendre un ton enjoué.

« Au diable ! si tu veux savoir. »

UNE ÉTRANGE DISPARITION

(Sans Atout, VI)

(1985)

roman pour la jeunesse

A Jean-Marc Roberts,
amicalement.

I

Je ne vous aime pas, écrit Sylvaine. *Vous n'êtes pas mon père. Maman n'est pas heureuse et moi non plus. Si elle veut rester, ça la regarde. Moi, je préfère m'en aller. Peut-être que je vais disparaître et la police viendra enquêter, et vous serez bien embêté à votre tour...*

Sylvaine renifle et d'un revers de la main s'essuie les yeux. Elle n'y voit plus clair à travers ses larmes. Elle voudrait trouver des mots très méchants, des mots comme des gifles. Il a osé la frapper. Pas bien fort. Pas pour faire mal. Mais il n'a aucun droit sur elle. Une scène odieuse. Maman essayant de s'interposer ; lui qui la repousse.

— Qu'est-ce qui m'a fichu... une pareille gamine !... Je vais lui apprendre la politesse, moi. Me traiter de barbouilleur ! D'abord, tu restes ici. Et toi, Denise, je te prie de ne pas te mêler de ça. Si tu l'élevais mieux, ça n'arriverait pas.

La querelle a continué dans la chambre voisine. Blottie au fond d'un fauteuil, son nounours dans les bras, Sylvaine a commencé à ruminer sa vengeance, sursautant parfois à quelque éclat de voix. Qu'on ne l'emmène pas chez les Marchetti, c'est plutôt une bénédiction. Pour entendre parler peinture pendant toute la soirée ! Ils disent que ces taches, ces ronds, ces éclaboussures, c'est de la peinture ! Et maman écoute, approuve, admire.

— Tu y comprends quelque chose ? a demandé Sylvaine.

— Non. Mais ça fait tellement plaisir à ton père !

Quand elle entend ce mot, Sylvaine enrage. Voilà ce qu'elle ne pardonne pas à sa mère. Et elle ne lui pardonne pas non plus sa docilité, son effacement devant cet homme, qui n'est pas beau, qui se croit très important, qui distribue, chez les commerçants, des papillons *La galerie Vaubercourt*. Comme s'il tenait un bazar. Elle le déteste patiemment, méthodiquement, avec une application studieuse. Il est long et maigre et ça se permet de faire du jogging, avec des jambes comme des salsifis ! Il tricote, le matin, dans les jardins du Trocadéro, juste à côté. Ce qui ne l'empêche pas de fumer sans arrêt. Toute la journée, il est en éruption, dans son bureau au dernier étage, ou bien à la galerie. Il pue la cigarette blonde. Il a toujours sur la langue un brin de tabac qu'il crachotte en parlant. « Un talent inouï... pftt, pftt... C'est plus vrai que nature... pftt, pftt... Une valeur, ce garçon ! »

Une valeur ! Le mot clef, chez les Vaubercourt. La peinture est une denrée au même titre que la viande ou le poisson. Sébastien trouve normal de dire : « Le petit Van Houden est en hausse. » Quelle horreur ! Comment peut-on vivre avec cet homme, et qui croirait qu'il porte à la main gauche un rubis et à la main droite une grosse améthyste, comme une tireuse de cartes.

Sylvaine repasse la liste de ses griefs. Elle a peur d'en oublier. L'argent, par exemple. Avec les autres, il est généreux. « Ce sont des clients », explique-t-il. Mais avec les siens... Enfin, avec sa femme... Oh ! Il ne lui refuse rien. Mais il contrôle tout. « Combien as-tu payé cette écharpe ? Ce tailleur ? Tu t'es fait avoir. » Ou bien encore : « Tu dépenses beaucoup trop pour cette gamine. » Il ne dit jamais Sylvaine. Ça lui écorcherait la bouche. Non. La gamine, l'étrangère, quoi, la fille de Pierre Quéré, dont elle est, paraît-il, le portrait. Toute blonde, comme papa. Et ces yeux bleus, très pâles, très doux, qui lui viennent des Quéré et qui provoquent, chez Sébastien, une espèce de rancune.

Les photos de Pierre Quéré — dans sa tenue de chirurgien, ou bien au centre d'un groupe d'internes, ou encore au volant de son Alfa Roméo, celle qui s'est retournée sur lui — maman les a cachées, ou même peut-être détruites, pour épargner la susceptibilité de ce... Il lui vient à l'esprit quelques horribles mots de garçons, appris au lycée.

Ils se disputent toujours, à côté. Sylvaine tend l'oreille. Pour une fois, maman lui tient la tête.

— Je n'aime pas la laisser seule à la maison, dit-elle. Et qu'est-ce qu'elle mangera ? J'ai donné sa soirée à Carmen.

Réponse incompréhensible. Le seigneur ne reviendra pas sur sa décision. Le seigneur, en ce moment, doit se battre avec son nœud papillon et ce n'est pas le moment de lui parler du dîner de la gamine. Qu'elle jeûne un bon coup. Ça la dressera. Mais voici que le ton monte à nouveau.

— Peur ? s'écrie-t-il. Et peur de quoi ? Si, à douze ans, elle a encore besoin, pour s'endormir, qu'on reste près d'elle... Moi, quand j'avais douze ans...

Le reste se perd. M. Sébastien Vaubercourt devait être, à cet âge-là, un fier luron. Sans peur et sans reproche ! Sylvaine réfléchit. Comment les punir tous les deux ? Comment lui faire payer, à lui spécialement, sa méchanceté, sa suffisance ? Dès qu'ils seront partis, elle téléphonera à l'oncle Guillaume. Mais il ne sera pas très enclin à se mêler d'une querelle de famille. Il essayera de la consoler ; il lui conseillera de se résigner. Il lui dira :

— Mon petit lapin, je te comprends. Sébastien, tu sais que je ne l'aime pas beaucoup moi non plus. Mais il est le mari de ta mère. On n'y peut rien. Cela lui donne certains droits... et bla-bla-bla, et bla-bla-bla...

Un miracle si, pour finir, il ne lui indique pas un truc pour dormir, une de ses tisanes miraculeuses. Il en a pour tout, depuis la migraine jusqu'à la goutte au nez. « Mais qu'est-ce que j'ai fait au bon Dieu ? pense-t-elle. Maman qui s'aplatit devant son sale bonhomme. Son frère, qui n'a pas les pieds sur terre, avec son homéopathie et sa radiesthésie. Le vieux Vaubercourt qui terrorise tout le monde. Et moi, alors ? Qu'est-ce que je deviens dans tout ça ? Je suis là pour recevoir des gifles ? Il n'y a qu'un moyen : disparaître pendant quelques jours. »

Elle sursaute. Sa mère entre sans bruit, se penche pour l'embrasser. Elle est parfumée, bruissante comme un bel insecte de la nuit.

— Nous ne rentrerons pas trop tard, chuchote-t-elle. Ça m'ennuie bien de sortir, mais tu sais comment il est. Ce n'est pas un mauvais homme, mais depuis quelque temps, il a changé. Essaye d'oublier. Sois une bonne petite fille. Allez. Je compte sur toi. Dors.

Elle s'éloigne. Elle repousse doucement la porte, comme si elle sortait d'une chambre de malade. Sylvaine écoute, du fond de son fauteuil, toute crispée de colère. Puis elle se lève, serrant toujours son ours sur sa poitrine et traverse l'appartement. Il y a encore de la fumée de cigarette qui traîne. La porte d'entrée est fermée à clef. Sylvaine est seule. Prisonnière.

Alors, elle s'abandonne. Maintenant qu'ils sont partis tous les deux, le tortionnaire et son otage, elle peut pleurer tout son saoul. Elle revient dans sa chambre, arrache une feuille de cahier, écrit d'un trait : *Je ne vous aime pas. Vous n'êtes pas mon père.*

Les mots soulagent, mais restent encore trop anodins. *Vous serez bien embêté à votre tour...* Pas suffisant. Ce qu'il faudrait, c'est un bon scandale. Et que les journaux s'en mêlent. Qu'on parle d'enlèvement. Et que le Sébastien fasse une déclaration publique, supplie les ravisseurs : « Rendez-nous notre petite Sylvaine. » Ça, ça vaudrait le coup. Et c'est parfaitement faisable. Sylvaine va se baigner le visage, dans la salle de bains. Elle ne pleure plus. Elle saute à toute allure d'une idée à l'autre. Elle possède les clefs de la maison. Elle a un peu d'argent, de quoi tenir quatre ou cinq jours. A douze ans, elle en paraît plus. Et puis, les filles voyagent seules, maintenant. Et d'ailleurs, elle a ses papiers personnels, sa carte d'identité, sa carte de circulation, sa carte de membre des amis de Coluche ; tout, quoi. Elle peut sans crainte retenir une chambre dans un hôtel, et, si on la questionne, elle dira que ses parents vont la rejoindre.

Elle sent bien qu'elle est sur le point de commettre une énorme bêtise, mais elle est comme emportée par une vague de haine. Elle court au téléphone, décroche, prête à former le numéro de son oncle, et puis, lentement, elle repose l'appareil. Non. C'est une espèce d'affaire d'honneur entre elle et Sébastien. Elle doit se débrouiller toute seule. Elle n'a qu'à longer l'avenue Raymond-Poincaré ou l'avenue Kléber. Ce ne sont pas les hôtels confortables qui manquent. Il est huit heures et demie. Ce doit être l'heure où le personnel de jour cède la place au personnel de nuit. Elle ne sait pas très bien comment cela se passe, mais elle possède une sorte d'expérience confuse grâce aux confidences de la femme de ménage, qui a travaillé longtemps dans un hôtel de Cannes, avant de monter à Paris. Personne ne songera à se renseigner sur elle, du moins pendant trois ou quatre jours. Après ? On verra bien. Les journaux publieront sa photographie et les choses commenceront à se gâter. Mais elle prendra les devants, téléphonera pour dicter ses conditions. Cette pensée la fait sourire. C'est beau comme un rêve. Elle exigera...

D'abord, elle exigera que Sébastien cesse de la tutoyer. Elle n'est pas, elle n'a jamais été une Vaubercourt. Et d'une ! Et puis elle n'est plus une gamine. D'abord, le 3 octobre, elle aura treize ans, et le 3 octobre, c'est dans quatre mois. Alors...

Soudain, elle s'affaisse sur le canapé, et ses larmes lui noient le visage, des larmes d'impuissance, cette fois, tandis qu'elle se répète : « Tu débloques, ma pauvre fille. Tu te racontes n'importe quoi ! Ils te colleront en pension, voilà ce que tu auras gagné ! »

Elle revient dans sa chambre, se laisse tomber dans son fauteuil, cherche une autre solution, mais cette fois calmement, en pesant le pour et le contre. Il n'y aurait pas eu cette gifle, bon, quelques jours de bouderie auraient fait l'affaire. Mais ce qu'il faut bien voir, maintenant, c'est que la guerre est déclarée. Elle l'a traité de barbouilleur, et ça, c'est bien envoyé. Il ne peint plus depuis longtemps. Son atelier, dans les combles, est devenu son bureau. Mais enfin il a peint, autrefois. Il a même eu le toupet de suspendre quelques-unes de ses horribles toiles dans l'appartement. Barbouilleur ! Au fond, c'était pire qu'une gifle. Pas étonnant qu'il ait riposté aussi sec.

Sylvaine se lève, nerveusement. Si elle se laisse aller à cette espèce de méditation molle, elle va finir par capituler. Elle doit absolument continuer sur la lancée de la colère, quitter la maison. Dehors, peut-être qu'elle trouvera le moyen de ne pas perdre la face. Et quoi, cette idée d'aller à l'hôtel n'est pas si bête. A la condition d'être présentable, de ne pas arriver en garçon manqué, avec ce jean élimé et ce gros pull. Vite, elle relit sa lettre, ajoute un mot : *Adieu*, et va la poser bien en vue sur l'oreiller de Sébastien. Puis elle passe dans la salle de bains. Elle se recoiffe, cherche le poudrier de sa mère. Juste un nuage de poudre pour faire plus « jeune fille ». Au fond, il a raison, Sébastien. Pas facile de gommer le côté gamine. Un tout petit peu de rouge sur les lèvres. « Je ne suis quand même pas si moche que ça ! » pense-t-elle.

Ensuite, devant la penderie, courte réflexion. Elle n'a pas tellement le choix. Une robe d'été, bien sûr. La robe à rayures bleues, celle qui plaît aux passants : Sylvaine ne déteste pas qu'on la regarde. Des sandalettes. Son sac fourre-tout pour le pyjama et quelques objets de toilette. Il faut prendre l'aspect de la jeune fille en voyage si on veut donner le change au réceptionniste.

Sylvaine ne sait plus si elle est en train de les punir tous les deux ou si elle ne se joue pas la comédie. Ah ! les clefs, l'argent, quatre billets de cent francs. Elle se contemple encore une fois, pivote sur un talon, puis essaye un sourire charmeur à l'adresse du portier qu'elle devra séduire. Bon, il faut y aller maintenant.

Dernier coup d'œil circulaire à la chambre. Elle bondit, saisit sur sa table de chevet la photographie de son père et la glisse dans son sac. « Tu viens avec moi, dit-elle. On ne veut plus de nous, ici. » Et elle traverse l'appartement d'un pas ferme. Avant de refermer la porte — il y a des gestes, comme ça, qui sont des adieux — elle s'interroge une dernière fois. Elle vérifie au fond d'elle-même sa colère, comme on consulte la jauge au tableau de bord d'une voiture, puis elle fait jouer le pêne.

Elle est dehors. Elle est sortie du cercle familial. A cette heure-ci, chez les Marchetti, on se prépare à passer à table.

— Sylvaine était un peu fatiguée, a expliqué maman.

Et l'affreux Sébastien a ajouté, en haussant les épaules :

— Les filles, vous savez ce que c'est.

L'imbécile ! Comme s'il savait, lui, ce que peut une fille qui va se venger.

*
* *

Chère vieille chose,

J'aurais pu te téléphoner, mais je suis interdit de téléphone. Mon père a sursauté quand il a vu le dernier relevé. Il est vrai que d'ici à ta maison de repos, cela fait une bonne distance et quand je commence à bavarder... Mais d'abord, comment vas-tu ? La dernière fois, tu m'as dit que le médecin était plutôt content. 37°1, le matin, ce n'est pas de la fièvre, ça. Dans six mois, tu seras sur pied. Quand même, je n'arrive pas à y croire. Un costaud comme toi, un dur. Et dans ton patelin, tu n'as pas à souffrir de la pollution. Saint-Chély-d'Apcher [1], c'est la montagne, le grand air. Alors qu'est-ce qui a bien pu t'arriver ? Je sais bien, je rabâche. Mais enfin comment peut-on, dans ton cas, s'offrir une primo-infection ? C'est dangereux, d'accord. Mais surtout, c'est bête. Et t'expédier à Saint-Hilaire-du-Touvet, alors là, ça me révolte. Comme si l'Auvergne ne valait pas les Alpes ! Mais ne te fais pas de bile, je t'écrirai. J'en ai l'habitude, depuis mon aventure de l'île d'Oléron [2]. Ce n'est pas que ma vie présente un grand intérêt. S'il y a eu des époques où j'ai été mêlé à des événements assez extraordinaires, je suis plutôt, maintenant en congé d'insolite. Le petit boulot bien régulier, les bouquins, les disques, le cinoche, de temps en temps. Tiens, j'ai vu justement le film sur Mozart. Il faut que je t'en parle... Excuse-moi, j'entends le téléphone. A dix heures du soir, j'ai bien envie de ne pas bouger.

François Robion va quand même décrocher.

— J'écoute.

— C'est moi, Sylvaine.

La voix est déformée par un tremblement d'angoisse.

— Sylvaine ? Sylvaine Quéré ?

— Oui. Est-ce que je peux venir ?

— Tu as vu l'heure qu'il est ?

— Tes parents sont là ?

— Non. D'où m'appelles-tu ?

— D'un café.

— Qu'est-ce que tu fabriques dans un café ?

— Je t'expliquerai. Je suis partie de chez moi, si tu veux savoir. Tu permets que je vienne ? Ça presse.

— Bon, d'accord. Tu es loin ?

— Pas très. Avenue d'Iéna. Merci, François.

— Tu sonneras à l'interphone. Je t'attends.

A l'autre bout, elle a coupé. En voilà, une histoire. François regagne sa chambre et reprend sa lettre.

Mon pauvre vieux, c'est une copine qui vient d'appeler. Elle arrive en catastrophe. Je suis obligé de te quitter. Mais je sens qu'il se mijote quelque chose. Je te tiendrai au courant. Elle m'a dit qu'elle est partie de chez elle. Ça veut dire quoi ? Qu'on l'a mise à la porte ? Ou bien qu'elle a quitté la maison, après une scène plus violente que les autres ?

1. Voir *Dans la gueule du loup*, Boileau-Narcejac, *Quarante Ans de suspense*, t. IV collection « Bouquins ».
2. Voir *L'Invisible Agresseur*, dans le présent volume.

Parce que je sais qu'entre elle et le mari de sa mère, ça chauffe. Elle habite près de chez moi et on revient souvent ensemble du lycée, ou bien on fait du patin à roulettes sur l'esplanade et on se raconte des choses, forcément. Elle est un peu plus jeune que moi. Elle bosse comme une cinglée. Elle voudrait avoir déjà terminé ses études pour être libre de s'en aller. Enfin, c'est ce qu'elle dit. Avec elle, on ne sait jamais. C'est menteur, les filles ! Tu peux pas savoir. Tiens, on sonne. Elle a dû courir, pas possible. A demain, mon petit vieux. Ah ! J'oubliais. Elle s'appelle Sylvaine. Pas vilain, Sylvaine. Elle non plus n'est pas vilaine. Ce qui ne va pas m'empêcher de la réexpédier chez elle en vitesse. Tchao.

François.

Il va l'attendre sur le palier. Quelle bêtise a-t-elle pu faire ? Il a hâte de savoir et surtout de se débarrasser d'elle. Pourvu que les voisins ne la repèrent pas. La vieille Charouse qui est toujours à l'affût des gens qui circulent dans l'ascenseur. Il entend d'ici les commentaires. L'ascenseur monte, dans une bulle de lumière, et François, tout d'abord, ne la reconnaît pas. C'est elle et c'est une autre, à cause de la robe, du sac, de la silhouette qui n'est plus celle de la fillette garçonne qu'il traite en copain. Il lui tient la grille. Il remarque qu'elle est légèrement fardée et il ne sait plus ce qu'il doit lui dire. Elle paraît aussi embarrassée que lui.

— Eh bien, entre, dit-il, d'un ton plutôt sec.

Elle n'est jamais venue dans cet appartement et regarde autour d'elle d'un air effrayé.

— Mon père plaide à Tours, demain, explique François, et ma mère l'a accompagné. Ne reste pas plantée là. J'ai l'impression que tu ne tiens plus debout. Assieds-toi, quoi. Prends le fauteuil. Alors ?

Elle respire encore avec une certaine difficulté.

— Merci, bredouille-t-elle. Je me suis tellement dépêchée...

— Je voudrais comprendre. Tu es partie de chez toi ? Pourquoi ?

— Il m'a battue.

— Qui ?

— Sébastien. Il m'a giflée.

— Je vois. Et tu t'es réfugiée dans un bistrot.

— François, si tu te moques de moi, je vais pleurer. Je n'en peux plus.

Sa voix chavire. François s'efforce de rire pour éviter une scène gênante.

— Allons, allons, dit-il. Tout ça va s'arranger. Il t'a giflée et toi, aussitôt, tu es montée sur tes grands chevaux. « Je me taille. Je fiche le camp. J'en ai marre. » Et hop, te voilà partie. Mais ta mère ? Qu'est-ce qu'elle a fait ? Elle n'est pas intervenue ?

— Elle compte si peu !

— Attends. N'allons pas trop vite. J'ai l'air de comprendre, comme ça, mais la vérité, c'est que je ne pige rien. On se mange le nez, chez toi, je suis au courant. Mais ce soir, qu'est-ce qui s'est passé exactement ? Ça a été spécial ?

— Oui. Les autres fois, je ne lui répondais pas. Je haussais les épaules. Je prenais mon air « cause toujours ». Et puis, tout à l'heure, je ne sais pas pourquoi, je lui ai tenu tête. Nous devions aller dîner chez les Marchetti. D'habitude, on me laisse à la maison. On ne veut pas s'encombrer, mais là, j'étais invitée, sans doute pour distraire leur chien.

— Et ça te faisait plaisir ?

— Oui, parce que je ne sors jamais le soir. Eux, ils vont au cinéma, au théâtre, et le lendemain, à table, je les entends qui discutent. « Tu as vu, la petite Nouchska, on ne dirait jamais qu'elle vient du café-théâtre... Et Lapierre ? Il a pris un sacré coup de vieux. » Et moi, j'écoute et j'ai envie d'aller manger à la cuisine.

A mesure que Sylvaine parle, sa voix s'affermit, son visage se colore ; elle n'est plus l'espèce de réfugiée minable que François a recueillie sur le palier. Elle ne peut plus s'arrêter. Elle a besoin de se raconter. François se lève.

— Continue. Je viens seulement de penser que tu n'as sans doute pas dîné. C'est vrai ?

— Oui, mais je n'ai pas faim.

— Que tu dis. Dans ton état on meurt de faim. Tu es une espèce de « boat people », ma pauvre fille. Allez, amène-toi, et continue. Tu me disais que tu ne sors jamais le soir.

Elle le suit jusque dans l'office, se laisse servir, toute à son récit.

— On a commencé à se disputer parce qu'il trouvait que je mobilisais la salle de bains. Moi, ça m'amuse de le faire un peu enrager, mine de rien.

— Je sais, l'interrompt François. Il y a des moments comme ça, où on sent qu'il vaut mieux ne pas pousser ; on croit qu'on taquine, et puis on devient agressif. Ça m'arrive. Reprends de la confiture. Et naturellement, tu as oublié le mot qui a tout déclenché.

— Complètement. Comment en est-on venu à parler de cette saleté de peinture ? Je ne m'en souviens pas. Tout ce que je sais, c'est que je lui ai tout jeté à la figure, tout ce que j'avais sur le cœur. Je l'ai traité de pauvre type, de barbouilleur et alors, paf, il m'a giflée. Pas une baffe. Pas une taloche. Non. La gifle qui vient de loin, si tu vois ce que je veux dire. Celle qu'on a gardée longtemps dans la main.

— Un coup à se battre en duel, dit François, qui devine qu'un peu d'enjouement va aider Sylvaine à se reprendre tout à fait. Elle sourit.

— J'ai été idiote, avoue-t-elle. Mais essaye de te mettre à ma place.

— Je m'y mets si bien, déclare-t-il, que je te conseille de vider ton verre pour que je le remplisse encore. Ça va un peu mieux ?

— Oui, merci. J'ai honte, François. Mais où voulais-tu que j'aille ? Laisse-moi au moins faire la vaisselle.

— Tu rigoles. Quand mes parents s'absentent, c'est moi la petite fée du logis. Viens te reposer au salon. Et finis de me raconter ton histoire. Alors tes vieux sont partis et tu as commencé à carburer, toute seule. Mais ta mère, dans tout ça ?

— Elle m'a embrassée et recommandée d'être patiente. Je me rends bien compte que je la mets dans une situation impossible.

— Et ton oncle, dont tu m'avais parlé, tu ne l'as pas prévenu ?

— Pas la peine. Il n'a jamais eu d'enfant. Il n'y comprendrait rien.

— Mais enfin, qu'est-ce que tu voulais, au juste ? Tu pars avec ton sac pour aller où ? Tu n'as pas pensé à moi tout de suite ?

Sylvaine essaye de réfléchir.

— Maintenant, murmure-t-elle, ça se brouille dans ma tête. Je voulais disparaître pendant un jour ou deux, pour qu'ils aient très peur. J'ai laissé un billet. Ça se fait toujours dans ces cas-là. Je leur disais adieu.

— Je vois que tu as mis le paquet. Ils vont croire que tu t'es supprimée. C'est dingue, tout ça. Et après ?

— Eh bien, j'ai cherché un hôtel et au dernier moment, je n'ai pas osé. Je me suis dit qu'on allait téléphoner à la police et que je serais ramenée en vitesse à la maison. La nuit était là. Je commençais à paniquer. J'ai fait une bonne demi-douzaine d'hôtels. Impossible d'entrer. Et pourtant je ne pouvais pas revenir. Alors, j'ai pensé que toi, tu pourrais m'aider. On sait que tu n'es jamais pris de court.

— Oh, c'est les copains qui le disent. C'est pour se moquer de moi qu'ils m'appellent Sans Atout. Je ne peux pourtant pas te garder ici. Et tu vois l'heure. Il est plus de dix heures et demie. Rien ne t'empêche de rentrer ? Tu habites juste à côté.

— C'est la nuit. Ça change tout. Je n'aurai pas la force, François.

Elle se fait suppliante et François s'attendrit, ce qui le rend de méchante humeur.

— Tu veux que je t'accompagne. C'est ça ?

— Non. Vas-y, toi. Détruis mon billet.

— Ça va pas, non ? Si tes parents sont là, de quoi aurai-je l'air, hein ?

— Ils ne seront pas là. Ils ne rentrent jamais avant minuit.

— Alors viens avec moi. C'est toi qui as les clefs, et qui sais où sont les choses.

Sylvaine fouille dans son sac et en sort un petit trousseau.

— Tiens. Les voilà. Vas-y, François. Le billet est sur le lit. Tu le déchires et tu reviens me chercher. Qu'est-ce que tu risques ?

François éclate.

— Comment, qu'est-ce que je risque ? J'aurai l'air d'un voleur.

— Ah, tu en fais des histoires. Il me semble que si j'étais un garçon...

François rafle les clefs. Il est indigné. C'est un abus de confiance. Cette fille est folle à lier. Du seuil de la porte, il lui jette :

— Nuit ou pas nuit, il faudra bien que tu... Bon ! Tu as gagné. Si on téléphone, surtout ne répond pas. Tu as fait assez de bêtises comme ça. J'en ai pour cinq minutes.

Il fonce. Elle le rattrape.

— Les chambres, c'est au fond. Tu verras : il y a un couloir. Toutes les pièces donnent dedans.

— Ça va. Je trouverai.

— C'est au cinquième.

Il dévale l'escalier.

II

« Ce que je peux être bête, quand même ! se dit François. Dans quoi je me suis laissé embringuer ? Et tout ça parce qu'elle m'a fait les yeux doux. Après tout, je ne la connais pas tellement, moi, cette Sylvaine. »

Il s'arrête sur le trottoir, toujours maugréant. Parmi les étoiles, on distingue les feux d'un avion, et au loin, on entend l'appel pressé de la voiture des pompiers. C'est la nuit qui commence et qui envoie ses signaux familiers. François regarde l'heure à son poignet. Onze heures moins le quart. Il en a la sueur aux tempes. Si tard ! Et ce qui l'irrite le plus, tandis qu'il se dépêche à en perdre le souffle, c'est qu'il ne réussit pas à comprendre à quelle logique tordue cette pauvre Sylvaine a bien pu obéir. Qu'est-ce qui l'empêchait de revenir directement chez elle ? Sans doute cet infernal amour-propre des filles qui les pousse à nier l'évidence. Il a vu cela, vingt fois, au lycée, pour des vétilles. « C'est pas moi. Je le jure. » Surtout ne jamais perdre la face. Elles sont toutes comme ça. Bon. Pour Sylvaine, c'est clair. Rentrer à la maison sans avoir puni ses bourreaux, s'avouer, au dernier moment, qu'on a peur, qu'on n'est pas à la hauteur de sa vengeance, jamais de la vie ! N'importe quoi, mais pas ça. Et n'importe quoi, ça veut dire qu'on vient frapper chez les Robion, qu'on leur fera le coup de l'enfant martyr. Et s'ils ne sont pas là, tant mieux, il y a le bon toutou, le terre-neuve prêt à se sacrifier. « Va chercher la lettre, bonne bête. Apporte ! Oui, tu es beau. » Et n'a-t-elle pas ajouté... François essaie de retrouver la phrase exacte. Elle a dit : « Le billet est sur le lit. Tu le déchires et tu reviens me chercher. » En clair, « tu reviens me chercher », cela signifie : « Tu me ramènes chez moi. Je ne veux pas y retourner seule. J'aime mieux, si mes parents rentrent plus tôt que prévu, que ce soit toi qui prennes le premier choc. Toi, tu expliqueras, et moi, je pleurnicherai. »

François est furieux quand il s'arrête devant l'immeuble à la façade obscure. Aucun bruit. C'est le pont de la Pentecôte. Tout le monde est parti. Encore une chance. Il entre sans difficulté, cherche la minuterie. Il a bien le droit de circuler dans la maison, comme un invité ou un parent de province. Naturellement, il a oublié de demander à Sylvaine son étage. Il passe en revue les boîtes aux lettres. Cinquième. Pour mettre son courage à l'épreuve, il prend l'ascenseur. Bien sûr, il est un peu angoissé ; il prépare des phrases, à tout hasard. En cas de besoin, il dira : « J'étais là, heureusement. Elle voulait se suicider. » Ce mot de suicide est le meilleur sauf-conduit. D'emblée, il situe d'un côté les méchants et de l'autre le grand cœur. On l'accueillera à bras ouverts. Mais de toute façon, il n'y aura pas de bras ouverts parce que, quand on dîne en ville, on ne rentre pas avant... Bon, et puis on va bien voir.

Il manœuvre doucement la clef de sûreté et la porte s'ouvre sur l'obscurité d'un vestibule. Comme si cette idiote de Sylvaine n'avait pas pu lui dessiner un plan, au lieu de lui expliquer sommairement la disposition des lieux.

François écoute, de toutes ses forces. Rien. Silence absolu. L'appartement est vide. Soudain, une pendule se met à sonner. Onze coups. François les compte machinalement. Une pendule, dans le noir, il n'aime pas ça. C'est une espèce de présence vivante. Un témoin. On le surveille. Allons, pas d'enfantillage. Il doit bien y avoir un commutateur quelque part. Il suffit de tâter. Trop haut. Trop bas. Il le trouve enfin et une applique s'allume, au-dessus d'un grand miroir où se reflète la silhouette d'un garçon vêtu d'un blouson et d'un jean.

François sursaute. Il a beau se reconnaître, il demeure en alerte, comme un animal surpris en territoire ennemi. A gauche, une porte à double battant. A droite... et puis, peu importe. Les chambres sont plus loin. C'est par là qu'il faut aller voir. Il traverse le vestibule, ouvre des portes, une pièce, deux pièces ; le temps d'apercevoir des boiseries, des reliures, le bref miroitement d'un poste de télévision, des tentures qui masquent les fenêtres. Il se rassure, se sent presque à l'aise. Au fond du couloir, il repère l'étroit escalier en pas de vis qui conduit à l'étage dont Sylvaine lui a parlé. Voici enfin une chambre. Il allume le plafonnier. Il est chez Sylvaine. Il admire. Lui qui sème ses vêtements à la volée, qui laisse un peu partout ses livres, ses magazines, ses disques, et accuse tout le monde d'égarer ses affaires, il est saisi de respect : le petit bureau bien rangé, le lit impeccable, les patins à roulettes sagement côte à côte sous l'armoire, c'est décidément quelqu'un de bien, Sylvaine ! Mais alors, cette véritable crise de folie qui l'a jetée dehors, comment l'expliquer ?

Il entre dans la chambre voisine, tâtonne pour donner de la lumière. Du premier coup, ses yeux tombent sur la lettre, bien en évidence. Il ne regarde qu'elle, la saisit, la déplie.

Je ne vous aime pas. Vous n'êtes pas mon père...

Il a tout lu, d'un seul élan, et hoche la tête. Ça, c'est tapé. Si par malheur les Vaubercourt avaient trouvé ce billet, la police serait déjà sur le pied de guerre. Il commence à comprendre pourquoi Sylvaine n'osait plus rentrer. Bon, eh bien, il n'a plus qu'à filer. La lettre, ils la déchireront ensemble et on n'en parlera plus. Onze heures et quart. Pas de temps à perdre.

Il bat en retraite, éteignant soigneusement derrière lui. Il arrive dans le vestibule et soudain entend une voiture qui manœuvre pour se ranger le long du trottoir. Qui ? Ce ne sont pas eux, quand même. Il est trop tôt. A pas de loup, il s'introduit dans une pièce qui donne sur la rue. Aïe ! Il y a une table qu'il n'a pas vue. En boitillant, il va écarter le rideau et découvre la rue, l'immeuble en face. Un homme et une femme y pénètrent. Fausse alerte. François remarque alors quelque chose qui l'étonne. Le dernier étage de la maison est éclairé comme un écran de cinéma. Personne ne l'occupe puisqu'un écriteau, accroché aux volets clos, indique que l'appartement est à vendre. La lumière provient d'ici, pense François, c'est un reflet. Mais non, pourtant. J'ai bien tout éteint.

Et aussitôt, car il est entraîné à réfléchir vite, il se rappelle que Sébastien Vaubercourt a peint, autrefois. Ce qui est éclairé, c'est son atelier. C'est le reflet de cet atelier qui se découpe sur le mur, en face. Et ce reflet signifie qu'en ce moment quelqu'un se tient là-haut.

Pourtant, c'est impossible, puisque Sylvaine a été la dernière à sortir. François se raccroche à ce « puisque » comme à une bouée, car il est en train de perdre pied. Non, personne n'est dans l'atelier. Simplement, Sébastien Vaubercourt a oublié d'éteindre. François sait ce que c'est. Sa pauvre mère est toujours après lui. « Éteins derrière toi. On voit bien que ce n'est pas toi qui payes l'électricité. »

Et d'ailleurs, il y a une autre preuve, un autre « puisque » et de taille. Quand il a ouvert, il a dû donner deux tours de clef. Là, il s'interrroge. Il s'embrouille dans ses souvenirs, s'entête. « Puisque la porte était fermée à double tour... » Mais l'était-elle ? Et qu'est-ce que cela prouverait ? Non, l'appartement est vide puisque personne ne s'est montré quand il a allumé. Conclusion : il faut filer mais en bon ordre, sans perdre la tête. Je suis Sans Atout, ou quoi ?

Il bat en retraite, se recogne dans la table, l'insulte à voix basse, atteint le vestibule, mesure la distance qui le sépare de la sortie. Sept ou huit pas à faire en ligne droite, sans rencontrer d'obstacle. Il éteint et se met en marche, bras tendus. Bientôt, il rencontre le mur, palpe, cherche la serrure. Il a dû dévier. Ce qu'il touche, c'est la tapisserie, pas le bois de la porte. Un pas à droite. Son pied heurte quelque chose qui oscille et soudain, c'est la catastrophe. La chose en question s'abat avec fracas, roule, répand des objets bizarres qui s'entrechoquent.

François s'est transformé en statue. Il ne respire même plus. A peine s'il a encore la force de penser : c'est le porte-parapluies. Fuir ! Fuir en vitesse. Et tant pis si l'on s'élance derrière lui. Si l'on crie : « Au voleur ! »

Il reprend son souffle, lentement. Derrière lui, c'est la nuit, le silence. Il se répète avec fureur : « C'est cette cochonnerie de porte-parapluies. » Il s'aperçoit que sa main gauche est toujours au contact du mur. Elle s'y est collée. Il est obligé de lui dire qu'il est grand temps de découvrir la serrure et elle s'exécute en tremblant. Elle la trouve. Elle appuie sur la gâchette qui commande l'ouverture. Une seconde. Puisque l'issue est là, on peut s'accorder le temps de réfléchir. Si le plafonnier s'allume, au fond de l'appartement, il sera facile de s'échapper.

Mais justement, il ne se passe rien. C'est curieux, quand même. François écoute encore. Il a déjà repris ses esprits, comme un boxeur qui a frôlé le K.-O. mais possède encore toutes ses forces. Si personne ne s'est montré après le bruit qu'il a fait, c'est bien qu'il n'y a personne.

Il remet les clefs dans sa poche et, d'un geste décidé, éclaire le vestibule. Le porte-parapluies gît, renversé, et il a envie de lui donner un coup de pied. Il le plante debout, à sa place, près de la porte. Mission accomplie. Peut-être pas, quand même. C'est agaçant de s'en aller sans savoir pourquoi la lumière est restée allumée dans l'atelier. Si le Vaubercourt s'en aperçoit à son retour, il pensera tout de suite que Sylvaine, profitant de l'occasion, est allée fureter dans ses affaires et cela fera rebondir la querelle, alors qu'il est si simple de tout éteindre. Il n'en a pas pour une minute.

François traverse à nouveau l'appartement et s'engage dans le couloir au fond duquel s'élève l'étroit escalier de fer qui conduit à l'atelier. Il découvre alors qu'une vive lumière brille en haut des marches, découpant le pourtour de la porte. Nouveau problème : il y a peut-être quelqu'un dans la pièce, quelqu'un qui n'a pas entendu le bruit provoqué par la chute du porte-parapluies. Quelqu'un de très occupé. Qui range des papiers par exemple ou fait des comptes. Mais non. Il bougerait. Sa chaise craquerait. François doit s'avouer qu'en ce moment il fignole. Complètement rassuré, il fait joujou ; il en remet, il s'offre un petit mystère supplémentaire pour la gourmandise.

Allez, mon vieux Sans Atout, grimpe là-haut. Éteins. Et taillons-nous. Pense à la pauvre fille qui se morfond. Il se faufile dans l'escalier tournant. Il entrebâille très doucement la porte, risque un œil, et recule violemment.

Il y a quelqu'un, une silhouette penchée sur une table ou un bureau, un meuble, peu importe lequel ; ce n'est pas ça qui compte. C'est la position de la personne qui semble endormie. Bizarre ! François se penche à nouveau. Il voit un homme écroulé en avant, la tête reposant sur la joue gauche, un bras pendant, abandonné. Ce n'est sûrement pas un bras qui dort. C'est un bras sans vie. L'homme paraît bien mort.

Avec précaution, François pénètre dans la pièce, constate, d'un rapide regard circulaire, qu'il s'agit d'un atelier transformé en bureau. Une lampe munie d'une tige articulée éclaire le sous-main de verre sur lequel s'appuie la tête du défunt. « J'aimerais bien être ailleurs », pense Sans Atout. Il saute tout de suite sur la déduction qui s'impose. « Sylvaine est au courant. Si elle n'a pas voulu revenir, c'est qu'elle sait. » Et cela fait mal. Cette petite Sylvaine, aux yeux si clairs, elle s'est servie de lui. C'est moche. C'est pire que moche. Il sent une émotion qui n'est pas du tout provoquée par la vue du cadavre. Le spectacle de la mort ne l'impressionne pas, surtout d'une mort comme celle-là, probablement produite par un accident cardiaque. Le bonhomme a été foudroyé au moment où il cherchait un remède. Il y a, près de sa main droite refermée sur un tube de verre, des comprimés roses qui se sont répandus sur le bureau.

Au fait, c'est sûrement lui, Sébastien Vaubercourt. François ne l'a jamais rencontré, mais qui donc pourrait bien se trouver ici à cette heure ? Il porte à l'annulaire une espèce de grosse bague d'évêque. Sylvaine a eu de la chance de ne pas être marquée à la joue. « Ah ! Sylvaine. Il va falloir que tu me donnes certaines explications. » François tend la main pour éteindre la lampe, puis se ravise. Il ne doit toucher à rien. Il ne doit même pas téléphoner. A qui ? A un médecin ? A la police ? Il doit rester en dehors du drame. Le fils de Me Robion ne doit pas être mêlé à cette affaire. Il est entouré d'interdits comme un prisonnier de barreaux. Il n'a que le temps de s'évader.

D'un pas glissant, il regagne l'escalier, et hop, il est sur le palier. Attention ! Il ne se rappelle pas si l'appartement était ou non fermé à clef. Mais quand Vaubercourt est rentré, malade, il n'a certainement pas pris cette précaution. François se contente donc de tirer le battant. Il préfère descendre à pied. Le voilà dans la rue. Ici, pour la première fois, il a l'impression d'être en sûreté. On lit dans les journaux des récits d'agressions. Il y a des voitures qui sautent, des drogués en quête d'un mauvais coup. Mais cette brise nocturne qui remonte des jardins du Trocadéro et sent la campagne, quelle récompense, après la demi-heure d'angoisse qu'il vient de vivre !

Il court, et son imagination va encore plus vite que ses jambes. Non, la pauvre petite Sylvaine n'est au courant de rien. C'est lui qui est une grande brute quand il l'accuse. Selon toute vraisemblance, les Vaubercourt sont arrivés chez les Marchetti sans incident. Ils ont commencé à bavarder et, au bout d'un moment, Sébastien s'est aperçu qu'il avait besoin d'un document qu'il avait oublié. Ou bien s'est-il peut-être senti incommodé, mais pour ne pas inquiéter ses hôtes, il a imaginé un prétexte. « Je prends la voiture et je reviens tout de suite. » Il s'en va. Décidément, il n'est pas dans son assiette. L'ascenseur le conduit au cinquième, de plus en plus mal en point. « Ça va passer. » Il entre. Sylvaine est déjà partie. Pourquoi aurait-il été s'assurer qu'elle dormait ? Il a bien trop hâte d'avaler le remède qu'il cache dans son bureau, à l'insu de sa femme.

François s'arrête. C'est lui qui a un point de côté. Il respire à fond et profite de la pause pour se moquer de lui-même. « Où vas-tu chercher tout ça, romancier à la gomme ? Pourquoi Vaubercourt aurait-il eu besoin de se soigner en cachette ? Et pourquoi pas ? Bon. C'est un point à tirer au clair. » François, maintenant, est à deux pas de chez lui. Si tout s'est passé de la manière la plus logique, la mère de Sylvaine, ne voyant pas revenir son mari, doit commencer à se faire du mauvais sang. Mais ses amis la rassurent. Et puis, à leur tour, ils s'étonnent. Marchetti propose d'aller aux nouvelles. Par politesse, Mme Vaubercourt refuse. Elle sait que son mari n'a jamais fait attention à l'heure. Avec lui, on n'en est pas à un quart d'heure près.

Bien sûr, il faudrait minuter au petit poil ce chassé-croisé. Les Vaubercourt s'en vont... Sylvaine s'échappe... Vaubercourt revient... Et après ?

« Après, se dit François en ouvrant la porte de l'ascenseur, je ramène la fille en vitesse et... » La suite se perd dans la brume. François se demande ce qu'il vient de faire. Le mieux est de rester à l'écart. Là-dessus, aucun doute. Mais il y a une solution qui arrangerait tout. Ce serait de téléphoner chez les Marchetti.

L'ascenseur s'arrête. François est très perplexe. Il entre.

— Sylvaine ?

Un coup au cœur. S'est-elle enfuie encore une fois ?

— Ho ! Sylvaine ?

Il la découvre au salon, endormie dans un fauteuil, les jambes repliées sous elle, comme une émigrante dans une salle d'attente, et un grand mouvement de pitié le pousse vers elle. Il lui saisit le bras, un bras qui n'est pas plus gros qu'une branchette.

— Eh bien, Sylvaine. Pas le moment de roupiller.

Elle sursaute et reprend conscience instantanément.

— Alors ? murmure-t-elle.

Il lui tend la lettre.

— Voilà... Déchire-la toi-même.

Impétueusement, elle se jette à son cou. Il se dégage. Il a horreur de ces effusions.

— Tu n'as pas eu trop de mal ? demande-t-elle.

— Eh bien... ça n'a pas été tout seul.

— Quoi ? Ils étaient rentrés ?

François ne répond pas. Comment lui apprendre la chose ? Il commence avec précaution :

— Tu es sûre que tu m'as bien tout raconté ?

— Évidemment.

— Tes parents étaient-ils partis depuis longtemps, quand tu as quitté l'appartement ?

— Pas très. Peut-être une demi-heure.

— Et personne n'est revenu ?

— Ça signifie quoi, toutes ces questions ? s'écrie Sylvaine. Qu'est-ce que tu me caches ?

— Ce que je te cache ? dit François.

Mains aux poches, il va de la porte à la vitrine aux miniatures, puis revient sur ses pas, la tête basse. Enfin, il se décide.

— J'ai trouvé quelqu'un, là-bas.

Sylvaine le regarde avec une sorte d'épouvante.

— Sébastien Vaubercourt, poursuit-il. Dans l'atelier. Il est mort.

Il s'attendait à une explosion d'émotion. Bien au contraire, Sylvaine se ressaisit et sourit.

— Tu m'as fait peur, dit-elle. Tu joues bien la comédie. Au fond, je l'ai bien cherché. Oh ! Je te comprends. Je débarque chez toi. Je viens empoisonner ta soirée. Tu t'es dit : je vais t'apprendre à vivre, ma vieille.

— Mais pas du tout. Je te jure qu'il est là-bas, aussi mort que l'on peut l'être.

Incrédule, Sylvaine étudie son visage pour y déceler une trace d'ironie.

— Je te préviens, murmure-t-elle, si tu essayes de me faire marcher, je ne te parlerai plus, je ne te regarderai plus. Ce sera fini.

Il s'agenouille devant elle, lui prend les mains.

— Sylvaine, il est là-bas. Pourquoi veux-tu que j'invente une histoire comme ça ?

Elle s'emporte, le repousse.

— C'est impossible. Je l'aurais entendu.

— Mais tu étais déjà partie.

— Et comment sais-tu qu'il est mort ?

— Je le sais parce que je l'ai vu. Il est assis devant son bureau, la tête sur le sous-main.

— Il dormait.

— Tu en as déjà rencontré, toi, des gens qui dorment sans bouger, sans respirer, sans faire le moindre bruit ? Il a essayé d'avaler un comprimé et le flacon a roulé devant lui sans qu'il puisse le saisir.

Sylvaine remue la tête, de droite à gauche, de gauche à droite. Non. Elle refuse le fait accompli. François perd patience.

— C'est bien ça, les filles. Pour vous, l'évidence c'est ce qui vous plaît. Eh bien, moi... Et puis, la barbe. Si tu ne me crois pas, allons-y ensemble. Je n'ai pas rêvé quand même. En traversant la salle à manger, je me suis cogné un bon coup dans une table qui devait me guetter depuis un moment, et en voulant sortir, j'ai renversé le porte-parapluies. Tu aurais entendu ce boucan ! Ça te fait rigoler ? Tu trouves ça marrant ?

Elle proteste faiblement.

— Non, François, non. Ne crois pas ça. Tu n'as pas rêvé, bon.

Elle pouffe malgré elle.

— Excuse-moi. C'est la réaction. Je ne sais plus où j'en suis. Maintenant, je t'écoute.

— Sans blague ! Il ne s'agit pas d'écouter mais de filer là-bas, de prévenir ta mère. Quel est le numéro des Marchetti ?

— Arrête, François. On va leur dire quoi ? D'abord, ils ne te connaissent pas. C'est moi qui devrais parler. Et moi, je dors, je ne suis au courant de rien.

François commence à entrevoir toutes les difficultés qu'il va falloir affronter, par la faute de cette idiote. Il regarde l'heure, calcule.

— Ta mère, maintenant, doit être de retour.

— Alors, fait Sylvaine, saisie. Elle a découvert que j'ai disparu...

— ... et que son mari est mort, complète François. Ah non ! Tu ne vas pas te mettre à pleurer. C'est trop commode. Ce n'est pas aux Marchetti qu'il faut téléphoner. C'est chez toi. Réfléchis : ou bien ta mère est là, et elle sera trop bouleversée pour te réclamer des explications ; ou bien, pour une raison quelconque, elle n'est pas encore là, et nous avons une petite chance d'arriver avant elle. A condition de faire vite. Allez, téléphone. Si elle te répond, si elle te demande : où es-tu ? Tu diras que tu as perdu la tête et que tu t'es réfugiée chez un copain.

— Ça ne tient pas debout.

— Je sais, mais on ne peut pas rester là à se tourner les pouces. Allez, appelle.

Il lui apporte le téléphone et elle pianote en reniflant. Puis elle écoute. On perçoit la sonnerie, très loin.

— Elle n'est pas là, dit-elle.

— Insiste.

François se tient tout près d'elle. Il donnerait n'importe quoi pour entendre le déclic établissant la communication. Mais l'appareil sonne dans le vide. Sylvaine raccroche.

— Qu'est-ce qu'on fait ? dit-elle, d'une voix cassée.

— On y va. Tu as de la chance que je sois un brave type. Sinon je te laisserais tomber comme une vieille chaussette. Amène-toi. Et pendant que j'y pense, comment ton père est-il rentré ?

— Ce n'est pas mon père.

— Oui, bon. D'accord. Mais je suppose qu'il n'a pas pris un taxi.

— Il s'est servi de la voiture, je pense.

— C'est quoi ?

— Une BX.

— Vous avez un parking ?

— Oui. Au sous-sol, mais je n'ai pas la clef.

— Donne-moi la main.

Il l'entraîne au pas de course. La rue est déserte et silencieuse. On sent, à une certaine fraîcheur, que la nuit s'avance.

— Elle est comment, la BX ?

— Blanche.

— Facile à repérer. Tu penses bien que le pauvre bonhomme n'a pas pris le temps de la garer. Il l'aura laissée dans le premier emplacement venu. On va la voir.

Ils arrivent devant la maison. François observe les environs. Pas de BX. Et pourtant, il y a des places libres.

— C'est quand même curieux, observe François. Ouvre vite.

L'ascenseur est au rez-de-chaussée. Il devrait être au cinquième, si la mère de Sylvaine était revenue. Il est vrai que quelqu'un a pu s'en servir depuis.

— Qu'est-ce que tu marmonnes ? demande Sylvaine.

— Je dis que c'est curieux... Que tout est curieux. C'est à n'y rien comprendre. Prépare ta clef. Tu vas entrer la première. S'il n'y a pas de lumière, on est sauvés.

L'ascenseur s'immobilise. François pousse doucement Sylvaine.

— J'ai peur, chuchote-t-elle.

La clef grince, cherchant l'ouverture compliquée de la serrure.

— Passe-la moi, grogne François. Ce que tu es gourde, quand tu t'y mets.

Le battant s'entrouvre sur une profonde obscurité. François respire.

— On est les premiers, annonce-t-il, et il allume.

Silence. Ils font quelques pas, et François retient Sylvaine par le coude.

— Tu sais à quoi je pense ? Eh bien, tu vas avaler un somnifère et te mettre au lit, sans t'occuper du reste. Quand ta mère rentrera, ce sera à elle de faire le nécessaire. Toi, tu ne seras jamais sortie. Tu ne seras au courant de rien.

— Mais... là-haut ? fait-elle.

Du pouce, elle désigne l'atelier.

— Tu veux jeter un coup d'œil ? s'insurge François. Tu te méfies encore un peu ?... Comme tu voudras.

Ils traversent l'appartement, s'arrêtent au pied du petit escalier de fer. François s'efface.

— Passe.

— Non. Toi d'abord.

François hausse les épaules et commence à grimper.

— Fais moins de bruit, dit-elle craintivement.

— Oh, tu sais, il lui en faudrait plus pour le réveiller.

Il ouvre la porte de l'atelier, regarde.

La pièce est vide.

III

... Je reprends ma narration. Tu te rends compte, mon petit Paul, de la situation. Je ne dis pas que je t'ai tout raconté par le menu. Je viens d'aligner je ne sais combien de pages et il est près de deux heures du matin. Mais je sens bien que je ne dormirai pas et tu sais, dans mon désarroi, je suis bien heureux de t'avoir. Résumons-nous : j'ai vu un bonhomme mort et une heure après, il n'était plus là... Et... attends... j'avais sur les bras une fille qui, si j'avais dit un mot de trop, était prête à me coller une gifle à son tour. Elle était furieuse.

— Quand je pense que j'ai été assez bête pour te croire. Tout ce cirque pour te venger de moi parce que j'étais venue te déranger mal à propos, etc.

Remarque, j'ai tort de dire : etc., comme si tu pouvais imaginer la violence et la méchanceté de ses reproches. Sylvaine, c'est quelqu'un. Non. Ne va pas croire qu'elle me monte à la tête. Pas du tout ! Ce qui m'épate, c'est la façon dont elle a récupéré. Tu aurais pu t'attendre à la voir démolie par l'émotion, incapable de sortir un mot. Penses-tu ! Elle a fait quelques pas dans l'atelier, m'a montré la pièce d'un geste large et a eu le toupet de me lancer :

— Alors ? Où l'as-tu caché ?

Pan. Aussi sec. De quoi j'avais l'air ? Et aussitôt après, qu'est-ce que j'ai entendu ! J'ai fait celui qui n'écoute pas, qui est habitué à tutoyer l'événement. J'ai examiné le fauteuil, la table, avec soin, comme un professionnel, l'air concentré du mec qui ne s'en laisse pas conter. Elle me suivait pas à pas, me harcelant de questions idiotes comme : « Tu n'as pas regardé dans les tiroirs ou sous le tapis ? » Bravant sa colère, je me suis assis devant le bureau ; j'ai appuyé ma tête sur le sous-main, le bras gauche pendant, le bras droit allongé comme si j'avais voulu retenir un tube de comprimés. Du coin de la bouche, je lui ai crié :

— Il était exactement comme ça !

Du coup, elle l'a bouclé. J'ai ajouté :

— Il portait à la main droite une grosse pierre violette.

Silence. Je me suis redressé et, pour achever de lui clore le bec, je me suis planté devant elle.

— Tu fais ce que tu veux. Tu téléphones à ta mère ou tu vas te coucher. Moi, ça ne m'intéresse plus. Je rentre.

— Non, a-t-elle fait, d'une toute petite voix effrayée.

Ces bonnes femmes, tu sais, mon pauvre vieux, c'est une autre race. Une minute plus tôt, elle m'incendiait. J'étais bon à jeter aux chiens. Et maintenant, elle était prête à se raccrocher à moi parce que, dans un petit coin de sa petite tête, il y avait malgré tout un petit doute : « Et si tout ce que me raconte François était vrai ? Et si le mort avait mis les voiles ? » Je triomphais lâchement.

— Voyons, ai-je dit. Ton beau-père n'est jamais venu ici pour y mourir. Il faut être une espèce d'énergumène comme moi pour inventer des trucs comme ça.

Elle m'a interrompu, essayant de garder l'avantage.

— Il est reparti, a-t-elle dit.

— Alors, tu admets qu'il était là ?

— Il était évanoui. Il a repris connaissance et il est retourné chez les Marchetti.

Elle avait lancé l'argument au petit bonheur, pour avoir le dernier mot. Mais moi, je l'ai reçu en pleine figure, parce que ça expliquait tout. Réfléchis, mon petit Paul. J'avais admis, du premier coup, qu'il était mort parce qu'il ne bougeait plus et qu'il était absolument comme un cadavre. Mais il avait peut-être été victime d'une syncope. Le cœur flanche, adios ! Te voilà au tapis comme un vrai macchab. Mais un instant plus tard, tu refais surface. Tes comprimés sont là. Tu en avales un ou deux. La brume se dissipe. Tu regardes l'heure. Sapristi ! Ma femme doit se demander ce qui m'arrive. Tu téléphones depuis l'atelier, pour ne pas réveiller la gamine, en dessous. Tu racontes n'importe quoi... que la voiture, par exemple, a fait des siennes, et tu conclus : « Ne vous inquiétez pas. Je reviens. » Tu files en vitesse sans te douter que la gamine est dans la nature. Naturellement, tu ne parles pas de ton malaise pour ne pas inquiéter tes amis, et ça y est. Le tour est joué. Tout ! Je venais d'entrevoir ce scénario en un éclair et la petite peste a deviné qu'elle venait de marquer un point :

— Prouve-moi que ce n'est pas vrai.

Franchement, discuter à cette heure-là, alors que les Vaubercourt pouvaient surgir à chaque instant, il fallait être complètement dingues. Mais je ne me sentais pas d'humeur à céder le terrain.

— C'est moi qui ai ouvert la porte du palier. Tu t'en souviens. Bon. Eh bien, elle n'était pas fermée à double tour, comme elle aurait dû l'être si Vaubercourt était reparti après avoir récupéré ses forces. Elle était seulement fermée au pêne, comme moi je l'avais laissée.

L'argument ne valait pas cher. Je ne savais pas très bien moi-même ce qu'il signifiait. Pourtant Sylvaine fut prise de court. Je me suis empressé d'en finir avec cette discussion.

— Au lit ! ai-je déclaré. Il y a un truc pour dormir dans votre pharmacie ?

— Oui, sûrement.

— Impec. Avale un comprimé et remercie le ciel de t'avoir envoyé un ange gardien de mon calibre. Sans moi, tu serais à la fourrière.

Je l'ai poussée dehors et, dans le vestibule, je lui ai fait mes dernières recommandations.

— Si quelque chose de très bizarre a eu lieu ici, tu seras interrogée. Quoi qu'il arrive, tu n'as rien vu, rien entendu. Mais rien, tu saisis ? Tu restes en dehors de tout. Et moi aussi, naturellement. Je peux te laisser en confiance ? Tu seras prudente ? Tu le jures ?

— Oui. Juré.

— Alors, bonsoir. Et pendant que j'y pense, enferme-toi dans ta chambre. Si on vient frapper à ta porte, cela te donnera le temps de te composer un visage.

Nous nous sommes serré la main. Comment t'expliquer ? Nous sentions que nous étions adversaires et complices. Ça m'a fait un drôle d'effet. Cette fois, je crois que je vais m'arrêter. Je t'ai tout raconté. Jamais je n'ai veillé aussi tard. Pauvres parents, quand même ! Il suffit qu'ils aient le dos tourné pour que le monde se déglingue autour de nous. Toi qui disposes de vastes loisirs, applique ton esprit futé à résoudre le mystère Vaubercourt. Pour le moment, moi je nage. Mais, avant d'aller me coucher, je te le dis solennellement : le bonhomme était mort. C'est de là que tu dois partir. Salut !

P.-S. Je continuerai demain, après avoir appris de Sylvaine comment s'est passé le reste de la nuit. Je me dépêche. Je posterai cette lettre en allant au lycée.

*
* *

Salut grand chef,

J'ai tout mon temps puisque la famille est en balade. Noémie vient préparer mes repas et donner un coup d'aspirateur. La liberté, mon vieux. Personne pour me dire : « Tu ne manges pas assez. Tu ne dors pas assez. » Ou bien : « Tu lis trop. Tu sors trop. » Et note que chaque soir maman me téléphone pour savoir si je suis toujours le bon petit, plein de bonnes résolutions, qu'elle a laissé à la maison, non sans appréhension. J'ai beau lui affirmer que je m'en tiens sagement entre ce qui est « assez » et ce qui est « trop », elle se méfie, et elle a raison. Elle sait à quel point je deviens distrait quand je me casse le nez sur un problème. Je ne pense à rien d'autre. Je perds le sens de l'heure. Tout ça pour te dire que le problème Vaubercourt me donne des boutons. Je me gratte sans arrêt. J'ai le virus Vaubercourt dans le sang. Parce que, je le jure sur ta tête, le bonhomme était mort... et pourtant non, il n'était pas mort. Je m'explique :

Après ma nuit blanche, j'étais terriblement pressé de revoir Sylvaine. Ou plutôt non. Je me disais : « Elle va manquer la classe. Elle doit être en plein drame. Si elle ne se montre pas au lycée, ce sera la preuve qu'il s'est passé chez elle quelque chose de grave. » Donc, j'étais pressé de « ne pas la voir », tu saisis ? Je suis arrivé un peu en avance. Pas de Sylvaine. Neuf heures moins cinq. Pas de Sylvaine. Neuf heures, on entre chez Roudoudou, le prof de français. Et la voilà qui s'amène, aussi innocente que le Petit Chaperon rouge. Elle se garde bien de tourner la tête de mon côté. Elle s'assied à côté du gros Brûlart, lui fait son sourire du dimanche. Je l'aurais bouffée.

Heureusement, on ne se gêne pas, avec Roudoudou. Si on a envie de causer, on cause. Et si on a envie de se déplacer, on se déplace. Les copains ont collé sur son bureau la fameuse main, tu sais : « Touche pas à mon pote ». Ça signifie qu'il est sous notre protection, mais donnant-donnant : on te laisse tranquille, tu nous fiches la paix. Moyennant quoi la classe est un aimable forum, un club distingué où l'on s'entretient à voix basse de ses petites affaires. Je me suis installé derrière Sylvaine ; j'ai prié gentiment Brûlart de lire sa B.D., et demandé :

— Ils sont rentrés ?

Pas besoin de préciser. Elle a compris.

— Oui. Ils sont rentrés.

— Tous les deux ?

— Ben oui. Tous les deux.

— Raconte, quoi !

— C'est tout. Je me suis réveillée vers huit heures. J'ai trouvé ma mère dans la cuisine. Je lui ai demandé si elle s'était bien amusée. Elle m'a répondu qu'elle avait passé une soirée exécrable. Ils n'ont pas cessé de parler peinture. Marchetti voulait se défaire d'un Van Damm. Sébastien offrait d'être l'intermédiaire. Il connaît, paraît-il, quelqu'un qui se porterait volontiers acquéreur. « Pour finir, Sébastien a offert d'aller chercher le dossier. Quand il a une idée en tête ! Il m'a simplement promis de ne pas faire de bruit pour ne pas te réveiller. A son retour, il a téléphoné à Amsterdam. Et tout à l'heure, je l'ai conduit à Roissy. Je suis complètement claquée. »

J'écoutais Sylvaine avec stupeur.

— Elle avait l'air comment, ta mère ?

— Eh bien, claquée.

— Mais claquée-flapie ou claquée-soucieuse ?

— Les deux. Ces voyages continuels de Sébastien finissent par l'inquiéter. Elle se rend bien compte qu'il se surmène.

— Il n'a jamais consulté un cardiologue ?

— Je ne crois pas.

— Mon hypothèse de la syncope ?

Elle m'interrompit vivement :

— C'est moi qui ai eu cette idée. Elle est absurde. S'il avait été souffrant, il n'aurait pas pris l'avion pour Amsterdam.

— Il va rester longtemps, là-bas ?

— Je ne sais pas. Il doit téléphoner en fin d'après-midi à maman pour lui dire ce qu'il compte faire.

— Est-ce que ça lui arrive de s'absenter longtemps, comme ça, sans crier gare ?

— Oui. Il se tient en rapport avec des correspondants un peu partout, à l'étranger. Tu es content ?

Non, je n'étais pas content. Je n'aime pas du tout qu'on vienne me retirer l'hypothèse que je suis en train de lécher. Essaie d'enlever son os à un chien loup ! Et puis, il y avait autre chose. Chaque détail qui contribuait à me mettre sous les yeux un Vaubercourt normal, bien portant, en pleine forme, affaiblissait mon témoignage et jetait un doute sur mes facultés d'observation, comme si j'étais atteint d'un mal mystérieux, d'une insidieuse loufoquerie me conduisant à prendre des vessies pour des lanternes. J'avais vu. Je pouvais me faire confiance. Sylvaine ne me croyait pas. Tant pis ! Mais je lui en voulais de plus en plus. Après tout ce que j'avais fait pour elle !

— On ne parle plus de ça, a-t-elle repris. Je ne t'en veux pas, tu sais.

Alors ça, c'était un comble. Méchamment, cette fois, je suis revenu à la charge.

— Il a emporté sa brosse à dents ? ai-je demandé.

— Sa brosse...

Tu l'aurais vue ! Bafouillante ! Ahurie ! Complètement perdue.

— Il l'a emportée, oui ou non ? Écoute, ma petite Sylvaine, je ne suis pas fou. Tu me dis qu'il est parti pour Amsterdam. Bon. Mais pas les mains dans les poches. Il a forcément emporté un nécessaire de toilette, des objets personnels, une petite valise. Et puis, il a changé de costume.

— Oui, sans doute, fit-elle d'un ton mal assuré.

— Vérifie, quand tu rentreras. Si tu t'aperçois que son dentifrice et sa brosse à dents sont toujours à leur place, si sa valise habituelle est toujours dans la penderie, si...

Elle s'est bouché les oreilles.

— Vous pourriez écouter, a observé de loin Roudoudou, avec tristesse. Lamartine mérite un peu d'attention.

Sylvaine a pris une attitude studieuse et m'a soufflé :

— Tu m'embêtes. Je ne suis pas une espionne.

— N'empêche que ton Vaubercourt, tu ne l'as pas revu depuis qu'il t'a giflée. Il est loin, maintenant... Et pas à Amsterdam.

Piquée au vif, elle s'est retournée.

— Tu veux une preuve ? C'est facile. Passe à la maison, vers cinq heures. Tu l'entendras téléphoner. Ça te suffira, oui ?

Le ton sifflant, mon vieux. La voix mauvaise. Le visage de l'ingratitude.

— Qu'est-ce que vous pouvez être casse-pieds, a maugréé Brûlart, en repliant sa B.D. On ne s'entend plus, ici.

Durant toute la matinée, elle m'a évité et j'ai rongé mon frein. M'inviter d'autorité chez les Vaubercourt, cela ne me disait rien. Sous quel prétexte ? Je ne sais pas comment t'expliquer : par tout ce que j'avais vu et tout ce que j'avais appris, j'étais devenu clandestinement un de leurs intimes, et voilà que, si je me rendais à l'invitation de Sylvaine, j'allais devoir me conduire, devant Mme Vaubercourt, en dadais gauche et guindé, et Sylvaine se régalerait de ma timidité. Je passerais devant elle un examen impitoyable. Je rougirais, je m'excuserais de venir consulter, par exemple, le cahier de textes de ma camarade et Mme Vaubercourt protesterait : « Vous ne me dérangez nullement, n'est-ce pas, Sylvaine. » Et si elle m'invitait à goûter ? J'en avais des frissons. Manœuvrer une petite assiette, une tasse, une cuillère... « Un peu de lait, monsieur Robion ? » Tout finirait sur la moquette. Non. J'aimais mieux renoncer. Après tout, le Vaubercourt, je m'en fichais pas mal. Si ça lui plaisait d'être mort !

Ici, je te prie de ne pas rigoler. Une tempête sous un crâne, tu ne sais pas ce que c'est. Tu n'as pas lu *Les Misérables*. Au fond, tu vis comme un asticot... la bouffe, le dodo... Pardon, mon vieux Paul, c'est cette Sylvaine qui me rend dingue... Parce que, finalement, j'y suis allé. En me traitant de tous les noms d'accord. En me bottant mentalement le derrière, et, tandis que j'écris ces lignes, je suis encore indigné de ma faiblesse. Mais je l'ai entendu, le coup de téléphone.

Ouais, mais avant, j'ai eu droit à toutes les gâteries que je prévoyais, la mère et la fille, plus sucrées l'une que l'autre, et pour tout dire, en faisant trop. J'avais l'impression d'être au théâtre : l'inévitable pudding que je redoutais (à la crème, tu t'en doutes) et bien entendu le dérapage de la dernière bouchée en direction du tapis. « Laissez ! Ça ne tache pas. » Ah ! je te jure que rien ne m'aura été épargné. Et tout ça pour entendre quoi ? Mme Vaubercourt qui décroche, après un coup d'œil à sa montre. « Vous permettez, monsieur Robion. J'appelle mon mari. Non, non. Restez... Ce n'est pas confidentiel... Allô ?... Sébastien ?... Je ne t'entends pas très bien... (L'écho faible d'une voix, qui paraît pressée, qui semble donner des instructions. Sylvaine me fait une mimique qui signifie : « Là, tu es content ? Tu l'as, ta preuve. ») Tu vas rester plusieurs jours là-bas ?... Non, ne t'inquiète pas pour ton père, nous irons le voir. Bon. Eh bien, ne te fatigue pas trop. Et sois prudent. Les cigares hollandais ! Oui, je sais. Je me mêle de ce qui ne me regarde pas... Vous avez beau temps ? Nous aussi. C'est ça, à très bientôt. »

Et elle raccroche. C'est tout. Je suis horriblement déçu. Quelques minutes plus tard, elle se lève. « Travaillez bien, tous les deux », dit-elle. Salutations. Poignées de mains. Tout ça sans intérêt. Je passe. Je me retrouve avec Sylvaine. Elle enchaîne aussitôt :

— Il a emporté sa brosse à dents, si tu veux savoir. Et sa valise. Nous voilà tranquilles, maman et moi, pour un bout de temps.

J'ai envie de riposter : « Tu ne serais pas plus soulagée si tu étais sûre de ne jamais le revoir ! » Mais à quoi bon ranimer la querelle. Puisque Vaubercourt était mort — de cela je ne démordrais jamais — la vérité ne tarderait pas à éclater. Ou bien... l'idée m'en vient à l'instant... Vaubercourt souhaitait peut-être disparaître... Si tu veux bien, on va examiner tout à l'heure cette hypothèse. Il n'est pas bête, ton vieux Sans Atout quand il se met à phosphorer. J'ai donc fait celui qui est entièrement convaincu. Je n'allais pas jusqu'à m'excuser de mes soupçons, mais j'ai pris l'air un peu gêné du pauvre mec qui aime autant qu'on passe l'éponge.

— Moi aussi, ai-je dit lâchement, je suis bien tranquille quand je suis seul à la maison. Et encore, moi, mes parents s'entendent bien.

— Ce n'est pas comme ici, a rétorqué Sylvaine.

— Ah ! Il y a du tirage ?

— Si maman avait moins bon caractère, il y a longtemps que...

Elle a changé brusquement de conversation, m'a pris impétueusement la main.

— Tu seras encore là, si j'ai besoin de toi ?

— Toujours. Tu peux compter sur moi.

Elle m'a regardé d'une façon bizarre, comme si elle pesait un pour et un contre. Il y avait de l'émotion dans l'air. J'ai battu en retraite parce que j'ai horreur des situations fausses.

— A demain, Sylvaine.

— A demain, François.

Et maintenant, j'en viens à mon idée. Si tu rassembles tous les petits indices en ma possession — et d'abord la tentative de fugue de Sylvaine — mais aussi le reste, l'ambiance, la voix de Mme Vaubercourt au téléphone, sa façon de conclure : c'est ça, à très bientôt, sans la moindre trace d'affection, plus la remarque de Sylvaine : « Si maman avait moins bon caractère », n'en viens-tu pas à penser comme moi que tout ne tourne pas rond chez les Vaubercourt ? Ils songent peut-être à se séparer ! Des scènes comme celle de la gifle doivent être fréquentes, et pour peu que la mère essaye de prendre la défense de la fille, ça doit tourner plus d'une fois au vinaigre. Moi, plus j'y pense et plus je suis persuadé que je brûle. C'est probablement ça, la vérité. Va-t'en savoir s'il n'y a pas eu, chez les Marchetti, une reprise sournoise de l'orage déclenché par l'éclat de Sylvaine ? Je vois très bien Vaubercourt cherchant un prétexte pour s'aérer un instant, calmer la colère qui l'étouffe encore... Il rentre chez lui... peut-être parce qu'il se sent brusquement malade... et c'est la syncope.

Bon, je suis coincé. Je tiens les deux bouts de la chaîne et tout le reste n'est que supposition. Je l'ai vu sans vie d'une part, et de l'autre, je l'ai entendu au téléphone. Quelle explication trouver pour que les deux choses se raccordent ? C'est pourquoi mon idée de divorce me congestionne la cervelle. Je ne peux plus m'en débarrasser.

Donc... donc, Mme Vaubercourt s'était déjà demandée si elle devait rester avec cet homme impossible. Ça va tout à fait dans mon sens, n'est-ce pas ? Mais attends, je n'ai pas fini. Vaubercourt est un commerçant. Il n'a pas intérêt à étaler sur la place publique sa mésentente conjugale. Les querelles, c'est entre quat'zyeux. Si vraiment il y a mésentente, personne, autour d'eux, ne doit le savoir. Peut-être à cause, aussi, du grand-père Vaubercourt. Je vais prendre des renseignements de ce côté-là, mais, à première vue, il doit être souffrant puisque Mme Vaubercourt a dit : « Ne t'inquiète pas pour ton père. »

Et maintenant, mon cher Watson, je vais clore cette monstrueuse lettre. Encore une petite minute pour répondre à la question que tu te poses. Tu te demandes pourquoi diable je me donne tant de peine, alors qu'il me serait si facile d'attendre. Bien sûr, il n'y a qu'à laisser faire le temps. Vaubercourt reviendra ou ne reviendra pas. La réponse se formulera d'elle-même et ce n'est pas à moi qu'il appartient de fourrer le nez dans les affaires de ces gens. Tu es embêtant avec tes questions. Figure-toi que je me dis exactement la même chose. Pourquoi est-ce que je m'agite tellement ?

Eh bien, je crois que c'est à cause de Sylvaine. Sylvaine, ce n'était d'abord qu'une copine. Si elle n'avait pas été une espèce de virtuose du patin à roulettes, je n'aurais pas fait attention à elle. Seulement, l'autre soir, c'est chez moi qu'elle est venue se réfugier. Tu comprends ? Elle pouvait, tiens, par exemple, appeler son oncle, le frère de sa mère. Elle m'a parlé de lui, une fois... un bonhomme qui a un drôle de nom... Cotinois, quelque chose comme ça. Je me renseignerai. Pourquoi a-t-elle pensé que moi... moi seul, j'étais capable de l'aider ? C'est cette confiance qui me touche. Sur le moment, elle m'a choisi et c'est ça qui compte. J'ai quand même pris le risque de lui ouvrir le chemin du retour. Elle ne l'oubliera plus. Ajoute à ça que j'ai vu quelque chose que je ne devais pas voir, ce qui va l'obliger à me ménager et peut-être à me traiter de plus en plus en ami. Je te raconterai, puisque cela t'amuse. Tu te rappelles notre bête du Gévaudan [1], nos pérégrinations spéléologiques. En ce temps-là, tu étais un vrai petit Tarzan. Ce temps-là reviendra, mon petit vieux.

En attendant, si je me démène autant, c'est pour Sylvaine, comme je viens de te le dire, mais aussi pour toi, parce que là où je suis, tu es ! En un sens, Sylvaine, elle est à nous deux. Et maintenant, tâche de dormir un bon coup à ma place. Avec toutes mes histoires tordues, je n'ai plus qu'un pauvre petit sommeil de misère. Tchao !

S.A.

*
* *

— Allô, Paul ? D'où m'appelles-tu ? De Saint-Hilaire ? Quelque chose de cassé ?... Non, tant mieux. Ah, tu as reçu mes lettres... Gratinées, hein ?... Ça c'est de l'aventure. Quoi ? Vraiment, ça t'amuserait de collaborer à mon enquête... D'accord. Mais alors ne mobilise pas le téléphone. On n'aime pas me voir suspendu à l'appareil... Mes parents sont rentrés et je ne dis pas que je suis sous surveillance, mais j'aimerais mieux que tu m'écrives... Bon, j'écoute et je prends note. Tu prétends qu'il n'y a que trois solutions... Ne parle pas trop vite. Je t'écoute.

---

1. Voir *Dans la gueule du loup*, Boileau-Narcejac, *Quarante Ans de suspense*, t. IV, collection « Bouquins ».

« Premièrement, j'ai eu une hallucination. C'est bien ça ?... Deuxièmement, Vaubercourt a eu une syncope... D'accord ?... Et troisièmement, Vaubercourt a un sosie.

« Tu dis ça sérieusement ? Mais alors, ce sosie, comment et pourquoi l'aurait-on déménagé ? Écoute, mon petit Paul, je te remercie de ce coup de main que tu veux me donner. Seulement, tu t'excites et ça ne vaut rien pour ta santé. Reste bien tranquille. Laisse-moi faire. Je te rassure tout de suite. Je n'ai pas eu d'hallucination et il n'y a pas de sosie.

« A bientôt. J'entends que ça grouille, à côté. Je t'embrasse. Même si tu es contagieux. »

IV

— Papa, la galerie Vaubercourt, ça te dit quelque chose ?

— La galerie Vaubercourt ? fait Me Robion. Tu t'intéresses à la peinture, maintenant ?

— J'ai un exposé à faire pour mon prof de dessin.

— Ah ! C'est pour cela que tu étais préoccupé, pendant le repas.

— François, interrompt Mme Robion, prends un fruit et cesse d'être dans la lune.

— Oui, poursuit l'avocat, c'est une galerie très connue. Peut-être un peu moins, maintenant que le vieux Vaubercourt est malade.

— Qu'est-ce qu'il a ?

— Probablement un cancer. C'est du moins ce qui se murmure. Il a bien un fils, un nommé Sébastien, mais le père et le fils ne s'entendraient pas très bien, paraît-il. En tout cas, le fils, je ne l'ai jamais rencontré. En revanche, j'ai été en rapport avec le père, au moment de la succession Libmann. Une affaire terriblement compliquée.

— Raconte.

— François, prie Mme Robion, regarde où tu mets tes épluchures.

Me Robion consulte sa montre et fait mine de se lever. Sa femme le retient par la manche.

— Bois ton café, dit-elle.

— Je dois être au palais dans une demi-heure, proteste l'avocat.

Il se rassied et se tourne vers François.

— L'affaire Libmann, il s'agissait plutôt de la succession Libmann. Le bonhomme possédait une collection de tableaux d'une très grande valeur, qu'il souhaitait léguer à l'État. A sa mort, il y eut conflit avec le fisc et avec des neveux qui s'estimaient frustrés et prétendaient en outre qu'il y avait des faux parmi les meilleures toiles. Procès. Querelles d'experts. Les neveux s'adressent à moi. A tout hasard, je fais appel à Gabriel Vaubercourt, dont les avis faisaient autorité, etc. Je doute que cela puisse concerner ton exposé.

— J'aimerais bien la voir, cette galerie.

— Pourquoi celle-là, justement ?

— Oh ! une idée, comme ça.

— Rien ne t'empêche d'y aller. Elle est tout près de l'Étoile. L'entrée est libre, bien entendu. Là-dessus, je vous quitte. Mais je serai curieux de lire ton travail, mon petit François. Et quand tu la visiteras, cette galerie, prends l'air captivé d'un véritable amateur. Je te dis ça parce que tu verras surtout des peintures d'avant-garde et ça m'ennuierait que tu paraisses sortir de la campagne.

— Et si je rencontre le fils Vaubercourt ?

— Eh bien ?

— Tu ne pourrais pas me faire un petit mot ? J'aurai sûrement des explications à demander. Ça m'aiderait.

— Non, dit Me Robion. Il vaut mieux ne rien devoir à personne. Débrouille-toi. Tu es plus hardi, d'habitude. A ce soir.

Me Robion et sa femme sortent ensemble de la salle à manger.

François, en vérité, n'attend pas grand-chose de cette visite. Le père Vaubercourt, s'il est malade, ne doit plus venir à la galerie. Et son fils se déplace beaucoup... François ricane... il doit se déplacer comme le font les fantômes, car enfin... le mort de l'atelier, ce n'était pas une hallucination. « De deux choses l'une, se dit François, ou bien je ne tarderai pas à voir des rats courir autour de ma chambre ou des araignées descendre du plafond, et moi, qui ne bois que de l'eau, j'aurai la preuve que je suis alcoolique, ou bien, en mon âme et conscience, je pourrai continuer à jurer que le Sébastien Vaubercourt était bien là, définitivement ratatiné. Conclusion : il faut aller la voir de plus près, cette galerie, de même qu'il faut garder le contact avec Sylvaine, de même qu'il faut surveiller leur appartement, de même qu'il faut avoir l'œil sur l'oncle Guillaume ; bref, sur tout ce qui touche les Vaubercourt, et tout cela pour rien, simplement pour savoir. »

Mais savoir est une dévorante passion. François s'est déjà vu plusieurs fois tourmenté jusqu'à l'idée fixe par des problèmes sans intérêt, des jeux logiques comme en proposent certains journaux et quand vous en avez un dans la tête, ça tourne là dedans, ça ronfle, ça se cogne comme une mouche dans un pli du rideau. Et cette fois la mouche est de taille.

Quelques instants plus tard, François file comme une flèche. Avant son cours de math de l'après-midi, il a le temps de passer à la galerie. Il va la regarder attentivement pour la décrire à Paul, dans une prochaine lettre. Mais attention, ne pas se donner l'allure d'un amateur qui se propose d'acheter. On a exactement l'air de ce qu'on est, c'est-à-dire d'un collégien, et pas d'un client, ni même d'un curieux, et l'on risque de se faire éconduire. Tandis que si l'on se comporte comme quelqu'un qui cherche, qui paraît un peu inquiet, rien de plus facile que de répondre si on vous questionne : « Je devais retrouver mon père ici », et le tour est joué.

Mais d'abord flâner devant la vitrine ; il faut avouer que ces toiles n'offrent pas un grand intérêt. François s'arrête devant un tableau, mais est-ce un vrai tableau ? Ça représente l'intérieur d'un placard à balais et c'est d'une minutie, d'une précision ! Une photo n'en dirait pas plus. En somme, c'est une espèce de nature morte, mais au lieu de montrer des fleurs ou des fruits ou un poisson sur un plat, c'est quelque chose d'encore plus mystérieusement mort, comme si, derrière ce placard où tout est en ordre, il y avait une maison déserte ou plutôt une maison qui n'aurait jamais été habitée. Une espèce de maison d'ailleurs ! Des balais pour ne pas balayer ; des chiffons pour ne pas essuyer, des objets disposés là ni pour l'œil, ni pour la main. Des objets pour personne. Un non-tableau. Un truc qui efface celui qui regarde. François a entendu parler en classe de l'école « hyperréaliste », mais il ne pensait pas qu'une chose comme ça pourrait le troubler. Or, cela lui rappelle l'impression qu'il a éprouvée en entrant dans l'atelier... la silhouette écroulée, les comprimés éparpillés sur le bureau, et tout autour, ces meubles, ces chaises, réfugiés dans une sorte d'absence inhumaine.

Et c'est maintenant qu'il a un peu peur. Devant Sylvaine, il a fait le bravache. Facile ! Il a beau être jeune, il a déjà été confronté à de drôles de situations. Tant que le défunt est là, le cadavre, en un sens, joue le jeu. Mais quand il se met à tricher, à faire comme s'il n'avait jamais été là... François s'embrouille dans des pensées qui le dépassent. Ce qui est sûr, c'est qu'il sent un vague malaise. Il appelle cela : le coup du placard aux balais, et il a les jambes molles, comme s'il hésitait à entrer.

Cependant, il entre, la mine chercheuse, l'œil étonné. Il parcourt une première salle. Quelques curieux, l'un se reculant, penchant la tête, à gauche, à droite ; l'autre, le nez sur une signature indéchiffrable ; une jeune femme avec un caniche sous le bras ; une sorte de religieuse aux longs cheveux, pieds nus dans des sandales... un silence d'église. François, par correction, donne un rapide coup d'œil à des choses qui lui paraissent des grimaces de peinture. Il ne sait pas du tout ce qu'il espère. Deuxième salle, plus petite. Quelques portraits, quelques paysages. On dirait bien des paysages. On croit reconnaître des arbres, de l'eau.

— Vous cherchez quelqu'un, monsieur ?

La voix fait sursauter François. Comme pris en faute, il se retourne vivement. C'est une dame, de noir vêtue, jeune, élégante, sans doute la secrétaire. Derrière elle, il y a un bureau, deux téléphones, mais il faut vite répondre quelque chose. François a oublié ce qu'il avait préparé. Il bafouille un peu.

— Je devais rencontrer Sylvaine.

— Sylvaine Quéré ?

— Oui... enfin la belle-fille de M. Vaubercourt. C'est une camarade de classe.

C'est fou ce que la pensée court vite, en pareil cas. Évidemment, Sylvaine porte le nom de son père, pas celui de son beau-père. Attention à ne pas dire de bêtises.

— Je ne l'ai pas vue, explique complaisamment la secrétaire, mais je peux lui faire une commission.

— Bof !... Je reviendrai. On a un travail à faire pour notre professeur de dessin.

François s'enhardit. Il ajoute, avec juste la dose de timidité qu'il faut :

— Si M. Sébastien Vaubercourt avait été là, il n'aurait peut-être pas refusé de me donner quelques conseils.

— Il en aurait sûrement été heureux, mais il est absent.

— Pour longtemps ?

— Ça, je l'ignore. Mais Sylvaine vous renseignera. Si vous voulez l'attendre ? Voici un catalogue. En ce moment, c'est l'exposition Garsanian.

Elle tend à François un superbe livret.

— Si vous avez besoin de quelque chose, demandez-moi.

Et voilà François transformé malgré lui en amateur d'art. Pour ne pas paraître suspect, il passe en revue quelques toiles. Ce visage, si on peut appeler ça un visage ! Les yeux sont à côté du nez. Numéro 17. Le catalogue révèle qu'il s'agit d'un auto-portrait. Sans blague ! « Mon petit Paul, tu ne voudrais jamais me croire. Et si je t'énumérais tout ce que je lis dans le catalogue ! Numéro 12 : *Coucher de soleil*. Tu dirais un œuf sur le plat. Un œuf bleuâtre, bien entendu. »

François gagne tout doucement la sortie. Il admet qu'il n'est pas un fin connaisseur. Il a peut-être à son insu côtoyé des chefs-d'œuvre. Il n'a pourtant pas perdu son temps. Vaubercourt est en voyage.

Mais que voit-il ? Qui est-ce qui arrive d'un pas pressé ? Sylvaine en personne. Normal, après tout. Elle rend visite à son grand-père Vaubercourt, Mlle Quéré.

— Toi, ici ! s'étonne Sylvaine. Qu'est-ce que tu fabriques ?

— Et toi ?

— Moi, c'est maman qui m'envoie. Sébastien est obligé de rentrer par Londres et pas avant la semaine prochaine. A cause d'une vente chez Christie's [1].

1. Christie's est l'équivalent de l'Hôtel des Ventes de la rue Drouot.

— Il aurait pu téléphoner directement à son père, objecte François.

— Non. Ils sont rarement d'accord, tous les deux. Tandis que si sa décision passe par maman et est transmise par moi, ça évite les empoignades, surtout que grand-père doit se ménager beaucoup.

— Tu l'appelles grand-père ?

— Oui, bien sûr. Il nous aime bien, maman et moi. Surtout moi, parce qu'il estimait beaucoup papa.

Elle passe son bras sous celui de François et l'entraîne lentement le long des magasins. C'est une chance ; elle est en veine de confidences.

— Papa était un grand chirurgien, reprend-elle. Et autrefois, il a sauvé grand-père, qui n'était pas encore mon grand-père, tu comprends. Souvent, grand-père m'a dit : « Sans Quéré, je ne serais plus de ce monde. »

François l'interrompt.

— Voyons, ta mère s'appelait alors Mme Denise Quéré, c'est ça ?

— Oui. Et puis après l'opération en question, les Quéré et les Vaubercourt ont commencé à se fréquenter... C'est comme ça que Sébastien qui était célibataire est tombé amoureux de maman : il l'a épousée quelque temps après la mort de papa. C'est tout simple. Mais ce qui l'est moins, c'est que Sébastien me supporte difficilement parce que je reste une Quéré.

— Ah, c'est donc ça, s'écrie François. Tu sais, mine de rien, on est en train de sécher le cours de maths. Regarde l'heure qu'il est.

— Tant pis, décide Sylvaine. C'est toujours ça de gagné. Si tu étais chic, tu viendrais m'expliquer la leçon de géométrie. Tu veux bien ?

François s'arrête pour réfléchir.

— Quand ?

— Viens vers six heures.

Bizarre, cette invitation. D'abord, Sylvaine n'est pas mauvaise en maths. Et puis François se dit qu'à la place de sa camarade, il laisserait s'écouler quelque temps ; l'épisode du mort qui n'est pas mort est encore tout proche. Mais l'occasion doit être saisie sans hésitation.

— D'accord, dit-il. Mais en copain. Pas de goûter ni de machins comme ça. Et quand tu auras vu ton grand-père, tu rentreras ?

— Oui, juste le temps de téléphoner à Guillaume.

— Qui est Guillaume ?

— Mon oncle, le frère de maman. Je t'ai déjà expliqué tout ça.

— Non. Je ne crois pas.

— Mais si. Il est homéopathe, et radiesthésiste et un peu dingue, à mon avis. Mais tellement chic ! Ça t'amuserait de le connaître ?

— Je pense bien.

— Je t'emmènerai. Il habite rue des Belles-Feuilles. Tu n'as jamais essayé le pendule ?

— Non.

— Alors, il t'en mettra un dans les mains. Dès qu'il a un visiteur, il lui demande de faire l'expérience. Il appelle ça : « Tester le fluide. »

— Et ça marche ?

— Je crois, oui.

— Ce n'est pas un truc pour épater ses clients ?

— Mais pas du tout. Il fait partie d'une association très active qui loue ses services à des gens qui cherchent de l'eau, par exemple. A la campagne, c'est fréquent. Tu l'écouterais, il t'en raconterait jusqu'à demain, des histoires, et pas seulement de sources inconnues, mais de bêtes perdues qu'il retrouve, enfin tu vois le genre.

— Des personnes qui disparaissent aussi ?

— Bien sûr.

Ils sont revenus devant la galerie. François est pensif.

— Un oncle comme ça, ça m'aurait plu.

— Alors, à ce soir... hé, François, je te parle.

— Oui. J'entends. A ce soir. Attends ! Tu as du fluide, toi ?

— Pas beaucoup. Mon oncle m'a donné un pendule pour que je m'entraîne, mais ça me barbe.

— Il est fait comment, ce pendule ?

— Je te le ferai voir et même, si tu veux, tu pourras le garder. C'est un simple fil à plomb. Allez, salut.

François reste seul devant le placard à balais qui le fascine. Toutes sortes d'idées folles se promènent dans sa tête. Il se garde bien de les déranger. Il a lu, dans les journaux, que certains radiesthésistes sont souvent consultés pas les gendarmes, quand les chiens policiers sont tenus en échec. Il s'en va lentement.

Un fil à plomb, il y en a un au garage, quelque part sur l'établi, dans le désordre des outils de bricolage dont tout le monde se sert. On peut toujours essayer.

... Une heure plus tard, François, découragé, jette le fil à plomb sur son lit et se réfugie dans son fauteuil à méditation. Il n'a pas le tour de main. L'engin tourne dans tous les sens ou bien se fige à la verticale, têtu, rétif, inepte. Et pas moyen de parler de la chose en famille. Du pendule, on en viendrait à Sylvaine, de Sylvaine à Vaubercourt, de Vaubercourt à l'escapade nocturne, et puis au mort et puis à sa disparition. Et alors, ça barderait. Non. Il faut se taire. Mais quel secret ! Heureusement, il y a Paul. François s'installe devant son bureau.

Cher vieux clopin-clopant...

Il révasse. Il ne se sent pas en forme. Au bout d'un moment, il écrit :

La suite ce soir. Il y aura peut-être du nouveau.

*
* *

J'arrive de là-bas et bien sûr qu'il a du nouveau. Ah, mon pauvre vieux, ça y est. Je suis mordu. Je viens d'attraper la radiesthésie comme on attrape la grippe. Dans ma poche, j'ai un des pendules de l'oncle et devant moi, là, sur le bureau, j'ai un autre bijou de pendule, un petit cône de cristal au bout d'une fine chaînette dorée, le pendule personnel de Sylvaine. Elle me l'a donné en me disant : « C'est parce que je t'aime bien » et aussitôt elle a ajouté : « A une condition », parce que c'est ça, les filles : ça ne sait pas donner sans condition. Donc, elle m'a dit : « A une condition. Tu promets... » Tu penses, j'aurais promis n'importe quoi pour l'avoir, cette petite chose toute vibrante de lumière. « On ne parlera plus jamais de l'autre soir... de ce que tu prétends avoir vu. Promis. Juré. » Moi, tu me connais. Il n'y a pas plus faux jeton quand j'ai envie de quelque chose. Et ça aussi, c'est bien les garçons ! Alors, j'ai tendu le bras. Bref, tu vois la suite. Sylvaine m'a embrassé. C'était vachement solennel. Et pendant toute la cérénomie, j'entendais une petite voix qui me chuchotait : « Faut-il que ce soit important, ce que tu as vu. Te laisse pas faire, idiot ! » Je reçois le pendule-bijou et par-dessus le marché ce que Sylvaine appelle « le pendule de travail », ce machin, dans ma poche, qui est constitué par une ficelle et une petite boule d'acier provenant d'un roulement à bille. De la leçon de géométrie, plus question. Mais tout de suite la première démonstration. Je te résume :

Tu prends ton pendule et tu le tiens droit au-dessus de ta main gauche, la paume tendue. Tout d'abord, il ne bouge pas. Et puis, très lentement, il commence à tourner, dans le sens des aiguilles d'une montre. Mais je te l'affirme : il tourne tout seul et de plus en plus vite.

— Qu'est-ce que tu as comme fluide, dit Sylvaine, qui admire.

Je surveille mes doigts. Je vois bien qu'ils se prêtent un peu, qu'ils encouragent, par d'imperceptibles contractions, le mouvement du pendule.

— Pas du tout, proteste Sylvaine. Moi aussi, au début, je le croyais. Mais mon oncle m'a expliqué : c'est le pendule qui fait bouger la main et pas la main qui fait bouger le pendule.

Tu sais à quel point j'aimais les trains électriques et les avions miniatures et tout ce qui semble animé d'une vie personnelle. Eh bien, c'était la même chose en mieux. J'avais l'impression de garder un pied dans l'enfance et de fouler avec l'autre un terrain inconnu, merveilleux, vaguement dangereux. Je ne me lassais pas de regarder cette petite boule qui, à en croire Sylvaine, tirait de moi quelque chose de vivant : mon fluide. Bon. Je stoppe l'appareil, très troublé mais l'air le plus sceptique qui soit.

— Tu n'es pas convaincu ? dit Sylvaine.

J'élude et me contente de répondre :

— Ça sert à quoi ?

— Mais à tout.

— Mettons ! Le matin, je m'aperçois que j'ai égaré une chaussette...

— Ce que tu peux être bête, mon pauvre François. D'une main, tu tiens la deuxième chaussette et de l'autre tu explores ta chambre avec le pendule. N'oublie pas, il faut toujours un objet témoin. Ton pendule ne cherche pas n'importe quoi. Il a besoin de savoir ce que tu as en tête. Si tu veux trouver de l'or, garde au poing une bague en or.

— J'ai lu que les bons radiesthésistes peuvent retrouver des noyés, par exemple.

— Facile ! Mon oncle sait le faire. Il l'a déjà fait. Mais il lui faut quelque chose du mort. A défaut d'un objet personnel, une photo.

— Quelle blague !

— Bon. Si tu n'as pas confiance, rends-moi mes pendules.

— Écoute, Sylvaine. J'ai bien le droit de douter, quand même.

— D'accord. Doute tant que tu voudras mais rends-moi mes pendules.

— Non. Je suis prêt à te croire mais à mon tour de te poser une question. Voilà. Si tu peux me donner une preuve que ce machin fonctionne quand on le promène sur une photo, par exemple...

Elle me coupe la parole.

— Ça, je ne saurai pas le faire. Je ne suis pas assez douée. Mais toi, oui, tu pourrais peut-être réussir.

— D'accord. Je vais m'entraîner. Veux-tu qu'on tente l'expérience, la semaine prochaine ? Pendant tout le week-end, on sera en Bretagne pour voir comment notre vieille bicoque a passé l'hiver. Mais mercredi prochain, ça irait ? J'apporterai des photos et toi, de ton côté, tu en auras bien quelques-unes.

Je passe sur les détails. Sylvaine a dit « oui », mais du bout des lèvres. Elle m'a prêté un ouvrage de vulgarisation : *La Rhabdomancie en 20 leçons*. Je vais me plonger là-dedans. C'est plein de dessins, de croquis. J'adore ce genre de bouquin. Plus c'est hermétique, plus c'est chouette.

Bonsoir. Le Grand Sorcier te salue...

François.

Tu devines où je veux en venir, avec Sylvaine !

*
* *

Mercredi soir.

Je te préviens. J'en ai pour un bout de temps. Brève escale à Kermoal [1]. La tempête du 22 janvier a sérieusement malmené la façade ouest, mais dans l'ensemble, la vieille bicoque a tenu le coup. Bon. Je passe. Pour le moment, je n'ai qu'une chose en tête : le pendule. J'ai dévoré le bouquin. Il y a tout un fatras pseudo-scientifique, à base d'ondes, de vibrations, d'explications vaseuses. Sans intérêt. Ce qui compte, ce sont les témoignages. Les noms, les dates, les circonstances, et ça, c'est du sérieux. Enfants égarés et retrouvés, objets de valeur déterrés, et je ne parle pas des cadavres récupérés, comme si c'était là une spécialité des radiesthésistes.

Aucun doute. Le pendule est un outil extraordinaire, quand on sait s'en servir. Je fais de mon mieux. Dès que je suis seul (parce que j'aime autant qu'on ne s'aperçoive de rien), je m'exerce, surtout avec le pendule de cristal. Et ça tourne. Tantôt dans le bon sens, et tantôt dans l'autre. Va-t'en savoir pourquoi ? J'ai essayé avec des cartes à jouer. Tu les places le côté face sur la table, au hasard, et tu commences à réciter : cœur, pique, trèfle, carreau. Bien entendu, tu gardes dans la main gauche une carte témoin. Si ton pendule se met énergiquement en mouvement au-dessus d'une carte, c'est qu'il désigne la couleur que tu as choisie. Aussitôt après, tu récites : as, roi, dame, etc. Ça y est, ton pendule prend le mors aux dents. C'est que tu viens de tomber juste. Par exemple : tu es sûr qu'il s'agit du valet de pique ou du dix de trèfle. Tu vérifies. C'est l'as de cœur. Ah ! Il faut être patient. Mais tu réussis six ou sept fois sur dix. Surtout le soir. Le matin, ça ne va pas fort. Ton pendule tourne à l'envers. J'ai lu, dans mon bouquin, que le temps a son rôle à jouer. Le vent d'ouest est favorable. La tendance à l'orage désastreuse.

Tu te dis, n'est-ce pas, que je suis encore plus dingue que d'habitude. Ce n'est rien à côté de ce qui va suivre. J'ai réuni quelques photos... tout de suite le grand jeu, comme tu vois... des photos d'album, des parents, des cousins, des amis... Eh bien, crois moi ou pas, mon

1. Voir *Sans Atout et le cheval fantôme*, Boileau-Narcejac, *Quarante ans de suspense*, t. III, collection « Bouquins ».

pendule a tourné à l'envers au-dessus des disparus... mon cousin André, victime d'un accident de moto, à l'envers. Mon arrière-grand-mère, Léocadie, à l'envers. Elle avait 92 ans, d'accord. Mais mon pendule n'en savait rien. Bref, j'ai calculé. 68 % de succès. Alors, qu'on me fournisse une photo de Sébastien Vaubercourt et je saurai aussitôt, s'il est mort ou vivant. Voilà où je veux en venir. Évidemment, je ne serais sûr qu'à 68 %. Mais quelle probabilité ! Aussi je me suis entraîné, durant ces quelques jours, comme un sportif, comme un duelliste. Parce que si j'ai la quasi-preuve que Sébastien n'est plus de ce monde, il faudra bien que je fasse quelque chose. C'est encore vague dans mon esprit, mais je reviens à mon récit.

Je ne sais pas raconter, excuse-moi. Je voudrais tout dire à la fois. Pour l'instant, j'arrive chez Sylvaine. Sa mère est chez le coiffeur. Nous sommes seuls. J'ai apporté un lot de photos. De son côté, elle a tenu sa promesse et même au-delà, car elle a préparé son petit appareil de projection. Nous allons disposer de diapositives et d'un film d'amateur. Je sors mon pendule. Je fais quelques exercices d'échauffement, pour épater Sylvaine. Les filles, on gagne toujours à les épater. Et on s'y met.

Photo d'un homme, habillé d'un polo et d'un pantalon de toile. Je le reconnais.

— C'est Sébastien.

— Non, dit Sylvaine, c'est grand-père. Ils se ressemblent beaucoup. Il n'y a entre eux qu'une différence de vingt ans.

Qui est épaté ? Tu le devines. Défilent ensuite d'autres photos, banales, mais plusieurs, cependant, retiennent mon attention.

— Où est-ce que ça a été pris ?

— Dans le jardin des Quéré. La grande maison, au fond, nous appartient à ma mère et à moi. Papa l'avait achetée deux mois avant sa mort.

— Où est-elle ?

— A quelques kilomètres de Brest, sur la route de Portsall.

Cette fois, l'étonnement me cloue le bec.

— Nous n'y allons jamais. Je pense que maman la vendra, achève Sylvaine, tristement.

Bon. Sans commentaire.

Ah ! Voici enfin une photo assez réussie. Plan moyen de Sébastien, car, cette fois, c'est bien lui. Je dois dire que je ne l'ai pas vu de face, puisqu'il était tombé le visage sur le bureau, si bien que j'ai surtout retenu l'image d'un profil, un peu écrasé. Mais il y a l'oreille, la forme générale de la joue, les cheveux ondulés, tous ces détails bien présents à ma mémoire et je les retrouve ici sans aucun doute possible. Au dos de la photo, il y a une ligne écrite par une main féminine, *Bruges. 12 mai 1985.*

— Maman note toujours la date, explique Sylvaine.

Je calcule rapidement. Le 12 mai, c'était le mois dernier, donc bien avant le fameux soir. Mais que l'image soit ancienne ou récente, c'est sans importance si mon pendule est capable d'indiquer la mort. Je me mets en position. Je sens que nous sommes très tendus, Sylvaine et moi. Silence. Le petit cône brillant se balance, et puis, avec lenteur, comme s'il se décidait à regret, voilà qu'il amorce un mouvement de rotation très mou, de gauche à droite. Impossible. J'ai lu dans le manuel que la giration se fait de droite à gauche, en cas de décès.

— Tu n'as pas l'air content, dit Sylvaine.

Je n'ai pas le cœur à répondre. J'éparpille les photos et j'en choisis une qui date du 6 avril 1985. Décidément, il est toujours en voyage. A nouveau, les dents serrées, la respiration retenue, et cette saloperie de pendule qui va, qui vient, qui ne sait plus où est sa gauche, où est sa droite. Enfin, il semble choisir de tourner à l'envers. Je l'encourage, mentalement. « Vas-y, fainéant. Tu ne peux pas ignorer qu'il est mort ! » Il prend de la vitesse. Il me donne raison.

Sylvaine l'intercepte et le stoppe. Moi, j'ai juré, tu te rappelles, qu'on ne parlerait plus de la scène de l'atelier. Donc, je reste muet, mais mon silence est facile à interpréter. C'est comme si je disais : « Alors, tu as compris, maintenant ! » Tu penses. Elle s'entête ; elle pousse vers moi une troisième photo.

— Essaye encore.

Très décontracté, le geste ample, le fil tendu entre le pouce et l'index, comme si je m'apprêtais à vanter un article ménager, je commence à survoler le portrait et hop, ça part instantanément et en force. De droite à gauche, bien entendu. Pauvre Sébastien ! Il est mort plutôt deux fois qu'une. Je rempoche le pendule. Sylvaine se mordille la lèvre, pensivement. Je lui propose de continuer.

— Attends, dit-elle, je voudrais te montrer quelque chose.

Elle tourne vers la porte servant d'écran, son appareil de projection. Un film très court est engagé dans les rouages compliqués de la machine.

— Éteins, dit-elle.

Elle embraye et le film dessine sur la porte un rectangle de lumière tremblotante. Je découvre qu'il s'agit d'un tableau. Une Vierge à l'Enfant. Celui qui tient la caméra recule peu à peu et un nouveau personnage entre dans le champ. On le voit très distinctement de trois quarts. Sébastien Vaubercourt. Il s'adresse à un interlocuteur invisible. Sa main commente ses paroles ; il tend un doigt qui détaille certaines particularités de la toile, suit les plis du vêtement. Son améthyste accroche des reflets. Et moi, je suis écrasé de stupeur, car c'est une chose de regarder une photo et c'en est une autre de voir bouger un vivant.

— Tu peux rallumer, dit Sylvaine.

Elle sort la bobine de l'appareil et la range soigneusement dans une boîte métallique sur laquelle est collée une étiquette. Je lis : *Londres. British Museum. 5 juin 1985.*

Le 5 juin, c'était trois jours après le soir tragique. Est-ce que tu m'entends ? Trois jours après !

Le 5 juin, Vaubercourt était vivant.

V

— Est-ce que c'est sérieux ? demande Mme Robion.

Elle accompagne en chuchotant le Dr Meige et lui ouvre la porte du bureau de son mari. Le docteur s'assied et commence à rédiger une ordonnance.

— Il lui faut un fortifiant et du repos, dit-il.

— Mais ce manque de sommeil ? Ces cauchemars ?

— Nous allons le faire dormir. L'année scolaire s'achève. Vous pourriez peut-être le garder à la maison. Il travaille beaucoup ?

— Il nous désole, docteur. Il se passionne pour des choses bizarres. Plus c'est bizzare, plus ça l'intéresse, et alors il passerait ses nuits à lire.

— A lire quoi, par exemple ?

— Eh bien, en ce moment, c'est la radiesthésie qui le préoccupe. Il a acheté des livres, du matériel ; il a des pendules dans ses poches.

— Ce n'est pas bien méchant.

— Oh si, c'est inquiétant. Qu'il promène au-dessus des plats son pendule pour voir si la nourriture lui convient, passe encore. Cela exaspère son père, mais enfin on ferme les yeux. Mais quand il veut qu'on change l'orientation de son lit parce que les courants telluriques qui traversent sa chambre sont la cause de ses migraines, alors...

Le docteur l'interrompt.

— Elles sont fréquentes, ces migraines ?

— Oui, encore assez.

— Quand ont-elle commencé ?

— Il y a environ trois semaines.

— Avez-vous l'impression qu'il se surmène, au lycée ?

— Non, pas du tout.

Mme Robion baisse la voix et, du ton de la confidence, continue.

— Voyez-vous, docteur, cet enfant apprend ce qu'il veut. Je ne dis pas cela parce que je suis sa mère. Je vous répète ce que disent ses professeurs. Il retient tout. Par certains côtés, c'est déjà un adulte. Il a des curiosités qui ne sont pas de son âge. Mais pour beaucoup de choses, il reste un enfant. Pour répondre à votre question, François est tout à la fois un paresseux qui compte trop sur sa facilité, et un bûcheur qui oublie de boire et de manger quand un problème le préoccupe.

— En somme, résume le docteur, il est toujours en porte-à-faux.

— Exactement.

— Mais j'en reviens à ces cauchemars...

— Ce cauchemar, docteur. C'est toujours le même. François se met à crier : « Allez-vous en. Vous êtes mort. » J'accours, naturellement. Les portes de nos chambres restent ouvertes. Je le trouve assis sur son lit, les mains tendues devant lui, et il continue à dormir. Je l'aide à se recoucher. Parfois, il se réveille. Je lui dis : « Qui est mort ? » Il me regarde sans comprendre. Je vous assure qu'il me fait peur.

— Il a peut-être vu à la télévision quelque chose de terrible. Ce ne sont pas la scènes de violence qui manquent.

— Non, docteur. Je ne crois pas. François ne s'intéresse pas beaucoup à la télévision. Lui, ce sont les livres, presque uniquement les livres.

— Des romans ?

— Justement. Votre question va tout à fait dans le sens que j'indiquais. François est un fanatique d'Alexandre Dumas et, en même temps, il achète régulièrement *Science et Vie.*

— Avant la radiesthésie, est-ce qu'il avait une autre marotte ?

— Les soucoupes volantes. Mon mari a dû lui interdire de prononcer á table le nom d'OVNI.

— Voyez-vous, autour de lui, des influences dangereuses ? Parmi ses camarades, peut-être ?

— Non. Je n'ai pas cette impression. Il a un excellent ami, mais ce pauvre petit est pour le moment en sana. François lui écrit des lettres qui sont de vrais journaux.

Le Dr Meige réfléchit, puis prescrit quelques remèdes et conclut :

— Si vous aviez à la campagne des parents, des proches, qui pourraient accueillir votre fils...

— Facile. Nous possédons à Portsall une vieille bâtisse un peu croulante mais située dans un cadre merveilleux.

— Portsall ? C'est du côté de Brest, n'est-ce pas ?

— Tout près.

— Alors, n'hésitez pas. Je suis peut-être de la vieille école, mais je crois à l'efficacité du changement d'air. Et puis, ne vous tourmentez pas. Il est à l'âge ingrat. Au fait, rappelez-moi son âge...

— Il n'a pas encore quatorze ans.

— Oui, c'est bien ça. Un moment difficile à traverser. Mais j'accepterais bien, pour ma part, d'y revenir, même en courant le risque d'affronter des fantômes. Mes hommages, chère madame. Tenez-moi au courant.

*
* *

Kermoal.

Cher Paulus Magnus,

Tu as bien lu. Je suis à Kermoal, sur ordre du médecin. Ah, c'est toute une histoire. Mais je ne pouvais pas t'écrire parce que la famille m'avait mis d'autorité au repos. Il m'est arrivé quelque chose d'idiot. Coup de pompe, déprime, appelle ça comme tu voudras. Plus d'appétit, plus de sommeil, ou alors des cauchemars, dont je n'ai gardé aucun souvenir. Ma pauvre mère, bouleversée, tu imagines, m'a raconté que je criais : « Allez-vous en. Vous êtes mort. » Toi qui sais la vérité, tu comprends ce qui me tourmente. C'est vrai ; cette affaire Vaubercourt m'a complètement démoli et elle continue à me hanter, car il s'agit bien d'une hantise. Ce mort qui est vivant ! Ce vivant que j'ai vu mort ! Je ne peux pas m'expliquer, mais je garde cette image sur la rétine comme un tatouage. Et il n'y a pas que mes nuits qui sont mauvaises. Il m'arrive aussi, dans la journée, d'avoir des espèces de crises.

Ça me prend comme une crampe. Je me répète : « Je suis sûr. Je suis sûr », et puis je n'y pense plus pendant une heure. Et puis ça revient. J'ai gardé une photo de Sébastien Vaubercourt. Sylvaine ne s'est aperçu de rien. J'ai mis la photo dans ma poche pendant qu'elle préparait son projecteur et maintenant j'ai tout le temps de faire des expériences. A vrai dire, toujours la même expérience. Je pose la photo à plat, sur mon bureau, et je promène mon pendule au-dessus d'elle. Et c'est là que ça devient diabolique. Quelquefois, le pendule tourne dans le bon sens, de droite à gauche, ce qui signifie que Vaubercourt est mort. Mais quelquefois aussi, il tourne dans l'autre sens, si bien que je ne sais plus. Ou plutôt, si. Je suis bien obligé d'admettre que je ne maîtrise pas mon matériel. Je reste un mauvais amateur. La radiesthésie, ça doit s'apprendre comme tout le reste. Ce que j'aurais dû faire, c'est m'adresser carrément à l'oncle de Sylvaine ; peut-être lui demander des leçons. Je n'ai pas osé.

Tu te rends compte que je ne peux confier à personne mon étrange aventure. Même pas à moi ! La preuve : ça me colle des sueurs froides. Je te vois venir, gros malin. Tu vas me dire : « Et Sylvaine alors ? Est-ce qu'elle n'est pas un peu ta complice ? » En bien, non, justement. Et pour une raison bien simple. D'abord, je lui ai promis de ne jamais faire allusion à sa fugue. Mais ce n'est pas ça l'important. L'important, c'est qu'elle m'évite. Plus de parties de patin à roulettes. Pendant les récréations, plus de contacts. Elle s'arrange toujours pour être entourée de deux ou trois copines. En classe, elle se tient loin de moi. Ce n'est pas qu'elle boude. Non. Ce n'est pas non plus qu'elle m'ignore. Elle me sourit. Elle me dit, en passant : « Ça va, François ? » Si tu veux, c'est elle et ce n'est plus elle. C'est Sylvaine à cache-cache. Insaisissable. Un truc de fille. Et moi, ça me rend malheureux.

Bref, il était grand temps de m'expédier à Kermoal. Pas bête, ce toubib. Depuis deux jours, je me sens déjà mieux. Quand tu es adossé à de vieux murs indestructibles, quand tu as devant toi la mer bleue, la campagne fleurie d'ajoncs, l'espace, mon vieux, tu le respires ; tu le tiens dans tes bras. C'est du vrai, ça ne ment pas. Alors, tout ce que j'ai laissé à Paris, ça me fait plutôt marrer. Et Sylvaine, je la mets tout doucement à la porte de mes pensées.

J'oubliais. Je ne suis pas seul. Maman est avec moi. C'est pourquoi je ne t'ai pas téléphoné. D'ailleurs, c'est plus amusant d'écrire. Je te rappelle mon adresse, pour le plaisir : *Kermoal, Portsall par Ploudalmézeau.* Ton Saint-Chély-d'Apcher, à côté de nos petits patelins comme Tréompan, Treglonou, et surtout l'Aber-Wrac'h, reconnais que c'est de la bibine.

Allez. Kénavo, frangin. A demain.

François.

*
* *

Kermoal.

Ah, Pylade de mon cœur, les choses ne sont pas si simples. Est-ce la solitude ? Est-ce ce grand air breton qui crée dans ma tête cette rumeur marine qu'on entend dans les coquillages ? Moi qui me croyais délivré de mes fantasmes, pas du tout ; ils sont là, mais sous une forme nouvelle. Les cauchemars ont disparu. Mes nuits sont calmes. C'est pendant la journée que je suis assailli par une meute de questions. Pour résumer, je suis de plus en plus convaincu que Sylvaine m'a menti. Oui. La douce Sylvaine, avec ses yeux clairs. J'en mettrais ma main au feu. Je ne sais pas quand, ni pourquoi. Mais je suis sûr qu'elle m'a caché des choses. Et tu veux savoir lesquelles ? A mon avis, celles qui concernent ses parents, leurs rapports, leurs querelles. Vois-tu, ce n'est pas normal qu'un bonhomme, sous prétexte que ses affaires l'appellent ailleurs, ne soit jamais chez lui. Papa se déplace beaucoup, mais pas longtemps chaque fois. Et quand les procès menacent de durer, il a un jeune stagiaire qui le remplace. Le Sébastien, lui, je l'ai bien compris, n'aime pas sa maison. Et quand, par hasard, il y fait escale, où se tient-il ? Là-haut, dans son atelier transformé en bureau et en bibliothèque. Il met un escalier entre lui et sa famille. Autant dire un pont-levis.

Tout ça me trotte dans la tête. Et dans le cœur aussi. Parce que Sylvaine, la pauvre Sylvaine, je jurerais qu'elle a du chagrin. Elle m'a menti par amour-propre. Entre un beau-père qui ne l'aime pas et une mère qui n'ose pas la défendre, mets-toi à sa place. Par rapport à moi qui suis heureux, elle étouffe de honte. L'histoire de la gifle, je ne sais pas comment te dire, mais je sens qu'un drame a commencé là. Alors, tiens-toi bien, j'ai résolu de lui écrire. Qu'est-ce que je risque ? A tout casser, une rebuffade. Mais suppose qu'elle me réponde. La plume sur le papier, c'est comme un cardiogramme. Ça laisse voir le secret des sentiments, même si on s'en défend. Et puis d'abord, je signerai : *Sans Atout*, pour qu'elle comprenne bien que je viens en sauveur. L'intérêt que je lui porte, c'est tout bonnement celui qu'on doit à une personne en danger.

Oh, je sais bien que toi, avec ton cynisme habituel, tu vas te mettre à rigoler. Rigole, mon vieux. N'empêche que mon parti est pris. Je commence mon enquête et pas plus tard qu'aujourd'hui. Si j'en avait l'âge et les moyens, je me renseignerais à fond sur le vieux Vaubercourt, sur les voyages de Sébastien, sur le médecin qui le soigne (tu te rappelles les comprimés éparpillés sur son bureau) et aussi sur Quéré, le père de Sylvaine, sur tout le monde, quoi. Une enquête à la manière d'un « privé » de la Série Noire. Mais, comme je ne peux compter que sur ma jugeotte, rien ne m'empêche d'aller questionner des commerçants, à Portsall. Je n'ai pas oublié que Mme Vaubercourt a hérité de son premier mari une petite propriété dans les environs.

Ma cervelle est comme un terreau où les moindres paroles de Sylvaine sont en train de germer. Il y a peut-être des gens qui ont gardé le souvenir du Dr Quéré ; un chirurgien de sa valeur, ça ne passe pas inaperçu. Si j'échoue, tant pis. Mon but, c'est de montrer à Sylvaine que rien de ce qui la touche ne me laisse indifférent. Ou alors elle ne devait pas m'appeler à l'aide.

Mais toi, mon brave petit vieux, applique-toi à bien suivre à la lettre ton traitement. Tu comptes, pour moi, autant que Sylvaine. Et même bien plus. Une autre fois, je te dirai comment s'organise ma vie à Kermoal. Chose curieuse, j'ai changé. Ce n'est plus l'amour fou. Le cadre, le décor, la pleine mer au bas des murs, les phares parmi les étoiles, ça me touche toujours autant. Mais le reste, le côté

Victor Hugo de ce château dont l'entretien coûte à mon père les yeux de la tête, franchement ça ne me convient plus. Entre Kermoal et Portsall, il y a des tas de propriétés charmantes. C'est plein de fleurs. C'est construit pour recevoir le soleil ; ça appelle la chaise longue, le transistor, le « lâchez tout » du cœur. Maman, quelquefois, me dit : « Repose-toi. Ne pense à rien. » Ce serait facile si je disposais d'une terrasse et pas d'un chemin de ronde. En revanche, l'avantage du perchoir, c'est que tu peux t'emparer, avec de bonnes jumelles, de tous les alentours jusqu'à l'horizon, et les jumelles dont je dispose ici sont super. Tu entres partout. Tu découvres qu'un point noir minuscule, tout là-bas, là-bas, sur une murette, c'est un chat noir qui fait sa toilette. Peter Pan, c'est moi, avec mes jumelles. Bon. Je me taille. A demain.

François.

*
* *

Kermoal. Ce week-end.

Salut, petit jeune homme. J'ai du nouveau. Du gros nouveau. Du très gros nouveau. Figure-toi que, hier après-midi, sentinelle du ciel, je lorgnais du côté de la route de Brest, surveillant les voitures à la queue leu leu qui amènent les gens de la ville à leurs résidences secondaires. Le meilleur moyen de ne penser à rien, c'est d'avoir les yeux occupés. Mais que vois-je ? Une BX blanche. Des BX blanches, ça n'a rien de rare. Sauf si tu entends ton démon familier qui te souffle : « C'est Sylvaine. » Non, ne va pas t'imaginer que je suis obsédé par Sylvaine. Elle est à Paris, Sylvaine, sauf si...

Je ne lâche plus la BX. Elle est quand même trop loin pour que je puisse lire le numéro et voir si elle vient ou non de Paris. Elle bifurque et prend la route du bourg. Puis elle tourne à gauche et s'engage dans le chemin du calvaire. Un bouquet d'arbres la dissimule. Elle reparaît et c'est fini. Le chemin creux l'a absordée. Mais je sais que non loin du calvaire, il existe trois ou quatre villas. Plutôt des maisons anciennes retapées, mais agréables, entourées de jardins et louées à des citadins. Et il me vient à l'esprit que les Vaubercourt possèdent quelque chose dans le coin. Ce serait miraculeux si c'était leur voiture. Miraculeux mais normal. La saison d'été va commencer. Peut-être viennent-ils s'assurer que leur maison est en état. Nous sommes bien venus, nous-mêmes, jeter un coup d'œil à Kermoal. Mais s'ils sont là, Sylvaine y est aussi. Hop, je cours à la remise où est rangé le vélo. Je te parlerai plus longuement de lui. Il sert à tout le monde pour les petites courses. Les jumelles dans la sacoche. Et je suis sur la route, me disant : « Les coïncidences, ça existe. Mais quand même ! »

Le pays, je le connais comme ma poche. Il y a un raccourci, à travers la lande, jusqu'au calvaire, planté sur une butte rocheuse. De là, je vais sûrement repérer la propriété qui m'intéresse. Je ne possède sur elle aucun renseignement mais elle doit porter un nom. Ker quelque chose. Ça me suffira pour poser quelques questions à Portsall. J'abrège. Me voilà au pied du calvaire, jumelles aux yeux. Tout de suite, je les situe, ces villas. Elles sont séparées par des haies de tamaris, qui les masquent en partie. Elles ont toutes un étage que je distingue assez bien. Volets clos, partout, sauf la dernière à droite. Il y a une fenêtre ouverte, donc elle est habitée. Ça ne m'avance pas beaucoup. Pas trace de la BX. En me hissant sur le socle du calvaire, j'aperçois un bout de perron. Je reste là, immobile jusqu'à l'ankylose. Rien ne bouge. Tu vas me dire : « Et ton pendule alors, à quoi sert-il ? » Idiot ! Ce n'est pas lui qui me renseignera.

Maman me croit à la plage. J'ai le temps, d'un coup de vélo, d'aller à Portsall. Avant, je peux bien me permettre de passer rapidement devant la propriété, juste le temps de jeter un œil.

En bien, je l'ai fait. Il m'a suffi de deux secondes pour découvrir que les propriétaires sont là, qu'il y a un garage le long de la haie, mais portes closes, et enfin que la maison s'appelle : *Les Tamaris.* Ils ne se sont pas foulés, ceux qui l'ont baptisée. Mais que je suis bête ! Pourquoi irais-je fouiner à Portsall, alors que j'ai sous la main la brave mère Jaouen. Je t'ai parlé d'elle, il me semble. Après la mort de son mari, elle n'a pas voulu quitter Kermoal, et on est bien contents qu'elle soit là. Elle veille à tout. Elle se fait aider par une petite cousine dont le mari travaille à Brest. Comme il a le génie du bricolage, c'est lui qui arrange, qui répare. Notre vieux Kermoal lui doit beaucoup. Je vais donc interroger Anne-Marie. Pour moi qu'elle a vu tout petit, elle est une espèce de tante, de nourrice, de grand-mère. Si tu préfères, elle est une Robion bien plus qu'une Jaouen. Je la trouve dans la cuisine en train d'écosser des petits pois.

— Tu sais, les gens commencent à arriver. J'ai fait un petit tour à côté du calvaire. J'ai aperçu les premier estivants. Il y a du monde aux *Tamaris.*

— Tant mieux, dit-elle. On n'arrivait plus à la louer. Elle était occupée par un industriel de Roubaix, qui venait tous les ans y passer ses vacances. Et puis il a dû fermer son usine et personne ne l'a remplacé. Les propriétaires en demandent trop cher.

— C'est qui, les propriétaires ?

— Des Parisiens, je crois. On ne les voit jamais, à ce qu'on m'a dit. Ça t'étonne ?

— Oh non. Pas spécialement.

— Tout ce que je sais, reprend-elle, c'est qu'ils passent par une agence de Brest et ce n'est pas très bien vu, à Portsall.

— Quelle agence ?

— Mais qu'est-ce que ça peut te faire ?

— Rien, bien sûr. Rien.

Je croque un petit pois pour me donner une contenance. Je n'ai pas l'intention de visiter toutes les agences de Brest. Mais pourquoi n'essayerais-je pas de téléphoner à Sylvaine, carrément, en copain qui veut prendre des nouvelles. « Où vas-tu passer les vacances ? Et ton beau-père, comment va-t-il ? » Mine de rien. En douce. Décontracté. Le brave, le chouette François « d'avant l'événement » !

J'attends donc la fin de la matinée. C'est l'heure où maman va à Portsall pour acheter différentes bricoles. Le téléphone est dans la pièce qui nous sert de salle de séjour, de salon, de bureau. Tu verras quand tu viendras. J'imagine qu'autrefois, c'était une salle d'armes ; il y fait toujours un peu froid, même en plein été. Je m'assure que je suis bien tout seul et, en conspirateur, à bouche close, je demande Paris. Et voilà ! Seulement, c'est la voix de leur femme de ménage. Sylvaine n'est pas là. Elle est auprès de son grand-père qui est souffrant.

— Qu'est-ce qu'il a ?

— Je ne sais pas.

— Et M. Sébastien Vaubercourt ?

— Il est parti hier soir avec madame.

— Où ?

— J'ai cru comprendre qu'ils allaient en Bretagne. Mais pour deux ou trois jours, pas plus. Ils n'ont pas emporté de gros bagages.

— Vous avez parlé avec M. Vaubercourt ?

— Non. Il n'est pas monté. Il attendait madame dans la voiture. Madame était très pressée.

Tu as bien entendu, mon petit Paul. Il attendait madame dans la voiture. Presque timidement, l'esprit en déroute, je demande :

— M. Vaubercourt ? Vous l'avez vu quand, pour la dernière fois ?

— Oh, ça fait assez longtemps. Quand je viens, il est à son travail. Mais il est toujours aussi exigeant. Si son linge n'est pas bien repassé, ses chemises surtout, il grogne, Il n'est pas commode.

— Vous l'avez entendu grogner ?

— C'est madame qui me prévient. Elle est gentille, madame. Il y aura une commission pour...

— Pour Sylvaine. Dites-lui simplement que François l'a appelée depuis Portsall.

— Portsall ? Madame m'a laissé une adresse, justement.

— Vous l'avez sous la main ? Vous pouvez me la dire ?

— Oui. Le 04-90-01. *Les Tamaris*.

— Vous avez bien dit : *Les Tamaris* ?

— Oui.

Je raccroche aussi sec. K.-O. mon vieux. Non seulement le Vaubercourt est vivant, mais il est là, à deux kilomètres. Et alors, tu comprends, puisqu'il est vivant, c'est moi qui suis... Je ne sais plus qui je suis, tiens. Il y a en moi quelque chose qui doit être mort. Des cellules atrophiées dans mon pauvre ciboulot. Quand tu as regardé longtemps une lumière, après, tu vois danser des boules rouges ou vertes. Moi, c'est pareil. Seulement, ce qui danse devant mes yeux, c'est la tête effondrée de ce Vaubercourt de malheur. Cette fois, j'ai besoin de le voir, là, devant moi. Bon sang, quoi ! Tout le monde le voit. Sa femme, Sylvaine, n'importe qui. Il n'y a que moi qui suis tenu à l'écart. Allez ! En selle. Retour au calvaire.

C'est compter sans maman. « Où vas-tu François ? Tu n'as rien mangé. Ne me dis pas que tu retournes à la plage. Tu y es toujours fourré. » Et bla-bla ! Et bla-bla ! Je l'aime bien, maman, mais elle ne se rend pas compte que je me bats pour récupérer, que c'est une affaire entre moi et moi. Le Vaubercourt, au fond, je m'en fiche. Mais si ma mémoire est pourrie, je dois tout avouer. Papa me conduira chez un médecin. Bon. Je réussis à m'échapper. Vite ! Le calvaire. Jumelles braquées. Je me hisse sur le socle. Si je me penche à fond, il y a dans la haie une étroite trouée, j'aperçois un bout de jardin. Passe une silhouette, rapidement. Je crois bien que c'est la mère de Sylvaine. Elle repasse. C'est elle. Je devine qu'elle s'adresse à quelqu'un. Ce salopard ! Il pourrait bien faire deux pas de plus. Mais non. Je vois un bras qui se tend, une main à laquelle brille un reflet. Sa bague !

Et tout ça, je le constate sans la moindre erreur. Ce n'est pas une scène que je m'invente. Tant pis pour moi. Je descends de mon perchoir. Ah; j'en ai gros sur le cœur, je te jure. Mais je ne désarme pas. Des tas d'idées nouvelles m'assaillent. Rien de tel que le vélo pour carburer et il est en train de me venir une théorie.

Écoute bien : suppose que tout ait été combiné. Sylvaine se réfugie chez moi, me raconte l'histoire que tu sais et s'arrange pour que je me rende seul chez elle. Je découvre un cadavre et on veut me faire croire qu'il s'agit de Sébastien Vaubercourt. Pourquoi ? Pourquoi ont-ils tous besoin d'un témoin ? C'est tout le problème. Pour le moment, je reste bouche cousue. Je suis le témoin qui n'est pas encore appelé à témoigner. Mais qui me dit que dans un avenir proche, on ne me demandera pas de faire une déposition en règle ? Oui, j'ai bien vu un mort. J'ai cru, sur le moment que c'était M. Sébastien Vaubercourt. Je ne peux pas jurer, maintenant, que c'était bien lui. Mais ce qui est sûr, c'est qu'il y avait un mort dans l'atelier.

Tes objections ? Tu penses si je les connais. Peut-être que je déraille, mais je tâche de prendre le problème par un autre bout. Et s'il s'agissait de quelqu'un à qui l'on avait tendu un piège. Ce que j'ai pris pour des remèdes contre l'angine de poitrine, c'était peut-être un somnifère foudroyant. Et puis, les Vaubercourt l'ont enlevé, le séquestrent. Et dans ce cas, Sylvaine... Ah, mon pauvre vieux, c'est une hypothèse qui me brise le cœur. Elle serait leur complice. Ça fait mal ! Attention, si tu insinues que j'éprouve pour elle... n'insiste pas, sinon je te casse la figure. Non. Simplement, ça fait mal, voilà !

J'arrive à Kermoal et toutes mes fantasmagories se dissipent. Je suis idiot de me mettre dans tous ces états pour rien, par jeu. D'ailleurs, je peux pousser le jeu plus loin. La bonne mère Jaouen est devant ses fourneaux.

— Maman est sortie ?

— Elle est dans le jardin. Elle taille les buis, qui en ont bien besoin.

Vite, le téléphone. Je forme le 04-90-01. Émotion. Vague angoisse. Là-bas, on décroche.

— Vaubercourt à l'appareil.

La voix... La voix... Mais je ne peux pas dire que je la reconnais, puisque c'est la première fois que je l'entends. Elle s'impatiente.

— Allô !... Qui parle ?

Et puis il grommelle, bougonne et finalement raccroche.

Moi, je m'assieds. Maman a raison. Je n'ai pas les nerfs solides. Mais cette voix bien vivante. Bien vivante et malgré tout désincarnée ! Si tu me disais : « Qu'est-ce que tu veux de plus ? » je te répondrais : « Toucher, entendre, ça ne m'intéresse pas. Ce que je veux, c'est voir. — Tu as vu sa main, depuis le calvaire. — Non. J'ai vu une main. J'ai entendu une voix. N'importe quelle main peut porter une bague. N'importe quelle voix peut répondre au téléphone. » Mettons que je sois un peu de mauvaise foi. Ce que je voudrais te faire comprendre, tête de pioche, c'est que je ne possède pas encore la preuve que Vaubercourt n'est pas un fantôme. J'ai la maladie de la preuve. Je tiens ça de mon père. Combien de fois, à table, racontant une scène de cour d'assises, n'a-t-il pas dit : « Là où il y a présomption, il reste toujours un doute. C'est la preuve qui enlève toute envie de discuter. » Et moi, justement, j'en ai assez de discuter, avec toi, avec moi, avec le diable s'il se manifestait.

Ici, entracte, si tu permets. Je t'ai annoncé du très gros nouveau. Je tiendrai parole demain. Tout ce que je peux te dire ce soir, c'est que le diable s'est manifesté.

Dormiturus te salutat, ce qui doit signifier à peu près : « Je vais roupiller et je te serre la pince. »

Celui qui n'a jamais mieux mérité d'être surnommé :

Sans Atout.

*
* *

Voici la suite promise. Mais je vais aller au plus court, car, dans une heure, je doïs être à Brest, à l'hôpital. Ce soir, il n'y aura plus de mystère Vaubercourt. J'aurai tout compris. Je te raconterai. Pour le moment, j'en reviens à mon après-midi d'hier.

A ma place, qu'est-ce que tu aurais fait ? Tu aurais décidé de le regarder de près, le Sébastien. Évidemment, cela s'imposait. Mais je ne pouvais pas croiser en vélo, devant la propriété. Ni le guetter, au risque d'être signalé comme un loubard méditant un mauvais coup. Du doigté, mon vieux. Du naturel, comme dit mon prof de français.

Donc : primo, bien me mettre dans la tête son personnage, sa maigre silhouette, ses cheveux ondulés. N'oublie pas que j'ai gardé une photo. Elle n'est pas très bonne. J'ai cependant une impression assez précise du bonhomme. Deuxio, recourir encore une fois à l'épreuve du pendule. Ça ne rate pas. Il tourne résolument de droite à gauche. Il est formel. Vaubercourt est mort. J'ai entendu sa voix, mais il est mort. C'est idiot et pourtant c'est ce qui m'excite, qui m'entretient dans un état de révolte. Tertio, surveiller la villa, du haut du calvaire. Je ne bougerai que s'ils s'apprêtent à sortir la voiture. Par le sentier qui coupe à travers la lande, il ne me faut que trois ou quatre minutes pour rejoindre la route qui longe *Les Tamaris*. Et eux, ils auront besoin d'au moins cinq minutes pour manœuvrer. Le temps de regarder à gauche, à droite, de se ranger pour permettre à Mme Vaubercourt de fermer la grille ; et moi, je serai là. Je pédalerai gentiment, cycliste anodin qui jette au passage un petit coup d'œil. Qui remarquerait un cycliste ?

Exécution. Les jumelles. Le calvaire. *Les Tamaris*, là-bas. Les Vaubercourt sont toujours là, puisque je vois entrouverte la fenêtre du premier étage. L'embêtant, c'est qu'il pleuvine. Si je rentre trempé, ça va faire du vilain. Je me rencogne au pied de la colonne. Pas longtemps, mon petit vieux. La chance ! Mais je ne vais pas jouer au suspense. J'ai aperçu à travers la verdure la tache blanche de la Citroën en mouvement. Alerte ! Je saute sur mon vélo. Je fonce. Coup de frein au débouché du sentier. Exactement ce que j'avais prévu, sauf que c'est elle qui est au volant et lui qui ferme la grille. Je ne le vois que de dos. Il porte un imperméable dont il a relevé le col et un feutre noir qui lui masque inévitablement le front et les yeux. Mais enfin, il est là. A moi de jouer. Il me suffit de les croiser. La BX démarre, non sans brutalité. Je dirai que cent mètres nous séparent. C'est dans la poche.

Tu crois ça, pauvre innocent ! Alors qu'ils commencent à prendre de la vitesse, tandis que je force moi-même sur les pédales, surgit un abruti qui exige le passage d'un coup d'avertisseur qui signifie : « Ote-toi de là, minable ! » Et le chauffard double, me découvre en face de lui, se rabat sur sa droite, faisant à la BX une queue de poisson. Hurlements de freins. Et puis le coup sourd, profond du choc, et dans le silence soudain revenu, le bruit cristallin du verre qui cascade. Tout ça en une seconde.

J'arrive déjà sur le lieu du tamponnement. Un coup d'œil qui balaye l'intérieur de la BX. Mme Vaubercourt est penchée sur la silhouette effrondrée de son mari ; mais impossible de mettre pied à terre. Derrière moi, me talonnant, il y a une Mercedes qui me pousse vers le bas côté, puis monte sur la berme, stoppe, et lâche trois bonshommes qui courent vers les voitures accidentées.

Incroyable ! En un rien de temps, la route est noire de monde. Lâchant mon vélo sur le talus, je m'efforce de me faufiler parmi les curieux. J'entends, au vol, des propos inquiétants. « Elle, ça va. Mais lui, il a pris un coup de pare-brise... on n'a pas idée de rouler comme ça sans la ceinture... remarquez qu'ils n'allaient pas vite. De loin, j'ai vu l'accrochage. Il en sera quitte pour un gros coquard... Pousse pas, petit. » (Là, c'est à moi qu'on s'adresse. Ce toupet, quand même !)

Je parviens au premier rang, c'est-à-dire que je me trouve derrière un grouillement de sauveteurs qui se bousculent autour de la BX pour extraire le blessé.

— Doucement ! Doucement ! Il saigne un peu, mais ça n'a pas l'air bien terrible.

Au loin, l'avertisseur des prompts secours. Déjà ! L'attroupement flotte, fait de la place. Je me glisse sous un bras, me hausse au-dessus d'une épaule. J'aperçois enfin un bout de Vaubercourt, une partie de la tête, mais pas la bonne. Juste une oreille et un fragment de nuque. Quelqu'un ramasse son chapeau et le lui pose sur la figure, ne sachant où le mettre.

— Poussez-vous ! Allez, vite !

Deux hommes en blouse blanche, attelés à un brancard. La foule a grossi. Quelque part, on entend le bruit d'une dispute. C'est le chauffard qui est pris à partie. Et, comme il arrive dans ce genre de manifestation, je me trouve soudain rejeté en arrière, par un mouvement imprévu des curieux. Juste à la seconde où l'un des infirmiers, saisissant le chapeau, l'envoie promener en s'écriant :

— Vous voulez l'étouffer ! Écartez-vous.

Moi ! Le témoin ! Encore une fois, le seul. On m'enlève sous le nez un Vaubercourt sans visage. Ce sont ses pieds qui défilent devant moi, balancés sur la civière. La tête m'est complètement masquée par Mme Vaubercourt qui marche à côté du corps, penchée sur le blessé dont elle tient la main. Et puis l'ambulance happe le couple. La foule se défait. Les voitures s'éloignent. Je reste encore un peu auprès des deux autos échouées sur le bas côté et surveillées par trois ou quatre personnes qui n'en finissent plus de discuter, en attendant le moment d'établir le constat.

Je garde mon échec en travers de la gorge. Mais, comme tu sais, autour d'un accident n'importe qui cause avec n'importe qui. Il n'y a plus de distances sociales. Aussi, je n'hésite pas à intervenir.

— Est-ce que c'est grave ?

— Oh, je ne pense pas, me répond-on. Mais dans ces cas-là, il vaut mieux passer par l'hôpital. Il y a des crânes plus fragiles que d'autres. Moi, je me rappelle...

Ça y est. L'homme a un récit à placer. Il m'a oublié. Il s'adresse aux autres qui ne vont pas manquer de raconter à leur tour leurs propres souvenirs. Inutile d'insister. J'ai mon renseignement. Vaubercourt va être hospitalisé à Brest. A moi de jouer.

J'arrête ici mon récit. Je l'achèverai ce soir. Faut que je dégotte un prétexte pour aller à Brest. Maintenant que j'ai commencé, j'irai jusqu'au bout.

Dix heures. Tout le monde dort, sauf ton serviteur qui n'en peut plus. Brest, ce n'est pas très loin, mais faire du vélo par ici, en ce début d'été et de vacances... passons !

Arrivé à la porte de l'hôpital, j'ai longtemps hésité. C'est un monde, mon vieux. Ça grouille, là-dedans, des infirmières, des médecins, des éclopés qui boitillent dans les couloirs, et puis l'odeur... C'est acidulé comme dans le métro, avec, en plus, une touche d'éther. Rien que ça, et tu te sens exclu. Tu vas d'une inscription à l'autre : *Radiographie, Cardiologie, Soins intensifs, Interdit au public...* Tu es pris dans un labyrinthe et, dans cette usine à guérir, personne ne s'intéresse à toi. J'avoue que j'avais un peu perdu la tête. Plus exactement, ton vieux Sans Atout était mort de timidité. J'aurais dû m'arrêter au bureau des entrées, ce que je fis après avoir compris que je n'avais pas la moindre chance de repérer par moi-même l'endroit où l'on avait conduit Vaubercourt. Au bureau des entrées, il y avait foule, à croire que c'était la journée des accidents. Rien que des visages catastrophés, des voix cassées par l'émotion. Je me donne un air de circonstance.

— M. Sébastien Vaubercourt ? On l'a amené à la fin de la matinée. Vous êtes de la famille ?

— Son neveu.

Eh oui. Je suis prêt à raconter n'importe quoi, sinon je vais me faire sortir avec fracas. Je continue avec aplomb :

— C'est une ambulance qui est venue le chercher. Près de Portsall.

— Voyez la major... au fond du couloir.

La major ? Je me retire, perplexe. La major, c'est quoi ? Sans doute une infirmière-chef. Je passe par des alternatives de chaud et de froid, de hardiesse et de panique. Je suis traqué par l'heure. Si je ne suis pas rentré pour cinq heures, maman va s'affoler. Qu'est-ce que je suis venu faire à Brest ? Au diable Vaubercourt !

Mais déjà je me dépêche, en quête de cette femme que je vois comme une majorette montée en graine. J'arrête un infirmier. J'essaye sur lui un bredouillement où surnage le mot : major. D'un geste, il m'indique un bureau dont la porte est ouverte. Je frappe. La majorette est là, taillée en force dans un uniforme blanc. Elle téléphone et me jette ce regard aveugle des gens qui n'ont d'attention que pour leur invisible interlocuteur. Et ça dure ! Malgré mon angoisse, j'ai envie de rire à l'entendre lâcher, de loin en loin, un « oui » ou un « non » d'une voix mécanique. Enfin, elle raccroche. Coup de menton vers moi.

— Je voudrais avoir des nouvelles de M. Vaubercourt.

— Vous êtes de la famille ? (Encore ! Mais qu'est-ce que ça peut bien leur faire ?)

— Je suis son neveu.

— Eh bien, rassurez-vous. A part une coupure importante au cuir chevelu et une grosse ecchymose à la tempe droite, il n'a rien du tout.

— Est-ce que je peux le voir ?

Elle consulte sa montre.

— Il doit être parti.

— Où ?

— Mais chez lui. On ne garde que les blessés sérieusement atteints. Faute de place. M. Vaubercourt a été examiné, pansé ; tout le nécessaire a été fait et c'est lui-même qui a manifesté le désir de regagner son domicile.

— Il y a longtemps ?

— Non. Il est même peut-être encore dans la salle d'attente. On a demandé un taxi pour lui et pour sa femme.

Je te jure que, cette fois, il ne va pas me filer entre les doigts. Après un « merci » très sec, car je commence à me sentir hargneux, je me replie sur le hall d'entrée. La salle d'attente doit se trouver par là. Je la repère au fond et je n'ai qu'à m'approcher avec précaution.

Ils sont là tous les deux, guettant le taxi, et moi, j'en crierais de rage, car ce que je vois, c'est un personnage tellement insolite que l'on pense tout de suite à l'homme invisible de Wells. Tu te rappelles, ce pauvre type qui est obligé de s'envelopper dans des bandages pour apparaître à ses proches. Vaubercourt porte un pansement compliqué qui lui cache le crâne, le front, les oreilles et les joues. Et, par-dessus le marché, il a des lunettes noires.

Je suis de plus en plus furieux. C'est n'importe qui, ce bonhomme. On se moque de moi. Je me dissimule près du bureau des entrées, là où les gens passent et repassent. Qui ferait attention à moi ? Et j'attends. Quoi ? Je l'ignore. Il m'hypnotise, ce type. Et il me fiche la trouille. Et pourtant, c'est bien Sébastien Vaubercourt, si tu réfléchis. Il a forcément dû, en arrivant, produire une pièce d'identité. Pour la forme, je veux bien. Tu es blessé, tu t'amènes à l'hôpital, tu as besoin de soins immédiats, on se contente d'enregistrer qui tu es et ça ne va pas plus loin. Et même, encore plus simple, c'est ta femme qui s'occupe des formalités. Enfin, tu vois ce que je veux dire. Mais attention ! Mme Vaubercourt...

Et alors là, il me vient un soupçon qui me coupe le souffle, comme un point de côté. Voyons ! Pourquoi Mme Vaubercourt ferait-elle passer pour son mari un homme qui... non, ça ne tient pas debout. Mais puisque Vaubercourt est mort ? Et voilà, je me retrouve en piste avec tous mes doutes qui me courent après et m'aboient aux trousses. Un autre homme tiendrait la place de Sébastien ! Mais qui ? Et pourquoi ?

Là-dessus, arrive le taxi. Mme Vaubercourt et l'individu masqué sortent de la salle d'attente. Tu penses si je l'observe. Il est grand et mince, comme Sébastien, et — ça, c'est la touche suprême — au moment de mettre le pied dehors, il se fouille, sort de sa poche un cigarillo et l'allume, ses bagues brillant au soleil. Avoue qu'il faut être un fumeur enragé pour avoir envie d'un cigare si peu de temps après avoir été assommé. Donc, c'était bien Vaubercourt. Et l'autre, là-bas, c'était...

Le taxi démarre et il ne me reste qu'à rentrer à Kermoal. Je fais le vide dans ma tête. Je pédale comme un automate. Et maintenant, je bâcle mon récit, parce que je n'en peux plus. Dormir ! Dormir ! Toi, on te dorlote. Moi, on me matraque. Bonsoir.

Sans Atout.

*
* *

Kermoal.

D'un convalescent à l'autre, salut !

Oui, moi aussi, je suis convalescent. Deux jours au repos forcé. Il paraît que j'ai encore fait des cauchemars. J'ai crié : « Arrêtez-le ! », comme si on m'avait volé un trésor. Et c'est bien un trésor que j'ai perdu : la confiance que j'avais en moi, la paix, la joie. Le vieil imbécile qui vient me soigner y perd son latin. Il a soixante-cinq ans, des lorgnons à l'ancienne, une chaîne de montre en travers du ventre et, pour t'ausculter, il te colle une serviette sur le dos et il t'écoute comme un indien sur la piste d'un visage pâle. Oui, c'est comme ça. Dans ma cambrousse, on en est encore, parfois, aux bonnes vieilles méthodes. Ma pauvre mère est dans tous ses états, évidemment. Elle songe déjà à m'emmener à Brest chez un neurologue. Ah ! C'est moche, mon pauvre vieux.

Dire que si je lui racontais tout, je serais guéri. Un secret, tu vois, c'est comme un ver solitaire. Ça te bouffe l'intérieur. Tu connais ma dernière trouvaille ? Eh bien, c'est que le mort de l'atelier était sans doute un parent des Vaubercourt, quelqu'un dont il valait mieux cacher la disparition. Peut-être un frère de Sébastien, un pauvre type qui aurait mal tourné. Il était venu demander de l'argent. Pourquoi pas ? Je vais tâcher de me renseigner sur la famille Vaubercourt. Mais supposons que Sébastien ait un frère. La difficulté reste la même. Qu'a-t-il fait du corps ?

La brave mère Jaouen s'amène avec du bouillon. J'en profite pour l'écouter car, si on la pousse un peu, elle te sert tous les cancans du pays. La technique est simple. Tu n'as qu'à mettre en doute les capacités du médecin. Ça, c'est pour l'amorcer ; elle démarre au quart de tour. Louanges du docteur, de son dévouement. Il accourt par tous les temps. Et tellement désintéressé, avec ça !

— Dommage qu'il n'ait pas été là pour l'accident.

— Tu parles de la villa des *Tamaris* ?

— Oui.

— De drôles de gens, à ce qu'il paraît. Pas très causants. Le laitier m'a dit qu'ils ont déjà fait réparer leur voiture, et ils sont repartis aussitôt, d'après le garagiste. C'est elle qui s'est occupée de tout. Elle a l'air de quelqu'un qui a beaucoup de soucis.

Tout de suite mon plan prend corps. Je vais téléphoner dès que le chemin sera libre. Je vide mon bol de bouillon, avec toutes les marques d'une grande satisfaction. La pauvre vieille me regarde comme si j'étais en train de guérir sous ses yeux.

— Maman est là ?

— Non. Elle est partie à Portsall. La Butagaz vient de nous lâcher.

Bonne affaire ! Je vais me glisser dans la salle de séjour dès qu'Anne-Marie aura le dos tourné et j'appellerai Paris. Carrément. On verra bien. Avec un peu de chance, je tomberai sur la femme de ménage.

Et voilà. Ça n'a pas raté. J'abrège.

— Allô !... Ici, François Robion. Est-ce que M. Vaubercourt est là ?

— Non.

— Et madame ?

— Non plus. Ils savent pourtant que le père de monsieur ne va pas bien. Son état s'est brusquement aggravé.

— Mais le frère de M. Vaubercourt ?

— Quel frère ?... Il n'a pas de frère.

— Enfin, il y a bien d'autres Vaubercourt ?

— Non. Madame dit souvent, en parlant de son beau-père : « Il n'a que nous. Et malheureusement il s'entend très mal avec mon mari. »

— Alors passez-moi Sylvaine.

— Elle n'est pas là, mais elle m'a laissé une commission pour vous. Elle m'a dit : « Si François Robion me demande, dites-lui que je ne veux pas lui parler. »

— Quoi ?

Je suis anéanti. Tu ne te méfies pas du téléphone et c'est pourtant un truc à te brûler la cervelle. A peine si j'ai la force de continuer.

— Elle paraissait fâchée ?

— Bah ! Il ne faut pas faire attention. C'est une petite querelle d'amoureux. Rien de plus.

Je lui raccroche au nez. L'andouille ! De quoi se mêle-t-elle ? Une querelle d'amoureux ! Mais je m'en fiche, moi, de Sylvaine. Ce n'est pas moi qui suis allé la chercher. Et pourquoi ce revirement ? Que s'est-il passé ? Elle qui devrait me supplier de ne rien dire à personne, de taire à jamais ce que j'ai vu. Elle qui devrait se montrer tellement gentille avec moi ! Et on me congédie, on m'envoie promener. On n'a même pas le courage de m'écrire.

Tu vois, Paul. Je n'avais encore jamais senti le poids de l'injustice. Eh bien, c'est accablant. Ça te réduit à l'état de crêpe. Tu n'es plus qu'une espèce de flaque de néant. Et tiens, à toi je peux tout avouer. Je pleure, mon vieux. Sans colère, sans emportement, paisiblement, comme une pauvre chose qui suinte. Je n'ai plus qu'à remonter me coucher.

Tout va rentrer dans l'ordre, avec du repos, a promis ce médecin de malheur. Allons-y ! A moi, le repos. Il n'y a jamais eu de macchabée chez Sylvaine. Il n'y a jamais eu de Sylvaine. Il n'y a jamais eu de Sans Atout. J'accroche la pancarte : *Do not disturb*.

J'ai refait surface à midi. Je m'étais endormi et maintenant je sens une espèce de lucidité glacée qui me pousse aux résolutions extrêmes. Je me suis montré plutôt gai pendant le déjeuner, surtout que papa a téléphoné qu'il allait venir pour un jour ou deux. J'annonce que je vais m'offrir une petite sieste.

— C'est ça, mon chéri, approuve maman. Plus tu dormiras et plus tu iras mieux.

Tu parles ! Pas question de sieste. J'écris à Sylvaine... Enfin, c'était mon intention, mais, devant la feuille blanche, oui, je me suis dégonflé. C'est facile de parler avec une fille. Tu la taquines. Tu lui racontes des blagues, tu fais le pitre et elle te trouve intéressant. Mais dès que tu veux écrire, les mots deviennent des peaux de banane. Tiens, rien que le début. Faut-il dire : *Chère Sylvaine* ? ou bien : *Chère amie* ? Ou bien : *Ma petite vieille* ? Et après ? Attaquer franchement ? *J'apprends que tu ne veux plus me parler.* Ou encore : *Serions-vous fâchés ?* Ou même : *Seriez-vous fâchée contre moi ?* Ce *vous* ne manque pas d'allure, hein ? Tout de suite, le garçon qui le prend de haut, qui marque une distance. Mais qui a droit à des explications. Et avant tout, outre la dignité outragée, lui laisser entrevoir qu'on éprouve un peu de chagrin et qu'on serait tout disposé à mettre bas les armes. Ah ! Qu'est-ce que j'ai pu transpirer sur cette lettre. Et tu veux savoir ce que j'ai écrit. Écoute !

Il fait beau à Kermoal. Ici, j'oublie tout. Mais je pense aussi à toi et au temps où tu me faisais confiance. Je reste ton ami. François.

C'est un peu bête, n'est-ce pas ? Tant pis. J'espère qu'elle sera touchée par tant de bonne volonté et qu'elle me répondra.

Je dois t'assommer, à la longue, mon pauvre Paul. Mais comprends bien que tout ce que je dis, c'est d'abord à moi que je le raconte.

A demain, toi qui est le plus merveilleux des copains.

S.A.

*
* *

Kermoal.
J'ignore le mois et le jour.
Je suis hors du temps.

Avec moi, mon petit Paul, je te jure que tu n'auras pas le temps de t'ennuyer. Papa n'est pas venu. Il nous a appris au téléphone que le vieux Vaubercourt est mort. Crise cardiaque. J'ai envie d'écrire : *comme Sébastien*. Parce que, malgré moi, je reste persuadé que... Bien entendu, papa est obligé d'assister à l'enterrement puisque le défunt a été de ses clients. Les obsèques auront lieu après-demain, « dans la plus stricte intimité », comme on dit. Les Vaubercourt ont un caveau au Père Lachaise. Mais tous ces détails tu t'en moques. Moi encore plus. L'important n'est pas là. Maman veut bien me céder le téléphone.

— Papa, j'ai entendu, et je voudrais te demander, pour Sylvaine. C'est une bonne copine. Est-ce que je ne devrais pas lui écrire ?

— Oh, si tu crois... oui, bien sûr. Tu as été reçu chez elle.

Mentalement, je me frotte les mains. Voilà justifiée une correspondance qui n'étonnera personne. Mais une correspondance ! Va-t'en savoir pourquoi un projet aussi chimérique me fait brusquement chaud à l'âme. La lettre dont je t'ai parlé, finalement, je ne l'ai pas envoyée et j'ai été bien inspiré. Maintenant, je peux me montrer plus qu'amical. Dévoué. Chaleureux. *Bien chère Sylvaine*, etc. Tu vois le ton. La mort du vieux est une bénédiction. A bientôt.

Papa est là. Nous l'écoutons. Quand il raconte, ça vaut les actualités. En définitive, il y avait pas mal de monde à cet enterrement. Mais, détail curieux et qui a suscité bien des commentaires, Sébastien Vaubercourt était absent.

Je m'étrangle devant ma sole.

— Ce n'est rien, dis-je. C'est une arête.

Papa enchaîne.

— Il n'a pas eu le temps de revenir. Il est à New York.

— Quand même, observe maman. Ce ne sont pas les avions qui manquent.

— C'est vrai. Personne, d'ailleurs, n'a été dupe. Ils étaient un peu à couteaux tirés, le père et le fils.

— La mort devrait mettre fin aux querelles, soupire maman.

Je me hasarde à émettre une suggestion.

— Il était peut-être malade ? J'ai appris, par Sylvaine, qu'il se soignait pour le cœur.

— Peut-être, dit papa. Oh, nous finirons bien par le savoir. Il n'a pas très bonne presse, en tout cas. On cause à un enterrement. J'ai appris ce que j'ignorais : il a un très mauvais caractère et sa femme n'est pas très heureuse. Il y a aussi des problèmes d'intérêts. Dietrich, l'agent de change, me disait que Sébastien Vaubercourt songe à ouvrir une galerie à New York.

— Il vendrait celle de Paris ?

— Oh, peut-être pas. N'oubliez pas que son père va lui laisser une très grosse fortune. Mais enfin, tout ça, c'est ce qui se murmurait au cimetière. Il faut en prendre et en laisser.

— Sylvaine à New York, dis-je, ça me fait drôle.

— Si tu lui écris, dit papa, tâche d'éviter ce sujet. Ça ne nous regarde pas. C'est inouï, d'ailleurs, ce que les gens peuvent être mufles. Me Bertagnon, le notaire des Vaubercourt, a dû filer à l'anglaise pour échapper à la curiosité de certains journalistes. Il y a décidément de moins en moins de vie privée. Mais je m'aperçois, François, que tu manges à peine.

Il se tourne vers maman.

— Parle-moi de lui. Je m'attendais à lui trouver une mine superbe et il a encore maigri, ma parole.

Ici, censure. Je ne vais pas te barber avec des propos sans importance. Papa a raison, remarque. Je ne me sens pas très bien dans ma peau. Pourquoi Sébastien Vaubercourt ne s'est-il pas montré à Paris ? A cause de son visage tuméfié ? Ou bien avait-il une raison plus impérieuse ? Réfléchis un peu, bon sang. C'est toujours moi qui fais le boulot.

Allez ! On ferme. Adios !

VI

— J'ai l'œil, tu sais, mon petit François. Et je vois bien que quelque chose te tracasse.

Me Robion, une main serrant doucement la nuque de son fils, se promène sur la grève. La mer s'est retirée très loin. Deux ou trois silhouettes de pêcheurs le long du flot. Des mouettes. Le silence. Un moment idéal pour se confier. Pourtant, François se tait. Si Mme Vaubercourt a jugé bon de dire que son mari était retenu à New York, c'est sans doute qu'elle avait de bonnes raisons. Parler de l'accident de voiture, non, ce serait avouer l'escapade de Brest. Il vaut mieux rester leur complice.

— Fais-tu toujours des cauchemars ?

François secoue la tête, sans répondre. Pourquoi ce mot de complice lui a-t-il traversé l'esprit ? Complice de quoi ? Est-on complice parce que l'on se trouve quelque part au mauvais moment ? Est-on complice parce qu'on se prend les pieds dans des mensonges dont on n'est pas l'auteur ?

— Tu es toujours un adepte de la radiesthésie ?

— Comme ci comme ça. Je crois que c'est comme le violon ou le piano. Il faudrait en faire plusieurs heures par jour.

— Et tu n'en as pas le courage ?

— Non.

— J'aime mieux ça. Je me méfie de tes emballements. Qu'est-ce que tu lis ?

— J'ai apporté un truc de Chateaubriand.

Me Robion resserre sa prise sur le cou de François.

— Apprends que Chateaubriand n'a pas écrit de trucs.

— Ça raconte son enfance. Il habitait dans un château... une espèce de Kermoal en plus grand.

Ça va mieux. Le moment difficile est passé. François a côtoyé la défaillance. Il a failli tout raconter. Heureusement Chateaubriand est la planche de salut. Il se sent tout à fait bien, maintenant, et il aime énormément ces conversations — trop rares — avec son père. Ils marchent dans le sable, l'un près de l'autre, à pas lents. François en vient à parler de ses professeurs, de ses copains. Il est de plus en plus enjoué.

— Calme-toi, dit Me Robion. C'est drôle. Depuis quelque temps, tu me donnes l'impression de ne plus te contrôler. Tu es excité. Tu es taciturne. Tu es sûr de ne rien nous cacher ?

— Mais rien, papa. C'est l'air de la mer qui agit, je pense.

Alerte ! Un mòt de trop et la vérité va jaillir. Ce n'est plus une promenade. C'est un guet-apens. François se verrouille, comme un prévenu devant son juge.

— Tu n'abuses pas des tranquillisants qu'on t'a donnés ?

— Non. Mais c'est vrai que je m'abrutis un peu. Et puis je vais te dire... j'aimerais mieux être à Paris. Ce n'est pas que je m'ennuie, ici, mais il n'y a vraiment pas beaucoup de distractions.

— C'est le patin à roulettes qui te manque ?

François regarde son père en dessous. Pourquoi fait-il allusion au patin à roulettes ? La mer remonte, poussant de minces lames qui se recouvrent comme des ardoises sur la pente d'un toit. Les phrases sont là, toutes prêtes, sur sa langue. « Tu sais, papa, Vaubercourt se cache aux Tamaris. » Non. Il se dégage. La main de son père sur sa nuque, par sa seule pression amicale, va finir par vaincre sa résistance. C'est de la triche. Il ramasse un galet et le jette au loin, sur une vieille boîte de conserve.

— A moi, dit Me Robion.

Du premier coup, il culbute la boîte. D'accord ! Il est le plus fort, le plus malin, le plus tout ce qu'on voudra, mais le charme est rompu. La minute critique ne reviendra pas.

— Paris commence à se vider, reprend l'avocat. C'est ici que tu es le mieux. Tu vas sans doute retrouver bientôt quelques camarades de vacances. Et puis je t'apporterai les livres que tu as envie de lire. Tu n'auras qu'à m'en donner la liste.

En bavardant, on revient à Kermoal. François, maintenant, souhaite que son père s'en aille vite. Il a hâte de reprendre avec Paul le fil de ses réflexions.

*
* *

Kermoal.

De Sans Atout à son ami Paul.

Je t'ai laissé largement le temps de réfléchir. Je te disais : Vaubercourt a-t-il une raison grave de cacher sa présence aux Tamaris ? Eh bien, plus j'y pense et plus je suis sûr qu'il ne peut pas faire autrement. Il est là. Il vit sans se montrer, ce qui est facile, les villas voisines sont encore inoccupées. Alors, avec une provision suffisante de tabac et de nourriture, il peut tenir quelques jours, jusqu'au retour de sa femme. Mais pourquoi, hein ? Il lui faut une raison bien grave. Pas seulement sa figure abîmée. Alors, quoi ?

Si je cherche trop longtemps, si je me crispe sur le problème, ça se voit aussitôt. Je mange à peine. Je regarde dans le vague et les questions se mettent à pleuvoir. « Où as-tu mal ?... », etc. Et le pire, c'est que mon père se doute de quelque chose. Mais inversement, si je ne cherche plus du tout, c'est un ennui sans nom qui me tombe dessus. La solution ? Il n'y en a pas trente-six. Je vais essayer d'explorer les Tamaris. Ou bien la maison n'est pas habitée et j'en trouverai facilement la preuve. Ou bien quelqu'un s'y cache, quelqu'un, donc Vaubercourt. Qui d'autre ? Et pour peu qu'il sorte la nuit pour prendre l'air, je repérerai des indices, sois-en sûr. Enfin, pouvoir agir. Sortir de ce bourbier qui me tient lieu de for intérieur (je traduis pour toi : for, ça veut dire la conscience. C'est mon côté pion qui refait surface). A ce soir.

Rien de plus facile que d'entrer dans la propriété. Il y a un grand jardin entouré d'un muret de pierres sèches où courent des lézards. Tu escalades cette clôture sans difficulté, ton pied se logeant tout seul dans les anfractuosités. Le jardin n'a pas été entretenu, mais les arbres fruitiers sont beaux, des poiriers et des pommiers. Et puis des fleurs un peu partout. Je ne saurais pas les nommer parce que les fleurs et moi... à part les roses et les chrysanthèmes ! Je me suis approché de la maison, par derrière. Deux fenêtres en bas, deux fenêtres au premier. Un petit perron de trois marches et la porte de ce qui est sans doute la cuisine. Tout cela soigneusement bouclé. J'ai manœuvré les poignées avec précaution. Bien inutilement. J'ai écouté. Silence. Pourtant, si Vaubercourt est là-dedans, il ne peut pas passer son temps à dormir. Il doit bouger, se déplacer, écouter peut-être un transistor.

J'ai traversé la cour, côté façade. Là encore, deux fenêtres en bas et deux en haut. Et le même petit perron de trois marches. Du lierre partout. Le seul bruit est celui des abeilles et des guêpes. Le garage est fermé par une porte coulissante. Comme elle laisse des interstices, j'ai vu qu'il était vide. La grille est verrouillée. La première impression est qu'il n'y a personne, ce qui met en échec tous mes raisonnements ou du moins ce que j'appelle ainsi. Bon, je reviendrai. Et chaque jour, après le déjeuner, quand maman est à l'office avec la mère Jaouen, je passerai quelques instants sur mon perchoir du calvaire. Je laisse inachevée cette lettre. Je la compléterai à mesure que je multiplierai mes observations. A partir d'ici, c'est mon journal de bord. On est lundi.

Mardi.

Rien. Sylvaine n'a pas répondu à ma lettre. Je suis comme une âme en peine.

Mercredi.

Rien. Papa a téléphoné. Maman va être obligée de retourner à Paris, pour ramener dans la voiture une partie des choses dont nous avons besoin pour l'été. Papa s'absente jusqu'à samedi. Il mettra au train le reste du matériel. Plus ça va et plus nos déplacements à Kermoal ressemblent à des déménagements. Moi, je respire. Plus de contrôle pendant deux ou trois jours.

Jeudi.

Enfin, une lettre de Sylvaine. Un billet, plutôt. Je te le recopie :

Je t'en prie, François, ne m'écris plus. Je n'ai pas le droit de te dire pourquoi. Maman m'expédie à Francfort, chez ma correspondante allemande, Anngret. Tu as peut-être cru que j'étais fâchée contre toi. Pas du tout. Je tiens beaucoup à toi, au contraire. Mais j'ai promis de me taire. C'est bien dur. Ne m'interroge plus jamais. Adieu, François.

Tu te rends compte ? Ce ton ! Ce mystère ! Cet adieu ! Je la sais par cœur, cette lettre. Je me la récite dedans, dehors, au jardin, à la plage, et même au calvaire, en surveillant les Tamaris. Pourquoi écarte-t-on Sylvaine de Paris ? Pourquoi a-t-elle promis de se taire ? Qu'a-t-elle appris de si compromettant ? Je soupçonne qu'il existe un rapport entre cet exil de Sylvaine et ce que j'ai vu chez elle, le soir de ma visite. Mais j'ai remué tant d'hypothèses que je suis vidé, stérile, épuisé, incapable de supposer une fois de plus. Si encore il n'y avait pas cet adieu qui me poursuit comme un glas. Et je suis plus que jamais obligé de feindre la gaieté, de reprendre de tout, du poisson et de la tarte. Maman se rassérène. Allons, le changement d'air commence à m'être profitable. Au secours, Paul !

Vendredi.

Hier, j'ai eu un vrai coup de déprime. Kermoal ne me vaut rien, cette année. Je suis trop seul, aussi. Faisons le bilan.

1°) J'ai vu un mort.

2°) Logiquement, c'était Sébastien Vaubercourt.

3°) Mais logiquement, ce n'était pas lui.

4°) Pourtant, il n'a pas reparu.

5°) Si, il a reparu aux Tamaris.

6°) Et sur cette énigme, Sylvaine, qui sait probablement la vérité, quitte la France.

Tu crois qu'il n'y a pas de quoi se taper la tête contre les murs ? Et moi, je suis là, à tourner autour de la villa, comme un pauvre loup paumé autour d'une bergerie vide. De ma triste aventure, il ne me reste que le pendule, qui bat la breloque, et cette misérable lettre, sur papier d'écolier. *Je tiens beaucoup à toi.* Quelle blague ! Tu as peut-être un poumon malade. Mais un cœur malheureux, c'est tout aussi moche, crois-moi.

Samedi.

Quelqu'un est venu aux Tamaris, cette nuit. Un peu avant midi, j'ai refait ma tournée d'inspection, en commençant par le mur du fond. Et j'ai découvert que la porte de derrière n'était fermée qu'au loquet. Je suis entré. Oui, mon vieux. Les risques, après tout, je m'en fiche, au point où j'en suis ! Ce qui ne m'empêche pas d'être prudent. J'ai écouté. Aucun bruit. De la cuisine, je suis passé sur la pointe des pieds dans le vestibule. J'avais l'impression que tout recommençait et que j'allais découvrir un mort, comme à Paris. Le soleil dessinait le contour des volets et j'y voyais assez pour constater que le living était désert. J'ai marché jusqu'au seuil de la pièce voisine. C'était une petite chambre, meublée sommairement, d'un canapé-lit, d'un fauteuil, d'une table et d'une armoire. Personne, bien entendu. Mais sur la table, il y avait des boîtes que j'ai regardé de près. Des produits pharmaceutiques. Des tas de remèdes différents qui sont utilisés par les cardiaques.

Alors, réfléchis. Le vieux Vaubercourt, crise cardiaque. L'homme que j'ai vu dans l'atelier, cardiaque. Ici, des remèdes pour le cœur. Donc, qui vient aux Tamaris ? Un cardiaque. Sébastien, pardi ! Atteint du même mal que son père, il a eu une syncope à Paris, quand je l'ai découvert, effondré sur son bureau, et depuis il s'est mis au vert, à Portsall. Peut-être lui est-il indispensable, pour ses affaires, de ne pas ébruiter sa maladie. Ce que j'entrevois, ce n'est pas une véritable explication, mais une petite lueur dans les ténèbres.

Redoublant d'attention, je poursuis ma visite. Au premier, deux chambres et une salle de bains. Au-dessus du lavabo, il y a des fioles, des boîtes, du parfum, la chambre des Vaubercourt, évidemment. Retour au rez-de-chaussée. Je m'attendais à découvrir dans la cuisine les traces habituelles : du pain dans la huche, un frigidaire garni. Rien du tout. Comme si Sébastien ne faisait que passer de temps en temps. Mais ça, c'était du mystère négligeable. L'important était que je tenais le fil conducteur. D'ailleurs, j'ai bientôt eu la preuve que j'étais sur la bonne voie. J'ai repéré, en effet, une tache d'huile devant le perron. La BX avait stationné là et peu de temps auparavant. Question : pourquoi Vaubercourt n'habitait-il pas en permanence aux Tamaris ? Réponse possible : il va mieux et il se promène. Je m'étais introduit aux Tamaris avec l'anxiété que tu devines. Je m'en éloigne pour ainsi dire apaisé. D'un seul coup, tout ce cirque dont je m'étais fait le Monsieur Loyal est soufflé, dispersé, anéanti. Sébastien Vaubercourt est malade. Voilà, c'est tout. Ni tout à fait mort, ni tout à fait vivant. Entre les deux ; ce que je n'avais pas voulu comprendre.

Là-dessus vient se greffer un drame familial, sans doute celui de la mésentente, d'où la lettre éplorée de Sylvaine. Peut-être le drame d'un divorce, hélas ! Compliqué par le décès du père Vaubercourt ? Et tout cela ne me regarde pas. C'est ça que je dois me mettre dans la tête. Donc, point final. Plus de surveillance. Plus de tentative pour renouer avec Sylvaine. D'ailleurs, elle ne m'a pas donné son adresse. Je me retrouve à Kermoal, dans la maison de mon enfance, avec mes souvenirs d'enfant, dont je n'ai que faire. Je ne suis plus un enfant. Je suis un pauvre Sans Atout aux mains vides. Je t'envoie ce compte rendu, sans doute le dernier. Je ne te dis pas : à demain. Je ne te dis pas : à bientôt. Attends que je sois guéri.

François.

Kermoal. Lundi.

Vite ! Vite ! Le bruit court que Sébastien est mort. Je suis à nouveau mobilisé corps et âme, et tellement ému que je ne sais plus par où commencer. Avant-hier, j'étais résigné à tout abandonner, et ce matin... Eh bien, ce matin, c'est ma bonne mère Jaouen qui m'a appris la nouvelle, en m'apportant mon café au lait.

— Ces Parisiens des Tamaris, tu les connais ?

— Oui... comme ça... vaguement.

— Ils sont revenus samedi, et le pauvre monsieur...

— Quoi, le pauvre monsieur ?

— C'est bien triste de venir pour les vacances et de mourir en arrivant.

Je ne suis pas de ceux qui font répéter, qui refusent l'événement et se tordent les mains. Je me contente de fermer les yeux et de me dire stupidement : « Cette fois, ça y est. Il est mort. » Elle continue :

— Tomber malade un samedi soir, ce n'est pas de chance. D'habitude notre médecin n'est jamais bien loin. Mais justement, il avait été appelé pour une urgence, et pendant ce temps, le pauvre monsieur est mort. Subitement.

— Un infarctus ?

— Oui, un infractus.

— Non, pas un infractus, un...

Et puis, je laisse tomber. Peu importe le vocabulaire. Ce que je vois de plus clair, c'est que Sylvaine va être là, d'une heure à l'autre. Forcément. Vaubercourt est quand même son beau-père.

— Qui t'a renseignée ?

— Anne-Marie, en m'apportant le lait.

— C'est qui, Anne-Marie ?

— La mère du menuisier. Ce sont les plus proches voisins des Tamaris. La dame...

— Mme Vaubercourt ?

— Oui. Elle a eu besoin d'aide, tout de suite. Elle était seule avec son mari qui ne bougeait plus. Elle a essayé de le soigner avec les remèdes qu'elle avait sous la main. Rien à faire. C'était trop tard. Le médecin n'a pu que constater le décès et remplir les papiers.

— Quels papiers ? Le permis d'inhumer ?

— Oui, ça doit être ça. Que nous sommes peu de chose, mon Dieu ! Voilà un pauvre homme qui arrive en vacances et, deux heures après, il n'est plus de ce monde et c'est tout juste si le menuisier ne prend pas déjà ses mesures pour le cercueil.

— La famille a été prévenue ?

— Anne-Marie m'a dit seulement que cette dame avait beaucoup téléphoné. Ce qui est sûr, c'est qu'il sera enterré à Paris, près de son père. Ici, le corps sera pris par un fourgon des pompes funèbres.

— Quand ?

— Après-demain. En attendant, c'est la sacristine et puis la mère du menuisier qui le veilleront. Elles sont habituées. Les morts c'est leur affaire. Elles les préparent, les habillent et restent auprès d'eux jusqu'à l'enterrement.

— Est-ce qu'il y aura une cérémonie à Paris, au Père Lachaise ?

— Ça, je n'en sais rien. Mais ça m'étonnerait. Juste au moment où les gens partent en vacances. Mais tu m'en poses, des questions.

— C'est que je les connais un peu, les Vaubercourt. Leur fille est une camarade de classe.

— Eh bien, qu'est-ce qui t'empêche d'aller faire une visite aux Tamaris ? Mais je te signale que Mme Vaubercourt doit aller à Brest chercher son frère, au train de deux heures.

Là, je m'arrête une minute, mon petit vieux, parce que je te jure que l'idée est venue d'elle. Mais c'était plus qu'une idée. C'était une étincelle qui me mit la cervelle en feu. Je t'ai rapporté par le menu notre conversation, pour qu'elle te prouve à quel point je parlais seulement pour parler. J'étais ému, bien sûr, abasourdi et même hébété. J'avais l'impression que Vaubercourt venait de mourir une deuxième fois. Mais je me sentais en dehors du coup, tu comprends ? Et voilà que ma brave mère Jaouen, sans penser à mal...

Ce fut dans ma tête comme un trait brûlant. Oui, pardi. Une visite de condoléances s'imposait. « Nous avons appris que... C'est une chose affreuse... », bref, tout ce qu'on débite en pareil cas. D'ailleurs, je n'aurais même pas à me mettre en frais, si je me présentais à la villa sur le coup d'une heure et demie, quand Mme Vaubercourt serait à Brest. C'est vrai, j'avais oublié son frère, le médecin radiesthésiste. Normal qu'il se dérange. Bon, je te fais grâce de mes réflexions. Ce que je voyais de plus clair, c'était que, par chance, je me trouvais seul à Kermoal tandis que, pendant une heure au moins, la dépouille de feu Vaubercourt serait laissée à la garde unique de la pleureuse de service. Alors, quelle plus belle occasion d'aller enfin regarder sous le nez celui que je guettais depuis si longtemps ? La petite voix que je connais bien me disait : « Laisse tomber. Tu seras bien avancé. »

Mais si, justement. J'y gagnerais de vérifier que j'avais vu juste, à Paris, en découvrant un Sébastien en syncope. C'est depuis cette nuit-là qu'il avait disparu pour cacher sa maladie. Dans le monde des affaires, je le sais par mon père, la santé a une valeur commerciale, comme une action, ou une obligation. Mais le petit film prétendument tourné à Londres ? Mensonge. C'est là que Sylvaine a commencé à me tromper, et sans doute sur ordre. Ce film avait été tourné avant la syncope, peut-être longtemps avant. Et voilà pourquoi, maintenant, Sylvaine me demande de ne plus l'interroger. Tout se tient, et de mieux en mieux. Allons ! Un dernier effort et je pourrai écrire à Sylvaine (en priant de faire suivre) que j'aurais su tenir ma langue si elle m'avait tout bonnement avoué que Vaubercourt était menacé d'un infarctus, et que c'était là un secret d'état.

Ici, la pause-déjeuner et je file aux Tamaris. Je t'écrirai à mon retour.

Mon petit Paul, tu as devant toi un personnage en état de coma dépassé. Dépassé par les événements, bien entendu. J'arrive des Tamaris. Mais tâche, maintenant, de me suivre pas à pas. Ah, mon pauvre vieux, j'ai les jambes coupées. Je suis obligé de m'asseoir. Non, pardon, je suis assis. Surtout ne m'interromps pas. Sinon, je n'aurai plus la force de continuer. Donc, je me présente à la villa. Il était une heure et demie. Je pousse la grille. Je sonne à la porte. Au bout d'un moment, j'entends un glissement et l'on m'ouvre. Une vieille femme en noir. Elle chuchote :

— Il n'y a personne.

— J'ai appris, dis-je. C'est affreux. J'aurais voulu présenter mes condoléances à Mme Vaubercourt. Nous la connaissons bien.

Elle me fait entrer.

— M. Vaubercourt est là-haut. Je reste près de lui, en attendant le retour de madame et de son frère. Voulez-vous le voir ?

J'acquiesce de la tête. Je commence à me sentir mal à l'aise. Je la suis dans l'escalier. Elle trottine jusqu'à la chambre, s'efface, et tout d'abord je ne vois pas grand-chose. Les volets sont fermés. Sur le lit, j'aperçois le corps, vaguement éclairé par une bougie qui brûle à son chevet. J'avance timidement et soudain j'ai envie de m'écrier : « Malédiction ! », comme dans un roman de cape et d'épée. Le visage du mort porte une mentonnière qui le dissimule en partie. La fée Carabosse, derrière moi, m'explique à voix basse :

— C'est madame qui a voulu. Pour qu'il soit plus présentable. Elle dit qu'il a beaucoup changé.

Je pense bien. Ce n'est pas Vaubercourt. Je suis pris brusquement entre une envie explosive d'éclater de rire et une crise de larmes. Non. Ce n'est pas lui. Pourquoi lui a-t-on mis cette espèce de linge qui semble là pour l'aider à supporter une rage de dents. A-t-on cru qu'il fallait cacher une partie de ses traits ? Mais cet inconnu, en dépit du bandeau, a les cheveux noirs, alors que l'autre, le vrai, était plutôt blond. Il a les joues déjà bleuies d'une barbe renaissante ; et ses mains ! On les a croisées pieusement sur sa poitrine, mais je remarque, moi, du premier coup d'œil, que ses doigts ne sont pas jaunis par le tabac, comme ceux de Sébastien. Bien sûr, on lui a enfilé les bagues du défunt. Précaution dérisoire. Prise contre qui ?

Je considère la vieille. Est-elle fausse, elle aussi ? Elle s'est assise au pied du lit. Elle tricote. Ses lèvres remuent. Récite-t-elle des prières ou compte-t-elle ses mailles ? A son tour, elle lève les yeux sur moi.

— Sa dame m'a dit qu'il n'avait pas eu le temps de souffrir.

Mais bon sang, au milieu de quelle sinistre farce suis-je tombé ? Tu imagines. La pénombre, la flamme de la bougie qui éclaire à peine ce masque mortuaire d'un inconnu, et Mme Vaubercourt accompagnant le cercueil, un mouchoir sur la bouche. Et pas seulement elle. Son frère. Sylvaine. Quelques amis parisiens. Je n'ai plus qu'une hâte. Filer. Et en vitesse.

Cependant, je m'attarde encore un peu, pour être bien sûr de n'oublier aucun détail. L'homme est un peu plus petit que Vaubercourt, il me semble. Il a l'air de flotter dans son costume.

Qu'est-ce que c'est que ce corps de rencontre ? Où l'a-t-on pêché pour tenir la place du vrai Vaubercourt ? Serait-il de la famille de Mme Vaubercourt ? En tout cas, je ne suis pas près de l'oublier. Je fais deux pas en arrière et la vieille se lève pour me reconduire. Je lui demande :

— Vous ne l'aviez jamais vu avant ?

— Non. Je sais seulement qu'il voyageait beaucoup pour ses affaires.

— Mais il a passé ici plusieurs jours. Vous auriez pu l'apercevoir.

— Non. Je ne l'avais jamais vu. Depuis son accident, il évitait, d'ailleurs, de se montrer.

Je m'incline, avant de sortir, et recommande à la vieille de ne pas parler de ma visite.

— Mes parents écriront à Mme Vaubercourt. Moi, je suis juste passé en voisin.

Je raconte décidément n'importe quoi. J'étouffe. De l'air ! De l'air ! Voilà. Tu sais tout. Il va y avoir un intrus dans le caveau des Vaubercourt. C'est complètement fou. Et en plus, c'est diablement dangereux. Car on trompe l'état civil. On trompe... j'entrevois qu'on va tromper encore beaucoup de monde. Et en prenant des risques insensés. Comme si le temps pressait.

Pour obtenir le permis d'inhumer, Mme Vaubercourt a commencé par mentir au médecin de l'état civil. Tu vois où ça nous mène.

Attends, Paul... une affreuse idée vient de me sauter au visage. Je t'en prie, détruis cette lettre. Cette idée... c'est qu'elle a peut-être tué son mari. Non. Je ne sais pas. Ce n'est pas vrai. Toi qui possèdes les mêmes éléments que moi, mais qui regardes les choses de l'extérieur, avec sang froid, essaye de me prouver que je me trompe. A bientôt.

François.

*
* *

Kermoal.
Encore une fois.

Ah, mon Paul, ce n'est pas pour t'en faire reproche mais ton coup de téléphone m'a valu bien des désagréments. Tu ne pouvais donc pas rester tranquille ? Tu avais bien besoin de demander si j'allais mieux ! Pourtant, tu connais maman. Elle a tout de suite pensé que je t'avais confié des choses que je n'avais pas osé lui dire. Concernant ma santé, bien sûr. L'état de mes nerfs et que sais-je encore. J'ai dû jurer que je n'avais rien, que tu avais certainement compris tout de travers ma dernière lettre. N'empêche ! J'ai été traduit d'autorité devant un neurologue brestois. Et c'est pire qu'un toubib. Avec un toubib, tu te déshabilles et on n'en parle plus. Avec celui-là, c'est ton intérieur qu'il faut mettre à nu. On te râcle la peau de l'âme, on va dans tous les coins, et si tu hésites, c'est que tu es coupable. De quoi, Grand Dieu ! Eh bien, d'être un rêveur, un cachottier, avec un petit côté mythomane qui te pousse à raconter des histoires. Et ma pauvre mère encaissait tout ça et se demandait si elle n'avait pas enfanté un monstre. Quelquefois, elle intervenait pour se délivrer de ses craintes les plus secrètes.

— Il aime les romans policiers...

— Ah ! Ah ! (du ton du flic qui te prend la main dans le sac). Il en lit beaucoup ?

— François... réponds franchement. Est-ce que tu en lis beaucoup ?

— Mais non, maman. Un de temps en temps.

— Jeune homme, citez-moi des titres qui vous ont plu.

— Heu... Je ne m'en souviens pas... *Dans le pétrin... Le Cadavre aux dents molles... T'as le bonjour d'Alfred.*

Le médecin hoche la tête.

— Je vois. Je vois, dit-il.

— Et puis, reprend maman, il ne cesse d'écrire à un petit camarade... mais de vrais journaux... est-ce que c'est normal ?

— Cela dénote une tendance marquée à la fabulation.

— Et il y a aussi ses manies, ses engouements, s'écrie-t-elle. En ce moment, c'est le pendule, et même...

Le médecin l'interrompt d'un geste.

— Le pendule !... Ah, je n'aime pas ça du tout. Vous avez bien fait de me l'amener. Il est temps d'intervenir.

Là-dessus, on m'exile dans un coin et on se met à tenir, à voix basse, tout un conciliabule. Je sors du bureau fiché, catalogué, épinglé, bref, en liberté surveillée. Tu te rends compte, si j'avais le malheur de laisser échapper le secret que je t'ai confié dans ma dernière lettre, mes soupçons affreux... ce drame épouvantable chez les Vaubercourt. Qu'est-ce qu'il m'arriverait !

Au retour, maman se tait obstinément. Je sens qu'elle est inquiète, évidemment, mais en outre vexée, humiliée, d'avoir un fils peut-être pas comme les autres. Mythomane, ça, elle n'encaisse pas. Elle qui était si fière de moi. C'est comme si, brusquement, j'étais devenu sale et je vais être soumis à coups de tranquillisants et de remèdes variés à un décrassage général. Moi, Sans Atout, le seul, tu entends, le seul qui en sache un petit bout sur le mystère Vaubercourt.

Tu comprends, maintenant, pourquoi je t'ai laissé si longtemps sans nouvelles. Mais j'ai repris confiance. D'abord, papa a déclaré que ce neurologue n'y connaissait rien. « Ce sont des gens, a-t-il dit, qui n'ont jamais eu quatorze ans. Qu'un garçon fasse sa mue comme une vulgaire couleuvre, rien de plus normal. Il est en train de changer de peau, voilà tout, et ça le gratte, ça lui fait mal, mais après il sera tout neuf. » Maman, à demi-convaincue, me considère d'un œil qui commence à s'apaiser, et la vie, à Kermoal, me pèse un peu moins. On ne s'inquiète plus quand je dis : « J'écris à Paul. » Je vais donc, pour toi, revenir en arrière.

En arrière, c'est l'enterrement. Dans un premier temps, une voiture des pompes funèbres est venue chercher le corps et l'a emmené à Paris. Mme Vaubercourt a fermé la villa, après avoir témoigné — généreusement paraît-il — sa gratitude aux voisins qui l'ont aidée.

Deuxième temps, les funérailles à Paris. Papa n'a pas pu y assister (d'ailleurs, je crois qu'il n'y tenait pas) et il s'est fait représenter par son secrétaire. Quand il nous a rejoints, pendant le week-end, il nous a donné quelques détails, mais très succincts. Pour lui, c'était déjà de l'histoire ancienne. Tout ce que j'ai su, c'est qu'il y avait peu de monde. Pas question de Sylvaine. Je ne pouvais pas m'informer avec trop d'insistance. N'oublie pas : je demeure en observation, et si j'avais posé des questions trop précises, on m'aurait dit : « Pourquoi t'intéresses-tu tellement à cette fille ? » Pour mes parents, il n'y avait pas, il n'y avait jamais eu d'affaire Vaubercourt. Mais moi, je n'arrivais pas à effacer de mon esprit certaines images : le caveau ouvert pour recevoir un étranger, les gerbes et les couronnes : *A Sébastien Vaubercourt... A mon époux...*, etc. Des brassées de mensonges fleuris... Et la dalle retombe et il n'y a plus qu'une inscription gravée dans le marbre : *Sébastien Vaubercourt* avec la date de sa naissance et celle de sa mort, soi-disant.

J'avais beau sortir, me promener le long de la grève, marcher pour me fatiguer et oublier ; pas la peine. J'étais hanté par cette énorme escroquerie. Enfin, je ne rêvais pas. Le vrai Vaubercourt, où était-il passé ? Ce n'était pourtant pas à moi d'alerter les journaux ou la police. D'abord, une lettre anonyme n'aurait aucun effet. Et puis je me devais de continuer à protéger Sylvaine. Il ne restait qu'un espoir. Sébastien, vivant sous un autre nom, serait reconnu et démasqué. Ah, je te jure, j'en ai fait des plans. Mais j'avais, et j'ai encore, la cervelle nouée par les tranquillisants. Je suis incapable de prendre une initiative. De temps en temps, je vais me poster au pied du calvaire, j'observe les Tamaris. On voit tout de suite quand une maison est abandonnée, et celle-là n'est pas près de se réveiller.

Mon pauvre vieux, me voici convalescent comme toi. A nous la sieste obligatoire, la suralimentation, les interrogatoires anxieux. « Comment te sens-tu ? As-tu encore mal à la tête ? » Pourquoi faut-il que plus on est aimé, plus on soit harcelé ? Allons ! Je te laisse aux mains de tes bourreaux. A bientôt, mon frère.

François.

VII

Kermoal.

Il pleut, et c'est dimanche.

Mon pote, salut. Je n'avais pas tellement envie de t'écrire. D'ailleurs, c'est bien simple. A force de me soigner, ils m'ont, petit à petit, guéri de mes envies. Toutes ces petites envies qui me rendaient vibrant, comme un tournesol avide de soleil. Eh bien, c'est passé, tout ça. Cependant, je veux noter pour toi une remarque de mon père qui m'a fait dresser l'oreille. C'est à propos des Vaubercourt.

— J'ai appris que la galerie était à vendre, dit-il.

— Bien sûr, répond maman. Il fallait s'y attendre. Ce n'est pas cette pauvre femme qui peut s'occuper d'une affaire aussi délicate.

— Elle n'a pas besoin de ça pour vivre, commente papa. Mais enfin, avec ce qu'elle va lâcher au fisc, en droits d'héritage, je comprends qu'elle aime autant tout liquider. C'est Me Bertagnon qui la conseille. Elle aurait l'intention de se retirer dans le Midi, d'après ce qui se murmure au Palais.

Coup au cœur. Papa hausse les épaules.

— Que ne murmure-t-on pas au Palais, conclut-il. Avocats, huissiers, juges, tous plus curieux et plus avides de potins que des concierges. Par exemple, le petit Lambertin...

Mais je n'écoute plus. Que Mme Vaubercourt quitte Paris, ça m'est bien égal. Tout ce que je souhaite, c'est qu'elle ne m'enlève pas Sylvaine. Pas avant que nous ayons eu l'explication qu'elle me doit. Alors, tu vois, cela ne valait pas une lettre. Ne piaffe pas, mon petit vieux. Je te tiendrai au courant si j'apprends du nouveau. En attendant, je laisse tomber le pendule, qui me rappelle des choses trop désagréables. Je vis au ralenti, comme une moule sur un rocher. De nous deux, c'est toi le plus chanceux. Adios.

François.

*
* *

Kermoal.

Il pleut encore et c'est encore dimanche.

Dès que papa arrive, c'est la pluie. Heureusement, il a bon caractère, et puis il amène toujours des dossiers. Je ne l'ai jamais vu s'ennuyer. Pourquoi t'écris-je ? (Pas mal, « t'écris-je »). Parce que j'ai surpris une conversation qui a réveillé mes démons. Après déjeuner, papa et maman causaient à mi-voix, en buvant leur café. Notre living-room, je te l'ai sans doute déjà dit, est très vaste, de sorte qu'il nous sert de salle à manger, de salon, de bibliothèque, et tu serais là, on pourrait y monter un ping-pong. Je m'étais retiré dans le coin bibliothèque pour y feuilleter un magazine que j'aime bien : *La pêche et les poissons*. J'entendais, sans prêter l'oreille, le bourdonnement de leur conversation, quand papa haussa soudain légèrement le ton et dit :

— Pour le moment, ce n'est qu'un bruit. Il m'a été rapporté par Julien. (Julien, je te le signale, c'est Villeret, le secrétaire de papa.)

— Il est mauvaise langue, ton Julien, dit maman.

— C'est bien pour cela que je me méfie.

Court silence. Je garde mon nez dans le magazine, surtout qu'ils ont tourné la tête de mon côté.

— Si c'était vrai, ce serait affreux, murmure maman. Quel scandale !

— Il faudrait rouvrir la tombe, dit papa. Évidemment. On n'aurait pas le choix. Mais tu sais, les dénonciations... la police en reçoit à longueur de journée.

Depuis une minute, je regarde la photo d'un thon de deux cents livres, pêché au large du Sénégal, et ce n'est pas lui que je vois. C'est le caveau, au Père Lachaise. *Famille Vaubercourt.* J'ignore pourquoi je viens d'établir ce rapport aventureux entre les paroles de mon père et la disparition de Sébastien. Ou plutôt si, je devine pourquoi. C'est le mot de « dénonciation » qui m'a brutalement rappelé que j'ai moi-même vaguement songé à envoyer une lettre anonyme. Et alors tous mes soupçons me reprennent, et je m'aperçois que je n'ai plus aucune défense à leur opposer. Oui, l'idée m'en est déjà venue que Mme Vaubercourt... souviens-toi... je te l'ai même écrit, mais cette idée, je jouais avec elle. Je ne la prenais pas au sérieux. Tandis que maintenant... qui d'autre qu'elle pourrait-on dénoncer ? Qui d'autre qu'elle connaît l'identité du mort des Tamaris ? Je m'adosse au fauteuil et ferme les yeux.

J'entends maman qui chuchote :

— Il s'est endormi.

Et puis le plancher craque. Ils sortent tous les deux, et je reste seul avec ces doutes qui me tenaillent. Tu te rappelles l'histoire du petit spartiate qui avait capturé un renard et l'avait caché sous sa blouse. Pour ne pas avouer qu'il l'avait pris, il préféra se laisser dévorer le ventre. Hélas, moi, ce que je cache, c'est bien plus remuant, plus cruel, qu'un renard. Je passe en revue toutes les pensées qui pourraient me porter secours. Il y a eu, tout de même, un médecin pour constater la mort. D'accord, ce médecin est peut-être une vieille bête. D'accord, le cadavre n'était pas celui de Sébastien. Mais quoi, si l'inconnu avait trépassé à cause d'une crise cardiaque, Mme Vaubercourt n'y était pour rien. Objection ! Le blessé de l'hôpital de Brest... oui, je te vois venir. C'était bien Sébastien, et il avait besoin de disparaître, de passer pour mort. Et s'il y a eu crime, c'est lui le coupable.

Continue ! Continue ! Ainsi, d'après toi, Sébastien aurait fait de mauvaises affaires et même aurait dû, peut-être, des sommes énormes. Pourquoi pas, en effet ? Et c'est lui qui aurait été dénoncé. Par quelque créancier très malin ? Merci, Paul. Tu es un petit gars très astucieux, et tu me souffles là quelque chose dont je vais faire mon profit. Un dernier regard au thon de deux cents livres, je cours m'enfermer dans ma chambre et je m'empresse de clore cette lettre. Ah, cher Watson, que deviendrais-je, sans toi ?

Sans Atout.

*
* *

Kermoal. Mercredi.

Je comptais me renseigner auprès de Julien Villeret. J'avais imaginé tout un scénario qui, à la réflexion, me semble aujourd'hui complètement farfelu. Inutile. Les choses se mettent à bouger toutes seules. Est-ce que tu écoutes France Inter ? Moi, j'ai la détestable habitude de régler mon poste en sourdine quand je lis ou quand je travaille. Cela m'aide. Je ne prête aucune attention aux nouvelles, aux paroles ; je ne remarque même pas le bruit. Je me contente de sentir que je suis bien là, noyé dans un grand courant de vie ; tiens, comme mon gros thon de deux cents livres. Mais, comme lui, je dispose de je ne sais quel système d'alerte qui me permet de sélectionner dans le flot sonore les vibrations qui me concernent. C'est ainsi que le mot : « scandale » est venu soudain me chatouiller l'oreille. Dans l'état d'angoisse sourde où je suis, c'est un mot-signal. Le texte se poursuivait ainsi : « La police n'attache pas à cette information une grande importance, mais une enquête pourrait être ouverte. » Fin de citation.

Ce flash pouvait aussi bien se rapporter à un cambriolage ou à n'importe quel fait divers qu'à ce que j'appelle maintenant « mon affaire ». N'empêche. Je suis resté sur le qui-vive jusqu'au flash suivant, celui de quatre heures. En voici le texte : « Les premières recherches laissent à penser qu'un étrange trafic aurait lieu, à Brest, autour de la faculté de médecine. L'enquête, désormais confiée à l'actif commissaire divisionnaire Nédellec, ne fait que commencer. Le policier, jusqu'à présent, s'est refusé à toute déclaration. »

Ce texte, tu penses, il est là, enregistré dans ma tête comme si je l'avais capté au magnétophone. Et tu remarques. Il est plutôt rassurant. Aucun rapport avec le mystérieux mort des Tamaris. Du moins en apparence. Et pourtant un instinct profond me souffle qu'il y a, quelque part, une machine infernale qui va nous éclater dans la figure. Brest ! Pourquoi Brest ? S'il s'agissait de Marseille, je n'éprouverais pas la même appréhension. Mais c'est à Brest que Vaubercourt, ou plutôt l'homme masqué par un pansement, a été soigné. Et alors ?... Alors, rien. Sinon que j'ai peur. Mes nerfs ont peur. Mes os ont peur.

Peut-être que maman a raison et que je suis victime d'une espèce de névrose.

Flash de cinq heures. Il n'est plus question de l'enquête. Flash de six heures. Football, football, et encore football. La barbe. Flash de sept heures... Pas moyen de l'entendre parce que nous dînons à sept heures. Chez nous, c'est Air France. C'est la SNCF. Les horaires sont les horaires, et la radio est interdite à table. J'écouterai le flash de huit heures... Penses-tu ! Juste au moment du macaroni au gratin (beurk !) le téléphone sonne. Il est à l'autre bout de la salle à manger, mais j'attrape des miettes.

— Oui, dit maman, ça va. François... (coup d'œil vers mon assiette qui refroidit) oui, il est bien... oh, toujours dans la lune, évidemment... on a un assez beau temps. (Ici, un long silence, dramatisé par des hochements de tête, dont j'aimerais bien connaître la signification)... Si cela se confirmait, reprend maman, ce serait... mais non ! Quoi ? Elle a été convoquée aujourd'hui. C'est incroyable. Tu pourrais venir vendredi ?... Bon. Tu me raconteras... sois tranquille. Je ne dirai rien.

Immédiatement, j'attaque :

— C'était papa ? Qu'est-ce qu'il a de si secret à te confier ? J'ai entendu que tu lui répondais : « Je ne dirai rien. »

— Mange, François. Cela ne te regarde pas.

— Oh, tu sais. Je n'ai pas l'habitude de parler à tort et à travers.

— Sauf à ton ami Paul.

— Pas vrai, la preuve, c'est que...

— C'est que quoi ?

— Non, rien. J'ai bien le droit, moi aussi, de me taire quand je veux. Et puis quoi, ce n'est pas la peine de prendre tous ces airs mystérieux. Papa te parlait de l'affaire Vaubercourt.

— Quoi ?

Foudroyée, mon petit vieux. Ma pauvre maman était foudroyée. Et moi, soudain, j'ai eu la triomphante certitude que je ne m'étais pas trompé et qu'il y avait bien une affaire Vaubercourt. J'ai achevé d'un air modeste mon macaroni. Je ne voulais pas avoir l'air de l'emporter sur elle.

— Oui, dit-elle enfin. Mme Vaubercourt a de graves ennuis. Et maintenant, je te prie de ne plus t'occuper de ça. Ton père ne sera pas content, quand il apprendra que tu... mais, au fait, comment as-tu su que... ? C'est la petite Sylvaine qui t'a prévenu ?

Je prends l'air évasif du garçon qui sait tenir sa langue bien qu'il soit très renseigné.

— Sylvaine ? Depuis qu'elle est à Bonn, elle ne me donne plus signe de vie.

Coup d'œil en coin. Maman ne réagit pas. Donc Sylvaine est toujours en Allemagne.

— Non, j'ai entendu un flash à la radio.

— Mon Dieu, s'écrie maman. C'est donc devenu public ? On ne disait pas si on l'avait retrouvé ?

— Qui ?

— Mais le frère de Mme Vaubercourt.

— Le Dr Cotinois ? Pourquoi ? Il a disparu ?

— Tu me fais marcher, François. Tu n'as rien appris du tout.

C'est le moment d'être caressant, persuasif, un peu enjôleur.

— Vous n'êtes pas gentils avec moi, tous les deux, dis-je. Vous avez l'air de vous méfier. Moi, je ne vous cache rien, et vous... ce n'est pas drôle. J'en souffre, moi.

— François !... Allons ! Nous ne voulons que ton bien. Il y a des choses qui ne sont pas de ton âge.

Elle mollit, ma chère maman. Je n'ai plus qu'à faire semblant de bouder.

— Moi, au fond, je m'en fiche de Mme Vaubercourt. Vous pouvez garder pour vous ces choses qui ne sont pas de mon âge.

— Ne commence pas à te monter la tête. Mme Vaubercourt a été interrogée par la police concernant la disparition de son frère. Voilà. C'est tout.

— Et alors ? Il a bien le droit de voyager, quand même.

— Assez. Finis ton macaroni. Et si tu veux en savoir plus, interroge ton père.

Je n'ai plus qu'à aller me coucher et dormir, si je peux. Pourquoi, diable, la police recherche-t-elle le Dr Cotinois ? Il a dû commettre quelque chose de grave. Mais, à propos, je m'avise d'un fait que j'avais oublié. Et toi aussi. C'est que Mme Vaubercourt est allée à Brest chercher son frère. Ça te revient ? J'ai profité de cette absence pour me présenter aux Tamaris. Et j'ai découvert que le mort n'était pas Vaubercourt. Eh bien, le frère aussi, logiquement, l'a découvert en arrivant à la villa. Mais que dis-je ? Mme Vaubercourt était forcément de mèche avec lui. Tu vois. Il y a des détectives qui fonctionnent au whisky. Moi, c'est le macaroni qui fouette mon imagination. Pardi ! Mme Vaubercourt et son frère sont complices. Complices de quoi ? Mystère... mais complices de quelque chose qui relève de la loi. Voilà pourquoi la police interroge l'une et recherche l'autre.

Pouce ! J'arrête. J'en ai la tête comme une citrouille. A moi, ce bon vieux somnifère qui va me faire dormir jusqu'à l'aurore. Bonsoir, cher vieux frère.

François.

*
* *

Kermoal. Vendredi.

Paul, toi qui es le plus sagace des limiers, je te préviens. Tu vas en prendre un coup sur la cafetière. La nouvelle commence à filtrer. Elle est trop énorme pour que les autorités la cachent plus longtemps. En deux mots : la tombe de Sébastien Vaubercourt va être ouverte. La police veut s'assurer que c'est bien Sébastien qui repose là. Maman a entendu comme moi l'information, ce matin, pendant que nous déjeunions. Elle n'a fait aucun commentaire. Elle m'a seulement dit : « Tu es content ? »

Content ? Je suis bouleversé, moi, retourné, sens dessus dessous. Ainsi, avant la police, avant tout le monde, je m'étais avancé seul jusqu'au seuil de la vérité. J'avais deviné que Mme Vaubercourt s'était débarrassée de son mari. C'était bien Sébastien que j'avais découvert, écroulé sur son bureau et sans doute empoisonné. Drame de la mésentente. C'était peut-être la gifle reçue par Sylvaine qui avait tout déclenché. Donc, le caveau ouvert, la police va se trouver devant un inconnu. Elle aura vite fait de l'identifier et je suis sûr qu'elle établira un rapport avec le Dr Cotinois. D'où la fuite de ce dernier. C'est un château de cartes que je suis en train de construire, un édifice branlant d'hypothèses. Attendons papa ! Si quelqu'un est bien placé pour nous renseigner, c'est lui. Et quand il me verra tellement perturbé, il comprendra que la vérité seule peut me rendre la tranquillité.

Flash de trois heures. D'ailleurs, tu as pu l'entendre comme moi. Exact. L'homme enterré sous le nom de Sébastien Vaubercourt n'est pas Vaubercourt. On ignore encore son identité, mais il a été tué d'un coup de couteau en plein cœur. Je n'ai pas la force de t'en dire plus. Je ne tiens plus debout. Mme Vaubercourt et son frère auraient été capables de... ce ne sont pas des monstres, pourtant. La mère de Sylvaine, si douce, si résignée. Maintenant, je me mets à soupçonner quelque énorme erreur.

*
* *

Samedi.

Excuse-moi, mon vieux. La lettre commence hier, je l'ai laissée en plan. Je n'ai pas eu le courage de la terminer. D'ailleurs, papa est arrivé plus tard que prévu et je comptais sur ses révélations. Tintin !

D'abord, il n'était pas de très bonne humeur. Dans ces cas-là, il met entre nous, sans le faire exprès, une distance qui me glace. Il devient le Père, celui qui pense et qui respire pour tout le monde. Et moi, je n'étais pas très enclin à lui demander audience. Donc, black-out complet sur le mystère Vaubercourt. En revanche, j'ai pu intercepter le flash de cinq heures. L'enquête semble avancer un peu. En tout cas, Mme Vaubercourt a été placée en garde à vue. J'ignore ce que cela signifie au juste. Mais cela prouve qu'elle est considérée comme suspecte. Tu imagines dans quel état je suis. C'est ce coup de couteau qui me reste dans la gorge, si j'ose dire. L'inconnu aurait été tué d'un coup de revolver, je comprendrais, j'admettrais. On perd la tête, on a une arme sous la main. L'arme devance la pensée. Cela n'impose pas l'image d'une bataille de voyous. Mais cette espèce de règlement de comptes. Non ! Ça cloche. Ça ne ressemble pas à nos personnages. Et pourtant Mme Vaubercourt se tait, sinon elle serait déjà libre ou inculpée, et son frère est en fuite. Avoue que c'est inquiétant. Qu'ont-ils donc à se reprocher ? Et puis il y a autre chose. Comment le médecin de l'état civil a-t-il pu délivrer un permis d'inhumer sans prendre la peine d'examiner le défunt ? Je sais bien ; il s'agit d'une simple formalité. Il a suffi que Mme Vaubercourt lui dise : « C'est mon mari. Il a déjà eu récemment un grave infarctus. » Pourquoi douter de sa parole ? Ça, je l'accepte. Mais tu vois bien l'aplomb qu'il a fallu à cette femme d'habitude si effacée ? Ah, ce que je suis en train de découvrir sous les masques que je soulève m'épouvante. Est-ce que Sylvaine porte un masque, elle aussi ? Demain, dimanche, pas de courrier. J'aurai peut-être du nouveau à t'apprendre, avant de poster cette lettre, lundi matin.

*
* *

Dimanche. Deux heures.

Papa retourne en catastrophe à Paris. Sa secrétaire lui a téléphoné alors que personne n'était encore levé. Branle-bas de combat. Le frère de Mme Vaubercourt a été arrêté hier soir à la frontière belge. Quant à Mme Vaubercourt, elle aurait déclaré qu'elle ne parlerait qu'en présence de son avocat. Et cet avocat, tiens-toi bien, c'est papa. Je te raconte tout ça en vrac ; Kermoal, en ce moment, ressemble à une maison de fous. Les valises ? Où est mon imper ? François, tu n'aurais pas vu mes mules ? Parce que maman part aussi. Pas question d'abandonner papa en cette circonstance dramatique.

Moi ? Bof ! On me fera venir plus tard, une fois passée la première émotion. Oh, ce n'est pas un pur altruisme qui anime mes parents.

Papa flaire le procès à sensation, l'événement parisien, quelque chose comme l'affaire Landru, compte tenu de la notoriété des inculpés. Mais il cède aussi à sa générosité naturelle. Son côté terre-neuve. Et, du coup, il paraît tout requinqué et gaillard. Il s'ennuyait, ma parole. Moi, je reste à la consigne, comme un colis encombrant. J'aime mieux m'arrêter. Je vais être désagréable. Même peut-être avec toi. Je déteste tout le monde, en ce moment.

François.

*
* *

Kermoal. Lundi soir.

Mon petit Paul, tu vois cette grande bicoque, vide comme la place du village après le départ d'un cirque, et moi qui tourne là-dedans, désœuvré, amer et sans courage. La pêche ? Mais il n'y a plus un bigorneau à ramasser. La promenade ? Pour buter un peu partout sur des baigneurs qui se font cuire au soleil. La lecture ? Pas tant que j'ignorerai ce qui se trame à Paris. Alors, pour finir, je végète, étendu sur mon lit, le transistor à ma droite, qui débite ses gaudrioles, et des magazines pêle-mêle à ma gauche. J'attends. Au train où vont les choses, d'une heure à l'autre tout peut changer. Sur la table, mon bloc est prêt. Je n'ai que deux pas à faire pour te tenir au courant. Et tu sais pourquoi je me suis promu ton correspondant de guerre ? Une idée biscornue, évidemment. J'ai pensé qu'un jour je pourrais peut-être réunir toutes ces lettres (garde-les précieusement) pour en tirer un récit, un truc façon roman. C'est vrai ! Je me trouve sans cesse au cœur d'événements incompréhensibles.

Attention ! Il est presque huit heures. C'est le moment du bulletin. Ça y est, mon vieux. On connaît maintenant l'identité du mort. Il s'agit d'un certain Henri Blésois, sans profession définie, une espèce d'homme à tout faire qui bricolait à droite et à gauche, et fréquentait surtout les bistrots de Brest. Tu entends ça ? Brest, la villa des Vaubercourt, le lien entre les deux est établi. Mais je continue : l'autopsie a confirmé que la mort était bien récente, probablement provoquée par quelque rixe après avoir bu. La police interroge le frère de Mme Vaubercourt. On ne voit pas du tout quel rapport a pu exister entre ce clochard et les deux suspects. Mais, d'après le commissaire Nédellec, l'affaire Vaubercourt jetterait une lumière inattendue sur sa propre enquête menée dans certains milieux proches de la faculté de médecine.

Eh bien, moi, qui ne suis pas le commissaire Nédellec, je commence à comprendre que Mme Vaubercourt a eu besoin d'un cadavre et que son frère est intervenu pour le dénicher. Suis-moi bien, mon petit Paul. Raisonne avec moi. Le frère est médecin. Donc, il peut avoir des accointances avec certains employés de la morgue. J'ai lu quelque part que, pour apprendre les secrets du corps, beaucoup d'étudiants, plus ou moins fortunés, achetaient des squelettes, ou même de simples fragments, bras ou jambes, de sorte qu'il existerait un trafic clandestin de débris humains et, au fond, ce n'est pas plus surprenant que le commerce des animaux promis au laboratoire. L'article dont je te parle (il s'agissait d'un magazine très sérieux) signalait que les pauvres hères sans foyer ni ressources, fournissent presque à volonté le matériel dont on a un si grand besoin dans les amphithéâtres. On les ramasse surtout dans les ports où ils viennent échouer, à bout de misère et d'abrutissement. Moi, tu le sais, je lis tout ce qui me tombe sous la main et cet article m'avait beaucoup frappé. Il est évident que si tu en as les moyens, tu dois facilement te procurer un corps. Faisons ensemble un dernier pas. On peut admettre que Cotinois connaît à Brest quelqu'un qui peut le dépanner. Un ancien copain de fac, par exemple. Marché conclu. Bon, oui, d'accord. J'invente. Ah, mon petit Paul, ce que ça fait du bien d'inventer. Même si je me goure, l'important est que ça sonne vrai. Si j'étais policier, il me semble que j'aurais vite fait de débrouiller tout cet écheveau de mensonges, de trucages, de tours de passe-passe. Par exemple, il y a un point qui, maintenant, me paraît assez clair. C'est que ce Dr Cotinois, le frère de Mme Vaubercourt, était déjà l'homme qui a eu, aux Tamaris, le petit accident que je t'ai raconté. Négligeons, pour l'instant, cet accident sans gravité. Question : pourquoi Mme Vaubercourt vient-elle aux Tamaris, comme ça, inopinément, alors qu'elle n'y mettait jamais les pieds ? Réponse (naïve) : parce que son mari, après sa syncope, avait besoin d'un grand repos. Objection : le vieux Vaubercourt était lui-même très malade, ce qui, normalement, aurait dû inciter son fils et sa bru à ne pas s'éloigner. Mais ça, mon bon Paul, c'est de la frime. La vraie réponse, la seule logique à mes yeux, c'est que Sébastien était déjà mort, et bien mort. Pour quels motifs pressants fallait-il cacher ce décès ? Là, tu m'en demandes trop. Mais je m'appuie avec une confiance retrouvée sur ce que j'avais vu sans nul doute. Oui, il y avait bien un mort dans l'atelier, et ce mort ne pouvait être que Sébastien. Mais c'est qu'on m'aurait rendu dingue, à force de me démontrer que je m'étais trompé. C'était donc Sébastien, et à partir de là commence le complot.

J'improvise, mon vieux, j'improvise. Je m'avance sur la pointe des pieds et Dieu sait si le terrain est glissant. Je m'appuie sur trois faits — et, remarque, je suis le SEUL, dans cette histoire, à pouvoir le faire.

1) Sylvaine me montre des photos et un film qui doivent me prouver que Sébastien est toujours vivant.

2) Là-dessus, elle reçoit l'ordre de ne plus me parler et puis on décide brusquement de l'envoyer chez son amie allemande (où elle est encore).

3) Enfin, aux Tamaris, apparaissent Mme Vaubercourt (qui n'y avait jamais mis les pieds) et un homme dont on est en droit de croire qu'il est son mari. Moi-même, je m'y laisse prendre après avoir aperçu l'améthyste qu'il porte à la main droite. Eh bien, j'oserai dire, face à la Cour et aux jurés : « Cet homme n'est pas Sébastien Vaubercourt. C'est Guillaume Cotinois qui a pris sa place, sans le moindre risque, puisque personne ne le connaît à Portsall. »

Ouf ! Reconnais-le ; ça, c'est de la déduction. Mais je n'ai pas fini de t'épater. Je tiens la grande forme depuis que ces quelques remarques commencent à balayer le brouillard où je me sentais perdu. L'accident ! Le petit accrochage avec la bagnole tamponneuse. Un coup à flanquer par terre ce que j'appelais tout à l'heure le complot. Le pseudo-Sébastien s'en sort avec une simple ecchymose et le voilà à l'hôpital de Brest, où, qui sait, il lui est peut-être possible d'avoir encore un contact avec le membre du personnel qu'il a déjà pressenti pour l'achat d'un corps.

Tu vois comme tous les détails s'enchaînent bien, sans coup de pouce de ma part. Je me contente de les mettre bout à bout et ça baigne, mon vieux, ça baigne. Le faux Vaubercourt, que personne ne connaît, est de plus pourvu d'un pansement qui le transforme. Ah ! il peut bien, sur le seuil de l'hôpital, s'accorder un cigare ! Il a bien joué et, à son insu, il m'a bien joué, moi qui renifle sa piste comme un malheureux clébard enrhumé.

Je continue. On porte en terre le vieux Vaubercourt. L'excuse du fils est toute trouvée : il est à New York et ne pourra revenir à temps. Et pendant qu'on procède aux funérailles, lui se hâte de mettre au point le transport clandestin du malheureux Blésois, mort opportunément d'un coup de couteau. J'imagine que de la morgue de Brest aux Tamaris, en pleine nuit, ça ne devait pas être bien difficile. Bref, voilà le faux Sébastien mis en place, habillé proprement, les mains pieusement croisées sur la poitrine, à l'endroit du coup de couteau. Non, pardon, c'est moi qui ajoute cela pour fignoler. Mais on n'a pas manqué de disposer quelques médicaments sur la table de chevet afin de mieux tromper le médecin légiste. Et la suite ne présente plus la moindre difficulté.

Malheureusement, le hasard a fait que j'ai vu le faux Vaubercourt sur son lit de mort, comme j'avais vu le vrai, mort sur son bureau. Et là, il y a un os. A force d'avoir gardé pour moi tout ce que j'ai constaté, si, maintenant, je me mets à parler, on me traitera de menteur, moi, le fabulateur soigné par un neurologue. On prétendra que j'invente, ce qui est vrai en partie. Et l'on m'assènera une double objection : primo, qu'est devenu le cadavre du vrai Sébastien ? Deuxio, pourquoi Mme Vaubercourt aurait-elle eu recours, avec l'aide de son frère, à une machination aussi compliquée et aussi hasardeuse ?

Or, là, je nage. Et parce que je ne me résigne pas à avouer que je nage, j'aime mieux me taire. Mais si papa accepte de défendre Mme Vaubercourt, elle sera bien obligée de lui dire la vérité. Et alors ce sera un match entre papa et moi. Ce que je sais contre ce que tu sais !

Ouille, ouille, ouille ! Il est un peu plus de minuit, l'heure du crime ! Il ne faudrait pas que le boulot nous prive de dodo. A demain.

Suite, mon petit Paul, de mes élucubrations. Mais pardon, je n'élucubre pas autant que tu pourrais le croire. Car, qu'est-ce que j'avais dit ? Que le Dr Cotinois connaissait probablement quelqu'un qui navigue dans les milieux hospitaliers. Or, toc, je lis dans *Ouest-France* de ce matin qu'un employé de la morgue, à Brest, vient d'être arrêté. Aux dernières nouvelles, c'est lui qui aurait dénoncé Cotinois. Alors, tu piges, tête de bois. Ce bon docteur promet à l'employé une forte somme en échange d'un cadavre présentable. Mais, une fois l'opération réussie, Cotinois se fait tirer l'oreille et l'autre, furieux, envoie stupidement une lettre anonyme au Parquet. Le docteur prend peur et essaye de se réfugier en Belgique, laissant bravement à sa sœur le soin d'expliquer pourquoi le Sébastien inhumé n'est pas le bon.

Scandale ! Et papa, là-dessus, s'amène comme Zorro ! Non. Je n'ai pas l'intention de me moquer. Mais je ne peux m'empêcher de jubiler, parce que c'est enivrant de sortir d'un tunnel pour rencontrer l'espace, le ciel bleu, l'air libre. Il n'y a plus de mystère Vaubercourt. Ou plutôt si. Il reste un point à éclaircir. Pourquoi a-t-il fallu, durant un certain temps, dissimuler à tout prix que Sébastien — je parle du vrai — était mort ? Si je le savais, eh bien, tu vois, je serais content de moi. Car enfin je l'ai pressentie cette affaire depuis le début. J'en ai pris des initiatives pleines de risques ! J'en ai imaginé des solutions extravagantes, au point d'en avoir la tête prête à exploser comme une vulgaire chaudière en surpression.

Et maintenant, ça y est. François et Sans Atout se sont à nouveau rejoints. Ils peuvent flâner le cœur à l'aise. Kermoal n'est plus une prison mais une demeure riante.

Cette fois, j'abrège. Tu me ruines en frais de timbres. Relâche. Je te raconterai la suite, c'est-à-dire le dernier épisode, quand papa consentira à me révéler pourquoi Mme Vaubercourt l'a choisi comme défenseur. Je te souhaite bon appétit. Moi, le mien est ravageur. Tout ce qui m'est défendu, je me l'accorde, avec la complicité de ma bonne mère Jaouen.

A bientôt, cher Watson.

Ton distingué Holmes.

VIII

Kermoal. Mardi.

Paul, mon vieux ! Ce qui m'arrive est affreux. Tu sais ce que maman vient de m'apprendre, au téléphone ? Sylvaine, ma petite protégée, est rentrée d'Allemagne et, comme elle ne peut pas vivre toute seule dans l'appartement où la femme de ménage ne vient qu'un court instant chaque jour, papa a décidé de l'accueillir chez nous. Maman, apitoyée, prétend que Sylvaine est à l'âge où l'on a le plus besoin d'un foyer. Je lui ai dit :

— Amène-la à Kermoal.

Non. Pas question. Il paraît que ce ne serait pas convenable. Mais convenable par rapport à quoi ? A qui ? Tu m'aurais entendu ! J'ai eu droit à de vaseuses explications. D'abord, Mme Vaubercourt serait bientôt libérée et elle quitterait Paris pour habiter chez une vague cousine. Naturellement, Sylvaine s'en irait avec elle.

MOI : Mais, en attendant, Sylvaine serait très bien à Kermoal.

MAMAN : Non. Pas question. Papa aime mieux que Sylvaine reste à Paris où elle a le droit de rendre visite à sa mère.

MOI : Mais c'est une situation qui peut durer des mois.

MAMAN : Non. Pas du tout. La libération de Mme Vaubercourt ne fait plus aucun doute. Papa est sûr du résultat. Il pense que dans une huitaine, Mme Vaubercourt bénéficiera d'un non-lieu.

MOI : Et son frère, alors ?

MAMAN : Je ne sais rien de plus.

MOI : Je dois voir papa. J'ai des choses capitales à lui apprendre.

Comment t'expliquer, Paul ? Ça m'est venu comme ça. Une espèce de coup de sang. Tout avouer à papa. Me libérer. Et surtout revoir Sylvaine, la prier de raconter sa fugue et d'expliquer à papa pourquoi elle m'avait demandé d'aller récupérer sa lettre, le fameux soir. Bien établir notre bonne foi, à tous deux. Pendant ce temps, maman regimbait. De quelles choses capitales voulais-je parler ? Un blanc-bec comme moi. Oui, elle a dit : blanc-bec. Et, pour finir, elle m'a raccroché au nez.

Je suis hors de moi. Que Mme Vaubercourt soit libérée, ce n'est pas ce qui me tarabuste le plus, bien que je comprenne mal comment on peut la blanchir, après tout ce qu'elle a fait ou laissé faire. C'est Sylvaine qui me tourmente. On va forcément la loger dans la chambre d'amis. Mais elle va fureter, dès que maman aura le dos tourné. Et je n'accepte pas qu'elle se glisse dans ma chambre, qu'elle s'intéresse à mes livres, aux jouets que je garde à l'abri de tous les regards. Ce qui est à moi est à moi. Je suis prêt à le donner, surtout à Sylvaine, mais pas à en être dépouillé, même par de simples regards. Et Sylvaine est une fille qui voit tout. C'est à moi de lui dire qui je suis. Pas à elle de s'inventer un François de fantaisie.

Excuse ! Je m'emberlificote dans des pensées qui me dépassent. Ce que je sens, c'est que j'aurais été heureux de lui offrir un François tout neuf. Tu ne piges pas. Moi non plus. Mais j'en veux à mon père, ce fin psychologue, de mettre les pieds dans le plat, ses pieds dans mon plat. Et il aura son paquet, je te le promets.

*
* *

Kermoal.
Je ne sais plus quel jour et je m'en fiche.

Mon pauvre Paul,

Je serais en Terre Adélie, je ne me sentirais pas plus seul. J'aurais au moins les pingouins à qui expliquer le peu que je sais sur l'affaire Vaubercourt. Car, finalement, qu'est-ce que j'en connais, hein ? Le coup du faux mort, et ça, maintenant, tout le monde est au courant. Tous les journaux tartinent là-dessus. Je te remercie de ton petit coup de fil, hier soir. Mais la question que tu me poses : pourquoi ? Pourquoi fallait-il faire croire que Sébastien Vaubercourt vivait encore quand son père est décédé ? Pourquoi ? Je me la pose moi aussi et ça tambourine dans mon crâne comme un marteau-piqueur. Mon père fait la sourde oreille. Voilà bientôt huit jours qu'il sait que je demande à lui parler. Eh bien, non. Son fils vit dans l'angoisse mais il trouve plus urgent de voler au secours de la veuve et de l'orpheline. Surtout que Sylvaine n'est pas si orpheline que ça. Elle est confortablement installée à la maison. Maman la chouchoute, la cajole que c'est une honte. Téléphone interdit, pour des raisons obscures. Maman essaye de me calmer ; elle m'appelle tous les soirs, me supplie d'être raisonnable, prétend qu'un avocat n'a pas le droit de laisser courir le bruit qu'il est un ami personnel de sa cliente. C'est une question de déontologie (tu chercheras dans le petit Robert. Aucun rapport avec le mal de dents). Par conséquent, pas de collusion (aucun rapport avec les problèmes de la circulation) entre le fils de l'avocat et la fille de l'inculpée.

Je suis saoulé de mots savants. J'ai dit : inculpée. Ce n'est pas exact. Mme Vaubercourt a été libérée avant-hier. Elle ne risque, paraît-il, que d'être poursuivie en correctionnelle. Son frère a beau prendre sur lui toute la responsabilité de l'affaire, il n'en reste pas moins qu'elle s'est prêtée à une comédie qui est punie par le Code : injure à magistrat, falsification d'état civil, etc. Il y a une kyrielle de motifs. J'ai demandé à maman :

— Pourquoi a-t-elle fait cela ?

Elle m'a répondu que papa m'expliquera.

— Quand ?

— Bientôt.

Furieux, j'ai raccroché sans dire bonsoir. Sans blague ! Il n'y a que la mère Jaouen qui m'aime, ici.

Alors, quand je ne t'écris pas, j'en suis réduit, comme la dernière femme de Barbe-Bleue, à surveiller du donjon le soleil qui rougeoie, la route qui poudroie et l'herbe qui verdoie. Quand j'étais petit, on me racontait Barbe-Bleue. On s'occupait de moi. Malheur ! Ah, pardon. J'entends l'auto. C'est papa, mon vieux. C'est papa. Je file. Tchao.

François.

*

* *

Voici la suite. Il est déjà reparti. Il aurait mieux fait de ne pas revenir. Il me laisse le cœur gros. Le mot de l'énigme ? C'est tellement bête. Dire que je m'en suis rendu malade à force de me creuser la cervelle. Je suis triste, Paul, et c'est bien la première fois que je me force à t'écrire. Bon. Voilà.

D'abord, j'ai vidé mon sac. J'ai tout raconté à papa. Maman n'aurait pas cessé de pousser les hauts cris. Pas lui. Il m'a écouté sérieusement, attentivement, pas un hochement de tête, ni une demande d'éclaircissement. Mais moi qui connais bien sa façon de regarder, j'ai deviné dans ses yeux — je te le donne en mille — de l'amusement, mon vieux. Quand je lui ai parlé de ma visite aux Tamaris et de ma découverte du faux cadavre, il avait un œil qui fulminait, mais l'autre qui rigolait. Je t'assure. Et quand je me suis tu, il m'a dit, froidement :

— C'est tout ?

Quoi ! Je venais de vivre l'aventure du siècle et il me disait : « C'est tout ? » Ah, c'est quelqu'un, papa. Il s'est levé, il a marché à travers le living, mains derrière le dos. Puis il s'est planté devant moi.

— Depuis le début, a-t-il remarqué sans se fâcher, tu es le genre de témoin qui, par son silence, peut provoquer des drames. Tu as de la chance de ne pas avoir affaire à certains juges que je connais. Ils t'auraient secoué les puces. Mais tu en as tant fait que tu as malgré tout le droit d'apprendre la vérité. Il s'agit d'une vulgaire histoire d'héritage. Tais-toi ! Ça te vexe hein ! Tu t'attendais à quelque chose de bien ténébreux. Je regrette. Sache que le grand-père Vaubercourt était très riche. Et comme beaucoup de gens riches qui veulent encore garder la haute main sur leur fortune, une fois morts, il avait confié à Me Bertagnon un testament très détaillé, qui ne laissait rien au hasard. Pour des raisons connues de lui seul, il avait stipulé que si son fils, Sébastien, venait à mourir avant lui — je dis bien : avant lui — il léguait tout ce qu'il possédait à des œuvres. Le cœur humain, mon petit François, est plein de détours, tu verras. Certes, le vieux Vaubercourt aimait bien Sylvaine, mais Sylvaine n'était pas de son sang. Donc, Sébastien disparaissant, ni Mme Vaubercourt, ni sa fille, n'hériteraient. Et justement, Sébastien est mort le premier. Tu en sais quelque chose. La suite, elle va de soi. Mme Vaubercourt rentre, découvre le corps de son mari, juge d'un coup d'œil la situation et téléphone à son frère qui prend les choses en main. Il descend le corps, avec l'aide de sa sœur, qui a rangé l'auto dans le parking souterrain, et ils vont l'enterrer dans le jardin d'une petite propriété que Cotinois possède à Valmondois, c'est-à-dire à deux pas de Paris. Le lendemain, il faut bien mettre Sylvaine au courant, mais on lui fait promettre de ne jamais souffler mot de ce qui s'est passé.

— C'est moche, ça, papa.

— Oui, bien sûr. Mais elle aime sa mère. Et elle détestait son beau-père. Alors !

— Mais si le grand-père avait survécu longtemps à son fils ?

— Le Dr Cotinois aurait laissé aller les choses, évidemment. Aucun moyen de faire croire à une absence prolongée de Sébastien. Il aurait bien fallu signaler sa disparition. Seulement, le vieux Vaubercourt était très malade. Il était même condamné. Donc, s'il se dépêchait de mourir, lui s'en allant officiellement, c'est son fils qui héritait. Après, il serait toujours temps d'annoncer la mort de Sébastien.

— Mais papa, Mme Vaubercourt connaissait donc les clauses du testament de son beau-père ?

Là, papa hésite, puis me jauge d'un coup d'œil.

— Oui, dit-il enfin. Cette pauvre femme était très malheureuse. Sébastien ne perdait aucune occasion de l'humilier à travers Sylvaine, de souligner qu'il pourrait bien, à son tour, déshériter cette fille qui ne lui était rien, et faire un testament comme celui de son père. Ce Sébastien n'était pas quelqu'un de très recommandable, et...

— Mais papa, je ne comprends pas grand-chose à ces problèmes de succession. Pourtant, il me semble que si le père Vaubercourt avait le droit de léguer ses biens à des œuvres, son fils étant mort...

— Oui, tu as raison de penser que le fils Vaubercourt, lui, ne pouvait pas déshériter sa femme, et par conséquent, Sylvaine, par sa mère, conservait encore certains droits. Très juste. Mais le fait est là : le fils Vaubercourt venait de mourir le premier et, pour Mme Vaubercourt, c'était la catastrophe. Tu compends, maintenant. Coûte que coûte, il fallait faire croire à tous que Sébastien était encore vivant. C'est à quoi s'est employé le Dr Cotinois et il va payer cher sa macabre comédie.

Silence. Papa me donne tout le temps de réfléchir. Puis il ajoute, avec une sorte de détachement que je perçois nettement.

— Mme Vaubercourt va partir tout à l'heure pour Blois, chez une amie. Elle veut se faire oublier et elle a raison. Son affaire sera jugée à la rentrée des tribunaux. Allez, mon petit. Nous tirons un trait sur cette triste histoire.

— Et Sylvaine ?

— Sylvaine accompagne sa mère, naturellement.

— Je peux quand même lui téléphoner ?

— Non, mon petit François. Pour toi aussi, il vaut mieux oublier.

— Papa...

Eh oui, j'ai failli pleurer. C'est tout juste si j'ai eu la force de balbutier :

— Je peux lui écrire ?

— Oui, mais dépêche-toi. Je dois m'en aller.

Alors, en vitesse, j'ai gribouillé, en faisant des pâtés :

Je t'aimais bien, tu sais. Adieu, Sylvaine.

Et maintenant, je te quitte, Paul. Ne me laisse pas tomber. C'est la première fois que je dis adieu. C'est un mot terrible. Jamais plus je n'oserai le prononcer.

Je t'embrasse, mon cher vieux Paul.

Ton pauvre Sans Atout.

L'AS DE PIQUE

(1986)

Histoire pour la jeunesse

I

DISPARU !

Le tambour de ville s'est arrêté sur la place. (A Saint-Cérey, il y a encore un tambour de ville.)

— Avis ! La population de Saint-Cérey est invitée à répondre en masse à l'appel du conseil municipal qui l'invite, pour protester contre le refus, par le Département, d'une voie de contournement, à se répandre, à partir de 16 heures, tout le long de la Grand-Rue, à se coucher sur le sol et, pendant une demi-heure, à interrompre la circulation pour rappeler aux automobilistes que onze personnes ont été tuées ou blessées en six mois dans la traversée de Saint-Cérey par suite d'excès de vitesse criminels. La télévision sera présente ainsi que les journalistes de la presse régionale. J'ai dit.

Roulement de tambour. L'homme replie son papier et se dirige vers le café des Boulistes.

— On va se marrer ! déclare Jean-Pierre. Tu vois Nunuche à plat ventre ?

A plat ventre, le gros épicier ? C'est trop drôle. Jean-Paul est pris d'un fou-rire qui le fait trépigner. Il en pleure de joie.

— Et la mère Tison ! balbutie-t-il.

Cette fois, ils s'étouffent.

— Allez ! c'est fini ! crie le maître. Tous en rang. Et vous, là-bas, je vous conseille de rester tranquilles !

Les enfants, qui se sont massés devant l'école pour entendre le tambour de ville, s'alignent sous le préau et entrent en classe. Le maître s'assoit familièrement sur le coin du bureau.

— D'habitude, dit-il, nous ne sortons pas pour écouter les proclamations de la mairie. Mais aujourd'hui, c'est spécial, bien que je ne sois pas d'accord avec le maire. Vous le savez, notre bourg va ressembler à une ville morte, pendant un instant. Ce n'est pas un jeu. Nous devons tous collaborer pour offrir l'image saisissante d'un massacre qui raye de la carte de France, chaque année, une petite agglomération comme la nôtre. Et vous verrez, tous ces corps étendus, je vous assure que ça fera réfléchir, même certains petits imbéciles que je connais.

Jean-Pierre, le regard en dessous, fait émerger de sa poche l'as de trèfle et l'as de cœur d'un paquet minuscule. Jean-Paul possède le même. Ces cartes leur servent de code. Le message est clair. Il signifie : « La barbe ! »

— Vous entendez, les jumeaux ?

— Oui, m'sieur, répondent d'une seule voix Jean-Pierre et Jean-Paul.

Ils sont tellement identiques, même visage, même taille, mêmes gestes, mêmes intonations, que les gens se retournent sur eux et, incrédules, hochent la tête. Leur instituteur ne cesse de les confondre et préfère s'adresser aux deux. Il n'ose plus les appeler par leur prénom. S'il invite Jean-Pierre à venir au tableau, l'autre se lève et rectifie, avec un sourire gentiment provocateur : « Lui, c'est Jean-Paul. Jean-Pierre c'est moi. » Et la classe de rire.

Si encore ils étaient sages ! Hélas, ils sont plus espiègles que des chiots. Pour avoir la paix, le maître les a séparés, l'un devant le bureau, l'autre au fond de la classe. Mais, grâce à leurs petits jeux de cartes, ils ne cessent de converser à la muette et d'échanger de loin des propos qui les font s'étrangler de jubilation contenue.

Aujourd'hui, en revanche, pas de dissipation. Ce projet de ville morte, en dépit de certains aspects bien plaisants, incite à la gravité. Les deux frères ont déjà vu, à la télé, des spectacles lugubres. Cependant, ils n'arrivent pas à se représenter la Grand-Rue jonchée de cadavres. Des cadavres pour rire, d'accord. Tout le monde se relèvera en s'époussetant. Mais pendant une demi-heure, ce sera comme une horrible fosse commune !

Le premier, Massoulier, lève un doigt.

— On aura le droit de bouger, m'sieur ?

— Pas du tout. Vous devrez rester immobile.

— Et si on a envie de se gratter ? murmure Jean-Paul innocemment.

— J'ai dit « immobile ». Vous ne comprenez pas ?

— On pourra se coucher où on voudra ? demande Daniel Lassalle. C'est pas propre partout.

Un ricanement général s'impose, parce que ce petit blondinet, avec ses airs de fille, provoque toujours la moquerie et en est fier.

— Eh bien, eh bien ! s'écrie le maître. Un peu de silence. Je serai là, parmi vous. Vous aurez intérêt à bien vous tenir...

L'attente est longue. La leçon d'histoire n'en finit pas. Jules Birabois, au dernier banc près de la fenêtre, tend de temps en temps son grand cou maigre et du coin des lèvres fait circuler d'excitantes nouvelles... « La télé... oui... elle arrive... et puis la voiture des *Nouvelles du Centre*... et un car de CRS... c'est vrai, quoi ! Je viens de le voir. »

— Birebois, intervient le maître, de quoi parlons-nous ?

Le puissant ronflement d'un hélicoptère filant au ras des toits sauve Jules. Le maître regarde l'heure et se résigne.

— Allez ! dehors !

Les instants qui suivent devaient rester dans les mémoires.

Ils sont là, le long de la rue, les commerçants, les employés, les vieux, les jeunes, hésitants, empruntés, certains habillés comme pour une cérémonie, d'autres tenant devant eux une vieille couverture pour ne pas se salir, et ils s'encouragent en plaisantant, attendant que le plus hardi se décide à descendre du trottoir et à se coucher sur le bitume. Le maire comprend qu'il doit donner l'exemple. Il se plante au milieu de la Grand-Rue et crie :

— Tous avec moi !

Puis, avec des lenteurs de vieil homme un peu perclus, il s'allonge, la tête sur ses bras repliés.

Aussitôt, c'est comme un jeu qui, pendant plusieurs minutes, semble secouer de folie le village. On se couche, en prenant des poses dramatiques, ou bien on s'installe sur le dos dans une position commode. « Ho, Gaston, tu me réveilleras, hein ! » ou bien « Cré bon sang, ce que c'est dur... » La plupart des femmes restent debout, le long des maisons. « Eh bien, la Marie, qu'est-ce que t'attends ! » « Non, proteste la marchande de journaux, c'est bon pour les hommes. C'est eux qui conduisent. C'est eux qui écrasent. C'est à eux, maintenant, de faire les guignols. »

Mais on sent bien qu'une espèce d'angoisse retient les rires.

Et soudain, quand la rue est jonchée de corps qui ne bougent plus, il se fait un silence extraordinaire. Chacun sent que Saint-Cérey vient d'entrer dans une sorte de néant. Pour la première fois, on entend les oiseaux dans les marronniers de la place et le bruit du déversoir et là-bas la micheline de 16 h 8 qui freine en gare. Silencieux, des photographes de presse circulent sur la pointe des pieds. Deux petites vieilles, assises sur des pliants, disent leur chapelet.

Jean-Pierre se soulève légèrement sur les coudes...

— Tu roupilles ?

Pas de Jean-Paul. Ni à droite, ni à gauche. Pourtant, il était là, l'instant d'avant, et il n'a pas l'habitude d'abandonner son frère sans prévenir. Portant plus loin ses regards, Jean-Pierre, d'un côté, aperçoit jusqu'au bout la rue transformée en champ de bataille et, de l'autre, la place du marché, déserte, l'antique église et ses corneilles jacassantes. Jean-Paul a disparu. Pour aller où ? C'est tellement inusité, cette absence subite ! Il aurait pu dire quelque chose... « Je rentre à la maison... » « Je vais revenir », n'importe quoi, juste un mot signifiant : « Ne t'inquiète pas. Je te raconterai. »

Jean-Pierre ne s'inquiète pas vraiment. Pas encore. Mais il se sent brusquement mal à l'aise, exposé, comme si quelque vague danger le menaçait, à droite, car Jean-Paul se tient toujours à sa gauche, mange à sa gauche, dort à sa gauche, et maintenant il y a un vide, un froid, un début alarmant de solitude. Jean-Pierre repose son front sur le sol, réfléchit. Non, grand-mère n'a pas besoin de Jean-Paul. Les commissions ont toutes été faites la veille. Et d'ailleurs, ils les font ensemble. Bon. Encore quelques minutes et la dispersion aura lieu. Jean-Paul sera bien obligé de se manifester et de s'expliquer.

C'est la fourgonnette de la gendarmerie qui, d'un long coup d'avertisseur, donne le signal de fin d'alerte. Aussitôt il y a un grand brouhaha, comme les jours de foire quand tout le monde parle en même temps et, aux deux bouts de la Grand-Rue, les barrages de police qui ont stoppé la circulation sont levés. Déjà, Jean-Pierre se faufile parmi les groupes, va jeter un coup d'œil au café des Boulistes, on ne sait jamais... quelquefois Jean-Paul a des idées saugrenues... Des deux, c'est lui l'impulsif, le risque-tout, alors que Jean-Pierre prend le temps de réfléchir, de supputer.

— Eh bien, dit le maître, en lui mettant la main sur l'épaule. Castor sans Pollux ?

Il a des phrases comme ça... avec lui, il faut toujours courir au dictionnaire. Jean-Pierre n'a pas besoin de ce Pollux, mais de Jean-Paul.

— Il a disparu, dit-il d'une voix mal assurée.

— Bah ! il ne doit pas être bien loin ! Tu as regardé du côté du parking ?

Eh oui, pardi ! Jean-Paul, fin connaisseur en matière de voitures — il les a toutes en tête, même les américaines — a dû apercevoir, du côté de l'église, quelque superbe machine et, aussitôt, pftt... vif et souple comme une belette... Jean-Pierre court à son tour... Pardon, M'sieur... pardon... pardon... Il bouscule gentiment tous ces balourds qui encombrent encore la chaussée, atteint le parking. Pas de chance. Les CRS ont cantonné les voitures à l'écart, sur le champ de foire, pour ne pas gêner le déroulement de la cérémonie. De la Grand-Rue, il est impossible de voir ce qui se passe ici. Cette fois, Jean-Pierre a peur.

Il revient dans la Grand-Rue, interroge la crémière : « Vous n'avez pas vu mon frère ? »... Le cordonnier... « Vous n'avez pas vu... », le garagiste, le boulanger, la mercière... « Vous n'avez pas... » A la fin, il ne questionne plus, il jette un coup d'œil... et plus il avance vers les dernières maisons, plus il sent qu'il fait fausse route. Il revient à l'endroit où ils ont joué les moribonds tous les deux. S'il l'osait, il se coucherait à la place exacte qu'il occupait, en bordure du trottoir, mais les voitures se succèdent en un flot monstrueux. Alors il ferme les yeux, convoque mentalement Jean-Paul... « Tu étais là, à ma gauche. Et puis, je ne t'ai plus senti. Qu'est-ce qui t'a pris de filer tout seul ? Quelqu'un t'a appelé ? Ou bien tu as vu quelque chose qui... ? »

Oui, c'est cela. Jean-Pierre en est sûr parce qu'il aurait réagi de la même façon. Il rouvre les yeux, revoit la place de l'église... Qu'est-ce que Jean-Paul a remarqué de si excitant ?

Il demande l'heure à un passant... 5 heures ! Une demi-heure, déjà, que son frère l'a quitté. Qu'est-ce qu'il va dire à grand-mère ? « Je ne sais pas où il est. Il a disparu. » Elle va s'affoler, grand-mère ! Elle qui répète à ses amies : « Ce n'est pas rien de garder deux garçons de cet âge. Ils sont bien mignons, mais il me font souvent enrager. » A quoi les voisines répondent : « Qu'est-ce que vous voulez, madame Laroche. Nous aussi on a eu onze ans. » Allons, inutile de chercher un biais. Il faut rentrer, affronter l'orage.

II

L'ADJUDANT ENQUÊTE

Grand-mère écosse des petits pois.

— Vous vous êtes bien amusés ? dit-elle.

Le silence de son petit-fils l'alerte. Elle lève vivement les yeux.

— Vous avez encore fait une bêtise, hein ?

— Non grand-mère. C'est Jean-Paul. Je ne sais pas où il est.

A partir de ce moment-là, Jean-Pierre perd pied. Les questions, les reproches, les plaintes et, pour finir, les larmes, ne tardèrent pas à créer une atmosphère de catastrophe.

— On vous a pourtant défendu de suivre n'importe qui ! se lamente grand-mère.

— Mais on n'a suivi personne, proteste Jean-Pierre.

— Dans toute cette foule, c'est si vite fait d'enlever un enfant !

— Ce n'est pas possible, grand-mère ! Il n'y avait que les gens d'ici ! Et en plus il y avait la télévision !

Elle n'écoute plus rien. Elle tourne sur elle-même, cherche son mouchoir, ses lunettes.

— Qu'est-ce que je vais dire à ton père ? Tant pis, je préviens la gendarmerie... On saura tout de suite s'il a eu un accident ! Mon Dieu, vous me rendrez folle, tous les deux !

— Moi, je n'ai rien fait, grand-mère ! Ce n'est pas ma faute...

— Appelle la gendarmerie... Tu n'as pas vu mes lunettes ? Elles étaient là, tout à l'heure, sur la table... Je ne sais plus où j'ai la tête...

Une voix bourrue : « Allô, j'écoute. »

Grand-mère écarte Jean-Pierre et se lance dans une explication confuse qu'il écoute avec irritation. D'abord elle ne s'adresse pas à un officier. C'est ridicule de l'appeler « capitaine »... Et puis la police ne va pas se mettre en branle comme ça... simplement parce qu'une vieille dame commence à radoter.

— Il s'est peut-être noyé, gémit grand-mère.

Jean-Pierre sursaute. Il craint que le gendarme ne hausse les épaules et ne chuchote à quelque collègue :

— Cette histoire de ville morte leur monte au cerveau.

— Merci, capitaine. Oui, je vous attends...

Elle raccroche et soupire : « Il arrive », comme s'il s'agissait d'un médecin accourant pour arrêter une hémorragie.

— Grand-mère, dit Jean-Pierre, tu exagères... Je ne sais pas ce qui a pu se produire... Ç'est sûrement quelque chose d'embêtant, mais pas comme tu crois... la noyade... l'accident... Non... Si c'était ça, je serais prévenu... Enfin, je veux dire... je le sentirais... Quand il est tombé de l'échelle, moi aussi, j'ai souffert du pied...

Grand-mère lui caresse la tête et murmure :

— Tu es un bon petit... A ton âge on ne voit pas le mal. Et pourtant...

Mais voici l'adjudant de gendarmerie, un homme grisonnant, qui s'efforce tout de suite d'être rassurant ; il veut même paraître enjoué, s'assoit comme un familier.

— Voyons, que se passe-t-il ? Si j'ai bien compris, votre petit-fils devrait être là. Il va bientôt être 7 heures. Ce n'est pas encore une absence bien alarmante.

Il s'adresse à Jean-Pierre :

— Il joue sans doute avec des petits camarades ?

— Non, dit Jean-Pierre. Il ne joue qu'avec moi.

— C'est son jumeau, souffle grand-mère. Ils ne se séparent jamais.

— Vous ne vous êtes pas un peu disputés ?

Jean-Pierre secoue la tête. Il a soudain les larmes aux yeux...

— Bon, bon..., fait le gendarme. Je cherche, je m'informe...

Il se tourne vers grand-mère.

— Où sont leurs parents ?

— A Rome. Mon fils est dans le cinéma. Il est électricien. Et ma belle-fille l'aide.

— Papa est cadreur, précise fièrement Jean-Pierre, et maman, elle est scripte.

— Ils voyagent beaucoup et c'est moi qui garde les deux petits, dit grand-mère. S'il arrivait quelque chose, je serais toute seule à me débrouiller. C'est dur, capitaine.

— Allons, dit l'adjudant. On va vous le ramener, ce gamin. Comment est-il habillé ?

— Comme moi ! intervient Jean-Pierre. On est pareil, sauf que lui c'est Jean-Paul.

— Tu as déjà circulé partout, depuis la fin de la manifestation ?

— Ben, oui, forcément.

— Ça ne va pas nous faciliter les choses. Personne ne saura lequel des deux il a vu passer. Viens me montrer, sur le terrain. Et vous, madame, cessez de vous tourmenter. C'est sans doute une fugue !

Quel mot scandaleux ! Comme si Jean-Paul était capable de s'échapper sans son frère. Grand-mère préfère hausser les épaules. Ce policier dit n'importe quoi pour cacher son embarras.

— Ce n'est qu'une hypothèse ! fait remarquer l'adjudant. Il faut tout examiner.

La Grand-Rue est en train de retrouver son calme. Les commerçants baissent leur rideau de fer. C'est l'heure des chats le long des maisons et des martinets autour des façades. Brusquement, Jean-Pierre se sent perdu, abandonné. Il a envie de saisir la main de cet homme, de le supplier : « Rendez-moi Jean-Paul. »

Des phrases lui reviennent, lues dans les journaux ou entendues à la radio : « Les recherches sont restées vaines... » « Des hommes-grenouilles ont exploré en vain la rivière... » « Les gendarmes ont en vain fouillé toutes les voitures... » « En vain ! » Il ne savait pas à quel point ces mots sont terribles. Il y a donc des victimes qu'on ne retrouve jamais ! Les minutes s'ajoutent aux minutes... quand ces drames commencent ! Et Jean-Pierre sent quelque chose d'énorme et d'inconnu qui lui bloque la gorge.

— C'est ici ? dit le policier.

— Non. Un peu plus à gauche... On était là, côte à côte. A ma droite, il y avait le marchand de poisson. Et à la gauche de Jean-Paul, je ne me rappelle pas.

— Et tu n'as pas remarqué à quel moment ton frère n'était plus là ?

— Non. Mais je pense qu'il a dû s'éloigner quand il y avait encore du mouvement, des gens qui changeaient de place. Ça piétinait, autour de nous. Ce qui est sûr, c'est qu'il ne m'a pas enjambé... Ce qu'il a vu, ça devait être du côté de la place...

— Allons-y. Regarde par terre. Ton frère a peut-être perdu quelque chose ? Qu'est-ce qu'il avait dans ses poches ?

— Comme moi, dit Jean-Pierre.

Il s'arrête pour se fouiller. Il énumère.

— Le couteau suisse. Il a le même. De la ficelle. Un mouchoir. Son jeu de cartes, pareil que moi.

— Et ça vous sert à quoi ?

Jean-Pierre se trouble. Il ne va pas avouer que les cartes sont leur code secret. Il ne va pas dire que le valet de pique, exhibé furtivement dans le dos du maître, signifie « Fais gaffe ! » Ni que le dix de carreau, à la fin d'un repas, doit se traduire par : « A toi la vaisselle »... Ils ont leur petit univers de signes, leur territoire caché, comme les lapins ont leur garenne. Mais le gendarme n'insiste pas. Il suit son hypothèse de gendarme.

— Pas d'argent sur lui ? demande-t-il.

— Non. C'est papa qui nous l'a défendu.

— Ton frère n'aurait pas eu l'idée de le rejoindre, par hasard ?

— S'il en avait eu l'idée, je l'aurais eue, moi aussi !

— Vous vous entendez bien avec votre grand-mère ?

La question est tellement saugrenue que Jean-Pierre ne trouve pas de réponse.

— C'est grand-mère, quoi ! murmure-t-il.

— Bon, nous perdons notre temps ! décide l'adjudant. Rentrons. Je vais déclencher l'enquête.

Et la phrase revient bourdonner dans l'esprit de Jean-Pierre : « Les recherches sont restées vaines. » L'espoir le quitte. Ce n'est pas parce qu'on fouillera les trains, les cars, les voitures, et pourquoi pas les aéroports, qu'on découvrira Jean-Paul. Tous ces trucs d'adultes sont peut-être efficaces pour retrouver des adultes. Mais eux, qu'on appelle d'un air supérieur « les gosses » ils habitent ailleurs, ils font des choses d'une autre logique ; surtout Jean-Paul. Jean-Pierre mettrait sa main au feu que son frère a inventé quelque chose comme un nouveau jeu. Et s'il éprouve tant de peine, c'est parce que, pour la première fois, il a été tenu à l'écart. « S'il a fait ça, pense Jean-Pierre, je lui jette à la figure mon roi de trèfle ! » Autant dire la brouille, la rupture, le divorce, quelque chose d'affreux qui rassure, finalement, parce que c'est trop énorme.

Jean-Pierre sait, dans une bouffée d'évidence, que son frère ne l'a pas oublié un seul instant et qu'il a laissé, quelque part, un signe. Mais où ? La nuit tombe. Il est trop tard pour fureter comme il conviendrait. A demain, donc ! Et si possible de bonne heure, avant que les passants n'effacent les indices. « Moi, je trouverai ! songe Jean-Pierre. Pas de panique ! »

Il y a des voisines, à la maison. Grand-mère se tamponne le visage et répète d'une voix brouillée :

— Il est peut-être mort.

La pendule fait exprès de sonner les heures de son timbre le plus clair : 8 heures, 9 heures. On ne peut plus, maintenant, imaginer des phrases rassurantes. Le drame commence à s'installer. Le gendarme a noté sur un calepin l'adresse des parents et il est parti leur téléphoner. On attend son retour. Grand-mère a fait du café pour tout le monde. On parle à voix basse. Les sottises des grandes personnes... « Ils sont à l'âge bête... » « Moi, mon neveu, une fois... » « On se donne du mal pour les élever... » Elles sont à tuer, toutes ces bonnes femmes. Jean-Pierre s'est lové au creux d'un fauteuil. Pas question d'aller au lit. Le sommeil passe sur lui en grandes ondes. Il résiste, perd conscience, refait surface. La pendule sonne dix coups.

Un grand brouhaha, soudain. C'est le gendarme.

— Impossible de les avoir, dit-il. On m'a répondu qu'ils étaient en tournage, du côté de Florence. C'est du moins ce que j'ai compris... On va essayer de les joindre... Au fond, je préfère ça. Le petit sera retrouvé quand ils appelleront. J'ai alerté notre maître chien. Il sera là demain matin, avec Rex, son chien-loup, une bête si intelligente que l'on peut vraiment parler avec elle. Vous verrez. On lui fera renifler un blouson du gamin et le reste ne sera qu'un jeu !

La confiance revient ; on écoute l'adjudant qui raconte le dernier exploit de Rex.

— Mon idée, reprend le policier, c'est que votre Jean-Paul pour une raison qu'on ignore, s'est introduit quelque part et ne peut plus ressortir. Imaginez, par exemple, une cave dont la porte se referme. N'oubliez pas que tous les habitants étaient dehors et qu'un enfant espiègle pouvait se glisser partout sans être vu. Rex va vous le repérer en moins de deux. Allez, madame Laroche, ne pleurez plus. Demain matin, dès 6 heures, nous serons en campagne. Donnez-moi un vêtement de Jean-Paul... Oui, un pull-over fera l'affaire.

Jean-Pierre va se coucher. Il n'en peut plus. Rex, oui, c'est une bonne idée ! Mais il aurait préféré trouver avant le chien. Il a l'impression qu'on triche. Pour un peu, il se dirait : « Jean-Paul, ça ne regarde que moi ! » Mais il est si las qu'il n'a plus la force de réfléchir. Il ferme les yeux. « A ma droite, il y avait le marchand de poisson, et à gauche... » Il dort.

III

DANGER !

Quand il se réveille, Jean-Pierre s'aperçoit, avec un coup au cœur, qu'il est 8 h 30. Lui qui voulait être sur pied à 5 heures, en même temps que Rex, il a trahi. Vite, il descend aux nouvelles. Grand-mère est seule, dans la cuisine. Elle prépare les tartines et le café. Elle a relevé sur son front ses lunettes pour pleurer à son aise.

— Ils n'ont rien pu faire, dit-elle. Il paraît que ton frère et toi, vous avez la même odeur. Alors le chien va partout où tu es allé, hier, et toutes les pistes le ramènent ici. En ce moment, ils essayent du côté de l'étang, mais je vois bien qu'ils n'y croient plus.

A cet instant, on entend à la porte de la rue de brefs aboiements puis, dans le couloir, un grattement de griffes et un souffle rauque.

— Au pied ! crie le maître chien. Au pied !

Tirant sur sa laisse, Rex entre en force dans la cuisine et se précipite sur Jean-Pierre avec un gémissement de bonheur. D'une voix de gorge étrangement humaine, il exprime des choses obscures mais si touchantes que Jean-Pierre saisit à deux mains la grosse tête poilue aux yeux d'or. Il sent sur son visage un souffle chaud et reçoit un coup de langue, en travers du nez, comme une gifle molle. Puis le chien lui mordille doucement le poignet, avec des précautions de louve. Ses crocs luisent comme des couteaux et, de la pointe du nez, il pousse d'imperceptibles plaintes de joie.

— Tu te trompes. Je ne suis pas le bon ! murmure Jean-Pierre.

L'adjudant entre à son tour et le maître chien le prend à témoin.

— Rien à faire ! Rex les confond.

Et il résume, pour Mme Laroche :

— Nous avons parcouru toute la Grand-Rue, la place du marché, le parking, les abords de l'église. Nous sommes allés à la gare, à la station des autocars, puis à l'école et dans plusieurs magasins qui semblaient intéresser Rex. Partout on nous dit : « Oui. On les connaît bien. Des jumeaux comme ça, vous pensez ! » Mais allez expliquez ça à Rex !

Le chien-loup penche la tête pour l'écouter mieux, et une grosse ride se forme entre ses oreilles. Il s'attendait à des compliments. Il les regarde avec tristesse. Qu'est-ce qu'ils ont contre lui ? Jean-Pierre lui gratte le cou et lui chuchote :

— Moi, je retrouverai Jean-Paul. Pleure pas, mon vieux !

Et, une demi-heure plus tard, malgré les supplications de grand-mère qui ne veut pas rester toute seule avec sa peine, il se met en route. Il traverse la place. Logiquement, Jean-Paul est passé par là. Peut-être se cachait-il de quelqu'un. C'est une idée qui ne lui était pas encore venue. Et voilà ce qui manque à Rex. Il flaire, il est tiré en avant, à l'aveuglette, par une espèce de chatouillement dans son museau. Mais il ne voit rien, dans sa tête. Tandis que Jean-Pierre voit son frère, ou plutôt il l'imagine, mais c'est la même chose.

Jean-Paul se faufile derrière l'église, pour se dissimuler. Il ne veut pas qu'on l'observe. C'est ça, la bonne idée de départ. Jean-Pierre contourne donc le chevet de l'église. Devant lui, commence un chemin de terre qui sinue parallèlement à la Grand-Rue dont il longe les jardins, bordés de haies pleines de mûres et bourdonnant de guêpes.

Qui vient là ? Les habitants du quartier, quand ils veulent rentrer du fumier ou se débarrasser des mauvaises herbes. Il aboutit à une décharge. Autant dire que c'est une voie sans issue.

« Je me goure », pense Jean-Pierre. Cependant, une main s'appuyant à la pierre, il fait encore quelques pas. Et ses yeux, en même temps que ses doigts, découvrent soudain le signe !

Doucement ! Est-ce bien le signe ? Une flèche, gravée à la hâte avec un poinçon, et qui semble montrer le chemin. Mais il y a d'autres graffiti, au-dessus, à côté... des initiales, des dessins sommaires, à la craie, au charbon, au silex... Jean-Pierre se recule un peu, pour mieux juger. La blessure de la pierre est fraîche ; le calcaire n'a pas encore eu le temps de se patiner. Il tire son couteau suisse, ouvre le poinçon et attaque le tuffeau. Il compare. Aucun doute, les deux flèches sont identiques. Jean-Paul est passé par là. Et même il n'était pas particulièrement pressé, car sa flèche à lui s'orne, au talon, de petits ailerons, comme s'il avait voulu la fignoler, lui donner l'allure d'un vrai dard. Suivons la direction qu'elle indique... cette voie sans issue... Jean-Pierre avance lentement, regarde partout. Son frère devait pister quelqu'un...

Tout en marchant, le garçon se creuse la tête. Quelle pouvait bien être la raison impérieuse qui avait décidé Jean-Paul, en une seconde, à filer sans crier gare ? Et s'il avait pris la peine de graver une flèche, c'était pour orienter les recherches. « Quelles recherches ? », se demande Jean-Pierre. Ce n'est pas Rex qui se serait intéressé à un signe aussi anodin ! Pas le gendarme non plus. Alors, qui ? Personne, sauf moi. Jean-Pierre s'arrête, stupéfait. Ainsi, Jean-Paul s'attendait à être recherché !

« Et c'est à moi, à moi seul qu'il s'adressait », se dit-il. Non ; il sent qu'il conclut trop vite. Il attend que son cœur se calme. Il chasse une guêpe qui vient tourner autour de son visage en sueur. « Raisonnons. Si je préviens le maître chien, s'il amène Rex ici, nous ne serons pas plus avancés parce que nos odeurs se confondront. »

Soudain, une idée terrible le fait pâlir... Et si son frère était mort ? S'il gisait quelque part, sur la décharge publique ? Il court. Il arrive devant les monticules de détritus, s'avance parmi les gravats, les débris, les vieilles boîtes de conserves... Il se rend vite compte qu'il n'y a rien à découvrir ici. Le mystère reste entier. Il revient sur ses pas et c'est à une vingtaine de mètres, pas plus, du chevet de l'église, qu'il avise, au revers d'une touffe d'herbe, une chose familière... c'est une petite carte à jouer... l'as de pique. Et l'as de pique signifie, d'après leur code : « Danger ». « Danger » quand le maître s'apprête à examiner les cahiers de textes... ou quand il convoque au tableau, justement, le jumeau qui ne sait pas sa leçon et supplie qu'on lui souffle. Et maintenant « danger », à deux pas de l'église, dans cet endroit habituellement fréquenté, mais que la cérémonie de la ville morte, hier, avait rendu désert.

Que faire ? Rapporter cette carte à la gendarmerie, expliquer sa signification ? Impossible ! Ils se sont juré l'un à l'autre que jamais ce code ne serait livré à l'ennemi. C'était un jeu, bien sûr ! Mais un jeu grave, qui les mettait à part, les séparait de tous ces imbéciles qui ne rataient jamais l'occasion de s'écrier : « Comme ils se ressemblent ! Comme c'est curieux ! Être jumeaux à ce point, ce n'est pas croyable ! »

Mais ne pas oublier, d'autre part, que Jean-Paul a disparu depuis bientôt vingt-quatre heures ! Et Jean-Pierre se répète, avec une angoisse grandissante : « Il compte sur moi. Il ne compte que sur moi ! La flèche, l'as de pique !... Il suivait quelqu'un et on l'a enlevé. » Ça ne tient pas debout, puisque Saint-Cérey était truffé de CRS, de journalistes, de photographes. Où serait-il allé, le ravisseur. Et même s'ils étaient plusieurs, ils ne pouvaient faire un pas, avec leur fardeau, sans se heurter à la police.

Dans la tête de Jean-Pierre, c'est une sarabande de réflexions incohérentes. Après bien des hésitations, il décide de dire à l'adjudant la moitié de la vérité. Il lui montrera la flèche mais ne lui parlera pas de l'as de pique.

Amère déception ! Le policier accepte de l'accompagner, examine longuement la flèche, regarde les inscriptions voisines, les initiales variées, les croquis grossiers qui font du mur un étrange grimoire.

— Vous voyez, insiste Jean-Pierre avec violence. La marque est toute fraîche. Elle indique bien une direction, quand même !

L'adjudant paraît sceptique.

— Il n'y a rien au bout du chemin, dit-il. Et n'importe quel gamin a pu s'amuser à dessiner cette flèche.

Alors Jean-Pierre perd tout sang-froid. Tant pis !

— Il y a ça aussi ! dit-il. C'est une carte qui est à mon frère. J'en suis sûr.

Cette fois le gendarme est intéressé.

— Où l'as-tu trouvée ?

Jean-Pierre, du bout du pied, indique l'endroit.

— Tu sais, petit, que tu ne dois rien nous cacher. Tu as cherché ailleurs ?

— Oui, je suis allé jusqu'au bout du chemin. Mon frère n'a pas eu le temps de semer d'autres cartes.

Le gendarme sursaute.

— Qu'est-ce que c'est que cette histoire !

— Il surveillait quelqu'un ! affirme Jean-Pierre avec force. La flèche c'est un indice. L'as de pique aussi. Après, plus rien parce qu'il s'est fait prendre !

— Toi, mon bonhomme, plaisante l'adjudant, tu lis trop. Allez, je te ramène à ta grand-mère et tu vas me faire le plaisir de rester tranquille. Où allons-nous si les gosses se mêlent d'enquêter !

Mais cette petite lumière qui s'est allumée dans l'esprit de Jean-Pierre continue de briller. Il est évident que Jean-Paul s'est arrêté le long du mur de l'église puisqu'il a fait encore quelques pas et là... le trou, la trappe, le vide... A peine a-t-il eu le temps de signaler « danger», hop, disparu ! Cette évidence-là, il faut s'y accrocher comme à une bouée. Le reste ne compte pas. Quand le journal écrit : *Nous tenons de l'actif adjudant de gendarmerie (tu parles !) que la disparition du jeune Jean-Paul Laroche serait bientôt expliquée*, c'est faux. Pas vrai. On dit ça parce qu'on nage. Quand, à la télé, on déclare que « la police est sur une piste », mieux vaut fermer le poste.

Bande de menteurs ! Ce qu'ils voudraient insinuer — et ils s'y efforcent depuis le début — c'est que Jean-Paul est un petit fugueur. On voit bien pourquoi ! C'est l'instituteur qui a mis le doigt dessus. Il prétend que, s'il n'y avait pas eu d'opération « ville morte », Jean-Paul n'aurait pas disparu, et il s'en prend à la municipalité. D'ailleurs, il y a de plus en plus de commerçants, le long de la Grand-Rue, qui partagent cette opinion. Dès que Jean-Pierre apparaît, chez le boucher, à l'épicerie, les questions commencent à voler : « Toujours pas de nouvelles ? Il était si gentil, ce petit ! » Ou bien : « Pourquoi serait-il parti, hein ? Vous vous plaisez bien, ici, tous les deux... » Ou encore : « On nous cache des choses. Du côté de la mairie, on doit se mordre les doigts ! » Et Jean-Pierre revient, ulcéré. « Les commissions, je laisse tomber ! » dit-il.

Grand-mère pleure.

Le temps passe. Et là-bas, à Rome, impossible de les toucher. Ce sont eux, les parents, qui sont les fugueurs. Le malheureux adjudant est pendu au téléphone. Il essaye de se justifier :

— L'équipe se déplace beaucoup. Il paraît qu'ils tournent un film sur la vie de Jules César. Cela s'appelle : *Le Passage du Rubicon*. Tu dois connaître ça, Jean-Pierre. On a dû vous en parler, en classe ! Bref, pas moyen de les toucher. Le producteur est à Tokyo. Son directeur est à Madrid. Et moi, entre des gens qui parlent italien ou anglais ou je ne sais plus quoi, je suis perdu.

— S'il est perdu, dit grand-mère farouchement, qu'il fasse autre chose.

Elle lui en veut à mort. Il y a longtemps qu'elle ne l'appelle plus « capitaine ». Il est devenu « Machin Chose ».

Elle fulmine, entre deux sanglots :

— Des gendarmes comme ça, si c'est pas honteux. C'est juste bon à parader, avec des espèces de chiens de cirque qui sont bons à rien !

Il ne vient plus à la maison, Machin Chose ! Il se fait représenter par un gendarme natif de Saint-Cérey que grand-mère connaît bien. Un bon gros qui s'assoit dans la cuisine, soulève du pouce la visière de son képi, et s'éponge le front d'un air surmené.

— Toute la région a été passée au peigne fin, dit-il...

(Des façons de parler qui hérissent Jean-Pierre. Son frère n'est pas un pou, quand même !)

— ... Ça n'a rien donné. A la brigade, on est partagés. Il y en a qui pensent que Jean-Paul s'est sauvé et d'autres qui pensent plutôt que...

(Ici, un geste vague. Il vaut mieux tourner la tête.)

— Moi, poursuit-il, je ne serais pas surpris que vous receviez une demande de rançon !

Par des voies mystérieuses, le mot commence à courir. Saint-Cérey bourdonne. « Avec quoi payeraient-ils ? Ce n'est pas ce qu'ils gagnent, et dans ce métier on n'a jamais le temps d'économiser... Moi, je verrais plutôt une vengeance... Et si ça cachait une affaire de drogue ? »

Quelques journalistes sont revenus discrètement. Ils logent à l'hôtel de l'Écu. Ils écoutent. Ils prennent des photos : l'étang, la vieille église où, faute de prêtre, on ne dit la messe qu'une fois par mois, les vestiges de la voie romaine... Jean-Pierre les évite soigneusement. Dès qu'il le peut, en se cachant, il va revoir la flèche, cette flèche que son frère a tracée pour lui. Pourquoi l'a-t-il dotée d'un véritable empennage, comme s'il avait voulu dire : « Attention, c'est une vraie flèche ! » Car, enfin, il n'avait pas le temps de fignoler, de graver des ornements inutiles. S'il avait eu l'intention d'indiquer seulement une direction, il se serait contenté d'un simple trait horizontal terminé par un angle très aigu. Mais s'il s'agissait d'une vraie flèche... « Là, je ne pige plus ! s'avoue Jean-Pierre. C'est à croire qu'un Indien rôdait par ici ! Voyons ! Qui est-ce qui peut se promener avec une flèche au poing ! »

Il rumine. Il remâche. Il ferme les yeux. Il voit des flèches. Il ouvre les yeux et il croit voir encore des flèches.

— Mange ! dit grand-mère. Il ne manquerait plus que tu tombes malade. Je t'ai fait des crêpes, comme tu aimes...

S'il y avait eu un cirque à Saint-Cérey ou bien une de ces baraques où l'on montre des naturels de Sumatra ou de Bornéo ! Mais justement, la grande foire était terminée depuis un mois... Qui avait menacé Jean-Paul ? Qui ?

Jean-Pierre retourne au coin de l'église... De là, il découvre encore une fois l'arrière des immeubles qui bordent le côté gauche de la Grand-Rue. Les jardins sont très étendus. Jean-Paul ne pouvait pas appeler au secours, puisque tous les habitants faisaient la haie le long de la chaussée ou bien étaient couchés par terre ! Par pure curiosité, il essaye d'ouvrir quelques-unes des portes qui donnent sur la ruelle. Bouclées, bien sûr ! Elles sont toutes bouclées. Jean-Pierre s'emporte, s'adresse à son frère : « Tu ne m'aides pas beaucoup, tu sais ! Je me décarcasse, à cause de tes devinettes à la gomme, et toi, pendant ce temps-là... » Sa voix se brise... Où est-il, Jean-Paul, pendant ce temps-là ? Que fait-il ? Ou plutôt qu'est-ce qu'on lui fait ? Il rentre, sans regarder personne. Il ne va plus en classe. Il ne lit plus. Il dessine des flèches...

IV

UN MYSTÉRIEUX MESSAGE...

Et puis, ce matin-là, le facteur entre dans la cuisine.

— Monsieur Sébastien Laroche, c'est ici ?

— Sébastien Laroche ? dit grand-mère qui ne comprend pas.

Jean-Pierre, soudain inspiré, s'empare de la lettre et crie :

— C'est Jean-Paul ! C'est son écriture.

Le facteur, saisi, s'empare d'une chaise, répétant :

— Ah, dites donc... Dites donc... Ça alors !

Jean-Pierre, la tête perdue, éventre l'enveloppe, en retire une carte postale, la retourne. Rien, pas même une signature. Il reprend l'enveloppe déchirée, étudie l'adresse, écrite avec application : *M. Sébastien Laroche, 12* bis, *Grand-Rue, 23170 St-Cérey*. Grand-mère chausse ses lunettes, tandis que le facteur examine la carte.

— Elle vient de La Souterraine, dit-il... Il lit : *Porche de l'église romane (1150-1225).*

Grand-mère hoche la tête.

— C'est bien l'écriture de Jean-Paul. Va chercher le cahier de ton frère...

Aucun doute. La lettre S, surtout, plantée sur sa queue comme un reptile.

— Elle a été postée hier ! reprend le facteur. Vous avez des parents, là-bas ?

— Personne !

— Et pas un mot ! Ce n'est pas très gentil. Il se promène, le bandit ! Il se donne de l'air ! continue le facteur en riant. Eh bien, vous voilà rassurés tous les deux. Ils ont raison, à la gendarmerie. C'est une petite fugue. Allez ! Salut !

Grand-mère claque la porte derrière lui.

— Il est bête à manger du foin ! s'écrie-t-elle. Une fugue ! Avec quel argent ?

— Et pourquoi Sébastien ? dit Jean-Pierre.

— Ton pauvre grand-père s'appelait Sébastien ! Sébastien Désiré.

— Aucun rapport ! tranche Jean-Pierre. Ça ne tient pas debout. Ou bien c'est un signal.

Ils restent longtemps silencieux, cherchant à saisir le sens du mystérieux message.

— Puisqu'il avait une plume et de l'encre, note Jean-Pierre, ça ne lui coûtait pas plus d'écrire une ligne ou deux... Ou alors, c'est qu'il n'était pas libre...

— Qu'est-ce que tu veux dire ?

— Rien... Rien... Fais pas attention...

Il monte dans la chambre et s'allonge sur le lit de son frère pour être plus près de lui et mieux se concentrer. Voyons ! cette phrase « il n'était pas libre » lui est venue d'un trait. Elle l'étonne et le bouleverse. Il ne sait pas bien ce que cela signifie au juste ; ou plutôt il commence à l'entrevoir ! Les ravisseurs sont allés se planquer loin de Saint-Cérey et ont obligé Jean-Paul à écrire. Cette carte est bien un signal, qui veut dire : « Je suis vivant. » Les gangsters se réservent sans doute d'exiger plus tard de l'argent. Pour le moment, ils se contentent de faire monter l'angoisse, pour épouvanter la famille. C'est leur méthode. Jean-Pierre sait tout, sur les enlèvements, par les journaux, par la télé. Mais, d'habitude, les malfaiteurs sont très renseignés sur leur future victime. Et là ils ignorent que le garçon a un frère qui s'appelle Jean-Pierre et non Sébastien... Bizarre !

Jean-Pierre se met l'esprit à la torture. Si son frère a choisi ce nom de Sébastien, ce n'est sûrement pas par hasard ! Il est bien trop malin. La vérité est là, sous sa main, et elle lui glisse entre les doigts. Mais pendant qu'il cherche... Sébastien... Pourquoi ?

Grand-mère a porté le message à la gendarmerie, et aussitôt le téléphone entre en action. L'adjudant se frotte les mains.

— Ah, mon gaillard, on se paye une petite escapade ! On a voulu voir du pays ! Je t'en ficherai, moi, de la balade. Rentrez chez vous, madame Laroche. A La Souterraine, on fait déjà le nécessaire ! Ce soir, on vous le ramènera par l'oreille. Vous voyez, madame ! Qui est-ce qui avait raison ? Il va falloir lui serrer la vis à ce petit fugueur.

Jean-Pierre, mis au courant, est furieux.

— Tu paries, dit-il, qu'il n'est même plus à La Souterraine ? Tu penses bien qu'ils ne vont pas attendre la police !

— Tu parles de qui ?

— Des gangsters !

— Mais quels gangsters ?

— Ah ! laisse tomber, grand-mère. Je t'expliquerai.

Il ne parle plus aux copains. Il s'en va tout seul, le long de l'étang, dès qu'il est libre. Il dépérit. Et pourtant la disparition de son frère ne remonte qu'à... il compte sur ses doigts... cinq jours. Seulement cinq jours. Et naturellement les recherches entreprises à La Souterraine n'ont rien donné. Les journaux publient une photo de Jean-Paul, décrivent la façon dont il est habillé : blouson, jean, baskets...

Par Machin Chose on apprend, de Rome, que César, ayant franchi le Rubicon, se dirige maintenant, avec ses légions et l'équipe de tournage, vers l'Égypte où il doit rencontrer Cléopâtre. La dernière lettre de maman est vieille d'une semaine. Elle recommandait aux jumeaux d'être sages et de bien travailler. Depuis, plus rien. Elle n'a pas le temps de lire la presse française. Comment pourrait-elle se douter que... Et de toute façon, aurait-elle le temps de venir ?

Tristement, avant de s'endormir, Jean-Pierre pense que sa vraie famille, avant grand-mère, avant papa et maman, c'est Jean-Paul. Il le voit, attaché à une chaise, les yeux bandés... Comment les malfrats s'y sont-ils pris pour l'emmener loin de Saint-Cérey par des routes encombrées ! Ils devaient disposer d'une caravane. Si la police connaissait son affaire... moi, quand je serai policier... ses lèvres remuent, mais ses paupières se ferment. Il glisse dans le sommeil et Jean-Paul lui est rendu, car ils sont toujours ensemble quand ils rêvent...

— Monsieur Sébastien Laroche !

C'est encore le facteur qui apporte une lettre. Jean-Pierre vient juste de se réveiller. Il dégringole l'escalier. A peine s'il prend le temps de regarder l'enveloppe.

— C'est Jean-Paul ! s'écrie-t-il.

Vite, il ouvre. Encore une carte postale et rien au dos. La carte représente un mur flanqué d'une tour très ancienne.

— Ça vient d'où ? questionne grand-mère.

— De Montmorillon.

— Un gentil coin, commente le facteur. Ma belle-sœur...

Jean-Pierre lui brandit sous le nez l'as de trèfle et l'as de cœur, ce qui le dispense de hurler : « La barbe ! », et remonte dans sa chambre. Il se jette sur le lit de son frère. C'est là que les idées lui viennent et il y en a une nouvelle qui commence à poindre. Jean-Paul a été enlevé, c'est prouvé. Mais ce qui reste à démontrer, c'est qu'il ne peut pas être prisonnier dans une caravane. Et, dès qu'on réfléchit, ça saute aux yeux. Les ravisseurs n'iraient pas prendre un pareil risque. Ils se moquent du monde avec leurs cartes postales : « Coucou, on est à La Souterraine », « Coucou, on est à Montmorillon ». Et demain, ils seront plus loin et la police continuera à chercher Jean-Paul dans les voitures, dans les cars, partout.

Tout ça c'est pour donner le change. Jean-Paul est ailleurs, bien gardé. Il suffit que quelqu'un se promène dans la région, envoie des cartes, pardi, c'est ça, la solution. Ils sont plusieurs. Pendant que l'un veille sur l'otage, l'autre détourne l'attention des policiers. Et quand la fausse piste aura égaré tous les poursuivants, viendra la demande de rançon. Mais, à la gendarmerie, on est buté. Pas la peine de leur expliquer ce qu'il en est.

Il faut continuer à réfléchir, avec l'aide de Jean-Paul, car c'est lui qui, à travers l'espace, envoie des suggestions. C'est lui qui, en cette minute même, pose à son frère la vraie question : « Qu'est-ce que j'ai pu surprendre, au coin de l'église ? Quoi de si précieux ? Ce n'est pas à moi qu'ils en avaient. Ils ne me connaissent pas. La vérité, c'est que je les ai surpris en train de faire quelque chose de grave. Et maintenant, ils gagnent du temps. Donc, pas de rançon ! Je ne les intéresse pas. Je les encombre. Cherche. Mais vite ! »

Et voilà Jean-Pierre regonflé, plein d'une nouvelle assurance. Il brûle. Il va toucher au but. En somme, s'il savait ce que les bandits ont volé, il comprendrait du même coup pourquoi ils ont été forcés de s'emparer du seul témoin qui peut les dénoncer. Mais rien n'a été volé, à Saint-Cérey ! Aucune plainte n'a été déposée. Pas de bijouterie à cambrioler. Pas de banque à piller. « Ah, j'abandonne ! se dit Jean-Pierre. C'est trop difficile. Je suis trop petit. » Et aussitôt, honteux et rageur, il s'excuse : « Fais pas attention, Jean-Paul. Bien sûr, je continue ! »

V

A LA BELOTE !

Le lendemain, carte postale de Poitiers ! Et toujours adressée à ce Sébastien de malheur. Côté policiers, on écume. *Le kidnapping à roulettes*, titre un quotidien local. Et, dans une feuille parisienne, on lit : *Le fugueur et les carabiniers*, car cette course poursuite commence à amuser le public. A mesure qu'elle se prolonge, elle perd peu à peu tout caractère dramatique pour les uns tandis que pour les autres elle pose un problème de conscience : *Ne jouez pas avec la vie d'un enfant !... Arrêtez vite les ravisseurs.*

— Je sens que je vais être malade ! dit grand-mère. Et ton père qui ne téléphone toujours pas !

Elle ne dit jamais « et ta mère », parce qu'au fond d'elle-même, elle considère que sa belle-fille fait un métier de saltimbanque. D'abord, « scripte », qu'est-ce que ça signifie ? Quelquefois, confondant tout, elle avoue à ses amies que sa bru fait du « script tease ». Et elle conclut : « Qu'est-ce que vous voulez, on ne choisit pas. Heureusement, j'ai ces deux petits. J'espère qu'ils ne tourneront pas trop mal ! » Inutile de lui expliquer les choses. Elle n'est plus très jeune, grand-mère ! Elle a toujours vécu à Saint-Cérey. Elle n'est même pas allée à Paris pour le mariage de son fils.

— Mange, Jean-Pierre. Qu'est-ce que nous deviendrons si, toi aussi, tu tombes malade.

— Mais je suis très bien, grand-mère.

— Moi, j'ai un poids, là ! gémit-elle. C'est comme si on m'écrasait la poitrine.

Jean-Pierre ne fait pas attention. Dès qu'elle souffre du moindre malaise, grand-mère, c'est tout de suite, à l'en croire, un acharnement de tortures... Son rhumatisme est un étau, sa migraine, un cercle de fer ; sa toux la poignarde ; ses varices la brûlent à petit feu. Elle est toujours entre les mains du bourreau.

— Et encore moi, dit-elle, je n'ai pas trop à me plaindre. Mais mon pauvre Sébastien, lui, il a souffert le martyre, à la fin !

— Quoi ! s'écrie Jean-Pierre. Répète...

— Oui, il a souffert le martyre.

— Qui ça ?

— Mais ton grand-père !

Jean-Pierre n'écoute pas la suite. Il se lève si brusquement qu'il renverse son verre. La vérité, quand elle éclate, ah, ce que ça peut faire mal. C'est un K.-O. de lumière.

Déjà, il galope dans la Grand-Rue ; il traverse la place, droit sur l'église. Mais il ne la contourne pas. Il en pousse la porte jamais fermée, remonte l'allée, et la lumière des antiques vitraux semble l'habiller fugitivement d'une tenue léopard.

Il s'arrête derrière le chœur. Eh oui ! Il a raisonné juste. Le tableau a disparu, laissant une empreinte noirâtre, mais il était devenu lui-même si sombre que c'est à peine si on remarque qu'il n'est plus là ! *Le martyre de saint Sébastien*... Personne ne se dérangeait pour le regarder. Et d'ailleurs qu'est-ce qu'on voyait ? Un homme garrotté, le corps percé de flèches. Cela avait donc de la valeur ? Jean-Pierre a entendu parler de ces peintures oubliées dont on découvre un jour qu'elles sont des chefs-d'œuvre !

Les voleurs s'en doutaient et Jean-Paul les a surpris au moment où ils déménageaient le *saint Sébastien*, bien tranquillement, pendant que personne ne les observait. Où sont-ils allés ? Au plus près, forcément, avec leur double fardeau, car ils n'avaient qu'un petit quart d'heure pour cacher le tableau et le garçon probablement assommé. Or, le plus près... Jean-Pierre, qui comprend tout, maintenant, qui s'entend souffler la vérité par son frère... pardi, le plus près c'est la petite maison de la vieille gardienne de l'église, à deux pas ! Et le plus fort, c'est que Jean-Paul doit encore y être enfermé. Vite, les gendarmes ! Ah, grand-mère, une chance que tu aies souffert de l'estomac !

L'adjudant monte le premier. Trois gendarmes le suivent après avoir, au rez-de-chaussée, capturé en silence la vieille sacristine. Jean-Pierre ferme la marche. Chut ! L'escalier grince. L'adjudant a sorti son pistolet. Il s'arrête devant la porte, écoute, puis fait signe à Jean-Pierre, qui colle son oreille au panneau. On entend des voix et la plus aiguë — mais oui ! — c'est celle de son frère. Et elle dit :

— Je coupe !... Valet ! Dame ! Roi de carreau ! Et dix de der !...

Puis un éclat de rire et l'autre voix qui proteste :

— Tu triches.

L'adjudant, ébahi, chuchote :

— C'est bien lui ?...

— Oui, oui !...

— Alors, passe derrière !

Il pousse violemment la porte et crie :

— Police ! Rendez-vous !

La scène est extraordinaire ! Une jeune femme en peignoir lève les bras, muette de terreur. Elle fait face à Jean-Paul dont le buste et les jambes sont attachés à un fauteuil mais dont les mains sont libres et brassent des cartes. Un tas de haricots représente ses gains.

— On ne voulait pas lui faire de mal ! balbutie la geôlière...

Une heure plus tard, tout devint clair. Ils étaient trois larrons : la jeune femme qui surveillait Jean-Paul ; son mari qui s'était mis en rapport, à Paris, avec un receleur ; son frère qui essayait de promener la police loin de Saint-Cérey. Jean-Paul, au milieu d'un cercle d'auditeurs de plus en plus étonnés par son aplomb et sa bonne humeur, s'expliquait, tout en mordant dans un quignon beurré :

— Non, je n'avais pas peur. J'étais sûr que Jean-Pierre comprendrait l'astuce... Sébastien, la flèche sur le mur de l'église, c'était facile ! Oh, je n'ai pas été maltraité. Ils comptaient vendre le tableau — c'est ce qu'ils nous ont dit — et prendre la fuite. Après, ils auraient téléphoné pour qu'on me délivre. Des amateurs, voilà ! Et pas malins ! La bonne femme, même pas fichue de jouer à la belote. Et ça se mêle de voler !...

Le soir même, maman appelle, du Caire. L'équipe va rentrer à Rome pour filmer la mort de César. Comme d'habitude, elle n'a pas eu le temps de lire un journal.

— Vous êtes sages et gentils avec grand-mère ?

— Oh oui, maman !

— Vous ne vous ennuyez pas trop ?

— On n'a pas le temps ! dit Jean-Pierre.

Et Jean-Paul ajoute :

— Nous aussi, on est très occupés !

Ils font, dans le téléphone, un petit bruit de baiser.

— On lui racontera plus tard ! dit Jean-Pierre.

— Si elle est sage ! dit Jean-Paul.

Mr HYDE

(1987)

Roman

Ce n'est peut-être qu'un blocage momentané... une sécrétion qui se tarit... une vitamine qui renonce... un oligo-élément qui cesse de reconnaître ses partenaires chimiques... et cela suffit à faire du cerveau un Sahel lugubre, une substance desséchée, un ossuaire de mots pétrifiés d'où jamais plus ne sortira une image, la petite fleur bleue d'une jolie phrase.

— Docteur, je suis stérile.

— Allons donc ! Vos articles, c'est bien vous qui les faites. Alors ?

— Je les fais, façon de parler. D'abord, je mets de plus en plus de temps à les écrire. Et puis n'importe qui est capable de résumer un livre. Simple affaire de jugeote et d'entraînement. Vous piquez une citation, de loin en loin, selon votre humeur du jour. Vous assaisonnez de quelques compliments. A la longue, on possède un répertoire de clichés qui...

— Mon cher Jeantôme, vous exagérez.

— Vous trouvez vraiment que j'exagère. Eh bien, citez-moi donc un texte, un vrai, depuis mon prix des Quatre Jurys. Des bouts de chroniques, oui, des comptes rendus à la pelle, de ces trucs qui font appel à la mémoire et au tour de main... Mais je n'invente plus ; je ne crée plus, je n'imagine plus, je ne suis plus personne... Et cela dure depuis des années. Longtemps, j'ai cru que cela reviendrait, qu'il me suffirait de me mettre une bonne fois au travail, quelque part, loin de Paris et du téléphone. Mais non... Tout au fond de moi, déjà, je pressentais l'échec. Et le pire, voyez-vous, le pire, c'est qu'on me prend toujours pour un type de talent. Au journal, chez mon éditeur, dans les cocktails, on me questionne gentiment « Ça marche ?... Des projets ?... Vous préparez quelque chose ? » Qu'est-ce que je dois répondre ? Je cligne de l'œil, l'air de dire : « On va voir ce qu'on va voir ! » Et, rentré chez moi, je me ronge les poings. Ne me dites pas que je souffre de la ménopause de l'écrivain. J'ai quarante-cinq ans.

Je suis à l'âge, au contraire, où flambent les facultés d'un auteur. Alors, qu'est-ce qui m'arrive ?

Jeantôme réfléchit. Même pas. Il rabâche. Il ressasse. Il regarde la Seine, son mouvement, ses reflets. Il pense paresseusement : « Les Monet, les Renoir... Ils ne se cassaient pas la tête. Les sujets venaient à eux. Ils étaient toujours devant une table servie. Mais moi... c'est justement le sujet qui me fuit... Le fil conducteur... la pichenette qui déclenche l'explosion, comme une impulsion électrique de rien du tout qui, pourtant, produit un brasier. Mais comment expliquer ça à un médecin ? Les fortifiants, je m'en fous. Et qu'on ne vienne pas me parler de censure, de refoulement et autres calembredaines de psychiatres. Je me vois de part en part, comme on regarde une eau profonde, glacée, immobile, sans mystère.

« Bien entendu, les médecins n'y comprennent rien, pas plus le professeur Balavoine que les autres, et pourtant il a écrit des livres. Des livres, pas des romans. Tous ces gens qui racontent des voyages, des souvenirs de jeunesse, des tranches de vie, s'imaginent qu'ils écrivent, que la littérature, c'est leur cœur ouvert à tout venant, alors que... »

Jeantôme entre dans un café, s'assoit parmi des touristes, essaye de se perdre dans le mouvement de la place Saint-Michel, de se dissoudre dans le bruit. Mais la phrase ébauchée s'achève dans sa tête : « Alors que la littérature, c'est un orgasme sans partenaire. »

Il sursaute, se dit : Pas mal ! A conserver. Il sort un petit carnet à couverture de cuir, dégage le fin crayon qui le flanque et note « orgasme sans partenaire », puis relit quelques formules recueillies les jours précédents. Il n'est pas mécontent. Certaines ressemblent à du Jules Renard. Les meilleures lui viennent durant ses errances, autour de l'île de la Cité ou même à l'intérieur de Notre-Dame, ou encore sur le pont Mirabeau, partout où flottent encore des bribes de poésie comme des poussières dans un rayon de soleil. Mais justement, ce ne sont que des bribes. Ce n'est pas utilisable. C'est comme un très léger minerai d'émotion qui pourrait peut-être alimenter, pour commencer, un petit feu d'alchimiste annonçant la transmutation prochaine du sentiment en fine, en délectable prose. Mais reste à trouver l'étincelle. Jeantôme vide sa tasse. Au fait, il n'avait pas du tout envie de café. Il commande un demi, pour avoir le droit de s'attarder, de poursuivre la rêverie qui lui tient lieu d'excuse et de justification. Il peut se dire : « Je cherche. J'ai tort de penser que je suis impuissant. La vérité, c'est que je traverse une période de sécheresse, comme tant d'artistes avant moi. » Seulement, cette période il est bien obligé de reconnaître qu'elle dure depuis... Le calcul est facile... Depuis six ans. Très exactement depuis qu'il a épousé Myriam... Pardon, pas Myriam : Valérie La Salle. Où a-t-elle été pêcher ce pseudonyme ridicule ? Jeantôme commande un autre demi. Valérie La

Salle. Tout de suite, dans sa poitrine, une brûlure de rancune. Pourquoi est-il venu s'asseoir si près du boulevard et de ses libraires ? Qu'il fasse quelques pas sur le trottoir et le dernier roman de Valérie lui sautera au visage. *Les Ames en peine*. Après *Les Cœurs blessés*, après *L'Amour est mort*, et encore ça, c'était un titre qui n'était pas sans mérite, après tant de confondantes sottises, ce machin pour l'été qui va battre des records... Jeantôme en vient à parler tout seul, comme un vieux. Et puis une mauvaise hilarité le secoue. Lui qui prospecte les potins, les cancans, les ragots, à la recherche d'une idée, comme un compagnon d'Emmaüs en quête de l'objet rare, qu'a-t-il besoin de se donner tant de mal ? Le sujet rêvé, il l'a sous la main. Un auteur flapi épouse une romancière à succès. Cela semble trop beau pour être vrai. Trop voulu. Trop arrangé. Le mauvais synopsis d'un scénariste pressé. Et pourtant, quoi de plus normal, de plus prévisible, que la rencontre de deux écrivains dans ce milieu surchauffé de l'édition ou du show-biz ? Quoi de plus banal que le vol nuptial du papillon mâle vers la femelle qui répand autour d'elle des ondes de célébrité ? Surtout que Myriam était très séduisante, et même belle. D'ailleurs, elle l'est toujours. Elle a grossi parce qu'elle ne prend pas assez d'exercice, rivée à son bureau comme un forçat à son banc de nage. Ses quinze pages quotidiennes. Seigneur ! comment peut-on, chaque jour, sécréter quinze pages, sans une rature, sans un doute ? Ça, un écrivain ? Plutôt un ver à soie. Mais justement, voilà un personnage de roman tout trouvé. « Et moi aussi, pense Jeantôme, je suis un personnage de roman. Ah ! Si je voulais !... »

Il se lève, choisit le trottoir du boulevard Saint-Germain qui est à l'ombre, et se dirige vers le carrefour de l'Odéon, à petits pas. Il a le temps. Pourvu que son compte rendu soit terminé avant cinq heures. Il y a des mois qu'il songe à s'inspirer de Myriam. Voilà une femme qui a tout sacrifié à ce qu'elle appelle son métier. Il faut l'entendre, quand elle déclare : « Je suis une pro. » Exactement comme on peut dire de Karajan qu'il est devenu un « pro », ou de n'importe quel professionnel de très haut niveau. Un monstre sacré, en somme, semblable à cet arbre des tropiques qui paralyse tous les vivants que touche son ombre.

« Et moi aussi, conclut Jeantôme, je suis paralysé. Sa vitalité m'épuise. Et puis, mettons... J'écris un roman. Je vais faire quoi ? Trente mille ? Quarante mille ?... Ce qui serait inespéré. Mais elle, dans le même temps, elle en sera à trois cent ou quatre cent mille. On me rira au nez. »

Il entre à La Rhumerie. Il n'a vraiment pas envie de consacrer vingt lignes à Dutoit et à son bouquin sur la Barrière de corail. Au diable ! Il a besoin d'une boisson douce et glacée pour renouer le fil de sa méditation. « Je ne vais pas recommencer Jouhandeau, se dit-il. Et soyons juste. Myriam n'est pas Élise. Elle est pire, parce qu'elle est bête. Elle ne sait pas qu'elle offre à ses lecteurs, ou plutôt à ses clients, du fast-food, du prêt à mâcher, une innommable saloperie de fadaises que personne n'ose dénoncer. Tandis que moi, qui suis intelligent oui, quand même, je suis intelligent —, eh bien, je suis sec, parce que j'ai le respect de l'écriture. Et s'il est vrai que Myriam est au naturel une espèce d'héroïne de roman, par défaut d'esprit critique, moi, je reste un petit bonhomme par excès de lucidité. Nous ne risquons pas de nous rencontrer. »

Il sirote son alcool qui lui poisse les lèvres. Il n'aime pas tellement cela. Il allume une cigarette. Cela non plus, il ne l'aime pas. Mais tout ce qui peut retarder, ne fût-ce que de quelques minutes, son retour à la maison, lui est secourable. Si on peut parler de maison, Myriam occupant un étage, et lui, l'autre. A peine s'ils se rencontrent. Mais « ils s'entendent ». Il est, au plafond, le pas familier. Elle est, sous ses pieds, cette musique exotique qui la soutient, paraît-il, dans son travail. Ah ! on le saura qu'elle est née à la Martinique ! Le sentiment d'une énorme injustice le taraude. Mais que faire ? Oui, bien sûr, travailler, essayer coûte que coûte, partir au petit bonheur de la page blanche. En a-t-il assez entendu, dans son bureau, de ces auteurs éblouis qui déclarent modestement : « Je laisse aller mes personnages. Ce sont eux qui choisissent ma route.

— Mais, au départ, vous avez bien une idée ?

— Pas du tout. »

Menteurs ! Comme si un manuscrit était une cour de récréation qu'il suffit de surveiller du coin de l'œil. Qu'on demande donc à Myriam comment elle s'y prend, elle qui se vante de construire des plans qui...

Jeantôme rit tout seul. A la vérité, ce ne sont pas des plans mais des horoscopes, établis selon les règles les plus strictes. Il l'a vue à l'œuvre. Elle se donne une date, une heure et un lieu de naissance, comme ça, au chiqué. Et à partir de là, elle déduit, à l'aide des tables et de calculs compliqués, le thème astral d'un premier personnage, d'un second, et ainsi de suite. Les planètes, leurs figures, leurs sens, déterminent, de proche en proche, à l'aide de carrés, de triangles, de rectangles, des alliances ou des affrontements qui annoncent les arrêts du destin, et par conséquent le cheminement nécessaire des intrigues qu'elle n'aurait pas su inventer. Elle a le toupet de dire : « Ça se fait tout seul. » Et ce qu'elle reproche à Balzac, qu'elle connaît à peine, c'est d'avoir imaginé des héros astrologiquement ratés. Oui, elle est à tuer.

Jeantôme médite. La tuer, rien de plus facile. Il suffirait d'écrire enfin le roman qu'on attend de lui. Il sait tellement bien ce qui se murmure : « Un garçon d'un si grand talent ! Comment peut-il se supporter près de cette femme ? D'accord, elle gagne beaucoup d'argent. Il est même possible que ce pauvre Jeantôme vive à ses crochets. Mais enfin, il a failli avoir le Goncourt, avec *Biribi*, vous vous rappelez. Et des voix au Renaudot et au Femina, sans parler de l'Interallié. Qu'il donne une suite à *Biribi*, et sa bonne femme sera remise à sa place. On ne dira plus qu'il est le mari de Valérie La Salle, mais qu'elle est la femme de René Jeantôme. »

Cette rumeur, au fond de sa tête, c'est bon, c'est apaisant. Bien sûr, elle perd un peu chaque jour de sa force. C'est à Paris, parmi beaucoup d'autres, une renommée qui s'éteint. Encore une année ou quelques mois. De nouveaux lauréats pousseront les anciens au fossé. Un livre qui meurt, c'est plus douloureux qu'un amour qui finit.

« Mais bon Dieu, s'écrie Jeantôme, tout dépend de moi ! »

Le garçon accourt. Il a cru qu'on l'appelait. Jeantôme paye. Cette fois, il faut y aller. Qu'est-ce qu'il va bien pouvoir raconter, au sujet du bouquin de Dutoit ? Encore un jeune en mal d'aventures et de publicité. Charmant, d'ailleurs. Et courtisan comme on l'est à son âge. *A René Jeantôme, l'inoubliable auteur de* Biribi, *en témoignage de ma respectueuse admiration.* Une dédicace comme une sébile tendue. Et si le compte rendu n'est pas assez flatteur, Dutoit dira à ses copains : « Vous avez lu l'article de ce vieux con de Jeantôme ? Il serait temps qu'il passe la main. »

Les bureaux de la maison Delpozzo, au fond d'une cour de la rue des Saints-Pères. Jeantôme adore ce vieil immeuble, qui porte de nobles rides. Passé le porche, on est dans un autrefois où l'on taillait encore des plumes d'oie, où l'on comptait en écus et en louis, où les auteurs venaient déposer leurs œuvres en gants blancs. Malgré les machines à écrire, les copieuses, les calculatrices, les téléphones, les pièces ont du style, avec leurs boiseries anciennes, leur mobilier sérieux et même sévère. Le personnel est affairé, diligent, efficace. De chaque côté d'un vaste couloir central, orné de photos, les auteurs maison. Jeantôme est le dernier de la rangée ; à droite, se trouvent les différents services, et, tout au bout, il y a son « antre », comme il dit. C'est tout petit, une table, un téléphone, un classeur, son fauteuil et l'unique chaise pour l'éventuel visiteur. Pas de fenêtre, mais un ventilateur qui a tendance à faire voler les papiers. Et, aux murs, les affiches claironnant quelques nouveautés.

Jeantôme enlève sa veste et la suspend à un portemanteau, derrière la porte. Puis il dispose sur le bureau, comme sur un autel, les objets du culte : le sous-main au centre, le livre de Dutoit à gauche, le stylo (encre bleue) à droite, avec son bloc de correspondance à en-tête péremptoire : *René Jeantôme. Éditions Delpozzo, rue des Saints-Pères.* Il aime que ses lettres ressemblent à des ordonnances. Il s'assoit, cherche la position idéale, s'agite, se relève. Il a oublié dans son classeur son fétiche, son talisman, son enfant, et le couche au pied du téléphone. Il ne se lasse pas d'admirer la célèbre couverture où son nom figure, par un de ces coups de chance qui font croire au miracle. *René Jeantôme, Biribi. 20ᵉ édition*. Et le sigle fameux : NRF avec cette lettre F hardiment cambrée comme la proue d'un drakkar. L'imagination s'envole et le courage revient. Les raisons de douter ne sont plus qu'un peu d'écume au vent. Jeantôme empoigne son stylo et d'une écriture ferme commence : *La Barrière de corail, par Albert Dutoit. Delpozzo.* Il s'arrête. Ça va passer, cette impression de vide, il est habitué. C'est comme un engourdissement léger qui englue la volonté, éparpille l'attention, et la rend soudain apte à retenir les bruits les plus ténus, Marie-Paule qui chuchote dans la pièce voisine et Évelyne qui demande à quelqu'un, dans le couloir : « Vous voulez un peu de café ? »

La Barrière de corail ! Quinze lignes suffiraient. Qu'est-ce que c'est, quinze lignes. L'affaire d'un quart d'heure. Même pas. A condition de trouver le mot de départ. Jeantôme en essaye plusieurs. Sans succès. Ce mot de barrière fait image, dresse une espèce d'obstacle. Il recule son fauteuil, commence à s'énerver. « Si j'en suis au point de flancher devant un compte rendu, je n'ai plus qu'à chercher un autre travail. » Il adosse *Biribi* au téléphone, comme il le ferait pour la photo d'une femme aimée. Puis il prend le roman, l'ouvre, lit au hasard quelques lignes. *Il n'y a qu'à se laisser couler comme un pêcheur d'éponges. Les souvenirs sont là, en buissons, en colonies, les uns hérissés comme des oursins, les autres épanouis comme de tendres fleurs.* Ou bien : *toutes ces étoiles, à donner le vertige. D'après le père Dominique, elles sont le regard innombrable de Dieu...*

Et toujours le texte est charnu, plaisant à la bouche, et j'ai écrit ces lignes et bien d'autres, sans effort, pense Jeantôme. J'étais donc comment, en ce temps-là ? Pas plus vigoureux qu'aujourd'hui. Pas plus... Si, quand même. J'étais gai. J'étais ambitieux. Et de tout j'étais capable de tirer des phrases, un suc de littérature, un alcool de mots qui me faisait tourner la tête. Il y avait de l'alambic, dans mon cas. Et maintenant, j'aurai beau mettre à mijoter ensemble mes rancœurs, mes hargnes, mes désespoirs, je n'obtiendrai que de la piquette. A cause de cette femme qui m'étouffe, qui m'asphyxie et en plus qui me trahit. Car enfin, si elle avait raison ? Si le langage ne comptait plus ?

Jeantôme repousse son fauteuil et commence à marcher en rond dans l'étroit bureau, entre le siège du visiteur et la porte. « Ce qui compte, reprend-il, c'est peut-être le rock ! Mettre la frénésie dans la platitude. Exactement ce que Myriam sait faire. »

Il s'appuie au mur, se masse le visage, se concentre comme un coupable acculé aux aveux. Ce qui lui arrive, ce n'est pas normal. C'est quelque chose comme un envoûtement. Il a lu, autrefois, des histoires de galants dont un jeteur de sorts a noué l'aiguillette. Eh bien, c'est précisément de cette sorte d'impuissance qu'il souffre. Ses forces sont intactes. Son appétit d'écrire est par moments furieux. Il se prépare ; il a le stylo à la main et... Et c'est le blocage. Exactement comme s'il recevait un ordre. Mais de qui ?

Il médite durement, s'aperçoit qu'il est encore une fois à la recherche d'une échappatoire. Ce serait si commode d'accuser Myriam ! A la vérité, il ne lui a jamais posé la question. A-t-elle connu, dans son enfance, quelque servante possédant certains secrets ? Est-ce que l'ordre qui le paralyse ne vient pas plutôt de lui-même ? Du poing, il se frappe méchamment la tête. Allons ! Il ira consulter un autre spécialiste. Balavoine le suit depuis trop longtemps. Il lui faut quelqu'un qui ne prenne pas de gants et qui lui dise carrément s'il est paranoïaque et ce qu'il convient de faire. C'est décidé.

Il enferme *Biribi* dans le classeur. Pendant longtemps, il promenait le livre avec lui, dans un attaché-case qui l'accompagnait partout. Quoi ! Combien de croyants ont un chapelet dans leur poche, ou une médaille à leur cou ! Mais il a modifié depuis quelque temps sa pieuse pratique. Il préfère avoir un exemplaire du roman chez lui, au bureau, dans certaines librairies, sur un rayon perdu. Il passe. Il jette un coup d'œil. C'est comme l'échange d'un signe entre conjurés, ou plutôt entre amants, mais au fond, c'est la même chose. Parfois, oh ! parfois, *Biribi* a disparu. Alors, il entre, l'air indifférent et le cœur en alerte, s'informe. Qui était l'acheteur ? Homme ou femme ? Son âge. Le titre a été demandé ? Non. Il s'agit d'une vente de hasard. Ah ! Dommage. « Mais, s'empresse le libraire, nous en aurons demain un ou deux autres. Il y en a encore chez Gallimard. »

Et Jeantôme s'en va, encore secoué. De joie ? D'anxiété ? Il l'ignore. Mais la journée sera plus belle, plus secrètement amie. Ne pas oublier cette foutue Barrière de corail. Il enfourne le roman dans son attaché-case, avec le bloc et le stylo (encre bleue). Pas question de travailler avec d'autres outils. Dernier coup d'œil. Le sous-main un peu plus au milieu. Il sort.

— Vous partez déjà ? demande Évelyne.

— Oui. Je vais chez le dentiste.

Il s'éloigne rapidement. Ce besoin de mentir, de se cacher, de fuir... Pourquoi ? Encore une chose à expliquer au docteur Brillouin. Car ce sera finalement Brillouin. L'attachée de presse, la petite Lucette, a été sauvée par lui. Un coup de déprime. Elle a failli s'empoisonner parce que son ami l'avait abandonnée. Une histoire ridicule, comme si ces minables affaires de cœur avaient la moindre importance. Jeantôme regarde l'heure. Il passera peut-être chez Myriam. Qu'elle n'ait pas l'impression qu'il boude. La veille, ils ont eu un accrochage sérieux. Et pourquoi, grands dieux ! Mais il n'avait pas besoin, c'est vrai, de lui chercher noise sous prétexte qu'elle utilise à tout bout de champ, dans ses dialogues, des « plaida-t-elle, s'emporta-t-elle, susurra-t-elle, grasseya-t-il ».

— Vous voulez me montrer ce qui se passe quand on susurre ? Et quand on grasseye ? Et je ne parle pas de vos « cracha-t-elle, aboya-t-elle ».

C'était la toucher au vif. Elle se rebiffa comme une bête qu'on vient de frapper.

— J'aboierai si je veux. Vos leçons, eh bien, mettez-les donc en pratique, qu'on voie ce que vous savez faire.

— Oh ! moi, ce que j'en dis, ma chère Myriam... Pardon, Valérie. »

C'était mesquin et ça laissait des estafilades. Mais ils ont besoin, l'un et l'autre, de ces rapides coups de dents. Après, quand ils se sont léchés, ils font semblant d'oublier, tout en préparant la prochaine agression. Jamais Jeantôme n'a dit à Myriam : « Vous avez la manie d'emprunter. » Il se contente de remarquer, entre haut et bas, comme quelqu'un qui parle tout seul. « La fin des *Ames en peine*, ça me rappelle quelque chose, ça sonne comme une phrase de Colette. Mais, dans ce cas, on met des guillemets, à condition de connaître la ponctuation, évidemment. » Déjà, il s'éloigne. Il ne perd rien pour attendre. Elle le guettera. Elle enverra Claire, sa secrétaire, patrouiller chez les bouquinistes et, de son air le plus charmant, elle lui tendra un exemplaire presque neuf de *Biribi*. « On en trouve autant qu'on veut, chez Lhomond. Celui-là a été dédicacé à un ministre. Vous voulez que je lise ? » Il lui arrache le volume des mains. Il est ulcéré. Il mâche des injures. Il retient avec peine une envie de frapper. Il regagne son sixième en claquant les portes.

Drôle d'arrangement, quand on y pense. Le cinquième étage était bien assez grand pour deux. C'est lui qui a voulu un gîte, un repaire, une tanière, au sixième, pour y cacher ses velléités d'écriture. Qu'il marche, en long en large, qu'il piaffe de rage, ou bien qu'il se jette sur son divan, à l'écoute d'une petite musique intérieure qui vient de produire quelques notes, quelques mots, ses folies solitaires ne regardent que lui. Il est tellement méfiant qu'il ne conserve rien, pas le plus petit bout de papier, encore moins tout ce qui pourrait ressembler à un journal. « Ma terre brûlée », pense-t-il au moment de sortir, après un regard de douanier sur sa chambre et son studio.

Un escalier intérieur lui permet de descendre chez Myriam, quand un prurit de querelle commence à le démanger. Mais, au bas de l'escalier, il y a une porte munie de deux voyants lumineux : un vert si Myriam est disposée à recevoir l'intrus ; un rouge si elle n'est pas d'humeur clémente.

Il est presque six heures. Il prend l'ascenseur qui ne va pas plus haut que le cinquième et qui, logé dans la cage de l'escalier, coince l'un contre l'autre les deux seuls occupants qu'il accepte. Jeantôme s'y presse contre Claire, du pouce désigne le plafond.

— Quel temps fait-il, là-haut ?

— Comme ci, comme ça, dit Claire, habituée au langage de Jeantôme. Quelques petits coups de vent avec une tendance à la dépression.

— Son bouquin ne marche pas bien ?

— Oh si ! mais la critique n'est pas fameuse.

— Si on peut appeler ça « la critique », dit Jeantôme hargneusement. Après vous.

Ils se dégagent péniblement.

— Pas besoin de lui dire que vous m'avez vu.

Il laisse Claire sur le palier et monte par l'escalier de service. Examen rapide de son duplex, comme s'il s'attendait toujours à être cambriolé. Et maintenant, il faut en finir avec ce compte rendu. Recommencent les préparatifs. Pour se mettre en train, il attrape un exemplaire des *Ames en peine* qui cale le pied du fauteuil, et l'ouvre au hasard. Aussitôt il ricane et déclame : « Séléné répandait sur la glèbe sa lumière lugubre. » Incroyable. Et tout est comme ça. Encore cette perle : « Florence contemplait la nuit. Une brise attardée se hâtait par les champs. » Ah ! Cette brise attardée ! C'est pour ses lectrices du Rouergue. Et pour celles de Paris ? Rien ! Si fait ! « Pauvre conne, rugit le marlou. Je vais te dresser. » Attention, ma petite Valérie, marlou, ça date. Ça sent son Mac Orlan ou son Carco.

Jeantôme recale le fauteuil, décapuchonne son stylo et, émerveillé, voit sa plume courir. « *Avec* La Barrière de corail, *Dutoit inaugure un nouveau genre : l'exploration-poème...* » Et la phrase appelle la phrase. Quinze lignes en vingt minutes. Jeantôme n'en croit pas ses yeux. L'indignation, dont il est redevable à Myriam, la rogne, le haut-le-cœur, c'est tout cela qui vient d'agir comme un dopant. Mais alors ! Myriam comme révulsif, c'est peut-être ça, la solution.

— Je vous écoute, dit le Dr Brillouin.

— Voilà, dit Jeantôme. J'appartiens aux éditions Delpozzo. C'est une de vos clientes, Lucette Ripoche, qui m'a donné votre adresse. En deux mots, je souffre d'impuissance littéraire.

Le docteur place une fiche devant lui. Autrefois, songe Jeantôme, les médecins ressemblaient à des médecins. Maintenant, c'est tout ce qu'on veut : habillés n'importe comment, l'air d'avoir perpétuellement trente ans, le visage bronzé été comme hiver, et jamais plus cette calvitie qui incite aux confidences. Il est bien avenant, ce grand jeune homme, mais j'aurais préféré quelqu'un d'autre.

— Nom, prénom, adresse ?

— Jeantôme René, 44 *bis*, boulevard Saint-Germain.

— Téléphone ?

— 43 54 77 76.

Brillouin croise les doigts, se penche.

— Qu'est-ce que vous appelez : impuissance littéraire ?

— Eh bien, je suis, ou plutôt j'étais romancier. Vous avez peut-être lu *Biribi*, qui a eu beaucoup de succès en son temps. Et puis, depuis quelques années, je suis incapable d'écrire une ligne.

— La main qui se paralyse ?

— Non, pas du tout. Ma pensée qui fuit.

— Voyons. Vous perdez le fil d'une phrase ?

— Non. Je ne parle pas, remarquez, du langage usuel, du langage qui ne vise qu'à communiquer, qu'à informer, celui qui est fait d'automatismes, vous voyez ?... C'est au moment où j'ai besoin d'inventer, pour m'exprimer, des mots se pliant à des alliances nouvelles que je me bloque.

Le médecin hoche la tête, à la fois attentif et amusé.

— Si je vous comprends bien, vous êtes capable, comme M. Jourdain, d'écrire : « Belle marquise, vos beaux yeux me font mourir d'amour », mais il ne faudrait pas vous demander d'imaginer le sonnet d'Oronte ?

— Exactement.

Jeantôme sourit. Il veut montrer qu'il a de l'esprit, ce Brillouin.

— Oui, c'est intéressant. Et vous vous êtes acharné ?

— Bien sûr. J'ai essayé d'écrire un livre sur les *Contes* de Perrault.

— Ah ! Peut-on savoir pourquoi ?

— Eh bien, ces personnages sont tellement ambigus, l'Ogre, Barbe-Bleue, le Chat botté...

— Et ça n'a pas marché ?

— Non. Alors, j'ai tâté du genre historique. Nouvel échec. Je me suis entêté. J'ai dressé le plan d'un ouvrage sur le voyage en Amérique de Chateaubriand. Au stade du plan, je n'éprouve aucune difficulté, puisque je ne rédige rien, à proprement parler. Des bouts de phrases qui ne comptent pas. Hélas, dès la première page, ratage complet.

— Mais vous n'avez pas songé à dicter votre texte ?

— Si, évidemment. Ça n'a rien donné. Vous comprenez, qu'un journaliste relate un événement, c'est cet événement qui se raconte à travers lui. L'élan ne vient pas du reporter. Il lui est fourni. Au contraire, représentez-vous Mallarmé ou Valéry devant un micro... Je vous demande pardon de ce rapprochement.

Le docteur écrit rapidement quelques lignes. Il est visible qu'il est captivé. Il porte à ses lèvres son stylo, d'un geste d'écolier qui s'interroge. Il réfléchit, puis enchaîne :

— Vous appartenez aux éditions Delpozzo, m'avez-vous dit. Qu'est-ce que vous y faites, au juste ?

— J'y travaille en qualité de lecteur. Des dizaines de manuscrits nous parviennent chaque jour. Nous sommes plusieurs chargés du tri.

— Et... permettez, je ne voudrais pas être désagréable... vous qui souffrez de stérilité — c'est bien ça, n'est-ce pas ? —, vous vous estimez bon juge quand il s'agit des autres ?

Jeantôme se recroqueville.

— Ah ! docteur, murmure-t-il, vous appuyez sur le point douloureux. C'est justement parce que je suis hors d'état de produire que je suis tellement sensible au talent de tous ces débutants qui, avec une belle inconscience, alignent trois cents pages sans s'arracher les tripes. Ça coule. Ça se déroule d'un mouvement aisé. Il y a des parties mortes, évidemment. Mais combien de fois ne suis-je pas tombé sur des passages qui me font saigner le cœur de jalousie, d'envie, de désespoir, tellement c'est réussi et écrit à miracle. Il suffit même d'une phrase, de quelques mots qui s'aiment pour que je me sente, moi, abominablement frustré, comme si on me volait... Et je suis pris, alors, d'une furieuse envie d'écrire à mon tour, mais je dis bien d'écrire, de donner jour à quelque chose et non pas de rédiger, pour des magazines, des comptes rendus, des trucs qui n'intéressent personne et me valent, souvent, de solides inimitiés. Je suis l'eunuque du harem, docteur, voilà la vérité.

Cette fois, la glace est rompue. Le médecin est fasciné par ce cas.

— A première vue, dit-il, on a bien l'impression que vous cherchez à vous punir.

— Et à deuxième vue ? essaie de plaisanter Jeantôme.

Mais Brillouin secoue la tête.

— A deuxième vue, cher monsieur, expliquez-moi pourquoi vous ne consultez pas un psychanalyste ? Moi, je suis un neurologue. Je peux vous être utile, bien entendu, mais attendez... Laissez-moi finir. N'est-ce pas exprès que vous n'avez pas voulu consulter un psychanalyste ? De peur, peut-être, d'avouer des choses désagréables que vous ignorez encore. Est-ce que je me trompe ?

— Franchement, répond Jeantôme, je n'en sais rien. Je n'ai pas l'impression de me cacher d'horribles méfaits. Je m'en souviendrais.

— Pas sûr. Avez-vous eu besoin, déjà, de vous mettre entre les mains d'un psychiatre ?

Jeantôme hésite.

— Non. Autrefois, il y a très longtemps, j'ai été soigné pour de petites crises de somnambulisme, mais je ne l'ai appris que par mon entourage.

— Vous aviez quel âge ?

— Sept ou huit ans.

— Qui s'est occupé de vous ?

— Le Dr Lermier, du Mans.

— Un remarquable confrère, approuve Brillouin. Je l'ai bien connu car, venant du Mans, il s'était installé tout à côté, rue des Quatre-Vents. Il est mort tout récemment. Il avait quatre-vingt-onze ans et toute sa tête croyez-moi. Mais revenons à vous. Le traitement a-t-il été long ?

— Je l'ignore. Tout ce que je peux dire, c'est que les crises ont disparu sans retour.

— Et que se passait-il, durant ces crises ? Vous erriez dans l'appartement ? Vous cherchiez à sortir ? A vous échapper ?

— Je ne sais pas.

— Avez-vous fait des fugues, plus tard ?

— Jamais.

— Pas de troubles particuliers, au moment de la puberté ?

— Non.

— Est-ce que vous rêvez beaucoup ?

— Si je rêve ?... Ma foi, comme tout le monde, je pense.

— Jamais de cauchemars ?

— Non. Je ne crois pas. Ou bien j'ai oublié.

— Et autrefois, quand vous vous leviez la nuit.

— Peut-être, oui.

— Vous rêviez d'animaux ?

— Non. J'ai beau chercher.

— Et *Biribi ?* Pourquoi ce nom ?

— Oh ! rien de plus simple ! C'est un nom, ou plutôt un surnom donné à un jeune garçon au caractère difficile, un de ces adolescents indociles dont on disait : « Il finira à Biribi. » Biribi, c'était le bagne pour ceux de la Légion.

— Oui, je sais.

— Je n'ai pas vu plus loin, je vous assure.

— Mais vous-même, étiez-vous un violent, un révolté ?

— Pas du tout.

— Soit. Mais je vous repose ma question parce que je la crois très importante. De temps en temps, vous ne vous réveillez pas en sursaut, parce que vous êtes en train de vivre une scène pénible ? Il y a des rêves qu'on oublie sur-le-champ tout simplement parce qu'il y a en nous quelqu'un qui dit : « Non », de toutes ses forces, mais il n'empêche que certaines images peuvent subsister, forcer pendant une seconde le barrage qu'on leur oppose.

Jeantôme se prend la tête, cherche. Le docteur lui met une main sur l'épaule.

— Laissez. Ça reviendra tout seul. Vous ne devez pas vous crisper. Ce que je vous demande d'admettre avec moi, c'est que vous êtes vous-même l'auteur de la stérilité dont vous souffrez. Et d'ailleurs, vous en étiez déjà sûr en venant sonner à ma porte. Que vous soyez physiquement délabré, c'est un autre problème dont je vais m'occuper. Mais vraiment, vous renoncez à consulter un spécialiste ?

— Oui. Je renonce. J'aime mieux causer avec vous, comme nous le faisons en ce moment. Je me sens déjà soulagé.

— Soit. Eh bien, parlons de votre entourage, et d'abord de votre famille. C'est même par là que j'aurais dû commencer. Et rappelez-vous : je peux tout entendre, naturellement.

— Tant mieux, soupire Jeantôme, parce que ce ne sera pas brillant.

— Si vous avez envie de fumer, ne vous gênez pas.

— Merci. Je ne refuse pas... Pour commencer. Mon père était minotier, près du Mans. Un moulin sur la Sarthe. Je n'ai pas oublié le bruit du déversoir.

— Parce que vous viviez dans le moulin ?

— Oui. C'était une vaste bâtisse, à cheval sur l'eau. Ma mère ne s'y plaisait pas beaucoup, à cause de l'humidité, et puis aussi de la solitude. Mes parents ne s'entendaient pas très bien. Et même ils ne s'entendaient pas du tout. Mon père gagnait beaucoup d'argent. Mais il buvait. Toute la journée dans la poussière des sacs de blé, rendez-vous compte.

— Oh ! parfaitement !

— Un soir, pour une raison qui n'a jamais été éclaircie, le feu a pris dans la réserve. On a parlé de tentative d'escroquerie à l'assurance. Bref, le temps que les pompiers arrivent, un désastre. Et le malheur a voulu que le commis de mon père périsse dans l'incendie.

— Vous étiez là ?

— Non. J'étais pensionnaire au Mans, chez ceux qu'on appelait : les frères quatre bras. Je n'ai rien vu.

— Vous aviez quel âge ?

— Sept ans.

— Comment avez-vous réagi ?

— Il y a comme un voile, dans mon esprit, sur tous ces événements. Il faut vous dire que je fus retiré du collège et que ce fut ma tante Élodie, la sœur aînée de ma mère, qui me prit chez elle. Il y eut une enquête. On prétendit que mon père était responsable. Il fit de la prison, et ma mère, en pleine dépression, fut placée dans une maison de repos où elle mourut deux ans plus tard.

Jeantôme écrase sa cigarette et essaye de sourire.

— Le dimanche, dit-il, ma tante me conduisait le matin à la maison de repos, pour que j'embrasse ma mère, et l'après-midi à la prison pour que je voie mon père. Ça, je m'en souviens assez bien. C'était ma tournée des parloirs.

— Dites-moi, bien franchement... est-ce que vous pouvez me raconter tout cela sans un secret bouleversement ?

— Oh ! docteur, je vous l'affirme... D'ailleurs, prenez mon pouls. Il est très calme. Le passé est le passé.

— Bien. Continuez. Votre père, qu'est-il devenu ?

— Vous le demandez. Il est sorti de prison au bout de quelques années et il a sombré dans la boisson. Il est mort depuis longtemps.

— C'est donc votre tante qui vous a élevé.

— Pas exactement. C'est plutôt Julienne, sa vieille domestique. Ma tante, célibataire, consacrait sa vie à soigner des animaux. Il y en avait partout, dans la maison. Moi aussi, en un sens, j'étais une bête perdue, mais les enfants ne l'intéressaient pas. Elle m'avait donc pratiquement confié à Julienne.

— Attendez ! N'allons pas trop vite. Vous êtes un cas, monsieur Jeantôme. Quels étaient vos rapports avec votre tante ?

— Hargneux, j'imagine. Je n'aime pas ces femmes asservies à une passion idiote.

— Passons. C'est donc cette servante au grand cœur qui veille désormais sur vous. Vous allez au lycée ?

— Oui. J'y travaille bien. Mais je ne m'y suis jamais senti en confiance. Mon nom rappelait trop un fait divers. Dès qu'on me regardait avec un peu d'insistance, je me mettais sur la défensive. Même ma tante, qui ne pouvait s'empêcher de hocher la tête avec une espèce de pitié quand je lui parlais.

— Résumons-nous. Vous aviez l'impression, à tort ou à raison, d'être en quarantaine ?

— Exactement. Je n'avais qu'un moyen d'en sortir : travailler plus que les autres. Réussir coûte que coûte. Mais la malchance me collait à la peau. Ma tante, chaque soir, enfermait sa ménagerie dans un vaste appentis, au fond du jardin. Et voilà que cette remise brûle.

— Vous étiez présent ?

— Oui et non. J'étudiais dans le grenier où je couchais. Le vacarme me fait courir à la lucarne. Enfin, c'est ainsi que j'ai reconstitué les choses parce que tout cela est bien flou. Ma tante a réveillé Julienne. Tous les trois, nous avons couru. Les pompiers sont arrivés. On n'a pas sauvé grand-chose et ma tante a trouvé le moyen de se brûler les bras. Des hommes en blanc ont porté sa civière jusqu'à l'ambulance.

— Et... pardonnez-moi, toujours la même question : vous aviez quel âge ?

— Une dizaine d'années, je pense, puisque j'étais en sixième. Après, j'ai été mis comme interne au lycée. Je n'en sortais jamais car ma tante, je ne sais pas pourquoi, me détestait à un point dont vous n'avez pas idée. Pour elle, j'étais le fils de l'incendiaire. Il s'était fait, dans sa tête, une espèce de relation superstitieuse entre les deux événements. Heureusement, après mon brevet, je pus entrer à *La Dépêche de l'Ouest*. Je n'étais qu'un grouillot, l'assistant à tout faire, mais j'avais le temps de lire, de m'instruire davantage. Et enfin, et surtout, je respirais l'odeur de l'encre, de la chose écrite, de l'imprimé. J'étais dans le vestibule du livre. Depuis, je n'ai plus voulu en sortir. Je suis devenu l'homme du papier. Tout le reste a été effacé. Toute cette pauvre enfance, qui n'a été qu'un affreux ratage, je l'ai chassée de mon esprit. C'est comme si j'avais vu le jour aux éditions Delpozzo. J'y ai grandi, prospéré. Peu à peu, comme une fille qui se transforme en femme, moi, je me suis métamorphosé en écrivain. Vous, et tous les autres, vous mangez pour vous faire du sang. Moi, tout ce que j'absorbe se change en mots. Je veux dire se changeait, hélas. Cette belle alchimie est bien morte.

— Voyons, dit le médecin, gardons notre sang-froid. Cette alchimie, pour parler comme vous, a pris fin comment ? Progressivement ou d'un seul coup ?

— Presque d'un seul coup.

— Précisez.

— Cela remonte à mon mariage.

— Ah ! C'est donc de ce côté-là que nous devons chercher.

Le téléphone sonne. Le docteur décroche, répond avec vivacité : « Je vous en prie, Germaine. Je ne veux pas être dérangé. Sous aucun prétexte. » Il revient à Jeantôme.

— Vous êtes marié depuis longtemps ?

— Je vous avoue que ça m'a paru long, répond Jeantôme. Si, au lieu de parler de noces d'argent, ou d'or, ou de diamant, on parlait de noces d'épines ou de cactus ou d'échardes, je pourrais plus facilement vous renseigner.

— Diable ! Voilà qui dit tout.

— Il y a six ans que je suis marié. Ma femme... mais qui ne la connaît pas... C'est Valérie La Salle.

— La romancière ?

— S'il vous plaît de l'appeler ainsi, oui. La romancière. Je l'ai rencontrée au cocktail donné par les éditions Delpozzo et Gallimard, à l'occasion de mon prix des Quatre Jurys... Oh ! ne souriez pas ! Je pense comme vous que quatre jurys pour couronner un livre, c'est trois de trop. S'y mettre à quatre, ça ne fait pas très sérieux. Mais enfin, j'étais bien content, j'ouvrais mes bras au monde, et, par erreur, je les ai refermés sur Myriam... Oui, Myriam, c'est son vrai nom.

— Une très belle femme, si j'en juge par ses photos.

— Si l'on veut. Elle est mon aînée de cinq ans. Bon, passons. Ce n'est pas sa faute. Elle est née à la Martinique, d'un père petit fonctionnaire des Douanes et d'une mère de souche antillaise. Ça vous intéresse ?

— Mais bien sûr. Continuez.

— Eh bien, à la mort de sa mère, elle est venue en France où son père a pris sa retraite avant de disparaître à son tour. Là, se placent quelques années sur lesquelles elle s'est toujours montrée très discrète. Il m'est arrivé de croire qu'elle a plus ou moins dit la bonne aventure. Et puis ce fut son premier roman, écrit n'importe comment, mais le public actuel baragouine un tel pidgin qu'on lui a fait fête aussitôt. Devinez à combien elle tire. Non, n'essayez pas. Vous n'en avez pas idée. En moyenne, à quatre cent mille.

— Et vous ? demande le médecin, à combien tirez-vous ?

— A quarante-cinq ou cinquante mille, à tout casser.

Ils se taisent, tous les deux, puis le médecin hoche la tête.

— N'est-ce pas là la cause de votre mésentente ?

— Je ne crois pas, docteur. Que deux écrivains mariés ne fassent pas bon ménage, je l'admets. Cela s'est vu. On se sépare et chacun poursuit sa route.

— Pourquoi ne l'avez-vous pas fait ?

— Parce que, chez nous, il ne peut être question de bon ou de mauvais ménage. Pas du tout. La vérité, la monstrueuse vérité, c'est que l'un prospère aux dépens de l'autre, pompe le sang de l'autre. Et l'autre, c'est moi, qui, depuis que nous vivons ensemble, n'ai pas écrit une ligne qui vaille quelque chose. C'est bien pourquoi je suis ici.

— Sexuellement ?

— Zéro.

— Et avant votre mariage ?

— Quelques passades, non pas par besoin physique, mais parce qu'il y a des expériences qu'un auteur doit connaître.

— Mais alors, expliquez-moi comment vous vivez. Vous habitez le même appartement.

— Non. Chacun a son étage.

— Les repas ? Vous les prenez ensemble ?

— Non. Je vais au restaurant. Myriam a l'habitude de manger n'importe quoi, par exemple une salade de crudités, ou bien des tartines d'anchois écrasés, sans cesser de fumer, tandis qu'elle relit son travail de la matinée.

— Vous ne vous parlez donc jamais ?

— Oh si ! Elle aime savoir qui je rencontre, se tenir au courant des ragots, des bavardages, des cancans dont notre milieu est friand. C'est pourquoi, de temps en temps, elle m'offre une tasse de quelque chose d'exotique qui me colle des aigreurs. On cause.

— Elle sait en quelle estime vous tenez son talent ?

— Vous voulez dire sa production. Bien sûr.

— Et elle sait aussi que vous n'écrivez plus.

— Elle le voit bien. Mais elle redoute que je ne sorte de mon silence pour un nouveau succès. Et je pense, docteur, qu'elle se tient aux aguets pour me barrer la route... D'accord ! C'est délirant. Mais il y a entre nous une rivalité de gladiateurs qui attendent le moment de régler leurs comptes.

— Si je vous suis bien, vous êtes prêt à la rendre responsable de votre sécheresse actuelle.

Jeantôme se recueille, pèse le pour et le contre.

— Je ne sais pas, finit-il par dire.

— Vous n'avez pas essayé de voyager ?

— Non.

— Pourquoi ?

— Parce que je tiens à mes habitudes.

— Et peut-être pour une autre raison, si vous permettez. Vous avez peut-être peur que, loin de votre femme et délivré de son influence, vous ne restiez toujours aussi stérile... C'est important ce que je vous suggère là. Cela signifierait que la cause profonde, première, de votre état actuel est sans doute à rechercher plus loin. Tout se passerait comme si votre mariage avait réactivé votre névrose, cher monsieur. Il faut bien appeler les choses par leur nom. Mais je ne veux pas vous fatiguer. Je vais vous examiner, un peu pour la forme. Votre hygiène de vie ne doit pas vous arranger. Et puis vous reviendrez me voir dans une huitaine. Nous continuerons à parler. J'essaierai de vous dénouer un peu, car je vous sens horriblement verrouillé. Et si j'ai un conseil à vous donner...

— Mais je vous en prie, docteur. Je suis venu pour entendre des conseils.

— Vous ne seriez pas un écrivain de métier, j'emploierais une autre méthode, mais, dans votre cas, je pense que vous auriez intérêt à vous attaquer vous-même à votre mal en griffonnant quelques lignes chaque jour.

— Non, docteur. C'est justement ce que je suis incapable de faire. Je viens de vous l'expliquer. J'ai déjà essayé.

— Écoutez-moi. Je ne vous demande pas de vous attaquer à un sujet de roman. Je vous suggère simplement de retrouver et de noter des souvenirs. Comme ça... Comme ça vient. Mais si possible des souvenirs d'autrefois, du temps où vous avez été soigné par le Dr Lermier... Vous tâchez de revoir la maison où il habitait. Vous entrez dans la salle d'attente puis dans son cabinet. Vous le décrivez. Avouez que ce n'est pas très traumatisant.

— Non, ça, je peux.

— Vous vous asseyez en face de lui. Vous remarquez les meubles, les tableaux, et puis vous le dépeignez, lui, dans sa blouse blanche. Peu à peu, vous vous laissez entraîner dans un vrai travail de romancier. Je suis sûr que vous avez le sens du détail. C'est ça qui va vous débloquer. Mais attention. N'essayez pas de tourner autour des images qui se dérobent méchamment. Elles finiront par s'apprivoiser. Je veux dire qu'elles se laisseront prendre au piège des mots. Et alors vous aurez gagné. Surtout, pas d'énervement. Je vais vous prescrire un calmant qui vous aidera... Autre chose, évitez les heurts avec votre femme. Si elle cherche à vous provoquer, rompez, reculez, fuyez la querelle. En un mot, vous faites la paix avec tout le monde, et d'abord avec vous-même. D'accord ?

— D'accord ?

— A la bonne heure. A bientôt.

Jeantôme se retrouve dans la rue, un peu étourdi, et soulagé comme un malade à qui l'on vient d'apprendre qu'il n'a pas besoin d'être opéré. Dès ce soir, il va commencer le traitement.

*
* *

Eh bien, ce n'est pas si facile !... La rue du Dr Lermier, bon. Aucune difficulté. Le porche. L'escalier à droite. On sonne et on entre. Une salle d'attente banale ; des fauteuils en rotin qui grincent au moindre mouvement. C'est après que les choses se gâtent. Jeantôme, allongé sur son lit, regarde son écran intérieur. C'est la blouse blanche du médecin qui lui fait peur. Elle l'aveugle, comme un projecteur insoutenable. Il a beau se détendre, se décontracter... Quoi, on sait ce que c'est qu'une blouse. Et celle-là est parfaitement banale. Elle se boutonne sur l'épaule, ce qui lui donne un air militaire. Ah ! mon Dieu !...

Jeantôme s'assoit, vérifie son souvenir. Il a suffi qu'il pense : air militaire, pour que son trouble se dissipe. Brillouin a raison. Ce sont les mots qui pacifient les images. Oui, le Dr Lermier, parce que sa blouse se boutonnait sur l'épaule, apparaît maintenant avec netteté. Grosses lunettes d'écaille. Les yeux bleus. Une grille de rares cheveux cachant très mal une calvitie studieuse. Sa voix grave : « N'aie pas peur, petit. » Si, avec un bout d'os, pense Jeantôme, Cuvier a réussi à reconstituer un diplodocus, moi, grâce à ces trois boutons sur l'épaule, je viens de reconstruire le cabinet du Dr Lermier. Belle pièce claire. Vaste bureau avec des ornements de cuivre. Peut-être du style Empire. Deux bibliothèques alignant des reliures tristes. Un secrétaire tout en tiroirs, que l'enfant aurait aimé explorer. Est-ce que c'était sa tante ou sa mère qui l'accompagnait ? Sa tante, forcément. Sa mère, deux infirmiers étaient venus s'emparer d'elle et l'avaient emportée, hurlante. Du moins, il le suppose, car dès qu'il dit maman il ne distingue plus rien. En lui s'élève un brouillard qui efface le bureau du docteur. Il est perdu. Il ferme les poings pour ne pas crier. Cela ne dure que le temps d'un spasme et après il se sent épuisé. S'il s'écoutait, il s'endormirait.

Prudemment, il reprend en main sa pensée, la ramène doucement sur l'obstacle : la blouse. Elle habille le docteur. Bon. Et si l'on substitue à son visage une autre figure ? Coiffée d'un calot ? Des lunettes, peut-être ? Non. Ne pas insister. Le brouillard se referme et la gorge se noue. Jeantôme sait seulement qu'on a emmené sa mère. Il le sait d'une manière abstraite. Le souvenir vécu se refuse. Alors ? Est-ce un remords qui monte la garde ? Un remords de quoi ? Le moulin, il ne l'a pas oublié. Il s'y promène sans problème. Il revoit des salles voûtées, des murs suintants, des machines autour desquelles volait toujours une fine poussière de froment. Il entend le grondement du déversoir qui obligeait tout le monde à crier. L'odeur aussi, il croit bien la reconnaître, l'odeur fade et crue de la rivière à travers la maison. Le commis qui a péri dans l'incendie, il peut encore l'évoquer, avec ses cheveux pleins de farine. Cela ne le trouble pas. C'est autre chose qui le jette en pleine panique, quelque chose qui se rapporte à sa mère. Le Dr Brillouin a sans doute raison. Seule, la psychanalyse pourrait lui révéler la vérité ; lui dire pourquoi il lutte sans répit contre sa mère, sa tante et sa femme, comme si c'était, en trois personnes, la même ennemie. Peut-être est-ce vrai ? Peut-être cherche-t-il à se punir ?

Jeantôme se lève, allume une cigarette pour se sentir moins seul. Rien ne subsiste de son amère méditation que des effilochures de brouillard. On n'écrit pas l'informulable. Cependant, il est résolu à recommencer l'expérience. Ces hommes en blanc surgis d'ailleurs ont pris pied dans sa mémoire consciente. Il en a reconnu un, qui portait des lunettes. L'autre, il finira bien par se montrer, même s'il faut souffrir pour le forcer à apparaître. Et la civière qui les relie... Doucement. Encore trop tôt pour l'arracher à la nuit. Mais si, déjà, il réussissait à convertir en mots cette image, à exprimer sans serrement de cœur une scène somme toute courante : deux infirmiers emmenant une malade. Personne ne lui demande d'écrire cela en ronde ou en gothique. Seulement le dire en toute crudité, et ensuite continuer, raconter son enfance ballottée, enfoncer le trépan d'un style volontairement banal jusqu'à cette poche souterraine d'où jaillira le sang noir.

O surprise ! Le bruit courra, de bouche à oreille, de téléphone en téléphone. « Jeantôme vient d'écrire un truc étonnant, une espèce de biographie bidon qui écrase *Biribi*. Il a renoncé à faire joli, élégant. Et ça va loin, paraît-il. Ce pourrait même aller jusqu'au Goncourt. »

Jeantôme sourit. Il est très las, mais assez satisfait de cette première tentative. Il veut bien, finalement, être coupable de quelque chose d'inavouable car il se dit que le gamin qu'il était à l'époque n'a pas dû commettre une faute bien monstrueuse. Peut-être a-t-il volé ? Dans sa petite cervelle de gosse, aussitôt, c'est devenu un crime impardonnable. Soit ! Son idée d'enquêter, maintenant, pourrait bien produire un livre. Il est prêt à se confesser publiquement pourvu que sa plume lui soit rendue.

Sonnerie. C'est Myriam qui appelle. Il grogne. Il était parti pour une rêverie agréable. Mais justement. Il va lui montrer un visage souriant et elle se demandera ce qu'il trame. Il noue la ceinture de sa robe de chambre et descend. Le voyant est au vert. « Passez les piétons. » Il rejoint le bureau de Myriam. Elle fume, allongée sur son fauteuil de repos, une espèce de meuble compliqué qui permet de prendre les positions les plus variées. D'un doigt las, elle montre sa table encombrée de feuilles en désordre, d'éphémérides, de cahiers astrologiques.

— Entracte, murmure-t-elle. Dites-moi, mon ami, vous qui n'avez rien à faire...

— Permettez, l'interrompt Jeantôme. Je suis justement en plein travail.

Elle roucoule un rire de gorge parfaitement insultant.

— Voyez-vous ça, reprend-elle. René Jeantôme travaille. Et à quoi ?... Peut-on vous le demander ?

— A un roman, figurez-vous.

— Et depuis quand ?

— Vous m'embêtez, chère amie. Ça ne vous regarde pas.

— Peut-être. Mais il y a là un papier qui vous concerne autant que moi. Lisez... Sur le bureau... La note du gérant.

Jeantôme parcourt des yeux la feuille, énonce à mi-voix le chiffre à payer.

— Alors ? dit Myriam.

— Alors, il nous matraque. Ça ne peut plus durer.

Elle se soulève sur un coude.

— N'est-ce pas ? Je suis bien de votre avis. Je pense qu'il est temps pour vous de continuer à payer nos charges. Puisque vous êtes enfin décidé à travailler, il est normal que...

— Oui. N'insistez pas. J'ai compris. J'espère que dans quelques mois...

— Demandez une avance. Et en attendant, allez discuter avec le syndic. C'est toujours moi qui hérite des corvées.

Jeantôme hausse les épaules et fait deux pas vers la porte.

— Attendez, dit-elle. Ne vous sauvez pas. Je n'ai pas voulu être désagréable. Asseyez-vous une minute. Là, sur le pouf, pour être à ma hauteur. Prenez une Craven.

Il s'installe, croise les jambes tant bien que mal. Il a horreur de ces accroupissements à l'orientale. Il ne pratique pas le yoga, lui ! Myriam l'observe et s'amuse.

— Ainsi, dit-elle, vous avez commencé un roman. De quoi ça parle ?

Comme si un roman devait parler de quelque chose ? Mais, pour elle, écrire, c'est raconter. Raconter, c'est étaler des intimités, ouvrir des cœurs et des ventres.

— Des souvenirs, dit-il. Des choses de mon enfance.

Il la regarde. C'est vrai qu'elle est encore belle, mais d'une beauté pour faire souffrir. Sa mère aussi, sans doute, puisque son pauvre bonhomme de père s'était réfugié dans la boisson. Et la tante Élodie, c'était pareil. Pas d'homme auprès d'elle. Des bêtes éperdues de reconnaissance qui ne risquaient pas de lui tenir tête. Et Myriam, à son tour, était là. Valérie La Salle est là, campant sur ses montagnes de livres, sur ses millions, car elle est très riche, sur son orgueil, et le petit Jeantôme, il faudra bien qu'il file doux.

— Pourquoi ne m'as-tu jamais parlé de ton enfance ? dit-elle.

Danger, quand elle passe au tutoiement. Jeantôme se ferme.

— Je n'aime pas beaucoup ce temps-là, répond-il.

— Et tu t'imagines que tes lecteurs l'aimeront ?

— Ce n'est pas pareil.

Un silence. Elle écrase sa cigarette et conclut :

— Vous avez tort de vous méfier de moi.

L'audience est achevée. Jeantôme empoche la note du syndic et s'en va sans adieu. Derrière lui, le voyant rouge s'allume. Il est furieux. Pas question de lui verser un sou. Et d'ailleurs, il sait bien qu'elle n'attend rien de lui. Simple plaisir de l'asticoter. Façon de lui suggérer qu'elle l'héberge, mais qu'il ne sera pas éternellement son squatter.

Il regagne ce qu'il appelle parfois « sa soupente », et, pour se venger, attrape, sous le pied du fauteuil, le roman de Valérie, dépenaillé par d'innombrables outrages. Il lit au hasard.

« Trêve de billevesées », grinça Ghislaine.

Il referme aussitôt, rasséréné. Cette phrase, il l'avait oubliée. Elle le paye de ses humiliations. C'est presque inespéré de sottise. Il va dans sa minuscule cuisine et rapporte un verre plein de Contrex. Il ne boit que de la Contrex. Vite, un comprimé de ce calmant conseillé par Brillouin. Prendre quand même le temps de lire la notice, à cause des contre-indications possibles. Ensuite, il détache une feuille de son bloc et s'installe devant son bureau, à l'affût. Car il s'agit bien d'un affût. Il va procéder comme le lui demanderait un psychanalyste, par associations, et quand un souvenir en éveillera d'autres, comme un aimant attire des épingles, aussitôt il le clouera sur le papier. Il n'en pénétrera pas le sens, mais le Dr Brillouin sera peut-être plus perspicace. Cette fois, il est résolu à persévérer. Le sentiment d'impuissance qui le paralyse, dès qu'il essaye de se concentrer, c'est une ruse de l'inconscient. Il n'en sait pas plus long sur l'inconscient que la plupart des gens ; cela se réduit à quelques notions vagues : les complexes, le refoulement, la censure, le « ça », le « surmoi ». Il y a des fautes que l'esprit efface de lui-même, exactement comme un faussaire falsifie un document secret. Il n'en reste rien que l'ombre d'un dessin dans un filigrane indéchiffrable. Donc, ne rien attendre, pour le moment, de positif. Mais ce serait déjà une victoire s'il pouvait résister à son éparpillement intérieur, à ce sauve-qui-peut des réminiscences dérangées. Ce qu'il ne peut plus supporter, depuis sa visite à Brillouin, c'est cette impression non plus qu'on le suit dans la rue — il a connu ça et il n'est rien de plus éprouvant — mais plutôt qu'on le suit « en dedans », qu'il existe dans son ombre une silhouette embusquée qui l'épie, l'espionne, et s'apprête à le supprimer s'il parle trop. Il sent en lui le danger comme on sent sur la nuque un courant d'air froid. N'empêche ! Son devoir est tout tracé. Il doit absolument enquêter sur le cas Jeantôme.

Que s'est-il passé autrefois ? Peut-être faudrait-il commencer par l'incendie de la minoterie. Sur ce point, il a menti au neurologue. Il lui a dit qu'il n'était pas là et pourtant si, il devait être là puisqu'il revoit les flammes. Mais est-ce qu'il les revoit ? Est-ce qu'il ne confond pas les deux incendies ? Il écrit machinalement : la plate. Qu'est-ce que ça signifie « la plate » ? Ça, ce n'est pas un problème. Une plate, c'est un bachot, une barque pour la pêche. Il y en avait une, autrefois, au moulin. Quelquefois, il allait au gardon, avec son père. On descendait directement de la bâtisse dans le bateau par une petite porte rouillée qui s'ouvrait au pied du déversoir. En quelques coups d'aviron, on traversait la Sarthe et on s'amarrait sur deux fiches, le père à un bout de la plate, le fils à l'autre et, entre eux, s'installait un merveilleux silence, fait des mille voix de l'eau éternellement happée par la chute.

Pourquoi les yeux de Jeantôme se mouillent-ils ? Cet enfant qui pleure en lui ne pouvait pas être un garçon méchant. Il peut donc accueillir l'idée folle — oui, ce soir-là, il était présent au moulin. Les flammes qu'il revoit, elles se reflétaient dans l'eau. Dans l'eau de la Sarthe, forcément. Pourtant, il était pensionnaire au collège Saint-Barthélemy. Mais il revenait chez lui, le samedi et le dimanche. Le moulin a dû brûler un samedi soir. Il faudrait consulter les archives des journaux. Il note encore : « la plate ». Il presse les poings sur ses yeux. Par les fenêtres, les étincelles jaillissaient. Elles retombaient en gerbes, dans la rivière, en fontaines de feu, comme un soir de 14 Juillet. La plate dérivait doucement. Il y avait quelqu'un près de lui. Il se rappelle le bras autour du cou, la voix : « Mon pauvre petit. » Sa mère, sans doute. Toute cette scène à l'état de document rongé par le temps. Ce qui paraît certain, c'est que l'incendie a dû se propager très rapidement et que, le feu coupant toute issue vers la berge, les deux survivants, la mère et l'enfant, ont fui grâce au bateau.

Est-ce bien tout ? Jeantôme a l'impression d'être interrogé, et qui plus est avec rudesse. Par qui ? Il a dit tout ce qu'il sait. Et pourtant, il a envie d'en dire plus. Et c'est vrai qu'il pourrait en dire un peu plus, et par exemple répéter les réponses qu'il fit, plus tard, après l'enterrement, à des gens qui le questionnaient. Des épaves de souvenirs lui remontent en mémoire. Le moteur de secours, bien sûr, il y en avait un. C'était le commis qui le bricolait. Un moteur à essence. Il ne servait pas souvent. Le petit commis se disputait fréquemment avec le patron. Avec la patronne aussi. C'est drôle, Jeantôme dit : le patron, la patronne, mais ni papa ni maman, comme si lui-même n'avait jamais eu de famille. Et, à nouveau, tout se brouille, comme un reflet qui se casse sur la surface de l'eau.

Jeantôme bouge un peu. Il est raide, engourdi, et se sent des fourmis dans une jambe. Il a écrit deux fois « la plate ». Et après ? Ce n'est pas un mot qui va le conduire à une histoire. Cependant, il est allé en lui plus loin que d'habitude. Il a longé une zone interdite, une sorte de camp de concentration où sont enfermés ses spectres, mais il a entr'aperçu leurs visages aveugles appuyés aux barreaux. La tante Élodie, elle aussi, est là. Elle a toujours sur la joue droite cette tache vineuse qu'on appelait une envie, ce qui lui donnait deux profils dont l'un était l'affreuse caricature de l'autre. Pour le masquer, elle avait l'habitude de porter à son cou, comme un bébé, son chat préféré, la joue du chat, tendrement, contre la sienne ; un matou jaloux, qui soufflait comme une oie quand on venait trop près. Ce visage-là, il n'a pas trop de peine à le maintenir devant lui. La face n'exprime rien. Elle est comme une photo de mariage, lunaire, absente. En revanche, Julienne, la domestique, « maman Julienne », ne demande qu'à apparaître. La blouse noire, le fichu, les mains jointes dans l'attitude d'un repos précaire entre deux besognes. Elle remue les lèvres. Elle s'entretenait toute seule, à la cuisine, au jardin, ou bien devant les cages où les bêtes l'accueillaient, chacune dans sa langue, en se dressant derrière les grilles. Comment ce lazaret a-t-il pu disparaître, en moins d'une heure, dans un vacarme effroyable de cris, d'aboiements, de hurlements ? Et après ? Ce qui restait ! De petits tas de poils roussis, dans des flaques d'eau, parmi des fumerolles. Des pompiers les ramassaient à la pelle et d'un geste arrondi les balançaient dans une benne à ordures. Julienne sanglotait. Quant à la tante Élodie, elle était partie sur une civière.

Ça y est. Ça bloque. C'est l'image de la civière qui barre le passage. Et interdiction de se pencher pour voir quelle est la victime. On le sait, forcément. Il y a eu sa mère, qui s'était tailladé les poignets. Il y a eu Élodie, qui s'était brûlé les mains et les bras. Toutes deux bandées jusqu'aux épaules. N'empêche. Il vaut mieux ne pas se pencher. D'ailleurs, l'un des hommes en blanc l'a dit : « Ne reste pas là, petit. Il n'y a rien à voir. » Et Jeantôme sera toute sa vie, sans doute, hanté par un doute absurde, lancinant. Pourquoi lui a-t-on défendu de regarder ?

Il repousse son fauteuil, fait quelques pas pour déchirer les toiles d'araignée de ce passé qui colle à sa peau. Le voilà bien avancé ! Il a peut-être réussi à nettoyer de leurs souillures quelques détails, ainsi que le souhaitait Brillouin. Mais qu'est devenu cet appétit d'écrire qui le jetait sur sa table de travail comme un amant sur le corps de sa maîtresse ? Il s'emporte, il déchire la feuille qui vient de lui servir. Au diable, la plate ! Il n'en a rien à foutre, de la plate et de tout le reste.

Bon ! D'accord, il n'est peut-être qu'un psychopathe. Mais il y a six ans, sa démence à la petite semaine, il la supportait allégrement. Il n'avait pas à se farfouiller l'âme pour en tirer des phrases. Elles sourdaient du profond, comme une eau de source. Docteur ! Docteur ! Écoutez-moi. Tout a commencé quand j'ai vu travailler Myriam. Ses horoscopes. Ses imbéciles entrelacs de lignes qui ont la prétention de singer de vrais destins. Cela m'a fait une espèce de choc. Je me suis dit : c'est moi qui perds mon temps. Ce qu'il faut écrire, ce n'est pas *Biribi*. Ce qu'il faut écrire, c'est moi. Moi, docteur. Dans ce que j'ai d'unique, vous comprenez. Et c'est à ce moment-là que j'ai ouvert les yeux. Je n'avais pas de « moi ». Depuis l'enfance, je n'ai pas de moi. Vous voyez bien. Je cours après des ombres. Je ne peux rien saisir. Mon vrai moi, il est à côté de moi, en retrait, un pas en arrière. J'étais presque heureux, avant Myriam. Je ne me doutais de rien. Mais maintenant, je sais. Tant que je ne rentrerai pas dans ma vraie peau, je serai une espèce d'errant. Jeantôme ! Fantôme ! C'est pareil, n'est-ce pas ? Alors, aidez-moi. Ramenez-moi chez les vivants.

Il compose le numéro du Dr Brillouin, prend rendez-vous. Ensuite, courbatu comme si on l'avait rossé, il se fait couler un bain. Bonheur, enfin, de l'eau tiède. Il flotte. Il n'est plus qu'un fœtus, au bord du sommeil des limbes. Il somnole. Toute la journée, il va rester dans une grisaille de cœur et de pensée. Des rêveries le visitent paresseusement. Peut-être parce qu'il ne se défend plus, elles proposent de temps en temps des images qui, jusque-là, restaient tapies dans quelque fourré sauvage de son esprit. Il voit passer le deuxième infirmier. Il voit aussi la civière qui transporte, cachée sous un linceul, une forme qui n'est ni celle de sa mère ni celle de sa tante, et il comprend que sa mémoire est devenue la complice de ses phantasmes. Elle invente. Elle crée. Il voudrait bien lui lâcher la bride. Et en même temps il voudrait savoir comment elle s'y prend pour tirer au jour du réel qui n'est pas tout à fait du réel, du vrai tout fardé de faux, une lave visqueuse qu'il faudrait se hâter de sculpter pendant qu'elle est encore vivante.

Il a à peine conscience qu'il marche sur le boulevard, parmi les touristes de l'été. Il essaye de retenir son idée qui lui paraît soudain lumineuse : le symbole du volcan, la matière brute qui monte du sol pour s'offrir à la main du tailleur de pierre. Est-ce que ce n'est pas cela, le secret du romancier ? Les deux infirmiers qui volent un corps... Et d'abord, ce corps, c'est peut-être lui-même, le pauvre gamin souffre-douleur de la vie ? Mais il peut mettre n'importe qui à sa place. Il est libre. Ces deux hommes en blanc, pourquoi n'auraient-ils pas revêtu un déguisement ? Et pourquoi ne s'enfuieraient-ils pas avec...

Jeantôme ignore avec quoi. Ce qui l'émerveille et l'immobilise devant la place de l'Odéon, c'est ce brutal sentiment de liberté qui vient de lui faire tourner la tête. Ses phantasmes, s'il est vrai qu'ils surgissent de plus loin que lui, il n'est pas moins vrai qu'il peut les arranger à son gré, les traiter comme les éléments d'une histoire. Côté face, le récit, le déroulement voulu du roman. Mais côté pile, l'authenticité saignante de vérités jusque-là inavouables. Il sourit, en se rappelant un vers appris à l'école : *Ah ! frappe-toi le cœur. C'est là qu'est le génie.* Non. Pas le cœur, Plutôt l'arrière-cœur, où s'ouvre la bouche d'ombre dont a parlé le poète.

C'est sûr, pense Jeantôme, je divague. Mais j'aperçois une lueur. Tout reste à faire. Et pourtant posséder la méthode, c'est déjà la promesse de l'œuvre. Brillouin va être content de moi.

Ses pas l'amènent devant la porte des éditions Delpozzo. Pourquoi ne pas aborder tout de suite la question de l'avance ? Le vieux Delpozzo va renâcler, pour le principe, et Jeantôme a horreur de ces marchandages. Mais il a encore plus d'aversion pour les remarques fielleuses de Myriam. Il se fait annoncer, trouve le patron dans son vaste bureau de ministre. Bibliothèques partout. Une rose sur le bureau. Rien devant les mains croisées de prélat du PDG. Une subtile odeur de cigare. On foule un nuage quand on marche sur la moquette. Delpozzo se lève, là-bas, et tend affectueusement les bras vers le visiteur.

— Dis donc, René, tu n'as pas l'air très brillant. Malade ?

Il vous saisit aux poignets, vous secoue gentiment, vous force à prendre le fauteuil, devant lui. Des façons de grand-père. Des rides qui sourient. Entre soi, on l'appelle parrain, dans la maison, comme s'il régnait sur une famille de mafiosi. Il s'assoit à son tour.

— Alors ? Tu m'apportes un manuscrit ?

— Non. Pas cette fois.

— Bientôt, peut-être ?

— Oui, c'est possible.

— Tu me dis ça depuis des mois. Voyons, René, qu'est-ce qui ne va pas ? Tu as toujours l'air de faire une grossesse nerveuse. Ça se soigne, tu sais. Alors, raconte... Tu as bien un petit projet. Tous ceux qui entrent ici sont bouffis de projets... Non ?... Eh bien, j'en ai peut-être un pour toi. Mais d'abord, qu'est-ce que tu me voulais ?

Et soudain il éclate de rire.

— Ah ! je vois... Cette pauvre figure de joueur décavé... Un peu d'argent, n'est-ce pas ? Tu me ruines, mon petit René. Si encore tu représentais un bon placement. Non, ne te braque pas. Je plaisante. Seulement, si tu tardes trop, bon, tu es assez grand pour conclure tout seul. Passe voir Ménestrel. Arrange-toi avec lui. Tu n'as pas l'intention de nous demander trop ? Comme la dernière fois, ça ira. Parfait. Et maintenant, écoute-moi. Et reste bien tranquille parce que tu vas être très étonné.

Il se frotte les mains joyeusement et, malgré ses quatre-vingts ans, se trémousse comme un gamin devant un jouet ardemment convoité.

— Tu connais, bien entendu, la collection « Crime parfait ». Une idée tellement simple : demander à des auteurs de grand mérite d'inventer une énigme policière, de s'amuser à écrire, chacun une fois, un roman policier. Le talent contre la technique, en somme. Eh bien, ça marche. Ça marche même très fort. Alors, tu vois où je veux en venir ?... Suppose qu'à mon tour je crée un prix Grand-Guignol, et que je demande à des écrivains de valeur d'imaginer chacun une histoire bien sanglante, très « chair de poule », tu vois... Quelque chose qui reste un jeu, mais un jeu à faire peur.

— Il y a déjà la Série noire, objecte Jeantôme.

— Aucun rapport. Tu penses bien que si un académicien s'amusait à écrire une histoire de femmes coupées en morceaux, ça provoquerait aussitôt, je ne sais pas, moi...

— Une espèce de scandale mondain, suggère Jeantôme.

— Voilà. Ce n'est encore qu'un projet, qu'il faudra affiner, mais je le crois très rentable.

— On vous accusera de plagier un succès.

— Ça m'est égal. Il y a de la place pour deux.

— Et où trouverez-vous les écrivains qui accepteront de s'abaisser au ton du feuilleton ? J'entends les vrais écrivains.

— René ! Tu es unique, je t'assure. On se bousculera au portillon crois-moi.

Discret grattement à la porte. La petite Gaby avance sa tête frisée.

— M. Dutourd est là.

— Priez-le d'attendre un peu. Je le reçois tout de suite.

Jeantôme s'est levé.

— Ne pars pas, dit l'éditeur. Je n'ai pas fini.

Il médite un instant, esquisse du bout des doigts un léger roulement de tambour sur son bureau et reprend :

— Tu ne voudrais pas essayer ? Rien que pour me faire plaisir.

— Moi ?

— Pourquoi pas ?

— Vous parlez sérieusement ?

— Tu ne m'as pas bien compris. Je le répète : dans ma pensée, il s'agit d'un jeu. Ça ne doit demander, j'imagine, que de l'application, un certain sens du pastiche, de l'humour et puis, bien sûr, le courage de se mettre en question, de se mystifier soi-même, si tu préfères. Mais rien qu'une fois.

Jeantôme est atterré. L'éditeur continue :

— Je n'ai encore parlé à personne de mon idée. Je la peaufine, parce qu'elle n'est pas tout à fait au point. Si je t'en parle à toi, mon petit René, c'est parce que je te sais disponible. Hein ? Ce n'est pas vrai ? Tu ne vas pas m'objecter que tu as un livre en train, ou un scénario, ou quelque chose de très absorbant. Rien. Tu n'as rien.

— Mais pardon...

— Ne proteste pas. Tu n'as rien et tu te bats les flancs. Ce n'est pas un reproche. C'est une constatation amicale. Eh bien, je t'offre l'occasion de te dépanner. *Biribi* a été un succès qui te paralyse. Tu redoutes, si tu écris un nouveau livre, de recommencer *Biribi*. Le deuxième roman, c'est l'épreuve de la vérité pour un écrivain. Tu n'oses pas.

Jeantôme lève la main pour protester.

— Non, murmure-t-il, pas du tout. Ce n'est pas ça. C'est bien plus compliqué.

— D'accord, dit Delpozzo, c'est plus compliqué. C'est votre excuse à tous, dès que vous êtes en difficulté. Mais garde pour toi tes raisons. Ce que je t'apporte, moi, c'est un masque. Ton public connaît ton style, ta façon de tout dire sans appuyer. Si tu réussis à faire le contraire, si les lecteurs s'écrient : « On nous l'a changé. Il est décidément très fort », c'est gagné. On ne se demandera plus pourquoi Jeantôme a cessé de produire. Tu vois, tu commences à réfléchir.

— Je ne saurai pas faire ça.

— Évidemment. Pas au pied levé. Tu as du talent mais quand même. Prends ton temps. Offre-toi une bonne cure d'Alain et de Souvestre, de Ponson du Terrail, de Gaston Leroux. Que sais-je ? Les princes du fantastique ne manquent pas. Mettons que j'exagère. C'est seulement la direction générale que je t'indique. On reparlera de tout ça si mon projet t'intéresse. Allez, ne fais pas cette figure d'enterrement.

L'éditeur accompagne Jeantôme, mais, devant la porte capitonnée, il l'arrête par la manche.

— J'y pense, dit-il. Il y a bien quelqu'un qui pourrait t'aider. Quelqu'un qui a le débit d'un grand fleuve et le sens de ce qui est populaire. A côté de toi, René. Tout près. Encore plus près. Valérie... Valérie La Salle.

Jeantôme, brusquement, étouffe de colère. Il ouvre violemment la porte, se retourne sur Delpozzo ; il a du venin plein la bouche, retient des insultes.

— Passe chez Ménestrel, lui conseille le vieil homme. Et calme-toi.

Jeantôme traverse la salle d'attente, sans prêter attention à personne. « Qu'il aille se faire foutre, avec son projet. Les princes du... de quoi, déjà ? Vieux crétin. M'offrir ça, à moi. »

Il se retrouve sur le boulevard, tellement fatigué, soudain, qu'il s'arrête au Flore pour boire n'importe quoi, un alcool quelconque, pourvu que ça calme ce tremblement qu'il a dans les mains. Lui proposer d'être l'associé de Myriam. Comment Delpozzo a-t-il pu penser à une chose si... si... Il n'y pas de mot pour le dire. Associé, à la réflexion, peut-être pas. Il pourrait se faire donner... même pas, se faire prêter une idée de départ. Mais il les connaît, les idées de Myriam. Cela le conduirait tout droit à *La Porteuse de pain* ou aux *Deux Orphelines*, avec quelques coucheries en prime. Et le côté *Chéri Bibi*, on le chercherait en vain. Et puis, ne jamais oublier que Myriam s'efforce, depuis des années, de mettre la main sur lui. Le mari, c'est fait. Il n'est plus qu'une peau vidée de sa substance. Mais l'écrivain, jusqu'à présent, lui a échappé. Elle a tout tenté : l'emmener à ses séances de signature, à ses cocktails, à ses interviews. « Je lui dois beaucoup », disait-elle, en lui passant la main sous le bras. Ou bien : « Il me relit. Et je vous assure qu'il ne laisse rien passer. » « Mais ce n'est pas vrai ! » protestait-il. On chuchotait, derrière le couple. « Il se galvaude. Dommage ! » Il a pris ses distances, peu à peu. Elle a fait semblant de jouer le jeu, mais elle n'a pas renoncé. Elle a seulement modifié ses formules. « Oh ! dit-elle à ses innombrables amies, je ne ferais rien sans le consulter. Bien sûr, nous n'avons pas les mêmes goûts, mais il est d'un si bon conseil ! » Alors, que se passerait-il si elle pouvait glisser dans la conversation : « Ce pauvre René, s'il ne m'avait pas, il serait complètement démodé. Il ne sent pas le public d'aujourd'hui. »

L'alcool opère, pose un pansement sur sa blessure. Elle saigne moins mais lui inflige encore des élancements qui libèrent ce tic de la lèvre dont il est presque parvenu à se débarrasser. Comment le vieux Delpozzo, si malin et toujours si renseigné, a-t-il pu lui proposer quelque chose d'aussi monstrueux ? Il devait bien se douter que... Mais oui. Il connaissait d'avance le résultat. « Il m'a mis au pied du mur, songe Jeantôme. Je lui demande un à-valoir. Il m'offre aussitôt un travail. J'hésite. Il me dit : ''Faites-vous aider'', et moi, comme un idiot, je claque la porte, ce qui, signifie : ''Je n'ai besoin de personne.'' Et me voilà engagé. Pratiquement, c'est comme si j'avais dit : oui. »

Jeantôme commande un autre verre, essaye de reprendre sa divagation et de l'organiser. Delpozzo, vieux renard, a manœuvré avec sa roublardise habituelle. Il a bien pris soin de souligner qu'il ne fait pas appel au talent mais à cette adresse professionnelle que tout auteur se doit de posséder. Prétendre qu'on ne l'a pas, c'est reconnaître qu'on n'est bon à rien. Alors qu'on ne vienne pas solliciter une avance. Qu'on dise : « Attendez, oui, bon d'accord. Je marche. » Et « je marche », ça signifie que l'on veut être agréable au patron, qu'on ne rejette pas son idée, qu'on va faire un geste et se mettre sans plus tarder au travail. Eh bien, au fond, n'est-ce pas un coup de chance ? Il suffit de se dire, maintenant : « Je n'ai plus d'excuse. On me laisse carte blanche. Je peux raconter n'importe quoi, sans complexe. »

Pourquoi ce mot, qui était sans doute là, embusqué depuis un moment, et n'attendait que l'occasion de surgir ? Une fois ôtés l'esprit critique, la censure de la réflexion, le goût de la clarté, qu'est-ce qui empêche tel complexe de proliférer en récit ?

Jeantôme garde sur la langue une lampée de cognac ou de whisky, de cette liqueur qui brûle, le temps de porter sur lui-même un jugement qui le navre. « Tant pis ! Je vais ouvrir la porte à mes complexes. Qu'ils sortent enfin, comme une famille de vipères. Ce n'est pas moi qui l'ai voulu. » Et tout de suite l'image de la civière et des hommes en blanc lui saute dessus. C'est comme une agression, comme une attaque depuis longtemps méditée. Ces hommes blancs qui le troublent si fort, qui symbolisent une sorte de violence pure, ni colère, ni vengeance, ni sadisme, mais rien qu'une convulsion, qu'un énorme haut-le-cœur, comme s'il s'agissait de se vomir soi-même, quelle énergie ils représentent, si on pouvait la canaliser et l'obliger à faire travailler un récit, comme la rivière, autrefois, pesant sur la grande roue du moulin. Le moulin ! Le voilà qui surgit au milieu du rêve. Jeantôme se lève, oubliant de payer, revient sur ses pas, n'attend pas sa monnaie, rentre chez lui. Le voyant est au rouge. Tant mieux. Elle ne demandera pas si le syndic a été payé. Il enlève sa veste et se rassoit devant sa table ; à la fois victime et bourreau. Ou bien il va écrire au patron, lui dire que non, décidément, il n'a pas envie de se prostituer ; ou bien, tâchant de jouer le jeu et, partant d'une image, d'association en association, il va effectuer, au fond de ce défilé qui s'ouvre à sa naissance, une espèce de descente meurtrière, de remous en rapides, et on verra où il ira s'échouer. Pour le moment, il ne sait pas. Il est tiraillé entre le oui et le non. Il finit par écrire, avec précaution, comme si le glissement de sa plume risquait de réveiller, près de lui, une présence dangereuse : La voiture des prompts secours... Surtout ne pas se poser de questions. La voiture des prompts secours, pourquoi pas ? Elle stoppe quelque part, en double file. C'est son droit. Ça, c'est le détail qui plaît à Jeantôme. Obliger les passants à s'écarter. Leur ordonner de laisser le passage à la civière. « Sortez-vous de là ! » Ce qu'on lui a dit autrefois. « Reste pas là, petit. » Les deux hommes, le plus grand devant. Derrière eux de la fumée. Peut-être des flammes. Mais refuser les flammes. S'en tenir à ce genre de fiction : les deux infirmiers traversent le trottoir. A la réflexion, la civière n'est pas déployée. L'un des deux la porte sur l'épaule, comme un paquet de gaules ; exactement la même silhouette que son père quand on partait pour la pêche.

Jeantôme se prend la tête à deux mains. Il y a, au fond de sa mémoire, un point aimanté qui attire sans cesse à lui, comme des paillettes métalliques, les images d'autrefois. Comment les arracher à cette influence pour les faire entrer dans des combinaisons nouvelles ? Recommençons. Les deux infirmiers entrent dans l'immeuble. Et puis ?... Rien de plus banal. Sauf un détail peut-être. Avec leurs calots, leurs lunettes, ils semblent déguisés. Et d'ailleurs, il faut qu'ils soient déguisés. Le concierge les regarde passer. Il ne les arrête pas. On retarde pas les prompts secours. Ils s'engouffrent dans l'ascenseur. Ma foi, tout ce début est assez plaisant. Ils montent jusqu'au second. Inutile d'aller plus haut. Après, il faudra descendre par l'escalier. Sur le palier, deux locataires, ou propriétaires. Ici, on peut inventer à sa guise. Celui de gauche est absent, pour la commodité du récit, car cela se met, peu à peu, à ressembler à un récit. Les deux infirmiers lisent le nom que porte, à droite, une plaque de cuivre. Peu importe le nom. Ils sonnent, une femme de ménage vient leur ouvrir.

— Monsieur X... C'est bien lui qui a appelé ?

— Non. Pas du tout.

Pas une seconde à perdre. Un infarctus, ça ne plaisante pas. Ils entrent d'autorité, referment. Ils sont dans la place. A partir de là, oui, le vieux Delpozzo a raison. On peut tout faire. Et par exemple, ficeler la femme de ménage et cambrioler tranquillement l'appartement. En même, en repartant, dire au concierge :

— Si maintenant on nous donne de mauvaises adresses, où allons-nous ?

La voiture est toujours là, surveillée par un agent. Nos deux infirmiers reprennent leur place. L'agent les salue et arrête la circulation pour faciliter leur départ.

Ouf ! Jeantôme a tenu le pari. En vérité, bien petitement. C'est du fait divers de misère. Pas trace de fantastique, là-dedans. Et pourtant... Si, au lieu de piller l'appartement, les deux infirmiers étaient venus pour enlever quelqu'un ? L'idée a effleuré Jeantôme et aussitôt il l'a repoussée avec horreur. La silhouette couchée dans la civière, c'est vraiment l'image insoutenable, celle qui provoque la nausée. Jeantôme ne veut pas la regarder. Cependant, il désire de toutes ses forces qu'on le renseigne. Il lui faudra consulter un psychanalyste, s'il veut vaincre cette panique. Tant qu'elle subsistera, il sera entravé et hors d'état de se défouler comme un vrai feuilletoniste. Il ne produira, au mieux, que des historiettes, comme celle qu'il vient d'imaginer. Elle est assez adroite. Elle comporterait sans difficulté des prolongements amusants. Mais il lui manque de faire peur. « Et moi, songe Jeantôme, j'ai peur de la peur. Tant que je ne saurai pas en jouer comme d'un violon, je resterai un minable. »

Il repose son stylomine. Il n'a écrit que ces mots : *La voiture des prompts secours.* C'est décourageant. Doit-il résumer les petites choses auxquelles il a pensé ? A quoi bon ! Elles sont rangées sur une étagère de sa mémoire, parmi les brimborions qu'on conserve machinalement, au fil des jours. Tant mieux si ça peut resservir.

Soudain désœuvré, il redescend ; il parcourt quelques centaines de mètres sur ce boulevard qu'il connaît par cœur, en quête, vaguement, de quelqu'un à qui parler ; simplement pour parler, pour exister jusqu'à l'heure du dîner, en tâchant d'oublier ce vide, au milieu du cœur, comme si le parasite qui le ronge avait ses heures de sortie et de récréation. Quand il est là, il faut se plier à son caprice. Mais quand il semble s'éloigner, c'est pis. Le sentiment de l'échec est comme une grève, à perte de vue, à perte d'espoir. Les mots se refusent. Les pensées se tarissent. On n'est plus personne. On n'a plus envie de rien ; ni d'entrer dans un cinéma ni de s'asseoir à la terrasse d'un café, ni même d'acheter un livre. Surtout pas ça ! Tant qu'il ignorera ce que le drap recouvre, sur la civière. Halte ! Sens interdit.

Il se retrouve devant l'étalage de la librairie d'occasion où Myriam se procure à bas prix, quand elle veut l'humilier, des exemplaires, de préférence loqueteux, de *Biribi*. Lhomond, sur le seuil, fume sa pipe, en surveillant les flâneurs aux mains promptes.

— En ce moment, dit-il, je n'ai rien pour vous, monsieur Jeantôme. Vous savez, les affaires ne vont pas fort. Les romans policiers, ça peut encore aller. Le genre érotique aussi, ne se porte pas trop mal. Mais le reste.

Jeantôme a enfin déniché un interlocuteur. Lhomond, il le méprise un peu, d'habitude. A peine s'il s'arrête, de temps en temps, devant quelque titre oublié. Tous ces bouquins, dans leurs petites caisses, attendant un nouveau maître, pourquoi cela lui rappelle-t-il, en un spasme douloureux, le refuge où sa tante recueillait les animaux perdus ? Il se dit souvent que ce serait un acte de pitié si l'on fichait le feu à toutes ces épaves de la mauvaise chance. Mais aujourd'hui, il s'attarde. Il se décide même à laisser un doigt errer sur le rayon des romans noirs.

— Oh ! dit Lhomond d'un ton de reproche, vous n'allez pas m'acheter une chose comme ça. Surtout celui que vous tenez. C'est tout torture et viol. Et rien que de l'argot. Ça vous tomberait des mains... Non ? Vous voulez tenter l'expérience ? Bon. Je vous aurai prévenu. Gardez votre monnaie, je vous en prie, monsieur Jeantôme. Entre nous, vous pensez !... D'ailleurs, je suis bien sûr que vous me le rapporterez. Voulez-vous entrer ? Mais si, vous me ferez un grand plaisir. Je vends du livre, sur le trottoir, mais je fais aussi de l'occasion, au fond du magasin. Surtout du meuble.

« C'est de l'entôlage », se dit Jeantôme.

Mais il est dans cette disposition intérieure où l'on cède, avec une espèce de joie perverse, à la première suggestion venue, pourvu qu'elle soit un peu caressante. Il accompagne Lhomond et ne cache pas sa surprise. En vérité, ce Lhomond est plutôt un antiquaire qu'un libraire. Le magasin est profond et recèle des meubles de toutes sortes. Jeantôme s'y connaît un peu, assez pour se rendre compte que c'est de l'authentique. Très peu de rustique. Plutôt du mobilier de salon, de bureau, ce qu'on appelle quelquefois : le mobilier de succession.

Lhomond flatte de la main, en un geste de maquignon, le flanc d'une bibliothèque.

— Je vous fais un prix, monsieur Jeantôme. Ce n'est pas passé par la salle des ventes. En ce moment, il y a beaucoup de vieux qui se défont de leurs affaires, pour joindre les deux bouts. Ou des neveux qui vendent leur héritage pour payer le fisc. Vous n'imaginez pas à quel point le sixième est un quartier giboyeux. Il suffit d'être à l'affût.

Il a l'air de se savonner les mains et jette sur Jeantôme un regard mielleux.

— Non, vraiment ?... Et cette petite table avec son échiquier ?... Non plus ?... Eh bien, ce sera pour une autre fois... Dans l'immeuble que vous habitez — oh ! je le connais bien —, vous ne voyez pas une vieille personne qui serait susceptible de me céder une horloge ancienne, par exemple ? Oui, cela peut vous surprendre mais j'accepte les commandes, et puis je cherche, je fouine. C'est passionnant. Il y a des modes, des engouements. En ce moment, c'est l'horloge qui a la cote.

Il accompagne Jeantôme, lui serre longuement la main sur le trottoir.

— Revenez quand vous voudrez, cher monsieur, je m'arrange toujours pour être là vers midi ou vers sept heures.

Jeantôme regarde l'heure. Il a réussi à user l'après-midi. Il peut gagner son restaurant sans se presser. Petit sursaut ! C'est la voiture rouge des prompts secours qui bouscule le trafic. Il s'appuie à une façade, le souffle court. Osera-t-il avouer à Brillouin qu'il a négligé de déposer son ordonnance à la pharmacie ? Il repart à petits pas, jette furtivement un coup d'œil sur le livre dont Lhomond lui a fait cadeau. Couverture bariolée. Titre rouge. *Fouette, cocotte*. Une fille à moitié nue mais coiffée d'un chapeau haut de forme sur l'oreille. Depuis *L'Ange bleu*, c'est un uniforme. Il cherche une corbeille à papier et y jette le roman.

Il s'arrête devant la porte du restaurant mais, au fond, peu importe le menu. Il gagne sa place habituelle, le dos tourné à la rue. Loulou, la petite Vietnamienne, se penche vers lui, appuyée des deux mains sur le bord de la table.

— Le consommé, dit-il, comme d'habitude.

— Vous êtes fatigué, décide la servante, gentiment familière.

— Ça se voit ?

— Oui, ça se voit.

— Je travaille trop, dit Jeantôme, avec une amère ironie. Faites-moi une petite omelette aux herbes. Et une Vichy-Saint-Yorre, à cause des bulles.

« Il est bizarre, ce client », pense Loulou. Jeantôme s'adosse avec lassitude. Derrière le mur, il entend les pieds des passants. Cela coule, glisse, avec un bruit régulier de déversoir. La rue du Dragon, comme une rivière... Toute sa vie, il y aura cette rivière, au cœur de sa mémoire. Il se fouille, sort son calepin et note, sur le coin de la table : « Le pavé dans l'eau. » Simple repère, pour lui seul. S'il relit cette ligne, il se rappellera que sa visite à Brillouin a tout déclenché. Avant, il se supportait, vaille que vaille. Et puis le médecin a eu cette idée idiote : « Racontez-vous. Fouillez ! Fouillez ! » Et maintenant, c'est comme une gerbe d'éclaboussures qui lui saute à la figure.

Il n'y tient plus. Il se glisse hors de la banquette et va demander un jeton. Coup d'œil à sa montre : sept heures moins le quart. Brillouin doit avoir fini ses consultations. S'il n'est plus chez lui, tant pis. Le cœur battant, Jeantôme forme le numéro, conscient de commettre une énorme incorrection. Qu'un amant cherche à forcer la porte de sa maîtresse, passe encore. Mais qu'un patient appelle son psychiatre au secours, à l'heure de l'apéritif, autant reconnaître tout de suite qu'on est bon pour la maison de santé. Pourtant, Brillouin, qui a décroché, écoute patiemment, l'interrompt avec douceur.

— Vous ne pensez pas qu'on puisse attendre à demain ? Aborder ces questions au téléphone, ce n'est pas très indiqué, je vous assure. Vous êtes un peu dépressif, cher monsieur Jeantôme. Rien de plus. Enfin, si vraiment vous en êtes à ce point ?... Disons dans une heure chez moi. Mais je ne pourrai pas vous garder longtemps, car je dois sortir. Bon. Très bien. A tout à l'heure.

Et Jeantôme rebrousse chemin, moins honteux en définitive qu'il ne l'aurait cru. Si Brillouin accepte de le recevoir au pied levé, c'est que le cas est sérieux. Voilà ce qu'il vient de découvrir brutalement. Brillouin ne lésine pas sur les propos rassurants, mais en même temps, il lui dit : « Venez, sans tarder. » Exactement comme si son patient couvait quelque mal à évolution rapide. Jeantôme regarde fumer la soupière. Il n'a pas faim. Il a presque envie de se tâter comme un accidenté de la route qui se dégage des décombres. Mais ses contusions à lui sont internes. Il est peut-être fou. Céder comme il vient de le faire à une impulsion aussi peu raisonnable... Et d'ailleurs Brillouin a bien senti que les choses se gâtaient.

Jeantôme avale sont potage d'un trait. Il a oublié de l'enrichir de petites bouchées de pain, comme d'habitude, quand il joue à s'imaginer qu'il nourrit les ablettes. Il se répète qu'il est un cas, ce qui nuance de fierté son angoisse. Un cas, c'est forcément quelque chose de classique, de répertorié. On sait où l'on va. On possède des remèdes éprouvés. On s'arrache à ce brouillard qui enlève toute volonté de se soigner. Que Brillouin finisse par dire : « Vous avez ceci ou cela », et ce serait déjà le salut. Un diagnostic, c'est précisément un garde-fou. D'une main on s'accroche et, de l'autre, ça y est ! On recommence à écrire. On écrit, mon Dieu. Enfin ! Ce serait si simple !

Il laisse un large fragment d'omelette au bord de son assiette et allume une cigarette, puis une autre. Loulou cause avec la caissière en le regardant. Elles parlent de lui ; il aime mieux s'en aller tout de suite. Il fera les cent pas en attendant l'heure. Il voudrait préparer... comment appeler ça ?... ses aveux ? sa confession ?... Mais il a déjà tout dit. Alors pourquoi court-il ainsi, comme si quelque horrible péché menaçait de le perdre ? Il compte les minutes. A huit heures moins cinq, il se jette dans l'escalier. Brillouin l'attend. Il est en smoking et paraît pressé. Au fond de l'appartement, on entend des voix, des rires. Une porte s'entrouvre, laissant voir la moitié d'un visage de femme. « Maurice s'excuse. »

— Bon. Dis-leur que j'arrive, lance Brillouin, agacé.

Il fait entrer Jeantôme dans son cabinet.

— Voyons, reprend-il, qu'est-ce qui se passe ?

Et Jeantôme se sent soudain si profondément ridicule, si affreusement humilié, qu'il murmure :

— Pardonnez-moi. Je suis tellement seul. Voyez-vous, je commence à faire des choses...

— Mais non, l'interrompt le médecin, je ne vous reproche rien. Calmez-vous.

Il s'assied familièrement sur le coin du bureau.

— Je ne vous promets pas que nous allons avoir le temps de bavarder. J'ai des invités. Mais ils savent bien que je suis obligé quelquefois... Bon. Vous avez besoin que je parle à votre place, pour commencer... Eh bien, notre dernier entretien n'a pas eu les résultats escomptés. C'est bien ça, n'est-ce pas ? Au contraire il a déclenché une espèce de crise de conscience...

— Je suis hanté, s'écrie Jeantôme. J'ai tout le temps devant les yeux une civière portée par deux infirmiers en blanc. Et ça me paralyse. Ça m'étouffe. Je voudrais découvrir le visage qu'on essaye de me cacher. Qui est-ce ?

— Mais vous-même, bien sûr, dit paisiblement Brillouin. Voyez-vous, mon cher ami, ce qui caractérise l'état paranoïaque — le mot ne doit pas vous faire peur — c'est qu'il crée une espèce de film dont il est à la fois le producteur, le metteur en scène, le scénariste, l'acteur, bref, rien ne lui échappe. Rien n'est gratuit, inventé pour le seul plaisir de l'œil ou de l'esprit. Chaque détail — vous entendez bien — chaque détail cache une intention. Vous voyez une civière... Non, ce n'est pas une vraie civière, ça signifie autre chose. Et c'est pareil pour les hommes en blanc. Nous avons affaire à un rébus. Vous me demandez qui est le blessé qu'on emporte ? Il est ce que vous désirez et que vous redoutez par-dessus tout. Il ne peut être que vous... Vous fuyez, dissimulé à tous les yeux. Vous ne voulez pas qu'on connaisse de quoi vous vous croyez coupable. La civière, les infirmiers, simple stratagème... déguisement dont vous savez inconsciemment que vous ne devez pas être dupe. Et pourtant, ça vous arrange, d'être dupe. Et alors votre mensonge secret vous ligote. Vous souffrez et vous tirez de votre épreuve une profonde satisfaction. Votre apparente stérilité n'a pas d'autre cause. Vous vous êtes mis à part. Tantôt au-dessus des autres, ce qui vous permet de les dédaigner ; tantôt à côté deux, comme un lépreux...

Brillouin se penche et donne une tape amicale sur le genou de Jeantôme.

— Classique, tout ça, dit-il. Et quand on a la chance de soigner un homme intelligent, il est beaucoup plus facile de le guérir. D'ailleurs, vous ai-je vraiment appris quelque chose ? Un romancier n'est-il pas déjà un psychiatre en puissance ?

— Détrompez-vous, docteur, dit Jeantôme. Vous venez de m'apprendre que je suis coupable de quelque chose. Mais de quoi ?

— Écoutez, mon cher ami, ce n'est pas en quelques minutes que je peux... Et puis, je vais être franc. Si je suis d'abord neurologue et non psychanalyste, c'est que j'ai mes raisons dont la principale est que les interprétations freudiennes sont... Non, j'aime autant ne pas les qualifier. De toute façon, pour venir à bout de vos phantasmes, il nous faudrait des mois. Ce que je vous conseille, c'est de vous adresser à mon confrère, le Dr Gourgaud. Vous êtes un cas pour lui. Et puis, c'est lui qui a acheté l'immeuble de votre ancien médecin du Mans.

— Qui ? Le Dr Lermier ?

— Oui. Voilà qui vous mettrait en pays de connaissance. Gourgaud n'a rien conservé des affaires de son prédécesseur, mais il a gardé pendant quelque temps l'ancienne plaque *Lermier, Gourgaud, successeur*. Enfin, vous voyez ce que je veux dire. Lermier avait une importante clientèle.

Jeantôme secoue la tête.

— Je vous remercie, mais je me sens bien, avec vous, docteur.

Continuons encore un peu. Est-ce que mon rendez-vous de demain tient toujours ?

— Vous êtes gentil, cher monsieur. Je ne songe nullement à me débarrasser de vous. A demain, quinze heures. C'est entendu. D'ici là, dormez. Assommez-vous avec un bon somnifère, mais dormez. Et maintenant, vous voudrez bien m'excuser.

Il accompagne Jeantôme jusqu'au palier.

— Surtout, dit-il, n'allons pas trop vite. Si vous avez envie d'écrire quelque chose, faites-le. Mais gardez-vous d'interpréter. Bon courage.

*
* *

Qui joue du violon ? C'est une musique qui semble venir de très loin. Jeantôme l'écoute et bientôt il la reconnaît. Du Mendelssohn. L'andante du concerto. Il dresse brusquement la tête. Huit heures un quart à la pendulette. C'est, sur la table de chevet, son petit transistor qu'il a oublié d'éteindre avant de s'endormir. Il s'adosse à l'oreiller. Il se cherche. Myriam dirait, dans son jargon, qu'il se trouve encore en Astral. Il s'étire, bâille. Il a un peu trop forcé sur le somnifère. Il n'a pas envie de se lever. Pour quoi faire ? Pour aller à son travail ? Quel travail ? Pour rencontrer Delpozzo et lui répondre quoi ? Il regarde ses orteils, au bout du lit, et les fait remuer. Il est déjà fatigué, comme si la journée était semblable à un chemin escarpé traversant un désert. Ne pas oublier. A quinze heures, rendez-vous avec Brillouin. Pour parler de soi. On ne se lasse jamais de parler de soi. C'est même ce qui donne la force de mettre un pied par terre, de faire l'effort d'un premier pas. Quinze heures, c'est là-bas, à l'horizon du temps. Allons ! En route pour le cabinet de toilette. Et Jeantôme s'arrête sur le seuil. Quelqu'un est venu. Le robinet d'eau chaude coule au fil, sans bruit, mais l'eau qui devrait être brûlante est à peine tiède. Il y a des heures qu'on a oublié de fermer correctement le robinet. « Qui ? Pas moi ! pense Jeantôme. Je dormais. » Autre indice : le gant de toilette devrait être sec. Il est mouillé. Le verre à dents aussi, a servi. On a bu. On a oublié de le remettre à l'envers, sur son support.

Jeantôme, cette fois, a l'esprit en alerte. Il va s'assurer que les portes sont toujours fermées. Celle qui donne sur le couloir des chambres mansardées et celle qui donne accès à l'escalier privé qui descend chez Myriam. Là, le voyant rouge est allumé, signe que Myriam est déjà au travail.

« Ce serait donc moi, se dit Jeantôme. Je me serais levé pour aller boire et pour baigner mon visage en sueur ? Dois-je croire que... ? Mais il y a des années et des années que cela ne m'est pas arrivé. Voyons !... Pas tant d'années que ça. » S'il ne fait plus chambre commune avec Myriam, c'est parce qu'il l'effrayait quand il commençait à circuler, endormi, dans l'appartement. Cela dépendait du temps, peut-être de la saison, souvent des incidents de la veille. Il possédait la merveilleuse adresse des somnambules, se déplaçait comme une ombre, évitait les tables, les chaises, et la promenade pouvait durer plusieurs minutes, pendant lesquelles il ne cessait de s'adresser à lui-même, dans un souffle, un discours obscur. A deux ou trois reprises, il s'est habillé de pied en cap, cravate nouée, mains gantées. Myriam, pétrifiée, n'est pas intervenue. Elle l'a laissé agir, sans bouger. Il s'est arrêté devant la porte du palier, a paru méditer, puis s'est déshabillé et recouché. Ces détails, il les tient de Myriam et l'a plus d'une fois soupçonnée d'en avoir ajouté de son cru, pour le décider à faire chambre à part. Ses grandes crises, celles que le bon Dr Lermier a soignées, étaient beaucoup plus inquiétantes puisque — toujours d'après la légende familiale — il avait été rattrapé une nuit à la gare, où il dormait sur une banquette de la salle d'attente. Mais est-ce bien vrai ? Il a toujours souffert d'avoir ainsi égaré des moments de sa vie qui ont été ramassés par d'autres et lui ont été rendus dans la moquerie. « Hé ! René, tu perds quelque chose ! »

Jeantôme se promet de questionner Brillouin. Somnambulisme ? Ou amnésie ? Au fond, y a-t-il, entre les deux, une vraie différence ? Il se recouche, mains croisées sous la nuque. Sa terre ferme, son vrai moi, il ne l'a possédé que pendant les mois où il écrivait son roman. Alors, les jours se liaient solidement aux jours. Pas une lacune, pas un vide. Sur une passerelle de mots, il a traversé la période heureuse de sa vie. Qu'on lui rende ce bonheur-là, pas plus. Si, en ce moment, il pouvait produire un texte, il ne se demanderait pas, avec angoisse, pourquoi il s'est levé pour boire et pour se laver la figure.

Il écoute distraitement le rabâchage de la radio. Des catastrophes. Des accidents. Se dire qu'il y a là un homme dont la seule préoccupation dévorante, tandis que saigne le monde, est de mettre bout à bout quelques pages. Grotesque ! Odieux ! Pitoyable ! Qu'est-ce qu'il raconte, ce speaker qui enfile les faits divers en brochettes à consommer toutes chaudes ?... Le crime de la rue des Quatre-Vents ; c'est dans le quartier, ça ! Il faudra se renseigner. Delpozzo dirait : « Prenez le fantastique où il se trouve. De préférence dans le ruisseau. »

Le téléphone. Si tôt, c'est Myriam !

— Bonjour. Vous ne pourriez pas faire taire votre poste ? Je travaille, moi. Mettez-le très fort ou très bas, ça m'est égal, mais épargnez-moi ce chuchotement. Malgré moi, je tends l'oreille et c'est parfaitement gênant. Qu'est-ce que c'est que ce crime, rue des Quatre-Vents ?

— Je l'ignore. Je n'écoutais pas.

— C'est un monde, d'entendre ça. On vient vous égorger à domicile, mais vous avez la tête ailleurs.

— Écoutez, ma chère amie, si vous avez envie de vous quereller, fixez-moi un rendez-vous. Mais pour le moment il se trouve que je suis occupé.

Il raccroche sèchement et décide d'aller manger un croissant chez Tony. Mais avant de sortir il éteint le poste, par courtoisie. Il s'impose, depuis longtemps, de rendre coup pour coup mais avec civilité. Les torts ne seront jamais de son côté.

Chez Tony, c'est le joyeux brouhaha du matin, les secrétaires avant l'ouverture des bureaux, les livreurs parlant cyclisme, et quelques habitués plongés dans leur journal.

— Salut, m'sieur Jeantôme. Un petit noir, comme d'habitude.

Une voiture de police passe bruyamment.

— Ah ! Ils en ont fini, remarque le barman. Pas trop tôt.

— Un accident ? demande Jeantôme.

— Non. Le crime, à côté. Vous n'avez pas pris les nouvelles ?

— Non.

— Une histoire qui va faire du bruit. Tout le monde le connaissait, le pauvre vieux. Oh ! vous avez bien dû le croiser plus d'une fois.

— Mais de qui parlez-vous ?

— Du commandant Chailloux. Un petit vieux tout cassé, qui...

— Ah ! oui, je vois. Je l'ai même encore aperçu hier.

Le barman se fait confidentiel.

— Paraît qu'il avait de gros moyens. On ne l'aurait pas dit, hein. Mais dans ce métier...

— C'était quoi, ce métier ?

— Le pétrole. Il n'était pas plus commandant que moi. Mais il aimait qu'on l'appelle comme ça. Il aurait été directeur d'une compagnie de pétrole... C'est ce que j'ai entendu quand les gars de la P.J. sont venus boire un petit blanc, avant de repartir. Il a été étranglé et là, celui qui a fait le coup, c'est quelque chose, quand même... Il a eu le culot de téléphoner aux prompts secours pour signaler qu'il y avait un grand malade, rue des Quatre-Vents, au 12, tu parles... Alors, les mecs ont rappliqué, avec ambulance, civière et tout. Et total, le grand malade était déjà raide... Voilà ! Voilà !

Le barman s'affaire autour du percolateur, emplit des tasses, puis revient, s'accoude, après un machinal coup de torchon sur le zinc.

— Mais attendez, reprend-il. La preuve que celui qui a fait le coup est complètement tordu, c'est qu'il a pris le temps, avant de filer, d'allumer des bougies, à la tête du lit, une de chaque côté. Qu'est-ce que vous en dites, vous qui écrivez des bouquins, hein ?... Vous n'auriez pas trouvé ça, franchement ? On a bien raison de dire que la réalité dépasse la fiction.

Jeantôme boit son café à petits coups, pour se donner une contenance.

— Les journaux en parlent ? demande-t-il.

— Non. Pas encore. C'est trop tôt.

— On sait à quelle heure c'est arrivé ?

— Dans la nuit. Mais les gars des prompts secours n'ont été prévenus que vers cinq heures. C'est eux qui ont donné l'alerte. Aux nouvelles de treize heures, on aura tous les détails.

— Puisque vous avez entendu les policiers, vous savez peut-être comment le... enfin, le criminel s'y est pris pour entrer.

— Facile. Comme le pauvre vieux veillait toujours très tard — ça, tout le voisinage était au courant —, l'assassin n'a eu qu'à se servir du parlophone pour se faire ouvrir.

— Oui, c'est juste, dit rêveusement Jeantôme. Il n'avait qu'à raconter, par exemple, qu'un proche du commandant venait d'avoir un accident.

— Voilà, s'écria le barman. C'est exactement ce que pense le commissaire, parce qu'il faut vous dire qu'on a été le chercher en vitesse. Le commandant Chailloux, c'est une huile.

Il éclata de rire.

— L'huile, le pétrole. Excusez-moi. C'est le rapprochement qui... Pourtant, c'est bien triste. Hé ! m'sieur Jeantôme, vous oubliez de payer... Je vous comprends, allez. Moi, c'est pareil. Ces histoires me tournent un peu la tête.

Jeantôme sort du café, préoccupé, soucieux, vaguement inquiet. Cette agression, sans qu'il comprenne pourquoi, semble le concerner. Peut-être à cause de sa réflexion, à propos du parlophone. Lui qui dort si mal, si une voix lui disait : « Votre fils, ou votre sœur, vient d'avoir un accident... » D'accord il n'a ni fils ni sœur, c'est une supposition, eh bien, est-ce qu'il déclencherait l'ouverture de la porte ? Pourquoi pas ? La surprise... La curiosité... Ou même un simple réflexe. Mais il reste à expliquer pourquoi le commandant a ouvert, ensuite, la porte de son appartement. Tout simplement parce qu'il attendait le porteur de la nouvelle. Il aurait pourtant dû savoir que, la nuit, la porte est fermée. Donc, pas de dépêche. Mais il reste le téléphone. Une voix anonyme peut toujours vous lire un texte de télégramme. *Fils victime accident. Stop. Marie arrivera train de nuit.* Et on ajoute : *Baisers.* Le brave vieux commandant, éberlué, est prêt à recevoir la personne qui s'annonce ainsi, quitte à la détromper, à lui dire qu'il y a sûrement une erreur d'adresse. « Moi, songe Jeantôme, c'est ainsi que je m'y prendrais. Ça ne tient peut-être pas debout, mais un romancier a parfaitement le droit de prendre des libertés avec la vraisemblance. »

A quoi il s'objecte aussitôt : « Malheureusement l'affaire Chailloux n'est pas une fiction. » Là, il ergote. « Pas une fiction, ça se discute. Ces bougies allumées, ça sent la mise en scène. » Et il s'attarde sur cette image, tout en hâtant le pas. C'est beau, ce luminaire funèbre.

Alors, une idée bizarre lui vient à l'esprit. Ce mystérieux assassin, en admettant qu'il soit venu pour voler, a laissé, en contrepartie de son butin, un remarquable souvenir poétique.

Jeantôme s'arrête, se fouille, ouvre son calepin et note : « Le vol compensé par la poésie. » Voilà une trouvaille. Une vraie trouvaille d'écrivain. Ce crime de la rue des Quatre-Vents — déjà, un crime rue des Quatre-Vents, c'est du Balzac —, il faudra le décortiquer, l'analyser. Il doit pouvoir suggérer des développements romanesques. Rien que ces deux flambeaux, à la tête du lit, c'est superbe !

Jeantôme s'aperçoit qu'il vient de dépasser son immeuble et rebrousse chemin. Il en est sûr, maintenant, par un biais dont la nature lui échappe, il se sent impliqué dans ce fait divers. Il dirait presque que ses entrailles s'émeuvent. L'auteur qui vient de concevoir un sujet ! Qui se tenait prêt, déjà vibrant, ouvert, dans la posture obscène et merveilleuse d'une matrice mûre. Vite ! Ne rien perdre de cet élan créateur. Quelques lignes de résumé. Il est dans l'escalier. Il grimpe. De temps en temps, il s'accroche à la rampe, s'oppose des mises en garde. A quoi bon s'emballer, tant qu'on ignore tous les détails ?... Mais justement, les détails on les invente. Il ne s'agit pas d'imiter mais de recréer. Delpozzo, qu'est-ce qu'il souhaite ? Que je lui offre un personnage aux dimensions d'un mythe, comme Fantomas. Un détrousseur esthète. Je le vois très bien fardant ses victimes, les parant pour la cérémonie de l'ensevelissement, un dilettante du deuil, le Grand Ordonnateur de la Mort. Juste le contraire de ces paumés de la Série noire qui massacrent par impuissance créatrice.

Bon Dieu, que c'est haut, un sixième ! J'aurais bien dû prendre l'ascenseur. Jeantôme s'assied sur une marche et souffle. Et puis, d'un coup de reins, il se lève. Il a eu tort de se permettre une pause. Il n'en faut pas plus pour que, sous cet emballement factice, perce un étrange sentiment d'angoisse, que rien ne justifie mais que rien non plus n'apaise. C'est comme une voix qui dirait très calmement : « Va toujours, tu n'iras pas loin. » Il regarde sa montre : neuf heures. Sur le palier du cinquième, devant la porte de Myriam, il hésite. Jamais il ne vient la voir à neuf heures. Mais Jeantôme ne contrecarre jamais ses impulsions, et il est soudain nécessaire qu'il pose certaines questions à sa femme, des questions qui, par des cheminements souterrains, ne sont pas sans rapport avec ce crime qui le trouble si profondément. Il sonne et entre. Il est quand même ici un peu chez lui.

— C'est moi, annonce-t-il de loin.

— Vous êtes souffrant ?

— Non.

— Eh bien, venez. On ne va pas s'interpeller d'une pièce à l'autre. Mais pas longtemps, s'il vous plaît.

Elle est devant son bureau et désigne, sans se retourner, un petit tas de feuilles.

— Ma première ponte, dit-elle. Asseyez-vous là... Catapulter, ça prend deux t ?... Et puis je m'en fous. Claire est là pour ça. Alors ? Vous avez payé le syndic ?

Elle pivote sur son tabouret. Quelle manie de s'asseoir sur un tabouret de piano quand on ne possède pas de piano. Mais cela lui permet de faire front brusquement, de bombarder du regard, à bout portant, son interlocuteur, ou au contraire de lui tourner le dos selon une technique très au point qui va de l'éloignement graduel à la soudaine dérobade, selon qu'elle entend signifier qu'on commence à l'embêter ou qu'on l'empoisonne carrément. Ce matin, elle se montre de trois quarts, ce qui prouve qu'elle est réservée mais pas hostile.

— Je vais le faire aujourd'hui, promet Jeantôme, précipitamment. Non. J'ai repensé à votre coup de téléphone. Vous ne m'aviez jamais dit que mon poste de radio vous gênait.

— Eh bien, je vous le dis.

— Vous m'entendez aussi, quand je me déplace ?

— Comme si vous l'ignoriez.

— La nuit dernière, est-ce que je vous ai dérangée ?

— Je ne m'en souviens pas.

— Vous ne m'avez pas entendu marcher ?

— Vous avez donc marché ?

— Oh ! Je me suis levé pour boire. Je n'ai pas dû faire beaucoup de bruit. Il pouvait être autour de quatre heures.

Elle tourne lentement sur son tabouret et le dévisage soupçonneusement.

— Vous voulez dire que ça vous reprend ?

— Non, non, proteste-t-il. Pas du tout. C'est fini, tout ça. Mais comme je sais que vous travaillez beaucoup, je ne voudrais à aucun prix troubler votre sommeil.

Et, pour couper court, il ajoute :

— Vous savez à quoi j'ai pensé ?... A mettre partout une moquette.

— De cette façon, dit-elle, vous pourrez découcher tranquillement... Allons, René, ne me raconte pas d'histoire. Tu as une petite amie. Si ça t'amuse d'attraper le Sida.

— Bon, dit Jeantôme, si vous le prenez comme ça.

— Approche, veux-tu. Tu pourrais te brosser, quand même... Tu as des miettes de croissant sur ta cravate. Alors, qu'est-ce qu'on raconte, au café ?

— Bah ! Le tiercé, les préparatifs du Tour de France.

— Tu le fais exprès ! Je te parle du crime.

— Oh ! pas grand-chose pour le moment ! L'assassin a étranglé le pauvre bonhomme et après...

Jeantôme se bloque. Il vient de se rappeler les deux infirmiers.

— Et après ? dit Myriam.

— Après, il a prévenu la police, ou S.O.S. Médecins, je ne me rappelle plus. Et puis il a disparu. Ce sont les prompts secours qui ont trouvé le corps.

— C'était qui !

— Le mort ? Un certain commandant Chailloux. Mais je n'en sais pas plus. Il faudra attendre le journal de treize heures.

— On a volé ?

La question prend Jeantôme de court. Il n'y avait pas pensé.

— Probablement, dit-il. En un sens, c'est dommage.

— Mon pauvre ami, soupire-t-elle. Allez vous reposer. Vous n'êtes pas bien réveillé. Pour la moquette, d'accord. A condition qu'on la pose sans bruit.

Un quart de tour. Elle est, de nouveau, devant une page blanche qu'elle commence à noircir, de sa prompte écriture de greffier. C'est écœurant.

Jeantôme remonte chez lui. Il a compris, en parlant avec Myriam, ce qui le tourmentait. Vite, il dispose ses outils, le papier, le stylo. Il divise sa feuille en deux, par un trait vertical. A gauche, les détails bassement matériels, que la presse bientôt lui fournira en abondance : l'heure, la manière de s'introduire dans la place, etc. Bref, tout ce qui relève de la technique du cambriolage. A droite, ce qu'il appelle déjà les éléments du poème. Il n'en possède que deux mais combien significatifs : les cierges, d'une part, et surtout, d'autre part, ces hommes en blanc, alertés par téléphone ; et il n'y a aucun doute, entre le pillage du logement fatalement vulgaire et ce décor où l'on sent la main d'un artiste, on perçoit une sorte d'incompatibilité. Comme si le vol n'avait été que la condition, somme toute négligeable, d'une scène... mais oui... fantastique. Pas fou, le vieux Delpozzo !

Jeantôme se passe les mains sur le visage, se masse longuement les joues. Cette fois, il tient le bout du fil, entrevoit le passionnant ouvrage qu'on peut écrire, à partir de cette matière toute chaude des crimes bizarres. Pas une histoire des mystères les plus célèbres. Non. Un vrai feuilleton construit autour d'un personnage de pure fiction, qui concevrait chacune de ses aventures comme un exploit du langage. Et par exemple, rien n'empêcherait de remodeler complètement ce crime de la rue des Quatre-Vents, de faire du défunt un amiral en retraite, coupable de quelque secrète forfaiture dont le moment serait venu de tirer vengeance. Déjà, Dumas, avec *Le Comte de Monte-Cristo*, avait indiqué une direction. Mais le style n'avait pas suivi. Le style, c'est-à-dire l'image. « Et pour en revenir à ce malheureux Chailloux, se dit Jeantôme, il manque évidemment quelque chose à la mise en scène. Les flambeaux, de chaque côté du lit, c'est bien. Mais il faudrait aussi voir le cadavre sur le lit, mains jointes, attendant les hommes en blanc, sa garde d'honneur. Ce qui fait poème, c'est l'image dans sa nudité expressive. Pas besoin de rhétorique. Et ça, je le sens. Je le sens tellement que je vais donner mon accord au vieux Delpozzo. Tout de suite. »

Il met le feu au coin de la feuille et la laisse noircir et se tordre dans le cendrier. Nul ne vient chez lui, à l'exception de la concierge, qui fait le ménage deux fois par semaine. Mais il est probable qu'elle fourre son nez partout. Ce papier l'intriguerait. Et puis c'est plus amusant de porter sur soi ses secrets, comme ces animaux qui se déplacent avec leurs petits accrochés à leurs flancs.

Jeantôme aurait pu téléphoner. Il préfère annoncer, en tête à tête, la nouvelle au patron. Il le saisit au vol, sur le seuil du comptable.

— Ah, toi, je te vois venir, dit Delpozzo, d'un air enjoué.

— Non, dit Jeantôme, je ne viens pas vous demander un chèque. Je viens simplement vous dire que j'accepte.

— Tu acceptes quoi ?

— Votre projet.

L'éditeur saisit le bras de Jeantôme et l'entraîne à l'écart.

— Plus bas, malheureux. Je n'ai encore rien dit à personne. Tu as bien réfléchi ?

— Oui. Ça peut se jouer. J'aperçois un personnage central, une espèce d'esthète. Imaginez Fantomas revu par André Breton.

— Eh là ! sourit Delpozzo. A la bonne heure ! Tu n'y vas pas de main morte.

Il tâte le front de Jeantôme.

— On ne se fait pas un peu la grosse tête, la-dedans ? C'est que je te connais, moi.

— Je suis très sérieux.

— Soit. Combien de temps te faut-il ? Six mois ? Un an ? Disons un an. Tu n'es pas un rapide. Naturellement, je vais t'avancer de quoi travailler sans souci. Ça se saura. On va essayer de te tirer les vers du nez. Pas un mot. Du moins jusqu'à ce que tu m'aies donné à lire une cinquantaine de pages. Si ça me plaît, je tâcherai de rassembler une bonne petite équipe. Excuse-moi, j'ai à déjeuner deux Américains. Bon courage, mon petit René.

Jeantôme repart, moins sûr de lui. Il ne s'agit pas de tomber dans la bande dessinée. Non. Ce qu'il a en tête est assez précis, mais Huysmans l'a devancé. Son portrait de Gilles de Rais, dans *Là-bas*, c'est déjà un peu la même chose. Avec cette différence, à l'avantage de Huysmans, que son Barbe-Bleue est déjà un personnage de légende. Tandis que le commandant Chailloux... Il faudrait un sacré talent pour faire de son assassin un portrait sulfureux, un monstre capable de hanter l'imagination populaire... Un Landru... Un Petiot... un Jack l'Éventreur... « Je vois peut-être un peu grand, songe Jeantôme. Je dois partir d'un récit à fleur de fait divers, un mélange subtil de sordide et de décoratif... Si je pouvais me mettre dans la peau de ce criminel, je me permettrais non pas un cambriolage — le mot est d'ailleurs tellement laid — mais un prélèvement adroit de beaux objets, comme si j'étais un collectionneur aveuglé par sa passion. Je ferais de chacun de mes crimes une sorte de surprenant drame de la jalousie. Une fois passé mon délire de possession exclusive, je rendrais à ma victime un aspect décent. C'est exactement ce que l'agresseur de la rue des Quatre-Vents a réalisé. Joli travail d'ensemblier, qui m'indique la voie à suivre. Voie d'autant plus facile que je puiserai tout dans mon imagination, à l'exception de la petite incitation qui me sera proposée par l'actualité. Qu'on me donne le forfait et moi je fournirai la violence. Elle est là, ma violence. Et même je me demande si j'ai intérêt à consulter Brillouin. Qu'il réussisse à la désamorcer et je serai définitivement un auteur sans inspiration. »

Il se fait tard. Jeantôme a marché longtemps sur le boulevard, sans s'en rendre compte. Peu de monde aujourd'hui. La télé fonctionne et tous les visages sont tournés vers l'écran. Un homme parle, la bouche cernée de micros qui se balancent devant lui comme des cobras.

— C'est le commissaire Chabrier, murmure Loulou. Qu'est-ce que je vous sers ?

— Il y a longtemps qu'il est là ?

— Non. Il vient juste de commencer.

— L'affaire Chailloux ?

— Oui, bien sûr.

— Laissez. Je commanderai après.

— Ce qui est surprenant, dans ce crime, dit le policier, c'est l'extraordinaire sang-froid avec lequel il a été commis. Comment ne serait-on pas frappé par l'espèce de raffinement dont l'assassin s'est entouré. Ces bougies allumées, ce cadavre allongé sur son lit, drapé soigneusement dans sa robe de chambre, ce cérémonial, en somme, et attendez... J'allais oublier le détail le plus troublant, l'écharpe nouée autour du cou du vieil homme comme si...

Jeantôme perd le reste de la phrase, à cause des exclamations et des questions qui fusent. Il a saisi le bord de la table, et il tord, il déchire lentement la nappe de papier. Ainsi, l'assassin a eu la même idée que lui. Ou plutôt non. C'est lui qui a eu la même idée que...

— Permettez, s'écrie le commissaire. Pas tous à la fois.

— Mais le vol ? lance quelqu'un.

— L'enquête dira ce qui a été volé. La famille de la victime a été prévenue. A première vue, ce sont des bijoux anciens qui intéressaient le visiteur. D'après sa femme de ménage, le commandant Chailloux possédait une remarquable collection de montres anciennes.

— Monsieur le Commissaire, c'est un fou, n'est-ce pas ?

Jeantôme serre les poings. Un fou ! Voilà ce qu'ils trouvent à dire. La réponse du policier est couverte par le bruit. Noël Mamère, le présentateur, reprend la parole et parle d'une conférence politique. Loulou revient, son bloc à la main.

— Je vous conseille la tête de veau, dit-elle.

*
* *

Je suis en train de faire ce que j'ai toujours trouvé ridicule chez les autres : je tiens un journal. C'est Brillouin qui me l'a conseillé, et je crois maintenant qu'il a raison. D'abord, c'est une façon simple et vaguement suppliante de renouer avec l'écriture. Dorénavant, chaque soir, je sauverai du naufrage de mes journées une petite épave. Je me raconterai sans complaisance. Je l'ai promis au docteur. Et ensuite, à force de tourner autour de mon « ego » que rien n'a pu, jusqu'à présent, entamer, il finira peut-être par se fissurer, puis s'émietter, et la paix me sera rendue. Le docteur l'affirme avec force. « Ce que vous appelez ankylose, dit-il, n'est qu'une sorte de raidissement volontaire de votre inconscient. Il y a quelque chose que vous refusez de vous avouer, mais, peu à peu, en rusant, nous parviendrons à vous rééduquer. Malheureusement, ça peut durer des mois. »

Alors, je lui ai fait part de mes résolutions. Entreprendre l'histoire cruelle et poétique d'un assassin dont chaque crime serait un poème. Je dois dire qu'il lui a fallu un moment pour se familiariser avec un tel projet. « Mais enfin, a-t-il conclu, pourquoi pas, si cela vous soulage. Je vois bien où vous voulez en venir : remettre en circuit vos frayeurs d'autrefois, et tirer de vos cauchemars oubliés une espèce de matière littéraire. C'est bien cela, n'est-ce pas ?

— Oui, c'est à peu près cela, mais en mêlant à cette part de moi-même que vous voulez soigner, des images, des phantasmes, qui traîneront bêtement dans la presse à sensation, car, je ne sais pas si vous l'avez remarqué, les journalistes ne sont pas frappés par l'étrange beauté de certains crimes.

— Oh ! Oh ! s'exclame Brillouin, vous me rappelez le célèbre auteur du *Crime considéré comme un des beaux-arts.* »

Il est agaçant, ce bon Brillouin ; je le dis parce que nous voici des amis, mais qu'a-t-il besoin de me rappeler que lui aussi a des lettres. Je rectifie aussitôt.

— Non, je ne pense pas du tout à Thomas de Quincey. Je prétends seulement qu'il existe des faits divers fascinants. Prenez le crime de la rue des Quatre-Vents. Vous vous rappelez ?

— Oui, bien sûr... les chandeliers, le mort sur son lit...

— Et les brancardiers, ajoutai-je vivement. Ça, c'est le détail sur lequel personne n'a insisté. Un détail capital. Ils ont emporté le corps à l'Institut médico-légal, mais cela n'a pas eu lieu par magie. Représentez-vous la civière, balancée de marche en marche dans l'escalier.

— Calmez-vous.

— Je vous demande pardon. Cela me met dans un état épouvantable. Et c'est justement cet état que j'ai l'intention de traduire.

— Très bien. J'aperçois mieux le lien qui vous unit, vous, l'enfant traumatisé, à certaines scènes dramatiques. Mais comment comptez-vous coudre ensemble des histoires sanglantes sans rapport entre elles ?

— Je n'en sais rien encore.

— Eh bien, laissez-moi vous donner un conseil. N'essayez pas d'imaginer un personnage central, le *diabolus ex machina* qui bondirait de crime en crime avec férocité ; ce serait raté d'avance. Moi, ce que je vous propose — simple suggestion —, c'est de dire « Je », ou si vous préférez de tenir votre journal. Vous voyez ?... Le criminel se raconte, sans chercher l'effet, avec une espèce de naturel plein de charme. Je vous ai déjà recommandé, si vous vous en souvenez, de noter vos souvenirs et vos rêves. Cette fois, je vais plus loin. Je vous propose, comment dire ? de réinventer, par exemple, l'affaire Chailloux. Ce n'est plus un X, qui d'ailleurs court toujours, le coupable. C'est vous. C'est « Je ». Oui, c'est de l'homéopathie psychique. En reconstruisant un crime à demi imaginaire, c'est vous que vous commencez à reconstruire. Vous me suivez ?... Et quand la matière journalistique vous fera défaut, vous tirerez vos histoires de votre propre fonds.

Ah ! le brave ami ! Je l'aurais embrassé. Cependant je pris quand même le temps, non pas de réfléchir — la réflexion n'est pas mon fort —, mais pour ainsi dire de m'attendre, de me guetter, de mettre à l'épreuve mon désir d'écrire. Je ne voulais pas céder à un éphémère enthousiasme. Ce temps de probation a duré deux semaines de radicale abstinence. Pas un article. Pas un compte rendu. Ma plume au cachot.

Pourtant, je m'autorisais quelques lectures. En premier lieu : la presse. La désolante presse de l'été. Rien que des carambolages sur les routes, camions contre autocars, les combats de gladiateurs d'aujourd'hui. Ou bien les bombes et encore les bombes souvent taillant en pièces leurs porteurs, et quoi de plus borné qu'un volontaire de la mort, le cancre par excellence de la destruction. Mais qui sait encore que la mort, comme l'amour, doit obéir à un rituel, à un protocole voluptueux ? Parfois, on signale bien quelques disparitions inexplicables, mais cela conduit toujours à découvrir des restes répugnants. Ah ! qui nous rendra ces inoubliables accidents : le motocycliste décapité dont la machine continuant sur l'élan double un camion et provoque l'embolie du chauffeur. Ou bien la proue du steamer crevant la coque de l'*Andrea Doria*, cueillant délicatement sur sa couchette une passagère endormie et, en se retirant, l'emportant sans la réveiller parmi des ferrailles tordues et tranchantes comme des lames de faux. Mais seul le hasard était l'artiste. Tout le problème consiste à remplacer le hasard.

Je me permis aussi quelques titres de la Série noire. J'ose à peine me l'avouer. Je trouvais les « grands », les Hammett, les Chandler, mal foutus ; il n'y a pas d'autre mot. Pas écrits. Pas composés. J'ai horreur du style parlé. En revanche, Simonin me ravit. Ce grand seigneur en casquette a des manières de cour. Et d'ailleurs, le « Mitan » qu'il décrit, c'est le Versailles de Pigalle. Mais enfin je sentais que je perdais mon temps. C'était aussi l'avis de Lhomond. Je ne le fréquentais pas, certes. Mais je le rencontrais assez souvent. Il n'aurait pas dédaigné de me conseiller.

« Le plus fort, disait-il, c'est Stanley Gardner. Pour moi, dans ce genre de littérature, il n'y a que l'intelligence qui m'intéresse. »

Oh ! je ne me faisais aucune illusion ! S'il paraissait rechercher ma compagnie, c'est parce qu'il n'avait pas renoncé à me vendre quelque pièce de mobilier. Visiblement, il chassait le client qui était rare. J'oserai presque dire qu'il était ma seule distraction. Je vivais en reclus : le restaurant deux fois par jour ; il le fallait bien et le reste du temps l'internement dans mon pigeonnier, où je m'exerçais gauchement à tracer quelques lignes, comme un faussaire qui cherche à copier la signature de son patron. Je dois reconnaître que j'y parvenais de mieux en mieux. La preuve ! Un journal intime, c'est comme un toboggan. Il n'y a qu'à se laisser glisser. Naturellement, je détruis mes ébauches, pour ne garder que quelques réflexions, comme celles qui précèdent. Et ces reliefs, je les cache sous mon linge, dans l'armoire fermée à clef. Je n'ai pas envie qu'on me surprenne, nu. Dans un premier classeur, mes notes. Dans un second classeur, les coupures de presse que je juge acceptables. Celles qui m'accrochent spécialement, ce sont celles qui se rapportent aux méfaits des frelons, des guêpes et des vipères. Elles vont réveiller, dans je ne sais quelle profondeur, de très anciennes terreurs. Surtout celles qui concernent les serpents. L'ai-je dit à Brillouin ? Je ne m'en souviens pas. C'était plein d'aspics autour du moulin. « Regarde où tu mets les pieds », me recommandait toujours ma mère. Et je me rappelle qu'une fois, en fouillant dans ma musette, j'en frôlai un qui s'était glissé là pendant que je pêchais l'ablette. La main sur ce grouillement horrible ! Je lâchai tout, la ligne, la boîte à mouches, tout. Et je m'enfuis sur la berge. Je crois même que je vomis mon déjeuner.

Délectable panique qui, aujourd'hui, me fournirait matière à quelque développement de haute saveur. Mais qu'est-ce qu'un serpent pourrait bien faire dans un appartement ? Décidément, je m'impose des contraintes qui, du premier coup, sont insurmontables. A croire que c'est exprès. Et bien sûr, c'est exprès.

Mi-temps. Ou, si l'on préfère, fin du round, ou tout autre image suggérant l'idée de pause, dans une compétition au finish. Je m'ébroue. J'allume une cigarette. Je fais craquer mes doigts. Je me regarde sans complaisance dans la glace de mon armoire, et il me vient, soudain, une idée. Je ne bouge plus. Et puis lentement je me glisse sur ma chaise, pour ne pas l'effaroucher, et j'écris : « Le python. » A demain.

« Le python » ! Ce mot a libéré mes cauchemars de jadis. Nuit horrible. Je me réveille fourbu. Tout ce qui rampe, tout ce qui grimpe, tout ce qui mord s'est donné rendez-vous autour de moi, comme si je n'étais plus qu'un vieil alcoolique. Je reprends doucement mes esprits. Voyons ! Un authentique écrivain ne laisse rien perdre. Il a mal, il souffre, on l'abandonne, on le piétine. Tant mieux ! Tout cela va devenir un compost riche en sucs nourriciers. A moi, mes rats, mes crapauds, mes couleuvres. Il faut, à chaud, tout de suite, que vous m'inspiriez un début d'histoire. J'ai lu, dans un magazine, que des originaux achètent (il y a pour cela, sur les quais, des boutiques spécialisées) des serpents, des lézards, des salamandres, qu'ils élèvent en appartement. Imaginons un bonhomme un peu dingue qui, pour protéger ses valeurs, garde chez lui un superbe python. C'est ça, l'idée qui m'a effleuré hier. Le python chien de garde. Le python qui se révolte.

Non. C'est banal. Imaginons plutôt un criminel qui a un python entraîné à neutraliser ses victimes. Le serpent se glisse dans l'appartement à visiter, en se jouant des verrous et des serrures. Il immobilise dans ses anneaux le malheureux à dépouiller. Quoi de plus ingénieux que cette vivante camisole de force. Et mon héros se retire avec son butin, après avoir rappelé à lui le serpent docile à ses ordres.

Certains m'objecteront que Conan Doyle a raconté quelque chose d'analogue dans *La Bande mouchetée*, mais qui ne voit que mon scénario est beaucoup plus excitant, la victime n'étant pas sacrifiée. Elle est morte de peur, et c'est beaucoup plus prenant. Beaucoup plus poétique. Enfin, je ne sais pas... Je vais attendre un peu, pour m'assurer que cela vaut quelque chose. Si seulement Conan Doyle... Bon, bon. Tans pis. Le mal est fait. Il m'appartient d'inventer des détails nouveaux.

Je note. On est venu, ou bien je suis sorti. D'habitude, je pousse le verrou qui condamne ma porte sur l'escalier de service. Ce matin, je trouve le verrou tiré. Visite à l'autre porte ; celle qui conduit chez Myriam. Le voyant est au rouge, mais qu'est-ce qui l'empêcherait de venir chez moi durant la nuit ? D'un commun accord, nous avons toujours admis que cette porte ne devrait être, entre nous, qu'un obstacle moral. Allons, je ne vais pas me faire de cet incident une montagne. Négligence de ma part ; voilà tout. Ne pas oublier, maintenant, que j'ai rendez-vous au dispensaire, pour ma prise de sang. La belle affaire, si j'ai un mauvais potassium, pour parler comme Brillouin.

Jeantôme fait la queue. Trois femmes, avant lui, qui jacassent. Il écoute distraitement et tout à coup sursaute.

— Ce sont les pompiers qui l'ont découverte... Quelqu'un les a appelés, on ne sait pas qui. Ils ont eu besoin d'un serrurier.

— Pardon, madame. Que s'est-il passé ?

— Un bien grand malheur, monsieur. Une pauvre dame, rue de Tournon, qui a été assassinée.

— Quand ?

— Cette nuit. Elle a été étranglée, paraît-il.

Tout de suite, ce vide dans la poitrine. Cette impression d'étouffer. Jeantôme se lève. « Excusez-moi. » Il sort. Elle a bien dit : étranglée. Pourquoi ce mot est-il bouleversant ? Lethellier doit savoir. Jeantôme entre dans un café, demande un jeton, descend au téléphone, vérifie dans son calepin l'adresse de *Paris-Match*.

— Jean Lethellier, s'il vous plaît. De la part des éditions Delpozzo.

Lethellier, c'est une oreille cachée partout, au cœur du pays et de l'État. Alors, si quelqu'un sait quelque chose de précis, c'est bien lui, avant tout autre.

— Lethellier ?... Jeantôme... Oui, ça va, merci.

— Justement, j'avais l'intention de vous appeler, dit le journaliste. Mais vous d'abord... Allez-y. Quelque chose de cassé ?

— Non. C'est simplement que je viens d'apprendre le crime de la rue de Tournon. Et il se trouve que je m'occupe d'un livre... Bon... Je passe... Je vous tiendrai au courant. Pour le moment, je réunis des matériaux... Tout ce qui peut être insolite, j'allais même dire pittoresque dans un crime... Vous voyez ?...

Lethellier part d'un grand rire d'homme heureux dans sa peau.

— Alors, là, mon vieux, vous tombez à pic. C'est le petit Peralta qui couvre l'affaire. J'ai son premier rapport. Je résume. Vous y êtes ?... Alors, voilà. Cette pauvre femme, Marie Gallard, vivait toute seule, au troisième, dans un très bel appartement qu'elle était sur le point de quitter. A quatre-vingt-treize ans, elle éprouvait le besoin de s'installer dans une maison de retraite. Ce détail n'est pas sans importance car elle devait déménager la semaine prochaine. Elle avait vendu une partie de son mobilier et il y avait un peu partout des caisses et des malles.

— Elle était riche ?

— Oui. Très. Elle était la femme d'un industriel qui avait fait fortune dans les roulements à billes. Pas d'enfant. Des neveux. L'enquête va préciser tout ça. N'oubliez pas qu'elle commence à peine.

— On a volé ?

— Eh bien, on le pense mais on n'en est pas sûr. Elle possédait des bijoux de prix, ça, on le sait par les voisins.

— Tout à fait l'affaire Chailloux, dit Jeantôme.

— Tout à fait, dit Lethellier. On a trouvé la pauvre vieille sagement couchée dans son lit, étranglée par son boa.

— Quoi ?... Vous voulez répéter... Elle avait un boa ?

— Eh bien, oui. Qu'est-ce qu'il y a de drôle ? Un truc en fourrure, ou en plumes... Je crois qu'on appelle ça aussi un tour de cou. Vous vous rendez compte ? En pleine chaleur, un machin aussi étouffant, c'est se moquer du monde. Et attention, le légiste est formel : elle a été étranglée à main nue. Le boa, ensuite, n'a été utilisé que pour cacher les ecchymoses, ou peut-être « pour faire bien », comme dit Peralta. L'assassin est vraiment un type intéressant. Déjà, l'autre jour, les bougies allumées. Maintenant, la fourrure... Car c'est bien le même qui a fait le coup. La preuve : c'est lui qui a appelé S.O.S. Médecins. Même méthode. Même toupet. La porte était entrebâillée. Les hommes en blanc n'ont eu qu'à entrer.

— Pourquoi dites-vous : les hommes en blanc ?

— Eh ! Comment voulez-vous que je dise ? C'est le divisionnaire Marchetti qui a été désigné... Ah ! Je vous jure qu'on ne perd pas de temps. Vous imaginez le bruit que ça va faire. Surtout que ces deux crimes semblent bien amorcer une série. Voilà, mon vieux. J'ai vidé mon sac. Mais achetez notre prochain numéro. Vous y trouverez des tas de photos, des tas d'autres renseignements. J'ai déjà une équipe sur l'affaire... Allô ?... Jeantôme ?... Je ne vous entendais plus. A mon tour de vous questionner... Est-ce que c'est vrai, ce qu'on murmure : votre femme songerait à vendre à Gaumont les droits de *Cœur maître* ?

Jeantôme met une bonne seconde à refaire surface, le sang aux tempes, comme un plongeur encore en apnée.

— Je ne suis pas très au courant, murmure-t-il. Chacun ses problèmes.

— Oui, je comprends. Et sur le bouquin que vous préparez.

— Quel bouquin ?

— Celui dont vous venez de me parler, pour lequel vous réunissez des matériaux ; vous pouvez m'en dire un peu plus ?

— Ce n'est pas facile, comme ça, au pied levé.

— Vous avez peut-être déjà un titre ?

— Oui. *Mr Hyde.*

A peine ce mot lui est-il monté à la bouche, comme une gorgée d'acide, Jeantôme raccroche le téléphone. Il n'a plus la force de parler. Il ne sait pas ce qui lui arrive. Il ne sait même pas qui a dit *Mr Hyde.* Il n'a pas reconnu sa voix. Mais Mr Hyde, oui, il le situe avec une grande précision parmi les figures célèbres de la littérature... L'abominable double du Dr Jekyll, l'incarnation du mal, l'horrible nabot qui étrangle ses victimes. Et Mr Hyde vit en lui. Il est caché en lui et, comme un montreur de marionnettes, il anime sur l'avant-scène de sa conscience des silhouettes dérisoires de sentiments distingués. Monstre. Il faut le dénoncer tout de suite au Dr Brillouin.

Et puis, il retrouve soudain sa lucidité. Il émerge d'un monde de brouillard comme un malade s'arrache au coma. Il se voit enfermé dans un réduit puant et quelqu'un s'agite derrière lui, un client pressé qui frappe à la vitre. Jeantôme refait rapidement le numéro de Lethellier et s'excuse auprès d'une secrétaire. Il a été coupé, mais il rappellera. Et, écartant l'importun qui grommelle, il remonte dans le café, reprend pied dans la rue, dans la vraie vie du bruit, de la lumière, des gens pressés, qui savent où ils vont. Il a chaud. Il est encore tout remué, comme s'il venait d'échapper à un accident. Mr Hyde ! Ce n'est pas possible ! Il regarde l'heure. Trop tôt pour aller déranger le médecin. Mais, comme un aimable soleil se pose sur son épaule, il décide de s'asseoir un instant dans le petit jardin qui flanque l'église Saint-Germain.

Il s'y rend à petits pas, choisit un banc libre, allume une cigarette. L'écho d'un office lui parvient, filtré et embelli par l'épaisseur des murs. C'est le moment de régler son compte à l'intrus. Et d'abord il convient de ramener l'affaire Gallard à de justes proportions. Simple fait divers qui rappelle, évidemment, l'autre crime, mais les coïncidences, ça existe. Si Lethellier n'avait pas usé involontairement de ce calembour idiot : le boa, à la fois tour de cou et python, il n'y aurait pas eu cette affreuse seconde de panique. Mais Brillouin a déjà expliqué que le jeu de mots, l'équivoque, l'homonymie sont les masques habituels du trouble mental. Ce qui a tout déclenché, ce sont ces tout récents cauchemars, peuplés de reptiles. Et pourquoi ces cauchemars ? Inutile d'être psychiatre pour répondre à la question. Ils ont commencé doucereusement à se faufiler dans son inconscient à partir de l'instant où il a résolu de tenir un journal, car tenir un journal, même si on le rédige un peu n'importe comment, c'est déjà écrire et c'est précisément ce qui est interdit. Mais qui se permet d'interdire ?

Mr Hyde, parbleu ! Et à son tour Mr Hyde n'est qu'un masque, l'invention de l'hôte intime qui ne se laissera jamais débusquer. Adroit subterfuge, à l'intention d'un homme de lettres. « Si j'étais plombier, songe Jeantôme, la "chose" en moi aurait trouvé un autre symbole, à ma portée, et par exemple "le cou de cygne", le robinet en cou de cygne. Alors ? Dois-je encore une fois renoncer ? Cela va plus loin que la mystification. On veut ma peau. Si je ne peux plus écrire, je n'ai plus qu'à ouvrir le gaz. »

Jeantôme allume une nouvelle cigarette à son mégot, ce qu'il ne fait jamais. Une arroseuse municipale passe derrière lui et l'eau crépite sur les tôles des voitures. Un pigeon marche dans l'allée, voltige sur place comme s'il sautait à la corde. L'heure est douce pour les autres. Jeantôme revient à son bourbier. Un peu de réflexion claire, de réflexion de bon sens, lui permettrait de fouler un sol plus ferme. Ce qu'il doit bien voir, c'est que l'assassin ou bien est fou quand il allume les deux flambeaux et quand il orne d'un python — pardon, d'un boa — le cou d'une morte, ou bien il agit d'une manière concertée, comme s'il adressait un signe à quelqu'un. « Hé ! Ho ! C'est moi. Vous me reconnaissez ? » Mais à qui s'adresserait-il ? A qui dédierait-il cette mise en scène délirante ? « Forcément à moi, s'avoue Jeantôme. A moi Mr Hyde ! Ou plutôt c'est en moi celui qui signe Mr Hyde qui m'adresse un avertissement... Ah ! Je n'en sortirai pas ! »

S'il s'écoutait, il se coucherait sur le banc, comme un clochard. On est bon, ici, pour les clochards. On les laisse tranquilles. « Et d'ailleurs, poursuit Jeantôme, il y a un autre détail qui — même si je doutais encore — me concernerait directement. "Les hommes en blanc." L'assassin les convoque, comme un spécialiste s'adressant à des spécialistes. "Regardez, messieurs, et déployez votre civière. Couvrez d'un drap le visage. Les gens n'ont pas besoin de savoir ce qu'il recouvre. Il suffit que vous et moi le sachions." »

Jeantôme ricane tout seul, et le pigeon cesse de picorer.

« Au fond, dit Jeantôme, pourquoi cette comédie ? Pour que je dise : Oui, j'ai tué le commandant Chailloux. Et j'ai tué aussi la vieille Marie Gallard. J'en ai l'habitude. Autrefois, déjà, j'ai tué quelqu'un. Mr Hyde est un tueur. Relisez plutôt Stevenson. Et vous savez pourquoi mon ami Hyde est devenu une brute ? Parce que personne ne l'aimait. Je vais vous dire : j'étais un orphelin d'exception. »

Il se lève, chancelle un peu, respire à fond. Derrière le mur, très loin, tinte une sonnette. Un orphelin d'exception, se répète Jeantôme. C'est un mot qui balaye les peurs et aide à marcher droit.

Il gagne les éditions Delpozzo, s'efforçant de ne plus faire attention qu'au spectacle de la rue. A Brillouin de balayer et de mettre de l'ordre. Quant à nous, c'est fini pour la matinée. N'est-ce pas, mon cher Hyde ?

Il dit bonjour, rapidement, aux secrétaires, à l'agent de presse ; pas grand-monde dans la maison. Les vacances, le week-end. Il s'enferme dans son bureau, feuillette son bloc. Pas de rendez-vous... Rien d'urgent... Le dernier roman de Paul Machon, apporté par le coursier. *A René Jeantôme, dont je garde précieusement le compte rendu si flatteur. Très amicalement.* Machon ! Jeantôme a oublié. Peut-on s'appeler Machon, quand on veut faire une carrière dans ce foutu métier ? Jeantôme va chercher *Biribi*, l'installe devant lui. Ça, c'était un titre. Le premier pas vers la renommée. D'une certaine façon, et presque naïvement, c'était déjà l'envoi des couleurs, le pavillon noir d'une violence qui fermentait. *Mr Hyde*, après *Biribi*, cela ne manquerait pas de gueule.

Jeantôme médite. Non, plus question de paraître dans une collection même bien accueillie. Mr Hyde est un solitaire et doit le rester. D'abord, collection signifie série, et série signifie couverture outrageusement fardée, indécemment raccrocheuse. Or, le nom de Mr Hyde, à lui seul, fait mouche. Il vise au cœur le passant, il a l'air de lui dire : « A nous deux, parce que moi, c'est toi. Qu'est-ce que tu crois ? » Donc, pas de bariolage. Tout en haut, René Jeantôme, en lettres modestes. Et puis le titre choc tout seul, et rien d'autre. Delpozzo comprendra, quand il aura lu le manuscrit.

Jeantôme soupire. Il est en train d'oublier que tout reste à faire.

*
* *

J'ai tout raconté à Brillouin, tout, mes rêves de reptiles, pas que des reptiles, du reste. Il y a aussi des bêtes à quatre pattes, réminiscence, probablement, de l'espèce de lazaret où ma tante soignait les animaux perdus. Je lui ai dit que je m'étais amusé à imaginer une histoire qui poétiserait mon python et ça l'a bien fait rire. Le coup du boa, surtout.

— Voyez-vous, m'a-t-il dit, les mots — surtout chez un romancier — sont tout-puissants. Ils ne demandent qu'à se combiner, à s'associer, à enrichir de sens imprévus toute phrase innocente qui passe à leur portée. Vous aurez bien d'autres surprises, mon pauvre ami. Oublions cela. Ce qui m'inquiète, pour le moment, c'est la fixation que vous faites sur ce personnage — purement fictif, j'insiste bien là-dessus — de Mr Hyde. Tout se passe, maintenant, comme si la perversion absolue de cette créature flattait en vous quelque chose, ou plutôt vous servait à compenser quelque chose. (Je crois que je rapporte exactement ses propos. Du moins je m'y efforce.) J'irai plus loin, a-t-il continué, vous ne seriez pas fâché d'avoir organisé la mort insolite du commandant et de la vieille femme. N'est-ce pas ? Toujours comme si cela devait vous aider à camoufler quelque chose de beaucoup plus ancien. Vous diriez volontiers : « Si j'ai prêté la main à ces deux crimes, il n'est pas nécessaire de fouiller plus loin. Deux crimes, trois crimes, c'est pareil. La culpabilité reste la même. »

— Et ce n'est pas vrai.

— Non, ce n'est pas vrai parce que, pendant que vous jouez à être un criminel — c'est un jeu, avouez-le —, vous refusez de porter les yeux sur une chose commise jadis et dont votre inconscient sait, lui, que ça, c'était peut-être impardonnable.

Il fait mal, Brillouin, quand il vous tripote avec sa poigne de médecin. Je me rappelle, au collège, il y en avait un qui vous triturait le ventre à hurler, quand on se plaignait d'une vague colique pour couper à la gymnastique. Mais il n'a pas fini, Brillouin, il cherche la bonne formule et la trouve.

— En vous accusant de sinistres exploits imaginaires, dit-il, vous vous innocentez d'une faute toujours vivante en vous. Avec le ver solitaire, c'est pareil. On se débarrasse des anneaux et on se croit guéri. Mais tant que la tête n'est pas évacuée, elle continue à vous ronger. Bon, bon, mon cher ami, vous commencez à être agacé, je le comprends. Mes patients regimbent toujours quand ils sentent que je deviens dangereux, que je m'approche indiscrètement de la source du mal.

— Alors ? dis-je pour couper court, qu'est-ce que vous proposez ?

— Eh bien, mon cher ami, je pense que nous devons faire appel, d'abord, à votre raison. A mon avis, nous devons vous empêcher de vous identifier plus ou moins à ce personnage de roman. Sinon, vos troubles s'aggraveront. Avec un homme à l'imagination dévorante tel que vous il y a un risque certain de schizophrénie ou si vous préférez, en gros, de dédoublement, de personnalités alternantes. Notre unité psychique est fragile. Elle peut, pour quantité de raisons, se dissocier, et le malade se réfugie alors dans un monde irréel. Vous n'en êtes pas là, heureusement. Mais vous m'inquiétez un peu.

En vérité, j'étais glacé de terreur. Je me voyais prisonnier de quelque maison de santé. Alors, que deviendrait mon œuvre ? J'écoutais à peine Brillouin.

— Reprenons, disait-il. Le soupçon vous est venu que, dans une certaine mesure, vous êtes bien l'auteur de ces deux crimes. Admirez l'expression « dans une certaine mesure ». Je l'emploie pour ne pas vous braquer contre moi. Mais soyons courageux. C'est vous ou ce n'est pas vous. Admettons : c'est vous. Alors, expliquez-moi comment vous avez choisi ces deux personnes. Vous ne les connaissiez pas du tout ?

— Non.

— Très bien. Je suppose donc que vous aviez seulement l'intention de voler. N'importe quoi. Au hasard. Ça réussit et vous voilà avec de l'argent et des bijoux plein vos poches. Qu'en avez-vous fait ?

— Assez, m'écriai-je. Ce n'est pas du tout de cette façon que je suis responsable.

— Alors, dites-moi comment. Excusez-moi, mon cher ami, mais je dois vous mettre au pied du mur. Bien franchement, je ne vous crois pas capable d'étrangler de sang-froid deux vieillards.

Et il me vint aux lèvres de répondre : « Moi non plus. » Je ne savais comment lui dire : « Je ne m'en sens pas capable en tant qu'acteur, mais en temps que spectateur, alors oui. » Et c'était absurde, bien entendu. Je le suppliai : « Assez ! Je n'en peux plus ! » Il me donna sur l'épaule quelques petites tapes affectueuses, et s'excusa :

— Voyez-vous, dit-il, je ne peux pas m'entretenir avec vous sur un plan amical et amorcer un traitement qui doit forcément bousculer vos défenses. Vous êtes d'abord un malade, ce que nous sommes en train d'oublier, l'un et l'autre. Reprenons encore une fois. Ce que je veux que vous touchiez du doigt, c'est que vous n'êtes pas coupable matériellement. En revanche, il ne vous déplairait pas de l'être moralement.

— Mais justement, m'écriai-je. Je le suis. Récapitulons.

Il m'arrêta.

— Oui, d'accord. Les hommes en blanc. L'image qui vous torture...

Je l'interrompis.

— Vous remarquerez qu'elle est là dans les deux cas, contrairement à toute logique, car un banal assassin n'irait pas donner l'alarme. Non. Nous avons affaire à quelqu'un qui laisse sa carte de visite.

— Je l'admets, dit Brillouin. Je veux bien reconnaître qu'il y a dans son esprit et dans le vôtre une vague ressemblance. Mais il vous a largement dépassé par ses mises en scène. D'un côté, un cadavre reposant comme un gisant, et pour un peu il aurait tenu un chapelet dans ses mains croisées — sans parler de ces deux flambeaux solennels —, de l'autre, cette vieille femme le cou entouré d'une espèce de fourrure.

— D'un boa, docteur. Permettez, d'un boa.

— Soit. D'un boa. Ce qu'il faut retenir, c'est qu'il est allé beaucoup plus loin que vous, dans la fantaisie macabre.

— Peut-être, docteur. Mais comme un maître qui donne une leçon à un disciple un peu borné.

— Que voulez-vous dire ?

— Ceci : que ces crimes s'adressent à moi ; qu'on est en train de me dire : Voilà comment il faut s'y prendre. Tout se passe comme si nous étions du même sang, toi et moi.

Brillouin resta silencieux un moment. Puis, d'une voix attristée, il reprit la parole.

— C'est donc ça, dit-il. C'est de cette manière habile que vous vous arrangez pour paraître responsable d'événements dans lesquels vous n'êtes absolument pour rien. Ça vous déplaît ?

— Non, pas du tout, docteur. Je me demande simplement s'il n'existe pas quelque part un inconnu qui m'écoute penser. Après tout, qu'est-ce que vous en savez, vous les savants ?

Il haussa les épaules, non pas pour me marquer du dédain, mais plutôt pour me signifier quelque chose comme : pourquoi pas ? Je poussai mon avantage.

— Prenez Mr Hyde. On peut le considérer comme le double grimaçant de Jekyll et ça, ça ne m'intéresse pas. Mais ce qui me fascine, en revanche, c'est Hyde considéré comme un personnage de roman.

— Expliquez-vous. Prenez votre temps.

— C'est que ce n'est pas des plus évidents, dis-je. Imaginons un romancier qui insuffle une telle vie à l'une de ses créatures qu'elle se mette à agir pour son propre compte, mais tout en restant sous le contrôle de son auteur. Elle lui obéit, en un sens, et accepte ses directives, mais en même temps elle devine ses intentions, se plaît à les exaucer et par là même elle semble se libérer de sa tutelle et prendre en main ses propres désirs à elle. Elle est lui et non-lui. Autonome et révocable. Est-ce que je me fais bien comprendre ?

— Mon cher Jeantôme, nous autres, les psy, comme on nous appelle, nous sommes les spécialistes du clair-obscur. Alors, je n'ai pas trop de peine à vous suivre. Tout écrivain digne de ce nom a rêvé de donner le jour à un personnage qui serait lui-même et un autre. Seulement vous, hélas, vous faites de ce rêve une réalité aberrante et comme vous en avez conscience, vous préférez renoncer à produire. Non ? Vous n'êtes pas convaincu ?

— Je l'avoue, docteur. Je ne suis pas convaincu parce que je reste persuadé que... Écoutez ! La transmission de pensée, ça existe ? Non, ne souriez pas. C'est trop sérieux. Moi, j'ai l'impression que le romancier, de temps en temps, rencontre un être réel quand il croit s'exprimer, lui, à travers un personnage fictif. Et ce qu'il transmet à celui-ci, il en fait don aussi à l'autre. En ce sens, j'engendre un Mr Hyde qui est perçu par un criminel comme un merveilleux modèle.

— Je vois, dit Brillouin. Vous êtes deux à vous partager votre Mr Hyde. Vous, vous le concevez, et l'autre le réalise. C'est une théorie curieuse.

— Mais non, docteur. Rien de plus simple, au contraire. Il y a tout bonnement un inconnu avec qui je partage Mr Hyde. Et j'irai même plus loin. Le jour où je maîtriserai complètement mon personnage, il imposera à l'autre ses volontés qui seront les miennes.

— Et vous tuerez par fantômes interposés, conclut Brillouin, non sans sécheresse.

Je demeurai interloqué.

— Vous êtes fâché ? murmurai-je.

— Oh ! Comment pouvez-vous croire !... La preuve que non, c'est que je vais vous suivre dans vos...

— Élucubrations, suggérai-je.

— Ce n'est pas le mot que je cherchais. Passons. Est-ce que je me trompe si je pense que vous allez vous appliquer à inventer une histoire bien dramatique pour vérifier si elle se matérialisera en fait divers ?

— Jamais, docteur. Jamais. Je ne suis pas un monstre.

— Il n'y a pas de monstres, dit Brillouin tristement. Il n'y a que des obsédés.

— Tenez, dis-je, pour vous prouver ma bonne foi, je m'engage à m'abstenir de toute communication qui pourrait me trahir, avec ma femme, avec mes proches. Bref ! Je brûle mon journal. Je me mure.

— Et vous sombrez dans l'autisme, acheva Brillouin. Joli résultat. Vous savez ce que c'est, l'autisme ? En vérité, c'est une maladie qui frappe les enfants. Mais j'aime autant vous mettre au courant.

Il ouvrit sa bibliothèque, en tira un livre dont il me lut un passage qui s'est gravé dans ma mémoire.

« Détachement de la réalité, comportant la perte des échanges avec le monde extérieur et la prédominance d'un monde intérieur imaginaire. » Est-ce cela que vous souhaitez ?... Non. Reprenez-vous. Je ne veux pas vous effrayer. Mais pour commencer, vous allez me promettre de vous aérer, de sortir, de chercher des contacts, de faire en un mot tout le contraire de ce que vous venez de me dire.

— Oui, bien sûr. Mais j'ai promis à M. Delpozzo...

— Je sais, je sais. Vous m'en avez touché deux mots. Eh bien, rien ne presse. Votre santé d'abord. Et au diable la gloire. Et pour vous rendre la santé, nous allons chercher ensemble d'où vous vient ce besoin forcené disons : de notoriété à tout prix. Je sais bien que c'est une certaine forme de volonté de puissance qui se camoufle toujours dans les replis de la névrose. Mais d'après ce que vous m'avez raconté de votre enfance, on ne voit pas très bien sur qui ou sur quoi vous auriez une revanche à prendre. Allez ! Rentrez chez vous et cessez de vous torturer avec des histoires de golem, de zombis et autres calembredaines.

Il débordait de gentillesse en me reconduisant. Trop, peut-être. C'est ainsi qu'on en use avec un malade à qui l'on veut cacher son état. A-t-il tort ? Est-ce moi qui, en essayant d'exprimer avec clarté des états d'âme essentiellement fuyants, construis avec de la brume un édifice en trompe l'œil d'hypothèses délirantes ? Toujours est-il que cela m'a fait du bien d'écrire à la volée ces notes qui me permettent de calculer un point et d'apprécier ma dérive. Parti du désir bien légitime de me procurer n'importe où un thème à développer, j'en suis venu à le chercher en moi-même, puis à me mettre en cause, voire à me soupçonner du pire, tous les moyens me paraissant bons qui pourraient me suggérer une histoire de pure littérature. Et voilà ce que j'ai oublié de signaler à Brillouin. Moi, ce que je cherche désespérément, c'est je ne sais quelle pureté perdue. Celle du cœur, bien sûr, mais surtout celle du bien dire, de la prose devenue ce « bibelot d'inanité sonore » cher à Mallarmé. La nature du matériau brut, je m'en fous. Crime ou pas crime, ce qui m'enchante c'est le boa qui se fait serpent, ce poème d'apparences qui, loin d'être truquées, sont déjà des métaphores.

Je suis peut-être pervers, aux yeux du monde, mais je vibre tout entier au contact du beau. Aussi, je me pardonne. Je m'absous. J'ai pitié du pauvre Jeantôme.

J'ai détruit ce journal. Pourquoi ?... Mais j'ignore souvent pourquoi je fais les choses. Par prudence ? Par méfiance ? Par précaution ? Je n'y peux rien. Ce n'est pas ma faute si je me retourne, dans la rue, pour surprendre une éventuelle filature. Et pourtant, de ce côté-là, je suis bien tranquille. Pourquoi serais-je suspect ? La police ne possède aucune piste et se perd en suppositions. Le voleur — je l'ai lu dans les journaux — a pris des bijoux, de l'argent, des bons du Trésor et autres valeurs qui ne m'intéressent pas. Je ne suis pas venu pour voler. Ou plutôt Mr Hyde ne s'est pas déplacé pour voler. Jeantôme, mon vieux, tu confonds tout.

Jeantôme, assis, jambes écartées, sur sa belle moquette neuve, achève de réduire en morceaux les pages de son cahier. Il y prend un plaisir extrême. Ni vu ni connu. Il se parle à lui-même, à mi-voix. Après les feuilles du cahier, il déchire les extraits de presse qui ont raconté et commenté l'affaire Chailloux et l'affaire Gallard. Tout cela, c'est du passé. Ce qui compte, maintenant, c'est la troisième affaire qui ne manquera pas, un jour, d'éclater. Et Jeantôme voudrait bien l'aider à mûrir. Il n'a pas oublié les conseils de son médecin. « Cessez de vous torturer, etc. » Il fait d'ailleurs tout son possible. Il tâche même de se distraire, en lisant de ces best-sellers de l'été qu'il faut investir et assiéger comme des forteresses.

Ou bien il va au cinéma, à la première séance de l'après-midi, quand il n'y a que des silhouettes venues pour dormir ou s'embrasser. Mais le cinéma l'ennuie, à cause de ses dialogues taillés dans la masse brute du langage. Heureusement, pense-t-il parfois, il y aura le feu du ciel pour tout désinfecter. A remarquer que, depuis quelque temps, il rêve assez souvent de flammes, d'étincelles volantes. Il se réveille en sursaut. Depuis les incendies de son enfance, il se méfie, même des briquets et des allumettes. Avant de se coucher, il vérifie les commutateurs, les robinets du gaz. Et il lui arrive de téléphoner à Myriam.

« Vous ne sentez pas le brûlé ? Il n'y a pas quelque chose qui est en train de roussir, chez vous ? »

Elle fulmine, tout de suite. Il raccroche. La réponse, il la connaît d'avance, et l'accent de colère qui achève de le rassurer. Mais ces petites manies font partie d'une certaine technique d'apaisement qui prépare le sommeil. En ce sens, Myriam, c'est un peu son nounours. Oui, Jeantôme aimerait bien être un malade docile. Mais une tentation le travaille, le grignote plutôt. Cela se passe loin, dans ses coulisses. Il déteste le mot d'inconscient, qui a toujours l'air de privilégier une espèce de stupidité. Au contraire, « les coulisses », cela désigne un lieu de labeur, d'activité un peu désordonnée mais utile et intelligente.

Eh bien, dans ses coulisses, il y a un Jeantôme qui se dit que s'il pouvait encore une fois mettre en branle un événement mystérieux et dramatique, un superbe coup de théâtre, il finirait bien par surprendre la source de son inspiration. Alors, Brillouin comprendrait peut-être que l'important n'est pas tant de dénouer les complexes de son patient que de faire sauter le bouchon qui l'empêche de s'exprimer à plein courant, à pleines rives, à pleins bords. A moi, *Biribi* ! Et il achète de plus belle les journaux à sensation, ceux, de préférence, où les signes, les prémonitions, les avertissements du destin font de la vie des vedettes de pathétiques charades. Il a même abordé son problème avec Myriam. Oh ! de loin, avec prudence ! Elle l'interrogeait sur ses projets, ce qu'elle fait souvent, et toujours d'un air narquois, comme si elle flairait déjà le fade remugle de l'échec.

— Ça va assez bien, dit Jeantôme, négligemment. Savez-vous que je redécouvre Huysmans, en ce moment. Vous devriez relire *Là-bas*. C'est admirable. Jamais personne n'a eu, comme lui, le sens du surnaturel. Mais, à ce propos, je me suis fréquemment demandé si vous-même, par vos origines, vous n'étiez pas douée, de ce côté-là. Vous êtes tellement discrète, là-dessus.

— Où voulez-vous en venir ? dit-elle. Auriez-vous besoin d'une voyante, pour votre travail ?

— Non, pas du tout. Mais je suis devenu friand de ces histoires de pressentiments, de sortilèges, qui font la fortune de certains hebdomadaires.

— Vous auriez tort de plaisanter, dit-elle. C'est vrai, je suis assez bien renseignée. Mais je ne discuterai pas avec quelqu'un qui joue à l'esprit fort.

— Vous n'y êtes pas du tout, ma chère Myriam. Au contraire, vous me rendriez service si vous me mettiez de côté un article, une anecdote, n'importe quel épisode glané dans un journal ou dans une conversation et qui vous semblerait authentiquement fantastique.

— Fantastique ? Comment ça ? Inexplicable ?

— Exactement.

Elle abandonne son masque de méfiance un peu dégoûté.

— Mon pauvre René ! Mais des histoires comme ça, ça court les rues.

— Non, non. Je ne parle pas des bijoux qui portent malheur, des lieux maléfiques, de toute cette magie à la petite semaine. Je pense à des phénomènes qu'on n'aime pas évoquer parce qu'ils font peur.

Myriam se tait, secoue pensivement la tête, puis baissant le ton :

— Nous avions une servante dont le grand-père connaissait les secrets des plantes, et beaucoup d'autres mystères. Il était capable, sans quitter sa case, d'apparaître en plusieurs endroits à la fois. Est-ce que c'est cela que tu cherches ? Parce que je peux peut-être t'aider... Tu sais, je veux bien t'aider.

Jeantôme lui saisit le bras et chuchote méchamment :

— Tu me racontes n'importe quoi, hein ? Tu me fais marcher. Ce serait trop beau.

Elle le repousse, se lève et va ouvrir la porte.

— Dehors, dit-elle. Allez, file. Je n'ai pas de temps à perdre.

— Attends, non. Je n'ai pas voulu... Mais, bon sang, ce que tu peux être... Écoute, tu me jures que ce que tu viens de me dire... la bilocation... le bonhomme en deux endroits à la fois, c'est vrai ?

— C'est absolument vrai. Et maintenant laisse-moi travailler.

— Une minute. Tu en connais d'autres, des histoires comme celle-là ?

— J'en connais plein.

— Tu pourrais me les résumer, quand tu en auras le temps ?

— Ça t'intéresse tant que ça ?

— Oui. Pour un livre que je médite.

— Eh bien, quand tu voudras. Je te téléphonerai. Mais je ne pensais pas qu'un jour nous pourrions trouver...

— Un terrain d'entente, dit Jeantôme.

— Un terrain neutre, corrige Myriam.

Jeantôme n'a pas fini de ruminer cette étrange conversation. Ce qu'il cherchait dans la presse, il vient de le trouver à sa porte. Savoir, maintenant, si Mr Hyde saura se satisfaire de récits du folklore antillais. Même ce conte, pourtant si troublant, de bilocation, n'est pas tellement original. Il ne le deviendrait que si Jeantôme modifiait complètement son plan. Tant qu'un personnage central — Mr Hyde en l'occurrence — se contenterait de mettre bout à bout des événements même extraordinaires, cela sentirait le procédé, le truc, le chiqué. Pour tout dire : la fabrication. L'écriture la plus raffinée ne réussirait pas à donner le change. Tandis que si l'auteur, revêtant le personnage de Hyde, se mettait à se livrer tout entier, à faire une confession où le vécu et l'imaginaire se mêleraient étroitement, ce qui reviendrait à proclamer : Moi, Jeantôme, je suis Hyde, mais moi, Hyde, je suis Jeantôme, alors quel triomphe ! Du coup, un phénomène comme celui de la bilocation prendrait toute sa valeur poétique. Pendant que je fume une cigarette dans ma chambre, j'étrangle ailleurs une vieille femme sans importance. Ne cherchez pas à savoir comment. Voyez plutôt comment, avec le passé de l'auteur, j'organise un présent sauvé de la vulgarité. Quant aux détails sordides, comment je suis entré, ce que j'ai fait des bijoux, etc., un romancier habile s'arrange toujours pour agencer une explication rationnelle.

Jeantôme ne se cache pas que Brillouin, en un sens, a raison quand il débusque, derrière l'impuissance de son patient, une sourde volonté de puissance. De puissance mais aussi de vérité.

Jeantôme voit clairement, tandis que ses jambes le portent machinalement vers son bureau, que ce qui le tente furieusement, c'est de s'avouer pour ce qu'il est, un écrivain en mal de sujet qui, finalement, aime mieux cultiver une dangereuse névrose que de se taire.

Cependant, avant de rejoindre sa table de travail, il s'arrête et se répète : « Ne pas oublier que des crimes sont commis qui m'empruntent quelque chose que je suis seul à connaître, que je n'ai confié à personne, qui adhère à mon intimité la plus secrète. Quelle que soit l'affabulation que je choisis, il y a là un mystère terrifiant. »

Il entre aux éditions Delpozzo, croise Lucette.

— Ça va, monsieur Jeantôme ?

— Très bien, très bien. Merci.

Le coursier a déposé trois livres sur son bureau. Ils sont tous bons à tuer, ces auteurs prolifiques. A quand la contraception obligatoire ?

* * *

Qui aurait cru que Myriam se montrerait si complaisante ? C'est elle qui a pris l'initiative d'appeler Jeantôme. Comme d'habitude, elle va jusqu'au bout.

— Si je vous dérange, dit-elle, raccrochez. Sinon, ouvrez à Claire qui va vous apporter deux livres que j'ai retrouvés hier, par hasard, et qui pourraient vous être utiles, surtout celui de Michael Harrison, qui s'appelle : *Le feu qui vient du ciel*. S'il vous intéresse, gardez-le.

— Merci. Il parle de quoi ?

— Vous verrez. Vous vouliez du fantastique, du vrai. Eh bien, en voilà. Il a eu un grand succès dans les pays anglo-saxons. Bonne chance.

Et quelques minutes plus tard, Claire frappe à la porte intérieure.

— Entrez un instant, dit Jeantôme. Non, vous ne me dérangez pas. J'essaie de finir un compte rendu qui m'embête.

Il montre son bureau et les feuilles chiffonnées qui entourent sa corbeille à papier comme une cible plusieurs fois ratée.

— Je ne suis pas très adroit, confesse-t-il. Et puis ce travail m'ennuie tellement ! Quand je pense que je vais être obligé de taper moi-même ces articles. Une partie de notre personnel est déjà en vacances.

— Vous permettez, dit Claire.

Elle parcourt des yeux le texte de Jeantôme et poursuit :

— Vous n'avez pas une écriture facile, mais je vous lis sans trop de peine. Voulez-vous que je tape ce brouillon ?

— Mais j'en serais ravi, dit Jeantôme. Seulement ma femme ne vous le permettra pas.

— Elle n'en saura rien. Je ferai cela en dehors de mes heures de bureau.

— Vous emportez du travail chez vous ?

— Pas chez moi. Chez M. Lhomond... Comment ? Vous ignorez qu'il m'emploie trois fois par semaine ?

— Myriam le sait ?

— Mais comment vivez-vous, monsieur Jeantôme ? Tout le monde le sait. M. Lhomond fait appel à moi pour sa correspondance et sa comptabilité. Ce n'est pas très absorbant. Après-demain, vous aurez votre texte en deux exemplaires. Ça va ?

— Claire, vous êtes un ange. Myriam ne vous mérite pas. Après-demain, si vous êtes libre, faites-moi le plaisir de déjeuner avec moi... Je suis de ces malheureux dont parle l'Écriture, qui ont des yeux pour ne pas voir et des oreilles pour ne pas entendre. Je partage avec vous l'ascenseur plusieurs fois par semaine et je ne m'étais pas encore rendu compte que vous êtes charmante. Pardonnez au vieil ours que je suis.

Elle rit, gentiment confuse, plie le papier et le glisse dans son sac. Il la reconduit.

— Remerciez Myriam. Son dernier cadeau remonte à... »

Il fait semblant de calculer, esquisse un geste d'impuissance et conclut avec un sourire de complicité ;

— Nous étions bien jeunes, alors !

Il revient s'asseoir dans sa bergère et caresse les ouvrages avant de les ouvrir. Jamais il ne se lassera de toucher, de palper, de humer, en dégustateur professionnel, cette chose pourtant si humble qu'est un livre de grande lecture, traité sans beaucoup de considération par les éditeurs et promis au pilon si, au bout de quelques mois, il n'a pas su retenir les foules. Pour commencer, il pousse une petite reconnaissance du côté de la table des matières du plus gros. C'est bien dit :

table, car c'est là que sont offertes les nourritures à la convoitise du lecteur. L'œil saute d'une ligne à l'autre. L'œil « salive ».

Nature du feu surnaturel... La combustion partielle ou totale... L'effet Kilner et l'effet Kirlian... Ces titres, saisis au vol, provoquent déjà une émotion sans commune mesure avec leur contenu apparent. Pourquoi produisent-ils une tension aussi douloureuse ? Jeantôme se promettait du plaisir, et maintenant, s'il en avait la force, il repousserait le livre loin de lui. Mais c'est comme une main puissante appuyée sur sa nuque qui l'oblige à chercher une certaine page et à la dévorer d'un seul regard.

Au beau milieu d'un bal, une femme s'est mise à brûler avec de brillantes flammes bleues et, en quelques minutes, il n'en resta qu'un petit tas de cendres carbonisées... Et encore : A *bord du cargo* Ulrich, *au large de la côte d'Irlande, le second s'aperçut que l'homme de barre avait disparu. Seul, un tas de cendres restait devant la roue du gouvernail...* Et ce cas du professeur de l'université de Nashville, au Tennessee. Un professeur, cela ne s'invente pas. *Il sentit comme une brûlure à la jambe gauche. Et, sur la jambe de son pantalon, il vit une flamme d'un ou deux centimètres de large. Il abattit ses mains sur elle et elle s'éteignit bientôt. Ce cas fut qualifié à l'époque de « combustion spontanée partielle ».*

Jeantôme se lève d'une détente. Il ne va pas plus loin. Si c'était vrai, mon Dieu, si c'était vrai ! Si tout ce qui avait été raconté à l'époque était remis en question ! Car enfin un écrivain de l'importance de Charles Dickens ne peut pas être négligé. Pas plus qu'un Thomas Browne, qu'un Robert Burton. Et l'auteur en cite encore beaucoup d'autres, tout aussi catégoriques, aussi sûrs de leur témoignage.

Jeantôme ne peut plus rester en place. Il est jeté hors de lui-même. Voyons, tous les chercheurs qui ont étudié la question — et cela dès le début du siècle dernier (Jeantôme brandit le livre de Harrison sous le nez d'un contradicteur imaginaire), c'est écrit là, noir sur blanc... Ils ont énoncé les six conditions de la combustion spontanée :

1. la victime est alcoolique
2. la victime est souvent une femme âgée
3. une source de feu est toujours présente
4. la victime est corpulente
5. la victime vit seule
6. la victime, en général, fume la pipe.

Aucune de ces conditions ne s'applique au petit commis du moulin, mais pourquoi n'aurait-il pas pris feu spontanément, lui aussi ? Alors ? Se peut-il ? Cette malédiction qui a détruit sa famille : la mort du jeune garçon, l'arrestation de son père, le suicide de sa mère, et surtout, surtout, cette honte qui est en lui comme le venin dans les crocs du serpent, si tout cela n'était qu'une immense erreur ? Accablé, Jeantôme se laisse tomber dans son fauteuil. La tête lui tourne. Quoi ! Toute sa vie n'a eu de sens qu'à partir de cette certitude : je suis le fils de l'incendiaire. Pour sa tante, pour ses camarades, pour le monde entier il était le fils de l'incendiaire, l'individu taré, le lépreux. Il n'a jamais cessé de se faire tout petit. Sa dignité perdue, c'est par la littérature qu'il l'a reconquise, oh ! d'une manière si précaire ! Quand même, c'est grâce à la littérature qu'il a senti grandir en lui ce compagnon des mauvais jours qui va le conduire à une revanche libératrice : Mr Hyde.

Mais si le moulin n'a brûlé que par accident, et si son père a été condamné à tort, cette pauvre existence ratée n'est plus qu'un tas de décombres ensevelissant un Mr Hyde dérisoire. Jeantôme se rend compte, de plus en plus douloureusement, qu'il n'a plus rien à transmettre à ce personnage peu à peu nourri de sa révolte. L'innocence de son père tarirait d'un seul coup la source de violence qui était jusque-là son seul bien. Il serre les poings ; il s'en frappe la tête et se répète : « Se peut-il ? Se peut-il ? » Fils de criminel, il était bloqué dans sa stérilité. Mais fils d'un innocent, il n'aurait plus rien à dire. Et il en vient à une conclusion qui le stupéfie. Il doit protéger Mr Hyde. Il doit protéger son œuvre. Et comme il est l'homme qui se décide promptement, il court chercher l'annuaire des professions.

Voilà. Charles Ruffin, enquêtes, recherches, discrétion assurée. Exactement ce qu'il lui faut. Téléphoner ne lui prend qu'une minute. Rendez-vous à deux heures. L'agence Ruffin se trouve rue Jacob. Pas besoin de tenir Brillouin au courant. Jeantôme s'en veut de n'avoir jamais demandé une enquête sur l'incendie du moulin. Maintenant, il est sans doute trop tard. Mais un détective privé a des ressources qui ne sont pas celles du commun. Jeantôme sent courir dans ses membres l'électricité de l'impatience. Si ce Michael Harrison dit vrai, lui-même pourrait bien se consumer sur place, parcouru d'une courte flamme bleue comme un punch. Il relit quelques pages de *Biribi*, pour se réconforter, et puis quelques pages de Myriam, pour ricaner de mépris et la punir de lui avoir prêté ces deux livres. Et, de minute mordillée en minute rongée, il atteint le début de l'après-midi. Il s'est contenté d'un sandwich dans un bar. Il sonne à la porte de l'agence.

Charles Ruffin a une trentaine d'années. Bonne présentation. Bureau tout neuf. Ruffin est peut-être un chômeur qui cherche à se caser. Il écoute longtemps, sans poser de questions. Il prend des notes. Il est un rien trop professionnel, comme un acteur qui tâtonne encore dans son rôle. Consulter au Mans les collections d'*Ouest-France*, parfaitement. Aller sur place pour bien situer le drame. Il opine, suggère qu'au palais de justice on doit retrouver des traces du jugement... Finalement, il semble connaître assez bien son affaire.

— Disons, conclut-il, une petite semaine, mais je pourrai vous faire un rapport verbal chaque soir. Je ne vous garantis pas que la vérité va surgir, après si longtemps.

Jeantôme remplit un chèque, tout en parlant.

— Voyez-vous, dit-il, c'est après ma mémoire que je cours. Mes souvenirs sont comme un puzzle plein de trous. Aidez-moi à mettre en place les pièces qui me manquent et je m'estimerai satisfait. Je ne sais plus reconnaître ce qui a eu lieu autrefois, et ce que j'imagine maintenant. Je dois vous paraître bizarre, exalté ? Non ? Franchement ?

— Mes clients sont ce qu'ils sont, dit prudemment Ruffin. Mais pourquoi diable vous décidez-vous à me demander d'enquêter sur des événements tellement anciens alors que vous auriez pu vous-même faire ces recherches il y a des années ? Qu'est-ce qui vous a brusquement décidé ?

— Une lecture, dit Jeantôme. Je viens de découvrir un auteur qui affirme, preuves en main, que certains individus peuvent brûler spontanément. S'il a raison...

Ruffin l'interrompt.

— Vous faites allusion, sans doute, au bouquin de Michael Harrison. Je l'ai lu, moi aussi, ou plutôt j'en ai lu un résumé dans un magazine chez le dentiste. Ce n'est pas sérieux, cher monsieur.

— Mais les six conditions qu'il énonce...

— Personne n'y croit plus. Cela relève d'un vague occultisme qui... Bon, je n'insiste pas. Vous seriez heureux d'apprendre que votre père n'a pas commis...

— Pas du tout, intervient Jeantôme.

— Comment ça, pas du tout ? Si vous vous adressez à moi, ce n'est pas pour que j'essaye de prouver que l'incendie a été accidentel et qu'on a condamné votre père à tort ? Remarquez, ça ne changerait rien. L'affaire est classée. Mais je comprends que vous en éprouveriez un grand soulagement.

— Non, murmure Jeantôme. Cela m'obligerait à une espèce de révision intérieure, de reclassement, ah ! c'est difficile à expliquer. C'est tout mon passé que j'aurais à réajuster.

Il se lève pour couper court.

— Je m'en remets à vous, dit-il. Vous avez mon téléphone. Je suis chez moi tous les soirs, à partir de huit heures.

Sur le boulevard, il se sent bizarrement joyeux. Ce Ruffin ne pourra que confirmer le jugement de la cour d'assises. A nouveau, ce sera la paix et comme une réconciliation avec Mr Hyde. Encore une fois, il admire comment, de fil en aiguille, si l'innocence de son père venait à être établie, tout l'échafaudage de ses rêves s'en irait en morceaux. Il a besoin d'être un réprouvé pour se supporter et s'estimer. Peut-être pas un réprouvé, car il a le respect du mot juste, mais à coup sûr un marginal, un petit cousin de Rimbaud. *Je est un autre.* Admirable parole. Jeantôme va pousser dans le monde des lettres un Mr Hyde qui stupéfiera la critique. Jeantôme entre à La Rhumerie, s'installe à la place qui est devenue la sienne, un peu comme Sartre, jadis, et Simone de Beauvoir avaient leur table attitrée au Flore. C'est là, dira la petite histoire, que René Jeantôme a conçu ce personnage si extraordinaire. Il en a dépossédé Stevenson et en a fait le symbole non plus du mal mais d'une certaine souffrance, celle de l'artiste aux prises avec la beauté. A condition, bien entendu, que cet imbécile de Ruffin n'aille pas tout démolir en prouvant que le commis a brûlé de sa propre initiative. Ah ! comme il regrette d'avoir mis en branle un détective privé, qui va vouloir briller, faire du zèle. Chaque soir, maintenant, Jeantôme va monter la garde auprès du téléphone. Il va redouter d'entendre la voix du détective : « Vous aviez raison, l'incendie a été probablement accidentel. »

Et qui est responsable ? Myriam, évidemment. Myriam qui lui a donné ces deux livres pour jeter la confusion dans son esprit. Mais elle ne réussira pas à l'empêcher d'écrire son maître livre, car c'est décidé : il va raconter sa vie, en se cachant derrière Mr Hyde, mais en même temps en se livrant tout entier, comme Daudet dans *Le Petit Chose*, comme Vallès dans *L'Insurgé*. Il sait comment il va s'y prendre. Il voit déjà son premier chapitre, le moulin au bord de l'eau, le majestueux mouvement de l'énorme roue ruisselante, toute semblable à celle qui propulsait les vapeurs à aubes sur le Mississippi. Cette impression de naviguer de l'autre côté de la terre, c'est inoubliable. Les doigts fermés sur le verre de liqueur, Jeantôme s'évade. Il s'imaginait petit émigrant, à fond de cale, dans l'odeur du blé. Il s'en allait tout seul, très loin de ses parents perpétuellement en chamaille. La charpente, le plancher vibraient autour de lui, nuit et jour, au rythme lent de la machinerie qui broyait le grain entre les meules de pierre. Des ampoules électriques rougeoyantes et à demi voilées par une fine poussière en suspension éclairaient des voûtes qui semblaient perdues dans les hauteurs où, le soir venu, des chauves-souris voletaient entre les poutres.

Jeantôme feuillette son livre d'images. Plus il s'y emploie et mieux il voit. Pourquoi a-t-il laissé son passé sombrer dans la poussière alors qu'il est si doux de le réveiller et de l'écouter s'exprimer à voix basse. Quel foisonnement de détails ! Ils s'appellent l'un l'autre. Même ceux qui le font encore sursauter, il les retient et les caresse. Les souris, par exemple. Il y en avait un peu partout, dans le moulin, familières, gracieuses, mais peuplant les coins sombres d'une vie assez louche. Sa mère en avait peur. Elle s'était procuré un superbe matou et l'exhortait vainement par la prière et la menace, à chasser les indésirables. Et comme elle était portée aux promptes résolutions — ça, c'est un trait qu'il a hérité d'elle — un beau jour, elle avait acheté un lot de ces pièges à ressort qu'on appelle, parfois, des « tapettes » et tous les soirs, avec les précautions d'un braconnier tendant des collets, elle disposait, aux endroits jugés les plus stratégiques, ces petites machines armées de lard ou de gruyère. Le matin, on faisait en famille la tournée du champ de bataille, le matou sur les talons, ce qui rendait furieuse la pauvre femme.

« J'achèterai une ratière pour toi, fulminait-elle. Allez, va-t'en, sale fainéant. Avant que je te pince la queue. »

Le chat la regardait paisiblement et venait faire le gros dos contre ses jambes. Jeantôme revoit si intensément la scène qu'il pourrait la dessiner. Il sort son calepin et note : *La ratière et Gros Minet*. Le nom du matou, il l'a oublié. Il en inventera un ; c'est son droit de romancier. Mais surtout ne rien perdre de ces petits tableaux d'intimité si propres à entourer son existence abandonnée d'un décor fabuleux. Ah ! pourvu que ce détective n'aille pas tout dépoétiser !

« C'est décidé, pense-t-il. Je m'y mets tout de suite. Ce ressac du passé qui me bat la cervelle doit être utilisé tout de suite, à cru, sans fioritures. Allez ! Exécution. »

Il retourne chez lui d'un pas pressé. Quatre heures de l'après-midi, déjà. Il ne sait plus comment il vit. N'importe comment, comme un sauvage. Parfois, il a l'impression qu'une autre volonté se substitue à la sienne. Ces incohérences de conduite, il faudra en parler à Brillouin. Il retrouve sa tanière avec une profonde satisfaction, s'arrête devant son bureau, se redit : « Je m'y mets » et reprend *Le feu qui vient du ciel*. C'est juste pour se convaincre qu'il s'est emballé à tort. Bien sûr, c'est Ruffin qui a raison. Toutes ces histoires de combustion spontanée, ce sont des racontars.

« Trois pages, se promet-il. Mettons quatre, et au travail. Je ne vais pas me laisser distraire par ces contes de bonne femme. »

Il allume une cigarette, sentant bien que c'est là un geste qui sent la capitulation. Il souffle un long jet de fumée, et dit à voix haute : « Je suis bien libre, quand même ! » Mais à peine a-t-il commencé qu'il est pris. Les témoignages sont là, indubitables... Maybelle Andrenis, dix-neuf ans, s'enflammant comme une torche au milieu d'une danse... Mrs Madge Knight, se consumant en public, le 23 décembre 1943. Cela, ce n'est pas de l'histoire ancienne. Et en 1953, Mrs Esther Dulin, brûlant à mort dans son fauteuil. Et tant d'autres cas avérés et tellement récents. En 1975, par exemple, Cooke à Miami, Booley à Tenkerbury, dans le *Swan Hotel*. Et pas forcément des alcooliques ou des fumeurs ou des obèses, mais des femmes, des jeunes filles, des personnes pleines de santé.

Jeantôme referme le livre d'un coup sec. Bon. C'est vrai. Le phénomène est inexplicable mais il existe. Et puis après... Le petit commis

— comment s'appelait-il, déjà ?... Louis, Louis quelque chose. Louis Paturon. Encore un détail qui refait surface. Le petit Louis dormait trop profondément. Il a été surpris... Non. Les choses ne se sont pas passées ainsi. C'est là que subsiste un point opaque d'où, si l'on insistait, irradieraient en tous sens, jusqu'au bout des nerfs, les élancements d'une migraine jamais complètement assoupie. Jeantôme va décrocher son téléphone.

— Myriam... C'est moi... Je vous dérange ?

— Oui.

— Vous ne pouvez pas me consacrer cinq minutes ?

— Non.

— Trois minutes ?

— Mon pauvre ami, ce que vous pouvez être poison. Faites vite.

Jeantôme met les deux livres sous son bras et dévale l'escalier. Myriam est assise sur son tabouret comme une paysanne sur son tracteur et laboure sa page blanche.

— Je vous rapporte vos livres, dit Jeantôme.

— Et c'est pour ça que vous me dérangez ! Elle hausse les épaules et se tourne à demi.

— Eh bien, demande-t-elle, est-ce que ça correspond à ce que vous souhaitiez ? Vous désiriez du fantastique... mais ne me dites pas que vous avez l'intention d'utiliser dans un roman un thème aussi contestable, vous, l'auteur délicat de l'élite. Laissez-moi la sorcellerie, le vaudou, les envoûtements, les sortilèges. C'est juste bon pour nous, les nanas, pas vrai ?

— Quelle hargne, tout à coup, répond Jeantôme.

Elle rit ; elle croise son peignoir sur son abondante poitrine, puis attrape son paquet de Gauloises. Elle prend le ton sérieux de la professionnelle.

— Tu as raison, mon petit René. Aujourd'hui, c'est l'excès qui paye. Je n'ai qu'à lire ces confidences (elle désigne un tas de lettres). Si tu ne racontes pas des histoires de drogue, de coucherie, de sang, mais attention, avec doigté, hein, avec gentillesse... la fleur bleue sur le merdier, eh bien, tu peux aller te rhabiller. Tu auras peut-être le prix de l'Académie française, mais sûrement pas l'oscar des meilleures ventes.

— Je sais, coupe Jeantôme. Et peu importe ce que j'ai l'intention de faire. Mais toi, tu y crois à ce feu du ciel ?

— Je pense bien.

Elle allume sa cigarette et pousse par les narines deux longs fils de fumée bleue.

— Essaye, dit-elle. Tu es là à te battre les flancs.

Jeantôme plaque les deux livres sur le coin du bureau et s'en va.

— Tu pourrais dire merci, lui crie Myriam. Ça m'apprendra à être bonne. Paysan !

Ainsi, elle y croit. Il remonte chez lui, essaie de se faire repasser le film de cette nuit terrible. Le père dormait au premier, à côté de la réserve, et le petit Louis logeait au-dessus, dans une soupente à laquelle on accédait par une échelle. Sans doute n'avait-il pas eu le temps de descendre, s'il s'était embrasé d'un coup. Le père s'était enfui par la fenêtre qui donnait sur la berge. Quant à lui, il s'était sauvé avec sa mère par la poterne ouvrant sur la rivière. Mais le livre disait que les victimes de ce feu mystérieux étaient réduites à un tas de cendres. Dès lors, parmi les décombres du moulin, comment savoir où les premières flammes avaient jailli ? Dans la soupente ? Dans la salle du premier ? Jeantôme ne pouvait se rappeler plus loin, mais, il en était sûr, tout avait commencé là. Tout, c'est-à-dire l'infirmité qui avait effacé la mémoire de sa petite enfance. Il était né, en somme, à sept ans, avec cette effrayante certitude qu'il n'était pas comme les autres. Dans ces conditions, p'tit Louis ou pas p'tit Louis, cela n'avait guère d'importance.

« Est-ce que je m'y mets aujourd'hui ? se demande Jeantôme. Je peux toujours tout préparer. »

Il dispose sur le bureau papier et plume, mais se ravise. S'il se sert de feuilles détachées, il lui manquera le sentiment de la distance à couvrir. Ce qu'il lui faut, c'est un gros cahier, au moins deux cents pages, une étendue avec laquelle il soit impossible de tricher. Aller jusqu'au bout de ce cahier, ce sera aller au bout de soi, comme un pèlerin aux pieds saignants. L'image lui plaît. Il la note dans son carnet, sous la ligne *La ratière et Gros Minet*. Et il se donne congé jusqu'au lendemain.

Dure journée, le lendemain, à cause de ce coup de téléphone qu'il attend fébrilement depuis son lever et, après le déjeuner, de plus en plus anxieusement. Dès après le déjeuner, il s'installe auprès du téléphone, se tirant sur les doigts, sur les lèvres, sur les joues. « Mais qu'est-ce qu'il fait, bon Dieu ! Qu'est-ce qu'il fait ! » Et quand la sonnerie retentit, il sent que sa poitrine se dégonfle comme un pneu qui s'affaisse. Il n'en peut plus.

— Alors ? murmure-t-il.

— Eh bien, dit Ruffin, je suis allé à la recherche du moulin. Il a été rasé et on a construit sur la rive une espèce de guinguette : Au joyeux gardon.

— Bon, bon. Mais qu'a raconté la presse ?

— J'ai photographié, mine de rien, les articles. Il y en a pas mal. Vous trouverez toute la documentation dans mon rapport.

— Mais, en résumé ?

— Oh ! il n'y a aucun doute. C'est bien votre père le coupable.

*
* *

Pendant deux jours, Jeantôme a travaillé. Il a acheté un gros cahier d'écolier et il a écrit sur la couverture en employant comme jadis, en classe, une belle étiquette à bordure bleue :

Mr Hyde
par René Jeantôme

Au verso de la couverture, en lettres modestes, il a marqué :

Par le même auteur : Biribi (NRF)

Et puis, en pleine page, de sa plus belle plume :

Mr HYDE

En voilà assez, pour le moment. On n'a pas le droit d'épuiser d'un coup tout le plaisir. Car le plaisir d'écrire, la joie plutôt, est revenue. L'enquête de Ruffin a déblayé le terrain. Son rapport est détaillé et apprend à Jeantôme beaucoup de choses qu'il ignorait. Par exemple, les pompiers ont trouvé dans les ruines les débris d'une lampe à pétrole. C'était une lampe que ses parents utilisaient en temps d'orage, quand se produisaient des pannes de courant. C'est très certainement avec elle que l'incendie s'est déclaré. Et pourquoi ? L'enquête a prouvé que le moulin était hypothéqué jusqu'à l'os, et que les Jeantôme, à bout de ressources, allaient être obligés de partir comme des gueux. Ah ! Ces querelles, ces cris... Ça, comment l'oublier ? Et même les coups. Pourtant, le père n'était pas méchant. Mais il buvait. Et même il était ivre quand la police vint l'arrêter. Tentative d'escroquerie à l'assurance, s'ajoutant au reste, à la mort du commis, pas préméditée, bien sûr, mais pesant lourd. Tout est là, y compris certaines dates et certains faits qui s'étaient spontanément modifiés dans sa tête, comme si la mémoire était semblable à une boiserie qui « travaille », gauchit et gondole. Il n'avait pas sept ans. Il en avait six. Il n'allait pas à l'école au Mans mais au village voisin. Broutilles, si l'on veut. Mais jusqu'où s'est-elle donc étendue, cette falsification du passé ? N'importe. Ce malheureux homme, qui était son père, Jeantôme l'aime, maintenant. Il aurait dû le lui dire, mais on n'aimait pas beaucoup les effusions, au moulin. Pauvre vieux papa, qu'est-ce que je n'aurais pas fait pour toi ? Et Jeantôme s'avise qu'il est encore temps de l'honorer par une dédicace, et il cherche, il y passe toute la matinée. *A mon père.* C'est trop sec. *A mon cher papa.* Ça fait couronne mortuaire. *A E.J. avec mon affection.* Mais on voudra savoir. E.J.

qui c'est ? Edmond Jeantôme, c'est un inconnu qu'on n'a pas intérêt à exhumer. Pas facile, une dédicace. Tout de suite, les mots se refusent, se rebellent, se rebiffent. Pourtant, entre Jeantôme et son père existe une sorte de pacte, bien plus informulable qu'une dédicace, quelque chose comme une mystérieuse complicité. « Va, petit, semble suggérer le fantôme. Et cogne à ton tour. » Jeantôme, en un sens, a son père à venger, toute la misère de ces années perdues qui apparaît en filigrane dans le rapport de Ruffin.

Il regarde encore une fois son titre avant de refermer le cahier. Mr Hyde ! Et s'il y avait un rapport entre Mr Hyde et Edmond Jeantôme ? Bizarre, cette idée. Interroger Brillouin. Maintenant, on va déjeuner. On l'a bien gagné.

La nouvelle l'attend au restaurant. Autour de la télévision un petit groupe de clients se tient immobile. Il s'approche et aperçoit un agent qui garde l'entrée d'un immeuble, tandis que la voix d'un présentateur bien connu commente l'événement.

« Le corps a été découvert peu de temps après le crime puisque le dément a prévenu lui-même le service des prompts secours. Il était cinq heures du matin. La victime venait d'être étranglée à l'aide d'un foulard. Étant donné son âge, elle a succombé tout de suite. Le commissionnaire divisionnaire Marchetti conduit l'enquête. »

Jeantôme arrête Loulou, la serveuse.

— Qui a été tué ? demande-t-il.

— Une vieille dame. La baronne de Wirmont. Asseyez-vous. Ne restez pas dans mes jambes.

Jeantôme cherche sa place habituelle. Elle est occupée par... Mais, ma parole, c'est Jousseau !...

— Vous permettez que je m'installe en face de vous ?... Je ne m'attendais pas à vous trouver ici... Et comment ça va, chez Gallimard ?

— Doucement, dit Jousseau. C'est la morte saison.

— A propos de morte, vous êtes au courant de ce crime ?

— Une bien curieuse affaire, d'après ce que je viens d'apprendre. Mais au fait, la baronne était votre voisine ou presque. Elle habitait à l'entrée de la rue de Médicis, au troisième. Oh ! vous l'avez sûrement rencontrée ! Une charmante petite vieille qui avait l'habitude de promener son chat, très tôt, le matin. Un angora superbe.

— Vous savez, mon cher Jousseau, je suis un lève-tard.

— Qu'est-ce que je vous sers ? s'informe Loulou.

— Les hors-d'œuvre, décide Jousseau. Après, on verra.

Et il enchaîne, à voix confidentielle.

— Une personne très riche, d'origine belge. Veuve. Pas de famille. A quatre-vingt-cinq ans, hélas, on n'a plus de famille. Connaissait-elle son meurtrier ? Mystère. Toujours est-il qu'elle lui a ouvert. Voilà. C'est tout ce qu'on vient de dire à la télé. Vous n'avez pas entendu ?

— Je venais d'arriver. J'ai juste remarqué qu'on parlait d'un dément.

— Oui. Il s'agit sûrement d'un fou qui s'attaque uniquement aux personnes âgées... Vous vous rappelez... L'affaire Chailloux, rue des Quatre-Vents... L'affaire Gallard, rue de Tournon... Rien que des vieillards habitant le quartier. Déjà, c'est bizarre. Et puis ce besoin morbide de la mise en scène théâtrale.

— Ah ! Cette fois encore, il a...

— Oui, justement. Il ne s'est pas contenté d'étrangler la vieille dame ; il a aussi assommé le chat et il a introduit son corps dans une ratière, comme si cette malheureuse bête s'était elle-même prise au piège. Jeantôme, cher ami, ça ne va pas ?

— La chaleur, murmure Jeantôme.

— Buvez un peu. Leur petit cahors n'est pas mauvais. Un peu lourd, peut-être... Je vous disais donc, pour ce chat... Franchement, on n'a pas idée. Et remarquez, il n'y a jamais eu de souris ni de rats dans ce superbe appartement. Il a fallu que le criminel se soit muni à l'avance d'une ratière. Pourquoi ? Cela sent, à mon avis, le cerveau dérangé ; vous ne croyez pas ? Reprenez une sardine. Avec deux, j'en ai assez. Quand les hommes en blanc...

— Excusez-moi, dit Jeantôme. J'ai besoin de prendre un peu l'air.

— Je vous accompagne ?

— Non, non, ne bougez pas, je vous en prie. Je vais revenir.

Jeantôme titube un peu. L'air poisseux et puant de la rue ne réussit pas à dissiper son malaise. Qu'est-ce qu'il a écrit, déjà, dans son calepin ? Il cherche la page. *La ratière et Gros Minet*. Or, ce calepin ne l'a pas quitté. Et d'ailleurs, si par impossible il était tombé entre les mains de quelque curieux, cette phrase n'aurait eu pour lui aucun sens. Elle fait penser à un pastiche burlesque d'une fable de La Fontaine. Une coïncidence, alors ? Mais le mort entre ses flambeaux ? Le boa ? Les hommes en blanc ?... Jeantôme s'appuie à la vitrine d'un magasin d'antiquités et, pour la première fois, sérieusement, et pour ainsi dire de toutes ses forces, il s'interroge. « Est-ce que le fou, c'est moi ? » Il a oublié le restaurant et entre dans un bar.

— Un café.

Il reprend son examen de conscience. « C'est un jeu entre Hyde et moi. Je fais semblant de l'oublier et il m'arrive de l'oublier pour de bon. Mais alors, suis-je longtemps absent de moi-même, au point de devenir pendant une heure un criminel ? Le somnambule assassin. Urgent de consulter Brillouin. Il y a eu des artistes et des poètes qui se sont drogués pour forcer leur talent. Ai-je le droit, moi, de me coller sur la peau le masque de Hyde. Comme si j'avais besoin de tuer pour violenter ma mémoire et lui faire vomir des images que je m'interdis, habituellement, de regarder. C'est ça, ma folie. Oui, je suis fou. »

Il savoure son café. Il adore le café. Rien de plus apaisant que de se dire, soudain : Bon. C'est entendu. Je suis fou. Il revient au restaurant. Jousseau en est à la tarte.

— Je ne vous ai pas attendu, s'excuse-t-il. Est-ce que ça va mieux ?

— Oui. Un petit vertige. Ça m'arrive assez souvent.

— A treize heures, Mourousi a donné quelques détails sur l'affaire de la baronne. On sait maintenant qu'on lui a volé des bijoux, mais les meubles n'ont pas été brutalisés, comme c'est fréquent. En somme, elle a été étranglée et volée avec soin. Tout est bizarre, dans ce crime. Personne n'a rien entendu. L'assassin est venu et reparti comme une ombre. Tout ce qu'on a appris, c'est que c'est un homme qui a téléphoné... Un café, Loulou.

— Pour moi aussi, dit Jeantôme.

— Vous ne mangez pas.

— Non. Je n'ai vraiment pas faim.

Il serre distraitement la main de Jousseau, qui le regarde d'un air bizarre. Mais Loulou aussi est bizarre. Tout est bizarre. Il somnole à demi. Qu'on le laisse donc seul. Il le sait bien qu'il est inquiétant. Combien de fois, sortant d'un bureau ou d'un autre, chez Delpozzo, n'a-t-il pas entendu, pendant qu'il refermait doucement la porte, l'une des filles dire à mi-voix : « Il est drôle, ce matin, le pauvre vieux. » Ou bien : « S'il fallait vivre avec un bonhomme comme ça, vous vous rendez compte ! » S'il se suicidait, au fond, personne ne serait surpris.

Il demeure en alerte, la tasse à mi-chemin de ses lèvres. Il la repose sans bruit, jette un coup d'œil autour de lui, comme si le mot avait été surpris par une oreille indiscrète. C'est la première fois que ce mot surgit mais il n'en est pas tellement étonné. Il y a toujours une pensée qui court devant sa pensée ; il y a toujours un souffleur qui l'aide à tenir son rôle. Et maintenant, cette idée est là. Elle fait déjà partie de ces fantasmes qui l'escortent et souvent barrent la route à sa réflexion, comme ces figures de carnaval qui empêchent joyeusement le passant d'avancer. Se suicider ! Évidemment, ce serait le meilleur moyen de débarrasser le quartier de l'étrangleur.

Il ne souffre pas. Il se sent tout creux, comme s'il avait beaucoup pleuré. Ne raconte-t-on pas que la chair est triste, après l'amour. Et après la mort ? Il paye, se trompe dans sa monnaie et Loulou le gronde, gentiment.

— Heureusement que je suis honnête.

Il revient chez lui, calcule les distances. La rue de Médicis n'est pas loin, c'est vrai. Et Myriam ne l'entendrait pas bouger, à cause de la moquette. Brillouin a déjà fait justice de ces élucubrations et pourtant elles reviennent et monologuent et se fortifient les unes les autres. Et d'abord, de quel droit lui interdirait-on d'étrangler ? Il tire son calepin et note, sans cesser de marcher : *De quel droit ?* Aussitôt la lucidité lui revient. Cela fait comme une oreille qui se débouche. Il suffit d'écrire une ligne, une phrase, et c'est le salut. On reprend sa distance vis-à-vis de soi. On saute de la culpabilité à l'innocence. Assurément, il y a le problème du chat. Tant qu'il ne sera pas résolu, Mr Hyde restera aux aguets, prêt, sans cesse, à fournir sa solution. C'est pourquoi il faut sans tarder téléphoner à Brillouin.

Jeantôme voit qu'un pli a été déposé dans sa boîte aux lettres. Il l'ouvre. Ses comptes rendus en double exemplaire et son brouillon. Brave petite Claire ! Elle ne perd pas la tête, elle. Il relit rapidement son texte, dans l'ascenseur, et se complimente. Allons, il n'a pas perdu la main. Il entre dans son bureau. Coup d'œil autour de lui et coup de museau pour vérifier si aucune odeur n'est venue troubler la sienne. Il déchire son brouillon en menus morceaux. Quand il déchire, c'est toujours en confettis que la chasse d'eau évacue vigoureusement. Et tout de suite, le téléphone.

— Allô, docteur ? Jeantôme à l'appareil. Pouvez-vous disposer de quelques minutes ? Je dois vous parler du crime de la rue de Médicis. Vous êtes au courant ?... Très bien. Mais ce que vous ignorez, c'est que l'histoire du chat appartient à ma propre histoire. Je peux venir ?... Maintenant ?... Oh ! vous êtes chic ! Merci. J'arrive.

Il se donne un coup de peigne, croque un morceau de sucre, parce qu'il commence à avoir faim, et file chez Brillouin. Là, il parle, il parle, raconte le moulin, les souris, les menaces à l'encontre du matou. Le docteur écoute, attentif, grave. Ces déjections de l'esprit ne le dégoûtent pas. Il est habitué. Et il voudrait tellement rendre la paix à ce malheureux Jeantôme.

— Vous comprenez, docteur, le chat dans la ratière, c'est à moi. Ça n'appartient qu'à moi. C'est un détail qui était enfermé dans ma tête, comme dans un coffre.

— Avez-vous commencé à écrire le récit dont vous m'avez parlé ?

— Non. Justement. Pas une ligne. Cela reste à l'état de projet, mais c'est déjà bien net dans mon esprit.

— Écoutez, mon cher ami, il n'y a que deux explications ; je crois vous l'avoir dit. Ou bien c'est vous, physiquement, l'étrangleur, et nous savons que c'est impossible... Non, non. Pas d'échappatoire du côté du somnambulisme ou de je ne sais quelle opération magique. Il ne s'agit plus de se payer de mots. Ou bien, un jour, vous avez parlé à quelqu'un de votre enfance traumatisée, de vos cauchemars et ce quelqu'un...

Jeantôme lui coupe la parole.

— Mais qui, docteur ?

— Votre femme, peut-être. Ou bien un ami. Vous occupez un poste qui vous met en rapport avec des tas de gens. Quelquefois, on se confie à une personne qu'on ne reverra plus, un moment d'abandon...

— Non. J'ai toujours été un taciturne et, d'autre part, je n'ai pas eu une enfance qu'on aimerait raconter.

— En tout cas, dit Brillouin, je vous défie bien de trouver une autre solution. Et attendez... ce quelqu'un, qui vous connaît bien, essaie visiblement de vous compromettre.

— Comment ça ?

— En multipliant les indices d'une démence destinée à vous affoler complètement. Le coup des flambeaux, du boa, de la ratière, des hommes en blanc, autant de signaux qui vous sont adressés, et à vous seul. Pour la police, le coupable est n'importe quel malade mental et son enquête ne tardera pas à s'égarer. Mais pour vous, le malade mental porte un nom. Il s'appelle Jeantôme. Et celui qui le traque, qui veut le perdre, est quelqu'un de diaboliquement intelligent, qui calcule ses effets et — j'irai plus loin, mais cette idée vient de me frapper — qui vous observe.

— Mr Hyde !

— Ah ! je vous en prie ! Soyons sérieux... Non, pardonnez-moi. Je n'ai pas voulu vous offenser, mais que nous reste-t-il, à vous comme à moi, pour nous battre ? Le raisonnement. 2 et 2 font toujours 4, mon cher Jeantôme. Accrochez-vous. Sinon, c'est la maison de santé.

Jeantôme met les mains dans ses poches pour les empêcher de trembler.

— Soit, dit-il. On m'en veut. Mais pourquoi ?

— Pourquoi ?... Pour vous mettre sur le dos tous ces crimes.

— Avec quelles preuves ?... Comment prouver mes rêves, mes délires ? Encore une fois, personne ne les connaît, sauf vous. Et vous êtes tenu par le secret professionnel.

— Mais on espère que vous vous confierez un jour au papier. Le roman-confession, ça existe. Et ça peut même s'appeler Mr Hyde. En deux mots, on vous vole votre inconscient pour commettre des choses horribles dont on vous laisse cyniquement la responsabilité. Et vous ne pouvez pas vous défendre. Cet individu, pour piller, vous emprunte votre moi. C'est très fort, je l'avoue... Non. Vous n'êtes pas convaincu ? Mon cher ami, j'aimerais cent fois mieux avoir affaire à un malade ignorant et fruste qu'à un personnage aussi insaisissable que vous.

— Pourquoi ? Je suis prêt à vous écouter.

— C'est ce que vous croyez. Mais les gens intelligents, comme vous, sont comme des avocats qui défendent une mauvaise cause avec une sorte de passion dévoyée. Ils ne veulent pas voir les preuves. Seule compte, à leurs yeux, l'interprétation qu'ils ont imaginée. C'est cela, l'intime conviction.

— Grands dieux ! docteur, de quoi serais-je donc intimement convaincu ?

— Vous voulez le savoir ? Eh bien, il apparaît clairement d'après vos confidences, vos déclarations, votre souffrance morale, que vous êtes convaincu d'être pour quelque chose dans l'incendie du moulin.

Jeantôme porte les mains à sa poitrine.

— Ça fait mal, ce que vous dites, murmure-t-il. Moi, j'aurais...

— Oui. C'est peut-être à cause de vous que votre père a mis le feu, parce qu'il se rendait compte que vous ne pouviez plus supporter les scènes, les violences, dont vous étiez le témoin. Ajoutez à cela un certain délire éthylique. Il a voulu supprimer d'un seul coup ses problèmes financiers et domestiques. Mais vous, le petit garçon de six ans, tellement sensible, tellement intuitif, je jurerais que vous vous êtes dit inconsciemment : « C'est à cause de moi. » Et depuis, vous le haïssez tout en l'aimant. Et comme la haine est pire qu'un cancer, vous avez essayé d'en faire porter le fardeau à ce personnage tout à la fois détestable et littéralement honoré qu'est Mr Hyde. Repensez calmement à tout cela. Promettez-le-moi.

Jeantôme se lève.

— Vous permettez que je marche un peu. Je suis tellement surpris.

Il fait quelques pas entre son fauteuil, le bureau et la porte. Le docteur l'observe, tout en essuyant ses lunettes avec une peau de chamois.

— Si vous n'étiez pas un écrivain, reprend-il, vous ne seriez qu'un malade léger. Ce qui gâte tout, c'est que vous avez du talent — un talent bloqué, je vous l'accorde — et que vous tirez de votre état schizoïde l'impression trompeuse qu'il va vous aider à créer.

— Et ce n'est pas vrai ? chuchote Jeantôme.

— Non. Ce n'est pas vrai. Guérissez d'abord.

— Et si je ne guéris pas ?

— Voyons, mon cher ami, vous n'allez pas prétendre qu'il est plus important pour vous de produire que de guérir, à supposer que votre Mr Hyde réussisse à vous inspirer quelques pages. Est-ce que je me fais bien comprendre ?... Pas tout à fait... Qu'est-ce qui accroche encore ?

Jeantôme lève les bras en signe d'impuissance.

— D'accord, dit-il. Vous avez sans doute raison. Je suis fou. Non, ne protestez pas. Le mot ne me choque pas. Mais qui profite de ma folie ? Qui la nourrit ? Hein ? Comment voulez-vous que je guérisse, tant qu'il y a près de moi quelqu'un qui me suce, qui profite de ce que je cache au plus intime. Quelqu'un, d'après vous, de diaboliquement malin. Mais pourquoi pas quelqu'un d'aussi fou que moi ? Et si nous étions deux fous en symbiose, la démence de l'un aiguisant celle de l'autre. Car enfin, réfléchissez. Moi, j'ai gardé le souvenir de ma mère menaçant son chat de lui régler son compte. Mais celui qui lit en moi a pris cette menace au sérieux. Il est allé plus loin que l'intention. Il a renchéri sur ma folie. Alors ? Comment pourrai-je me soigner, tant que rôdera cet insaisissable personnage qui semble sortir de moi ?

Brillouin passe derrière Jeantôme, le saisit aux épaules et le fait asseoir doucement.

— Détendez-vous, là... Mon rôle est d'expliquer, pas de résoudre. Savez-vous ce que je vous conseille... instamment... Allez trouver la police.

— Impossible, docteur. On m'arrêtera, voyons. C'est évident. Je suis un coupable idéal.

— Je pense à un policier privé. Il y en a de bons, que diable.

— J'en connais un. L'agence Ruffin. Je ne vous en ai pas parlé parce que... Je ne sais pas... Une espèce de pudeur. Mais qu'est-ce que je lui demanderai, d'après vous ?

— Tout simplement qu'il vous surveille, qu'il fouine autour de vous. Il est évident qu'entre vous et celui qui vous persécute il y a, à certains moments, des contacts. Sinon, c'est moi qui change de métier. Au besoin, dites-lui qu'il vienne me voir. Un entretien peut être utile. Vous voulez bien ?... Bon. Je vous ai parlé d'homme à homme. Maintenant, je cède la place au médecin. Le dialogue, c'est bien joli, mais il y a aussi des remèdes qui sont efficaces.

Ce disant, il rédige une ordonnance.

— Voilà. Naturellement, vous revenez après-demain, et nous continuerons à causer. L'échange, c'est de ça que vous êtes privé. Vous pourriez avoir une petite amie... Non ! Je ne vous conseille pas de tromper votre femme mais, dans votre cas, votre espèce d'ascétisme, ça n'arrange pas les choses. Bon courage, mon cher ami.

Jeantôme s'éloigne lentement. Pourquoi Brillouin n'aime-t-il pas Hyde ? Il s'irrite dès qu'il est question de Mr Hyde, comme s'il s'agissait d'un rival, d'un personnage sans cesse interposé entre le réel et moi. Il ne veut pas comprendre que Mr Hyde m'aide à me supporter. Si on me l'enlève, je n'ai plus qu'à...

Il s'arrête devant la grande armurerie de la place Saint-Michel. Il y a là, présentées avec art, toutes sortes d'armes, depuis le pistolet qu'on peut cacher dans le creux de la main, jusqu'au revolver à encolure de taureau, et çà et là des bouquets de poignards, de lames scintillantes, disposées en rosaces, en étoiles, toute une bijouterie de mort. Jeantôme voit son reflet qui se superpose à un râtelier de carabines. Ce serait si simple d'entrer, de montrer n'importe lequel de ces fusils et de dire :

— J'en voudrais un.

— Pour quoi faire ?

— Pour me tuer.

Risible ! Et pourtant... Ce qu'il n'a pas osé suggérer à Brillouin, c'est que la série n'est sans doute pas terminée. Après la baronne de Wirmont, il y aura d'autres victimes... par sa faute. Tant qu'il nourrira des cauchemars — pas seulement les serpents, ou les rats, ou les araignées, ou les chauves-souris, toutes les hideuses créatures du moulin — quelque part de pauvres petites vieilles seront menacées. Et ni Brillouin, ni le commissaire Marchetti, ni Ruffin, ne sauront pourquoi. Parce qu'il n'y a pas d'explication. Parce que je suis de trop. Parce que je n'écrirai jamais le chef-d'œuvre que je porte en moi.

Jeantôme regarde ses mains. Elles ne tarderont pas à se couvrir de poils, comme celles du malheureux Dr Jekyll quand son démon lui volait son âme.

*
* *

Jeantôme a acheté non pas tous les journaux — il ne faut pas donner l'éveil — mais les principaux, ceux qui pratiquent la culture et l'élevage du fait divers. A travers les titres tonitruants, on devine que l'enquête piétine, et que c'est tant mieux parce que les reporters, à bout de copie, font un sort au moindre détail. L'un d'eux a même remarqué, en comparant les trois affaires, qu'elles offrent un trait commun. Dans la première, le sinistre cérémonial des flambeaux ; dans la seconde, cet absurde tour de cou de plumes, et dans la troisième, la mort provocante de l'angora, autant de manifestations d'humour noir. « Comme si, écrivait la journaliste, l'assassin avait voulu tirer de ces crimes une satisfaction d'esthète. » La phrase a frappé Jeantôme au cœur. Une autre feuille lui apprend que le chat n'a pas été du tout fourré en force dans une ratière, mais a eu la queue pincée par le ressort d'un piège à souris, preuve que le criminel, après avoir assommé la pauvre vieille, s'était amusé avec elle.

« Bien plus, ajoutait l'auteur de l'article, on est bien obligé d'admettre qu'il avait prémédité son coup et apporté le piège avec lui. » Il concluait : « On se moque de la police. Ce n'est pas en passant le quartier au peigne fin qu'on mettra la main sur ce dangereux maniaque. » Suivait l'interview d'un célèbre psychanalyste qui essayait de ranimer tous les poncifs du freudisme. Jeantôme, de ce fatras, ne retenait que les mots « satisfaction d'esthète ». Comme c'était bien vu ! Il se sentait percé à jour et apprécié, enfin, par un connaisseur. Il avait beau se dire : « Ce n'est pas de moi qu'il parle, mais de l'autre », il prenait le compliment à son compte. Et en même temps, il cherchait — il n'arrête plus de chercher — à qui il a bien pu raconter l'épisode du chat. Sur ce point, Brillouin a raison. Quelqu'un *sait*. S'il lâche cette certitude, il va sombrer. Mais au contraire, s'il trouve ce point de contact, il peut reprendre son projet de récit biographique. Et à force de réfléchir, il découvre quelque chose à quoi il n'a jamais pris garde : les superbes mises en scène du malfaiteur gagnent peu à peu en précision, semblent s'adresser à lui d'une manière plus pressante. Les bougies à la tête du lit, cela ne relevait encore que d'une quelconque fantaisie... le boa, ah ! déjà, cela valait une signature. Mais le chat dans la souricière, cette fois, cela porte sans jeu de mots une griffe : « Jeantôme. » Et la prochaine fois, il sera nommément désigné. Et pourquoi ? La réponse est facile. Pour le faire arrêter et jeter en prison. Pour l'empêcher de dire ce qu'il a vu autrefois. La manœuvre est claire. Et voilà les tremblements qui le reprennent. Se peut-il que le livre qu'il médite soit si compromettant qu'on veuille à tout prix lui fermer la bouche ? Alerte ! Il faut parer le coup.

Et d'abord interroger Myriam. Il lui téléphone. Elle est furieuse.

— Vous savez qui sort d'ici ?... Un flic, parfaitement. Il est venu me déranger pour me demander si je connaissais la baronne de Wirmont. C'est la vieille qui a été étranglée l'autre jour. De quoi je me mêle !... La police a mis la main sur un exemplaire de *Corps à cœur*, que je lui avais dédicacé. Mais j'en dédicace à tout le monde. Il paraît que je lui avais mis : *D'une solitaire à l'autre, en toute amitié*. De ces trucs qui n'engagent à rien, vous pensez. J'emploie souvent la formule pour aller vite. Et je tombe juste à tous les coups. Mais cette pauvre cruche de flic voyait là une preuve d'intimité. Ah ! ce n'est pas à vous que cela arrivera ! Vous avez de la chance.

— Myriam, vous permettez ?... Je voudrais vous parler. Est-ce que je peux descendre ?

— En vitesse, alors. Je suis déjà en retard.

Elle ose dire : en retard. Par rapport à quoi ?... Qu'une nonne qui va rater matines se dépêche, soit. Mais elle, qui n'a devant elle que le vide des jours... Pourtant Jeantôme se précipite. Elle l'attend, perchée sur son tabouret de soliste. Devant elle, son outil de travail, à la fois bureau, piano et établi. Elle fume, ce qui n'est pas un très bon signe.

— C'est donc si pressé ? dit-elle.

— Oui et non. Voilà. Vous ai-je parlé quelquefois de ma petite enfance ?... Les cauchemars, les crises, oui, vous êtes au courant. Mais le moulin de mes parents...

— C'est possible. Je n'ai pas fait attention.

— L'incendie ?... Je ne vous ai jamais parlé de l'incendie ? Il m'en revient, maintenant, des images qui me perturbent gravement.

— Eh bien, voyez un médecin.

— Non. N'allons pas si vite. J'ai bien dû vous raconter cette horrible nuit. N'y a-t-il donc jamais eu, entre nous, un peu d'abandon, un besoin de confidences ?

Elle allume à son mégot une nouvelle cigarette, hoche la tête, comme si elle pesait le pour et le contre.

— Mon pauvre ami, dit-elle enfin, comment savoir, dans tout ce que vous m'avez forcée à entendre, ce qui est vrai et ce qui est imaginaire ? Votre mémoire est votre meilleur roman.

— Merci. Mais je dois insister. De temps en temps, vous parlez bien de moi, avec Claire. Je sais que tout le monde parle de moi, dans mon dos. Alors, qu'est-ce que vous lui dites ?

— Mais qu'est-ce que tu crois, mon pauvre René ? Que le monde tourne autour de toi ? Désolée. Je t'assure qu'on te laisse bien tranquille. Allez ! Du vent, maintenant. Je suis occupée, moi.

Elle se penche sur sa table et sa plume instantanément se met à courir comme un mille-pattes. Jeantôme la regarde avec une grimace de dégoût. Non, ce n'est sûrement pas à cette femme qu'il a pu confier des souvenirs qui sont l'âme de son âme. Mais alors, à qui ? Il ne fait que côtoyer ses semblables, depuis des années. Son métier l'oblige à voir beaucoup de gens, le temps de prendre un verre, de colporter ou d'accueillir un bon mot, d'échanger avec eux les signaux de la tribu, et rien de plus.

Il s'en va sans bruit, fait à Claire, qui tape dans son petit bureau, un rapide signe d'amitié et revient chez lui. Il possède d'ailleurs un repère. Quand a-t-il commencé à devenir la proie de ses hallucinations ? A partir du moment où Delpozzo lui a proposé d'écrire un roman fantastique. C'est en fouillant dans sa mémoire la plus engourdie qu'il a dérangé les larves et que la pourriture s'est mise à grouiller. Or, cela remonte à quelques semaines à peine. Et justement des semaines pendant lesquelles il a vécu en misanthrope. A ce compte, il est facile de dénombrer ses interlocuteurs. Qui, Brillouin mis à part ? Et puis Ruffin ? Jeantôme a beau s'interroger. Il se souvient que Ruffin lui doit un rapport, et l'envie de l'entendre se saisit de lui. Il téléphone aussitôt.

— Jeantôme à l'appareil. Je m'inquiétais de vous.

— Excusez-moi, dit Ruffin. J'ai beaucoup de travail. Vous aurez mon rapport demain.

— Qu'avez-vous découvert d'intéressant, en quelques mots ?

— Oh ! rien de bien neuf ! La condamnation de votre père a provoqué chez votre mère une grave dépression. Elle a été, comme vous, soignée par le Dr Lermier, qui passait pour un excellent psychiatre. Jusqu'au jour où elle s'est suicidée en s'ouvrant les poignets. Une négligence du personnel. Une lame de rasoir oubliée. Il ne faut pas longtemps, vous savez.

— Et pour l'enclos des bêtes, chez ma tante ?

— Un court-circuit, l'accident banal. Mais qui a dû vous secouer, bien sûr. Allô ! Vous m'entendez, monsieur Jeantôme. Allô ?

— Oui, oui. Parfaitement. J'étais seulement en train de penser à quelque chose. Est-ce que vous pourriez passer chez moi ?... Eh bien, le plus vite possible.

— Ce matin, si vous voulez. J'ai affaire dans votre coin.

— Parfait. Je vous attends. Je vous raconterai des choses qui vous stupéfieront.

Jeantôme raccroche et remet un peu d'ordre dans son logement. Il s'aperçoit que son lit n'a pas été défait. Une légère dépression le creuse en son milieu. L'empreinte d'un corps, pardi. A cause de la chaleur, il s'est contenté de dormir sur la couverture... Ou bien... Voyons. Jeantôme essaie de se rappeler... Quand il s'est réveillé, était-il en pyjama ou bien déjà habillé ? En pyjama, forcément. Cependant, saisi d'un doute affreux, il fouille les poches de son pantalon, de son veston... Les clefs, le portefeuille, le mouchoir, un paquet de cigarettes à peine entamé et le briquet, rien d'autre. Qu'aurait-il bien pu trouver d'autre ? Il l'ignore mais il a peur. Il va tout droit à sa bibliothèque. Depuis longtemps, il possède le petit Larousse médical, non pas qu'il soit de ces maniaques qui se sentent atteints de toutes les maladies, mais c'est plutôt une espèce de protection, un recours, comme une trousse de premiers soins. Il cherche fébrilement : *Schizophrénie*. Brillouin a beau lui affirmer qu'il n'en est pas menacé, il préfère en avoir le cœur net, à cause de ce lit non défait.

L'article est copieux. Jeantôme le parcourt en diagonale.

« La dissociation se manifeste sur l'ensemble du moi... Le malade sombre dans une inaction totale... Il est confronté à des expériences de transformation de sa personne physique et morale... »

Jeantôme referme violemment le livre et fouille dans son portefeuille. L'ordonnance de Brillouin... « Halopéridol. » Voilà ! Il en était sûr. « Neuroleptique qui agit sur les hallucinations, etc. Effets indésirables : impuissance, frigidité, etc. »

— Qu'est-ce que je disais ! s'écrie Jeantôme.

Il se laisse tomber dans son fauteuil. Brillouin lui a menti. Il est beaucoup plus malade qu'il ne le croyait. En réalité, il souffre d'un dédoublement de la personnalité. Brillouin n'a pas osé prononcer le mot, mais quoi... La preuve est là. Il n'a pas dormi dans sa chambre, ou si peu ! Alors, où était-il ? Où était Hyde ? Car, cette fois, il ne s'agit plus d'une espèce de jeu de cache-cache. De somnambule, il est devenu loup-garou.

Il cache sa tête dans ses mains. Ce qu'il faudrait, il sait bien ce qu'il faudrait. Il va le demander à Ruffin. Mais d'abord, pour le convaincre, il est indiqué de lui communiquer les pièces du dossier ; c'est-à-dire les ordonnances de Brillouin. Elles sont éloquentes. Et puis, il sera bon de le payer largement, pour l'avoir en quelque sorte à son service durant huit jours au moins. Au besoin, il pourrra coucher dans le bureau. L'important, c'est qu'il monte la garde.

Jeantôme téléphone à sa banque. Où en est son compte ? Aïe ! Ce sera un peu juste. Et demander de l'argent à Myriam ? Elle ne dira pas non. Le cas s'est déjà produit. Mais quels sarcasmes ! Et pas moyen de justifier cet emprunt. Elle ne se rend pas compte, l'imbécile, qu'elle est en danger, et que ce n'est pas le voyant rouge de sa porte qui empêchera le fou d'entrer, une belle nuit, si ses fantasmes le poussent aux épaules... Qu'est-ce qu'il a dit, Brillouin ? Que 2 et 2 font 4. Bien sûr. C'est vrai par moments, à condition qu'on accepte de compter. Mais si on s'en fout, de compter. Ou plutôt si on se prend les pieds dans ses propres calculs... Ce qui conduit tout de suite à conclure que 2 et 2 font 22 ? Hein ?... Ah ! on sonne. Enfin, c'est Ruffin.

Et Jeantôme devient instantanément un autre homme, accueillant, aimable, en pleine possession de son problème. Il installe le privé dans son fauteuil, lui offre un doigt de porto, un fond de bouteille trouble.

— Jamais d'alcool, dit Ruffin.

— Moi non plus, dit Jeantôme.

Et, très clairement, sans fausse pudeur, il lui explique pourquoi il est entre les mains d'un psychiatre. Il lui fait lire les ordonnances.

— J'en suis aux neuroleptiques, remarque-t-il, sans émotion apparente. Cela signifie que je peux à tout instant basculer dans la démence définitive, si l'on ne prouve pas que quelqu'un, de loin d'abord, et puis de plus en plus près, s'efforce de me faire perdre la tête, en me persuadant que c'est moi l'assassin des vieillards. C'est terrible. Maintenant que je vous parle, je suis intimement convaincu qu'il y a dans mon entourage un coupable qui veut ma peau. Mais, quelques minutes avant votre arrivée, j'étais également convaincu que c'était bien moi l'étrangleur. Vous voyez. Je me joue moi-même à pile ou face.

Ruffin, pendant une longue minute, reste muet. Surprise ? Scepticisme ?

— C'est un cas très extraordinaire, dit-il.

— Si vous ne me croyez pas, dit Jeantôme, le Dr Brillouin est prêt à vous recevoir. Il serait même très heureux d'avoir un rendez-vous avec vous. C'est lui qui m'a conseillé de demander la protection d'un policier.

— Mais que voulez-vous que je fasse, se défend Ruffin, méfiant.

— Je voudrais que vous me mettiez en observation. Vingt-quatre heures sur vingt-quatre.

— Pas la nuit, quand même.

— Si. Surtout la nuit. Est-ce que je sors ? Où est-ce que je vais ? Est-ce que je rencontre des gens ? Exactement comme si, à une heure donnée, je changeais d'identité. Je paierai ce qu'il faudra, mais c'est à un certain point de vue une question de vie ou de mort. Et pas seulement pour moi.

Jeantôme lève la main pour prévenir une objection.

— Bien entendu, poursuit-il, vous constaterez sans doute que je mène une vie tout unie, sans le moindre épisode trouble... Mais alors, si un nouveau crime est commis, vous saurez que ce n'est pas moi. Vous comprenez ? Même s'il présente des particularités que je suis seul à pouvoir expliquer, vous connaîtrez, vous, la vérité, et vous m'empêcherez de m'accuser. Votre témoignage me retiendra au bord de la dépression finale. Et il désarmera mon persécuteur... C'est raisonnable, ce que je dis, n'est-ce pas ?

— Oui, il me semble, murmure Ruffin. Je n'ai jamais rien entendu de plus extraordinaire, je l'avoue. Pratiquement, qu'est-ce que vous proposez ? Je peux me libérer pendant quelques jours, mais pour bien faire, il faudrait que je sois près de vous à votre insu. Si vous me sentez présent comme un garde du corps, il ne se passera rien, soit que vous renonciez à vous métamorphoser, soit que votre ennemi n'ose rien entreprendre.

— Eh bien, dit Jeantôme, il suffit que vous soyez ici comme un ami, comme un invité libre de ses mouvements. Vous avez envie de sortir, vous sortez. Mais, bien sûr, c'est pour mieux me filer. Vous avez envie de rester ici, pour lire ou pour écrire. A votre aise. Mais vous surveillez mon téléphone. Vous notez les noms de ceux qui m'appellent. Et en plus, vous m'observez attentivement pour renseigner mon docteur. En particulier, munissez-vous d'un magnétophone pour enregistrer ce que je dis, la nuit, quand je parle dans mon sommeil.

— Tout ça ne va pas être facile, constate Ruffin. Surtout ça va vous coûter cher pour un résultat bien aléatoire. Et quand dois-je commencer ?

— Mais tout de suite, si vous voulez.

— Non, quand même. Je dois prendre certaines dispositions. D'abord, à moi seul, je ne pourrais pas suffire. Il me faut un collaborateur, mais n'ayez crainte, l'agence pourra faire face. J'ai tout le personnel nécessaire. Ensuite, accordez-moi le temps de conclure deux ou trois petites affaires. Donnez-moi quatre jours. Ça ira.

Jeantôme, soudain, paraît soucieux.

— Monsieur Ruffin, dit-il, vous êtes lié, je suppose, par le secret professionnel.

— Évidemment. Pourquoi ?

— Parce que je viens de me livrer à vous avec un manque de retenue... j'en ai honte. Je ne voudrais pas que vous alliez dire à mon docteur : « Ce Jeantôme ?... A-t-il toute sa tête ? Dois-je vraiment faire tout ce qu'il me demande ? »

Ruffin lui prend les mains avec amitié.

— Rassurez-vous. Dans mon métier, on est habitué à travailler pour toutes sortes de clients.

— Mais moi, insiste Jeantôme, c'est spécial. Mettez-vous bien dans l'idée que c'est spécial. Je ne suis pas n'importe qui. Alors, je vous en prie, pas de commentaires avec le Dr Brillouin. Contentez-vous de l'écouter.

— Ne vous inquiétez pas. Et patientez. Quatre jours, ce n'est pas long, quatre jours. Votre adversaire sera bien malin s'il se manifeste pendant ce temps-là... Attendez. Encore quelques questions. Avez-vous l'impression qu'on est venu ici ? Qu'on a fouillé, que certains objets ont été dérangés ?

— Franchement, je n'en sais rien. Mais oui, j'ai quelquefois cette impression.

— Avez-vous vérifié l'état de vos vêtements, de vos chaussures ? Non. Eh bien, faites-le. Pour sortir de la maison...

— Je prends en général l'escalier de service. Mais je peux aussi bien descendre chez ma femme, elle habite juste en dessous, et utiliser l'ascenseur.

— Elle vous rend souvent visite ?

— Jamais. C'est toujours moi qui vais la voir.

— Bien, bien. Je prends note. Gardez-vous ici des papiers importants ? Un écrivain possède toujours des classeurs pleins d'ébauches, de résumés, de travaux en cours.

— Pas moi. Je ne laisse rien traîner, jamais, nulle part.

— Et chez votre éditeur ?

— C'est pareil. Jeantôme se frappe le front. Tout est là.

— Connaissez-vous les victimes ?

— Pas du tout. Même pas de vue.

— Avez-vous des amis, ou des proches, à qui vous écrivez, de temps en temps ?

— Je n'écris à personne.

— Pas de liaison ? Je dois vous le demander.

— Non.

— Ni féminine... ni masculine ?

— Je vous en prie.

— En somme, dans la foule parisienne, en dépit de vos occupations, vous vivez en ermite.

— Oui. J'ai toujours été seul depuis mon enfance. Je l'ai voulu. Il y a bien l'épisode incompréhensible de mon mariage, mais considérez-le comme une tentative ridicule de sociabilité.

— Est-ce que votre femme en a quelque rancune ?

— Pas du tout. Elle réserve à ses lectrices ses émois et ses déboires sentimentaux. Et croyez-moi, ça paye.

Ruffin coupe court.

— Eh bien, disons que lundi, on va commencer, propose-t-il. D'ici là, détendez-vous. Promenez-vous. Accordez un congé à votre maladie. Répétez-vous que je vais vous prendre en charge totalement.

Subitement, Jeantôme sent ses yeux se mouiller.

— Merci, murmure-t-il. Voyez, c'est trop bête, à la moindre émotion... J'ai si peu l'habitude qu'on s'efforce de me protéger. Merci. Quoi que j'aie fait autrefois, je sens que vous me pardonnez. Et je voudrais... mais vous allez sans doute refuser.

— Dites toujours.

— Voilà... Je voudrais... Oh ! je sais que c'est idiot, mais cela me rendrait beaucoup de tranquillité, parce que j'ai l'air calme, comme ça, mais je ne cesse pas d'avoir peur. Je voudrais posséder un revolver... un petit, bien sûr... Il n'aurait même pas besoin d'être chargé. Je le sentirais simplement dans ma poche. Je jouerais avec... comme on le fait avec un trousseau de clefs. Quand je rentre chez moi, je n'éprouverais pas cette angoisse devant ma porte. Qui se cache derrière ?... Moi, peut-être. Non ? Vous ne voulez pas.

Le détective se tait, cherchant ses mots.

— Cher monsieur, dit-il enfin, si l'on apprenait que je vous prête une arme, je perdrais aussitôt ma licence.

— Quand j'étais petit, au moulin, dit Jeantôme sans l'écouter, j'avais un fusil à flèches. Qu'est-ce que j'ai pu m'amuser avec ! Je me sentais tellement fort. C'est ça qui me manque. Il y a en moi quelqu'un qui me sait désarmé. Ce n'est pas l'Halopéridol qui le tiendra à distance.

— Écoutez, dit Ruffin. Si vraiment vous avez tellement envie d'un revolver, achetez un revolver d'alarme, dans n'importe quelle armurerie. C'est autorisé. On en vend beaucoup aux femmes. Ce sont de vrais revolvers, mais qui tirent une espèce de grenaille inoffensive.

— On me demandera mes papiers.

— Votre carte d'identité, peut-être. Mais rien d'autre. Ne dites pas que vous venez de ma part, bien entendu. De quoi j'aurais l'air ! Un privé, en principe, est une meilleure défense qu'un pistolet pour dames... Alors, c'est entendu ; à partir de lundi, vous aurez derrière vous un ange gardien, et c'est moi, ici, qui veillerai sur vous. Ça va mieux ?

— Beaucoup mieux. Merci.

Jeantôme accompagne Ruffin. Jamais il n'avait éprouvé une sensation de délivrance pour ainsi dire aussi capiteuse. Il se promène maintenant sur le boulevard où la lumière du matin n'a pas encore perdu son pétillement, son excitation des beaux jours. Il a un but, vers lequel il se dirige en flânant. Rien ne presse. Mr Hyde est oublié. D'ailleurs, devant un détective privé, il ne pèsera pas lourd. Place Saint-Michel, il entre avec assurance chez Gastine-Rainette. Tout de suite, le vendeur l'approuve. Par les temps qui courent, on ne saurait prendre trop de précautions. L'efficacité de ces revolvers d'alarme, c'est qu'ils sont la réplique exacte des vrais revolvers. Même aspect, même poids, donc même pressante menace. L'agresseur éventuel n'insiste pas. Il préfère s'enfuir. Jeantôme se fait présenter, pour le plaisir, plusieurs modèles, les manie, les soupèse, les braque. C'est follement amusant. Bien plus que d'acheter un bracelet ou une bague. Il joue à hésiter, comme s'il était un tireur d'élite, et enfin choisit un revolver à canon court qui lui paraît plus redoutable que certaines armes à canon long qui font un peu western. Et puis, la crosse est en bois, couleur de miel. Elle est douce et lisse au toucher. Elle est amicale.

— Beau modèle, approuve le vendeur. Je vous le charge ?

— S'il vous plaît.

L'homme bascule le barillet, place les cartouches.

— Je n'ai pas besoin de l'étui, dit Jeantôme. Je l'emporte comme ça.

Oublié, le fusil à flèches. Le revolver est là, au fond de sa poche de pantalon. C'est vrai qu'il est lourd, mais d'un poids rassurant. Il équilibre Jeantôme, le retient du bon côté de la vie. Il est un peu comme un pacemaker, comme un moi de supplément qui s'ajoute à sa pensée, la conforte, l'empêche de s'éparpiller, de se précipiter à l'appel de Mr Hyde. Il n'y a pas de Mr Hyde. Il y a quelque part un odieux criminel sur qui Ruffin mettra la main. Au fond de la poche, le revolver se réchauffe doucement. Jeantôme n'est plus seul.

*
* *

Jeantôme s'est offert un bon déjeuner d'amoureux, chez Lapérouse. Rien que des choses que, d'habitude, il digère mal, parce qu'il est toujours noué. Mais aujourd'hui, grâce à Ruffin, il se sent libéré et il s'est invité. Il a accepté, sans façon. Et pendant cet aimable repas, il n'a formé que des pensées riantes. Il y aurait bien, une de ces nuits, une petite vieille qui connaîtrait un sort tragique, mais Ruffin pourrait facilement démontrer que son client n'avait pas bougé de chez lui. Que je touche du doigt un fait bien établi, constaté par un professionnel, se dit-il, et c'en sera fini de l'épouvante. Mr Hyde ne sera plus pour moi qu'un merveilleux thème littéraire que je pourrai développer à ma guise, au lieu d'être tyrannisé par lui. Évidemment, l'objection n'est pas loin. Et si un nouveau meurtre était reconnaissable et portait en quelque sorte la marque Jeantôme ? Et bien, cette fois, c'est à Ruffin qu'il appartiendrait de déjouer les plans du criminel et de découvrir les raisons de son hostilité.

Jeantôme savoure son meursault. Ruffin sera là, dans vingt-quatre heures, cent fois plus efficace que le Dr Brillouin parce qu'il est l'homme, non pas des diagnostics mais de la riposte. La tarte Tatin ? Pourquoi pas. Et peut-être même un cigarillo avec le café.

Le restaurant se vide peu à peu. Jeantôme n'a pas envie de rentrer, ni chez Delpozzo ni chez lui. Il ignorait que la vie fût si douce, mais comment exprimer cela sans fadeur ? Il acquitte sa note sans même ramasser la monnaie et s'en va, le long de la Seine, la tête pleine de mots qui se cherchent et volettent comme des moineaux querelleurs. Longue promenade par des rues, des carrefours, des trottoirs, que ses pieds connaissent mieux que lui. Il s'arrête devant l'étalage de Lhomond.

— Tiens, monsieur Jeantôme. Je vous croyais souffrant. On ne vous voyait plus.

— Non. Je travaillais.

— Ah ! cela me fait plaisir ! Qu'un écrivain de votre valeur ne produise pas davantage, c'est grand dommage. Mais entrez donc. J'ai trouvé récemment, figurez-vous, une lettre d'Edmond de Goncourt. Ça va vous intéresser. Elle avait été oubliée au fond d'un secrétaire. Les vieilles gens oublient souvent de visiter à fond leurs meubles avant de les vendre. Venez !... Ah ! que dites-vous de ce Buffon complet ? Qu'est-ce que le pauvre bonhomme qui me l'a vendu pouvait bien faire des œuvres de Buffon ? Mais, vous savez, les anciens ne cessent pas de m'étonner. Songez qu'à quatre-vingt-deux ans, la vieille demoiselle Georgette Lemercier... Au fait, elle n'habitait pas très loin de chez vous, rue Racine...

Jeantôme dresse l'oreille.

— Il lui est arrivé quelque chose ?

Lhomond se retourne, très surpris.

— Vous n'êtes donc pas au courant ?

— Au courant de quoi ?

— Elle a été assassinée, comme les autres.

Il porte une main à sa gorge pour montrer qu'elle a été étranglée. Jeantôme s'appuie à une desserte.

— Quand ?... C'est arrivé quand ?

— La nuit dernière. Mais vous n'écoutez donc jamais la radio ? Ah ! Ces auteurs ! Toujours la tête ailleurs. Le crime a été signalé à la police par quelqu'un qui n'a pas voulu dire son nom. Il pouvait être deux heures du matin ; c'est une forte odeur de brûlé, paraît-il, qui a donné l'alerte. On n'a pas idée. Elle fumait au lit, et naturellement sa cigarette a mis le feu. Elle s'est endormie et vous devinez le reste. Quoique... Oui, je sais ce que vous allez me faire remarquer. C'est peut-être bien l'assassin qui a eu l'idée de la cigarette, pour camoufler son crime en accident. A l'émission de midi, la police a mentionné cette hypothèse. A mon avis, on est en plein mystère. Vous regardez cette pendule, hein ? Une pièce superbe.

— Non, murmure Jeantôme, je pensais à cette pauvre femme. Vous la connaissiez ?

— Bof ! Comme ça... Je connais un peu tout le monde, dans le quartier. Elle m'achetait des livres, de temps en temps. Elle était très instruite. J'ai appris qu'elle avait été directrice d'un lycée, à Versailles. Ce qu'elle aimait, c'était surtout les Mémoires. C'est pourquoi j'ai été tellement étonné quand on a dit, à la radio, que le livre qui était tombé auprès d'elle sur la descente de lit et qui avait commencé à brûler — je vous le donne en mille, monsieur Jeantôme, qu'est-ce que c'était à votre avis de romancier ?

— Les *Mémoires* de Saint-Simon, peut-être ?

— Non. Vous n'y êtes pas du tout. C'était *Les Lettres de mon moulin*. Il y avait encore un signet qui marquait la page : « Le secret de maître Cornille. » Vous vous rappelez : l'histoire d'un meunier.

— Si je me rappelle ! dit Jeantôme, d'une voix qui s'enroue.

Il ferme les yeux. Il pense : « Je suis maudit. Ruffin n'a pas eu le temps d'arriver. »

Quelqu'un entre dans le magasin.

— Vous permettez ? dit Lhomond.

Il laisse Jeantôme parmi les consoles, les crédences, les horloges anciennes, et Jeantôme immobile, figé, blême, ressemble à un mannequin à céder d'occasion. Là-bas, Lhomond discute âprement. Il n'est pas homme à lâcher un sou sans se battre. Quand il revient, il a l'air furieux.

— Il y a des gens, grogne-t-il, je vous jure qu'il faut être patient. Je lui ai vendu une petite table à jeu, bon, ce n'est pas ma faute si un pied se décolle. Dans le meuble ancien, ce sont des choses qui arrivent. Vous partez déjà ? Vous ne voulez pas voir la lettre ? Ces Goncourt, vous savez, quelles mauvaises langues ! Et maintenant, leurs ragots se paient au prix fort. Je vous souhaite la même chance et qu'un jour un billet signé Jeantôme fasse monter bien haut les enchères.

Jeantôme ne se maîtrise plus. Il a besoin de détails, de tous les détails et il a besoin, aussi, de visiter son appartement. Quoiqu'il soit à peu près sûr d'avoir bien dormi, la veille. Quant aux *Lettres de mon moulin*, c'est un livre dont le titre lui a toujours fait horreur. Il en a lu des fragments en classe, autrefois, par nécessité. Il ne l'a jamais eu en sa possession. Ça, c'est un point d'appui solide. Le seul, parce que tout n'est plus que confusion dans sa tête. Et une pensée lancinante le taraude : Qui savait que Ruffin ne pouvait pas intervenir avant quatre jours ? Est-ce qu'il y a des micros, chez lui ? Hypothèse terrifiante. Il voit soudain, le long des murs, comme des grappes suspendues à des treillis, des petites choses rondes, noires, qui écoutent et qui observent aussi. Et qui échangent entre elles, sans bruit, des confidences. « Il est perdu. Il va se dénoncer. Ou bien il va se pendre, ou s'ouvrir les poignets comme sa mère. »

C'est son sang qui lui joue des tours et bourdonne dans ses oreilles, tandis qu'il monte quatre à quatre ses escaliers. Il se jette, hors d'haleine, dans son fauteuil, mais ne prend pas le temps de récupérer son souffle. D'abord, interroger Lethellier. C'est le mieux placé. Hélas, le secrétaire lui répond que Lethellier n'est pas là. Ruffin, alors ?... Mais Ruffin n'est pas encore rentré. Brillouin, peut-être ? Mais Brillouin finira par l'envoyer promener.

Acculé, Jeantôme tire de sa poche son revolver et le braque lentement autour de lui, comme Michel Strogoff tenant en respect les loups qui l'assaillent. Voilà des fragments de lectures qui reviennent, qui défilent et qui le captivent un moment, l'apaisant peu à peu. Qu'est-ce que c'est que cette comédie qu'il se joue ? Il jette l'arme dérisoire sur le bureau et court se bassiner les tempes à l'eau froide. Des micros ! Quelle idée ! Dieu merci, il sait encore discerner ce qui est morbide et ce qui est ridicule. La preuve, c'est qu'il va tout droit à sa lampe de travail, dont il dévisse l'ampoule, puis il monte sur une chaise et retire une à une les ampoules du lustre, puis il regarde derrière la reproduction des *Nymphéas*, puis il soulève les coins du tapis qui recouvre la moquette, tout en répétant : « La preuve ! La preuve ! », enfin il dit, à voix forte : « Je déclare qu'il n'y a pas de micros ici. » Cela vaut un signe de croix ou n'importe quel geste propitiatoire. Rasséréné, il se rassoit devant son téléphone.

— Passez-moi M. Ruffin, je vous prie... Il est là ? Ah ! parfait ! C'est de la part de M. Jeantôme... Allô, Ruffin ?... Vous devinez pourquoi je vous appelle ?... Je viens d'apprendre... Oui, c'est bien ça. Mais je voudrais tous les détails avec précision.

— Vous avez bien fait de m'appeler, dit Ruffin. D'ailleurs, je vous aurais téléphoné de toute façon, sachant l'état de fragilité où vous êtes... Ça va ? Pas trop secoué ?

— Si, un peu.

— Je vous comprends, car maintenant tout vous désigne. Ou plutôt non. Tout vous désignerait si la police possédait votre dossier médical. Mais tant qu'elle vous ignore, vous êtes totalement à l'abri. Vous entendez, monsieur Jeantôme ? Totalement. La police a relié les quatre affaires, bien sûr. Elle est convaincue que c'est l'œuvre d'un maniaque. Elle est également persuadée que la série va continuer encore quelque temps, comme cela s'est déjà produit dans le dix-septième ; vous vous rappelez... Cette épidémie de meurtres commis sur des vieillards. Alors, elle cherche du côté des hôpitaux psychiatriques. Elle interroge à droite et à gauche ; elle établit une étroite surveillance de tout le sixième ; la routine, quoi. Mais comme le commissaire n'est pas une bête, et n'exclut pas l'hypothèse d'une espèce d'entreprise méditée, comme si le criminel, pour mieux se couvrir, procédait à des mises en scènes adroites visant à imposer l'idée qu'un dément, après avoir tué, laisse libre cours à ses fantasmes. Marchetti, en vieux renard qu'il est, n'écarte même pas l'idée qu'il peut s'agir d'une petite bande, car n'oublions pas que les victimes sont dépouillées et, après, où va le butin, hein ?

— Oui, oui, dit Jeantôme, je veux bien vous croire, mais la police m'ignore tant que je ne suis pas dénoncé. Que l'assassin me dénonce — et une lettre anonyme peut suffire — ça y est !

— Mais non, mon cher ami, pas du tout. En ce moment, vous pouvez en être sûr, la police est inondée de lettres anonymes. Seulement, ce n'est pas parce que le premier venu affirme « C'est un tel, ou un tel » que cela déclenche une enquête. Il y faudrait bien autre chose.

— Mon dossier médical, vous l'avez dit vous-même.

Interloqué, Ruffin réfléchit, avant de répondre.

— Votre dossier est entre les mains de votre psychiatre. Vous ne pensez pas sérieusement que...

— Écoutez, tranche Jeantôme, si vous me disiez exactement ce qui m'incrimine, dans cette nouvelle affaire.

— Attention, je ne la connais encore que par ouï-dire. C'est Châtelier, l'adjoint de Marchetti, qui m'en a parlé. N'oubliez pas que j'ai été son collègue avant de me mettre à mon compte. Alors, voici ce que cela donne. D'après le légiste, la mort peut se situer vers minuit. L'assassin est entré avec de fausses clefs.

— Il n'y avait donc pas de serrures de sûreté ?

— Si, mais ce que l'on considérait comme des serrures de sûreté il y a quinze ou vingt ans, pour les malfrats d'aujourd'hui, c'est de la quincaillerie. Tenez, vous, par exemple... Votre serrure est en place depuis combien de temps ?

— Oh ! ça remonte loin !

— Vous voyez. Et si vous vouliez la faire changer, vous savez ce que ça vous coûterait ? Cinq ou six mille francs. Alors, vous pensez bien que vos petits vieux y regardent à deux fois. Non, les serrures ne sont plus un problème.

— Continuez.

— La vieille demoiselle était endormie. Elle a été étranglée comme un poulet. Le reste, c'est de la mise en scène, d'après Châtelier. D'abord, le visiteur a fouillé un peu partout, très proprement. Il y a toujours à glaner, des valeurs, des bons, du liquide. Ces pauvres gens ont toujours peur de manquer et ils se méfient des banques, à cause des hold-up. Ensuite, notre homme a pris dans sa poche le petit volume des *Lettres de mon moulin* qu'il avait apporté, l'a ouvert à la bonne page, et l'a disposé sur la descente de lit, comme s'il avait glissé des mains de la vieille dame. Tout cela, bien entendu, pour que vous compreniez, à la lecture des journaux, que vous êtes visé, car cette allusion au moulin, qui d'autre pourrait la comprendre... Allô ! Je vous sens bouleversé.

— Je le suis, chuchote Jeantôme. Tout était donc prémédité.

— Oh ! sans aucun doute, et depuis longtemps. Reste enfin la dernière touche, celle qui doit vous accabler ; le feu. Mais vous pensez bien que l'assassin ne va pas arroser le mobilier d'essence. Il a trop le souci de l'effet. Il veut un petit feu spontané, joli, un feu d'artiste et pas du tout de vandale. C'est pourquoi il laisse tomber dans un pli du drap une cigarette allumée. Il attend un peu, pour être sûr que ça va bien prendre, et alors il prévient ceux que vous appelez « les hommes en blanc ». A ce moment-là, il est environ deux heures. Il s'en va, après avoir laissé la porte entrouverte, comme s'il s'agissait d'un oubli. Il tient à bien imposer l'idée que le crime n'a pas été commis par un professionnel.

Jeantôme est accroché au téléphone comme un homme qui voit le vide sous ses pieds et se cramponne sauvagement à une branche.

— Vous êtes sûr que ce n'est pas moi ? dit-il, dans une sorte de râle.

— Comment ! Jeantôme, mon cher ami, reprenez-vous. Écoutez-moi un peu. Je suis malheureusement encore très occupé jusqu'à demain soir. Mais j'ai quand même eu le temps de réfléchir. Et vous savez ce que je crois ?... Allô ! Vous êtes là ?... Eh bien, je crois que vous êtes visé par un maître chanteur. Parfaitement. Supposez qu'on vous dénonce, comme vous le craignez. Ça ne rapportera rien du tout à votre ennemi. Mettons que vous soyez arrêté. Qu'est-ce qu'on aura contre vous ? Un dossier médical un peu chargé, d'accord. Votre père, autrefois, a été accusé d'avoir incendié son moulin. Mais, bon sang, ce n'est pas ce qui fait de vous un pyromane.

Jeantôme, toujours crispé au téléphone, laisse tomber sa tête sur son bras replié. Pyromane ! Le mot vient de lui brûler la cervelle. Ah ! si seulement il pouvait mourir, comme un supplicié recevant le coup de grâce ! La voix lointaine poursuit son monologue.

— Ce qu'il veut, le criminel, c'est vous faire perdre la tête. Quand vous serez à point, il vous notifiera ce qu'il attend de vous. Il est possible, aussi, qu'il cherche à se venger. On peut tout envisager mais certainement pas qu'il se contente de suggérer à la police qu'elle devrait s'intéresser à vous. Allô ! Jeantôme, répondez... Qu'est-ce que vous fabriquez ? Restez tranquille, hein ?

— Oui... oui, murmure Jeantôme.

— Un bon conseil, reprend Ruffin. Bouclez-vous chez vous. Ne répondez plus au téléphone. Mangez n'importe quoi. Dormez le plus que vous pourrez. Jusqu'à demain soir. Alors nous examinerons ensemble, tranquillement, la situation.

— Et si j'appelais le Dr Brillouin ?

— J'aime mieux pas. Je vous en prie, obéissez-moi. Je parle pour votre bien... C'est promis ? Vingt-quatre heures, que diable ! Même pas. Ça ne demande pas un gros effort. Et maintenant, excusez-moi. Je suis pressé.

— Ça va, dit Jeantôme. Je vous attends.

Il repose l'appareil et va boire au lavabo, dans ses mains jointes sous le robinet, comme un gosse à une fontaine publique. C'est bon de s'inonder le visage. Il s'ébroue, se récupère un peu. Les explications de Ruffin, vues sous une certaine lumière de la réflexion, paraissent convaincantes. Mais que cette lumière vienne à se modifier et elles semblent dérisoires. Bien sûr que si. La police peut se persuader qu'il est coupable, puisque lui-même est prêt à en convenir. Mais coupable de quoi ? Eh ! de tout ! Qu'il dise : « Oui, c'est moi », comme ça en gros, sans chercher la petite bête, et il aura dit la vérité. C'est comme un paquet de vérités, et que chacun, après, trie là-dedans ce qu'il juge bon ; pour la police, la perversité ; pour le médecin, l'hérédité ; pour le chroniqueur, un esthétisme dévoyé, et pour l'avocat qui le défendra, la grande pitié des enfants mal aimés.

On sonne. Il a promis de ne pas bouger. On resonne. La voix du facteur, derrière la porte.

— Une lettre recommandée, monsieur Jeantôme.

Ça, c'est un cas de force majeure. Jeantôme, malgré tout, interroge avant d'ouvrir :

— Vous êtes sûr que c'est pour moi ?

— Bien sûr. M. René Jeantôme, c'est bien vous ?

Jeantôme ouvre, signe rapidement le cahier du facteur et reçoit sa lettre. Il regarde le préposé qui disparaît au tournant de l'escalier, puis il abaisse les yeux sur l'enveloppe et sursaute. Cette écriture ! Ce n'est pas possible. Il referme et verrouille sa porte. Mais déjà l'ennemi est dans la place, puisque l'ennemi, c'est lui. Qui hésiterait une seconde sur sa propre écriture ? C'est bien René Jeantôme en personne qui a rédigé l'adresse. René Jeantôme s'adresse à lui-même du courrier recommandé. Quelque chose fait du bruit dans sa gorge, ricanement ou sanglot. Il déchire l'enveloppe. Une ligne qui s'absorbe d'un coup d'œil.

Il est temps d'avouer. Tu sais bien que c'est toi.

Pas de signature. Mais de soi-même à soi-même, qu'a-t-on besoin de signer ? Chaque mot est une signature. Chaque lettre. Le T en forme de croix de *Tu sais*. L'*s* dressé sur sa queue. Et puis cette graphie saccadée, chaque lettre séparée de la précédente et comme pensée à part. Et puis cette écriture penchée. Et il y a encore autre chose. Le sens. L'ambiguïté de ce texte. Qui, mieux que lui, saurait qu'il y a un énorme aveu à faire. Mais qui, mieux que lui, s'efforcerait de le retenir ? Et qui s'étoufferait, plus que lui, d'une déchirante mauvaise foi ? Bien sûr, il est temps d'avouer. D'ailleurs, Brillouin, déjà, est au courant. Il le sait, lui, que le drame a été causé par ce petit garçon qui était le témoin de trop de choses. Il l'a dit. Et Ruffin n'a pas hésité à prononcer le mot de « pyromane ». Car celui qui pousse au crime est aussi coupable que celui qui le commet. Et, de cela, il a conscience, au fond de son inconscience. Et quand il a écrit cette ligne, c'est que, lentement, comme une pression qui monte, la certitude que son père avait été injustement puni le torturait. Oui, il est temps d'avouer et même d'aller jusqu'à dire : « J'ai souhaité que le moulin disparaisse. C'était ma maison Usher. » Et comme il a toujours possédé le mystérieux pouvoir de se faire obéir par les événements qu'il arrange dans sa tête, le moulin a été détruit, corps et bien. Mais il a souhaité trop fort ce résultat effrayant. Voilà pourquoi, après tant d'années, il doit payer. S'il résiste, s'il commence à ratiociner, à s'abriter derrière une pauvre logique : « Quand donc suis-je allé à la poste ? Où est mon récépissé ? » et autres minables objections, il perdra le peu de lucidité qui lui reste. Il deviendra ce malade qui dit non à tout et il n'écrira plus jamais une ligne. « Cher Jeantôme, pense-t-il. Tu dois avouer. » Mais quoi ? Et à qui ? A la police ? Pour lui dire : « Moralement, j'ai ma part de responsabilité dans le drame d'autrefois. » On lui rira au nez. La responsabilité d'un gosse de six ans. On trouvera bien plus commode de lui mettre sur le dos les quatre assassinats inexpliqués. Ce qu'il faudrait, c'est que le Dr Brillouin prenne l'initiative de parler d'abord et d'aplanir les premières difficultés. Il ne peut plus refuser.

Aussitôt, Jeantôme forme son numéro. Brillouin écoute, mais son accent est froid. On le sent agacé. Jeantôme se dépêche, essaye de bien situer la nature de sa responsabilité. Il s'agit d'une responsabilité morale.

— C'est bien votre avis, docteur ? Je me suis mis en demeure, moi-même, de me dénoncer. J'ai là ma lettre. Je vous la montrerai.

— Quoi ? Vous en êtes à vous écrire ? Écoutez, mon cher ami, il ne vous est pas venu à l'idée qu'on a pu imiter votre écriture ?

Jeantôme sourit d'un air supérieur.

— On voit bien, dit-il, que vous ne la connaissez pas.

— Bon, dit Brillouin, je n'ai pas le temps de vous recevoir aujourd'hui. Venez demain à quinze heures. En attendant, pas d'imprudence. N'allez pas raconter partout que vous êtes coupable de je ne sais quoi.

— Non, pas de je ne sais quoi. De mon enfance saccagée.

— Soit. Si je vous proposais de passer quelque temps dans une maison de repos, en Normandie, au calme, vous seriez contre ?

— Parce que vous croyez que...

— Je ne crois pas. Je pense seulement que vous vivez de plus en plus sur vos nerfs et que vous finirez par craquer complètement.

— Ça signifie quoi ?

— Je vous l'expliquerai demain. D'ici là, prenez bien tous vos remèdes.

— Ils me lâchent tous, gémit Jeantôme. Ruffin est pressé. Brillouin n'a pas le temps. Qu'est-ce que ça cache ? Qu'ont-ils découvert sur moi qu'ils n'osent pas me dire ? Est-ce qu'une maison de repos ne serait pas une maison de santé, par hasard ? Voilà pourquoi j'étais hanté par les hommes en blanc. Je les ai vus qui emportaient ma mère. Et maintenant, ce serait mon tour. Ça, jamais ! Pour commencer, je file. Ce bon Ruffin qui me recommande de ne pas bouger. Ce serait trop commode.

Il jette sa brosse à dents et son pyjama dans un attaché-case, sans cesser de parler tout seul. « Pas besoin d'aller bien loin. Un hôtel près de la gare Montparnasse fera l'affaire. Personne ne me remarquera. Et demain je me réfugierai chez Brillouin. Je le supplierai de ne pas me livrer. Ah ! mon revolver ! Si je vois qu'on me suit, tant pis, je tire dans le tas. »

Il est excité, mais plutôt joyeusement. La manœuvre qu'il vient d'imaginer ne peut pas ne pas égarer son adversaire, cet être immonde qui se permet de lui envoyer des lettres anonymes. Hyde ! Toujours Hyde qui s'agrippe à sa proie.

Jeantôme se glisse dehors, attrape la rue de Rennes, observant dans les vitrines cette silhouette familière qui l'accompagne et ne le lâchera pas d'une semelle, répétant tous ses mouvements, balançant l'attaché-case d'un air narquois. Mais Jeantôme a plus d'un tour dans son sac. Il lui suffit, pour commencer, de prendre l'escalator qui le dépose à l'entrée du hall de la gare et ça y est. La silhouette odieuse a disparu. Jeantôme se dirige vers les salles d'attente après avoir obtenu un billet de quai. Personne ne l'observe. Il s'empare d'un fauteuil, dans le salon des premières classes et, pour la première fois depuis longtemps, éprouve un grand calme. La foule va et vient comme la mer sur le sable. Les haut-parleurs lancent des noms qui sentent le flux et le reflux, La Baule, Lorient, Quimper... C'est autre chose qu'une maison de repos en Normandie. Tout petit, donnant la main à son père, il a visité Saint-Malo. Il somnole sur ses souvenirs. Il est bien. A quoi bon une chambre d'hôtel ? La nuit est douce. Les trains s'éloignent sans bruit. Il y a des gens qui ont la chance de s'échapper. Lui aussi, s'il pouvait...

Soudain, il se réveille. Il est dix heures. Courbatu et épuisé, mais d'une lucidité toute fraîche, toute vive, toute jeune. Il se voit tel qu'il est, et il a honte. Il se rappelle la lettre anonyme. Bêtises, que tout cela. Il y a vraiment des moments où il déraille complètement. Qu'est-ce qu'il fiche à Montparnasse, alors qu'il dispose, chez lui, d'un si bon lit ? Ce qu'il lui faut, c'est une grande nuit de profond sommeil. Demain, on avisera.

Il est si fatigué qu'il se fait ramener en taxi. L'ascenseur, il le laisse sur le palier du cinquième. Dix heures et demie. Myriam ne doit pas être endormie. Il hésite. Non, quand même. Il n'ose pas sonner et grimpe lourdement jusqu'à son sixième. Là, il s'arrête, incrédule. Sous la porte, brille une ligne de lumière. Quelqu'un est là, dans l'appartement, qui l'attend. D'un coup, son esprit bascule. Hyde, pardi. C'est Hyde !

Jeantôme se passe une main sur le front. Aucun doute, il est de ce côté de la porte et il est aussi de l'autre côté. Quoi de plus normal !

*
* *

Jeantôme pousse la porte et s'aperçoit qu'elle était déjà entrebâillée. C'est quand même un peu de sans gêne. Il traverse le petit vestibule et s'arrête sur le seuil de son bureau. Quelqu'un est assis dans son fauteuil, et fume. Le siège tourne à demi le dos à l'entrée, si bien que seule apparaît l'épaule du visiteur et son bras sur l'accoudoir. Jeantôme fait un pas de côté et toussote poliment. La silhouette se retourne et prend forme. Silence. Jeantôme, pendant quelques secondes, laisse la colère s'accumuler, lui gonfler le cou, lui nouer les poings.

— Vous ici, dit-il enfin. C'est Myriam qui vous envoie, à une pareille heure ?

Claire secoue la cendre de sa cigarette, calmement, et croise les jambes. Elle porte un pantalon noir et un blouson gris, ce qui lui donne une allure de garçon.

— Asseyez-vous, Jeantôme.

Cette façon cavalière de s'adresser à lui ! A se demander si c'est bien la charmante petite secrétaire de Myriam, ou un frère aux intentions louches.

— Je vous prie de sortir, dit Jeantôme.

— Causons d'abord, répond-elle. Ce ne sera pas long, si vous êtes raisonnable.

— Mais je ne vous permets pas... Mais qu'est-ce que c'est que ces façons !

— Je voudrais vous parler du moulin.

Jeantôme ne bouge plus. Seule, sa main droite, en tâtonnant, cherche la chaise en face de Claire. Elle ne le perd pas des yeux, comme une infirmière surveillant les progrès d'une anesthésie. Il s'assied gauchement, et elle attend qu'il soit enfin installé.

— Laissons de côté les quatre affaires que vous savez, dit-elle, avec un aplomb, une autorité qui le confondent. Parlons seulement du moulin. J'ai là des papiers qui devraient vous intéresser.

Elle ouvre la fermeture Éclair d'un porte-documents qu'il n'avait pas remarqué, en tire un petit paquet de fiches et une paire de lunettes d'écaille, qui transforment son visage, ce qui achève de déconcerter Jeantôme. Qui est cette inconnue, dont la voix coupe court, d'avance, à toute discussion.

— Je lis, annonce-t-elle. Observation du lundi..., etc. Je passe sur les détails inutiles. « Le petit René se plaint de maux de tête qui l'empêchent de dormir. Mais sa mère affirme qu'il dort à peu près normalement. En revanche, il s'agite beaucoup, crie dans son sommeil et répète souvent : "Pas moi ! Pas moi !" Ce qui signifie évidemment qu'il se reproche quelque chose qu'il ne veut pas assumer. »

Claire s'interrompt.

— Cela n'évoque-t-il rien pour vous ?

— Rien, dit Jeantôme.

— Ce petit René, vous vous doutez bien que c'est vous.

— Peut-être. Mais je ne vois pas où vous voulez en venir.

Elle choisit une autre fiche.

— Observation du jeudi, etc. « Le petit René refuse de répondre à mes questions, et quand je lui parle de son père, il a des réactions violentes qui ne sont pas sans ressembler à une crise épileptiforme. Sa maman reconnaît qu'il avait un peu peur de M. Jeantôme, quand celui-ci avait bu. » Je continue ?

— Je vous écoute.

— Observation du... Vous noterez que ces observations portent sur plusieurs mois. Elles proviennent du fichier du Dr Lermier, le psychiatre qui vous a soigné après le drame du moulin.

— J'aimerais savoir comment ce fichier vous est parvenu, dit Jeantôme, avec impatience. Tout cela est vieux de plusieurs dizaines d'années.

— C'est peut-être vieux, dit-elle, mais de telles observations cliniques garderaient tout leur poids devant un tribunal.

— Un tribunal ! éclate Jeantôme. Mais de quel droit...

— Écoutez la suite. Voici une observation qui a été faite deux mois après l'incendie. « Le petit René consent à reconnaître qu'il a peut-être souhaité ce qui est arrivé. »

Jeantôme frappe du poing sur le bureau.

— Oui, oui, s'écrie-t-il. Je l'ai souhaité et j'en traîne toujours le souvenir, et c'est ça mon poison, quand je veux bien y repenser.

— Attendez, dit Claire. Voici une nouvelle observation, qui se situe trois jours après la précédente. Je lis toujours : « L'enfant est malheureusement trop jeune pour savoir ce qu'il entend par "souhaiter". Jusqu'où le désir — un désir de vengeance et d'amour frustré, semble-t-il — a-t-il pu l'entraîner ? J'ai interrogé longuement Mme Jeantôme. Où son fils couchait-il ? Réponse : Dans la même pièce qu'elle mais juste à côté de la porte. Question : Quand il était en crise de somnambulisme, l'entendait-elle toujours, ou bien était-il capable de sortir de la chambre sans qu'elle s'en aperçût ? Réponse : Oui. Il en était capable. Question : La nuit de l'incendie, avez-vous été réveillée avant lui ? Réponse : Non. C'est lui qui m'a secouée. » Je n'ose conclure.

Jeantôme se lève d'une secousse et tend un doigt menaçant.

— Je vous interdis...

Elle hausse les épaules et montre le paquet de fiches.

— Tout est là, commente-t-elle. Tout... Tous vos phantasmes, les flambeaux qui symbolisent le feu, les bêtes de l'ombre, les rats, les serpents..., et pour finir les hommes en blanc qui protègent votre fuite. Tous ces signes ne pouvaient que s'adresser à vous et vous l'avez tout de suite compris. Mais voici le meilleur, dans les deux dernières fiches. « Inutile de poursuivre cette analyse, écrit le docteur. Le cas n'est surprenant que parce que le malade est très jeune. Mais tous les symptômes concordent, aussi bien physiques que psychologiques. Le pauvre enfant va sans doute se construire, en prenant de l'âge, une forteresse d'oubli. Fasse le ciel qu'il n'en sorte jamais. Cependant, faute de preuve, au sens juridique du mot, et tenu par le secret professionnel, je ne confierai à personne ce que je redoute. Et d'ailleurs... »

— Arrêtez, crie Jeantôme.

De son mouchoir roulé en boule, il s'essuie les mains, les joues. Il reprend, plus bas :

— Arrêtez. Si je vous comprends bien...

— Vous me comprenez parfaitement, dit-elle. C'est vous qui avez mis le feu.

Jeantôme se lève, gémit, se met à marcher, les bras autour du ventre, comme s'il voulait empêcher une blessure de saigner. Il respire par saccades. Il secoue la tête, pour se débarrasser d'un poids qui le plie en avant.

— Ah ! je vous en prie ! dit-elle. Cessez cette comédie. Comme si vous ne le saviez pas que vous avez mis le feu ! Asseyez-vous et écoutez-moi. Je ne vais pas passer la soirée ici, à vous tenir la main. Je n'ai pas l'intention de vous dénoncer. Je veux simplement vous vendre le dossier.

Hébété, Jeantôme reprend sa place. Il a perdu tous ses repères.

Qu'est-ce que c'est que cette pièce ? Pourquoi fait-il si chaud ? Qu'est-ce qu'il raconte, ce petit jeune homme qui brasse un paquet de fiches comme s'il avait l'intention de jouer aux cartes ?

— Ça vous a fait une secousse, dit la voix, qui vient de loin. Remettez-vous. Et finissons-en.

Jeantôme étend un bras tremblant.

— Je jure que je ne les ai pas tués... les quatre.

— Bon, bon. D'accord. Nous le savons que vous ne les avez pas tués. Allons. Réveillez-vous. Vous voyez ce dossier. Il y a là-dedans une trentaine de petits cartons. C'était un scrupuleux, le Dr Lermier, un méthodique. Dommage pour vous qu'il soit mort sans avoir eu le temps de tout détruire. Il y en avait des notes, dans son secrétaire. Et pas uniquement sur votre cas. Sur d'autres aussi, dont nous nous sommes déjà occupés.

Jeantôme tend l'oreille, cherche à comprendre. Il est complètement perdu. Elle lui met sous le nez, en éventail, les fiches finement quadrillées, de jolies fiches qui donnent envie d'écrire dessus. Claire dit, la voix mauvaise :

— Un million pour le lot. On n'exagère pas.

Jeantôme remâche le chiffre, se tamponne les lèvres où suinte un peu de salive.

— Un million ! fait-il.

Décidément, ce mince personnage sorti des murs tient des propos bien curieux.

— Je n'ai jamais eu un million, proteste-t-il.

— Vous, non. Votre bonne femme, si.

— Ma bonne femme ? Myriam ?

— Oui, Myriam. Elle peut payer. Je vois passer les chèques, moi. Je sais ce qu'elle gagne. Vous ne vous imaginez pas je vais longtemps me crever pour six mille francs par moi, pendant qu'elle n'a qu'à se baisser pour ramasser le fric. Alors, allez lui mettre le marché en main. Elle paye ou la police vous coffre.

Jeantôme esquisse un geste de défense.

— Ça ne me regarde pas, dit-il. Moi, je ne vous ai rien fait.

Elle se rencogne dans le fauteuil.

— Décidément, murmure-t-elle, c'est vrai que vous êtes complètement...

Elle se tape sur la tempe avec son index et cela produit une petit bruit qui amuse Jeantôme. Puis elle lui saisit les poignets, amicalement, pour capter toute son attention.

— Voyons, monsieur Jeantôme. Regardez-moi. Votre femme prétend que vous êtes beaucoup moins... bizarre que vous n'en avez l'air. Vous m'avez bien comprise ? J'ai là de quoi vous envoyer en prison, ou du moins de quoi provoquer un scandale épouvantable. Vous me suivez ?... Vous êtes bien d'accord. Un scandale qui équivaudrait pour votre femme à un suicide. Mariée à un homme plusieurs fois assassin ! Mais répondez donc, à la fin, au lieu de me faire ces yeux d'idiot. Je ne peux plus m'adresser à elle. Elle m'a fichue dehors avant-hier. C'est à vous de parler. Tenez, je vais vous laisser un de ces cartons. Elle verra bien que ce n'est pas un faux. Il y a le nom et l'adresse du Dr Lermier, dans le coin gauche. Redites-moi le chiffre.

— Un million, récite Jeantôme.

— Très bien. Ce qu'on attend de vous, c'est tout bonnement que vous reconnaissiez que vous êtes coupable. Alors, nous interviendrons.

— Qui ?

— Moi et les autres. Ce n'est pas votre problème. Quand elle se sera bien mis dans la tête qu'elle est mariée avec un dangereux incendiaire, elle sera mûre pour la suite. C'est la peur qui la décidera.

Une petite lueur d'intérêt apparaît sur le visage ravagé de Jeantôme.

— Ah ! ah ! dit-elle. Vous ne vous attendiez pas à celle-là. Il y aurait donc une suite ? Bien sûr. Je vais vous l'expliquer. Je ne sais pas si vous comprendrez, mais ça vaut la peine. Cette fiche, vous voyez, la dernière du paquet. Eh bien, c'est celle qui doit décider votre femme. Vous pensez bien qu'elle va ergoter, nous menacer de la police, et puis marchander et tout le cirque habituel. Mais la personne qui discutera avec elle... non, pas moi, je ne suis pas seule dans le coup... lui dira : Épargnez-vous donc tout ce tracas. Payez et l'on vous donnera en échange un document qui innocentera votre mari. Ou bien c'est la guerre et vous vous en mordrez les doigts, ou bien c'est la paix assurée, pour un million.

Elle rit et allume une cigarette dont elle souffle la première fumée au visage de Jeantôme.

— Allez ! dit-elle. Il faut bien que tout le monde vive. Vous me faites de la peine, mon pauvre bonhomme, avec votre pauvre gueule de misère. Vous ne vouliez pas le savoir, hein, que vous aviez brûlé votre maison. Mais non, vous ne l'avez pas brûlée. La dernière fiche du Dr Lermier ne contient que quelques lignes. Je vous les lis. « Reçu l'aveu de Mme Jeantôme. Elle reconnaît qu'elle a mis le feu au moulin dans un moment de dépression. Je me suis complètement trompé. Le petit René est innocent, mais s'en remettra-t-il ? » C'est tout mais c'est suffisant.

Jeantôme n'a pas bien suivi. C'est le mot « innocent » qui ronfle dans sa tête, et soudain se produit l'explosion qui couvait. Il se jette sur la jeune femme, la saisit sauvagement à la gorge.

— Innocent, moi, petite garce ! Toi aussi, tu crois que je ne suis pas capable de mettre le feu !

Il la secoue, la renverse sur la moquette.

— Laisse ma mère tranquille. Et mon père aussi. C'est moi ! C'est moi ! C'est moi !... Ah ! Tu préfères te taire... Ça vaut mieux. Si tu savais qui je suis.

Il commande en vain à ses mains de se desserrer, donne une dernière secousse.

Elle ne bouge plus. Il se relève, de la pointe du pied repousse les cartons éparpillés, puis s'effondre à demi sur le bureau, décroche non sans peine le téléphone et forme le numéro des hommes en blanc.

— Allô !... Allô !... Ici, Mr Hyde !

*
* *

— Ne faites de bruit, chuchota le Dr Staub.

— Il peut nous entendre, vous croyez ? dit Delpozzo.

— Je me méfie. Il devient furieux quand il se sent observé. Vous voyez. Il écrit. Il écrit pendant des heures. On lui procure des cahiers, des styllo-billes et il travaille sans relever la tête, comme s'il avait du temps à rattraper.

— C'est bon, ce qu'il écrit ? demanda l'éditeur.

— Vous en jugerez vous-même. L'infirmier recueille soigneusement, tous les soirs, la production de la journée. Laissons-le maintenant.

Le Dr Brillouin regarda une dernière fois Jeantôme. Assis à une petit table, devant la fenêtre, le dos tourné au corridor, il s'activait, sans une hésitation, sans une rature, sans un coup d'œil sur la pelouse fleurie où sautillaient des merles. Lui qui se moquait de l'inépuisable fécondité de Myriam !

— C'est grand-pitié, dit Brillouin.

— Mais non, dit le directeur de la maison de santé, je vous assure qu'il est heureux.

Les trois hommes se dirigèrent vers son bureau.

— Et tout cela s'est passé en un rien de temps, observa Delpozzo. Quand je suis parti pour Londres, il paraissait encore à peu près normal. Un peu agité, un peu nerveux mais on était tous habitués à ses manières. Et puis je rentre, au bout de quinze jours, et j'apprends le drame.

— Moi aussi, avoua Brillouin, j'ai été surpris. Mais j'avais remarqué, ces derniers temps, une certaine aggravation de son état. Il était déjà très porté à se harceler lui-même. Alors, ses tourmenteurs ont eu beau jeu.

Le Dr Staub s'effaça devant ses visiteurs, leur désigna des fauteuils. Ils prirent place, acceptèrent des cigarettes.

— Vous dites « ses tourmenteurs », fit Delpozzo. Ils étaient donc nombreux ? J'ai lu rapidement quelques journaux et j'ai vu qu'on parlait d'une bande.

— Exact, dit le Dr Staub. Je tiens tous les détails du commissaire Marchetti qui m'a raconté l'affaire, quand on m'a amené ce malheureux Jeantôme. Il a été victime d'un vrai complot, à partir d'un minuscule événement tout à fait fortuit. Après l'incendie de son moulin, il avait été soigné par un psychiatre du Mans, le Dr Lermier. Ce confrère, consciencieux et méthodique, avait l'habitude de consigner ses observations dans un fichier qu'il aurait pu enfermer dans un coffre mais qu'il préférait mettre à l'abri dans un compartiment secret d'un très beau secrétaire Empire. Je dois préciser que, d'après le commissaire, le Dr Lermier ne conservait ainsi qu'un petit nombre de dossiers, ceux qui concernaient les malades les plus difficiles à traiter. La police en a retrouvé une douzaine. Et puis Lermier est venu s'installer à Paris. Et un beau jour il est mort d'un infarctus, sans avoir eu le temps de mettre de l'ordre dans ses affaires. Il avait un neveu impécunieux qui vendit tout, appartement et mobilier. Et c'est ainsi que le secrétaire (qu'on croyait vide) fut acheté par un antiquaire un peu véreux, Fernand Lhomond.

— Je le connais bien, s'écria l'éditeur. Il tient un petit commerce de livres d'occasion.

— Il tenait, précisa le Dr Staub. Maintenant, il est en prison. Et c'est ici que se nouent les fils d'une histoire que Jeantôme aurait bien voulu inventer, j'imagine, mais qu'il a vécue pour son malheur. Lhomond, en réalité, derrière cette honorable façade de libraire et de marchand de meubles d'époque, exerçait depuis longtemps d'extraordinaires talents de receleur et lui-même n'avait pas son pareil pour prospecter le milieu des vieillards fortunés vivant seuls, et Dieu sait s'il y en a un peu partout dans Paris. Il leur rendait visite, prétendait qu'il avait appris, par des relations, que ces braves gens ne refuseraient peut-être pas de se défaire de quelques objets précieux, de pièces rares. Il visitait à fond chaque appartement, pendant qu'un complice, ancien employé d'une maison célèbre, spécialisé dans la pose des coffres-forts, passait en revue les serrures des portes palières. La suite se devine aisément. On apprenait qu'une petite vieille avait été étranglée et volée. Aucune trace. Aucun indice. Car Lhomond disposait de quelques hommes de main très adroits qui se chargeaient de la vilaine besogne. Voilà donc notre malfaiteur en possession d'un meuble à secrets. Vous pensez bien qu'il a eu vite fait de dénicher les dossiers. Quelle providence pour un maître chanteur.

— Mais la fille ? dit Delpozzo.

— La fille, répondit le Dr Staub. La secrétaire de Mme Jeantôme. Eh bien, elle était la maîtresse et la complice de Lhomond. C'est elle qui attira l'attention de son amant sur cette romancière à succès, qui gagnait tellement d'argent et qui, par un coup de chance inespéré, était la femme de ce malade mental au sujet duquel Lhomond était si bien renseigné. Il y avait sûrement quelque chose à gratter, de ce côté-là.

— Sans doute, dit Brillouin, mais de là à commettre quatre assassinats pour mieux atteindre Jeantôme.

— Non, vous n'y êtes pas, dit le Dr Staub. Vous oubliez que les quatre victimes étaient riches et d'ailleurs le commissaire a retrouvé le butin chez Lhomond. Ce n'était donc pas en pensant à Jeantôme que Lhomond faisait son choix, mais uniquement en tenant compte des avantages matériels qu'il allait tirer de chaque opération. Et puis, quand tout était fini, l'assassin procédait à la mise en scène indiquée par Lhomond. Je vous signale que lui aussi est sous les verrous.

— Oui, murmura Delpozzo. Je commence à comprendre.

— Leur erreur, dit Brillouin, c'est d'avoir utilisé un malade sans se douter qu'ils maniaient un explosif. La lettre anonyme reçue par Jeantôme, le jour du drame, c'était l'équivalent de la mèche qui va faire sauter la bombe.

— Elle a été écrite par Lhomond, qui avait des talents de faussaire, expliqua le Dr Staub. Sa maîtresse s'était procuré des brouillons de Jeantôme. Il n'a eu qu'à imiter l'écriture.

— A mon avis, reprit Brillouin, leur erreur mortelle a été d'imaginer la phrase la plus propre à provoquer la crise. *Il est temps d'avouer. Tu sais bien que c'est toi.* Car le pauvre Jeantôme était justement en train de découvrir par lui-même la vérité qu'il n'avait jamais osé regarder en face. Et là — je parle si vous permettez en tant que psychiatre, donc en avançant une interprétation peut-être erronée —, il s'interdisait d'avoir été un incendiaire, et en même temps il en tirait une immense satisfaction de vanité. Il était à la fois la chose qu'on se jure de ne pas regarder et le spectateur qui triche en se cachant les yeux de ses doigts écartés. Je pense qu'il était un pyromane en puissance. Je n'assistai pas, bien entendu, à sa crise de fureur, mais j'ai eu connaissance des fiches du Dr Lermier. Or, il y en avait une qui accusait formellement la mère de Jeantôme. Et ça, c'en était trop. Imaginez cet affreux conflit psychologique. Le feu ! C'est ce qu'il avait fait de plus fort, de plus hardi, de plus défendu, et voilà qu'on voulait lui reprendre son horrible forfait, le violenter en le déclarant innocent. Jamais !

— Je suis bien d'accord avec vous, dit le Dr Staub. Son crime, c'est sa part de rêve.

— Il ne guérira jamais ? demanda Delpozzo.

— Je ne le crois pas. Mais après tout il a vaincu son impuissance. Il a choisi son bonheur.

— Et sa femme ?

— Après un pareil coup de publicité, on s'arrache son dernier roman. Le crime de son mari, c'est son gros lot.

— Je peux lire quelques lignes de lui ?

Le Dr Staub ouvrit un classeur et tendit à Delpozzo une photocopie. L'éditeur mit ses lunettes et commença :

Ce n'est peut-être qu'un blocage momentané, une sécrétion qui se tarit, une vitamine qui renonce, un oligo-élément qui cesse de reconnaître ses partenaires chimiques, et cela suffit à faire du cerveau un Sahel lugubre, une substance desséchée, un ossuaire de mots pétrifiés d'où jamais plus ne sortira une image, la petite fleur d'une jolie phrase.

Il rendit la feuille et hocha la tête.

— C'est tout ? dit-il.

Le Dr Staub eut un geste d'impuissance.

— C'est tout ce que j'ai pu sauver ; la première page du manuscrit. Sa femme est arrivée ici et m'a mis en demeure de lui donner la suite. Elle a fait valoir, et de quel ton, ses droits d'épouse. Elle emporte tout, au fur et à mesure.

— Qu'en fera-t-elle ?

— Voyons ! Elle fera éditer ces Mémoires. Elle a même l'intention d'en écrire la préface.

— Si elle n'est pas trop gourmande, dit Delpozzo, on pourrait peut-être s'arranger.

LE CADAVRE FAIT LE MORT
(Sans Atout, VII)

(1987)

roman pour la jeunesse

I

Le cousin Robert était un garçon pittoresque, même aux yeux de François Robion qui, pourtant, ne s'étonnait pas facilement. D'abord, c'était un Robion, lui aussi, par suite d'alliances compliquées, de mariages qui mêlaient des oncles, des cousins, des petites-filles, en un puzzle que François se gardait bien d'analyser. De qui Robert tenait-il ses taches de rousseur et ses grandes oreilles ? Le nez, un peu fort et légèrement fendu au bout, façon museau, semblait hérité d'un certain Jusseaume, qui... Halte ! Pas de recherche généalogique. Et d'ailleurs à quoi bon ? Le cousin Robert présentait assez de traits originaux pour s'imposer de lui-même à l'attention. Notamment à ses élèves, car il était professeur au collège de Saint-Vincent-la-Rivière. Il était chargé d'une quatrième et préparait une agrégation de lettres modernes, à Paris. C'est pourquoi il venait très souvent chez les Robion. On lui réservait la chambre d'ami, et François, dès qu'il était libre, prenait le train pour Versailles. Hop ! C'était tout de suite Saint-Vincent-la-Rivière. Un saut de puce. Robert avait trouvé une chambre ravissante, entre le collège et l'abbatiale. Elle ouvrait sur un jardin, un vrai, avec des fleurs et des abeilles. La maison était très ancienne et craquait de partout, quand on marchait vite. Robert prétendait que si l'on provoquait les grincements dans un certain ordre, on pouvait jouer : « J'ai du bon tabac », mais il avait fermement conseillé à François de se tenir tranquille, parce que la vieille demoiselle qui le logeait et qui habitait en dessous avait l'oreille fine et ne goûtait pas la plaisanterie.

— Tu comprends, disait Robert, je suis un prof, à ses yeux, une espèce de magistrat, si tu préfères. Alors, je dois me surveiller.

Il avait de ces mots délicieux. Déjà, cette chambre était un poème. François, à qui l'on reprochait son désordre et son étourderie, était, en comparaison de son cousin, une sorte de maniaque de la méthode. Robert appartenait à cette catégorie de malchanceux pour qui une pièce carrée n'est faite que d'encoignures, où les choses s'embusquent pour le plaisir. Remettre la main sur ses chaussettes, par exemple, était un exercice plus aléatoire que de traquer des crabes à marée basse. Il réfléchissait à voix haute : « Voyons, si j'étais ma chaussette gauche, où irais-je me cacher pour l'embêter ? » Il ne cherchait pas. Il ne fouillait pas. Il déduisait et François adorait ça. François l'aidait dans ses exercices de concentration. « Tu as corrigé un paquet de rédactions. Oui, elles sont là. Après, tu as rédigé un petit texte pour ton ciné-club. D'accord, le voilà. Et puis je t'ai aidé à... »

La panne ! Ils ne se rappellent plus, ni l'un, ni l'autre. Ils ont déployé le lit cage, pour François. Ils se sont déshabillés. Mais avant, il s'est passé quelque chose.

— Je sais, s'écrie François. C'était à propos de ton petit orchestre.

— Pas du tout, rectifie Robert. Pendant que je me déshabillais, j'ai pris quelques notes pour ma section de secourisme. J'étais assis au bord de mon divan, donc...

Il a une brusque inspiration, plonge sa main sous les draps, et ramène une chaussette qui se tortille.

« Ah, tu étais là, ma belle, bien au chaud, tout au fond », et changeant de ton, comme s'il dressait un chien-loup : « Au pied, tout de suite ! »

Ce cher vieux cousin Bob ! Pas de danger qu'on s'ennuie avec lui. Le voilà prêt à partir pour son collège. « Fringué mode », comme il dit, car il aime bien parler comme ses élèves. Jean d'un bleu délavé, blouson à demi-ouvert, pataugas, car le temps est à la pluie. Ah ! la pipe.

— Tu veux me la bourrer, demande Robert, pendant que je cherche mon portefeuille. Il s'est encore débiné, celui-là.

Enfin il est prêt, et fait le plus sérieusement du monde ses recommandations à son cousin.

— T'occupe pas de la vaisselle. Madame Alice s'en chargera. Je serai de retour à onze heures et on ira déjeuner au snack. Si tu veux bouquiner...

D'un geste large, il embrasse sa chambre. Et, en effet, des bouquins, il y en a partout, des savants, des moins savants, des polars, les uns à même le plancher, les autres à la débandade sur des rayons, le long des murs.

— Dépêche, Robert. Tu vas être en retard.

— Oh ! Ils m'attendront. Ils ont l'habitude.

Ses élèves l'adorent. Il a une manière à lui d'enseigner sur le tas, de saisir la vie à bras-le-corps, partout où elle est en train de s'inventer. Le ciné-club, le secourisme, le rock, les auteurs classiques, tout lui sert pour provoquer la réflexion. Il n'hésite pas à soutenir que

Rabelais, de nos jours, ferait le « Paris-Dakar », pour enseigner à Pantagruel l'endurance et l'esprit d'équipe.

Une main sur la porte, il se retourne.

— Si on téléphone pour parler du plan Orsec, tu réponds que je m'en occuperai cet après-midi.

— Qu'est-ce que c'est, ce truc ?

— Je t'expliquerai.

Il part en chantonnant, et François entend qu'il salue au passage sa voisine de palier. « Bonjour, madame Laridois », et la concierge : « Salut, madame Leriche... Ça va t'y ? Allons, tant mieux ! » C'est un don qu'il a et qui a toujours surpris François. A peine se trouve-t-il quelque part, il connaît tout le monde ; tout de suite familier, serrant les mains... « Faut apprendre à faire copain-copain », dit-il. Et en retour, tout le monde l'appelle : M'sieur Robert.

François, une fois seul, procède à une molle toilette, s'aperçoit que sa brosse à dents perd ses poils et inscrit sur la liste de ses commissions personnelles : « brosse ». Ensuite, après avoir bâillé comme un fauve en cage, il s'installe au bureau, repousse du coude tout ce qui le gêne... pourquoi Robert laisse-t-il les stylos bille, les règles, les crayons feutre, envahir les alentours du sous-main ? Si encore ils étaient en état de marche...

Les vacances de la Toussaint ont beau être proches, il y a ce devoir de math qu'on ne peut plus remettre à la semaine prochaine et François ouvre livre et cahier. Ça l'embête à un point ! Mais si on l'a confié au cousin Robert, c'est justement pour qu'il travaille sans être constamment dérangé par ses copains. Il dessine une Honda sur un coin de sa feuille, puis une coque de catamaran et soudain le téléphone sonne. Chouette ! C'est toujours ça de gagné. Il attrape l'appareil, sur le coin le plus éloigné du bureau, écoute.

— Allô ?... Ne quittez pas.

Et aussitôt une voix si virile, si richement timbrée qu'elle vous chatouille la poitrine, demande :

— Monsieur Robert Robion ?

— Il est absent. Je suis son cousin. Je peux lui transmettre un message.

— Dites-lui qu'il me rappelle... M. Cauchard... C'est au sujet du plan Orsec.

On raccroche. François note : Cauchard. Le plan Orsec, on en parle souvent, à la radio. Mais uniquement à l'occasion de... François s'interroge. De quoi, au juste ? Est-ce que ce n'est pas quand un chef d'État vient à Paris ?... Ou bien peut-être à propos d'un incendie de forêt ? Orsec ! Orsec !... Cette saloperie de nom se met à bourdonner comme une mouche. Qu'est-ce que le triangle ABC a à fricoter avec ORSEC... Et, de nouveau, le téléphone.

— Allô, monsieur Robert ?

Cette fois, c'est une voix de femme, une secrétaire sans doute qui ne lui laisse pas le temps de placer un mot.

— Il nous faudrait votre rapport pour demain midi au plus tard.

— Quel rapport ?

— Comment, quel rapport ? Celui sur le plan Orsec, bien sûr.

— Allô, allô...

Trop tard. Elle est partie. Mais qu'est-ce que c'est que ce plan Orsec ? Et en quoi ce machin-là peut-il concerner le cousin ?

François consulte les dictionnaires, fouille dans les papiers. Orsec ! C'est bien la peine d'avoir une mémoire que ses camarades lui envient. Ce nom, il l'a entendu plusieurs fois. Et même, d'habitude, on dit : le plan Orsec a été déclenché. Qu'est-ce qu'on déclenche ? Une machine. Quelque chose qui se met en branle pesamment. Et contre un obstacle. Donc, pas de plan Orsec à l'occasion d'une visite officielle. Mais plutôt pour enrayer un incendie. C'est ça, la bonne piste. Le cousin aurait donc été mêlé à une histoire d'incendie ?

L'impatience gagne le malheureux François. Il descend acheter le journal, parcourt les titres. Rien de bien méchant. Un avion qui s'écrase en Colombie. Un hold-up à Marseille. La vie quotidienne, quoi ! Il s'achète une brosse à dents avant de remonter. Vivement onze heures !

Et voilà le cousin Robert qui revient, à cheval sur une motobécane pilotée par un de ses élèves. François ferme la fenêtre, pas content du tout. Un peu jaloux même.

— Rien de neuf ? demande Robert. Qu'est-ce que que tu as ? Tu n'as pas l'air content.

— Il y a que ton histoire de plan Orsec commence à me courir. Pas moyen de bosser tranquillement. Ça téléphone sans arrêt.

— Raconte, dit Robert avec gourmandise.

— Eh bien, d'abord, une voix de basse qui postillonne. Je t'assure.

— Je sais. Julien Cauchard.

— Tu dois le rappeler.

— La barbe. Et puis ?

— Et puis une bonne femme qui réclame ton rapport, au plus tard pour demain midi.

— Ouais. Ouais. Si je peux. Et après ?

— C'est tout. Mais tu pourrais peut-être m'expliquer ce que c'est que ce plan Orsec. J'ai l'air de quoi, moi, quand je dois répondre.

Il rit, ce diable de garçon. Il bourre sa pipe, en prenant son temps.

— Tu vas tout savoir, dit-il enfin. Surtout que j'ai besoin de toi. « La Croix du Pendu », tu connais ?

— Oui, bien sûr. C'est le coin où il y a toujours une bagnole de bigornée.

— Exact. Mais il faut que tu aies sous les yeux un plan précis.

Robert s'assied au bureau, attrape le premier papier qui lui tombe sous la main.

— Hé, fais gaffe ! gémit François. C'est mon cahier de math.

Mais Robert n'entend plus rien. Il trace un dessin compliqué.

— Ici, dit-il, c'est Saint-Vincent-la-Rivière. Là, c'est l'autoroute. Et là, c'est l'ancienne nationale, en direction de Versailles. Quelqu'un a eu l'idée de faire construire une bretelle — je la représente ici par ce trait — qui relie l'autoroute à la nationale. Facile de comprendre qu'elle représente un raccourci appréciable et désenclave le bourg, qui, sans elle, aurait tout d'un cul de sac. Tous les commerçants ont apprécié. Seulement, ah, seulement, il y a un os. Il a bien fallu respecter la nature du terrain et leur bretelle, vue de haut, ressemble plus à un boomerang qu'à un honnête virage. Elle fait un coude brusque, au pied de la Croix du Pendu, et les jours de pluie ou de brouillard, ça carambole dur, dans le coin. C'est même un point noir célèbre. Tu vois où est le garage Tubœuf ?

— Oui, bien sûr. Un peu avant l'arrêt de l'autobus, à côté du terrain vague.

— Pas si vague que ça, remarque Robert. C'est là où on refoule les épaves, après chaque accident. Ce virage mortel a enrichi Tubœuf. Il rapporte autant qu'un puits de pétrole.

Robert vide sa pipe dans un cendrier-réclame et hausse les épaules.

— Fais pas attention. J'exagère toujours un peu. Non, Tubœuf ne roule pas sur l'or, mais sur la ferraille ; ça rapporte plus que l'agrèg. Tu commences à deviner la suite ?

— Pas très bien.

— Alors, je continue. Je suis allé voir le maire : Auguste Paturel, conseiller général et tout et tout. C'est grâce à lui que la fameuse bretelle a été construite et il y tient. J'ai son fils en classe. Ça facilite les choses. Tu sais ce que je lui ai dit, comme ça, d'homme à homme ?

La cousin se lève et se met à marcher dans la chambre.

— Je lui ai dit : « Monsieur le maire, avez-vous pensé à ce qui arrivera forcément un jour de grand départ, pour Noël, par exemple, ou pour le pont du 15 août ?... Eh bien, il se produira une catastrophe en chaîne, voitures contre camions, poids lourds contre autocars. Le piège est prêt. Pas de chemin de dégagement. Juste un médecin et deux pharmaciens à Saint-Vincent. Quelques pompiers bénévoles, qu'il faut aller chercher à bicyclette. Vous ne vous en tirerez pas à moins de cinquante morts... »

Ah, mon petit vieux, tu l'aurais vu ! Il s'est appuyé à sa cheminée. Il était verdâtre. Bien entendu, il a essayé de protester : « Saint-Vincent n'est tout de même pas la Terre Adélie. Notre matériel d'incendie est assez complet. Il y a le dispensaire, des kinésis. » Mais il a quand même été obligé de s'asseoir. J'en ai profité :

— Monsieur le Maire, il serait facile de simuler, dans le virage de la Croix du Pendu, un monumental carambolage, à l'aide de carcasses démantibulées que Tubœuf serait ravi de réunir et d'amonceler. Avec votre autorité, vous n'auriez aucun mal à décider les services compétents. Un plan Orsec expérimental serait déclenché et l'on verrait bien, alors, si en cas de coup dur, tout fonctionnerait efficacement. Et pour bien lui enfoncer l'idée dans la tête, j'insistai :

— Tout, c'est-à-dire la gendarmerie, la Croix-Rouge, l'hébergement, les centres de secours, la préfecture.

J'ai cru qu'il allait tourner de l'œil. Il a crié : « Arrêtez ! Je vous en prie. »

Mais, pendant que j'y étais, je fonçai :

— Il ne faut pas que la Croix du Pendu devienne un endroit maudit. Rendez-vous compte. La municipalité serait balayée ; il y aurait de nouvelles élections... Ça ne va pas, monsieur le maire ?

Il se remettait lentement. En un sursaut d'imagination, il venait de se représenter une catastrophe d'ampleur nationale et il en conservait le souffle court.

— Oui, oui, a-t-il bégayé. Vous avez bien fait de m'ouvrir les yeux. Je vais y réfléchir.

Robert s'arrête devant François et, avec le tuyau de sa pipe, il lui tapote la poitrine.

— Ça, c'était il y a trois semaines. Je n'en ai parlé à personne, mais je surveillais la mairie. Et j'apprends que le maire a conféré avec Tubœuf, et puis avec l'adjudant de gendarmerie, et puis avec un ingénieur des Ponts et Chaussées. J'ai senti qu'il était ferré et qu'il était temps de préparer l'épuisette.

Robert est à ses heures un remarquable pêcheur à la mouche. Il éclate de rire en voyant François suspendu à ses lèvres.

— J'espère que tu en prends et que tu en laisses, dit-il. En réalité, les choses ne se sont pas passées exactement comme ça. Le maire ne m'attendait pas pour s'aviser que son virage était dangereux. Mais mon idée lui a plu tout de suite et il m'a demandé de l'étudier et de lui fournir un rapport. Il n'ignore pas que je prépare un mémoire sur Saint-Vincent et son histoire. D'un autre côté, il manque de personnel. J'ai donc été tout de suite embauché... Allons déjeuner. Ces trucs-là, ça me creuse.

François enfile son anorak et rattrape son cousin au pas de course car celui-ci ne s'occupe pas de savoir si on le suit. Marcher à ses côtés n'est pas non plus très facile. Le snack, encore tout neuf, s'ouvre sur la place du Marché. Robert y est très connu. Il aide François à choisir les plats les meilleurs.

— Ne va pas si vite, bon sang. Orsec, ça signifie quoi ?

— Je te recommande les hors-d'œuvre. Tu verras, ils sont super.

— Enfin, réponds-moi.

Robert jette, par-dessus son épaule :

— « Organisation des secours »... Évite le boudin. Mais le steak est mangeable.

Ils s'installent près d'une fenêtre. François enchaîne aussitôt :

— Et il faut un plan, pour l'organisation des secours ?

— Tu n'as pas idée. Pour m'initier à la question, je me suis servi d'un modèle prêté par la protection civile : un exercice Orsec dans le Cantal. Thème de la manœuvre : un autocar transportant cinquante adolescents et cinq moniteurs d'une colonie de vacances s'écrase au fond d'un ravin, en bordure de la Nationale 121. L'accident se produit à 41 kilomètres au nord de Chaudes-Aigues, près de Vantuéjol, tu connais ?

— Vaguement. Par mon copain Paul. C'est un endroit plutôt sauvage.

— Justement. C'est pour ça qu'il faut fournir toutes sortes de renseignements. L'heure, l'état de la route, l'identité des premiers témoins, les indications données à la brigade de gendarmerie. C'est passionnant. Tu dois noter l'arrivée du matériel de premier secours, celle du médecin et de l'ambulance, et ce n'est pas fini. La nouvelle de l'accident fait tache d'huile. Le sous-préfet de Saint-Flour est prévenu, qui prévient le préfet du Cantal, qui met en branle le Samu de l'hôpital d'Aurillac, qui mobilise les secouristes...

— C'est tout ça, le plan Orsec ?

— Penses-tu ! L'exercice doit être étudié, critiqué, etc. D'où un rapport qui sera remis à tous les participants.

— Et les passagers de l'autocar ?

— Quoi, les passagers de... Ah oui, parfaitement. Eh bien, huit morts, trente-sept blessés, dix indemnes. Il n'est pas mal leur steak, tu ne trouves pas ? Évidemment, il ne se rend pas à la première sommation, mais si tu insistes... Pourquoi rigoles-tu ?

François hausse les épaules.

— Parce que ton truc, dit-il, c'est du bidon. Il n'y a pas de vrais morts. Quelqu'un a simplement décidé que celui-ci était ratatiné, celui-là blessé, cet autre sain et sauf. Au pifomètre, en somme. De A à Z, ton accident, c'est de la frime, il n'a jamais eu lieu. Personne n'a pu fixer avec exactitude le nombre des victimes, puisque l'autocar était vide. Et même y avait-il un autocar ? Qu'est-ce qui empêchait les responsables de dessiner à la craie, sur la route, le contour d'un bus et de prétendre que cela représentait un autocar ?

— Prends ma pomme, dit Robert. Moi, je n'ai plus faim.

François passe de la gaieté à l'indignation.

— C'est du vent, ton plan Orsec ! Tu vois la tête du gendarme qui reçoit le premier coup de téléphone : « Allô, ici la route de Chaudes-Aigues. Un autocar vient de tomber dans le ravin. » Il se marre, ton gendarme. Il est prévenu depuis plusieurs jours. Et je suis sûr que le préfet du Cantal, en se levant, s'est dit : « Ah, c'est vrai. Aujourd'hui, j'ai un autocar en marmelade. Ma journée est fichue. »

— Est-ce que tu deviendrais idiot, fait Robert. Tu n'as rien compris...

Un barbu se penche et flaire leurs assiettes.

— Mon cousin François, présente Robert.

— Sympa, déclare le barbu. Ne vous dérangez pas.

— C'est le prof de physique, explique Robert, dès que l'autre est loin. Où en étais-je ?

— Tu me traitais d'idiot.

— Ah, parfaitement. (Un petit bonjour, à quelqu'un qui sort.) Tu m'écoutes ? Alors tu n'as pas compris qu'un plan Orsec, c'est d'abord un problème de temps. Combien va-t-il s'écouler de minutes entre l'instant de l'accident et l'arrivée des premiers secours ? Tout est là. Le sort des blessés les plus graves dépend de la rapidité de l'intervention. Une demi-heure en plus ou en moins et c'est la mort ou la vie pour un certain nombre de victimes. Tu piges ?

— Non.

— Tu le fais exprès ou quoi ?

François prend la mouche.

— C'est quoi, ton intervention, hein ? Un jeu. Rien de plus. La police s'amène sur les lieux. Bon. Elle décide qu'il y a des morts et des blessés. Bon. Et après ? Une vraie intervention, ça supposerait de vrais corps coincés sous de vrais décombres. Il faut que tout paraisse vrai, surtout si c'est du bidon.

— Justement.

— Quoi, justement ?

— Tu veux du café ?

— Je veux que tu m'expliques.

— Est-ce que tu vas enfin fourrer dans ta sacrée tête de bois qu'on opère en vraie grandeur. Dans cette histoire d'autocar, les autorités ont amené sur place une authentique carcasse dans laquelle on a installé d'authentiques blessés, tous volontaires, bien entendu. C'étaient des élèves venus d'écoles voisines. Des figurants, des comparses.

— Pardon, pardon, se rebiffe François. Les victimes, d'habitude, sont de vraies victimes qui gémissent et saignent. Dans ton théâtre, où sont les vraies plaies, les vraies fractures ?

Robert lève les yeux au ciel.

— Seigneur, dit-il, ouvrez-lui l'esprit. Mais enfin, espèce de mule, tu ne comprends donc pas qu'on les maquille, les acteurs, qu'on les arrose d'hémoglobine, qu'on les enterre sous des débris variés, pour que l'expérience se déroule en temps réel. Les secouristes ne savent jamais ce qu'ils vont trouver. Alors, premier travail, déblayer, c'est tout un art. Pas de fausses manœuvres. Il ne s'agit pas de bousculer les membres cassés et en même temps, il faut aller vite. Enfin quoi, tu as déjà vu des scènes semblables à la télé !

— Il y a des chiens, aussi ?

— Pourquoi pas ? Puisque tout est vrai. Les médecins sont là. Ils pansent, ils soignent.

— Et ça hurle ?

— Évidemment. De tous les côtés. Et pas pour le plaisir. Non. Pour obliger ceux qui travaillent à conserver leur sang-froid et à se dépêcher encore plus. Le temps ! Le temps ! On joue la mort contre la montre. A tous les échelons. Il faut improviser un centre de soins dans une grange, dans une école, dans un cinéma. Il faut même un endroit où l'on alignera des cercueils. Ça y est ? Tu réalises ?

— C'est horrible, dis donc.

— Mais indispensable. C'est pourquoi nous aurons bientôt ici notre plan Orsec. Le maire est d'accord. Les démarches vont aboutir un jour ou l'autre. Tu pourras juger par toi-même. J'ai déjà un rôle pour toi !

II

« Un rôle pour moi », pensa François. Mais il eut beau interroger Robert à de nombreuses reprises, le cousin se montra d'une intransigeante fermeté. Tantôt, il disait : « tu verras bien », tantôt il se bornait à secouer négativement la tête. Alors François l'attaque autrement.

— Qu'est-ce que tu racontes, dans ton rapport ?

— Eh bien, je détaille toutes les dispositions que je compte prendre pour réunir quelques dizaines de volontaires. Il en faudra de tous les âges, mais surtout des jeunes, qui viendront par le collège et d'abord par ma section de secouristes.

— J'en ferai partie ?

— Peut-être, si ton père est d'accord. Mais je te prie de tenir ta langue. Quand ma cousine te téléphonera, tu n'auras qu'à lui dire : « Oui, tout va bien. Robert me fait travailler. On s'entend bien, tous les deux. » Pas plus. Ajoute, si tu veux, que tu manges bien, que tu dors bien, et pour le reste, boucle-la. Promis ?

— Promis. Mais, bon sang, qu'est-ce que j'aurai à faire, dans ton cirque ?

— Laisse. Ça mûrit.

Il s'absente mystérieusement et François ne cesse de recevoir des appels téléphoniques. Il prend note. Il répond : « Appelez le collège ou bien la mairie, poste 41. »

Décidément, ça bouge de plus en plus. François a épinglé au mur une carte Michelin, qu'il étudie à la loupe. Saint-Vincent est un bourg assez pauvrement desservi. Les voies d'accès sont peu nombreuses. On peut imaginer plusieurs rocades de contournement afin d'isoler la Croix du Pendu, mais que d'embouteillages en perspective. Décidément, il a de l'estomac, le cousin !

François ouvre son transistor et se laisse aller à rêvasser. Ce plan Orsec, à l'échelon du volontaire ratatiné à son volant, cela promet d'être un grand moment de vacances. Après, on se laisse emporter douillettement sur un brancard, et, au poste de secours, on a même droit, sans doute, à un bon coup de remontant. Voilà ! La meilleure place, c'est au volant. On peut se dispenser de gémir. On a été assommé. Il y a qu'à se faire tout mou. François, dans son fauteuil, essaye de prendre la position « tout mou ». Facile et reposant.

Quand Robert revient, François l'interpelle.

— J'ai pensé à quelque chose...

— Plus tard. Plus tard. Je suis pressé. Tiens, je t'ai apporté de la documentation. Maintenant, je file à la boîte. J'ai une réunion des responsables.

Mot magique. Robert l'emploie sans cesse. Les responsables de quoi ? De quelle activité farfelue ? Il est déjà reparti, en épluchant une banane. Il a laissé sur le bureau des feuilles ronéotypées. « Service de secours et de sauvetage du département », l'IDSIS « Service des soins médicaux et d'entraide », DDASS. Ces sigles bizarres restent intraduisibles. Et la DDE ? Et le STI ? Et ce n'est pas tout. Il y a encore le SATER, en cas de catastrophe aérienne. Et le ORSEC RAD (contre la radioactivité), le POLMAR (pollution maritime) et le ORSETOX (produits chimiques)...

François ne va pas plus loin. Il ouvre un petit fascicule : « Conseils aux brancardiers ». Il y a des croquis sommaires : comment soulever le blessé, comment tenir le brancard pour éviter les secousses, comment utiliser le matériel de premiers soins, comment... Ça n'en finit pas, sans parler des pages réservées à la pose d'un garrot, à la respiration artificielle et autre... C'est un monde, le secourisme. Et François admire son cousin qui possède, sans effort, toutes ces connaissances. Il l'admire tellement qu'il s'endort au creux du fauteuil et que Robert est obligé de le secouer.

— Debout, fainéant ! Tu sais l'heure qu'il est ?... Près de six heures. J'ai mon compte. Ah, ce boulot ! Mais enfin j'ai obtenu ce que je voulais, l'organisation des premiers secours. Ça n'a pas été sans mal. Quand tout le monde s'en mêle, ce n'est plus possible.

Il se jette sur son lit et s'étire un bon coup.

— Qui est-ce qui est flapi, hein?... Le grand Bob. Tu n'as jamais été chien de berger? Moi, si. Mes vaches se taillent dans tous les coins. C'est moi qui dois les ramener. Chaque service tire de son côté, veut se faire mousser, tout en évitant les responsabilités. Et moi, qu'est-ce que je suis, aux yeux des bureaucrates? Un enquiquineur de plus qui se mêle de ce qui ne le regarde pas. Heureusement que j'ai le soutien du maire.

Il bâille, ajoute d'une voix fatiguée:

— C'est pour la semaine prochaine.

— Quoi? Raconte.

— Bourre-moi ma pipe, tiens. Je n'en peux plus de toutes ces parlotes. Pendant qu'on y était, il fallait voir grand. Un truc qui frappe les populations. Or, qu'est-ce qui se passe? Le projet a été corrigé, tripoté, avancé, reculé, livré aux experts. On le trouvait trop ambitieux, trop cher, et maintenant, qu'est-ce qu'on a? Un petit projet rabougri, un minable carambolage de quat'sous.

Il bondit sur ses pieds, shoote dans la descente de lit. Il est furieux.

— Tu imagines? Un malheureux quinze tonnes en travers, deux ou trois bagnoles coincées dessous, un minibus renversé et puis un mélange sans intérêt de berlines, de remorques, cinq ou six motos écrasées là pour le coup d'œil, ah, et puis si, quand même, une caravane à moitié incendiée. Moi, j'aurais vu une bétaillère éventrée et une demi-douzaine de veaux égarés parmi les sauveteurs. C'était ça, la belle idée. Mais tous ces ronds-de-cuir n'entendent rien à la poésie. Bon, tu m'as compris, c'est un projet salopé.

Il allume sa pipe à petites bouffées pour se calmer les nerfs.

— On ira voir Tubœuf, tout à l'heure, reprend-il. Les débris, c'est lui qui les fournira. J'espère qu'il n'en demandera pas trop cher. Ça lui rapporte, les épaves. Il a une machine qui les aplatit, et ça se paye. Sans parler des amateurs de pièces détachées qui viennent fureter, un radiateur par-ci, un carbutateur par-là. Il gagne sur tous les tableaux. Il vend des voitures neuves; il les récupère amochées.

— Mais tu as dit: la semaine prochaine?

— Oui, l'expérience aura lieu mardi. Après, c'est la Toussaint. Il faudra libérer la route en vitesse. Allons-y.

Le temps est doux, les flaques commencent à sécher. On entend de loin la rumeur de la rivière en crue. François essaye de se maintenir à la hauteur de son cousin, qui a une allonge terrible et qui parle sans regarder si son compagnon est près de lui.

— Tubœuf est prévenu. Il est d'accord. Il sait que je suis chargé de la mise en scène. A l'heure qu'il est, il doit prendre ses dispositions avec le service des routes pour isoler La Croix du Pendu. Le plus dur, vois-tu, c'est de peaufiner le petit détail qui va au cœur. Tiens, par exemple, les traces de freinage, le goudron labouré, et tout comme ça. Sinon, ça va ressembler à un décor.

Le garage est à l'entrée de Saint-Vincent. Il est fort bien aménagé, quatre pompes, deux couloirs de circulation, la station de gonflage avec son petit bonhomme Bibendum, le bureau, les élévateurs, et, sur le côté, l'atelier ; le tout très propre.

Tubœuf regarde approcher les deux cousins. Il est vêtu d'une combinaison, le paquet de Gauloises dans la poche supérieure, plutôt maigre, tout ridé sous sa casquette à longue visière.

— Salut, les gars. Vous venez voir si c'est commencé ? Par ici.

La parc aux épaves occupe tout un terrain vague, derrière la garage. Il y règne une espèce d'odeur spéciale, la ferraille morte, la bête crevée. Au passage, Tubœuf donne un coup de pied dans une carrosserie qui a perdu ses roues et dont la tôle semble froissée comme une étoffe.

— On l'a amenée ce matin, explique-t-il. Quatre tonneaux et un poteau, pour finir. Alors, le type qui conduisait, hein... Et vous remarquerez : 15 000 bornes au compteur. C'est tout neuf.

— Vous me la mettez de côté, dit Robert. Plus elles sont neuves et plus ça parle.

— Oh, des toutes récentes, dit Tubœuf, ce n'est pas ça qui manque. Cette Peugeot, ça vous irait ? Il y a aussi, là-bas, une Toyota qui n'est pas mal non plus. Tout l'avant aplati. Le type est passé à travers le pare-brise.

Robert apprécie. François est un peu dégoûté. C'est la première fois qu'il visite un cimetière de voitures, et cela représente tant de douleurs et tant de larmes qu'il n'a pas le courage de continuer.

— Je vous attends au bureau, dit-il, d'une petite voix brouillée, tandis que Robert s'exclame :

— Super, le quinze tonnes. Si je comprends bien, il a brûlé.

François n'écoute pas la suite. Il se réfugie dans la cabine vitrée d'où l'on peut surveiller la route. Mais la circulation est déviée, autour de la Croix du Pendu. Est-ce à cause du jour qui s'en va, est-ce l'énervement de l'attente, il n'a plus envie de participer à ce plan Orsec. Il aimerait mieux être à Paris, dans sa chambre, parmi ses livres. Grosse discusion à la maison. Il entend encore son père qui décide :

— Il est temps qu'il apprenne la vie, qu'il se débrouille sans nous avoir tout le temps sur le dos. Notre cousin Robert est exactement le garçon qu'il lui faut. Entreprenant, enthousiaste, et surtout pas livresque. Les pieds sur terre.

« Ah, pour ce qui est des pieds sur terre, pense François, on est servis ! »

Il avise au mur une grande feuille à dessin. « Organigramme du plan Orsec ». Encore un coup de Robert. Il a dû faire afficher un peu partout, chez les commerçants, une feuille analogue, pour que les habitants se familiarisent avec le projet, l'acceptent sans rechigner et même, si possible, y participent. L'organigramme se lit facilement. En haut, l'état-major de crise, le cerveau, et ensuite, de proche en proche, les différents relais ; en somme, une espèce de système nerveux. Tout se passe comme dans un corps vivant. On se pince le doigt dans une porte. Le renseignement douloureux remonte jusqu'à la tête et aussitôt, de la tête à la main, descendent les ordres et les initiatives. François admire. C'est simple. C'est clair. Ça va forcément marcher.

Soudain François a hâte d'entrer en scène. Il déborde de bonne volonté. Et quand Robert revient et annonce : « On commence demain », si Tubœuf n'était pas là, qui le regarde avec curiosité, il crierait : « Youpee ! » comme un gosse.

— Comptons la journée entière, dit Tubœuf. Il ne suffira pas d'entasser n'importe comment. Il faudra que ça ressemble à un vrai carambolage. Je me suis procuré des photos, à la gendarmerie.

Il les extrait d'un classeur et les étale sur le bureau.

— Vous voyez. Il y a toujours un tas principal formé du plus gros obstacle et, en vrac, des accrochages secondaires, des tamponnements au petit bonheur, enfin, c'est une façon de parler. Moi, je vous conseille ce carambolage, près de Lyon. C'est le plus réussi.

Il fait l'article, en toute simplicité, comme s'il était chargé de vendre des catastrophes. Et Robert hoche la tête, compare, avant de se ranger à l'avis du garagiste.

— Mais j'aimerais, ajoute-t-il, que deux ou trois carcasses se chevauchent. Ça donnerait une impression de vitesse brusquement cassée, vous voyez ?

— Ce sera plus cher, remarque Tubœuf, parce qu'il nous faudra la grue des Ponts et Chaussées, mais alors, pendant qu'on y sera, je pourrai vous ajouter un bateau sur sa remorque... Des Anglais qui rentraient d'Antibes.

— Oh, parfait ! dit Robert. Je prends. Tant pis s'il y a un dépassement de crédit... A ce propos, je vous signale que votre devis doit passer par la mairie. Vous pouvez me le montrer ?

Robert étudie le document, un pli de souci au front.

— Vous n'y allez pas avec le dos de la cuillère. A ce prix, je veux que l'on marche sur un tapis de verre écrasé, de bouts de tôle, de morceaux de pare-chocs.

Il se tourne vers François.

— Tu es bien d'accord ? Que ça vaille le coup d'œil, quoi. Pensons aux journalistes, à la télé.

Il tend la main à Tubœuf.

— Bon. Nous serons là à neuf heures.

Il passe son bras sous celui de François.

— Allons dîner. Je t'emmène à l'hôtel des Voyageurs. Nous avons grand besoin d'une petite bouffe. La patronne est un cordon bleu.

Lucie Pellegrini accueille le cousin avec de grandes démonstrations d'amitié. Elle l'embrasse à la paysanne, deux fois la joue gauche, une fois la joue droite. « Il est mignon, le petit », dit-elle de François qui n'aime pas beaucoup son exubérance. Les voilà installés confortablement, menu en main.

— Tu croirais qu'elle est italienne, explique Robert. Pas du tout. C'est la sœur de Tubœuf. Elle s'est mariée avec un maçon piémontais, qui est mort l'année dernière. Les Tubœuf sont d'une vieille famille d'ici. Depuis quelques années, on assiste à un brassage de population. Je t'expliquerai. C'est le sujet de mon mémoire. Et attendant, je te conseille les rillettes et la fricassée de poulet.

Il y a beaucoup d'agitation autour de la Croix du Pendu. Des officiels, d'abord. Une voiture de la gendarmerie. Un capitaine et un brigadier. Et puis deux Renault des services du département, des fonctionnaires avec leurs attachés-cases ; un journaliste de la *Dépêche de Saint-Vincent*, quelques curieux, et, allant d'un groupe à l'autre, le cousin Robert, souriant, sûr de lui, l'œil à tout comme un metteur en scène. François, intimidé, se tient un peu à l'écart. Il a plu durant la nuit, et un petit vent aigre balaye la butte. Quelques épaves sont en attente, sur le bord de la route. Le tracteur de Tubœuf arrive à petite allure, remorquant, au bout d'un palan, une Citroën pendue par le nez. Un ouvrier le guide, marchant à reculons. Les manœuvres sont lentes et certains spectateurs regardent leur montre. Il faut près de deux heures pour mettre en place le morceau de résistance, le quinze tonnes qui doit tenir écrasée sous lui une Peugeot, tandis qu'une Opel, percutant le double essieu arrière du camion, paraît s'être encastrée sous le châssis. Ça, c'est le fond du tableau, pour faire fouillis, pour blesser l'œil. En second plan, quelques voitures rebiffées les unes contre les autres, leurs capots béants semblant s'ouvrir comme des mâchoires prêtes à mordre. Une Fiat sur le toit. Deux motos enchevêtrées. Au premier plan, le bateau des Anglais, tout blanc, un trou dans sa coque de bois précieux, détail qui fend le cœur. Et puis un magma compliqué de carrosseries béantes et de portières arrachées, le tout reposant sur une couche épaisse de vitres en miettes et de débris variés.

Robert, qui a pris la précaution de se chausser de bottes, achève son chef-d'œuvre, se déplace avec prudence au milieu du désastre, indiquant, çà et là, des endroits à arranger.

— Ici, crie-t-il, il faut deux ou trois valises et quelques bagages comme ceux qu'on emporte en vacances.

— Un pliant, suggère un des ouvriers.

— D'accord. Et des couvertures... Et là-bas, n'oubliez pas le biberon.

Le capitaine proteste.

— Ce n'est pas pour le plaisir, dit Robert. C'est pour mieux guider les recherches. Quand un des secouristes l'apercevra, il donnera l'alerte. « Le bébé ! Qu'est-ce qu'on a fait du bébé ? » Un rien d'affolement est indispensable.

— Et vous aurez combien de personnel ? demande l'officier.

— Une cinquantaine, hommes et femmes, encadrés par une douzaine de professionnels, secouristes et infirmiers. Moi, mon rôle consiste à aider les recherches, mais d'abord à placer les victimes. On nous a prêté des mannequins, pour figurer les morts coincés dans les tôles que les ouvriers devront découper. Quant à ceux qui jouent le rôle des blessés, ce sont des jeunes pour la plupart, venant de différentes associations sportives.

— Combien aurez-vous de morts ?

— Une quinzaine. C'est ce qu'il faut pour déclencher le plan Orsec. Sinon, on reste dans le petit fait divers. Je me suis longuement renseigné, vous savez.

— Et l'heure H ?

— C'est à onze heures.

— Très juste, acquiesce le gendarme. Les jours de grand départ, c'est un des moments les plus dangereux. Ah ! Voilà votre troupe.

Les figurants arrivent, causant joyeusement. Un brancardier les groupe à quelque distance. Robert s'approche de François.

— Tu grimperas dans le minibus, dit-il. Là, tu seras peinard. Étendu sur la banquette du fond, bien protégé par des sièges renversés, tu auras juste un voisin, par-dessus toi, mais on le glissera au dernier moment. J'avais songé à te placer dans une des bagnoles, mais tu es tellement maladroit et ça va être plein de bouts de ferraille coupants.

— Je vais étouffer, là-dedans...

— Non, tu respireras par un enfoncement de la caisse. Et même, tu pourras nous apercevoir. Ça te va ? Alors, rejoins les autres.

Il porte un sifflet au cou, comme un arbitre. Il siffle et le silence se fait.

— Rappelez-vous, crie-t-il. A onze heures, l'accident va être découvert par un motard de passage. Il n'a reçu aucune consigne. Il doit se débrouiller. S'il cafouille, tant mieux. Vous, à mon coup de sifflet, vous devez commencer à gémir, à appeler à l'aide. Mais on n'est pas là pour rigoler, c'est vu ?... Maintenant, tout le monde en place.

Chacun de vous a des consignes et sait où il doit se tenir. Mais attention. Pas de précipitation. Il y a un peu partout de la tôle qui coupe. Chailloux, tu es prié d'éteindre ta cigarette... Prêts ?... Les grands blessés d'abord.

Vaguement impressionnés, les volontaires, marchant lentement, commencent à rejoindre leur poste, au milieu des carcasses démantibulées. Certains doivent se tortiller pour se loger dans un tout petit espace. D'autres ont pour mission de se laisser pendre, bras ballants, attachés à leur ceinture de sécurité. Il y en a qui restent étalés sur le sol, après avoir été éjectés. Ou bien qui se trouvent à demi enfermés dans une malle arrière affreusement bosselée.

— Vous êtes vraiment efficace, jeune homme, dit le capitaine au cousin.

— Les passagers du minibus, appelle Robert. Allons, pressons.

François est poussé dans le fond, comme un pain qu'on enfourne. Il colle son visage à la déchirure de la carrosserie pour mieux respirer et pour voir la suite. Une partie du spectacle lui échappe mais il aperçoit les mannequins que l'on enfonce sans ménagement dans les interstices prévus pour eux. Peu importe qu'on les déchire un peu. La réalité aurait été pire.

— Corbineau !... Où est Corbineau ?

François reconnaît la voix de Tubœuf.

— Eh bien, où étais-tu passé ?

— J'ai oublié ma place.

— On va vous en trouver une, intervient Robert. Mais faudrait voir à vous grouiller.

Ils disparaissent du créneau où François veille. Nouveau coup de sifflet pour obtenir le silence.

— Tout le monde m'entend ? fait Robert. Bon. On va maintenant vous enduire d'hémoglobine. C'est nécessaire. Vous saignez. Il y aura tout à l'heure des garrots à poser. Alors, laissez vous peinturlurer.

Sa voix est couverte par un bruit de souliers dans le minibus. Puis François entend des chocs, des frottements. Quelque chose de lourd comprime les sièges sous lesquels il est blotti. Il essaie de protester.

— Y a quelqu'un ?

Et puis, quoi ! Autant prendre son mal en patience. Tout cela est plutôt amusant. Il se tourne vers son créneau. Robert, au centre de la catastrophe, jette autour de lui un dernier coup d'œil. Là-bas, le journaliste prend fébrilement des photos.

— A mon coup de sifflet, lance Robert, on fait un essai pour le bruit. Vous y êtes ?

Roulade du sifflet et aussitôt c'est un chœur affreux de cris et de gémissements. Une voix éraillée va même jusqu'à pleurer : A boire ! A boire !

— Assez ! crie Robert. Vous vous croyez à Verdun, sans blague. Allez ! On recommence. Mais un ton en dessous. Je compte jusqu'à trois.

Cette fois, la clameur s'atténue jusqu'à devenir une plainte à peu près plausible.

— Attention, reprend Robert. Dans cinq minutes, on démarre. Je ne sifflerai pas mais vous entendrez le bruit de la moto.

Il se fait un grand silence. Au-dessus de François, l'individu ne bouge pas mais il pèse lourd sur le frêle rempart qui protège le garçon.

— Ho, chuchote François. Vous ne pourriez pas vous pousser un peu à droite ?

Pas de réponse.

— Ho ! Ça roupille, là-haut ?

Et c'est soudain le ronflement de la moto. Puis le moteur au ralenti. Le motard vient de freiner, découvrant le désastre. Puis les appels au secours, les cris de douleur... Là-bas, le motard est gagné par la panique. Il rebrousse chemin, pleins gaz. Les officiels, en retrait, ont déclenché leurs chronomètres.

La course contre la mort vient de commencer.

III

François s'était dit : « Comptons une demi-heure. Le motard va droit à la gendarmerie. Le temps de fournir les premières explications, de bien faire comprendre l'importance du carambolage, de donner au téléphone l'alerte générale... Oui, une demi-heure est un délai raisonnable... »

Mais pendant que les minutes s'égrènent, les figurants commencent à récriminer. Les cris, les gémissements, ça va bien au début. Et puis les membres, bientôt, s'ankylosent. On voudrait en finir vite. Tous les acteurs ne sont pas jeunes. Il y a des chômeurs d'un certain âge, des retraités, qui en ont assez d'être recroquevillés dans leur squelette de voitures. Ils protestent ; ils réclament. Deux ou trois veulent rentrer chez eux et Robert court de l'un à l'autre, parlemente, accepte qu'on cesse de crier jusqu'à l'arrivée des premiers secours. Ça ne peut plus durer.

Les deux gendarmes rejoignent Robert.

— Vous auriez dû faire appel à des femmes, dit le capitaine. Elles sont plus consciencieuses que les hommes. Regardez, là-bas, les deux qui cassent la croûte. Ça ne fait pas sérieux.

Robert n'est pas content.

— On m'a tout laissé sur les bras. Personne n'y croit à cette cochonnerie de plan Orsec. Pas de crédits. Débrouillez-vous. Il a fallu improviser. Alors, fatalement, tout n'est pas au point.

François regarde, écoute, consulte sa montre-bracelet. Le temps semble arrêté et le bonhomme, là-haut, pèse de tout son poids. François commence à ressentir l'angoisse d'un vrai sinistré de la route. A la télé, quand la caméra photographie des ruines, elle bouge. Elle va de décombres en décombres. Le spectateur n'éprouve jamais la sensation de la durée, de l'attente, de l'espoir qui diminue, des forces qui déclinent. L'agonie du mourant, de l'emmuré qui va succomber, cela reste étranger au spectacle. Bien sûr, François sait qu'on va venir le délivrer, que toute cette mise en scène, plus plaisante que cruelle, n'est qu'un banc d'essai. Il peut y avoir des ratés dans le fonctionnement de la machine administrative. L'important est qu'elle soit prête soit à se mettre en branle quand on aura vraiment besoin d'elle. Mais, bon sang, qu'ils se dépêchent. Surtout que le petit copain, à l'étage au-dessus, devait avoir sur lui une fiole mal bouchée. Elle goutte. Lentement. Elle perd tout doucement un liquide qui fait floc sur la joue du garçon. Et pas moyen de reculer, ni même de tourner la tête.

— Hé, monsieur... Votre bouteille n'est pas bien fermée... Je vous dis que ça goutte... Vous ne m'entendez pas ?

Il dort. Pas possible. On l'a collé là comme un colis, et au lieu de rouspéter, il dort. Le sage, c'est lui. Midi moins vingt. Sur l'esplanade, les groupes ont fusionné. Ça discute ferme. Il y a quelque chose dans le minutage qui ne colle pas. Ces messieurs n'ont pas envie de déjeuner à quatre heures.

Et soudain le pin-pon des pompiers. Ouf ! Le plus dur est passé. Robert siffle un coup et le lugubre champ de bataille s'anime. Les plaintes ne peuvent pas s'empêcher d'être joyeuses et les blessés se tortillent avec allégresse. Déjà, les premiers brancards circulent, accompagnés par des infirmiers diligents.

— Laissez-le, celui-là ; enlevez plutôt le petit vieux. Doucement. Soutenez-lui la tête. Norbert, lâche la valoche. On ramassera tout ça plus tard.

D'autres voitures arrivent, fourgonnettes, camionnettes. Les pharmaciens et les toubibs sont là. Ah ! Comme François aurait préféré faire partie des ramasseurs d'éclopés au lieu d'être coincé comme un rat dans un piège. Il a un sursaut en entendant son cousin qui frappe du plat de la main sur le flanc du minibus.

— Ça va, là-dedans ? Pas trop malheureux ?

— Dépêchez-vous, répond François, je n'en peux plus.

— Tiens bon. Le temps de dégager l'allée centrale.

La voix s'éloigne, continuant à donner des ordres.

— Posez les corps par terre. Gaborit va les ramasser avec son équipe... Toi, ferme-la. Tu oublies que tu es dans le coma.

Le véhicule, à demi démantibulé, tremble sur ses ressorts. Les secouristes n'y vont pas de main morte. Ça piétine. De grosses godasses écrasent des choses. D'accord, c'est un combat contre la montre, mais quand même ! La banquette renversée sur François est déplacée. Une voix inconnue apostrophe l'individu qui l'écrasait :

— Hé, mon gars, remonte-toi un peu. Il y a un petit en dessous. Tu lui pompes l'air.

Et c'est brusquement la lumière retrouvée. Une main empoigne le garçon par une cheville et le tire sans ménagement. François, debout, étourdi, titube un peu. Robert lui relève le menton.

— Qu'est-ce que c'est que ça ? Tu t'es écorché ?

Il sort vivement un mouchoir de sa poche et essuie la joue de son cousin.

— Ma parole, ce n'est pas toi qui saignes. Mais alors, c'est l'autre.

Il arrête au passage un jeune homme muni d'un brassard et lui montre l'arrière du bus.

— Aidez-moi. Il y a un blessé là-dedans. Faites comme moi... Doucement... Chacun par un pied.

Le corps de l'homme apparaît, inerte.

— Mais c'est Corbineau, s'écrie Robert. Et tout ce sang ! François, tu te sens d'attaque ? Oui. Alors, fonce et ramène le toubib ; ça presse.

François se dépêche, parmi les brancardiers et les secouristes. Le docteur est au pied de l'ambulance et conseille les volontaires qui se bousculent et se gênent mutuellement.

— La civière la plus lourde dessous. Prenez votre temps et ne coincez pas les glissières.

— Docteur, dit François, en le tirant par la manche, venez vite. On a un blessé dans le minibus. Il saigne beaucoup.

— Vous avez dû forcer sur l'hémoglobine.

— Non. Il ne bouge plus... Je vous assure.

Le docteur lâche un juron, montre le champ de bataille à François.

— La pagaille, dit-il. Pas assez d'ambulances. Pas assez de matériel pharmaceutique. Pas de cadres, pas de vrais responsables capables de donner le coup de gueule. Je les avais prévenus, pourtant. La bonne volonté, c'est bien joli !...

Il n'achève pas sa phrase, marche de plus en plus vite, écarte quelques curieux et se penche enfin sur le corps de Corbineau qu'on a étendu à l'écart, sur deux banquettes rapprochées. A peine s'il prend le temps de regarder. Il se tourne vers Robert, furieux.

— Vous ne voyez pas qu'il est mort ?

— Quoi ?

Le médecin écarte les revers de la canadienne, ouvre largement la chemise, découvre la plaie qui ensanglante la poitrine du malheureux Corbineau.

— Cet homme a été poignardé, dit-il.

François devient tout pâle, s'accroche au bras de Robert, pousse une sorte de râle.

— Ah non, s'emporte le docteur, s'il veut tourner de l'œil, qu'il aille ailleurs.

On fait boire à François quelque chose qui lui brûle la langue et le fait tousser. Il essaie de recracher l'alcool, se frotte machinalement la joue pour effacer de son visage le sang dont le suintement ressemble à un tatouage.

— Emmenez-le au centre, conseille Robert à un secouriste. Et pas un mot !

Le secouriste soutient François jusqu'à une camionnette où quelques rescapés mènent une joyeuse vie et n'en finissent pas de se raconter leurs exploits. De la Croix du Pendu jusqu'à Saint-Vincent, la route est maintenant bordée de curieux bruyants. Cela tient de la manifestation paysanne et du Tour de France. Le centre est tout simplement la salle des douches du collège. Là, tous les faux amochés du carambolage viennent se passer au jet pour se débarrasser des coulées d'hémoglobine qui les ont transformés en gibier d'hôpital. On manque peut-être de beaucoup de chose mais Lucie Pellegrini, en commerçante avisée, a préparé au réfectoire un formidable casse-croûte qui rend immédiatement la santé aux sinistrés. Il y a là, parmi les amateurs de sandwichs, des représentants de la presse, des délégués de la préfecture, des observateurs de toutes sortes qui s'informent, prennent des notes. C'est la première fois qu'on voit dans la région un plan Orsec grandeur nature. François, ses esprits retrouvés, se fait tout petit. Qu'un journaliste vienne à le questionner : « Ah, vous êtes le fils de Me Robion. Et vous avez participé à l'expérience... Coincé sous une banquette dans le minibus ; parfait. » De fil en aiguille, François sera amené à parler de Corbineau. Et alors...

Car enfin, qui a été le témoin de l'agonie et de la mort du pauvre bonhomme ? Hein ? François. François tout seul. François qui a lu assez de romans policiers pour savoir que le plus suspect est souvent celui qui a vu la victime le dernier. Certes, le pâté de campagne de Lucie Pellegrini est une merveille, mais François a peur.

Brève apparition de Robert, qui a l'air bien fatigué.

— Ça va mieux ? Manquait plus que ça. Quelle histoire ! J'aurais mieux fait de me tenir tranquille. On veut se rendre utile et tout va de travers. Tu sais l'heure qu'il est ? Trois heures. Et il y a encore des gens qui n'ont pas été évacués. C'est du chiqué, je veux bien. Mais si c'était vrai ? Et pour tout arranger, on m'estourbit Corbineau ; c'est tout juste si on ne dit pas que c'est ma faute. C'est le bouquet ! Allez, viens.

— Où ça ?

— A la gendarmerie, pardi. Il faut que tu fasses ta déposition, que tu racontes tout ce que tu as vu et entendu. Tu n'as pas une petite idée de ce qui s'est passé juste au-dessus de toi ?

— Je t'en prie, Robert. J'en suis malade.

— Et moi, qu'est-ce que je devrais dire ? D'accord, c'est terrible. Mais tu n'as pas à avoir peur. Je reste avec toi.

A la gendarmerie, il y a beaucoup d'agitation. D'habitude rien de plus paisible, de plus familier qu'une gendarmerie. Un petit crépitement de machine à écrire, de temps en temps, des enfants qui jouent, un gendarme qui passe, quelquefois en bras de chemise, une fourgonnette qui entre ou qui sort. Mais aujourd'hui, tout Saint-Vincent est sur le pied de guerre. Ça téléphone dans tous les coins. Tout le monde court. François est happé par un secrétaire qui le sépare de son cousin. Le voilà dans un bureau qui sent la vieille pipe. Le sous-officier qui mène l'interrogatoire semble furieux. Il a pourtant une bonne tête rustique et, sur le front, la marque rouge laissée par le képi.

— Nom, prénom, adresse ?

Jusque-là, ça va. C'est après, que les questions deviennent hargneuses. « Qu'est-ce que François vient faire à Saint-Vincent ? Pourquoi s'est-il porté volontaire ? Son cousin, oui, on le connaît. Un intrigant !

Corbineau ? Jamais rencontré ? Bizarre. Attention, jeune homme. Votre déposition est enregistrée. Qui a eu l'idée de vous introduire dans le minibus ? Votre cousin. Encore lui ! Mais saviez-vous que Corbineau allait prendre place au-dessus de vous ? Non, bon. Vous n'avez rien vu, rien entendu. Vous n'avez perçu aucun bruit de lutte, ou comme un gémissement ? La victime n'a prononcé aucune parole ? Vous voudriez me faire croire que Corbineau est mort bien tranquillement ? Soit. Vous vous expliquerez devant le juge. »

Un mot qui fait peur. François est en train de mouiller sa chemise.

— Et quand ce malheureux Corbineau a été poussé dans le bus, continue le tortionnaire, réfléchissez bien... était-il déjà blessé à mort ou bien a-t-il été frappé à l'intérieur du véhicule ? Car enfin, où le coup a-t-il été porté ? Dehors ou dedans ? Dehors, il y avait des témoins. Donc...

— Je ne sais pas, monsieur, bafouille François. Si l'arme n'a pas été retrouvée dans le car, c'est que l'assassin l'a gardée et alors le crime a eu lieu dehors.

L'homme hausse les épaules. Il note quelque chose sur un bloc, arrache la feuille et sonne un planton.

— Le commissaire est là ?

— Il vient d'arriver.

— Donnez-lui ça.

Puis, se tournant vers François, mais cette fois l'air est moins sévère.

— Vous ne quittez pas Saint-Vincent, ordonne-t-il. On aura encore besoin de vous.

Robert l'attend dans la cour, en suçotant sa pipe.

— Peux-tu me dire comment Corbineau a été tué ? demande François. Le toubib a parlé d'un coup de poignard. Mais où est-il passé ce poignard ?

— On l'ignore. On a cherché partout, tu penses. Remarque que la police préfère peut-être se taire. Une enquête menée en public, dans le désordre que tu as vu, je comprends qu'on fasse le black-out. Et malgré ça, la presse va se déchaîner. « Plan Orsec tragique »... « Quinze morts fictifs et un vrai cadavre. » Surtout qu'on aime bien les gros titres bêtes et méchants. Aïe, aïe, aïe, joli scandale en perspective.

— Qu'est-ce que je vais bien pouvoir raconter chez moi ? gémit François. N'oublie pas que je suis venu ici pour tu me fasses travailler mes maths !

— T'occupe ! C'est mon affaire. Toi, tu rentres et tu te reposes. Tu as vraiment une pauvre gueule de rescapé.

Mais François est trop énervé pour se laisser aller à une petite sieste. Si quelqu'un doit être au centre de toutes les rumeurs, c'est bien Lucie, la bonne hôtesse. Elle a nourri tout le monde. En retour, elle a sûrement capté des propos confidentiels. Il l'appelle au téléphone.

— Allô... Ici, l'*Éclaireur de l'Aube*. Nous avons appris ce qui vient de se passer à Saint-Vincent-la-Rivière. Mais la police se refuse à toute déclaration. Il paraît qu'il y a un mort ?

La brave Lucie est très flattée et commence à vider son sac.

— C'est même mieux qu'un mort, dit-elle. C'est un cousin à moi. Un homme tout ce qu'il y a de tranquille. Il a été poignardé. On ignore par qui et pourquoi. Peut-être une vengeance, si l'on en croit la lettre anonyme.

— Une lettre anonyme ? C'est nouveau, cela.

— Oui. Une feuille de papier qu'on a trouvée dans sa poche. C'est affreux.

— Vous en connaissez le contenu ?

— Oui. Je le sais par cœur. Elle dit : *C'est ton tour. Mais il y en aura d'autres*. Et c'est signé : *le Hibou*.

— Le quoi ?

— Le Hibou. L'espèce de chouette... Une vilaine bête. La preuve !

François est si ému qu'il raccroche. Cette fois, il est glacé jusqu'aux os. *Il y en aura d'autres*. C'est clair. Le meurtrier est sans doute un fou et alors qui peut-il craindre en premier lieu ? Quel est le seul vrai témoin de son crime ? Logiquement, il doit s'imaginer, en ce moment, que celui qui a des choses à révéler à la police, c'est ce garçon que nul ne savait caché du fond du bus. Le cœur de François chahute comme un lapin pris au collet.

Il essaie de se préparer un Nescafé et il en renverse une partie. La panique ! La débandade nerveuse. Il ouvre la radio, pour attraper un peu de musique. Pas de chance. Il tombe sur un court bulletin de nouvelles. Un hold-up à Marseille. Un léger séisme en Grèce. Et, pour finir, l'énigme de la Croix du Pendu. Vu de loin, le plan Orsec ne fait pas trop mauvaise figure. Évidemment, on a égaré quelques blessés et un mort, oublié dans la confusion générale, est reparti chez lui sans prévenir, mais dans l'ensemble, l'expérience est plutôt un succès. Les barrages seront levés dès que les dernières constatations auront été effectuées. Reste une question fascinante : qu'est devenu le couteau ?

François la pose, le soir même, à son cousin.

— C'est ce que tout le monde se demande, répond Robert. Tout a été fouillé mais on ne sait pas très bien ce qu'on cherche. Sûrement pas un poignard, ou une arme sortant de l'ordinaire, ce qui supposerait que le crime a été prémédité. Non. Le meurtrier a simplement profité de l'occasion et il s'est servi de son couteau, un brave couteau sans malice comme la plupart des Vincentois en ont un dans leur poche, à la mode paysanne, pour couper le pain ou tailler un morceau de bois. C'est l'avis du commissaire Cervin, qui vient de prendre l'enquête en main. Nous sommes retournés, tous les deux, à la Croix du Pendu et je lui ai expliqué tout le détail de l'opération. Je l'ai aidé à grimper dans le minibus ! Il a vu l'espèce de niche, dans les débris, où Corbineau a été poussé au dernier moment. C'est à ce moment-là que le meurtrier a frappé. Corbineau était sans défense et tout autour du bus régnait une grande agitation. Alors, l'assassin a refermé son couteau après l'avoir essuyé et il est parti avec les autres.

— Mais quels autres ?

— C'est ce qu'on est en train d'établir. Évidemment, c'est par là que l'enquête doit commencer. Cervin est persuadé que celui qui a écrit la lettre anonyme... Tu es au courant ?

— Oui, oui. Continue.

— ... agit pour son propre compte. Il n'a pas de complices. Mais qui pouvait en vouloir à Corbineau ?

— Quel âge avait-il ?

— Quarante-trois ans. Menuisier. Marié, sans enfant. Cervin a questionné à droite et à gauche. Dans un petit patelin comme Saint-Vincent, ça cousine à perte de vue. Chacun sait tout sur tous. Du moins dans le petit noyau des plus vieilles familles. Mais on se serre les coudes, là-dedans, tu n'as pas idée. On fait risette à l'étranger, comme ça, mais bouche cousue sur les choses importantes. Allez, vieux. Laisse tomber. On va s'offrir un bon petit gueuleton chez Lucie. On a besoin de se refaire un peu.

... Le lendemain, retour à la Croix du Pendu. Mobilisation des secouristes et autres volontaires pour un supplément d'enquête. François est longuement entendu par le commissaire, un homme d'une quarantaine d'années, d'allure sportive, sanglé serré dans un raglan qu'un vent chargé de pluie lui plaque sur le corps. Et François recommence tous les gestes de la veille, retrouve son terrier et s'y blottit en souplesse. On place sur lui les sièges renversés. Ça discute dur, à terre, entre Cervin et d'autres officiels.

— Ça va, décide enfin le commissaire. Vous pouvez sortir.

Il y a de plus en plus de monde, une équipe de la voirie achève de nettoyer la route et la dépanneuse de Tubœuf déblaie les épaves les plus gênantes. Cervin consulte un rapport, garde auprès de lui le cousin Robert et quelques brancardiers dont les dépositions sont consignées sur des feuillets que le vent rebrousse.

— Vous dites qu'il est arrivé en vélo ?

François comprend qu'on essaie de reconstituer les derniers moments du malheureux Corbineau.

— Et même il était un peu en retard, affirme le témoin.

— Ah ! Et pourquoi ?

— Parce que ses ouvriers avaient encore deux cercueils à finir. Mais attention. Deux vrais, pour des défunts de la commune. Il a posé son vélo à plat, par terre, et il a rejoint notre groupe.

— Combien étiez-vous ?

Là, l'enquête bafouille. Robert ne se rappelle plus très bien qui était avec qui. D'où des querelles envenimées par la peur de se compromettre.

— Moi, dit l'un, j'étais dans la Citroën.

— Pas vrai. C'était Michel.

— Moi, j'ai vu Leroux qui poussait Corbineau.

— Quoi ! Tu veux ma main sur la gueule.

Pour finir, Robert retient les quatre que la rumeur publique désigne avec obstination. Il y a Belloure, Lambesque, Simonetti et Tubœuf. Ils reconnaissent qu'ils ont aidé Corbineau à se faufiler dans le bus.

— Il était gros, dit Belloure. Il a fallu pousser.

— Montrez-moi.

Ils sont intimidés comme si on leur demandait d'exhiber quelque talent caché. Enfin, ils s'exécutent tant bien que mal. Le commissaire ne semble pas satisfait. Il revient à François.

— Voyons, monsieur Robion, faites un effort. Corbineau était lourd. Ils s'y sont mis à quatre. Quand quatre hommes unissent leurs efforts, ça s'entend. Et vous n'auriez pas surpris une parole, un bruit ?

— Non, dit François, ou plutôt si, j'ai entendu des espèces de grincements.

— Ah mais, ça change tout, lance Cervin, très excité. L'un des quatre aurait donc posé les pieds à l'intérieur, pour avoir un meilleur appui. Réfléchissez. Est-ce que ça grinçait comme des semelles cloutées ?

François, mitraillé à bout portant par tous ces regards soupçonneux, ne peut que répondre :

— Oui, peut-être bien.

Et Cervin, triomphant :

— Faites voir vos pieds, tout le monde.

Mais, à cause du temps pluvieux, tous les pieds sont solidement chaussés.

— Videz vos poches.

Chacun des quatre suspects possède son couteau familier. Simonetti le prend de haut.

— En voilà des façons. On n'est pas des loubards. Allez, les gars. On s'en va. Avant qu'on nous mette les menottes.

Robert se rapproche de son cousin et chuchote :

— Maintenant, tais-toi. Plus un mot. Sinon, Cervin ne va plus te lâcher. C'est certainement un des quatre qui a fait le coup. Ce n'est pas à nous de nous en mêler. J'ai entendu dire que Simonetti devait de l'argent à Corbineau et que Lambesque était plus ou moins en procès avec lui à cause d'un droit de passage litigieux ; mais on trouverait partout de ces vieilles querelles de voisinage qui ne sentent pas très bon. Alors, méfiance, mon petit vieux.

Ils rentrent tous les deux, inquiets et fatigués. Cependant, Robert a encore le courage de téléphoner à Me Robion, son cousin. Il réussit à prendre le ton enjoué de qui domine parfaitement la situation. « Non, rien à signaler de spécial. Le commissaire Cervin — ah ! vous le connaissez ? — essaie d'y voir un peu clair, mais il n'est pas du genre tourmenteur. François, lui, semble s'amuser beaucoup. Pardon, j'entends mal. Oui, il a un heureux caractère. Bref, les choses se passent plutôt gentiment. Bien sûr, il faudra aller à Versailles pour rencontrer le juge d'instruction. »

— Ça ne nous empêche pas de travailler, ajoute Robert. En ce moment, François est sur un problème de géométrie (grimace de connivence à François). Ce n'est pas son fort, mais il est très raisonnable. Il dort bien et il a bon appétit. Ne vous inquiétez pas. Et surtout n'allez pas croire tout ce que les journaux racontent. Merci. A bientôt.

Robert raccroche en poussant un soupir de soulagement.

— Tu ne penses pas que papa te croit sur parole, dit François. Je jurerais bien qu'il a des informateurs et qu'il en sait plus long que nous sur l'affaire.

— Tout ce qu'on lui demande, reprend Robert, c'est de jouer le jeu. Ça t'amuserait d'aller au cinéma ? Le cinéma de Saint-Vincent, d'accord, c'est plutôt rétro. Mais c'est ça ou un comprimé de somnifère, et j'aime mieux roupiller en regardant un western qu'en remâchant les élucubrations du Hibou.

IV

Le lendemain matin, Robert, qui est allé chercher des croissants, remonte, très excité.

— Le Hibou a encore écrit. Il paraît que Belloure a reçu une lettre : *Ton compte est bon.* C'est sa femme qui était à la boulangerie... Elle est terrifiée. Elle veut déménager.

François, encore tout engourdi de sommeil, se frotte les yeux.

— Pourquoi Belloure ? dit-il. La lettre est arrivée par la poste ?

— Oui, évidemment. Timbrée et tout. Sur du papier ordinaire. Et écrite en lettres bâtons, avec un stylo bille. *Monsieur Adrien Belloure.* Pas d'erreur possible. Aucun signe particulier qui pourrait mettre la police sur la voie, parce que la police a été immédiatement prévenue, évidemment.

— Et Belloure, qu'est-ce qu'il en pense ?

— D'après sa femme, il a haussé les épaules et il a dit que c'était une blague.

— C'est arrivé quand ?

— Tout à l'heure, à la première distribution. Madame Belloure a tout de suite couru au commissariat.

— Et toi, tu crois que c'est une blague ?

— Moi, je crois que Belloure est un des quatre suspects. Logiquement, les trois autres devraient, eux aussi, recevoir leur lettre anonyme. Tiens, je vais téléphoner à Tubœuf.

Avec Robert, les choses ne traînent pas. Il a déjà l'écouteur à l'oreille.

— Allô, Tubœuf ? Robert Robion à l'appareil. Vous êtes au courant, pour Belloure ?

— Oui, oui. Et il n'y a pas que lui ! Gourin, le boucher, a eu son paquet. Pendant que je lui faisais le plein, il m'a montré la lettre : *Fini de rigoler...* Signé *le Hibou.* Même que j'en ai laissé déborder le réservoir. Vous l'auriez entendu : « Je n'ai fait de tort à personne. Si je tenais le saligaud. » Mais Lambesque a eu droit à son billet doux, lui aussi. *Je m'occupe de toi.* Il était hors de lui. Il m'a injurié au téléphone comme si j'y étais pour quelque chose. Je l'ai calmé en lui demandant, si, par hasard, Simonetti ne serait pas dans le coup, lui aussi. Ça n'a pas traîné. Il a appelé Simonetti aussi sec. Eh bien, justement, Simonetti venait d'être servi... Une ligne menaçante. *Tu l'auras bien voulu.* Je vais vous dire, monsieur Robion...

— Mais pardon, l'interrompt Robert. Et vous ?

— Quoi, et moi ?

— Vous n'avez rien reçu ?

— Non. Pas encore. Mais je vais sûrement être épinglé au prochain courrier. Et pas que moi. C'est un jeu, vous comprenez. On a affaire à un cinglé. Mais le commissaire est prévenu. On a tous rendez-vous à la gendarmerie dans une heure. Même Michalon, le directeur des pompes funèbres. Parce que le Hibou lui a envoyé un petit mot gentil : *Prépare-toi. Tu vas avoir du travail.* Vous viendrez, monsieur Robion ?

— Si le commissaire me convoque, bien sûr. Mais pour le moment, je n'ai reçu aucune lettre.

— Soyez patients, ricane Tubœuf. Tout le monde y passera.

Robert allume sa pipe, pensivement.

— Ce qu'il peut arriver de pire, dit-il, c'est ça : une campagne de lettres anonymes. Ça se développe comme une épidémie et malheureusement, il n'y a pas de vaccin.

— Tu crois que c'est vraiment l'assassin qui écrit ?

— Pas forcément. Suppose que tu veuilles embêter ton voisin. Tu traces une ligne de bâtonnets et tu dis : « Numérote tes abattis » ou un truc du même genre. Ça y est. Le mal est fait. Ta victime en perd le sommeil. Tu as gagné. N'importe qui, maintenant, peut s'en donner à cœur joie, en pensant que seul le Hibou sera soupçonné. Voilà un joli petit patelin, Saint-Vincent-la-Rivière, qui va se mettre à pourrir. Je suis écœuré. Tu sais ce qu'on va faire ? On va aller trouver le commissaire et se mettre à sa disposition. Ces lettres anonymes ont sûrement un rapport avec la mort de Corbineau, donc avec le plan Orsec. Or, qui a eu, le premier, l'idée de ce plan de malheur ? Moi. Et qui est le premier témoin du meurtre ? Toi. Donc Cervin ne sera pas fâché de nous garder sous la main. Prépare-toi. Un petit coup de brosse à tes souliers ne leur ferait pas de mal. Va devant. Achète les journaux. On devrait y voir nos binettes. Je te rejoins sur le trottoir.

Il a raison, hélas, le cousin Robert ! Pendant que tout le monde était réuni, hier, à la Croix du Pendu, les photographes se sont surpassés. On n'a que l'embarras du choix : gros plan du commissaire, Robert, de face, de profil... et François, dans la position la plus humiliante, au moment où on l'extrait du minibus, les pieds devant, les yeux clignotants, l'air ahuri. Ah, les copains du lycée, qu'est-ce qu'ils vont se marrer ! Et la famille ! D'ici que l'on vienne le chercher d'autorité, il n'y a pas loin. Quoique... Non. Cervin ne le laissera pas partir. Défense de quitter Saint-Vincent. Et puis le juge d'instruction n'a pas encore commencé ses investigations. Voilà qui assure un certain répit, et François est dévoré par l'envie de savoir, d'aller au fond de ce mystère qui lui a déjà coûté tant d'émotions.

Robert rigole en regardant les journaux.

— Console-toi, dit-il. Personne ne te reconnaîtra. On voit une espèce de tache pâle. On devine un visage. Mais ce pourrait aussi bien être celui d'un acteur de cinéma au cours d'un tournage. Ce sont surtout tes pieds qui sont intéressants. Où diable avais-tu marché ?

Il adore taquiner, Robert. Rien n'entame sa bonne humeur. Le croirait-on ? Même le commissaire qui se montre aimable. Il fait grand cas du jugement de ce garçon enjoué qui est toujours plein d'idées. Tous les receveurs de lettres anonymes sont là, affichant des mines peu amènes. On est un peu à l'étroit dans le bureau du chef de la brigade, mais chacun évite de frôler ses voisins, comme s'il redoutait quelque contagion.

— Voyons, messieurs, commence le commissaire, essayons d'y voir clair. Et d'abord qu'est-ce que ces lettres nous apprennent ? Bien entendu, elles vont être examinées à fond par nos services techniques, mais déjà on constate qu'elles sont probablement de la même main. Pourquoi ? Parce qu'elles ont été distribuées au même courrier, ce qui n'aurait certainement pas été le cas si nous avions affaire à plusieurs Hiboux. Et puis, il y a une autre particularité assez troublante. Ces lettres ne visent que des habitants de la vieille ville. Vous le savez aussi bien que moi : le Saint-Vincent d'après la guerre forme une sorte d'agglomération à part, en bordure de la rivière, tandis que le vieux Saint-Vincent se serre autour de son abbatiale. Je ne dis pas que ce sont deux petits mondes distincts, mais pourquoi le Hibou s'en prend-il à l'un plutôt qu'à l'autre ? Cela fait penser à quelque règlement de comptes à l'intérieur d'une même communauté. A votre avis ?

Mais personne n'ose émettre une opinion. Sauf Robert qui lève le doigt, comme le premier de la classe.

— Parlez, monsieur Robion.

— Moi, dit Robert, ce qui me frappe, c'est la banalité de ces textes : *Ton compte est bon... Fini de rigoler*, ou bien encore : *Tu l'auras bien voulu... Je m'occupe de toi...* Entre nous, c'est minable. Ça manque de conviction. Ça sent la formule passe-partout. Je mets à part la lettre de M. Michalon : *Prépare-toi. Tu vas avoir du travail.* Là, on peut discerner une vraie menace. Et encore. Non, pour moi, ces lettres sont d'un mauvais plaisant.

— C'est un peu mon point de vue, dit le commissaire. Nous avons une certaine habitude, malheureusement, des lettres anonymes. Elles présentent toutes un trait commun. Elles lèvent méchamment le voile sur un aspect peu reluisant de la vie privée des gens agressés. Ici, rien de tel, je le reconnais. Mais on ne peut s'empêcher d'établir un lien entre la mort de Corbineau et, par exemple, la lettre adressée à vous, monsieur Lambesque. *Je m'occupe de toi.* Comme si le Hibou prévenait sa prochaine victime.

— Permettez ! s'écrie Lambesque.

— Non, non. Calmez-vous, dit Cervin d'un ton apaisant. Simple hypothèse. Ce que je veux souligner, c'est que le Hibou, s'il a l'intention de s'attaquer à quelqu'un de précis, peut fort bien faire une espèce de clin d'œil à celui qu'il vise, pour le terrifier et le mettre à sa merci. Monsieur Lambesque, franchement, est-ce que la phrase de votre lettre contient une allusion comprise de vous seul ?

Lambesque se lève d'une secousse.

— Je proteste, crie-t-il.

— Asseyez-vous. Je vous pose la même question à tous. Est-ce que l'un de vous a l'impression d'être personnellement pris à parti par une de ces formules dont la banalité est peut-être voulue ?

Silence. Et puis Simonetti murmure, de son air le plus malin :

— Demandez donc à Tubœuf pourquoi le Hibou le laisse tranquille, lui.

Tubœuf hausse les épaules.

— C'est peut-être justement pour que je paraisse plus suspect que les autres.

— De la part du Hibou, remarque Cervin, ce ne serait pas très fort.

Le téléphone sonne dans la pièce voisine et le planton vient prévenir le commissaire.

— C'est Versailles.

— Excusez-moi, dit Cervin. Je ne serai pas long.

On se regarde avec répugnance et Robert prend fermement la parole. Où va-t-il chercher cette assurance ?

— Eh bien, dit-il, le Hibou a réussi. Vous êtes prêts à vous bouffer le nez. C'est ce qu'il cherche. Supposez que l'un de vous cède à la colère et, par exemple, frappe monsieur Tubœuf. Bataille. On ne sait jamais comment ça peut tourner. Bref, ce que le Hibou a si bien commencé, c'est vous qui allez le finir. Il a allumé la vendetta, et vous vous chargez de l'entretenir.

— Oui, c'est vrai, reconnaît piteusement Lambesque.

Là-dessus, le commissaire regagne sa place et consulte sa montre.

— Résumons-nous, messieurs. J'avais le juge au bout du fil et je me rallie volontiers à sa première impression. De deux choses l'une : ou bien c'est un sinistre farceur qui a pris le relais et les lettres n'ont aucun rapport avec le crime. Ou bien, au contraire, le crime fait partie d'un plan et les lettres aussi. Quel plan ? L'enquête finira bien par nous l'apprendre. En attendant, gardez votre sang-froid et faites-moi confiance. Vous êtes protégés... Ah ! vous, monsieur Robion, le juge d'instruction vous attend à trois heures, au palais de justice de Versailles. Là-dessus, je file à l'enterrement de ce pauvre Corbineau. Vous y serez aussi, j'imagine. Alors, si vous remarquez quelque chose d'anormal, prévenez-moi. On ne sait jamais.

Le temps qui était grognon a pris soudain cette allure butée et hargneuse d'une Toussaint qui suinte de partout et promène une vapeur mouillée sentant la feuille morte et le champignon pourri. Robert s'en moque, toujours fringué comme un routard, de la peau de mouton pas très propre aux bottillons avachis. François, dans son costume de citadin, n'est pas très à l'aise. Il a un peu froid et l'humidité lui grimpe aux mollets, malgré son imper. Est-ce le crachin ? Est-ce la peur ?

Il n'y a pas foule et pourtant le défunt était, comme on dit, « bien estimé ». L'abbatiale est trop grande pour cette assistance clairsemée.

— C'est comme ça un peu partout, note Robert. Les églises sont comme des vêtements taillés trop large. Dans mon mémoire, j'aurai un chapitre là-dessus.

Il s'arrête pour serrer la main d'un personnage tout en noir, et ajoute :

— Va signer, François.

— Signer quoi ?

— Le registre, à l'entrée. C'est la coutume.

François ignore tout du cérémonial des obsèques. Il est trop jeune et cette coutume lui paraît ridicule. Il s'approche donc, gauchement, du registre. Le stylo bille a des ratés. Il écrit : Rob... s'arrête. Pas moyen d'écrire : ... ion. Derrière lui, il y a deux ou trois Vincentois qui piétinent. Rageusement, il appuie de toutes ses forces : Robion. Et c'est alors qu'il découvre, en pleine page, juste entre les noms de Marcireau et de Jalabert, mais en toutes petites lettres : *le Hibou.*

Ce toupet ! Signer ainsi, publiquement, par défi ! Bien sûr, les gens écrivent leur nom distraitement, rapidement, sans prendre le temps de regarder les signatures voisines. Mais cela veut dire que le Hibou est là, quelque part, dans les rangées où, selon une ancienne tradition, se tiennent les hommes, tandis que les femmes se placent de l'autre côté de l'allée centrale.

François manœuvre pour attirer l'attention de son cousin, mais quand Robert est lancé dans une conversation, bien malin qui pourrait l'arrêter. Hélas, c'est maintenant le directeur du collège qui arrive et qui, par discrétion, pousse doucement Robert et son interlocuteur sous la statue de Saint-Pierre, à droite de l'entrée. Là, l'entretien repart de plus belle. Bon, François va donc agir seul. Il remonte vers le cercueil par l'allée latérale. Il étudie chaque visage, ou plutôt chaque profil, car tous ces paroissiens semblent singulièrement recueillis, tête basse, et sans doute plus absorbés par l'angoisse que par la prière. C'est peut-être bien la peur qui leur tient lieu de piété. D'après Robert, partout où subsiste une conscience vivace des plus vieux liens de parenté, demeure comme une source jamais tarie de violence, de jalousie, d'envie, qui expliquerait certains crimes incompréhensibles. Or, pendant très longtemps, Saint-Vincent n'a été qu'une petite agglomération paysanne, sans ouverture sur l'extérieur, et ce n'est pas parce qu'un autre Saint-Vincent a poussé sur son flanc (HLM, émigrés, cité dortoir) que les mentalités ont changé. C'est du moins cela que Robert se propose de montrer. Comme il a dit souvent : « C'est dans cet inconscient qu'il faudrait piocher. »

Mais François a beau scruter ces figures immobiles, qui dissimulent Dieu sait quelles sourdes rancunes, il ne voit que de braves binettes couperosées et moustachues, qui aimeraient bien se retrouver « chez Maurice », le bistrot d'en face. Enfin, Robert rattrape son cousin. Les voilà agenouillés l'un près de l'autre.

— Le Hibou est ici, chuchote François.

— Non ?

— Si. Il a signé.

— Tu l'as vu, alors ?

— Non. Mais il a signé. Va voir, si tu ne me crois pas.

Aussitôt, Robert, qui ne croit que ce qu'il constate lui-même, se défile, non sans déranger quelques assistants. Drôle de messe ! La cérémonie avance au pas, tout autour du cercueil de Corbineau ; son meilleur cercueil, le pauvre bonhomme ! Robert a disparu. Il n'est plus dans l'église, quand la foule commence à sortir. Il n'est pas non plus sur le parvis. Le cortège se forme car, ici, on accompagne toujours à pied le défunt jusqu'au cimetière. Mais par quel mystérieux cheminement la nouvelle a-t-elle circulé ? On sait bientôt que le Hibou est là. Son nom se murmure dans les rangs.

Cela fait comme un chuchotement étouffé, ponctué çà et là, d'exclamations. Certains s'arrêtent, parmi les tombes, pour continuer à discuter sans s'obliger à baisser la voix. Le receveur de la poste, devant le caveau de la famille Dutoit, prend à témoins quelques amis : « Je n'ai pas à tenir compte de la façon dont est rédigée la suscription d'une enveloppe, quand on les trie. Pour moi, une lettre est une lettre. »

Ah, c'est instructif d'aller de groupe en groupe. La pluie qui tombe ne réussit pas à noyer l'émotion. Quel est maintenant le Vincentois qui osera ouvrir sa boîte aux lettres sans éprouver un horrible malaise ? A qui le tour ? Qui va être menacé, ou dénoncé, ou trahi ? Car le Hibou ne va pas s'en tenir à de simples mises en garde. Il va lancer des accusations comme un terroriste qui balance une bombe dans un lieu public. Pauvre Robert ! Il ne cesse de répéter : « Mais pourquoi ai-je eu l'idée de ce fichu plan Orsec ? » Il confesse son trouble au brave Tubœuf qui a proposé, tout à l'heure, d'emmener les deux cousins au palais de justice de Versailles.

— Vous en faites pas, monsieur Robion, dit Tubœuf. Ça n'a rien à voir. L'assassin a simplement profité de l'occasion. Plan ou pas plan, il aurait de toute façon tué Corbineau.

Et il ajoute :

— De toute façon, ce n'est pas quelqu'un de chez nous. Si vous connaissiez comme moi Belloure et Lambesque et même Simonetti, ils ont des caractères de cochons, ça, c'est vrai. Et à la belote, ils auraient plutôt tendance à tricher. Mais ils ne feraient pas de mal à une mouche.

A la sortie du cimetière, Tubœuf arrête les deux cousins.

— Attendez-moi chez Maurice. Le temps de prévenir mon commis que je vais à Versailles et je repasse vous prendre.

Robert précède François dans le café qui fait déjà son plein et allume sa pipe.

— Tu veux un sandwich ? Chez le juge, ça risque d'être long. En sortant, on ira casser une petite graine, avec Tubœuf. Mais ça va nous mettre autour de trois heures... Garçon, deux sandwichs rillettes.

Robert regarde autour de lui, sans voir personne, car il poursuit pour lui-même :

— Ce que je ne comprends pas, c'est pourquoi Corbineau a été tué juste à ce moment-là et justement ce jour-là. D'après Cervin, le meurtrier a dû apprendre quelque chose qui l'obligeait à agir sans délai. Mais quoi, à la campagne, on a tout son temps et ici, c'est encore un peu la campagne. A-t-il entendu un propos, une méchante parole qui l'aurait subitement mis en colère ? Mystère. Cervin a interrogé les proches des quatre suspects. Ça n'a rien donné. La reconstitution des derniers instants qui ont précédé le crime, tu étais là. Tu as vu que ça n'a pas mieux marché.

Le garçon apporte sandwichs et demis, et Robert, d'un coup de dents, arrache un énorme morceau de pain et de pâté. La bouche pleine, il rêve un peu, boit une gorgée de bière, puis tire sur sa pipe. Le pain, la bière, la pipe, cela fonctionne comme une mécanique bien réglée.

— Eh bien, vas-y, François. Mange... Ah, c'est ma fumée qui te gêne, petite nature.

Robert vide le fourneau sur son talon et reprend le fil de sa méditation.

— Corbineau n'a été amené qu'au tout dernier moment, tu te rappelles ? Il y avait déjà du monde dans le bus, mais c'était surtout les places situées à l'avant qui étaient occupées. Des vieux du troisième âge qui font partie du cercle des retraités de la SNCF. Une distraction de choix, pour eux. De sorte que tu étais seul à l'arrière. Et attention... C'est ce malheureux Corbineau lui-même qui a demandé finalement à être installé là où il est mort. Il était gros et il voulait être à l'aise. Il aurait pesé vingt kilos de moins, il serait peut-être encore vivant... Non, c'est idiot ce que je dis. L'assassin était déjà aux aguets.

— Mais un de ces vieux dont tu parles aurait peut-être pu se glisser à l'arrière et régler en vitesse une ancienne querelle.

— Impossible, coupe Robert. N'oublie pas qu'à l'intérieur du bus, tout était un peu sens dessus dessous. Nos bonshommes mis en place, ils ne pouvaient plus bouger. J'en deviens cinglé. Ah ! Voilà Tubœuf et son carrosse.

François, à travers la buée qui se forme sur les fenêtres, aperçoit confusément une antique guimbarde qui a dû connaître des heures de gloire.

— Mercedes ? avance-t-il.

— Je dirais plutôt une Chevrolet d'avant-guerre, propose Robert, qui a retrouvé son entrain. Allez, en voiture.

Tubœuf surprend les regards des deux cousins et sourit.

— Oh, ne vous faites pas de bile. Je vous ramènerai. Les bagnoles, c'est comme le vin. Ça s'améliore en prenant de la bouteille.

Le palais de justice est comme tous les palais de justice. Des marches. Beaucoup de marches. C'est vaguement grec, avec beaucoup de colonnes. De vastes espaces dallés. Çà et là, des avocats qui déambulent et quelques pigeons très affairés. François a le cœur qui bat un peu trop vite. Et puis des couloirs, encore des couloirs, des murs nus. Tout est rébarbatif. Un détenu, menottes aux poignets, qui passe entre deux gardes. Voici enfin le cabinet du juge.

— A toi de jouer, murmure Robert, car ici, dans tout ce vide, on a tendance à parler bas. Je t'attends dans la cour. Un peu de nerf que diable.

— Tu es sûr que c'est ici ?

— C'est marqué, là. Juge Lassagne.

Il frappe pour son cousin, l'aide à franchir la première porte, matelassée, entrouvre la seconde, risque un œil, et chuchote :

— Merde, c'est une bonne femme.

Désarroi. Robert reste un instant sur le seuil d'un bureau encombré de dossiers et de paperasses, qui sent la gendarmerie, le tabac de troupe, et là-bas, derrière une vaste table, il y a une jeune femme jolie, dangereuse, qui le détaille en prenant son temps.

— Avancez, monsieur François Robion. Asseyez-vous.

Elle ouvre un dossier. François repère, près de la fenêtre, un vieux birbe coiffé d'une longue visière de joueur de base-ball, pour éviter d'être gêné par sa lampe à abat-jour vert. Le greffier, pardi. C'est moche, tout ça. La juge lit : « Monsieur François Robion, né à Paris le 11 juillet 1972. Tiens, vous êtes donc Cancer ! »

Cette remarque achève de démonter François. En quoi cela aggrave-t-il son cas ? A peine s'il écoute la suite. Elle veut savoir pourquoi il s'est porté volontaire et pourquoi il a choisi de jouer un rôle de victime, et pourquoi...

Tous ces pourquoi le cinglent comme une volée de petits plombs. A la fin, il se borne à dire :

— Demandez à mon cousin.

— Ah, soyez poli ! s'emporte-t-elle.

Elle est tout à la fois Cléopâtre et l'aspic caché dans les fleurs. La beauté et le venin.

— Pourquoi souriez-vous ?

— Je ne souris pas. C'est seulement un souvenir saugrenu qui me revient. Je pensais à Elizabeth Taylor dans un vieux film que j'ai vu.

Du coup, le cow-boy s'arrête de taper. La juge fronce les sourcils, se contient avec peine, ce qui rend au garçon un peu d'assurance.

Et le round reprend. Tout ce que François a déjà raconté au gendarme et au commissaire. Elle revient sur tout, fait tout répéter ; chaque petit détail est disséqué, analysé, discuté. Au bout d'une heure, elle s'arrête, congédie le greffier, allume une cigarette.

— Vous êtes coriace, monsieur Robion. Je voudrais maintenant vous poser quelques questions plus personnelles. Qu'est-ce que vous pensez du plan Orsec ?

— D'après mon cousin, c'est une expérience utile mais qui a été mal préparée.

— Mais vous, votre opinion à vous ?

— Oh, moi !

Elle sourit méchamment.

— Franchement, François, avoue que tu t'es bien amusé.

Il sursaute. Mais de quel droit ? Qu'est-ce que ça signifie ?

— Mais si, continue-t-elle. Mais si, la mort de ce pauvre homme, évidemment, est bien regrettable, mais si un nouveau plan Orsec était mis en train dans les jours qui viennent, tu serais encore volontaire. Allons ! Ne mens pas.

— Peut-être. Je ne sais pas.

— Dis-le, que tu as trouvé cela excitant. Ah, tu vois, tu aimes mieux te taire. Tu sens bien que j'ai raison. A ton âge, on aime les sensations fortes. Et pour prolonger cette petite ébriété, on se permet un supplément d'émotion. Oh, rien de bien méchant ; une simple blague de potache. On écrit, par exemple, sur un bout de papier : *Prépare-toi. Tu vas avoir du travail.*

François explose.

— Moi ? Moi ? J'aurais...

— Toi et quelques copains, histoire de rigoler, comme vous dites. Voyons, François, tu as la réputation d'être intelligent. Alors, tu te rends bien compte que les lettres anonymes distribuées à Saint-Vincent sont l'œuvre d'un mauvais plaisant.

— Je vous jure que...

Elle l'interrompt et d'un geste large montre une étagère où s'empilent des dossiers.

— Tout ça, mon petit François, ce sont des plaintes contre des garçons de ton âge, qui s'ingénient à empoisonner la vie de leurs aînés. Pas par malice. Plutôt pour le sport. Et quel sport plus amusant que la lettre anonyme, hein ? Réfléchis. Tu te trouves au centre d'un fait divers extraordinaire qu'on peut encore embellir par des prolongements dignes de la Série Noire et tu ne céderais pas à la tentation ? Oh, ce n'est pas la peine de prendre cet air outragé.

Elle penche la tête, change de ton, se fait complice.

— C'est que je te connais bien, François Robion, dit Sans Atout. Tu as déjà été mêlé à des événements qui sortent du commun. Or, qui a insisté pour jouer un rôle dans cette mystérieuse affaire ?

— Vous m'accusez d'avoir...

— Je ne t'accuse de rien du tout. Je t'adjure seulement de tout me dire. Ces lettres, est-ce que c'est toi qui les as écrites ? Ou les as-tu inspirées à quelqu'un ?

— Je suis innocent de tout, affirme François avec force.

Elle redevient le magistrat tout puissant et lointain.

— Je vous remercie, monsieur Robion. Ce sera tout pour aujourd'hui.

François s'échappe sans saluer, se cogne dans la double porte. Vite, de l'air ! Il s'enfuit comme un malfaiteur qui s'évade.

V

Robert reçut presque son cousin dans les bras.

— Eh bien, qu'est-ce qui t'arrive ? Où te sauves-tu ?

— Ah, la vache ! balbutia François. Elle est persuadée que j'ai écrit les lettres.

— Mouche-toi. Essuie tes yeux. Sortir en larmes d'un Palais de Justice, ça fait plutôt mauvaise impression. Tubœuf doit nous attendre à la rôtisserie. Allez, la tête haute, bonhomme. Et raconte.

Tout en marchant, François raconta l'entretien.

— Elle va finir par me faire coffrer, conclut-il.

Robert lui passa un bras autour des épaules et serra son cousin contre lui.

— C'est tout ? Et c'est pour ça que tu te fais tout ce cinéma. Mais, mon pauvre vieux, la vérité, c'est qu'elle nage. Alors elle s'en prend à tout le monde au petit bonheur. Aujourd'hui, elle te saute dessus. Dans deux ou trois jours, ce sera mon tour. Je comprends pourquoi Cervin ne peut pas la voir en peinture. Sa méthode à lui, ce n'est pas de transformer les témoins en coupables, mais de chercher des indices matériels.

Soudain, Robert se tait, s'arrête, la pipe pendue aux dents comme une canne à un portemanteau. Il la saisit avec précaution, la considère d'un air surpris comme s'il ne l'avait jamais vue.

— Attends, murmure-t-il, je viens de tout comprendre. Ça, c'est un tour de ton père. Pardi, ça saute aux yeux. Ton père connaît forcément la bonne femme. Avocat, juge, tout ça grenouille ensemble. Tu paries qu'il lui a téléphoné... Je l'entends d'ici : « Faites-lui peur. Menacez-le au besoin. J'en ai assez de savoir mon fils compromis dans cette histoire de fous. Nous voulons le récupérer et vite. Une bonne cure de trouille, ça lui fera les pieds. » Mettons que ce n'est pas tout à fait son style. Mais pour l'essentiel, je suis sûr de ne pas me tromper.

Il part d'un grand rire.

— Allez, mon petit vieux ; ne te fâche pas. Tes parents sont des parents, quoi ! Tiens, voilà Tubœuf.

Avant de reprendre la route, il a fallu manger sur le pouce deux ou trois sandwichs, puis, pour faire couler, boire un petit blanc au Café du Château. Tubœuf, mis au courant, était profondément indigné.

— De quoi je me mêle ! Ça ne sait même pas faire cuire un œuf à la coque et ça vient vous chercher des poux dans la tête. Attendez qu'elle me convoque. Je vous promets qu'elle m'entendra.

Les voilà partis pour de bon, à petite allure parce que la pluie rend la chaussée glissante. Tubœuf parle, parle... François ne l'écoute pas. Il découvre, au rythme fascinant des essuie-glaces, le pouvoir d'envoûtement d'une lettre anonyme. Inutile de se dire : « Je m'en fiche. Tout ça, c'est de la superstition. » Ça vous brûle l'âme comme un acide. On se fabrique déjà un ennemi à démasquer, à punir. François donnerait n'importe quoi pour être à la maison, loin du drame et de ce qu'il traîne après lui de sordide et de dangereux. Mais, à la maison, l'accueil sera plutôt glacial, après l'équipée de Saint-Vincent. Là aussi, il y aura des comptes à rendre. Robert, lui, ce n'est pas pareil. Il est libre et, après tout, si...

— Est-ce que je me trompe ? dit Tubœuf. J'ai l'impression que quelque chose ne tourne pas rond. Je flotte un peu. Je sais bien que cette pauvre bagnole est fatiguée, mais je sens qu'il y a du jeu dans la direction. Regardez. J'ai tendance à me balader de droite à gauche.

Il surprend le regard de Robert et proteste aussitôt :

— Non, quand même. Ce n'est pas un malheureux verre qui me dérange.

— Ce n'était peut-être pas le premier de la journée, insinue Robert.

Tubœuf donne un coup de volant très ferme pour redresser la voiture.

— Là, vous voyez, s'emporte-t-il, pour un peu j'allais dans les pâquerettes.

Il freine. L'arrière chasse brutalement. Au ralenti, il s'immobilise au bord de la route. Il est furieux.

— Vous n'auriez pas une roue à plat ? dit Robert.

— Si je tenais le salopard, commence Tubœuf.

Il n'écoute plus rien, met pied à terre, se penche sur sa roue gauche, à l'avant. Il l'empoigne à deux mains et la secoue.

— Elle ne tient plus que par deux écrous, crie-t-il. Venez voir le travail. Deux écrous en train de lâcher et le troisième en cavale.

— Ils n'étaient peut-être pas assez serrés, suggère Robert.

Tubœuf se rebiffe.

— Pas assez serrés ! Vous voulez rire.

Il se recule, mains aux hanches, contemple le désastre et secoue la tête.

— Pas besoin de chercher plus loin. C'est une roue trafiquée par quelqu'un qui s'y connaît. Il a dévissé un premier boulon et desserré les deux autres. Juste ce qu'il fallait pour que ça tienne un bout de temps. C'est un sabotage. Mais pourquoi ?

Il essuie son visage en sueur, y laissant une trace noirâtre.

— Mon garage est ouvert pratiquement en permanence. Facile, à l'heure des repas, de se glisser à l'intérieur et de jouer de la clef anglaise. Bon, eh bien ne restons pas là. Je mets en place ma roue de secours et... Nom d'un chien ! Je parie que...

Il court à son coffre et lève les bras au ciel.

— On me l'a volée.

Les voilà tous les trois dans l'herbe mouillée, devant le coffre plein de chiffons sales.

— Je n'ai pas pris le temps de vérifier. De toute façon, une roue de secours avec seulement deux écrous n'aurait pas tenu. Il n'y a plus qu'à faire du stop. Que je le rencontre, ce Cervin de malheur.

C'était la première fois que François faisait du stop, en vrai naufragé de la route, trempé, fatigué et gonflé de rancune contre l'univers. Et d'abord contre Tubœuf. Sous prétexte qu'il dépannait souvent les autres, il ne se croyait pas obligé de prendre pour lui-même les précautions les plus élémentaires. Par sa faute, ils venaient, tous les trois, de risquer le pire. Mais une idée nouvelle commençait à se glisser dans son esprit. Et si le Hibou... Est-ce que, par hasard, le sabotage ne viendrait pas de lui ? Joli coup ! Il faisait disparaître les trois gêneurs les plus dangereux.

Mais François était hors d'état de formuler le moindre raisonnement. Machinalement, il levait le pouce, d'un geste de plus en plus suppliant. Au contraire, Tubœuf se remuait comme un démon, invectivait les voitures qui lui passaient sous le nez, se dépensait en apostrophes vengeresses. Entre deux tentatives, il plaidait sa cause.

— Il ne faut pas m'en vouloir. Moi, j'ai voulu vous rendre service. (Hurlement de colère) Hé, on ne l'aurait pas salie, ta charrette. Pauvre mec ! (Trois pas en arrière) Je fais des commissions pour tout le monde, dans le pays. Ça ne me gênait pas de vous emmener à Versailles. (Nouveau cri d'alarme) Faites gaffe ; celui-là va nous arroser. Il y en a qui prennent plaisir à passer au milieu des flaques. (Poing brandi) Salopard ! Assassin !

Finalement, ils furent recueillis par un poids lourd qui transportait des cageots de poulets et ils arrivèrent à Saint-Vincent avec des plumes un peu partout, que la pluie leur avait collées dessus comme des étiquettes. Rinçage. Vêtements secs. Et soudain coup de téléphone qui pétrifie les deux cousins.

— Oh non, gémit Robert. La paix ! Décroche, tu veux ?

François prend l'appareil et le tend aussitôt à Robert.

— C'est Tubœuf.

— Quoi ? Mais on vient de le quitter.

Robert saisit le téléphone, son visage exprime la plus vive surprise.

— Attendez. Je passe l'écouteur à François. Répétez-moi ça, calmement.

— Calmement ! crie Tubœuf, vous en avez de bonnes. Ma roue de secours, elle est là, avec un bout de carton glissé entre l'enveloppe et la jante. *Dernier avertissement.* Voilà ce qui est écrit, en lettres bâtons, naturellement. Le Hibou est donc venu en personne, pendant mon absence.

— Mais... votre commis ?

— Lui ! Un bon à rien. Il attend le client dans le bureau, en lisant des bandes dessinées. Le Hibou n'a eu qu'à entrer dans l'atelier par derrière. Qu'est-ce que je fais ?

— Vous prévenez le commissaire.

— Vous croyez que ça servira à quelque chose ?

— Je l'ignore, mais on ne doit rien lui cacher.

— Moi, je veux bien, mais vous allez être dérangé, vous aussi. Il voudra vous entendre, et votre cousin également.

— Bah, conclut Robert, un peu plus, un peu moins... On est là pour vous aider, que diable.

— Merci. Je vous avoue que je commence à ne pas être tranquille. *Dernier avertissement,* hein. Ça donne à réfléchir...

Robert se laisse tomber dans le fauteuil qui gémit.

— Flapi, murmure-t-il. Je suis flapi. Tout ça prend mauvaise tournure, tu ne crois pas ?

François remet l'écouteur sur son crochet.

— Savoir, dit-il, si le Hibou nous visait aussi.

— Ça m'étonnerait, répond Robert. Pour moi, il cherchait seulement à provoquer un accident. D'où le *Dernier avertissement*. C'est une lettre qui met en garde tous ceux qui fréquentent Tubœuf. C'est comme si le Hibou criait : « Écartez-vous. Je vous préviens pour la dernière fois que vous risquez gros auprès de lui. » Et nous risquions gros, en effet.

Il se lève, s'asseoit devant son bureau, et reprend :

— Est-ce que tu te rends compte que j'ai des copies à corriger. Tout ce tas ! Une phrase de Lamartine à commenter. Je t'avoue qu'en ce moment, ce n'est pas Lamartine qui me préoccupe le plus. Et toi ? Qu'est-ce qui te préoccupe le plus ?

— Mon père, dit François. Tu avais raison. Il est là, dans la coulisse, qui tire des ficelles. Et ça m'agace. Il doit penser qu'en me faisant harceler par l'un, par l'autre, il finira par me dégoûter des enquêtes policières. A la maison, c'est ça qu'ils craignent tous : que je me lance un jour dans le métier de Cervin.

— Ah zut ! s'écrie Robert. Encore le téléphone. Tu ne voudrais pas répondre. Je ne suis pas là.

François soupire. Le moindre mouvement lui coûte, tellement il se sent fatigué.

— Allô ? C'est François Robion, à l'appareil... Dommage, mon cousin vient de sortir. Attendez, je note : demain, seize heures, à l'école du quartier neuf. Et avant, dans votre bureau vers quinze heures. Voilà. C'est noté. Nous y serons. Bonsoir, monsieur le commissaire.

— Qu'est-ce qu'il mijote encore ? demande Robert. Écoute, le mieux, c'est que nous descendions au snack et que nous dînions sur le pouce. Et après, au lit.

Le lendemain, longue conversation avec Cervin. Il voulut bien leur résumer la situation. L'enquête sur Corbineau était au point mort. Côté Hibou, rien de neuf pour le moment. Cependant, il avait commis une imprudence en s'introduisant dans le garage de Tubœuf. Cela prouvait trois choses : un, il était du pays. Deux, il innocentait Tubœuf, qui n'aurait pas été assez bête pour saboter sa propre voiture. Trois : les deux cousins étaient hors de cause. En vérité, ils n'avaient jamais été sérieusement soupçonnés. Mais maintenant, ils étaient complètement blanchis. Ils allaient assister à une expérience qui pourrait bien être décisive. En effet, l'idée de Cervin était de faire écrire les textes des lettres anonymes par tous les suspects et même tous les voisins de Corbineau, en un mot, par tous ceux qui, de près ou de loin, avaient eu maille à partir avec le défunt. Il y avait donc, dans le préau de l'école une trentaine de personnes, hommes et femmes, qui attendaient, impressionnés comme des candidats avant un examen difficile.

— Il y a des femmes aussi, dit François.

— Et pourquoi pas ? répondit Cervin. La plupart du temps, ce sont des femmes qui écrivent les lettres anonymes.

On fit entrer la première fournée. L'adjudant de gendarmerie indiquait leur place aux arrivants. Tables et bancs étaient destinés à des gosses et c'était à qui se contorsionnerait le plus pour s'asseoir. La classe commençait à murmurer.

— Silence, ordonna le commissaire qui, debout sur l'estrade, surveillait les opérations.

Quand tout le monde fut installé, il reprit la parole.

— Vous avez devant vous une feuille de papier et un stylo bille, identiques au matériel utilisé par le Hibou. Je vais vous lire lentement le texte des lettres anonymes et vous écrirez sous ma dictée. Voici le modèle.

Il se retourna et, avec une craie rouge, traça au tableau les mots : *Ton compte est bon.*

— Vous avez bien compris ? Alors, je commence : *Ton compte est bon.*

Il allait d'un bout de l'estrade à l'autre, en répétant la phrase comme un instituteur consciencieux, tandis que l'adjudant passait dans les rangs et surveillait le travail. Robert se pencha vers François.

— Dis-moi que je rêve, chuchota-t-il.

— Allons, lança Cervin, dépêchons-nous un peu. Et pas de ratures, s'il vous plaît. Vous y êtes ? Voici la seconde phrase. N'oubliez pas d'aller à la ligne. *Prépare-toi. Tu vas avoir du travail.*

La classe s'applique et transpire. Gallard, le serrurier, gémit dans sa barbe :

— Pas si vite, m'sieur.

— On ne regarde pas sur le voisin, avertit le commissaire. *Tu vas avoir du travail.*

Les mains se crispent sur les stylos bille. Les langues s'avancent au bord des lèvres. Il fait soudain très chaud dans la salle. Coup d'œil circulaire du maître.

— Allons, Prosper Laridois, ça vient ?

— Travail, demande le vieux jardinier, il y a un l ou deux l ?

— Comme vous voulez. La troisième phrase, maintenant. *Tu l'auras bien voulu.* Pressons un peu. Et indiquez bien votre nom au bas de la feuille.

— Ce ne sera plus anonyme, objecte la fille de la mercière.

Le commissaire, pris de court, s'énerve et menace.

— Pas de commentaires, je vous prie. N'oubliez pas que la prison attend le Hibou. Je continue...

Enfin l'exercice s'achève et le commissaire ramasse les copies dans un brouhaha de soulagement. François souffle à son cousin : « Vive la récré ! » Ils rigolent, tous les deux, mais ils sont bien les seuls. D'autres candidats attendent dans le préau. Repris par de très anciennes habitudes, ils sont déjà en rang par deux.

— Ça a été dur ? demande l'un d'eux.

— Chez moi, grogne une autre voix, c'est ma femme qui fait les écritures.

La nuit est proche et il pleut toujours.

— Si je t'offrais une petite bouffe, propose Robert, tu serais preneur ?

— Et comment !

— Alors, exécution. Cap sur l'Hôtel des Voyageurs. C'est à deux pas. D'ailleurs, à Saint-Vincent, tout est à deux pas. Du seuil, Robert examine la salle.

— C'est toujours bondé, depuis huit jours, observe-t-il. Le plan Orsec, ça lui rapporte à Mme Pellegrini.

Celle-ci les aperçoit et, de loin, leur montre une table libre près de la fenêtre. Les cousins s'installent.

— Tu as besoin de te remplumer, mon pauvre vieux, dit Robert. Une heure à mariner au palais de justice. Une autre heure à guetter un sauveteur. Une autre encore... Il n'y a plus de François. Il a maigri, il a fondu. Mais on va te nourrir. La soirée est à nous.

Pourquoi cette réflexion paraît-elle de mauvais augure à François ? De temps en temps, il a de ces sortes de prémonitions qu'il s'empresse de chasser et dont il ne fait part à personne. Mais quelquefois, elles deviennent réalité. Robert, insouciant, étudie la carte.

— Je te recommande le potage. Une merveille. Si elle voulait, la patronne pourrait avoir une ou deux étoiles dans les guides. Mais elle manque de capitaux pour rénover son affaire. Bon, je vois que tu t'en fiches. Passons à ses cailles aux raisins. Attention, ce n'est pas de la petite caille industrielle, fabriquée à Taiwan. Ce sont de vraies cailles, dorées, dodues, flambées à point !

Robert fait signe à Mme Pellegrini.

— Madame Lucie, vos cailles, vous y mettez une goutte de cognac ?

— Surtout pas, proteste-t-elle. Non. Un soupçon de Cointreau. C'est une recette maison.

Et les voilà partis dans une de ces conversations gastronomiques interdites aux profanes. Ce Robert, on peut l'interroger sur n'importe quoi. Il a tout lu. Il sait des tas de trucs comme s'il avait derrière lui cinquante ans d'expérience. Heureusement, d'autres clients appellent Mme Lucie.

— Décidément, tu la connais bien.

— Oh, répond Robert, elle est aimable avec tout le monde. Mais, c'est vrai, elle s'intéresse à mes recherches sur Saint-Vincent. Il faut dire que tout le patelin défile ici, entre l'apéritif et le dîner. Les gens causent. On ne se gêne pas devant elle.

Il l'arrête encore une fois au passage.

— Madame Lucie, nous prendrons de la tarte. Dites, pourquoi n'étiez-vous pas à l'école, vous aussi, pour la page d'écriture ?

— Avec mon commerce, je n'ai pas de temps à perdre. Mais il ne m'a pas oubliée.

— Vous parlez du commissaire ?

— Bien sûr. Celui-là, c'est méchanceté et compagnie. Il est venu ce matin, exprès, pour me faire écrire ses imbécillités. Et après ? Il est bien avancé, hein... Voilà, voilà.

Elle s'en va précipitamment, parce que le chef la guette, au guichet du passe-plat.

— Telle que je la connais, dit Robert, elle n'est pas près d'oublier cette insulte. Ce pauvre Cervin n'est pas très diplomate.

— Mets-toi à sa place. En un rien de temps, un mort et le sabotage de l'auto, sans parler de toutes ces lettres.

— Ouais, dit Robert en bourrant sa pipe. La mort de Corbineau a provoqué, dans l'esprit des gens, une espèce de convulsion, une crise de nerfs collective. Mais ça va se tasser. Sinon, c'est qu'il existe un fou en liberté. Et dans ce cas... Bon, allons nous coucher.

La pluie a cessé et une nuit pleine d'étoiles s'est mise en place comme un décor. La rivière en crue mène grand bruit. Quand on ouvre un guide, à peine si ce joyeux petit cours d'eau, qui traverse Saint-Vincent le long d'une esplanade bordée de peupliers, est signalé. L'été, la Marolle ne promène dans le bourg qu'un lit de cailloux. On peut la traverser en sautant de pierre en pierre. Mais, à la saison des pluies, alimentée par plusieurs étangs, dont ceux du Val et de la Geneste, elle devient la rivière de Saint-Vincent, rapide et même dangereuse parce qu'elle forme, çà et là, de larges pièces d'eau sur lesquelles on peut canoter. Un pont relie le vieux Saint-Vincent aux quartiers neufs. L'hôtel Pellegrini est situé à la limite de l'ancienne ville, tandis que l'immeuble où habite Robert est juste de l'autre côté du pont.

Robert allume sa pipe qui s'éteint sans cesse parce qu'il parle tout le temps et les deux cousins partent, au pas de flânerie. Le vent a dû descendre au sud, il fait très doux.

— La Marolle a monté, observe Robert. Mais j'aime bien ce grand bruit d'eau. C'est apaisant, tu ne trouves pas ? Et on a bien besoin d'être apaisés, tous les deux. Avec ce juge à la gomme qui peut faire durer des mois une instruction...

Quand le cri leur parvient, ils restent saisis, stupides, un pied en l'air.

— A moi!... Au secours!

Le cri semble monter de l'eau. Ils se penchent au-dessus du parapet. Les lampadaires sont trop loin, sur chaque rive. On ne voit que quelques reflets tremblotants.

— Au sec...

Bon sang! L'homme est en train de se noyer.

— Tenez bon, hurle Robert.

Déjà, il se dépouille de sa canadienne.

— Attrape.

François la saisit. C'est beau, l'instinct du secouriste. Il n'a pas perdu la tête, lui.

— Cours. Le bachot du vieux Maillard doit être amarré sous le pont.

Robert enjambe le parapet.

— Débrouille-toi. Faut que tu apprennes.

Son plongeon éclabousse François qui, tout seul maintenant sur ce pont désert, n'en mène pas large. Mais il sait qu'il doit courir, sans penser à rien, et surtout pas à son cousin. Plonger comme ça, sur sa digestion, dans une eau froide. C'est là le genre de réflexion qui bloque les jambes. Plus vite! Plus vite! S'il n'y avait pas les cailles et la tarte.

François sent venir le point de côté. Il fait des kilomètres, ce pont de malheur. Enfin le bout. Encore une dizaine de marches de pierre. Il est obligé de s'asseoir sur la dernière. Il étouffe. La barque est là, plaquée par le courant contre la rive. En période de crue, le père Maillard surveille les berges, pour le compte des Ponts et Chaussées. Il signale les éboulements. François saute dans la plate, empoigne la longue perche jetée sur le plancher. Mais la barque est attachée par une chaîne à un anneau. Pas moyen de la libérer.

L'impuissance de François lui arrache des larmes. Appeler? Hurler? Les mains en porte-voix, il s'égosille: Ohé!... Ohé!...

Miracle! Une main s'accroche au plat bord. Elle émerge d'un remous.

— Ça va. Aide-moi.

La tête de Robert, au ras de l'eau. Et puis une autre tête qu'il soutient et que François distingue mal. Robert souffle bruyamment, parle par saccades:

— Tiens... Attrape-lui les épaules... Allez, du nerf!

Le bateau oscille, penche, mais la chance est avec les sauveteurs. L'homme bascule en tas sur les planches.

— Qui est-ce ?

— Tubœuf... tu poseras tes questions demain.

Et là, à dix heures du soir, par une nuit noire, au bord d'un cours d'eau en effervescence, François assiste à son premier exercice pratique de secourisme. Le noyé, hissé sur la berge, maintenu à plat ventre pour qu'il se vide du liquide absorbé, puis étendu sur le dos. Massage des côtes, du cœur, avec des mouvements qui paraissent d'une remarquable brutalité. Ensuite, un peu de bouche à bouche, et enfin trois ou quatre gifles amicales mais bien appliquées. Robert se redresse sur les genoux.

— Ça y est, dit-il. Il revient à lui. Il n'a pas eu le temps de boire une vraie tasse.

Le faux noyé remue, ouvre les yeux, veut parler.

— Restez tranquille, ordonne Robert. François, passe son bras gauche autour de tes épaules et tiens-le par le poignet. J'en fais autant de mon côté avec son bras droit. C'est toujours comme ça qu'il faut opérer. Tu t'en souviendras ? Hop, m'sieur Tubœuf, un petit effort. On est presque chez moi.

Il titube, le pauvre Tubœuf. Il claque des dents. Il bute dans le trottoir, dans le seuil, dans les marches de l'escalier.

On arrive enfin.

VI

Ouf ! On dépose Tubœuf dans le meilleur fauteuil. On reprend souffle.

— Déshabille-le, François. Tu te sécheras après. Et vous, m'sieur Tubœuf, bouclez-la. Il doit y avoir un fond de whisky dans la cuisine.

Tubœuf ruisselle et inonde le parquet. Ça sent le naufrage, la catastrophe. L'ombre du Hibou rôde dans la chambre. *Dernier avertissement.* C'est assez clair. Robert revient avec une sortie de bain et la bouteille d'alcool. Vigoureuse séance de friction. Tubœuf bredouille des excuses.

— Qu'est-ce qui vous a pris ? demande Robert. Un coup de cafard ?

— On m'a poussé.

— Mais il n'y avait que vous, sur le pont.

— Vous n'avez pas bien regardé. Il y avait « l'autre » aussi.

— Qui ?

— Je n'en sais rien. Tout s'est passé si vite.

— Vous ne savez pas nager ?

— Oh ! si peu. Je n'ai pas beaucoup le temps de m'offrir des vacances au bord de la mer.

— Qu'est-ce que vous faisiez dehors ? Vous vous promeniez ?

— Pas du tout. Il y a une heure, un client m'a téléphoné : Émile Leroyer. Il vend du linge dans les foires et il a une vieille camionnette qui commence à lui poser des problèmes. Bon. J'attrape ma trousse à outils et je cours chez lui. Il habite à côté du restaurant de Lucie. Tout de suite, il me dit : « Ho, Roger, qu'est-ce que je t'offre ? » Et de fil en aiguille il m'explique que sa camionnette est dans sa semaine de bonté et qu'il ne m'a jamais téléphoné. Sur le moment, j'ai pensé à une farce. On a bu un coup.

Tubœuf s'interrompt pour boire à la bouteille une gorgée de whisky.

— Ça ne vaut pas le cognac, déclare-t-il.

— Oui, bon. Et après ?

— Eh bien, après, je ne me rappelle plus très bien. Je venais à peine de m'engager sur le pont, on me saute dessus par derrière, on me ceinture, et hop, on me balance dans la flotte. Quelqu'un de costaud, qui devait m'attendre.

— Vous allez porter plainte.

— Ça, c'est sûr. Deux agressions coup sur coup !

— Alors, décide Robert, n'attendons pas.

Il lui apporte le téléphone et forme lui-même le numéro de la gendarmerie, mais Tubœuf se lance dans un récit tellement embrouillé que Robert lui prend l'appareil des mains et résume clairement les faits.

— On vous attend, conclut-il. Premier étage à droite. Quoi ? Je sais bien qu'il est tard, mais il n'y a pas d'heure pour être assassiné... Oui, à tout de suite.

Il repose rageusement l'appareil sur son bureau. Tubœuf éternue bruyamment.

— Si je ne chope pas une bronchite, dit-il, j'aurai de la veine, mais ça va, maintenant. J'aurais pu aller tout seul à la gendarmerie, au lieu de vous causer tout ce dérangement.

— Ouais, pour vous faire estourbir en route, proteste Robert.

— Mais pourquoi veut-on me tuer ? reprend Tubœuf. Je ne dois rien à personne. Bien sûr, le commerce bat de l'aile, mais je m'en tire... Ah, tenez les voilà.

On entend des pas puissants dans l'escalier. Ils sont deux.

— Brigadier Gérard... gendarme Malvoisin.

Salut militaire. Poignée de main. Tubœuf mène jusqu'au bout un résumé un peu brumeux.

Le brigadier opine. Et soudain, il pose une question qui les stupéfie tous les trois.

— On ne vous a rien pris ?

— Pris quoi ? Mon agresseur ne m'a pas fouillé.

— Vous, non. Mais votre maison ?

Tubœuf sursaute.

— C'est vrai. Je n'y ai pas pensé.

Malvoisin intervient à son tour.

— On a bien pu vous cambrioler avant de vous attaquer. Ce coup de téléphone, c'était pour vous attirer hors de chez vous.

— Il n'y a rien à voler, chez moi. J'ai bien un coffre, mais il ne contient que mille, ou peut-être deux mille francs.

— Des valeurs ?

— Non.

— Des bijoux ?

Tubœuf hausse les épaules.

— Vous me voyez avec des diamants aux doigts !

— Ça ne fait rien. Allons vérifier. Je vais avoir un rapport à fournir.

Du coup, Tubœuf se fâche.

— Je vous dis qu'il n'y a rien à vérifier et puis quoi, ça peut attendre à demain, non ?

Robert intervient.

— Ces messieurs ont raison. A votre place, je les accompagnerais.

Il lance un coup d'œil à François. A sa mimique, il est facile de comprendre qu'il en a assez de toutes ces complications.

— Vous me chassez, dit Tubœuf.

— Pas du tout.

— Eh bien, venez avec moi. Vous serez mes témoins, puisqu'on tient absolument à perquisitionner.

Les deux gendarmes apprécient mal ce mot. Tubœuf essaie de se rattraper.

— Si vous étiez aussi mal en point que moi, gémit-il. Allons, aidez-moi.

Ils se mettent en route tous les cinq, le brigadier en tête, et son second en queue. Les deux cousins sont en pyjama, les pieds dans les charentaises et un manteau sur les épaules. Quant à Tubœuf, il est toujours drapé dans sa sortie de bain. Curieux convoi, à plus de dix heures du soir. Heureusement, le garage n'est pas loin et à Saint-Vincent, passé huit heures, il n'y a plus personne dans les rues.

D'abord, on visite le bureau, du moins les gendarmes et Robert. Tubœuf marche derrière eux en grognant. François, lui, furète pour son propre compte. Il y a, sur des étagères, quelques modèles réduits : une petite Bugatti bleue, effilée comme une balle de fusil, et puis un camion Volvo avec sa remorque, des cendriers pour la publicité Michelin. Dans son dos, ça bouge, ça piétine.

— Vous voyez bien, dit Tubœuf, rien n'a été fouillé. Si vous voulez jeter un coup d'œil dans l'atelier, c'est par ici.

Ils passent du bureau dans le hangar. François, lui, cédant à son instinct de fouineur, s'approche d'une porte marquée « Lavabo ». Il l'entrouvre. La pièce est encombrée de pneus neufs et de bidons. Ce n'est qu'une réserve mais il faut se faire tout petit pour pouvoir se laver les mains. Soudain, au moment de refermer la porte, il aperçoit quelque chose... Très vite, il tire à lui le battant. Il écoute. Non. Il a dû se tromper. Alors, pourquoi a-t-il tellement peur ? C'est bête une pareille panique. On s'imagine qu'on a vu quelque chose et puis, si on a le courage de vérifier, on s'aperçoit que c'est un pli de rideau, ou un vêtement accroché en désordre au dossier d'une chaise. François a souvent de ces hallucinations, quand il émerge du sommeil. Cela ne dure que le temps d'un battement de cœur. Il suffit de mieux regarder. Eh bien, qu'est-ce qui l'empêche de rouvrir la porte, d'avancer la tête ? Il n'ose pas. Il ne dira rien à personne. On se moquerait de lui.

Les quatre hommes reviennent. Tubœuf est furieux.

— Ça suffit, crie-t-il. Vous voyez bien qu'on ne m'a rien volé. J'irai déposer demain. Pour le moment, j'ai besoin de dormir.

Il entre dans la réserve et François s'arrête de respirer. Il va rencontrer le... Mais non. Tubœuf sort vêtu d'un ciré qui lui bat les mollets.

— Bonsoir, messieurs. Et vous, les cousins, mille fois merci. Sans vous... Allez, bonne nuit.

Poignées de mains. Il traverse la rue. Il habite un petit rez-de-chaussée en face de son garage. Méfiants, les gendarmes l'accompagnent.

— Il a raison, dit Robert. Au lit ! Mais quelle histoire.

C'est par ces mots que le commissaire les accueille, le lendemain. Quelle histoire, en effet. Il ne sait plus par quel bout la prendre. Aucun indice. On recommence. Le pont, les cris, la visite du garage. S'agit-il d'une vengeance comme le pense Robert ? Cervin, lui, retiendrait plutôt l'hypothèse du fou. Prudemment, il a placé Tubœuf sous surveillance. Il mettrait sa main au feu que le Hibou se manifestera bientôt à nouveau. A la poste, tout le monde est prévenu. Dès qu'une lettre est déposée dans la boîte, elle en est retirée. On l'examine soigneusement. Le Hibou se sert d'un stylo bille à encre noire et les lettres des adresses sont faciles à reconnaître. Ou du moins ce serait facile si le Hibou récidivait. Mais les Vincentois, méfiants et apeurés, se retiennent d'écrire. Ils craignent que toutes leurs lettres ne soient ouvertes car on n'aime pas que ses petites affaires soient étalées au grand jour. Le commissaire est pessimiste.

— Si ce Hibou est si malin — et il l'est — il n'a qu'à envoyer ses lettres à un complice, par exemple à Paris, qui les renverra ici sous une adresse écrite d'une façon normale et nous n'y verrons que du feu.

Voilà une idée nouvelle qui est bien propre à susciter beaucoup d'angoisse. Eh oui ! Si le Hibou avait un complice ? Cette fois, on ne se trouverait plus en présence d'un détraqué, mais d'un criminel machiavélique, cherchant à affoler ses victimes avant de les attaquer.

Robert repousse cette hypothèse. François, lui... Il ne peut pas ne pas se rappeler ce qu'il a vu, ou ce qu'il a cru voir dans la petite pièce attenant au bureau de Tubœuf. Il y avait les bidons, les pneus neufs rangés en piles et qui sentaient fort le caoutchouc. Mais, tout à fait dans l'angle opposé à la porte, il y avait autre chose... autre chose ou quelqu'un, en tout cas une silhouette... une silhouette noire. Pas noire parce qu'elle se dissimulait dans un coin sombre. Non. Noire comme peut l'être une tenue noire. Le genre rat d'hôtel. Le genre Fantômas. Mais ça ne bougeait pas. Non seulement ça ne bougeait pas, mais c'était raide, figé, comme un mannequin, comme une espèce de Belphégor qui, surpris par l'entrée de ce visiteur inattendu, se serait aplati dans l'encoignure.

Et là, François se rend bien compte qu'il brode un peu, qu'il fignole pour le plaisir douteux de se faire peur. Ce qu'il a saisi au vol, en se repliant vivement dans le bureau, c'est tout simplement une colonne de vieux pneus empilés, ou peut-être une salopette, une de ces combinaisons maculées qu'on accroche à un clou avant de se laver les mains, ou même peut-être le ciré que le commis endosse quand il se tient devant les pompes. Mais justement, Tubœuf s'était couvert d'un ciré, en ressortant du garage. Alors ? Si le complice du Hibou n'était qu'une vieille défroque !

Mais inversement si la vieille défroque était bel et bien un acolyte du Hibou ! Pendant que celui-ci attirait Tubœuf hors de chez lui pour le supprimer, l'autre fouillait. A la recherche de quoi ? D'un papier ? D'une reconnaissance de dette ? D'un acte de vente ? Comment savoir ? Quelqu'un qui tient un garage, qui trafique dans la ferraille, qui aplatit les voitures démantibulées, que lui arrive-t-il de découvrir, de temps en temps, dans ces épaves ? Un chantier comme le sien, c'est comme un fond marin, plein de débris succulents, de bijoux cachés dans les portières, peut-être de paquets de morphine emballés dans des toiles imperméables. Après tout, il y a peut-être un Tubœuf qu'on ignore. Le voilà bien, l'effet ravageur d'une lettre anonyme. N'importe qui, et surtout le plus honnête, devient suspect.

François tousse un peu. Il a trouvé le moyen de s'enrhumer. C'est Robert qui téléphone à Paris et qui empêche, à grand peine, Mme Robion de venir à Saint-Vincent inspecter le bivouac de ceux qu'elle appelle avec inquiétude « ses deux fous ». François se tient coi. Robert a eu beau lui apporter un bouquin de science-fiction plein d'envahisseurs qui n'ont que trois doigts et qui portent des antennes comme des hannetons, François ne parvient pas à oublier ce qu'il a cru apercevoir derrière la porte du lavabo, et son imagination travaille. Il aurait dû parler, mettre le commissaire au courant, ou du moins se confier à Robert. C'est par fierté, au fond, qu'il se tait. Pour qu'on ne le traite pas de gamin, de blanc bec, d'hurluberlu. Et puis, au diable le Hibou. Attendons !

Ça ne traîne pas. Encore vingt-quatre heures de palabres, d'interrogatoires oiseux, de parlotes stériles, et soudain les voici, les nouvelles lettres anonymes. Une chez Leroyer : *Il faut payer, crapule.* Une chez Florence Marescot : *La justice est en marche.* Une chez Firmin Colomb... Deux ou trois autres dont Robert, débordé, a oublié le contenu. Mais toujours des menaces. La pauvre Florence a dû s'aliter avec une fièvre de cheval. D'après Cervin, cette nouvelle vague de saletés serait plutôt de nature à rassurer. Il y a quelque part un cinglé qui s'amuse. La preuve, c'est que le notaire, qui est en clinique depuis quinze jours à cause d'un infarctus, a eu droit, lui aussi, à son petit paquet-cadeau. Il se fait traiter de vieille canaille et autres douceurs, lui qui est unanimement respecté. Cela démontre bien que le Hibou frappe au hasard. Il pique des noms dans l'annuaire, et hop ! Donc, Cervin conseille un black-out : pas de bavardages, de commentaires inconsidérés. Florence Marescot ? Elle est grippée. Rien de plus. Leroyer ? Il a été le premier à en rire. Et Tubœuf ? Quoi, Tubœuf, il ne lui est rien arrivé, à Tubœuf. Bref, si on cesse de parler de lui, le Hibou va vite se lasser.

Mais le black-out, c'est bien joli. Il y a quand même des rumeurs qui filtrent. On a appris (à la suite de quelle indiscrétion ?) que le Hibou s'était amusé à dessiner, en guise de signature, une charmante petite chouette. Était-ce bien le même Hibou que précédemment ? Le commissaire est bien embêté.

— Tu vois le coup, dit Robert. Demain, c'est un chat-huant qui prendra le relais. Après-demain, un grand-duc. Dans huit jours, le bourg succombera sous l'attaque de tous les nocturnes imaginables.

Saint-Vincent commence à faire la une de tous les quotidiens. Les journalistes sont là. C'est curieux, le nombre d'étrangers qui ont subitement besoin d'essence et qui s'arrêtent devant les pompes de Tubœuf. La casquette sur les yeux, le poil hérissé, Tubœuf envoie promener les questionneurs. Leroyer, lui, est barricadé dans son magasin et sa femme prétend qu'il travaille à l'inventaire de la droguerie.

Pendant ce temps, François ne reste pas inactif. Il profite d'un instant où Tubœuf vérifie le niveau d'huile d'un Parisien qui essaie de lui tirer les vers du nez pour se faufiler dans le bureau et entrouvrir la porte du lavabo. Rien du tout. Le mur lisse. Ou plutôt non. Là où il croyait avoir vu la chose, il y a une étagère vide. Il ferme les yeux, convoque ses souvenirs. Cela ressemblait à une espèce de scaphandre ; c'est du moins ce que lui suggère sa mémoire épuisée. Est-ce que cela était muni d'un casque ? Non. Pas exactement un casque. Des trucs ronds, comme des lunettes, de grosses lunettes, dont les verres reflétaient l'ampoule qui pend du plafond. C'est ça. Des lunettes de plongée.

François referme la porte. Là-bas, Tubœuf a tout l'air de se quereller avec son client. Des lunettes de plongée ! Cette fois, la frontière de l'absurde est enfoncée. « Je vous l'affirme, monsieur le commissaire, c'était un homme grenouille qui se cachait dans le lavabo. » Cervin est patient, mais il n'aime pas qu'on se paye sa tête. Lui sortir, de sang-froid, pareille insanité, c'est aller au-devant de graves ennuis. Motus, bon sang ! Bouche cousue, François a le temps de s'éloigner sans être repéré.

— Où étais-tu passé ? s'écrie Robert. Je t'ai cherché partout.

Il tend une lettre à son cousin et dit :

— Tu devines ?

Enveloppe portant la mention : par avion. Et une ligne. Une seule.

Tu aurais peut-être intérêt à rester tranquille. Sinon...

Signature : une ravissante hulotte, aux grands yeux innocents.

— Cette fois, c'est mon tour, constate piteusement Robert.

— C'est arrivé quand ?

— Tout à l'heure. Tu venais de partir. Et comble d'ironie, la lettre n'a pas été affranchie. J'ai été obligé de payer une surtaxe. La crapule ! J'aurais dû la refuser. Mais non. Je me suis fait avoir comme... comme...

Il écume. François s'asseoit, les jambes molles.

— Tu as prévenu le commissaire ?

— Pas encore. Je me demande même si c'est bien utile. En tout cas, l'avertissement est clair. *Tu aurais peut-être intérêt... sinon...* Ce « sinon » sous-entend des choses, signifie qu'on n'hésitera pas à m'attaquer, et même, peut-être, à nous attaquer tous les deux. Tout ça commence à sentir vraiment mauvais.

Robert se laisse tomber sur le lit.

— Mon pauvre François ! Je regrette bien de t'avoir embringué dans cette aventure. Et toujours pas un indice. Aucun lien entre tous ceux qui ont été visés par le Hibou. Cervin nage.

— Tu l'as revu ? Alors ?

— Oui, ce matin. Tu dormais encore. On a pris le café ensemble, chez Lucie. Je ne me doutais pas qu'une heure après, j'allais recevoir cette douceur. D'après Cervin, il n'y a guère qu'entre Tubœuf, sa sœur et Leroyer qu'on peut opérer un rapprochement. Ils sont vaguement apparentés à partir d'une certaine Noémie Lacouture, née Marjevol. Dès qu'on remonte dans le dédale des alliances, on s'y perd. Mais enfin, faute de piste, on peut toujours espérer qu'on va mettre au jour quelque très ancien différend familial.

— Et Corbineau ?

— Cervin cherche aussi de ce côté-là. Le père de Corbineau n'était pas du pays. Il était, paraît-il, voyageur de commerce. Représentant en lingerie, exactement. Tu vois qu'on n'est pas plus avancés. Ma pipe ? Où l'as-tu mise ?

Quand Robert perd quelque chose, il s'en prend toujours aux autres. Tandis qu'il cherche, François réfléchit.

— Pendant que tu fourres ton nez partout, dit-il, qui sait si tu n'as pas reniflé, à ton insu, quelque pot aux roses ? Moi, j'ai l'impression que le Hibou suit un plan bien précis et tant pis pour les gêneurs... Derrière le dico.

— Quoi ? Quel dico ?

— Ta pipe. Derrière le Larousse.

Robert saute dessus et entreprend de la bourrer, d'un index nerveux.

— Moi, dit-il, je serais un gêneur ? Et toi aussi ?

— Pourquoi pas ? Tu oublies que nous avons sauvé Tubœuf de la noyade.

Robert commence à faire les cent pas, comme un prisonnier dans sa cellule.

— Qu'est-ce qu'on attend ? reprend-il. Que les experts aient fini d'étudier l'écriture du Hibou ? Sans blague. Et pourquoi pas consulter les radiesthésistes, les voyantes et les tireuses de cartes ? Non, il ne faut pas trop compter sur la police. Tu verrais ce pauvre Cervin ! Il est écroulé, ratatiné, lessivé, mûr pour la retraite. Quand je vais lui mettre sous le nez la dernière production de notre Hibou national, il va aller au tapis, aussi sec.

Robert pointe vers François le tuyau de sa pipe.

— Retiens bien ça. Si nous ne trouvons pas nous-mêmes la clef du mystère, personne ne la trouvera. Donc, je désobéirai au Hibou et je ne resterai pas tranquille.

— Moi non plus, s'écrie François.

— OK. Alors, vérifions si l'idée qui m'est venue tout à l'heure est la bonne. A cheval, bonhomme. On y va.

— Où ça ?

— Au cimetière.

Et il explique, chemin faisant, que son idée est toute bête. S'il y a, entre Tubœuf et Leroyer, par Noémie Lacouture, un rapport de cousinage, on devrait découvrir, en examinant les tombes, d'autres points communs instructifs.

— Imagine, dit Robert, qu'on repère un caveau marqué : « Tartempion, famille Leroyer ». Bon. Cela nous aiguille sur la branche Tartempion. Et celle-ci peut nous conduire à une dalle portant un nouveau nom. Je relie tous ces noms entre eux et j'obtiens un petit buisson généalogique. D'accord, ça vaut ce que ça vaut. Mais pour nous qui cherchons un rapport entre toutes les victimes du Hibou, je crois que cette enquête peut nous mettre sur la voie de quelque chose. On ne risque rien d'essayer.

Le cimetière est au sud de Saint-Vincent, un peu à l'écart, en bordure de l'ancien bourg. On voit de loin, par-dessus le mur de clôture, les bras des plus hautes croix. Un vent aigre chasse dans les allées des volées de feuilles mortes. En vérité, ce sont deux cimetières différents qui se juxtaposent. Robert a raison d'entreprendre des recherches savantes sur les mouvements de population, car ici aussi, on a affaire à deux sociétés pas encore mêlées. Au cœur du cimetière, le Saint-Vincent ancien, aux caveaux semblables à des maisonnettes. Le doré des inscriptions a noirci, mais c'est plein d'époux regrettés, d'épouses méritantes, de jeunes filles emportées à la fleur de l'âge.

— A l'époque, observe Robert, ils ne savaient pas se soigner. Regarde bien. Dès que tu trouveras un des noms choisis par le Hibou, tu le notes. On va se séparer pour aller plus vite. Je prends à droite. A tout de suite.

VII

Ce fut très vite accablant, cette revue funèbre, sous un ciel bas. Cependant, François pêcha un Désiré Lacouture et presque aussitôt un Anselme Marjevol. Bravo. Le coin était bon. Il inscrivit les dates, naissance et mort. C'était drôlement vieux, tout ça ! Plus loin, en revenant vers l'entrée, il n'y avait plus que de simples dalles, ornées au chevet de pots de fleurs souvent vides. On sentait qu'on venait de changer de génération. Maintenant, on voyait bien que les temps étaient durs. Des Ambrosini, des Calvi, des Muratore, en somme la colonie italienne. Mais, plus à droite, François repéra un Guilloteau, et bientôt un Alcide Randan. Et cela avait un excitant petit parfum d'Auvergne. La preuve ? Voici une certaine Amélie Chazerat, épouse Mazerolle. Pas de doute. C'est comme les cèpes dans les sous-bois. Qu'on en déniche un et aussitôt on en déniche dix. François était fier d'avoir la main heureuse. Il ne pouvait se permettre de héler son cousin, par respect pour les morts. Mais il devait le rattraper au plus vite. Il courut au bout de l'allée. Il vira sec au coin du tombeau d'un certain Léandre Malvoisin, et là...

Eh oui, il y avait un corps en travers du chemin. Un vrai corps, avec des moustaches, du sang suintant d'une oreille. Il semblait attendre François. Depuis quelque temps, il y avait toujours, quelque part, un cadavre qui le guettait.

Passé le premier coup de frayeur, François, en hâte, partit à la recherche de Robert, qui était devenu invisible parce qu'il marchait plié en deux pour lire les inscriptions sur les tombes. Malgré l'heure encore matinale, on croisait des gens, çà et là, qui apportaient des chrysanthèmes et se déplaçaient dans le plus grand recueillement. Il ne fallait pas les scandaliser par une attitude trop désinvolte. Mais où était-il donc passé, cet animal de Robert ? Enfin, François le découvrit en arrêt devant une sorte de mausolée à l'intérieur obscur.

— Chut, dit Robert. Qu'est-ce que tu lis sur la plaque de marbre, au fond...

— Écoute, il y a quelque chose qui presse davantage.

— Plus bas. On ne doit pas nous entendre. Qu'est-ce que tu lis ?

François se pencha et épela non sans peine : Famille Chanac-Augeran.

— Bon. La date, après ?

— 1928-1954.

— D'accord. Chanac, ça te dit quelque chose ? Il y a un patelin, du côté de Mende, qui s'appelle comme ça. Je jurerais qu'un rameau auvergnat est venu prendre racine par ici.

— Mais, nom d'un chien, écoute-moi... Il y a un mort, là-bas.

Quand Robert méditait, on pouvait toujours le secouer. François haussa le ton.

— Il y a un mort, tu m'entends ?

— C'est la saison, répondit Robert, rêveusement. Puis il sursauta.

— Quoi ? Répète.

— Un mort, tu sais ce que c'est. Un pauvre type qui m'a tout l'air d'avoir été assommé. Et c'est tout frais.

— Tu ne pouvais pas le dire plus tôt ! Il est loin ?

— Non. Pas très.

— Je te suis.

François se trompa plusieurs fois, mais ils arrivèrent bientôt près du corps. Robert l'examina attentivement. Costume de ville soigné. Dans un poing, une petite gerbe de fleurs naturelles.

— Je l'ai déjà vu, murmura Robert. Il ne faut toucher à rien. Tu vas courir au bureau des entrées et donner l'alarme.

Pendant une heure, ce fut, dans le coin, un étrange ballet. Commissaire, substitut du procureur, médecin légiste, photographes de l'identité, curieux, une petite foule silencieuse qui arrivait sur la pointe des pieds. Au-dessus du corps, toutes ces haleines mêlées faisaient un petit nuage de vapeur. Quand le corps fut retourné sur le dos, il y eut un recul général.

— C'est Denis Augeran, dit quelqu'un.

Le nom commença à circuler. Des gens, un pot de fleurs au creux du bras, continuaient d'approcher.

— Denis Augeran... Vous savez bien... Celui de la pharmacie. Oui, le gendre. Sans doute un malaise. C'est imprudent de sortir sans pardessus.

Cervin, un genou à terre, fouillait le corps ; il trouva une lettre qu'il tendit aussitôt au substitut.

— C'est trop fort, s'écria celui-ci. Mais il ne put s'empêcher de lire à haute voix : *Le pain blanc ne sera pas toujours pour les mêmes.* Signé : *Le Hibou.*

Il y eut quelques cris et un peu de bousculade. Le crime ne faisait plus aucun doute. Une ambulance vint se ranger en marche arrière près du groupe et l'infortuné Denis Augeran, placé sur une civière, fut embarqué. Le commissaire retint les cousins.

— Bien entendu, dit-il, c'est encore vous qui l'avez trouvé. Vous avouerez que... Bon, à onze heures et demie dans mon bureau. On a à parler.

François avait envie de rentrer, mais Robert ne l'entendait pas de cette oreille. Il l'emmena d'autorité jusqu'au mausolée.

— Ici, déclara-t-il, sont enterrés des Chanac-Augeran. Là-bas, on a abattu un Denis Augeran. Alors ? Tu ne trouves pas que mon hypothèse tient le coup ? Je ne comprends pas le rapport mais il y en a forcément un entre tous ces Augeran. Peut-être une histoire de fric.

Distraitement, Robert faillit allumer sa pipe, puis la repoussa dans sa poche. Il entraîna François par d'étroits passages entre les tombes, examinant les inscriptions et parlant à voix basse. François l'entendit chuchoter : Pourquoi le pain blanc ne doit-il pas être toujours pour les mêmes ? Qui sont les mêmes ?

Ils sortirent du cimetière et entrèrent au Café de l'Au-delà. Grâce à ce nom ridicule, le bistrot récupérait tous les picoleurs qui accompagnaient les défunts jusqu'à leur dernière demeure. Il était plein de monde et l'on ne parlait que du crime. Robert commanda deux cafés arrosés.

— Tu as remarqué, dit-il, cette fois il ne s'agit plus de vagues menaces mais d'un grief précis, comme si le Hibou parlait au nom d'une certaine catégorie de gens frustrés. Il aurait aussi bien pu signer : Robin des Bois ou Zorro. Pourtant, Corbineau n'était pas quelqu'un de riche. Tubœuf gagne bien sa vie, sans rouler sur l'or. Cependant, on s'en est pris à eux. Pour Denis Augeran, c'est autre chose. Quand il a épousé la fille du pharmacien, il a fait, paraît-il, une bonne affaire.

Robert rêva un moment, regardant les clients debout le long du bar.

— Il est peut-être là, dit François.

— Qui ?

— Le Hibou, pardi.

Robert n'écoutait pas. Il était tout à son enquête.

— Tu vois, reprit-il, si après Augeran, le Hibou s'attaque à quelqu'un de fortuné, s'il y a progression dans le choix de ses victimes, on tiendra un bout du fil. Le commissaire devrait spécialement protéger ceux du bourg qui passent pour riches... le docteur Marescot, par exemple ; sa clinique doit lui rapporter gros. Ou bien le notaire, Me Clovison.

— Tu abandonnerais l'autre piste ?

— Laquelle ?

— Celle des liens familiaux.

— Ah, soupira Robert, tout ça est si embrouillé ! Pourtant, à la réflexion, j'aurais une petite préférence pour la piste des pauvres contre les riches. Je me dis que si le Hibou essaie d'effrayer les Vincentois, c'est parce qu'un de ces jours, il a l'intention d'en faire chanter un ou deux, parmi les plus aisés. Tu ne penses pas sérieusement qu'il va continuer son massacre ? Ce serait trop risqué. Mais qu'il exige de tel ou tel une bonne petite rançon, ça oui, ça me semble logique. Et d'ailleurs, mes deux pistes ne s'excluent pas forcément. Quelle heure as-tu ? (La montre de Robert était toujours arrêtée.)

— Dix heures et demie.

— Faut y aller.

François en avait vraiment par-dessus la tête de ces interrogatoires. Le commissaire, qui fumait sans arrêt, avait une voix comme du poil à gratter. On avait envie de tousser, rien qu'à l'entendre.

— Je voudrais bien savoir, commença-t-il, ce que vous fricotiez tous les deux dans un cimetière où personne des vôtres n'est enterré.

Robert se mit en devoir de lui expliquer sa brillante idée d'un lien familial possible entre les victimes. Cervin l'écoutait en secouant la tête sans arrêt, d'un air dubitatif. Parler à quelqu'un qui dit non systématiquement, cela aurait découragé n'importe qui. Pas Robert.

— C'est tout ? fit Cervin.

— Pas encore. Il y a aussi l'hypothèse de la rançon.

Là, Cervin cessa de remuer la tête et parut intéressé mais, cette fois, il souriait comme quelqu'un qui songe en lui-même : « Cause toujours ! ». Quand Robert eut vidé son sac, le commissaire dit :

— Figurez-vous que moi aussi, j'ai pensé à tout ça. Vous n'allez pas m'apprendre mon métier, cher monsieur. Mais il y a un détail qui vous a échappé. Pourquoi Corbineau a-t-il été tué justement le jour où nous avons déclenché le plan Orsec ?

— Coïncidence, objecta Robert.

— Non. A mon avis, le criminel était pressé par le temps. Répondez à cette question et la solution du problème ne sera pas loin. Rapprochez les faits. Corbineau est pratiquement tué devant témoins. Tubœuf est agressé presque en votre présence. Et ce matin, Denis Augeran est assommé à vingt mètres de votre cousin. Ça signifie quoi ? Que l'assassin n'a pas un instant à perdre. Il fonce. Il prend tous les risques. Et il vaudrait mieux pour vous que vous ne vous trouviez pas sur son passage. Monsieur Robion, vous avez dû l'entendre courir ?

— Je n'ai pas fait attention.

— Je vois. En somme, vous ne savez rien, ni l'un, ni l'autre. Dommage. Je comptais un peu sur vous.

Le commissaire tendit la main à ses visiteurs.

— La preuve que le Hibou est un maladroit, reprit-il, c'est qu'il a manqué son coup. Apprenez, en effet, que Denis Augeran n'est pas mort, comme on l'a cru tout d'abord. Il est dans le coma. Il a été frappé par derrière, sur la nuque, avec ce que nous appelons un instrument contondant. Du travail d'amateur. Maintenant, mes amis, un bon conseil : cessez de vous fourrer dans nos jambes. Et pas de visite à la clinique, sinon je vous colle en garde à vue.

— Il a bluffé, s'écria Robert, dès que la porte du bureau fut refermée. S'il s'imagine que nous allons baisser les bras.

Il avait décidément le diable au corps. François, lui, n'était pas du tout rassuré. Qu'est-ce que c'était, au juste, la garde à vue ? On n'était pas enfermé, au pain et à l'eau, avec un garde devant la porte quand même ! Mais c'était quelque chose de déshonorant. Pour soi, d'abord. Pour les copains, ensuite. « Hé, les gars, Sans Atout est en taule ! » Et puis, à la maison... Non, il valait mieux n'y plus penser. Heureusement, un planton les fit sortir par derrière. Pas de journalistes en vue. C'était devant la clinique qu'ils devaient s'agglomérer. Comme des mouches.

Le vent, à nouveau, venait de l'ouest et un grand morceau de ciel bleu se découvrait, du côté de la Croix du Pendu. Robert, suçant sa pipe, se dirigea vers la rivière.

— Ce qui m'étonne, dit-il, c'est le côté anodin de la plupart de ces lettres. Compare avec Augeran : *Le pain blanc ne sera pas toujours pour les mêmes.* Là, on sent une espèce de révolte, un esprit de revanche.

— Tu parles en prof, répondit François.

— Mais est-ce que c'est vrai ?

— Si l'on veut.

— Quoi, si l'on veut, riposta Robert avec fougue. J'ai tellement raison que je ne serais pas surpris si quelqu'un disparaissait et était libéré contre une bonne pincée de millions.

— Tu oublies une chose, objecta François, c'est que ce pauvre Augeran ne va pas rester des semaines dans le coma.

Robert faucha d'un geste cette remarque.

— Un coma, tu sais, ça peut durer des mois. Et puis rien ne prouve qu'Augeran a vu son agresseur. Il a pu être frappé par surprise.

— Justement. S'il ne se méfiait pas, c'est qu'il le connaissait. Je le vois très bien croisant l'homme, le saluant, et toc, le coup du lapin.

Robert s'arrêta, saisi. Il s'accouda au parapet et regarda sans les voir les petits chevesnes qui gobaient des insectes à la surface de la Marolle. François, à son tour, s'appuya au muret.

— Tu sais que tu n'es pas bête, reprit Robert, après un instant de réflexion. Bien sûr qu'on a tort de se représenter le Hibou comme un individu surgi de n'importe où. La vérité, c'est que tout le monde connaît tout le monde, ici. Et le Hibou est certainement un individu qu'on rencontre tous les jours, qu'on salue, un voisin, un familier. Tubœuf le voit souvent au garage ; Corbineau a peut-être travaillé pour lui, Augeran a passé près de lui sans méfiance. C'est toi qui as raison, François. Nous avons affaire à un personnage double. Côté face, un brave type. Mais côté pile, une espèce de monstre.

François, au même moment, revoyait la silhouette noire derrière la porte du lavabo. Le détail des lunettes lui revenait en mémoire. Et si ces lunettes avaient caché un visage déjà aperçu, au restaurant, par exemple.

— J'ai compris, murmura-t-il.

— Quoi ?

— L'assassin a un frère. Est-ce que ça n'expliquerait pas tout ?

Robert éclata de rire et donna une tape dans le dos de son cousin.

— Alors là, mon petit vieux, tu y vas un peu fort. Pourquoi pas des jumeaux ? La vérité, c'est qu'on a faim, tous les deux. Bientôt, on va dérailler complètement. Allons chez la bonne Lucie. Entracte.

Ils traversèrent le pont et s'arrêtèrent devant le menu affiché.

— Quelques cochonailles, proposa Robert. Tu serais amateur ? Et puis j'aperçois l'andouillette du chef qui nous dit bonjour. N'oublie pas ; on est des travailleurs de force. Faut ce qu'il faut.

Il entre le premier, l'air un peu bravache et remarque aussitôt l'attitude éplorée de Lucie. D'un signe, elle les invite tous les deux à la suivre dans la salle de billard où il n'y a personne. Elle les prend chacun par un coude et les attire tout près d'elle.

— Vous savez ce qui m'arrive ? murmure-t-elle. Il m'a téléphoné.

— Qui ?

— Le Hibou. Il veut de l'argent.

— Combien ?

— Cinquante mille francs. Cinq millions d'avant ; vous vous rendez compte ?

Elle se tamponne les yeux avec son mouchoir.

— Il dit, reprit-elle, qu'il fera tout sauter si je préviens la police. A ma place, monsieur Robert, qu'est-ce que vous feriez?

— Ça mérite réflexion, dit Robert. Il vous donne un délai?

— Vingt-quatre heures. Je dois déposer l'argent à la Croix du Pendu, dans la carcasse du minibus. Je ne les ai pas, moi, ces cinq millions. On croit que je gagne beaucoup, mais ce n'est pas vrai. Avec le personnel, les charges et tout, je suis encore dans les dettes.

Elle ne peut retenir ses larmes.

— C'est pour m'effrayer, monsieur Robert, n'est-ce pas?

— Je me le demande. A Paris, c'est un genre de racket qui se pratique beaucoup.

— Oui, je sais... Les terroristes?

— Pas seulement, corrige Robert. Les commerçants aussi sont visés. On les invite à payer et ils payent.

— Alors moi, je devrais payer. Et si je refuse?

— C'est à vous de voir. Mais à mon avis, vous auriez intérêt à obéir.

— Pour qu'on me refasse chanter dans quinze jours! Merci! Tant pis, je vais prévenir le commissaire. Il doit bien y avoir un moyen de coincer ce bandit... Excusez-moi. Vous venez pour déjeuner, pas pour me tenir la main. Je me débrouillerai, mais c'est dur, à mon âge.

Et la voix brouillée de larmes, elle ajoute:

— Vous ne voudriez pas goûter à mon court-bouillon d'anguilles? Elles ont été pêchées hier. Vous me ferez plaisir.

— D'accord, dit Robert, bon diable. Allons-y pour les anguilles!

Voici les deux cousins à table.

— Tu remarques comme le plan se précise, dit Robert, en attaquant les hors-d'œuvre. On frappe un grand coup puis on menace, on s'en prend à quelqu'un qu'on croit riche. Et quand les esprits sont mûrs, on abat ses cartes. Le Hibou cherche l'effet de terreur, voilà pourquoi il va si vite. Note qu'il ne réclame pas l'impossible. Cinquante mille francs, ce n'est pas très cher.

Ce Robert, pensa François, il est formidable. A cinquante mille, il fait le dédaigneux. Moi, avec mes cent francs d'argent de poche, de quoi j'ai l'air, hein?

... Mais le commissaire apparut soudain, se dirigeant vers le fond de la salle, en direction de la porte marquée: Privé.

— Ça y est, chuchota Robert. Elle l'a appelé. Elle a du cran...

Un grand diable de garçon apporte les anguilles.

— Un nouveau, reprit Robert. Je parierais que Cervin, à peine prévenu, a sonné le branle-bas. Des hommes à lui un peu partout, le téléphone sur écoute, les clients contrôlés, et maintenant la conférence au sommet pour s'assurer que la pauvre femme ne va pas flancher.

— Le garçon serait un flic?

— Pourquoi pas ? Ça presse, vois-tu. Imagine que Madame Lucie cède pour finir. Elle le peut. Elle reste libre. Alors d'autres rackets suivront... Les commerçants se mettront sous la protection de la police... Voilà où ça mène. C'est une course de vitesse entre Cervin et le criminel.

Robert roulait une boulette de mie de pain entre ses doigts, l'air de plus en plus absent, et ne touchait plus à ses anguilles.

— Elles ne sont pas bonnes ?

Il sursauta.

— Quoi !... Oui, bien sûr. Délicieuses.

— Alors, à quoi penses-tu ?

— A quoi je pense ? Je me dis que n'importe qui peut fabriquer une bombe. Les produits sont en vente libre. La presse a souvent expliqué comment il faut s'y prendre. Donc, le Hibou n'avait pas besoin d'attendre le démarrage du plan Orsec. En théorie, il avait le choix du moment. Alors, pourquoi justement ce moment-là ? Cervin a raison. Il y a un point qui nous échappe. D'un côté, on a affaire à un individu supérieurement astucieux et, de l'autre, à un individu complètement idiot. Sa campagne d'intoxication est conduite de main de maître. Il réussit à affoler les gens. Bien joué. Mais il rate Tubœuf. Il rate Augeran. Zéro pour lui.

François protesta.

— Augeran est peut-être mort, à l'heure qu'il est. Qu'est-ce que tu en sais ?

Robert ouvrit soudain des yeux effarés.

— Répète.

— Augeran est peut-être mort.

Robert se leva brusquement, plaqua sa serviette sur la nappe.

— Je vais téléphoner.

Puis il se rassit.

— Que je t'explique, mon petit vieux. Si Augeran n'est pas mort, c'est toi-même qui me l'as fait remarquer, il y a une petite chance pour qu'il désigne son agresseur. Bon. Mais s'il est mort, qu'est-ce qui empêche Cervin de laisser filtrer le bruit qu'Augeran est en train de revenir à lui. Et moi, je serais le Hibou, je voudrais absolument le faire taire. Tu saisis ?

— Finis de manger.

— Pas le temps. Je dois suggérer à Cervin que son pharmacien, mort ou vif, se prépare à parler.

Il sortit précipitamment. Une heure plus tard, le commissaire quittait le restaurant non moins vite. Ce fut Mme Lucie qui apporta la corbeille de fruits et le café. François n'eut pas besoin de l'interroger. D'elle-même, elle déclara :

— Je ne paierai pas. Dites-le à votre cousin. Que je sois ruinée par le fisc ou par ce gangster, quelle différence ? Seulement, à votre place, j'irais prendre mes repas ailleurs, parce que ça risque d'aller mal, ici.

François regagna la maison de Robert après avoir acheté quelques journaux. En l'absence de son cousin, il se sentait désœuvré et las de tous ces mystères. Déclarations du juge : « l'enquête suit son cours » ; du commissaire : « la police suit plusieurs pistes » ; de l'envoyé spécial d'un quotidien : « Le Hibou de Saint-Vincent est toujours à l'œuvre », etc. Il attendit Robert en remuant des pensées moroses. S'il téléphonait chez lui, on raccrocherait aussitôt, pour lui montrer que désormais son absence était considérée comme une espèce de fugue. Ah, de ce côté-là, il n'était pas au bout de ses peines. Travailler ? Pas question. Lire ? Il était incapable de fixer sa pensée sur quoi que ce soit d'utile. Il se tenait derrière la porte comme un chien qui attend son maître et il faillit aboyer quand il reconnut, dans l'escalier, le pas de son cousin.

VIII

Robert entra et écarta les bras en signe d'impuissance.

— Rien de neuf, dit-il. Le commissaire m'a écouté et m'a prié encore une fois de le laisser tranquille et de garder pour moi mes brillantes idées. Après, j'ai patrouillé un peu du côté de la clinique, pour tâcher d'avoir des nouvelles d'Augeran. Je connais l'infirmière-major ; j'ai eu son petit-fils en classe. Mais elle est inabordable. Consigne, consigne. Personne ne sait rien. J'ai téléphoné au secrétariat, en assurant que c'était de la part du *Figaro*, de *Libération*, du *Monde*. A tous les coups, on me répondait : « État stationnaire ». Naturellement, j'ai insisté : « Est-ce que sa famille est auprès de lui ? » On coupait la communication aussitôt. En résumé, j'ai perdu mon temps. Mais il est évident que tant de discrétion cache quelque chose. Si tu permets, je vais dormir un peu. Je suis flapi.

Il se jeta sur son lit.

— Réveille-moi dans une heure.

Heureux garçon, qui pouvait, à volonté, trouver le sommeil. Voilà pourquoi il était toujours d'attaque. François, lui, était incapable de maîtriser ses nerfs. Il n'avait d'autre ressource que de ruminer ses problèmes et, en vérité, il se demandait par quel bout les prendre. Côté police, on le gardait à l'œil parce qu'il demeurait le témoin numéro un. Côté Hibou, il représentait un danger certain. Et côté mystère, il nageait complètement. Robert prétendait que certaines compagnies d'assurances refusaient de couvrir les individus marqués par la guigne, en particulier les commandants de navires à malchance. On les appelait des « Jonas ». Eh bien, il était un Jonas. La preuve : dans toutes ses aventures précédentes, qui est-ce qui découvrait invariablement les cadavres ? Il se trouvait toujours là où il aurait mieux valu ne pas être. Toujours innocent et toujours suspect. Source continuelle de soucis, d'inquiétude, de difficultés sans fin pour ses parents, ses proches, ses amis. Le micmac, la manigance tordue, le coup fourré, voilà son terrain d'élection. Assez ! Assez ! Vivement la fin de ces vacances de Toussaint et le retour au nid, même s'il devait s'y faire houspiller.

La paix ! Il se jurait de ne plus jamais penser à la silhouette noire du lavabo. Cette silhouette qui l'avait regardé. Car il en était sûr, maintenant, elle l'avait regardé. Inutile de se répéter : « C'est faux ! J'ai rêvé. Je n'ai vu personne ». Il avait été reconnu, épinglé, inscrit sur la liste des prochaines victimes. Et pendant ce temps, Robert se reposait paisiblement. Mais de quel bois était-il fait ? François le regardait dormir et l'envie lui venait de le secouer, de lui donner des gifles, comme lorsqu'il s'était agi de ranimer Tubœuf. Mais Robert, de lui-même, rouvrit les yeux au bout d'une heure, et s'assit d'un coup de reins, lucide et prêt à l'action.

— Alors, petit vieux, ça va ?

— Non, ça ne va pas. Je n'ai pas le cœur à roupiller, moi.

— Petite nature. Tu voudrais qu'on bouscule un peu les événements. Les choses ne vont pas assez vite. Patience, que diable ! Laisse le temps à ce brave Hibou de confectionner sa bombe. C'est un truc délicat, tu sais. Ça peut à chaque instant vous péter à la figure.

Robert se fouilla. La pipe, la blague à tabac, il portait tout sur lui. C'étaient les allumettes qui ne cessaient de s'égarer. Tout en les cherchant, il multipliait les conseils :

— Jamais de briquet. Ça donne un sale goût. Et, si possible, la même allumette ; jusqu'à ce qu'elle te brûle les doigts. C'est comme le reste. Ça s'apprend.

— Bon, intervint François, irrité. Et maintenant, qu'est-ce qu'on fabrique ?

— Eh bien, on pourrait aller renifler du côté du restaurant. Cette pauvre Lucie, bavarde comme elle est, je suis presque certain qu'elle a déjà tout raconté à ses voisins. Et, dans ce cas, il doit y avoir quelques curieux ; les envieux, les jaloux, les faux amis. Si aucune explosion n'a lieu, ils diront : « Elle a payé. Faut-il qu'elle ait de l'argent ! » ou, « Elle n'a rien voulu lâcher. Faut-il qu'elle soit près de ses sous ! »

— Ce que tu peux être mauvaise langue, dit François.

— Oh non, mais elle m'intéresse, cette Lucie. Et pourquoi n'irions-nous pas dîner chez elle ? Hein ? Pour lui montrer que nous sommes de son côté ? Aurais-tu peur ?

François hésita.

— Non, peut-être pas. Mais je me serais bien contenté d'un sandwich.

— Réfléchis, mon petit François. C'est encore chez Lucie que nous serons les mieux protégés. Cervin n'est pas génial, mais il a sûrement fait le nécessaire pour placer des hommes à lui un peu partout. Je t'accorde que l'ensemble des bâtiments, dépendances comprises, est très vaste. Au temps des diligences, l'espace ne coûtait rien. Est-ce que tu sais que l'hôtel était un relais de poste. Il fallait loger, en plus des voyageurs, les chevaux, les voitures, tout le personnel de valets, de domestiques, de palefreniers. J'ai lu quelque part que pour un voyageur, on devait compter trois ou quatre personnes de service. Prends ton imper. La pluie recommence. Quel temps !

Mais Robert était de ceux que rien ne rebute. Sa bonne humeur était inaltérable. Il tenait un sujet, en outre, qui le passionnait : l'histoire de Saint-Vincent-la-Rivière. Il appelait ça une étude sociologique, et toutes les occasions lui étaient bonnes d'instruire son disciple, comme il disait en plaisantant.

— Si ça t'amuse, continua-t-il, on visitera les dépendances. Rien que les cuisines, les remises, les écuries, c'est presque un petit village. Tout cela est bon à raser, mais Lucie pense plutôt à rénover, à rendre à l'ensemble son allure d'autrefois. Je l'approuve. J'ignore où elle prendra l'argent, mais il est certain que la déviation de la Croix du Pendu va arranger ses affaires. Excuse, mon vieux, je t'embête avec mes manies.

L'hôtel était en vue et le quartier semblait vide.

— Eh bien, je me suis trompé, poursuivit Robert. Les gens ont dû être avertis. Pas de flâneurs. Pas de gêneurs. Tu remarques : il n'y a même pas une seule voiture en stationnement. Évidemment, Cervin sait qu'une bagnole le long d'un trottoir, ça peut signifier un piège. Cesse de regarder partout. Ne te retourne pas. Je parierais qu'il y a des yeux qui nous observent.

Sur le seuil du restaurant, ils s'ébrouèrent, le temps de remarquer que la salle à manger était presque vide. Madame Lucie vint au devant d'eux.

— Il est un peu tôt, dit-elle, mais de toute façon je n'aurai pas grand monde. Choisissez la table que vous voudrez. Roger, le vestiaire.

Un garçon noiraud vint se charger des manteaux.

— C'est un homme de la police, chuchota Lucie. A peine si j'ai eu le temps de respirer, le commissaire envoyait déjà ses troupes. Il y en a dans tous les coins. Le petit gros, là-bas, près du téléphone, il en fait partie.

— Mais dites donc, madame Lucie, c'est dangereux. Si le Hibou s'aperçoit que vous avez prévenu la police... il va prendre ça pour une déclaration de guerre.

— Eh bien, tant pis, gémit-elle. Qu'il mette le feu à la baraque. Au moins, ce sera fini. Installez-vous. Et merci d'être venu. L'hôtel, ça m'est égal. Mais je ne voudrais pas qu'il arrive quelque chose à mes clients. A votre place, j'irais au « Petit Versailles ».

— Jamais de la vie, protesta Robert. Une espèce de bistrot qui se donne des airs. Tandis que chez vous, on peut se permettre d'être gourmand.

— Vous êtes gentils. Est-ce que ma poularde aux girolles vous plairait ?

— Et comment ! approuva Robert.

— Alors, bon appétit.

Elle s'éloigna et Robert se pencha vers son cousin.

— Ils n'ont pas de chance, dans la famille, murmura-t-il. On balance Tubœuf à la flotte. On veut ruiner sa sœur. Je me demande pourquoi on s'acharne sur eux.

Trois clients entrèrent et Roger se précipita, tandis que l'homme, près du téléphone, faisait des signes mystérieux en direction du chef, dont on apercevait la toque blanche au guichet.

— Des gens du pays, commenta Robert. Je reconnais le patron du *Prisunic*. Ils viennent se rendre compte sur place. Derrière tout ça, je flaire quelque manœuvre politique. Laisse-moi t'expliquer...

— Je t'en prie, plaida François. D'abord, la poularde. Après, tu pourras me promener dans les coulisses politiques de Saint-Vincent.

Mais le rôti était si parfait, les champignons si savoureux qu'il ne fut plus question des sourds conflits qui agitaient les Vincentois. Robert raconta à son cousin l'histoire mystérieuse du *Courrier de Lyon*. De temps en temps, il s'arrêtait pour écouter la pluie qui crépitait sur le trottoir.

— Je vous prêterai un parapluie, promit Lucie en passant près de leur table.

Rien ne pressait. S'il y avait eu plus de dîneurs, les cousins se seraient volontiers attardés, d'autant que le garçon leur apporta, au dessert, un petit verre de liqueur.

— De la part de la patronne, dit-il. C'est de la framboise.

Mais la salle à manger commençait à se vider. Il fallut se décider à partir. Robert fit un crochet par la caisse.

— Merci pour le parapluie. Nous reviendrons demain.

— Oh ! fit Madame Lucie, avec un mouvement d'épaules qui trahissait sa fatigue, est-ce qu'il y aura un demain ?

— Quand même, plaisanta Robert, les Huns ne sont pas à nos portes.

Les deux cousins s'arrêtèrent sur le seuil et Robert se battit une minute avec le parapluie qui refusait de s'ouvrir. Enfin, avec un claquement sec, il se déploya et le vent faillit l'emporter.

— Quel fichu temps, maugréa Robert.

Il y avait, au coin de l'hôtel et d'une petite rue qui montait vers la mairie, la rue des Cordeliers, un emplacement couvert permettant d'attendre à l'abri le car assurant le trajet Saint-Vincent-Versailles. Robert y poussa son cousin.

— Ça ne va peut-être pas durer, dit-il. C'est bien gentil ce Tom Pouce, mais c'est la taille fillette, ma parole. Alors, à deux là-dessous ! Pousse-toi au fond.

Ils se serrèrent dans le coin le moins exposé et se disposèrent à attendre la fin du déluge. Ils voyaient la façade de l'hôtel et l'ancienne porte par où, autrefois, les diligences entraient dans la cour, pour dételer devant la remise. La salle à manger venait de s'éteindre. Au premier étage, tous les volets étaient clos. L'avenue s'étendait, déserte, à peine éclairée par des lampadaires qui brillaient faiblement derrière le grillage de la pluie.

— Je ne sais pas si tu es comme moi, dit Robert, mais je commence à geler.

Il avança la tête, sous les gouttes, pour voir si une éclaircie n'allait pas s'amorcer.

— Tu te rends compte, grogna-t-il. Bientôt neuf heures. Depuis le temps qu'on se promène sous la flotte, on n'a plus rien de sec à se mettre. Dès demain, je...

Soudain, une énorme détonation éclata, quelque chose d'assourdissant, comme s'ils s'étaient trouvés à la gueule d'un canon. Et aussitôt, ce fut la mitraille des gravats, mêlés à un souffle brûlant qui balayait tout. Le mince abri fut emporté. Le lampadaire du carrefour s'éteignit. Abrutis par le bruit, roués de coups, les cousins gisaient dans la rue tandis que des moellons achevaient, à bout d'élan, de culbuter sur la chaussée. Et ce fut le silence, encore plus effrayant que le fracas de l'explosion.

Des fenêtres, une à une, s'allumaient le long de l'avenue. François essaya de remuer. A demi inconscient, il comptait ses membres. Jambe droite ? Présent. Gauche ? Présent. Bras droit ? Je suis là.

Il émit une sorte de cri enroué :

— Robert !

— Ça va, répondit Robert. Rien de cassé.

Une auto s'arrêta, alluma ses phares de route et une nappe de débris variés apparut, violemment éclairée par cette lumière crue. Des portières claquèrent. De l'hôtel, jaillirent deux hommes, munis de lampes électriques. Des cris. Des appels. La confusion s'installait. « Appelez les pompiers ! »

Il y avait maintenant une petite foule. On aida François à se relever. On le brossait, on l'entraînait, titubant, vers le trottoir et il s'aperçut alors qu'il avait été projeté à plusieurs mètres par le souffle.

Madame Lucie sortit à son tour mais ne prit pas le temps de regarder François. Elle contemplait le mur éventré de la remise. Au cœur d'une fumée noire, des langues de flammes s'activaient méchamment. Une voix cria : « Ne restez pas là ! » Une autre hurla : « Attention au mazout ». Et ce fut bientôt l'image qu'on voit si souvent dans les magazines : les pompiers, les curieux, une intense bousculade. Heureusement, ni brancardiers, ni corps mutilés, ni Samu. Par chance, l'attentat s'était produit à une heure creuse et l'explosion avait surtout ravagé la remise qui était en train de brûler sauvagement. A la lumière des phares de plusieurs voitures stoppées devant l'hôtel, on ne distinguait que des silhouettes à contre-jour. Robert finit par rejoindre son cousin.

— On revient de loin, dit-il. Si le coin de l'abri ne nous avait pas un peu protégés... Tu es sûr que tu n'es pas blessé ?

— Non. Je n'ai rien. Des bleus, sans doute. Quelques égratignures.

— Et tes parents qui t'avaient confié à moi ! Qu'est-ce que je vais leur raconter ?

Roger, le garçon, les conduisit, encore un peu hébétés, chez le charcutier dont le magasin jouxtait l'hôtel.

— Pourvu que le feu ne s'étende pas, se lamentait le commerçant. Nous serions dans de beaux draps.

Sa femme fit asseoir Robert et François dans une pièce d'où l'on découvrait la charcuterie, ses terrines, ses jambons, ses quartiers de porc. Elle leur apporta un alcool bien raide qui acheva de balayer leur malaise. Naturellement, Cervin ne tarda pas à se manifester.

— Bien entendu, dit-il, vous étiez là. J'aurais dû m'en douter. Pas trop de mal ?

Il palpa le crâne de Robert.

— Quand même ! Une fameuse bosse... Et toi, gamin, pas de bobo ? On peut vous faire confiance pour embêter le monde. Je me demande ce que je vais raconter à votre père. Lui qui m'avait si bien recommandé de...

Il n'acheva pas sa phrase, mais François en comprit soudain tout le sens caché. Il était, depuis le début, au centre de tout un complot de consignes, d'avertissements... « Surveillez-le. Mais qu'il ne se doute de rien. Il est ombrageux. » Et l'on faisait passer le mot de magistrat à magistrat, de commissaire à policier. Il était horriblement vexé d'être l'objet de cette sollicitude hargneuse. Ce pauvre imbécile qui s'arrangeait toujours pour faire l'intéressant. Qui nous débarrasserait de lui ? L'attitude narquoise et dégoûtée du commissaire était éloquente. Il ne s'adressait plus à François, mais à Robert. Les questions de routine : qui étaient les dîneurs, l'un d'entre eux était-il sorti pour revenir ensuite, quelqu'un avait-il téléphoné ? Pas d'allées et venues insolites ? Comme si ses propres informateurs ne l'avaient pas déjà renseigné !

Mais on voyait qu'il était profondément troublé. A chaque instant, il courait à la porte pour surveiller l'incendie, puis il rentrait, de plus en plus soucieux, tandis que le vacarme augmentait dans la rue. Finalement, il disparut précipitamment.

Le charcutier et sa femme, sur le seuil de leur magasin, se lamentaient et, de temps en temps, se réfugiaient dans l'arrière-boutique pour tousser un bon coup. Robert et François, les nerfs à bout, sales, douloureux, tombaient de sommeil sans cesser de guetter, de sursauter, quand l'éclat d'un casque de pompier brillait soudain sur le trottoir. Et puis ce fut la fin de l'alerte. Le charcutier rassura tout le monde. Le feu était pratiquement maîtrisé mais la remise était en ruine. Sa femme confectionna quelques tartines de pâté. L'arrière-salle se remplissait peu à peu, voisins, clients, passants, qui parlaient tous à la fois, et pour calmer l'émotion générale, on commença à faire circuler la miche et le saucisson.

François, cependant, saisissait quelques propos au vol. Le feu avait été provoqué par un engin explosif caché dans la buanderie, mais quand ? Sans doute pendant le dîner, car les hommes du commissaire, à ce moment-là, surveillaient l'hôtel plus que les dépendances. Naturellement, Mme Lucie était assurée, si bien qu'elle ne perdrait pas trop d'argent. Mais le préjudice moral allait être considérable, car on y regarderait à deux fois avant de retenir à nouveau une table chez elle.

— Pensez, pleurnichait la charcutière, c'est chez nous que le restaurant s'approvisionnait. Un demi-cochon par semaine, vous vous rendez compte ! Pour moi, Lucie sera obligée de vendre. Un coup comme ça, ça tue un commerce.

Le commissaire reparut, des traces noirâtres sur la figure. Il fut aussitôt entouré. Il repoussait les gens : non, il était trop tôt pour se prononcer, mais l'affaire prenait une nouvelle tournure. On serait fixé quand on aurait eu le temps de fouiller les décombres. Ce qu'il fallait trouver, c'était un fragment de la bombe. On verrait alors si les lettres anonymes ne se rapportaient pas à quelque entreprise de terrorisme d'un genre différent. François avait l'impression que Cervin racontait n'importe quoi pour ne pas perdre la face. Il tira Robert par la manche.

— Rentrons. Je n'en peux plus.

C'était une foule, maintenant, qui bloquait la chaussée où l'on butait sur des tuyaux qui serpentaient jusqu'à la rivière. Des fumerolles s'échappaient toujours des tas de pierre, de planches calcinées, de tuiles cassées, qui restaient de la remise, et de longues traînées de suie montraient que les flammes avaient léché les murs de l'hôtel, côté cour. La pluie avait cessé. Il y avait un lugubre clair de lune qui rendait la scène encore plus tragique.

— Hep, là-bas, cria une voix que l'on reconnut sans peine. Demain, à onze heures, à mon bureau.

Cela devenait une rengaine. « Demain, à onze heures, à mon bureau. » Cervin ne savait plus dire que cela.

Le lendemain, François eut une bien mauvaise surprise. Dans le bureau du commissaire, le secrétaire de Me Robion l'attendait. Ordre de le ramener en vitesse à la maison. Ce fut la plus pénible épreuve de sa vie. Après tout ce qu'il avait enduré pour servir l'ordre et la vérité, se faire cueillir comme un loubard qu'on ne touche qu'avec des pincettes ! François, au bout du rouleau, s'effondra en larmes.

Un pauvre môme, voilà ce qu'il était. Un Sans Atout en papier mâché. Un dégonflé qui ne savait plus que dire. « Je n'ai rien fait. Je suis innocent. »

— Calmez-vous, mon garçon, répéta Cervin.

Et le secrétaire, une main sur l'épaule, lui tendit son mouchoir en disant :

— On le sait bien que vous êtes innocent mais maître Robion veut qu'on en finisse avec cette histoire.

— Où est Robert ?

— Dans le bureau voisin. On l'interroge.

— Ce n'est pas exactement qu'on l'interroge, rectifia le commissaire. On enregistre ses déclarations. Et vous aussi, jeune homme, vous devez faire et signer une déclaration. C'est réglementaire.

— Après, nous rentrerons à Paris, ajouta le secrétaire.

— Pas tout de suite, dit Cervin. Nous aurons encore besoin de lui pour différentes choses et notamment pour la reconstitution de l'agression dont a été victime M. Augeran. A ce propos...

François aurait bien voulu entendre la suite mais Cervin le fit entrer dans un bureau voisin où Robert fumait mélancoliquement sa pipe. A travers la cloison, des éclats de voix leur parvinrent. Le commissaire et le secrétaire étaient aux prises.

— Pardi, dit Robert. Cervin n'aime pas qu'on lui marche sur les pieds. Je me demande de quoi se mêle ton père.

— Oh ! c'est ma mère qui doit être folle d'inquiétude. Alors, tu comprends...

François entendit claquer une porte et, quand le commissaire revint, il était encore rouge de colère.

— Je n'aime pas du tout ces manières, s'écria-t-il. Bon finissons-en avec ces paperasses. Asseyez-vous à ce bureau et lisez le rapport de votre cousin. Vous en signerez le double et vous serez libres tous les deux.

Pendant que François s'absorbait dans sa lecture, Cervin parlait, sur un ton radouci, avec Robert.

— On a retrouvé quelques débris de la bombe. Il s'agit d'un simple cocktail Molotov, bricolé par un amateur. N'importe qui a pu s'amuser, avec des matériaux de fortune, à fabriquer un truc comme ça. Le local contenait des produits inflammables et le criminel ne l'ignorait pas. Il s'est borné à coincer sa bombe dans une vieille lessiveuse à l'aide de journaux, ce qui a augmenté la puissance de la déflagration.

— Mais, demanda Robert, qui pouvait s'introduire dans la buanderie sans se faire remarquer ?

Cervin écarta les bras en signe d'impuissance.

— La cour de l'hôtel est bordée de débarras, de resserres, d'appentis qui servent souvent de garages aux clients. Là-dedans, il y a toujours quelqu'un qui circule. On a beau surveiller... Pour moi, le Hibou n'a jamais eu l'intention de mettre le feu à l'hôtel. Cette bombe, c'est un avertissement : l'argent ou la guerre. Il a bien choisi son moment, mais comment aurait-il prévu que vous iriez vous abriter de la pluie dans l'aubette ?

— Vous abandonnez donc l'hypothèse de l'attentat terroriste ?

— Je n'y ai jamais beaucoup cru. Il me paraît évident que c'est une sorte de racket. Reste un détail qui me chiffonne. Ce Hibou, si entreprenant, n'a pas l'air de se rendre compte qu'en multipliant ses attaques, il multiplie aussi ses risques. Un maître chanteur montrerait plus de prudence et de discrétion. Bref, l'enquête continue ! Vous avez terminé, monsieur Robion ? C'est bien. Vous signez et, si possible, vous ne faites plus parler de vous. Si on a besoin de vos services, vous serez convoqués tous les deux.

IX

Convoqués, ils le furent bientôt. Dès le lendemain, Cervin les attendait devant l'hôtel, en présence de Madame Lucie, de son personnel et des autorités. Mme Lassagne, le juge d'instruction de Versailles, « la Jugesse », comme l'appelait Robert, supervisait la reconstitution. Le trottoir et la rue avaient été soigneusement balayés et un dessin à la craie figurait le contour de l'abri où les cousins avaient cherché refuge.

Première discussion :

— Nous étions là, dans ce coin, affirma Robert.

— Je vous aurais cru un peu plus à droite, rectifia Cervin.

— Oh, si vous y tenez !

— Vous n'êtes pas là pour nous faire plaisir, intervint la jugesse.

Ça discutait ferme pendant qu'un gendarme, armé d'un mètre pliant, se déplaçait à quatre pattes et mesurait l'espace séparant le fantôme de l'abri du fantôme de la buanderie. Ensuite, experts et policiers se regroupèrent pour un conciliabule à voix basse. Cela prit une heure, puis une voiture s'arrêta et, avec un coup au cœur, François reconnut son père. L'avocat paraissait souriant et, à ses gestes, on comprenait qu'il allait au-devant des réticences et des critiques que sa présence inopinée pouvait provoquer.

— Il n'a pas le droit, chuchota Robert. Personne n'a été arrêté. Il n'est l'avocat de personne.

Et ce fut la deuxième reconstitution, au cimetière, cette fois. Tout le monde partit en voiture ; les deux cousins dans l'auto du commissaire, Me Robion dans celle du juge.

— Mme Lassagne est une amie de Me Robion, expliqua Cervin. C'est elle qui lui a demandé de venir, à titre purement privé. Cette affaire le passionne.

— Il aurait pu nous donner signe de vie, maugréa Robert. Il n'a même pas regardé de notre côté.

— C'est par souci de neutralité.

— Et surtout pour me récupérer, ajouta François.

— Il faut avouer que vous n'êtes pas un fils de tout repos, conclut Cervin.

Le cimetière avait été interdit pour une heure au public afin d'éviter tout incident. Le juge et le commissaire avaient d'avance réglé la scène. Un gendarme remplaçait le malheureux Augeran. Un autre était chargé de mimer la scène de l'agression. Or, plusieurs versions étaient possibles, à partir de l'instant où le pharmacien arrivait à la hauteur du mausolée de la famille Chanac-Augeran. Mais d'abord, il fallait observer attentivement le début de l'événement, et l'on s'aperçut que les fins graviers qui tapissaient l'allée avaient tendance à grincer sous les pas. Le gendarme jouant le rôle de la victime recommença plusieurs fois son parcours, un bouquet à la main. Pas de doute. Augeran avait forcément entendu s'approcher celui qui l'avait frappé.

— Mais il n'était pas le seul dans cette partie du cimetière, observa Cervin. Il devait entendre non loin de lui d'autres pas. Pourquoi se serait-il retourné ?

— Parce que l'assaillant s'est approché de lui en courant, répliqua la juge. Essayez.

Le gendarme-Hibou, armé d'un pot de chrysanthèmes, s'élança derrière le pseudo-pharmacien.

— Halte ! s'écria Cervin. On est bien obligé d'admettre qu'Augeran l'a entendu venir.

— Dans ce cas, il aurait fait face et n'aurait pas reçu le coup sur la nuque, dit le juge.

— Sauf si le Hibou est sorti brusquement de derrière une tombe. Vous allez voir.

Il se cacha derrière une espèce de petite chapelle, d'où il sortit au moment où le faux Augeran passait devant lui.

Cette fois, la reconstitution prenait forme. On choisit une deuxième tombe pour cachette, puis une troisième. Le gendarme et son bouquet recommencèrent leur trajet. Le gendarme-Hibou, son pot de fleurs au creux du bras, fonçait et François sentait qu'un fou-rire nerveux lui montait à la gorge.

Ensuite, il y eut un long conciliabule pour décider quel avait pu être le parcours idéal du coupable. Il paraissait certain que le pharmacien avait été surpris et n'avait pas eu le temps de faire volte-face.

— Et pourquoi ? demandait la juge. Tout simplement parce qu'il connaissait celui qui allait le frapper. Cela prouve quoi ? Que notre assassin est un familier, quelqu'un d'ici, dont la présence dans le cimetière, un jour de Toussaint, ne pouvait étonner Augeran. J'irai même plus loin...

— Oh ! ce qu'elle m'agace ! chuchota François.

La « jugesse » prenait son temps, regardait tout son monde d'un air satisfait.

— Je suis sûre, maintenant, continua-t-elle, que le Hibou portait une gerbe qui dissimulait sa matraque.

On opina. La démonstration paraissait évidente. Par petits groupes, les assistants se dirigèrent vers l'entrée du cimetière. Me Robion, avec la permission du juge, vint au-devant de son fils et de Robert. Il avait l'air apaisé. Prenant par le bras les deux cousins, et marchant entre eux il déclara :

— Eh bien, vous l'avez votre plan Orsec ! Vous êtes des gamins, tous les deux. Est-ce que vous réalisez bien à quel point cette affaire est sérieuse ? Non. Ça vous amuse de vous vautrer dans le mystère. Un enfant comme toi, mon petit François, c'est pire qu'un chien-loup. Un chien, ça se dresse. Mais toi, j'ai peur que tu ne sois incorrigible. Quant à toi, Robert, je te faisais confiance. J'avais tort. Je suis obligé de rentrer à Paris, mais demain je reviendrai et nous parlerons sérieusement tous les trois. D'ici là, pas de nouvelle incartade, hein ? On se calme.

Ce n'est qu'une silhouette qui se faufile le long du mur de la clinique. La pluie, poussée par un vent d'ouest humide et tiède comme une haleine, efface à demi l'ombre qui se hâte, courbée, souple, inquiétante. Elle s'arrête derrière les fusains qui marquent l'entrée du plan incliné conduisant au parking. Une longue minute d'immobilité. Les néons, qui éclairent la rampe, révèlent un homme accroupi qui tourne lentement la tête, à droite, à gauche... Il écoute, n'entend que la pluie sur les feuilles et le vent dans les arbres dénudés du jardin. Il approche sa montre à cadran lumineux de son visage, devine qu'il est un peu plus de deux heures, le plus creux de la nuit. Tout dort. Même dans la salle de réanimation, les opérés de la veille, assommés par des calmants, doivent reposer sans un gémissement. Les infirmières de garde somnolent. Le veilleur de nuit, entre deux rondes, lit son journal dans le bureau des entrées. L'homme s'est soigneusement renseigné. En pensée, il est capable de se promener partout, de couloir en couloir, et même d'entendre des bruits imaginaires pour mieux se préparer à l'action. Il perçoit le glissement doux de l'ascenseur. Sans doute un malade qui va recevoir une piqûre. Il attendra quand il se sera introduit dans la lingerie. Il surveillera la chambre d'Augeran. Peut-être y a-t-il auprès d'Augeran quelqu'un, prêt à recueillir ses premières paroles. Ce serait trop bête d'échouer au but.

L'homme, cependant, est certain qu'Augeran ne va pas sortir de son néant pour s'asseoir brusquement sur son lit, le bras tendu, et crier : « C'est lui ! » Le bruit a couru, il est bien renseigné, que d'un coma profond le malheureux est passé à un coma léger, déjouant le pronostic du Dr Riffaud qui n'avait plus aucun espoir. Comment l'homme l'a-t-il appris, malgré les consignes de silence ? Par une indiscrétion du chauffeur de l'ambulance, qui avait dit au café : « C'est le docteur lui-même, devant moi, qui l'a reconnu en présence d'un anesthésiste. Il sortait de la chambre 24 et il a dit, texto : "Jamais vu ça. Il va finalement s'en sortir." » Un mot comme celui-là est aussi actif que le microbe de la grippe. En moins d'un jour, il circule de bouche en bouche, sous le sceau du secret. Du coma léger, on en vient, inévitablement, à un engourdissement pâteux, puis à un abrutissement intermittent et enfin à une demi-lucidité. Et si un policier est là, qui chuchote : « Parlez, Augeran. Qui vous a frappé ? » Ah ! malheur. L'homme serre les poings. Il a pourtant frappé fort, mais une seconde trop tard. L'autre a eu le temps de le reconnaître. Allons ! Il faut en finir. Augeran réduit pour toujours au silence, c'est la paix assurée... et la fortune pour demain.

L'homme porte sous le bras un paquet léger. Il l'ouvre rapidement, déploie une blouse blanche qu'il enfile en souplesse. Le voilà tout de blanc vêtu, comme un employé de la clinique. Sans hésiter, il dévale la pente, sur ses légères chaussures à semelles de caoutchouc. A peine s'il laisse à la pluie le temps de lui mouiller les épaules. Il arrive au parking souterrain, ouvert jour et nuit en cas d'urgence. Il y a bien une barrière mobile qu'un gardien doit manœuvrer au passage des voitures. Mais le préposé, le menton sur la poitrine, ronfle tranquillement. L'homme se baisse, se glisse sous la barrière. Tout se présente comme il l'avait prévu. Il sait qu'au fond du vaste garage se trouve le monte-charge qui sert à emporter les civières dans les étages. A côté du monte-charge existe un étroit escalier de ciment qui permet de monter à pied, en cas de besoin. L'homme en ouvre sans bruit la porte de fer.

Alors commencent les vrais risques de l'expédition. Mais l'homme, pour vaincre son appréhension, se dit qu'on est à Saint-Vincent, que les gens, ici, ne sont pas perpétuellement sur la défensive, comme dans une grande ville, et qu'en dépit des événements récents, la vigilance se relâche forcément dans un établissement où le calme et le silence sont de rigueur. Il gravit donc résolument la volée de marches qui le conduit au premier étage. Porte entrouverte. Coup d'œil. Couloir désert, à peine éclairé par une veilleuse. Silence. Il referme la porte et monte au second. Il doit, maintenant, sortir de sa cachette et s'engager dans le corridor. Pourvu que le numéro vingt-quatre ne soit pas tout au bout de la rangée des chambres ! Ce n'est pas le moment de tergiverser. Il faut marcher carrément vers l'extrémité du couloir, en jetant un regard vif aux numéros. En somme, il convient de prendre l'attitude d'un infirmier soucieux de ne déranger personne. Et si, par impossible, on croise quelqu'un, surtout ne pas se troubler. Une petite inclinaison de tête et l'on continue, du même pas égal. C'est ça, un raid de commando. L'effet de surprise. Tout est là.

Le 24 est juste à côté de la salle d'opération, d'où sort une odeur piquante de désinfectant, l'homme s'arrête pour se concentrer et respirer à fond. Éclairé de profil par la lumière diffuse du couloir, il n'est qu'une forme qui se dessine au fusain sur le mur clair. Il se penche, écoute longtemps. Aucun bruit dans la chambre. La poignée tourne sans grincer. Une très légère poussée, calculée au plus juste. Par l'entrebaîllement, pas plus large qu'une fente, l'œil a vite fait d'embrasser la pièce : le lit, où gît Augeran, immobile comme un corps sans vie ; la potence d'où descendent des tuyaux vers sa tête et ses bras, la table de chevet, encombrée de fioles, le fauteuil vide. Pas de garde. La lueur d'une veilleuse révèle le moindre détail, jusqu'au tableau des températures accroché au pied du lit.

L'homme entre, avec décision. Cinq pas qui le portent tout près de sa victime. C'est bien Augeran, malgré le pansement qui lui entoure la tête. L'homme n'a pas besoin d'arme. Il n'a qu'à tendre la main et débrancher les tuyaux, l'affaire d'une seconde. La mort ne tardera pas à faire son œuvre. Ni vu, ni connu. Personne ne comprendra ce qui s'est passé. Ou plutôt si. On verra bien que le malheureux Augeran a été assassiné une fois de plus. Ce mot amène un rapide sourire sur les lèvres de l'homme. A reculons, il regagne la porte.

Et soudain, derrière lui, une voix s'élève :

— Allumez donc ! Vous y verrez mieux.

Le cœur décroché par l'émotion, l'homme ne bouge plus. On le tire en arrière. On referme la porte de la chambre. Le corridor s'illumine. Cervin est là. Deux inspecteurs, pistolet au poing, l'accompagnent, ainsi qu'un interne. Au fond du couloir, il y a des infirmières qui regardent, effrayées. Claquement de menottes.

— Si vous voulez bien me suivre, dit le commissaire. Nous avons à causer, mon cher Tubœuf.

X

— Quoi, Tubœuf !

Les deux cousins n'en croient pas leurs oreilles. Robert hausse un peu le son. Tant pis si la voisine râle. Ils ont le visage tout près du transistor et ils écoutent, incrédules, l'émission matinale de France Inter.

— Ça ne tient pas debout, proteste François. On a voulu le noyer. On a dynamité sa sœur. Cervin s'est sûrement fourré le doigt dans l'œil.

— Tais-toi donc, dit Robert.

Le fait est là, Tubœuf est bien le Hibou. Les précisions s'accumulent. Le commissaire raconte comment il a monté sa souricière. Il a fait courir le bruit qu'Augeran pouvait reprendre connaissance, alors que le malheureux était bien mort. Il soupçonnait déjà Tubœuf.

— Ce toupet ! s'écrie François. Il ne soupçonnait rien du tout. Il se contentait d'aller à la pêche.

Interrogé par les journalistes, Cervin reconnaît que Tubœuf refuse de parler. Mais que peut-il contre l'évidence ? Et d'ailleurs, le commissaire va diriger une perquisition qui aidera sans doute à faire la lumière.

— Il y a quelque chose qui ne colle pas, dit Robert. Tubœuf est arrêté en flagrant délit. Bon. D'accord. Mais quel rapport peut-il y avoir entre lui et ses victimes ? Tant que la police n'aura pas répondu à cette question, on restera en plein mystère. Ou bien alors on le fera passer pour fou. Mais ce serait un peu trop commode. Prends Augeran ; Tubœuf n'était même pas client chez lui. Sa pharmacie habituelle, c'était la *pharmacie de Paris*. Il connaissait Augeran de vue. Pas plus.

François, à son tour, risque une hypothèse :

— Et si...

La matinée se passe à formuler des « Et si... » qui ne conduisent à rien. François monte la garde auprès du téléphone, prêt à noter tous les appels, tandis que Robert est parti aux nouvelles. Il repense à la silhouette aperçue chez Tubœuf. Et peu à peu, comme il arrive quand on s'excite sur une idée et que l'imagination l'emporte sur la réflexion, il s'enfièvre, se persuade qu'il a caché au commissaire un détail essentiel. A la fin, n'y tenant plus, il appelle Cervin, ce qui ne va pas sans les pires difficultés. On le renvoie de bureau en bureau, et des voix rogues lui demandent : « Qu'est-ce que vous lui voulez ?... Il est occupé ». François a enfin l'idée de lancer d'emblée qu'il s'agit de l'affaire Tubœuf et on le branche alors tout de suite sur le commissaire, au ton encore plus désagréable que ses subordonnés.

— Je vous appelle au sujet de l'homme-grenouille, dit François.

Pas de danger que Cervin raccroche. Au contraire, c'est lui qui est accroché. Très vite, pour profiter de l'effet de surprise, François raconte tout, la visite au garage avec les gendarmes et la silhouette entrevue dans la réserve.

— J'ai eu très peur. J'ai préféré me taire parce qu'on se serait moqué de moi.

Là-bas, le commissaire réfléchit. François insiste.

— Je suis sûr, maintenant, qu'il y avait quelqu'un. Peut-être que Tubœuf a été menacé et qu'on l'a forcé...

— Jeune homme, coupe Cervin, vous allez me faire le plaisir de vous taire, sinon je vous boucle. Votre cousin ? Il est au courant ?

— Non. Pas encore.

— Comment, pas encore, rugit le policier. Je vous défends de lui parler de cette histoire. A personne. Vous entendez ? A personne.

Le téléphone claque sur sa fourche. Il est furieux, le commissaire. Ce n'est pourtant pas la faute du matériel. Donc, François se taira, mais ce sera dur. Robert revient.

— Rien de neuf ?

— Non, rien.

— Madame Lucie a fermé son hôtel. Je la plains. Elle n'ose plus se montrer. Et nous, on va être obligés d'aller déjeuner au bistrot.

Mais, quand la nouvelle éclate, au communiqué de midi, ils en oublient d'aller manger. La police vient de perquisitionner chez Tubœuf, et a découvert, derrière une pile de pneus, une tenue de plongeur. Les explications du garagiste n'ont pas été très claires. Il a prétendu que cet équipement avait été oublié dans le coffre d'une voiture accidentée.

— Quand ?

— Oh ! Il y a peut-être deux ou trois ans. J'avais l'intention de la revendre parce que ça m'encombrait.

— Pourquoi ce vêtement était-il caché au fond de la réserve ? Vous aviez peur qu'on le découvre ?

Le journaliste, malheureusement, ne rapporte pas la suite de l'interrogatoire et les cousins en sont réduits aux suppositions. Robert est particulièrement doué pour ce genre d'exercice.

— Tu sais à quoi je pense ? dit-il, en nettoyant le fourneau de sa pipe. Eh bien, il me vient à l'esprit que Tubœuf sait peut-être nager. Je veux bien qu'il ait trouvé cet équipement dans une bagnole ratatinée. Mais pourquoi l'a-t-il gardé ?

Et aussitôt, emballé par cette hypothèse, le voilà qui saute sur le téléphone.

— Passez-moi le commissaire, vite. Il y a du nouveau sur l'affaire Tubœuf... Quoi ? Il est allé déjeuner ? A la bonne heure. Quand il aura déjeuné... Mais je suis poli, monsieur... Je vous en prie... Dites-lui qu'un ami est presque en mesure d'affirmer que Tubœuf sait nager. Il n'aura qu'à vérifier... Non, monsieur, je ne suis pas le Hibou... Je veux simplement aider la justice. Et d'abord...

Robert repose le téléphone.

— Quelle bande de malappris. Ils vous raccrochent au nez. Mais toi, mon petit vieux, tu peux m'écouter. Alors, supposons... Tubœuf sait parfaitement nager. Il ne prend donc aucun risque en se jetant à l'eau derrière nous. Si nous n'intervenons pas, il s'en tirera tout seul. Mais si nous restons persuadés que nous lui avons sauvé la vie, il devient insoupçonnable aux yeux de tous. Il est une nouvelle victime du Hibou. Tu comprends ? Et tu permets ?

Robert ouvre le placard, fait la grimace.

— Une boîte de corned beef et un paquet de biscottes. Ça ira ?

— Oui, oui. Continue.

— Bah, ce soir on mangera mieux. Je ne vais pas lâcher mon idée pendant qu'elle est toute chaude.

Il ouvre adroitement la boîte de conserve et éventre le paquet de biscottes.

— Sers-toi et suis bien mon raisonnement. Si Tubœuf est le Hibou, toutes ces lettres anonymes c'est du bluff, de la poudre de perlimpinpin. En réalité, Tubœuf n'a frappé que deux fois. Corbineau et Augeran. Attends ! Ne m'interromps pas. C'est seulement après ces deux-là qu'il en avait. Et attention, il fallait qu'il les supprime tout de suite. Il était pressé.

— Et sa sœur ?

— Quoi, et sa sœur ? Ouais, tu as raison : et sa sœur ?

Robert emplit son verre à dents au robinet, boit un grand coup.

— Ça donne une sacrée soif, cette bidoche. Sa sœur ? Soyons logique. Elle est dans le coup. Dans quel coup ? Je l'ignore. L'assurance, peut-être. L'hôtel n'a pas souffert. Mais la partie détruite peut lui rapporter quelque argent. En tout cas, ça n'expliquerait pas le reste. Non, je croirais plutôt que Tubœuf était fâché avec elle et qu'il a profité de l'occasion.

— J'admets. Reste à expliquer Corbineau et Augeran.

— Hé, je le sais bien. Qu'est-ce que tu veux ! La vérité, ça ne s'épluche pas comme une cacahuète. Tant qu'on n'a pas tout expliqué, on n'a rien expliqué. Allons prendre l'air.

François l'attrape par le bras.

— Stop ! J'ai une idée, moi aussi. Le cimetière ! La famille Chazerat-Mazerolle.

— Vu ! s'écrie Robert qui a l'esprit prompt. Allons-y.

Chemin faisant, tandis que Robert laisse éteindre sa pipe, la rallume, la suçotte, la rallume encore, François développe son idée :

— Si Augeran a été assommé là où on l'a trouvé, à qui allait-il porter ses fleurs, hein ? Au caveau de ces Auvergnats, les Chazerat, les Mazerolle, les Marjevol... Alors, moi, je pense qu'entre Augeran et Tubœuf, il y a un vieux compte à régler. Pareil pour Corbineau. Quelque très ancien différend familial. Pourquoi pas ? Si j'étais Cervin, je fouillerais dans le passé de ces gens-là. Attention, il y a du monde.

Le commissaire est revenu sur les lieux, tout seul, allant d'une tombe à l'autre, comme s'il vérifiait quelque chose. Il entend les cousins, se retourne.

— Mais vous êtes pires que la peste, dit-il.

Il semble, néanmoins, d'excellente humeur.

— Devinez ce que nous avons découvert ? ajoute-t-il. Quand je pense que la vérité était là, sous nos yeux, oui ! Car le frère et la sœur sont des Marjevol, par leur arrière-grand-mère. Venez voir.

Et il conduit ses deux compagnons de dalle funéraire en dalle funéraire, montre les noms gravés dans la pierre.

— Tout cela va être précisé, bien entendu. Mais on voit déjà apparaître la solution du mystère. Vous ne tarderez pas à l'apprendre, car Lucie Pellegrini a choisi comme avocat Me Robion. Il vous racontera l'histoire mieux que moi.

— C'est Lucie Pellegrini qui a tout conçu, dit Me Robion. Tubœuf n'est qu'un pauvre imbécile. Mais elle, c'est une femme redoutable ! En deux mots, voici l'histoire :

En 1860, un Marjevol émigra de Saint-Flour en Argentine. A l'époque, on était très pauvre dans le Cantal et souvent, les cadets s'expatriaient. Léon Marjevol s'engagea comme « vaquero » dans une exploitation grande comme un de nos départements. Il était travailleur et intelligent. Le voilà contremaître et pour finir, il épouse sa patronne, devenue veuve. La suite, vous la devinez... Robert, vous pouvez fumer. Ça ne me dérange pas.

— Ouais ! s'écrie François. Compris. C'est une affaire d'héritage. Bon, bon. Je me tais.

— Tu ferais bien, dit Me Robion. Donc, notre Marjevol, qui est mort sans enfant, a laissé une énorme fortune aux Marjevol de Saint-Flour. Mais, entre-temps, ces Marjevol ont quitté le Cantal pour un climat moins rude et sont venus s'établir à Saint-Vincent. Là-dessus, il y a deux guerres, les déportations, la Résistance. Alors, pour démêler qui était le fils de qui, ou le neveu, ou la cousine, c'était un vrai casse-tête. L'homme de loi de Rio de Janeiro a chargé de l'enquête une agence parisienne spécialiste de ce genre de recherches et l'enquêteur, un certain Louis Chaigneau, a retrouvé les traces des Marjevol. Après pas mal de difficultés, il a établi que quatre héritiers restaient sur les rangs : Corbineau, Augeran et les deux Tubœuf. Tous ces détails, je les tiens de Chaigneau et de Me Valentin, le notaire de Saint-Vincent. Tout cela aurait pu se régler assez vite si deux circonstances imprévues n'avaient pas brouillé les cartes.

— Je vois, dit Robert.

— Non, plaisante Me Robion, tu ne vois rien du tout parce que c'est le hasard qui s'en est mêlé. Le pauvre notaire a été terrassé par une crise d'angine de poitrine et obligé de prendre du repos ; ce qui a tout arrêté. Les affaires d'héritage demandent toujours beaucoup de temps. Et puis, la malchance a voulu que Louis Chaigneau vienne prendre une chambre chez la sœur de Tubœuf, quand il a commencé ses recherches. Lucie Pellegrini, qui était intriguée par ce voyageur qui ne ressemblait pas à ses clients habituels, a profité d'une absence de Chaigneau pour ouvrir sa valise. C'est ainsi qu'elle a pris connaissance de documents qui lui ont ouvert les yeux.

— Elle a avoué ? questionne Robert.

— Oui. L'héritage est très gros.

— Combien ?

— Autour de quatre cents millions de dollars. C'est ce chiffre qui lui a fait perdre la tête. En supprimant les deux autres héritiers, son frère et elle se seraient trouvés beaucoup plus riches. Mais il ne fallait pas qu'ils en deviennent suspects pour autant. D'où la nécessité d'aiguiller la police sur une fausse piste. D'où la création du Hibou et de ses lettres anonymes, adressées à n'importe qui. D'où le soi-disant attentat contre Tubœuf, l'auto sabotée, d'où la bombe déposée dans la buanderie de l'hôtel.

— Mais pourquoi Tubœuf a-t-il choisi le plan Orsec pour assassiner Corbineau ?

— Il n'a pas choisi. Il a simplement profité de l'occasion. Corbineau était là, sans défense. Et Tubœuf avait déjà sur lui des lettres anonymes prêtes à servir. Par contre, il a raté son coup lorsqu'il a frappé Augeran dans le cimetière. En bref, Tubœuf n'a pas été à la hauteur. Il est naïvement tombé dans le piège que lui tendait Cervin en faisant courir le bruit qu'Augeran allait s'en tirer.

— Alors, demande Robert, qui, en définitive, va hériter ?

— L'État. Vous vous êtes donné beaucoup de peine, tous les deux, pour rien. Ça vous apprendra... Filez maintenant, j'ai du travail.

Une fois dehors, François saisit le bras de son cousin.

— Quand serons-nous grands et libres ? dit-il. Quand nous laissera-t-on la bride sur le cou ? Nous allions découvrir le mot de l'énigme. Et paf ! C'est papa qui rafle les mises.

— Eh oui, continue Robert d'un ton piteux. Les Sans Atout Brothers sont au chômage. Mais pourquoi n'écririons-nous pas cette histoire ?

— Chiche ! applaudit François.

CHAMP CLOS
(1988)

Roman

— Vous pouvez vous rhabiller.

Julie s'efforce, maladroitement, de descendre de la table d'examen.

— Oh ! pardonnez-moi ! s'écrie le docteur. J'oubliais...

— Non, laissez, docteur. Je peux me débrouiller.

Il passe dans son cabinet. Elle reprend ses vêtements, se rajuste. C'est vite fait. Une robe légère à enfiler. Elle entre à son tour dans le bureau et s'assied. Le Dr Moyne repousse ses lunettes sur le haut de son front, s'enfonce dans les yeux le pouce et l'index, frotte, réfléchit. Elle connaît d'avance le verdict et se sent étrangement détachée. Il la regarde enfin.

— Oui, murmure-t-il, c'est ça.

Un silence. Au-delà des volets mi-clos, on entend la rumeur de l'été. Dans la pièce voisine, une secrétaire tape à la machine, avec des arrêts, des reprises, des hésitations qui agacent.

— Rien n'est perdu, dit le docteur. Mais il vaudrait mieux opérer tout de suite. Je vous assure qu'il n'y a pas lieu de s'affoler.

— Je ne m'affole pas.

— Vous êtes solide. On vit vieux dans votre famille. Regardez votre sœur, quatre-vingt-dix-neuf ans, et pas une infirmité. Et vous (il consulte une fiche) vous avez quatre-vingt-neuf ans. Le croirait-on ?

— Vous oubliez ça, remarque-t-elle, sans émotion.

Elle lève vers lui ses étranges mains, cachées dans des gants de fil et qui n'ont que quelques doigts, comme celles de Mickey. Puis elle les cache à nouveau dans un pli de sa robe. Le docteur hoche la tête.

— Je n'oublie rien, dit-il. Je comprends ce que vous ressentez. Une infirmité comme la vôtre...

Elle l'interrompt, sèchement.

— Ce n'est pas une infirmité. C'est une mutilation.

— Oui, dit-il, conciliant

Il cherche ses mots, maintenant, pour ne pas ajouter à son mal.

Mais elle paraît maîtresse d'elle-même et se contente d'ajouter, avec une sorte d'indifférence glacée :

— Il y a soixante-trois ans que je suis en enfer. J'estime que ça suffit.

— Réfléchissez, dit le docteur. En soi, l'opération est classique. Vous n'avez pas le droit de...

Un sourire poli, qui lui coupe la parole.

— Le droit ? Permettez. Ça me regarde.

Elle le voit si embarrassé qu'elle change de ton.

— Voyons, docteur. Admettons. L'opération réussit. Ça me donne quoi ? Deux ou trois ans de survie. Est-ce bien ce que vous me proposez ? Et si je refuse ?

— Alors, les choses iront vite.

— Combien de temps ?

Il a un geste d'impuissance.

— Difficile à préciser... Quelques mois... Tandis que si vous m'écoutez, je vous garantis un long répit. Sûrement plus de deux ou trois ans, en tout cas. C'est bon à prendre, non ? vous êtes bien à *La Thébaïde*. Combien voudraient être à votre place. Vous jouissez d'une retraite luxueuse. Si, quand même. Vous avez de la chance de vivre auprès de votre sœur.

— Ma sœur ?... Oui, évidemment. J'ai ma sœur.

L'amertume a percé dans sa voix. Elle se corrige aussitôt.

— Vous savez, docteur, à son âge, on n'existe plus que pour soi.

Elle se lève. Il se précipite pour l'aider.

— Laissez. Laissez. Ma canne, s'il vous plaît. Merci. Dans quelques jours, je reviendrai et vous aurez ma réponse. Ou bien, j'y pense, venez vous-même dans l'île, par notre bateau de service. Ça vous amusera. Vous verrez. C'est Alcatraz, avec cinq étoiles.

— Je peux appeler un taxi ? dit-il.

— Surtout pas. Mon kinési, là-bas, m'oblige à marcher et il a raison. Au revoir.

Il la regarde pendant qu'elle suit l'allée. Elle va tout doucement. Il entre dans le bureau de sa secrétaire.

— Marie-Laure, venez voir.

Il écarte le rideau, fait place à la jeune femme.

— Cette personne, là-bas... Cette vieille dame... C'est Julie Maïeul. Je me suis renseigné sur elle, parce que tout le monde l'a oubliée. Elle a quatre-vingt-neuf ans. Eh bien, après la guerre, je parle de la première, bien entendu, elle a été la plus grande pianiste de son temps.

Là-bas, Julie Maïeul s'est arrêtée devant le buisson d'hibiscus. Elle se penche et, avec le bout recourbé de sa canne, elle essaie de capturer une branche.

— Elle ne peut pas cueillir la fleur, explique le docteur. Elle n'a pratiquement plus de mains [1].

— Quelle horreur ! Qu'est-ce qui lui est arrivé ?

— Un accident de voiture, en 1924, dans la banlieue de Florence. Elle a été précipitée contre le pare-brise. A l'époque, on ne connaissait pas encore le verre feuilleté. Les pare-brise étaient aussi dangereux que des couteaux. La malheureuse, instinctivement, a jeté les mains en avant, et voilà... Elle a perdu, à la main droite, le médius et l'annulaire ; à la main gauche, le petit doigt, et son pouce gauche a été amputé d'une phalange. Il est raide comme un petit levier et il reste dans la position qu'on lui donne. Depuis, elle est toujours gantée.

— C'est horrible, dit Marie-Laure. On ne peut rien faire ?

— Trop tard. En 1924, la chirurgie sortait à peine de l'enfance. On est allé au plus pressé.

Le docteur laisse retomber le rideau et allume une cigarette.

— Je ne devrais pas fumer, avoue-t-il. Mais une pareille misère me révolte. Et attendez...

Il s'assied sur le coin du bureau. Marie-Laure chuchote :

— M. Bellini est là depuis un moment.

— Bon, bon. Qu'il attende. Je ne vous ai pas dit le plus beau. Julie Maïeul a une sœur qui est son aînée de dix ans.

— Quoi ! Elle serait centenaire ?

— A peu près. Mais d'après ce que j'ai appris, c'est une centenaire en pleine forme. C'est curieux, quand même. Pourquoi ce mot fait-il rire ? Comme si c'était une blague d'avoir cent ans. Et dans le cas présent, c'est tout le contraire d'une blague, parce que c'est elle qui pilotait la voiture. C'est elle qui a provoqué l'accident. Elle roulait vite. Elle avait un concert le soir même... Mais je ferais peut-être mieux de recevoir tout de suite M. Bellini. Si je me laisse embarquer dans cette histoire, je ne vais plus en sortir.

— Non. Vous ne pouvez pas partir comme ça.

— Alors, j'abrège. La sœur de Julie Maïeul s'appelle maintenant Noémie Van Lamm. En 1924, elle était en pleine gloire. Il paraît que son nom est encore cité dans les histoires de la musique : Gloria Bernstein, la célèbre violoniste ; et c'est sous ce nom qu'elle vit aujourd'hui.

— C'est elle qui a...

— Oui. C'est elle qui, par son imprudence, a massacré sa sœur.

— Mon Dieu, s'écrie Marie-Laure, est-ce possible ?

— Elles vivent maintenant à *La Thébaïde*, Mme Van Lamm est très riche. Je crois qu'elle fait tout son possible pour que l'existence de cette malheureuse Julie soit supportable, Mais, forcément, il y a toujours ce drame, entre elles.

1. Authentique. Une mutilation analogue a été infligée à une pianiste célèbre.

Il écrase sa cigarette dans un cendrier, se lève et, presque malgré lui, revient à la fenêtre. Il voit l'infirme qui franchit la grille.

— Je ne sais pas lui parler, murmure-t-il. Je voudrais lui dire... Elle aurait perdu un mari, un fils, on trouve quelque chose, dans un pareil cas. Mais ses mains... Je comprends qu'elle se fiche de tout, que peut-elle attendre de la vie, hein ? Approchez-vous. Je crois bien qu'elle a réussi à attraper une fleur.

— Oui, dit Marie-Laure, un dahlia. Elle le respire. Ah ! elle vient de le laisser tomber. A sa place, je vous assure que je n'aurais pas l'idée de cueillir un dahlia.

— Les fleurs, Marie-Laure, c'est peut-être tout ce qui lui reste. Bon. Faites entrer M. Bellini.

Julie Maïeul marche doucement, sa main droite pressant son flanc. Du bout de son stylo-bille, le docteur avait cerné la chose. Cela se passait il y a une quinzaine, à l'issue du premier examen. Il avait beau s'efforcer de rester impassible, on voyait bien qu'il était préoccupé.

— C'est grave ?

— Non. Je ne le pense pas, mais il me faudra d'autres examens.

Et il avait rédigé une liste de produits à absorber la veille, puis le matin du nouveau rendez-vous.

— Vous verrez. Le goût n'est pas désagréable.

Il plaisantait ; il se voulait rassurant, protecteur, comme si elle avait été sa grand-mère. Il avait une quarantaine d'années. Il était de ce blond qui annonce la calvitie. Il prenait tout son temps.

— Quand juillet arrive, dit-il, je ne suis pas pressé. Les gens refusent d'être malades.

Et, tout en prenant des notes, il l'interrogeait longuement. Il avait tout de suite compris que si elle abritait ses mains derrière son sac, c'était par le besoin inconscient d'un rempart. Alors ? Brûlure ? Eczéma ? Infirmité congénitale ? Comme elle détaillait les petites maladies dont elle avait souffert depuis son enfance, il lui avait posé crûment la question :

— Qu'est-ce que vous avez aux mains ?

Prise de court, elle avait jeté un coup d'œil du côté de la porte communiquant avec le bureau de la secrétaire.

— Vous croyez que...

Et, une grimace de rancune à la bouche, elle avait entrepris de se dépouiller de ses gants, les roulant à l'envers l'un après l'autre, comme on dépiaute une bête. Puis elle avait offert ses mains au docteur, et il avait découvert avec stupeur ces débris mutilés, rougeâtres, striés de cicatrices livides, ce pouce planté tout droit comme un morceau de bois, ces doigts qui se recroquevillaient lentement, comme s'ils étaient en train de mourir encore une fois.

— Si je tenais le sagouin qui vous a arrangée comme ça !...

Il avait repoussé ses lunettes très haut sur son front et contemplait le désastre, faisant « non » de la tête, tandis qu'avec une dignité déchirante elle essayait de récupérer ses gants. Il voulut l'aider.

— Laissez, dit-elle, C'est mon affaire.

Alors, il se leva et passa dans la salle d'examen, comme s'il y avait oublié quelque chose. Il préférait la laisser seule, pendant qu'avec une adresse extraordinaire son pouce et son index intacts tiraient l'étoffe sur ses moignons. Quand il revint, il la retrouva calme, presque amusée, maintenant, de la surprise qu'elle avait provoquée.

— Je vais vous expliquer...

Et elle lui avait résumé toute sa vie, ses tournées triomphales, les salles debout, les acclamations, jusqu'à l'éclatement de ses mains, un soir, près de Florence. Ce soir-là, elle était morte à elle-même.

Il l'avait écoutée, suspendu, la pitié et l'effroi sur le visage. Et quand elle avait conclu : « J'ai failli me tuer. J'ai même essayé », il avait gardé le silence parce que lui, en pareil cas, il ne se serait pas raté. Il l'avait accompagnée, le long de l'allée, jusqu'à la grille, et, au moment de la quitter, il lui avait serré affectueusement l'épaule, un geste d'homme à homme, comme avant un combat.

Maintenant, elle arrive au Casino, et cherche des yeux le bar-tabac qu'elle a aperçu en venant. La chaleur l'accable. Si elle s'écoutait, elle s'assoirait au bord du trottoir, comme une clocharde, mais c'est là une de ces idées absurdes qui font de la boue dans sa tête, quand elle est fatiguée. Il s'appelle *La Civette*, ce tabac. Quand elle a cessé de fumer, c'était il y a bien vingt ans, à Paris, du côté du Palais-Royal, la boutique s'appelait aussi *La Civette*. Le médecin lui avait dit : « Plus d'alcool. Plus de tabac. Sinon, vous savez ce qui vous attend. » Eh bien, maintenant, pourquoi se priver plus longtemps ? Elle n'a plus envie de lutter. Mais elle n'a pas peur. C'est tellement sans importance, tout ça !

Elle écarte le rideau de grosses perles qui font un bruit de danse macabre quand elle entre, et demande deux paquets de Gauloises. En se cachant sous le bord du comptoir, elle tire de son sac son porte-monnaie et le tend au patron du bistrot.

— Payez-vous. Excusez-moi. J'ai de l'arthrose dans la main droite.

— Ah ! je sais ce que c'est ! dit l'homme. Moi aussi, quand ça me prend.

Il compte les pièces, puis ouvre le premier paquet et, d'une chiquenaude, fait surgir une cigarette.

— Allez-y.

Elle pince, entre son pouce et son index, la Gauloise, la porte à ses lèvres, et l'homme, obligeamment, l'allume avec son briquet.

— Ajoutez une boîte d'allumettes, dit-elle.

Et, par défi, elle aspire à fond la première bouffée. Ce n'est vraiment pas bon. Elle est comme un gamin qui affronte sa première expérience et ne comprend pas quel plaisir on peut tirer du tabac. Elle sort, vaguement écœurée. Petit problème : garder la cigarette à la bouche ou bien se servir, pour la fumer plus commodément, de ses deux bons doigts de la main droite, ou la coincer dans la fourche de son index et de son médius gauches, comme elle le faisait autrefois, avant de porter des gants ?

Pourquoi, un beau jour, a-t-elle décidé de porter des gants ? Difficile de l'oublier. C'est sa sœur qui le lui a demandé. « Ce sera moins choquant », a-t-elle dit.

Les taxis sont de l'autre côté de la place. Elle traverse devant le Casino. Gloria a-t-elle dit : « Ce sera moins choquant » ou « Ce sera plus propre » ? De toute façon, la formule est odieuse. Elle court sur la peau comme une urticaire. Mais aujourd'hui, Julie n'est plus irritable. Cette fumée bleue, qu'elle s'amuse à faire sortir de ses narines, possède une sorte de vertu qui apaise. « Je suis maîtresse de moi », pense-t-elle en grimpant dans une Mercedes dont le chauffeur lit *Le Petit Provençal*.

— Au port.

Elle se rencogne. Quoi ?

C'est l'homme qui s'est retourné et l'avertit, avec une grosse jovialité :

— On ne fume plus dans les taxis, grand-mère.

Hier, elle l'aurait remis vertement à sa place. Elle préfère baisser la vitre et jeter son mégot.

Le taxi la dépose sur le quai. La vedette est au bas des marches, astiquée et brillante comme un jouet. Des touristes flanent, photographient, ou bien, avec des jumelles, observent l'île, si proche qu'on distingue nettement dans la verdure les villas, les tennis, les piscines plus bleues que le ciel.

— On vous attend, mademoiselle, dit le marin qui se tient prêt à l'aider et déjà tend la main vers elle. Assis à l'arrière, il y a ce voisin dont elle ne peut retenir le nom et qui est si bavard. Il est en grande conversation avec un inconnu vêtu d'un short et d'un pull blanc. Le marin la guide vers les deux hommes qui se lèvent et la saluent, avant de lui offrir une place auprès d'eux.

— Avez-vous fait une bonne promenade, commence monsieur... monsieur... Un nom comme Ménétrel, ou Messager... Rien de plus agaçant que d'échanger des propos familiers avec quelqu'un qu'on ne reconnaît pas.

— Mlle Julie Maïeul, reprend l'autre, habite en face de chez moi. Nous la rencontrerons souvent, si vous vous installez à *La Thébaïde*.

Mais pardonnez-moi, j'ai oublié de faire les présentations... M. Marc Blérot... Mlle Maïeul.

Au-dessus d'eux, au bord du quai, des curieux les observent paresseusement, regardant la manœuvre qui libère la vedette. Un hélicoptère bourdonne quelque part. L'été est là comme un dépliant touristique. Ah ! ça y est. Mestral. Il s'appelle Mestral. P.-D.G. en retraite d'une multinationale. Gloria, malgré son âge, a un *Who's Who* dans la tête. Elle pourrait réciter la biographie de tous les habitants de la résidence. Julie, au contraire, aime mieux les ignorer. La vedette longe la flotille endormie des plaisanciers, se balance légèrement sur le sillage d'un hors-bord.

— Mais pas du tout, s'écrie Mestral. N'est-ce pas, mademoiselle ?

— Pardon ?

Elle somnolait.

— Je n'ai pas entendu ce que vous disiez.

— J'explique à M. Blérot que *La Thébaïde* n'a rien à voir avec une maison de retraite. Imaginez... et d'ailleurs vous allez tout de suite vous en rendre compte... Imaginez un mini-territoire, quelque chose de pas plus grand que la main, bref, une propriété pouvant accueillir une quarantaine d'occupants, mais attention, il ne s'agit pas d'une communauté ; chacun est maître de son terrain, construit comme il veut, vit comme il l'entend. L'important, vous comprenez, c'est de rester entre nous, de jouir d'une paix totale.

— Comme des moines, suggère M. Blérot.

— Mais non. Comme les membres d'un club. Voilà le mot que je cherchais. Nous sommes sur un terrain que nous avons payé très cher, une sorte de Jockey Club, mais à l'américaine, sans snobisme, sans contraintes mondaines, sans philosophie particulière, comme c'est le cas pour les naturistes ou les adorateurs de quelque divinité païenne.

— En somme, dit M. Blérot, vous ne cherchez pas à vous isoler, mais seulement à vous mettre à l'écart.

— Exactement. Le droit, à partir d'un certain âge, de nous sentir protégés. N'est-ce pas, mademoiselle ?

Julie opine, poliment. M. Mestral est intarissable. Elle a envie de mettre en garde son invité. S'il est vrai que *La Thébaïde* est bien défendue contre les nuisances, elle n'est pas équipée contre les bavards.

M. Blérot, très intéressé, insiste :

— Mais vous devez vous ennuyer, à la longue. Toujours les mêmes visages, toujours...

Mestral l'interrompt. Il ne fait pas bon paraître sceptique devant lui.

— D'abord, nous invitons qui nous voulons et nous recevons pas mal de visites. A une condition, naturellement. Pas d'animaux. Pas d'enfants. Nous avons notre port privé, notre chemin privé jusqu'à la clôture.

— Parce qu'il y a une clôture ?

— Naturellement. Et une conciergerie, reliée par téléphone à chacune de nos maisons. Si nous ne prenions pas certaines précautions, nous serions peu à peu grignotés par les campeurs. Le concierge a sous les yeux le tableau qui lui indique les noms de nos visiteurs. Pas trop à la fois, bien entendu. Nous avons une conférence hebdomadaire pour régler toutes ces questions. Vous verrez vous-même, cher ami. Nous nous sommes inspirés d'un modèle réalisé en Floride, *Sun City*, mais nous l'avons adapté à nos goûts, à nos habitudes, et ça marche merveilleusement. N'est-ce pas, mademoiselle ?

« J'aimerais mieux être gardien de phare », pense Julie. Elle préfère se taire. Depuis un moment, l'envie de fumer l'a reprise. Elle n'y résiste plus.

— Excusez-moi... Je vous prie.

Elle se glisse dans le petit rouf, se bat avec son sac, avec le paquet de Gauloises et, sauvagement, avec les allumettes. Son quotidien, à elle, c'est une longue lutte, le moindre objet se dérobant hargneusement, avec des feintes sournoises. Et pourtant, elle réussit à allumer une cigarette, et enfin elle se laisse aller sur l'étroite banquette, goûte longuement l'âcre fumée dont elle avait perdu l'habitude. Mestral a raison. *La Thébaïde*, c'est le « chez-soi » idéal, entre solitude et promiscuité. Mais l'ennemi, pour elle, ce n'est pas l'intrus, l'estivant trop curieux. C'est le proche, le voisin, le copropriétaire. Tout ce qui commence par co !

*
* *

La vedette accoste dans une crique entourée de rochers rouges. Une petite jetée conduit à un entrepôt où sont mis à l'abri les colis, paquets, cartons, sacs et containers amenés chaque jour par la chaloupe qui assure le ravitaillement. Un panneau de bois planté à l'extrémité du môle affiche, en hautes lettres blanches : *Propriété privée*. Mestral aide Julie à débarquer, se retourne vers son compagnon.

— A partir d'ici, dit-il, tout est privé.

Un chemin cimenté monte vers une grille qu'un personnage vêtu d'une blouse grise toute tachée et coiffé d'une casquette à longue visière de toile est en train de peindre.

— Nous ne sommes pas encore tout à fait installés, explique Mestral. Nous ne sommes là que depuis six mois. Salut, Fred.

Certains d'entre eux ont décidé, pour affirmer la cordialité qui doit régner à *La Thébaïde*, de se traiter à l'américaine.

Baissant la voix, Mestral précise.

— Fred est un ancien industriel dont l'usine a été rachetée par les Japonais. Un homme charmant.

— Allez devant, dit Julie. Je vois que vous êtes pressés.

A la façon dont Mestral se penche à l'oreille de son invité, elle devine qu'il parle d'elle... blessure horrible... un pareil talent... surtout ne regardez jamais ses mains... Mais ils sont tous au courant, maintenant. Elle sent bien qu'on ne l'aime pas. Elle n'est pas « confortable ». Elle dérange. Il y a de la lépreuse, dans son cas.

On ne voit, dans les allées de la propriété, ni béquilles, ni plâtres, ni pansements d'aucune sorte ; rien qui suggère l'idée de la convalescence. Les plus âgés n'ont pas plus de soixante-dix ans, et font toujours du sport, même les femmes. Seule, Gloria Bernstein, car elle tient à garder son nom d'artiste, n'est pas à sa place. Mais elle est si jeune, dans ses gestes, dans ses propos, qu'on est fier d'elle, comme si le groupe avait choisi sa presque centenaire pour totem et protectrice du clan. Grâce à elle, on supporte Julie. On veut bien croire qu'elle fut une musicienne célèbre, mais son nom s'est perdu dans le mouvement des années, tandis que Gloria vit encore dans ses disques. Elle marche à petits pas vers la conciergerie. Elle est très fatiguée et s'appuie lourdement sur sa canne. Elle est bien résolue à se taire. Même à sa sœur, elle ne parlera pas de son mal. Gloria n'aime pas les mauvaises nouvelles. Devant elle, on évite de faire allusion à certains événements, prises d'otages, actions terroristes. Elle a une telle façon de plaquer sur ses yeux une main chargée de bagues, en murmurant : « Taisez-vous, je vais être malade », qu'on s'en voudrait de la tourmenter par ces histoires d'un autre monde.

Julie s'arrête. Roger sort de sa maisonnette.

— Un coup de main, mademoiselle ?

— Non, non. Merci. C'est la chaleur qui m'étourdit un peu.

Ce qui est accablant, ici, c'est qu'on est obligé d'être aimable à longueur de journée, de répondre à un mot gentil par un autre mot gentil, d'avoir un sourire toujours prêt, de se montrer serviable quoi qu'il arrive. La corvée de cordialité ne cesse jamais.

Julie se remet en marche. Elle choisit, pour rentrer chez elle, l'allée Renoir. L'architecte qui a conçu *La Thébaïde* a trouvé géniale l'idée de donner à chaque allée le nom d'un peintre ; et chaque maison porte un nom de fleur. Il paraît que cela fait plus gai. Julie habite, avec sa sœur, *Les Iris*. Et c'est vrai que ces jardins pleins de couleurs, sous les pins parasols qui jouent avec la brise, sont une joie pour l'œil. Maurice, le frère de Roger, veille sur eux, arrose, taille, émonde, conseille ceux et celles qui s'amusent à cultiver quelques fleurs. Ils sont rares. Où auraient-ils appris ?

Julie regarde travailler Maurice. Il soigne les rosiers de Mme Bougros, qui sommeille sur sa chaise longue, les yeux cachés par des lunettes noires. Autrefois, à l'occasion de plusieurs tournées dans l'est des États-Unis, Julie a été invitée chez des amis, dans des quartiers résidentiels où les propriétés ne sont pas séparées par des murettes. L'espace ne se divise pas. Il appartient à tous. De même, il n'y a pas de vestibule. On pousse la porte d'entrée et d'emblée on se trouve dans l'intimité de la maison. Les promoteurs de *La Thébaïde* ont voulu adopter ce style de vie. On a repoussé le monde extérieur pour se ménager, dans la confiance mutuelle, une retraite bien à l'abri de toute agression. Et pourtant...

Mme Bougros — elle est grand-mère, mais il faut l'appeler Pam — fait un geste languissant.

— Julie, asseyez-vous. Vous avez bien le temps.

Elle donne des petits coups sur le siège d'un fauteuil de rotin, comme si elle appelait un chat.

— Je devrais être chez vous, dit-elle. Votre sœur est en train de raconter son premier voyage sur le *Normandie*, et vous savez comme elle est passionnante. Mais j'avais un peu de migraine.

Le piège s'est refermé. Julie ne peut pas se dérober. Elle accepte de s'asseoir. L'hospitalité se paye en confidences. Elle parle donc de son après-midi à terre. Tout le monde, ici, a pris l'habitude de dire : « à terre », comme des marins en permission. Elle passe sous silence sa visite chez le docteur, mais raconte ce qu'elle a vu. « Raconter », à *La Thébaïde*, c'est une obligation de bon voisinage. On raconte sa santé, ses petits soucis familiers, ses souvenirs, ses voyages. Et pas moyen de se tenir à l'écart. La preuve ! Julie passait sans faire de bruit. Elle a été capturée, d'un regard embusqué sous les lunettes noires. Elle devrait se sentir sur la défensive et presque hargneuse. Mais, depuis qu'elle « sait », il y a en elle comme un léger brouillard. Elle est là et, en même temps, elle a perdu le contact. Elle parle et c'est une étrangère qui parle à sa place.

— Je vous admire, dit Pam. A votre âge, vous allez, vous venez... comme une jeunesse. Mon Dieu, quelle santé ! Et vous avez encore la force de vous intéresser à tant de choses ! Vous ne vous ennuyez jamais ?

— Rarement.

— Il est vrai que vous avez eu une vie si pleine.

— Elle n'a pas duré longtemps.

Un court silence pour marquer que Mme Bougros est au courant du drame mais le met poliment entre parenthèses. Elle reprend :

— Moi, je vous l'avoue, Julie, il y a des journées qui me pèsent. Je me demande si nous avons eu raison de nous installer ici. C'est beau, d'accord. Tout est organisé de façon parfaite. Tout nous fait une obligation d'être heureux. Mais... Songez que nous habitions un vaste appartement près de l'Étoile. C'est ça que je regrette... le bruit, le mouvement de la vie. De notre chambre, ici, nous entendons la mer. Ce n'est pas la même chose.

— Je vous comprends, dit Julie. Ce qui vous manque, c'est l'avertisseur des prompts secours ou de SOS Médecins.

Pam retire lentement ses lunettes et observe.

— Vous avez raison de vous moquer. Je n'ai pas le droit de... Bon. Qu'est-ce que vous voulez boire ? Un jus de fruits ?... Un Coca ?... Mon mari s'est mis au Coca.

Elle frappe dans ses mains et fait apparaître une servante à l'allure effrontée, qui prend la commande avec nonchalance.

— C'est le service qui laisse à désirer, dit Pam. Votre sœur et vous, vous avez la chance d'être secondées par...

— Par Clarisse, dit Julie. Elle est à mon service depuis vingt ans.

— Il paraît qu'elle est parfaite.

Julie ronge son frein et cherche une excuse pour s'échapper, mais la voisine n'a pas l'intention de la laisser partir.

— Avez-vous reçu notre dernier bulletin ? Non ? Alors, prenez le mien.

Elle tend à Julie une feuille ronéotypée, puis se ravise.

— Pardonnez-moi. J'oublie toujours que, pour lire, vous êtes gênée.

Elle bafouille, échange ses lunettes noires contre une autre paire et enchaîne, d'un ton enjoué :

— Ce pauvre Tony se donne un mal, avec ce bulletin ! Notez que l'idée est ingénieuse. Cela crée un lien. Il consacre toute une colonne à ce M. Holtz. Moi, il me semble que nous devrions l'accepter. Soixante-deux ans. Bien portant. Veuf. Il a cédé son usine à son fils aîné, qui habite Lille. Et il est prêt à acheter *Les Tulipes* sans discuter. C'est exactement le genre de copropriétaire que nous souhaitons tous. Qu'est-ce que vous en pensez ?

— Moi, dit Julie, je ne pense pas. C'est ma sœur.

Pam étouffe un petit rire gamin et chuchote :

— A propos, votre sœur, justement, nous avons l'intention de fêter joyeusement son anniversaire. Mais pas un mot, n'est-ce pas ? Que tout cela reste entre nous. C'est bien le 1er novembre qu'elle aura ses cent ans ? Mon Dieu, cent ans, comment est-ce possible !

— Oui ; c'est le 1er novembre.

— Vous verrez, nous lui préparons quelque chose, mais nous avons le temps. Cela nous donne plus de trois mois.

Elle la tire par la manche et l'oblige à se pencher.

— Entre nous, ma chère Julie, le comité s'est occupé d'elle, ce matin. Nous lui ferons un très beau cadeau, mais de quoi pourrait-elle avoir envie ? Elle a eu tout. Le talent, la gloire, l'amour, la santé, la fortune ! C'est presque inimaginable. Si vous avez une idée ? Notre ami Paul Langlois a songé à quelque chose d'original. Il a encore le bras long, au ministère, mais nous hésitons un peu. Vous qui la connaissez bien... La Légion d'honneur... Cela lui ferait plaisir ?

Julie se lève brusquement. Cette fois, non. Elle est tellement bouleversée qu'elle ne parvient pas à cacher son désarroi.

— Excusez-moi, murmure-t-elle. J'ai beaucoup marché, aujourd'hui. Alors, la fatigue, la chaleur... Mais j'y réfléchirai.

La Légion d'honneur ! C'est comme une gifle, sur le moment. Si elle le pouvait, elle serrerait les poings. Et trois mois ! Seulement trois mois pour empêcher... Mais empêcher quoi ?

Elle a pris l'allée Van Gogh et longe les pelouses des *Bégonias.*

— *Bye* ! lui crie William Lummet, qui fait une réussite sur une table de jardin. Il a repoussé sur sa nuque un vieux casque colonial. Un transistor, à ses pieds, joue un air des Beatles. Le drapeau anglais flotte en haut de son mât. Lummet s'approche.

— Entrez une minute, dit-il. Ma femme est chez vous. Votre sœur leur raconte je ne sais plus quelle histoire. Moi, j'aime mieux mon jardin. Qu'est-ce que je vous offre ?

Julie a l'impression d'être engluée, dans toute cette gentillesse. Elle se dérobe de son mieux et, tant pis, pense-t-elle, si l'on me prend pour un être insociable. Encore un effort. La maison est là. Elle la contourne pour entrer par-derrière, dans l'aile qui lui est réservée : quatre petites pièces séparées du corps principal par un large vestibule. Franchi cet espace, on se trouve en territoire étranger, chez celle que tout le monde, ici, appelle « Mme Gloria ». L'appartement a été construit sur ses plans : au rez-de-chaussée, une salle auditorium, qui peut recevoir facilement une quinzaine de personnes. Tout autour, le long des murs, des rayons où sont rangés tous ses disques et ceux des grands violonistes du siècle. De place en place, on voit les meilleures photographies de Gloria, l'archet suspendu au-dessus des cordes, prêt à attaquer. Des dédicaces, obliquement. Des signatures célèbres : *Isaye... Kreisler... Enesco...*

De l'auditorium, le visiteur passe dans une pièce séparée en deux par une cloison mobile ; d'un côté, le living, à la fois salle à manger et salon ; de l'autre, la chambre tendue de soie, meublée d'un grand lit de repos à baldaquin. Dentelles, fanfreluches, un Dufy et un Van Dongen, des fauteuils, des tables basses, un éclairage tamisé pour garantir une pénombre discrète. Des tapis où s'étouffent les pas. C'est ici que Mme Gloria reçoit. Un petit couloir qui s'amorce derrière un paravent conduit à la salle de bains et, plus loin, à l'office. Pas d'étage. Pas de chambre d'amis. Gloria n'a quand même plus ses jambes de vingt ans.

Julie gagne sa chambre et se laisse tomber dans sa bergère. La Légion d'honneur ! Elle aura tout enduré. Elle retire lentement ses gants, qui se collent à sa peau, en fait un bouchon avec lequel elle s'éponge le front et la bouche. Elle écoute. On entend, au-delà des cloisons, comme un écho des voix qui, tous les après-midi, rappellent que l'auditoire de Gloria est réuni autour d'elle. C'est devenu une habitude et même un rite. Gloria reçoit de quatre à six. Dans la matinée, on lui téléphone : « Chère Gloria, parlez-nous, tout à l'heure, de votre concert à New York, avec Bruno Walter. » Ou bien encore : « Quel est le concert qui vous a laissé le meilleur souvenir ? » Parfois, une de ces dames aimerait réentendre le *Concerto espagnol*, ou la *Sonate à Kreutzer*, et alors la réunion se tiendra dans l'auditorium. A cinq heures, deux des invitées se dévoueront pour préparer le thé, Kate ou Simone, la plupart du temps. Cela les amuse de jouer à la dînette. Autrefois, entourée d'un nombreux personnel, l'une officiait dans son hôtel de l'avenue de la Grande-Armée ; l'autre, dans sa vaste demeure de l'avenue George-V. Rien de vraiment mondain. Il fallait bien donner aux cadres l'impression que le P-DG s'intéressait personnellement à chacun d'eux. Mais elles avaient des maîtres d'hôtel, pour les basses œuvres. Ici, c'est maintenant leur récréation de préparer les gâteaux, les petits fours, l'argenterie. Et elles se sentent plus près de Gloria, presque les préférées. De temps en temps et surtout si elles se mettent à rire, une des invitées vient aux nouvelles.

— Eh bien, eh bien, on ne s'ennuie pas, à ce que je vois.

Et alors, on la prend par le bras et pendant que Simone, la plus gourmande, cueille au passage un macaron, Kate renseigne la nouvelle venue.

— Vous ne savez pas ce que Simone est en train de m'apprendre ? (Rire.) C'est à propos du second mari de Gloria. (Rire.)

Simone proteste, la bouche pleine.

— Pas le second, dit-elle. Le troisième. Tu embrouilles tout. (On se tutoie, à l'office.) Après Bernstein, il y a eu Jean-Paul Galland.

Les têtes se rapprochent.

— Chut ! On va nous entendre.

Là-bas, le disque crachote. C'est forcément un disque d'autrefois, à l'étiquette rouge. « La Voix de son maître. » Il n'empêche. Le violon détaille une tendre musique, un de ces morceaux de rappel que Gloria, pour remercier son public enthousiaste, lui offrait, au bout de cinq minutes d'applaudissements et de bravos. Une valse de Brahms... *La Fille aux cheveux de lin*...

Julie ferme les yeux. Elle n'est plus qu'un bloc de protestation et de refus. Pourquoi toujours voler au piano ce qui n'appartient qu'au piano ? Cette douceur mouillée de larmes contenues, ce n'est plus Brahms. C'est Gloria. Cette blondeur molle, sous son archet, ce n'est plus Debussy. Le piano est tellement plus pudique. Il renonce à tout ce qui est caresse, frôlement, mamour... Il dit les choses sans commentaires. Tout ce qu'il se permet, c'est la vibration qui prolonge jusqu'à l'âme certains accords.

Dans Chopin... Ses mains se tendent vers un clavier imaginaire, ses doigts fantômes effleurent les touches ; elle les retire vivement comme si elle se brûlait. L'odieuse journée ! La journée du malheur. Il y a des martinets, autour des toits, et du large parvient le bourdonnement d'un hors-bord. Elle fait « non », lentement de la tête. Tout cela ne peut plus durer. Elle n'en peut plus de lassitude et de dégoût. Ses mains lui font mal. Il faut qu'elle passe chez son kinési. C'est l'heure. Personne ne soit se douter que...

Elle se lève en gémissant, passe dans sa chambre en se tenant aux meubles. Pour changer de robe, elle livre bataille à l'armoire, aux portemanteaux, aux étoffes qui fuient. D'habitude, c'est Clarisse qui l'aide, mais Clarisse en ce moment est mobilisée par Gloria. Julie vient à bout d'une robe à petites fleurs. Gloria lui a dit : « Ce n'est pas de ton âge ! » Raison de plus. Elle se regarde dans le miroir qui occupe tout un panneau de la salle de bains. Raoul est un bel homme de trente ans. On lui doit de se mettre un peu en frais pour lui. Il a beau être seul, dans sa salle de gymnastique, c'est quand même un public. Le dernier public. Avant... c'était à Rome. Elle calcule... Cela doit faire dans les soixante-cinq ans. Elle entend encore, quelque part dans sa tête, comme l'étrange bruit qui vit dans un coquillage, le souffle de la foule. Le dernier récital ! Ils étaient des centaines, le visage levé vers elle, figés dans une muette adoration.

Maintenant, il n'y a plus que Raoul. Mais il est si plein de respect quand il déplie et masse doucement les doigts qui ont tendance à se recroqueviller. « Est-ce que je vous fais mal ? Il faut me le dire. » Ces doigts qu'il manie avec tant de précautions, comme des objets de collection, parce qu'ils ont touché Bach et Mozart ; elle lui léguera — oh ! il ne lui reste plus grand-chose ! — sa montre, offerte jadis par Paul Guéroult, un grand chef oublié. Toujours sur les nerfs, le pauvre homme, parce qu'elle arrivait régulièrement en retard aux répétitions...

Et puis, à quoi bon ? C'est comme si l'on offrait des feuilles mortes à un jardinier. Elle considère sans faiblesse, dans la glace, cette figure qui se modifie. Seuls, les yeux restent vivants, mais ils perdent peu à peu leur couleur bleue, alors que Gloria...

Pourquoi Gloria a-t-elle encore ces yeux superbes, dans un visage miraculeusement conservé ? Pourquoi a-t-elle gardé ces mains longues, sensibles, à peine abîmées par les taches de la vieillesse. Pourquoi ?... Julie sourit méchamment à son image. Il y a quand même quelque chose que sa sœur n'a pas. Le mal. Il suffirait de le nommer et on la verrait se décomposer, ravagée par la peur.

Non. Julie n'usera jamais de cette arme. Il est vrai que plus d'une fois elle a eu recours, contre Gloria, à des procédés dont elle a honte, encore. Elle était poussée à bout. Elle se défendait. Mais la musique l'habitait comme une religion. Gloria était la vierge folle. Elle était la vierge sage. En dépit de leurs mésententes, de leurs querelles, parfois de leurs ruptures momentanées, elles servaient la même divinité, s'imposaient les mêmes règles morales. Tandis que maintenant...

Non sans peine, Julie allume une cigarette. Raoul va s'en apercevoir et lui faire une scène. Il lui dira : « Mamie, si vous continuez comme ça, je vous laisse tomber. » Ou bien, il voudra savoir pourquoi, brusquement, elle se livre à une pratique aussi dangereuse. Tant pis ! Qu'il grogne, qu'il s'imagine tout ce qu'il voudra. Elle traverse la chambre, courbée sur sa canne. Elle entend le pas de Clarisse dans la pièce voisine. Dire qu'il y a des gens qui peuvent se permettre de marcher vite !

— Mademoiselle... Mme Gloria voudrait vous parler.

— Eh bien, qu'elle téléphone... Ses invitées sont donc parties ?

— Elles viennent de s'en aller.

— Tu sais pourquoi elle a besoin de moi ?

— Non. Mais je crois que c'est à propos de M. Holtz.

— Comme si elle avait l'habitude de me consulter, murmure Julie. Bon. J'y vais.

— Vos gants ! Vous oubliez vos gants. Mme Gloria n'aime pas vous voir les mains nues.

— Oui, ça lui rappelle trop de choses. Aide-moi.

Clarisse n'est pas très âgée... la cinquantaine... mais elle est si discrètement vêtue, si effacée, grise des pieds à la tête, qu'on la prendrait pour une moniale, elle en a le dévouement passionné. Elle rhabille adroitement les mains mutilées, se recule pour mieux voir Julie, tire sur un pli de la robe.

— Gloria n'a pas été trop insupportable ?

— Pas trop, dit Clarisse. Il y a bien eu une petite querelle, à propos du *Normandie*. Mme Lavelasset a soutenu que dans la cabine qu'elle occupait avec ses parents tout vibrait et que son verre à dents s'était cassé. Mme Gloria l'a remise à sa place, vous auriez vu ça ! Défense de toucher au *Normandie*.

— Oh ! je sais ! Défense de toucher à ses souvenirs. A son passé. Qu'est-ce que tu veux, ma pauvre Clarisse, elle est idiote. Pour ce soir, je mangerai ici. Un œuf dur. Une salade. Je me débrouillerai toute seule. Allez. Bonsoir. A demain.

Elle traverse le vestibule, entre dans l'auditorium.

— Je suis ici, crie Gloria, de la chambre. Viens.

Julie s'arrête sur le seuil. Non, décidement, cette pièce... Ce n'est pas une chambre. C'est un oratoire. Il n'y manque, autour du lit, que des cierges. Au chevet, dans un bouillonnement de dentelles, repose, comme dans un moïse, le stradivarius. Gloria a suivi son regard.

— Oui, dit-elle, je l'ai changé de place. Je ne sais plus où le mettre, pour qu'il soit à l'abri des curieux. Ici, personne n'osera le toucher.

Sa main effleure le berceau, caresse une corde qui vibre doucement.

— Il a peut-être faim, suggère Julie.

— Ce que tu peux être bête, s'écrie Gloria. Assieds-toi. Attends. Approche un peu. Je ne me trompe pas. Tu as fumé.

— Oui. J'ai fumé. Et après ?

— Bon, bon. C'est ton affaire. Tout ce que je te demande, c'est de ne pas introduire ici des relents de bistrot... As-tu lu le bulletin ?... Non, pas encore. Tu t'en moques. Et pourtant il y a quelque chose qui devrait t'intéresser. On nous propose la candidature d'un M. Holtz, bien sous tous rapports, veuf, riche, relativement jeune. Mais... Il y a un mais. Il a l'intention d'amener son piano. Et nous savons tous que tu es devenue allergique au piano. Or personne ne veut te causer de peine. Alors, nous te posons la question : oui ou non ?

Julie n'ose pas dire que tout ça, l'allergie et le reste, cela date d'une vie antérieure.

— Il n'a pas l'intention de jouer toute la journée, fait-elle avec lassitude.

— Non, pas du tout. Il joue en amateur, tu vois le genre. D'ailleurs, tu pourras l'interroger toi-même. Il doit venir pendant le week-end. Quand je te vois errer comme une âme en peine, je pense que tu n'aurais pas dû renoncer à la musique. Avec une bonne chaîne stéréo...

— Assez. Je t'en prie.

Gloria joue avec ses bagues, ses bracelets. Belle malgré son âge, elle est de ces vieillards indestructibles dont on dit : « Il faudrait les tuer ! »

— M. Rivaud voudrait bien une réponse rapide, reprend-elle. Tout simplement pour éviter les visites. Et puis deux villas à vendre en même temps, ça dévalue *La Thébaïde*. Les gens vont commencer à penser que quelque chose doit clocher, ici.

— Soit, tranche Julie. Je suis d'accord. Préviens-le. Si le piano m'embête, j'ai encore juste assez de doigts pour me boucher les oreilles. C'est tout ? Je peux m'en aller ?

— Tu sais que tu deviens méchante, observe Gloria. Es-tu malade ?

— Mais quelle importance, soupire Julie. Tu sais ce qu'on dit des vieillards que nous sommes, quand ils meurent ? On ne dit pas qu'ils étaient malades. On dit qu'ils s'éteignent.

— Parle pour toi, crie Gloria. Je m'éteindrai si je veux. Va-t-en ! Elle essaie de larmoyer.

— Ne te force pas pour moi, murmure Julie. Bonsoir.

Et, passant devant le berceau, elle agite une main gantée au-dessus du violon, en chantonnant : « *Guili... Guili...* »

Au moment où elle sort, elle entend Gloria qui gémit, d'une voix scandalisée :

— Je ne te parle plus !

*
* *

M. Holtz se présenta lui-même, quelques jours plus tard. C'était un homme corpulent, aux yeux gris, à fleur de tête, au visage un peu écroulé de quelqu'un qui a été gros et que la maladie a marqué. Il portait un costume de ville qui détonnait en cette saison estivale. D'un coup d'œil, Julie avait tout noté, le chapeau pied-de-poule, les chaussures blanc et noir, la silhouette qui évoquait le contremaître devenu patron, et pourtant une aisance singulière dans la façon de s'incliner, de s'excuser. Julie lui désignait un fauteuil.

— Mme Bernstein m'a tout raconté, disait-il. Croyez bien que...

— Bon, trancha Julie. Vous savez donc que j'ai été une pianiste connue...

— Célèbre, rectifia Holtz.

— Si vous voulez. Et maintenant je suis une infirme, et quand j'entends jouer du piano...

— Je comprends, fit-il, en joignant les mains. J'ai failli moi-même en passer par là. Mais peut-être que mon nom éveille en vous des souvenirs ?... Hubert Holtz.

— Non. Je ne vois pas.

— Il y a deux ans, j'ai été enlevé en sortant de mon usine. J'ai été séquestré pendant trois semaines. Mes ravisseurs se proposaient de me couper une phalange, puis une autre, pour forcer ma famille à verser la rançon... Les journaux ont beaucoup parlé de ce fait divers.

— Je ne lis pas les journaux. Mais, mon pauvre monsieur, je me mets à votre place. Et qui vous a sauvé ?

— La police, sur une dénonciation. J'ai vraiment vécu des moments horribles. Si je me permets d'y faire allusion, c'est parce que j'ai l'impression que nous sommes un peu, vous et moi, des rescapés. Vous me direz que je m'en suis tiré finalement sans dommage. Eh bien, si. J'ai perdu l'envie de vivre, vraiment, comme un malade qui a perdu le sens du goût.

— Ah ! vous aussi...

Ils échangeaient un sourire timide, se taisaient soudain. Ils étaient comme de vieux amis qui s'en voulaient d'avoir laissé l'oubli se glisser entre eux.

— Quand j'ai appris l'existence de *La Thébaïde*, reprit Holtz, j'ai tout de suite compris que je venais de trouver la retraite dont j'avais rêvé. Plus de gardes autour de moi ; plus de verrous le soir, de vigiles la nuit, de voitures suspectes, de lettres de menaces. Ah ! ma chère amie, n'être plus rien qu'un passant !

Il avait dit : « ma chère amie », avec tant de naturel qu'elle en était tout émue.

— Vous serez bien, ici, murmura-t-elle. Et s'il ne tient qu'à moi, vous pourrez jouer du piano autant que vous voudrez.

— Je ne sais pas si j'oserai, dit-il, sachant qui vous êtes.

— Chut ! Je ne suis plus rien. Ma sœur est au courant, pour votre...

Elle cherchait le mot. Aventure ? Épreuve ? Il coupa court.

— Non. Personne ne sait, sauf vous, parce que... parce qu'il me semble qu'avec vous ce n'est pas pareil.

— Merci. Il y a longtemps que vous jouez ?

— Oh ! disons plutôt que je pianote. Ma femme, elle, était une excellente musicienne. Moi, oui, j'ai étudié sérieusement, quand j'étais jeune. Et puis les affaires m'ont accaparé et le piano n'a plus été qu'un divertissement. Mais j'aimerais bien, maintenant, m'y remettre un peu. Surtout que j'ai la chance de posséder un très bel instrument, vous verrez, si vous acceptez de me rendre visite. Ma villa est au bout de l'allée Manet. Elle est trop grande pour moi, mais elle me plaît bien.

Il parlait avec une confiance touchante d'homme timide qui se rassure.

— Si je vous invite toutes les deux, dit-il, me ferez-vous la joie de venir ?

— Ne comptez pas sur ma sœur, dit précipitamment Julie. Elle ne sort plus guère. A son âge...

— Oui, votre présidente m'a appris qu'elle est presque centenaire. C'est incroyable, tellement elle paraît vive, enjouée. Moi qui n'ai que soixante-sept ans, à côté d'elle, j'ai l'impression d'être un vieillard.

« Attention, pensa Julie, il va devenir bête. S'il me sort d'autres platitudes, je vais lui faire sentir que je suis pressée. Dommage ! »

— Vous avez visité toute *La Thébaïde* ? demanda-t-elle. Ce qui est original, ici, c'est qu'il y a des parties communes, si l'on désire se rencontrer. Le fumoir, la bibliothèque, la salle à manger... sans parler de la salle de gymnastique, du sauna et des services médicaux. On a même prévu une infirmerie et une salle des premiers soins, en cas d'urgence. J'appelle ça le côté maison de retraite. Mais si vous souhaitez rester chez vous, si vous en avez subitement assez des autres, rien de plus facile. Vous commandez à la réception ce dont vous avez besoin et tout vous est apporté par Roger, notre concierge. Moi, c'est ce que je fais pour mon petit ravitaillement, ma lessive, mon repassage, quelques livres. Et quand je veux changer d'air, je prends la vedette de service. Elle assure le va-et-vient comme un taxi.

— Mais l'hiver ?

— L'hiver ? Auriez-vous déjà peur de trouver le temps trop long ? N'ayez aucune crainte. On saura vous distraire. La distraction, c'est même, ici, l'occupation principale. Ma sœur se chargera de vous mobiliser.

Il comprit que l'entretien arrivait à son terme et se leva, hésitant entre le ton cérémonieux et l'allure déjà familière.

— Je ne vous serre pas la main, dit Julie, mais je vous remercie de votre visite.

— Nous nous reverrons. Chez moi ? Aux *Tulipes* ?

— Pourquoi pas ?

Elle attendit qu'il fût parti pour allumer une cigarette, et, se rappelant son rendez-vous avec le kinési, elle reprit sa canne.

Le corps principal de la résidence, avec ses annexes, s'élevait sur une petite place ronde, en plein centre, au croisement des allées principales, mais, comme l'architecte n'avait pas voulu toucher au relief du terrain pour lui garder son aspect pittoresque, il fallait, de loin en loin, gravir ou descendre quelques marches et Julie peinait, s'arrêtant à l'ombre de chaque pin parasol. Il y avait des cigales, des cris d'enfants au-delà de la clôture et, rampant sur le sol tapissé d'aiguilles, l'ombre sinueuse d'un cerf-volant. Quelques mesures du *Children's Corner* de Debussy lui revinrent en mémoire et elle agita sa main gantée devant son visage, comme si elle chassait une guêpe.

Elle s'assit sur le banc qu'on avait disposé auprès de la lorgnette pivotante permettant de découvrir la côte à perte de vue, bien au-delà du cap Camarat d'un côté et de l'autre jusqu'au cap Sicié. La mer parsemée de voiles, les avions descendant vers Antibes et Nice, les montagnes bleues, à l'horizon, elle connaissait par cœur ce spectacle que les bonnes femmes de *La Thébaïde* trouvaient « ravissant, merveilleux, inoubliable ». Elle n'eut pas un regard pour lui. Pressant son flanc, elle se demandait combien de temps il lui restait encore. Avec un peu de chance, cela irait vite, peut-être pas assez vite pour qu'elle ne fût pas obligée d'assister à la cérémonie... Ce Paul Langlois, l'ancien ministre, c'est lui sans doute qui épinglerait la décoration : « Au nom du président de la République et des pouvoirs... », quelque chose dans ce goût-là. Du pompeux, du solennel, du clinquant, et pour remercier Gloria ferait entendre son machin du genre Paganini, toute une virtuosité en tape-à-l'œil. Non. Plutôt mourir tout de suite.

Elle se remit en marche et se réfugia dans la salle d'attente du kinési, où la climatisation entretenait une fraîcheur délicieuse.

Raoul entrebâilla la porte et lui dit : « Je suis à vous tout de suite. »

Bon. Julie n'était pas pressée. Elle prit le journal du jour, parmi des magazines, et lut quelques titres, distraitement. Elle ne se sentait concernée ni par la politique, ni par le sport, ni par rien, en vérité. Elle habitait ailleurs. La vie des autres... Ce n'était plus qu'un paysage fuyant, vu d'une portière. Et pourtant un entrefilet retint son attention.

ENCORE UNE AGRESSION

Hier soir, un peu après vingt heures, un homme masqué s'est introduit dans l'appartement occupé par Mme Gina Montano et, après l'avoir violemment bousculée, a fait main basse sur des bijoux d'une grande valeur. La célèbre actrice a vainement donné l'alarme. Le malfaiteur a disparu sans laisser de traces. Nous l'avons déjà noté, ce quartier résidentiel de Super Cannes n'est pas suffisamment surveillé. Une pétition circule déjà. Espérons que des mesures énergiques seront prises.

Gina Montano ? Mais... est-ce qu'elle ne jouait pas déjà dans *Forfaiture*... S'il s'agissait bien d'elle, mon Dieu, elle aurait...

Julie se perdait tout de suite dans un calcul compliqué. C'était sûrement la même. Elles s'étaient rencontrées, voyons, un peu avant l'accident de Florence, à Rome, chez un producteur italien qui habitait dans un palais somptueux et vétuste... Une petite femme pétulante, spirituelle et brûlant d'ambition.

— Mademoiselle, c'est à vous.

Raoul l'aidait à se lever et la conduisait à petits pas dans la salle d'examen.

— Je vous trouve bien fatiguée, aujourd'hui. Montrez un peu ces pauvres patoches.

Il retirait doucement les gants, hochait la tête.

— C'est raide, tout ça. Essayez de fermer le poing gauche. Bon. Essayez maintenant de remuer les doigts, un par un. Vous n'avez pas fait mes exercices. Ah ! vous n'êtes pas très facile ! Installez-vous mieux que ça. Plus décontractée. La main droite souple. Pliez l'index comme si vous vouliez appuyer sur la détente d'un pistolet. Encore... Encore... Repos.

Il amena près de lui un petit chariot portant sur son plateau des fioles, des pots d'onguent, des flacons variés.

— Gina Montano, dit-elle, ça vous rappelle quelque chose ?

— Bien sûr. Vous n'avez donc pas revu son feuilleton, à la télé ?... *Les Frères de la Côte* ? On en a pourtant assez parlé. La vieille comtesse, Francesca, c'était elle.

— Vous voulez dire qu'elle joue encore ?

— En tout cas, elle jouait il n'y a pas si longtemps. Mais regardez votre sœur. Si on l'en priait très fort, vous croyez qu'elle ne pourrait pas, hein, avec son violon ? Le cinéma et la scène, c'est bien connu, conservent mieux les artistes que n'importe quelle hormone. Étendez bien les doigts. Mais vous-même, sans cette horrible blessure, est-ce que vous ne seriez pas quelqu'un de solide, de leste ?

— Oh ! je vous en prie ! Surtout pas ce mot.

— Quoi, c'est vrai. J'exagère peut-être un peu mais c'est pour bien vous montrer que vous n'êtes menacée d'aucune infirmité. L'autre main... Savez-vous ce que vous devriez faire ? Acheter une petite machine à écrire, pour vous assouplir. Pas de fausses notes à redouter. Peu importe le texte. Et deux fois un quart d'heure par jour... vous m'écoutez ?

— Excusez-moi. Je pensais à Gina Montano.

— Ah ! vous avez lu ce qui lui est arrivé ? Des gens comme elle, ce qu'il leur faudrait, c'est un endroit bien protégé comme notre *Thébaïde.* Ici, pas de danger d'agression. Et elle en a fichtrement les moyens. Elle a encore plus tourné que Charles Vanel... Là... Un petit pansement jusqu'au coucher, et cinq minutes de trempette dans une eau tiède. Vous remuerez bien les doigts. Vous ferez le crabe. Allez, on se revoit dans quarante-huit heures.

Julie n'était qu'à un couloir de distance du bureau de la réception. Elle s'y rendit aussi vite qu'elle le put. L'idée qui lui était venue devait être vérifiée sans délai. Ce n'était pas une idée bien précise. C'était plutôt une aimantation de la pensée. L'animal qui s'aménage une tanière ne sait pas qu'il se fabrique une tanière et pourtant ses gestes s'enchaînent avec fatalité. Julie demanda à consulter le Bottin. Elle lut ! *MONTANO Gina — Artiste dramatique. Les Caroubiers, boulevard Montfleury, Cannes. 59 97 08.*

Julie sortit de son sac le stylo-bille et le carnet dont elle essayait de se servir, parfois, mais elle trouvait toujours une bonne âme pour l'aider. Cette fois, ce fut le concierge, dès qu'il eut fini de causer avec le voisin des *Glaïeuls*, un ancien colonel qui se donnait des airs de jeune homme. Le concierge nota, sous la dictée, et pendant qu'il écrivait elle se dit : « Est-ce que je le fais ou est-ce que je laisse aller ?... Est-ce que j'en ai le droit ou non ?... Est-ce que... »

— Voilà, mademoiselle. Vous verrez, l'endroit est agréable. La vue est magnifique mais... C'est comme partout... Il y a des vieux qui se font attaquer.

— Merci, coupa Julie, qui se sentait trop troublée pour bavarder.

Elle hésita jusqu'au soir et, à plusieurs reprises, mit sa main sur le téléphone. Mais comment être sûre, d'abord, que la rencontre avait eu lieu en 1924 ? Le producteur italien s'appelait Humberto Stoppa. Il venait de terminer un grand film historique, avec des lions, des chrétiens, des orgies patriciennes. La Montano jouait Elisa, la courtisane. Stoppa avait offert un somptueux dîner. A sa droite, il avait placé Gina Montano, à sa gauche Gloria. Elle-même se trouvait à côté d'Ambrosio Bertini, le ténor qui, à l'époque, enflammait l'Italie. Elle revoyait la longue table éclairée aux flambeaux. Non. Impossible de se tromper, Gina Montano ne pouvait pas avoir oublié. Mais d'ailleurs elle avait envoyé des fleurs à la clinique, juste après l'accident. Julie faillit téléphoner à sa sœur pour lui en demander confirmation. La mémoire de Gloria était un sujet d'étonnement et d'admiration pour tous ceux qui l'approchaient. Mais elle ne manquerait pas de dire : « Qu'est-ce que tu lui veux, à Gina ? »

Et Julie préférait se taire, parce qu'elle ne savait pas bien encore si elle devait... Oui ?... Non ?... Pourquoi pas...

Elle alluma une cigarette, lâcha l'allumette encore rougeoyante sur sa robe, se leva vivement pour brosser l'étoffe, et dut s'appuyer au dossier du fauteuil. Sa respiration l'étouffait. Le médecin lui avait pourtant bien recommandé d'éviter les mouvements brusques. Elle s'écouta un moment, puis fit quelques pas prudents, comme si elle voulait rassurer une bête aux aguets. Une main pressant son flanc, elle passa dans sa petite cuisine où elle avait l'habitude de prendre ses repas, avec l'aide de Clarisse qui coupait la viande, enlevait les arêtes des poissons, versait à boire, sans bruit ; son allure glissante effaçait sa présence. Julie pouvait se donner l'illusion de se suffire et, s'il lui arrivait de laisser échapper sa fourchette, elle en retrouvait aussitôt une autre près de son assiette.

Elle s'assit, sans appétit, se versa un peu d'eau glacée. Elle était capable de manier la cruche toute seule. Il était huit heures comme elle s'en assura en consultant la montre à quartz qu'elle portait nuit et jour à son poignet gauche. Non que le temps comptât pour elle. Si Gloria y attachait de l'importance, parce qu'elle attendait toujours de la visite, à elle, il ne paraissait être qu'un flux incolore, sauf pendant la nuit où il devenait une sorte d'épouvantable éternité. A huit heures, Gina Montano devait être couchée. Ce n'était pas le moment de l'importuner. Et d'ailleurs pour lui dire quoi ? « Julie Maïeul ! La pianiste ! Vous vous rappelez ? »

Non. Demain, dans la matinée, ce serait assez tôt. C'est le moment où les vieillards sont le plus lucides. Elle le sait bien, elle, dont la mémoire, pendant quelques instants de grâce, lui restitue des pages et des pages de Bach, de Mozart, de Schumann, avec la saveur, l'éclat ou la tendresse que son toucher célèbre savait leur donner. Elle rêve un peu. Elle compte sur ses doigts absents. Août, septembre, octobre, et tout de suite après, le 1er novembre. C'est bien court, mais on peut toujours essayer. Tout cela, au fond, a si peu d'importance. Des querelles de fantômes, pendant que, dans le monde, des fanatiques font sauter des voitures, des avions ; penser qu'à la minute même, quelque part, des êtres jeunes se vident de leur sang ! Et Gloria raconte sa première traversée sur le *Normandie* ! Est-ce odieux ? Est-ce risible ? Ne serait-ce pas plutôt un peu monstrueux ? Voilà, songe-t-elle. Nous sommes des monstres. Moi la première. Je téléphonerai demain.

Elle avale plusieurs comprimés. Elle est résolue à dormir coûte que coûte. Elle entend cependant, du fond de son sommeil, le vigile qui fait sa ronde. Les pattes de son chien-loup griffent le gravier de l'allée. Au petit jour, les cris des martinets la réveillent. Elle ouvre les yeux. Il est cinq heures. Elle a réussi à passer une nuit presque normale, et c'est une victoire dont elle connaît le prix. A huit heures, elle ira rendre visite à Gloria qui sera furieuse d'être vue, même par sa sœur, sans son maquillage. Mais Julie a besoin, avant de téléphoner à Cannes, d'échanger quelques mots avec Gloria, pour confirmer sa résolution. Elle appelle Clarisse. Elle a besoin, elle-même, d'être un peu réparée avant de sortir. C'est Clarisse qui met en place la perruque, répand un léger nuage de poudre pour gommer un peu les rides qui craquellent le vieux visage rabougri. Pourquoi la beauté a-t-elle été accordée à Gloria seule ? La chance à Gloria seule ? L'amour à Gloria seule ? Pourquoi Gloria a-t-elle tout pris ?

— Tu le sais, toi ?

— Quoi donc ? dit Clarisse.

— Rien. Est-ce que Gloria a déjeuné ?

— Oui. Un croissant. Une tartine beurrée. Elle n'a pas bien dormi, paraît-il. Je crois qu'elle mange trop de gâteaux. Ça ne lui vaut rien, tout ce sucre. Votre canne, Mademoiselle.

Julie traverse le vaste vestibule, frappe doucement à la porte de l'auditorium, selon un rythme convenu.

— Entre, crie Gloria, d'une voix qui n'a rien perdu de sa force.

Julie ouvre la porte capitonnée et entend le disque du matin. Gloria s'offre un lever musical. Quelquefois, pour le seul plaisir de critiquer, elle choisit un morceau joué, par exemple, par Amoyal ou Loisel. Même Yehudi Menuhin ne trouve pas toujours grâce. Elle prétend que, dans les traits rapides, il escamote des notes. Mais, la plupart du temps, elle s'écoute elle-même. Le gramophone est placé sur une table basse, à la droite du lit. A gauche, le stradivarius, dans son berceau, écoute, tandis qu'elle le caresse du bout des doigts. Julie fait un pas et veut parler.

— Écoute, s'il te plaît.

Julie s'immobilise. Elle a reconnu le Prélude du *Déluge*. Elle n'aime pas Saint-Saëns. Il invente platement, avec une imagerie de dessin animé. Quoi de plus bête que son célèbre *Cygne* ? Et même ce *Déluge* à la Cecil B. De Mille, qui monte, qui monte, uniquement pour permettre au soliste de jouer très haut, dans cette région de l'instrument où il est si difficile de produire un son coupant et pur. Mais c'était là le triomphe de Gloria. Elle n'a jamais compris que l'interprète doit être au service du compositeur. Et ce vibrato roucoulé, qui met partout du voluptueux, un vibrato pour kiosque à musique ! Julie a envie de crier : « Assez ! » Elle pense : « C'est vrai, je la déteste. » Le disque s'arrête. Gloria a fermé les yeux sur ses souvenirs. Au bout d'une minute, elle les rouvre, fixe un regard dur sur sa sœur.

— Qu'est-ce que tu me veux ?

— Je viens voir si tu as besoin de quelque chose. J'ai l'intention d'aller à terre.

— Et tu as besoin d'argent. Encore. Mais où passe tout ce que je te donne ? Qu'est-ce que tu en fais ?

Julie se retient de répondre : « Je te le prends ! »

Qu'en ferait-elle d'autre ? Mais ce qui est bon, c'est de sucer, d'être la sangsue posée sur l'avarice sénile de Gloria.

— Tu veux combien ?

— Ce que tu pourras.

Car Julie n'indique jamais de sommes précises. C'est tellement plus drôle de voir Gloria froncer les sourcils, chercher en quoi consistent les dépenses de sa sœur. Pas la toilette, bien sûr. Pas les livres. Pas les bijoux. Comment se douterait-elle que ce qui compte, pour Julie, c'est d'être accrochée à elle, de peser sur elle de tout son poids, depuis ce jour où, près de Florence...

— Bon. Vingt mille, ça ira ?

Elles comptent toutes les deux en centimes. Julie se donne l'air de quelqu'un qui est déçu mais qui se résigne.

— Prends-les dans le petit meuble.

Il y a toujours là deux ou trois liasses, pour les frais imprévus. Julie s'applique à compter maladroitement les billets. Elle en fait tomber deux ou trois, tout en surveillant Gloria, qui n'ose pas s'écrier : « On n'a pas idée d'être aussi maladroite ! » Elle dit : « Merci », d'un ton qui signifie : « Tu me dois bien ça », et sort avec une feinte humilité. L'argent va rejoindre les billets soigneusement rangés dans une valise, sur le dernier rayon de l'armoire à linge. Que Gloria, depuis des dizaines d'années, lui assure l'existence la plus large, elle n'en a cure. L'important, c'est cette petite rapine quotidienne, ce harcèlement silencieux qui ressemble à une sorte de mendicité dont elle ne parvient pas à avoir honte parce qu'il ne peut être honteux d'exiger réparation, inlassablement. Quand la valise est pleine, ce qui ne va pas très vite, elle emmène Maurice, le jardinier, jusqu'à la banque, et pendant qu'il va l'attendre au *Bar de la jetée*, elle verse son argent à l'œuvre des aveugles. La main gauche ne doit pas savoir ce que fait la main droite, surtout quand on n'a plus de main. Maurice est très fier de lui servir de garde du corps. Il lui a promis le silence, contre une prime de fidélité qu'il convertit en timbres rares. Il collectionne ceux qui représentent des fleurs, des bouquets, d'étranges corolles exotiques. C'est son secret. A son tour, elle lui a donné sa parole, par jeu. Tout lui est égal, rien ne parvient plus à l'émouvoir, mais il lui plaît encore de sentir le dévouement de Maurice et la chaleur de son amitié. Ils sont, chacun à sa manière, les seuls pauvres de l'île.

Encore une cigarette avant de téléphoner. Elle se met à l'écoute de son corps. Il est pesant, comme d'habitude, mais le mal dort. Elle décroche et forme le numéro. La sonnerie, là-bas. Personne ne répond. Puis une voix très jeune, sans doute celle d'une infirmière.

— Puis-je parler à Mme Montano ? dit Julie.

— C'est de la part de qui ?

— De Mlle Julie Maïeul, l'ancienne pianiste... Oui... Je pense qu'elle se souviendra de moi.

— Je vais voir. Ne quittez pas.

*
* *

Il y a un long silence, pendant lequel Julie essaie de se rappeler les détails les plus marquants de la vie de l'actrice. D'abord Montano, c'était son nom d'actrice. En réalité, elle s'appelait Negroni, par son mariage avec Mario Negroni, l'auteur d'un *Scipion l'Africain* bien oublié. Mais peut-être serait-il adroit de faire une allusion à ce film ? Et puis, ne pas oublier de lui parler de son fils, Marco, et de son petit-fils Alessandro.

Et soudain la voix un peu chevrotante de la vieille dame.

— Julie ? Est-ce possible ?... D'où m'appelez-vous ?

— Je vous expliquerai ; mais je viens d'apprendre ce qui vous est arrivé et j'en suis encore bouleversée. Comment allez-vous ?

— Maintenant, ça va mieux. Mais j'ai eu très peur.

Elle a conservé, malgré les années, malgré ses voyages autour du monde, malgré son habitude des langues étrangères, un accent napolitain qui ne va pas sans coquetterie et qu'elle affiche très discrètement, comme une façon de sourire.

— J'ai voulu prendre tout de suite de vos nouvelles, reprend Julie. Quand on parvient à nos âges, on n'a pas besoin de pareilles émotions.

— Oh ! n'exagérons pas ! Je n'ai pas été blessée. J'ai surtout été humiliée. Croiriez-vous que l'homme m'a giflée. C'est la première fois. Même mon pauvre père, qui pourtant n'était pas commode, surtout quand il avait bu, n'a jamais osé me toucher.

Elle rit, comme si elle venait de faire une confidence de petite pensionnaire, et questionne à son tour :

— Mais parlez-moi de vous, de votre sœur. Je sais qu'elle reste une gloire du violon, mais je suppose qu'elle ne joue plus. Elle doit avoir...

— Ne cherchez pas, dit Julie. Elle est presque centenaire.

— Comme moi, s'écria Gina. J'aurais aimé la voir encore une fois.

— C'est facile. Nous habitons tout près de chez vous. *La Thébaïde*, ça ne vous dit rien ?

— Attendez donc. Est-ce que ce n'est pas cette résidence dont les journaux ont parlé ?

— Oui, c'est elle. Ma sœur y a acheté une maison, l'an dernier, et nous y vivons ensemble, parmi des gens charmants. La propriété est très surveillée. Nous ne risquons pas, nous, d'être attaquées.

— Quelle chance ! Écoutez, ma chère Julie, il faut que nous prenions le temps de bavarder tranquillement. Je savais qu'il allait se passer des choses. Les cartes me l'ont encore dit ce matin. Pouvez-vous venir, toutes les deux ?

— Gloria, non. Elle ne souffre d'aucune infirmité, mais elle ne se déplace plus. Tandis que moi, malgré mes mains, je...

— Oh ! très chère, coupe Gina, et moi qui ne vous ai même pas demandé... J'ai tellement souffert pour vous quand j'ai appris que... Oh ! pardonnez-moi !

(« Là, ma vieille, pense Julie, tu es en train de jouer la comédie. »)

— Merci, dit-elle. Je me débrouille assez bien et je serais ravie de vous rencontrer.

— Eh bien, le plus vite possible, chère Julie. Je vous attendrai après le déjeuner... Mettons quatre heures. Comme je suis contente. Je vous embrasse.

Julie repose le téléphone. Et bien, ça y est. Sans difficulté. Il ne s'agit pas encore d'un plan. N'allons pas trop vite. Mais c'est déjà l'amorce de quelque chose, qui demeure flou et cependant ressemble à un projet, à un regard jeté sur une espèce d'avenir. Elle n'est pas vraiment satisfaite. Elle se sent seulement un peu moins hostile, un peu moins glacée.

Elle appelle Clarisse, pour lui indiquer ce qu'elle souhaite manger au déjeuner. Elle téléphone ensuite au bureau pour disposer de la vedette, entre deux heures et deux heures et demie. Et pour profiter de ce petit élan qui la pousse agréablement vers l'après-midi, elle se choisit un bijou. Elle ne porte plus de bagues, depuis... Cela aussi fut un déchirement. Quand elle jouait, elle laissait ses bagues à l'hôtel, mais à peine revenue, elle se hâtait de les remettre, un diamant à la main gauche, un rubis à la main droite ; tout cela perdu dans l'accident. L'assurance, bien sûr. Et encore, pas sans tiraillement, sans discussions sordides. Restaient les colliers, les clips, les boucles d'oreilles ; elle a presque tout vendu, à l'insu de Gloria. Ces pierreries, ces brillants, lui rappelaient trop de choses. Elle n'a conservé que cinq ou six très belles pièces, dans un coffret qu'elle n'ouvre jamais. Aujourd'hui, il faut un événement exceptionnel pour l'arracher à son dénuement volontaire. Elle choisit un fin collier d'or ; elle se rappelle qu'il fut acheté à Londres, en 1922 ou 23. Il est toujours très beau, mais complètement démodé. Autrefois, elle l'agrafait elle-même, sur sa nuque, au toucher. Pourquoi faut-il que chaque souvenir soit une écorchure ? Elle sonne à nouveau Clarisse et lui tend le bijou.

— Tu veux me l'attacher ? Une lubie, Clarisse. Quand j'étais jeune, j'avais des envies, comme ça. C'était bon. Maintenant, je n'ai plus guère que des dégoûts.

Elle est habituée à parler devant Clarisse et Clarisse est habituée à se taire. Elle manœuvre adroitement le fermoir.

— Ne dis rien à Gloria, surtout. Elle qui n'a jamais assez de pendentifs et de perles quand elle reçoit, elle se moquerait. Sais-tu si le nouveau, le gros bonhomme, a emménagé ?

— Oui, Mademoiselle. Hier matin. On prétend qu'il possède un piano. J'ai entendu dire que tout le monde n'était pas d'accord, à cause du bruit.

— Ma sœur est au courant ?

— Oui, justement. C'est elle qui proteste le plus fort. Elle dit qu'un piano, c'est une nuisance.

— Ça ne m'étonne pas, ma pauvre Clarisse. Tu n'a pas compris. La nuisance, c'est moi. Le piano du voisin n'est qu'un prétexte. A propos, bien cuits, les spaghetti, s'il te plaît. Donne-moi ma canne. Je vais aller le rassurer.

Ce Holtz n'habite pas très loin, et d'ailleurs, à *La Thébaïde*, il n'existe pas de distances. Il n'y a que des intervalles fleuris, que d'astucieuses dénivellations transforment en trompe l'œil. Hubert Holtz a acheté la villa de style provençal, qui fait un peu catalogue mais qui ne manquera pas de style en se patinant. Pour un homme seul, elle paraît bien vaste. Une allée, pavée de gros galets irréguliers qui la font ressembler à un gué, conduit à une porte rustique, grande ouverte.

— Quelqu'un ? appelle Julie.

— Entrez ! Entrez !

Holtz se précipite, saisit les poignets tendus et les secoue amicalement, en guise de poignée de main.

— Est-ce une visite, demande-t-il, ou un petit bonjour en passant ?

— Les deux. Une visite en passant. J'ai appris que certains voisins craignent déjà votre piano. Cela ne les empêche pas de faire marcher leur télévision mais, voyez-vous, dans notre petite société d'individualistes, il y a une espèce d'opinion publique et il vaut mieux en tenir compte pour avoir la paix. Comptez sur moi. Je parlerai en votre faveur.

— Merci. Venez jeter un coup d'œil. Ici, c'est une sorte de salle commune, en cours d'ameublement.

Julie se promène lentement, approuve :

— Belle cheminée, dit-elle. J'aime beaucoup. Vous y ferez vraiment du feu ?

— Bien sûr. Un grand feu de bois. Un livre. Quoi de mieux ?

— Oui, peut-être, murmure-t-elle. Au début, j'imagine que cela plaît. Et là ?

— Ah ! là, c'est ma tanière.

Il l'invite à entrer et elle s'arrête sur le seuil, soudain bouleversée. La pièce est très vaste mais paraît petite à cause du superbe piano de concert qui en occupe tout le centre et brille de riches reflets comme une voiture de grand luxe dans une vitrine d'exposition.

— Un Steinway, dit Holtz. Une folie de ma femme. Elle l'a passionnément désiré avant de mourir. Je sais. C'est absurde mais je n'allais pas lui refuser cette joie. Elle n'avait plus la force de jouer ; elle se contentait d'appuyer au hasard sur une touche et d'écouter.

— Je peux ? demande Julie, d'une petite voix timide.

Holtz déploie pour elle le couvercle qui s'ouvre largement et retient, comme dans un miroir, l'image ensoleillée de la fenêtre.

— Essayez, dit Holtz. Je vous vois tellement émue.

Elle se tait, fait à petits pas retenus le tour de l'instrument. Est-ce que c'est son cœur qui s'étouffe ou bien le mal qui se réveille ? Elle est obligée de s'asseoir dans un fauteuil.

— Chère amie, s'écrie Holtz, je ne pensais pas...

— Laissez. Ça va passer. Je m'excuse ; il y a si longtemps que...

Elle rassemble ses forces.

— Je voudrais...

— Oui... Dites !

— Je voudrais rester seule un tout petit moment, s'il vous plaît.

— Je vous en prie. Vous êtes chez vous. Je vais vous préparer une boisson légère.

Il s'en va, en évitant tout bruit. Julie regarde. Elle a honte, mais c'est plus fort qu'elle. Il faut, maintenant, qu'elle ait le courage de s'approcher du clavier. Il est là, devant elle, et elle surprend comme une sonorité qui naît dans les flancs du Steinway à mesure qu'elle tend les bras, comme si, déjà vivant, il était à son tour attentif à vibrer. Dehors, c'est la grande rumeur lointaine de l'été. Ici, c'est un silence qui écoute. Julie déploie machinalement ses doigts pour former un accord, puis s'immobilise. Elle ne sait plus où les placer. Son pouce est trop court. Le *la*, le *do*, mon Dieu, elle ne les reconnaît plus. Elle appuie sur une touche, le *fa* dièse, et la note, merveilleusement pure, se prolonge à l'infini, éveille autour d'elle des échos qui s'effacent peu à peu en songes, en souvenirs, et Julie ne se rend pas compte qu'elle a les yeux qui se mouillent. Elle ne peut retenir une larme, lourde et grasse, comme une goutte de résine qui suinte d'une écorce tailladée. Elle l'essuie rapidement. Elle n'aurait jamais dû.

Mais Holtz revient, portant deux verres où s'entrechoquent des glaçons.

— Alors, questionne-t-il, comment le trouvez-vous ?

Elle se retourne, son visage ridé n'exprime plus qu'une émotion de circonstance.

— Cher monsieur, il est splendide. Votre invitation est un cadeau. Je vous remercie

Sa voix est ferme. Elle est à nouveau Julie sans nom et sans passé.

— Vous ne pouvez vraiment plus jouer ? s'inquiète son hôte.

— Impossible. Je sais que certains pianistes infirmes ont réussi malgré tout à se faire entendre, le comte Zichy par exemple, ou encore mieux, Wittgenstein, à qui Ravel a dédié son *Concerto en ré*, pour la main gauche. Mais moi, j'ai été mise en miettes. On s'y fait. C'est long, mais on s'y fait.

— Je suis désolé. Moi qui vous avais préparé cette boisson.

Elle sourit gentiment.

— Ça, dit-elle, je le peux.

Entre ses deux gants, avec la gaucherie d'un ourson qui s'apprête à téter au biberon, elle saisit le verre et boit quelques gorgées.

— Ah ! soupire-t-il, je suis navré !

— Mais non. Ça a cessé d'être triste depuis longtemps... Vous permettez que je continue ma visite ?

Il y a encore des caisses non déballées, des tableaux, face aux murs, une bibliothèque encore démontée, des rouleaux de tapis ; mais rien n'est médiocre. Holtz est un homme de goût. Elle s'arrête.

— Au fait, je suis venue dans un but précis. Personne n'a le droit de vous empêcher de jouer, monsieur Holtz. Ma sœur est idiote. Non, ce n'est pas un effet de l'âge. Elle s'est toujours prise pour le centre du monde. Ici, c'est vrai, elle a beaucoup d'influence. Mais laissez-la grogner. Jouez souvent, en souvenir de votre femme. Et pour moi aussi. Vous me ferez plaisir. Là-dessus, je file. Rigolo, n'est-ce pas, d'entendre la tortue dire : je file. Où ai-je mis ma canne ? Vous savez pourquoi je me sers d'une canne ? Pour qu'on croie que j'ai une mauvaise vue. Alors, on regarde mes yeux, pas mes mains.

Elle fait entendre ce petit rire un peu méchant qui signifie que l'entretien est terminé. Il veut la raccompagner.

— Merci. Je vous en prie.

Rapide coup d'œil à sa montre. Juste le temps de déjeuner et de sommeiller un peu, avant de partir. Elle est fatiguée. Le contact de ce piano... Elle qui se croyait morte, enfin délivrée de la musique, malgré quelques bouffées de Debussy ou de Chopin qui de temps en temps venaient lui tourner la tête. Et maintenant, sa résolution est prise. Elle expédie son repas. Clarisse lui prépare une tasse de café.

— Quel est le programme de Gloria, aujourd'hui ?

— Elle doit raconter sa tournée au Mexique. Je l'ai aidée à chercher des photos. Et puis elle doit aussi faire entendre le concerto de Mendelssohn. Mme Gubernatis s'est excusée. Elle a prétendu que son mari souffrait d'un lumbago. Mme Gloria est furieuse. Elle dit que c'est une mauvaise excuse et qu'on ne s'installe pas à *La Thébaïde* quand on n'aime que l'accordéon. Ah ! elle n'est pas commode ! Une cigarette, Mademoiselle ?

— Oui, volontiers. Merci.

Une heure de chaise longue, maintenant ; le mal est assoupi. Les voix de l'été chuchotent. Il faudra décider la Montano. Ce sera dur. Il y faudra beaucoup de patience. Mais la patience, elle connaît. Elle écoute les cigales de midi, droguées de chaleur, et dont les stridulations percent les volets mi-clos. Si seulement Gina disait : oui. Après, c'est en paix qu'elle pourrait attendre la fin.

Clarisse vient l'examiner, quand le moment est arrivé de partir. Un peu plus de rouge aux pommettes ; le sac à main est vérifié, le porte-monnaie est convenablement garni, les Kleenex, les clefs, le paquet de cigarettes et les allumettes ; tout y est. A tout hasard quelques comprimés d'aspirine. Ah ! et puis la carte d'identité, les lunettes noires. Julie embrasse Clarisse sur chaque joue, comme c'est la coutume avant chaque sortie, et elle descend à petits pas vers le bateau.

Henri Vilmain est déjà là, encore sportif d'allure, pantalon gris et polo, un sac de cuir coincé sous l'aisselle, pour éviter de bourrer ses poches. Si Julie s'en souvient bien, il était quelqu'un d'important dans une société d'import-export. Bien entendu, il se croit obligé d'engager la conversation. Julie opine. Elle pense à Gina Montano, tout en faisant semblant d'écouter. Comment la convaincre ? Elle sait à quel point le grand âge vous pétrifie. On devient une espèce de chose intransportable. Gloria, malgré sa vigueur, ne se déplace plus qu'avec peine. Gina ne vaut sans doute pas mieux. On l'a vue récemment dans un téléfilm, mais c'était une reprise. Combien de films, quand on les rediffuse, sont déjà vieux de vingt ans ? La vedette croise des planches à voile, des jeunes qui agitent les bras, et la petite jetée grouille d'une foule de nudités couleur de pain trop cuit.

— Bonne journée, lance Henri Vilmain. Et souvenez-vous de ce que je vous ai dit. Faites-lui bien la commission.

Qu'a-t-il dit ? Quelle commission ? Dès demain, la rumeur circulera. « Cette pauvre Julie, elle n'a plus toute sa tête. On croit qu'elle vous écoute. Elle a déjà oublié. » Tant mieux ! Si elle réussit, personne ne soupçonnera la vérité. Elle trouve tout de suite un taxi.

— A Cannes, boulevard Montfleury, villa *Les Caroubiers*.

Elle se pousse tout au fond de la voiture, bien décidée à ne pas regarder autour d'elle. Toute cette agitation tellement inutile ! A un carrefour, des CRS, une ambulance, une auto qui agonise. Cela arrive donc aux autres ! Elle ferme les yeux. Chacun son cauchemar. Donc, elle flattera Gina, lui parlera de... Ah ! elle aurait dû lui apporter des dépliants montrant la vue d'ensemble de *La Thébaïde* prise d'un hélicoptère, les villas, les jardins, le port privé et les parties communes, le solarium, le tennis en construction, et naturellement, de tous côtés, l'immensité bleue de la mer. C'est vrai qu'elle n'a plus toute sa tête. Se priver de sa meilleure carte ! Dès demain, elle enverra à Gina toute la documentation.

Voici la ville. Horrible, d'habiter là-dedans. Elle n'aura pas de peine à s'enthousiasmer, quand elle vantera les charmes de la résidence. La voiture stoppe et Julie tend son porte-monnaie au chauffeur.

— Payez-vous. Je ne peux pas attraper ma monnaie.

L'homme ne s'étonne pas. Encore une cliente qui a bu un peu trop. Il l'aide à descendre. On n'a pas idée de se mettre, à son âge, dans un état pareil.

— Hé ! madame... Votre canne.

Il hausse les épaules, tandis qu'elle longe, en hésitant, l'allée bordée de buis. Il y a des pelouses, des tourniquets qui promènent à petit bruit des gouttes brillantes. Belle demeure, mais pourquoi ces trois marches pour aborder le vestibule ? Qui pense aux vieux, aujourd'hui ? Vaste hall, aux plantes vertes et jet d'eau dans un petit bassin à poissons rouges.

— Hé ! madame... madame...

La concierge qui lui court après, cheveux bien tirés, vêtements noirs, façon nurse.

— Où allez-vous ?

— Chez Mme Montano.

— Ah ! parfaitement. Elle m'a prévenue. C'est au premier.

Et, dans l'ascenseur, elle explique.

— La personne qui s'occupait de Mme Montano l'a quittée, après l'agression. Alors, c'est moi qui la remplace jusqu'à l'arrivée d'une nouvelle dame de compagnie.

Elle tient la porte de l'ascenseur pendant que Julie remet pied à terre et elle sonne, puis ouvre la porte blindée.

— Eh oui, dit-elle. Le voyou l'a attaquée au moment où elle rentrait chez elle. Il l'a poussée à l'intérieur et l'a bousculée. Il a suffi de quelques minutes. J'étais à la cave et je n'ai rien vu. Ah ! je vous jure qu'il faut faire attention !

Elle crie :

— Madame, c'est votre visite.

Puis ajoute à voix basse :

— Elle est un peu sourde. Parlez lentement... Tenez, la voilà.

Et Julie voit arriver, du fond d'un couloir brillamment éclairé, une petite vieille qui a fait toilette et scintille en marchant. On ne lui a pas tout volé. Elle commence, du plus loin :

— Ma bonne Julie, comme je suis heureuse de te voir. Tu n'as pas changé. Quelle bonne idée ! Et moi, comment me trouves-tu ?

Et Julie comprend que son rôle va surtout consister à écouter.

— Viens que je t'embrasse. Tu permets que je te tutoie. A mon âge, je suis même prête à tutoyer le Bon Dieu. Fais voir tes pauvres mains. Seigneur ! Quelle horrible chose.

Sa voix semble rouler un sanglot, mais tout de suite elle reprend avec entrain :

— Prête-moi ton bras. Tu es forte, toi, avec tes quatre-vingt-neuf ans, tu n'es qu'une gamine. Quand tu penses que moi, je vais sur mes cent ans ! Mais je n'ai pas à me plaindre. Je vois bien. J'entends bien. Il y a mes jambes. Elle ne sont plus ce qu'elles étaient... Par ici... Allons au salon... Dire que j'ai pu, autrefois, monter à cheval des journées entières... Te rends-tu compte que j'ai joué avec Tom Mix !... Prends ce fauteuil.

« Ça va être dur », pense Julie.

Elle regarde celle qui fut la Montano, l'actrice aussi célèbre que Mary Pickford. Elle s'est ratatinée, rabougrie, mais son visage, trop fardé, conserve quelque chose de jeune, de vif, à cause des yeux qui brillent d'une espèce de joie de vivre. La petite fille qui allait vendre des fleurs à l'arrivée des paquebots est encore là, comme une ombre encore saisissable malgré l'usure du temps. Gina offre une bonbonnière bourrée de chocolats.

— J'espère, dit-elle, que tu es gourmande. L'amour, pour nous, c'est fini. Mais il nous reste les sucreries.

Elle rit avec une gaieté qu'elle essaie de réprimer en cachant sa figure derrière ses mains jointes. Elle n'a jamais eu de belles mains, mais l'arthrose a déformé ses doigts ; elle surprend le regard de Julie et s'attriste aussitôt.

— Tu vois. Je suis comme toi. Je n'ai plus que des pattes. Pour Gloria, ce n'est pas pareil ?

— Non. De ce côté-là, elle a de la chance.

— Pardon.

— Je dis qu'elle a de la chance.

— J'aimerais bien la voir.

— Eh bien, venez. Ce n'est pas loin. Et ça lui ferait tant de plaisir... Et puis, là-bas, vous pourriez rencontrer beaucoup d'admirateurs. Tenez, hier, comme je parlais de vous avec un ami, savez-vous ce qu'il m'a dit ?

Gina est suspendue à ses lèvres. Elle attend le compliment comme un enfant qui convoite un gâteau.

— Il m'a dit : la Montano, ça, oui, c'était une star. Maintenant, il n'y a plus d'artiste comme elle.

Gina saisit la main gantée de Julie et la porte à ses lèvres, avec un élan d'émotion.

— Je t'aime, toi, tu sais. Ça fait du bien d'entendre ça. Il y a des mois que mon téléphone ne sonne plus. L'oubli, ma pauvre amie. L'oubli ! Personne ne peut comprendre ça. Oh ! pardon, *mia cara*, toi aussi, c'est vrai. Mais toi, tu as l'habitude. Tandis que moi !... Depuis deux ans, rien. On a eu besoin alors d'une très vieille femme pour un rôle de paralytique. Bon. Ce n'est pas très flatteur, mais ça ne me gêne pas. Je mets une perruque toute défraîchie, j'enlève mon dentier. J'ai tout de suite l'air de la fée Carabosse. Eh bien, il faut croire que les horribles sorcières, au cinéma et à la télé, c'est fini. Plus de Gina. C'est bien triste.

Elle sort de sa poche un mouchoir de dentelle qui répand un violent parfum de jasmin et se tamponne les yeux. Puis elle tend la main à Julie.

— Aide-moi, tiens. Depuis que j'ai été battue, je n'ai plus de jambes. Viens, que je te montre mon appartement. Ici, c'est mon bureau... Mais j'ai un homme d'affaires, maintenant, qui s'occupe de tout... Et là, c'est ma salle de séjour, dont j'ai fait un peu n'importe quoi. Il y a des livres, des cassettes, de vieux films que je ne regarde jamais.

Elle s'arrête devant Julie et, de son index pointé, lui donne de petits coups sur la poitrine.

— Je n'ai plus de goût à rien. J'ai peur. Tiens, mes papiers. Ils sont là, sur la console. Je n'ose plus y toucher.

Julie voit le passeport et la carte d'identité.

— On me les a rapportés, continue Gina. Ils traînaient dans un ruisseau.

Julie, curieuse, ouvre le passeport maculé.

Gina Montano... née... fille de... 1887. Oui, bon !

Ses yeux courent de ligne en ligne. Elle sourit. Gina la tire par la manche.

— Viens. Je veux te montrer la cuisine. Au fond, c'est dans cette pièce que je me tiens presque tout le temps.

Et Julie ne peut retenir un mouvement de surprise. Les murs sont entièrement recouverts d'affiches, comme on en voyait à l'entrée des petits cinémas de quartier. Gina dans les bras de Tyrone Power. Gina dans *Ardent Vésuve,* avec un acteur calamistré, vêtu d'une peau de léopard. Gina dans *Le Mystère du bungalow*. Là, elle braque un revolver sur un homme qui saute par une fenêtre... Et un peu partout, du sol au plafond, des baisers, des enlacements lascifs. En gros caractères : GINA MONTANO.

Gina regarde, elle aussi. Mains jointes.

— Toute ma vie, murmure-t-elle.

Et elle ajoute, d'un ton qui se veut léger :

— Tous ceux-là, Boyer, Errol Flynn, Montgomery, Robert Taylor, tous, ils m'ont tenue contre eux. Je m'en souviens encore. Tu vois. C'est trop tard pour déménager.

— Pas du tout, proteste Julie. Au contraire, vous venez de me donner une idée. Votre place est à *La Thébaïde*, parmi nous.

— Trop tard. C'est trop tard, je t'assure. Oh ! j'ai déjà reçu des offres. Mon fils est venu entre deux avions. Il est prêt à m'acheter un nouvel appartement, mieux protégé. Mais tu me vois, moi qui ai passé mon existence à courir d'une demeure à l'autre... Je suis une bohémienne de luxe, ma pauvre Julie. Ma vraie place, elle est au cimetière.

Cette fois, elle pleure sans retenue. Elle n'est plus qu'une très vieille femme solitaire et terrifiée. Elle s'appuie sur Julie.

— Merci, chuchote-t-elle. Merci d'être là... Oui, tu as raison. Si on voulait de moi, chez vous. J'y trouverais peut-être le repos. Tu veux un expresso ? Laisse-toi faire. Mets-toi là, près du four.

Sa voix s'est affermie. Elle montre une affiche qui représente un chariot de pionniers entouré d'Indiens belliqueux. Sur le siège, soutenant le conducteur mort, elle brandit un winchester. Cela s'appelait : *L'Appel de l'Ouest*.

— Tu vois, dit-elle, je cherchais déjà la terre promise. Combien de sucres ?

Elle s'assied à côté de Julie et la regarde avec angoisse.

— Tu crois qu'on m'accepterait ?

— On nous a bien acceptées, Gloria et moi.

— Ce n'est pas pareil. Vous avez été, toutes les deux, des artistes incomparables.

— Dites tout de suite qu'on est des pièces de collection.

— Mais moi, Julie, avec mes aventures, mes amants, mes divorces.

— Oh ! si vous allez par là, Gloria s'est mariée cinq fois, sans parler des drames qui l'ont marquée... Un fiancé tué à Verdun, un mari juif mort en déportation, un autre abattu par l'OAS, le dernier s'est suicidé et il y en a un autre qui... Non, je ne me rappelle pas.

— Raconte, raconte, murmure Gina avec avidité. J'adore qu'on me raconte. Tous riches, bien entendu.

— Évidemment. Gloria a toujours su où et quand et avec qui il fallait tomber amoureuse.

— Et toi ?

— Moi ?... J'ai essayé de me supprimer, et après j'ai plus ou moins traîné de maison de santé en maison de santé, sortant d'une dépression pour replonger dans une autre.

— Oh ! *mamma mia*, c'est affreux ! Et maintenant tu es guérie ?

— A chaque printemps, j'attends que mes doigts repoussent, si vous voulez savoir. Il y a soixante-trois ans que j'attends.

— Tu me navres, Julie. Et tu as l'air, malgré tout, de garder une espèce d'entrain ! J'ai honte de moi... Alors, si j'allais là-bas, je serais bien reçue ?

— A bras ouverts. Pour eux, nous sommes des animaux rares ; nous sentons la jungle. La jungle à domicile, Gina, quelle aubaine ! Il reste à vendre une belle villa, *Les Soleils*. C'est sûrement très cher mais ce n'est pas pour vous arrêter.

— Non. Encore une tasse ? Tu n'es pas pressée.

— Même si je l'étais, un café comme celui-là mérite le détour.

— Alors, attends.

Gina ouvre le tiroir de la table et en tire un jeu de tarots.

— Coupe !

*
* *

De la part de Julie, ce ne fut ni de l'entêtement ni même de la persévérance. Plutôt une sorte d'amusement apitoyé. Comme s'il était capital que Gina vînt à *La Thébaïde*. Comme si quelque chose au monde était capital. Et, tout en se moquant de ce projet, elle tenait pourtant à le faire aboutir. Pour voir ! Exactement comme un savant un peu fou qui est bien résolu, à ses risques et périls, à mettre en contact des produits aux propriétés mal connues. Elle se donna beaucoup de peine. Elle envoya à Gina les dépliants qui vantaient les beautés, les avantages et les mérites de *La Thébaïde*. Elle se procura les plans des *Soleils*, disposition des pièces, dimensions, orientation (car Gina voulait coucher dans un lit orienté nord-sud). Elle lui communiqua la liste des propriétaires, avec toutes sortes de détails biographiques. Ah ! elle pensa aussi à noter la fréquence et l'intensité des vents dominants, car Gina redoutait le mistral. Et chaque document était abondamment commenté au téléphone, et Julie n'hésitait pas à se rendre à Cannes, quand elle sentait qu'il y avait quelque nouvelle difficulté à vaincre. Souvent, la fatigue et la douleur la ployaient en deux et alors elle se réfugiait dans un café si elle se trouvait à terre, ou dans son fauteuil, si elle avait la chance d'être chez elle. Il lui arrivait de penser qu'il n'était peut-être pas trop tard et que l'opération la sauverait. Elle pouvait encore choisir, mais elle laissait passer les jours parce que ce qui était décidé était décidé. Un matin, Gloria la reçut avec de grandes manifestations de tendresse.

— Tu es bien joyeuse. Qu'est-ce qui t'arrive ?

— Tu ne devinerais jamais. Viens t'asseoir près de moi. Ah ! j'ai vraiment de bons amis !

— Eh bien, parle.

— Notre présidente...

— Mme Genson-Blèche ?

— Oui. Elle sort d'ici. Elle est venue me faire signer un papier. Et tu sais ce qu'il contient, ce papier ? Ma demande de décoration, car il faut demander à être décoré. Ce n'est qu'une formalité, bien sûr. Mais on doit signer. Alors, elle s'est chargée de tout. Elle a elle-même copié la formule et voilà... Je serai décorée le jour de mon anniversaire. J'aurai la Légion d'honneur... Pour me prouver qu'on ne m'oublie pas. Tu vois, je suis tellement heureuse que... Et toi, ça ne te fait pas plaisir ?... Remarque que dans une dizaine d'années, tu l'auras à ton tour. Il n'y a pas de raison. Surtout, n'en dis rien à personne. Il s'agit d'une surprise que tout le monde me prépare.

Elle cacha son visage dans ses mains pour dissimuler sa joie et lança, derrière ses doigts croisés :

— Vivement le 1er novembre !

« Je n'y serai sans doute plus », songea Julie.

Elle dit :

— Je suis contente pour toi. Tu mérites d'être décorée.

Gloria abaissa ses mains dont les bagues scintillaient, et regarda sa sœur avec méfiance.

— C'est bien vrai ?

— Oui, je t'assure. Je me tairai. Promis.

Elle se pencha sur le lit et déposa un petit baiser sec sur le front à peine ridé de Gloria, et Gloria la retint par la manche.

— Avant de sortir, tu veux mettre en marche l'électrophone. Tout est prêt. J'ai envie d'écouter le *Rondo capriccioso*.

Julie appuya sur la touche et retourna chez elle. Tout de suite, elle appela Gina.

— C'est moi, chère Gina. J'ai appris que *Les Soleils* intéressent un négociant de Lyon... Je ne possède aucun détail mais je vais me renseigner. Si je peux me permettre un conseil, vous devriez vous décider vite. Sinon, l'affaire vous filera sous le nez.

Chaque mot ressemblait au déclic d'une serrure à secret. Julie avait l'impression de verrouiller l'avenir. Il n'était déjà plus possible de revenir en arrière.

— J'aimerais quand même voir cette maison de mes yeux, dit Gina. Les plans, c'est bien joli, mais il y a tout le reste, la lumière, les odeurs... Et puis, il y a encore une chose qui me gêne. Le nom de la maison : *Les Soleils*, c'est parfait. Ça me plaît beaucoup. Mais pourquoi n'a-t-on pas choisi, pour l'allée, le nom de Van Gogh ? Ce serait tellement plus indiqué. Est-ce qu'on ne pourrait pas rebaptiser la rue ?

Julie étouffait de colère.

— Ça peut s'arranger, dit-elle. Mais il faudrait d'abord que votre notaire prenne contact avec le groupe immobilier qui gère *La Thébaïde.* Je n'entends rien aux affaires, mais il me semble que vous auriez intérêt à vous déclarer officiellement. Et ensuite, il serait assez facile d'organiser une visite.

— Je vais y penser. Merci. Quels sont les moyens de locomotion, à l'intérieur de la résidence ? Tu ne m'en as pas parlé.

— Tout a été prévu, ma chère Gina. Nous disposons de deux chariots, pareils à ceux qu'on utilise sur les terrains de golf pour transporter le matériel. Ce sont nos mulets. Ils servent à tout.

— Le médecin de garde, à *La Thébaïde*, il est bien ?

— Le Dr Prieur ? C'est un homme d'une soixantaine d'années, qui est sûrement très compétent. Mais, en cas d'urgence, il ferait venir un hélicoptère. Le cas ne s'est pas encore présenté.

Là-bas, Gina qui aimait la palabre autant qu'un griot africain, cherchait pour le plaisir d'autres questions à poser, et Julie rongeait son frein. Mais elle devait convaincre, à tout prix.

— As-tu pensé à ta sœur, reprit Gina. Tu crois qu'elle me verra débarquer d'un bon œil ?

— Gloria ? Mais elle sera ravie. D'abord, vous n'êtes pas n'importe qui. Voyons, Gina, quelle est la communauté qui ne serait pas fière de vous accueillir ? Et puis vos routes se sont croisées plus d'une fois. Quand vous tourniez à Hollywood, Gloria a donné toute une série de concerts en Californie.

— Oui, je m'en souviens parfaitement.

— Alors, vous voilà déjà en pays de connaissance.

— Oui, oui, fit Gina, toujours réticente, mais deux centenaires à la fois dans une petite société comme la vôtre, est-ce que ça ne risque pas de peser lourd ?

— Comment ça ? Vous n'êtes grabataires ni l'une ni l'autre, Dieu merci. Que certains vieillards deviennent un fardeau, d'accord. Mais vous deux, chère Gina, vous jouissez d'une jeunesse d'esprit que tout le monde vous envie. Franchement, est-ce que j'exagère ?

— J'admets...

— Et puis, attention. Chacun, à *La Thébaïde*, vit chez soi et pour soi. N'allez pas vous imaginer qu'on a toujours des voisins sur le dos. On a plaisir à se rencontrer, bien entendu, mais ça ne va pas plus loin. Tenez, moi, par exemple, je salue parfois des gens à qui je n'ai jamais adressé la parole.

— Vous n'avez pas d'amis, dit Gina, méfiante.

— Moi, non. Je ne suis pas très liante. Mais Gloria, oui. Elle reçoit beaucoup. Autre chose, qui a son importance. Vous vous sentirez bien protégée, dans une île, mais s'il vous prend envie de vous évader un peu, eh bien, vous allez à terre. Vous faites tranquillement votre petit shopping. Un taxi vous ramène au port et la vedette vous rapatrie sans fatigue. A aucun moment, vous n'aurez l'impression d'être prisonnière.

— C'est bien tentant, avoua Gina. Vous plaidez comme si vous aviez un intérêt personnel dans cette affaire.

— Mon intérêt, c'est vous, Gina.

— Merci. Je vais réfléchir encore un peu. Est-ce que je ne pourrais pas venir passer deux jours à *La Thébaïde*... à l'essai, tu comprends. Simplement pour tâter le terrain.

Julie s'essuya la figure d'un revers de poignet. Elle était à tuer, cette bonne femme !

— Facile, dit-elle. Nous avons six chambres réservées aux hôtes de passage, justement. Je vous en retiens une ?

— Je t'appellerai demain pour te donner ma réponse. Tu es un amour. A demain.

Épuisée, Julie reposa le téléphone et alluma une cigarette. Pour la sortir de son trou, cette vieille, il en fallait de l'ingéniosité ! Elle flairait quelque chose d'un peu tordu. Peut-être fallait-il se garder d'insister, mais si cette étrange discussion s'éternisait...

« Finalement, dit Julie à haute voix, c'est moi qui n'aurais plus le temps. »

Elle reprit le téléphone et appela le Dr Moyne.

— Julie Maïeul à l'appareil. Je voudrais...

— Oui, je vous le passe, dit la secrétaire.

— Comment ça va ? demanda le docteur. Que m'annoncez-vous ?

— Ce que vous savez déjà, et cette fois je confirme. Je refuse d'être opérée.

Il y eut un silence. Elle entendit crépiter la machine à écrire.

— Vous avez bien réfléchi ? dit enfin le docteur.

— J'ai tout pesé, le pour, le contre. C'est décidé.

— Vous êtes libre, évidemment, mais cela ressemble beaucoup à un suicide.

— Il n'y a que les vivants qui se suicident. Tout ce que je souhaite, c'est de ne pas trop souffrir et que ça aille vite.

— J'aimerais vous revoir, quand même. Vous me mettez dans une situation impossible. Mon devoir est de vous aider à lutter ; vous vous rendez bien compte.

— J'y penserai. Si j'ai besoin de certains calmants, j'espère que vous me les donnerez. C'est tout ce que je demande.

— Est-ce que vous souffrez en ce moment ?

— Pas du tout. J'ai en tête quelque chose... une espèce de projet...

qui me mobilise complètement. D'après vous, une préoccupation dominante pourrait entraîner une rémission momentanée du mal ?

— Certainement. Quand nous disons à nos malades que le meilleur des remèdes c'est le vouloir vivre, il ne s'agit pas de vouloir abstraitement, dans le vide, mais de s'accrocher à quelque chose de positif.

— Merci. Voilà ce que je voulais entendre. Alors, je tiendrai. Et je vous appellerai de temps en temps. A bientôt.

La fumée de sa cigarette la faisait larmoyer. Avec ses poings elle se frotta les yeux. Bien sûr qu'elle tiendrait. Elle regarda l'heure. La matinée n'était pas encore très avancée. Par où, par qui commencer ?

Elle se décida pour Hubert Holtz. Retenir une chambre pour deux jours, ce n'était pas le meilleur moyen de tenter Gina. Il fallait lui offrir quelque chose de plus accueillant que l'hôtel, afin que d'emblée elle sente autour d'elle une ambiance chaleureuse.

Si Holtz voulait bien faire un geste ! Qui s'étonnerait, à *La Thébaïde*, s'il s'offrait à recevoir une artiste célèbre ? Et lui qui avait été difficilement accepté, à cause de son piano, serait cette fois considéré comme un voisin à ménager.

Julie fit venir Clarisse pour discuter avec elle le menu du déjeuner... Une omelette aux fines herbes, soit. Et un flan. Non, pas de flan. Trop d'œufs. Quelques biscuits à la cuillère, mouillés de bordeaux.

— Ne t'inquiète pas. Je vais me promener. J'ai l'intention de demander un service à M. Holtz. Mais n'en parle pas à Gloria. Quels sont ses projets pour l'après-midi ?

— Elle offre un thé à quelques amies et puis je crois qu'elle a l'intention de leur raconter ses démêlés avec Toscanini.

— Si elle te parle de moi, dis-lui que je suis un peu fatiguée. Elle n'insistera pas. Elle n'aime pas les gens fatigués.

L'été flamboyant déchaînait les cigales. Julie se mit en route à petits pas, mesurant ses forces. Il ne lui était pas nécessaire de résister pendant des mois. Juste le temps d'amener Gina à acheter *Les Soleils*. Après... Eh bien, la mèche se consumerait d'elle-même. Cela irait plus ou moins vite mais l'étincelle finirait bien par atteindre son but. Et si elle venait à s'éteindre en chemin, alors, tant pis. Quand les choses se dérobaient devant Julie, elle se réfugiait dans sa solitude intérieure, ce qu'elle appelait sa philosophie du fétu. Qu'est-ce que je suis ? Un fétu. Même pas. Une moisissure à la surface du monde. Je m'agite, et pourquoi ? Je ne crois ni à la bonté ni à la justice. Mais j'ai bien le droit de pousser un cri quand on m'écrase.

L'allée était bien longue. De loin en loin, un voisin agitait la main pour la saluer. Elle levait sa canne avec une grande affectation de cordialité. Elle savait que, derrière son dos, on murmurait : « La pauvre vieille ! Il y en a quand même qui n'ont pas de chance. » Les imbéciles ! Ils ne se doutaient pas que cette malchance, maintenant, c'était sa force.

M. Holtz ratissait sa petite cour, que les déménageurs avaient malmenée. Il vint au-devant de Julia.

— Aurais-je droit à une visite ? dit-il. Entrez donc. Mon installation tire à sa fin.

— Vous vous habituez bien ?

— Oh ! parfaitement ! Mon seul problème, c'est le piano. A quelle heure voulez-vous que j'en joue ? Le matin, ici, on fait la grasse matinée. L'après-midi, c'est l'heure de la sieste. Et le soir, mes voisins regardent la télévision. Je suis toujours sûr d'embêter quelqu'un. Et comme je suis d'un naturel un peu sauvage, depuis que j'ai perdu ma femme... je n'ai personne avec qui causer.

— Et si vous aviez quelqu'un ? demanda Julia.

— Quoi ! Vous connaîtriez... ?

— Peut-être. Allumez-moi une cigarette. Je ne cesse plus de fumer, maintenant. Merci. J'ai pensé à quelque chose. Si vous avez lu le journal, vous savez que Gina Montano, à Cannes, a été assaillie par un loubard et dévalisée.

— Oui. Je l'ai appris.

— Je suis allée lui rendre visite, car, autrefois, nous avons eu l'occasion de nous rencontrer. Or, Gina veut absolument vendre son appartement. Depuis qu'elle a été attaquée, elle ne se sent plus chez elle. Naturellement, je lui ai parlé de *La Thébaïde*, et elle aimerait beaucoup nous rejoindre. Elle serait disposée à acheter *Les Soleils*.

— Mais...

— Attendez. Je n'ai pas fini. Elle désirerait d'abord venir passer quelques jours ici... pour tâter le terrain, voir si elle se plairait. Elle a beaucoup roulé sa bosse mais enfin, à son âge...

— Au fait, quel âge a-t-elle ?

— Elle n'a plus d'âge. Elle est comme ma sœur. Et une santé de fer, aucune infirmité, à part un peu de surdité. Elle se déplace sans l'aide de personne et, le croiriez-vous, elle est d'une gaieté de gamine. C'est pourquoi... ne m'avez-vous pas dit que votre villa est un peu grande ?

— Ah ! je vois !

— Non, non. Ce n'est pas ce que vous croyez. D'ailleurs, vous n'auriez pas le droit de louer. Non. Mais vous pourriez peut-être lui offrir l'hospitalité, juste pour quelques jours. Si on la loge dans une des chambres réservées aux visiteurs, elle aura l'impression de se trouver dans une maison de retraite. Tandis que si elle se voit traitée en invitée, elle qui est encore très fière, elle s'acclimatera tout de suite. Je sais bien que je prends avec vous des libertés impardonnables. Mais je ne suis pas venue en solliciteuse. Simplement en informatrice. Gina serait une excellente recrue. Vous pensez, la grande Gina !

— Oui, mais... la grande Gloria !

— Oh ! il n'y aurait pas d'offense !

— Je n'en suis pas si sûr.

Il préparait deux jus de fruits, avec des gestes rapides et efficaces, se déplaçant sans bruit en homme qui a l'habitude de soigner un être cher. Il devina Julie.

— Ma femme, dit-il... La sclérose en plaques. Horrible ! Attendez, je vais vous donner une paille, ce sera plus commode. Oui, je veux bien croire que votre sœur ne ferait pas de difficultés, mais quand je vois comment elle a mené campagne contre moi, à propos du piano... Écoutez, on peut toujours essayer.

Julie sourit, son premier sourire depuis... Mais peu importe.

— Et la curiosité, dit-elle, qu'est-ce que vous en faites ? Vous oubliez qu'ici la curiosité est comme une nourriture. Savoir ! S'informer ! Se renseigner ! Consommer du voisin ! Créer sur place l'événement puisque le monde extérieur est laissé à la porte. Même Gloria voudra sa part de confidences. N'ayez pas peur. Gina Montano sera pendant longtemps son plat de résistance.

Holtz leva son verre.

— A la vôtre ! Vous m'avez convaincu. Reste à savoir si mon invitation sera acceptée.

— J'en fais mon affaire.

— Alors, venez visiter la chambre que je lui offrirai. Elle est de plain-pied avec le jardin.

Il offrit son bras à Julie et ils gagnèrent l'arrière de la villa.

— Superbe, s'écria Julie. Cher monsieur, vous êtes un artiste.

— Pas moi, protesta-t-il. Ma femme. Ces tableaux, ces tapisseries, ces meubles, c'est elle qui a tout choisi.

— Gina va être enthousiasmée, dit Julie. Savez-vous, nous allons l'appeler tout de suite. Comme ça, vous pourrez vous joindre à moi.

— Mais, objecta Holtz, je dois d'abord prévenir notre présidente, vous ne croyez pas ? Je suis le dernier venu et, par simple courtoisie...

— Laissez. Je réglerai la question tout à l'heure. Si vous commencez à demander des permissions, vous perdrez la face. Ici, en dépit des apparences, c'est une tribu, avec ses dominants et ses dominés. J'ai beaucoup appris en lisant les ouvrages de Jane Goodall sur les chimpanzés.

Holtz éclata de rire.

— Ma chère amie, vous avez une façon de plaisanter...

— Mais je ne plaisante pas. J'ai simplement rencontré beaucoup de monde, de maison de repos en maison de santé. Bon. Mettons que j'exagère un peu et allons téléphoner.

Gina était chez elle.

— Oh ! *cara mia*, comme je suis contente ! Je m'ennuyais tellement, tu ne peux pas savoir.

— Je ne suis pas seule, dit Julia. Il y a près de moi un charmant voisin de *La Thébaïde*, M. Hubert Holtz, qui serait tout prêt à vous accueillir chez lui pour quelques jours. Il habite une superbe maison, trop grande pour lui... et d'ailleurs, je vous le passe.

— Allô ? Madame Montano ? Hubert Holtz... Je suis infiniment flatté de parler avec une actrice aussi célèbre. Mlle Maïeul m'a mis au courant de tout, votre agression, votre détresse... Si vous voulez bien accepter mon invitation, ma maison est à votre disposition... de grand cœur... je vous assure... Quoi ?... Vous pleurez !

(— Elle a la larme facile, chuchota Julie.)

— C'est de joie, fit Gina.

— Ah ! bon. C'est que vous êtes d'accord. Dans ce cas, rien de plus simple. Ma voiture est au garage à Hyères. Je vais vous chercher. C'est une Mercedes, elle est vaste. Vous pourrez prévoir un important bagage. Ensuite, je vous installe. J'ai sous la main tout le personnel dont vous aurez besoin. Je vous promets que nul ne vous dérangera. Je vis seul et... Pardon ?... Oh ! mais, votre arrivée n'aura rien de clandestin. Tout sera fait dans les règles. Merci. Je vous repasse votre amie.

— Allô, Gina ?... M. Holtz est un homme de cœur, voilà tout. Et de goût. Il vous réserve une chambre, je ne vous dis que ça. C'est bien simple, des tapis aux tableaux, tout est signé. Vous oublierez vite vos malheurs... Écoutez, Gina, s'il vous l'offre, c'est que ça ne le gêne pas. Alors, moi, je vous conseille de dire oui, sans vous embarrasser de scrupules déplacés. Votre âge impose le respect, la considération, sans parler de l'admiration qui vous est due. Celui qui est l'obligé de l'autre, c'est M. Holtz... Je vous rappellerai tout à l'heure.

Elle raccrocha. Enfin ! C'était gagné. La suite... Mais quand le ver est dans le fruit, il ne cesse plus de ronger.

*
* *

On ne sut pas, tout d'abord, à *La Thébaïde*, que Gina Montano était arrivée. On apprit qu'une personne, qui semblait assez âgée, avait été conduite chez M. Holtz ; quelque parente sans doute. Le concierge et son frère avaient dû charger dans le mulet trois valises ; « des bagages superbes », avait remarqué Roger. M. Holtz avait engagé pour un mois les deux femmes de chambre espagnoles qui servaient chez l'ancien consul du Danemark, parti en croisière avec sa femme. Bref, pas de quoi se poser des questions. Du côté de la réception, silence et discrétion. La présidente détestait les commérages. Cependant, Mme Bougros, passant devant *Les Tulipes*, aperçut, dans une pièce du rez-de-chaussée, la silhouette un peu cassée d'une vieille dame en grande conversation avec M. Holtz et pensa que c'était probablement sa grand-mère. Mme Lavelasset rapporta le fait à Gloria. Cela méritait, malgré tout, d'être étudié. Il était vraiment cachottier, ce voisin, par ailleurs charmant. Pourquoi faire un mystère d'une chose aussi naturelle ? On serait heureuse, au contraire, d'inviter la vieille dame.

— Sauf si elle est malade, dit Gloria.

Mme Bougros, interrogée, déclara que la personne qu'elle avait vue ne s'appuyait pas sur une canne et ne donnait pas du tout l'impression d'être en mauvaise santé.

— Quel âge, à votre avis, peut-elle avoir ? continua Gloria.

— Oh ! pas jeune ! Je dirais dans les quatre-vingts.

— Mais, reprit Gloria, puisqu'elle est venue par la vedette, il n'y a qu'à interroger notre matelot. Kate, voyez donc cela. Notez que c'est sans importance. M. Holtz est bien libre d'inviter qui il veut.

Or, Kate découvrit quelque chose qui stupéfia Gloria et ses amies. Julie avait fait la traversée en même temps que M. Holtz et l'inconnue.

— Ça, c'est tout ma sœur, dit Gloria. Au lieu de me parler de cette rencontre, pensez-vous ! Bouche cousue. Et elle est comme ça pour tout. Il faut lui arracher les mots. Mais faites-moi confiance. Je me charge de la confesser.

Elle attendit Julie avec impatience, et quand Julie vint, comme chaque soir, lui souhaiter la bonne nuit, elle attaqua sans préambule :

— Cette vieille dame qui habite maintenant chez M. Holtz, tu la connais ?

— Non, dit Julie.

— Enfin, vous avez bien échangé quelques mots, à bord du bateau.

— Non. Je n'écoutais même pas. Elle s'entretenait avec M. Holtz et ça ne me regardait pas.

— Tu es vraiment une drôle de fille. Mais, à leur façon de parler, tu as bien dû remarquer s'ils étaient parents.

— Non. Je ne crois pas. J'ai seulement remarqué qu'elle a un accent.

— Ah ! tu vois ! Quel genre d'accent ?

— Eh bien, je dirais « espagnol », ou peut-être « italien ».

— Essaie de te rappeler.

— Plutôt italien.

— Alors, ce n'est pas sa grand-mère. Hubert Holtz est alsacien. Pamela Bougros, qui l'a aperçue, lui donne autour de quatre-vingts ans. Et toi ?

— Moi, je m'en fiche. Quatre-vingts, quatre-vingt-dix, quelle différence ?

— Je n'aimerais pas ça, voilà tout. Ici, ce n'est pas un hospice. Enfin, je me comprends. Moi, ce n'est pas pareil. Mais toi, qu'est-ce que tu fabriquais en ville ? Bon, garde tes secrets... Tu ne vois jamais rien. Tu n'entends jamais rien. Tu ne dis jamais rien. Ma pauvre petite ! On n'a pas idée. Tu es la prison, la prisonnière et le portier. Et si...

— Bonsoir, Gloria.

— Oui. Bonsoir. Quel caractère !

Julie était assez satisfaite de la tournure prise par les événements. Gloria était maintenant sur la piste et ne la lâcherait plus. Il était temps de lui fournir une pâture supplémentaire. A Raoul de jouer. Elle alla faire changer le léger pansement qui protégeait ses mains, sous les gants.

— Est-ce que vous ne négligez pas un peu vos exercices ? demanda-t-il. C'est raide, tout ça... Un peu d'ultrasons pour commencer. Ne vous crispez pas. Laissez-vous aller sur le fauteuil... oui... à fond.

— J'ai entendu parler d'une visite qui ne va pas passer inaperçue, dit-elle. Sur le moment je n'ai pas fait très attention. Vous savez ce que c'est, on surprend un nom, en passant. C'était notre voisin, William Lummet, qui discutait avec M. Mestral, et j'ai surpris le nom de Gina Montano. Mais j'ai dû me tromper. Ce qui est sûr, c'est que M. Lummet disait : « Je vous affirme qu'elle est ici. » Et depuis, cette idée me trotte dans la cervelle. Gina à *La Thébaïde*, vous vous rendez compte !

— Oh ! fit Raoul, j'en aurai le cœur net. J'ai rendez-vous demain avec Mme Bougros et si quelqu'un est au courant de toutes nos allées et venues, c'est bien elle.

— Surtout, protesta Julie, ne parlez pas de moi. Je déteste les cancans. Et d'ailleurs qu'est-ce que Gina Montano viendrait faire ici ? C'est ma pauvre tête qui me joue des tours.

Il n'y avait plus qu'à attendre. Le lendemain s'écoula lentement et Julie souffrit un peu du ventre. L'impatience réveillait son mal. Clarisse, qui était la vivante chronique de la résidence, n'avait à rapporter que des bribes de nouvelles.

— Et Gloria ?

— Elle n'est pas de très bonne humeur. Elle en veut à M. Holtz, toujours à cause du piano. S'il a pris la peine d'amener ce piano, c'est pour en jouer. Alors pourquoi n'en joue-t-il pas ? Ce serait plus franc. Il est un peu en dessous, ce bonhomme. On ne sait pas bien ce qu'il fricote.

Clarisse n'avait pas sa pareille pour retenir les mots et les intonations de Gloria. Et elle connaissait ses deux maîtresses comme si elle les avait mises au monde. Elle n'écoutait pas Gloria pour l'espionner mais pour amuser Julie, dont elle sentait avec un immense chagrin la douleur secrète. Elle n'ignorait pas la présence de l'artiste chez M. Holtz, mais Julie lui avait soigneusement caché ses arrière-pensées, par une sorte de honte. Clarisse avait simplement deviné que M. Holtz et ses projets étaient un sujet d'amusement pour Julie et tout ce qui pouvait l'amuser méritait d'être raconté.

Julie ne sut jamais comment la rumeur prit corps, mais ce fut comme un feu de broussailles. En quelques heures, tout le monde fut alerté. Jamais le téléphone n'avait fonctionné avec tant de précipitation.

— Allô ? Est-ce que vous avez appris ? Ah ! vous êtes au courant ? Mais qui est-ce, au juste, cette Montano ? Son nom me dit bien quelque chose. Il paraît qu'elle a joué, du temps du muet... Allô.

Il y avait des voix inquiètes :

— C'est un peu ennuyeux, vous ne trouvez pas ? Gloria, passe encore. Mais il ne faudrait pas que *La Thébaïde* devienne un dépotoir à centenaires. Moi, ça m'est égal. Mais vous comprenez bien que ça rejaillit sur nous tous. On va dire : *La Thébaïde*, c'est une espèce de refuge pour vieillards. C'est très désagréable.

Il y avait les optimistes :

— Elle va rester quelques jours et puis elle s'en ira.

Les pessimistes :

— Allez savoir si elle n'a pas été visée pour des raisons personnelles. Et qu'est-ce qui nous prouve qu'elle n'est pas guettée par d'autres voyous. Nous qui voulions la paix, nous sommes servis.

Un clan de supporters commençait à se manifester.

— Gina Montano, c'est vrai, elle n'est pas jeune, mais d'abord elle a gardé un nom qui est toujours célèbre. Tout autant que celui de Gloria. Alors, nous ne pouvons pas choyer l'une et repousser l'autre.

A quoi d'autres voix répondaient :

— Qu'est-ce que vous ferez quand vous aurez sur le dos la télévision, les journalistes, les photographes, les flashes, tout le tumulte des médias ?

Gloria affectait un imperturbable sang-froid.

— J'ai bien connu Gina autrefois et maintenant notre âge fait de nous des amies. C'est moi l'aînée. C'est donc à moi de mettre fin à des commentaires pas toujours aimables. Gina, par discrétion, a tenu à garder une espèce d'incognito que je déplore. Aussi, j'ai bien l'intention de l'inviter chez moi, parmi quelques intimes.

Julie, de son côté, était consultée par quelques voisines très sceptiques.

— Vous croyez vraiment que la présence de cette femme plaît à votre sœur ? Elle qui n'est déjà pas facile à vivre, nous serions bien surprises si cela ne finissait pas par une brouille.

— Une brouille ? s'écriait Julie. Au contraire, elles vont avoir tant de choses à se raconter ! Notez bien ce que je vais vous dire : Gloria sera la première à insister pour que Gina achète *Les Soleils*.

Cette réflexion fut longuement commentée. Gloria pria sèchement Julie de s'occuper de ses affaires.

— Et remarquez, dit-elle, que n'importe qui ne peut acheter une maison ici. Il y faut l'accord des autres propriétaires. Une femme aussi voyante que Gina, ça m'étonnerait qu'on l'accepte.

— Mais toi, dit Julie, tu y verrais des inconvénients ?

— Moi, éclata Gloria, mais qu'est-ce que tu veux que ça me fasse ? Croirait-on pas que j'ai quelque chose à craindre d'elle ? Qu'elle achète *Les Soleils* si ça lui chante. Et bien plus, j'insisterai pour qu'on ne s'y oppose pas. Si elle a assez d'argent, ce qui n'est pas sûr. Elle a toujours remué beaucoup d'air mais au fond elle n'a jamais eu les moyens de son personnage. Et la preuve, c'est qu'elle est encore obligée de travailler. Mais d'accord ; qu'elle achète *Les Soleils* et je te promets qu'elle s'en mordra les doigts. En attendant, je l'inviterai pour lundi prochain. Tu peux confirmer la nouvelle.

— Ça ne me regarde pas.

— Oh ! mais si ! Mine de rien, tu places ici et là ton petit mot. Je suis au courant, tu sais. Parle, ma fille, ne te gêne pas. Et en sortant mets-moi la sonate de Franck.

Julie se garda bien de prendre parti dans ce qui était en train de tourner en querelle. L'attitude de Gina était très bizarre mais Clarisse, adroitement fureteuse, apprit par l'une des servantes de M. Holtz que la vieille dame préférait, pour le moment, se tenir à l'écart, ne sachant pas encore si elle se fixerait à *La Thébaïde*. Pendant ce temps, les amies les plus proches de Gloria essayaient de se documenter sur l'actrice. On se procura, dans la meilleure librairie de la ville voisine, des Histoires du Cinéma, mais les renseignements concernant Gina étaient minces. Quelques lignes, çà et là, toujours élogieuses, et une photo d'elle dans un rôle de femme fatale. Le film était de 1932. Quel pouvait être son âge, à l'époque ? Le livre passa de main en main. On regardait longuement ce visage admirablement maquillé et éclairé par un artiste. Impossible de risquer un chiffre... Trente ans... Trente-cinq ans ?

— Je dirais : quarante, décida Gloria. Avez-vous cherché dans un dictionnaire ?

On le fit, mais sans succès.

— Et pourquoi ne lui poserait-on pas carrément la question ? dit Pamela. Pourquoi ne pas la traiter en amie ?

Gloria approuva aussitôt.

— Oui, Pamela a raison. J'ai l'intention d'inviter Gina lundi prochain. Ma sœur ne vous a pas prévenue ? Décidément, elle perd la mémoire.

— D'ailleurs, conclut Simone, cette affaire d'âge est sans intérêt.

Mais pourquoi Pamela se promenait-elle dans le parc plus souvent que par le passé ? Pourquoi Kate se permit-elle d'arrêter M. Holtz pour lui demander des boutures de rosiers ? Pourquoi la villa était-elle en somme sous surveillance ? Julie en plaisantait avec Gina, car les deux femmes se téléphonaient tous les jours. Gina se plaisait de plus en plus à *La Thébaïde*. M. Holtz était un hôte parfait. La maison était ravissante.

— Et quelle paix ! soupira Gina. Je me sens enfin en sûreté.

— Mais votre présence fait beaucoup parler. Avez-vous reçu l'invitation de ma sœur ?

— Oui, hier après-midi. Très aimable. Très amicale. Je pense que j'irai. Surtout que je suis à peu près décidée à acheter *Les Soleils*.

« Enfin, songea Julie. Elle y vient. Qu'elle achète donc. La suite... » Elle allait dire : « Je m'en lave les mains. » Elle haussa les épaules et reprit :

— Je serai de la fête, car, n'en doutez pas, toutes les amies de ma sœur seront là pour vous accueillir. On vous demandera des autographes. On boira à votre santé. Vous serez définitivement des nôtres. Rectification : quand je dis « des nôtres », je m'excepte. Je ne veux faire partie d'aucun groupe. Mais n'en soyez pas choquée, ma chère amie. Mes amitiés à M. Holtz.

Et, dans la résidence, la nervosité grandit. Gloria retenait par le poignet ses amies.

— Vous viendrez, n'est-ce pas ? Et tâchez d'amener ces messieurs. Je suis sûre que Gina est encore sensible aux hommages masculins. Ou alors elle aurait bien changé.

— Je compte sur toi, dit-elle à Julie. Ne fais pas toujours ta sauvage. Ta place est près de moi.

— Pourquoi ?

— Eh bien, parce qu'on va nous comparer, elle et moi. On va chuchoter dans les coins. « Gloria est la mieux conservée. » « Oui, mais la Montano paraît plus vive. » « Combien de fois a-t-elle pu se faire arranger la figure pour être encore aussi présentable ? » Enfin, Julie, tu les connais.

— Justement. Elles t'aiment bien.

— Non. Elles ne m'aiment pas. Je suis si vieille que je les effraie. Songe que je pourrais être leur mère, à toutes. Et même la grand-mère de quelques-unes. Alors, je les fascine, ce qui n'est pas pareil. Que Gina leur plaise tout d'un coup plus que moi, et je serai fichue.

— Pourquoi l'avoir invitée, dans ce cas ?

— Parce que j'ai hâte d'en avoir le cœur net. Parce que ce sera elle ou moi, voilà. Et je compte sur toi pour écouter les propos qui s'échangeront.

Julie faisait toujours celle qui ne comprend pas.

— Je t'assure que tu te trompes. Voir deux aïeules qui se retrouvent après si longtemps, malgré tous les coups durs de la vie, c'est plutôt très émouvant, non ?

Gloria s'impatientait.

— Pas deux aïeules. Deux artistes. Deux anciens monstres sacrés, si tu préfères. C'est pourquoi ça prend tout de suite les allures d'une confrontation. Elle tournera à mon avantage puisque c'est moi la plus âgée. Et il faudra bien qu'elle se mette dans la tête que sa place n'est pas ici. Mais je voudrais être à lundi.

Le dimanche fut une sorte de veillée d'armes. Gloria hésita longtemps entre plusieurs perruques. Elle tenait à paraître fraîche et avenante sans pourtant se rajeunir, ce qui aurait été ridicule. Ses deux amies les plus chères, Kate et Simone, l'assistaient, la conseillaient pour le choix du maquillage. Juste un léger fond de teint pour gommer un peu les rides sans les effacer. Tout le problème consistait à offrir un visage de centenaire qu'on pouvait avoir encore envie d'embrasser. D'où une répétition qui dura une partie de la journée, car la toilette aussi posait des problèmes. Rien d'estival, malgré la saison. Les bras étaient trop maigres ; le cou faisait des plis. Le mieux était tout bonnement d'adopter une simple robe d'intérieur ne laissant deviner qu'une silhouette au contour vaporeux. Les bijoux seuls retiendraient l'attention. Longue discussion autour des boucles d'oreilles. Non, pas de pendentifs, mais des diamants qui donneraient au visage un éclat juvénile, quelque chose d'enjoué et de spirituel. Et puis le collier. Là, pas d'hésitation. Gloria était une femme riche. Prière de ne pas l'oublier. Elle ouvrit ses coffrets, pour Kate et Simone, qui furent éblouies.

— Je peux ? dit Simone, timidement.

Elle prit avec précaution un collier qui brillait comme une coulée d'étincelles et le suspendit devant sa gorge. Immobile, devant la glace, elle paraissait hypnotisée. Enfin, elle le recoucha très doucement, comme un reptile assoupi, sur son lit de velours. Gloria, épanouie de vanité satisfaite, la couvait des yeux.

— Il vous plaît ?

— Je ne me doutais pas que..., balbutia Simone. Mais déjà elle supputait, non sans fièvre. Gloria n'avait pas d'enfants. Elle ne parlait jamais de ses héritiers. Elle laisserait bien quelques souvenirs à ses plus proches amies. De son côté, Kate caressait une rivière de diamants dont le prix lui tournait la tête.

— Et vous gardez ici un pareil trésor, dit-elle. C'est de la folie.

— Non. Pas du tout. De temps en temps, je touche, je palpe, pour le plaisir. Les pierres, ça réchauffe. Pas besoin de les porter sur soi. Qu'est-ce que vous me conseillez ?

— Ce pectoral, décida Kate. Il fera rentrer sous terre la Montano.

— Le violon, dit Gloria. Il serait mieux dans la penderie, sur l'étagère. Il vaut mieux qu'elle ne le voie pas. Ce sera plus discret. Nous le remettrons à sa place, le pauvre chéri, dès qu'elle sera partie. Je suppose qu'elle prend du thé.

— Oui, fit Simone. Je le sais par la petite bonne du consul. Chez M. Holtz, elle boit du Ceylan, très fort, sans sucre et sans lait. Mais j'aurai tout ce qu'il faut.

— Eh bien, mes petites, nous sommes prêtes.

Clarisse, qui avait participé activement aux préparatifs, mit Julie au courant, par le menu.

— Et pour finir, conclut-elle, mais ça, défense d'en parler, savez-vous ce qu'elle m'a demandé ? De mettre un cierge dans la chapelle. Pourtant, elle n'est pas très dévote.

— Sa vie est tellement vide, murmura Julie. Le moindre changement dans ses habitudes est un tourment. Elle règne, ici. Elle est du matin au soir en représentation. Elle se doit de sentir qu'elle tient son public, et elle a tout bonnement le trac, comme autrefois. Et tu sais, Clarisse, je l'envie. Le trac, c'est un sentiment extraordinaire, une surabondance de peur, de joie, de panique, de volonté. C'est la vie et la mort. C'est... Ah ! il faut avoir connu cela. Je donnerais tout pour une seconde de trac, moi pour qui toutes les heures se ressemblent. Mais je me promets bien d'assister à la rencontre. Je me cacherai dans un petit coin.

Dès quatre heures, les invités commencèrent à arriver. Beaucoup moins d'hommes que de femmes, et vêtus sans recherche particulière, tandis que les épouses semblaient se rendre à un concert très élégant. Un buffet avait été dressé dans l'auditorium, et Gloria, assise dans un fauteuil au siège légèrement surélevé, recevait au seuil de sa chambre. Julie, tout au fond de la salle, regardait de tous ses yeux. Elle était la seule à savoir que la scène qui se préparait avait été conçue par elle, prévue dans tous ses détails, mais restait encore incertaine dans son issue. Et c'est ce qui était passionnant, ce qui lui procurait non pas une émotion, mais une toute petite attente de curiosité, qui était en somme agréable. On sut que la Montano approchait quand le brouhaha des conversations s'atténua puis s'éteignit, en même temps que les visages se tournaient vers la porte. Gina parut, au bras de M. Holtz, et il se produisit alors un grand silence. Gina Montano, tout en noir, sans un bijou, à peine fardée, bien droite malgré l'affaissement de ses épaules, avait retrouvé l'allure altière de ces patriciennes qu'elle avait si souvent jouées dans les films à péplum. Elle s'avança lentement vers Gloria, qui brillait de tous ses feux, et c'était elle l'impératrice. Alors Julie eut une inspiration. Elle cria : « bravo », et tout le monde applaudit. Gloria, soutenue par Kate, se leva et tendit les bras, tout en chuchotant :

— Quelle est l'imbécile qui a crié : « bravo » ?

— Ça venait du fond, répondit Kate.

Mais déjà les deux femmes se rejoignaient et s'embrassaient en simulant l'émotion la plus vive. Puis Gloria prit Gina par la main et s'adressa à son public.

— Comme je suis heureuse, dit-elle, d'accueillir à *La Thébaïde* une actrice célèbre dans le monde entier. C'est une grande joie pour nous tous et un grand honneur. Nous souhaitons que Gina Montano, victime récemment d'une agression odieuse, consente à s'établir ici pour partager notre paix et notre joie de vivre. Bienvenue à notre grande amie.

Nouvelle accolade. Applaudissements prolongés. Gloria, épuisée, dut se rasseoir mais Gina resta debout pour la remercier.

— Pour moi, dit à voix basse à son mari une personne qui habitait aux *Gardénias*, elle est nettement plus jeune qu'elle. Je veux bien qu'elle se soit fait tendre une ou deux fois, mais les yeux, hein, ces yeux si noirs de Napolitaine, pour ça, il n'y a pas de lifting. Regarde-moi cet éclat ! Ils éteignent les yeux bleus de cette pauvre Gloria.

— Chut !... Qu'est-ce qu'elles font ?

— Je crois qu'elles échangent des cadeaux.

On se pressait maintenant autour d'elles. Julie se glissa hors de la pièce et rejoignit ce qu'elle appelait sa tanière. Clarisse vint, un peu plus tard, lui dire ce qu'elle avait vu. Gina avait offert à Gloria un disque : *Fantaisie brillante* de Paganini (un machin tape-à-l'œil pour noces et banquets, d'après Julie). Et Gloria avait donné à son tour un album illustré, puisé dans sa bibliothèque : *Les Stars du muet*, ce qui replaçait cruellement la Montano dans le temps lointain de sa plus grande célébrité. Elles avaient, l'une et l'autre, manifesté une vive satisfaction et Gina s'était prêtée ensuite à la cérémonie obligatoire des dédicaces, tandis que les questions volaient. « Avez-vous l'intention de vous installer ici ? » « Quels sont vos projets ? » « Ne parle-t-on pas pour vous d'un rôle au théâtre ? »

— Increvable, commentait Clarisse. Elle a tenu le coup comme une jeunesse.

— Et Gloria ?

— Elle n'en pouvait plus. Vous devriez passer la voir. Je l'ai aidée à se coucher. Elle ne veut pas dîner.

Julie se rendit chez sa sœur et la trouva marquée par la fatigue, les orbites creuses, le regard terni, mais couvant encore un feu de rancune.

— Ça ne se reproduira plus, dit-elle. Tout ce monde, tout ce bruit, c'est trop pour moi. Et pour elle aussi. Elle se traînait quand elle est partie. Si son M. Holtz ne l'avait pas soutenue ! Mais enfin, maintenant, chacune chez soi. Je vais avaler deux Mogadon. Sans ça, je ne dormirai pas.

Julie se retira discrètement. La chose prenait bonne tournure, mais il faudrait y avoir l'œil. Dieu merci, Julie ne manquait pas d'idées. Elle fuma encore une cigarette avant de se déshabiller pour la nuit. Blottie dans son fauteuil, pourquoi se mit-elle à rêver à Fernand Lambot ? Il avait été tué au Chemin des Dames, en 1917. Elle avait encore ses admirables mains de virtuose. Alors, pourquoi lui avait-elle écrit cette lettre qui avait causé sa mort ?

*
* *

La nuit venait, déployant au couchant un flamboiement de couleurs excessives. Un diesel, sur la mer, battait un lent tam-tam. C'était une espèce de soirée des adieux, sans raison, sans regrets, sans haine, quelque chose que seule la musique aurait pu exprimer. Peut-être l'andante du *Trio à l'Archiduc*. Une tristesse surgie de plus loin que la tristesse. « Ma pauvre vie, pensait Julie. Ma mauvaise vie. » Elle se leva et ouvrit largement la fenêtre. Voyons, en 1917, Gloria avait trente et un ans, et ce malheureux Fernand vingt-deux ou vingt-trois ans. Qu'elle fût sa marraine, passe encore. Mais sa maîtresse ! Car elle avait été sa maîtresse tout de suite, à la première permission de ce gamin qui, ébloui, était sorti de son lit pour rentrer dans la guerre, persuadé qu'il l'épouserait un jour. Alors, pourquoi la lettre ? Et pourquoi était-ce justement ce soir que tout cela, comme un haut-le-cœur de la mémoire, lui revenait à l'esprit ? Où avait-elle pris qu'elle devait le mettre en garde, lui dire que Gloria n'aimait et n'aimerait jamais qu'elle-même, que seuls comptaient pour elle son violon, sa réputation, son prestige naissant. Ce n'était pas une lettre anonyme, puisqu'elle l'avait signée. Et sur le moment elle s'était persuadée qu'elle faisait son devoir. Était-ce donc sa faute s'il était mort peu après ? Et qui pouvait dire s'il n'était pas allé au-devant du danger volontairement, n'ayant plus rien à perdre ? Gloria avait versé quelques larmes et accepté de donner un concert pour les blessés.

Fernand Lambot, décoré à titre posthume, reposait dans un cimetière militaire visité par les touristes. Et Julie regardait l'ombre qui commençait à effacer les allées. Pourquoi ce passé sortait-il de la nuit ? Était-ce parce que le choc entre Gloria et Gina l'avait bouleversée ? Non. Ce n'était là qu'une péripétie sans importance. Humilier Gloria, l'abaisser, faire d'elle une vaincue, cela était légitime. Peut-être pas très beau mais légitime. En un sens, il était également légitime d'avoir honnêtement prévenu le petit sous-lieutenant sans cervelle. Seulement, ce que Julie découvrait, en regardant scintiller le ciel de l'été, c'était qu'elle n'avait pas attendu d'être mutilée pour se venger. Et se venger de quoi ? Qu'est-ce que sa sœur lui avait pris avant de lui voler ses mains ? Elle ne le savait pas. Mais il s'agissait bien d'une sorte de règlement de comptes qui n'avait pas commencé sur la route de Florence, en 1923, mais beaucoup plus tôt, et pour quel motif obscur ? Et qui se terminerait comment ? Ce qui était sûr, c'est qu'elle n'avait rien voulu délibérément. Elle jouait une mystérieuse partition. Elle appuyait sur des touches et ce qu'elle entendait ne ressemblait pas à ce qu'elle avait attendu. Ce n'était pas discordant. C'était funèbre.

Du dos de sa main gantée, elle écrasa ses paupières qui se mouillaient. Pauvre petit sous-lieutenant, si blond, si charmant, qui n'avait pas eu un regard pour elle. Il n'aimait que le violon, les choses à vibrato sentimental et caressant.

Elle referma la fenêtre, à cause des moustiques, et dans le noir entreprit de se déshabiller. Puis elle s'étendit sur son lit, renonçant à lutter avec certaines boutonnières mal placées. L'important n'était pas de dormir, mais de contenir et d'enfermer le troupeau indocile des souvenirs, jusqu'au silence, jusqu'au vide. Ne plus voir, ne plus entendre, ne plus être personne. Ce n'est pourtant pas bien difficile. Les gourous, les moines contemplatifs, les anachorètes savent le faire. J'ai passé la main à Gina. Qu'elle continue toute seule. Moi, je disparais.

L'affaire ne traîna pas. Dès le lendemain, Gina prenait ses dispositions pour acheter *Les Soleils*, et *La Thébaïde* entra en effervescence. Le conseil des propriétaires se réunit sous la présidence de Mme Genson-Blèche. La séance eut lieu dans la bibliothèque de la résidence, et Gloria s'y fit porter. M. Holtz prit la peine de téléphoner lui-même à Julie pour la tenir au courant, car elle n'avait pas été convoquée, n'étant que la locataire de sa sœur. La partie n'était pas gagnée d'avance. Si la candidature de Gina était écartée, Gloria continuerait à régner. Mais si, au contraire... Et Julie marchait nerveusement entre le téléphone et le divan du living où elle était obligée de s'asseoir, de temps en temps, parce qu'elle souffrait d'élancements dans le côté. Gloria n'avait pas osé prendre ouvertement parti contre Gina. Elle s'était contentée de faire valoir que la présence d'une actrice aussi connue que la Montano ne manquerait pas d'attirer sans cesse journalistes, photographes, romanciers, artistes, surtout dans les périodes de festivals, à Cannes, à Nice, à Monaco. Et l'argument avait porté. Mais M. Holtz, très habilement, avait dit :

— Gina Montano ne jouit pas d'une notoriété plus grande que la vôtre, et pourtant vous ne recevez pas plus de visites que quelqu'un d'entre nous. En outre, je crois savoir que Gina Montano tient autant que nous tous à vivre en paix. N'oubliez pas son âge.

Et Mme Lavelasset s'écria :

— Mais au fait, nous l'ignorons, son âge.

Brouhaha. Exclamations. Ce fut encore M. Holtz qui rétablit le silence.

— Il se trouve, dit-il, que je peux répondre. Nous avons tout le temps de causer, elle et moi, et incidemment j'ai appris que sa tante, à l'époque, était employée au vestiaire de la Scala de Milan. Or, Gina serait née le soir où Verdi créa son *Othello*. C'est du moins ce qu'elle croit. Mais elle n'en est pas sûre car il y eut à Naples, dans ces mois-là, plusieurs éruptions du Vésuve et plusieurs séismes. Sa mère quitta la ville pendant quelque temps pour se réfugier chez sa sœur et oublia même de faire baptiser le bébé ; de sorte que la naissance de Gina reste entourée d'un certain mystère. Mais de toute façon, elle est de 1887.

— Comme moi ! lança Gloria, soudain alarmée.

— Oui, dit Holtz, mais à mon avis elle a trouvé tellement à son goût l'épisode d'*Othello* qu'elle a choisi cette date par une espèce de coquetterie. Qu'elle soit née en 1887, c'est sûr. A quelle date ? C'est sans importance. Vous n'avez pas l'intention d'ouvrir une enquête à Naples, n'est-ce pas ? Je reste persuadé qu'elle cherche à se vieillir parce que ça fait chic d'être centenaire. Qu'en pensez-vous, vous, madame Gloria ?

— J'en pense que la seule centenaire, c'est moi, répondit aigrement Gloria.

On rit beaucoup, pensant que c'était là une plaisante boutade. En quoi on se trompait. Julie, le soir venu, trouva sa sœur d'une humeur sombre.

— Es-tu souffrante ?

— Mais non.

Julie, machinalement, tendit la main pour saisir le poignet de Gloria.

— Ah ! ne me touche pas ! Je veux qu'on me laisse tranquille. Non, je n'ai pas de fièvre. C'est cette intrigante qui me met hors de moi.

Et ce fut elle qui s'assit sur son lit et empoigna la main de Julie.

— Son Hubert, elle l'a complètement retourné. Et lui, avec sa bonne tête d'honnête homme, il a fini par emporter la décision. La majorité s'est prononcée pour Gina. Et même, à vrai dire, ils ont tous voté pour elle, sauf moi. Alors, tu vois dans quelle situation je suis. J'ai l'air d'en vouloir à cette ruine, d'être jalouse d'elle. Moi, jalouse !

— Je t'en prie. Calme-toi, dit Julie.

Gloria, remontée, ne l'écoutait plus.

— Sait-on seulement d'où elle est sortie ? continuait-elle. Holtz a bien été obligé de reconnaître — parce que la question est revenue sur le tapis — que Gina s'est inventé une enfance très romantique, parce que, très vite, elle a compris qu'une légende à faire pitié facilite une carrière. Et allez donc. Même Kate, même Simone, ont marché.

— Mais enfin, dit Julie, qu'est-ce que ça peut te faire qu'on ne soit pas très bien renseigné sur les origines de Gina ?

— Ah ! fiche-moi la paix ! Tu ne comprendras jamais rien.

— Qu'est-ce qu'il y a à comprendre ?

— Il y a que... réfléchis donc... Je n'ai pas, moi, une auréole de mystère. Si cette garce sait s'y prendre, elle les aura toutes à sa main. Elles iront toutes autour d'elle, comme des pigeons à qui on jette des grains. A quoi ça me servira d'avoir cent ans, si je n'émerveille plus personne ?

Ce cri du cœur faillit émouvoir Julie.

— Nous n'en sommes pas là, protesta-t-elle. Attendons de la voir installée. Il sera toujours temps, pour toi, de reprendre l'initiative. Surtout qu'elle n'est peut-être pas si solide que ça. Il paraît qu'elle mange très peu et qu'elle ne dort presque pas.

— C'est bien vrai ? demanda Gloria, d'une petite voix navrée où renaissait l'espoir.

— Mine de rien, poursuivit Julie, j'écoute... et je fais parler les bonnes.

— Merci. Merci. Je sens que ça va mieux. Laisse-moi maintenant. Et toi aussi, soigne-toi bien.

Plusieurs jours s'écoulèrent, paisibles en apparence, mais agités en profondeur par des courants inquiétants. M. Virelemont de Greuze, ancien directeur du Crédit lorrain, écrivit à Mme Genson une lettre assez sèche pour l'informer qu'il se retirait du conseil, où se développait, d'après lui, un détestable esprit de commérage. Mme Genson répliqua avec vivacité. Il y eut, chez Gloria, des conciliabules passionnés à la faveur desquels se reconstitua le petit noyau de fidèles qui avait failli se défaire. Gloria retrouva l'appétit et reprit ses couleurs. Julie rendait visite à Gina qui, parcourant joyeusement les pièces vides de la villa, commençait à distribuer, dans sa tête, les meubles qu'elle allait recevoir. Elle fut ravie d'avoir une confidente qui était au fait de toutes les intrigues minuscules qui se nouaient à *La Thébaïde*. Et tout en lui indiquant l'emplacement futur de sa bibliothèque, de ses vitrines à souvenirs, de son fauteuil à bascule — « J'ai besoin de me bercer quand je regarde la télévision » —, elle l'interrogeait sur Gloria.

— Est-elle toujours furieuse après moi ?

— Pas furieuse, rectifiait Julie, mais troublée. Elle a peur de vous, au fond. Les gens d'ici sont tellement desséchés que deux centenaires à la fois, eh bien, c'est trop pour leur petit cœur.

— Ah ! *cara mia*, tu es impayable ! Mais moi, tu sais, je n'attends pas qu'on m'aime. Dis-lui, dis-lui... Je ne suis pas une voleuse. Tiens, ici, j'ai l'intention d'installer mon coin cinéma. J'ai racheté des films ; j'ai pas mal de cassettes. Quoi, j'ai bien le droit de regarder des films. Elle écoute bien ses disques, elle. Si ça t'amuse, tu n'auras qu'à venir quand tu voudras.

Julie fit la leçon à Clarisse.

— Tu raconteras à ma sœur que Gina possède un appareil de projection et qu'elle compte montrer des films à ses voisines. Mais tu glisses, hein, sans insister.

Le soir même, Gloria retint Julie.

— Assieds-toi. Tu passes toujours en coup de vent.

Elle était douce, soudain, et presque affectueuse. Elle était un peu plus fardée que d'habitude et, malgré le fond de teint, il y avait des rides, plus fines que des craquelures, qui meurtrissaient la fragile porcelaine de ses joues. Les appliques, de chaque côté du lit, gommaient le bleu des yeux, le noyaient de gris, et ses orbites paraissaient plus sombres, avec quelque chose de vaguement malsain.

— Est-ce que Clarisse t'a mise au courant ? demanda-t-elle.

— Au courant de quoi ? Ses potins ne m'intéressent pas.

— Dommage ! Tu saurais que la Montano se propose d'organiser des séances de cinéma, de montrer des diapositives, de faire une retape éhontée. Et peut-être pas gratuite. Mais heureusement que nous sommes protégées par le cahier des charges. Il est interdit, dans la résidence, d'installer des locaux à usage commercial.

— Doucement, s'écria Julie. Tu t'emballes, mais rien ne prouve que...

— Bon, bon. Tu verras. Cette Montano, c'est la peste. Mais qu'est-ce qu'elle vous a fait, à tous, que tout le monde prend son parti ? Oh ! mais, j'ai une petite idée ! Tu m'aideras, Julie. N'oublie pas ton âge. Comme on me traite, tu seras traitée, toi aussi.

— Je suis prête à t'aider, mais comment ?

— Tu es bien avec Hubert Holtz, si, si, je suis renseignée. Cause avec lui. Pose-lui des questions sur Gina, sans en avoir l'air. Si on pouvait prouver qu'elle triche... Tu l'as vue marcher, parler, rire. Je mettrais ma main au feu qu'elle n'a pas son âge. Je te jure qu'elle ment. C'est une étrangère, après tout. Elle peut raconter n'importe quoi.

— Admettons, dit Julie. Et après ?

Gloria passa la main sur ses yeux et murmura d'une voix lasse :

— Je sais. Je suis ridicule. Pourquoi est-ce que je pense tout le temps à elle ?

— Tu devrais consulter notre docteur. On voit bien que tu prends sur toi, mais que tu es tourmentée.

— Tu veux dire qu'on le voit sur ma figure ?... Donne-moi mon miroir. Et fais attention, toi qui lâches tout ce que tu touches.

Elle prit le miroir et s'étudia longuement, de face, de trois quarts, tirant çà et là sur sa peau.

— Les rappels... les gerbes de fleurs, chuchota-t-elle, et ça, maintenant.

Elle abaissa son bras, laissa rouler sa tête sur les oreillers et ferma les paupières.

— Ne regarde pas, dit-elle. Bonsoir, Julie.

Puis soudain, soulevée sur un coude :

— Je me fous d'elle, tu entends... Je m'en fous ! Qu'elle aille au diable !

Julie referma la porte, sans bruit. C'était la première fois qu'elle entendait sa sœur jurer comme un homme. Comme Olivier qui, pour un oui, pour un non, s'emportait en imprécations, en insultes, en blasphèmes. Olivier Bernstein, qui avait tant fait pour le triomphe de Gloria. Le stradivarius, c'était lui. Et l'Hispano qui avait quitté la route, près de Florence, c'était lui. Julie se rappelait... Tandis qu'elle recevait les premiers soins, à la fois inconsciente et affreusement lucide, elle l'entendit qui secouait Gloria. « Nom de Dieu, tu as fait du propre. Tu as vu ses mains ? » Mais pourquoi ces bulles de mémoire revenaient-elles crever comme des gaz empoisonnés à la surface d'un marais ?

Elle se dirigea vers la butte où elle venait de plus en plus souvent s'asseoir, à la nuit tombante. Personne ne s'égarait de ce côté. Elle tira de son sac une Camel, un peu tordue. Elle avait abandonné les Gitanes, après les Gauloises, parce qu'elle n'aimait pas l'âcre odeur qui s'accrochait à ses vêtements. Gloria lui avait dit, après avoir reniflé :

— Tu sais ce que tu fais ?

Et elle aurait pu répondre, elle aussi : « Je m'en fous complètement ! » Elle s'était mise au tabac blond à cause de son goût de miel et parce qu'il était plus dangereux pour la gorge. Elle s'assit sur la pente et laissa ses regards errer sur la mer dont on entendait le doux ressac, au loin. « Debussy, songea-t-elle, n'a rien compris à la Méditerranée. » Puis elle revint à Bernstein.

Au point où elle en était, elle n'avait plus à ruser avec ses souvenirs. Au contraire, il valait mieux les laisser grouiller. C'était l'heure des larves. Pauvre Olivier ! Du premier coup, il était tombé sous le charme. C'était à Berlin, peu d'années après la guerre, en 1922 ou 23. Gloria était déjà très connue. Plus que sa sœur qui pourtant rentrait d'une tournée triomphale aux États-Unis. Le pianiste de Gloria, malade, avait renoncé au dernier moment à l'accompagner et Julie avait pris sa place, après avoir beaucoup hésité. Le récital avait été conçu pour mettre en valeur le violon : sonate de Tartini, *Sonate à Kreutzer* et aussi... mais là ses souvenirs s'embrouillaient. Et d'ailleurs, c'était sans importance. Ce qui comptait, pour Gloria, c'était d'occuper la scène à elle toute seule, d'effacer le piano, de jouer avec un balancement du buste, un arrondi du bras, un visage pâmé, une mimique de prêtresse possédée, qui étaient autant d'insultes à la musique. Glacée de mépris, Julie se contentait de donner correctement la réplique et, quand déferlaient les applaudissements, elle se tenait un peu en retrait, soulignant avec raideur qu'elle ne prenait que sa très juste part des acclamations. Olivier Bernstein, transporté d'enthousiasme et subjugué par la beauté de Gloria, l'attendait pour lui dire son admiration. Avait-il seulement vu la pianiste ? Gloria l'accaparait. Il bafouillait des compliments, des excuses, des invitations et déjà des promesses que Gloria accueillait avec un petit sourire de politesse blasée. Mais ce n'était pas vrai. Son bonheur, sa drogue, c'était le sentiment de son pouvoir. Et ce pouvoir tenait, d'une façon que Julie ne s'était jamais expliquée, à la magie de son coup d'archet. Aurait-elle joué *Au clair de la lune*, le miracle se serait produit avec la même intensité voluptueuse. On perdait tout contrôle. On lui appartenait. Pas Julie ! Mais les autres, ceux pour qui la musique n'est que tressaillement et frisson. Gloria aimait les voir à ses genoux, les extasiés, les enivrés, les transportés, les éperdus ; elle les dédaignait. Ils étaient sa plèbe. Mais aussi le miroir qui lui renvoyait l'image multiple de son étrange talent. Et bien sûr, Bernstein, en dépit de sa fortune, de son empire industriel, de sa séduction personnelle, ne valait pas mieux que le tout-venant des fanatiques.

Julie s'appuie sur un coude. Elle commence à se fatiguer ; les aiguilles de pin lui entrent dans la chair. A quoi bon remuer toute cette lie ? Mais elle sent qu'elle tient la vérité, plus fermement que jamais. Ce que Gloria attendait d'elle, ce qu'elle attend toujours, c'est l'estime. Tous les publics ont reconnu et accepté le pouvoir de la violoniste. Une seule personne a refusé d'admettre sa valeur. Violoniste d'exception, soit. Mais pas vraiment musicienne. Trop orgueilleuse pour se faire la servante des maîtres, la petite sœur converse des génies.

Et là-dessus Olivier Bernstein épousa Gloria.

Julie fouille, s'aperçoit que son paquet de Camel est vide. Alors, elle retire ses gants, aux doigts souillés de nicotine. Elle en a plusieurs paires qui sèchent sur une corde, dans le cabinet de toilette. Il faudra qu'elle demande à Roger une nouvelle cartouche. Deux paquets par jour ! Au bout de deux jours, son gant droit est irrémédiablement taché de jaune et Clarisse fait la tête.

La brise marine s'est levée. Elle souffle de la terre des odeurs de sous-bois et de résine. C'est le moment où Julie permet à ses mains de sortir, de flairer, de se frotter l'une contre l'autre. Elle surveille les alentours comme si elle craignait de les voir s'enfuir. Mais la résidence s'endort. On se couche tôt, à *La Thébaïde*. En contrebas, la villa des *Glycines* veille encore. On y fête l'anniversaire de Gaëtan Heurtebois, l'architecte. Il a soixante-dix ans et il boite. Blessure reçue dans un supermarché. Une balle perdue, au cours d'un hold-up. Il ne sort guère mais sa femme est une grande amie de Gloria dont elle fait les commissions quand elle va en ville. Julie n'a pas sommeil. Sur le fond de la nuit, elle regarde ses souvenirs. Il n'était pas très beau, Olivier. Mais tellement riche ! Et habitué à satisfaire tous ses caprices. Naïvement, il traitait les femmes comme des chevaux de course. Même Gloria, dont il avait sûrement envie de flatter l'encolure après un concert triomphal. Le plus beau violon, les plus glorieux bijoux, les voitures de prestige, il offrait tout, avec une ostentation que Julie haïssait, non par jalousie, mais par un sentiment aigu de décence qu'elle avait hérité de sa famille protestante. Elle reprit sa liberté et présenta à Gloria un ancien camarade de conservatoire trop heureux d'être agréé comme accompagnateur. Sollicitée par le Japon, elle quitta la France et passa toute l'année 1923 à l'étranger, toujours admirée, jamais courtisée, pour quelque raison mystérieuse, qui tenait peut-être à sa façon de s'habiller, ou de se refuser aux réceptions officielles, ou d'écarter les platitudes galantes. Aucune importance. Elle se suffisait. Elle avait son piano, son travail et ses auteurs d'avant-garde, Ravel, Dukas, Florent Schmitt qui venait de composer *Le Petit Elfe*, Roussel et Satie, le plus controversé. Elle essayait sans grand succès d'imposer certaines de leurs œuvres à un public habitué aux classiques. Il lui arrivait de récolter des sifflets, mais elle allait son chemin, sûre d'avoir pour elle le goût et la raison. En 1924, elle fut invitée en Italie, pour une tournée de concerts dont elle devina que son beau-frère était plus ou moins l'organisateur. Elle ne tarda pas à apprendre qu'il avait l'intention de raccommoder le duo Gloria-Julie, trouvant que cette association était plus payante. Qu'en pensait Gloria ? Et pourquoi Olivier venait-il fourrer son nez dans une affaire qui ne le regardait pas ? Julie prit un paquebot qui l'amena à Marseille et vint à Cannes se reposer quelques jours. Le destin se plaît à ces jeux. Olivier vint l'y rejoindre et lui jura que l'idée de ce duo était de Gloria. Pourquoi ne pas essayer ? Il y eut quelques répétitions et il fut très vite évident que l'entente ne se ressouderait jamais entre les deux sœurs. Bien sûr, on jouait les notes. Mais d'une façon appliquée qui faisait de la partition quelque chose de gris. Et Olivier se permettait de donner son avis, lui qui, sorti de ses laboratoires, était juste capable de siffloter un air des *Cloches de Corneville*.

Julie regarde ses mains qui reposent innocemment sur ses genoux, côte à côte. Elle ne se doutait pas, alors, qu'il leur restait à peine quelques jours à vivre. La mauvaise chance veillait. Igor Slansky, le fameux pianiste polonais, tomba malade à Rome, une semaine avant le concert que tous les mélomanes attendaient. Affolement. Confusion. Olivier arrangea les choses à sa manière expéditive, sans consulter Julie. La nécessité faisait loi. Les organisateurs supplièrent, acceptèrent le programme que Julie proposa. Il y eut entre elle et son beau-frère une scène violente, mais on ne résistait pas à Olivier. Quand, quatre jours avant le départ pour Rome, Julie sortit du *Carlton*, il y avait, devant le palace, une Hispano Suiza blanche qui attendait.

— C'est pour vous, ma chère Julie, dit-il. Vous ne devez pas arriver là-bas incognito. Elle vous plaît ?

Comment refuser ? Le bagagiste, déjà, chargeait les valises.

— C'est Gloria qui va conduire, reprit-il. J'ai l'intention de lui offrir une Packard décapotable, mais comme elle adore les voitures, elle se fait une joie de prendre le volant.

Julie admire la façon dont le destin, de petit coup de pouce en petit coup de pouce, construit le piège. Un vrai jeu de patience. Ils sont partis dans le soleil d'une matinée éclatante, Gloria et Julie devant, Olivier derrière, entouré de rapports, de classeurs, de paperasses. Il travaillait partout ; son secrétaire, Georges, toujours à portée de la main, comme un inusable automate. Mais, ce jour-là, Georges l'avait précédé à Rome, pour préparer ce qu'il appelait plaisamment le cantonnement.

— Ne va pas trop vite, disait-il de temps en temps à Gloria. On ne se sent pas rouler et c'est traître.

Le voyage se déroulait plutôt joyeusement. Julie s'en souvient : elle était bien décidée à refuser ce cadeau somptueux et absurde. Elle n'avait que faire d'une automobile. Elle aurait préféré un bon camion capitonné pour emmener avec elle son Pleyel. Mais comment expliquer à Olivier qu'un piano de concert n'est pas un meuble ? Après son récital romain, elle tâcherait de le persuader, avec l'aide de Gloria. En attendant, l'Hispano, par Gênes et Pise, roulait moelleusement vers la catastrophe. Pourquoi ce crochet par Florence ? Le malin génie avait dû prévoir plusieurs embuscades, mais il avait finalement choisi la solution de l'orage, un bref orage de chaleur qui allait rendre la route bien glissante. Et pour justifier le détour, un rendez-vous important à Florence, pour rencontrer un homme d'affaires milanais, mais « ça ne prendrait pas plus de deux heures ».

Julie revoit la route et ses mains rampent vers son ventre, comme s'il n'était pas trop tard pour les protéger. Le coup de frein, le pylône qui semblait accourir avec fureur. Et tout de suite, comme une âme subitement jetée dans les limbes, l'autre côté de la vie, la voix qu'on reconnaît sans la reconnaître : « Nom de Dieu, tu as fait du propre ! Tu as vu ses mains ? » des bruits de klaxons, des appels. Quelqu'un a dit : « Il faudra l'amputer », et la douleur s'est installée. Pendant des mois, elle a prolongé ses poignets, presque sans trêve, tantôt sous la forme d'un fourmillement insupportable, tantôt frappant comme des coups sourds, et tantôt comme des crampes et tantôt comme... Mais la pire douleur était dans sa tête. Il y avait eu le moment où le chirurgien avait dû lui avouer la vérité. « Le piano, c'est fini. » Il s'était montré moins brutal, et c'était pis.

Julie se lève. Elle remet ses gants qui sentent la vieille pipe. Elle défroisse sa jupe. Il va être onze heures. Les étoiles brillent presque méchamment. Elle soulève ses épaules pour rejeter le passé. A quoi bon ! Et d'ailleurs, Olivier... Bon, laissons dormir les morts. La justice est passée. Mais ça, c'est la pente paisible de la mémoire, une allée fleurie entre les tombes.

Elle revient chez elle à petits pas. Demain... Eh oui, il y a pour elle, maintenant, des demains. Elle va pouvoir dormir sans somnifère.

*
* *

Le Dr Moyne revient s'asseoir derrière son bureau et repousse ses lunettes sur son front. Il sourit.

— Eh bien, dit-il, nous avons tout lieu d'être contents. Les choses n'ont pas bougé. Et même, je vous trouve plutôt mieux. Comment expliquez-vous cela ? Le repos ? La tête qui a cessé de faire des siennes ? Vous dormez bien ? Vous suivez mon traitement à la lettre ? Que s'est-il passé ? Je sais que, dans votre cas, les rémissions ne sont pas rares. Mais, chez vous, l'amélioration est un peu surprenante.

Il regarde à nouveau des radios en transparence, relit des rapports de laboratoire, observe Julie.

— Il y a une question que je ne vous ai pas encore posée. Vous m'avez dit, incidemment, que vous aviez fait plusieurs séjours en maison de santé. Combien ?

— Quatre, répond Julie. J'ai fait une dépression sévère et j'ai rechuté trois fois.

— Il y a longtemps ?

— Le première crise a eu lieu en 1925.

— Bien entendu, c'est votre mutilation qui l'a provoquée ?

— Oui.

— Ensuite ?

— En 1932. J'habitais New York, avec ma sœur. Après, ça a recommencé en 1945, au lendemain de la guerre.

— Étiez-vous toujours à l'étranger ?

— Non. J'étais à Paris. Ma sœur est venue me rejoindre dès qu'elle a appris la mort de son mari. C'était son troisième mari. Vous voyez, c'est assez compliqué. Il était juif et il est mort à Dachau. Mon séjour en maison de repos a duré plusieurs mois. Et puis ma sœur s'est remariée avec un colon très riche et j'ai vécu près d'eux à Alger jusqu'aux événements que vous savez. Il faisait partie de l'OAS et il a été assassiné d'une façon assez mystérieuse.

— Alors, si je vous comprends bien, vous avez été tellement secouée que...

— Oui, dit Julie.

Le docteur saisit son bloc.

— Attendez, je note, parce que tout cela est très important. Voyons, 1925, première crise. Le premier mari de votre sœur ?

— Il a divorcé. En 1925.

— Bien. 1932, seconde crise. Votre sœur s'était remariée ?

— Oui. Avec un homme qui s'occupait de publicité. Il s'est tué en 1932.

— Très curieux. Et nous arrivons en 1945, date de la mort de votre beau-frère. Je parierais que le quatrième mari de votre sœur a disparu en 1957 ou 58.

— Exact. En 58.

— Et vous avez, la même année, été soignée pour votre dépression.

— Tous ces événements me secouaient énormément, docteur. Je n'avais plus aucune activité personnelle. Je vivais au foyer de Gloria. Tout ce qui l'atteignait me blessait profondément. Elle résistait mieux que moi parce qu'elle avait son métier.

— Pardon. N'allons pas trop vite. En 1945, quel âge avait votre sœur ?

— Cinquante-neuf ans.

— Et elle faisait encore des tournées ?

— Oui, mais pas sous forme de récitals. Elle avait constitué un quatuor à cordes, qui a connu un grand succès pendant quelques années. Et puis elle a pris sa retraite, quand elle a épousé son cinquième mari.

— Qui est mort comment ?

— D'une crise cardiaque.

— Et vous-même ? Comment avez-vous supporté ce deuil ?

— Ma foi, pas trop mal. Je ne l'aimais pas beaucoup, ce pauvre Oscar.

— Tandis que les autres, vous les aimiez bien ?

Julie esquisse un mince sourire.

— Non, ne vous méprenez pas. N'allez pas vous imaginer que j'étais amoureuse des maris de ma sœur. C'est une idée ridicule. D'ailleurs, chez Gloria, personne ne faisait attention à moi. J'étais là, dans un petit coin, complètement inutile puisque je cassais tout ce que je touchais.

Le docteur referme son bloc.

— Je n'insiste pas. Je note seulement que vous êtes une instable et que, sans raison apparente, vous vous sentez mieux. C'est bien ça ?

Je m'en réjouis. Mais vous devriez peut-être voir un neurologue. Je parle sérieusement. Il comprendrait sûrement pourquoi vous avez décidé de ne pas vous faire opérer. Il n'est pas trop tard, vous savez.

Il réfléchit, rabaisse ses lunettes, croise les doigts.

— Votre sœur, elle est au courant de vos visites ?

— Non. Ça ne la regarde pas.

— Comment se porte-t-elle ?

— Depuis deux jours, pas trop bien. Elle paraît tracassée.

— Vos rapports sont bons ?

— Ça dépend des moments. Vous ne pouvez pas savoir, docteur, ce que c'est qu'un vieillard. C'est pire qu'un enfant. La plus petite chose prend une importance énorme. Et il n'y a plus pour nous que des petites choses. Il vaut mieux s'en aller.

— N'empêche que vous dites cela avec une espèce d'entrain qui me fait plaisir. Bon. Inutile que vous reveniez avant quinze jours. En cas de besoin, vous avez à *La Thébaïde* le Dr Prieur qui est quelqu'un de bien. Bon courage.

Julie retourne au port sans se presser. Il a raison, le Dr Moyne. Ce qu'elle éprouve, ce n'est pas vraiment de l'entrain, mais une absence grandissante de remords. S'il avait insisté, elle lui aurait raconté comment elle avait fait justice d'Olivier. Elle lui aurait expliqué que son accident avait jeté la brouille entre Gloria et son mari. Comme toujours, les bruits les plus navrants avaient couru. Ébriété au volant, vitesse excessive, ces gens qui se croient tout permis, comme si le talent et la richesse les plaçaient au-dessus du commun. Et la preuve que cet accident cachait quelque chose, c'est que la blessée, soignée dans une clinique de Florence, était littéralement mise au secret. Les journalistes n'avaient pas le droit de l'approcher. Le personnel refusait toute interview. Et à qui appartenait-elle, cette clinique ? A un homme dont les attaches avec le député Gennaro Bertone étaient bien connues. Or, ce parlementaire était vice-président de la Société franco-milanaise de pharmacie, dont, par hasard, Bernstein était le principal actionnaire. Les petites feuilles à scandales s'en donnaient à cœur joie. Accident, vraiment ? Pourquoi pas sabotage ? N'y aurait-il pas eu une intrigue entre le puissant industriel et sa belle-sœur ? Est-ce que les deux virtuoses n'étaient pas des rivales ? Gloria partit en tournée, pour échapper à ce qui prenait une vague allure de scandale. Olivier rentra à Paris pour régler quelques comptes.

« Et moi, pense Julie, je suis restée seule, entourée de soins, de sourires, d'un confort dont je n'avais que faire. Je n'avais même plus la ressource de souffrir. A la moindre grimace de douleur, morphine. Tout est parti de là. »

Elle arrive au bord du quai. La vedette l'attend. Marcel charge des cageots, des caisses, des bourriches.

— Tout ça pour la nouvelle, dit-il.

— Quelle nouvelle ?

— Eh bien, Mme Montano. Et demain, le mobilier. Ce sont des spécialistes de Toulon qui feront le transbordement. Vous allez voir ce chantier. Grimpez. On s'en va.

Elle s'assied à l'avant. De temps en temps, des embruns crachent à ses pieds des gouttes d'écume. Elle s'embrouille un peu dans ses souvenirs. Dépression, c'est vite dit. En réalité, elle côtoyait la folie. Depuis, Gloria a essayé de lui faire comprendre qu'on l'avait laissée seule, à Florence, pour son bien, parce qu'elle voyait partout des persécuteurs. Son beau-frère était le chef des persécuteurs. Mais Gloria était sa complice. Et comment le soupçon a-t-il pris naissance ? Mais comment en est-elle venue à se persuader qu'en effet elle était de trop ? Qu'elle les gênait ? Et que c'était sur l'ordre d'Olivier qu'on l'abrutissait à coups de morphine ? La morphine, est-ce que ce n'était pas lui qui la produisait dans ses laboratoires ? Est-ce qu'il n'était pas le maître de la drogue ? Rien de tel qu'une idée simple, comme celle-là, peut-être une idée délirante mais qui éclaire tout. Qui jette une lumière aveuglante sur le plan qui vise à la détruire... Les mains, d'abord. Et ensuite la tête. Et après, plus de rivale. Personne ne dirait plus : « Gloria, d'accord, elle a beaucoup de charme. Mais sa sœur est plus sensible, plus musicienne. »

Elle a honte. Surtout pas de neurologue. Qui sait s'il ne serait pas capable de réveiller quelques-uns de ces vieux fantasmes endormis. Bien sûr, c'était complètement dément. Et complètement démente, aussi, la lettre anonyme qu'elle dicta, contre un bon paquet de lires, à une garde de nuit intérimaire. Et pourtant, dans son égarement, elle avait frappé juste. Une enquête fut ouverte. Un trafic de stupéfiants, que nul ne soupçonnait, fut découvert. Tout ça, à cause du mot morphine, qui, plus que le poison lui-même, avait envahi son esprit comme une plante parasite. Bernstein sut prendre ses distances, mais divorça.

L'île est toute proche. Julie a le cœur un peu barbouillé. Le balancement du bateau ? Plutôt ce remuement d'images, dans sa tête. On croit le passé définitivement mort. Et d'ailleurs, il l'est. Reste son écho, la note qui se prolonge d'une chanson triste dont on n'a peut-être pas été l'auteur. Car cette lettre, a-t-elle vraiment existé ? C'est tellement loin, tout ça ! Elle n'a pas rêvé le divorce. Mais le reste ?...

Le bateau accoste et Julie se ressaisit. Il est cinq heures. Comme d'habitude, la maison doit être pleine d'amies. Gloria avait l'intention de leur faire entendre le *Capriccio espagnol*, de Rimski-Korsakov et de leur parler d'un chef d'orchestre qu'elle avait bien connu : Gabriel Pierné. Aussi Julie préfère-t-elle entrer par-derrière. Mais elle n'entend aucun bruit. Il n'y a personne chez Gloria. Elle pousse la porte de l'auditorium, écoute. Qu'est-il arrivé ? Elle va jusqu'à la porte de la chambre.

— Gloria ? Je peux entrer ?

Une espèce de gémissement lui répond. Elle pénètre dans la pièce. Gloria est seule, lugubrement éclairée par sa lampe de chevet et, soudain elle paraît très vieille. Sa perruque a un peu glissé, découvrant le front dénudé, d'une blancheur d'ossement.

— Tu es malade ?

— J'ai vomi mon déjeuner.

— Clarisse a appelé le médecin ?

— Oui. Il prétend que c'est un petit embarras gastrique. Avec ça, on est bien renseigné.

A mesure que Gloria parle, sa voix se raffermit, redevient impérieuse pour dire :

— C'est un âne. Moi, je sais ce que j'ai. Je sais ce qui me noue l'estomac. C'est elle. Cette sacrée bonne femme. Elle est là pour prendre ma place.

— Mais voyons, Gloria, quelle place ?

— Ah ! si je tenais celui qui lui a parlé de la résidence ! Son Hubert, pardi.

— Calme-toi, dit Julie. Tu restes la doyenne respectée.

Gloria éclate d'un petit rire sec.

— La doyenne !

Elle abat sa main, comme une serre, sur le poignet de Julie.

— Il faut que tu m'aides. Elle triche, la Montano, j'en suis sûre. Je parie qu'elle n'a pas plus de quatre-vingt-seize ou quatre-vingt-dix-sept ans. Elle raconte ce qu'elle veut, tu comprends. Je les connais, moi, ces intrigantes. Les stars définitivement retirées du métier, les Dietrich, les Garbo, elles n'ont plus à cacher leur âge. Mais la Montano est encore sollicitée. Quand on a besoin, pour un téléfilm, d'une très, très vieille dame, on pense à elle, et naturellement on dit : « Appelez la centenaire. » J'ai lu ça quelque part, dans un magazine. La centenaire, ça fait image ; ça accroche. On ne se doute pas que ça se mérite. Alors, elle en profite. Je jurerais qu'elle s'est fabriqué une enfance à l'usage des journaux, et c'est ça qu'on m'amène ici. La jolie aïeule, si gaie, si pétulante !

— Je t'assure que tu exagères.

— Vraiment ! J'exagère ! Tu ignores sans doute qu'on l'a entendue chanter, pas plus tard que ce matin, et son bonhomme l'accompagnait au piano. Et elle chantait quoi ?... Une imbécile chanson de son pays : *Funi* quelque chose.

— *Funiculi-funicula*...

— C'est ça. Kate l'a entendue. Et ça la faisait rire. Moi, ça m'a rendue malade. Je veux, ma petite Julie, que tu te renseignes. Puisque tu vas souvent à terre, tâche de me trouver une *Histoire du cinéma*. Son nom y sera cité, forcément, et il sera accompagné d'une petite notice biographique.

Elle se laisse aller sur l'oreiller.

— Tu me le promets ?

— Oui, dit Julie.

— Merci.

— As-tu besoin de quelque chose ?

— De rien. Qu'on me laisse tranquille.

Un dernier regard. Évidemment, Gloria est profondément blessée, mais elle va se battre. La partie est loin d'être gagnée. Julie s'en veut d'une pareille pensée et, en même temps, elle doit s'avouer qu'elle est curieuse de voir comment les choses vont tourner. C'est la première fois, au fond, que Gloria doit se défendre. Tandis que Julie enchaîne mécaniquement les gestes de la routine, ceux du dîner — potage et coquillettes au beurre —, ceux qui préparent le coucher — démaquillage, lavage (le visage, les mains, les dents, avec précaution à cause des bridges), et enfin le déshabillage, le conflit sournois avec la chemise de nuit, plus commode que le pyjama —, elle repasse dans sa tête, en accéléré, le film de cette existence tellement heureuse, tellement choyée, car Gloria — ses amies ont raison de le dire — a connu un bonheur constant, insolent et presque tapageur. La beauté, d'abord, une espèce de beauté lumineuse, comme en possèdent certaines fleurs, et ensuite le talent, mais pas un talent acquis par le travail. Plutôt une grâce, une facilité innée, un charme émanant de ses doigts. Et enfin un égoïsme qui l'avait toujours mise à l'abri de l'épreuve. Et là encore, pas un égoïsme mesquin. Pas un repli sur soi plus ou moins honteux. Tout au contraire, quelque chose comme une densité intérieure, une dureté inattaquable et souriante.

Julie s'allonge sur son lit et garde une Camel entre les lèvres. Elle aime ce goût sucré ; elle broute ses cigarettes autant qu'elle les fume. Elle revient paresseusement à Gloria, comme une chatte qui vérifie encore une fois son plat favori, depuis longtemps vidé mais toujours odorant. L'épisode Bernstein ne l'a pas marquée. Elle a gardé le nom de son mari. Elle a gardé le nom du mari et une bonne part de sa fortune et elle est partie à l'étranger. Bien sûr, restait Julie. Mais c'était surtout une affaire d'argent. Puisque la pauvre fille n'avait plus toute sa tête, il convenait de lui assurer une vie confortable. Gloria a fait son devoir. Elle est de celles qui font tout leur devoir pour se sentir quittes. Sans doute aurait-elle donné gros pour que sa sœur fût une malade et pas une infirme. D'une maladie, on guérit ou on meurt. On ne traîne pas. Mais rien de plus encombrant qu'un infirme. Un seul moyen : payer. Payer pour l'entourer d'un cocon protecteur et, après les maisons de repos, lui assurer des demeures agréables, servies par un personnel dévoué. Les époux successifs de Gloria étaient tous très riches. Cela allait de soi. Ils acceptaient gentiment la pauvre lépreuse. La lèpre ronge les doigts. Alors ? N'est-ce pas le mot propre ? Jean-Paul Galland était tout particulièrement charmant. C'est lui qui avait dit à Gloria : « Nous devrions prendre ta sœur avec nous. » Et ils s'étaient installés, tous les trois, à New York, non loin de Central Park, pour que Julie pût apercevoir les arbres, la verdure toute proche.

De même, quand Clément Dardel avait acheté son bel hôtel à Paris, tout à côté du parc Monceau. Ils essayaient, les uns après les autres, de lui faire oublier qu'elle n'était plus une vraie femme. Ils avaient pitié. Elle haïssait la pitié. C'est encore Armand Pradines qu'elle avait le mieux supporté. Elle se plaisait bien à Alger. Elle apercevait la mer. Et c'est à Alger qu'elle avait commencé à se risquer dehors, toute seule, après tant d'années de claustration volontaire. La plupart du temps Gloria était en tournée. Il lui arrivait de téléphoner, parce qu'une sœur aimante et dévouée téléphone. Souvent, Julie préférait ne pas répondre. Il y avait pour cela une dame de compagnie, ou une servante dûment stylée. Il y avait Clarisse depuis Alger. Quand Gloria avait épousé Oscar Van Lamm, le diamantaire, Clarisse avait suivi sa maîtresse à Paris. Clarisse était sa seule amie, parce qu'elle ne posait jamais de questions. Ses regards comprenaient tout. Déjà, à Alger, elle avait deviné pour Armand. Et peut-être, de proche en proche, avait-elle également deviné pour Clément Dardel, à travers les rares confidences de Julie. Et pour Jean-Paul Galland... Toutes ces morts dramatiques et inexpliquées... Jean-Paul s'était suicidé. Pourquoi ? Clément, lui, était juif. Son arrestation en 44 était presque prévisible. De même, au moment de la guerre d'Algérie, l'assassinat d'un colon comme Pradines n'avait rien de surprenant. Clarisse savait tout cela par bribes. Mais, parfois, elle avait une façon de regarder Julie... Que pouvait-elle soupçonner ? Gloria volait de par le monde, d'un concert à l'autre, superbe, élégante, adulée, et c'était Julie, gants noirs, vêtements noirs, qui gardait la maison, comme une veuve. Van Lamm, lui, n'avait pas fait long feu. Congestion cérébrale. Il n'y avait rien à dire. Clarisse n'avait pas eu à s'étonner. Mais elle avait vu sa maîtresse circonvenir Gina. Elle avait surpris des coups de téléphone ; elle avait forcément saisi le sens général du plan. Et si Julie était capable, grâce à ses immenses loisirs de femme inoccupée, de construire un plan comme celui-là, pourquoi, autrefois, n'aurait-elle pas imaginé, contre les maris de sa sœur...

A la place de sa servante, Julie aurait raisonné de cette façon-là. Mais aurait-elle été plus loin ? Aurait-elle compris ce qu'elle-même ne parvenait pas encore, après si longtemps, à démêler. Pour quel motif s'en prendre à des hommes qui l'avaient toujours traitée avec la plus extrême gentillesse ? Non, Clarisse ne pouvait pas savoir que Julie avait toujours eu peur de sa sœur. Surtout depuis le fatal coup de volant qui avait précipité l'auto sur l'obstacle. Gloria était hors d'atteinte, intouchable. Et même si on essayait de la frapper, indirectement, rien ne pouvait entamer sa chance. Sauf, peut-être, le temps, la patience, l'occasion. Mais la rancune elle-même s'effiloche, au fil des années. Clarisse avait pu constater que les deux sœurs, après la mort du dernier mari, s'étaient peu à peu rapprochées, avaient consenti à se supporter, le violon de l'une s'étant tu pour toujours après le piano de l'autre. C'était le hasard qui les avait amenées dans l'île. C'était le hasard qui avait conduit Gina à *La Thébaïde*. « Moi, peut dire Julie en toute bonne conscience, je n'ai rien voulu. Et si j'ai eu l'idée de les mettre en contact, c'est exactement comme un ingénieur qui étudie une combinaison chimique. »

Elle se lève et va boire un grand verre d'eau minérale. N'empêche que c'est, maintenant, la curiosité qui la tient éveillée, qui a réussi à dissoudre cette croûte d'indifférence qui l'enrobait comme un enduit protecteur. Gloria est en train de faire connaissance avec le doute. Elle qui n'a jamais souffert, ni de rien ni de personne, c'est à trois mois de sa victoire sur le temps qu'elle commence à s'interroger. Et Julie, comme si un don de double vue lui était soudain accordé, voit clairement la suite de la manœuvre, son dosage et sa progression. Quelque chose d'inconnu lui gonfle le cœur, une amère douceur qui va réveiller quelque part, dans son flanc, la douleur sourde qu'elle connaît bien. Il n'y a pas de temps à perdre. Elle demande à son somnifère un passeport pour l'aube et s'endort paisiblement.

Les cris des martinets la réveillent. Huit heures et demie. Rien ne la presse. Elle pourrait flâner au lit et dans la salle de bains, mais il lui tarde de savoir comment Gloria a passé la nuit. Elle appelle Clarisse.

— Comment va Gloria ?

— Elle n'a voulu prendre qu'un peu de thé, dit Clarisse, sans se lever.

— Comment t'a-t-elle reçue ?

— Pas très bien. Elle est grognon. Elle m'a demandé si le mobilier de Mme Montano était arrivé.

— Et qu'est-ce que tu lui as répondu ?

— Qu'on doit commencer à l'amener ce matin.

— Mais qu'est-ce que ça peut lui faire ?

— Elle voudrait que je m'arrange pour rôder autour de la maison. Elle a demandé la même chose à ses meilleures amies.

— Elle est obsédée, dit Julie. Tu ne crois pas ? Et ses amies ont l'intention de monter la garde autour des *Soleils* ? C'est ridicule.

— Oh ! elle vous le demandera !

— J'y vais. J'en aurai le cœur net.

Gloria était assise sur son lit, si ratatinée, si décharnée, soudain, qu'elle ressemblait à ces survivants des camps de concentration, aux immenses yeux vides ; mais elle avait pris la peine de remettre, au réveil, ses bagues et ses bracelets.

— Assieds-toi là, murmura-t-elle. Tu es gentille de t'occuper de moi. Tu seras bientôt la dernière.

— La dernière ? Pourquoi ?

— Parce qu'elles me lâcheront les unes après les autres. Hier soir, j'ai eu une petite prise de bec avec Pamela et Marie-Paule. Je trouve un peu fort qu'on vienne discuter ici, sous mon nez, des mérites de la Montano. Cette pauvre Marie-Paule est tellement bête... Et la Gina par-ci, et la Gina par-là. Il paraît qu'elle aurait toute une collection d'objets d'art mexicains. Du coup, je l'ai envoyée promener. « Surveillez les déménageurs si le cœur vous en dit. Allez fourrer votre nez aux *Soleils*. Moi, je suis sûre qu'une femme qui a roulé sa bosse comme elle, n'a jamais eu le temps de se construire un intérieur. » J'ai cru qu'on allait se fâcher. Et puis, pour finir, on a trouvé amusant d'aller jeter un coup d'œil là-bas. Elles doivent se relayer. Mais je les vois venir. Après, elles se feront inviter, pour inspecter tout à leur aise. Et moi, on me laissera crever dans mon coin.

— Mais non, dit Julie mollement. Tu ne vas quand même pas te rendre malade parce que Gina Montano possède peut-être quelques objets de valeur.

— Écoute, Julie. Mettons que je me monte la tête, mais tu ne voudrais pas aller te rendre compte par toi-même ? Après, je me sentirai mieux.

Julie, qui se rappelait assez bien ce qu'elle avait vu dans l'appartement de Gina, se fit un peu prier, pour la vraisemblance, mais finit par accepter, se promettant de ne pas trop mentir. Elle prit un air mystérieux.

— Je sais qu'elle a tout un petit musée personnel, chuchota-t-elle. Des photos d'acteurs célèbres, des cadeaux reçus à Hollywood, enfin tu vois le genre.

— Qui te l'a dit ? gémit Gloria.

— Oh ! je l'ai lu un jour, dans un magazine. Je me renseignerai. Cet après-midi, j'irai en ville et je te rapporterai une *Histoire du cinéma*. Avec ça, tu pourras te défendre. Mais, je te le répète, Gloria, personne ne songe à t'attaquer.

*
* *

Il n'y avait que deux librairies importantes et les ouvrages consacrés à l'histoire du cinéma ne se bousculaient pas sur les rayons. Mais Julie se proposait seulement d'en rapporter un, n'importe lequel, pourvu que le nom de Gina Montano figurât à l'index alphabétique. Elle le trouva dans un volume récent et, comme elle s'y attendait, l'article était accompagné de quelques photos dont trois très anciennes, l'une tirée d'un film tourné en 1925, d'après une nouvelle de Somerset Maugham, la seconde datant de 1930 (*La Maudite*, sur un scénario de John Meredith) et la troisième, très belle, dans le rôle de Dorothy Mansion, l'héroïne de la célèbre *Affaire Holden* (1947). Sa filmographie comptait une quarantaine de films, réalisés en majorité par des metteurs en scène estimables et même parfois réputés. Mais la Montano avait surtout laissé le souvenir d'une actrice aux amours tumultueuses. Sa liaison avec Ray Mollison, qui s'était tiré une balle dans la tête devant sa porte, à vingt-deux ans, avait provoqué un scandale dont on parlait encore. En revanche, peu de détails biographiques. Naissance à Naples, en 1887, et rien jusqu'à 1923, où elle apparaissait pour la première fois dans un rôle important (*Les Dix Commandements*, Cecil B. De Mille).

Julie acheta le livre et se promit de revenir plus souvent dans cette librairie où régnait l'ombre fraîche d'une bibliothèque fréquentée par des habitués silencieux. Son infirmité l'empêchait de feuilleter à loisir les ouvrages d'un format un peu important. Ils lui échappaient des mains. Elle était obligée de chercher un appui et de se déganter pour tourner les pages, entre le pouce et l'index. Mais le contact du papier glacé lui donnait encore une petite joie. Pour le plaisir, elle acheta aussi un album illustré : *Les Monuments de Paris* et revint au port en flânant. Elle ne souffrait pas. Elle se supportait, s'efforçant d'être un regard sans pensée, de laisser le monde aller et venir en elle librement comme les couleurs sur la toile d'un impressionniste. C'était cela, son yoga. Il y fallait, autour d'elle, la vibration de l'été, un mouvement ininterrompu de silhouettes, un brassement de formes changeantes, et cela finissait par ressembler à cette musique atonale que sa sœur méprisait tant. Mais c'était ainsi qu'elle réussissait à effacer de son esprit... Oui. Effacer Gloria ! Mais sans palpitations, sans soubresauts du cœur. L'amener, en somme, à mourir tout doucement.

Au bord du quai, il y avait la vedette et des paquets, des colis pour Gina. *La Thébaïde* devait être aux aguets. Julie alluma une Camel avec un briquet à amadou qu'elle venait d'acheter, un vrai briquet de prolétaire que le vent ne pouvait pas éteindre.

Le chemin privé montait doucement. A mesure qu'elle se rapprochait de la maison, sa résolution s'affirmait. Le livre qu'elle rapportait n'indiquait que les dates des œuvres. Par exemple : *La Maudite* (1930) ou bien : *L'Affaire Holden* (1947), ou encore certains détails comme les dates de naissance, simples repères destinés à mieux situer les artistes dans leur temps. Et la plupart des histoires du cinéma présenteraient les mêmes petites lacunes, sauf, peut-être, les ouvrages les plus importants, mais qui, à *La Thébaïde*, chercherait à se les procurer ? Non. Ce qui piquait la curiosité, c'était le combat sournois qui commençait entre les deux vieilles. Cela promettait de ressembler à un duel d'insectes, de ces bêtes lentes, maladroites, hérissées de pattes, d'antennes, de mandibules, de tarières, une empoignade de scorpions, tâtonnant pour porter le coup mortel. Et les deux adversaires, maintenant, avaient pénétré à leur insu dans le champ clos. Il était trop tard pour intervenir.

Julie arriva aux *Iris*. Elle rencontra dans le hall le Dr Prieur qui sortait de l'appartement de Gloria.

— Ma sœur est souffrante ?

— Non. Rassurez-vous. Un peu de fatigue, mais une tension excessive. 23, c'est beaucoup. Est-ce qu'il y a quelque chose qui la tracasse ? A son âge, vous savez, on n'est ni malade ni bien portant. On est en équilibre. Il suffit d'un souci et le plateau de la balance s'incline.

Julie ouvrit sa porte après avoir longuement fouillé dans son sac. Tout en l'explorant, elle s'efforçait de plaisanter.

— Excusez-moi. J'ai des mains aveugles. Il leur faut le temps de reconnaître les choses. Entrez une minute. Qu'est-ce que je vous offre ?

— Mais rien. Et d'ailleurs je suis pressé. Je dois passer aux *Soleils*. Mme Montano s'est blessée légèrement à un doigt, en déclouant une caisse. Rien de grave. Mais dites-moi, pendant que je l'examinais, votre sœur n'a pas cessé de m'interroger sur cette personne. J'ai même cru, d'abord, qu'elles étaient parentes.

— Oh ! nous n'avons plus de famille, docteur. Ou presque plus. Nous sommes trop âgées. Les parents, les cousins, les proches, nous les avons semés en route. Nous sommes des cimetières.

— Voulez-vous bien vous taire ! s'écria le docteur. Voyez-vous, ce que je me demande, c'est s'il était bien indiqué de réunir ainsi deux centenaires. Je jurerais que ce voisinage agace votre sœur et que c'est ce qui cause son agitation.

— Alors, qu'est-ce qu'on peut faire ?

— Eh bien, d'abord, diminuer cette tension. Et puis...

Le docteur refléchit et reprit :

— Et puis, peut-être, lui donner un tranquillisant léger. Mais en la surveillant. Elle est comme un brûleur qui s'éteint s'il est réglé trop bas mais qui peut se détruire s'il s'emballe. Tenez-moi au courant. Et vous-même ?

— Moi, je ne compte plus, dit Julie. C'est Gloria qui m'inquiète.

— Non. Il n'y a quand même pas de quoi s'inquiéter. Mais qu'elle se repose. Qu'elle cesse de recevoir trop de visites. D'ailleurs, je l'ai prévenue. Je reviendrai demain.

Julie accompagna le docteur et lui tendit son poignet à serrer.

— Je vous promets de veiller sur elle, dit-elle.

Quand elle prononçait de telles paroles, il lui semblait qu'elle se dédoublait, la voix du mensonge faisant écho à la voix de la sincérité.

Elle prit le temps de passer une robe sombre et de changer de gants, puis elle se rendit chez sa sœur. Gloria était assise dans son fauteuil, sa canne à portée de la main, l'œil mauvais, mais, dès que Julie apparut, elle prit son air le plus dolent.

— Ça ne va pas, dit-elle. Le docteur sort d'ici. Il prétend que je me fais des idées, mais je sens bien que j'ai quelque chose. Et toi, qu'est-ce que tu m'apportes ?

Julie attaqua le paquet si maladroitement que Gloria le lui enleva des mains.

— Donne ça, ma pauvre fille. Qu'on en finisse. Alors, as-tu trouvé des renseignements ?

— Pas grand-chose, dit Julie. La grande période de Gina, c'est tout de suite après la guerre : *L'Affaire Holden*. Elle avait juste cinquante ans, mais...

— Comment ça, cinquante ans ? l'interrompit Gloria.

— Eh bien, oui.

— Tu veux dire qu'elle est de 87, comme moi ?

— C'est du moins ce qui est indiqué.

— Montre.

Julie lui chercha la page et Gloria lut à mi-voix la notice.

— Je me souviens de ce petit Ray Mollison, dit-elle. En 51, voyons, je venais de fonder le quatuor Bernstein. Alors, elle aurait eu soixante-quatre ans quand cet imbécile s'est tué ?... C'est incroyable. Eh oui, pourtant. Je jouais à Londres quand Kogan, le petit violoniste, a remporté le prix de la reine Elisabeth. J'ai assisté à la réception. Mon Dieu, c'était en 51 !

Elle laissa le livre glisser sur ses genoux et ferma les yeux.

— Te rends-tu compte, Julie, quand elle leur racontera ça ? Parce que, tu peux en être sûre, dès qu'elle sera installée, elle essaiera de me voler mes amies, grâce à ses histoires. Tu penses. Toutes ces idiotes qui ne savent à quoi s'occuper, tu les verras se bousculer dès que la Montano fera savoir qu'elle va leur ouvrir son alcôve.

Julie l'observait, comme le Dr Moyne l'observait elle-même, après avoir étudié ses radios. Gloria, à plusieurs reprises, fit aller sa tête de droite à gauche, de gauche à droite, la bouche crispée par une brève souffrance. Puis elle murmura, sans rouvrir les yeux :

— Julie, j'ai beaucoup réfléchi. Je ne peux plus supporter si près de moi la présence de cette gourgandine. J'aime mieux partir, m'en aller n'importe où. Il doit bien y avoir d'autres Thébaïdes quelque part.

Au coup qu'elle ressentit en plein cœur, Julie comprit à quel point elle était attachée à son plan. Réfugiée ailleurs, Gloria retrouverait sa belle santé. Tout s'écroulait. Et bien sûr, d'un certain point de vue, tout cela était sans importance. Mais en même temps, c'était affreux... Julie tapota l'épaule de Gloria.

— Tu dis des bêtises. Voyons. Reprends-toi. D'abord, des résidences comme celle-ci, il n'y en a pas dans la région. Et puis supposons... On s'en va, ou plutôt toi, tu t'en vas, parce que moi je n'aurai pas le courage de te suivre.

Gloria se souleva brusquement et regarda sa sœur avec une sorte d'égarement.

— Tu viens avec moi, s'écria-t-elle. Tu sais bien que je ne peux pas me passer de toi.

— Bon, admit Julie. Nous quittons *La Thébaïde*. Qui est-ce qui va pavoiser ? Qui est-ce qui se frottera les mains ? Hein ? Gina, évidemment. Gina, qui pourra dire tout le mal de toi, quand tu ne seras plus là pour lui clouer le bec. Qu'un garçon se soit suicidé pour elle, c'est plutôt flatteur. Mais toi, ma pauvre Gloria... un divorce, un deuxième mari qui est accusé d'homosexualité et s'empoisonne... un troisième mari déporté pour marché noir... un quatrième mari...

— Ah ! tais-toi ! gémit Gloria.

— C'est elle qui déballera tout ça. Elle suggérera qu'il valait mieux pour tout le monde que tu cèdes la place. Et personne ne sera plus là pour te défendre.

— C'est du passé. Et ces choses-là, je les garde pour moi.

— Mais si elle apprend que son passé à elle t'intéresse, c'est ton passé à toi qu'elle se mettra à fouiller. Si tu commences à questionner, par-ci par-là, sur sa jeunesse, sur son enfance, tu l'auras tout de suite sur le dos. Et au fond, ça se comprend. Elle a bien le droit de ne parler à personne de sa naissance, de ses premières années à Naples.

— Mais je m'en fiche de ses premières années, protesta Gloria violemment. Ce que je trouve intolérable, c'est qu'elle prétende être née en même temps que moi.

— En même temps, c'est à voir... Et puis, ce qui compte, c'est votre carrière. Et la tienne vaut largement la sienne. Tu restes le modèle d'une existence accomplie. Tu es ce que chacune de tes amies aurait voulu être. Alors cesse de geindre. Et pour commencer, soigne-toi énergiquement. Je t'achèterai du fortifiant. Fais de la musique, ouvre ta porte, souris. Sois comme avant.

Gloria caressa le bras de sa sœur.

— Merci. Tu es gentille. Je ne sais pas ce qui m'a prise. Ou plutôt je le sais fort bien. Je me suis brusquement mis dans l'idée que ce n'est pas l'artiste qu'on veut décorer, mais la centenaire. Et si nous sommes deux, la Montano aussi sera décorée. Et ça, non, je ne le supporterai pas.

Julie n'avait pas envisagé cet aspect de la question et elle hésita avant de répondre précipitamment.

— Je vais me renseigner, mais c'est toi qui as été pressentie la première. C'est une affaire d'ancienneté, tu comprends. Non, tu n'as pas de soucis à te faire.

Pour masquer son embarras, elle alla à l'électrophone et retourna le disque.

— Un peu de Mozart, dit-elle. Tu te rappelles ?

— Je l'ai joué tant de fois, dit Gloria.

Elle joignit les mains, dans une attitude de prière. « Ce n'est pas possible qu'elle ait vieilli à ce point », pensa Julie.

— Approche-toi, murmura Gloria. J'ai calculé. Il faut que je tienne encore trois mois, jusqu'à mon anniversaire. Après, je pourrai mourir. Mais d'abord, ma médaille. C'est bête, c'est tout ce que tu voudras, mais je n'ai plus que ça dans l'esprit. Tu crois qu'on peut donner la Légion d'honneur à une étrangère ? Parce qu'enfin, elle est italienne. Moi, j'ai rendu service à la France. Pas elle. Tiens, passe-moi mon press book.

— Lequel.

— Le tome VI.

Elle savait presque par cœur ce que contenait chaque classeur. Les coupures de presse étaient rangées par ordre chronologique : comptes rendus, articles de critiques réputés, éloges enthousiastes et interviews, photos prises au flash à son arrivée à la salle de concerts, dans la bousculade des badauds, quarante ans de célébrité et des titres en toutes langues : *Wonder woman of french music... An enchanted violin... She dazzles New York audience...*

Le tome VI était le dernier de la série. Gloria l'ouvrit sur ses genoux et sa sœur, un bras autour de ses épaules, tête contre tête, lisait en même temps qu'elle.

— Ça, c'était Madrid, remarquait-elle. Moi aussi, j'y ai joué, en 1923. Même salle. Même scène. Mais c'était Igor Merkin qui dirigeait.

— Et ici, disait Gloria. Boston. Un immense succès... Des comptes rendus comme j'en ai rarement eu... *A unique genius... Leaves Menuhin simply nowhere...* Tu as raison. La Montano peut toujours s'aligner !

Pour un bref instant, elles étaient complices et s'émerveillaient ensemble. Ce fut Gloria qui, étourdiment, rompit le charme :

— Tu as gardé ton press book ? demanda-t-elle.

— Il y a longtemps que j'ai tout balancé, répondit Julie.

Elle se sépara de sa sœur et alla stopper le tourne-disque. Puis, sur un ton léger :

— Je te laisse. Si tu as besoin de quelque chose, tu m'appelles.

Ce soir-là, Julie mangea de bon appétit. Toute douleur avait disparu. Clarisse l'observait, surprise et vaguement inquiète. Si elle était habituée aux sautes d'humeur de Gloria, Julie, elle, montrait toujours le même visage raidi dans une sorte de refus. Clarisse se serait bien gardée de poser des questions. Pour rompre le silence, elle parla de M. Holtz. C'était un sujet inépuisable car il ne cessait de faire la navette entre sa maison et celle de Gina, pour « donner un coup de main », disait-il aux personnes qu'il croisait. Et, dans la résidence, on guettait activement, par les yeux du personnel ou des voisins les plus proches. Pamela, dissimulée dans l'entrebâillement d'un volet, observait à la jumelle les caisses qu'on apportait aux *Soleils*. Elle avait déjà remarqué de la vaisselle de prix, des pièces de mobilier qui devaient être des éléments de bibliothèque, un lampadaire de style indéterminé, mais peut-être d'inspiration mexicaine. Et le téléphone sonnait sans cesse, près de Gloria.

— Ça ressemble un peu aux puces, déclarait Kate. Vous savez à quoi je pense ? A ces salons d'anciens champions, encombrés de coupes, de vases, de trophées en argent doré. C'est Holtz qui sort de la paille devant la porte tout ce bric-à-brac et l'emporte religieusement dans la maison. Il en pince pour elle, ma parole. Elle pourrait être sa mère.

Et Gloria, toujours plus avide de renseignements, s'adressait successivement à ses amies les plus sûres qui, elles aussi, s'arrangeaient, en se promenant, pour s'attarder devant *Les Soleils*.

— Non, disait la petite Heurtebois, on ne la voit jamais. Elle reste à l'intérieur pour diriger sa main-d'œuvre. J'ai repéré quelques toiles, maniées avec énormément de précautions. C'est sans doute précieux.

Simone, elle, était frappée par l'importance du matériel de cuisine.

— Ce n'est pas possible, s'exclamait-elle, il y a de quoi nourrir une pension de famille. Vous verriez ces fours, ces moulins, ce matériel, et le réfrigérateur où on logerait sans peine. Qu'est-ce qu'elle doit bouffer !

— Mais, dit Clarisse, il y a un objet dont personne n'a deviné l'emploi. C'est un récipient, ou plutôt une cuve en verre, qui doit bien faire plus d'un mètre de long et qui paraît très profonde. Ça ressemble à une petite baignoire. Votre sœur et ses amies font des tas de suppositions. Comme il y a une machine à laver, ça n'a rien à voir avec la lessive.

— Est-ce que c'est muni d'un couvercle ?

— Non. Pas de couvercle.

— Et si c'était un classeur ? Ou bien un meuble à ranger des cassettes, des bobines de vieux films. Un endroit facile à utiliser grâce à ses parois transparentes. On lit tout de suite les étiquettes.

— Non. C'est trop profond.

Gloria cherchait. Tout le monde cherchait. Ce fut Roger, le concierge, qui livra la clef de l'énigme et, aussitôt, avec la rapidité d'un feu de broussailles, le bruit courut, s'amplifia, se fortifia de détails nouveaux.

— C'est Mme Genson qui l'a dit.

— Qu'est-ce que c'est ?

— Il paraît que c'est un aquarium. Roger a aidé à le loger dans le salon.

— Un aquarium ! Mais d'habitude, c'est pour de tout petits poissons. Et puis, il va falloir amener toute une tuyauterie, prévoir un socle en maçonnerie.

— Elle est complètement toquée, trancha Gaby Le Clech.

Gloria téléphona à Julie.

— Tu es au courant ?

— Oui. On en parlait chez Raoul. Un aquarium, c'est bizarre, mais tout est bizarre, chez Gina.

— Tu ne comprends donc pas ? C'est dirigé contre moi. Enfin, réfléchis. Ça crève les yeux. Tout le monde voudra le voir, cet aquarium. Et pourvu qu'il soit aménagé avec goût, un joli éclairage, des poissons, des coraux, des plantes aux formes surprenantes, on fera des bassesses pour être invité. Un aquarium, c'est ce qu'elle pouvait inventer de plus efficace pour débaucher mes amies.

— Écoute, Gloria. J'irai, moi aussi.

— Ah ! tu vois ! Toi aussi.

Sa voix se cassait, se mouillait.

— Laisse-moi finir, veux-tu, dit Julie, fermement. J'irai uniquement pour te prêter mes yeux et mes oreilles, et je te rapporterai tout ce que j'aurai vu et entendu. Mais rien ne presse. Il faut l'équiper, cet aquarium, faire venir des poissons. Alors, ne recommence pas à te monter la tête.

Julie reposa le téléphone et dit, pour Clarisse qui passait l'aspirateur :

— Les vieux, décidément, ce n'est pas beau. Cette pauvre Gloria, quand je pense aux fêtes, aux réceptions, à Paris, du temps de ses premiers maris... Elle était la reine de toutes ces soirées... Et maintenant, à quoi passe-t-elle son temps ? A ruminer des sottises, à faire de la dépression pour une question d'aquarium. Retiens bien ça, Clarisse. Elle va en faire une maladie.

Gloria riposta en proposant une causerie au titre prometteur : *Mes chefs d'orchestre*. Jamais elle n'avait été mieux coiffée, mieux maquillée, mieux parée et il fallait être Julie pour surprendre le léger affaissement des joues et, autour des yeux, l'affleurement de l'os qui laissait deviner la tête de mort. Mais, aux lumières, elle faisait encore bon visage et elle savait comme personne doser l'éclairage de la chambre, volets mi-clos, appliques allumées au plus juste. Elles étaient toutes là, les fidèles, qui jacassaient avec entrain. Toutes, sauf Nelly Blérot.

— Pourquoi ? demanda Gloria à voix basse. Elle est malade ?

— Non, dit Julie. Elle est simplement en retard.

Mais Nelly ne vint pas. Gloria essaya de se montrer enjouée, brillante. Elle eut bien un ou deux trous de mémoire — impossible, notamment, de retrouver le nom de Paul Paray — mais elle eut la coquetterie de s'excuser gentiment, comme une petite fille qui rate son compliment, et la compagnie, une fois de plus, fut ravie. On entendit un fragment du concerto de Beethoven. Julie, qui en connaissait la difficulté, ne pouvait s'empêcher d'admirer. Nul doute. Gloria avait été une remarquable interprète. Elle aurait dû mourir au soir d'un de ses triomphes, au lieu de lutter vainement contre le gâtisme. C'était finalement lui rendre service que de... Julie n'osait pas terminer sa phrase mais elle se sentait de plus en plus fortement du côté de la justice. Et, au fond, elle avait toujours été du côté de la morale ; sa lettre au lieutenant Lambot ne venait pas d'un sentiment mesquin. Et celle qu'elle avait écrite, à New York, pour révéler que Jean-Paul Galland était un homosexuel à ses heures, c'était pour mettre sa sœur à l'abri d'un inévitable scandale. Toujours, toujours elle avait su prévenir le scandale. Dardel faisait du marché noir. Ne valait-il pas mieux prendre les devants en révélant qu'il était juif ?

On applaudissait autour d'elle. On félicitait bruyamment Gloria. « Quel merveilleux talent ! »... « C'est cela, le don des dieux. » ... Les imbéciles ! Avec leurs louanges de quatre sous ! Un peu en retrait, Julie faisait, à l'insu de tous, sa crise de conscience, comme un cardiaque épiant son malaise, et peu à peu la paix lui était rendue. Pradines s'était compromis avec l'OAS ou peut-être avec le FLN. Eh bien, là encore, elle s'était mise du côté de la justice. Une ligne, sur un bout de papier, c'est plus expéditif qu'un détonateur. Et maintenant...

Gloria se rapprocha d'elle.

— Tu peux me dire pourquoi Nelly n'est pas venue ?

A ce moment-là, Clarisse apporta discrètement une lettre parfumée, que Gloria ouvrit aussitôt, et sa figure grimaça vilainement.

— Lis.

— Tu sais, sans mes lunettes...

— Eh bien, tu l'as deviné, c'est de la Montano.

Chère,

J'aurais tant désiré être des vôtres. Vous savez si bien évoquer les souvenirs, m'a-t-on dit. Je suis, hélas, un peu fatiguée par mon installation. Pour me faire pardonner, venez chez moi m'aider à... Vous avez en français une charmante expression... pendre la crémaillère. Dès que je serai prête, vous serez la première à qui je donnerai le signal. A bientôt.

Votre affectionnée Gina.

— Quel toupet, s'écria Gloria. Je t'en foutrais, moi, des affectionnées ! Non, mais qu'est-ce qu'elle croit ? Elle peut se l'accrocher, sa crémaillère.

Gloria était devenue toute pâle. Julie lui serra l'épaule.

— Tu ne vas pas te mettre à pleurer, voyons. Attends qu'elles soient toutes parties.

Gloria ne pouvait plus parler. Elle étouffait.

— Va chercher le docteur, dit Julie à Clarisse.

— Non, surtout pas, gémit Gloria. Ça va passer. Mais je t'avais prévenue. Aujourd'hui, c'est Nelly qui lâche sans prévenir. Demain, il y en aura d'autres. Je ne méritais pas ça.

*
* *

Le Dr Prieur prit Julie à part.

— Il n'y a pas lieu de s'alarmer, dit-il à voix basse, tandis que Clarisse rebordait le lit. Mais enfin elle est à surveiller. Il y a quelque chose qui l'inquiète, nous en avons déjà parlé. Vous ne voyez pas d'où peut venir cette anxiété ? Elle ne s'est pas querellée ?

— Oh ! docteur, protesta Julie. Elle n'a que des amies, ici.

— Reçoit-elle du courrier ?

— Non. Elle reçoit bien des relevés de comptes bancaires, des choses comme ça, mais ce n'est pas du courrier.

— S'occupe-t-elle encore activement de ses affaires, de placements en bourse, par exemple ?

— Non, son portefeuille est entre les mains d'un agent de change qui s'occupe de tout. De ce côté-là, nous sommes bien tranquilles.

Le docteur replia lentement son stéthoscope et hocha la tête.

— C'est à n'y rien comprendre, reprit-il. Côté famille, rien. Côté argent, rien. Côté confort, ici même, rien. Pas la moindre cause de souci nulle part. Et pourtant il est évident qu'elle se ronge. Elle dort de plus en plus mal. Elle a perdu l'appétit. Ce matin, elle fait un peu de température. 37,8. Elle aurait trente ans, ce ne serait pas significatif, bien sûr. Mais à son âge, le moindre signe un peu anormal est à prendre au sérieux. Or, je n'aperçois aucun désordre organique. Si vous le permettez, je ferai venir un confrère. C'est un excellent neurologue, mais le mot ne sera pas prononcé. Ne dramatisons pas.

Il s'approcha de Gloria et prit cette voix faussement enjouée avec laquelle on donne le change aux malades.

— Reposez-vous bien, chère madame. Ce ne sera rien. Des centenaires commes vous, ça défie le temps. J'ai un excellent ami qui prend en ce moment des vacances sur la Côte, le Pr Lambertin. Il serait curieux de vous voir. Puis-je l'amener, demain ou après-demain ? Oh ! il vous connaît bien ! Il a fait du violoncelle, autrefois. Il vous admire énormément.

— Eh bien, qu'il se dépêche, murmura Gloria. Je n'en ai peut-être plus pour longtemps.

— En voilà, des idées ! s'écria le docteur.

Gloria eut, de la main, un geste fataliste.

— Tout ce que je demande, fit-elle, avec un détachement admirablement bien imité, c'est de tenir jusqu'à la Toussaint. Après...

— Mais pourquoi justement la Toussaint ?

— Parce que ma sœur aura cent ans ce jour-là, expliqua Julie.

Le docteur tapota l'épaule de Gloria.

— Promis. Vous irez jusqu'à la Toussaint... et bien au-delà, croyez-moi.

Il reprit son attaché-case et Julie l'accompagna.

— Elle attend la Toussaint, dit-elle, non pas comme une fête religieuse, ni même comme une date anniversaire, mais comme quelque chose de fabuleux, d'exceptionnel. Elle doit être décorée de la Légion d'honneur, ce jour-là.

— Ah ! c'est donc pour ça qu'elle se rend malade ! Vous me rassurez. Mais quand même, il y a quelque chose qui m'échappe. La joie devrait lui donner des forces supplémentaires. Or, je sens qu'elle a peur. Vous même, qu'en pensez-vous ?

— Je pense que ma sœur adore se faire plaindre, voilà. Elle a besoin d'être entourée, choyée, d'être au centre de tout.

— Oui, j'ai bien eu cette impression. Mais je suis convaincu qu'il y a autre chose.

Ce matin-là, Julie alla fumer quelques Camel sous les pins, malgré la défense des jardiniers qui vivaient dans la crainte d'une imprudence. Le Dr Prieur avait beau chercher, il ne devinerait jamais pourquoi Gloria avait peur. Mais ce neurologue ? S'il fouinait un peu ? S'il comprenait, lui, que le voisinage de Gina était aussi vénéneux pour Gloria que l'ombre du mancenillier ? S'il conseillait à Gloria de chercher une autre retraite ? Julie devait reconnaître que la Montano était sa seule arme. Si on l'en privait, elle n'avait plus qu'à mourir la première, encore une fois victime. Tant d'efforts pour n'être pas toujours l'éternelle sacrifiée et, au moment de remporter une victoire qu'elle attendait depuis trente ans, quarante ans, elle ne savait plus... elle risquait de voir Gloria lui échapper, et c'était un arrachement de l'âme, la brutale certitude que dans la vie tout est toujours truqué, arrangé au profit des mêmes, la tricherie étant la loi.

Non, Gloria ne devait plus quitter *La Thébaïde*, sous aucun prétexte. Et le meilleur moyen de la retenir — c'était une décision bien dure à prendre, mais il fallait aller au plus pressé... Et la Toussaint... elle compta par habitude sur ses doigts fantômes... Trois mois, encore trois mois. Toutes ces années derrière elle, toute cette grisaille, et maintenant trois mois, cela lui paraissait comme un chemin de crête entre des abîmes. Le plus simple aurait été de céder au vertige. Un coup de fil au chirurgien : j'accepte d'être opérée, et on n'en parle plus.

Longtemps, elle pesa le pour et le contre. Hospitalisée, elle bloquait Gloria dans l'île, et Gloria bloquée, c'était Gloria perdue. Mais si l'intervention tournait mal — et de ce côté-là, on pouvait redouter le pire — c'était elle qui disparaissait la première. C'était elle, encore une fois, la perdante. Un air léger allait et venait sous les pins. A travers les verdures, on apercevait du bleu, des étincelles de soleil sur la mer. Julie, toute à son calcul de mort, ne voyait rien, n'entendait rien, n'était plus que crispation et angoisse, comme une joueuse qui va miser ses derniers jetons. De toute façon, c'était la fin de la partie. Elles étaient condamnées toutes les deux ; mais dans quel ordre ? Ainsi froidement définie, la situation perdait sa pointe et son tranchant, cessait de ressembler à un remords et Julie, depuis Florence, s'était entraînée à étrangler ses remords, comme une fille-mère qui tue ses nouveau-nés. Elle n'avait voulu affronter, sans trembler, que des problèmes. Aujourd'hui, pas d'émotion équivoque. Il y avait encore, mais pour la dernière fois, un problème à résoudre.

Elle se leva, brossa sa jupe où s'accrochaient des aiguilles, et revint aux *Iris* sans rencontrer personne. On faisait volontiers la grasse matinée, à *La Thébaïde*. Interdiction de manœuvrer les tondeuses à gazon, ou de faire marcher les transistors. Pauvre M. Holtz, avec son superbe piano. Julie avait repris tout son sang-froid. Son plan était prêt. Les attaques, les ripostes, elle avait bien tout en tête. Avec Clarisse, elle arrêta son menu. Du flan, ça suffirait.

— Et Gloria ?

— Des filets de sole à la crème et une tarte aux abricots.

— Eh bien, pour quelqu'un qui se dit malade, elle n'a peur de rien.

— Oh ! mais, fit Clarisse, je crois qu'elle veut surtout qu'on s'inquiète.

Ainsi, c'était donc ça la contre-offensive de Gloria. Mettre à profit un petit malaise pour jeter l'émoi dans le cercle des intimes et retirer à la Montano quelques supporters. Toutes au chevet de la centenaire, la seule vraie. Mais Gina n'était pas de celles qui s'en laissent conter. A trois heures, la vedette amena cinq ou six journalistes. La presse locale avait pris rendez-vous pour une interview de la grande actrice, et Gina les promena partout, dans sa villa, se fit photographier dans la cuisine ornée d'affiches et près de son aquarium où des poissons, qu'on aurait crus peints à la main par un Carzou ou un Fernand Léger, flânaient vaniteusement parmi des coraux et des lianes. On but dans le jardin à la santé de Gina, à celle des deux centenaires.

— La salope, s'écria Gloria, le lendemain, lorsque les journaux arrivèrent. Tout ça, pour me narguer.

Mais les photos de l'aquarium la laissèrent sans voix. Elles étaient en couleurs, avec quelques gros plans d'un poisson au nom savant qui paraissait peint en guerre, avec ses bigarrures, ses zébrures, son masque funèbre.

— Quelle horreur, finit-elle par dire. Enlève-moi ça.

— J'ai bien réfléchi, dit Julie. Tu dois répondre à son invitation et assister à la petite fête où elle va t'inviter.

— Jamais de la vie, protesta Gloria avec une force qui la fit tousser. Tu veux me rendre malade.

— Mais non. Je prétends seulement que tu ne dois pas perdre la face. Elle est sûre d'avance que tu t'excuseras, et tu peux deviner ses commentaires : « Elle n'a plus la force de se déplacer »... « Il paraît qu'elle ne peut plus mettre un pied devant l'autre. C'est la fin ! » Tandis que si on t'aide à marcher jusqu'aux *Soleils*... ce n'est pas bien loin... tu fermeras le bec aux plus malintentionnées. Naturellement, tu jetteras un rapide coup d'œil, en passant, à son poisson dont elle est si fière, et tu te détourneras en murmurant : « Oh ! qu'il est laid ! » Ça fera un effet terrible sur l'assistance, étant donné ton influence, et elle regrettera de t'avoir invitée.

Gloria l'écoutait gravement.

— A quoi nous en sommes réduites, dit-elle. Ma pauvre vieille.

— Soigne-toi bien, en attendant, conseilla Julie. Il faudra que tu fasses un gros effort. Prends du fortifiant. Et puis ce neuro... ce Lambertin, à ta place, je le décommanderais.

Mais, par un concours de circonstances malheureuses, la lettre survint dans l'heure qui précéda la visite du Dr Prieur et de son confrère. Il était trop tard pour reculer. Le Pr Lambertin avait des façons douces d'interroger, de longues mains précautionneuses, et une voix très grave qui roulait les R à la bourguignonne. Assis tout près du lit, l'oreille penchée comme celle d'un confesseur, il écoutait Gloria, patiemment, la relançant quand elle s'arrêtait, et par moments il passait sur le front de la patiente le coin d'un fin mouchoir qui appartenait à Julie, car Gloria avait très chaud, à mesure qu'elle résumait sa vie. Loin du lit, assise sur le bord d'une chaise, Julie découvrait avec saisissement que l'existence de sa sœur, qu'elle avait pourtant partagée, devenait, racontée d'une certaine façon, l'histoire d'une inconnue toujours guidée par les plus nobles aspirations. Des querelles, des violences avec Bernstein, pas un mot. Jean-Paul Galland était presque passé sous silence... Un gentil garçon, un peu mou... Il fallait le comprendre... Une nature d'artiste...

D'artiste, s'emportait silencieusement Julie, un artiste qui avait un petit ami comme chauffeur, et qui courait après tous les petits chasseurs de palaces. Et Dardel, qui fricotait avec toutes sortes de revendeurs louches. Qu'est-ce que c'était que cette vérité refaite comme un visage ravagé dont on s'efforce d'effacer les rides. Et Pradines qui, dans le micmac de la guerre d'Algérie, trahissait plus ou moins tout le monde. Mais Gloria avait été la femme qui ne se trompe jamais. Elle avait donc choisi des hommes au-dessus de tout soupçon, et maintenant elle faisait défiler sa vie conjugale avec une sincérité dans l'affabulation qui jetait Julie hors de ses gonds. Elle avait envie de crier : « Pas vrai ! Elles les a épousés parce qu'ils étaient riches, et parce qu'ils l'adoraient. Parfaitement. Ils l'adoraient. Jusqu'au vieux Van Lamm qui ne voulait pas savoir qu'elle avait des amants. Parce que ma sœur n'était pas une vestale vouée au culte du violon. A quatre-vingts ans, elle ne laissait passer aucune occasion. Je le sais, moi. J'étais toujours derrière les portes. Et je ne dis pas que c'était répugnant. Mais qu'on essaie maintenant de tromper son médecin et de lui faire les yeux doux, c'est un peu fort. »

Elle finit par sortir sur la pointe des pieds et alla fumer une cigarette dans le vestibule, pour calmer sa colère. A travers sa jupe elle se massa le flanc. Elle souffrait un peu. Il y avait une mystérieuse correspondance entre son humeur du moment et la chose qu'elle portait comme un fœtus. Elle relut le billet qu'elle avait apporté à Gloria, une heure auparavant. Aimable et concis, imprimé comme un carton officiel, à l'exception d'un mot écrit à la main : *Amicalement*, et la signature, très ornée, avec un G majuscule qui s'enroulait comme un lasso. Il faudrait sans doute beaucoup de persuasion pour convaincre Gloria.

Les deux médecins sortirent ensemble.

— C'est un admirable violon, disait Lambertin au Dr Prieur.

Probablement s'intéressait-il plus au stradivarius qu'à Gloria. Il reprit son air le plus professionnel pour s'adresser à Julie.

— Quelle femme extraordinaire ! Et quelle vitalité ! Voyez-vous...

— Mais qu'est-ce qu'elle a au juste, coupa Julie. Elle a beaucoup changé en peu de temps. Elle paraît déprimée.

— Elle l'est. Vous avez raison. Je vais sans doute vous surprendre mais, à mon avis, Mme Bernstein ne s'était pas encore rendu compte qu'elle allait avoir cent ans. J'entends par là qu'elle s'en amusait, qu'elle en tirait un surcroît d'originalité sans avoir pris conscience que cent ans c'est le bout de la route et après... eh bien, justement, il n'y a plus d'après. Tout s'est passé comme si elle venait d'ouvrir les yeux et de se sentir toute seule, complètement perdue, au bord de la tombe. Votre sœur, toute sa vie, a été très entourée, n'est-ce pas? Vous-même, vous étiez toujours là auprès d'elle. Je pense qu'elle n'a jamais fait l'expérience de la solitude, quand on n'est plus que soi et que tout ce qu'on a eu, la célébrité, les amours... Fini ! Il n'y a plus personne dans la salle.

— Je sais, murmura Julie. Il y a plusieurs fois cent ans que je sais cela.

— Excusez-moi. Êtes-vous croyante ?

— Même pas.

— Et elle ?

— Elle n'a pas eu le temps.

Ils commencèrent tous les trois à marcher vers le jardin. Lambertin reprit :

— Alors, qu'est-ce qu'il lui reste ? La révolte. Et d'abord la révolte contre son entourage. Elle en est au stade où l'animal qui vivait libre se débat furieusement dans le filet qui l'immobilise. Le stade qui suivra bientôt sera celui de l'abattement. Ensuite...

Le Dr Prieur l'interrogea, avec une déférence marquée.

— Ne croyez-vous pas que la présence, ici, d'une autre centenaire...

— C'est évident, fit Lambertin avec vivacité. La personne qui a eu l'idée d'un tel rapprochement a commis, sans le savoir, un véritable crime. Vous connaissez la phrase fameuse : « Deux alligators ne peuvent pas vivre ensemble dans le même marigot. » Ces deux pauvres vieilles vont se dévorer. C'est pour elles le seul moyen de faire battre encore leur cœur qui n'en peut plus. Qui va l'emporter ? Eh oui, hélas. Elles ont possédé le monde. Mais il manque encore quelque chose à leur orgueil : une dernière victoire. La joie de croquer l'autre.

— Vous ne conseilleriez donc pas à notre patiente de s'éloigner, de chercher une autre retraite ?

— Sûrement pas. Elle regretterait bien trop d'avoir abandonné le combat. Je ne dis pas qu'elle ne songera pas à battre en retraite, si elle sent qu'elle va perdre. Mais ça m'étonnerait.

Julie ne put s'empêcher d'observer :

— C'est horrible, docteur.

Lambertin haussa les épaules, puis saisit doucement la main gantée de Julie.

— Et ça ? dit-il. N'est-ce pas pire que tout ? C'est la vie qui ne cesse d'inventer les tortures que nous essayons d'empêcher.

— Alors, vous allez soigner ma sœur, pour qu'elle puisse continuer...

Elle se tut, soudain, la honte faisant trembler sa voix.

— Mettez-vous à ma place, dit Lambertin.

Et Julie pensa, comme en un trait de feu : « J'y suis. »

— Bon, conclut le Dr Prieur, avec sa bienveillance habituelle, nous allons faire en sorte qu'elle dorme mieux, qu'elle mange plus raisonnablement et qu'elle ne se dépense pas trop. Et puis...

Il retint son confrère par un bras et Julie par l'autre et ils se rapprochèrent comme des conspirateurs.

— Il m'est venu une autre idée, chuchota-t-il. On a décidé d'obtenir la Légion d'honneur pour Mme Bernstein. Je vais tâcher de faire avancer la date de la cérémonie. Son nom va certainement figurer dans la promotion du 14 juillet, mais on voulait la décorer le jour de son anniversaire, à la Toussaint. Si l'on pouvait anticiper un peu !

— Excellent, dit Lambertin.

— Ce ne sera pas facile parce que nous sommes en pleine période de vacances, continua Prieur. Si tout le monde n'est pas là, ce sera un peu raté. Mais enfin ça peut attendre quelques semaines, mettons deux mois.

Et Julie, très vite, fit son compte... Deux mois... Elle aussi pourrait bien tenir deux mois... Mais il devenait urgent de précipiter les choses. Ils traversaient le jardin et les tourniquets de Maurice leur jetèrent quelques gouttes irisées.

— Tenez-moi au courant, dit poliment le Pr Lambertin, qui aurait sûrement oublié le cas de Gloria avant de monter dans la vedette. Après tout, cette vieille bonne femme avait tout pour être heureuse, et il y avait, de par le monde, des boat-people et des enfants au ventre ballonné par la faim.

Julie rejoignit sa sœur.

— Un homme charmant, dit Gloria. Il prend le temps de vous écouter. Mais je crois qu'il se trompe quand il pense que je suis neurasthénique.

— Mais non, fit Julie. D'abord, personne ne parle plus de neurasthénie. Il te trouve un peu nerveuse, agitée, mais tout ça va rentrer dans l'ordre à mesure que tu t'habitueras au voisinage que tu sais. Il a pris connaissance de l'invitation et il estime que tu dois y aller, simplement par dignité, pour prouver que tu es au-dessus des commentaires. Tu comprends, il ne suffit pas d'avoir cent ans pour être centenaire. C'est une sorte d'honneur qui est rendu par la nature quand on voit une vieille dame comme toi, si jeune de caractère, si pleine d'allant et si bien conservée à tout point de vue. Je te répète ce qu'il a dit en nous quittant. Gina n'est pas mal non plus, remarque, mais... Elle aura beau faire, elle gardera toujours une espèce de vulgarité de cocotte ; comme disait papa, tu te rappelles ? Il aurait dit aussi qu'elle est décatie, qu'elle fait un peu *Moulin-Rouge*.

Gloria reprenait des couleurs et souriait à ces souvenirs.

— Je mettrai mon ensemble de flanelle blanche, murmura-t-elle, rêveusement.

Et soudain, cédant à une poussée de panique, elle enfouit son visage dans ses mains.

— Non, Julie, je n'aurai pas la force. Ici, j'ai toutes mes affaires autour de moi, je suis en sûreté ; tandis que là-bas...

— Mais Kate y sera, et Simone... et moi aussi... Il ne t'arrivera rien.

— Tu crois ?

— Tu lui offriras une petite chose quelconque : un bijou que tu as assez vu mais qui fera de l'effet... N'oublie pas. Dans le genre un peu clinquant. Elle est sûrement restée très napolitaine là-dessous... Et puis nous te ramènerons en vitesse.

— Oui, consentit Gloria. Le moins longtemps possible. Juste pour marquer le coup.

Le lendemain, Gloria fouilla dans ses réserves. Outre ses bijoux d'apparat, elle possédait une foule de clips, de bagues, de boucles d'oreilles et d'ornements variés qu'elle n'avait cessé d'acheter, pendant ses voyages, par pur désœuvrement. Julie l'aidait. Elles s'étaient assises, non sans geindre, sur la moquette, les pierres entre elles comme des cailloux, et elles s'amusaient autant que des gamines.

— Tu la vois, avec ces pendentifs aux oreilles, s'écriait Gloria. Elle aurait tout de la tireuse de cartes.

Julie pouffait, choisissait dans le tas une énorme bague violette.

— Et ça ? Pour jouer la mère supérieure.

Gloria éclatait de rire. Ou bien ses yeux se voilaient de mélancolie, tandis qu'elle pêchait un camaïeu d'un bleu changeant.

— Séville, murmurait-elle. Il s'appelait José Ribeira. Il était très beau.

Mais elle essayait, tout de suite, de retrouver sa gaieté.

— Il lui faudrait quelque chose de rouge, cherche dans les bagues. Tiens, ce petit rubis.

— Il vaut trop cher, protestait Julie.

— Tant pis. C'est elle qui a voulu m'inviter. J'ai bien le droit de l'écraser un peu, la Montano.

Quand Julie, fatiguée, partit déjeuner, Gloria avait oublié ses alarmes et il lui restait encore un long après-midi pour se choisir la toilette qui achèverait d'aplatir Gina. Julie se fit remplacer par Clarisse. Le problème imprudemment soulevé par le naïf Dr Prieur la tourmentait beaucoup. Elle s'en ouvrit à Mme Genson-Blèche. Bien sûr, on pouvait retarder jusqu'à la Toussaint la remise de la décoration, mais les journaux allaient publier la liste des nouveaux promus et il se trouverait forcément quelqu'un pour prévenir Gloria. A moins qu'on ne fît courir une consigne de silence. Après tout, les habitants de *La Thébaïde* ne vivaient pas les yeux fixés sur Gloria. Elle n'était qu'une distraction parmi d'autres ; les gens sont tellement futiles ! Et du moment que la fête serait remise à plus tard, les bavardages aussi seraient reportés. Entendu, donc. Pas un mot.

Gloria s'était mise à compter les heures. Tout était prêt. Vêtements, parures, cadeau... Julie la surveillait. L'excitation avait rajeuni sa sœur. Des deux, c'était elle qui était en train de flancher. Elle dut se doper pour trouver la force de se rendre aux *Soleils*, où elle préféra arriver avec un peu de retard, de sorte qu'elle manqua exprès l'arrivée presque solennelle de Gloria. Elle savait qu'elle n'aurait peut-être pas pu masquer son dégoût et son aversion devant le brouhaha d'admiration qui allait saluer la visiteuse sur laquelle, jusqu'au dernier moment, Gina, sans doute, n'avait pas trop compté, s'attendant à quelque dérobade. Il y avait foule dans la maison, foule au salon où l'on poussait des exclamations autour de l'aquarium que Gloria, au passage, déclarait un peu petit, mais sur un ton distrait qui ne se voulait pas offensant, foule enfin dans l'office entièrement tapissé d'affiches et de photos dédicacées d'acteurs et d'actrices célèbres.

— Vous avez connu Errol Flynn ?

— Oh ! très bien ! Un garçon délicieux, sauf quand il avait bu.

— Et les Marx Brothers ?

— Bien sûr. Dans le privé, ils n'étaient pas drôles.

Les groupes défilaient lentement, comme dans un musée, tandis que des extra commis au somptueux buffet offraient des coupes et des glaces. Gloria donnait le bras à Gina et se sentait humiliée jusqu'à l'âme. Que pesaient ses amitiés et ses relations d'autrefois en comparaison de tant d'illustres connaissances ! Le London Symphony Orchestra, les Concerts Colonne, le grand Gabriel Pierné, Furtwängler lui-même, autant d'inconnus pour ces idiotes qui se pâmaient devant le masque sinistre de Von Stroheim ou le visage soucieux de Gary Cooper ! Cependant, avec un sang-froid épuisant, elle opinait devant chaque image de légende.

— Très intéressant. Vraiment, très original.

Et la Montano, plus attentive qu'un joueur de poker, sentait sous sa main battre le sang de sa rivale, guettant en vain la brusque poussée d'émotion qui lui révélerait qu'elle avait gagné la partie. Mais elle fut appelée par un des serveurs.

— Vous m'excusez, chère Gloria.

Elle la confia à M. Holtz et Gloria en profita pour murmurer, mais de façon à être entendue.

— Cela me fait penser à ces bistrots où l'on voit, coincées dans la rainure des miroirs, des photos de boxeurs signées Tony ou Popaul.

Elle accepta un verre de champagne, ses yeux bleus plus aiguisés qu'au temps de ses triomphes, et se laissa ramener au salon où elle se prépara à prendre congé. Mais auparavant elle offrit à Gina un petit écrin dont la vue fit pâlir l'actrice. Un bijou ! Gloria se prenait donc pour une reine récompensant un de ses sujets. Elle simula une confusion de bon aloi.

— Mais non, chère Gloria. Il ne fallait pas.

Elle ouvrit l'écrin qui contenait un petit rubis au bout d'une fine chaînette d'or. Stupéfaite, au milieu d'un silence si profond qu'on entendait les jets d'eau dans les plus proches jardins, elle éleva devant tous les yeux la pierre écarlate et tout fut oublié, les affiches, l'aquarium, le riche ameublement, la tapageuse ambiance de luxe. Tout le monde applaudit comme au théâtre, même des invitées que Gloria n'avait jamais vues chez elle et qui devaient constituer la cour habituelle de la Montano. Gloria souriait, toute sa séduction retrouvée, et Julie qui l'observait de loin sentit qu'elle piétinait en imagination son adversaire. Cependant Gina tenait bon, sourire contre sourire, le regard noir défiant le regard bleu, la voix bien claire pour remercier. Elles échangèrent affectueusement leur baiser de Judas et, l'assistance faisant la haie, elle accompagna Gloria jusqu'au seuil. Un grand moment dont on allait longtemps parler, à *La Thébaïde*.

*
* *

— Quelle imprudence ! dit le Dr Prieur. Nous avons eu grand tort d'écouter mon confrère. Jamais Mme Bernstein n'aurait dû se rendre chez Mme Montano. Aidez-moi à la remonter.

Julie joignit ses efforts à ceux du médecin et ils redressèrent la malade, calèrent son dos avec des oreillers. Gloria respirait difficilement mais s'obstinait à secouer la tête pour signifier que ce n'était rien et qu'elle allait déjà mieux.

— A vos âges, continuait le Dr Prieur, on ne peut plus dire qu'on se porte bien. On dure, et c'est tout. Comme une chandelle qui brûle bien droit à condition qu'on ne fasse pas de courants d'air. Mais vous ne voulez pas m'écouter. Si son cœur lâche, maintenant, vous serez bien avancées, toutes les deux. Je vous le répète : pas d'émotion. C'est comme vous, Mme Maïeul. Vous n'êtes pas brillante, vous savez. Tout à l'heure, je vous examinerai.

Il commençait à promener son stéthoscope sur la gorge de Gloria. « Respirez... Ne respirez plus... » Ses tuyaux aux oreilles, sans relever la tête, il fronçait les sourcils et grommelait.

— Mais qu'est-ce qui s'est passé ? Elle ne s'est tout de même pas battue ?

« Si, justement, pensait Julie. Elle s'est battue. »

— Un coup à se coller un infarctus. Ah ! ce n'est pas beau, ce que j'entends !

Il s'assit au bord du lit et prit le pouls de Gloria, sans cesser de parler.

— Vous êtes rentrées toutes les deux, bon. A ce moment, elle vous paraissait dans son état normal ?

— Oui, tout à fait.

— Et puis sa première crise d'étouffement l'a prise ici, quand elle se déshabillait... la bouche grande ouverte, les mains à la poitrine, les yeux exorbités... La classique attaque d'angine, la toute première.

— Oui. C'est pourquoi j'ai eu très peur.

— Dès qu'elle pourra bouger, nous lui ferons un électrocardiogramme. Le pouls est encore un peu rapide, mais il n'y a plus de danger. Allez, chère Mme Bernstein, ce n'est pas encore pour cette fois. Du repos, plus de mondanités, et surtout plus d'émotions. Il ne faut pas plaisanter. Non, taisez-vous. Du calme.

Il se releva, replia son stéthoscope et, s'adressant à Julie :

— Venez à côté, dit-il. Nous avons à parler.

Il la précéda dans l'auditorium et la fit asseoir près de lui.

— Voyons, madame, vous aussi vous êtes malade. Il ne m'appartient pas...

Elle l'interrompit tout de suite :

— Non. N'insistez pas. Je suis perdue. Je le sais depuis plusieurs semaines. C'est le Dr Moyne qui me soigne. Il voulait m'opérer. C'est moi qui ai refusé. Vous comprenez pourquoi.

— Ma pauvre amie, murmura le médecin après un silence qui dura longtemps. Je soupçonnais la vérité, vous le pensez bien. Je suis navré.

— Tout ce que je souhaite, fit Julie, c'est de ne pas inquiéter ma sœur. Vous la connaissez. Elle n'a même pas remarqué que je maigris. Depuis le temps que je vis dans son ombre, c'est comme si j'étais devenue invisible pour elle. Quand je disparaîtrai, elle n'en reviendra pas. Elle considérera ma mort comme une cachotterie.

— Oh ! madame, comme vous êtes amère !

— Non. Pas du tout. Je sais les choses, voilà. Je sais, par exemple, que Gloria ne cédera pas devant Gina Montano. Je sais qu'en ce moment elle est folle de rage contre son cœur qui la trahit. Ce que vous oubliez, docteur, c'est que la Montano, Gloria et moi-même, nous sommes avant tout des bêtes de scène, et *La Thébaïde*, à sa façon, est un théâtre. Nous nous devons à notre public. Même moi, tout estropiée que je suis. Et alors, je vais vous le dire, notre santé, pour parler comme Gloria, on s'en fout, pourvu que l'empoignade soit belle.

Elle rit, avec une mélancolie désespérée.

— Empoignade, le mot est joli, n'est-ce pas, quand je me l'applique. Et pourtant, il est juste. Il y a tant de façons de se colleter.

Elle appuya amicalement sa main gantée sur le genou du Dr Prieur.

— Ne faites pas attention, dit-elle. Ces méchancetés sont mon urticaire. Mais ça ne dure pas longtemps. Et je serais désolée de vous faire de la peine. Bien sûr, que Gloria se soignera. J'y veillerai. Et moi aussi, j'observerai mon traitement. Mais pour ce qui est des émotions, *que sera sera*, comme dit la chanson.

*
* *

Le bruit courut, le soir même, que Gloria était souffrante. Par quel mystère les secrets suintaient-ils à travers les murs ? Par l'intermédiaire de Clarisse, Julie à son tour fit courir des contre-bruits. Il s'agissait seulement d'un léger embarras gastrique. Peut-être Gloria avait-elle bu trop de champagne, chez Gina. Mais ce petit malaise était vraiment sans gravité. Cependant, il était provisoirement recommandé de ne pas lui téléphoner. Dans quatre ou cinq jours, la consigne serait levée.

Dans cinq jours, ce serait le 14 juillet, et Julie avait hâte de voir comment sa sœur allait réagir si elle apprenait sa nomination dans la Légion d'honneur. Forcément, elle allait l'apprendre. La presse publierait la liste des promus. Mais non, ce n'était pas forcé. Les habitants de *La Thébaïde* ne lisaient guère que les journaux locaux et la nouvelle n'y tiendrait sans doute qu'une toute petite place. A moins que...

Julie avait beau s'en défendre, elle ne dormait plus, malgré les somnifères et les tranquillisants qui la faisaient bégayer. Elle en était réduite, devant sa sœur, à chercher ses mots. Le docteur avait dit : « Surtout, plus d'émotion ! » Mais la joie qu'éprouverait Gloria si quelque voisine bien intentionnée lui envoyait un petit mot : *Compliments, vous êtes décorée. Il y a un article qui parle de vous*, ce serait une grande émotion. Le médecin n'avait pas précisé si une joie brutale risquait de provoquer un blocage du cœur au même titre qu'une grande déception, par exemple, ou même une simple humiliation. Et, à mesure que passaient les heures, Julie se prenait à espérer qu'une indiscrétion serait commise qui mettrait fin à ce duel épuisant qu'elle avait provoqué et dont elle se sentait la prochaine victime. Elle avait mal partout. Elle ne mangeait presque plus et elle commençait à flotter dans ses vêtements. Les remèdes indiqués par le chirurgien avaient des difficultés à tenir en échec une douleur sourde qui avait tendance à s'affirmer. Mais, de toute sa volonté, elle se jurait de ne pas abandonner la partie la première. Le Dr Prieur, qui la rencontrait chez Gloria, hochait la tête avec pitié. Il lui murmura un jour sur le seuil de l'auditorium : « Vous vous tuez ! », à quoi elle répondit d'une phrase qu'il ne comprit pas : « Ce n'est pas moi qui ai commencé. »

Ce fut bientôt le 14 juillet. Jour de fête. Pas de journaux. *La Thébaïde* était cernée par le fracas des réjouissances et chacun se félicitait d'habiter une retraite si bien défendue. Julie rencontra M. Holtz qui l'invita à prendre le café. « Mme Montano sera heureuse de votre visite. Elle a l'impression que vous la boudez. » Jamais Gina ne s'était montrée plus aimable.

— J'ai pris plusieurs fois des nouvelles de Gloria, dit-elle, mais il y a chez vous une sorte de cerbère...

— Ah ! Clarisse. Elle a des ordres.

— C'est ennuyeux. On imagine le pire, tout de suite. J'espère que ce n'est pas sa visite ici qui...

— Non. Elle en a été ravie, au contraire.

Et ce fut si rapide, si involontaire, que Julie en demeura stupéfaite.

— Ma sœur, dit-elle, attend une grande nouvelle. A cette heure précise, elle a peut-être été décorée.

Elle avait lâché le mot sans en avoir calculé l'effet. Ou peut-être y avait-il, en quelque région inaccessible de son esprit, quelque chose qui était tapi et qui calculait pour elle.

— Pas possible ! s'écria Gina, dont les yeux noircirent encore. On lui a donné les palmes ?

— Non. La Légion d'honneur... à cause de son âge... et puis aussi de ses mérites.

— Comme c'est curieux ! Et moi, est-ce que je pourrais l'avoir ?

— Pourquoi pas ?

— Je vais la féliciter tout de suite.

Gina tendit la main vers le téléphone.

— Non, dit Julie, attendez. Rien n'est encore officiel. Et puis, je vous en prie, l'information ne vient pas de moi. Vous êtes des amis, je me laisse aller, bon... Mais laissez faire la rumeur publique.

Une heure plus tard, ce fut comme une fermentation de curiosité à travers la résidence. Julie causait avec Gloria. De temps en temps, elles évoquaient, tour à tour, leurs plus grands succès. Gloria, dans sa chaise longue, se polissait les ongles. Elle était calme et la sonnerie du téléphone la fit sursauter. Elle saisit son petit appareil portatif.

« Ça y est, pensa Julie. C'est maintenant. »

Elle se leva. Gloria la retint par le bras.

— Non. Reste. Encore une raseuse... Allô... Ah ! c'est vous Kate. Vous avez l'air tout excitée... Quoi ?... Attendez une seconde.

Elle serra le téléphone sur sa poitrine et chercha sa respiration.

— Julie, tu sais ce qu'elle me dit ?... Que je l'ai... C'est fait. C'est officiel.

— Je t'en prie, Gloria, ne te mets pas dans un état pareil. Donne. Je vais lui répondre.

Mais Gloria ne l'écoutait pas. Elle avait le regard fixe et les mains tremblantes.

— Allô... Excusez-moi... L'émotion, vous comprenez. Qui vous a prévenue ? Pamela ? Elle prétend que c'est dans *Le Figaro*. Moi, je veux bien. Mais a-t-elle lu l'article ?... Non ?... Alors qu'est-ce qui me prouve que... Ah ! c'est le mari de Simone ? Alors, c'est sûr... Mon Dieu, j'ai cru un instant que c'était un mauvais tour de cette chipie... Merci.

Sa voix s'embarrassait.

— Merci. C'est ridicule d'être émue comme ça... Allô, je ne vous entends plus. Je ne sais pas si ça vient de l'appareil ou si ce sont mes oreilles qui bourdonnent. Quoi ? Ah ! vous croyez que c'est la doyenne en moi qu'on veut honorer ?... La doyenne et la meilleure, oui, j'avais compris... Merci, ma chère Kate. C'est vrai, je suis terriblement secouée. Je vois ma sœur qui prépare mes gouttes. Je vous embrasse.

Elle reposa le téléphone et appuya lourdement sa tête sur l'oreiller.

— Bois ça, dit Julie. Tu te rappelles les recommandations du docteur ?

Gloria vida son verre et le remit à Julie.

— Tu ne t'es pas regardée, dit-elle. Tu es décomposée. C'est vrai qu'une nouvelle comme celle-là a de quoi vous démolir. Et pourtant, tu vois, ce n'est pas cette médaille qui compte. C'est de l'avoir eue. Je la porterai sur mon ensemble bleu. Le rouge sur le bleu, hein ?

Soudain Gloria battit des mains et se mit debout sans aide, avec une vigueur inattendue. Elle s'approcha du berceau. Avec une tendresse d'accouchée, elle prit doucement le stradivarius, le porta à son épaule, saisit l'archer, fit une sorte de salut de l'épée... « A la Montano. » Elle attaqua l'*Hymne au soleil*, de Rimski-Korsakov. Il y avait des mois, des années peut-être qu'elle n'avait pas touché à son violon. Elle se contentait, chaque jour, de l'accorder, en lui parlant tout bas. Et maintenant, elle jouait faux. Ses doigts lui obéissaient mal. Mais elle entendait sa musique d'autrefois et son visage entrait dans l'extase.

Julie se glissa dehors et, courbée en deux, regagna sa chambre. Elle n'en pouvait plus. Elle se haïssait et, en même temps, ne comprenait plus. Ce coup de téléphone, elle l'avait entendu. Elle était sûre de son efficacité. Ce qu'elle avait oublié, c'était leur increvable hérédité. Ce cousin Maïeul, mort à quatre-vingt-dix-huit ans. Cette arrière-grand-mère, décédée à cent un ans et d'autres encore, dans la famille, dont on disait autrefois : « Il faudra les tuer. » Loin d'abattre Gloria, l'heureuse surprise l'avait dopée. Il n'y aurait pas eu Gina, les choses se seraient peut-être passées autrement. Maintenant... Elle faillit se dire : « Tout est à recommencer. » Mais elle savait retenir à temps les formules gênantes, les faire passer dans une sorte de réserve où elles se purifiaient en intentions avouables. Si Gloria était tellement heureuse d'être décorée, tant mieux. Ça faisait mal. D'accord. On pouvait appeler cela de la jalousie, de l'envie, de la rancune. Et pourtant ce n'était que le sentiment sans cesse renaissant d'un énorme gâchis, d'une injure qui se transformait peu à peu en un défi ricaneur. Elle se sentait interpellée : « Pauvre idiote », « Pauvre minable ». C'était sa manière à elle d'entendre des voix. A qui faire comprendre qu'elle n'en voulait à personne, mais qu'elle avait le droit de se défendre.

Les Camel, ce matin-là, avaient un goût de pharmacie. Clarisse vint prendre les ordres pour le déjeuner.

— Un thé et quelques biscottes, dit Julie, je n'ai pas faim. Et Gloria ?

— Je crois qu'elle a un peu perdu la tête. Elle téléphone partout, et quand ce n'est pas elle qui appelle, ce sont ses amies qui sonnent. Dans l'état où elle est, elle ne devrait pas.

— Tu la trouves plus fatiguée ?

— Oui, ça, c'est sûr. Ses mains tremblent. Sa voix tremble. Elle est comme électrisée.

— Et du côté de Gina ?

— Je ne sais pas, mais ça n'a pas l'air de bouger. M. Holtz arrose son jardin et Mme Montano lit des magazines, sous la pergola.

— C'est bon. Tu peux me laisser. Je n'ai besoin de rien.

L'événement continua à entretenir une sorte d'agitation dans la résidence. Gloria aurait désiré qu'on la décorât tout de suite et il fallut lui expliquer patiemment qu'une petite fête était déjà prévue pour le jour de son anniversaire. Le sous-préfet avait accepté de venir épingler en personne la médaille sur la poitrine de la centenaire, et l'on ne pouvait pas avancer la date de la cérémonie. Le cas de Gina Montano fut évoqué au comité. Si on décorait l'une, pourquoi pas l'autre ? « Mme Montano, fit observer Mme Genson, est une nouvelle venue qui n'a pas encore eu le temps de s'intégrer vraiment à *La Thébaïde*. Et puis elle est un peu plus jeune que Mme Bernstein. Qui donc a dit devant moi qu'elle était Sagittaire ? On pourra l'interroger, si vous ne craignez pas de l'offenser, car ces artistes sont extrêmement chatouilleuses sur ces questions d'âge, et puis, si elle souhaite qu'on la décore, c'est pour ses qualités d'actrice d'abord. Mais notez que l'an prochain nous pourrons y penser. »

Gloria était fidèlement tenue au courant, par ses visiteuses, de toutes ces discussions qui la passionnaient. Sa tension en souffrait beaucoup, mais elle continuait à vivre sur la lancée de sa joie.

— Je n'ai pas connu cela depuis ma dernière communion, disait-elle. Tu verras quand ce sera ton tour.

Julie serrait les dents et se taisait, mais, errant dans le parc quand tout le monde était couché, sûre d'être seule et de ne voir autour d'elle ni son reflet ni son ombre, elle imaginait des plans. Le résultat principal était acquis. Gina était la petite dose d'arsenic qui, jour après jour, empoisonnait Gloria. Ça, Julie se le disait ouvertement, quand elle en avait assez de se voiler la face. Son problème n'en demeurait pas moins ardu. Comment provoquer le spasme ultime ? Dans moins d'une semaine, juillet finirait... Il y avait bien une manœuvre, et même deux, mais la seconde prendrait du temps. Et la première restait bien aléatoire. Cependant, elle se rendit encore chez le chirurgien, pour un nouvel examen. Il l'interrogea longuement, se fit montrer l'endroit où par instants la douleur semblait se loger sous la peau, comme s'il suffisait d'inciser. Il se reporta aux radios, repalpa ce maigre corps de fillette.

— Quand souffrez-vous ? Après les repas ? Quand vous êtes couchée ? Quand vous avez marché un moment ?

Elle n'osait pas répondre : « Quand je suis près de ma sœur », et d'ailleurs elle se rendait bien compte que le médecin la questionnait uniquement pour lui donner du courage, le temps de l'espoir étant bien terminé.

— La dernière fois, vous étiez plutôt mieux, dit-il.

— Docteur, murmura-t-elle, je voudrais tenir jusqu'à la Toussaint.

— Quelle drôle d'idée ! Bien sûr que vous tiendrez jusqu'à la Toussaint. Et même au-delà.

— Mais comment saurai-je que c'est la fin ?

— Allons, allons, ne soyez pas morbide.

— Vous ne voulez pas me répondre.

— Eh bien, ça commencera sans doute par une vive douleur dans le dos. Vous devrez m'appeler tout de suite. Le reste me regarde. D'ici là, n'abusez pas de ces petites traversées en bateau. Elles vous fatiguent inutilement.

Julie, avant de rentrer à *La Thébaïde*, donna quelques coups de téléphone, puis somnola dans la vedette, rassérénée comme quelqu'un qui a accompli une démarche difficile.

Le lendemain, Gloria lui téléphona, très agitée.

— Tu sais ce qui se passe ?... Mme Genson vient de me prévenir. Il y a une équipe de FR 3 Marseille qui vient d'arriver au bureau. Elle croyait que c'était sur ma demande qu'ils étaient là et elle n'était pas contente. Je l'ai renvoyée à la Montano. C'est sûrement cette intrigante qui a fait des pieds et des mains pour avoir une interview.

— Je ne suis pas au courant, dit Julie.

— Tu ne veux pas venir ? reprit Gloria. Je suis bouleversée.

— Le temps de m'habiller et j'arrive.

Mais Julie ne se pressa pas. Il fallait laisser mûrir l'imbroglio. Cinq minutes plus tard, nouvel appel de Gloria.

— Ce culot ! La garce jure que ce n'est pas elle et Mme Genson est furieuse. Il paraît qu'ils sont cinq, avec tout un matériel et le journaliste qui coiffe l'opération prétend qu'on les a envoyés pour filmer la centenaire. Quand il a appris qu'il y en avait deux, il s'est mis à rigoler comme un imbécile. Mme Genson a failli le mettre à la porte. Elle avait oublié qu'on est dans une île. Enfin, je sens que ça va tourner au scandale. J'avais bien besoin de ça.

Elle se mit à sangloter puis retrouva soudain sa voix de commandement pour crier :

— Tu viens, oui.

Julie rencontra, dans le vestibule, la présidente qui venait chercher des explications.

— Vous êtes au courant, dit Mme Genson. Est-ce Gloria qui a téléphoné à FR 3 ?

— Moi, je ne sais rien, fit Julie.

— Quelqu'un a signalé à FR 3 qu'il y avait ici une vieille dame dont on allait célébrer le centenaire. Et comme ce sont les vacances et que c'est un bon sujet de reportage pour une période un peu creuse, à FR 3 ils ont tout de suite envoyé une équipe, surtout qu'on leur a bien précisé qu'il s'agit d'une ancienne artiste.

— Mais, objecta Julie, on a bien dû lui dire son nom.

— Eh oui, mais il paraît que la ligne n'était pas très bonne. Bref, ils ont cru qu'ils en savaient assez.

Elles entrèrent d'autorité chez Gloria qui était prostrée sur sa chaise longue. Cette fois, le coup avait porté, et Mme Genson échangea un regard navré avec Julie.

— Mais, ma chère amie, s'écria-t-elle, tout cela va s'arranger. Je vous avoue que, sur le moment, j'ai mal apprécié la plaisanterie, car c'est une mauvaise plaisanterie, vous l'avez déjà compris.

Gloria secoua la tête, furieusement, et chuchota d'une voix qui se brisait :

— C'est elle qui a monté le coup, pour qu'on croie que c'est moi qui cherche à me pousser. Comme si j'en avais besoin. Mais qu'est-ce qu'elle croit...

Ne pouvant achever, elle agita la main pour signifier que le plus important restait à dire. Mme Genson et Julia l'aidèrent à se redresser.

— C'est effrayant, murmura la présidente à l'oreille de Julie. Elle a fondu.

Gloria toussa et reprit son souffle.

— Je ne les recevrai pas, dit-elle. Qu'ils se débrouillent avec la Montano.

— Mais justement, dit Mme Genson, Gina Montano refuse, elle aussi, de leur parler. Ou bien ils vous intervieweront toutes les deux ou bien elle s'enferme chez elle. Ils sont là, devant mon bureau, assis sur les marches. Vous pensez comme ça fait bien.

Gloria ne cessait d'agiter la tête, en une dénégation obstinée. Elle ne prenait même plus la peine de répondre. C'était non et encore non.

— Mais pourquoi ? s'emporta Mme Genson.

— Parce qu'elle ment, parce qu'elle veut profiter de ma fatigue, parce que...

— Écoutez, ma chère amie. Je connais Gina. Elle s'arrangera pour laisser forcer sa porte. Elle finira par jouer leur jeu. Elle acceptera d'être photographiée à satiété, et elle prétendra qu'elle est la seule vraie centenaire. Voilà ce que vous aurez gagné.

Gloria ferma les yeux pour réfléchir. Mme Genson reprit tout bas, pour Julie :

— Je crois qu'elle va céder.

Gloria remua les lèvres et les deux femmes se penchèrent sur elle.

— C'est moi, la vraie centenaire, articula Gloria d'une voix à peine perceptible.

La présidente soupira, épuisée.

— Elle est butée, dit Julie. Il vaut mieux la laisser tranquille.

— Mais qu'est-ce que je vais raconter à ces journalistes ? s'emporta Mme Genson.

— La vérité. Il y a ici deux vieilles dames dont l'une est souffrante. Qu'ils se débrouillent avec l'autre.

— Alors, accompagnez-moi, Julie. Je vous le demande comme un service. Vous saurez leur expliquer mieux que moi.

Ils étaient là tous les cinq, campant au milieu de leur matériel et mangeant des sandwichs. Ils se levèrent comme un seul homme et l'un d'eux, vêtu d'un blouson et coiffé d'une casquette à pompon, s'avança, le sourire aux lèvres.

— C'est donc vous, madame, qui...

Julie l'interrompit.

— Non, monsieur. Je suis sa sœur... D'accord, c'est assez compliqué, mais vous allez comprendre.

Et elle raconta... et à mesure, il prenait les notes... Oui, parfaitement, pianiste... On peut voir vos mains ?... Formidable... Julie Maïeul, avec un tréma.

Et Julie se laissait aller. Après soixante ans de silence, c'était son jour de gloire.

— Allons chez vous, proposa le journaliste. On va vous filmer et vous enregistrer. Vous nous répéterez les circonstances de votre accident. Vous accepterez peut-être de retirer vos gants, pour un gros plan.

Il est facile d'avoir cent ans, mais une vie comme la vôtre, je vous assure que ça vaut le détour.

Il parlait sans malice comme un gastronome et Julie n'était pas choquée. Quelque chose de très ancien, de très fort, de très doux, un merveilleux sentiment d'exister se levait dans son cœur. La présidente, s'estimant sauvée, approuvait, marchait maintenant auprès de Julie.

— Merci. Au fond, ils désiraient faire une interview. Ils l'ont. Tant pis pour votre sœur et pour Gina. Elles n'auront à s'en prendre qu'à elles. C'est excellent, tout ce que vous avez dit. Comme vous avez dû souffrir !... Et quel scoop, pour FR 3. Et aussi pour *La Thébaïde.*

Julie parla longtemps, dans son living, au milieu de la fumée des cigarettes. Ce fleuve de mots qui jaillissait d'elle, c'était un trop-plein de choses refoulées qui la laissaient peu à peu exsangue et vengée. Elle ne sut jamais que, pendant ce temps, Gloria et Gina, hors d'elles, s'insultaient au téléphone, se traitaient d'intrigantes et de catins vendues à la pub.

Gloria lâcha l'appareil quand la Montano se mit à l'injurier en napolitain. Clarisse la trouva évanouie tandis que Julie, délivrée de ses cinq tourmenteurs, sentait pour la première fois qu'une douleur inconnue lui labourait les reins.

*
* *

L'article parut dans la presse locale ; ainsi qu'une photographie de Julie, sous un titre qui fit quelque bruit. La pianiste aux mains mortes. Des barques chargées de touristes longeaient les rivages de l'île. On photographiait, on filmait d'abondance. La vedette était accompagnée par des planches à voile ou bien des skieurs coupaient son sillage et des bras se levaient pour saluer Marcel, qui faisait vainement signe aux imprudents d'aller plus loin. Les habitants de *La Thébaïde* étaient furieux.

— Nous avons acheté ici pour avoir la paix, disaient-ils.

A quoi la présidente répondait :

— Nos vieilles dames sont chez elles. Si quelqu'un d'ici n'avait pas eu l'idée fâcheuse d'alerter la télévision, rien de tout cela n'aurait lieu.

A quoi l'on répliquait aigrement.

— Faites quelque chose. Prévenez-les qu'on ne veut plus de ces manifestations intolérables. Après tout, il y a d'autres maisons de retraite.

— Vous oubliez qu'elles sont malades.

— Quoi ? On a encore vu Mme Montano dans son jardin, hier soir.

— Pas elle, mais Mme Bernstein et sa sœur.

— C'est grave ?

— A leur âge, tout est grave.

Le Dr Prieur, pour sa part, se refusait à toute déclaration. Il avait beau examiner Gloria de toutes les façons, il constatait qu'elle s'affaiblissait sans présenter aucun symptôme caractéristique. Elle mangeait à peine. Elle dormait très peu. Elle n'éprouvait aucune douleur. Où était la vibrante centenaire qui racontait ses souvenirs avec la vivacité et l'enjouement d'une jeune femme ? Ses yeux semblaient voilés. Ses mains s'étaient décharnées.

— C'est la rancune qui la soutient, disait le docteur. Surtout qu'on ne parle pas devant elle de Mme Montano, c'est évident. Mais pas de sa sœur non plus. Elle s'est mis dans la tête que c'était Julie la coupable, qu'elle avait voulu lui voler la première place. Alors elle lui a fermé sa porte. Et pourtant, la pauvre Julie...

Toute seule dans sa chambre, Julie méditait. Elle avait failli demander au Dr Moyne la vérité, et puis la douleur avait disparu. Elle s'était contentée de lui téléphoner. Il était déjà au courant de l'interview et s'était montré très ferme.

— Plus de ça ! Vous voyez le résultat. Aussi peu de visites que possible. Pendant quelques jours, je vous conseille même d'éviter toute conversation avec votre sœur. Et à plus forte raison avec Mme Montano. Je peux vous parler franchement ? Eh bien, je me demande laquelle de vous trois est la plus folle. Vous auriez une dizaine d'années, ça mériterait une paire de gifles. Mais maintenant il y en a une — je ne sais pas laquelle — qui va rester sur le carreau.

— Oh ? quand même, docteur...

— Voyons, ma chère amie, vous êtes la plus raisonnable. Croyez-vous que c'est bien malin d'aller raconter à des journalistes que votre vie a été un long martyre dont votre entourage ne s'est pas soucié, etc. Croyez-moi, dans quelque temps vous allez faire la paix avec votre sœur et ensuite aidez-la à faire la paix avec sa rivale, puisqu'à votre âge il faut bien encore parler de rivalité. C'est de la paix que vous avez besoin, toutes les trois. Vous me le promettez ?

— Oui, docteur.

— Si vous recommencez à souffrir, nous aviserons. Je serai peut-être obligé de vous prendre dans ma clinique... Mais nous n'en sommes pas là.

Il avait terminé sur de bonnes paroles et, depuis, Julie cherchait le moyen de transformer une apparente réconciliation en solution finale. Ce n'était pas facile mais la maladie devait sans doute produire, en quelque lieu secret de sa tête, une effervescence de poisons, car elle finit par trouver une idée qui lui apparut particulièrement ingénieuse. Il n'y avait plus qu'à la laisser mûrir, au fil des heures, en fumant des Camel. Julie n'avait pas le temps de s'ennuyer. Clarisse la tenait au courant de tous les potins et c'est par elle qu'elle eut connaissance de la lettre adressée par la présidente à Mme Gloria Bernstein et à Mme Gina Montano.

— Tu pourrais te la procurer ?

— J'essaierai, dit Clarisse.

Le lendemain, elle apporta la lettre, toute froissée.

— Mme Gloria l'a bouchonnée. Elle n'était pas contente.

Julie lut, non sans gourmandise :

Chère Madame,

Notre communauté s'est émue du passage assez bruyant d'une équipe de FR3 Marseille, invitée à La Thébaïde *on ne sait par qui. Au terme de notre réglement intérieur nul n'est autorisé à convoquer, sans permission du bureau, des personnes ou des groupes de personnes (journalistes, équipes de télévision, etc.) susceptibles de troubler la tranquillité des copropriétaires. La communauté s'étonne d'avoir à rappeler les alinéas 14 et 15 du cahier des charges à Mmes Bernstein et Montano, dont le passé artistique mérite sans doute des égards particuliers, mais ne confère nullement le droit d'encourager en sous-main des manifestations à caractère publicitaire. La communauté espère qu'à l'avenir ses recommandations seront entendues.*

Veuillez agréer...

— C'est un peu fort, dit Julie. Nous accuser de... Je n'en reviens pas. Et sur quel ton ! Comment Gloria prend-elle la chose ?

— Justement. C'est d'elle que je voulais vous parler. Cette lettre l'a achevée. Jamais la présidente n'aurait dû lui écrire comme ça.

— Elle a été poussée par toutes ces soi-disant amies de Gloria, fit Julie, d'un air dégoûté. Je me demande s'il y a une différence entre les plus misérables des Indiens et ces riches bonnes femmes. Combats de coqs ou combats de vieilles stars, le spectacle est aussi captivant. Va-t'en savoir si on ne parie pas, chez Kate ou chez Simone. Mais tu m'as dit que cette lettre avait achevé Gloria ? Ça signifie quoi ?

— Qu'elle ne va pas bien du tout. Ça ne me regarde pas, mais vous devriez aller toutes les deux dans une vraie maison de repos. Au bout de quinze jours, trois semaines, le calme serait rétabli.

— Tu lui en as parlé ?

— Non.

— Bon. Laisse-moi faire.

Le moment était venu. Julie appela sa sœur.

— Ouvre-moi, dit-elle. J'ai quelque chose de très important dont je voudrais que nous causions. Je peux ?

— Oui, mais vite.

A peine si Julie reconnut la voix de Gloria. Pourquoi, dès lors, vouloir précipiter les événements ? « Pas à cause d'elle, pensa Julie, mais à cause de moi. »

La chambre n'était éclairée que par une applique qui contribuait à noyer d'ombre le grand lit où Gloria était couchée. Ce visage si frais, si lisse, si offert au bonheur pendant si longtemps, s'était creusé de rides comme un fruit d'hiver. Les yeux étaient apeurés et méfiants. Julie tendit la main et Gloria eut un mouvement de recul.

— Bon, murmura Julie, comme tu voudras. J'ai pris connaissance de cette espèce de mise en demeure envoyée par Mme Genson. A mon avis, c'est scandaleux.

— Ne reste pas debout, dit Gloria. Tu parais aussi fatiguée que moi. Ce n'est pas toi, évidemment, qui as provoqué cette démarche de FR 3 ?

— Non.

— Tu le jures ?

— Les serments, tu sais... On n'est plus des gosses. Bon. Je le jure.

— Sur le moment, j'ai bien cru que c'était toi. Et raconter tout ce que tu as raconté, comme si tu avais été une espèce de Cendrillon auprès de moi... Ce n'était pas très chic.

Ce genre de propos larmoyant glaçait Julie. Le moindre épanchement lui soulevait le cœur.

— Ne parlons plus de tout ça, trancha-t-elle. Gina...

— Ah ! je t'en prie, s'emporta Gloria. Que je n'entende plus ce nom. Qu'est-ce que tu voulais me dire ?

— Voilà... Supposons que nous disparaissions...

— Tu es folle ou quoi ? l'interrompit Gloria. Pourquoi veux-tu que nous disparaissions ? Ce n'est pas parce que l'incident de la télévision m'a mise hors de moi, que je suis malade.

— Non, bien sûr. Mais écoute-moi tranquillement. Tu vas avoir cent ans et moi je vais sur mes quatre-vingt-dix.

— Oui, et alors ?

— Alors, nous pouvons mourir. Ouvre les yeux, Gloria. Regarde combien la moindre contrariété nous secoue. Et pourtant cette visite de la télé, qu'est-ce que c'est ? Est-ce que ça compte ?

— N'empêche que tu t'es empressée de vider ton sac.

— Mais non. J'ai simplement dit que je n'avais pas toujours eu une vie agréable. Et puis, la question n'est pas là. Si nous venions à disparaître, qu'est-ce que nous laisserions derrière nous ?

— Des disques.

— Quels disques ? Des vieux 78-tours qui n'en peuvent plus. Gina, elle, ce n'est pas pareil. Elle est entrée dans l'histoire des images, et les images résistent mieux au temps.

— Oui, admit Gloria. C'est vrai. Mais tu aperçois un moyen de durer plus qu'elles ?

— Peut-être. Songe aux musées, aux inscriptions dans la pierre.

Gloria sursauta.

— Tu penses à une dalle funéraire ? Quelle horreur.

— Pas une dalle. Pas quelque chose qui ressemble à une tombe. Au contraire. Quelque chose qui se déchiffre en levant la tête.

— Je ne vois pas.

— Une plaque commémorative.

— Ah !

Gloria, saisie, serrait les poings sur sa poitrine.

— Et tu sais, continuait Julie, ça n'a rien de funèbre. Je vois une plaque de marbre, une belle plaque, avec une simple ligne en lettres dorées : *Ici vécut Gloria Bernstein, la célèbre violoniste, née à Paris le 1er novembre 1887*... et un blanc, ensuite, qui sera rempli plus tard.

— Est-ce qu'il est indispensable d'indiquer la date de naissance ? demanda Gloria.

— Évidemment. C'est elle qui doit frapper les passants. « Elle était donc centenaire ! » diront-ils. C'est toute *La Thébaïde* qui en sera honorée. Qu'est-ce qui valorise une rue ou une place, dans une ville ? Précisément ces plaques commémoratives. Elles donnent une couleur d'histoire à des endroits qui, sans cela, seraient quelconques, et c'est le cas ici. *La Thébaïde*, c'est bien, c'est confortable, tout ce qu'on voudra, mais c'est trop neuf. Ça a besoin de patine, de lustre, d'éclat.

— Oui, dit Gloria, de plus en plus séduite. Mais il y a la Montano.

— Quoi, la Montano ?... Tu penses bien qu'on ne la préviendra pas. Et quand elle la verra, cette plaque, il sera trop tard. Elle aurait l'air de te copier, si elle s'avisait d'en commander une. Et puis elle n'oserait pas mettre : *née à Naples*.

— Et elle mentirait sur la date, ajouta Gloria, emballée. Oui, c'est une très bonne idée.

Mais son visage soudain s'assombrit.

— Et toi ? Pourquoi n'aurais-tu pas ta plaque, toi aussi ?

Julie avait prévu l'objection.

— Une, c'est bien suffisant, dit-elle. Sinon, ça ferait cimetière.

Rassurée, Gloria reprenait lentement des couleurs.

Le projet de Julie opérait sur elle comme une transfusion de sang.

— Tu es d'accord ? demanda Julie.

— Oui. Tout à fait. Je pense même qu'il ne faut pas attendre.

Cette soudaine impatience, Julie l'avait prévue aussi. Cependant elle fit mine de réfléchir.

— Je crois que nous aurons intérêt à prévenir le conseil, observa-t-elle. Ce sera la meilleure riposte. Leur cahier des charges, ils peuvent... Bon, tu me comprends. Ça leur apprendra à nous respecter. Tu es ici chez toi, dans une maison qu'on t'a fait payer assez cher.

Tu as bien le droit de disposer de la façade, si tu as envie d'une plaque.

Pour la première fois depuis longtemps, Gloria sourit.

— Je ne te reconnais plus, dit-elle. Tu vas ! Tu vas ! Mais tu as raison. Je ne me donnerai pas la peine de répondre à la présidente. Quand elle verra l'ouvrier à l'œuvre, elle se rendra compte que la communauté est allée un peu trop loin.

— Je téléphonerai à l'entreprise Muraccioli, reprit Julie. Ce sont des spécialistes du marbre. Ils font des dallages, des revêtements pour les hôtels. Ça les amusera de travailler pour toi. C'est même, sans doute, le patron qui se dérangera en personne. On lui demandera d'apporter des échantillons de marbre.

L'idée d'avoir à choisir des échantillons enfiévrait Gloria de désir.

— J'aimerais quelque chose de sobre, déclara-t-elle. Peut-être pas du tout noir... Ni du tout blanc.

— Un marbre sombre avec des taches claires, proposa Julie.

Gloria avança les lèvres en une moue dégoûtée.

— Ça va ressembler à du fromage de tête. Mais dans les verts, je ne dirais pas non.

— Avec des veinules.

— Non. Pas de veinules. Pour qu'on ait l'impression que la plaque se fendille. Tu n'y penses pas.

Au fond d'elle-même, Julie se moquait complètement de l'aspect que pourrait présenter la chose. Seule lui importait la mention : *Née à Paris, le 1er novembre 1887.* C'était ça, l'arme absolue. Pauvre Gloria ! Qu'elle n'écoute donc qu'elle-même, songea Julie, pendant qu'il en est encore temps.

— Après tout, fit-elle, c'est ta plaque. A toi de juger.

Gloria reposa sa tête sur l'oreiller, avec un abandon de bien-être.

— Je commence à la voir, murmura-t-elle. Mais il y a aussi le problème des dimensions et celui de l'emplacement. Pour l'emplacement...

— Au-dessus de la porte d'entrée, s'écria Julie.

— Non, justement. Il ne faut pas que l'endroit soit à l'ombre. Les gens passeraient sans faire attention. J'aimerais mieux entre le rez-de-chaussée et le premier, à l'aplomb de l'auditorium.

— Oui, pas mal, admit Julie.

Gloria écarta les bras, éloigna ses mains l'une de l'autre, les rapprocha, cherchant les proportions les meilleures...

— Comme ça, dit-elle. Donne-moi le mètre pliant... Dans le tiroir de la commode... Et puis mon bloc, que je note les chiffres... Merci. Tu vois, 60 sur 40, hein ? Ce ne serait pas tape-à-l'œil.

— Un peu juste, dit Julie. Il faut que les lettres et les chiffres de l'inscription ressortent bien. *Ici vécut Gloria Bernstein, la célèbre vio-*

loniste, ça prend de la place. Remarque qu'on peut supprimer *la célèbre violoniste*. C'est comme si, à côté d'Albert Einstein, on précisait : le célèbre physicien.

— Ne te moque pas, dit Gloria. Tu es toujours dure, avec moi. Téléphone à l'entreprise Muraccioli. J'ai hâte, maintenant. Fais-le devant moi.

Julie se mit en rapport avec Joseph Muraccioli, qui prit la commande en exprimant sa joie de servir une artiste. Gloria approuvait de la tête. Oui, il viendrait le jour même. Il ne pourrait pas apporter des échantillons à proprement parler, mais il montrerait des planches en couleurs représentant fidèlement les différentes sortes de marbres disponibles. Pour le prix, on s'arrangerait. Il serait même flatté d'offrir...

— Dis-lui que tout doit rester secret, intervint Gloria.

— Naturellement, ne parlez à personne de ce projet, dit Julie.

— Vous avez ma parole, promit Muraccioli.

— Ah ! je suis bien contente ! soupira Gloria. Tu as eu une excellente idée. Viens que je t'embrasse.

Quelques instants plus tard, de son living, Julie appelait M. Holtz.

— Julie Maïeul. Si je vous dérange, cher monsieur, n'hésitez pas à me le dire. Je vous téléphone pour vous demander un conseil.

— Mais certainement. Si je peux.

— C'est au sujet d'une chose qui m'ennuie beaucoup. J'ai longtemps hésité à vous en parler. Je ne sais même pas si j'ai raison. Je me fais peut-être des idées... Bon, voilà... Figurez-vous que ma sœur s'est mis dans la tête de faire placer sur notre maison une plaque commémorative. Vous voyez ? *Ici vécut*, etc., avec la date de sa naissance. L'autre date, la seconde, son notaire s'en occupera le moment venu. Vous m'écoutez ?

— Bien sûr. Et qu'est-ce qui vous inquiète ? Si la mémoire d'une artiste mérite d'être honorée, c'est bien la sienne.

— Oui, sans doute. Mais a-t-elle le droit d'agir ainsi ? Je me place au point de vue du règlement de *La Thébaïde*. Est-ce qu'on peut disposer librement d'un emplacement qui est à la fois privé et public ? Imaginez qu'elle se fasse bientôt délivrer cette plaque et qu'on lui défende de la fixer sur sa maison, au nom de quelque disposition légale que nous ignorons l'une comme l'autre. Quel choc pour elle ! Déjà qu'elle n'est pas très bien. Qu'en pensez-vous ?

— Attendez, dit M. Holtz. Je réfléchis. Vous soulevez là un point qui peut être litigieux, en effet. Mais *a priori* il me semble que Mme Bernstein est parfaitement libre d'agir à sa guise, que diable. *La Thébaïde* n'est pas une caserne. Oui, je sais bien, on m'a fait des difficultés pour mon piano. Mais une plaque sur un mur ne peut gêner personne. Pourquoi n'avez-vous pas demandé son avis à Mme Genson ? C'est elle qu'il faudrait consulter. Non ?... Vous ne croyez pas ?

Julie baissa un peu la voix.

— Monsieur Holtz. Je peux être franche.

— Je vous en prie.

— Je ne voudrais surtout pas qu'on connaisse le projet de ma sœur. Et avec Mme Genson, je ne suis sûre de rien. On laisse échapper un mot, vous savez ce que c'est, et aussitôt le bruit se met à courir. Si ce projet n'est pas réalisable, il vaut mieux l'étouffer dans l'œuf. Si par malheur on se mettait à en discuter sur la place publique, ma pauvre Gloria serait mortellement humiliée.

— Je vois, je vois, dit M. Holtz. Mais en quoi, finalement, puis-je vous être utile ?

— Eh bien, je pensais... mais arrêtez-moi tout de suite si vous n'êtes pas d'accord... Je pensais que vous, vous pourriez tâter le terrain sans vous découvrir. Vous êtes neutre, n'est-ce pas. Mme Genson ne vous prêtera aucune arrière-pensée. Peut-être que, dans la conversation, une simple allusion, en passant...

— Facile à dire, dit M. Holtz. Je veux bien essayer, pour vous être agréable, mais c'est sans engagement.

— Merci, cher monsieur. J'avais besoin de me confier à quelqu'un de sûr. Si ça ne marche pas, tant pis. Je consulterai un juriste.

— Mme Bernstein a déjà commandé sa plaque ?

— Eh oui, justement. Quand elle désire quelque chose, elle fonce. Elle a toujours été comme ça.

— C'est bien imprudent... Bon, je m'en occupe. Je vous rappellerai.

Épuisée, Julie se recoucha. Elle abusait de ses forces. Du moins pouvait-elle, malgré sa fatigue, se rendre cette justice qu'elle avait mené jusqu'au bout le combat. Un combat qui avait toujours consisté à allumer des mèches et à les laisser brûler. Maintenant, le cher M. Holtz se grattait la tête. Bien embêté, le pauvre homme. Cette histoire de plaque le mettait déjà au supplice. A cause de Gina, évidemment. Il était l'ami de Gina. Mme Genson, fine mouche, ferait aussitôt le rapprochement. Une inscription, c'est-à-dire une plaque, il fallait appeler les choses par leur nom, c'était forcément pour Gina. A partir de là, le feu allait courir. Alors, attendre. Ne plus penser. Julie avait l'habitude d'un tel exercice. Le silence intérieur, le vide. C'était facile, après tant de malheurs. Le soir même, elle accepta un peu de potage.

— Je n'ai jamais vu Mme Gloria aussi gaie, dit Clarisse. L'entrepreneur lui a proposé des croquis et elle a choisi un beau marbre... Moi, je ne m'y connais pas, mais c'est un beau marbre. La plaque sera prête dans une semaine.

Et le téléphone ne sonnait toujours pas. M. Holtz, cependant, avait eu le temps de se renseigner. Ah ! C'était lui, enfin !

— Allô... Mademoiselle Maïeul ? Excusez-moi si j'ai été long. Mme Genson n'était pas au bureau. J'ai attendu. Elle est très occupée et a inscrit sur son bloc, devant moi : *S'informer pour plaque commémorative.*

— Vous voulez dire qu'elle a noté : *plaque commémorative* ? l'interrompit Julie.

— Oui. Vous pensez bien qu'elle a tout de suite deviné où je voulais en venir. Ça, j'en étais sûr. Je vous avais prévenue. Mais, au fond, c'est préférable. On aura une réponse claire et précise demain.

— Elle n'a fait aucune réflexion ?

— Aucune.

— La petite Dupuis, sa secrétaire, était là ?

— Oui et non. Elle travaillait dans la pièce à côté.

« Et elle s'empressera de lire la note, pensa Julie. Ça y est. Le feu démarre. »

Elle remercia de son mieux M. Holtz et s'accorda un somnifère pour se fuir jusqu'au matin. Elle se réveilla de bonne heure, le flanc grignoté par une petite douleur obstinée. Elle se fit un café très fort et mangea une tartine de miel. Quand elle avait l'estomac occupé à maîtriser de la nourriture, elle souffrait moins. Le téléphone restait muet, ce qui n'était pas encore très surprenant. Il fallait laisser à la présidente et à sa secrétaire le temps d'étudier l'événement. La petite Dupuis révélerait la nouvelle à l'infirmière, sa meilleure amie. L'infirmière commencerait à la répandre à partir de neuf heures quand elle entamerait sa tournée de piqûres, car, à *La Thébaïde*, il y avait toujours quelque rhumatisme ou lumbago à soigner. De ce côté-là, les choses n'iraient pas vite et ne dépasseraient peut-être pas le stade du bouche à oreille. En revanche, Mme Genson, vers onze heures, donnerait sa réponse à M. Holtz et l'on pouvait prévoir qu'elle n'hésiterait pas à lui demander carrément s'il se renseignait pour le compte de Gina. M. Holtz dirait non. Alors, elle s'adresserait à Gloria et Gloria, indignée, téléphonerait sur-le-champ.

— Qui a parlé ? Forcément toi. Qui connaissait le projet ? Toi et moi, et personne d'autre.

A quoi il serait facile d'objecter que la visite du marbrier n'était pas passée inaperçue. Et même qui pouvait affirmer qu'il n'avait pas parlé avec le matelot de la vedette ? Et le soupçon, aussitôt, faisait tache d'huile, et Gloria bondirait à l'épilogue : Gina... Gina alertée, décidant de commander sa propre plaque, et la communauté invitée à deux inaugurations, appelant le conseil à trancher, et le conseil décidant de supprimer toute cérémonie. Et moi, gémirait Gloria, c'est fini. Je n'aurai plus jamais cent ans. Cette fois, le coup serait terrible.

Ce fut M. Holtz qui interrompit sa méditation. Il était dix heures :

— C'est moi, chère amie. Mme Genson vient de m'appeler. Eh bien, elle ne sait pas... et elle ne veut pas savoir. Elle en a plus qu'assez de toutes ces intrigues. Plaque ou pas plaque, elle envoie tout le monde promener. Et si l'une des deux n'est pas contente, qu'elle vende, qu'elle aille voir ailleurs. Je vous rapporte ses propres paroles. Elle a même ajouté : « Je me suis toujours doutée que ça finirait mal. Deux vieilles, dont chacune s'imagine qu'elle est le centre du monde, c'est fatalement la guerre. » J'ai quand même réussi à placer un mot. Je lui ai dit : « Alors, qu'est-ce qu'on fait ? » Elle a répondu : « Rien. » Et elle a raccroché.

— A votre avis, demanda Julie, comment les choses vont-elles tourner ? Est-ce que Gina va renoncer ? Car je suppose qu'elle aussi, à l'heure actuelle, veut sa plaque.

— C'est probable. Elle ne m'a pas fait de confidences. Mais elle n'est pas femme à se laisser marcher sur les pieds. Je suis désolé, ma chère amie. Mais vous m'aviez chargé d'une mission impossible. Si j'apprends du nouveau, je vous préviendrai.

— Oh ! fit Julie, ne vous donnez pas cette peine. Et encore merci.

La matinée s'acheva dans le calme. Clarisse vint préparer le déjeuner, coupa la viande en petits dés que Julie pouvait attraper facilement avec sa fourchette.

— Et Gloria ?

— Elle a écouté de la musique.

— Personne ne lui a téléphoné ?

— Personne.

Ce fut au tour de Julie de se dévorer d'impatience. Mais qu'est-ce qu'elles fabriquaient donc, les bonnes amies, si promptes d'habitude à papoter ? Il y en avait au moins une demi-douzaine, en ce moment, qui savaient la nouvelle. Compte tenu de la longueur de leurs commérages, Julie estimait à une demi-heure la vitesse de propagation d'un ragot, si bien que, d'une minute à l'autre, Gloria allait recevoir le potin en pleine face.

— Alors, c'est vrai que vous allez placer une plaque commémorative sur votre maison ?

Stupeur ! Insupportable sentiment de trahison. Protestation indignée.

— Si ça vous contrarie tellement, nous saurons nous taire, dira l'autre.

Et Gloria plaquera l'appareil, puis le reprendra aussitôt.

— Allô, Julie.

C'est maintenant, pense Julie, qu'elle doit appeler. C'est maintenant que doit se préparer le dernier coup, par la force des choses. Puisque Mme Genson ne veut pas intervenir, Gina va prendre parti. C'est inévitable. Les deux plaques seront mises en place à peu près en même temps. Ça aussi, c'est inévitable. Toute la communauté défilera devant elles et l'on comparera et c'en sera fini. C'est écrit d'avance. Mon Dieu, il m'aura fallu attendre soixante ans !

Mais la journée s'écoula sans incident. Julie rongeait son frein. Surtout, ne pas intervenir, ne pas même dire à Gloria : « Curieux que personne ne te rende visite ! » Gloria avait reçu au courrier de l'après-midi le dessin définitif de la plaque, et ne cessait plus de l'admirer, comme si l'inscription en lettres d'or eût contenu une promesse d'éternité.

— Quand la Montano verra cela, dit-elle, on pourra lui préparer une civière.

« Elle sait, avait envie de s'écrier Julie. Et la civière, c'est pour toi. Idiote. »

Elle commençait à comprendre que ce bizarre silence était voulu. Il faisait partie d'une conspiration d'amitié. Elle en fut sûre quand, à la fin de la journée, il y eut un appel de Simone, qui se garda de toute allusion. Sans doute ne voulait-on pas provoquer un nouveau conflit. Peut-être même la présidente avait-elle usé de son autorité, dans la coulisse, pour imposer une trêve. La consigne était de gagner du temps.

Cependant, le lendemain, Gloria retint sa sœur, après le passage du Dr Prieur qui la visitait chaque matin, trouvant sa tension un peu inquiétante.

— Julie... Je sens qu'on me cache quelque chose. Je sais bien que mes amies ne veulent pas me fatiguer, mais comment expliques-tu que je ne les voie presque plus ? Elles entrouvrent la porte. « Ça va bien ?... Ne vous agitez pas. » Comme si elles me surveillaient. Et toi aussi, Julie, tu me surveilles.

— C'est ridicule.

— Est-ce que je vais plus mal ? Mais si j'allais plus mal, on n'attendrait pas pour me décorer. Seulement, je comprendrais que c'est la fin. C'est ça, n'est-ce pas ? La Légion d'honneur serait mon extrême-onction. Alors, on m'évite toute émotion.

Julie écartait les bras en signe d'impuissance.

— Tu deviens impossible, ma pauvre Gloria, avec ta croix et ta plaque. Comme s'il n'y avait que ça, dans la vie.

Et Gloria, à demi dressée, un peu de sang aux joues.

— Parfaitement. Dans ma vie à moi, il n'y a plus que ça.

Encore trois jours. C'était toujours le calme plat, en surface. Clarisse venait au rapport. « Rien à signaler. » Sans y penser, elle avait réinventé la formule militaire du patrouilleur en campagne. Aux *Soleils*, Gina semblait se terrer. Aux *Iris*, Gloria vivait le téléphone sous la main. De temps en temps elle appelait Muraccioli.

— Ça avance, répondait-il. Dans deux jours, je serai en mesure de vous montrer la plaque témoin. Après, il faudra peaufiner, bien entendu, mais vous aurez déjà une idée précise du travail.

— Deux jours. C'est bien sûr ?

— Oui, tout à fait. J'ai d'ailleurs une autre cliente à voir.

Il raccrocha et Gloria, aussitôt, convoqua Julie pour lui faire part de ce bref entretien.

— « Une autre cliente à voir », qu'est-ce qu'il a voulu dire? Je suis la seule, ici.

— La seule à *La Thébaïde*, objectait Julie. Mais dans l'île?

— C'est vrai. Et pourtant...

Pendant des heures, Gloria se mit à ruminer la phrase mystérieuse. Enfin, n'y tenant plus, elle rappela le marbrier.

— Il est à Cannes, répondit une secrétaire. Mais il ne vous oublie pas. Surtout que vous lui avez valu une autre cliente. Excusez-moi. On m'appelle sur l'autre ligne.

— Une autre cliente, Julie, toi qui as toute ta tête, explique-moi. Qu'est-ce que tu comprends ? Tu ne penses pas que... Ce n'est pas possible.

Cette nuit-là, Gloria la vécut dans une sorte de délire. Le Dr Prieur jugea prudent de mettre une garde auprès d'elle. Malgré les piqûres, elle s'agitait, parlait fiévreusement, s'accrochait parfois à l'infirmière.

— C'est moi, la centenaire, disait-elle dans une sorte de rage.

— Mais oui. Mais oui. Calmez-vous. Et recouchez-vous... Là... Il faut dormir.

Mais au matin, malgré sa nuit épuisante, Gloria avait retrouvé de nouvelles forces. Le docteur insista pour lui laisser l'infirmière.

— Pas question, trancha-t-elle, de sa voix la plus ferme. J'attends une visite et je veux qu'on me laisse tranquille.

Clarisse la peigna, l'aida à se maquiller.

— Non, dit-elle. Défense de vous lever.

— Prieur est un âne. Appelle ma sœur, et pose le téléphone à côté de moi. Mes lunettes, maintenant. Tu vois, Clarisse, j'ai pris un petit coup de vieux. Le mois dernier, je n'aurais pas eu besoin de lunettes, pour former le numéro de Muraccioli.

— Allô... Monsieur Muraccioli ?... Ah ! il vient de partir... Bon, merci.

Elle regarda l'heure. Muraccioli ne tarderait pas. Julie arriva et enleva un gant pour tâter le pouls de sa sœur.

— On dirait que tu as couru, observa-t-elle. Tu es folle de t'énerver comme ça.

— Ah ! je t'en prie ! Pas de leçon de morale. Je veux savoir le nom de cette autre cliente. Le reste, je m'en fous. Si ce Muraccioli a eu la langue trop longue, je t'assure qu'il va m'entendre... Il devrait déjà être là. Bientôt onze heures. Encore un Italien, ce bonhomme-là. J'aurais dû m'en douter. Tu veux parier qu'il l'a mise au courant ?

— Mais enfin, Gloria, un peu de tenue ! s'écria Julie, exaspérée.

— Tais-toi, murmura Gloria. On vient de sonner. Va lui ouvrir.

Elle se regarda dans le miroir qui ne la quittait jamais et se composa un visage amène.

— Eh bien, minauda-t-elle. On oublie sa pauvre cliente.

Il portait un paquet oblong et un carton à dessin.

— Avec leurs planches à voile, s'excusa-t-il, c'est aussi difficile de venir ici que de traverser un boulevard.

— Qu'est-ce qu'il y a, dans ce carton ? demanda Gloria.

— Oh ! ce n'est pas pour vous. C'est pour...

Il rit de bon cœur.

— Deux centenaires à la fois, reprit-il, avouez que ça ne court pas les rues. Alors, dans le paquet, j'ai votre plaque... pas encore tout à fait terminée, et dans mon carton, j'ai les maquettes de l'autre plaque.

Julie ne quittait pas des yeux le visage de Gloria qu'une espèce de couperose envahissait peu à peu. Elle s'attendait à un éclat et ce silence soudain lui parut encore plus alarmant.

— Mme Montano m'a commandé ce travail tout de suite après vous, continuait Muraccioli, tout en dénouant les rubans qui fermaient le carton à dessin. Mais chacun son tour, n'est-ce pas ? Surtout que son projet est assez compliqué. Elle désire, comme vous, un marbre classique mais elle veut, en plus, un cadran solaire à fixer au-dessus. Vous allez voir.

Il tournait le dos à Gloria et fouillait parmi des feuilles bruissantes. Il en choisit une, qu'il contempla avec amitié.

— Sa plaque sera un peu plus importante que la vôtre, expliquait-il par-dessus son épaule. Elle désire un marbre noir, très beau, qui mettra les mots en valeur.

Il lut lentement :

— *Ici se retira Gina Montano, la célèbre comédienne, née le 26 mai 1887 à Naples...*

— Quoi ?

Le cri venait du lit de Gloria et le marbrier se retourna vivement. Il vit les mains de Gloria qui s'agrippaient à la couverture tandis que sa bouche cherchait vainement un peu d'air. Elle parvint à articuler, s'adressant à Julie :

— Qu'est-ce qu'il a dit ?

— 26 mai 1887.

— C'est écrit sur son passeport, expliqua Muraccioli.

Gloria regarda Julie dans les yeux et Julie recula.

— Tu le savais.

Elle ferma les paupières et laissa aller sa tête.

— La plus vieille, murmura-t-elle, c'est moi.

Elle se tourna vers le mur et ne bougea plus. Muraccioli, frappé de stupeur, répétait :

— Qu'est-ce qu'elle a, hein ?... Qu'est-ce qu'elle a ?

— Elle est morte, dit Julie doucement. C'est son premier chagrin.

Julie entra en clinique le jour des obsèques. Elle mourut deux jours plus tard et fut inhumée près de sa sœur, en gants blancs.

LA BREBIS GALEUSE

(1963)

Comédie policière en 3 actes

NOTE DE L'ÉDITEUR

Le texte de *La Brebis galeuse* a été retrouvé après la mort de Pierre Boileau, parmi les archives qu'il avait laissées dans l'appartement de ses parents, rue de Dunkerque, à Paris.

Cette comédie policière développe un synopsis de film de même titre enregistré à l'Association des auteurs de films le 3 octobre 1963.

Ni la pièce, ni le scénario n'ont le moindre rapport avec la nouvelle de même titre du recueil *Manigances* [1].

Rédigée l'année suivante, cette comédie policière a fait l'objet d'une seconde version en 1967, rebaptisée, pour éviter toute confusion : *La Bête noire* [2].

Dans l'hiver 1967-1968, Albert Husson envisagea de représenter la pièce au théâtre des Célestins de Lyon dont il était alors le directeur. Il suggéra aux auteurs quelques resserrements qui entraînèrent les auteurs à procéder à une révision extensive de leur œuvre.

Cette troisième version, très différente de la seconde, et surtout de la première, fut rebaptisée *Les Crabes*, titre que, par lettre du 3 mai 1968, Husson jugea excellent. Puis les « événements » conduisirent la France à se préoccuper d'autre chose.

Les différences considérables entre la version définitive et la première ébauche permettront au lecteur d'observer le progrès de la création chez Boileau-Narcejac.

F. L.

---

1. Dans *Quarante Ans de suspense*, tome III.
2. Dans *Quarante Ans de suspense*, tome II.

PERSONNAGES

ÉTIENNE, 40 ans
FERNAND, 37 ans
GEORGES, 33 ans
ROGER, 27 ans

TANTE LUCIE, 73 ans
GISÈLE, 30 ans
FLORENCE, 36 ans
JULIETTE, 20 ans

L'INSPECTEUR LECHANTRE, 45 ans

DÉCOR UNIQUE

Un grand et luxueux living dans un château.

Portes au premier plan, à gauche et à droite. Escalier de bois, à gauche, qui fait un coude avant de se perdre dans le plafond. Au fond, une baie et une porte vitrée, ouvrant sur le parc et que sépare un secrétaire. Sous la baie, un canapé.

Le mur de droite est en partie occupé par les rayons d'une bibliothèque. Miroir. Écritoire. Appareil téléphonique sur un des rayons. Transistor sur un autre. Table de bridge. Second canapé devant la bibliothèque. Fauteuils. Près de l'escalier, un énorme gong.

PREMIER ACTE

Fin d'après-midi. Au lever du rideau, Florence achève de peser des boîtes de conserves sur une balance posée sur la table de bridge. Gisèle, assise devant la bibliothèque, est en train d'écrire. Elle porte un pantalon qui la moule étroitement.

GISÈLE. — C'est bien troisième division, hein ?

FLORENCE. — Oui... Troisième division, cellule 37.

GISÈLE (petit rire). — Si on m'avait prédit qu'un jour je remplirais une pareille étiquette !

FLORENCE. — Oui... Et surtout à l'adresse de ton mari.

GISÈLE. — Oh ! mon mari.

FLORENCE. — Comment veux-tu que je dise ?... Tant que vous n'êtes pas divorcés, il est ton mari, non ?

GISÈLE. — Plus pour longtemps, en tout cas.

FLORENCE (acide). — Tu es bien contente, hein ?... Allons, sois franche ?

GISÈLE. — Bien sûr que je suis contente... Les gens sont si bêtes ! Ils m'auraient tout mis sur le dos... Tandis que, maintenant, on ne prétendra pas que c'est ma faute... Un criminel ! C'est un motif, ça, un vrai !... (Elle s'approche de la table avec son étiquette.) Dis donc, ça fait plus que le poids réglementaire, tu ne crois pas ?

FLORENCE. — Oui... Nous avons vu un peu grand... Et il paraît qu'ils sont très stricts... (Elle repousse vers un angle de la table les boîtes de conserves en excédent.) Ce sera pour le prochain colis.

GISÈLE. — S'il est condamné à perpétuité, il nous coûtera cher. (Elle rit. Florence pèse du doigt sur le plateau où sont les poids).

FLORENCE. — Qu'est-ce que tu lui mettrais : le foie gras ou les harengs ?... Elles font exactement le même poids.

GISÈLE. — Les harengs. C'est tout ce qu'il mérite. (Elle retire une boîte du plateau, la remplace par une autre.) Ça me rappelle quand je jouais à la marchande.

Tante Lucie apparaît en haut de l'escalier.
Tout en descendant, elle compte les mailles d'un travail de tricot.

FLORENCE. — Si elle voit la balance dans le living, ça va encore faire un drame !

GISÈLE. — Oh ! Elle commence à m'embêter, tu sais. (Elle élève intentionnellement la voix). Après tout, nous sommes ici chez nous autant qu'elle. Nous avons les mêmes droits. Si elle insiste, je te jure bien...

FLORENCE. — Tais-toi. (Elle va au devant de l'arrivante, avec une bonne humeur de commande.) Alors, tante Lucie, ce chandail ?

TANTE LUCIE. — Je pense qu'il sera prêt pour le prochain colis.

FLORENCE. — Oh ! Vous avez le temps. Pourvu que Georges l'ait à l'automne.

TANTE LUCIE. — Me Delalande prétend que la prison est très humide.

GISÈLE. — Georges n'est pas frileux... Au lit, il se découvrait tout le temps.

TANTE LUCIE (sévère). — Gisèle !

GISÈLE. — Bon... Qu'est-ce que j'ai encore dit ?

FLORENCE. — Tante Lucie n'aime pas qu'on fasse allusion à certaines choses.

GISÈLE (ébahie). — Quelles choses ?

Tante Lucie découvre la balance et réprime un sursaut.

TANTE LUCIE. — Qu'est-ce que c'est que ça ?

FLORENCE. — La balance.

TANTE LUCIE. — Je vois. Qu'est-ce qu'elle fait ici ?

FLORENCE. — Nous avons pensé que...

TANTE LUCIE. — Il n'y a pas à penser... Ce n'est pas la place d'une balance... Et tout ce désordre !... Cette maison n'est plus habitable.

GISÈLE. — Ma tante...

TANTE LUCIE. — Il y a un office... et une domestique... Un salon n'est pas une épicerie... Supposez que quelqu'un vienne... De quoi aurais-je l'air ?

GISÈLE (entre ses dents). — D'une vieille emmerdeuse.

TANTE LUCIE. — Qu'est-ce que tu marmonnes ?... Je n'aime pas tes façons, Gisèle... Et qui a choisi tout ça ? (Elle se penche sur les boîtes de conserves et lit en écorchant les mots.) Du cornède bèfe... Du milke... du... salmon... de... des nutes... du lobestère ?... Vous voulez l'empoisonner ?

GISÈLE. — Il y a des mots, ma tante, qu'il vaudrait mieux ne pas prononcer ici.

TANTE LUCIE (sur sa lancée). — Et pour finir, des confitures de fraises... Ça, je peux lire... Des confitures de fraises ! Comme si vous ignoriez que ça lui donne de l'urticaire.

GISÈLE. — Pauvre chou !

TANTE LUCIE. — Mais où avez-vous la tête ?

FLORENCE. — Les confitures, c'est Mme Heutère qui les a données.

TANTE LUCIE. — Quoi ?

FLORENCE. — Elle a offert la boîte en disant à Juliette : « Pour votre prisonnier ».

Tante Lucie, stupéfaite, repose lentement la boîte.

TANTE LUCIE. — Elle a dit ça... Ce n'est pas possible.

FLORENCE. — Vous voyez que les choses commencent à s'arranger... Quand je pense qu'il y a quinze jours, nous n'osions pas mettre le nez dehors.

TANTE LUCIE. — Elle a dit ça... (Criant.) Juliette... Juliette... (Elle va donner un coup de gong.)

FLORENCE. — Les gens nous reviennent, maintenant... Tenez, hier, comme je sortais de la pharmacie, Mme de Sainterne m'a saluée.

TANTE LUCIE. — Mon Dieu !... Tu es sûre ?

FLORENCE. — Oui... Enfin, elle a répondu à mon salut... comme ça. (Elle fait le geste.)

TANTE LUCIE (incrédule)). — Elle a fait... comme ça ? (Elle refait le geste.)

FLORENCE. — Oui... C'était même plus marqué.

TANTE LUCIE (bouleversée de joie). — Mme de Sainterne... Et tu ne m'en avais rien dit !...

FLORENCE. — J'avais oublié.

TANTE LUCIE. — Elle avait oublié !... Seigneur, je me demande à quoi vous pensez, tous !

Durant ce temps, Gisèle a rassemblé les boîtes de conserves sur un gros papier d'emballage. Au passage, elle a piqué une cigarette dans un paquet destiné au colis et l'a allumée, avec un gros briquet de salon. Juliette entre par la gauche.

JULIETTE. — Mademoiselle a sonné ?

TANTE LUCIE. — Approchez, Juliette. (Elle prend la boîte et la montre.) C'est l'épicière qui vous l'a donnée ?... Répondez, voyons, n'ayez pas peur.

JULIETTE (pas très rassurée). — Pourquoi ?... Il ne fallait pas ?

TANTE LUCIE. — Allons, ma fille. Ne soyez pas sotte... Comment cela s'est-il passé ?

JULIETTE. — Bon, elle m'a servi, quoi... Et puis elle a mis cette boîte dans mon panier et elle a dit : « Pour le prisonnier », ou peut-être : « Pour votre prisonnier ».

TANTE LUCIE. — Attention, Juliette... Pour « le » prisonnier... ou pour « votre » prisonnier. C'est que ça change tout.

GISÈLE (excédée). — Pour « votre », bien sûr... Tout le pays sait que Georges est votre préféré.

TANTE LUCIE. — Je n'ai pas de préféré... Est-ce qu'on me préfère, moi ?... Continuez.

JULIETTE. — Dame. Je ne me rappelle plus.

TANTE LUCIE. — Il y avait du monde, dans la boutique ?

JULIETTE. — C'était plein.

TANTE LUCIE. — Mais... qui ?

JULIETTE. — Je ne sais pas. Des dames.

TANTE LUCIE. — Et qu'est-ce qu'elles faisaient, ces dames ? Qu'est-ce qu'elles disaient ?

JULIETTE. — Rien, Mademoiselle... Elles écoutaient.

TANTE LUCIE. — Mais elles avaient l'air comment ?... Hostiles... ironiques... attendries... ?

JULIETTE. — Je ne me rappelle plus. J'étais plutôt gênée.

TANTE LUCIE. — Gênée... ? Je me demande bien pourquoi, par exemple. Vous n'êtes pour rien dans ce qui est arrivé... Nous autres non plus, du reste... C'est bien, vous pouvez aller... Ah ! Emportez-moi ça. (Elle lui colle la balance dans les bras, puis la rappelle pour y ajouter les poids. Juliette sort.) Quelle idiote !

FLORENCE. — Vous lui parlez sur un ton, ma tante... Si elle nous plaquait, elle aussi.

TANTE LUCIE. — Nous en trouverions une autre. La place est bonne.

GISÈLE. — N'empêche qu'après le départ de Léonie, nous ne pouvions trouver personne.

TANTE LUCIE. — Pardon, pardon. Quand Léonie nous a quittés... il faut bien dire les choses comme elles sont... nous faisions tous figure de coupables. On nous crachait dessus. On nous jetait des pierres... Ce n'était pas pour venir travailler au château.

GISÈLE. — Mais, Dieu merci, on a arrêté Georges !

TANTE LUCIE. — Gisèle !

GISÈLE. — Bon. Je ne dirai plus rien. La vérité, ça vous écorche les oreilles. (Elle se remet à empiler les conserves. Roger entre, à droite.) Ah ! tu arrives bien... Viens m'aider, tiens.

TANTE LUCIE. — Un instant... Roger, retourne-toi. (Roger s'arrête devant sa tante et lui tourne le dos. Tante Lucie lui applique son tricot contre les épaules.) Oui... C'est bien ce que je pensais. Ton cousin est un peu plus large que toi. Ça ira.

GISÈLE. — Tout nu, Georges fait trois centimètres de plus. Compte quatre. Il a du muscle, lui.

Choquée, tante Lucie s'écarte de Roger et se met à tricoter, nerveusement.

ROGER. — Oh ! Du muscle, tu sais, si je voulais... (Il s'approche de la table ; tripotant les boîtes.) De la langouste... des noisettes... Vous le gâtez !

FLORENCE. — Mais, Roger, on ferait la même chose pour toi.

GISÈLE. — Tu vois comme elle est gentille, ta sœur. Toujours aux petits soins... pourvu qu'il y ait quelqu'un de coffré, et que ce ne soit pas elle...

ROGER. — Et toi... si j'étais en prison ?

GISÈLE. — J'en prendrais un autre, pardi !

ROGER (scandalisé). — Ce n'est pas vrai, Gisèle ?... Tu veux me faire marcher... Hein ?

GISÈLE (d'un air faux). — Bien sûr, grande bête.

Ils s'embrassent sans retenue.
Florence feint de s'occuper pour ne pas les voir.

TANTE LUCIE. — Eh bien, eh bien. Il y a une jeune fille, ici.

GISÈLE (feignant la surprise). — Une jeune fille... ? (Regardant Florence.) Ah ! oui... C'est vrai... Si l'on veut !

FLORENCE. — Je t'en prie.

ROGER. — Je vais chercher du tabac. Tu viens avec moi, Gisèle ?

GISÈLE. — Voilà !

ROGER (la détaillant de la tête aux pieds). — Non... pas comme ça.

GISÈLE. — Quoi ? Je te choque ?

TANTE LUCIE. — Ta cigarette !

ROGER. — Ton pantalon !

GISÈLE (écrasant sa cigarette avec humeur dans un cendrier). — Ah ! vous m'embêtez, à la fin... Du temps de Georges... (Elle se reprend.) Vous me feriez dire des bêtises... Enfin, quoi, du temps de Georges, j'étais libre... Ça va, je vais mettre une robe. (Elle sort, à droite, furieuse.)

ROGER (courant derrière elle). — Gisèle... Gisèle...

TANTE LUCIE. — Vivement qu'ils se marient... Mais je me demande si ça marchera, tous les deux... Il aurait fallu un homme qui la tienne.

FLORENCE. — Oh ! sûrement pas mon frère... Il est resté un enfant... Moi, je ne la comprends pas... Qu'elle divorce, bon. Elle s'aperçoit qu'elle a fait une boulette en épousant Georges... Mais qu'elle le quitte pour épouser Roger !...

TANTE LUCIE (acide). — Qu'est-ce que tu veux ; elle a l'esprit de famille, cette petite.

FLORENCE. — Des garçons qu'elle a connus en culottes courtes... Moi je vous jure bien que si j'avais dû me marier...

TANTE LUCIE. — Florence ! Un peu de tenue, s'il te plaît. (Sonnerie du téléphone. Tante Lucie va décrocher.) Allô... C'est elle-même... Ah ! Bonjour, maître... Oui, je vous remercie... Une grande nouvelle ? (Elle écoute durant un temps assez long et, les jambes coupées, se laisse tomber sur un siège.) ... Qu'est-ce que vous dites ?... (Accablée.) Si je suis heureuse...? Attendez que je m'habitue... Hein ?... Oui, ils sont tous là... Je vais leur apprendre... Merci, Maître, merci. (Elle va raccrocher, elle se ravise.) Et toutes mes félicitations. (Elle raccroche, demeure sans mouvement.)

FLORENCE. — C'est le notaire ?

TANTE LUCIE. — Non. C'est l'avocat.

FLORENCE. — Mais que se passe-t-il ?... Vous me faites peur.

TANTE LUCIE. — Ah ! Ma pauvre enfant... Ma pauvre enfant... (Elle se lève, traverse la scène, et va frapper à grands coups sur le gong.) Tu ne pourrais jamais imaginer... Personne ne pourrait imaginer... (Elle frappe sans interruption.)

Fernand entre par la porte vitrée donnant sur le jardin.

FERNAND. — C'est le tocsin, ou quoi ?

TANTE LUCIE (sans cesser de frapper). — Il vaudrait mieux que ce soit le tocsin !

Étienne entre par la gauche. Du regard, il interroge Florence et Fernand, qui écartent les bras en signe d'ignorance. Fernand désigne la tante du menton, tout en se vrillant le front de l'index. Roger entre à son tour, par la porte de droite qu'il laisse ouverte derrière lui. Même mimique interrogative... qui lui vaut la même réponse. Puis entre Gisèle. Elle a troqué son pantalon contre une robe et va se faire boutonner par Roger.

ÉTIENNE (après un temps). — Nous sommes tous là, vous savez, ma tante. Vous pourriez peut-être vous arrêter ?

Tante Lucie s'arrête, promène autour d'elle un regard égaré.

TANTE LUCIE. — Juliette n'est pas là... Autant qu'elle apprenne en même temps que vous.

ÉTIENNE (montrant le gong). — Pour Juliette, ce n'est qu'un coup.

TANTE LUCIE. — C'est juste. (Elle frappe un seul coup.)

GISÈLE (à ses cousins). — Vous êtes au courant, vous ?

FERNAND. — On n'en sait pas plus que toi.

(Entre Juliette)

TANTE LUCIE. — Avancez, Juliette... Vous feriez mieux de vous asseoir, tous. (Ils s'asseyent, impressionnés, y compris Juliette.) Non, pas vous, ma fille... Il faut donc tout vous dire ?

Juliette se relève.

ROGER. — Enfin, qu'est-ce qu'il y a ?

TANTE LUCIE. — Maître Delalande vient de me téléphoner... Il voulait être le premier à nous annoncer la bonne nouvelle... Le juge d'instruction a rendu un non-lieu.

Silence général et consterné.

JULIETTE. — Qu'est-ce que c'est, un non-lieu ?

TANTE LUCIE. — Ça veut dire que mon neveu va être libéré.

JULIETTE. — Ah ! Il est innocent.

TANTE LUCIE. — Insuffisance de preuves, voilà les propres paroles de maître Delalande... (Brutale.) C'est tout... Vous pouvez monter préparer la chambre de M. Georges... aérer... remettre des draps... voir si rien ne manque.

JULIETTE. — Bien, Mademoiselle. (Elle sort à gauche.)

Lourd silence, que chacun hésite à rompre.

FERNAND. — Eh ben !

ÉTIENNE. — Insuffisance de preuves !... Je me demande ce qu'il leur faut !

ROGER. — Je me le demande aussi.

FERNAND. — Moi, je pense surtout que c'est Me Delalande qui l'a trop bien défendu.

ÉTIENNE. — Qu'est-ce que je vous avais dit ?... Rappelez-vous... Il n'y avait qu'à lui laisser désigner un avocat d'office... Au lieu de ça...

TANTE LUCIE. — Tu ne vas pas recommencer... Étant données mes relations avec Me Delalande, je ne pouvais tout de même pas...

ÉTIENNE. — Eh bien, voyez le résultat. Un non-lieu en moins de quinze jours. Ah ! C'est du propre !

GISÈLE. — Enfin, tout n'est peut-être pas désespéré. Des gens qu'on a relâchés et qu'on reprend, ça existe, non ?

ROGER. — Oui, mais, tu sais, la chance et nous... !

FLORENCE. — Quand même... on ne va pas le libérer si vite que ça !

TANTE LUCIE. — Si, justement... Me Delalande m'a simplement parlé du greffe... de deux ou trois formalités rapides...

GISÈLE. — Nous n'avons pas mérité cela.

Roger s'assied à côté d'elle, lui entoure les épaules de son bras.

TANTE LUCIE. — Et moi, alors ?... Georges innocent... enfin, en liberté, vous comprenez ce que ça signifie ?

ÉTIENNE. — J'y songeais, justement, ma tante.

FERNAND. — Ça veut dire : le château vendu, pour commencer... Vous pensez bien qu'il ne va pas revenir sur sa décision. Au contraire. Il sera trop heureux de se venger.

TANTE LUCIE. — De se venger de quoi ?... De qui ?... Ce n'est tout de même pas nous qui l'avons accusé d'avoir assassiné ma sœur. Nous avons été les premiers surpris de son arrestation.

FLORENCE. — Les premiers surpris... c'est peut-être beaucoup dire.

ÉTIENNE. — La question n'est pas là... Tante Lucie a raison... Georges n'a pas de raison d'avoir changé d'avis. Il est couvert de dettes.

GISÈLE. — Couvert ! Il ne faut rien exagérer.

ÉTIENNE (venimeux, prenant les autres à témoins). — Parce que tu trouves que j'exagère... Voyons, Gisèle. Il n'a pas mangé ta dot ?

GISÈLE (amère). — Oh ! ma dot... Et puis, ça ne regarde que moi.

ÉTIENNE. — Peut-être... mais toutes ses petites... indélicatesses, pour ne pas employer un mot plus fort, ça nous regarde un peu tous non ?... Passons ! Ce qui est certain, c'est qu'il a le droit de faire vendre la propriété. Il a la loi pour lui.

ROGER. — C'est bien la première fois !

ÉTIENNE (sentencieux). — Nul n'est forcé de rester dans l'indivision... Et comme il est pressé, il acceptera de vendre à n'importe quel prix. Et nous ne pourrons pas nous y opposer.

TANTE LUCIE. — Si je dois quitter cette maison... si je dois abandonner ma chambre, je me tuerai.

FERNAND. — Vous nous avez déjà dit cela il y a trois semaines.

TANTE LUCIE. — Je sais... je sais... Vous vous en moquez, tous. Au fond, si l'on vend le château, ça augmentera d'autant votre part... Seulement, moi, l'argent, je m'en fiche... Je suis née ici... J'y ai perdu mes parents...

GISÈLE. — Oui, oui... Vous y avez eu les oreillons, la rougeole, la coqueluche...

TANTE LUCIE (se rebiffant). — Et la varicelle, parfaitement... Et je te prie de garder pour toi tes insolences.

ROGER. — Enfin, ma tante, un non-lieu n'est tout de même pas un verdict... Que des policiers découvrent quelque chose de nouveau... le moindre indice, et...

TANTE LUCIE. — Le ciel t'entende !

Fernand s'est approché de la table. Il regarde haineusement les conserves, saisit un petit paquet.

FERNAND. — Du chocolat ! (Il rejette le paquet avec violence.)

ROGER. — En tout cas, ce n'est pas comme ça que tu l'amadoueras.

FERNAND. — Parce que tu espères l'amadouer ?

ROGER. — Je ne sais pas, moi. Mais quinze jours de cellule... Surtout une accusation pareille, ça peut tout de même marquer un homme... N'oublions pas qu'il a risqué la prison à perpétuité, et même plus... Alors, il revient... Il retrouve la maison de son enfance... sa famille...

ÉTIENNE. — Ce n'est pas le moment de faire de l'esprit.

ROGER (sincèrement surpris). — Moi, je fais de l'esprit...

TANTE LUCIE. — Continue... Je me demande si tu n'as pas raison.

ROGER. — Eh bien, il me semble qu'en ne le prenant pas à rebrousse-poil... Tenez, pour commencer... on devrait peut-être aller le chercher... là-bas... et ne pas le laisser rentrer comme ça, tout seul.

GISÈLE. — Qui : on ?

ROGER. — Pardon ?

GISÈLE. — Oui, tu dis « on » devrait peut-être aller le chercher. Alors, je te demande : qui, « on » ?

ROGER. — Je ne sais pas... toi.

GISÈLE (interloquée). — Moi ?

ROGER. — Enfin, tu es sa femme.

FLORENCE. — Vous pourriez y aller tous les deux !

GISÈLE (furieuse, fait un pas vers Florence). — Oh !

ÉTIENNE. — Chut... Écoutez. (Ils tendent l'oreille. On entend un pas qui s'approche.) C'est lui.

Ils sont tous figés. Un musée de cire. Le pas s'arrête, reprend. Puis la porte de gauche s'ouvre, lentement. Personne n'ose regarder. Entre l'inspecteur Lechantre. Il porte une serviette de cuir. Il fait deux pas, s'arrête, contemple l'assistance. Après un léger temps, il se met à tousser. Tout le monde sursaute et se tourne vers l'arrivant avec stupeur.

L'INSPECTEUR (se découvrant). — Inspecteur principal Lechantre. Mon collègue Frambourg a été dessaisi. Je reprends l'enquête.

FLORENCE. — L'enquête ?

L'INSPECTEUR (faussement naïf). — Vous ignorez sans doute que le juge a rendu un non-lieu.

GISÈLE (soupirant). — Oh ! non. Nous ne l'ignorons pas.

L'INSPECTEUR. — Alors ?

TANTE LUCIE (explosant). — Alors quoi ?

L'INSPECTEUR. — Alors, il nous faut l'assassin. Le vrai. (Il pose son chapeau sur la boule de l'escalier.) Notez que maintenant, ça devrait aller vite. Car enfin, il y a trois semaines, mon collègue avait devant lui sept suspects. Moi, je n'en ai plus que six. J'ai vu pire. (A tante Lucie.) Asseyez-vous.

TANTE LUCIE. — Quoi... ? Mais je suis chez moi, ici, monsieur.

L'INSPECTEUR. — Je regrette. Tant que l'enquête n'est pas close, aucun d'entre vous ne peut dire : je suis chez moi. Vous continuez seulement d'habiter chez la victime.

TANTE LUCIE. — Ce n'est pas ma faute si ce château ne m'appartient pas... Si je n'étais que la demi-sœur d'Agathe...

L'INSPECTEUR. — Nous nous égarons complètement, mademoiselle. (Il les regarde sans bienveillance, s'approche de la table, repousse les boîtes de conserves, tire un dossier de sa serviette, s'installe.) Mettons-nous d'accord une fois pour toutes, voulez-vous ?... Il y a, dans cette pièce, en ce moment, un... ou une criminelle... Alors, je vous en prie, ne faites pas de manières. (A tante Lucie.) Et vous, asseyez-vous où je vous dis.

FLORENCE. — Votre collègue était bien élevé, lui, au moins.

L'INSPECTEUR. — Vous voyez où ça l'a mené.

ÉTIENNE (ricanant). — Qui vous dit qu'il s'est trompé ?

L'INSPECTEUR. — Je n'aime pas votre façon de rire, monsieur... Vous êtes qui, d'abord ?

ÉTIENNE. — Étienne Érabe.

L'inspecteur vérifiant sur une liste.

L'INSPECTEUR. — Bon... Ici, à côté de votre tante. (Il appelle, comme s'il avait affaire à des élèves.) Roger Faulhac ?

ROGER. — C'est moi.

Il va s'asseoir sur le canapé, devant la bibliothèque.

L'INSPECTEUR. — Fernand Gruze ?

Fernand fait un pas en avant, s'arrête. L'inspecteur l'examine de la tête aux pieds.

FERNAND. — Je vous ferai remarquer...

L'INSPECTEUR. — Tout à l'heure. (Il fait signe à Fernand de s'asseoir. Puis s'adresse aux femmes.) Une de vous est la femme de Georges Fougerol (Gisèle lève la main.) ... et la sœur de... (L'inspecteur désigne Étienne d'un doigt dédaigneux.) (A Florence.) Et vous, par conséquent, vous êtes la sœur de... (Il désigne non moins dédaigneusement Roger.) Le compte doit y être. (L'inspecteur ferme les yeux, récapitule sur ses doigts. Florence s'assied sur un fauteuil, et Gisèle, à côté de Roger, sur le canapé.) Pour simplifier, je vous appellerai par vos prénoms.

TANTE LUCIE. — Qu'est-ce qu'il dit ?

FERNAND. — Qu'il nous appellera par nos prénoms.

TANTE LUCIE (indignée). — Et nous, comment l'appellerons-nous ?

L'INSPECTEUR (rouvrant les yeux). — Vous voudrez bien me dire : Monsieur l'inspecteur principal. (Il tourne une page de son dossier.) Nous allons reprendre l'enquête... Mais auparavant, un bon conseil : l'assassin ferait mieux de se dénoncer tout de suite. Parce que je ne suis pas Frambourg, moi. Je le découvrirai tôt ou tard... Alors, ça me ferait gagner du temps... Et puis, surtout, ça vous éviterait à tous des tas d'ennuis... Rendez-vous compte. Par la faute d'un seul, votre vie va devenir impossible... D'abord je vous garderai ici tout le temps qu'il faudra... Finies, les vacances... Mais ce n'est pas le pire. Avez-vous pensé aux journaux ?... Demain, le village grouillera d'envoyés spéciaux... Votre vie privée sera passée au crible... Et, croyez-moi, s'ils ne trouvent rien, ils inventeront... Vous serez tous au pilori... Est-ce cela que veut l'assassin ?... Non, n'est-ce pas... Pourquoi l'un d'entre vous mettrait-il les autres dans une situation aussi désespérée ?... (Faussement bonhomme.) Surtout que ce crime, à y bien regarder, n'est pas tellement grave... Une vieille femme malade... hein ...? Bien sûr, la justice ne peut pas fermer les yeux. Où irions-nous ?... Mais, entre nous, ça se plaide... Qu'est-ce que ça peut aller chercher ?... Vingt ans ? (Mouvement chez les assistants, manifestement effrayés ; rectifiant aussitôt, avec la plus insigne mauvaise foi.) Même pas... Quinze ans... Et avec les remises, encore beaucoup moins... Je sais bien que, moi, j'avouerais tout de suite. (Il caresse les boîtes de conserves.) Et puis, il y a un point que vous semblez tous oublier. Tant que le coupable ne sera pas arrêté, votre héritage sera bloqué... Personne ne touchera... Eh oui, un assassin n'hérite pas de sa victime. Ce ne serait pas moral. Alors, vous voyez bien... (Fernand se lève.) Ah ! J'étais bien sûr que vous comprendriez où est votre intérêt... Ainsi, c'est vous qui avez empoisonné...

FERNAND (s'étranglant d'indignation). — Mais pas du tout... Permettez... Je proteste... Je n'admets pas du tout votre façon d'envisager les choses, monsieur l'inspecteur.

L'INSPECTEUR. — Principal.

FERNAND. — Plait-il ?

L'INSPECTEUR. — Inspecteur principal.

ÉTIENNE. — Tu n'arriveras à rien avec lui, Fernand. Laisse-moi parler. (Il se lève tandis que Fernand se rassied.) Monsieur l'inspecteur... principal, nous n'avons pas l'intention de vous mettre des bâtons dans les roues ; mais enfin, vous reconnaîtrez que vos procédés sont...

L'INSPECTEUR. — Désagréables ?

ÉTIENNE. — Inadmissibles. Nous sommes une famille honorable.

FERNAND. — Notre arrière-grand-père était conseiller général.

ÉTIENNE. — Tu veux me laisser parler ?

FLORENCE. — A cause de vous, tout va recommencer... les cailloux dans les vitres... les coups de téléphone anonymes... les insultes... les graffiti sur les murs...

TANTE LUCIE. — Tout le monde sait que je suis innocente.

TOUS LES AUTRES (sauf Étienne). — Nous aussi.

ÉTIENNE (débordé). — Bon. Je me tais. (Il se rassied.)

L'INSPECTEUR (doucereux, compulsant ses fiches). — Malheureusement, j'ai là vos dépositions... Je lis par exemple : « Question : A votre avis, l'assassin est-il forcément un habitant du château. Réponse : Cela ne fait aucun doute »... Et cette réponse, c'est vous qui l'avez faite, mademoiselle Lucie.

TANTE LUCIE. — Je l'ai faite... Je l'ai faite...

L'INSPECTEUR. — Vous avez signé.

TANTE LUCIE. — C'est vous qui le dites. J'ai une signature illisible.

L'INSPECTEUR (feuilletant son dossier). — Et vous avez tous fait la même déclaration.

GISÈLE. — Quand Georges était ici, oui.

L'INSPECTEUR (qui la détaille avec complaisance). — Votre mari.

GISÈLE. — Si vous voulez.

L'INSPECTEUR (rêveusement). — Oh ! Je n'y tiens pas spécialement.

ÉTIENNE. — Comprenez-nous bien, monsieur l'inspecteur principal. Quand Georges était ici, nous avions le devoir de répondre comme nous l'avons fait... Georges est un garçon... qui a beaucoup vécu si vous voyez ce que je veux dire.

L'INSPECTEUR. — Oh ! parfaitement.

FERNAND. — Il a tâté de tout.

L'INSPECTEUR. — Et même plus que tâté... Je lis ici : chèques sans provision... trafic de devises... fraude fiscale... (Il voit même d'autres choses, dont il ne parle pas.) Mais c'est le passé, tout cela.

ÉTIENNE. — Actuellement, il est couvert de dettes.

FERNAND. — Tu veux dire qu'il est aux abois.

ROGER. — Et sa chambre était juste à côté de celle de tante Agathe.

L'INSPECTEUR. — Mais taisez-vous donc !

GISÈLE. — Georges était le chouchou de notre pauvre tante... Il avait tous les droits... Il pouvait se présenter chez elle à n'importe quelle heure du jour ou de la nuit... tandis que nous... Alors, concluez vous-même.

L'INSPECTEUR. — Le juge a conclu, chère madame... Ce n'est pas votre mari qui a tué.

TANTE LUCIE (outrée). — Ce juge est un âne... (Elle coupe court aux protestations de l'inspecteur.) Oui, oui... Je m'entends... Le soir de la mort d'Agathe, Georges était seul au premier étage. Ce n'est pas une preuve, ça ?

L'INSPECTEUR (coup d'œil au dossier). — Vous aussi, mademoiselle, vous étiez là-haut.

TANTE LUCIE. — Est-ce que je compte, moi ?

L'INSPECTEUR. — En pareil cas, tout le monde compte.

TANTE LUCIE. — Vous n'allez tout de même pas m'accuser d'avoir empoisonné ma sœur. Je suis la seule, ici, vous entendez ! la seule à qui le crime ne profite pas. L'argent, moi, je m'en moque. Tout ce que je demande, c'est qu'on me laisse ma chambre... la chambre où je suis née...

GISÈLE. — Où vous avez eu la rougeole.

TANTE LUCIE (ignorant l'interruption). — Tant que ma sœur vivait, j'étais tranquille... Mais maintenant, Georges veut vendre... Vous voyez bien que c'est lui qui a fait le coup.

L'INSPECTEUR. — A vrai dire, je ne vois pas très bien.

TANTE LUCIE. — Si je dois partir, je me tuerai.

L'INSPECTEUR. — Oui, cela aussi vous l'avez affirmé plusieurs fois. Je lis ici : « Je me pendrai »... Et ici : « Je me jetterai à l'eau »... Et encore ici : « Je me ferai sauter la cervelle »... Vous n'êtes pas encore très fixée.

Petits rires dans l'assistance.

TANTE LUCIE (hors d'elle, à ses neveux). — Vous ne m'en croyez pas capable ?

GISÈLE. — Oh ! non.

L'INSPECTEUR. — Ils ont une triste opinion de vous, mademoiselle. Moi, je vous crois.

TANTE LUCIE. — Merci, monsieur l'inspecteur principal... Vous n'avez donc plus que cinq suspects.

Chœur de protestations. L'inspecteur cherche en vain à ramener le calme. Il saisit, en désespoir de cause, la boîte de harengs et s'en sert pour frapper sur une autre boîte.

L'INSPECTEUR. — Silence... Votre tante a raison... Le coupable est nécessairement un de vous cinq.

ÉTIENNE. — C'est trop facile !

FLORENCE. — Aucun de nous cinq !

L'INSPECTEUR. — Permettez... Nous allons résumer l'affaire, pour nous rafraîchir la mémoire. (Il revient au dossier.) Voyons, le vendredi 11 août, à neuf heures et demie du matin, étonnée de ne pas voir paraître votre tante, mademoiselle Lucie va frapper à la porte de sa chambre. Pas de réponse. Elle entre, et trouve sa sœur morte.

GISÈLE. — Sa demi-sœur.

L'INSPECTEUR. — Je vous ai dit que je simplifiais... A vrai dire ce décès ne surprend personne... La défunte a soixante-dix-huit ans... le cœur malade... et la mort de son mari n'a rien arrangé...

ÉTIENNE. — Mais nous savons tout cela par cœur... Je peux vous réciter la suite. Le docteur conclut à une crise cardiaque... le médecin légiste, lui, refuse le permis d'inhumer... Autopsie... Les analyses révèlent que tante Agathe a été empoisonnée... Au lieu des vingt gouttes de la préparation qu'elle prenait chaque soir, elle a absorbé les trois quarts du flacon. Une erreur est inadmissible. Donc, quelqu'un a multiplié la dose...

Juliette entre, à gauche, portant un aspirateur. Elle monte dans un silence complet, tout en regardant avec curiosité et gêne les suspects.

L'INSPECTEUR. — Vous avez oublié un point important, monsieur Fernand.

ÉTIENNE (rectifiant sèchement). — Étienne.

L'INSPECTEUR. — Oh ! pardon. Vous avez oublié que la défunte laisse à ses héritiers une fortune considérable... Son père était très riche. Son mari encore plus. L'héritage va se monter à quelque chose comme trois millions. (A l'adresse de tante Lucie.) Trois cents millions d'anciens francs... Sans parler du château et des terres... Voilà pour le mobile du crime... (Silence.) Je lis encore que la mort a dû être instantanée ou presque, et qu'elle se situe entre onze heures et minuit.

ROGER. — Justement ! C'est ce qui nous sauve. Nous étions tous les cinq ici, dans cette pièce, entre onze heures et minuit. Quatre jouaient au bridge, et le cinquième lisait... Je ne parle pas de Léonie, notre bonne à l'époque, qui était couchée à côté, ni de tante Lucie et de Georges, puisqu'ils sont devenus intouchables.

L'INSPECTEUR. — N'exagérons rien... Mais vous avez raison ; toute la question se ramène à un point : qui a quitté cette pièce au cours de la soirée ?

Ils s'observent, tous les cinq.

ÉTIENNE. — Eh bien, nous l'avons quittée tous les cinq à un moment quelconque.

FERNAND. — Pardon. Pas moi... Mais à quoi tout cela vous avancera-t-il ? Hein... ? Si l'un de nous était monté, les autres l'auraient vu. Par conséquent...

L'INSPECTEUR. — Vous pensez bien qu'il n'aurait pas été assez stupide pour emprunter cet escalier.

FLORENCE. — Il n'y en a pas d'autre.

L'INSPECTEUR. — Non. Mais il y a l'échelle.

TOUS. — L'échelle ?

L'INSPECTEUR. — Oui, celle qui est sous l'appentis... L'erreur, la grosse erreur de mon collègue Frambourg, voyez-vous, c'est de n'avoir porté aucun intérêt à l'extérieur... Pour lui, tout s'était passé en vase clos, et il y avait un coupable tout désigné. Vous savez le reste... Moi, malheureusement pour vous, je n'ai pas d'idées préconçues... C'est pourquoi, tout à l'heure, avant d'entrer, j'ai fait le tour du château... J'ai aperçu une échelle... Je l'ai dressée contre le mur, juste sous la fenêtre de votre tante Agathe... J'ai même grimpé pour me rendre compte. Il ne faut pas longtemps, vous pourrez en faire l'expérience, j'ai laissé exprès l'échelle sous la fenêtre.

ÉTIENNE. — Voilà qui devient précis. Si je vous comprends bien, vous soupçonnez l'un d'entre nous d'avoir...

L'INSPECTEUR. — D'avoir grimpé avant moi à l'échelle. Oui, j'ai relevé dans le rapport que la victime couchait la fenêtre ouverte. Le visiteur... ou la visiteuse trouve la vieille femme endormie.. « Il »... ou « elle » la réveille, après avoir fait le nécessaire. (Tout en parlant, il a fait mine, avec son pouce, de verser quelque chose dans un verre.) « Ma tante, je parie que vous avez encore oublié vos gouttes ». (Il prend la voix d'une vieille femme.) « C'est bien possible, mon chéri... ou ma chérie. Je te remercie » (Voix naturelle.) La malheureuse vide son verre. L'assassin redescend, range l'échelle... et vient reprendre sa place ici.

Un lourd silence, que trouble brusquement un cri aigu, au premier étage. Juliette apparaît échevelée. Elle dévale l'escalier en trombe. En bas, elle se retourne et désigne, d'un index tremblant, le haut de l'escalier. Avant que personne n'ait eu le temps de bouger, Georges apparaît, à son tour, en haut des marches.

GEORGES (tout en descendant). — Désolé de vous avoir effrayée, mademoiselle... Mais j'appartiens aussi à la maison... Bonjour à tous... Mes respects, tante Lucie. (Ils demeurent tous raides comme des mannequins. Georges aperçoit l'inspecteur et s'arrête.) Monsieur... ?

L'INSPECTEUR. — Inspecteur principal Lechantre.

Georges hoche la tête d'un air entendu et s'incline légèrement

GEORGES (se présentant). — Georges Fougerol... l'ancien coupable.

L'INSPECTEUR. — Je reprends l'enquête. Mon collègue Frambourg a été dessaisi.

GEORGES. — Cela me paraît judicieux. (Il est arrivé en bas. Il tapote la joue de Juliette.) C'est fini, cette grande panique?... Inspecteur, expliquez-lui que j'ai cessé d'être dangereux. (Un silence. La consternation des cousins est évidente.) Je ne voudrais surtout pas vous déranger...

GISÈLE. — Tu entres par les fenêtres, maintenant ?

GEORGES. — Comme un cambrioleur... Figure-toi qu'il y a une échelle contre le mur... Alors, je suis monté, pour voir... Et j'avoue que ça m'a ouvert des horizons.

L'INSPECTEUR. — C'est moi qui viens de placer cette échelle.

GEORGES. — Autrement dit, j'arrive au bon moment.

TANTE LUCIE. — Eh bien, ne demeurez pas plantée là, Juliette... Vous pouvez disposer... et prévoir un couvert de plus.

JULIETTE. — Bien, Mademoiselle.

GEORGES. — Attendez!... Apportez-moi un whisky, avec beaucoup de glace, Juliette... C'est fou ce que j'avais envie de whisky... là-bas.

Juliette sort. Nouveau silence gêné. Gisèle s'est légèrement écartée de Roger.

GISÈLE. — Je ne te demande pas comment ça s'est passé. Tu as une mine superbe.

GEORGES. — Oui. C'est ce que me disait le gardien-chef. (Il fait quelques pas, aperçoit les conserves.) Je parie que c'était pour moi, tout ça... (Très mondain.) Mais vous aviez fait des folies... (Il attrape la barre de chocolat, casse une tablette, la croque... Puis prend le paquet de cigarettes, qu'il fourre dans sa poche.) Et qui dois-je remercier... en particulier ?

FLORENCE. — Mais... nous tous.

GEORGES. — Je suis confus.

TANTE LUCIE (montrant son travail). — Moi, je te tricotais un pull pour cet hiver.

GEORGES. — Pour cet hiver ! Vous voyez loin... Eh bien, il faudra le terminer, tante Lucie. (Regard à la ronde.) Il pourra servir à quelqu'un. (Georges va pour s'installer sur le canapé qui est au fond, au-devant de la baie vitrée. Il se ravise.) Je ne suis vraiment pas indiscret ?

L'INSPECTEUR. — Nullement. Cette affaire vous concerne aussi.

GEORGES (s'asseyant). — Un petit peu moins ! (Entre Juliette qui apporte le whisky. Elle fait deux pas et s'arrête.) Approchez, Juliette... Je ne vous fais plus peur, j'espère.

JULIETTE (cri du cœur). — Oh ! non. Pas vous, Monsieur.

FERNAND. — Parbleu ! C'est nous qui lui faisons peur... Nous... les assassins.

GEORGES. — N'exagérons rien, Fernand... Pas tous les cinq... Seulement, comme elle ne sait pas qui est le bon !

FLORENCE. — Décidément, la prison t'a rendu spirituel.

GEORGES. — Et je n'y suis resté que quinze jours. (Il a porté à ses lèvres une cigarette, que Juliette lui allume.) C'est bien simple, mon petit. La nuit, vous vous barricadez dans votre chambre. Et, le jour, je vous prends sous ma protection. (A l'inspecteur.) Vous désirez boire quelque chose ?

L'INSPECTEUR. — Jamais pendant le service.

ÉTIENNE (aigre). — Et surtout pas chez des suspects.

Georges lève son verre à l'intention de l'inspecteur.

GEORGES. — A votre rapide succès !

D'un geste, il montre qu'il boit aussi à la santé « des autres ». Puis il glisse un coussin derrière son dos, s'installe confortablement, se prépare, avec une satisfaction évidente, à ne pas perdre une bouchée de ce qui va suivre. Juliette, les bras ballants, ne cesse pas de le regarder.

TANTE LUCIE. — Eh bien, Juliette ?

JULIETTE. — Oh ! pardon, Mademoiselle.

Juliette sort à gauche. Tante Lucie se lève.

TANTE LUCIE (à l'inspecteur). — Après ce que vous avez dit tout à l'heure, je suppose que ma présence ici ne vous est pas absolument indispensable.

L'INSPECTEUR. — Mettons : pour le moment.

TANTE LUCIE. — Dans ce cas, vous me permettrez d'aller me reposer. Avec ces émotions, je ne me sens pas la tête très solide. (Soudain virulente, à l'adresse de Georges.) Et puis, je ne me crois pas au spectacle, moi ! (Elle gravit l'escalier, très raide. L'inspecteur frappe de nouveau avec sa boîte de conserve pour ramener l'attention sur lui.)

L'INSPECTEUR. — Nous en étions à vos absences respectives, au cours de cette fameuse soirée... Notez bien que tout cela sera repris en détail plus tard... Aujourd'hui, nous faisons simplement connaissance... Commençons par vous, madame.

GISÈLE. — Eh bien, oui. Je suis sortie pendant peut-être trois minutes... pour aller au fond du couloir, puisque vous voulez tout savoir. Mais ne me demandez pas de vous fournir un témoin.

L'INSPECTEUR. — Rassurez-vous. Je n'ai jamais de telles exigences... Je vous demanderai plutôt si ces trois minutes n'en ont pas été quatre ou cinq... ou plus ?

GISÈLE. — Non. Je n'aurais pas pu me servir de l'échelle. Il y a trois semaines, je souffrais d'une entorse. Je m'étais tordu le pied en jouant au tennis... Alors, pour ce qui est de... (Avec ses mains, elle fait mine de gravir des échelons.)

L'INSPECTEUR. — Chère madame, il y a sept ans, j'ai eu affaire à un unijambiste... Il trouvait moyen, lui, de grimper à une échelle en sautant, comme les oiseaux. (Avec la main, il fait mine de sauter d'échelon en échelon.) Hop... Hop... Hop...

Georges, sur son canapé, semble s'amuser infiniment. Il imite le geste de l'inspecteur.

GISÈLE. — Alors, ne cherchez pas plus loin... Arrêtez-moi, si un tel précédent vous paraît constituer une preuve suffisante...

GEORGES. — D'après ma toute récente expérience personnelle, je doute que le juge s'en contente.

L'INSPECTEUR. — C'est bien pourquoi je préfère chercher encore. (A Roger.) Vous, monsieur, vous vous êtes absenté pourquoi ?

ROGER (cherchant à paraître désinvolte). — C'est tout simple... J'ai fait un saut jusqu'au garage. J'avais laissé mon veston dans ma voiture et la soirée était plutôt fraîche... Le temps d'aller et de revenir. (L'inspecteur les regarde tous, comme pour les prendre à témoin.) Ce n'est pas vrai, peut-être ?... Je ne suis pas revenu avec mon veston ?

GISÈLE (vivement). — Moi, je me rappelle très bien.

L'INSPECTEUR. — Pas vous, madame.

ÉTIENNE. — Moi aussi, je me rappelle.

FERNAND. — Oui. Il avait son veston sur le bras. Mais...

L'INSPECTEUR. — Suffit. (A Florence.) Vous, mademoiselle ?

GEORGES. — Je parierais qu'elle lisait *Le Chasseur français*.

FLORENCE (tout de suite hors d'elle). — D'abord, ce n'est pas vrai. Je lisais *Modes et Travaux*. Et puis j'ai bien le droit de...

L'INSPECTEUR. — Mais voyons... ! Et vous êtes allée dans votre chambre chercher *Le Chasseur*... pardon... *Modes et Travaux* ?

FLORENCE. — Naturellement.

L'INSPECTEUR (au groupe). — Pourquoi souriez-vous ?

ÉTIENNE. — Nous ne sourions pas.

GISÈLE. — Moi, je souris.

L'INSPECTEUR. — Pourquoi ?

GISÈLE. — Parce que ça me fait plaisir. On n'est plus à l'école, vous savez.

L'INSPECTEUR (à Étienne). — Et vous ?

ÉTIENNE. — Moi, je suis allé chercher de la bière.

L'INSPECTEUR. — La bonne n'était donc pas là ?

ÉTIENNE. — Elle était couchée. (Avec une ironie très appuyée.) Autant tout vous avouer, monsieur l'inspecteur principal... je suis allé chercher l'échelle... (Il fait le geste avec les mains.) Hop... hop... hop...

L'INSPECTEUR (entrant dans le jeu). — Mais alors, vous n'avez pas pu apporter les canettes ?

ÉTIENNE. — La préméditation !... Je les avais préparées à l'avance.

L'INSPECTEUR. — Vous avez tort de le prendre sur ce ton, croyez-moi. Il ne reste plus que vous, monsieur Fernand.

FERNAND. — Je vous ai déjà dit que je ne suis pas sorti.

Murmure de protestation.

L'INSPECTEUR. — Seulement eux prétendent le contraire. Et comme ils sont quatre...

FERNAND. — Disons que j'ai oublié. Il fallait m'interroger le lendemain.

GEORGES. — Ce jour-là, la police n'en avait que pour moi.

ÉTIENNE (violent). — Dame ! Nous n'avions aucun motif, nous.

GEORGES. — Le même que moi. Trois cents millions !

ROGER. — Pardon ! Nous avons tous vécu, jusqu'à présent, sans l'héritage de notre pauvre tante et nous pouvons continuer... Je sais bien que, personnellement...

GEORGES. — Personnellement, tu veux épouser ma femme.

Roger se lève, mais Gisèle le fait asseoir.

GISÈLE (à Georges). — Et alors ?... Quand tu m'as épousée, tu n'as assassiné personne.

GEORGES (acide). — Tu es sûre ?

L'inspecteur consulte rapidement ses papiers et s'adresse à Roger.

L'INSPECTEUR. — Je vois tout de même, dans mon dossier, que vous avez ouvert un cabinet d'architecte... Seulement, vous n'avez encore construit aucune maison.

ROGER. — Pardon ! J'en ai commencé une.

GEORGES. — Il y a deux ans.

ROGER. — Et alors ?

L'INSPECTEUR (benoîtement). — Ça coûte gros, un cabinet d'architecte... (A Fernand.) Vous, vous êtes comptable.

Georges se met à rire.

FERNAND. — Qu'est-ce qu'il y a de drôle ?

L'INSPECTEUR (toujours dans son dossier, d'un ton égal). — Vous avez été remercié cinq fois.

FERNAND. — Oui, mais, cette fois, j'ai en vue quelque chose de très important.

L'INSPECTEUR. — Mais en ce moment, vous ne faites rien.

FERNAND (à l'adresse de Georges, qui rit toujours). — Ça vaut mieux que de faire des chèques sans provision.

GEORGES. — Vous l'entendez, inspecteur... Et ça se dit comptable !

ÉTIENNE. — Et moi, qu'est-ce qu'on me reproche?

L'INSPECTEUR. — Mais je ne reproche rien à personne... Vous, vous êtes dans les assurances... C'est votre droit... Vous n'y réussissez pas très bien... C'est votre droit... Vous allez très, très souvent à Paris... et pas forcément pour affaire... C'est votre droit.

ÉTIENNE. — Qu'est-ce que vous voulez insinuer?

L'INSPECTEUR. — Rien... Je dis simplement que ces voyages coûtent cher... (Tirant un papier.) J'ai là vos déclarations d'impôts. Je vois vos frais professionnels... Tenez, un déjeuner: douze mille francs... une chambre d'hôtel: huit mille... Vous étiez au moins deux.

GEORGES. — Alors, ce qu'il est radin!

FLORENCE (à l'inspecteur). — Décidément, vous avez fourré votre nez partout.

L'INSPECTEUR. — Mon Dieu, mademoiselle, je butine.

FLORENCE (se levant). — Eh bien, moi, tout ça me dégoûte. J'en ai assez.

L'INSPECTEUR. — Encore une minute, je vous prie... J'en arrive justement à vous. (Il tire lentement une coupure de magazine. Il lit, avec des temps.) « Trente-cinq ans... excellente famille... idéal élevé... grosses espérances... épouserait monsieur âgé et situation en rapport... catholique de préférence... aimant vie de famille... (Il replace la coupure dans le dossier, tandis que Florence reste sur place, foudroyée.) C'est un extrait du *Chasseur français*.

GISÈLE (ironique). — Voilà pourquoi tu reçois tant de courrier!

L'INSPECTEUR. — Grosses espérances... Seulement, elles tardaient à se réaliser.

FLORENCE. — Vous m'accusez?

L'INSPECTEUR. — Disons simplement que vous avez pu, vous aussi...

Silence. De nouveau, Georges se met à rire.

FLORENCE. — Je te défends...

GEORGES. — Excuse-moi. C'est « l'idéal élevé »!

Sonnerie du téléphone. Gisèle décroche.

GISÈLE. — Allô... Oui... Ah! Bonjour, maître. (Sans aménité.) Je vous le passe... c'est pour toi, Georges.

Georges va prendre l'appareil, sans hâte. Tous les autres le suivent des yeux. Tante Lucie apparaît brusquement, en haut de l'escalier.

GEORGES. — Allô... Oui. Bonjour, maître.

TANTE LUCIE (anxieuse, se penchant par-dessus la rampe). — C'est l'avocat?

GISÈLE. — Non. C'est le notaire.

Très agitée, tante Lucie achève de descendre, pendant que Georges téléphone.

GEORGES. — Je vous remercie. Très bien... enfin, façon de parler... Disons : pas mal, mieux, en tout cas. (Il rit.) Oh ! Les premiers jours, surtout... Même pas : on a la tête vide... on regarde les barreaux... on pense qu'il y a du soleil pour les autres...

FERNAND. — Il faut toujours qu'il fasse du cinéma !

GEORGES. — ... Comme vous dites, oui... Hein ? Le château... ? Mais rien de changé, maître... Toujours décidé ; plus que jamais, même. Bien sûr, dès que l'enquête sera terminée. (Coup d'œil à l'inspecteur.) Et maintenant, je crois que ça va aller vite... D'accord ! Je compte d'ailleurs passer vous voir à ce sujet... Oui, je vous rappellerai... A très bientôt. (Il raccroche, se retourne, et se trouve nez à nez avec tante Lucie.)

TANTE LUCIE. — Ce n'est pas vrai... Ce n'est pas possible... Tu ne feras pas vendre !

GEORGES. — Vous savez bien que j'ai de gros besoins d'argent... de très gros besoins... Enfin, bon sang, je ne vous apprends rien ; c'est vous même qui l'avez déclaré à l'instruction.

TANTE LUCIE. — Moi ?

GEORGES. — Pas vous particulièrement. Vous tous... Faites-vous relire vos dépositions.

GISÈLE. — Avoue que tu cherches à te venger. Tu sais que nous aimons cette maison.

TANTE LUCIE. — Tu sais que je mourrai, si je la quitte.

GEORGES. — Allons donc. On peut vivre partout, tante Lucie... Même d'où je viens.

L'inspecteur a rangé ses papiers, s'est levé.

GEORGES. — Comment, vous nous quittez déjà ?

L'INSPECTEUR. — Oui. Il va être l'heure de dîner... Et d'ailleurs, je vous l'ai dit, je ne venais que pour prendre contact... Vous me reverrez.

GEORGES. — Peut-être pas moi... J'ai un vague projet de voyage.

FERNAND. — Ah ! mais pardon. Pas plus que les autres.

GEORGES. — Si. J'en ai le droit... Renseignez-vous auprès du juge... ou même auprès de l'inspecteur... N'est-ce pas, inspecteur. Oui ou non ?

L'INSPECTEUR. — Oui. (Aux autres, avec ironie.) Je regrette.

Tollé général.

TANTE LUCIE. — C'est proprement scandaleux.

FERNAND. — Toujours deux poids, deux mesures !

ÉTIENNE. — Ça ne se passera pas comme ça !

GEORGES (accompagnant l'inspecteur). — En tout cas, avec ou sans moi, vous savez que vous êtes ici chez vous.

L'inspecteur prend son chapeau au passage, et sort, à gauche, après un bref salut auquel personne ne répond.
Tout le monde s'est levé. Les premiers, Roger et Gisèle se dirigent vers la porte de droite. Florence commence à monter l'escalier. Étienne sort par la porte vitrée. Cependant, tante Lucie et Fernand gagnent la porte de gauche. Manifestement, personne ne veut rester seul avec Georges. La sonnerie du téléphone interrompt le mouvement. Ceux qui étaient déjà sortis reviennent sur le seuil.

GEORGES (décroche). — Allô... Oui, le château... Qui...? (Aux autres.) Une femme qui ne veut pas dire son nom... (A l'appareil.) Comment?... Ah! parfaitement. Parfaitement!... (Aux autres.) Elle vous traite de canailles... de vampires... d'affreux... Elle dit qu'on fichera le feu au château... Elle dit... (A l'appareil.) Non, non. Je ne quitte pas. Je fais la commission... Allô... Ah! c'est tout?... Mes hommages, madame.

ÉTIENNE. — Inutile de demander si la nouvelle est devenue publique.

TANTE LUCIE. — Oui, ça recommence. Je l'avais bien dit. Dès que ces sauvages apprendraient...

FLORENCE. — Quand je pense que nous avions retrouvé la paix!

TANTE LUCIE (à Georges). — Ah! Tu as fait du beau travail!

GEORGES. — Ce n'est pas ma faute. Le juge n'a pas voulu me garder... Mais, j'y pense, si l'un de vous se dénonçait... pour assurer la tranquillité des autres.

ROGER. — Tu dois te croire très amusant.

GEORGES. — Je parle sérieusement, et dans notre intérêt commun... L'opinion publique exige un coupable; c'est le prix de notre repos... Alors, il suffirait que quelqu'un... Je ne fais pas appel à l'assassin, notez bien. Celui-là n'a certainement pas de cœur... Mais un héroïque volontaire...

Un bruit de vitres brisées l'interrompt.

TANTE LUCIE. — Mon Dieu, je parie que...

Entre Juliette, affolée. Elle tient une grosse pierre.

JULIETTE. — La verrière de la buanderie... Des gamins... Ils s'étaient introduits dans le parc... Je les ai vus qui se sauvaient.

Georges prend la pierre, la soupèse, sifflote.

GEORGES. — Eh ben!

Il passe la pierre à Étienne, qui la repasse à Fernand, qui la repasse à Roger. Les femmes refusent de la prendre, et la pierre revient à Georges.

FLORENCE. — Enfin, nous n'allons pas pouvoir vivre comme ça... Demain, c'est sur nous qu'ils les jetteront.

GEORGES. — Un volontaire, je vous dis.

ÉTIENNE. — Ah ! toi.

Juliette éclate brusquement en sanglots.

JULIETTE. — Je ne veux plus rester ici... Je m'en vais... Je m'en vais. (Elle dénoue son tablier blanc.)

GISÈLE. — Il ne nous manquait plus que ça.

GEORGES (à Juliette). — Je vous ai dit que je vous protégerais.

JULIETTE. — Non. Je ne veux plus servir dans cette maison.

TANTE LUCIE. — Ah ! mais doucement, ma fille... Vous semblez simplement oublier que vous nous devez vos huit jours... Je les exige... Ou je vous assigne aux prud'hommes, et je prends un avocat.

GEORGES (doucement). — Maître Delalande.

TANTE LUCIE. — Allez ! Domptez vos nerfs... et remettez votre tablier. Non mais, a-t-on vu ça ? (Juliette, dominée, obéit, tout en continuant de pleurer.) Là... Maintenant, mouchez-vous... Et reprenez votre travail. (Juliette se dirige vers la porte, mais se retourne brusquement.) Allons ! Qu'est-ce qu'il y a encore ?

JULIETTE (entre deux sanglots). — Mademoiselle est servie. (Elle sort, à gauche, le visage dans son mouchoir. Et tout le monde la suit.)

GEORGES (faisant sauter la pierre dans sa main). — Je me sens un de ces appétits !... Pas vous ?...

Rideau

DEUXIÈME ACTE

Une heure plus tard. La table a été débarrassée de toutes les boîtes de conserves. La nuit est presque complètement tombée. La porte de gauche s'ouvre violemment. Apparaît Étienne, sa serviette de table à la main. Il la jette rageusement sur un siège. Fernand apparaît à son tour, la pointe de sa serviette dans son col. Il tourne le commutateur.

FERNAND. — Calme-toi, mon vieux.

ÉTIENNE. — J'en ai assez, à la fin. Non, ça ne peut plus durer. Ou alors qu'il foute le camp, qu'il aille à l'hôtel. Mais l'avoir là, comme ça, à nous narguer, non !

FERNAND. — Fais un effort.

ÉTIENNE. — Tu en as de bonnes, toi : fais un effort... Personne n'ose plus manger, personne n'ose plus parler... Bientôt on n'osera même plus respirer... Enfin, il faut voir les choses comme elles sont. Depuis deux heures qu'il est revenu, on crève de peur ici.

FERNAND. — Tu exagères, je t'assure.

ÉTIENNE (baissant le ton). — Tu n'as pas peur, toi ?... Ose me dire en face que tu n'as pas peur.

FERNAND (gêné). — Oui... bien sûr... J'ai un peu peur.

ÉTIENNE. — Et pourquoi ?... Allez ! Dis-le... Pourquoi as-tu peur ? Je vais te le dire, moi... Parce que tu ne cesses pas de penser que c'est l'un de nous qui a empoisonné la tante Agathe.

FERNAND. — Et toi, tu ne nous soupçonnes pas, peut-être ?

ÉTIENNE. — Si, justement, si... Je nous soupçonne tous.

FERNAND. — Merci.

Ils se regardent avec hostilité. Puis, peut-être pour se donner une contenance, Étienne va fermer la porte qui était restée ouverte.

ÉTIENNE. — Ainsi, tu crois que je suis capable de...

FERNAND. — Je peux te dire la même chose.

ÉTIENNE. — Tu me connais, pourtant.

FERNAND. — Et toi, tu ne me connais pas, non ?

Étienne s'assied sur le bras d'un fauteuil, offre une cigarette à son cousin qui la refuse.

ÉTIENNE. — Au fond, pourquoi avons-nous cru... tout de suite... sans hésiter... que c'était Georges le coupable... hein ?

Fernand allume un de ses cigares personnels.

FERNAND. — Parce qu'il a un besoin immédiat d'argent. Parce qu'il doit à tout le monde.

ÉTIENNE. — Nous aussi.

FERNAND. — Ce n'est pas pareil. Nous, nous n'avons tapé personne... Nous avons emprunté en donnant des garanties.

ÉTIENNE. — Non. Ce n'est pas la vraie raison.

FERNAND. — Il n'a aucune moralité. Il a des maîtresses.

ÉTIENNE. — Nous aussi.

FERNAND. — Qu'est-ce que tu vas comparer !... Nous, nous restons des gens rangés, sérieux... Nous n'avons pas fait vingt métiers... Songe qu'il a même joué dans des films !

ÉTIENNE (rêveusement). — Et qu'il a gagné des rallies !

FERNAND. — Tu vois bien ! Il a toujours aimé la publicité, le scandale... Enfin, quoi, est-ce que j'exagère en disant qu'il a toujours été un corps étranger dans la famille ?... Voilà pourquoi on l'a tout de suite soupçonné. Tu ne crois pas ?

ÉTIENNE. — Oui, oui... Mais il y a autre chose... Tu te rappelles comment était la tante avec lui ?... Elle lui donnait toujours raison. Elle le couvait des yeux. Elle était amoureuse de lui.

FERNAND. — Là, tu vas fort.

ÉTIENNE. — Mais non, mon vieux, mais non. Tu comprends, maintenant, il faut aller au fond des choses. C'est un fait qu'il était son préféré. Aussi, quand il a été arrêté, nous avons tous été bien soulagés. Ça lui apprendrait à faire le joli cœur. Nous ne l'avons pas dit, mais nous l'avons pensé. Toi comme les autres. Allons franchement ?

FERNAND. — Admettons !

ÉTIENNE. — C'était une revanche.

FERNAND. — Pour toi, peut-être.

ÉTIENNE. — Allons donc ! C'était une revanche pour tout le monde... (Pensif.) Oui... une revanche... C'est bien ça... J'avoue qu'il m'exaspérait... tout lui réussissait.

FERNAND. — Tu parles ! Il ratait tout ce qu'il entreprenait !

ÉTIENNE. — Mais pas du tout. Tu ne veux pas voir l'évidence... Il faisait ce qu'il voulait, lui... Il se faisait plaisir, voilà... Lui, il savait se faire plaisir.

FERNAND. — Oh ! Les scrupules ne l'étouffaient pas !

ÉTIENNE. — J'ai bien tort de discuter avec toi. Tu ne veux rien comprendre.

FERNAND (piqué). — Je comprends que tu le défends, maintenant.

Étienne prend fermement son cousin par le bras et l'emmène devant le miroir.

ÉTIENNE. — Regarde-toi, Fernand. Et regarde-moi aussi. Qu'est-ce que tu vois ?

FERNAND. — Qu'est-ce que je dois voir ?

ÉTIENNE. — Alors, rien ne te frappe ? (Il fait pivoter, par le menton, la tête de Fernand à gauche et à droite.)

ÉTIENNE. — Tu es content de cette pauvre gueule ?

FERNAND. — Ah ! mais, pardon. J'en ai autant à ton service.

Étienne le lâche, s'écarte lentement.

ÉTIENNE. — Tu l'observeras, tout à l'heure. Et puis tu feras la comparaison... Et pourtant, quand nous étions gosses, c'était lui le plus maigre, le plus petit, le plus moche.

FERNAND. — Tu sais, moi, je ne fais pas de complexes.

ÉTIENNE. — Eh bien, tu as tort. Ça te rendrait peut-être plus astucieux.

FERNAND. — Trop aimable.

ÉTIENNE. — La vérité, c'est qu'il a eu tout ce qu'il a voulu... Toujours. Sans se cacher. Enfin quoi, bon Dieu, ça saute aux yeux. Tandis que nous...

FERNAND. — Je ne changerais quand même pas avec lui.

ÉTIENNE. — Écoute, Fernand, je me demande si tu ne le fais pas exprès.

FERNAND. — Qu'est-ce que tu veux dire ?

ÉTIENNE. — Quand tu prends l'air idiot, on ne sait plus, vraiment, on ne sait plus.

FERNAND. — Parce que, en plus du reste, j'ai l'air idiot ?

ÉTIENNE. — Tu es sûr que tu n'as pas tué tante Agathe ?

FERNAND (après un temps). — Je devrais me fâcher mais tu me fais de la peine, tiens, mon pauvre Étienne... Je ne t'ai jamais vu dans cet état... Si ça doit te calmer, je te jure que je n'ai pas empoisonné la tante... Et toi... ? Tu le jures ?

ÉTIENNE. — Moi... ? Je vais être franc, tiens... Figure-toi que j'y ai pensé... Plus d'une fois... C'est tellement injuste de voir tout l'argent d'un côté et, de l'autre, des malheureux qui passent leur vie à calculer... Oui, j'y ai pensé... Je me suis souvent dit : « Il n'y a que Georges qui pourrait nous dépanner... » Mais ça n'allait pas plus loin... Et maintenant, j'ai peur.

FERNAND. — Ça m'étonnerait tout de même, après plus de quinze jours, que cet inspecteur trouve quelque chose contre nous.

ÉTIENNE. — Oh ! Ce n'est pas lui qui m'effraie. Comment expliquer ça ?... Tu admets que l'un de nous a tué ?

FERNAND. — Je ne sais pas... Évidemment, si Georges est innocent...

ÉTIENNE. — Bien sûr, qu'il est innocent. Il a toutes les veines... L'un de nous a tué en pensant que Georges serait immédiatement soupçonné, arrêté, qu'il servirait de bouc émissaire. Il s'est trompé. Bon ! Tant pis pour nous ! Mais ce que je n'arrive pas à me fourrer dans le crâne, c'est cela : il y en a eu un qui a eu le cran d'empoisonner la tante. Enfin, tu te rends compte de ce que cela signifie ?... Cela signifie que Georges a fini par faire de l'un de nous un criminel. Car celui qui est coupable...

FERNAND. — Celui... ou celle.

ÉTIENNE. — Oui, oui... Eh bien, le coupable s'est dit : « Puisqu'il n'y a qu'à oser, puisque tout réussit à ceux qui se fichent de tout, allons-y ! » Tu comprends ?... Il a risqué le coup pour imiter Georges.

FERNAND. — Au fond, le vrai responsable, c'est Georges. C'est lui, qu'il aurait fallu empoisonner.

ÉTIENNE. — C'est fantastique. Répète un peu.

FERNAND. — Je dis que c'est lui qu'il aurait fallu empoisonner.

ÉTIENNE. — Voilà où nous en sommes ! Par sa faute, rien n'a plus d'importance... On tue l'un. On tue l'autre... Nous !... Nous qui sommes des gens comme il faut... Et c'est vrai !... Dès qu'on fait sauter un certain cran d'arrêt, c'est fini... Il n'y a pas de raison pour s'arrêter.

FERNAND (pensif). — Oui. Je commence à comprendre Georges, moi aussi... Je vais même t'avouer quelque chose... Quand j'étais gamin, à l'école, un jour... j'ai copié. Et j'ai été le premier. Après, j'ai toujours copié.

ÉTIENNE. — Ça ne t'a pas tellement réussi.

FERNAND. — Parce que j'ai manqué de modèles, plus tard.

ÉTIENNE. — Tu n'avais pas envie... de temps en temps... de devenir Georges ? De vivre comme lui ? Au jour le jour, peut-être, mais en grand seigneur. A grandes guides ! Et après moi, le déluge !

FERNAND (bas, sur le ton de la confession). — Si... Seulement, qu'est-ce que vous auriez dit ?

ÉTIENNE. — Ah ! Voilà ! Qu'est-ce que nous aurions dit ?... Nous étions là, tous les cinq, à nous contrôler, à nous surveiller. Ce que l'un avait, l'autre devait l'avoir. Défense de sortir du groupe, de lever la tête. Si Gisèle divorce, au fond, c'est à cause de ça.

FERNAND. — C'est peut-être elle qui a...

ÉTIENNE. — Penses-tu !

FERNAND. — Elle ne veut pas le reconnaître ; mais elle est toujours amoureuse de Georges. Alors, qu'elle ait voulu se venger...

ÉTIENNE. — Florence a autant de raisons qu'elle, si tu vas par là... Elle aussi a toujours aimé Georges. Si elle est prête à épouser n'importe qui, c'est par dépit, j'en suis bien sûr... Et Roger, hein, Roger... qui ne peut pas voir Georges en peinture.

FERNAND. — Et même la tante Lucie... Ce que tu viens de me dire m'y fait penser. Elle a toujours été jalouse de Georges. Pas seulement parce que la tante Agathe le chouchoutait ; mais, je ne sais pas... Georges la trouble.

ÉTIENNE. — A son âge ?

FERNAND. — L'âge n'y fait rien. Georges pue l'amour comme un chanteur de charme.

ÉTIENNE. — Ce n'était pas son intérêt de faire disparaître sa sœur. Puisqu'elle risque d'être chassée d'ici.

FERNAND. — Ça dépend... Elle pouvait espérer faire d'une pierre deux coups : conserver la maison et se débarrasser de Georges.

ÉTIENNE. — Je vois que tu as creusé la question.

FERNAND. — J'ai beau avoir l'air idiot, je réfléchis. Et je peux encore te dire une chose : si Georges s'incruste, tu verras, quelqu'un finira par faire une imprudence, et ce sera la catastrophe. Il faut qu'il s'en aille, qu'il disparaisse. (Sonnerie du téléphone. Les deux hommes regardent l'appareil, mais ne bougent pas.) A cette heure-ci... Qui ça peut-être ?

ÉTIENNE. — Tu le demandes !

L'appareil continue de sonner. Florence entre, à gauche.

FLORENCE. — Eh bien, vous ne répondez pas ?

FERNAND. — Réponds, toi !

Florence ne bouge pas davantage et la sonnerie continue. Entrent à leur tour Gisèle et Roger.

GISÈLE. — Qu'est-ce que c'est ?

ÉTIENNE (lui désignant l'appareil). — Si tu veux le savoir...

Apparaît tante Lucie. Elle les regarde tous.

TANTE LUCIE (avec espoir). — Si c'était le juge qui avait des remords ?

Ils restent tous figés. L'appareil sonne toujours.

GISÈLE (appelant brusquement). — Georges... Georges...

ROGER. — On n'a pas besoin de Georges !

FLORENCE. — Cette manie, de toujours demander à Georges !

Entre Georges, qui achève de manger un fruit. Il ne se presse pas.

GEORGES. — Qu'est-ce qu'il a encore fait, Georges ?

GISÈLE. — Réponds.

GEORGES. — C'est gentil, de me faire confiance, pour une fois... (Il décroche.) Allô... Le château, oui... Comment ?... (Il écoute un instant. Aux autres :) Ça recommence !... (Il continue d'écouter. Aux autres :) Qu'est-ce qu'il vous passe... (Il écoute en souriant, tout en secouant la main pour indiquer que son correspondant tient la grande forme. Puis, doucement, il pose l'écouteur sur la tablette, tire une cigarette de sa poche, et va l'allumer au gros briquet posé sur la table de bridge. On entend la voix qui tonitrue dans l'appareil.) Il a un sacré répertoire ! (Il vient reprendre l'appareil. Même mimique que précédemment, de plus en plus expressive) ... Terminé ?... Il n'y en a plus ?... Oui, je ferai la commission. Comptez sur moi. (Il raccroche.) Il me semble que c'était la voix de Samourat, l'entrepreneur, mais je ne l'affirmerais pas.

FERNAND. — Qu'est-ce qu'il a dit ?

GEORGES. — C'est difficile à répéter... Tout est dans le ton, tu comprends ?... Si je te traitais de salaud, comme ça, à froid, ça ne porterait pas.

ÉTIENNE. — On a tout de même le droit de savoir.

GEORGES. — Vous y tenez ?... Eh bien, la prochaine fois, vous n'aurez qu'à décrocher. Je ne vois pas pourquoi ce serait toujours moi.

ÉTIENNE. — Parce que tu es le seul qui ne sois plus concerné.

GEORGES (air de dignité offensée). — Pardon. Tout ce qui touche la famille me concerne.

ROGER. — D'abord, ce téléphone, il n'y a qu'à le couper !

GEORGES. — Minute ! J'en ai besoin, moi... Ne serait-ce que pour le notaire.

FLORENCE. — Enfin, qu'est-ce qu'on peut dire de nous ?

GEORGES (gentiment). — Ce que vous avez dit de moi... Ça vous donne une idée.

FLORENCE. — Moi, c'est décidé... Demain, je fais mes valises. Je ne passerai pas un jour de plus dans cette maison.

GISÈLE (vivement). — Tu sais bien que tu resteras... comme nous. Aussi longtemps que ce flic le voudra.

TANTE LUCIE. — C'est affreux... affreux !

GEORGES. — Et vous n'avez encore rien vu... Faites-leur confiance... Attendez le courrier, demain matin !

Il va tourner le bouton d'un petit transistor, posé sur un rayon. Musique joyeuse.

TANTE LUCIE (hors d'elle). — Arrête... Arrête cette musique... Je deviens folle... (Aux autres.) Mais faites-le taire... faites-le taire...

GEORGES. — Bon... Bon...

Il prend le poste et sort, à gauche. On continue d'entendre la musique de l'autre côté de la porte.

TANTE LUCIE. — Je n'en peux plus... Mon Dieu, qu'allons-nous devenir. (Elle va vers l'escalier ; elle titube un peu.) Florence... Aide-moi, veux-tu ?... Je ne sais plus où j'en suis...

Florence va prendre le bras de sa tante. Étienne et Fernand regardent monter les deux femmes. Alors, Gisèle tire Roger par la manche, et ils sortent silencieusement dans le jardin.

FERNAND. — Ça lui va bien, à la vieille, de prendre des airs persécutés.

Ils se retournent, cherchent des yeux Gisèle et Roger. Étienne va jusqu'à la porte vitrée dont il écarte légèrement le rideau, regarde dans le jardin.

ÉTIENNE. — Ah ! ces deux-là ! (Il hausse les épaules, revient vers Fernand.) Au fond, cela vaut mieux... Tu sais à quoi je pense ?

FERNAND. — Je m'en doute.

ÉTIENNE (après un temps). — C'est ce que tu m'as dit tout à l'heure qui m'en a donné l'idée... Il est évident que cette situation ne peut pas se prolonger, tu es bien d'accord ?

FERNAND. — Oh ! Tout à fait.

ÉTIENNE. — Il est évident aussi que, pour tout le monde, Georges est le coupable idéal ? (Fernand approuve de la tête.) Alors, s'il le restait, hein ?... Tu vois ce que je veux dire ?

FERNAND. — Peut-être... mais j'aimerais tout de même mieux que tu précises.

ÉTIENNE. — Un crime, ça lui va, n'est-ce pas ?... Il est fait pour ça. Pas nous. C'est même curieux, au fond. Que l'un de nous ait supprimé la tante, et le voilà odieux... et ridicule. Georges, au contraire, non... avec lui... (Il cherche vainement le mot.)

FERNAND. — Ça fait espiègle.

ÉTIENNE. — Je n'irai pas jusque-là, mais c'est moins important, c'est plus anodin... Un crime, pour Georges, c'est un faux pas, une étourderie... Quand les gens ont su qu'il était arrêté, ils ont pensé : « Sacré Georges, il ne changera pas. » Au contraire, si demain on t'arrête, toi...

FERNAND. — Pardon !

ÉTIENNE. — Toi, ou moi... enfin, l'un d'entre nous, les gens diront : « bande de salauds... » Il n'y aura pas un, mais cinq coupables... Je vais plus loin, Georges réussirait à séduire un jury. Nous ! (De la main, il imite le couperet de la guillotine.) Tu vois l'injustice ?

FERNAND. — Mais que peut-on faire, puisqu'il y a un non-lieu ?

ÉTIENNE. — Ça ne signifie rien, un non-lieu. Que le juge trouve une preuve, une vraie, et il sera ravi de rattraper Georges... Tu peux être sûr qu'il a été navré de le relâcher... Et il serait encore plus désolé de t'arrêter, toi, ou moi... ou n'importe qui d'entre nous... Je le connais. C'est un homme sérieux.

FERNAND. — D'accord. Mais si Georges n'a rien fait, tout de même ?

ÉTIENNE. — La question n'est pas là. Fernand, mon vieux, un petit effort, sans ça nous n'en sortirons pas... La tante a été empoisonnée, n'est-ce pas ?... Bon. Il faut que l'un de nous paye la note. Bon... Alors, que ce soit le moins méritant... le plus compromis, si tu préfères... La famille paye... mais elle paie le moindre prix ; c'est normal, non ?

FERNAND. — Oui ; ça me paraît normal aussi.

ÉTIENNE. — Il n'y a qu'à trouver une preuve contre Georges... dans l'intérêt général.

Florence apparaît dans l'escalier. Elle descend lentement. Les deux hommes se taisent. Florence semble les ignorer ; elle va s'asseoir à l'écart, et demeure prostrée. Étienne va ouvrir le panneau du secrétaire, qui est à côté de la baie, et découvre une cave à liqueur. Il emplit un verre de cognac, et va le porter à Florence.

ÉTIENNE. — Tiens... Bois.

FLORENCE (avec froideur). — Merci. Je n'ai pas soif.

Étienne boit le cognac.

ÉTIENNE (désignant l'étage). — Comment réagit-elle ?

FLORENCE. — Elle est déchaînée contre Georges.

Étienne adresse un coup d'œil à Fernand.

ÉTIENNE (à Florence). — Et toi ?

Florence hausse les épaules sans répondre.

FERNAND (s'approchant à son tour). — Pourquoi fais-tu cette tête ?

FLORENCE (violemment). — Je ne fais pas la tête.

ÉTIENNE. — Entre nous, Florence. Bien franchement... Est-ce que tu nous soupçonnes, Fernand ou moi ?

FLORENCE. — Ah ! Laissez-moi tranquille.

FERNAND. — Naturellement, qu'elle nous soupçonne.

ÉTIENNE. — C'est vrai ?

FLORENCE (les soupesant du regard). — Non... Vous êtes trop petits.

FERNAND (éclatant). — Tandis que Georges, lui, il a la taille... C'est formidable, d'entendre ça... Bientôt, on va nous reprocher d'être incapables d'empoisonner quelqu'un. Comme si n'importe qui ne pouvait pas verser du poison dans un verre.

ÉTIENNE (à Florence). — Alors, tu regrettes que ce ne soit pas Georges ?... Ça te déçoit ?

FLORENCE (lasse). — Mais non... Mais non... Seulement, si ce n'est pas Georges... j'ai mauvaise conscience ; voilà tout. Cet héritage devient malpropre.

Étienne et Fernand se regardent, estomaqués.

ÉTIENNE. — Ça dépasse tout.

FERNAND (violent). — Explique-toi, que diable !

FLORENCE. — Ah ! Je ne sais plus... (Elle réfléchit.) Georges avait des motifs, lui. Il était excusable.

ÉTIENNE. — Tu vois, Fernand. Qu'est-ce que je te disais. (A Florence.) Continue.

FLORENCE. — Eh bien, vous... nous... ce n'est pas pareil... Nous pouvions attendre... Et puis, nous ne faisons jamais rien les uns sans les autres.

FERNAND. — A ton avis, il aurait fallu réunir un conseil de famille ?

FLORENCE. — Si vous tournez tout ce que je dis en dérision !...

ÉTIENNE. — Pas du tout. On essaie de te comprendre, justement... Voyons c'est lui ou c'est nous. Il n'y a pas à sortir de là.

FLORENCE. — Je ne peux plus croire que c'est lui... et je n'arrive pas à croire que c'est l'un de nous... Qui ?... Pas Roger ; il ne fait pas le poids... Gisèle ? Ça m'étonnerait, quoique... Vous deux... ?

ÉTIENNE ET FERNAND (ensemble). — Merci. Tu nous l'as déjà dit.

FLORENCE. — Nous n'avons jamais rien su faire tout seuls... Enfin, c'est l'évidence, quoi !.. Toi, Étienne... Si l'on ne t'avait pas acheté ton portefeuille d'assurances... Et Fernand, si la tante Agathe ne lui avait pas trouvé ces emplois de comptable...

FERNAND. — Ah ! mais, doucement...

FLORENCE. — Vous n'avez même pas pu vous marier.

ÉTIENNE. — Tandis que toi...

FLORENCE. — Mais moi, c'est la même chose... Je suis une incapable, je le sais.

FERNAND. — Alors, pour toi, c'est un succès d'avoir tué tante Agathe.

FLORENCE (qui se monte). — Parfaitement ! C'est au moins une preuve de caractère. Et celui qui a fait le coup... je lui en veux d'avoir réussi sans nous, de nous avoir laissé tomber... Lui... il a... il a échappé à ce que nous sommes.

FERNAND. — Elle est cinglée !

ÉTIENNE. — Oh ! que non... Je sens bien ce qu'elle veut dire.

FLORENCE. — Ce n'est pas la tante Agathe qui a été atteinte...

FERNAND. — Qu'est-ce qu'il te faut !

ÉTIENNE. — Mais tais-toi donc !

FLORENCE. — Non, ce n'est pas elle... C'est nous. C'est un crime contre nous... Et l'héritage, nous le ramasserons comme une aumône.

FERNAND (se tenant la tête). — Il y a sûrement ici quelqu'un qui ne tourne pas rond. C'est sans doute moi.

ÉTIENNE (ton de la confidence). — Elle a raison, mon vieux... Oui, tout ce que tu viens de nous dire, Florence, me frappe beaucoup... On ne pouvait pas mieux prouver que c'est Georges le coupable... Ça lui ressemble, d'avoir voulu nous humilier. Pour lui, nous sommes une quantité négligeable. Nous ne comptons pas. Pas plus que tante Agathe. (A Florence.) Toi, par exemple, tu veux te marier... Il s'en fiche. Il sait bien, pourtant, que tu auras du mal... si l'un de nous est arrêté.

FERNAND. — Il est évident qu'un « monsieur bien sous tous les rapports » hésitera à épouser la cousine d'un forçat !

Florence veut se lever, Étienne la retient.

ÉTIENNE. — C'est la vérité, Florence.

FERNAND. — Remarque qu'avec tes millions, tu pourras toujours acheter un mari... Il te ruinera d'un air dégoûté, voilà tout.

ÉTIENNE. — Allons, Fernand !

FERNAND. — Et quand il te trompera, il se prendra pour un martyr.

FLORENCE (se levant). — Ce que tu peux me dégoûter !

ÉTIENNE. — Je vous en prie... Calmez-vous, tous les deux... Vous vous demandiez tout à l'heure pourquoi on n'a jamais rien fait de propre ? Vous le voyez. On n'a jamais cessé de s'observer, de se critiquer, de ricaner... Tandis que si l'on s'était serré les coudes... Mais justement, il n'est pas trop tard... A nous cinq, on devrait avoir raison de Georges. (Fernand se verse machinalement un peu de cognac.) Ton foie !

FERNAND. — Hein ?

Étienne lui prend le verre et boit.

ÉTIENNE (en s'efforçant de paraître sincère). — Vous ne m'enlèverez pas de l'idée que si cet inspecteur recommence l'enquête, ce n'est nullement pour découvrir quelque chose contre nous, mais quelque chose contre Georges. Il a l'air, comme ça, de nous accuser, mais c'est pour mieux lui donner le change... Il ne le dit pas, parce qu'il est malin, mais, au fond, il compte sur nous... Il pense que nous finirons par comprendre où est notre intérêt.

FLORENCE. — Il ne croit tout de même pas que nous le protégeons ?

ÉTIENNE. — Qui sait... ? Il est très fort.

FLORENCE. — Je le trouve plutôt déconcertant... Il est bourru... Il est doucereux... hypocrite... Moi, il ne m'inspire aucune confiance.

ÉTIENNE. — Mais réfléchis ! La preuve que son calcul est juste, c'est que, depuis que Georges est de retour, la vie n'est plus tenable.

FERNAND. — C'est vrai. Je n'avais pas pensé à cela.

ÉTIENNE. — Ça me paraît pourtant limpide... Oui... Plus j'y pense, plus je suis convaincu que c'est à nous de découvrir un indice.

FLORENCE. — A condition qu'il en existe un.

ÉTIENNE (ambigu). — Pas forcément.

Silence. La musique s'arrête soudain, à côté, et ils écoutent, surpris. Un temps. Sur la pointe des pieds, Fernand s'approche de la porte de gauche, l'ouvre avec prudence, avance la tête puis sort. Il revient un instant plus tard. Étienne et Florence l'ont attendu, sans faire un geste, le cou tendu.

FERNAND (refermant la porte). — Il est dans la cuisine... avec Juliette.

FLORENCE. — Eh bien, il ne perd pas de temps !

Étienne, d'un geste, balaie ces considérations secondaires.

ÉTIENNE. — Je vous en prie, mes amis, tout cela est dépassé. (Il les prend l'un et l'autre par le bras.) Vois-tu, Florence, il est temps que nous nous défendions... Georges nous a paralysés pendant des années, et pourtant nous le valons bien. Nous sommes riches, maintenant, enfin, sur le point de l'être.

FERNAND. — Les scrupules, c'est bon pour ceux qui n'ont rien.

ÉTIENNE. — Parfaitement. Georges en prison, nous serons libres.

Nouveau silence.

FLORENCE (après une légère hésitation). — Et, un indice... vous en voyez un ?

Étienne et Fernand, réfléchissant, commencent à marcher de long en large.

ÉTIENNE. — Pas à première vue... N'oublions pas que la police a tout passé au peigne fin... Alors, un indice qui surgit comme ça, miraculeusement, après trois semaines...

FLORENCE. — Des empreintes ?

ÉTIENNE. — Il aurait fallu qu'elles soient sur le verre, et qu'on les trouve le lendemain matin. C'est trop tard, maintenant.

FERNAND. — Et si l'on faisait toucher un objet quelconque à Georges, qu'on aille le fourrer dans la chambre de tante Agathe ?

ÉTIENNE. — Trop tard, toujours trop tard... Après trois perquisitions tu penses !... Me Delalande aurait la partie trop belle.

FERNAND. — Ah ! Celui-là !... Dire qu'il venait dîner ici chaque semaine !

FLORENCE. — Alors ?

ÉTIENNE. — On cherche... Ce n'est pas facile. (Florence s'est mise à marcher à son tour, et ils déambulent tous les trois, tête basse, se croisant et se recroisant.) Il y aurait bien un moyen...

Les deux autres s'arrêtent.

FERNAND. — Va !

ÉTIENNE. — Non. C'est idiot.

La promenade recommence.

FLORENCE. — On pourrait peut-être...

Nouvel arrêt.

ÉTIENNE. — Vas-y !

FLORENCE. — Non. Ça ne prendrait certainement pas.

La promenade recommence.

FERNAND (qui s'arrête). — J'ai une idée.

ÉTIENNE (qui ne s'est pas arrêté). — Ça m'étonnerait.

FERNAND (vexé, se remet à marcher). — Bon. Je la garde pour moi.

FLORENCE. — Dis-la, Fernand.

FERNAND. — Non, puisqu'il me traite de minus.

Étienne, qui se trouve devant la porte vitrée, regarde machinalement dans le jardin.

ÉTIENNE. — Ah ! Il ne manquait plus qu'eux !

FERNAND. — Ils tombent bien, non ? Ça les intéresse autant que nous.

ÉTIENNE. — Sans doute. Mais je préférerais que nous soyons d'abord bien d'accord tous les trois... Venez par ici.

Ils sortent par la porte de droite. Presque aussitôt, Gisèle et Roger entrent par la porte vitrée. Visiblement, ils viennent de se disputer. Gisèle va au secrétaire et se sert un verre d'alcool. Roger marche nerveusement.

ROGER (se parlant à lui-même). — C'est un peu fort. S'entendre reprocher d'être mou... Moi, mou. C'est un monde !

GISÈLE. — Mais oui, tu es mou. Comment veux-tu que je dise ?... Voilà un individu qui ne cesse de nous provoquer, et tu encaisses bien gentiment. Ah ! Je le connais, lui. S'il était à ta place, il y a longtemps qu'il t'aurait cassé la gueule.

ROGER. — Minute ! S'il était à ma place, c'est que je serais à la sienne. Eh bien, non, non et non. Moi, je n'aurais jamais tué la tante.

GISÈLE (méprisante). — Oh ! ça...

ROGER. — Quoi ?... Oh ! ça... Qu'est-ce que ça signifie ?... Il faudrait tout de même s'entendre. Tout à l'heure, tu me soupçonnais et je te dégoûtais... Et maintenant, tu me reproches de n'être pas coupable.

GISÈLE. — Non. De n'être pas capable. Il y a une nuance.

ROGER. — Quoi ?

GISÈLE. — Je te reproche de n'être pas capable de faire quelque chose.

ROGER. — Tandis que lui... Mais avoue que tu l'admires... que tu l'aimes encore... Depuis qu'il est revenu, tu n'as d'yeux que pour lui... Si tu t'étais vue à table... J'en étais gêné.

GISÈLE (après un regard machinal à la ronde). — Parle moins fort, je te prie.

ROGER. — Mais je m'en fous, qu'il m'entende. Et je parlerai fort si je veux. Et je dirai que certaines libérations sont des erreurs judiciaires. (Il crie.) Parfaitement, des erreurs judiciaires. Parce que moi, je suis sûr que c'est lui qui a empoisonné la vieille.

GISÈLE. — Tu deviens vulgaire.

ROGER. — J'aime mieux être vulgaire qu'hypocrite, si tu vas par là. J'en ai jusque-là de vous tous, de vos petites prudences, de vos manœuvres... La tante Agathe, vous la détestiez.

GISÈLE. — Toi aussi.

ROGER. — Moi aussi, d'accord ; je ne m'en cache pas. Mais quand la bonne lui montait sa camomille, qui est-ce qui disait : « Si seulement c'était un bouillon d'onze heures ! »

GISÈLE. — Je plaisantais.

ROGER. — Pour quelqu'un qui reproche aux autres d'être vulgaires, tu peux nous donner des leçons... C'est toi, avec tes réflexions, qui lui as soufflé l'idée du poison.

GISÈLE. — Moi... ! Mon pauvre Roger, tu es aussi bête qu'eux, tiens.

ROGER. — Peut-être... Mais moi, j'ai étudié Georges.

GISÈLE. — Au fond, tu n'aurais pas été fâché de lui ressembler. Seulement, lui, c'est le format au-dessus.

ROGER (dévisageant Gisèle). — Ah ! Il avait bien raison quand il me confiait : « Gisèle, c'est tout le portrait d'Étienne. Du sucre, à la surface. Du fiel, en dessous. »

GISÈLE. — C'est faux... Tu mens... Je suis sûre que tu mens... Tu viens d'inventer cela à la seconde... pour te venger.

ROGER. — Tu n'as donc jamais rien compris ?... Alors, tu t'imagines que Georges t'a trompée simplement pour le plaisir, pour le sport ?... Moi aussi, je pourrais dire : « Pauvre Gisèle ! C'est toi qui l'as découragé, rebuté. » Oui, toi. Avec tes histoires, tes commérages sur l'un sur l'autre... Fernand a fait ceci ; Florence a dit cela... Puisqu'il ne pouvait pas te détacher de nous, il a fini par se détacher de toi... Il s'est donné de l'air. Je le sais. Il m'a tout raconté. Si tu avais été différente, peut-être qu'il n'aurait pas fait tant de sottises.

GISÈLE. — Je vois... Il t'a eu au charme, comme moi.

ROGER. — Pas sûr !... S'il est devenu ce qu'il est, à mon avis, c'est à cause de nous, et surtout de toi. Vous prétendez qu'il aime le scandale. Moi, je crois qu'il cherche surtout à nous scandaliser, nous. Et j'en reviens à ce que je disais tout à l'heure : à force de t'entendre parler du bouillon d'onze heures, il t'a prise au mot. C'est assez dans sa manière. « Ah ! Ils veulent que la vieille meure. Bon. Je la supprime. On verra bien, après... » Avoue qu'il a réussi. Il est bien tranquille, maintenant... et nous, prêts à nous dévorer.

GISÈLE. — Du sucre à la surface... Il a osé... Je te jure qu'il le regrettera.

ROGER. — Allons Gisèle... J'ai eu bien tort de te dire tout ça.

GISÈLE. — Ah ! Je t'en prie... Ne viens pas l'excuser.

ROGER. — Fichtre non. Ce que j'essaye de te faire admettre, c'est qu'il faut regarder la situation avec sang-froid... Georges est ce qu'il est, bon, ça le regarde... Seulement, il a tué la tante Agathe et c'est nous qui sommes dans le pétrin. Voilà le problème. Et, au lieu de nous disputer, nous ferions mieux de nous défendre.

Bruit à droite. Entrent Étienne, Fernand et Florence.

ÉTIENNE. — Tiens ! Vous êtes là... On vous croyait toujours dehors... La nuit est si belle.

ROGER. — Oh ! La poésie, tu sais, on a d'autres soucis.

FLORENCE. — C'est vrai que vous n'avez pas l'air très gais, pour des amoureux.

GISÈLE. — Idiote !

ROGER (à Florence). — Et toi, regarde-toi... (Aux deux autres.) Qu'est-ce que vous lui avez fait, à Florence ?

Silence embarrassé, qu'Étienne rompt enfin.

ÉTIENNE. — Nous avons beaucoup discuté, tous les trois... beaucoup ! Et je me demande si vous allez être d'accord.

ROGER. — Il s'agit de Georges ?

ÉTIENNE. — Nécessairement.

ROGER. — Où est-il, à propos ?

FLORENCE (venimeuse). — Dans la cuisine... avec Juliette !

ÉTIENNE. — Nous sommes tous persuadés qu'il est coupable.

GISÈLE (ulcérée). — Nous aussi.

ÉTIENNE. — Et nous estimons que nous sommes en état de légitime défense.

ROGER (à Gisèle). — Qu'est-ce que je te disais ?

FERNAND. — Eh bien, mais... ça ne s'annonce pas mal !

ÉTIENNE. — Laisse-moi parler... Nous avons donc cherché un moyen d'aider la police. Ce moyen, c'est de fournir une preuve à l'inspecteur Lechantre. Or, cette preuve, nous ne la trouverons pas. Vous pensez bien qu'ils ont examiné chaque détail à la loupe, avant de relâcher Georges.

ROGER. — Alors ?

ÉTIENNE (gêné et ambigu). — Alors... ça nous a amenés à voir plus grand... beaucoup plus grand... beaucoup, beaucoup plus grand...

GISÈLE. — Ce que tu peux être agaçant avec tes mystères. Abrège !

ÉTIENNE. — Doucement, Gisèle... Il y a d'abord, l'intérêt de la justice... Mais il y a aussi l'intérêt de Georges... que nous ne pouvons délibérément sacrifier... Eh oui, eh oui, l'intérêt de Georges... Enfin, vous l'imaginez toute sa vie en prison, un garçon comme lui.

FERNAND (venant en renfort). — Ce serait affreux !

ÉTIENNE. — Et si au lieu d'une prison, on l'enfermait dans un asile, hein ?... Y avez-vous songé ?... Moi, je préférerais... n'importe quoi.

GISÈLE. — Décidément, je comprends de moins en moins.

ÉTIENNE. — C'est pourtant simple... Il s'agit de faire notre devoir tout en épargnant le pire à ce malheureux.

ROGER. — Et comment comptes-tu lui éviter le pire ?

Étienne se verse un verre de cognac, le boit.

ÉTIENNE. — Eh bien, supposons que Georges... Et même, tenez, ne parlons plus de Georges : ça vaudra mieux... Prenons le cas d'un homme quelconque, accusé d'un crime, arrêté, puis relâché faute de preuves suffisantes...

ROGER. — Il me semble que je vois très bien cela.

Gisèle se contente d'opiner.

ÉTIENNE. — Imaginons un garçon sensible, malgré les apparences... Il peut fort bien ne pas se remettre d'un pareil choc... Il y a en lui quelque chose de brisé... D'autant plus qu'il est seul... Sa femme l'a quitté, bien entendu... Alors, il n'essaie même plus de lutter, de se débattre... A quoi bon ?

Silence. On réentend soudain, dans la pièce voisine, la musique du transistor.

GISÈLE. — S'il y a en lui quelque chose de brisé, il le cache bien.

ÉTIENNE. — Il veut nous provoquer... Mais qu'est-ce qui nous prouve qu'il n'est pas désespéré... Je peux continuer ?

GISÈLE. — Je t'en prie.

Étienne les a entraînés à l'autre extrémité de la salle. Il baisse la voix.

ÉTIENNE. — Supposez que, demain matin, on le retrouve dans sa chambre... mort... Si son suicide ne fait de doute pour personne, il sera évident... vous entendez... é-vi-dent, que c'était bien lui le coupable... L'action judiciaire sera éteinte... et nous recommencerons à respirer.

Durant l'exposé d'Étienne, Gisèle s'est assise sur le canapé.

FERNAND. — Sans compter que, du même coup, l'héritage se trouvera débloqué.

ÉTIENNE (hypocrite). — En effet ! Je n'y songeais même pas !

ROGER. — Oui, mais... il faudrait qu'on le découvre mort.

ÉTIENNE (froid). — On a bien découvert tante Agathe. (Un silence. Étienne s'approchant de Gisèle.) Toi qui le connais mieux que personne, crois-tu, par exemple, qu'il serait homme à se pendre ?

GISÈLE. — Il n'est surtout pas homme à se suicider.

ÉTIENNE. — Ce n'est pas ce que je te demande.

FLORENCE. — Avec ses goûts excessifs, je le verrais plutôt se jeter du haut d'un pont, ou se précipiter sous un train... Quelque chose de très spectaculaire.

ÉTIENNE. — Malheureusement, le spectaculaire est exclu.

GISÈLE. — Enfin, à quoi ça rime, tout ce que vous racontez ?... Qu'est-ce que vous espérez ?

ÉTIENNE. — Georges a bien réussi, avec la tante Agathe... Je ne vois pas pourquoi...

FERNAND. — On n'est pas plus maladroits que lui.

ÉTIENNE. — Ça ne doit tout de même pas être si difficile que ça... Tous les jours, on voit des gens qui font leurs débuts... La veille, ils étaient comme nous... (Prenant Florence à témoin.) Au fond, c'est un peu comme l'amour... Oh ! pardon.

GISÈLE. — Tu te vois, toi, en train d'opérer ?

ÉTIENNE. — C'est-à-dire que... nous en étions là de notre discussion quand nous sommes rentrés... Nous n'avions pas encore examiné les modalités de...

GISÈLE (sarcastique). — Les modalités !... Cette fois, il ne s'agit pas d'un contrat d'assurances... Et ce n'est pas toi qui sauteras le pas. Alors, qui ?... (Ils s'écartent brusquement les uns des autres. Entre Georges, à gauche, avec son transistor.) Juliette a fini son service ?

GEORGES. — Oui... Elle est charmante, cette petite... Seulement, il faut savoir la prendre...

Il va à la porte vitrée, ouvre, s'emplit les poumons d'air, et sort.
Le bruit du transistor s'éloigne.

GISÈLE (violemment). — Tu as raison, Étienne. Il faut faire quelque chose. Il doit bien y avoir un moyen.

Étienne va refermer la porte que Georges avait, naturellement, laissée ouverte.

ÉTIENNE. — Le moyen ; on le trouvera toujours. Le problème, c'est de savoir : qui ?

ROGER. — Il faudrait... un volontaire, comme dit justement Georges.

ÉTIENNE. — Seulement, nous risquons de l'attendre longtemps.

FERNAND. — Alors, il n'y a pas le choix. Il faut le désigner.

ÉTIENNE. — Comment cela ?

FERNAND. — Je ne sais pas, moi... Par un référendum !

ÉTIENNE. — Tu plaisantes, Fernand... Il ne faut pas que, par la suite, celui qui aura été désigné risque de se trouver gêné devant les autres... Il ne faut surtout pas que les autres puissent le mépriser, l'humilier... (Geste de protestation générale.) Oh ! je connais la nature humaine... Aujourd'hui, on lui tresserait des couronnes. Seulement, dans six mois, au moindre prétexte, vous imaginez l'allusion perfide, le sous-entendu désobligeant... Non. Il faut que nous puissions continuer, tous les cinq, à porter la tête haute, à nous regarder en face.

ROGER. — C'est très juste, Étienne, tout ce que tu dis là... Mais alors, qu'est-ce que tu proposes ?

ÉTIENNE. — C'est tout simple. Il n'y a qu'à tirer au sort... (Il va à la bibliothèque, prend un jeu de cartes sur un rayon.) Tirage secret, bien entendu... (Il brasse les cartes.) Supposez que je distribue... et supposez que l'as de pique, par exemple, désigne celui qui... Est-ce que ce procédé n'est pas d'une discrétion absolue ?... Nous ignorerons toujours qui cette carte aura désigné.

Florence est allée s'asseoir sur le même canapé que Gisèle, si bien que les deux femmes semblent étrangères au débat.

ROGER. — Si on l'ignore, tu penses bien qu'il se dégonflera !

ÉTIENNE. — Pardon ! Et la parole donnée, mon cher ?

ROGER. — Oh ! la parole !

FERNAND. — Enfin, pour qui nous prends-tu... Si des étrangers t'entendaient !...

ÉTIENNE. — Je vous répète que c'est la seule solution... Le hasard confie à l'un d'entre nous une mission... une haute mission... C'est un peu comme s'il s'agissait d'une raison d'État, qui dépasse de loin les petits intérêts particuliers... Cela, nous en sommes tous bien persuadés... Demain, après... après l'événement, nous nous estimerons davantage... Nous aurons la satisfaction d'avoir remis de l'ordre dans la maison, dans la famille... (A l'adresse de Gisèle.) Georges n'aura pas eu le dernier mot... Et j'insiste bien là-dessus : nous sommes tous solidaires... C'est comme si nous agissions tous les cinq ensemble.

ROGER. — Et... avec quoi ?

ÉTIENNE. — Oh ! pas de problème. Si j'ai bonne mémoire, du temps du grand-père, il y avait dans ce tiroir... (Tout en parlant, il va au secrétaire, en ouvre le premier tiroir et en sort un revolver dont il examine le barillet.) Il est chargé... Il a l'air en bon état... (Il pose le revolver sur la table de bridge et s'essuie les mains avec son mouchoir.) Il est encore plein de graisse.

FLORENCE. — Tu te rends compte de ce que tu leur demandes ?

ÉTIENNE (sincèrement surpris). — Leur... ? Qui, leur ?

FLORENCE. — Eh bien, mais... à tes cousins.

ÉTIENNE. — Mais... toi aussi, tu es dans le coup. Et Gisèle aussi.

GISÈLE. — Comment ! Tu ne vas tout de même pas nous demander, à nous.

FERNAND. — Si personne n'y met du sien !

ÉTIENNE. — Tu crois que ça me plaira, à moi, si je suis désigné... ou Fernand... ou Roger...

FLORENCE. — Vous êtes des hommes, vous !

ÉTIENNE. — Mettons !... Et alors ?

FLORENCE. — Il me semble que c'est tout de même plus le rôle d'un homme.

ÉTIENNE. — La question n'est pas là. Si nous voulons éviter entre nous la moindre arrière-pensée, nous devons tous tirer au sort. (Il va se planter devant les deux femmes et, insinuant :) Rappelez-vous, quand on s'amusait à tirer au pistolet, dans le parc.

GISÈLE. — C'est loin !... On avait toutes les audaces, dans ce temps-là... Qu'est-ce que Georges ne nous aurait pas fait faire !

FERNAND. — C'était Florence qui tirait le mieux !

FLORENCE. — Moi !... Je ne mettais pas une balle sur cinq dans la cible.

ÉTIENNE. — Seulement... la cible était à dix mètres.

On réentend soudain le transistor. La porte vitrée s'ouvre. Entre Georges. Il a une fleur à la bouche, qu'il glissera bientôt à sa boutonnière.

GEORGES. — Vous ne jouez pas, ce soir ?

FERNAND. — Pour l'instant... on bavarde.

GEORGES. — Eh bien, vous seriez mieux dehors... Il fait une de ces nuits !... (Il va poser le transistor, sans le couper.)

Brusquement, Étienne aperçoit le revolver posé sur le table de bridge. En hâte, il le recouvre de son mouchoir.

ÉTIENNE. — Toi, en tout cas, tu devrais aller te reposer... Il me semble qu'à ta place... !

Georges a tiré une cigarette de sa poche. Il avise le briquet, sur la table, le prend, et ses doigts effleurent le mouchoir.

GEORGES. — Pourvu que je dorme, seulement. C'est qu'on prend si vite d'autres habitudes... (Il allume sa cigarette, repose le briquet à côté du mouchoir.) Ces derniers jours, là-bas, je ne faisais qu'un somme... Le gardien me réveillait pour le café.

GISÈLE. — Ici, ce sera Juliette. Tu ne perdras pas au change.

GEORGES. — Hélas ! Pendant huit jours seulement...

FERNAND (ambigu). — Qui sait... ? Elle n'aura peut-être bientôt plus de raison de nous quitter.

GEORGES. — Le ciel t'entende !

Il monte l'escalier. Personne ne bouge jusqu'à ce qu'il ait disparu. Puis Étienne va éteindre la transistor.

ÉTIENNE. — Vous voyez comme il est !...

Gisèle éclate tout à coup d'un rire nerveux, qui s'achève bientôt en larmes. Les autres l'entourent. Ils parlent ensemble.

ROGER. — Eh bien, eh bien...

FLORENCE. — Qu'est-ce que tu as ?

FERNAND. — Quelle drôle de fille !

GISÈLE. — Ce n'est rien... Ne faites pas attention ! (Elle va à la table, prend le revolver.)

ÉTIENNE. — Eh ! attention... Il est armé.

GISÈLE (remuant l'arme, pensivement). — Moi et Georges, ça devait finir comme ça !

ÉTIENNE (lui reprenant l'arme). — Mais, mon petit, ce sera peut-être un autre... ce sera sûrement un autre... En tout cas, il faudra que notre... (Il cherche le mot).

GISÈLE (rire nerveux). — Notre envoyé spécial...

ÉTIENNE. — Mette des gants ou se serve de son mouchoir... enfin, qu'il n'oublie pas d'essuyer la crosse avant de la glisser dans la main de...

ROGER. — Mais à quelle heure devra-t-il...?

FERNAND. — Ou devra-t-elle ?...

ÉTIENNE. — Disons minuit... une heure... enfin, quand les autres seront couchés. (Il va remettre le revolver dans le tiroir du secrétaire après en avoir soigneusement essuyé la crosse.) Il reviendra ici chercher le... nécessaire. La chambre de Georges est au bout du couloir. Avec la grosse tenture de la porte, personne n'entendra la détonation. Demain matin, nous nous retrouverons dans cette pièce, comme d'habitude... Au bout d'un moment, nous nous étonnerons de ne pas voir descendre Georges. Quelqu'un montera...

ROGER. — Qui ?

ÉTIENNE. — Juliette.

FLORENCE. — Ce sera le bouquet !

ÉTIENNE. — Après... eh bien, après... nous laisserons aller les choses. Nous oublierons très vite cette soirée, vous verrez.

GISÈLE. — Sauf un !

ÉTIENNE. — Lui aussi oubliera... puisqu'il ne sera pas plus coupable que les autres.

Il prend les cartes et, lentement, les cousins s'asseyent autour de la table.

FERNAND (brusquement). — Et tante Lucie ?

ÉTIENNE. — Quoi ?

FERNAND. — On ne la met pas dans le coup ?

ÉTIENNE. — Tu oublies qu'elle a soixante-treize ans !

FERNAND. — Je n'oublie surtout pas qu'en définitive c'est elle qui a le plus d'intérêt à... Ça ne veut rien dire, soixante-treize ans. Tante Lucie a encore bon pied, bon œil... Si ça se trouve, elle nous enterrera tous, alors je ne vois pas pourquoi...?

FLORENCE. — Et puis, être cinq ou six à tirer au sort, ça fait une différence, non ?

FERNAND. — Je pense bien. Allez, je vais la réveiller !

Il fait quelques pas vers l'escalier. Étienne se précipite, l'arrête.

ÉTIENNE. — Non.

FERNAND. — Pourquoi ?

ÉTIENNE. — Rendez-vous compte... Tante Lucie n'est tout de même pas de notre génération... Elle n'a pas le même sens des réalités... Elle vit sur de vieilles conventions...

FERNAND. — Pour conserver sa chambre, elle ferait n'importe quoi.

FLORENCE. — Si tu l'avais entendue, tout à l'heure, pendant que je l'aidais à se déshabiller... J'en étais effrayée !

ÉTIENNE. — Je te l'accorde. Mais ce sont plutôt les circonstances qui risquent de la surprendre... de la choquer... Les cartes, le tirage au sort... Tout cela est plutôt inhabituel. Alors, pour une personne âgée... Et puis, n'oublions pas un détail important. Demain matin, il ne sera pas mauvais qu'il y ait tout de même ici un témoin sincère... Un témoin qui donne le ton.

GISÈLE. — Avec Juliette, ça fera deux pleureuses... Et vous, vous saurez bien gémir, de votre côté... Si l'inspecteur n'est pas satisfait, avec ça !

Étienne et Fernand sont revenus à la table.

ÉTIENNE. — Je t'en prie, Gisèle... Nous avons besoin de tout notre calme... Réfléchissons encore... Nous sommes sûrs de ne rien oublier ?

ROGER. — On pourrait peut-être écrire une lettre... une lettre de la main de Georges... Quand on se suicide, on écrit toujours une lettre pour ne pas que les autres soient embêtés, non ?

ÉTIENNE. — Justement. Georges ne l'écrirait pas, lui... Et puis, je me méfie des experts. Ne prenons pas de risques inutiles... Non. Je crois que tout est bien ainsi... Alors, l'as de pique ?

FERNAND. — Oui... Il me semble que c'est la tradition.

FLORENCE. — Seulement, retire deux cartes... Cinq fois dix, cinquante. Le même nombre pour chacun.

ÉTIENNE. — C'est juste. (Il découvre le jeu et écarte deux cartes.) Prêts ?

FERNAND. — Oui.

ÉTIENNE (pose le paquet sur la table). — Que quelqu'un coupe.

Hésitation générale. Puis Fernand et Roger se décident en même temps, tendent la main, et la retirent ensemble.

ROGER. — Oh ! pardon.

FERNAND. — Après toi.

GISÈLE (en colère). — La tante Agathe n'avait pas tort, quand elle disait que vous n'êtes bons à rien.

Elle coupe, faisant claquer les cartes d'un air de défi. Et Étienne commence à distribuer. Il se fige, brusquement, en entendant du bruit, dans l'escalier. C'est Georges, en pyjama et robe de chambre. Ses mules claquent sur les marches.

GEORGES. — C'est encore moi... Mais ne vous dérangez pas... (Il est arrivé au pied de l'escalier.) Vous jouez au bridge à cinq, maintenant ?

FERNAND. — C'est un nouveau jeu, que nous apprend Étienne.

GISÈLE. — Une sorte de Mistigri.

Étienne s'éponge le front avec son mouchoir — le mouchoir dont il s'est servi pour essuyer le revolver — ce qui laisse sur son visage une légère trace.

GEORGES (se dirige vers la bibliothèque). — Ce que vous avez l'air sérieux !... Vous devez jouer gros.

ROGER. — Très gros.

GEORGES. — Et qui est l'heureux gagnant ?

FERNAND. — On ne sait pas encore. On commence.

Georges est arrivé devant la bibliothèque. Spontanément, il ouvre le transistor. Très vite, Florence essuie la tache, sur le visage d'Étienne.

GEORGES. — C'est bien ce que je craignais, vous voyez. Je sens que je ne vais pas fermer l'œil.

ÉTIENNE (angoissé). — Tu ne vas pas fermer l'œil ?

GEORGES. — Je vous l'avais dit... Le changement... (Il cherche dans les rayons.) Pourtant, là-bas, le lit était dur... Vous verrez !... Seulement, on entendait passer les trains... Ça berçait...

FERNAND. — Tu ne crois pas qu'un somnifère serait plus efficace qu'un livre ?

GEORGES. — Je ne viens pas chercher un livre. (Les autres l'observent, curieux et inquiets. Un temps.) On s'absente quinze jours ; on ne retrouve plus rien. Qu'est-ce que vous avez fait de mon guide Michelin ?... Ah ! le voilà !

GISÈLE. — Tu t'en vas ?

GEORGES. — J'y songe... Allez, à demain... Et bon courage !

Georges remonte. Un silence. Étienne va éteindre le transistor, revient, reste debout devant la table.

ÉTIENNE. — Vous voyez qu'il est grand temps !... (Il s'assied, achève de distribuer les cartes. Un temps. Personne n'ose toucher aux cartes posées devant soi. Étienne se décide le premier. Il les prend, mais ne les regarde pas encore.) N'oubliez pas : l'anonymat, c'est l'innocence partagée.

Il déplie ses cartes en un éventail serré, comme un joueur de poker. Les autres l'observent. Il reste impassible. Il remet ses dix cartes sur la table. Fernand, à son tour, regarde son jeu, le repose. Roger se décide également, puis Florence. Impassibilité générale.

GISÈLE (triomphant d'une dernière hésitation). — Oh ! puis, après tout, je m'en fiche... je m'en fiche... je m'en fiche... (Elle examine son jeu, le repose.)

Un temps

ÉTIENNE (tendant les mains). — Alors... donnez.

Il récupère les cartes, les brasse et les laisse au milieu de la table. Lourd silence. Tout le monde est rigide.

FERNAND (affectant un naturel qui sonne horriblement faux). — Eh bien... On pourrait peut-être aller se coucher... Moi, je tombe de sommeil... La réaction, sans doute !

Étienne se lève, aussitôt imité par les autres.

ÉTIENNE. — Alors... à demain... Je pense que... (Il se ravise.) Non, rien... A demain.

Il s'éloigne, d'un pas raide, sort à gauche. Fernand sort à droite, laissant la porte ouverte à Gisèle. Florence commence à monter l'escalier.

ROGER (à Gisèle, qui s'éloigne). — Tu ne m'embrasses pas ?

GISÈLE. — Oh ! si.

Elle revient sur ses pas, l'embrasse froidement et sort, à droite. Roger la suit des yeux. Il pousse un profond soupir et sort, à gauche, après avoir tourné le commutateur. Pénombre.

FLORENCE (qui a regardé le couple, de l'escalier). — Personne ne m'embrasse, moi... Personne ne me dit bonsoir. (Elle monte.)

Un très court instant, la scène reste vide. Puis la porte de droite s'ouvre, lentement, silencieusement. Une ombre paraît. On reconnaît Fernand. Il se dirige avec précaution vers le secrétaire. Mais il ne prend pas le revolver. Il se sert simplement un verre d'alcool, et il boit, pendant que le rideau tombe.

Rideau

TROISIÈME ACTE

Le lendemain matin. Juliette achève de faire le ménage de la pièce ; elle brosse la table de bridge, vide les cendriers, etc. Tante Lucie descend, en robe de chambre.

JULIETTE. — Bonjour, Mademoiselle.

TANTE LUCIE. — Je suis la première ?

JULIETTE. — Je n'ai encore vu personne.

TANTE LUCIE. — Mais quelle heure est-il donc, ma montre s'est arrêtée.

JULIETTE. — Neuf heures passé, Mademoiselle.

TANTE LUCIE. — Ils ont encore dû se coucher à une heure impossible. Eh bien, ne restez pas là à me regarder. Sonnez !

Juliette va frapper sur le gong.

TANTE LUCIE. — Pas de courrier ?

JULIETTE. — Je ne suis pas encore allée voir à la boîte.

TANTE LUCIE. — Je vous ai répété cent fois de commencer par là.

JULIETTE. — Bien, Mademoiselle.

Juliette sort, à gauche. Tante Lucie va au secrétaire, ouvre le panneau de la cave à liqueurs, et en tire une bouteille dont elle examine le niveau à la lumière de la baie. Elle la replace dans le meuble qu'elle laisse ouvert. Entre Étienne.

ÉTIENNE. — Bonjour, ma tante... Ça va, ce matin ?

TANTE LUCIE. — Comme si ça pouvait aller à mon âge... Mais toi ? Tu n'as pas l'air très bien.

ÉTIENNE. — Si, si... Je vous assure.

Elle le prend par son revers, l'attire à la lumière.

TANTE LUCIE. — Enfin, tu as la voix couverte... Tu es blême.

ÉTIENNE. — Non, non. Je vous assure.

TANTE LUCIE. — Tu n'as sans doute pas assez bu, hier au soir.

ÉTIENNE. — Ni plus, ni moins que d'habitude.

TANTE LUCIE. — Et tes cousins, qu'est-ce qu'ils font ?... Ils cuvent (Elle désigne la cave à liqueurs.) Pas un de plus raisonnable que les autres !

Juliette entre.

JULIETTE. — Le courrier, Mademoiselle.

Elle va le poser sur la table, et sort. Il y a pas mal de lettres de tous les formats, de tous les papiers. Tante Lucie et Étienne s'approchent. Du bout de l'index, Étienne les éparpille.

ÉTIENNE. — Ça doit faire un joli recueil d'injures... Une anthologie.

TANTE LUCIE. — Ouvre.

ÉTIENNE. — Laquelle ?

TANTE LUCIE. — N'importe. Celle-là.

Étienne ouvre l'enveloppe. Entre Gisèle, à droite. Elle est en pantalon, comme au premier acte.

GISÈLE. — Bonjour... Bien dormi.

ÉTIENNE (lisant). — Espèces de pourris...

GISÈLE. — Non ! Qu'est-ce qui te prend ?

ÉTIENNE. — C'est écrit là, en majuscules... (Lisant.) Espèce de pourris, il ne vous suffisait pas de maquereauter votre tante. Il a fallu que vous l'assassiniez... (Il tend la lettre à Gisèle.) Ça donne une idée des autres !

TANTE LUCIE. — Mon Dieu ! Qu'avons-nous fait pour porter une pareille croix !

Gisèle ouvre une autre enveloppe.

GISÈLE (lisant). — Si la justice est incapable, on vous fera la peau, charognards... (Tante Lucie porte son mouchoir à sa bouche.) On foutra le feu à votre baraque... (Tante Lucie étouffe un hoquet, comme si elle recevait un coup.) On vous pendra la tête en bas... (Même jeu.) On vous...

Tante Lucie défaille et s'effondre dans un fauteuil. Étienne va lui servir un verre d'alcool, et elle en boit une bonne dose.

TANTE LUCIE (un peu réconfortée). — Et après ?

GISÈLE. — Le reste... je ne peux guère vous le répéter... Et ça ne concerne que les messieurs.

TANTE LUCIE. — Ils nous feront boire le calice jusqu'à la lie !

Elle achève son verre. Apparaît Florence, qui descend vivement.

FLORENCE. — Vous êtes souffrante, tante Lucie ?

TANTE LUCIE (se redressant). — Je te défends de lire. Ce n'est pas pour toi.

FLORENCE (interloquée). — Qu'est-ce que je ne dois pas lire ?

GISÈLE (montrant les lettres). — Ça !... C'est une littérature pour adultes... et même pour adultes très avertis.

Florence hausse les épaules et se tourne vers Étienne.

FLORENCE. — Tu en as, une mine !... Tu n'as pas dormi ton compte ?

ÉTIENNE (vivement). — Pourquoi n'aurais-je pas dormi ?... Je n'ai fait qu'un somme... Pas toi ?

FLORENCE. — Moi ? J'ai à peine eu le temps de poser la tête sur l'oreiller.

TANTE LUCIE (aigre). — Vous avez de la chance, vous, de ne pas avoir de soucis... On croirait vraiment que ce qui se passe ici ne vous concerne pas.

Fernand entre, à droite. Il bâille et s'étire ostensiblement.

FERNAND. — Excusez-moi... Je crois que plus on dort et plus on a sommeil.

TANTE LUCIE (aigre). — Décidément!...

FERNAND. — Bonjour, tante Lucie. (Perfide.) Je craignais d'être le dernier. Mais je m'aperçois que Roger n'est pas là.

TANTE LUCIE. — Georges non plus.

FERNAND (sincèrement surpris). — Georges?

TANTE LUCIE. — Dame! Tu oublies qu'il est rentré.

FLORENCE (vivement). — Il doit faire la grasse matinée.

ÉTIENNE. — Roger aussi!

FERNAND. — Il n'a pourtant pas les mêmes raisons!

Entre Juliette.

JULIETTE. — Je peux servir?

Étienne prend une poignée de lettres, les laisse retomber.

ÉTIENNE. — Moi, ces trucs-là, ça me coupe l'appétit...

GISÈLE. — Moi non plus; je ne prendrai rien.

FERNAND. — Ni moi. Tout à l'heure, vous me donnerez un peu d'eau de Vichy.

TANTE LUCIE (ulcérée). — Vous avez dû vous en payer, hier au soir!

FERNAND (sinistre). — Pour dire qu'on s'en est payé!...

TANTE LUCIE. — En tout cas, ce n'est pas le moment de se laisser aller... Servez, Juliette... Et préparez un plateau pour Monsieur Georges... Café au lait... beurre... confitures...

JULIETTE. — Bien, Mademoiselle.

Elle sert. Entre-temps, Fernand a décacheté une lettre.

FERNAND. — Celui-là nous traîte de cocus... Je ne vois pas très bien le rapport!

TANTE LUCIE. — On pourrait porter plainte. Il doit tout de même y avoir un moyen de se défendre contre ces gens-là!

FERNAND. — Porter plainte contre qui?

ÉTIENNE (spontanément). — D'ailleurs, maintenant, c'est inutile.

TANTE LUCIE. — Pourquoi, inutile? Il me semble, au contraire...

ÉTIENNE (se rattrapant). — Je veux dire: attendons la suite de l'enquête... à chaque instant, il peut se produire du nouveau.

Apparaît Roger, qui descend l'escalier.

TANTE LUCIE. — Nous commencions à désespérer.

ROGER. — Mes excuses, tante Lucie... J'ai lu très tard... et je ne pouvais plus me réveiller... Ah ! Le courrier est là.

Fernand a décacheté de nouvelles enveloppes ; certaines lettres sont formées de caractères découpés dans des journaux.

FERNAND. — Si le cœur t'en dit... On nous appelle pourris, fumiers, cocus... (Baissant la voix.) et même pédés, mon cher.

Entre Juliette poussant une table à roulettes. Elle l'arrête à côté de tante Lucie, puis prend sur le rayon inférieur un plateau garni.

JULIETTE. — Je monte le déjeuner de Monsieur Georges.

Silence. D'émotion, Gisèle se laisse tomber sur le canapé.

FLORENCE (bredouillant). — On pourrait peut-être... le laisser dormir... encore un peu.

TANTE LUCIE. — Mais non, mais non. Juliette a autre chose à faire. Si elle doit attendre tout le monde !...

GISÈLE. — Je trouve que Florence a raison... Juliette ira faire son marché un peu plus tard, et voilà tout.

ROGER (qui n'en mène pas large non plus). — Il me semble aussi... Après l'épreuve qu'il vient de traverser, ce pauvre garçon a bien le droit...

TANTE LUCIE. — Ce pauvre garçon !... Tu es vraiment qualifié pour le plaindre !... Décidément, on aura tout entendu, dans cette maison. (A Juliette.) Faites ce que je vous dis... Il est bientôt neuf heures et demie, et rien n'est encore prêt.

Juliette se dirige vers l'escalier, attaque les premières marches.

FERNAND (d'une voix étranglée). — Juliette !

Juliette s'arrête, se retourne.

JULIETTE. — Monsieur ?

FERNAND. — Vous avez pensé au miel.

JULIETTE. — Quel miel ?

FERNAND. — Personne ne vous a dit que Monsieur Georges adorait le miel ?

TANTE LUCIE (ricanant). — Plus prévenants les uns que les autres... Je ne vous reconnais pas ! (A Juliette qui a commencé de descendre.) Malheureusement, il ne reste plus de miel. « Monsieur » devra se contenter de confitures... Mais ce sera quand même mieux que... d'où il vient. Allez, Juliette ! (Juliette remonte. Florence s'assied, comme épuisée. Roger va se mettre sur le canapé, à côté de Gisèle ; il lui prend le bras. Fernand fait un geste vers la bouteille d'alcool, mais Étienne le retient. Ils demeurent ensuite tous immobiles, la respiration suspendue. Tante Lucie attrape une biscotte et la croque ; ce qui fait un bruit insupportable.) L'inspecteur ne vous a pas dit à quel moment il repasserait ? (Elle se sert du café, se sucre. Silence.) Je vous parle, mes neveux.

ÉTIENNE (sursautant). — Pardon ?

TANTE LUCIE. — Je vous demande... à tous... si l'inspecteur a dit quand il repasserait.

ÉTIENNE. — Il n'a rien précisé... Dans la journée, je pense.

Nouveau silence, durant lequel on entend, au premier étage, Juliette frapper à une porte. Étienne prend appui au dossier d'un fauteuil. Fernand passe l'index autour de son col de chemise. Roger et Gisèle se serrent l'un contre l'autre. Florence porte les mains à ses tempes. Un léger temps. Juliette frappe de nouveau.

TANTE LUCIE. — Alors, vous ne mangez rien, vous autres ?

Fernand fait un effort pour se servir du café ; et il demeure figé, parce qu'on entend le bruit de l'ouverture de la porte.

TANTE LUCIE (entre deux bouchées). — Ça me fait penser que je n'ai rien arrêté pour midi... Qu'est-ce qu'on prend ?... Un gigot ?... Une volaille ?... Ne répondez pas tous à la fois.

ÉTIENNE. — Mais... ce qui vous fera plaisir, ma tante.

TANTE LUCIE (la bouche pleine). — Oh ! moi. Pour ce que je mange.

Juliette reparaît, portant toujours son plateau. Elle descend, paisiblement, sous les regards stupéfaits des cousins.

JULIETTE. — Monsieur Georges descend... Il dit qu'il déjeunera en bas, avec tout le monde.

TANTE LUCIE. — Il ne se met pas à l'eau de Vichy, lui !

JULIETTE. — Ce n'est pas ce que j'ai compris, Mademoiselle.

Juliette dépose le plateau sur la table, et se retire. Georges apparaît dans sa robe de chambre, les cheveux en désordre.

GEORGES (très à l'aise, comme toujours). — Mes hommages matinaux, tante Lucie... Salut à tous.

Les cousins le contemplent, atterrés.

GEORGES (étonné, passant la main sur sa robe de chambre). — Qu'est-ce qu'il y a ?... Je ne suis pas correct ?... Tante Lucie, qu'est-ce que j'ai fait, qu'on me regarde comme si j'étais un Martien ?

TANTE LUCIE. — Ne fais pas attention... Ce sont les lettres qui les mettent dans cet état.

GEORGES. — Qu'est-ce que je vous disais, hier au soir ?... (Il cueille une des lettres, la lit, en se retenant de pouffer. Cependant, Étienne parle bas à l'oreille de Fernand, et Roger, à l'oreille de Gisèle.) La vie est belle quand même, allez !... (Il prend plusieurs biscottes, croque dedans.) C'est fou ce que ça creuse, la prison. (Sonnerie du téléphone.) C'est toujours moi qui réponds ?

TANTE LUCIE. — Non... personne.

GEORGES. — Pourquoi ?... C'est peut-être un ami, après tout. Il nous en reste. (Il décroche, tout en croquant.) Allô... Ah ! Bonjour, maître... Oh ! Ça va très bien... à merveille.

TANTE LUCIE (anxieusement). — C'est l'avocat ?

GEORGES. — Non. Le notaire. (A l'appareil.) Comment ?... Oui... Certainement... Une offre intéressante ?... Le temps de m'habiller ; je peux être chez vous dans une petite heure... Hein ?... Non, ça tombe très bien, au contraire... Oui, je compte m'offrir un petit voyage, histoire de me dédommager... Alors, je m'arrêterai chez vous, en passant.

Tante Lucie s'est dressée. Elle se dirige silencieusement vers la porte vitrée, et sort dans le jardin, sans que Georges la voie.

GEORGES (riant). — Comme vous dites : le changement d'air... Oh ! La Côte, avec une petite pointe en Italie... Bien sûr ! (Riant de nouveau.) ... Et pourtant, vous, mon cher maître, vous n'êtes jamais allé en prison... D'accord ! D'accord !... A tout à l'heure. (Il raccroche.) Si quelqu'un veut profiter de ma voiture ?... (Silence glacial. Il reprend des biscottes.) C'est vrai que vous attendez l'inspecteur, vous ! (Il monte, tout en mangeant.)

ÉTIENNE (s'asseyant, accablé). — Et voilà !... On se donne un mal de chien pour organiser quelque chose... C'est sans doute la première fois, vous entendez bien, la première fois que nous tombons tous d'accord... que nous mettons au point un projet aussi complet, aussi cohérent, aussi efficace... (Il éclate.) Et vous fichez tout par terre... par mollesse... par négligence... Même pas le respect de la parole donnée... Belle mentalité, vraiment !

ROGER. — Ah ! Je t'en prie. C'est facile de jouer la vertu... de vouloir paraître plus fort que les autres.

GISÈLE (accablée). — Vous n'allez pas recommencer !

ÉTIENNE (volubile). — J'avais le valet de cœur, si tu veux savoir, le ménage à pique, la dame et le dix de trèfle, le roi...

ROGER (en colère). — Et moi l'as de carreau, le roi, le dix, le huit de cœur, le roi de trèfle et le valet de...

FERNAND. — Assez ! Assez !... Qu'est-ce qui nous le prouve ?... (A Gisèle.) Naturellement, ce n'est pas toi non plus qui l'avais ?

GISÈLE. — Non, ce n'est pas moi.

FERNAND (à Florence). — Ni toi ?

FLORENCE. — Ni moi non plus.

FERNAND. — C'est curieux, Étienne, tu vois. Cette carte qui disparaît mystérieusement.

ÉTIENNE. — Enfin, j'ai pourtant distribué tout le jeu. J'en suis bien sûr.

FERNAND. — L'as de pique se sera volatilisé en route.

ROGER. — Je te jure bien que si je l'avais eu, je n'aurais pas hésité.

GISÈLE. — Et moi, donc !

FLORENCE. — C'est ça... Regardez-moi... Quand quelque chose ne va pas, ici, c'est Florence... Eh bien, je regrette. Mais cette fois, ce n'est pas Florence... Je le jure, tenez.

ÉTIENNE. — Moi aussi, je le jure.

FERNAND. — Et moi.

Ils tendent tous plus ou moins la main, dans la position du serment. Les mains s'abaissent, lentement. Silence.

ÉTIENNE. — Et un faux serment, par-dessus le marché... Ah ! Il y en a un... ou une à qui je ne fais pas mes compliments. (Il éclate encore.) Ne faites pas cette tête-là, bon Dieu. A vous voir, on croirait que vous êtes coupables. C'est bien le comble de l'hypocrisie.

FERNAND. — Ah ! Doucement, mon vieux.

FLORENCE. — Oui, doucement... Tu vas trop loin, Étienne... Tu ne te rends pas compte que tu as vraiment fait de nous des coupables.

ÉTIENNE. — Des coupables qui n'ont tué personne.

FLORENCE. — Je n'ai pas fermé l'œil de la nuit... Je n'ai pas cessé de manipuler ce revolver, par la pensée... d'imaginer... tout... C'est comme si j'avais tué Georges... Et je suis sûre que chacun de nous l'a tué plusieurs fois...

ÉTIENNE (amer). — Par la pensée !

FLORENCE. — Oh ! C'est presque pareil.

ROGER (s'asseyant). — C'est pourquoi on est si démolis !

ÉTIENNE. — Soit. Attendons l'inspecteur... Attendons qu'il arrête l'un de nous... puisqu'il faudra forcément en arriver là.

FERNAND. — Écoute, Étienne, essayons de nous mettre dans la peau de l'as de pique... enfin, je veux dire de celui qui a tiré l'as de pique... Il n'a pas osé, tu comprends.

FLORENCE. — C'est exactement ce que je pense.

ÉTIENNE. — Mais pourquoi n'a-t-il pas osé ?

FERNAND. — Pourquoi ?... Parce qu'il était seul... Nous nous sommes trompés, hier au soir... Nous n'aurions pas dû nous séparer... Nous avons dit que nous étions solidaires, d'accord... Mais il y a eu un moment où l'as de pique a ouvert la porte de sa chambre... il a écouté... il a peut-être descendu l'escalier... il a même peut-être ouvert le tiroir... Tu vois cela, Étienne !

GISÈLE (d'une voix sourde). — Tais-toi !

FERNAND. — Les autres faisaient semblant de dormir. Ils étaient loin. Ils ne comptaient plus. On dit que ceux qui vont mourir revoient leur vie en un éclair. Et ceux qui vont tuer, alors... C'est mille fois pire. Crois-moi.

ÉTIENNE (méprisant). — Est-ce une confession ?

FERNAND. — Tu es bête, Étienne, quand tu t'y mets.

ÉTIENNE. — Moi, je ne vois qu'une chose... C'est que nous allons être traînés en prison, insultés, déshonorés... Si ça vous est égal, moi, non !

ROGER (va entrouvrir le tiroir du secrétaire). — Alors, ne te gêne pas... Vas-y... Monte... C'est le moment.

FERNAND. — C'est vrai... Il est encore temps.

FLORENCE. — Toi, tu iras sûrement jusqu'au bout.

ÉTIENNE (essayant de sauver la face). — Réfléchissez... Après ce qu'il vient de raconter au notaire, ce n'est plus possible... Un homme qui s'apprête à partir en voyage ne se suicide pas.

ROGER. — Pourquoi ? Nous déclarerons qu'il a dit cela devant nous exprès, pour nous donner le change... parce qu'il craignait qu'on ne le surveille... Allez, va... va !

ÉTIENNE (assez piteusement). — Vous croyez les gens si naïfs. Vous ne comprenez donc pas... que...

FERNAND. — La vérité, mon vieux, c'est que toi non plus, tu n'oses pas. Tout seul, tu n'y arriveras jamais. Personne n'y arrivera seul. Nous cinq, oui.

GISÈLE. — Fusillez-le, pendant que vous y êtes !

Tante Lucie entre par la porte vitrée. Roger repousse le tiroir. Tante Lucie tient loin d'elle ses mains qui sont maculées de cambouis.

TANTE LUCIE. — Où est-il ?

ROGER. — Là-haut. Il doit préparer ses valises.

TANTE LUCIE (tout en s'essuyant les mains avec une serviette de table). — Eh bien, faites-moi confiance. Il en aura au moins pour une heure, avant de remettre sa voiture en marche.

ÉTIENNE. — Qu'est-ce que vous avez fait ?

TANTE LUCIE. — Ne m'en demande pas tant... J'ai démonté des choses, au petit bonheur. C'est plein d'écrous, là-dedans. On n'a que l'embarras du choix.

ÉTIENNE. — Il va bien voir qu'on a saboté son moteur.

TANTE LUCIE. — Et lui, il n'a rien saboté, peut-être ?... (Elle va à l'escalier, écoute, revient.) Cette nuit, pendant que vous buviez, vous, moi j'ai réfléchi... Est-ce que vous comprenez bien la situation ?... Est-ce que vous comprenez que le malheur est revenu avec Georges ?... Qu'il va faire vendre cette propriété... nous chasser... (Elle les passe en revue, du regard. Ils ne réagissent pas. Elle se monte.) Est-ce que vous comprenez que vous ne toucherez pas un sou tant que l'enquête ne sera pas terminée, c'est-à-dire tant qu'un de vous ne sera pas arrêté... Moi, ça m'est égal. Je suis hors de soupçon, et je n'ai pas besoin d'argent. Mais vous ?

FERNAND (doucement). — Parlez moins fort. Nous comprenons tout cela aussi bien que vous, je vous assure. Mais où voulez-vous en venir ?

TANTE LUCIE (indignée). — Comment ? Où je veux en venir ?... C'est impayable !... Je vous dis que Georges est de trop. (Elle lui crie au visage !) De trop... C'est clair !

GISÈLE. — C'est peut-être clair... mais faites quand même comme si nous n'étions pas très ouverts... Vous savez bien que moi, par exemple, je suis une gourde... Vous me l'avez assez souvent laissé entendre.

Tante Lucie les regarde, de nouveau, les uns après les autres. Ils offrent tous le même visage de braves gens, incompréhensifs.

TANTE LUCIE. — Vous le faites exprès, ma parole.

FERNAND. — Hier, je vous l'accorde, nous étions tous très montés contre Georges... Et puis, ce matin... sans doute parce que la nuit porte conseil... j'ai l'impression que nous lui en voulons moins.

TANTE LUCIE. — Par exemple !... Alors, vous allez vous laisser faire ?... Il vous provoque ; il vous insulte... parce qu'il n'y a pas d'autres mots... et vous êtes contents... Ah ! si j'étais un homme !...

ÉTIENNE. — Qu'est-ce que vous feriez, si vous étiez un homme ?

TANTE LUCIE. — J'irais le trouver et je l'obligerais à se battre.

ROGER. — En duel ?

TANTE LUCIE. — Parfaitement.

FLORENCE. — Il serait le plus fort. Vous le savez bien.

TANTE LUCIE. — Oui... Mais je tirerais la première.

Silence.

GISÈLE. — Ce ne serait plus en duel.

TANTE LUCIE. — Et après ?... C'est l'intention qui compte... Puisque la justice ne fait pas son devoir, il faut bien que nous fassions le nôtre.

Tante Lucie va au secrétaire, ouvre le tiroir et en sort le pistolet. Ils feignent tous la surprise.

FERNAND. — Eh là, eh là !... Qu'est-ce que c'est que ça ?

TANTE LUCIE. — Le revolver du grand-père... Vous ne vous rappelez pas.

ROGER. — Non !

ÉTIENNE. — Attention, ma tante... Il est peut-être chargé.

TANTE LUCIE. — Je l'espère bien... Veux-tu t'en assurer ?

Étienne prend l'arme, l'examine hypocritement, la lui rend.

ÉTIENNE. — On n'a pas idée de laisser un revolver traîner dans un tiroir... Le cran d'arrêt n'est même pas mis.

TANTE LUCIE. — Tant mieux. (Elle reprend l'arme.) Maintenant, vous savez ce qui vous reste à faire.

Les cousins se regardent. Silence.

ÉTIENNE (très digne). — Non, ma tante.

TANTE LUCIE (larmoyant). — Quand il s'agissait de ma pauvre sœur, vous étiez plus courageux.

FLORENCE. — Qu'est-ce que vous entendez par là ? C'est Georges, le coupable, vous le savez comme nous.

TANTE LUCIE. — Justement. Nous devons supprimer la brebis galeuse... Et, croyez-moi, son suicide ne surprendra personne.

Ils la contemplent, tous, sidérés.

ROGER. — Ah ! Vous avez pensé à ça !...

Tante Lucie tend le pistolet à Étienne qui ne le prend pas.

ÉTIENNE. — Je vous répète que c'est impossible. Georges nous a causé beaucoup de tort, d'accord. Mais de là à nous substituer à la justice !...

Tante Lucie présente successivement l'arme, qu'elle tient par le canon, à Fernand et à Roger, qui se détournent. Puis à Florence, qui secoue la tête. Puis à Gisèle.

TANTE LUCIE. — Moi, à ta place, j'aimerais tout de même mieux être veuve que divorcée. Mais les convenances et toi... (Gisèle s'est détournée à son tour.) Autrement dit, vous préférez qu'on vous arrête. Libre à vous.

FERNAND. — Mais pourquoi voulez-vous absolument qu'on nous arrête. On a bien relâché Georges, malgré toutes les présomptions.

TANTE LUCIE. — Je vois. Vous espérez que les choses se tasseront. Et si Georges fait vendre, ça vous fera une part de plus. (Se déchaînant.) Seulement moi...

Georges apparaît en haut de l'escalier. Tenue de voyage. Il porte une élégante valise de cuir. En hâte, tante Lucie remet le revolver dans le tiroir.

GEORGES. — Alors... ? Les oliviers, les mimosas, les citronniers... le soleil... ça ne tente personne ?... (Feignant de se rappeler brusquement.) Excusez-moi. J'oublie toujours que vous n'êtes pas libres. (Il pose sa valise à côté du gong.) Je la reprends tout de suite. (Il sort, par le fond.)

TANTE LUCIE (écumant). — Vous l'avez entendu ?... Les mimosas... les oliviers... Il ne rate pas une occasion... (Elle va jusqu'à la valise, la heurte de la pointe du pied.) Et cette valise ! Vous ne croyez pas qu'il aurait pu l'emporter directement au garage ?... Mais non ! Il la laisse exprès, pour vous faire envie.

ÉTIENNE. — Mais faites quelque chose, vous, ma tante. Décidée comme je vous vois, rien de plus facile. Et puis, vous avez un motif... un vrai... S'il fait vendre, vous voilà condamnée à vivre à l'hôtel... en meublé...

TANTE LUCIE. — Tais-toi... Pas ça... Jamais !...

ÉTIENNE (impitoyable). — Vous vous suiciderez, d'accord... Eh bien, au lieu de vous suicider, vous... suicidez-le, lui...

TANTE LUCIE. — Comment, que je...

FERNAND. — C'est ce que vous disiez tout à l'heure.

TANTE LUCIE. — Moi, que je... Mais vous êtes fous !... A soixante-treize ans !...

FLORENCE. — Pour ça, il n'y a pas de limite d'âge, tante Lucie.

Entre Juliette, habillée pour sortir, et portant un panier.

TANTE LUCIE (raide). — Qu'est-ce que c'est ?

JULIETTE. — Pour la viande, Mademoiselle, qu'est-ce que je fais ?

TANTE LUCIE. — Pas de viande !... Vous croyez qu'on a le cœur à manger de la viande !... On fera maigre... D'abord, c'est vendredi. Allez ! (Juliette sort.) Alors, vous ne voulez rien faire ?

FERNAND. — Ce que vous nous proposez est tellement... indélicat.

ROGER. — Inhabituel !

TANTE LUCIE. — Et puis, vos vacances s'achèvent. Alors, que tante Lucie se débrouille... Qu'elle reçoive toute seule les coups de téléphone et les lettres anonymes... qu'elle efface les inscriptions sur les murs... jusqu'au jour où un nouveau propriétaire viendra la jeter dehors... Hier, vous avez eu peur... Ne me dites pas non, je l'ai bien senti... Et Dieu sait ce que vous avez pu imaginer... Mais, depuis, vous avez réfléchi... Vous avez fait une petite poussée de conscience... Et, ce matin, vous voilà bien honnêtes, bien purs... Malheureusement pour vous !... (Elle fouille dans une poche intérieure de sa robe de chambre et en tire un papier plié, de couleur bleue, qu'elle brandit.) Il y a ce papier !

GISÈLE. — Qu'est-ce que c'est que ça ?

Ils la regardent avec stupeur.

TANTE LUCIE. — Vous vous rappelez que c'est moi qui suis entrée la première dans la chambre, qui ai trouvé Agathe morte... (Un temps. Les autres sont suspendus.) Eh bien, il y avait une lettre sur sa table de chevet... une lettre que j'ai conservée... Cette lettre !

ÉTIENNE. — Parlez ! Parlez !

FLORENCE. — Qu'est-ce que c'est encore que cette histoire ?

TANTE LUCIE. — Oh ! Ce n'est pas une histoire... Voici ce qu'a écrit Agathe. (Elle déplie la lettre et lit.) « Je n'en peux plus... Je vous demande pardon à tous, mais j'aime mieux m'en aller... De toute façon, je n'en ai plus pour longtemps... Je vais rejoindre mon cher époux qui m'attend là-haut... Qu'on n'accuse personne de ma mort... » (Elle relève les yeux, les regarde.) C'est daté et signé.

Un silence. Ils sont littéralement assommés ; puis ils se mettent à parler ensemble.

FERNAND. — Ce n'est pas possible !

GISÈLE. — Et vous avez eu le front de nous laisser soupçonner...

ROGER. — C'est une honte !

ÉTIENNE. — Quand je pense à ce malheureux Georges, qui a failli...

FLORENCE. — Mais pourquoi n'avez-vous rien dit ?

TANTE LUCIE. — Pourquoi je n'ai rien dit... Vous allez tout de suite comprendre. Il y a un post-scriptum. (Lisant.) « Je lègue la totalité de mes biens à mon neveu Georges Fougerol... Je sais qu'on ne l'aime pas beaucoup parce qu'il ne ressemble à personne... Mais il a toujours cherché à me plaire et ses défauts sont amusants... Je suis sûre qu'il saura dilapider ma fortune, et je m'en réjouis. » (Tante Lucie leur montre l'écriture, à distance.) C'est re-daté... et re-signé !... (Elle replie la lettre mais la conserve à la main. Silence écrasant.) Si j'avais produit ce testament, nous étions ruinés tous... En ce moment, nous serions les invités de Georges, en admettant qu'il nous tolère.

ÉTIENNE. — Je rêve !

De nouveau, ils parlent en même temps.

GISÈLE. — Elle était complètement dingue, cette vieille. Je l'ai toujours dit.

ROGER. — Eh bien, ma tante, on vous doit une fière chandelle malgré tout... Nous faire ça à nous ! Ah ! Je la retiens, la tante Agathe... Et elle nous faisait des sourires... Vieille hypocrite !

FLORENCE. — Quand je pense qu'on était aux petits soins pour elle !

FERNAND. — Au fond, elle le méritait, qu'on la tue... Enfin, je dis ça très mal, mais vous me comprenez...

ÉTIENNE. — Ce Georges, quand même ! On a raison de dire qu'il n'y a de la chance que pour la canaille.

Il s'avance vers la tante Lucie, la main tendue.

TANTE LUCIE. — Qu'est-ce que tu veux ?

ÉTIENNE. — Mais... ce papier.

TANTE LUCIE (remettant soigneusement le papier dans sa poche). — Tu plaisantes !

FERNAND. — Voyons, tante Lucie, Étienne a raison... Votre intérêt est le même que le nôtre.

FLORENCE. — Vous serez ruinée comme nous, si cette lettre s'égare.

TANTE LUCIE. — L'argent ! Toujours l'argent !.... Je vous l'ai dit cent fois. Je m'en fiche, moi, de l'argent.

GISÈLE (se frappant le front). — Ça ne va pas mieux !

TANTE LUCIE. — Qu'est-ce que vous voulez que j'en fasse ?... Que je m'achète une voiture de sport ?... des chevaux de course ?... Je vis très bien, moi, avec quarante mille francs par mois.

GISÈLE. — La retraite des vieux !

TANTE LUCIE. — Toi, sois polie, je te prie.

FERNAND. — Si l'argent ne vous intéresse pas, vous pouvez toujours refuser votre part.

TANTE LUCIE. — Je veux rester ici. Voilà ce que je veux... Je suis ici chez moi... Je suis née ici... J'ai été élevée ici...

GISÈLE. — Oui, oui, Vous avez eu la rouge...

TANTE LUCIE. — Roger, si tu ne la fais pas taire !...

ÉTIENNE. — Mais, ma tante, nous n'avons pas l'intention de vous chasser.

TANTE LUCIE. — Pas vous ! Georges... Depuis qu'Agathe est morte, il n'a plus que cette idée en tête : vendre... vendre...

FLORENCE. — Allons lui parler, une bonne fois.

TANTE LUCIE. — Tu plaisantes... Il n'y avait qu'un espoir, un seul. Et il a fallu que cet imbécile de juge d'instruction...

ÉTIENNE. — Enfin, il doit bien y avoir quelque chose à faire.

TANTE LUCIE. — Je pensais que vous l'aviez compris. (Elle lance un regard à la porte du jardin.) En tout cas, je vous préviens. Si vous ne vous décidez pas pendant qu'il en est encore temps, je remets ce testament à l'inspecteur... Je n'ai plus rien à perdre, moi.

Silence.

FLORENCE. — Vous vous rendez compte de ce que vous nous demandez ?

ROGER. — C'est monstrueux !

TANTE LUCIE (sincèrement indignée). — Ah ! non, non. Pas avec moi. Je vous connais trop... Vous croyez que je ne vous ai pas devinés... que je n'ai pas remarqué vos mines de comploteurs ? (Fernand fait un geste de protestation. Elle va à lui, le regarde dans les yeux.) Ose me dire en face que vous n'avez jamais songé à...

FERNAND. — Oh ! On parle comme ça...

ÉTIENNE. — On fait un tour d'horizon.

ROGER. — Mais on garde sa conscience pour soi.

TANTE LUCIE. — Vous avez peur, oui... Vous avez toujours eu peur. Moi aussi, du reste. A force de nous entendre rabâcher : pierre qui roule n'amasse pas mousse.

FERNAND. — Qui vole un œuf vole un bœuf.

FLORENCE. — L'argent ne fait pas le bonheur.

ROGER. — Bonne renommée vaut mieux que ceinture dorée.

TANTE LUCIE. — Je ne vous le fais pas dire.

ÉTIENNE. — C'est vrai, ma tante. On nous a rendus infirmes. Les petites saletés, on arrive à les faire. Mais les grandes...

TANTE LUCIE. — On les rêve !

GISÈLE (soupirant). — On en rêve !

TANTE LUCIE. — Tandis que Georges, lui, il est toujours à son aise, partout, dans tout. C'est pour ça que ma sœur le préférait. Elle l'admirait. Parce qu'il est sans scrupules, sans attaches, sans remords, sans complications... Libre et heureux comme un sauvage... Il lui a donné le regret d'une autre vie qu'elle n'a pas vécue... Elle en est morte.

ÉTIENNE. — Calmez-vous, ma tante... Vous êtes un peu trop... exaltée... (Avec une douceur menaçante.) Croyez-moi... Vous auriez intérêt à nous confier ce papier.

Il fait un pas vers la vieille dame. Les autres ont exécuté un mouvement tournant, et tante Lucie se trouve pratiquement encerclée.

TANTE LUCIE. — Si vous faites un pas de plus, je hurle. Et vous vous expliquerez avec lui... Le voici, justement.

Georges entre par la porte vitrée. Il tient lui aussi les mains en avant, comme tante Lucie tout à l'heure, et il va prendre la même serviette, pour s'essuyer.

GEORGES (toujours de bonne humeur). — Ils ont saboté ma bagnole. Des gosses, sans doute. (Ricanant.) Ils ont dû croire qu'elle était à vous... Il faut pourtant que je passe chez le notaire, à défaut du reste. Il n'y a pas une âme charitable ?

ROGER. — Une voiture, ça ne se prête pas.

GEORGES. — Je te prête bien ma femme.

Roger s'avance, menaçant. Gisèle le retient. Georges lance sa serviette sale à Roger, qui l'attrape machinalement. Profitant de la diversion, tante Lucie a atteint l'escalier et a commencé à monter.

TANTE LUCIE. — Regarde donc dans la cuisine, Georges. Il y a une vieille boîte à outils... Tu y trouveras peut-être de quoi réparer.

GEORGES. — Merci, ma bonne tante. Je vais voir.

Il sort à gauche. Toujours très désinvolte. Tante Lucie a atteint le milieu de l'escalier. Elle se retourne.

TANTE LUCIE. — Réfléchissez vite, vous autres. J'ai dit : pendant qu'il en est temps encore.

Elle continue de monter paisiblement. Un silence.

FLORENCE (pousse un interminable soupir et s'assied). — Tout de même, ça soulage !

ÉTIENNE (agressif). — Quoi ?... Qu'est-ce qui soulage ? Tu as bien de la chance !

FLORENCE. — De penser que nous sommes tous innocents.

FERNAND (interdit). — Innocents ?

FLORENCE. — Eh bien, d'où tombes-tu ?... La tante Agathe s'est suicidée. Ça ne te fait pas plaisir de l'apprendre ?

ROGER. — C'est ma foi vrai, ce que tu dis... Je n'y pensais plus... Depuis hier, on a tellement tué de monde !

ÉTIENNE. — Vous êtes inconscients, ma parole... Alors, vous croyez qu'elle nous menace pour rire ?... Je la connais, moi... Elle fera ce qu'elle dit... Et tout ce que vous trouvez, c'est ça, plaisanter stupidement.

ROGER. — Mais pardon, je parlais sérieusement.

ÉTIENNE. — C'est de mieux en mieux.

ROGER. — Enfin, qu'est-ce que tu proposes ?

FLORENCE. — Je ne vois vraiment pas ce que nous pourrions faire ?

ÉTIENNE. — Mais qu'est-ce que vous avez dans la tête ?... Vous ne comprenez donc pas que nous sommes déshérités... déshérités... Ça ne vous dit rien, non ?

GISÈLE. — Mais puisque Georges...

ÉTIENNE (violent). — Georges !... Georges !... On s'en fiche, de Georges. Vous ne pensez qu'à lui. Il ne nous intéresse pas, Georges.

ROGER. — Tu vas tout de même un peu fort. C'est toi qui...

ÉTIENNE. — Je ne connaissais pas l'existence de ce testament. Mais ce testament change tout, tu comprends ?

GISÈLE. — Le danger, c'est la vieille.

ÉTIENNE. — Parfaitement. Elle nous tient. Elle va nous faire chanter. Faites ce que je vous dis, sinon je sors le testament.

FLORENCE. — Elle a même déjà commencé.

Silence. Ils réfléchissent. Étienne commence à marcher, bientôt imité par Fernand ; comme au deuxième acte.

ÉTIENNE. — Elle possède de quoi nous innocenter tous : la lettre...

FERNAND. — ... et de quoi nous ruiner tous : le post-scriptum.

ÉTIENNE. — Si nous supprimions ce post-scriptum ; si nous produisions seulement le haut de la lettre... ?

FERNAND. — Nous serions innocentés... et nous resterions les héritiers.

ROGER. — Oui, mais, comment supprimer ce post-scriptum ?...

Un temps. Ils se regardent.

ÉTIENNE (pensif). — Nécessairement, il faudrait commencer par...

Nouveau temps.

FERNAND (timidement). — A nous cinq, il me semble que...

Nouveau temps.

ÉTIENNE. — D'autant que le suicide de tante Agathe accréditerait celui de tante Lucie.

GISÈLE. — Pardi ! Elle a crié sur les toits qu'elle se tuerait plutôt que de quitter cette maison. Elle l'a même dit en présence de l'inspecteur.

FERNAND. — Il ne s'agirait, en somme, que de prendre les devants.

ÉTIENNE. — Et puis, ce serait presque une question d'équité... Est-ce qu'elle a hésité, elle, à camoufler un suicide en crime ?... Alors, nous aurions bien le droit de camoufler un crime en suicide.

FERNAND. — Cela rétablirait la vérité.

ÉTIENNE. — Serait-ce même un crime, à proprement parler ?

ROGER. — Comment ça ?

ÉTIENNE. — Eh bien, nous savons que tante Lucie se tuera quand Georges vendra la maison ; et nous savons que Georges la vendra. Concluez vous-mêmes ! Cette malheureuse est exactement dans la situation d'une malade condamnée. C'est comme si elle avait un cancer. N'est-il pas plus humain d'abréger ses souffrances ?

ROGER. — Mais... c'est cela... l'euthanasie.

ÉTIENNE. — Je cherchais le mot.

FERNAND. — Qu'est-ce que tu en penses, toi, Florence ?... C'est vrai, tu nous laisses toujours parler.

FLORENCE. — Je pense qu'il va falloir recommencer.

FERNAND. — Mais tous les cinq, cette fois.

ROGER. — Oui, nous resterons près de toi, Étienne.

ÉTIENNE. — Mais... il n'est pas question que ce soit moi !... Entendons-nous bien. Quand on me pousse à bout, je suis capable de me défendre, et je n'ai pas l'intention de me laisser frustrer parce que cette vieille folle fait des complexes. Cela dit, je ne vois pas pourquoi ce serait moi qui...

ROGER. — Tu as toujours été le plus énergique.

GISÈLE. — Le plus efficace.

ÉTIENNE. — D'accord, d'accord. Mais la question n'est pas là... (Il va prendre le jeu de cartes.)

FLORENCE. — Ah ! non... Merci... Je sens que je ne toucherai plus une carte de ma vie.

ÉTIENNE. — Pardon ! Nous devons faire bloc.

FERNAND. — Plus que jamais.

ÉTIENNE. — Et puis... n'exagérons pas la difficulté. Toi même, Florence, tu le reconnaissais tout à l'heure. Nous avons tellement pensé à nous débarrasser de Georges que nous avons fait la chose... là. (Il se frappe le front.) Alors, maintenant...

FERNAND. — D'autant qu'il ne s'agit plus de Georges !

FLORENCE (capitulant). — Bon...

Ils s'installent autour de la table. Florence coupe vigoureusement et Étienne commence à distribuer.

FERNAND. — Non, pas comme ça... à l'endroit, les cartes, à l'endroit... Nous devons savoir qui aura l'as, cette fois.

ROGER. — Autrement, ça recommencera comme hier au soir.

ÉTIENNE. — Pour vous, peut-être... (Il les regarde avec insistance.) Vous donnez tous votre parole d'aller jusqu'au bout !

Silence gêné.

FERNAND. — Bien sûr... A condition que les autres aident tout de même un peu.

ROGER. — Oui... Qu'ils mettent la main à la pâte.

FLORENCE. — Ou qu'ils soient au moins tous là.

GISÈLE. — Finissons-en !... Georges est ce qu'il est, mais il a toujours su accepter les risques, lui... Vous, il vous faut des assurances, des garanties... Pourquoi pas des primes ?... C'est Étienne qui déteint sur vous.

Étienne commence à donner, lentement, après une hésitation à chaque carte. Entre Georges, par la gauche. Il tient une clef anglaise dans une main, et fait sauter des écrous dans l'autre.

GEORGES. — Sans blague ! Vous jouez aussi le matin, maintenant. (Il traverse la pièce sans s'arrêter.) C'est si intéressant que ça ?... Dommage que je sois pressé... Il faudra m'apprendre... (Il sort par le fond.)

Étienne continue de donner. Il a soudain un léger sursaut ; cependant les autres se détendent. Il s'est donné l'as de pique.

TOUS (soupir de soulagement). — Ah !...

GISÈLE. — Ça ne pouvait pas mieux tomber !

FERNAND. — Oui, avec toi, les choses vont aller rondement !

ÉTIENNE. — Ah ! Foutez-moi la paix !

Apparaît tante Lucie, habillée. Elle descend, s'approche des cousins brusquement figés, silencieux. Elle voit les cartes et Étienne qui tient toujours la sienne à la main.

TANTE LUCIE (furieuse). — C'est tout ce que vous avez trouvé ?

FERNAND. — Pardon ! Nous venons de tirer au sort, pour savoir qui...

TANTE LUCIE (soulagée). — A la bonne heure !.. Et... qui est-ce qui ?...

ÉTIENNE. — C'est moi. (Il rejette sa carte sur la table.)

TANTE LUCIE. — Alors, là, je suis ravie... absolument ravie... Tu es l'aîné, le plus sérieux... sans vouloir désobliger personne... On ne pouvait espérer mieux.

ROGER. — C'est ce que nous étions en train de lui dire.

Tante Lucie va au secrétaire et prend le revolver à travers son mouchoir. Elle tend le tout à Étienne.

TANTE LUCIE. — Je suis sûre que tu t'en tireras très bien.

ÉTIENNE (faiblement). — Je l'espère.

TANTE LUCIE. — Allons ! Il faut dire cela plus énergiquement !

ÉTIENNE. — Oui, ma tante.

TANTE LUCIE. — Juliette n'est pas encore rentrée ?

ROGER. — Pas encore.

TANTE LUCIE. — Alors, il ne faut pas attendre.

Étienne se lève. Il promène à la ronde un regard découragé. Le soulagement de ses cousins est toujours manifeste.

FERNAND. — Tante Lucie a raison. Il faut opérer tout de suite.

Il tape amicalement sur l'épaule d'Étienne et se dirige vers la porte de gauche. Les autres suivent, en passant successivement devant Étienne, et chacun lui dit un mot, comme les invités devant la famille au cimetière.

GISÈLE. — Du courage. (Elle lui presse affectueusement le bras.)

ROGER. — Je sais bien, mon pauvre vieux. C'est un sale moment à passer. (Il lui serre la main.) Mais nous sommes là... Prêts à intervenir... Tu peux compter sur nous.

FLORENCE. — Oui. On est de tout cœur avec toi.

Ils sont tous sortis.

TANTE LUCIE. — Regarde-les se défiler... Si ce n'est pas triste de voir ça... Et toi, comment te sens-tu ?... Je me mets à ta place, note, bien, Étienne... Quand j'ai dû faire piquer Miquette, j'ai été malade trois jours... (Elle va au secrétaire, emplit un verre de rhum.) Bois ça.... (Puis elle prend une cigarette dans un paquet, la lui place entre les lèvres, la lui allume avec le briquet.) Tiens... Ça ne te fera pas de mal de fumer un peu... Quand je pense que c'est le condamné qu'on encourage ! Il n'a pourtant rien à faire, lui ! (Elle va vers la baie vitrée.) Il est toujours au garage ?

ÉTIENNE. — Oui... Vous ne l'entendez pas ?

TANTE LUCIE. — Alors, c'est là qu'il faut agir.

ÉTIENNE (ambigu). — Là... ou ailleurs. Ça dépendra de l'occasion.

TANTE LUCIE. — L'occasion !... Il faut la faire naître, l'occasion ! (Elle colle son visage à la vitre, s'offrant ainsi à Étienne qui s'approche doucement, tenant le revolver à travers le mouchoir.) Tiens, regarde... Il est justement penché sur le moteur... On dit que c'est instantané, dans la nuque.

Étienne a levé l'arme, machinalement, dans la direction de la nuque de tante Lucie. Mais il rectifie aussitôt, en observant :

ÉTIENNE. — Pour un suicide, ça paraîtrait plutôt bizarre, vous ne croyez pas ?... Il vaut mieux la tempe... Cet inspecteur a l'air tellement méfiant... (Il s'essuie le front du revers de la main.)

TANTE LUCIE. — Au lieu de tant parler, tu ferais mieux de te dépêcher. (Un temps. Étienne n'arrive pas à se décider.) Si tu attends qu'il ait fini !... Son moteur tourne, en ce moment... On n'entendra même pas la détonation... Après, il sera trop tard... Eh bien, va, va... C'est maintenant ou jamais ! (Un nouveau temps. Le moteur s'arrête. Étienne laisse retomber son bras. Tante Lucie se retourne.) Non ?... Tu ne peux pas ?... Ah ! tu es bien comme les autres... Beaucoup de paroles, mais rien dans le ventre... Donne ça, bon à rien. Il faut que ce soit une vieille femme qui vous montre !...

On aperçoit Georges, qui s'approche de la baie vitrée.

ÉTIENNE. — Je crois... que je vais être malade... (Il s'assied.)

TANTE LUCIE. — Ah non ! Ne compte pas sur moi pour te soigner... Allez... Va-t'en... Va les retrouver... Va leur raconter. (Elle le pousse dehors, à gauche, claque la porte sur lui.) Et ça se prend pour un homme d'affaires ! (Elle glisse le revolver dans une poche de sa robe. Entre Georges, qui va à nouveau s'essuyer les mains.)

GEORGES. — Ça y est... Au fond, il n'y avait pas grand mal... Heureusement que ces petits imbéciles ne connaissent rien à la mécanique... Pourtant, d'habitude, ils sont malins. La voiture, ça les connaît... Je me demande si ce ne serait pas quelqu'un d'ici, plutôt... Gisèle, par exemple... Vous ne croyez pas, ma tante ?... Elle est folle de rage, à l'idée que je vais m'offrir un petit voyage... Hein ?... A votre avis ?...

Durant ce monologue de Georges, tante Lucie qui est derrière lui, sort lentement le revolver de sa poche et le lève. Elle est obligée de s'appuyer à un fauteuil, tant son geste lui coûte. Elle fait comme les duellistes, c'est-à-dire qu'elle élève l'arme vers son épaule, pour, ensuite, abaisser le bras et tirer... Mais son bras retombe. Avec effort, elle fait une seconde tentative. De nouveau, elle tourne l'arme vers son épaule. Juste à cet instant, Georges se retourne. Tante Lucie se fige dans sa position, ce qui laisse croire à Georges qu'elle veut se suicider.

GEORGES. — Non... non...

Il se jette sur elle, lui prend le bras. Courte lutte. Le coup part. Georges réussit à désarmer tante Lucie, qui s'effondre dans le fauteuil.

GEORGES (bouleversé). — Tante Lucie... vous n'alliez pas... comme ça... devant moi... Ce n'est pas possible !... Vous êtes donc si malheureuse ? (Exploitant immédiatement le quiproquo, tante Lucie fait : oui, de la tête.) ... Vous y tenez tant que ça à cette chambre ?

TANTE LUCIE (voix brisée). — J'aime mieux mourir... Laisse-moi Georges... C'est toi qui me tues.

GEORGES. — Allons, ma tante, allons... Vous me connaissez donc bien mal ?... Si j'avais su que vous parliez sérieusement. (Il fait quelques pas, hausse les épaules, revient.) Ce que je voulais faire, moi, c'était pour vous embêter tous. Mais si, vraiment, vous ne pouvez pas vivre ailleurs... Avoir une mort sur la conscience, non. Vous ne pouvez pas soupçonner ce que c'est !... Eh bien, vous la garderez, votre chambre.

TANTE LUCIE (ragaillardie). — C'est vrai ?... Ah ! si je pouvais te croire !...

GEORGES. — Vous pouvez me croire... Vous la garderez... jusqu'à votre mort... et quoi qu'il arrive.

TANTE LUCIE. — Tu as bien dit : quoi qu'il arrive ?

GEORGES. — Vous voulez que je vous signe un papier ?

TANTE LUCIE. — Non... mais : jure.

GEORGES. — Je jure. Voilà. Vous êtes contente ?

TANTE LUCIE. — Sur la tête de...?

GEORGES. — Sur la mienne, pardi. C'est celle qui m'est la plus chère. Ça vous suffit ?

TANTE LUCIE. — Oui. Je te crois. (Elle essaye de se lever, retombe.) Mes pauvres jambes... L'émotion... La peur... Je ne tiens plus debout... Tu vas aller dans ma chambre... Au-dessus de mon lit, il y a un rayon de livres... Tu sais ?

GEORGES. — Mais oui, je sais.

TANTE LUCIE. — Tu prendras... *Les Liaisons dangereuses*... Je t'en prie, ne souris pas... Je n'ai eu, moi, que ce que j'ai pu imaginer...

GEORGES. — Je ne souris pas.

TANTE LUCIE. — A l'intérieur, tu trouveras une lettre... sur papier bleu... Tu la liras... et tu comprendras tout... J'ai toujours ta parole ?

GEORGES. — Je n'en ai qu'une.

Il monte rapidement, emportant le revolver. Tante Lucie fait un nouvel effort pour se lever, mais retombe. Elle s'éponge le visage. La porte de gauche s'ouvre. Apparaît Étienne, qui promène à travers la pièce un long regard apeuré. Il entre, suivi de Fernand et de Roger. Les trois hommes s'approchent lentement, craintivement de la tante Lucie.

ÉTIENNE. — Nous avons entendu la détonation... Nous sommes... Je ne sais comment vous exprimer cela... Enfin, c'est extraordinaire... Vous avez pu !...

Florence puis Gisèle apparaissent à leur tour. Gisèle chancelle, et sa cousine doit la soutenir. Elle s'effondre dans le premier fauteuil.

FERNAND (à tante Lucie). — Moi, je vous admire.

TANTE LUCIE (faiblement). — Oh ! Il n'y a pas de quoi !

FERNAND. — Mais si, mais si... Nous savons ce que c'est. (Se reprenant.) Je veux dire, il doit falloir une volonté, un courage !...

GISÈLE (réprimant un sanglot). — Georges !... (A Florence.) Je peux bien te l'avouer, maintenant... Hier au soir... l'as de pique... c'était moi.

ROGER (se retournant). — Qu'est-ce qu'elle dit ?

FLORENCE (vivement). — Rien... Laisse-la tranquille.

Roger aperçoit la valise de Georges. Il se précipite, la prend, et va la fourrer sous le canapé du fond.

ROGER. — Nous allions en faire une belle ! (Il va vers Gisèle.) Mon pauvre petit... Je te comprends, note bien. (Il se penche sur elle.)

GISÈLE. — Ah ! non. Pas toi.

ROGER. — Gisèle, voyons...

GISÈLE. — Ne me touche pas... Je voudrais... que tu sois mort à sa place.

ROGER (se redresse, interdit). — Moi, que je... (Il montre le plancher, comme s'il se voyait lui-même étendu, mort. Une association d'idée le fait penser à Georges, et il se précipite vers tante Lucie.) Mais le corps, tante Lucie, le corps ?

TANTE LUCIE. — Quel corps ?

FERNAND. — Il a raison ! Georges, voyons !... Au bruit, nous pensions que c'était dans cette pièce que...

TANTE LUCIE (désignant le plafond). — Il est là-haut.

ÉTIENNE. — Dans sa chambre ! C'est encore mieux.

FERNAND. — Et... le revolver ?

ÉTIENNE. — Mais avec lui, voyons. Quelle question !

TANTE LUCIE. — Oui... avec lui.

ROGER. — Et maintenant... il va falloir « le découvrir ».

ÉTIENNE. — Oui. C'est presque le plus dur qui reste à faire... Oh ! je vous demande pardon, tante Lucie.

FERNAND. — Il n'y aura qu'à faire monter Juliette, dès qu'elle sera rentrée.

ROGER. — Il me semble que je l'entends, justement. (Il se tourne vers la gauche, et appelle :) Juliette ! Juliette !

La porte s'ouvre lentement. Paraît l'inspecteur Lechantre.

L'INSPECTEUR. — Je m'excuse... Je suis peut-être un peu matinal.

Étienne réagit le premier.

ÉTIENNE. — Mais nullement, monsieur l'inspecteur principal, nullement.

L'inspecteur regarde à la ronde.

L'INSPECTEUR. — J'ai de la chance, de vous trouver tous là.

FERNAND (regard vers le premier étage). — Presque tous.

L'INSPECTEUR. — Mais je n'ai nul besoin de lui... Au fait, comment réagit-il ?... Il se réadapte à sa vie d'homme libre ?

ÉTIENNE. — Non, justement... Et nous sommes très inquiets... Nous en parlions à l'instant même. N'est-ce pas ?

FERNAND. — Oui. Cette arrestation lui a porté un coup... Moi, je me demande s'il s'en remettra jamais.

L'INSPECTEUR. — Oh ! Oh !

ROGER. — Si, monsieur l'inspecteur principal... Bien sûr, pour vous qui l'avez vu comme ça, en passant, il paraît tout à fait normal... Mais dès qu'on l'observe... Quand il se croit seul, tenez...

FERNAND. — Oui. C'est comme s'il y avait en lui un ressort de cassé.

ROGER. — Il ferait une bêtise que ça ne nous étonnerait pas.

L'INSPECTEUR. — Il me semble que vous exagérez. Non ?

ÉTIENNE. — L'avenir nous l'apprendra.

L'inspecteur s'assied à la table, ouvre sa serviette, tire son dossier.

L'INSPECTEUR. — En attendant, reprenons, si vous permettez... J'ai mis au net notre petit entretien d'hier... Avant d'aller plus loin, nous devons revenir à cette fameuse soirée... et tirer au clair votre rôle, monsieur Fernand (Il s'est tourné vers Étienne.)

FERNAND. — C'est moi.

L'INSPECTEUR. — Oui, pardon... Vous prétendez que vous n'avez pas quitté cette pièce... à aucun moment... Or, vos cousins, eux, affirment le contraire... Il y a là un point troublant, ne trouvez-vous pas ?... (Un léger bruit s'élève, brusquement, au premier étage. Tout le monde sursaute ; excepté, bien entendu, tante Lucie et l'inspecteur. Celui-ci regarde ses interlocuteurs avec surprise. Il tousse pour s'éclaircir la voix, et reprend.) Je dis qu'il y a là un point troublant... Notez bien que je ne vous accuse pas, monsieur Fernand... Je n'accuse personne... Mais vous devez tous comprendre... (Il frappe à petits coups sur la table pour attirer l'attention de son auditoire qui lui paraît inexplicablement distrait.) Vous devez tous comprendre que, dans une enquête comme celle-ci, le plus petit détail peut avoir une importance capitale...

Nouveau bruit. Les yeux agrandis, les cousins regardent vers le haut de l'escalier. Et l'inspecteur, sans comprendre, regarde également. Deux jambes apparaissent, en haut des marches. Elles s'arrêtent, un instant, puis se remettent à descendre. Personne ne respire plus. Georges apparaît. Il est occupé à lire — plus exactement à relire — la lettre sur papier bleu.

GISÈLE (se dressant dans un cri). — Georges !

GEORGES. — Qu'est-ce que tu lui veux ?

GISÈLE (retombant). — Rien.

Georges regarde curieusement ses cousins qui le contemplent avec stupeur.

GEORGES. — Quelle surprise, hein ?... Je me mets à votre place... Je vous avoue que quand j'ai lu ça... Mais vous n'êtes peut-être pas encore au courant... Ni vous, inspecteur ?

L'INSPECTEUR. — Au courant de quoi ?...

Roger lui tend la lettre. Silence et immobilité absolus durant que l'inspecteur lit.

L'INSPECTEUR (sévère). — Où avez-vous trouvé cette lettre ?

TANTE LUCIE (vivement). — C'est moi qui l'ai trouvée... Il y a à peine une heure... dans la chambre de ma sœur... Elle était dans un livre... Mes neveux ne savent rien encore...

L'inspecteur passe la lettre à Étienne. Sonnerie du téléphone.

FERNAND (décroche). — Allô... Oui... Je vous le passe, maître... (Il tend l'appareil à Georges.) C'est le notaire.

Durant la communication téléphonique, la lettre passera successivement dans les mains de Fernand, de Roger et de Florence, qui est allée se joindre à ses cousins. Puis l'inspecteur la récupérera. Les ex-héritiers paraîtront prostrés, détruits, anéantis. Gisèle, elle, est demeurée à l'écart du groupe, dans son fauteuil.

GEORGES. — Allô... Oui, je m'excuse... Non, rien de grave ; un petit accident mécanique... D'ailleurs, il y a du nouveau, beaucoup de nouveau... Figurez-vous qu'on a découvert un testament, dans un livre... Oui, la justice vous le communiquera... Comment ?... Au contraire, plus que jamais... Je suis maintenant légataire universel... Qu'est-ce que vous dites ?... Un nouvel acheteur ?... Quoi ?... Ils veulent faire du château un asile psychiatrique !... Décidément, il y a des lieux prédestinés...

TANTE LUCIE (plaintivement). — Georges... Georges... Tu sais ce que tu m'as promis ?...

GEORGES. — Mais parfaitement, ma tante... Pardon, maître... D'accord ! Tout ce qu'ils voudront, mais à une condition... une condition sine qua non... Qu'on me réserve une chambre... la chambre que je désignerai... Dans ce cas, pas de problème... Non, je vous reverrai à mon retour... lorsque tout sera réglé... Hein ?... L'inspecteur Lechantre, un homme charmant, vous verrez... Oui, merci, maître. (Il raccroche.) Vous avez entendu, tante Lucie ?... Le château a trouvé un acheteur de choix... La Sécurité sociale... Ils veulent en faire un... une maison de santé... Mais vous y conserverez votre chambre... toujours... et vous serez très entourée.

TANTE LUCIE. — Mon cher petit ! (Elle l'embrasse.)

Georges promène les yeux autour de lui.

GEORGES. — J'avais pourtant bien descendu ma valise ! (Gisèle va la chercher, sous le canapé, et la lui tend.) Encore une blague d'Étienne, je parie... Sacré Étienne ! Jamais sérieux ! (Georges prend sa valise... puis attrape le poignet de Gisèle qui s'éloigne, et de l'air le plus naturel du monde.) Tu ne viens pas.

GISÈLE (interdite, bouleversée, tout de suite au bord des larmes). — Quoi ?

GEORGES. — Je te demande si tu ne viens pas ?

GISÈLE (cherche à se donner une contenance, désigne son pantalon). — Mais... pas comme ça, tout de même ?

GEORGES. — Pourquoi pas ?... On achètera tout en route... Comme il y a sept ans. Tu te rappelles ?

GISÈLE. — Si je me rappelle !

Georges l'entraîne vers la porte vitrée. Roger se précipite, menaçant. Mais l'inspecteur l'intercepte.

ROGER (se débattant). — Lâchez-moi... Lâchez-moi... Enfin, bon Dieu, vous n'allez pas le laisser faire... Vous voyez bien qu'il nous prend tout. (Il crie, dans la direction de la porte grande ouverte.) Voleur... Voleur... Voleur...

Étienne s'avance, dégage Roger des mains de l'inspecteur, et le ramène vers « le groupe ».

ÉTIENNE. — Laisse, va, laisse... Nous, au moins, on a les mains propres !

Rideau

LES NOUVELLES RETROUVÉES
(1957-1980)

PRÉFACE

Les nouvelles ci-après auraient dû figurer à leurs places respectives dans les tomes I à IV de *Quarante Ans de suspense* si nous avions pu en disposer au moment où nous les préparions.

Nous avons découvert ces textes seulement en février 1989, après le décès de Pierre Boileau. Ils se trouvaient dans la masse de dossiers et journaux qu'il avait entreposés dans l'appartement de ses parents, rue de Dunkerque, à Paris, avant de se fixer à Beaulieu-sur-Mer.

A tombeau ouvert est antérieur à 1956, puisque, au lieu de publier cette nouvelle, les auteurs en ont tiré un drame en deux actes représenté au Grand Guignol le 10 novembre 1956 sous le titre *Meurtre au ralenti*[1].

Jamais publiée également, *La Vengeance du marquis* date de la période 1968-1970, où les auteurs cherchaient à imaginer un personnage de détective pour la jeunesse. Ce texte marque le début de la genèse du jeune et bouillant Sans-Atout.

C'est *Espoir-Hebdo*, tout nouveau supplément de *Nice-Matin*, qui a accueilli deux nouvelles inspirées par le calendrier : *La Tranche des rois* (6 janvier 1973) et *Le Tueur du Carnaval* (17 février 1973). Dans ce même hebdomadaire a paru encore, le 21 juillet 1973, *Les Douze Coups de minuit à Paris.* C'est la version remaniée d'un conte de Pierre Boileau publié par *Le Parisien libéré* en 1954.

Préméditation a été écrit en 1973 pour *Distance*, magazine des passagers de U.T.A., et refusé par le rédacteur en chef parce que « trop macabre ». Avis non partagé par le rédacteur en chef de l'éphémère quotidien de Toulon *Var-Matin* les 25 et 26 octobre 1980.

Ouvrage de dames, Murder Party et *La Baigneuse blonde* ont été rédigés vers 1980 pour compléter un second recueil de nouvelles faisant suite à *Manigances*[2] et intitulé *Micmacs* (projet abandonné).

1. Dans *Quarante Ans de suspense*, t. I.
2. Dans *Quarante Ans de suspense*, t. III.

Ouvrage de dames est tiré d'un scénario pour une série de télévision non réalisée. *La Baigneuse blonde* est une version nouvelle de *6 – 1 = 6* [1] parue dans *Modes et Travaux* en 1965, et qui constituait déjà une deuxième version d'une nouvelle de Pierre Boileau, *Le Citron flottant*, datant de 1946.

Tendresse a paru en décembre 1981 dans « les Cahiers de Bretagne » daté 1982. Nous avons retrouvé le synopsis de cette nouvelle établi par Boileau ; on pourra le lire dans les « Documents » du présent volume sous le titre *Amour conjugal.*

Francis LACASSIN

1. Dans *Quarante Ans de suspense*, t. II.

A TOMBEAU OUVERT
OU
24 HEURES DU MANS

Raymond, le premier mécano, entra dans le stand. Il poussait une roue et la roue s'en allait toute seule, devant lui, comme un cerceau. Elle vint se ranger, d'un mouvement qui semblait intelligent, le long de la pile des roues de rechange. Raymond alluma une cigarette, monta nonchalamment sur l'auvent de ciment qui prolongeait le stand et dominait la piste. Devant lui, l'énorme tribune dressait ses gradins vides et ses bouquets de drapeaux. A gauche, à droite, les autres stands s'alignaient ; des bolides bleus, rouges, blancs, stationnaient sous les potences amenant les tuyaux d'essence. Sur la ligne de départ, le pilote d'une Cunningham faisait chauffer son moteur. Raymond humait avec une joie profonde les relents d'huile, de métal chaud, de caoutchouc, que le vent du matin mêlait aux odeurs de la campagne proche. Il connaissait tous les circuits mais il n'éprouvait qu'au Mans cette petite fièvre qui allait grandir jusqu'à l'heure de la course et ensuite, pendant vingt-quatre heures, brûler sans trêve dans ses veines, dans ses os ; et tous, autour de lui, auraient le même visage traqué, les mêmes yeux hantés. Mais c'était cela, la joie des hommes ! André, le second mécano, vint le rejoindre, s'appuya sur son épaule. Là-bas, brutalement, le moteur de la Cunningham hurla.

— Vent d'ouest, dit André. La route est un peu humide. S'il fait 180 au tour, ce sera bien beau !

— Surtout que ce n'est pas le type à pousser aux essais, observa Raymond.

La Cunningham s'élança et, tout de suite, fut sur eux, leur jeta à la face, en coup de poing, son vacarme, sa fumée puante et un tourbillon d'air qui fit flotter leurs combinaisons. Elle n'était plus qu'une tache blanche, une note aiguë, musicale, qui se perdait dans la distance.

— Bon, dit Raymond. Faudrait peut-être se secouer un peu !

Ils rentrèrent, mirent un peu d'ordre dans le stand, repoussèrent le long des murs les fauteuils à tubulure métallique, la table de bois blanc encombrée de panneaux de signalisation.

— Tu crois que le boss a des chances ? demanda André.

— Difficile à dire, avec lui, fit Raymond, d'un air dégoûté. Quand tu penses que ce type-là se classait second, au championnat du monde, il y a cinq ans !... Et maintenant...

Il ouvrit une petite armoire, en tira une bouteille de vin blanc et deux verres.

— C'est fou ce qu'il a changé ! reprit André. Il est vrai qu'il a eu pas mal de pépins avec sa nouvelle bagnole.

— Et avec Mme Berthon !

Ils rirent ensemble et trinquèrent.

— Ouais ! dit Raymond. C'est ça qu'il a été épouser ! Une bonne femme qui n'est même pas fichue de faire une différence entre un vélo et une machine à coudre ! C'est pire que s'il était veuf.

Ils entendirent de nouveau, à l'horizon, le bourdonnement de la Cunningham, et Raymond regarda sa montre, hocha la tête. Déjà, la voiture arrivait, avec un sifflement aigu de scie mordant le cœur du bois, et la voix du haut-parleur tomba du ciel.

— Brown, sur Cunningham, a effectué son premier tour à la moyenne de 172 kilomètres à l'heure...

— Minable ! cria André. Quand Berthon...

Il se tut, parce que Blèche, le chronométreur, venait d'entrer. C'était un petit homme agité, soucieux, bougon, qui traversait la vie en chandail à col roulé et culotte de golf. Deux chronomètres pendaient sur sa poitrine, au bout d'une chaînette. Il se battait un mollet avec le dernier numéro de *L'Équipe*.

— Grouillez, grouillez ! lança-t-il. Le patron va arriver. Dans une demi-heure, il fait son essai. Vous allez l'entendre gueuler !

Les deux mécanos sautèrent sur la piste, et Blèche installa une table de fer et une chaise sur l'étroite corniche de ciment, puis il revint dans le stand, sortit de l'armoire deux combinaisons de pilotes, l'une blanche, l'autre bleue, deux casques, deux paires de lunettes, et il accrocha le tout à des patères.

— On fait le ménage ? dit une voix joviale.

Blèche, agacé, se retourna.

— Ah ! vous voilà, Delorme. Vous feriez mieux d'aller ailleurs. Berthon n'est pas à prendre avec des pincettes.

Le journaliste repoussa son chapeau sur sa nuque et, avec un vieux briquet à amadou, essaya de rallumer son mégot.

— Vous en faites pas pour moi. Je suis venu prendre un flash de Mme Berthon.

Il fit couler de son épaule gauche son appareil photographique. A son épaule droite, il portait une lourde caméra. Blèche sourit, d'un air méprisant.

— Vous plaisantez ! Elle n'a jamais assisté à une seule course.

— Eh bien, elle assistera à celle-là. Je l'ai reconnue tout à l'heure, à la gare.

— Vous êtes sûr ?

Il savait que Delorme n'avait pas l'habitude de se tromper, et se mit à jouer nerveusement avec ses chronomètres.

— C'est incroyable, murmura-t-il. Quand Berthon va apprendre ça... Ça va sauter !

— Le torchon brûle ?

— Oh ! Il y a belle lurette qu'il a brûlé !

Delorme fit courir les doigts de sa main droite sur le dos de sa main gauche.

— Un sacré cavaleur, hein ?

— Lui ! s'écria Blèche. Il n'a pas le temps. L'usine, la piste, la route. Et la bouteille, pendant les entractes.

— Et elle ?... Je suppose qu'elle a des consolations.

— Oh ! On raconte beaucoup de choses. Mais je suis sûr qu'il n'y a rien.

— Alors ?

— Ils ne peuvent pas se sentir et ils ne peuvent pas se séparer, voilà !

— Vous êtes un compliqué, vous, dit Delorme. Un peu amoureux de la patronne, hein ?

La Cunningham repassait et le tumulte s'engouffra dans le stand, comme une vague. Le haut-parleur, d'une voix de Jugement dernier, annonça la moyenne : 175.

— Vous aviez raison, dit Blèche. La voilà... Elle est avec Patrick, le frère de Berthon.

Geneviève Berthon s'était arrêtée à quelques mètres du stand et semblait discuter avec Patrick. Par la porte entrouverte, Delorme regardait en connaisseur la jeune femme ; il siffla entre ses dents.

— Venez, dit Blèche. Nous reviendrons tout à l'heure. J'aime autant ne pas être là quand Berthon va la trouver ! Venez, croyez-moi.

Il passa son bras sous celui du journaliste et emmena Delorme sur la piste où les mécanos poussaient la voiture du champion. A l'entrée du stand, Geneviève et Patrick parlaient à voix basse. Les poings serrés, Patrick répétait :

— Tu es folle, folle, complètement folle !

— Je t'en prie, Patrick !... Je veux voir Roger.

— Pour lui dire quoi ?

— Je ne sais pas encore. Mais il faut que j'essaie. Nous ne pouvons pas faire cela, Patrick. J'ai accepté sans réfléchir. Mais maintenant...

— Tu hésites ?

— Nous ne sommes tout de même pas des monstres. Suppose qu'il accepte de m'écouter...

— Ma pauvre Geneviève, s'il lui suffisait d'ouvrir la main pour te rendre la liberté... il préférerait t'écraser... Je te connais, impulsive comme tu es, tu vas commettre une imprudence, et lui ne nous ratera pas !

Geneviève entra dans le stand, regarda les murs de ciment ocré, les fauteuils, les roues brillantes, l'énorme tuyau longeant l'une des parois. Patrick la suivit, élégant, parfumé, un mince sourire découvrant ses dents.

— Qu'est-ce que tu veux lui faire ? chuchota Geneviève.

— Laisse... Je te promets seulement qu'il ne souffrira pas... Tu vas filer avant qu'il arrive, et tu attendras, bien sagement...

— Non.

— Je lui raconterai une histoire, ne t'occupe pas de cela. Mon frère a beau me prendre pour un crétin, je sais me débrouiller.

A ce moment, la voix de Roger Berthon éclata, en contrebas, sur la piste.

— J'ai dit à onze heures et ce sera à onze heures ! cria-t-il.

Grimpant sur un escabeau, il apparut, courbé vers quelqu'un qu'on n'entendait pas.

— Le règlement, je m'en fous ! Vous n'avez qu'à faire tourner Gonzalès ou Bellini.

Geneviève n'osait plus bouger. Berthon enjamba le bord de l'auvent. Il portait un pantalon de gabardine et une chemise largement ouverte sur une poitrine velue. Il était puissant, massif, sanguin, les cheveux grisonnants, l'œil bleu un peu exorbité. De la main, il fit un geste tranchant.

— Ça, mon vieux, c'est votre affaire !

Patrick recula.

— Attention ! souffla-t-il. Songe un peu à nous, Geneviève !

Il atteignit la porte du fond et disparut. Berthon se redressait, encore furieux.

— En voilà, un imbécile ! grommela-t-il.

Soudain, il vit sa femme, et il resta immobile, décontenancé, presque intimidé. Il leva la main vers elle, doucement.

— Geneviève !

Puis sa voix redevint dure.

— Qu'est-ce que vous faites là ?

— J'ai voulu me rendre compte, dit-elle.

Berthon éclata de rire.

— Eh bien, rendez-vous compte, je vous en prie. Après tout, vous êtes chez vous !

Il prit la main de Geneviève, tira la jeune femme derrière lui.

— Regardez ! Sur cette table, ce sont nos pavillons, nos panneaux : le rouge, *Arrêt au prochain tour* ; le blanc, *Tout va bien* ; et celui-ci qu'on aperçoit toujours avec le plus d'émotion, le bleu, *Record battu* !

— Allô, allô ! gronda le haut-parleur. On demande Antonio Bellini sur la ligne de départ.

— Ici notre garde-robe, continuait Berthon. Et ici, des roues de rechange ; vous vous en doutiez peut-être... Une vraie cellule de moine ! Vous imaginiez sans doute autre chose ? Une espèce de bric à brac tenant de l'usine et du bistrot !

— Je sais que vous m'avez toujours prise pour une idiote.

— Oh ! non. Pour quelqu'un de distrait, de lointain, de délicat. Vous êtes la Belle et moi la Bête. C'est pourquoi je suis surpris de vous trouver dans mon antre... Allons ! Dites-moi pourquoi vous êtes venue. Je prends la piste dans vingt minutes. Je n'ai pas le temps de bavarder. Encore moins de me disputer. Qu'est-ce que vous voulez ?

— Je veux que vous déclariez forfait. Abandonnez !...

Un afflux de sang empourpra Berthon.

— Ah ! ça, vous êtes complètement folle !

— C'est votre dernière chance. Renoncez !

Berthon, du pouce, désigna la piste.

— Moi, que je renonce à... Et c'est pour me dire ça que vous êtes venue de Paris ?

— Je serais venue de beaucoup plus loin encore, parce que, cette fois, il faut que vous m'entendiez.

Berthon tira sa blague de sa poche, bourra sa pipe.

— Il y a six ans que je vous entends, grogna-t-il.

— Vous appelez ça m'entendre !... Je vous en supplie, Roger. Ne me poussez pas à bout.

Il souffla un jet de fumée, secoua lentement son allumette, puis haussa les épaules.

— Je vous ai dit non, c'est non. Allez, mon petit. N'insistez plus. Nous nous sommes fait assez de mal, vous ne croyez pas ?... Nous ne sommes pas de la même race, voilà pourquoi, sans doute, je vous ai aimée. Et voilà pourquoi vous me haïssez !

Geneviève se rapprocha.

— Ai-je jamais dit que je vous haïssais ?

Berthon chercha ses mots avec application.

— Si vous m'aimiez, Geneviève... si vous m'aimiez vraiment, vous sauriez qu'il faut me prendre en bloc. Le jour où je cesserai de courir, je serai un homme fini. Patientez, que diable ! Dans trois ans, quatre ans, vous aurez gagné. Je ne serai plus bon à rien... qu'à regarder les autres passer la ligne d'arrivée.

— Vous serez mort ! dit Geneviève.

Berthon sourit.

— Mort ! Il n'y a que les maladroits, qui se tuent.

— Toujours votre orgueil !

— Non, ce n'est pas de l'orgueil. C'est quelque chose de beaucoup plus profond que l'orgueil... Mais vous ne pouvez pas comprendre !

La voiture de Bellini démarra, passa dans le fracas de ses deux cents chevaux libérés, et le coup de vent fit voler les cheveux de Berthon.

— C'est bon, reprit Geneviève. Séparons-nous. Il faut en finir. Je ne peux plus vivre ainsi.

Il vint se planter devant elle, les poings dans les poches.

— Allons ! dit-il, cartes sur table. Si tu veux divorcer, c'est que tu en aimes un autre, hein ?... Pas de phrases... Je n'ai pas le temps... Qui ?... Parle !... Quelqu'un de l'usine ?...

— Vous n'auriez pas le droit d'être jaloux !

— Pas le droit ? Je me fous bien du droit. Oui, je suis jaloux. Tu es mon seul échec, Geneviève. J'ai eu la foule, j'ai eu l'argent. Je t'ai eue, toi aussi, et si je connaissais le salaud qui...

Il retira les mains de ses poches, fit le geste de tordre, de briser quelque chose.

— Comme ça, tiens ! Ce qui est à Berthon est à Berthon. Mais j'irai jusqu'au bout de cette histoire, je te le jure !

Le tonnerre d'un moteur éclata sous le stand, et Raymond, le mécano, se montra, agitant les bras. Berthon courut jusqu'à l'étroite terrasse et sauta sur la piste. Geneviève ouvrit son sac, entreprit de refaire son maquillage. Elle se sentait très calme, tout d'un coup. Sa décision était prise. Quand Patrick entra, elle lui sourit.

— Alors ? demanda-t-il.

— Il refuse.

— Parbleu !

Elle lui saisit le bras.

— Qu'est-ce que tu veux faire ?

Il l'entraîna vers la combinaison blanche de Roger, tira de sa poche une petite boîte de métal.

— Ce sont des pilules inoffensives, expliqua-t-il. Enfin, presque inoffensives. Elles contiennent un simple soporifique.

Il plongea la main dans la combinaison, en sortit une autre boîte identique à la première.

— Ça, ce sont les pilules que Roger avale pendant la course, pour se doper. Je substitue une boîte à l'autre... voilà ! C'est tout !

— Et alors ?...

— Alors... quand Roger commencera à sentir la fatigue... demain matin, sans doute, aux petites heures... il croquera une pastille, puis une seconde... Ses yeux se fermeront... Il ne s'apercevra de rien... et pour tout le monde, il s'agira d'un accident. Des centaines de témoins certifieront que la voiture a cessé d'obéir à son pilote. Personne ne cherchera plus loin.

Geneviève eut une brusque révolte.

— Non, Patrick. Nous ne pouvons pas. Je...

Le moteur se tut et, d'un même mouvement, ils s'écartèrent du portemanteau. Berthon sauta dans le stand, releva une roue, s'essuya le front. Il aperçut son frère.

— Pas fâché que tu sois là, petit. Occupe-toi d'elle, tiens... Emmène-la déjeuner... Promène-la... Qu'elle me fiche la paix ! C'est un boulot d'homme, ici.

— Roger ! cria Geneviève, ne partez pas !

Elle se jeta devant son mari qui la repoussa, brutalement, et elle alla s'effondrer dans un fauteuil.

— Ah ! non. Nous n'allons pas recommencer, dit Berthon.

Il alla décrocher sa combinaison.

— Aide-moi, tiens, Patrick.

Il enfilait les jambes, tirait d'un coup la fermeture éclair. Patrick lui tendit son casque, ses lunettes. Le haut-parleur se déchaîna, au-dessus d'eux.

— On demande Roger Berthon sur la ligne de départ.

— On y va ! grommela Roger.

Instinctivement, il porta la main à sa poche, la tâta. Puis il se tourna vers Geneviève. Elle se tenait immobile, le corps raidi, le visage caché dans ses mains. Il eut une brève hésitation, un mouvement d'épaules ; il poussa Patrick devant lui, sur la plate-forme.

— Occupe-toi d'elle. Dis-lui que je suis brutal, comme ça. Mais qu'au fond... Moi, c'est zéro pour la littérature. Mais toi, c'est ton rayon !

— On demande Roger Berthon, répèta le haut-parleur... Prière à tous de dégager les abords de la ligne de départ !

Patrick serra les mains de son frère.

— Tu vas gagner, hein ?

Berthon écarta largement les bras.

— Ça, mon vieux !

Les mécanos l'aidèrent à descendre. Là-bas, dans le soleil, le petit bolide bleu l'attendait.

Les voitures passaient en hurlant ; une pluie légère mouillait les murs des stands, maculait le sol, et les lumières de la fête nocturne se délayaient en un brouillard rougeâtre que crevaient les éclairs des machines lancées à plus de 200. Geneviève, étendue sur une chaise longue, une couverture jetée sur les jambes, fumait sans arrêt. Patrick marchait de long en large, le col de son imperméable relevé. C'était l'heure la plus noire, la plus pénible. Les spectateurs avaient, peu à peu, déserté les abords de la piste. Les musiques s'étaient tues. Les haut-parleurs demeuraient muets. Seuls, les chronométreurs épiaient la route où s'enchevêtraient comme des rails les traces luisantes des pneumatiques et, dans la campagne endormie, erraient des grondements forcenés, des chapelets de feux véloces qui se rejoignaient, se dépassaient, fonçaient dans la ligne droite comme des comètes.

Blèche entra, soufflant dans ses doigts.

— Il a pris encore quinze secondes à la Ferrari. Dans trois tours, il va la doubler. Brrr ! Drôlement pas chaud. Quelle saison !

— La Jaguar est toujours en tête ? demanda Patrick.

— Toujours.

Blèche ouvrit le thermos, emplit une tasse de café et l'emporta, marchant avec précaution pour ne pas renverser le liquide brûlant. Patrick s'assit et feuilleta, en bâillant, des journaux.

— Tu es calme, toi, dit Geneviève. Moi qui te croyais... Comme on peut se tromper !

— Que veux-tu que je fasse ? Que je gémisse ? Ou bien que je discute encore ?

— Moi, je n'en peux plus, soupira Geneviève. Penser qu'il est enfermé dans cette voiture, prisonnier de cette route, et qu'on ne peut même plus l'arrêter !

— Ah non ! dit Patrick. Non ! Tu es injuste, à la fin. Ce n'est tout de même pas nous qui l'avons poussé dans le piège. Il y est entré tout seul, le jour où il s'est assis, pour la première fois, à un volant. Alors, la course l'a dévoré. Et lui, il nous a dévorés à son tour. Ose dire que ce n'est pas vrai ! Ose dire qu'il n'est pas en train de devenir fou, avec ses voitures !

Il se mit à marcher de long en large, en heurtant ses poings l'un contre l'autre.

— Que cherchait-il ? La gloire ! La fortune !... Il a eu tout ce qu'il voulait. Même l'amour !... Alors, il n'avait qu'à s'arrêter !

— Tu es jaloux de lui, Patrick.

— Jaloux, moi... Allons donc ! Je suis simplement révolté. Je pense à la vie qu'il t'a fait mener... Je pense aussi à tout ce que j'aurais pu tenter, réussir, s'il ne m'avait toujours paralysé... Ce métier qu'il m'a imposé, parce qu'il s'imagine que je ne suis bon à rien ! Du matin au soir à vanter les qualités de ses bagnoles, à faire essayer les coussins à des rombières ! Je suis devenu une espèce de mannequin, voilà ! Le mannequin de la marque Berthon !...

Blèche surgit de nouveau, l'air soucieux, et Patrick interrompit sa promenade exaspérée.

— Je ne sais pas ce qu'il y a, dit Blèche. Il a perdu trois secondes.

Sur un panneau noir, il écrivit à la craie, en gros caractères : – 3.

— Il a donné des ordres, expliqua-t-il piteusement. Ce n'est pas moi qui le force à aller plus vite. Et si je lui désobéissais, qu'est-ce que je prendrais !

Geneviève ferma les yeux. Ne plus voir personne. Ne plus entendre, surtout ! Mais les voitures passaient toujours, lâchant à bout portant leur salve que répercutait la tranchée de ciment. Et il y avait toujours quelqu'un dans le stand. Après Blèche, ce fut Benoît, le second pilote, un grand garçon osseux, au visage étroit. Il avait l'air excité.

— Trintignant vient d'entrer dans la paille ! cria-t-il. Au Tertre rouge ! Pas de bobo, mais sa direction est faussée. Ils ne sont plus que trente-huit. Jamais vu une pareille hécatombe. Avec ça qu'il pleut !

Geneviève releva la tête.

— Fort ? interrogea-t-elle.

— Non, du crachin. Mais c'est encore plus traître. Je me demande si j'arriverai à tenir l'allure de Roger, tout à l'heure. Pas à dire, je lui tire mon chapeau, à votre mari, madame Berthon. Des pilotes comme lui, on les compte sur les doigts.

— Quand même ! Vous exagérez un peu, fit Patrick.

— On voit bien que vous n'avez jamais conduit.

— Pas conduit, moi ?

— Oui, en pépère. Jamais dépassé le 130. C'est au-delà que tout commence. Au-delà qu'on devient un autre homme !

Patrick alluma nonchalamment une cigarette.

— Je n'ai jamais éprouvé le besoin de devenir un autre homme.

Geneviève rejeta sa couverture, se leva, en prenant appui sur les accoudoirs de la chaise longue.

— Mon mari... Est-ce qu'il ne va pas s'arrêter ?

Benoît consulta sa montre-bracelet.

— Il devrait, oui, dans vingt minutes... Seulement, vous le connaissez... Pensez qu'il n'est plus qu'à dix-sept secondes de Brown. S'il estime qu'il a sa chance !...

La porte s'ouvrit. Delorme entra, ses appareils en bandoulière, son éternel mégot aux lèvres. A sa vue, Benoît se détendit.

— Vous connaissez Delorme, madame Berthon ?... C'est notre meilleur photographe d'actualité. Pas vrai, Fernand ?

Delorme eut un sourire modeste. Il semblait exténué.

— Qu'est-ce que j'ai pu cavaler, depuis hier au soir !

Il promena son regard à la ronde.

— Berthon n'est pas là ?

— Pas encore. J'expliquais justement à madame...

— Il doit pourtant commencer à en avoir marre. Et puis, c'est le mauvais moment...

Delorme attira un fauteuil.

— Vous permettez ?

— Bien entendu, fit Patrick. Vous êtes content ?

Delorme ramena sa caméra sur ses genoux.

— Assez, oui. J'ai eu la chance de prendre Bellini, tout à l'heure... Si vous aviez vu sa voiture, un accordéon !

— Bon, ça va. Change de disque, fit Benoît.

Blèche apparut sur l'auvent, entra en courant dans le stand.

— Il remonte drôlement !.. 3 mn 19 au tour... Et Peckham a abandonné...

Il traça en hâte quelques signes sur un panneau, et Benoît vint lire par-dessus son épaule. Dans un angle, Patrick parlait bas avec Geneviève. Profitant de l'inattention générale, Delorme plongea la main dans une énorme boîte de gâteaux posée sur la table, au milieu de l'enchevêtrement des pavillons, et en tira une poignée de biscuits. Une voiture passa. Il y eut un bref silence. Puis un nouveau grondement monta de la nuit.

— C'est lui ! dit Blèche.

Suivi de Benoît, il se précipita sur la plate-forme, brandissant son panneau comme un drapeau.

Une explosion éclata, fit trembler le sol comme si un obus avait frappé la piste et, brusquement, une énorme flamme fit danser sur les murs du stand une lueur sauvage qui vira au rouge, fardant les visages d'une lumière crue de feu de Bengale. Geneviève se mit à gémir, et Patrick la prit dans ses bras. L'incendie, déjà, crépitait et son souffle faisait tourbillonner une pluie rose, irréelle, traversée de nuages noirs que le vent rabattait.

— L'extincteur, cria une voix, coupée net par un hurlement de moteur.

Deux, trois bolides semblèrent se ruer à travers le feu et l'on entendit chanter les changements de vitesse. Une odeur de caoutchouc brûlé commença à ramper, le long des stands. L'incendie, sous le jet des projecteurs, diminua ; les flammes défaillirent, la fumée s'épaissit, flotta sur la route où les voitures ralentissaient à peine. Des ombres couraient autour des débris rougeoyants, formaient un groupe qui se mit lentement en mouvement vers le stand de Berthon. Benoît et Blèche écartaient les curieux. Un reflet ardent silhouettait quelques visages effarés, deux képis de gendarmes et le profil de Delorme, penché sur sa caméra. Le groupe s'aggloméra au pied du stand, puis les deux mécanos sautèrent sur l'auvent et attrapèrent la civière portée à bras tendus. On aida un gros homme à monter : le médecin. Autour du corps recroquevillé tous se penchaient, dans un silence de catastrophe. Le médecin se releva, secoua la tête. Sa main fit un geste tranchant.

— Sur le coup. Il n'a pas souffert.

Geneviève pleurait, soutenue par Patrick.

— Mes condoléances, dit le médecin. J'admirais beaucoup votre mari.

Il se tourna vers les porteurs.

— Qu'on le laisse là... Je vais le faire transporter à l'hôpital.

Il prit la couverture jetée sur la chaise longue et en recouvrit le cadavre. Dans l'angle le plus reculé du stand, Delorme, à qui nul ne portait attention, filmait placidement la scène. Ce fut Benoît qui l'aperçut. Il se rua sur lui, les poings levés.

— Salaud !... Tu n'as pas honte ?

— Bah ! Ne te fâche pas, dit Delorme. Une photo, ça n'empêche pas les sentiments.

— Tu veux que je te...

— Bon ! Ça va. Je me tire !

Geneviève était tombée à genoux auprès de la civière. Elle pleurait maintenant à gros sanglots, et sa tête allait de droite et de gauche.

— Je vous en prie, mes amis, dit Patrick, laissez-nous. Mme Berthon a besoin d'être seule.

Ils sortirent lentement, à reculons, leurs regards attachés à la couverture qui, trop courte, laissait passer les pieds. Blèche referma la porte.

Patrick éteignit les lumières. Mais le stand n'en demeura pas moins violemment éclairé par le reflet des lampadaires bordant les tribunes. Geneviève leva les yeux sur son amant.

— Qu'avons-nous fait, Patrick ?

Il s'agenouilla à son côté.

— C'est le destin qui s'est prononcé, ma chérie. Jusqu'au bout, Roger a eu sa chance. Maintenant, il va falloir oublier le passé.

Il souleva doucement la couverture, fouilla dans la combinaison noircie et en sortit la petite boîte de métal.

— Il vaut mieux ne négliger aucune précaution...

Il mit la boîte dans la poche de son veston, où sa main demeura plongée. Il contemplait Geneviève avec une douceur triste. Elle avait fermé les yeux, mais ses larmes continuaient de couler, perlant à la pointe du menton. Elle avait l'air d'une petite fille. Il soupira. Alors, elle rouvrit les yeux. Il avait retiré la main de sa poche, et cette main étreignait la crosse d'un revolver. Elle murmura, étonnée :

— Mais... qu'est-ce que tu vas faire, Patrick ?

— Tu vois, dit-il.

Il tendit le bras à demi et tira, à bout portant. Geneviève vacilla, puis s'effondra sur les jambes du mort. Alors, très vite, Patrick essuya la crosse avec son mouchoir, puis plaça l'arme dans la main de Geneviève.

— Dommage que tu n'aies pas été mon type, chuchota-t-il en se redressant. On aurait pu être heureux, tous les deux, avec les millions de mon frère... Bah ! Je serai heureux tout seul !

Il courut vers la porte en hurlant. Mais, avant qu'il l'eût atteinte, elle livrait passage à Benoît et à Blèche. Il se jeta dans leurs bras.

— Elle s'est tuée !... Je n'ai pas eu le temps d'intervenir !

Il semblait prêt de défaillir, et Blèche le porta jusqu'à un fauteuil.

— Il faut rattraper le médecin... Benoît !...

Mais déjà Benoît s'était précipité vers le corps étendu. Il se redressa.

— Rien à faire... Elle ne s'est pas ratée...

Ils demeurèrent immobiles et silencieux, comme assommés ; ils n'entendirent point entrer Delorme, et ne découvrirent sa présence qu'au moment où le journaliste atteignait la table.

— Excusez-moi, dit-il. J'avais oublié...

Il aperçut brusquement Geneviève.

— Mme Berthon s'est évanouie ?

— Elle est morte, fit Benoît. Elle n'a pas pu résister... Elle s'est tuée d'un coup de revolver.

Le souffle coupé, Delorme resta un moment la bouche entrouverte, avec son bout de cigarette collé à la lèvre inférieure. Puis son visage se colora, tournant au brique, une lueur de gaieté s'alluma dans ses yeux.

— Ça, par exemple !... Pour un coup de pot !...

Il tendit le bras vers la table encombrée de panneaux, de pavillons, déplaça la boîte de biscuits, et découvrit sa caméra, l'objectif braqué sur la civière. Il la saisit avec avidité, et fit un bond jusqu'à la porte. Mais Benoît, anéanti, ne songeait guère à le poursuivre et Delorme s'arrêta sur le seuil.

— Elle tourne encore, tiens, tu vois... Je l'avais laissée tout à l'heure, quand tu m'as foutu à la porte... Je voulais simplement filmer Mme Berthon devant le corps de son mari... Si j'ai la scène du suicide par-dessus le marché !...

Il disparut dans la nuit. On entendait sa voix triomphante :

— Le reportage de ma vie !... Le document du siècle !...

LA VENGEANCE DU MARQUIS

(Histoire pour la jeunesse)

On se fit la bise à la paysanne, deux fois sur la joue gauche, une fois sur la joue droite.

— Comme il est grand, dit Mme Rocheteau, en posant la main sur la tête de Paul Caillois.

— C'est qu'il va sur ses douze ans, fit Mme Caillois. Et votre André promet, lui aussi.

— Entrez donc, proposa le fermier. Vous devez être fatigués. Vous installerez plus tard votre caravane, sous le marronnier.

Ils prirent place autour de la grande table et la fermière, saisissant un torchon, chassa quelques guêpes qui s'acharnaient.

— C'est la pâte à crêpes qui les attire, dit-elle.

— Un coup de bourgueil ? proposa son mari.

Dans la cour, c'était l'éclatante lumière d'août. Les Rocheteau et les Caillois se regardaient avec amitié.

— Déjà un an de passé, dit le fermier. Et il y en a eu, des choses depuis.

— Le vieux marquis est mort, dit Mme Rocheteau. La gendarmerie enquête. Ah, c'est toute une histoire ! Allez jouer, les petits. On vous appellera pour les crêpes.

— Tu viens ? proposa André. On t'a arrangé une nouvelle chambre.

— Raconte, fit Paul.

— Le marquis... ? Tu veux savoir ? Ah, c'est quelque chose. Tu te rappelles le premier étage du château ?

— Tu parles ! Les trois grandes salles du musée et, tout au bout, la bibliothèque du vieux.

— Eh bien, Ludovic l'a trouvé mort. Toutes les portes, toutes les fenêtres étaient fermées. L'inspecteur n'y comprend rien. Il n'arrête pas de répéter : « Personne n'a pu entrer. Personne n'a pu sortir. » On en a parlé à la télé. Il serait mort d'une crise cardiaque. Sans blague ! Nous autres, au club Columbo, on est sûr qu'il a été assassiné. Tiens, voilà ta chambre.

— Super ! admira Paul.

La pièce, rustiquement tapissée, sentait le foin et un peu l'étable. Un pigeon marchait délicatement sur le toit. La fenêtre ouvrait sur la campagne. Paul s'assit au bord du lit.

— Le club Columbo, qu'est-ce que c'est ?

André rougit, embarrassé.

— J'ai dit « club », comme ça. Voilà. On est quatre ou cinq copains, à l'école. On admire le lieutenant Columbo. S'il était là, il saurait expliquer la mort du marquis... parce que les journalistes n'ont pas tout raconté. Regarde.

Il tira de sa poche un morceau de craie et se mit à tracer un plan sur le parquet.

— T'inquiète pas, dit-il, j'essuierai après. Ça, c'est la bibliothèque. Deux portes, deux fenêtres verrouillées. Il était assuré contre le vol mais on l'avait obligé à prendre des précautions. Ici, le bureau. Le marquis était effondré dessus et le téléphone était renversé. Tu me suis ?... Bon. C'est ici qu'on aurait besoin de Columbo. A côté de lui il y avait un fauteuil et sur le fauteuil un énorme trousseau de clefs. Toutes les clefs du premier étage, sauf deux. Les deux clefs qui permettent d'ouvrir le coffre. Attends que je t'explique... Dans la salle du milieu, qu'on appelle la salle des cartes, il y a un formidable coffre de corsaire, revêtu de cuir, bardé de fer et muni de deux serrures compliquées. Qu'est-ce que le vieux cachait là-dedans ? Même Ludovic n'en sait rien. Sans doute des papiers, des titres, peut-être de l'or. Le fils du marquis n'est pas là. Il fait des courses automobiles. Le neveu, Charles, habite tout près mais personne ne veut prendre la responsabilité de forcer les serrures du coffre. Alors, on attend. Quand Hubert rentrera, il décidera.

— Je pourrais faire partie du club ? demanda timidement Paul.

André réfléchit.

— D'accord, admit-il, tu n'es pas bête. Tu pourrais peut-être nous aider. Mais il y a un règlement. Attends.

Il se fouilla et tira d'une autre poche, avec précaution, un objet bizarre, une bille d'acier suspendue à une chaînette.

— C'est bien simple. Si tu as du fluide, les copains diront oui. Mais si tu n'en as pas, tant pis. Tu comprends, moi, j'obéis au règlement.

— Du fluide ? Tu veux dire de la force. Je suis costaud, tu sais.

— Mais non. Pas de la force. Tiens, étends ta main gauche bien à plat, et ne bouge plus.

André pinça entre pouce et index l'extrémité du fil et laissa la bille se balancer.

— Tu vois, j'amène ma bille juste au-dessus de ta main. Elle est immobile mais si tu as du fluide, elle va commencer à remuer comme un balancier de pendule et puis elle va se mettre à tourner.

Paul, très impressionné, serrait les dents, mais la bille se contentait d'osciller paresseusement.

— Non, déclara André, tu n'es pas très doué pour le fluide. Regarde-moi.

Il tendit sa main gauche, paume offerte, et aussitôt la bille se mit à tournoyer.

— Ah non ! s'écria Paul. Tu triches. Ce sont tes doigts qui font le travail. Pardi, c'est facile ! Moi aussi, je n'ai qu'à tenir le fil d'une certaine façon. Un petit coup de poignet et hop, ça devient une espèce de fronde. Du fluide, j'en ai autant que toi. Tu penses !

Vexé, André tendit à Paul son curieux engin.

— Essaye.

Paul saisit avec précaution la chaînette et plaça la bille à l'aplomb de sa main. Rien. A peine si la bille traduisait par un léger frémissement l'énervement croissant du garçon.

— Allez, donne ça, dit André.

Avec dextérité, il se remit en position et aussitôt la bille recommença à vivre joyeusement. André eut de la peine à la stopper.

— C'est ça, le fluide, conclut-il.

— Tu m'embêtes avec ton fluide, grogna Paul.

— Faut pas te fâcher, mon vieux. On n'y arrive pas du premier coup. Moi, j'ai travaillé pendant longtemps, en me promenant, ou bien en classe, pendant les cours de math. Tout d'un coup, ça se met à marcher. Tu ne sais pas pourquoi. Le marquis disait que c'est l'inconscient. C'est lui qui m'a donné mes premières leçons. Il répétait tout le temps : « Le pendule, c'est une question d'entraînement. Tout le monde a un peu de fluide mais ça s'arrête aux poignets. Il faut le faire descendre dans les doigts. » Il était vachement calé, le marquis. Et tu aurais vu sa collection de pendules. Il en avait même un avec une bille en argent. Celui-ci, allez, prends-le. Je te le donne. J'en ai d'autres. Et demain soir, quand le club se réunira, je leur expliquerai que tu viens de Paris et que tu n'es pas encore formé, mais que tu es prêt à nous écouter.

La voix du fermier retentit au rez-de-chaussée.

— Eh bien, les petits, qu'est-ce que vous fabriquez ?... Descendez, si vous voulez des crêpes.

— Merci, dit Paul. Je ne le montrerai à personne.

— Oh, mais tu peux t'en servir devant tes parents. Ici, tout le monde en a. Le marquis en donnait à droite et à gauche. Une manie. Tu vas voir, je vais mettre mon père là-dessus. Il vous racontera des trucs pas croyables.

Ils revinrent en courant dans la salle commune où la fermière avait disposé des couverts autour de la longue table.

— Vous n'avez donc pas faim ? demanda Mme Rocheteau.

— Si, s'écria André, mais je parlais à Paul du marquis et de ses pendules.

— A propos du marquis, fit le fermier en se tournant vers le père de Paul, on aimerait bien que l'enquête s'achève. C'est plein de curieux qui voudraient bien visiter le château, sans parler des gens qui se baladent dans le parc, sous prétexte qu'ils sont radiesthésistes et qu'ils ont la permission de Ludovic.

— Radiesthésistes, c'est quoi ? questionna Paul.

— Ceux qui cherchent des trésors avec des pendules, dit le fermier. Fumistes et compagnie, à mon avis, mais ça passe partout, ça piétine tout. Heureusement que les blés sont ramassés.

— Et il y aurait un trésor au château ? dit Mme Caillois.

Les fermiers hochèrent la tête.

— Allez savoir, murmura Mme Rocheteau. Moi, ce dont je suis sûre, c'est que le pauvre marquis était complètement gâteux. Dans les derniers temps, il cachait tout pour taquiner Ludovic ; les choses les plus usuelles : les clefs, les lunettes, le porte-monnaie du pauvre homme, et il s'amusait comme un gosse. « Cherche ! Si je n'étais pas là ; comment ferais-tu ? » Quelquefois Ludovic venait s'asseoir ici. « Je n'en peux plus, disait-il, avec ses pendules, il me tourne en bourrique. Je ne suis pas comme lui, moi. Je n'ai pas le don. »

— Mais, intervint Paul, le don pour quoi faire ?

— Comment, dit M. Rocheteau en se tournant vers son fils, tu n'as pas expliqué à ton camarade ?... Eh bien, quand on sait se servir d'un pendule, on peut retrouver un objet égaré, par exemple, ou découvrir une source, ou repérer des métaux, ou encore localiser des épaves. Tout ce que le marquis a ramené du fond de la mer, tout ce qui est exposé dans son musée. Il a toujours prétendu que c'est grâce à ses pendules.

Le fermier ouvrit un tiroir et en retira un superbe pendule à boule d'ivoire.

— Un cadeau du marquis, dit-il. Supposez que ma fourchette soit un bateau coulé. J'explore la surface de la mer, comme ça.

La boule se mit à tournoyer. « Lui aussi a le fluide, pensa Paul rageusement. Tout le monde l'a, sauf moi. »

— Je n'ai plus qu'à marquer l'endroit avec une bouée, continue M. Rocheteau, et je vide le bateau s'il n'est pas trop démoli. Songez que le bonhomme a passé vingt années de sa vie à sillonner la mer des Antilles. Il a exploré, paraît-il, des tas d'épaves. Songez à l'or, aux bijoux, qu'il a dû ramasser. Qu'en a-t-il fait ? Ludovic, qui a pourtant passé sa vie à son service, l'ignore toujours, tellement le vieux était cachottier. Il croit que tout le château est truffé de cachettes, sans parler de l'énorme coffre qui est dans la salle des cartes. Et puis il y a aussi le parc où le marquis aimait se promener seul. Il n'a laissé aucun papier, aucune indication. Pas de testament. Rien. Du moins rien que sa collection de pendules. Je plains ses héritiers. Alors, forcément, l'imagination du public travaille. On se dit qu'en patrouillant aux abords du parc, ou le long de l'étang, on a peut-être une petite chance de tomber sur une pièce ou une pierre précieuse. Ne vous étonnez pas si vous rencontrez des gens tenant un pendule et munis d'une pioche. C'est la folie, dans le pays.

— Vous ne pourriez pas parler d'autre chose, dit la fermière, ce pauvre Paul en est tout pâle. Reprends des crêpes, mon petit.

Mais le sujet était si captivant que Paul ne pouvait plus en détacher son esprit. Il mangeait du bout des dents et cependant il adorait les crêpes. Mais ces galions couverts d'algues, ces coffres d'où s'échappaient des colliers, des bracelets et la vaisselle précieuse... parmi les poissons des tropiques, tandis que là-haut, à l'avant d'une embarcation, l'explorateur, bras tendus, surveillait sa boule frémissante... Ah ! ces images commençaient à torturer Paul. André possédait le fluide, et qu'est-ce qu'il en faisait ? Il jouait au pendule avec ses copains du club au lieu... Oui, bien sûr... au lieu de chercher, à son tour, partout où Ludovic lui permettait d'aller.

— Tu viens, dit-il tout bas à son ami. Je voudrais te parler.

Ils se levèrent et la fermière s'écria :

— Ne va pas trop loin, André. N'oublie pas que tu dois t'occuper des lapins.

Ils allèrent s'asseoir sur les marches de la caravane.

— Tu le connais bien, Ludovic ? demanda Paul.

— Tu parles. On est parent par son père.

— Tu crois qu'il nous laisserait entrer dans le château ?

— Oh, sûrement. Après la mort du vieux, il y avait plein de gendarmes, et puis des policiers venus de Tours. Toutes les visites étaient supprimées. Mais maintenant tout le monde est reparti. Pourquoi ? Tu voudrais visiter ?

— Je voudrais revoir le musée et tout... Peut-être que mon pendule commencerait à fonctionner, sur place.

— Écoute, c'est facile. Ludovic vit seul au château, en attendant le retour du fils. Quelquefois, d'un coup de vélo, je lui fais ses commissions au village. Alors, tu vois.

Il éclata de rire.

— Tu te rends compte. Ton pendule se met à virer et toc, tu dégottes un diamant dans le parc. Tu le vends et tu es riche.

— T'es bête, dit Paul.

— Comme dans les contes de fées, continua André, en pouffant. Tu es une fée, avec des cheveux blonds et un truc brillant sur la tête.

Il riait tellement qu'il en tomba dans l'herbe et Paul fut à son tour gagné par cette gaieté.

— J'aimerais bien être une blonde, suffoquait-il.

La voix de la fermière retentit au loin.

— André !... Les lapins !

— Ah, zut pour les lapins !... Bon. J'y vais. Demain matin, on ira au château. On dira à Ludovic qu'on est des fées en vacances. Ça ne l'étonnera pas. Il a vu tellement de choses, avec son maître.

Paul fit le tour de la caravane et traversa le champ, derrière le marronnier. Il y avait là une sorte de talus d'où l'on découvrait le château de la Cluze. De loin, on ne pouvait pas s'apercevoir qu'il était délabré. Il avait encore fière allure avec ses deux tours d'angle et ses cheminées altières. Paul rêva longtemps. Ce n'était pas la richesse qui lui faisait envie. C'était le pouvoir. Si vraiment, à l'aide d'un pendule, on devenait tout-puissant... Mais c'était trop beau. Il sortit de sa poche celui qu'André lui avait donné, laissa pendre la petite boule. Elle oscillait un peu, parce que ses doigts se contractaient involontairement, mais il était évident qu'elle ne vivait pas. Ou plutôt, elle se taisait. Elle boudait. Elle ne voulait pas de lui !

« Bon, d'accord, pensa Paul. Je vais m'en fabriquer un qui sera bien à moi. »

Il y avait, dans le coffre de la caravane, une trousse à outils, du nylon, des pinces et, perdue dans un fatras de ferrailles, une boule d'acier provenant d'un roulement à billes. O.K. Le nylon, la bille, une goutte de colle, et voilà un superbe pendule. Et celui-là obéira, ma parole !

Eh bien, non. Lui aussi pendouillait, minable, têtu dans son immobilité. Les richesses cachées par ce vieux fou de marquis s'offriraient à d'autres.

Pendant le souper, Paul resta silencieux.

— Le voyage l'a fatigué, expliqua sa mère. Une bonne nuit et demain vous le verrez gambader.

Mais le lendemain, Paul se fit introduire au château par André. Ludovic nettoyait le vaste vestibule. Il portait une combinaison bleue d'une seule pièce, et une clef anglaise dépassait l'une de ses poches.

— Ah, te voilà, toi, dit-il à André. File chez Firmin m'acheter du tabac. M. Hubert m'a téléphoné. Il va arriver ce soir, et moi, j'ai tant à faire.

André poussa Paul devant lui.

— Mon ami Paul. Il est en vacances chez nous et il voudrait bien jeter un petit coup d'œil là-haut.

— Ouais, dit Ludovic en se massant les reins.

Il était craquelé de partout, les mains, les joues, le front, comme une vieille terre cuite et tout planté de poil. Par-dessus ses lunettes, il examina Paul.

— Alors, vite fait, décida-t-il. Je suis pressé. Et toi, pense à mon tabac... Par ici, jeune homme.

Il se dirigea vers une porte basse et annonça pompeusement :

— La salle des trophées. C'est là que le grand-père du marquis exposait ses têtes de cerfs et de chevreuils. Les murs étaient couverts de cornes, de bois, d'andouillers. Mais maintenant...

D'un geste las, il embrassa la pièce et Paul s'arrêta, saisi. Plus une seule dépouille mais, suspendus à des crochets, des pendules. De toutes espèces. Les uns comme de vulgaires fils à plomb, les autres, brillant comme des bijoux. Les uns munis de cordons, les autres de chaînettes, de sautoirs, de gourmettes.

— Voilà à quoi il dépensait son argent, gémit Ludovic.

— Je peux toucher ? demanda Paul. Cette petite boule verte ?

— C'est une émeraude, paraît-il.

— Et ça ?

— Un anneau d'or. Tu peux accrocher n'importe quoi à un fil, pourvu que ce soit assez lourd, et tu as un pendule.

— Un pendule qui marche ?

— Je pense bien. Enfin, ça marchait, avec lui. Viens, petit. Ne restons pas là. Ça me fend le cœur.

Ils atteignirent un long couloir et gravirent un escalier de pierre. Ludovic poussa la porte du musée. Au premier coup d'œil, Paul fut déçu. Des vitrines, partout, comme dans tous les musées. C'étaient surtout les étiquettes qui étaient intéressantes. Ainsi cette vieille paire de pistolets : *Frégate de Crane. 1712.* Ce canon encore incrusté de coquillages : *Épave non identifiée. Probablement la Santa Barbara. 1682.* Et de pauvres choses à peine reconnaissables, des cruches, un astrolabe ; un coffret défoncé. *Plata Flota. Gold Hurde. Augusta.* Une grande carte des Antilles était mouchetée de croix minuscules, la carte des navires perdus. Et c'était autour des îles un fabuleux collier de trésors engloutis, des centaines de noms, les uns serrés en grappes, les autres solitaires : tout un cimetière de bateaux morts, de coques pourries dont la moindre valait des millions.

— Le marquis était très riche ? demanda Paul.

— Oh, répondit Ludovic, encore plus que ça... Tiens, regarde cette vitrine... Elle est pleine d'anciennes monnaies, des doublons, des roupies, des pesos, des dinars... est-ce que je sais, moi !... Et il en cachait un peu partout. Si on démolissait ce château, ce serait comme un énorme gâteau des rois bourré de fèves.

Il y avait de l'émerveillement dans les yeux de Paul.

— C'est pour ça qu'on a tué mon maître, murmura Ludovic. Mais la police ne veut pas me croire.

Ils passèrent dans la bibliothèque où un scaphandrier debout semblait monter la garde auprès de la cheminée. Tout de suite, Paul découvrit le bureau. Le contour du corps était dessiné à la craie, l'endroit où le vieil homme s'était écroulé. Paul, intimidé, restait sur le seuil.

— Fenêtres fermées, porte close ; comment s'y est-on pris pour le tuer ? reprit Ludovic. Le docteur parle d'une syncope cardiaque. Allons donc ! Il était émotif et coléreux, ça c'est vrai. Comme M. Hubert. Quand ils se sont fâchés, tous les deux, j'ai cru qu'ils allaient se battre, et après il a été obligé de se coucher... M. Hubert n'arrêtait pas de faire des dettes. C'est depuis ce temps-là que mon pauvre maître a commencé à perdre la tête. Non, pour moi, quelqu'un s'est introduit ici — j'ignore comment — et monsieur le marquis a voulu appeler au secours. La preuve, c'est qu'il a essayé de téléphoner.

— A qui ? dit Paul.

— A moi, pardi. Quelquefois, il cessait de me parler. Il me donnait ses ordres par téléphone. Il y a un récepteur à l'office. Je t'assure, mon petit, qu'on menait une drôle de vie, tous les deux.

— André m'a raconté que vous ne saviez pas où sont les clefs du coffre.

— C'est vrai.

— Qu'est-ce qu'il y a dedans ?

— Je ne l'ai jamais su. Et pourtant M. Hubert va m'interroger. Il n'est pas commode.

Ludovic palpa machinalement ses poches à la recherche de sa pipe, se rappela qu'il n'avait plus de tabac et haussa les épaules.

— Après tout, conclut-il, s'ils ne sont pas contents, lui et son cousin Charles, qu'ils aillent se plaindre à la police. Allons-nous-en.

Ils revinrent dans le hall.

— M. Charles a l'air gentil, comme ça, fit-il, en serrant amicalement le cou du garçon d'une main rude, mais il ne vit que pour l'argent. Quand il vient ici, c'est pour sonder les murs et chercher un passage secret. Il croit qu'il y a quelque part un souterrain.

— Il y en a peut-être un, dit Paul, de nouveau excité.

— Peut-être, fit Ludovic en souriant. Tiens, voilà André. Est-ce que tu as un pendule ?

— J'en ai fabriqué un.

— Eh bien, va l'essayer dans le parc. Et si tu trouves quelque chose, ce sera pour toi.

— Merci, m'sieur, dit Paul.

Mais déjà son ami l'entraînait, d'un air mystérieux.

— J'ai vu les gars du club, chuchota-t-il. Ça ne va peut-être pas être facile. On doit les rencontrer après déjeuner, près de l'étang... Faudrait que tu t'entraînes, tu comprends, pour leur faire bonne impression.

Paul montra à son camarade le pendule qu'il avait fabriqué. André admit que ce n'était pas mal, bien qu'un peu lourd.

— Ce n'est pas un jouet, insista-t-il. C'est même mieux qu'un outil. C'est un instrument, ouais, parfaitement, comme un violon.

Cependant, il consentit à tester l'objet. La bille tournait.

— Bon. Ça ira.

Ils croisèrent un vieil homme à binocle qui furetait, son pendule le tirant en avant, comme un petit chien de chasse.

— C'est Binoche, expliqua André. Il est employé à la mairie. Brave type mais pas plus de fluide qu'un fer à repasser. Je connais un coin, sous les saules, près de l'étang. Viens. A partir d'ici, commence à chercher.

Paul se concentra sur son pendule.

— Marche lentement... Là... Doucement... la jambe souple. Laisse faire ton poignet. Tu vois... On dirait que ça vient. Mais oui, ça vient.

La bille entamait un circuit d'abord très lent et puis un peu plus rapide.

— Va un peu à droite... Alors, là, mon petit vieux, chapeau. Il y a quelque chose au pied de la touffe. Attends. Stop. Le temps de creuser.

A genoux, André grattait l'herbe, arrachait des pâquerettes, et se relevait avec une lenteur solennelle.

— Qu'est-ce que tu dis de ça ?

« Ça », c'était une petite chose souillée de terre mais qui se mit à briller dès qu'André l'eut frottée avec son mouchoir. Paul, les jambes coupées, dut s'asseoir.

— C'est une pièce ? murmura-t-il, d'une voix de convalescent.

— Je veux ! s'écria André. Regarde. Elle est usée, mais on voit le profil d'une tête, et puis il y a du latin autour. Je te l'avais dit que tout ce parc était farci de fric.

— Rends-la-moi, fit Paul.

Il la tint serrée dans le creux de la main. Elle lui faisait chaud. Il éclatait de fierté.

— Quand même, dit André un peu jaloux, tu t'amènes, tu ne sais même pas la différence entre un pendule et un parapluie, et du premier coup, avec un machin minable, tu décroches le gros lot. Bon. On continue. On est peut-être sur le filon. Le marquis venait souvent par ici. Il avait toujours deux ou trois lignes à carpes qui ne prenaient jamais rien. Tu les vois d'ici. Prête-moi ton engin. Finalement, il est meilleur que le mien.

Mais ils eurent beau explorer, ils ne firent plus aucune découverte. De temps en temps, Paul contemplait sa pièce.

— Pas un mot chez nous, recommanda André. A personne. Ça doit rester entre copains.

Ils allèrent déjeuner.

Le club des Columbo attendait, à côté du déversoir. Ils étaient trois, vêtus de vieux imperméables pour mieux ressembler à leur modèle. André fit les présentations : Jean-Pierre, Michel, Gustave.

— Paul mettra un imper quand nous nous réunirons, dit-il. Et puis il apprendra le règlement.

— Et question fluide ? dit Michel.

— Alors, là, il va vous épater. Ce matin, en se promenant, il a trouvé, comme ça, mine de rien, une... Mais montre-leur ta pièce.

Elle circula de main en main, dans un silence respectueux. Pas d'objection. Paul était accepté d'autorité.

— Fais voir ton pendule. Et remarquez, les gars, c'est lui qui l'a fabriqué.

La chose en question les impressionna encore plus que la pièce. Ils n'osèrent pas exhiber leur propre matériel. André, plein de suffisance, pérorait maintenant en jouant avec dextérité du pendule, si bien que Paul faillit lui dire : « C'est à moi, si tu permets. » On étudia l'endroit où la pièce avait été cachée.

— J'ai commencé à dessiner un plan, fit Gustave, pour essayer de sauver la dignité des Columbo en présence de cet intrus qui leur tombait de Paris. Jusqu'à présent on en est à quatorze et j'ai remarqué que huit avaient été trouvées près de... Mais j'ai le plan sur moi.

Il déroula une double feuille qu'il étala sur l'herbe.

— J'ai marqué les points cardinaux. Le château est au nord-est et l'étang est ici, au sud-sud-est. Eh bien, les huit pièces étaient là, sur cette ligne en pointillé qui va du déversoir au perron du château. C'est dans cette direction qu'il faudrait explorer. Vous notez que la pièce d'aujourd'hui est dans l'axe, elle aussi.

— C'est vous qui les avez repérées, ces huit pièces ? demande Paul innocemment.

Échange consterné et furieux de regards. Le club se rebiffa.

— Non, avoua Jean-Pierre, et si tu veux savoir, on n'en a pas encore déterré une seule, de ces saloperies de pièces.

— Mais ça va venir, se hâta d'ajouter André, qui sentait que les Columbo s'énervaient.

Il y eut encore un débat technique sur le choix des billes, les uns estimant qu'il fallait les peindre en rouge, les autres préférant leur ajouter de petites ailettes. Et puis on se sépara froidement.

— Faut comprendre, plaidait André. Ils se méfient des étrangers. Ici, la chasse aux pièces est devenue une espèce de sport. L'idée du plan n'est pas de ce pauvre Gustave. Il est idiot. Elle est du coiffeur. Il a fixé par des punaises, au-dessus de son lavabo, une carte d'état-major et il y plante des petits drapeaux, à mesure que les gens du bourg annoncent leurs trouvailles. Le dimanche matin, tu verrais radiner les clients. Ils viennent étudier le terrain.

— Et les pièces ?

— Elles sont confiées à l'instituteur. Elles seront vendues au bénéfice des œuvres municipales. Ta pièce aussi. Tu ne dois pas la garder.

Ils s'entendirent appeler et ils furent rejoints par Gustave, hors d'haleine.

— Venez. Il y a du nouveau. Je vais prévenir la gendarmerie.

Il était déjà reparti.

— C'est peut-être le feu, fit André.

Ils s'élancèrent et, par un raccourci, arrivèrent sur la place de l'église. Une petite foule stationnait, le nez en l'air.

— Qu'est-ce qu'il y a ? demanda André à la boulangère.

— Regardez, là-haut, le ballon rouge.

— Oui, et alors ?

— Vous apercevez la ficelle qui s'est accrochée au paratonnerre. Au bout de la ficelle, il y a quelque chose de blanc, comme une lettre ou une carte postale. En tout cas, quelque chose d'écrit. L'instituteur est là, avec des jumelles. Vous le voyez, sur le parvis ? Il est entouré de curieux. Allez-y, tous les deux. Vous me renseignerez. Moi, je ne peux pas quitter le magasin.

Il n'était pas facile de s'approcher. On se pressait autour de l'instituteur et ceux qui étaient derrière criaient :

— Qu'est-ce qu'il dit ? Plus fort. On n'entend rien.

— Il dit que c'est une carte postale, précisa le boucher. On la distingue mal parce que le vent l'agite, mais elle représente le château de la Cluze.

Mouvements divers dans la foule. Encore une fantaisie de ce vieux fou de marquis. Le boucher semblait traduire les paroles de l'instituteur.

— Il dit qu'il peut lire deux mots, mais il n'est pas sûr. Il croit déchiffrer : *Je soussigné...*

Murmure de déception.

— Ça n'a aucun sens... Surtout sur une carte postale.

— Ce ne serait pas plutôt *Bons baisers*, ou quelque chose comme ça ?

— Attendez, intervint le clerc de notaire, qui arrivait au galop. *Je soussigné*, c'est généralement le début d'un testament.

— Ça va pas, protesta l'épicière. Un testament accroché au clocher !...

Les assistants n'étaient pas contents et l'instituteur passa ses jumelles à son voisin, Lalumière, l'ancien marin.

— Vous qui avez une bonne vue, regardez.

L'homme braqua les jumelles. Grand silence. Enfin, il trancha :

— Oui. Je lis : *Je soussigné...* Après, il y a comme des prénoms.

— Évidemment, dit le clerc de notaire, *Joachim Auguste Théodore*, s'il s'agit bien du marquis. *Joachim Auguste Théodore de Ceylac, marquis de la Cluze...* Il faut aller chercher tout de suite ce document.

Le fils du maçon, qui était couvreur, se dévoua. Cette fois, la place était noire de monde et l'on suivait avec inquiétude l'ascension du jeune homme, tandis que les martinets se poursuivaient joyeusement autour de lui. Quand il atteignit le ballon, tout en bas, la foule applaudit et l'on se rua autour de la sacristie pour accueillir le vainqueur. Vite ! Qu'est-ce qu'il y avait d'écrit ? Seulement quelques mots : *Je soussigné*, etc, etc. *sain de corps et d'esprit...* Là, ce fut un éclat de rire général, qui s'arrêta très vite.

— Après ?... Après ?

Le clerc de notaire tournait et retournait le carton.

— C'est tout, dit-il.

— Non. C'est impossible. Ça ne tient pas debout !...

Personne n'y comprenait plus rien. Ces gens simples, habitués à raisonner en adultes, n'arrivaient pas à sentir qu'il s'agissait d'une espèce de jeu. Un jeu de vieil homme retombé en enfance, mais justement. Tout naturellement, Paul dit comme une évidence :

— Il y a peut-être d'autres ballons avec d'autres cartes postales.

Et c'était tellement ahurissant que chacun se taisait, peu à peu gagné par la vérité.

— Il a raison, ce petit, dit le clerc. Déjà, cette idée farfelue de semer des pièces d'argent dans son parc, il faut avouer que c'est délirant. Alors, un testament confié à des ballons, pourquoi pas ? Seulement pour les retrouver, vous voyez le travail.

— J'ai une idée, dit le coiffeur. Venez.

Une vingtaine de curieux l'accompagnèrent et se regroupèrent devant la carte affichée au mur. Le coiffeur prit un ton de conférencier.

— Le marquis est mort il y a une quinzaine de jours et c'est forcément tout à la fin qu'il a lâché ses ballons. Bon. Or le grand beau temps règne depuis au moins trois semaines. Vent d'est. Aucun orage. Voilà les ballons partis. Direction ?

Il interrogeait comme un maître d'école et ce fut l'instituteur, agacé, qui répondit :

— Direction est-ouest, on a compris. Alors, communiqué aux journaux, à la télé, à la radio. Prière de chercher vers l'ouest du département. Ils n'ont pas dû aller bien loin.

— Il y aura une récompense, ajouta le clerc. Somme importante à retenir sur la succession.

Jamais le village n'avait connu pareille agitation. Chez Loulou le cafetier, les commentaires allaient bon train. L'instituteur avait offert deux jus de fruits à André et à Paul. C'est tout juste s'il ne traîtait pas d'égal à égal avec eux, tellement l'hypothèse de Paul l'avait séduit.

— Et tu vois, lui disait-il, ce n'est peut-être pas si fou que ça. Supposons que le bonhomme ait voulu déshériter son fils, ou son neveu... Plutôt son fils avec qui il était brouillé.

— Le fils le tue, coupa Paul, mais c'est trop tard. Les ballons se sont envolés.

L'instituteur sourit avec indulgence.

— Tu vas un peu fort. Tu ne lirais pas trop de B.D., par hasard ? Il ne faut pas oublier que le jeune marquis est resté au Brésil plus d'un mois pour préparer le championnat d'Amérique latine. Il vient juste de rentrer.

— Alors, c'est peut-être son cousin, suggéra André, qui commençait à prendre goût à toutes ces hypothèses.

— Question, dit l'instituteur comme s'il faisait sa classe : Qu'est-ce qui pénètre dans une pièce close, malgré les verrous ? Hein !

— Rien, répondirent ensemble les deux garçons.

— Erreur. Réfléchissez. Non ? Vous ne voyez pas ? Eh bien, le fil du téléphone. Supposons, ce n'est qu'une supposition, notez... Supposons qu'à peine arrivé à Paris, Hubert téléphone. « Je débarque. Tout va bien. Mais qu'est-ce que j'apprends ? Charles, qui m'attendait, me signale que tu veux vendre le château ? »

— C'est vrai qu'il voulait vendre ? dit Paul.

— Pour le moment, ce n'est qu'un bruit mais ce n'est pas impossible. Alors la querelle recommence. Le ton monte. Et pour finir le vieux succombe à une crise cardiaque.

L'instituteur éclata de rire.

— Ne faites pas cette tête-là, tous les deux. Je plaisante, mais pour vous montrer que c'est facile d'inventer n'importe quoi. Alors, rentrez chez vous et laissez les gendarmes faire leur métier.

Mais les deux garçons n'avaient aucune envie de revenir à la ferme. Ils allèrent s'asseoir sur un banc, devant le bureau de poste, à la source des nouvelles. Ils entendaient la voix aiguë de la postière qui, de temps en temps, criait à quelque usager : « Vous avez Villandry », ou bien « Vous avez Chinon », ou encore « Vous avez la gendarmerie. Parlez plus fort », et leur cœur bondissait. Ces ballons en fuite, c'était, dans ce pays de grandes chasses à courre, comme une espèce de malicieuse poursuite, et l'on imaginait fort bien des piqueurs en habit rouge sonnant de la trompe pour signaler que le gibier était en vue. Étrange gibier, en vérité, qui se laissait porter d'un arbre à l'autre, à la cime des forêts, accrochant parfois son précieux message à quelque branche et restant prisonnier. Ah ! Soudain la voix de la préposée. « D'où appelez-vous ?... De Saumur ?... Oui, j'entends. Une ligne à haute tension. Je fais le nécessaire. Mais pour aller le chercher là, c'est dangereux. »

— Forcément, murmura Paul. On va en perdre la moitié. Et si c'est vraiment un testament, jamais on ne saura qui en est le bénéficiaire.

— C'est peut-être bien ça que souhaitait le vieux, fit André.

Paul lui saisit le bras.

— Mais oui. Bien sûr, pardi ! Si l'héritier n'est pas désigné, tout s'arrête. Personne n'a plus le droit d'intervenir, ni de fouiller, ni de vendre.

— Comment tu sais ça ?

— On avait un cours d'instruction civique. Qu'est-ce que c'était barbant. Mais j'en ai retenu des bribes. Tu vois, juste assez pour savoir que le vieux a inventé un sacré moyen d'embêter ses héritiers. Tu te rends compte. Ils ont des millions à portée de la main et pas touche. Ah, tais-toi. Écoute.

Le cordonnier sortait de la poste et, à travers la place, lança au sacristain :

— On en a attrapé deux.

La rumeur se répandit bientôt que plusieurs autres ballons avaient été capturés, et les transistors apparurent entre toutes les mains parce que d'heure en heure il y avait un communiqué spécial. La police essayait, en comparant les cartes postales récupérées, de reconstituer le puzzle, mais chaque carte ne contenait que quelques mots. De toute évidence, le vieux marquis avait dû lancer quelques dizaines de ballons, et faute de les rassembler tous, on ne pourrait rien savoir.

Pendant le dîner, à la ferme, il ne fut question que du marquis et de ses idées saugrenues. M. et Mme Caillois se voulaient d'abord en vacances et les pitreries du vieux châtelain les intéressaient assez peu. Mais ils voyaient Paul si excité qu'ils entraient à leur tour dans le jeu.

— Je doute que ce testament soit valable, disait M. Caillois. Même à supposer qu'on puisse le reconstituer, il est évident que son auteur ne jouissait pas de toutes ses facultés.

— Et si l'on découvrait un autre testament ? objectait le fermier. Si ce testament accroché à des ballons n'était pas le bon. Simplement une espèce de farce pour faire enrager ses proches ?... Et naturellement, ses proches, c'est d'abord son fils. Hubert a le plus grand besoin de cet héritage. Le château et ses dépendances représentent un énorme capital, surtout maintenant. Avec ses monnaies anciennes dispersées un peu partout, on est en droit de penser que si le marquis jetait sa fortune à tous les vents, c'est qu'elle est immense. Et vous voyez la suite. Si on ne trouve pas un vrai testament, valable aux yeux de la loi, l'État mettra la main sur tout.

— Il n'en a pas le droit, s'écria la fermière. Mangez, les enfants. Après tout, au diable le marquis et son testament.

Mais M. Caillois, qui se passionnait peu à peu, répliqua :

— Le fils Hubert est quand même l'héritier naturel.

— Non, justement, dit M. Rocheteau, il n'est que le fils d'un second mariage.

— Ça suffit, trancha sa femme.

— Bah, conclut le fermier, on cause comme ça. Je dis simplement que le marquis dilapidait ses biens et qu'on l'a tué au bon moment.

Pensifs, les deux garçons, après le dessert, montèrent dans la chambre de Paul et, pour garder la forme, s'amusèrent un instant avec leurs pendules.

— Tu y crois, toi, à ce deuxième testament qui serait le vrai ? demanda Paul.

— Pas tellement, dit André. La police a déjà mis son nez partout et n'a rien trouvé. Moi, je pense qu'on ne saura rien tant qu'on n'aura pas réussi à récupérer tous les ballons. Maintenant que les gens sont prévenus, ils vont ouvrir l'œil.

André ne s'était pas trompé. La radio, le lendemain, était riche en informations. Un premier ballon rouge avait été repéré à Baugé. Il était dégonflé mais son message était lisible ; il ne contenait que ces mots, en gros caractères : *à mon fidèle Ludovic.* Vers Châteauneuf-sur-Sarthe, un autre ballon avait été signalé, accroché à une antenne de télévision, et malheureusement son message s'était perdu. Troisième ballon tombé sur les toits du château de Condé : *les documents sont dans la malle.* Cette fois, le sens était clair, mais quels documents ? Les recherches continuaient. Le vent avait soufflé légèrement du sud-est, ce qui expliquait que les ballons s'étaient éparpillés en gerbe vers la Sarthe et la Mayenne, et ce qui étonnait les enquêteurs, c'étaient les distances parcourues. A ce compte, il fallait peut-être chercher encore plus loin, vers Laval ou Rennes. Et combien de temps prendrait encore cette chasse aux ballons ?... Du moins, tenait-on un fragment de renseignement : les documents sont dans la malle. Il suffisait donc de l'ouvrir, cette malle. Mais avec quelles clefs ? Puisque les deux seules clefs adaptées aux serrures avaient disparu. Pas question de défoncer ce coffre qui était un objet de musée. Mais d'autre part, pas question non plus de renoncer à en connaître le contenu.

— Il y a un moyen, décida Paul. Se servir du pendule.

— Comment ça ?

— Eh bien, voilà. On promène le pendule au-dessus de la malle pour bien capter ses ondes, et puis on se déplace partout, en pensant fortement : « Je suis un coffre-fort. Je suis un coffre-fort. » Et quand on pense à l'endroit où les clefs sont cachées, hop, la bille tourne. C'est là.

— Complètement dingue, soupira André.

Paul se rebiffa.

— Écoute, mon vieux. J'ai lu, dans les journaux, comme tout le monde, que des radiesthésistes réussissent à découvrir des personnes disparues en baladant leurs pendules au-dessus de simples photos... Oui ou non ?

— Oui, peut-être. Mais une personne disparue, ça rayonne si tu vois ce que je veux dire. Ça émet du fluide. Pas une malle.

— Ça dépend de ce qu'il y a dedans. Mais, bon, j'exagère. Je parle de ce que je ne connais pas. D'accord. Essayons toujours.

Ils se rendirent au château. La Mercedes de l'héritier sans héritage stationnait devant le perron. Ludovic les accueillit d'un air fatigué.

— Il est à la gendarmerie, dit-il. Son cousin aussi. On les interroge tous les deux, comme s'ils étaient coupables. C'est bien pénible.

— Mais puisque Hubert est arrivé plusieurs jours après la mort de son père, qu'est-ce qu'il risque ?

— Eh non, justement. Il a menti. Il est rentré en France une semaine avant les événements. La police l'a établi avec preuves à l'appui. Et il paraît que ses explications ne sont pas très claires.

— Et Charles ?

— C'est pour le rencontrer que ce malheureux Hubert est rentré plus tôt que prévu. Alors les enquêteurs voudraient bien savoir ce qu'ils ont comploté tous les deux. Voir ça, à mon âge, c'est bien triste. Et vous, qu'est-ce que vous voulez ?

— Oh, rien. Un petit coup d'œil sur le musée, dit Paul. Le coffre, j'aimerais le voir plus en détail.

Examiné avec plus d'attention, le coffre paraissait encore plus formidable. Des bandages de fer le renforçaient et les serrures présentaient un dessin si compliqué qu'on se demandait quelle forme pouvaient avoir les clefs qui le manœuvraient. Paul sortit son pendule.

— Je peux ? dit-il à Ludovic.

Celui-ci haussa les épaules.

— Je vous laisse, grogna-t-il. Ne faites pas de bêtises.

Paul eut beau présenter son pendule au-dessus puis autour de la malle, il n'obtint aucun résultat. La bille oscillait mollement, et sans prendre le moindre intérêt à ce bizarre objet qu'on lui proposait.

— De toute façon, observa André, les clefs ne sont pas ici. Tout a été fouillé.

— On a regardé dans le scaphandre ? s'obstina Paul.

Ils coururent ausculter le mannequin qui montait toujours sa garde silencieuse avec sa grosse tête de cuivre aux yeux grillagés. Ils la dévissèrent, la secouèrent. Rien. Leurs mains erraient sans succès sur les valves, les robinets, les plaques de plomb, la ceinture armée d'un poignard de plongée. Ils perdaient leur temps et renoncèrent. Ils remercièrent Ludovic mais Paul posa encore une question.

— Elles sont grandes comment, ces clefs ?

Écartant ses deux mains comme un pêcheur qui indique la taille d'un poisson, Ludovic, après quelques corrections tâtonnantes, prit sa décision.

— Pas loin de vingt centimètres.

— Tant que ça !

— Et lourdes à proportion. A cause de leur forme et de leur poids, je ne comprends pas comment il s'est débrouillé pour les cacher. Ce n'est pas avec vos pendules que vous les trouverez.

— On verra, on verra, dit Paul, d'un air provocant qui marquait mal sa déconvenue.

L'après-midi apporta son lot de nouvelles. Un ballon rouge avait été repêché dans la Loire, du côté d'Ingrandes. Il avait perdu son message. En revanche, à Château-Gontier, stoppé par une haie de peupliers, on en avait recueilli un, encore intact. La carte postale qui lui était attachée portait quelques mots très lisibles : *Ma collection de boussoles à...* Le nom du destinataire manquait. Il devait figurer sur une autre carte qu'on ne découvrirait peut-être jamais. Ah ! Savoir à qui revenaient ces boussoles ! Il y en avait sept, dans une vitrine. Sept superbes. D'une grande valeur.

Au village, la tension montait, devenait de l'irritation. On commençait, à l'épicerie, chez la boulangère, au bureau de tabac, à traiter ouvertement le vieux marquis de toqué, de cinglé, de timbré, de sinoque, tandis qu'une autre rumeur, plus sournoise, se faisait jour. Et si le bonhomme avait légué tous ses biens aux gens du cru ? Et par exemple ses boussoles à l'instituteur, ou telle autre pièce rare de ses collections à tel autre commerçant de ses connaissances : la tabatière en ivoire au buraliste, les ferrures de gouvernail au forgeron... Et chacun commençait à se sentir un héritier en puissance, si bien que l'opinion publique en venait à condamner d'avance les deux cousins, des aventuriers sans le sou qui s'étaient peut-être bien arrangés pour hériter plus vite.

Mais halte-là ! Le vieux avait voulu que tout le village de La Cluze reçoive ses biens en partage. Il s'y était pris d'une manière un peu folle, soit. Mais déjà ces pièces de monnaie offertes à la communauté, cela signifiait quelque chose, non ?

Au bout de quinze jours, il y eut un parti cluzien et un parti anticluzien. La police, débordée, faisait pourtant de son mieux, mais les deux suspects s'entêtaient. Ils se proclamaient innocents. Si Hubert était rentré clandestinement, c'était pour conférer avec Charles et voir avec lui s'il n'y avait pas un moyen légal de mettre en tutelle un vieil homme devenu irresponsable. Ils désignèrent l'avocat parisien qu'ils avaient consulté. Ils n'avaient pas menti.

Et pendant ce temps, Paul et André patrouillaient activement. Leurs amis du club étaient partis en colonie de vacances. Ils étaient seuls à explorer le parc, pendule au poing. Paul, plus scientifique que son camarade, avait divisé le terrain en parcelles et ils ne laissaient pas un mètre inexploré, ce qui lui permit de déterrer un écu d'argent du XVIIe siècle et un doublon espagnol presque neuf. Son adresse à manier le pendule grandissait de jour en jour, et il avait même tendance à en abuser. Il lui arrivait de faire tourbillonner sa bille au-dessus du lard ou des lentilles pour s'assurer que leur cuisson était satisfaisante.

— Tu vas me cacher tout de suite cette saloperie de pendule, ordonnait son père, furieux. En voilà des manières !

Paul obéissait sans trop rechigner.

— J'ai trop de fluide, essayait-il d'expliquer. Ce n'est pas ma faute.

— Et moi, je vais te faire voir si j'ai du fluide, s'emportait M. Caillois.

— C'est l'âge, disait la fermière, conciliante. André aussi est insupportable.

A peine le dessert avalé, les deux compèrent filaient rejoindre leur terrain d'exercice et c'était à nouveau des heures exaltantes qui commençaient. Ils s'étaient rendus compte que les cartes n'étaient que de vulgaires leurres. Non. Il fallait prospecter mètre après mètre, en se rapprochant de l'étang. L'idée de Paul, maintenant, était que les clefs du coffre se trouvaient par là. Il avait interrogé le calendrier des postes qui offrait une carte détaillée du département, et, aucun doute, le pendule tournait au-dessus du parc, mais l'échelle au 1 000e n'était pas assez précise. Alors, comme des artificiers explorant un sol miné, ils avançaient bien en ligne, courbés, un pied posé lentement devant l'autre, la sueur au front et les mâchoires tragiquement soudées. Soudain, l'un des deux criait : « Stop. J'ai une touche. » On creusait et l'on tombait sur un vieux boulon ou sur une lame de rasoir, car le bord de l'étang, côté déversoir, avait été surélevé avec des remblais qui contenaient toutes sortes de débris.

Et le temps passait. Le mois d'août s'usait comme un bout de chandelle. Paul se rongeait les sangs. La chasse aux ballons ne donnait plus aucun résultat. Les cousins restaient sous l'œil de la police. L'affaire entrait en sommeil dans les journaux. Toujours pas de clefs. Paul eut enfin l'idée de se déchausser et de s'avancer pieds nus, jusqu'à quelques pas du rivage de l'étang. Et là, coup de surprise, son pendule entra en transe. Il tournait comme jamais, et même tirait sur le poignet, comme un chien flairant le gibier.

— Ho ! Amène-toi.

André pataugea à son tour, se mit en position et son pendule vira sec.

— Moi aussi, ça dit oui, cria-t-il. Ce sont les lignes du vieux qui nous gênent. Personne ne s'en occupe. Il y a belle lurette que les carpes ont tout bouffé.

Avec décision, Paul saisit à deux mains la longue canne qui avait été abandonnée sur ses piquets. Le bambou ploya et soudain Paul sentit que quelque chose de lourd godillait sous la surface.

— J'en tiens une, hurle-t-il. Et elle est pépère.

— Donne-lui du mou, conseilla André. C'est costaud, ces bêtes-là.

La canne, courbée en deux, avait peu à peu raison de la résistance de la bête.

— Tu verras, dit André, maman y tâte, pour le court-bouillon.

Les plombs du bas de ligne sortirent de l'eau et une forme sombre, allongée, apparut dans un bouillonnement.

— Elle s'est réfugiée dans un paquet d'herbes, constata André, qui connaissait toutes les ruses de carpes. Lance-la sur le pré.

Ce que fit Paul, fort adroitement. Aussitôt, les deux garçons s'accroupirent sur leur proie, et se rejetèrent en arrière, saisis.

— La clef ! balbutia André.

— Tu peux dire qu'il avait de la malice, le bonhomme, s'écria Paul. Et minute. Ça, c'est la première clef. La deuxième doit être attachée à l'autre ligne.

Ils se précipitèrent. Bien sûr, la seconde clef était liée à un hameçon à trois branches qui leur piqua les doigts, tellement ils étaient pressés.

Ils restaient à genoux, sur le bord, épuisés d'émotion.

— Heureusement que nous étions là, balbutia Paul. Maintenant, on va savoir ce qu'il y a dans le coffre.

Dans l'après-midi, en présence des autorités, du notaire, des deux cousins, accompagnés de leurs avocats, de Ludovic et de Paul et André, on se réunit dans la salle du coffre. Les clefs, passées au papier de verre, brillaient de l'éclat du neuf. Elles semblaient énormes et l'on s'extasia sur le véritable travail d'orfèvre dont l'artisan avait fait preuve. Elles étaient si parfaitement construites qu'elles entraient dans les serrures comme des clefs de sûreté. C'était le notaire qui les manœuvrait. Elles tournaient silencieusement dans leur logement. Rangés en cercle, les assistants attendaient. Chacun en était sûr, le secret de l'héritage était là. Et sans doute des bijoux, de l'or, des choses mystérieuses recueillies au fond de la mer, des perles, peut-être.

Le notaire, très ému, ne parvenait pas à se décider. Enfin, il souleva le lourd couvercle et le rabattit. Ce fut une bousculade, des têtes penchées, des yeux qui s'arrondissaient.

Le coffre était vide. Rigoureusement vide. Ni double fond, ni doubles parois. Rien. Le vide total. A l'exception d'une minuscule araignée qui n'avait pas du tout l'air gêné par tous ces regards menaçants. Silence total. Et soudain le fracas d'un corps qui tombe. Charles de la Cluze venait de s'évanouir.

Ranimé par la poigne énergique du lieutenant de gendarmerie, Charles avoua tout, mais il fallut lui arracher sa confession par bribes.

— Vous saviez que votre oncle perdait de plus en plus la tête ?

— Oui.

— Depuis longtemps ?

— Depuis qu'il s'était fâché avec Hubert.

— Pourquoi ?

— Hubert ne cessait de lui réclamer de l'argent. Il dépensait sans compter et, un jour, il dit au marquis :

« — Votre sale argent, il faudra bien qu'il me revienne.

« — Tu n'es que mon beau-fils, lui dit mon oncle. Et puisque c'est comme ça, tu n'auras rien de moi.

« Et il lui montra la porte.

— Vous étiez là ?

— Oui.

— Et vous n'êtes pas intervenu ?

— Moi aussi, il m'a jeté dehors. Il était fou de rage.

— Après ?

— Eh bien, j'ai assisté aux progrès de sa déchéance. Hubert était à l'étranger. Moi, dès que j'allais lui rendre visite par devoir, il me traitait de fainéant, de bon à rien. Et il me répétait : « Jamais vous n'hériterez, ni toi ni l'autre acrobate. » L'acrobate, c'était mon cousin, bien entendu. J'espérais qu'il aurait une attaque d'apoplexie, tellement il se mettait en colère. Et puis il a commencé à cacher ses pièces un peu partout. Et puis il y a eu les clefs. Et puis les ballons. Et puis voilà. J'ai décidé d'en finir. La vie n'était plus possible.

— Alors, qu'est-ce que vous avez fait ?

— Je lui ai téléphoné, carrément. Je lui ai dit que la veille Hubert s'était tué en voiture.

— Vous pensiez que l'émotion était capable de le tuer ?

— Je ne pensais rien du tout. Je voulais seulement me venger de toutes ses insultes.

— En réalité, vous l'avez assassiné. Aussi sûrement que si vous lui aviez tiré à bout portant une balle dans la tête.

— Je regrette. J'ai télégraphié à Hubert et il est rentré aussitôt en France pour que nous tâchions d'y voir clair dans cette affaire d'héritage.

— Vous savez sans doute qu'un criminel ne peut hériter de sa victime. Charles de la Cluze, vous êtes en état d'arrestation.

Paul est retourné au lycée. A la récré, en présence de quelques copains sûrs, il fait des exhibitions de pendule. Il est très fier de son appareil qui lui a été offert par l'Association des radiesthésistes de Touraine. Ce n'est pas une bille qui se balance au bout de sa chaînette. C'est une dent de requin.

LA TRANCHE DES ROIS

On les appelait, naturellement, les Trois Mousquetaires. Ils appartenaient au même club sportif, prenaient leurs repas dans le même restaurant, habitaient le même meublé et, quand les fins de mois étaient difficiles, faisaient même bourse commune. Quatre copains, dont le plus vieux, Jean-Claude, avait vingt-cinq ans. Ils en étaient encore à l'âge des blagues, des fous rires, des paris stupides, des emballements sans lendemain.

Bref, un petit clan, avec ses coutumes, ses rites. C'est ainsi que, chaque mois, on achetait un billet entier de la Loterie nationale, dans l'espoir, toujours déçu, d'attraper au vol la fortune et d'envoyer promener, Nicolas, son pharmacien, Thierry, son notaire, Hubert, son comptable et Jean-Claude, son architecte. Car on dépensait beaucoup, en cigarettes, en apéritifs, en spectacles, en voyages et en petites amies. On aurait bien voulu s'offrir les sports d'hiver. Trop cher ! Heureusement, Thierry avait un oncle, à Nice, qui s'en allait régulièrement passer les vacances de Noël à l'étranger et lui laissait la libre disposition de son appartement, de sorte que les quatre amis pouvaient, pendant une huitaine, se donner l'illusion de mener une vie fastueuse, se partageant, au gré de leur fantaisie, entre Auron ou Valberg, et les night-clubs de la Côte.

... Laissant Paris à ses brumes, ils avaient donc joyeusement fêté la Saint-Sylvestre, du côté d'Antibes, étaient revenus se coucher aux petites heures et, deux jours plus tard, Nicolas était au lit avec une forte angine. Ce fut la consternation. Elle dérangeait tous leurs projets, cette angine !

— Écoutez, bredouilla Nicolas, d'une voix étranglée. Vous n'allez pas rester là à vous morfondre...

— Mon pauvre vieux, tu ne voudrais tout de même pas que...

Mais ces protestations d'amitié sonnaient un peu faux. Bien sûr, une angine ce n'était pas bien méchant ! Du repos, de la chaleur... Ce n'était pas de chance, évidemment. Mais puisque Nicolas comprenait si bien la situation... Oh ! sans lui, on ne s'amuserait guère... On n'irait pas bien loin, d'ailleurs... Juste une petite virée à Cannes... Et on téléphonerait, à tour de rôle, pour que le vieux Nic ne se sente pas seul.

Dans leurs yeux brillait la hâte de partir.

— Barrez-vous ! Je vous ai assez vus, dit Nicolas.

Ils galopaient déjà dans l'antichambre et le malade entendit leurs rires jusque dans l'ascenseur. « Les salopards, grommela-t-il. Je peux bien crever ! » Il était injuste et ne l'ignorait pas. Mais la maladie lui donnait le droit de récriminer. Ils n'étaient pas très chic, non. Des égoïstes, voilà ! Le plaisir d'abord. Mais, au fond, est-ce qu'ils s'entendaient aussi bien qu'ils le croyaient ? Qu'est-ce qui les unissait ?... Une certaine complicité de jeunesse... Et si un coup dur survenait ?... « Au lieu d'une angine, pensait Nicolas, j'ai eu un accident... Je suis sur la touche pour des semaines... Admettons !... Eh bien, ils s'éloigneraient peu à peu, sur la pointe des pieds... Je deviendrais pour eux un poids mort. »

Et il se voyait sur un lit d'hôpital et il les imaginait, tous les trois, discutant âprement : « C'est ton tour, mon vieux. Moi, je suis allé lui rendre visite la semaine dernière. Si tu crois que c'est marrant ! » Il en aurait pleuré.

La journée s'écoula lentement. Pas le moindre coup de téléphone. Ce sont des promesses qu'on fait, pour se donner bonne conscience. Reviendraient-ils seulement dîner ?

Ils ne revinrent pas. « Bon, se promit Nicolas. Je leur donne jusqu'à dix heures. Si, à dix heures, ils ne sont pas rentrés, malade ou pas malade, je reprends le train demain matin ! » Il se prépara un grog bien tassé et alluma la radio. Il débordait d'amertume et sa rancune lui faisait mal, plus mal que sa gorge. A dix heures, personne. « Ils ne m'aiment pas, songeait Nicolas, écœuré. Peut-être qu'on ne s'aime pas ! On est copains, pourtant ! » Il se leva, passa sa robe de chambre et s'assit dans un fauteuil pour les attendre. Il était tellement absorbé dans sa méditation qu'il faillit ne pas entendre la voix qui annonçait les premiers résultats du tirage de la tranche des Rois. Il tira le billet de son portefeuille : 51 960. Ce serait amusant de gagner, quoique, maintenant... Sans illusion, il n'écoutait que d'une oreille. Mais soudain il sursauta « 51 960. » On répétait le chiffre : « 51 960. » Le 51 960 gagnait dix mille francs...

Quoi... ? Est-ce qu'il avait la fièvre ? Mais non... Dix mille francs... Un million, comme aurait dit son patron. Il n'en écouta pas davantage, éteignit le poste et se versa une grande mesure de cognac pur. C'était la journée des émotions ! Un million !... Il est vrai que... Bien sûr, je ne touche qu'un quart... deux cent cinquante mille francs ; on ne va pas loin, avec deux cent cinquante mille francs... Tandis que si...

Il n'osait plus aller au bout de ses pensées et se promena pensivement dans l'appartement, son verre à la main. « Ils me laissent bien tomber, eux ! » dit-il à haute voix.

Avec Jean-Claude, il n'y aurait pas de problème. Il suffirait de lui annoncer qu'ils n'avaient pas eu plus de chance que les autres fois. Jean-Claude n'en demanderait pas davantage. Mais Hubert et Thierry seraient plus coriaces. Surtout Hubert, qui apprenait la comptabilité. Il avait sûrement noté le numéro dans son agenda... Oui, mais, cet agenda, il ne le promenait pas sur lui... D'ailleurs, c'était facile à vérifier.

Nicolas se rendit dans la chambre de son ami. Quand même, fouiller sa valise, c'était moche !... L'agenda était bien là et le numéro du billet était inscrit, à la page du 27 décembre. Au-dessus, une petite note : *Fleurs Marinette.*

Marinette ?... Qui ça, Marinette ?... Jamais Hubert n'avait parlé de cette Marinette ! « Ils me font des cachotteries, songea Nicolas. Tous pour un ! Un pour tous ! La bonne blague ! Chacun pour soi, oui ! » Nicolas se sentait affreusement trahi. « Marinette ! A-t-on idée de s'appeler Marinette ? Où a-t-il été pécher ce boudin ?... Et moi, bonne pomme, qui leur ai présenté Nadine ! Je n'ai pas de secret, moi ! »

Saisi d'un nouveau soupçon, il courut à la chambre de Thierry. Car Thierry aussi, toujours méticuleux, se servait d'un agenda. Rien dans la mallette. Dans la commode, peut-être ?... L'agenda était là, sur les mouchoirs... Voyons, le 27 décembre... 51 960... Thierry avait, lui aussi, noté le numéro... « Ils me laissent conserver le billet, pensa Nicolas, mais ils inscrivent les numéros. La confiance règne !... »

Il feuilleta le carnet, qui ne contenait que des mentions anodines : Blanchisserie : 27,50 F... Dentiste : 180 F... Surprise pour Jean-Claude : 50 F.

« Quoi... ? Quelle surprise... ? Première nouvelle ! On se fait des surprises derrière mon dos, maintenant ? »

Nicolas se laissa tomber sur le lit. Une voix lui disait en vain : « Ce n'est rien. Tu te montes la tête !» Il était comme un homme qui vient de perdre son premier amour. Et sa montre lui rappelait obstinément l'indifférence des autres... Plus de minuit ! Pas un coup de téléphone ! Ils rentreraient au petit matin, coiffés de couronnes de papier, des confettis sur les épaules, et le visage encore éclairé du dernier reflet de la fête. Ah ! Ils devaient bien s'amuser, tous les trois, puisque le gêneur n'était pas là ! Ils devaient s'en faire, des surprises ! Salauds ! Eh bien, ils allaient voir !

Nicolas emporta dans sa chambre les deux agendas et, posément, il maquilla les chiffres. 51 960 se transforma en 57 969. Il suffisait, en somme, de solliciter un peu le zéro et de donner au chiffre 1 l'allure d'un 7. Les corrections étaient invisibles. Tant pis pour eux ! Ils l'avaient bien voulu ! Puisqu'on le tenait à l'écart, il y resterait, à l'écart... avec le million ! Il ricana, tout seul, par bravade, en remettant les agendas à leur place. Mais ce n'était pas seulement l'angine qui lui serrait la gorge.

On le secoua. On rejeta les couvertures sur le pied du lit.

— Allez ! Debout ! Minable !

Il ouvrit péniblement les yeux, abruti par le somnifère qu'il avait absorbé, et l'émotion le réveilla. Hubert et Thierry brandissaient leurs agendas. Mon Dieu ! Avaient-ils découvert ?... Mais non. Ils semblaient tout joyeux.

Jean-Claude lui mit sous le nez un *Nice-Matin* tout frais, qui sentait l'encre.

— La loterie, dit-il. Regarde... Le 57 969...

— Eh bien ?

— Eh bien, il gagne le gros lot... Cent millions !... Youpee !... Ce qu'on va être bien, tous les quatre !

LE TUEUR DU CARNAVAL

— Asseyez-vous, dit Morini. Je suis au courant. On m'a prévenu du *Jimmy's Bar*. Voici mon neveu, Paulo. C'est lui qui...

Le client regarda Paulo et s'assit lentement, comme quelqu'un qui craint de réveiller une vieille douleur.

— Vous ne croyez pas qu'il est un peu jeune ? dit-il.

— Il faut bien commencer un jour, fit Morini. Le petit est habile... Alors ?

— Eh bien, voilà... Je dois d'abord vous expliquer pourquoi...

— Inutile, coupa Morini. Jamais d'explications. Vos raisons sont sûrement excellentes. Parlez-moi seulement de la personne qui vous intéresse. Nom. Adresse. Photo si possible.

L'homme tira une cigarette d'un étui en cuir de Russie. Ses doigts tremblaient comme ceux d'un alcoolique. Ou bien c'était peut-être l'émotion ?

— Il sera masqué, dit-il.

Morini lui tendit son briquet allumé. L'homme avait un regard fiévreux, inquiétant.

— Demain soir, il sera au bal de la Redoute. Tout le monde sera déguisé. Il portera un costume de magicien, avec des étoiles et des astres, un chapeau pointu et un loup.

— Il risque d'y avoir une douzaine de magiciens à ce bal, objecta Morini.

— Oui, mais le mien boite. Pas moyen de se tromper. Il quittera le palais de la Méditerranée vers minuit et demi ; certainement pas avant. Il prendra la rue du Congrès ou la rue Halévy, pour aller rattraper la rue du Maréchal-Joffre, puis la rue Eugène-Emmanuel et la rue Melchior-de-Vogue... Dans ce coin, à ces heures, il ne passe plus personne.

— Je le suivrai en voiture, s'écria Paulo.

— Toi, dit Morini, tu feras ce qu'on te dira.

Il revint à son hôte qui fumait nerveusement.

— C'est, en effet, assez facile, murmura-t-il. Une chose encore : il ne s'agit pas d'une affaire politique ?

— Non.

— Parce que je refuserais. Jamais de politique, c'est mon principe.

— Vous acceptez ?

— Oui.

— Combien ?

— Dix... A prendre ou à laisser. Payable d'avance.

L'homme se fouilla et aligna sur la table les dix paquets de billets, que Morini rafla d'un geste efficace de vieux joueur de poker.

L'homme se leva. La conversation semblait l'avoir épuisé.

— Comment procéderez-vous ? demanda-t-il.

— Ça nous regarde, trancha Morini.

— J'aimerais quand même savoir : matraque ? couteau ? pistolet ?

— Pistolet avec silencieux... Quelque chose d'instantané.

— Parfait, dit l'homme.

Quand il fut parti, Morini alla choisir, dans son arsenal, un Mauser. Paulo le soupesa, le glissa dans sa ceinture, le sortit en catastrophe, visant un ennemi imaginaire.

— Doucement, petit, dit Morini. Pas de western. C'est sérieux. Tire de près. Au cœur. Deux ou trois fois. Le calibre ne pardonne pas. Et, ce soir, pas de gueuleton ! Pas de femme !... La veille d'un coup, on doit se recueillir, tu entends, comme pour une épreuve olympique.

— Qu'est-ce que je toucherai ?

— On verra. Maintenant, file... et tâche que ton pauvre père soit fier de toi, là-haut.

L'angoisse ne saisit Paulo que le lendemain, à la fin de la matinée. Ce ne fut, tout d'abord, qu'une préoccupation fugitive, le sentiment qu'il y aurait à faire, bientôt, quelque chose de rebutant et de vaguement douloureux. De temps en temps, il pensait : « Ce soir », comme s'il s'agissait d'aller chez le dentiste. Et puis il s'aperçut qu'il n'avait pas faim et il n'acheva pas ses spaghetti. Mais il vida une bouteille d'eau minérale. L'après-midi, il alla au cinéma ; c'était sa drogue, le ciné ! Il tomba sur un film de gangsters. Non, ça ne passait pas ! Trop de sang !

Il avait un peu mal au cœur. Il sortit à l'entracte. Le soleil, le mouvement de la rue, lui rendirent son assurance. Normal, d'être un peu ému, pour le premier « contrat ». C'était bien autre chose qu'une bagarre entre petits malfrats. Cette fois, c'était l'épreuve décisive, la seule manière d'entrer la tête haute chez les hommes.

Il se mit à répéter son rôle, comme un débutant, le soir d'une première. « J'arrive par derrière... "Monsieur"... Il se retourne... Je tire à bout portant... » Mais, comme il tenait de sa mère une imagination effervescente, il ne pouvait s'empêcher de voir l'homme tituber, s'appuyer au mur, soulever la dentelle du loup pour aspirer une dernière gorgée d'air... Comment faire, justement, pour ne rien voir ? De quel bois étaient-ils, l'oncle et ses amis, qui s'arrangeaient toujours pour écarter de leurs yeux ce qui n'était pas la petite joie du moment : les cartes, la bouillabaisse, la pétanque ?...

Paulo, vers six heures, profitant de la nuit tombante, alla repérer les lieux. Il avait tort, il le savait. Mais une mauvaise curiosité le poussait aux épaules. Il suivit le chemin qu'avait indiqué le client. Il se répétait : « C'est plus prudent. Je dois prendre mes précautions. » Mais ce qu'il cherchait avec crainte, c'était « l'endroit ». Et il regardait autour de lui, pensant : « Ce sera peut-être là ! » Par chance, l'homme porterait un déguisement grotesque. Tirer sur un fantoche, sur une espèce d'épouvantail, c'est tellement plus facile que d'abattre un être humain qui vous regarde, qui a un visage nu, dont on distingue la barbe renaissante et la pomme d'Adam qui remue comme une bête !

D'ailleurs, maintenant, il était impossible de reculer. C'était lui qui avait voulu être mis à l'épreuve. L'avait-il assez supplié, son oncle ! « Maintenant, j'ai l'âge de te remplacer... Je suis toujours à te demander de l'argent, comme un gosse. J'en ai assez ! »

« C'est que tu es toujours un gosse », répondait Morini.

C'était peut-être vrai. Ou peut-être pas. On allait bientôt le savoir.

Paulo alla acheter un masque, dans un bazar de la vieille ville, dîna frugalement, but deux cafés, puis s'accorda une longue relaxation dans sa chambre, en écoutant de la musique pop. Vers minuit, il s'équipa : blouson, jean, chaussures à semelles de caoutchouc. Il vérifia le chargeur du Mauser, fixa un silencieux au canon. Enfin, par défi, mais sans doute aussi pour cacher son trouble, il se cacha le visage sous son masque : un masque de chinois à moustaches tombantes et aux yeux ridiculement bridés. Il se regarda longuement dans la glace de l'armoire. Excellent ! Il ne serait qu'une ombre de la nuit, tout de suite effacée.

L'homme avait dit vrai : le magicien apparut, sur les marches du palais. Des travestis s'en allaient, bras dessus bras dessous, en chantant, et des fusées de confetti jaillissaient encore et s'éparpillaient en paillettes brillantes dans la lumière des hauts lampadaires.

Le magicien descendit. Il boitait. Il paraissait immense et irréel, avec son chapeau pointu et ses étoiles qui remuaient sur lui, comme des yeux ouverts de tous côtés. Paulo le suivit de loin. Contrairement à ce qu'il avait pensé, ce déguisement le mettait mal à l'aise. Il y avait comme un accord secret et redoutable entre l'immense silhouette dont l'ombre se cassait sur les murs et le silence des rues désertes, des carrefours vides. Le mage paraissait sorti des ténèbres pour aller à quelque sinistre rendez-vous où il ferait éclater sa puissance.

Paulo avait de plus en plus chaud, sous son masque. Le fantôme, ralentissant le pas, s'engagea, là-bas, dans la rue Melchior-de-Vogue. C'était maintenant ou jamais. Paulo se rapprocha et sortit son pistolet qu'il arma. Il se trouva à vingt pas, à dix pas... Impossible de lever le bras. Ce pistolet pesait une tonne. Paulo s'arrêta.

L'homme cessa de boiter, traversa le trottoir, s'adossa à la porte d'un garage. D'un geste fatigué, il enleva son loup et Paulo reconnut le visiteur de la veille.

— Tirez donc, dit l'homme. Vous ne comprenez donc pas que j'ai payé pour qu'on me tue... Parce que je suis trop lâche... Et pourtant, je suis las de souffrir.

Il appuya la main sur son flanc et une crispation de douleur lui tordit la bouche.

Alors Paulo vit l'échappatoire... le moyen de ne pas perdre la face. Il eut un sourire cruel.

— Tu me prends pour le vétérinaire, dit-il. Chez nous, on respecte les clients !

Et, remettant le pistolet à sa ceinture, il tourna les talons.

LES DOUZE COUPS DE MINUIT A PARIS

— Monique... Dépêche-toi... Je vais être en retard.

Gilbert Ducelier prit à témoin son ami Daniel.

— Toujours attendre ! Elle est bien gentille mais elle me tue... Trois heures cinq... Le temps d'aller à Orly !

— Mais non, dit Daniel, conciliant. D'abord, tu avances...

Il tira de son gousset une montre ancienne qui, soudain, d'un timbre frêle, suranné, qui évoquait précieuses et marquis, sonna trois coups.

— Tu vois bien !

Malgré son impatience, Gilbert sourit. Encore une manie de Daniel, tellement snob, avec sa chevelure à la Chopin, son costume de dandy, ses gilets à fleurs, ses bagues... On chuchotait même... mais Gilbert n'avait jamais prêté l'oreille à ces propos... Daniel était un excellent ami et sa vie privée ne regardait personne.

— Elle sonne toutes les heures ? dit-il. Ça doit être gênant, non ?

— C'est une compagnie, affirma Daniel. Tiens, voilà Monique.

Une fois de plus, Gilbert éprouva en plein cœur ce coup de passion qu'il ressentait toujours quand sa femme paraissait, si jeune, si fraîche, si élégante, si fine, si...

— Eh bien, fit Monique, maintenant, c'est toi qu'on attend.

La voiture de Daniel était en bas, une ancienne Bentley, naturellement, dont Daniel prenait un soin jaloux. La route d'Orly était dégagée.

— Tu vas t'ennuyer, tout seul, à Rome, mon pauvre chéri, dit Monique.

— J'ai mes dossiers à étudier... Et puis, il y aura les visites, les rapports... Je ne chômerai pas.

— Il y aura aussi les belles Romaines ! plaisanta Daniel.

Monique lui donna une tape sur la manche.

— Méchant ! Je sais bien que Gilbert ne regarde pas les autres femmes... pas plus que je ne regarde les hommes.

— Je veillerai sur elle, assura Daniel.

Ils se séparèrent dans le vaste hall de l'aérogare. Gilbert garda un moment sa femme dans ses bras et un escalier automatique l'emporta. Huit jours à Rome, ce serait long, bien sûr, mais ce ne serait pas non plus désagréable. Et puis, c'était sa première mission. Et voyager en qualité d'attaché au cabinet d'un ministre, ça compte ! Il devenait un personnage, malgré sa jeunesse. Les fauteuils de la première classe, la déférence des hôtesses, tout lui disait son importance et sa valeur. Et quand il quitta le Boeing, à Rome, une voiture officielle l'attendait.

Il faisait un temps charmant. La vie lui mettait sous les pieds ce tapis d'apparat qu'elle réserve aux privilégiés. Et l'enchantement continua à l'hôtel, une sorte de palais du confort et du silence. Les valets glissaient... On croisait, dans les couloirs, des hommes en smoking, car l'heure du dîner était proche, des femmes en robes longues, et Daniel n'avait pas menti. Elles étaient capiteuses, délicatement parfumées... Gilbert était un peu grisé. Il soigna sa toilette, se contempla dans la haute glace. Parfait ! Et bien dommage qu'il ne parla pas mieux l'italien. C'était la seule fausse note...

Enchantement de la salle à manger, avec ses colonnes, ses fleurs, les feux discrets de l'argenterie et des cristaux. Un menu présenté sur une sorte de vélin couleur d'orchidée... Gilbert prit son air le plus soucieux ; celui d'un gastronome qui ne s'en laisse pas conter. Il représentait la France, que diable ! Et lui qui ne buvait que de l'eau, à cause de son foie, tant pis... Il choisit, un peu au hasard, un vin rouge au nom sonore et doux comme une chanson napolitaine.

A la table voisine dînait une jeune femme d'une beauté épanouie. Il la regardait à la dérobée. Sans désir, certes ! Mais elle lui apparaissait comme le cœur éblouissant de la fête. Il pensa à Monique... Quoi ! Je ne la trompe pas. Je ne te trompe pas, Monique ! Il est bien permis de regarder une jolie femme. En curieux ! En amateur d'art ! Ça s'arrête là, je te jure !

Non, cela ne s'arrêtait pas là. Elle alluma une cigarette, passa, d'une nonchalante allure de reine, au salon, et il la suivit. Il se fit servir un café. Un musicien, en smoking blanc, devant un piano à queue où glissaient mille reflets, jouait de très langoureuses musiques de danse. Des couples se formèrent, et commencèrent à tourner, sur une piste minuscule. Gilbert hésita à peine. Déjà il s'inclinait devant la belle inconnue.

Miracle ! Elle comprenait le français. Elle le lui dit, avec un rien de coquetterie amusée, et un accent délicieux qui donnait à chaque mot une bouleversante saveur. Il n'osait la serrer contre lui, mais il sentit tout de suite qu'elle s'abandonnait, et il en fut, très fugitivement, choqué... Monique... tu vois... je danse, mais c'est juste pour passer sans ennui cette longue soirée où tu n'es pas... Pourquoi as-tu refusé de m'accompagner ?... Le pauvre Daniel est charmant, mais ce n'est pas une compagnie pour toi... Une seule danse, je te jure, et j'irai me coucher...

A onze heures, il bavardait encore, de la manière la plus confiante, avec Gabriella... Elle s'appelait Gabriella... Il ne lui avait rien caché de sa mission qui, hélas, allait lui dévorer toutes ses journées, mais le soir, eh bien, pourquoi ne se retrouverait-on pas le soir ?... Les valses succédaient aux slows... Ils échangeaient des regards pleins de promesses... Gabriella prit enfin congé.

— Demain, dit-elle. Je vous promets.

Il garda sa main dans la sienne.

— Sûr ?

— Sûr.

Il marchait sur un nuage. Ravissante ! Elle est ravissante ! Mais dès qu'il se retrouva dans sa chambre, dès qu'il se vit dans le miroir, l'œil émoustillé, il éprouva la plus grande honte de sa vie. Traître ! Il n'était qu'un traître ! Un débauché ! Monique si confiante ! Il se conduisait comme... comme... Furieux, il arracha sa cravate, lança ses souliers au petit bonheur ; il était beau, l'envoyé du ministère... un vulgaire salopard ! Il se rappelait les paroles de sa femme. « Gilbert ne regarde pas les autres femmes... » Monique chérie, pardon !

Il décrocha le téléphone.

— Allô... Je voudrais Paris...

Il obtint son numéro si rapidement qu'il ne sut pas ce qu'il allait dire.

— Monique ?... C'est toi ?... Je te réveille ?

— Non. Je lisais.

Adorable Monique ! Elle lisait ! Comme elle devait s'ennuyer.

— Excuse-moi... Je suis tellement heureux d'entendre ta voix... Heu... C'est idiot... Je crois que j'ai oublié une pièce importante du dossier... Oh ! Et puis ça n'a pas tellement d'importance...

— Mais pas du tout... Où est-elle ?

— Puisque je te dis que ça n'a aucune importance.

Pris au piège, il devait continuer d'inventer n'importe quoi.

— Elle est, je crois, dans une enveloppe bulle qui porte le cachet du ministère... Mais...

— Je vais voir... Attends une seconde.

Il perçut nettement le choc de l'appareil quand elle le posa sur la table de chevet. Monique chérie ! Monique dévouée ! Monique sur qui on pouvait s'appuyer ! L'appeler ainsi, à minuit, sur un coup de remords. Il fallait être le dernier des derniers !

Soudain, il entendit... le timbre frêle, suranné, celui qui évoquait précieuses et marquis, et qui sonnait minuit. La montre se trouvait tout près du téléphone... là où, tout naturellement on la pose quand on se déshabille.

PRÉMÉDITATION

Quatre heures du matin...

Michel Jollain a tout vérifié. La bâche est prête, dans la malle de la voiture, mais d'ailleurs la blessure ne saignera presque pas. La pelle et la pioche sont liées ensemble et rangées sur le plancher, là où il dépose ses cannes à pêche quand il va à l'étang. La lampe torche est dans la boîte à gants. La pile est neuve. Jollain enterrera Bernard Daveau dans la deuxième galerie de la vieille carrière abandonnée. Le sol y est friable. Mais il faudra bien compter deux heures. Le travail ne sera pas terminé avant l'aube, qui, heureusement, viendra tard, car le ciel est brouillé. De toute façon, il ne passe jamais personne dans cette partie de la forêt.

Avec Arlette, ils ont mis au point un plan qui ne laisse aucune part au hasard. Pendant des semaines, ils en ont discuté ; ils ont pesé chaque détail, ils ont fignolé, retardant le moment fatal. On a beau haïr un homme, ce n'est pas facile de le tuer. Il faut imaginer la scène, la vivre à l'essai, fréquemment, cultiver une insensibilité qui est aussi longue à venir que le cal sur la tranche de la main d'un karateka.

Et quand on sait qu'on tuera, il faut inventer des circonstances propices, écrire pour ainsi dire le « roman de la disparition ». Le mot fait sourire Jollain. Mais avec amertume ! Étrange roman, en vérité !

Les autres, les chanceux, ils aiment une femme, ils l'épousent ou bien ils en font leur maîtresse. Arlette, pas touche ! A cause de Daveau, la brute, le tyran, dont Arlette ne parle qu'en tremblant. Si par malheur il se doutait... Alors ont commencé les rendez-vous à la sauvette, dans les endroits les plus saugrenus, au guichet de la poste, quand les gens font la queue, ou dans les supermarchés, aux heures de pointe. L'important était de se fondre dans la foule. On se parlait à voix basse, presque sans remuer les lèvres, comme les condamnés pendant la promenade. Arlette mourait de peur. Et le plus bête, c'est que Jollain connaissait Daveau. Il le voyait même assez souvent, car Daveau dirigeait une agence immobilière, tandis que lui-même était gérant d'immeubles. Ils avaient parfois les mêmes clients ; ils échangeaient des renseignements. Jollain n'ignorait pas que les affaires de Daveau n'allaient pas fort. Mais s'il ne l'avait pas appris de la bouche d'Arlette, il ne se serait nullement douté que Daveau faisait à sa femme une vie d'enfer.

... Jollain allume une cigarette. Encore un quart d'heure. Il a rencontré Arlette de la manière la plus inattendue. Un banal accident de la circulation, les deux voitures qui s'accrochent. Constat. « Ah ! vous êtes Mme Daveau... Je connais votre mari... » Tout a commencé là... Quand Arlette lui a demandé de prendre les torts à son compte, il a été très surpris. Elle a rougi, lui a expliqué que son mari l'accablerait de reproches, si elle reconnaissait que les torts étaient de son côté... Une confidence en entraîne une autre. On va dans un café remplir les formulaires. Elle est charmante, élégante, une femme-fleur qu'on a envie de respirer longtemps. On se revoit un peu plus tard, en présence des experts. Puis on se revoit sans les experts... Et l'on se téléphone, quand Daveau est à son bureau. Et bientôt on se chuchote des choses qui brûlent. On se tutoie, comme si l'on était amants. On est amants, sans s'être jamais touchés. Quelle épreuve abominable ! Et c'est au téléphone, à mots couverts, qu'on s'avoue que s'« il » s'éloignait... s'« il » s'éloignait définitivement... Bientôt, cela devient la préoccupation dévorante.

Un beau jour, elle lui donne rendez-vous à une vente aux enchères. Elle est bouleversée. « Il n'a cessé de faire de mauvaises affaires. Il est couvert de dettes et ne peut plus emprunter. Je ne sais pas ce qui va se passer ! »

Ce qui va se passer ? Jollain est fou d'angoisse. Mon Dieu, ne pas la perdre !... La vie sans Arlette, ce n'est même plus pensable. C'est alors que naît l'idée. Il l'étudie. Elle est formidable. Elle résout le problème. Quoi de plus simple que d'entrer dans l'affaire de Daveau ? Un gérant d'immeubles a tout intérêt à posséder une agence...

Il rencontre Arlette au supermarché. L'un près de l'autre, ils déambulent dans l'allée réservée aux surgelés. Chacun pousse son chariot.

— Il demandera des millions, souffle-t-elle.

— Je l'espère bien. *Je dois être celui à qui sa disparition cause le plus grand préjudice.* C'est le meilleur moyen d'être insoupçonnable.

Elle tourne et retourne une boîte de potage. Elle réfléchit. Mais l'idée est séduisante, le plan, solide. Elle jette la boîte dans son chariot. Il poursuit :

— Je produirai sa reconnaissance de dette et je déposerai une plainte en abus de confiance. Tout le monde croira qu'il s'est enfui avec mon argent et nous n'aurons plus qu'à attendre. Nous laisserons passer un an, au besoin.

Car il reste des difficultés à éliminer. Ne serait-il pas prudent, par exemple, de conseiller à Arlette qu'elle se mette à travailler, afin que, son mari disparu, nul ne soupçonne que quelqu'un s'occupe d'elle ?

Consultée, Arlette consent. Et c'est elle, à son tour, qui arrête les détails du... de la chose. Daveau est insomniaque. Il a beau regarder la télévision, à minuit il est encore très dispos. Il ne peut s'endormir qu'avec un somnifère. Il suffira donc de forcer sur la dose. Jollain se chargera du reste.

Mais c'est ce « reste » qui est épouvantable. Le plus simple serait, évidemment, de remplacer le somnifère par un poison. Mais si Daveau en réchappe ? S'il est simplement mais affreusement malade ?... Jamais, ils le savent bien, ils n'auront le courage de recommencer.

L'étrangler ? Impossible. Qu'on ne demande pas pourquoi. C'est impossible, voilà tout. Jollain tergiverse, cherche quelque chose qui supprime Daveau sans que cela ressemble à un crime. Il n'est pas, il ne veut pas être un criminel.

Les palabres continuent. Ils s'asseyent l'un près de l'autre sur un banc de la Sécurité sociale. C'est peut-être l'endroit où il est le plus naturel de bavarder avec ses voisins.

— Qu'est-ce que tu risques ? insiste Arlette. Nous ne nous sommes jamais affichés. Personne ne se doute qu'entre toi et moi...

Comme s'il y avait entre eux une liaison ! Alors qu'ils se voient cinq minutes de loin en loin. Ah non ! Personne ne peut se douter... C'est la douloureuse évidence !

— Je ne pense pas au risque, dit Jollain, bravement. Je cherche seulement un procédé... propre.

— Une massue !

Bien sûr, une massue ! Il s'en veut d'être toujours en retard d'une idée. La chaussette remplie de sable. Il porte justement des chaussettes montantes. Le pied convenablement bourré, on a une arme facile à manier...

... Bon ! C'est l'heure ! Il sort du parking, roule vers la villa de Daveau, passe une première fois, au ralenti. Le signal est mis ; un carré de linge blanc qui semble sécher, sur le balcon du premier étage. Donc, la route est libre. Daveau dort.

Jollain revient, stoppe, et va ouvrir la grille. Encore quelques minutes et il amènera la voiture au pied du perron... après. Il traverse le jardin. Devant la porte, il tâte la massue dans sa poche. Ah, si l'on pouvait, en une seconde, vieillir d'une heure ! Il entre.

Arlette est dans le vestibule. Ils s'étreignent en silence. Il ne l'a encore jamais tenue dans ses bras. Elle est sur le point de défaillir. Elle le repousse doucement. Une lampe, en veilleuse, éclaire vaguement l'escalier, la chambre est en haut, à droite. La première porte.

Il sait. En pensée, il a déjà tué Daveau des dizaines de fois. Le lit est au fond de la pièce. Il n'y a qu'à éviter un petit guéridon. Au bout du couloir se trouve une autre veilleuse dont la lueur doit permettre de traverser la chambre sans rien heurter. Il serre de toutes ses forces la main glacée d'Arlette et se dirige, sur la pointe des pieds, vers l'escalier.

Elle est obligée de s'asseoir sur un coffre. Si elle osait, elle prierait... Mon Dieu, faites que tout se passe comme prévu.

Car le plan, si ingénieux, ils l'ont mis au point ensemble, elle et son mari. Bernard, là-haut, attend Jollain. Toutes les précautions ont été prises par Jollain lui-même. Personne n'aura le moindre soupçon. Bernard conduira la voiture de Jollain hors de la ville. Pas besoin d'enterrer le corps. La pelle et la pioche, on les cachera dans l'appentis, parmi les autres outils. On prendra le portefeuille : crime de rôdeur, de toute évidence. Grâce aux clefs de Jollain, Bernard récupérera, dans le bureau de sa victime, sa reconnaissance de dette, supprimant ainsi le seul indice qui aurait pu le compromettre.

Jollain disparaît au tournant de l'escalier. L'imbécile ! A-t-il pu hésiter ! Quelle patience il leur a fallu ! Tous ces mois de ruse pour lui arracher ces capitaux grâce auxquels on commencera une vie nouvelle, ailleurs. Et cette fois, Bernard fera attention. Il ne s'agit plus de la gaspiller, cette fortune. Elle a coûté trop cher ! Mais aussi quelle joie de retrouver le Bernard d'autrefois, si passionné, si attentif... Ah ! Bernard, faut-il que je t'aime. Mon Bernard !...

Un brusque fracas et puis le choc affreux du corps qui s'écroule de tout son poids, qui ébranle le plancher. Des verres tintent, dans la cuisine. Enfin, c'est fait. Toute la vie, maintenant, pour oublier. Arlette se redresse. S'appuyant aux murs, elle va allumer le plafonnier. Elle entend le pas de Bernard, là-haut. Plus une minute à perdre. Bernard s'engage dans l'escalier. Elle se penche et demande :

— Ça n'a pas été trop dur ?

— Suffisamment ! répond Jollain.

Il apparaît dans la lumière. Avec horreur, elle le voit qui descend vers elle. De l'avant-bras, il relève ses cheveux. Son front brille de sueur. Elle sait qu'elle n'oubliera plus jamais cette image. Il arrive au bas de l'escalier et, vaincu par l'émotion, s'asseoit sur la dernière marche.

— Il ne dormait pas, dit-il. C'est raté, ton somnifère. Il ne s'était même pas couché. Il était encore tout habillé. Pour un peu, j'y laissais ma peau... Eh bien, mon chéri, remets-toi... Ce n'est pas le moment de flancher.

Elle étend les bras. Elle va tomber. Il la rattrape, d'un bond. Il la serre contre lui.

— Arlette, mon petit. C'est fini. Tu m'entends... C'est fini. Il ne sera plus jamais entre nous... Ne pleure plus... J'ai besoin de toi, maintenant, pour le descendre. Il est lourd.

OUVRAGE DE DAMES

— Ah non ! dit Hubert. Ça suffit comme ça. J'ai des bagages, moi aussi, figure-toi. Je ne vais pas les prendre sur mes genoux, non ? Enlève ce sac.

Maureen sourit. Elle est toute au bonheur de partir. On ne va pas se quereller pour un malheureux sac. Elle le coince au fond de la malle, derrière une des valises.

— Tu vois, mon chéri. Il ne tiendra pas de place. Vous, les hommes, vous ne savez pas vous organiser. Et regarde... Je peux encore loger mes bottillons.

— Comme si on allait au pôle Nord, grogne Hubert.

— Faut ce qu'il faut. En Irlande au mois d'août, on peut avoir de mauvaises surprises. Je le sais mieux que toi, tout de même !

Hubert se tait. Il croise les bras et la regarde. Elle utilise tous les recoins, tous les interstices. Là où se montre encore un vide, elle l'obture avec un paquet.

— Et si j'ai besoin de la roue de secours ? dit aigrement Hubert.

— Mais pourquoi veux-tu qu'on crève ?

Du bout de l'index, elle écarte les cheveux qui lui cachent un œil, et demande tendrement :

— Tu m'en veux, hein ? Allons ! Avoue-le ! Mais tes bagages seront encore mieux sur la banquette arrière que dans la malle. Je t'ai laissé la meilleure place. Je suis bonne fille, moi !

Hubert ferme la malle d'un coup sec et charge rageusement ses valises. « Bonne fille ! » Voilà le mot qu'il ne fallait pas dire. Tant pis pour elle ! Il partira avec Maria.

— Tu tiens vraiment à passer au garage ? dit-elle. Il aurait été plus simple de partir de chez moi.

Il hausse les épaules. Elle ignorera toujours qu'une voiture ce n'est pas de la ferraille. C'est une bête qu'il faut soigner avant l'effort.

— Je te prendrai demain matin, à six heures, dit-il.

— Tu le jures.

Il préfère embrayer sèchement. Il en a soudain assez de Maureen, de Maria, des bonnes femmes, des vacances. Il roule vite jusqu'au Grand Garage parisien. Là, il se sent à l'abri. Plus de ces larmes, de ces reproches, de ces menaces qui lui empoisonnent la vie. « Je sais que tu la revois ! » dit l'une. « Je vois clair dans ton jeu », dit l'autre. « Mais qu'est-ce que j'ai fait au bon Dieu, pense-t-il, pour être persécuté par ces deux femelles ! »

Il appelle le contremaître.

— Lucien, la vidange. Et puis changez les bougies. Il y a un peu d'auto-allumage.

Il entre dans son bureau, appelle sa secrétaire.

— Bonjour, Antoinette. Pas de coups de téléphone ?

Elle est particulièrement jolie, aujourd'hui, Antoinette. Et cette robe...

— Rien de spécial, monsieur. La personne que vous attendiez est là.

— Faites entrer.

M. Jardel porte beau. Il ne ressemble pas du tout à l'image qu'on se fait d'un policier privé. Et surtout il a l'air bien dans sa peau, comme quelqu'un qui traite la vie en copine. Il y a des gens qui ont de la chance !

Hubert offre un cigare. Il ne sait pas très bien par où commencer.

— Ce garage appartient à mon père, dit-il. Je le remplace pendant le mois de juillet. Il rentre après-demain et moi je vais m'absenter pendant le mois d'août.

Jardel opine, puis, comme Hubert hésite, cherche ses mots, il murmure :

— Je suis habitué à tout entendre. Une histoire de femme, peut-être ?

— Voilà, s'écrie Hubert. Une histoire de femmes, au pluriel. Il y en a deux.

— Ennuyeux, déclare Jardel. Déjà, avec une seule... Bon. Je vous écoute.

— Je ne voudrais pas que vous me jugiez mal.

— Vous n'êtes pas marié ? coupe Jardel. Donc, vous avez deux amies. Ensuite ?

— Ah ! comment vous expliquer... Je les aime toutes les deux. Je sais bien. Ça a l'air idiot.

Jardel a un geste évasif qui signifie : « Mais, cher monsieur, qu'est-ce qui n'est pas idiot ? »

— Et quand je dis que je les aime toutes les deux, reprend Hubert, c'est vrai. Je les aime d'amour. Dès que je quitte l'une, j'ai aussitôt besoin de voir l'autre. Imaginez une carte à jouer dont une moitié serait la dame de pique et l'autre moitié la dame de cœur. C'est la même carte et pourtant c'est pique et c'est cœur. Impossible de jouer pique sans jouer cœur et réciproquement. De sorte que j'ai sans cesse l'impression de tricher. C'est affreux.

— Voyons, dit Jardel. Procédons par ordre. Qui est la dame de cœur ?

Elle s'appelle Maureen O'Hara, comme l'actrice. Elle a vingt-quatre ans. Elle est née à Lille mais ses parents sont de Belfast. Je l'ai rencontrée ici, par hasard. Elle avait besoin d'argent pour continuer ses études à la Sorbonne. Alors, je lui ai racheté sa Mini... et un peu plus tard, je lui ai offert une Volvo. J'ai à peine besoin d'ajouter que c'est une fille adorable... un peu rousse... un teint merveilleux...

Hubert eut l'air de suivre des yeux une vision de paradis, puis il poussa un gros soupir et acheva, navré :

— Mais un caractère de cochon.

— Je vois, dit poliment Jardel. Et l'autre ?

— L'autre ! La dame de pique ! Ah, celle-là !... Maria Alvarez. Elle a vingt-deux ans. Elle est née à Toulouse mais elle appartient à une famille originaire de Bilbao. Elle travaille à l'Alliance française. Elle circulait à bicyclette et je l'ai renversée par suite d'une fausse manœuvre. C'est alors que tout a commencé.

— Je suppose qu'elle est également très belle.

— Belle ! s'écria Hubert. Superbe, vous voulez dire.

— Eh bien, je vous félicite. Il me semble que vous n'êtes pas à plaindre.

— Oh si ! Elle est jalouse comme une tigresse.

— Aïe ! Elle sait qu'elle a une rivale ?

— Justement. Et vice versa. Parce que Maureen connaît ma liaison avec Maria. Elles se sont flairées à travers moi, si j'ose dire. Et depuis trois mois, elles me rendent la vie impossible. Je leur promets à chacune que je vais quitter l'autre, mais j'ai besoin d'un peu de temps pour ne pas avoir l'air de rompre comme un mufle. Si vous entendiez cela ! C'est Maria qui me dit, en roulant les r. « Elle s'accroche toujours, ta roulure ? » Et Maureen, de son côté : « Je te préviens, Hubert, ça finira mal. » Si bien que j'ai peur, monsieur Jardel. J'ai très peur. C'est pour cela que je vous ai demandé de venir.

— Laissez-les tomber toutes les deux. Voyons, il faut être sérieux. On n'aime pas deux femmes à la fois, à moins d'être un tout jeune homme dont le cœur est encore un chien fou. Quel âge avez-vous cher monsieur ?

— Vingt-sept ans.

— Riche ? Choyé ? Habitué à satisfaire tous vos caprices ?

— Hélas !

— Eh bien, un peu d'énergie, que diable !

— C'est que... je ne vous ai pas tout dit. Je pars en vacances demain.

— Mais pas avec les deux ?

— Si. Ou plutôt non... Enfin, je dois aller en Irlande avec Maureen et en Espagne avec Maria. Vous comprenez, elles ont pensé, l'une et l'autre, que c'était le meilleur moyen de m'obliger à choisir. Si je pars un mois avec Maureen, cela signifie que Maria ne compte plus...

— Et réciproquement, dit Jardel en maîtrisant un sourire. Dans votre cas, c'est le « réciproquement » qui est dramatique.

— Plus encore que vous ne le croyez. La Volvo de Maureen est à l'atelier, toute chargée, toute prête. Maureen se fait une joie de la conduire... Et Maria va arriver au volant de sa Lancia, pour une ultime mise au point de la mécanique. C'est maintenant que je dois trancher dans le vif. Aidez-moi, monsieur Jardel. C'est pour ça aussi que je vous ai demandé de venir. Tout seul, je flancherai, je le sens. Je partirai avec la plus entreprenante. Tandis que si j'ai quelqu'un près de moi...

Un léger appel d'avertisseur fit sursauter Hubert. Il se leva, entrouvrit la porte du bureau et la referma en hâte.

— C'est elle, balbutia-t-il. C'est Maria. Tenez-vous prêt dans la salle d'attente. Gardez un œil par l'entrebâillement.

— Vous avez donc choisi d'éliminer Maria ?

— Il le faut bien. C'est la plus violente des deux. Elle est capable de me tirer dessus. Vite. Cachez-vous.

La voix de Maria retentit non loin du bureau.

— Vous vérifierez aussi les pneus. Deux kilos derrière, parce que la malle est très chargée.

Elle entra et Hubert, très ému, dut s'asseoir. Oh oui, elle était belle. Dès qu'il la revoyait, il la trouvait plus belle que la veille... mais pas plus belle que Maureen... Et même Maureen avait quelque chose de plus touchant, une douceur dans le dessin de la bouche.

Il se passa la main sur les yeux.

— Tout est prêt, dit Maria. Un petit coup de graissage et nous pouvons partir. Maintenant, si tu veux.

— C'est difficile, murmura-t-il. Je dois attendre le retour de mon père. Et même je ne serai peut-être pas libre avant après-demain.

Elle s'approcha, précédée d'une onde de parfum qui était comme une odeur de nudité.

— Qu'est-ce que tu manigances encore, crapule chérie ?

(Dommage, qu'elle eut encore conservé cette pointe d'accent.)

— Je t'assure, dit Hubert, précipitamment. Moi aussi, je suis prêt. Mais il y a les fins de mois à régler. Et comme mon père est un peu retardé...

— Menteur ! Dis tout de suite que tu cherches un prétexte. Et tu crois que je ne connais pas le nom de ton prétexte !

Hubert esquissa un geste mou qui tenait de la protestation et du serment.

— Alors là, je te jure bien que tu te trompes, dit-il. Je me fais une joie de ces vacances.

Le téléphone sonna. Maria devança Hubert et s'empara de l'appareil.

— Donne ça ! fit Hubert.

— Allô ? dit-elle de sa voix la plus sucrée. Il vient de partir pour un mois.

Hubert lui arracha le téléphone. « Allô ! » On avait déjà raccroché.

— Qui était-ce ?... Tu as un sacré toupet !

Elle riait. Elle caressa la joue d'Hubert du dos de la main.

— Mais c'est bien vrai, dit-elle. Nous partons pour un mois.

La porte de la salle d'attente était fermée. Jardel avait sans doute compris que Maria allait avoir le dernier mot, et il s'était éloigné. Alors, à quoi bon lutter ?

— Regarde ce que j'ai apporté, disait Maria avec une mine gourmande.

Elle étala des dépliants sur le bureau.

— Grenade... L'Alhambra... tu verras... les patios... les mosquées... Allez ! Souris ! Non ? Tu boudes ? C'est à cause du téléphone ? Mon grand gosse chéri !... Je te laisse. A demain. Sans faute, hein ?

Jardel revint et trouva Hubert effondré.

— Je vous croyais loin, murmura Hubert. Elle m'a eu. J'aurais été tellement mieux avec Maureen ! Tant pis !

Un long coup de klaxon retentit et Hubert sauta sur ses pieds.

— Eh bien, eh bien, dit Jardel. Qu'est-ce qui se passe ?

— Le klaxon ! C'est celui de la Volvo !

Déjà, Hubert traversait le hall en courant. Jardel le rattrapa au seuil de l'atelier. Ils virent en même temps Maria qui, en se tortillant, sortait de la Volvo dont elle avait déclenché l'avertisseur en cherchant les clefs sur le tableau de bord. Elle brandit le trousseau.

— Tu crois que je ne connais pas sa bagnole ! s'écria-t-elle. Monstre ! C'est avec elle que tu voulais filer.

Elle tâtonnait rageusement pour ouvrir la malle. Hubert saisit le bras de Jardel.

— Les valises de Maureen, chuchota-t-il. Je vous l'avais dit. Elle est capable de tout...

Interdite, Maria regardait la malle vide. Les jambes encore molles, Hubert s'avança.

— Qu'est-ce que tu croyais, dit-il. Tu sais bien que je n'ai qu'une parole.

Devant Jardel, il essayait de se donner l'air offensé. Il referma la malle d'un coup sec.

— J'ai dit demain à six heures, reprit-il. Tâche d'être prête.

Repentante, elle l'embrassa sur la joue, salua Jardel d'un signe de tête et sortit avec un balancement de la jupe inimitable. Hubert s'adossa à un pilier.

— La garce ! dit-il. Mais comment... ?

— Pendant que vous discutiez tous les deux dans le bureau, expliqua Jardel, j'ai senti venir le coup. C'est moi qui ai vidé la malle. Les bagages sont là, derrière le camion de dépannage. Aidez-moi à les remettre en place.

— Vous m'avez sauvé, dit Hubert. Je ne sais comment vous remercier. J'hésitais. Maintenant, j'ai compris. Je pars avec Maureen.

— Bravo ! Mais êtes-vous bien sûr que Maureen ne viendra pas, à son tour, visiter la malle de la Lancia ?

Cette remarque accabla Hubert.

— Vous parlez sérieusement ?

— Je me méfie, voilà tout. Vous pensez bien que Maureen est aussi sur ses gardes. Je mettrais ma main au feu qu'elle surveille Maria... ou qu'elle la fait surveiller... et réciproquement, ajouta Jardel en riant. A tout hasard, vidons la Lancia. Je serai plus tranquille.

Ils firent passer les bagages de Maria dans la 2 CV dont Hubert se servait pour les courses en ville.

— On se donne de la peine pour rien, observa-t-il. Maria est soupe au lait. Elle a agi sur un coup de tête. Mais Maureen, c'est tout le contraire. C'est une calme, qui prend le temps de réfléchir.

— Justement, dit Jardel. Le week-end commence. Dans une heure tout votre personnel sera parti, à l'exception du pompiste. Vous voulez parier qu'elle choisira ce moment-là pour venir faire sa petite inspection ?

— Je n'arrive pas à vous croire. Ma petite Maureen !

— Oh ! Oh ! C'est votre « petite Maureen », maintenant !

— Écoutez, dit Hubert. Juste en face du garage, il y a un bon restaurant où j'ai mes habitudes. *Chez Gaston*. Je vous invite. Tout en mangeant, il nous sera facile de surveiller les lieux. D'accord ?

— Soit. Mais je serais bien surpris si votre amie ne se manifestait pas bientôt.

Les deux hommes, une heure plus tard, se retrouvèrent *Chez Gaston* et s'attablèrent auprès d'une fenêtre d'où ils découvraient les pompes et l'entrée du garage.

— Vous ne partiez donc pas en vacances, d'habitude ? demanda Jardel.

— Non. Il y a deux ans que je les connais, l'une et l'autre, et je préférais demeurer à Paris pour ne pas me trouver devant l'horrible choix que je dois faire aujour'hui.

— Mais alors, qu'est-ce qui vous a décidé à partir ?

— Elles m'ont mis le couteau sur la gorge. « Tu viens avec moi ou tout est fini ! » Elles savaient bien que l'une d'elles resterait sur le carreau. Voyez-vous, c'est comme si elles se battaient sauvagement par-dessus mon épaule. Et ça leur est égal si je prends des coups. Elles disent qu'elles m'aiment, mais c'est pour mieux se détester.

— Vous êtes sans illusion.

— Non, fit Hubert avec tristesse. Vous n'y êtes pas. Vous ne pouvez pas savoir comme cette haine fait flamber leur passion. Et c'est ce feu qui m'est nécessaire. Plaignez-moi...

— Regardez ! interrompit Jardel. Est-ce que ce n'est pas elle ?

Hubert blémit.

— Vous avez raison, chuchota-t-il.

Là-bas, Maureen se dirigeait vers le garage. Elle s'arrêta une seconde devant le stand où s'alignaient des voitures d'occasion, observa sa silhouette dans la vitrine, fit bouffer ses cheveux blonds et, sans se presser, entra dans l'atelier.

— Elle a peut-être oublié quelque chose, hasarda Hubert.

— Pensez-vous !... On va la voir ressortir dans deux minutes. Le temps de repérer la Lancia... Elle s'empare des clefs... Elle va ouvrir la malle... Et elle constate qu'elle est vide... Rassurée, elle referme, remet les clefs à leur place... et s'essuie les mains avec un Kleenex parce que les voitures, ce n'est jamais très propre... Et la voilà !

Maureen adressa au pompiste un sourire enjôleur et s'éloigna.

— Elle jubile, commenta Jardel. Regardez-la marcher ! Pour un peu, elle sauterait à la corde. Alors ? Laquelle choisissez-vous ?

Quand les deux hommes se séparèrent, après avoir remis les bagages dans la malle de la Lancia, Hubert n'avait encore rien décidé.

— Si vous permettez, dit Jardel, je vous téléphonerai demain, un peu avant six heures, pour savoir. Votre cas est tellement curieux.

... Il appela Hubert, le lendemain matin. Une voix inconnue lui répondit.

— M. Hubert vient d'avoir un petit accident... Il a pris la Lancia et il y a eu une explosion... Non. Il n'a rien, à part une légère écorchure.

— J'arrive ! s'écria Jardel.

Il trouva un Hubert exaspéré, qui se tamponnait la main droite avec du mercurochrome.

— Elle a saboté la Lancia, dit-il. Juste assez pour la rendre inutilisable. Maureen ! Hein ? Qui aurait cru...

— Elle vous a laissé votre chance, remarqua Jardel. Si vous aviez choisi l'Irlande en prenant la Volvo, il ne vous serait rien arrivé.

— Je vais la prendre, la Volvo ! cria Hubert. Et pas plus tard que tout de suite. Et nous irons en Espagne avec elle. Aidez-moi.

Il sortit les bagages de Maureen et les remplaça par ceux de Maria.

— Si elle se figure qu'on peut me forcer la main comme ça ! Non, mais, sans blague !

Il appuya sur le démarreur... et une détonation sèche secoua la voiture qui s'affaissa sur ses pneus crevés, tandis qu'une fumée âcre faisait tousser Jardel.

Hagard, Hubert mit pied à terre.

— Ce n'est pas possible, gémit-il. Pas toutes les deux, quand même ! Elles ont pourtant bien vu que les malles étaient vides !

— Vous m'avez bien dit, questionna Jardel, que les parents de Maureen étaient de Belfast ?

— Oui.

— Et les parents de Maria originaires de Bilbao ?

— Oui. Et alors ?

— Alors, ça explique le plastic. Ces deux jeunes femmes ont l'explosif dans le sang. Et la vengeance à fleur de peau.

— Je porterai plainte !

— N'en faites rien, dit Jardel. Répondez-leur à la française, avec esprit. Voyez-vous, à votre place, j'enverrais à Maureen une bouteille de xérès et à Maria une bouteille de whisky. Elles comprendront qu'elles ont perdu l'une et l'autre. Et vous n'entendrez plus parler d'elles. Vous serez libre.

— Hélas ! dit Hubert.

MURDER PARTY

On avait rapidement dîné, et aussitôt le café bu, la comtesse avait envoyé ses domestiques au cinéma. Sans doute, il n'est pas de bonnes intrigues policières sans maître d'hôtel laconique et inquiétant, sans femmes de chambre aux allures mystérieuses, mais les Joive n'avaient pu condescendre à mêler le personnel à leur jeu.

C'était la troisième fois que le somptueux hôtel de l'avenue Montaigne devait servir de cadre à une *murder party*. Avec ses deux étages, son grand nombre de pièces, ses multiples dégagements, couloirs et recoins de toutes sortes, le lieu se prêtait admirablement à cette distraction passionnante.

La *murder party* nous vient d'Angleterre. Elle fut inventée par des amateurs de romans policiers désireux de passer à leur tour à l'action, sans bien entendu courir le moindre risque, et surtout d'exercer les talents que n'a pu manquer de leur faire acquérir la fréquentation assidue des Sherlock Holmes, Philo Vance, lord Peter, Ellery Queen et autres Hercule Poirot.

Le jeu n'a aucune règle fixe : libre à chacun d'improviser. Il consiste simplement à découvrir, à l'aide des indices laissés par le coupable, l'auteur d'un vol ou d'un assassinat simulés. Les Joive et leurs amis, après divers essais, avaient arrêté le programme suivant. Ils tiraient d'abord qui serait la victime, puis, celle-ci ayant gagné l'endroit, désigné d'un commun accord, où devait se dérouler le drame, ils tiraient ensuite l'assassin, ce nouveau résultat n'étant connu, cela va sans dire, que du seul intéressé.

Chacun des joueurs s'enfermait alors dans une pièce séparée, afin que nul ne pût surveiller ses compagnons, et attendait le signal (détonations, cris ou coups de sifflet) par lequel l'*assassin* informait les enquêteurs qu'il avait terminé son rôle et qu'ils pouvaient se mettre en campagne. On comptait encore trente secondes, qui devaient permettre à l'inconnu de regagner son *isoloir* d'où il ressortirait en même temps que ses adversaires et la partie proprement dite commençait. L'enjeu en était un cadeau, offert par le coupable sans rancune à qui l'avait démasqué.

Plaisir innocent, la *murder party* avait, pour un temps, détrôné le bridge.

Ce soir-là, le comte et la comtesse avaient pour invités le bâtonnier Maubernay et sa femme Mathilde, la poétesse Sylvie Costel et son vieux mari (dont on disait par euphémisme qu'il était fatigué, et qu'on avait hâte de voir en assassin) et le jeune journaliste Roger Bréga que ses reportages en Afrique équatoriale et au Tibet avaient rendu célèbre. Cela portait à sept le nombre des joueurs, ce qui est un excellent compte.

Tout le monde se serra autour d'une table de bridge et Hubert de Joive retira d'un paquet sept cartes, dont le fatal as de pique. Il battit, fit couper et donna une carte à chaque joueur. L'as échut à la comtesse.

— Décidément, je suis prédestinée, fit-elle visiblement déçue.

Lors de la précédente *murder party*, qui avait eu lieu chez Roger Bréga, c'était elle, en effet, qui avait déjà été désignée pour figurer la victime. Chacun s'offrit à la remplacer, mais elle secoua gracieusement la tête.

— Non, non ! Pas de dispense. Il n'y aurait plus de jeu possible... Et puis je vous avoue que je suis un peu lasse : ce rôle m'ira donc très bien.

Le comte supprima une carte et redistribua. Mais cette fois le tirage était secret et chacun prit sa carte en la faisant glisser sur le tapis avec la prudence désobligeante d'un joueur de poker. Puis, impassibles, les futurs détectives et le futur meurtrier remirent leurs cartes dans le jeu.

— Où m'assassine-t-on ? demanda la comtesse. Dans ma chambre ?

La chambre rallia tous les suffrages.

— Alors, bonne chance à tous... et à tout de suite, mon cher assassin anonyme.

Et elle s'éloigna dans un glissement de soie.

— Maintenant, mes amis, à nos isoloirs, s'écria joyeusement Hubert.

— Nous reprenons sans doute ceux du mois dernier ? fit le bâtonnier.

— C'est le mieux... Alors vous, Mathilde, vous restez ici... Vous, Sylvie, dans le grand salon. Vous, mon cher maître, dans la salle à manger... Edgar (c'était le vieux mari) dans mon bureau... Roger, dans le boudoir... et moi, dans l'office avec le frigidaire. Tout le monde est d'accord ?

Tout le monde était d'accord et l'on se sépara. Successivement six portes se fermèrent avec bruit, puis le silence enveloppa l'hôtel.

Monique de Joive approchait de la trentaine. C'était une grande femme blonde, mince (d'aucuns la trouvaient maigre) et fort jolie. Fille d'un gros filateur du Nord, elle était comtesse depuis cinq ans, ses bonnes amies disaient qu'elle avait épousé Hubert par orgueil. Le couple était, en effet, assez mal assorti. Beaucoup plus âgé que sa femme, le comte avait une nature autoritaire et irritable qui semblait peu en harmonie avec l'âme sensible et rêveuse de Monique. Il était en outre d'un esprit un peu lent et de manières lourdes ; elle, vive, fine et cultivée. Les familiers du ménage appelaient entre eux la comtesse : Mélisande, ce qui résumait assez exactement la situation. Bien entendu, ils n'avaient pas manqué de hasarder de faciles prédictions quant aux déboires conjugaux de Hubert, mais ils en étaient restés pour leurs frais d'imagination, rien dans la conduite de la jeune femme n'autorisait le plus léger soupçon.

Et pourtant...

Monique s'assit devant sa coiffeuse ; du bout du doigt, elle rentra une mèche rebelle dans l'épaisse masse de ses cheveux, puis elle effleura de sa houpette son nez qui luisait un peu. Cependant elle regardait moins son visage que le reflet de la porte dans le miroir. Sur qui allait-elle bientôt s'ouvrir ?

Un nom lui vint aux lèvres, qu'elle ne put se retenir de murmurer : Roger. Elle le répéta à plusieurs reprises, les yeux maintenant fixés sur son image.

Jamais encore elle ne s'était *vue parler*. Le jeu l'amusa. Ainsi, lorsqu'elle l'appelait, elle lui offrait ce mouvement de la bouche, pas très beau peut-être, mais qui découvrait si heureusement ses dents éclatantes.

Et lorsqu'elle lui donnait les noms usés et éternels, ou mieux ces noms des bêtes de Kipling, qui chaque fois le faisaient rire et l'attendrissaient ?

Elle énuméra son cher vocabulaire, étonnée et ravie de découvrir qu'il est des mots qu'on prononce comme on sourit, d'autres comme on fait la moue. Ces mots, aurait-elle le bonheur de les répéter dans un instant ? Le hasard la servirait-il, comme la dernière fois ?

Elle revit cette soirée dans ses moindres détails. Ce n'était qu'une minute avant l'expiration du délai accordé à l'*exécution du crime* qu'ils s'étaient rappelé la véritable raison de leur isolement. En hâte, ils avaient bâclé un scénario. Quelque chose d'enfantin : un vol de bijoux compliqué d'assassinat.

La pièce *tragique* était au rez-de-chaussée ; Roger avait marqué l'empreinte de ses semelles dans la terre meule d'une plate-bande. Mais cet indice avait été inutile et, tout de suite, maître Maubernay avait démasqué le coupable, grâce à un cheveu blond collé à son gilet.

— Eh bien, s'il t'a fallu un quart d'heure pour trouver cela, je ne te félicite pas, avait plaisanté l'avocat.

Et Monique, qui se tenait allongée sur le tapis, un poignard glissé sous l'aisselle, avait cru mourir pour tout de bon d'émotion.

De nouveau, elle attacha les yeux sur la porte et se dressa à demi en voyant tourner le bouton.

Hélas ! l'arrivant n'était pas Roger, mais Hubert, son mari.

— Oh ! chéri, c'est la première fois que nous *sortons* ensemble.

Il lui baisa la main.

— Le regrettez-vous ?

— Quelle sotte question !... Non, je me demande ce que nous allons pouvoir échafauder. Un mari et sa femme ; le champ est très restreint.

Hubert s'était accoudé à la cheminée, son éternelle cigarette au coin de la bouche, dans une attitude familière. Son smoking croisé le faisait paraître plus massif encore ; son visage, riche en couleur, était légèrement gonflé comme après chaque repas trop abondant. Un bourrelet de graisse emplissait l'échancrure de son col.

— Un champ restreint !... Je trouve au contraire que c'est la situation qui offre les plus grandes ressources.

— Oui, je sais ; l'héritage ou l'assurance sur la vie, mais le truc est bien usé.

— Et le crime passionnel, chérie, l'oubliez-vous ?

Elle lui jeta un rapide regard, sa physionomie était comme à l'ordinaire placide, presque dénuée d'expression. Et Monique maudit intérieurement son manque de sang-froid.

— Mais les crimes passionnels ne posent jamais de problème, reprit-elle. L'assassin a toujours le courage de son acte, sans doute parce qu'il est à peu près sûr de l'impunité.

Il eut un léger rire.

— Oh ! chère, je ne vous propose pas le vulgaire fait divers : *Un Kabyle jaloux égorge sa compagne*. Mais ne pourrait-on admettre un crime passionnel mystérieux, raffiné, la vengeance machiavélique des mélodrames de nos pères ?

Il avait quitté la cheminée et s'était approché à pas lents de sa femme. La fumée de sa cigarette la fit tousser.

— Je crains fort que votre machiavélisme ne vous serve à rien si vous n'éteignez pas d'abord votre cigarette. Vous êtes le seul à fumer du tabac français, l'odeur va vous dénoncer tout de suite. Décidément, Hubert, vous feriez un mauvais criminel.

Était-ce une illusion ? Il lui sembla que les joues rebondies de son mari rougissaient plus encore et qu'une lueur brillait sous ses lourdes paupières.

— On ne saurait penser à tout, fit-il assez platement.

Il tira son étui d'argent, cadeau d'anniversaire, et y enferma sa cigarette après en avoir écrasé la cendre contre le couvercle. Puis il alla entrouvrir la fenêtre.

— Voyons, que pourrions-nous imaginer ? dit-il en revenant vers la coiffeuse.

Il parut chercher l'inspiration dans les ornements du plafond et reprit assez vite.

— Que diriez-vous de ce scénario ?... Un mari a des doutes sur la fidélité de sa femme. A la faveur d'une *murder party*, organisée chez l'homme qu'il suspecte de le trahir, *murder party* qui l'autorise à fureter partout sans éveiller de soupçons, il parvient à mettre la main sur un paquet de lettres qui ne lui laissent aucun doute sur son infortune. Alors, en même temps que des lettres, il s'empare d'une arme appartenant au rival détesté. A l'occasion d'une nouvelle *murder party*, ayant eu soin de piper les cartes, il abat l'épouse infidèle, laisse en évidence les compromettants billets doux, et va glisser l'arme du crime dans le pardessus de l'amant. Eh bien, je vous le demande, n'y a-t-il pas toutes les chances pour qu'on accuse ce dernier ? Les mobiles du crime paraîtront évidents : la rupture, et nul ne pourra deviner...

— L'idée n'est pas nouvelle, interrompit Monique avec peine.

— Vous m'accorderez qu'elle vaut bien un vol de bijoux.

D'un geste qui cherchait à être naturel, elle porta l'index à sa tempe, y sentit perler des gouttes de sueur. Hubert avait toujours son expression placide, il alla sans hâte refermer la fenêtre.

Monique promena à travers la pièce un regard égaré. Il lui semblait voir pour la première fois ce décor familier : le lit et les bergères tendus de velours bleu, et la tapisserie abricot pâle où courait une guirlande discrète. Elle découvrit un défaut dans le marbre de la cheminée, juste à la place où il s'était accoudé.

Trois enjambées la séparaient de la porte ; elle pouvait fuir. Avant que Hubert se fût retourné, elle aurait atteint le palier, le temps qu'il sortit à son tour de la chambre, elle serait en bas.

Mais qu'expliquerait-elle à ses amis ?... Et à Hubert... qui *peut-être ne savait pas* ?

Elle profita de ce qu'il avait encore le dos tourné pour demander :

— Et qui ferions-nous la victime de cette noire machination ?

— Eh ! il me semble que nous n'avons pas le choix. Maubernay et Costel sont mariés, ce qui compliquerait trop les choses et ne serait guère délicat. Roger est le seul célibataire. De plus, il est joli garçon, célèbre. Le don Juan classique... Vous connaissez sa réputation.

De nouveau, elle regarda la porte, mais ses genoux tremblaient et elle sentit qu'elle n'aurait maintenant plus la force... D'ailleurs son mari revenait.

Il s'arrêta au milieu du passage, mais il avait toujours son bon visage inexpressif d'homme incapable de jouer la comédie. Et une joie folle gonfla la poitrine de Monique. « Il ne sait pas... C'est une coïncidence, une extraordinaire et affreuse coïncidence... »

Elle rouvrit son poudrier, s'enveloppa d'un nuage qui ternit la glace.

— Après tout, si vous croyez que votre scénario ne puisse choquer personne.

— Mais personne, ma chérie. Il a été convenu une fois pour toutes que tous les sujets étaient bons et que nul ne se formaliserait. Il n'y aurait sans cela plus de distraction possible.

Ce ton très doux sur lequel il avait prononcé « ma chérie ! » Elle eut un brusque remords et le contempla avec tendresse. Quelle peur il lui avait faite ! Pour un peu elle se fût jetée dans ses bras à *lui*, pour qu'il la consola comme autrefois, après leurs premières et si brèves disputes. Toute son assurance revenue, elle entra franchement dans le jeu.

— Mais, *mon chéri*, si je puis facilement griffonner quelques lettres, il vous manquera, par contre, l'arme du crime.

Alors brusquement Hubert laissa tomber le masque. Une grimace animale retroussa ses lèvres, découvrant des dents inégales et à demi-déchaussées, les veines de son front saillirent, ses pupilles subitement dilatées, comme sous l'effet d'un toxique, devinrent d'une fixité effrayante. Il plongea la main gauche dans sa poche, en tira un paquet entouré d'une faveur mauve qu'il lança sur la coiffeuse où il faucha un flacon d'acétone.

— Inutile de griffonner ! Voici les lettres !

Il fouilla dans sa poche droite, en tira un revolver dont la crosse était entourée d'un mouchoir.

— Et voici l'arme.

Il avança de son pas lent.

— Et je vais vous tuer.

Elle le vit approcher sans effroi, ne comprenant pas encore tant avait été soudain son changement d'attitude et, comme s'il lui avait exposé quelque projet inconsidéré, elle dit simplement sur un ton de reproche :

— Voyons, Hubert, vous n'allez pas faire cela.

Puis, d'un coup, la terreur la souleva. Les bras tendus, les doigts largement écartés, elle cria d'une voix de plus en plus aiguë :

— Non !... Non !... Non !... Au secours !

Par deux fois il pressa la détente. Elle glissa de son siège, tomba sur les genoux d'abord, puis, après avoir oscillé, s'abattit de tout son long.

Un instant, Hubert attacha sur le corps de sa femme un regard étonné d'homme qui s'éveille, puis il fit rapidement demi-tour et sortit sur la pointe des pieds.

... Cependant, dans leurs isoloirs, les joueurs comptaient, impatients, les secondes réglementaires.

LA BAIGNEUSE BLONDE

Benauge et sa femme sortirent du restaurant.

— Suivez-nous au pas, ordonna Benauge. Madame a besoin de prendre un peu l'air.

« Elle est saoule, une fois de plus », pensa le chauffeur, en inclinant respectueusement la tête. Et la Rolls-Royce se mit à glisser, comme une ombre, derrière le couple qui se chamaillait.

— Lâche-moi, dit Simone. Je ne veux pas que tu me touches.

Elle buta, Benauge la saisit fermement par un bras. L'odeur des pins, la douceur du soir firent pleurer Simone.

— Ça t'arrangerait bien, si je mourrais, fit-elle.

— Voyons, mon petit, calme-toi.

— Je ne suis pas ton petit !

Elle lui échappa, traversa la route. Il courut derrière elle. La Rolls, tous feux éteints, stoppa. Le chauffeur alluma une cigarette au tableau de bord puis repartit quand il vit le couple se remettre en marche. Il régla très bas le poste de radio, regarda l'heure : dix heures et demie.

— Tu es fatiguée, disait Benauge. Tu sais ce que le médecin t'a recommandé...

— Tu l'as acheté, lui aussi. Mais moi, je me défendrai. Je ne suis pas Lucie, moi.

— Veux-tu te taire.

— Non, je ne me tairai pas. Si ça me plaît, moi, de crier partout que tu as tué ta première femme ! Oui, tu l'as tuée... Oui, tu l'as tuée.

— Gaston !

La voiture s'arrêta et déjà Gaston tenait la portière ouverte. Benauge poussa sa femme sur la banquette.

— Nous rentrons, dit-il.

La querelle continua, la même, depuis des semaines, depuis des mois. Gaston en connaissait par cœur le thème et les variations... Benauge trop riche et trop vieux, Simone trop jeune et tenue captive par un mari trop épris... Une histoire bête qui finirait mal. Quand la Rolls les déposa devant l'hôtel, Benauge et sa femme se disputaient toujours. Ils se disputaient encore à la réception, tandis que le portier, imposant et solennel, cherchait leur clef au tableau.

— Hypocrite, disait Simone. Ah ! tu caches bien ton jeu.

Le portier leur souhaita cérémonieusement une bonne nuit. L'ascenseur les emporta et leurs silhouettes s'envolèrent en gesticulant. Au troisième, le liftier les salua.

— Tu es un monstre, continuait Simone. Tout le monde te déteste.

Benauge ouvrit la porte de l'appartement, obligea sa femme à entrer. Au bout du corridor apparut Gaston, qui avait fait rapidement le tour par l'entrée de service. Il frappa, enleva sa casquette. La porte se rouvrit, et Simone, les larmes délayant son rimmel, lui tendit une laisse.

— Faites attention, recommanda-t-elle. Il n'est pas bien, aujourd'hui.

A leurs pieds se tortillait un teckel qui jappa, en reconnaissant Gaston.

— Il a la colique, ne l'emmenez pas trop loin.

— Bien, madame.

Gaston se recoiffa. Quand la porte fut refermée, il empoigna sans ménagement le basset, le colla sous son bras comme un paquet, et s'éloigna, furieux.

Le lendemain matin, Benauge attendit longtemps Simone, à la salle du restaurant. Les garçons desservaient. Sur la plage privée, devant l'hôtel, des baigneurs jouaient au ballon. Benauge alluma un cigare. Il s'ennuyait, dans cette salle somptueuse, déserte et triste. Il fit claquer ses doigts. Un garçon apporta le plateau, emplit de café la tasse de Benauge.

— Vous pouvez aussi servir Madame, grommela Benauge, avec impatience. Et qu'on lui dise de descendre !

Il mit trois morceaux de sucre dans sa tasse et fronça les sourcils parce qu'une goutte de café avait sauté sur la manche de son impeccable veston de flanelle.

... Simone téléphonait quand on frappa à la porte.

— Excuse-moi, murmura-t-elle, très vite. On vient me chercher... C'est ça, oui... oui.

Elle raccrocha et alla ouvrir.

— Je sais, dit-elle. Prévenez-le que j'arrive.

Elle vérifia son maquillage, fit savamment bouffer ses cheveux roux, puis appela le chien qui se laissa couler sur le tapis avec un cri joyeux. L'ascenseur la déposa devant l'entrée de la salle. Benauge se leva. Simone s'assit sans le regarder.

— Nous sommes encore les derniers, observa-t-il.

Simone flairait sa tasse de café au lait.

— C'est froid, dit-elle. Vous savez que je déteste manger froid... Et je déteste aussi l'odeur de votre cigare.

Benauge retint un mouvement de colère. Non. Ils n'allaient pas recommencer. En trois pas, il atteignit une table voisine, écrasa son cigare dans un cendrier.

Quand il revint, il vit Simone qui posait sa tasse sur le parquet et le chien qui s'avançait en se trémoussant.

— J'ai commandé la voiture pour onze heures, dit Benauge.

— Inutile. J'ai changé d'avis.

— Mais, hier, vous vouliez que...

— Eh bien, aujourd'hui, j'ai envie de rester ici. Vous ne vous en plaindrez pas, j'imagine. Vous pourrez me surveiller sans quitter l'hôtel.

— Voyons, Simone!...

Un gémissement les fit sursauter. Ils baissèrent la tête, ensemble. Le chien tournait sur lui-même en toussant. Il tomba sur le flanc et ses pattes s'agitèrent convulsivement, renversant la tasse. Le garçon accourut.

— Emportez-le, ordonna Benauge. Vous voyez bien qu'il est malade.

Ils suivirent le garçon dans la petite pièce qui servait au veilleur de nuit. Le chien ne bougeait plus.

— Je crois qu'il est mort, dit le garçon, l'air ennuyé. Je vais appeler un vétérinaire.

Simone porta les mains à sa poitrine.

— Heureusement que je n'ai pas bu, sans cela...

Benauge tenait ses poings serrés.

— Hier, il était malade, observa-t-il. Il a dû avaler une saleté.

— Vous appelez cela une saleté, dit Simone. Moi, j'appelle cela...

Elle s'interrompit. Un homme était entré dans la pièce, grand, souple, malgré la cinquantaine. Il portait un pantalon clair et un blazer. Il se présenta.

— Roubaud. Je suis le détective de l'hôtel. On vient de me prévenir que...

Il palpa le teckel, étendu sur la couchette du gardien. Benauge lui expliqua ce qui s'était passé.

— Ça ne m'étonne pas, dit Roubaud. Ce sont des bêtes fragiles. Quelquefois, il suffit d'un petit os...

Il parla gentiment, jusqu'à l'arrivée du vétérinaire. Cela faisait partie de ses attributions, et Benauge était un homme qu'il fallait ménager. Le vétérinaire, à son tour, palpa le chien, lui souleva une paupière.

— Il a été empoisonné, conclut-il.

Roubaud ne perdit pas une minute. D'abord, il essaya de récupérer la tasse de café au lait, mais elle avait déjà été lavée. Alors, il chercha Gaston, le chauffeur, qu'il trouva au garage.

Gaston ne fit aucune difficulté pour parler, mais il ne savait pas grand-chose. Il était au service de Benauge depuis trois ans. C'était un patron difficile, exigeant, autoritaire. Oui, il avait connu sa première femme, Lucie... une femme très jeune, comme Simone. Elle était morte dans un accident d'auto. Elle s'était retournée, avec sa Fiat, et la voiture avait pris feu. Bien sûr, elle trompait Benauge. Une femme de ving-cinq ans, un homme de cinquante-cinq... Pour Simone, il n'y avait rien à dire, du moins pour le moment. Mais elle était malheureuse. Benauge faisait tout pour lui plaire. Elle avait tout ce qu'une femme peut désirer, sauf la liberté...

... Roubaud alla trouver le commissaire de police Petrucci, un ami. Petrucci leva les bras au ciel.

— Vous ne vous rendez pas compte. Benauge vaut des milliards. Je saute si je remue le petit doigt. Et puis, il n'y a aucune preuve. Qu'il tue sa femme, j'interviendrai. En attendant, je me garderai bien de bouger. Surveillez-les, mon vieux. C'est votre boulot et pas le nôtre... Et tenez-moi au courant.

... Roubaud commença donc à les surveiller. Vers la fin de l'après-midi, il vit Simone traverser la plage, en maillot de bain. Elle se jeta à l'eau et, en un crawl élégant, gagna le large, mais il était facile de la suivre à son bonnet blanc.

Benauge, lui, se tenait sur le balcon de son appartement. Jumelles aux yeux, il observait la mer. Les jumelles étaient puissantes. Benauge voyait, à le toucher, dans une douce lumière irisée, le corps de Simone sous l'eau bleue. Un peu plus loin, il apercevait d'autres nageuses et, à la sortie de la crique, un yacht blanc, à l'ancre, qui semblait inhabité.

Sur la plage, des estivants se doraient au soleil. Une jeune fille, à genoux, photographiait des copains qui s'aspergeaient joyeusement.

Benauge posa les jumelles près de lui, but une gorgée de scotch, puis, de nouveau, fouilla la mer. Simone, maintenant, faisait la planche, et le courant la poussait vers le yacht dont le nom étincelait : *L'Aphrodite*. La coque la masqua bientôt.

Au bout d'un instant, elle reparut, sur l'avant, assez loin. Elle nageait vers le large, en une brasse régulière. Son bonnet blanc semblait flotter, comme un ballon.

Roubaud ne la perdait pas de vue, il comprenait pourquoi la jeune femme cherchait la solitude. Évidemment, la vie avec Benauge ne devait pas être drôle.

... Et soudain, Simone leva les bras, les agita, comme si elle cherchait à attraper quelque chose. Puis, d'un coup, elle disparut.

Sans doute avait-elle crié, car les nageurs regardaient tous dans sa direction. Une blonde, qui se trouvait non loin du lieu de l'accident, et que Roubaud n'avait pas encore remarquée, s'élança. Ses pieds soulevaient des gerbes d'écume.

Déjà, Benauge avait quitté son observatoire et courait vers l'ascenseur.

Ensuite, ce fut la confusion. Le personnel de l'hôtel, les baigneurs, couraient, s'appelaient. Roubaud avait, d'autorité, poussé à l'eau un radeau de caoutchouc et, aidé par deux estivants, pagayait vers le large. Des silhouettes s'agitaient, maintenant, sur le pont de *L'Aphrodite*. Les compagnons de Roubaud plongèrent à proximité de l'endroit où avait coulé Simone. Du yacht, un homme héla Roubaud.

— Qu'est-ce qu'il y a ?

— Une noyade, cria Roubaud, en se laissant porter vers le navire. Si vous voulez nous aider, vous ne serez pas de trop.

L'homme avait une trentaine d'années. Il était beau, avec des yeux clairs de Viking dans un visage noirci par le hâle.

— Montez, lança-t-il. D'ici, vous pourrez mieux diriger les opérations.

Roubaud accosta, grimpa à l'échelle fixée à la coque. L'homme lui tendit la main.

— Olaf Nielsen... Je n'ai rien entendu. Je dormais encore. Où s'est-il noyé ?

— Elle, rectifia Roubaud. C'est une femme... Là... Peut-être à une trentaine de mètres de votre avant.

— J'y vais, décida Olaf.

Il chaussa des palmes d'homme-grenouille, s'équipa en un tournemain.

— Vous avez un porte-voix près de la barre, dit-il. Si ça peut vous servir...

Et il sauta à l'eau.

Pendant une heure, l'endroit fut exploré, sondé... Roubaud, de *L'Aphrodite*, coordonnait les efforts des sauveteurs. L'hélicoptère de la police survola le lieu du drame. On ne retrouva pas le corps. Roubaud, de guerre lasse, revint sur la plage où le commissaire Petrucci interrogeait les témoins, sans succès. La baigneuse blonde, celle qui était la plus proche de Simone, déclara qu'elle l'avait entendue crier, mais elle avait tout de suite compris qu'elle arriverait trop tard. Simone avait coulé à pic.

— C'est profond, dans ce coin ? demanda Petrucci.

— Trente mètres, dit Roubaud. Et il y a un courant terrible.

Des journalistes assiégeaient la jeune fille à l'appareil photographique. Elle vint chercher refuge auprès des deux hommes.

— Je photographiais mes amis au moment de l'accident... Ces messieurs veulent absolument m'acheter mon rouleau... Qu'est-ce que je dois faire ?

— Confiez-le-nous, dit Petrucci.

Benauge s'était enfermé dans sa chambre. Il semblait prostré et incapable de soutenir une conversation. Ce fut en vain que le commissaire multiplia ses questions ; Benauge répondait presque agressivement.

Oui, sa femme était très bonne nageuse, mais d'une imprudence folle... Pourquoi elle allait aussi loin ? Pour le narguer, bien sûr... L'accident ? Il ne pouvait se l'expliquer... Sans doute une crampe... Ce que Simone avait mangé au déjeuner ? Mais la même chose que lui, la même chose que tout le monde : le menu de l'hôtel... Non, lui ne se baignait jamais...

— C'est lui qui a fait le coup, dit Roubaud.

— Prouvez-le, dit Petrucci.

Ils étaient dans le bureau du commissaire, à Beaulieu. Entre eux, un cendrier plein de mégots.

— Il faudrait retrouver le corps, ajouta Petrucci. Pour le moment, c'est un accident. Rien de plus.

— Et le chien ?

— D'accord... Mais enfin, on n'a pas encore les résultats de l'autopsie. Et, en admettant même que l'empoisonnement soit établi, à quoi cela nous avancera-t-il ?... Enfin, bon Dieu, vous êtes un peu du bâtiment, vous aussi. Vous savez bien que je ne peux pas intervenir.

... Un agent apporta les photos qu'on avait fait développer. Roubaud se pencha par-dessus l'épaule du commissaire et, saisissant un crayon, montra le bonnet blanc de Simone.

— Tenez, la voici... et la revoici, juste avant la noyade.

Après, on distinguait très nettement les têtes des nageuses qui se dirigeaient vers le lieu de l'accident.

Roubaud regardait, pensivement, les photos déployées sur le bureau, en éventail.

— Je peux les garder ?

— Oh ! si vous voulez, dit le commissaire. Pour ce que ça nous avance !...

Un miroir. Une femme refait son maquillage, posément. C'est Simone. Aucun doute possible. Elle passe un peigne dans ses magnifiques cheveux roux, s'adresse un sourire. Puis elle pivote sur son tabouret et son regard embrasse la cabine. Au bout d'une table étroite, Olaf est assis. Lui aussi sourit. Et près de lui, la baigneuse blonde, celle « qui a vu Simone couler », sourit aussi. Trois coupes sont posées sur la table, pleines jusqu'au bord. D'un seau à glace émerge le col doré d'une bouteille de champagne. Olaf lève son verre.

— A la ressuscitée, dit-il.

Ils trinquent en riant. Le globe, au plafond, les éclaire d'une douce lumière de clair de lune.

— On partira à l'aube, tous les deux, reprend Olaf. Ma sœur restera à terre.

— Vrai ? dit Simone. Ça ne vous ennuie pas ?

La jeune femme blonde secoue la tête.

— C'est plus prudent, fait-elle. L'enquête n'est pas terminée. N'oubliez pas que je suis le principal témoin.

— Écoutez, dit soudain Olaf.

Il y a un léger bruit de pas, au-dessus de leurs têtes. Mais avant qu'Olaf ait le temps de se lever, la porte de la cabine s'ouvre.

— Salut, lance cordialement Roubaud. Je pensais bien vous trouver tous les trois.

Olaf serre les poings.

— Qu'est-ce que ça signifie ?

— Je pourrais vous poser la même question, dit Roubaud. Mais il se trouve que je connais la réponse. Tenez... Regardez !

Il jette sur la table les photos que lui a données le commissaire, puis, ouvrant un buffet minuscule, il prend un verre, tandis que les autres le contemplent, stupéfaits.

— Eh bien, regardez... comparez... Vous allez tout de suite comprendre.

Il verse, sans façon, du champagne dans son verre, boit tranquillement.

— Non ?... Vous ne voyez pas ?... C'est pourtant bien simple... Avant l'accident, il y a sept nageurs dans la crique : trois hommes et quatre femmes... (Il les pointe, de la mine de son crayon.) Or, après l'accident... il y a toujours quatre nageuses. On les distingue très bien sur la photo... Conclusion ?... Hein ?... Conclusion ?... Elle est pourtant enfantine : il n'y a pas eu disparition, mais bien : substitution. L'une des nageuses a pris la place de Mme Benauge. Laquelle ?... Celle qui se trouve le plus près du lieu de « l'accident ».

La sœur d'Olaf veut protester.

— Allons, dit doucement Roubaud. Puisque j'ai tout deviné. Quand Mme Benauge a disparu à nos yeux, masquée par ce bateau, vous vous êtes jetée à l'eau, vous portiez un bonnet blanc semblable au sien. Mme Benauge est montée à bord, par l'échelle, et c'est vous que nous avons vue reparaître, s'éloigner vers le large... C'est vous qui vous êtes laissé couler... Vous n'avez eu qu'à enlever votre bonnet et à faire surface le plus loin possible du point où vous aviez plongé, et sur lequel étaient naturellement, restés fixés tous les regards... Le tour était joué... L'ennui, c'est qu'il y a ces photos... sur lesquelles quatre moins une font toujours quatre.

Il y a un silence que rompt Olaf.

— Que comptez-vous faire ? demande-t-il.

— Je compte ramener Madame à son mari.

— Jamais, crie Simone. Jamais. J'aimerais mieux mourir. Dis quelque chose, Olaf. Empêche-le !...

— Oh ! je ne vous emmènerai pas de force. Je ferai simplement mon rapport à la police. Tout le monde apprendra que Mme Benauge a cherché à faire accuser son mari d'assassinat, et qu'elle vogue, bien vivante, à bord du yacht *L'Aphrodite*.

— Ça m'est égal !

— M. Nielsen n'est peut-être pas de cet avis ?

Olaf réfléchit.

— C'est raté, dit-il enfin. Il a raison, Simone.

— Tu m'abandonnes ?

— Mais non, proteste Olaf. Accompagne-le... Plus tard, nous prendrons d'autres décisions.

Simone se lève. La colère la fait trembler.

— Tout ce que je peux faire pour vous, dit Roubaud, c'est de raconter que je vous ai trouvée quelque part sur la côte, évanouie... Personne ne soupçonnera rien, soyez-en sûre.

Sans un mot, Simone déboutonne sa robe légère, la fait passer pardessus sa tête. Elle porte, dessous, son maillot, et elle est si belle qu'Olaf ferme les yeux.

— N'oubliez pas votre bonnet, fait Roubaud. Mon canot est amarré à l'échelle.

Il suit Simone sur le pont, se retourne vers la cabine.

— Je suis désolé, sincèrement. Mais c'est la meilleure solution. Dans un mois, vous serez tous d'accord.

— Et même avant, dit la sœur d'Olaf, en vidant sa coupe.

La salle du restaurant, à l'hôtel. Il est tard, le matin. Une unique table est encore occupée. Le même garçon apporte un plateau servi. Il emplit la tasse de Simone. Benauge fume un cigare.

Simone repousse sa tasse avec dégoût. Alors, Benauge la prend et la pose sur le parquet. Un chien surgit, de dessous la table : un énorme danois, à l'air féroce, qui lampe à grands coups le café au lait.

TENDRESSE

Ils venaient de fêter leurs noces d'or. Lui, le cheveu encore abondant, le profil de ses vingt ans. Elle, un peu plus marquée par l'âge mais toujours vive et capable de valser comme une jeunesse. Il y avait eu des discours, des accolades, de l'émotion.

— C'est vrai que nous nous sentons bien, avait-elle reconnu. Si ce n'était pas mes pauvres yeux !

— Allons, grand-mère, vous exagérez !

— Oh non ! Je ne dis rien pour ne pas inquiéter mon pauvre mari ; mais il y a des moments où je me fais bien du mauvais sang.

Et puis elle avait trinqué ; elle avait ri ; elle avait oublié ses angoisses. Et le lendemain, elle avait cassé la pendulette, en essuyant la cheminée. Un cadeau de mariage.

— Mais comment as-tu fait ton compte ?

— Ne te fâche pas, Henri. Je ne l'ai pas vue. Je l'ai accrochée avec mon torchon.

Elle était là, bras tombés, tête basse, des larmes sur les joues.

— Je crois que je deviens aveugle, avait-elle ajouté, comme si elle avait avoué un crime.

— Mais pourquoi ne m'as-tu rien dit ?

— Tu parais encore si jeune, et moi... si je perds mes yeux... je ne serai plus qu'une vieille...

— On n'a pas idée ! grommela-t-il.

Consulté, l'oculiste examina longtemps les yeux bleus qui ressemblaient à des fleurs fanées. Il fut encourageant, rédigea une longue ordonnance. Mais, sur le seuil, quand il vit sa patiente éloignée de quelques pas, il chuchota :

— Je crains, monsieur, qu'il ne soit trop tard. A moins d'un miracle...

Et sa poignée de main signifiait qu'il n'y a plus de miracles.

— Qu'est-ce qu'il te racontait ? demanda-t-elle.

— Que tu dois t'appliquer. Que c'est une affaire de moral, de volonté !

— J'essayerai, promit-elle. Pour toi, tu le sais bien, je ferai l'impossible. Quelle vie tu aurais, si je devenais infirme !

Et elle commença à se soigner avec une sorte de rage. Elle s'efforça surtout de ne pas tâtonner. Elle palpait les choses avec des gestes qui voulaient paraître négligents. Quand ses mains s'affolaient, comme des bêtes en défaut d'odorat, elle avait un petit rire de gamine étourdie. « Je ne sais plus où j'ai la tête ! » murmurait-elle. Et lui, qui la guettait sans en avoir l'air, remâchait son impuissance et sa peine, cherchait vainement le moyen de la consoler, car il sentait à quel point elle était désespérée.

Le hasard lui vint en aide. Il fit tomber, par maladresse, la carafe, en mettant le couvert. Elle accourut.

— Qu'est-ce qui se passe ?

— Moi aussi, dit-il gaiement, je crois que ma vue baisse. Qu'est-ce que tu veux ! A force de vivre ensemble, nous finissons par connaître les mêmes misères.

Deux jours plus tard, volontairement, il renversa la cafetière.

— Henri, sois franc. Est-ce que vraiment tu vois si mal ?

— Qu'est-ce que tu vas chercher ! bougonna-t-il. Bien sûr, que je n'y vois plus comme avant !...

— Ça te fait comme un brouillard, n'est-ce pas ?

— Oui.

— Et puis, de temps en temps, des étincelles, des mouches ?

— Oui.

— C'est exactement comme moi.

Et il y avait dans sa voix une sorte de joie tremblante, un peu honteuse.

— Va chez l'oculiste, décida-t-elle. Tu ne dois pas rester comme ça. Regarde-moi, comme le traitement m'a améliorée !

Elle avait souvent de ces mots déchirants qui le perçaient jusqu'à l'âme.

Prudemment, il raconta son histoire au médecin qui lui promit sa bienveillante complicité. Et il acheta, à son tour, des lunettes à verres teintés.

— Est-ce que votre mari souffre des yeux, lui aussi ? demanda l'épicière.

— Ne m'en parlez pas. Lui qui se croyait encore un jeune homme ! Que voulez-vous ? Il faut bien accepter l'âge qu'on a.

Tendrement, il continua à lui mentir.

— Tu n'as pas vu mes lunettes ? questionnait-il.

— Elles sont sur la desserte ! Si je n'étais pas là pour tout remettre en place, disait-elle, je ne sais pas comment tu te débrouillerais !

Ils sortaient, se tenant par le bras. C'était lui qui la conduisait, sans en avoir l'air, mais c'était elle qui lui prodiguait les avertissements : Attention au trottoir... Et ce vélo, qu'est-ce qu'il fait là ?

— Tu es merveilleuse, appréciait-il. On ne dirait vraiment pas que tu as de mauvais yeux.

— Je connais le quartier par cœur, répondait-elle avec une secrète fierté.

Cependant, à force de soins, non seulement elle réussit à enrayer le mal, mais elle retrouva une partie de sa vue normale, à la grande surprise de l'oculiste.

— C'est votre mari qui va être content ! dit-il.

« Mon pauvre Henri ! » pensa-t-elle, le cœur gros, car elle avait maintenant à trancher un terrible cas de conscience. Elle ne pouvait pas lui avouer la vérité sous peine de l'humilier. « C'est moi qui vais être un fardeau pour elle ! » se dirait-il.

Elle eut alors une idée infiniment délicate. Elle acheta deux cannes blanches.

— Chacun la sienne, expliqua-t-elle avec bonne humeur. Pas de jaloux. Personne n'a besoin de savoir si l'un de nous y voit mieux que l'autre !

Leur étrange existence continua, à tâtons. Tantôt, c'était lui qui, exprès, se heurtait à une porte, tantôt, c'était elle qui, à dessein, lâchait une assiette. Et chacun songeait : « Quelle tristesse ! Et comme j'ai raison d'agir comme je le fais ! »

Ils cessèrent d'acheter le journal, qu'ils n'auraient pu lire qu'en cachette l'un de l'autre. Ils renoncèrent aussi à la télévision. De temps en temps, sous prétexte de quelque course, elle s'échappait pour cesser de feindre et pour s'accorder le plaisir fugitif de regarder les vitrines. De son côté, il annonçait souvent : « Je vais prendre un peu l'air. » « N'oublie pas ta canne ! » criait-elle.

Il filait jusqu'au café de la place et les passants regardaient avec étonnement cet aveugle qui marchait avec tant d'autorité. Il buvait un apéritif, confiait sa canne à la caissière.

— Elle m'encombre. Je la prends pour faire plaisir à ma femme.

Et il s'offrait un petit tour, en ville. Mais, sans qu'il en eut conscience, il avait pris peu à peu l'habitude d'être partout prioritaire, si bien qu'un jour il traversa la rue devant un camion et fut renversé. Il mourut en arrivant à l'hôtel. Terrassée par la douleur, elle succomba une semaine plus tard.

— En un sens, commentèrent les voisins, c'est une bénédiction. Quand on n'y voit plus du tout, à quoi sert de vivre ?

TANDEM
OU 35 ANS DE SUSPENSE

(1986)

Mémoires à deux voix

Le roman policier que je connais et que j'aime est une tentative un peu vaine de combiner les qualités de deux types d'esprits incompatibles : ceux qui sont capables d'imaginer un puzzle froidement calculé manquent de la fougue et de la vivacité exigées par un style vivant.

L. CHANDLER, *Correspondance*
« Lettre à James Sandoc »

INTRODUCTION

Comment l'idée de ce livre a-t-elle pu nous venir ? Eh bien, il faut le dire ; elle n'est pas de nous. Après tant d'interviews, d'éclaircissements, d'explications précises (du moins, nous le pensions), nous sommes bien obligés de constater qu'une question, toujours la même, nous reste posée. « Comment vous y prenez-vous pour écrire des romans qui semblent jaillis d'une seule pensée et d'une seule plume ? Reconnaissez qu'il y a un cas Boileau-Narcejac. »

Soit. Essayons de tirer au clair ce mystère. Mais à la condition d'écarter tout aperçu touchant à notre vie privée. Rien, ici, qui puisse ressembler à des Mémoires. Rien non plus qui constitue un chapitre ajouté aux différents essais que nous avons consacrés au roman policier. Vous souhaitez que nous parlions « métier ». Parlons métier. Mais librement et, pour ainsi dire, à bâtons rompus, comme il arrive entre amis. C'est pourquoi nous avons imaginé de réunir Boileau, Narcejac et un certain monsieur X, qui jouerait le rôle de ce personnage collectif qu'on appelle « le public ». Lâchons-leur la bride. Bornons-nous à enregistrer fidèlement leurs propos. Et tant mieux si, chemin faisant, nous découvrons nous-mêmes des vérités que nous n'avions jamais aperçues. Merci, monsieur X.

PREMIER ENREGISTREMENT

MONSIEUR X. — Moi qui vous connais et vous observe, et vous écoute, aussi, depuis tant d'années...

THOMAS. — Depuis trente-cinq ans, exactement. Nous sommes devenus vos amis, et maintenant nous voici vos cobayes, puisque vous avez formé le projet biscornu de nous consacrer... Comment faut-il dire... un essai ? une monographie ? Comme si nous n'étions qu'un seul écrivain à nous deux.

M. X. — Exactement, mon cher Thomas. C'est exactement ce que vous êtes à mes yeux, Pierre et vous. Une espèce d'écrivain de synthèse, de produit de laboratoire, dont les propriétés ne rappellent en rien celles des deux éléments d'origine.

PIERRE. — Je suppose que c'est un compliment ? Produit de laboratoire ! C'est plutôt inattendu.

M. X. — Mais c'est ainsi que je vous juge, moi qui suis votre public. C'est précisément cela qui excite ma curiosité. Ce n'est pas ma faute si les journalistes qui vous interviewent reviennent sans cesse sur ce point. « Comment faites-vous ? » « Comment peut-on écrire des romans à deux ? » J'ai là un monceau d'extraits de presse. Voulez-vous que nous en pêchions deux ou trois dans le tas ? Des anciens ? Des récents ? Ils disent tous la même chose.

PIERRE. — Merci. Mais je vous assure qu'il n'y a, dans notre cas, rien de bien mystérieux.

M. X. — Vous me permettrez d'être d'un autre avis, car il y a quelque chose qui vous a échappé, à tous deux... Au long des années, vous avez évolué, eh ! oui, ce qui prouve à quel point l'écrivain Boileau-Narcejac n'est bien qu'un seul individu, qu'un seul créateur, ayant à sa manière sa période noire, sa période grise, sa période rose... Et cela, vous ne l'avez pas senti. Vous n'en avez jamais parlé.

THOMAS. — Là, j'avoue que vous m'étonnez. Dois-je vous rappeler que j'ai consacré au roman policier plusieurs essais et que...

M. X. — Oh ! mais, je ne mets pas en doute votre compétence ! Du moins en ce qui concerne les autres. Je soutiens simplement qu'en ce qui vous concerne tous les deux, vous n'êtes jamais allés au fond des choses.

PIERRE. — Dites que nous ne savons pas très bien comment nous travaillons.

M. X. — Attention ! Je ne vais pas jusque-là, mais il y a du vrai. Prenons deux de vos romans les plus... Bon, bon, je ne veux pas vous contrarier, donc j'évite le mot : célèbres, mais les plus connus, *Les Diaboliques* et *Carte Vermeil*. Ils sont séparés, en gros, par une vingtaine d'années. Eh bien, prétendrez-vous qu'ils ont été écrits de la même façon, avec la même méthode et surtout avec la même façon de sentir et de peindre ? Franchement ?

THOMAS. — Pardonnez-moi si j'hésite... mais, franchement, je n'en sais rien.

M. X. — Et vous, Pierre ? Allons, avouez-le, vous n'en savez rien non plus. Vous voulez connaître la vérité ? Elle s'impose aux curieux qui, comme moi, s'amusent à parcourir ces centaines de comptes rendus. Dès vos premières interviews, vous avez mis au point quelques explications très simples, pour vous débarrasser des indiscrets, et ensuite vous les avez répétées sans vous lasser, parce que c'était commode. Et si par hasard l'un de vous était interrogé en l'absence de l'autre, il pouvait répondre en toute tranquillité, sans rien trahir de la mystérieuse transmutation qui s'opérait au fond de vos cornues ou, si vous préférez, de vos petites cellules grises. Cela vous fait rire ?

THOMAS. — Oui, vous êtes en train de parler du cas Boileau-Narcejac comme s'il s'agissait d'une véritable affaire policière.

M. X. — Pourquoi pas ? Non, soyons sérieux. Ce qui nous intéresse, nous, vos fidèles lecteurs, c'est d'apprendre non seulement comment vous travaillez — j'entends comment vous travaillez vraiment —, mais encore tout ce que ce travail vous a appris sur vous-mêmes et sur l'évolution inévitable du genre que vous avez perfectionné.

PIERRE. — Vaste programme ! Comme l'a dit quelqu'un.

THOMAS. — En somme, si je vous comprends bien, vous voulez que nous prenions conscience de certaines tendances, de certaines attitudes psychologiques, auxquelles nous n'avons jamais prêté une attention suffisante.

M. X. — Vous y êtes. Et je vais commencer par unè affirmation qui va vous sidérer. Je ne vous ai pas cru, quand vous avez annoncé que vous aviez l'intention de travailler ensemble. Ah ! ah ! voilà qui vous fait dresser l'oreille et chatouille votre esprit combatif. Tant mieux. Votre décision, vous l'avez prise après la guerre. Mais vous écriviez depuis longtemps déjà. Pierre, avant 1940, vous aviez publié de nombreuses nouvelles et quelques romans qui vous avaient placé en un bon rang parmi les auteurs de l'époque... Si, quand même, c'est vrai. Quant à vous, Thomas, c'est en 1946 que vous avez commencé à produire, d'abord un essai qui fit quelque bruit : *Esthétique du roman policier*, et ensuite des pastiches et des romans.

THOMAS. — Vous n'allez pas raconter notre vie.

M. X. — Non, rassurez-vous. Cependant, je serai obligé de revenir sur cette période qui fut décisive pour vous deux. Je note seulement qu'en 1950 rien ne vous rapprochait, semble-t-il.

PIERRE. — Nous étions tout de même des amis.

M. X. — Je sais. Mais en tant qu'auteurs, vous suiviez des voies divergentes. Vous, Pierre, dans la ligne des romanciers logiciens, tandis que vous, Thomas, vous cherchiez à vous débarrasser des servitudes du « roman puzzle ». Non sans gaucherie.

THOMAS. — Merci. Mais d'accord. C'est vrai.

M. X. — J'ai promis d'être franc. M'accordez-vous le droit d'ajouter que vous n'émergiez pas encore du peloton des spécialistes, fort nombreux en cette année 1950. Je songe à Véry, à Decrest, à Vindry, à Malet, à Aveline. Vous pouviez poursuivre votre petit bonhomme de chemin, sans songer le moins du monde à conclure une alliance. Alors, c'est venu comme ça, tout d'un coup ?

THOMAS. — Oh ! non. Tout à l'heure, vous parliez d'une décision. Mais justement, il n'y a pas eu de décision. Tout au plus un projet et, à la vérité, même pas... Plutôt un souhait, formulé en termes très vagues, quelque chose comme : « Ce serait amusant de faire un truc ensemble », et puis chacun retourne à sa niche et pendant des semaines rien ne se passe.

M. X. — Soit. Il y a donc un souhait, mais expliquez-moi comment ce souhait se met à évoluer en projet.

PIERRE. — J'ai détruit notre correspondance de ces années-là, mais je me rappelle qu'elle était abondante. Entre auteurs, ou bien on sent du premier coup qu'on n'a rien à se dire, ou bien au contraire on a tendance à se confier totalement, ce qui fut notre cas.

THOMAS. — Quand je venais à Paris, j'étais reçu chez mes amis Boileau. Leur appartement était vite devenu le mien. Mes filles, étant étudiantes à Paris, les voyaient très souvent. Ce sont ces liens qui ont commencé à donner corps à un projet de collaboration. Vous croyez vraiment que ces détails biographiques...

M. X. — Il faut bien en faire état, si l'on veut y voir clair. Bon. Voilà qu'un beau jour vous commencez à examiner sérieusement ce projet. Mais enfin, Pierre habite à Paris, au pied de la Butte, et Thomas vit à Nantes, où il enseigne. Je ne peux m'empêcher de penser à la célèbre chanson de Gréco : *Un petit poisson, un petit oiseau s'aimaient d'amour tendre, mais comment s'y prendre,* etc. Pour collaborer, il faut d'abord se voir assidûment. En outre, collaborer sur quelles bases ? Imaginer à deux une intrigue ? L'écrire à deux ? Mais quelle amitié résisterait aux blessures d'amour-propre qui résulteraient fatalement d'une confrontation prolongée ? Voilà pourquoi j'ai souri quand vous avez annoncé la grande nouvelle. Je ne voulais pas vous accabler d'objections. Cependant, rappelez-vous mes premières remarques : « Comment signerez-vous ? » C'est un problème important. « Pierre Boileau et Thomas Narcejac ? » Ou l'inverse. Mais vous aurez beau faire, il y aura toujours un premier et un second. Le lecteur ne s'embarrasse jamais de deux noms. Il ne retient que le premier. Songez à ceux qui ont travaillé avec Dumas, avec Labiche... A quoi, mon cher Thomas, vous m'avez opposé...

THOMAS. — Oui, Erckmann-Chatrian, les frères Goncourt, les frères Tharaud, et bien d'autres.

M. X. — Et vous avez dit : Pourquoi pas Boileau-Narcejac, avec un trait d'union ? Et j'ai dit à mon tour : « On verra bien. Rendez-vous dans un an. » J'étais tellement sûr d'avoir raison. Je vais encore vous surprendre. J'ai apporté là, dans mon dossier — car j'ai sur vous un véritable dossier — une note en date du 5 juillet 1951. J'ai toujours l'habitude de tenir le journal de mes rencontres, de mes rendez-vous principaux, des événements quotidiens... Et je lis : « Ils se proposent de se partager équitablement le travail. » Équitablement ? Comment serait-ce possible ? Vont-ils se confier alternativement le soin d'imaginer et d'écrire la totalité d'une histoire ? Ça ne tient pas debout. Que certains auteurs, soucieux de produire beaucoup, aient utilisé ce procédé, soit. Mais ces deux naïfs veulent produire ensemble — je dis bien ensemble —, chacun apportant à la communauté ce que l'autre n'a pas. Or, qu'est-ce que l'autre n'a pas ? A des degrés divers, ils possèdent toutes les qualités d'auteurs confirmés ; Boileau, spécialiste de la nouvelle, plus ingénieux que Narcejac mais moins écrivain que lui, sans qu'on ait le droit de parler d'insuffisances véritables. Ils doivent donc renoncer à une partie d'eux-mêmes. Et dans quelle mesure pour que l'un des deux n'éprouve pas le sentiment d'être au service de l'autre et d'abdiquer son indépendance. Conclusion ? C'est raté d'avance.

THOMAS. — Vous aviez tort.

M. X. — Vous avez retenu la date : 5 juillet 1951. Et vous n'avez terminé votre premier manuscrit, *Celle qui n'était plus,* qu'au printemps 1954. Pour un observateur attentif — c'était mon cas —, avouez qu'on peut se poser des questions. Trois ans pour la mener à bien, cette collaboration qui semblait vous tenir tellement à cœur !

PIERRE. — Oui, mais pas trois ans d'impuissance et de velléités. Vous avez raison sur un point : nous tâtonnions. Une première tentative eut lieu. Un premier manuscrit vit le jour : *L'Ombre et la proie.* Pas du tout convaincant. Il demeura plusieurs mois dans nos cartons et puis il parut dans *La Revue des Deux Mondes*, qui, en ces années d'immédiat après-guerre, cherchait des textes de pure distraction totalement étrangers aux querelles sociales et politiques qui divisaient l'opinion.

M. X. — Vous venez de dire : pas du tout convaincant. Pourquoi ?

THOMAS. — Parce qu'on voyait trop ce qui était imputable à chacun des auteurs. Ça sautait aux yeux. Nous souhaitions obtenir, au contraire, un bel objet littéraire, lisse et doux, une sorte de beau poème policier. Mais je pense que vous devriez faire état maintenant des profondes mutations que subissait alors la littérature policière. Il faudrait notamment parler de la percée foudroyante de la « Série Noire ».

M. X. — Plus tard. Laissez-moi mener à ma guise ces conversations à bâtons rompus.

THOMAS. — Drôle de méthode.

M. X. — Mon cher ami, ne commencez pas à céder à vos manies de vieux prof. Je sais parfaitement où je vous conduis. Ce que je veux souligner, c'est que ce qui vous a unis c'est précisément ce qui paraissait vous séparer.

PIERRE. — Je ne comprends pas.

M. X. — Mais si. Réfléchissez. Thomas, très pris par son métier, n'avait pas le temps de chercher des sujets. Vous, Pierre, libre d'entraves et de responsabilités, au lendemain de la guerre, vous pouviez, au contraire, consacrer à la réflexion tous vos loisirs. C'était donc à vous de jouer le premier et d'avancer l'idée mère d'une histoire possible. Mais rien que l'idée, bien entendu, pour laisser à votre partenaire la permission de rêver un peu, de broder, de s'exciter, d'appeler à la rescousse les images, les visages, tout ce qui, dans la brume de l'imaginaire, va commencer à s'agiter et à vivre.

THOMAS. — Oui. On peut voir les choses ainsi. Mais qu'est-ce que vous appelez bizarrement « l'idée mère » ?

M. X. — Ah ! c'est précisément là où je souhaitais vous amener, tous les deux. Vous vous rappelez ce que j'écrivais : « Ils se proposent de se partager équitablement le travail. » Équitablement ! Ce mot me tourmentait. Une idée, qu'est-ce que c'est, par rapport aux développements considérables qui, de proche en proche, constitueront le roman ? J'ai donc relu vos lettres, qui sont tellement explicites, et j'ai compris qu'il fallait dire : idée mère, parce que l'idée mère est d'une autre nature que la simple idée. Vous me suivez ? Si vous n'êtes pas d'accord, arrêtez-moi.

PIERRE. — Marchez ! Marchez !

M. X. — De toute évidence, n'importe qui, n'importe quand, n'importe où, peut être visité par quelque chose qui ressemble à un début d'histoire. Moi-même, par exemple, c'était hier, tout en buvant mon café, j'ai lu dans un journal ce simple titre *Un mort en gage*, et j'ai pensé : « Voilà qui plairait à Hitchcock, et si on disait plutôt :

Un mort en solde, ce serait encore plus amusant, et si... et si... » Je vous fais grâce du reste. C'est ça, l'idée. Une velléité d'invention. Une fécondité stérile. Tandis que l'idée mère, c'est un commencement de structure. Mais vous savez ce que cette simple amorce coûte d'heures de travail. Non, ne riez pas.

THOMAS. — Je ris parce que vous venez nous dire ça, à nous, et spécialement à Pierre, que j'ai vu si souvent arpenter son bureau, s'asseoir, se lever, prendre fiévreusement des notes, et ensuite les jeter au panier.

PIERRE. — C'est vrai. Et le pis, c'est que ce n'est même pas du travail. Il n'y a aucune matière première à façonner. Le vide. Le rien. Si du moins on ne veut pas se contenter d'utiliser de vieux trucs, des situations ressassées. Je ne connais rien de plus démoralisant. Les heures et les jours passent et on est poursuivi par une petite voix qui ne cesse de murmurer : Tu ne trouveras pas.

M. X. — Il vous tirerait des larmes, le bougre. Thomas, vous entendez ça ? Pendant que vous expliquiez paisiblement Montaigne à vos élèves, lui, le malheureux se débattait dans les affres d'une parturition aux forceps. Vous ne croyez pas que le mot « équitablement » qui me faisait tiquer est amplement justifié ?

THOMAS. — Oui, peut-être. Mais votre idée mère, précisez.

M. X. — Prenez un exemple simple et caractéristique. Vous avez vu le film *La Diagonale du fou*. Film ou roman, le problème est le même. Il s'agit d'une partie d'échecs acharnée, avec un enjeu dramatique dont le contenu reste à définir. L'idée, toute simple, toute nue, c'est cela. La scène pourrait aussi bien se dérouler dans un western. Mais que cette partie oppose non plus des ennemis quelconques mais des fanatiques aux idéologies politiques opposées, et voilà l'idée mère, non seulement parce qu'elle appelle des prolongements et des péripéties, mais surtout parce qu'elle indique une direction. C'est une aiguille aimantée. Reconnaissez avec moi que l'idée mère ne surgit pas d'emblée dans l'esprit. Ou plutôt elle n'apparaît qu'après une interminable traversée du désert. En résumé, ce que je tiens à souligner, en plein accord avec vous, c'est que le temps de la recherche, quand il s'agit de construire un roman, peut être aussi long que celui de la rédaction. Après, tout reste à faire, naturellement, mais en un certain sens tout est déjà là, disons « en germe », si mon idée mère ne vous plaît pas.

PIERRE ET THOMAS. — Bon. Disons : en germe.

M. X. — C'est important, vous savez. Et cela touche à un problème que même les avocats connaissent mal. Je veux parler du plagiat. Ce qu'ils appellent ainsi, c'est, si j'ose dire, le germe habillé, revêtu d'une forme déjà déterminée. S'ils avaient raison, le germe, avant tout traitement, appartiendrait donc à tout le monde. Eh bien, je dis : non.

Quand il s'agit de littérature policière, le germe est déjà la propriété de celui qui l'a produit. Si les hommes de loi se mettaient d'accord sur ce point, le roman policier cesserait d'être livré au pillage. Passons. J'en reviens à mon propos. Votre chance à tous deux, et peut-être ne l'avez-vous pas assez remarqué, c'est que, quand vous vous êtes rencontrés, Pierre était déjà un spécialiste de la nouvelle policière. Il possédait bien son métier d'inventeur d'intrigues. Et donc, des intrigues, il en avait en réserve. Oui ou non ?

PIERRE. — C'est vrai. J'ai toujours eu l'habitude de noter les idées — à l'état de germes ou non — qui me passaient par la tête. Je ne les avais même pas mises à l'essai et j'étais incapable, la plupart du temps, de savoir, à première vue, celles qui pouvaient « porter » une histoire. Quand nous avons commencé, tous les deux, à former des plans d'avenir, je possédais un petit stock, je n'oserais même pas dire d'idées, mais de formules d'attente, de suggestions.

M. X. — Et celles que vous choisissiez dans le tas pour répondre à la demande des magazines ou des périodiques qui publiaient des nouvelles, elles vous donnaient combien de pages ?

PIERRE. — Oh ! C'était très variable ! Parfois, cinq ou six pages ; parfois vingt ou vingt-cinq. J'avais les longueurs dans l'œil.

M. X. — Et c'est peut-être pourquoi vos deux romans les plus estimés, *Le Repos de Bacchus* et *Six Crimes sans assassin*, ne sont pas des récits d'une seule coulée, mais sont plutôt construits par juxtaposition d'épisodes, comme des intrigues à rebondissements.

PIERRE. — Oui, peut-être.

THOMAS. — Exact. J'en avais déjà fait la remarque dans mon petit essai *L'Esthétique du roman policier*. Mais ce n'était pas là une faiblesse. La plupart des romans policiers de l'époque classique font appel à des séries de meurtres. Prenez *Dix Petits Nègres*. Vous avez affaire à dix épisodes qui ne sont liés entre eux que parce que l'auteur a choisi une comptine à dix couplets. Changez la comptine et vous modifiez le nombre des crimes sans avoir à toucher l'idée même. J'ai toujours pensé, pour ma part, que la pure essence du R.P. s'exprime en un tout dont la longueur idéale peut se situer entre quatre-vingts et cent pages. Donc quelque chose d'intermédiaire entre la nouvelle et le roman.

M. X. — Écoutez-le. Ça y est. Il va nous faire un cours.

THOMAS. — Mais vous, cher ami, où essayez-vous de nous conduire ? D'accord, Pierre possédait une petite provision de nouvelles en puissance. Et après ?

M. X. — N'allons pas si vite. « Nouvelles », oui. Mais précisons : « Courtes nouvelles. »

THOMAS. — Quelle différence ?

M. X. — Une différence considérable. Les Anglais appellent *short story* la nouvelle de type courant et *short short story* la nouvelle très courte. C'est-à-dire celle que notre Pierre sait si bien imaginer, et que j'appellerai, faute d'un meilleur terme, le « problème minute ». Or, je crois que nous pouvons — sans verser dans le pédantisme — avancer que le problème minute a des caractéristiques qui lui sont propres, celles-là mêmes qu'un spécialiste comme Hitchcock recherche avant tout quand il sélectionne ses « histoires abominables ». Quelles caractéristiques ?

PIERRE. — Oh ! Ce n'est pas sorcier ! Il faut chercher une situation qui excite au plus haut point la curiosité du lecteur et, en conclusion, l'assommer par un coup de surprise magistral.

M. X. — Bravo. Mais je m'adresse toujours à vous, maître Pierre. A partir de cette description, n'est-il pas clair que — justement parce qu'il existe une sorte de schéma idéal de la nouvelle courte — il existe aussi des procédés d'approche qui en facilitent l'invention ?

THOMAS. — Et l'on prétend que ce sont les philosophes qui coupent les cheveux en quatre ! Mais attention. Nous n'allons pas tarder à patauger dans la contradiction. Il y a un instant, vous poussiez Pierre à reconnaître que le travail qui conduit à l'idée mère est difficile, de longue haleine et souvent improductif. Et maintenant, vous avez l'air de suggérer que, loin de guetter l'inconnu, le chercheur doit aller au-devant de lui, le prendre au piège. Jamais de la vie. Inventer ne sera jamais un métier.

M. X. — Cher Thomas, vous n'êtes pas de bonne foi. Bien sûr, inventer n'est pas un métier, mais si l'on examine d'un peu plus près la structure d'une histoire courte, on s'aperçoit qu'il existe une espèce de maïeutique — un art de l'accoucheur, si vous préférez — qui aide l'esprit à trouver du nouveau. Ce n'est pas vrai du roman, je vous le prouverai, mais c'est vrai du problème minute.

THOMAS. — Exemple ?

M. X. — Thomas l'incrédule, hein ! Bon, revenons encore une fois aux échecs. Vous ne nierez pas qu'il y a des « coups » de départ, des procédés d'attaque destinés à tester les réactions de l'adversaire. C'est la même chose pour l'écrivain. Il dispose, lui aussi, de méthodes de prospection qui peuvent le conduire à des situations originales.

THOMAS. — Exemple ?

M. X. — Pierre, mon vieux, est-ce qu'il est comme ça, avec vous, quand vous travaillez ?

PIERRE. — Il est pire, naturellement. Ce n'est pas rien de le convaincre.

M. X. — Je n'ai que l'embarras du choix, tête de bois. Prenons le triangle classique. Mari, femme, amant. Disons : Charles, Martine et Luc. Que Martine et Luc complotent pour se débarrasser de Charles, qu'ils combinent un crime parfait, rien de plus banal, bien que le récit puisse être très attachant. C'est le premier degré d'une certaine forme de mélo policier. Voyez *Assurance sur la mort, Le facteur sonne toujours deux fois,* etc. Variante intéressante : le détective réussira-t-il à confondre les coupables que le spectateur connaît déjà (méthode Colombo) ? Mais comment se montrer plus subtil, augmenter la tension du suspense et assener un percutant coup de surprise ? Eh bien, on conserve le triangle classique, on prend le temps de montrer, de bien montrer à quel point Luc et Martine sont complices et, à la minute où Luc va assassiner Charles, c'est Charles qui se débarrasse de Luc. L'apparente complicité de la femme et de l'amant dissimulait totalement la vraie complicité du mari et de sa femme. Luc, qui se préparait à devenir un criminel, était en réalité la victime depuis le début du récit. D'où la formule Martine-Luc moins Charles égale Martine-Charles moins Luc. ML – C = MC – L. Pardonnez-moi de plaisanter, Thomas, mais je voulais montrer ce qui est la part du métier dans l'invention d'un problème minute.

PIERRE. — Ce procédé d'inversion conduit souvent à quelque chose d'inédit, et il peut être étendu à bien d'autres situations dramatiques, j'en ai fait l'expérience.

THOMAS. — Ah ! je devine, maintenant, cher ami, où vous voulez en venir, au bout de ce long circuit. Vous souhaitez que je dise : ce qui fait le fort de l'histoire brève en fait aussi le faible.

M. X. — Pas du tout. Je poursuis un autre but. Mais allez-y. Où est le faible ?

THOMAS. — Côté personnages, d'abord. Ils sont forcément conventionnels, faute d'espace pour s'exprimer. Côté mystère, ensuite. Mystère en trompe l'œil qui tient uniquement à la forme volontairement elliptique du récit. Côté épilogue, enfin. Les chutes abruptes, imaginées pour ébahir, se moquent de la vraisemblance.

M. X. — Parfait. Et que se passe-t-il, quand le lecteur n'a pas le temps d'entrer dans l'histoire et de s'identifier à un de ses héros ?

THOMAS. — Ma parole, c'est Socrate qui mène le débat ! Eh bien, le lecteur reste un voyeur. Il sent qu'on joue avec ses nerfs et qu'on veut l'effrayer pour rire. C'est ça, la formule de l'humour.

M. X. — Rectification. Il faut dire de l'humour noir. L'effroi reste à l'état de trace, mais c'est bien l'effroi qui est le détonateur de l'épilogue. Ainsi, notre germe s'est développé, mais avec une certaine tendance à présenter des caractères monstrueux. Il manque à notre fœtus tout ce qui appartient de droit au vivant achevé : le poil ou la plume, le regard et la voix, bref, la formule adulte. La nouvelle courte n'est pas un roman miniature, mais quelque chose qui a besoin, pour être harmonieusement constitué, des soins d'un pédiatre ; je veux dire d'un romancier.

THOMAS. — Si je vous comprends bien, à la peur il faut ajouter l'amour.

M. X. — Exactement. La peur et l'amour. Ce que vous avez apporté à vous deux. Mais cela, vous ne l'avez jamais dit.

DEUXIÈME ENREGISTREMENT

PIERRE. — Cher ami, j'ai longuement ruminé la formule sur laquelle nous nous sommes séparés, hier. Elle est sûrement originale, mais elle mériterait, je crois, quelques explications. La peur et l'amour. Je ne vois pas très bien.

M. X. — C'est que vous oubliez la distinction qu'il convient d'établir entre nouvelle courte et roman. Quand on passe de la première au second, il faut distribuer autrement la part de l'émotion, différer énormément le moment de la révélation finale, transformer l'énigme en suspense, et par conséquent jouer sur un vaste clavier de sentiments dont le plus attachant est l'amour, évidemment.

THOMAS. — Sapristi ! Dommage que vous n'ayez jamais rien écrit. Vous en savez plus long que nous. Alors, d'après vous, Pierre apportait en dot une provision d'idées, et moi je n'avais plus qu'à choisir celle qui, après un traitement approprié, fournirait un roman.

M. X. — Écoutez, nous décortiquerons plus tard celui de vos livres qui a imposé votre double et unique signature. *Les Diaboliques*. D'accord ?

THOMAS. — D'accord. J'ai l'impression, voyez-vous, que les choses ne sont pas si simples.

M. X. — Laissez-moi faire, encore une fois. Pierre, dites-lui qu'il me laisse faire. Pour le moment, je dois vous poser une question à laquelle je tiens beaucoup.

THOMAS. — A moi ?

M. X. — Oui à vous, Thomas. Parmi les schémas que Pierre vous proposait...

THOMAS. — D'abord, il ne proposait rien du tout. On causait, en fumant une cigarette. En ce temps-là, nous fumions. Lui, des Gauloises, moi, des Balto. Il me disait : « Tu sais à quoi j'ai pensé ? » Et alors venait un petit bout d'idée et nous jouions avec. Ça ne ressemblait en rien à un travail de bureau.

M. X. — Bon. Mettons. J'imagine très bien cela. Mais ces petits bouts d'idée, est-ce qu'ils n'offraient pas toujours le même air de famille ? Attendez, je vais poser ma question autrement : qu'est-ce qui vous attirait comme ça, du premier coup, vers telle ou telle situation de départ ?

THOMAS. — Je vous réponds, sans hésiter : son potentiel de cruauté.

Hier, vous avez très bien souligné que la nouvelle courte contient très souvent une dose d'humour noir. C'est un produit vésicant, qui provoque une espèce de vive démangeaison. Il est évident que Pierre ne visait pas systématiquement ce résultat. Et de mon côté — car je cherchais activement, moi aussi, dans mes moments de loisir —, je n'étais pas spécialement porté vers le conte venimeux. Mais il est très exact que nous avions en commun un tel centre d'intérêt. D'emblée, nous étions sensibles aux mêmes histoires et ce que j'avais envie d'écrire, c'était un roman carnivore, un roman semblable à ces fleurs tropicales qui se referment sur les papillons qu'elles ont séduits.

M. X. — Enfin, vous commencez à avouer. Jamais, en trente années d'interviews, vous n'avez dit cela. Et vous, Pierre, vous contresignez ?

PIERRE. — Sans hésiter. Mais je tiens à vous faire remarquer que Thomas et moi, nous sommes les personnages les plus inoffensifs qu'on puisse imaginer. N'allez pas crier au sadisme.

M. X. — On vous connaît trop bien. Je sais qu'il y a une méchanceté littéraire ou artistique qui n'a rien à voir avec la méchanceté active.

THOMAS. — Donc, du premier coup, d'instinct, je sentais le déclic, et...

M. X. — N'en dites pas plus. Nous reviendrons là-dessus. Ce que j'aimerais vous entendre expliquer, c'est pourquoi vous réagissez d'une manière identique aux mêmes stimuli. J'ai l'impression — sans verser dans la psychanalyse — que vous demeurez sensibles, l'un et l'autre, à des meurtrissures reçues il y a très longtemps. D'ailleurs, vous avez parfois reconnu publiquement que votre enfance vous a marqués dans une certaine mesure. Est-ce vrai ?

PIERRE. — Oui.

THOMAS. — C'est exact.

M. X. — Nous voilà au cœur du problème. A vous de jouer.

THOMAS. — Dire que nous avons été marqués, c'est excessif. Mais enfin la guerre de 1914 devait fatalement perturber les gamins que nous étions. J'avais six ans en 1914.

PIERRE. — Et moi, huit.

THOMAS. — C'est l'âge où la mémoire se gorge d'images. Et ces images sont restées vivaces. Je me souviens parfaitement de ce que j'éprouvais alors. J'avais l'impression de vivre le long d'un univers parallèle qui, par moments, débordait sur le mien, ou bien c'était moi qui traversais la frontière.

M. X. — Vous êtes sûr que vous n'en remettez pas un peu ?

THOMAS. — Je vous fais juge. Tu permets, Pierre, que je raconte le premier ? Bon. Vous avez six ans. Vous allez aux commissions et vous voyez, partout, des affiches qui représentent une oreille énorme, une main en cornet. *Taisez-vous. Méfiez-vous. Les oreilles ennemies vous écoutent.* Dites-moi si le quotidien n'est pas en train de se dérégler ? S'il est normal que votre rue soit peut-être, à votre insu, un milieu dangereux ? Ce qui se glisse en vous, ce n'est pas vraiment de la panique, mais le sentiment d'une proche menace. Votre père est parti très loin. Votre mère pleure souvent. Vous entendez, autour de vous, des noms bizarres. Charleroi, l'Argonne, et déjà il y a des voisines qui sont en noir. Où est le vrai, le solide, le rassurant ? A peine sorti du cocon, vous êtes déjà secrètement blessé dans la confiance que vous donniez à la vie. Vous surprenez des phrases qui vous glacent : « Ils massacrent tout le monde... » « Ils coupent les mains des enfants. » C'est qui, « ils » ? Des Huns, peut-être, comme on en voit dans les livres d'histoire. Mais à l'école, vous continuez à chanter la table de multiplication. A la récré, vous jouez, tout souci envolé, avec les copains. Vous aviez traversé le miroir, par mégarde, et vous voilà revenu du côté du réel. Ce dont je conserve la mémoire vivante, c'est celle d'une lente imprégnation par l'insolite. Comprenez-moi bien. Dans ma petite ville — j'habitais à Rochefort-sur-Mer — l'existence marchait son petit train, comme avant la guerre. Aussi, le moindre changement, le moindre détail comptait. Par exemple, il n'y avait presque plus de crottin sur la chaussée. Le laitier ne passait plus. C'était une laitière. Notre jeune instituteur avait cédé la place à un vieux bonhomme à lorgnon qui, sur la carte de France, disposait des petits drapeaux, en hochant la tête. Et pourquoi les grandes personnes parlaient-elles à voix basse ? Ou bien vous disaient-elles, d'une voix changée : « Va jouer... Va ? » A sept ans, j'avais compris qu'il ne fallait pas poser certaines questions, qu'il se passait des choses horribles quelque part. J'irai presque jusqu'à dire que je perdais un à un mes refuges : la maison, où ne cessait plus de régner une lourde tristesse ; l'école, où l'on commençait à confectionner des colis mais pour quelle inaccessible planète... Non, pardon, il me restait la lecture, mais là encore il faut nuancer. J'achetais, chaque jeudi, un périodique qui s'appelait *Pays de France*, et un illustré, *L'Épatant*. Je n'aimais pas beaucoup feuilleter le *Pays de France*. A chaque page, des photos de tranchées, d'entonnoirs, d'explosions, de cadavres. Les corps, réduits à l'état de défroques, m'impressionnaient beaucoup moins que les chevaux morts, à cause de ces pattes qui ressemblaient à des brancards dressés. Restait *L'Épatant*. Mais je vous embête.

M. X. — Et vous, Pierre, vous faisiez les mêmes expériences ?

PIERRE. — Non. C'était autre chose. J'étais parisien. Mais je vous parlerai de moi tout à l'heure.

THOMAS. — Alors, je reviens à *L'Épatant*. On oubliait les boches grâce aux Pieds-Nickelés. Ils étaient peut-être bêtes et méchants. Ils usaient d'un langage peu recommandable, mais ils étaient gais. Ainsi, j'habitais simultanément trois pays. Celui des soldats, du sang et de la douleur ; défense d'en parler. Celui de la vie courante où il valait mieux éviter de flâner, enfin celui, souterrain, clandestin mais chaleureux, des lectures à demi interdites. Là, tout tournait à la blague. Et d'ailleurs, quand on s'appelle Croquignol, Ribouldingue et Filochard !... Blague, les privations, le pain qu'un ami boulanger glissait le soir sous ma pèlerine et que je rapportais en rasant les murs, serré, tout chaud contre moi, comme une petite bête captive. Blague, la chasse au sucre, au café. Blague encore...

M. X. — Allons ! Allons ! Thomas. Vous vous laissez entraîner.

THOMAS. — Mais je vous assure que non. Tenez, il me revient, en vrac, des scènes... C'est comme du cinéma... Nous habitions tout près du cimetière. Ma grand-mère, volets mi-clos, était capable de tricoter sans cesse d'observer la rue. Moi, j'avais l'habitude de lire, installé près d'elle sur une chaufferette qui me servait de petit banc et, quand je regardais dehors, mes yeux ne dépassant pas le bas de la fenêtre, je ne voyais que des fragments de silhouettes, des jambes en mouvement, des ombres, un défilé d'ombres. Ma grand-mère, qui parlait volontiers toute seule, murmurait : « Voilà cette pauvre Noémie, elle a bien maigri. » Ou encore : « Pas possible ! C'est Marceline. Depuis que son fils a été tué, elle n'a plus sa tête. » Et passaient devant mon créneau des robes, des pantalons, des fragments d'uniformes, parfois. J'entendais, sur les pavés, le piétinement des cortèges, le bruit solennel des roues du corbillard. Quand on enterrait un militaire, ma grand-mère entrouvrait pour moi les persiennes, afin que je puisse voir les soldats du piquet d'honneur, les canons de leurs fusils inclinés vers le sol. Heureusement, les funérailles, aujourd'hui, s'escamotent. Mais pendant longtemps, croisant par hasard un convoi funèbre, comme on disait naguère, j'éprouvais une sorte de malaise.

M. X. — En somme, la madeleine de Proust, mais en lugubre, en sépulcral.

THOMAS. — Eh ! je sais bien ! Tout cela peut vous paraître excessif, arrangé.

M. X. — Pierre, qu'est-ce que vous en pensez ?

PIERRE. — La grande différence entre nous deux, c'est que, moi, j'avais un frère avec qui je parlais, je sortais, je communiquais librement, tandis que Thomas, fils unique, était un peu bloqué sur lui-même et, de plus, enfermé dans une petite ville qui ne recevait qu'assourdis les échos du cataclysme. Il n'était pas comme moi en prise sur l'événement. Il ne le recevait que filtré et déformé par son imagination.

M. X. — Vous êtes d'accord, Thomas ?

THOMAS. — Tout à fait. En un sens, j'ai rêvé la guerre. Et Pierre ne croit pas si bien dire quand il parle de l'événement recréé par l'imagination. Certaines catastrophes avaient fatalement lieu sans être photographiées — par exemple le naufrage du *Lusitania*. Dans ce cas, il y avait des dessinateurs qui se chargeaient de reconstituer la scène, et elle n'atteignait le public que sous forme de phantasme. C'est ainsi que j'ai encore, sous les yeux de ma mémoire, l'affreuse image du paquebot dressé obliquement au-dessus des flots, ses hélices tournant dans le vide, ses cheminées s'enfonçant dans la mer, et des silhouettes, comme des fourmis, s'agitant en tous sens sur ses ponts. J'en étais malade, moi qui savais mon père à bord d'un cuirassé, devant les Dardanelles.

M. X. — Dites, Thomas, je vous comprends, bien sûr. Mais vous ne trouvez pas qu'on est loin du roman policier ?

THOMAS. — Non. Nous sommes dans sa banlieue, au contraire. Mais si je ne vous fais pas toucher du doigt les mille détails qui contribuaient à me dépayser sans cesse, vous n'entrerez pas dans mon rêve. Or, il m'arrivait d'avoir un pied dans la vie et l'autre dans un film, très exactement. Rochefort était un port fluvial, qui recevait à l'époque beaucoup de bateaux. Quand les Américains arrivèrent, ils s'emparèrent de tous les points de débarquement utilisables, de Bordeaux au Havre. J'allais voir entrer dans les bassins ces étranges navires, peints d'une manière démente, pour mieux se confondre avec l'Océan, équipés parfois de fausses cheminées et de superstructures en trompe l'œil pour égarer les sous-marins, et, à l'avant et à l'arrière, dissimulés sous des bâches, il y avait des canons et des mitrailleuses. Ils se rangeaient à quai, ouvraient leurs cales. Des grues, aussitôt, allaient empoigner dans leurs entrailles des caisses qui, à peine à terre, étaient ouvertes. Eh bien, devinez ce qu'il en sortait.

M. X. — Des armes ? Du ravitaillement ?

THOMAS. — Des autos, exactement les Ford, hautes sur pattes comme des araignées, que nous voyions dans les films de Mac Sennett, slalomant entre des tramways ou passant sous le nez de locomotives lancées à toute vitesse. Et qui venait les chercher ? Des hommes coiffés de chapeau scout, des soldats à tête de shérifs, qui nous lançaient du chewing-gum comme du grain à des poulets. Alors, je vous le demande, où était la fiction, où était la réalité ? Et attendez... Où cantonnaient-elles, ces troupes ? Dans des camps de toile, édifiés sur les cours, où s'alignaient maintenant des rangées de tentes, des camions, une sorte d'énorme cirque Barnum, qui sentait puissamment le cuir, le métal et le foin.

M. X. — C'était en 1917-1918, vous alliez sur vos dix ans. C'est un âge où on est capable de distinguer le vrai du faux.

THOMAS. — Bien sûr. A moins d'être schizophrène. Mais vous oubliez l'immense part du jeu. Et le jeu consistait à n'être pas dupe mais à se laisser duper, à être ailleurs à volonté. Et là, j'en viens à mes lectures, qui jetaient une passerelle entre les deux mondes. Croquignol, Ribouldingue et Filochard, je ne les reniais pas du tout. Mais en 1917, j'avais découvert Arsène Lupin. Je n'exagère pas si je dis que ce fut une révélation.

M. X. — Pour vous aussi, Pierre ?

PIERRE. — Le mot n'est pas trop fort. Ce fut vraiment une révélation, et pas seulement pour Thomas et pour moi, mais, je crois, pour tous les garçons de notre génération. J'y reviendrai.

THOMAS. — Cette fois, nous le rencontrons, le roman policier. Arsène Lupin, il y a différentes manières de l'aborder. La mienne fut la plus brutale et la plus merveilleuse. Une proche parente m'offrit *813*, c'est-à-dire le roman le plus mystérieux, le plus violent, le plus dramatique de tous ceux qu'écrivit Maurice Leblanc. Personnages à transformation, passages secrets, cryptogrammes, crimes effrayants et, pour lier le tout, le style Lupin, si neuf, si enjoué et si passionné. Bref, la découverte du mythe, la synthèse parfaite de l'imagination et d'une réalité intense comme un alcool ; bref, l'ébriété de la lecture. Tout ce qui me faisait peur et tout ce qui me fascinait m'était offert à la fois, avec quelque chose de plus, que j'ignorais complètement : l'amour, la présence de la femme fatale, insinuant un lent poison dans les replis du récit. Est-ce que vous mesurez le bouleversement que peut produire en un cœur tout neuf la rencontre avec un monstre aussi touchant que Dolores Kesselbach ? Et, quand j'y pense, elle est partout, dans l'œuvre de Leblanc, la femme qui porte malheur.

PIERRE. — N'oublie pas, quand même, les héroïnes persécutées. En face de la démone, il y a l'innocente menacée.

THOMAS. — C'est vrai. Mais ce que je veux dire, c'est que j'éprouvais, d'une manière toute idéale, toute sentimentale, la première atteinte de l'amour. Je le sentais dangereux mais enivrant. La grande différence avec les Rouletabille ou les Sherlock Holmes, c'est que, justement, ce sont des héros secs, qui n'ont ni le goût ni le temps d'aimer. Tandis que Lupin... Il brûle ; il se consume ; il adore. Même quand il est obligé, comme dans *813*, de se défendre. Les tourments du cœur, j'en fis avec lui l'expérience et, tenez-vous bien, à quelques mois près, au moment où éclata l'affaire Landru. Il y avait, à l'époque, je ne sais plus quelle offensive désespérée, en Champagne. Dans les journaux, férocement censurés, on découvrait un peu partout des espaces blancs, et les gros titres laissaient la meilleure part aux photos des femmes disparues. Dans ma tête, tout se mélangeait. Le chemin des Dames, la villa de Gambais, l'Aiguille creuse.

M. X. — Mon cher Thomas, c'est trop beau pour être vrai. Vous romancez ?

THOMAS. — Je vous jure que non. Ou plutôt si. Je romance un peu dans la mesure où je bouscule la chronologie. Mais c'est pour vous faire mieux sentir à quel point je menais, sous les apparences d'un enfant sage, une vie intérieure désordonnée.

M. X. — Je retiens de vos propos ce que vous venez de dire sur l'amour. Vous voyez que j'avais raison, hier, d'établir un lien entre la peur et l'amour. Et je me demande si, dans votre inconscient, il n'existe pas une certaine équivalence entre les deux sentiments.

THOMAS. — Oh ! non.

M. X. — Pourtant, vous ne croyez pas que c'est une piste à suivre ? Ces passions, tellement romantiques, qui apparaissent dans la plupart de vos livres, et qui ne sont pas là comme un ornement...

THOMAS. — Stop. C'est mon domaine réservé.

M. X. — Soit. Mais nous aurons à chercher pourquoi on vous a reproché d'être misogynes. Pierre, vous aurez votre mot à dire, car je suppose que vous avez reçu certaines confidences.

PIERRE. — Ce que je peux révéler, c'est que certaines de nos héroïnes font preuve d'une malice qui est nécessaire à la construction de nos histoires. Je les propose donc à Thomas qui, ensuite, dispose d'elles à son gré.

M. X. — Ah ! Voilà un point que nous aurons à tirer au clair ! Et ensuite, mon cher ami ?

THOMAS. — Ensuite, rien. Ce fut la fin de la guerre. Mon père revint et, avec lui, l'ordre, la discipline, la dure réalité des études, le collège. Plus d'*Épatant*. Plus de Lupin. C'est même très curieux. La bulle dans laquelle j'avais vécu pendant quatre ans fut comme soufflée. D'autres lectures, d'autres curiosités, d'autres émotions firent de moi un être neuf et, du haut de mes onze ans, je toisais ce gamin que j'étais encore quelques mois plus tôt. Cette enfance perdue, je n'ai renoué avec elle qu'à l'occasion de la dernière guerre, qui ne fut pas rêvée, celle-là.

M. X. — C'est à ce moment-là que vous vous êtes choisi un pseudonyme. Vous avez changé de peau. Décidément, il s'en cache, des choses, dans vos existences que vous trouvez toutes simples. Mais revenons au petit Parisien qui avait huit ans en 1914. C'est bien ça ?

PIERRE. — Oui. Et permettez que j'insiste : Parisien de souche. Je n'habite plus Paris mais j'y ai toujours mes racines. Et aussi mes souvenirs d'enfant, de jeune homme, puis d'homme, en une continuité parfaite. C'est ma grande différence avec Thomas. Paris était presque une ville du front et l'on n'y vivait que d'émotions collectives. Je me rappelle, par exemple, les crieurs de journaux, les éditions spéciales, les groupes qui se formaient aux bouches du métro. La guerre faisait rage à quelques dizaines de lieues. L'enfance, à ce compte, n'était plus qu'une étape rapidement franchie.

M. X. — Vous voulez dire que vous étiez moins sensible que Thomas à l'espèce de magie noire de cette époque ?

PIERRE. — Oui et non. Pour moi, les événements faisaient partie d'un roman d'aventures. L'épisode des taubes, par exemple, eh bien, cela pouvait être vécu comme un chapitre de *L'Intrépide*.

M. X. — C'était quoi : les taubes ?

PIERRE. — C'étaient d'étranges avions allemands dont les ailes avaient une forme de croissant, ce qui semblait les rendre plus redoutables.

M. X. — Vous en avez vu ?

PIERRE. — Jamais. On savait qu'ils étaient au-dessus de la ville quand les canons tiraient, mais à ce moment-là, nous étions dans les abris. L'épisode de la Grosse Bertha, qui bombardait Paris de très loin, c'était le monstrueux canon des *Cinquante Millions de la bégum*, imaginé par Jules Verne. Il y avait bien ce télescopage de la fiction et de la réalité, dont Thomas parlait tout à l'heure, mais perçu à travers des récits héroïques où le courage et la raison finissaient toujours par triompher. Les mystères que j'aimais déjà étaient ceux qui conduisaient à une solution logique. Même les mystères ahurissants que je trouvais dans *Fantômas*.

M. X. — Ah ! *Fantômas !* Thomas, vous avez oublié de célébrer *Fantômas*.

THOMAS. — C'est une lacune, d'accord. Je n'ai connu *Fantômas* que réédité, beaucoup plus tard. J'ai raté aussi la grande période des feuilletons.

PIERRE. — Dommage ! Tu as tout perdu, mon pauvre vieux. Tu aurais vu ces couvertures ! L'homme noir, le poignard à la main, dominant Paris, comme un énorme nuage d'orage. Terrible. Envoûtant. Admirable. Je dois dire que...

M. X. — Attendez, tous les deux. Le temps de recharger mon appareil. Surtout, Pierre, repassez bien votre *Fantômas*, pendant ce temps.

PIERRE. — N'ayez crainte. Je le sais par cœur.

TROISIÈME ENREGISTREMENT

PIERRE. — Ah ! « mes » *Fantômas* ! Je dis « mes » *Fantômas* parce que pour me les procurer, je me suis donné plus de peine, j'ai connu plus d'émotions fortes que pour les *Nat Pinkerton* et les *Nick Carter* qui étaient à mon menu habituel. Et pourtant, Nat Pinkerton tirant sur un spectre, ou se battant avec un dangereux bandit sur le pont de Brooklyn... Nick Carter servant de cible à des lanceurs de poignards ou poursuivant une locomotive, c'était quelque chose !

M. X. — Vous vous jetiez déjà dans le roman policier ?

PIERRE. — Oui. Je n'abandonnais pas *Le Petit Illustré, L'Épatant, L'Intrépide,* mais mes premières histoires policières... j'oserai presque dire que c'était du bonheur. Un bonheur fragile, menacé, parce que ces publications coûtaient cher. Vingt-cinq centimes, les *Nick Carter*; dix centimes les *Nat Pinkerton.* Quel budget y aurait suffi ? Heureusement, la butte Montmartre, au pied de laquelle j'habitais, abondait en brocanteurs et bouquinistes. Ils revendaient les *Nick Carter* deux sous, et les *Nat Pinkerton*, un sou. Alors, à force d'économies, je m'en tirais. Mes vrais problèmes commençaient avec les *Fantômas.* Je dois préciser que ces *Fantômas* étaient de véritables pavés. Il y en avait trente-deux, chacun comptant quelque quatre cents pages. Neuf, un *Fantômas* coûtait soixante-cinq centimes. D'occasion, trente centimes, en moyenne. Je devais donc ruser. J'en achetais un. Bien entendu, le brocanteur ne portait aucune attention à l'image ornant la couverture, en quoi il avait bien tort car ces images étaient inoubliables : sœurs de charité se menaçant d'un revolver de chaque côté d'un cercueil ; main coupée sur le tapis vert de Monaco ; cocher de fiacre mort sur son siège. Bref, je m'éloignais les jambes molles, et je rejoignais mon frère qui m'attendait, un peu plus loin, avec, sous le bras, un *Fantômas* déjà lu. Vite, nous faisions l'échange. Vite, je revenais sur mes pas et disais au marchand que je venais de lui acheter, par mégarde, un *Fantômas* que je possédais déjà. « Eh bien, prenez-en un autre », répondait le marchand, avec indifférence. J'avais ainsi double dose de poison pour le prix d'une seule.

M. X. — Petit gangster ! C'est du propre !

PIERRE. — Mais vous ne savez pas où je les lisais, ces *Fantômas.* A la cave où nous étions obligés de nous réfugier pendant les alertes, qui étaient très fréquentes. Quelquefois, il y en avait deux par nuit. Chaque locataire, portant chaise ou pliant, habillé à la diable, descendait en hâte, s'installait vaille que vaille. Au loin, grondait le bombardement. Et moi, je lisais, je lisais, le nez sur une bougie. Vous voyez ce Rembrandt ; l'enfant et son démon ! Et c'est vrai. Comme Thomas, je vivais en plein rêve. Je devrais vous résumer une de ces histoires invraisemblables qui, plus tard, enthousiasmèrent les surréalistes. Cela relevait de cette « paranoïa critique » chère à Dali. Mais je dois reconnaître que le personnage de Fantômas m'intéressait moins que celui de Juve, le policier qui, s'il n'avait jamais l'initiative, gardait l'avantage de la riposte.

M. X. — Intéressant ! Si je comprends bien, vous, Pierre, vous étiez d'emblée du côté du détective, tandis que Thomas ?...

THOMAS. — J'aurais été plutôt du côté du criminel. Mais entendons-nous. Le criminel, c'était celui qui savait manipuler les apparences. C'était le magicien, le prestidigitateur.

M. X. — On voit déjà se manifester vos deux tempéraments.

Thomas captivé par le spectacle et Pierre s'inquiétant déjà de l'explication.

PIERRE. — Oui. Il y a un peu de ça. J'étais sensible au fantastique mais avec, tout au fond de moi, la certitude qu'il procédait d'un arrangement.

M. X. — Vous pensiez : il y a un truc.

PIERRE. — Exactement. C'est pourquoi le mot « détective » me paraissait tellement prestigieux. Un policier n'était, à mes yeux, qu'une espèce de fonctionnaire avec un côté « tâcheron ». Au contraire, le détective était un aristocrate. Quand je découvris Lupin, j'eus l'impression de rencontrer le spécimen d'humanité le plus rare, le plus noble, le plus accompli à tous les points de vue ; d'un mot : le gentleman ! Sherlock Holmes avait du génie, soit. Il n'était quand même pas un gentleman. Rouletabille était un « surdoué ». D'accord. Il lui manquait encore un petit quelque chose pour être un gentleman. Mes camarades de classe préférés et moi, nous aurions tant voulu être des détectives, c'est-à-dire des gentlemen ! Nous avions inventé le jeu des filatures. Nous choisissions dans la rue un passant quelconque, de préférence un barbu, et nous commencions à le suivre.

THOMAS. — Voilà bien l'avantage de Paris. Tu disposais de boulevards, de barbus, de l'animation grouillante d'une métropole. Moi, qui aurais-je pu filer dans ma petite ville où il n'y avait que des voisins... Et puis j'étais toujours seul pour jouer. Mais raconte.

PIERRE. — Eh bien, nous prenions mille précautions parce que nous nous plaisions à imaginer que l'homme était dangereux. La preuve, il était grimé. Il portait une fausse barbe. Je ne saurais dire à quel point l'art du maquillage nous fascinait. Nous étions persuadés que criminels et détectives pouvaient à volonté changer de forme, de taille, de silhouette, de visage. Fantômas, comme dans les contes de fées, pouvait être citrouille ou châtelain. Mettons que j'exagère. Ce qui était sûr, c'est que Lupin ne cessait de devenir un autre. Et notre barbu sortait de *813*, de *L'Aiguille creuse* ou du *Bouchon de cristal*. Était-il un bandit déguisé en bourgeois ou peut-être... Il fallait absolument découvrir son repaire. Hélas, l'individu montait dans un tramway ou descendait dans le métro, et faute de crédits nous devions abandonner la piste. Mais encore tout chauds de la poursuite, nous ne tardions pas à repérer un nouveau barbu qui semblait encore plus redoutable que le précédent.

M. X. — Et s'il pleuvait ?

PIERRE. — Nous allions au cinéma. Et de préférence au Ciné-Rochechouart, où ne sévissaient ni contrôleur ni ouvreuse. Il nous suffisait de passer à quatre pattes devant le guichet de la caissière et c'était vingt-cinq centimes d'économisés, de quoi acheter un *Fantômas* supplémentaire.

M. X. — Parlez-nous donc du cinéma. Est-ce qu'il a joué dans votre vie un rôle aussi important que les magazines dont vous parliez ?

PIERRE. — Oh ! oui. Rappelez-vous que...

M. X. — Excusez-moi. Je n'ai pas connu cette époque.

PIERRE. — Très juste. J'oublie toujours que nous sommes des dinosaures. Sachez donc que les grands quotidiens d'alors, *Le Matin, Le Journal, Le Petit Parisien*, publiaient tous des feuilletons retentissants : *Les Mystères de New York, Le Masque aux dents blanches, Judex...*, et ces feuilletons, fidèlement adaptés, avaient donné naissance aux « serials », de sorte que le caractère indubitable des journaux conférait à ces histoires tellement farfelues un cachet d'authenticité. Là, je rejoins tout à fait Thomas. Pourquoi l'intervention in extremis de Judex sauvant l'héroïne en perdition n'aurait-elle pas eu la même vérité que l'offensive de Nivelle, rapportée en première page ? Ces serials racontaient un épisode saignant qui se terminait toujours par une scène très forte. *(A suivre.)* Tout le suspense nous était ainsi offert en germe. Il portait une charge d'émotion si bien calculée qu'elle durait une semaine. Nous ne voyions plus le temps passer.

M. X. — Si je vous comprends bien, vous étiez un peu drogués.

PIERRE. — Le mot est peut-être excessif. Mais il est vrai que nous subissions une sorte d'envoûtement. Nous attendions le mercredi suivant — ou plutôt le vendredi, j'ai oublié, avec une impatience grandissante. Les kiosques affichaient les nouveaux illustrés. Les cinémas annonçaient les nouveaux programmes. Je me demande si la vie nous a donné souvent tant de joies et d'aussi pures. Des joies d'éveil et non pas des joies d'assouvissement ? Qu'allions-nous trouver dans le prochain épisode ? Nos suppositions allaient-elles se vérifier ? Car, pendant huit jours, nous avions travaillé sur l'histoire en cours. Sans cesse d'être naïfs, nous devenions futés. Thomas, est-ce vrai ?

THOMAS. — C'est vrai, mais j'étais beaucoup moins bien partagé que toi au point de vue du cinéma. Il n'y avait que deux salles, à Rochefort, et mon grand-père n'avait pas toujours le temps de m'escorter. Le pauvre cher homme, quand le bandit ligotait sur les rails sa proie étroitement bâillonnée, il piquait à côté de moi un petit somme, avec un doux ronflement qui m'emplissait de honte. Ainsi, je ne devais pas trop compter sur le cinéma pour passer, comme l'ange Heurtebise de Cocteau, à travers le miroir. Et pourtant, quand j'y pense, nous avons eu la chance de partager l'enfance du cinéma. Max Linder, Charlot, Keaton, tous, nous avons eu le bonheur de les découvrir au premier degré, comme on dirait aujourd'hui, dans la fraîcheur de leurs premiers gags. Ils étaient juste à notre niveau. Quand je revois *Charlot policeman*, ou *Charlot émigrant*, il y a au fond de moi un gamin en culottes courtes qui rouvre les yeux et qui pince le bras de son grand-père.

M. X. — J'aime quand vous parlez comme ça. Mais laissez-moi vous ramener à notre propos. Pierre prétend qu'il travaillait sur les histoires en cours. Ce sont ses propres termes. Expliquez-vous.

PIERRE. — Oh ! c'est très simple ! Reprenons l'exemple de Thomas : l'héroïne attachée sur les rails. J'étais bouleversé, bien sûr, car le train s'annonçait déjà, au fond de l'horizon, par une colonne de fumée noire. Mais en même temps, je savais que l'innocente victime serait sauvée. Par qui ? Comment ? J'envisageais différentes hypothèses pour calmer mon angoisse. Je n'étais pas assez cynique pour me dire que si la vedette du film mourait, il n'y aurait pas de prochain épisode. Non. Je me contentais de penser : comment m'y prendrais-je ? Pour couper court, je peux dire que ce problème du « comment » me tourmentait souvent. Partout. Surtout, bien entendu, dans mes discussions avec mon frère ou mes copains, quand nous cherchions la solution d'un mystère vraiment policier.

M. X. — C'est amusant de vous entendre. Vous vous rappelez que le Club du livre policier a réédité votre *Repos de Bacchus* et vos *Six Crimes sans assassin,* en 1961 ?

PIERRE. — Oui, oui.

M. X. — J'ai noté ceci qui figure à la première page : « Le "qui ?" et le "pourquoi ?" ne pouvant plus réserver de grande surprise au lecteur averti, le "comment ?" reste la seule question qui possède un véritable pouvoir d'envoûtement. »

PIERRE. — Vous le constatez ; je n'ai pas varié. Et non seulement je me posais, dès l'âge de douze ou treize ans, ce problème du « comment ? », mais pendant des cours qui m'embêtaient, je m'inventais des sortes de devinettes pour m'obliger à donner ma langue au chat. Le chat, évidemment, c'était moi. C'est peut-être ainsi que j'ai compris le truc des devinettes, mais là, je me hasarde peut-être beaucoup.

PIERRE. — Quel truc ?

M. X. — La meilleure devinette, c'est celle qu'on invente en partant de sa solution. Seulement, je dois avouer que tout cela était loin de me paraître clair.

M. X. — Et vous, Thomas, vous vous intéressiez au problème du « comment » ?

THOMAS. — Non, pas du tout. C'était le « qui ? » ma question préférée. Tout simplement parce que mon petit univers était moins rassurant que celui de Pierre. J'avais de fréquentes peurs nocturnes et je m'effrayais tout seul en me remémorant les histoires que j'avais lues. Mais, en vérité, je n'avais même pas conscience de balancer entre le « qui ? » et le « comment ? ». Notre différence d'âge se faisait alors fortement sentir. J'avais huit ou neuf ans, quand Pierre en avait dix ou onze ; cela signifiait que je tâtonnais au seuil de la réflexion quand il commençait, de son côté, à prendre quelque recul par rapport à ses lectures. Et tenez, demandez-lui donc pourquoi il aimait tellement la prestidigitation.

M. X. — Je ne saisis pas bien le rapport.

PIERRE. — Si. Thomas a toujours soutenu que le roman policier est semblable à un tour de passe-passe.

M. X. — Possible. Mais nous parlions de votre enfance.

PIERRE. — Justement. J'ai fait de fréquentes visites au musée Grévin. C'est un lieu magique, vous vous en doutez. Le silence, la pénombre, les silhouettes qui semblent vous observer, les scènes de violence, elles ont beau être figées, l'impression est pénible. Mais si l'on monte un escalier, on débouche dans un petit théâtre où opère un prestidigitateur. Le crime au rez-de-chaussée ; l'escamotage au premier. C'était du moins ainsi autrefois. Et ce que Thomas suggère, c'est que cette double illusion produisait un effet paradoxal. Elle pouvait terroriser un esprit crédule. En revanche, elle libérait plutôt un esprit rétif. On se dit que tout est truqué, y compris Marat assassiné dans sa baignoire. Mise en scène. Faux-semblant. Rien de vrai. Mais comment peut-on s'y prendre pour donner si bien le change ?

M. X. — *That is the question*, mon cher Watson.

PIERRE. — Mais attention. Vous pourriez croire que mon temps se distribuait entre l'école, le cinéma, le musée Grévin et la lecture de mes *Fantômas*. Non, quand même ! Et par exemple, c'est seulement après la guerre que j'allais de temps en temps voir opérer le manipulateur du musée. Mais déjà je ne lisais plus les *Fantômas*. J'allais sur mes treize ans. La période de mes grandes émotions poétiques s'achevait.

M. X. — Je compte bien vous interroger sur la période suivante qu'on peut appeler celle de votre adolescence, n'est-ce pas ? Elle va, en gros, de vos treize ans à vos dix-huit, vingt ans.

PIERRE. — Oui, à peu près.

M. X. — Et je me suis aperçu que vous n'avez jamais rien dit de précis à ce sujet. Thomas non plus, d'ailleurs. Mais laissez-moi revenir d'abord sur ce petit problème de la prestidigitation. Vous avez écrit, dans la préface du livre auquel je faisais allusion tout à l'heure, ces lignes que je cite de mémoire : « Le prestidigitateur tient un rôle tout à fait analogue à celui du criminel dans le roman policier classique. » Et vous ajoutez, sauf erreur : « Le détective est celui qui a compris la technique du ''tour'' et devient capable de le refaire. »

THOMAS. — Oui, ça me rappelle quelque chose.

M. X. — Eh bien, je vous pose la question : quand avez-vous rencontré votre premier prestidigitateur ?

THOMAS. — Au printemps 1916. Sous le préau de l'école communale. Comment ne me souviendrais-je pas de lui ? C'était un homme d'une trentaine d'années, mutilé de guerre. Il avait perdu une jambe

— ne me demandez pas laquelle — à Verdun, je crois. Dans ma tête, tous les mutilés venaient de Verdun. J'avais moi-même perdu l'œil gauche au printemps 1916, en jouant avec un camarade qui possédait une carabine à air comprimé. Excusez ce détail biographique. Mais vous êtes un maniaque de la précision. Alors, voilà... Donc, ce malheureux garçon, pour gagner sa vie, donnait des séances de prestidigitation dans les écoles, et j'avais été profondément troublé en voyant des pièces, des cartes, des foulards s'évanouir dans ses mains, revenir sous les narines de tel ou tel, bref, mener une sorte d'existence fabuleuse et narquoise qui défiait les lois de la réalité. Aussi, plus tard, je ne manquai aucune des représentations données par les magiciens les plus réputés. Elles n'étaient que trop rares, hélas ! Mais je me rappelle Bénévol, qui décapitait un homme sur la scène, lardait de coups d'épée une jeune femme enfermée dans une malle et, tenez-vous bien, elle reparaissait soudain, venant du fond de la salle. J'avais quinze ou seize ans et c'est peut-être ce soir-là que je me dis : c'est du Lupin.

M. X. — Voyez-vous, ce que je remarque, c'est la convergence de vos expériences, en même temps que leur différence. Des émotions analogues mais ressenties par Thomas d'une manière plus vibrante et par Pierre d'une manière plus maîtrisée. Même sens du mystère, avec plus d'angoisse chez l'un et plus de sang-froid chez l'autre. D'accord ?

THOMAS. — D'accord. Mais vous ne prétendez pas nous expliquer à nous-mêmes ?

M. X. — Pas du tout. Ce que j'essaie d'établir, c'est pourquoi vous vous êtes rencontrés, justement vous deux, et pourquoi, avec un instinct très sûr, vous avez réussi, tout en travaillant ensemble, à exprimer ce que vous aviez chacun de plus personnel. C'est pourquoi il est si important pour moi de vous connaître enfants. Il conviendrait même de pousser l'enquête plus loin. Mais poursuivons. Vous, Thomas, vous l'avez déjà dit, vous entrez au collège et les années d'études commencent. Elles vont durer très longtemps. Ce que j'aimerais savoir, c'est si vous avez cessé complètement de lire des romans policiers.

THOMAS. — Pas complètement, mais entre 1920 et 1930, j'avoue que je n'ai pas lu grand-chose. Il y a une espèce de trou entre les Conan Doyle, les Gaston Leroux, les Maurice Leblanc d'un côté, et de l'autre, les Agatha Christie, les John Dixon Carr et d'une façon générale les classiques anglo-saxons. Et puis, vous savez, un jeune homme qui découvre ce qu'on appelle les grands auteurs n'a pas beaucoup de temps à consacrer à une littérature considérée comme mineure.

M. X. — Et pourtant, beaucoup de bons esprits n'avaient nullement l'impression de déchoir quand ils lisaient des policiers. Je pense notamment à Sartre, mais je pourrais en citer beaucoup d'autres.

THOMAS. — Très juste, mais entendons-nous bien sur les dates.

C'est à partir de 1930 — je simplifie un peu — qu'on a vu se développer un véritable engouement pour le roman policier. Là, j'aurai mon mot à dire. Sur la période antérieure, interrogez Pierre.

M. X. — Eh bien, à nous deux, mon cher Pierre. Vous suivez les cours d'une école de commerce, ce qui ne vous empêche pas de fréquenter les cinémas et les boutiques de bouquinistes.

PIERRE. — Exact. Mais je n'avais pas beaucoup de loisirs, moi non plus, et surtout, je ne présentais aucune disposition pour la comptabilité, aussi, vers dix-huit ans, je décidai d'en finir avec l'école et je fis mes débuts, comme employé de commerce, dans une fabrique de feutre. C'est là que, tout en apprenant à établir des factures, je m'initiai à la machine à écrire, ce qui me fut tellement utile par la suite.

M. X. — En effet. Je sais que Thomas, lui, a toujours écrit ses textes à la main. C'est vous qui avez tout tapé.

THOMAS. — Et pour le dire en passant, c'est la meilleure méthode de travail. La machine à écrire, c'est la voiture balai qui ramasse les fautes, les erreurs, les mots restés indéchiffrables pour tout envoyer à l'ultime révision. Cela permet d'écrire sans se relire, sans même, parfois, se référer au plan.

M. X. — N'allons pas trop vite. Pierre part au service militaire, qu'il effectue à Brest puis à Paris.

PIERRE. — Oui. J'étais secrétaire aux Invalides. J'y dormais même. Les fantômes y sont discrets.

M. X. — Nous voici en 1927 ou 1928. Je ne conseille pas à de jeunes universitaires en mal de thèse de s'intéresser à vous.

THOMAS. — Et pourtant, il y en a pas mal. Ils nous écrivent pour se faire préciser telle ou telle date, et naturellement nous sommes incapables de les renseigner de façon précise... Mais tout ça n'a pas une grande importance.

M. X. — Soit. Je vais donc dire, non sans arbitraire, que 1930 a marqué les débuts de Pierre Boileau. Oui ou non ?

PIERRE. — Oui. Un certain roman policier français commençait alors à se manifester. Il prenait quelques libertés par rapport aux Anglais ou aux Américains.

M. X. — Qui, par exemple ?

PIERRE. — Eh bien, Simenon, dont le Maigret, du premier coup, effaça Poirot ou Thorndyke, Gedeon Fells ou lord Wimsey. Et puis notre ami Noël Vindry, et Gaston Boca, et Édouard Letailleur. Et n'oublions pas la collection du Masque, que venait de créer Albert Pigasse et qui devait nous révéler Pierre Véry, Steeman, Pierre Nord... ! Oh ! Je n'avais pas l'ambition de les égaler. Mais j'avais grande envie de me risquer. Pourquoi pas ? Un petit conte pour commencer ? Quelques pages machine ? Je tâtais donc le terrain du côté des *Lectures pour tous* et de *Ric et Rac*, périodiques très connus à l'époque. Et je fus accepté.

M. X. — Inutile de vous demander les titres de ces nouvelles.

PIERRE. — Rien ne surnage dans ma mémoire que la joie de la réussite. Moi qui avais tellement admiré ceux que je peux bien appeler « les grands ancêtres », voilà que j'étais admis en leur compagnie, comme un obscur, sans doute, un du dernier rang. Mais enfin, malgré tout et si peu que ce soit, auteur comme eux ! Oui, quelle joie ! Et qui se doublait d'une rassurante certitude : je me sentais capable de continuer. Je continuai donc et j'attaquai — c'est bien le mot — un roman que j'intitulai : *La Pierre qui tremble*. Modestement, je le portai à un petit éditeur.

M. X. — Dont je sais d'avance que vous avez oublié le nom.

PIERRE. — Je préfère l'avoir oublié. Il était prêt à m'éditer. Le roman était excellent, promis au plus vif succès... Si je pouvais participer aux frais du lancement, la partie serait encore plus facile à gagner.

M. X. — Il vous faisait le coup de l'édition à compte d'auteur.

PIERRE. — Pardi ! Il me demandait dix mille francs. Dix mille francs de 1930 ! Quelle déception. Je récupérai mon manuscrit et j'allai le porter aux Éditions de France, qui publiaient une collection policière : « A ne pas lire la nuit » (« le jour non plus », avait écrit un critique méchant). L'attente commença. Un auteur, c'est d'abord quelqu'un qui n'en finit plus d'attendre. Un mois. Deux mois. La petite mort deux fois par jour, à l'heure du courrier. Et puis je reçus un projet de contrat. Rendu méfiant par ma précédente expérience, j'allai consulter le rédacteur en chef des *Lectures pour tous* et, sur ses conseils, je proposai quelques modifications, avec l'assurance d'un professionnel sûr de ses droits. De nouveau, le silence. Un mois. Deux mois. J'aurais bien dû accepter les conditions qu'on m'avait proposées. Trois mois. Je me traitais de tous les noms. Et soudain, le nouveau contrat. J'avais gagné. Ensuite plus de problèmes. Je publiai *La Promenade de minuit, Six Crimes sans assassin,* puis *Le Repos de Bacchus*, avec lequel j'eus la chance de remporter le prix du Roman d'aventures. J'écrivis aussi, à la demande de Pierre Lazareff, qui avait été mon camarade de classe à la communale, un feuilleton pour *France-Soir* : *Les Trois Clochards.* Je ne négligeais pas, pour autant, les nouvelles. Bref, l'avenir s'annonçait des plus prometteurs. On était en 1938...

M. X. — Ici, permettez que je vous arrête. J'ai lu, évidemment, tous ces romans et j'ai été frappé de voir que vous aviez adopté le schéma classique du roman problème : il y a un crime, une disparition ou un quelconque événement mystérieux. Intervient alors non pas un commissaire de la P.J. mais un détective amateur, à la mode anglaise. Un nommé André Brunel dont les enquêtes sont racontées par un narrateur qui se confond avec l'auteur. On pense, évidemment, au couple Holmes-Watson. Après quelques rebondissements, qui permettent à l'histoire de résister pendant deux cent vingt pages, on trouve la scène finale qui groupe généralement tous les protagonistes. Le détective y dénonce les ruses et les mensonges de l'assassin qui est de tous les présents le plus insoupçonnable.

THOMAS. — Mais, cher ami, tous les auteurs de romans policiers faisaient la même chose, sauf Simenon. Le roman policier était l'objet de définitions qui étranglaient toute fantaisie. Je ne parle pas seulement de celles qu'on trouve chez Régis Messac, ou François Fosca, ou Paul Morand. Je pense surtout aux vingt règles énoncées pompeusement par Van Dine. C'était beaucoup plus qu'un art poétique, beaucoup plus qu'un code pénal. C'était les tables de la Loi. Comment notre pauvre ami, encore débutant, aurait-il pu toucher à la structure devenue traditionnelle du roman policier ? Il n'avait qu'un moyen de se montrer original : aller plus loin que les autres ; sidérer le lecteur à force de rigueur, de méthode, de rationalité au service d'enquêtes ahurissantes sur des affaires incompréhensibles. C'est alors qu'il produisit ce *Repos de Bacchus* et l'étourdissant concerto de *Six Crimes sans assassin* qui est au roman policier ce qu'un morceau de Paganini est à une page de Haydn.

M. X. — Bravo ! Mais vous oubliez que vous n'avez rien eu de plus pressé que d'écarter de votre route ce malheureux roman problème.

THOMAS. — Nous allons y venir. Pour le moment, nous sommes à la veille de la Seconde Guerre mondiale.

M. X. — Avec son prix du Roman d'aventures, Pierre rejoint les lauréats précédents, Véry, Steeman, Pierre Nord. Il est désormais très en vue.

THOMAS. — Et j'oserai dire que c'est son succès qui m'a donné à réfléchir. J'avais l'impression, très confuse, que le genre policier ne pourrait plus faire de progrès. Mais je n'oublie pas que nous sommes en 1939. Je n'avais rien écrit, à l'exception d'une vague histoire policière composée laborieusement en 1934, quand j'étais deuxième canonnier auxiliaire au 35e RAD, à Vannes. Le fruit malvenu de l'ennui. Je remplissais des états néant. J'établissais des permissions ; je bâillais beaucoup, je fumais beaucoup et je noircissais un peu de papier blanc, au jour le jour. Cela s'appelait : *L'Assassin de minuit ;* mais cela qui ne valait rien allait jouer un rôle, quelques années plus tard. Voici la guerre. Voici la débâcle. Pierre est prisonnier. Moi, je me retrouve au lycée d'Aurillac. Des monceaux de copies à corriger. J'entame, mollement, un travail de pure érudition sur la philosophie du Moyen Age, tandis que Pierre organise de petits spectacles pour distraire ses codétenus du stalag XII D. Gommons ces années noires, et reprenons souffle et vie en 1946.

M. X. — Souffle et vie, c'est le mot. Il faut que je recharge mon magnétophone.

QUATRIÈME ENREGISTREMENT

M. X. — Oui, nous sommes en 1946. Alors, Pierre, où en êtes-vous ?

PIERRE. — J'en suis, si j'ose dire, au désenchantement. Autant l'immédiat avant-guerre avait été pour moi une période pleine de promesses, autant j'en étais réduit maintenant à rechercher ma voie, ou presque. Je vous l'ai dit, Pierre Lazareff m'avait demandé, en 1938, après mon prix, un feuilleton pour *France-Soir*. C'était la consécration et presque l'assurance d'une vie aisée. Et patatras, je me retrouvais salarié ! J'appartenais à un service social qui, entre autres activités, venait en aide aux familles des détenus de droit commun ; ce qui me permit notamment d'approcher le tristement célèbre Dr Petiot. Cependant, à mes moments perdus, je me remis à écrire des contes que je plaçais à *Bonjour dimanche, Fantasia, Joie,* etc. Dans l'euphorie de la paix retrouvée, des périodiques se mettaient à pousser comme des champignons et d'ailleurs ne vivaient guère plus longtemps. Bref, je remontais peu à peu la pente. *France-Soir*, devenu *Paris-Soir*, m'avait demandé un nouveau feuilleton : *L'assassin vient les mains vides.* J'avais également écrit : *Les Rendez-vous de Passy*, pour *Franc-Tireur*, autre journal aujourd'hui disparu, mais sans rencontrer le succès que j'espérais. Heureusement, la radio recommençait à vivre. J'y produisis une série policière, *Le détective est sur la piste,* qui s'étendit sur plusieurs mois. Le temps passait. Or, j'avais l'impression d'avoir laissé s'enfuir la chance. Pourtant, je ne manquais pas d'idées et je possédais beaucoup mieux qu'autrefois mon métier d'inventeur d'énigmes. Alors, qu'est-ce qui ne marchait pas ?

M. X. — Or, justement, Thomas, à peu près à la même époque, entrevoyait une réponse possible. Racontez-nous ça, mon cher Thomas.

THOMAS. — Attendez ! Nous devons retrouver d'abord l'air du temps. Non seulement, autour de 1946-1947, fleurissaient toutes sortes de magazines, mais encore des maisons d'édition sortaient littéralement d'entre les pavés. Le public se jetait sur l'imprimé. Avec une boulimie qu'on a peine à imaginer. Un de mes amis venait de fonder Le Portulan et désirait créer une collection policière. Il me téléphona et je me rappelle avec amusement sa phrase : « Chacun de nous a commis un jour ou l'autre un roman policier. Osez dire que vous n'avez pas en poche une bonne histoire ! » Et ce fut cette phrase qui décida de tout. Je lui avouai qu'en effet j'avais produit, dix ans plus tôt, une espèce de monstre intitulé : *L'Assassin de minuit.* « Envoyez », me dit-il et il raccrocha.

M. X. — Et votre « assassin » fut publié ?

THOMAS. — Bien sûr. Et mon ami me retéléphona : « Continuez. » Dire : « continuez » à quelqu'un qui n'a jamais écrit, c'était ordonner à un paralytique de marcher. J'avais cependant deux atouts dans mon jeu. D'abord, j'éprouvais un immense besoin de me renouveler. On sentait que quelque chose venait de finir, une époque, une façon de penser, de voir et même de s'exprimer. Si j'ai adopté tout de suite un pseudonyme, ce fut, je pense, pour me donner l'illusion de tout recommencer, de changer de peau.

:M. X. — Et votre deuxième atout ?

THOMAS. — Eh bien, par profession, je savais à peu près décortiquer un texte, en apprécier le fort et le faible. En un mot, je savais lire. Je me mis donc à réfléchir sur tous ces romans policiers que j'avais tellement aimés. Ils appartenaient tous à l'espèce du roman problème. Or, il était évident qu'ils dataient, qu'ils avaient tous pris un coup de vieux. Il fallait absolument les dépoussiérer. C'est ainsi que naquit mon projet d'une *Esthétique du roman policier*. Seulement je voyais clairement que j'allais tomber dans l'erreur de tant de braves profs, qui se croient du talent parce qu'on leur a appris à disserter sur celui des autres.

M. X. — Qui veut faire de la théorie doit d'abord acquérir la pratique, n'est-ce pas ?

THOMAS. — Exactement. C'est pourquoi j'eus l'idée, pour m'entraîner à écrire, de composer des pastiches policiers : Conan Doyle, Leblanc, Simenon, etc. Je ne visais pas à reproduire leurs tics, mais à attraper leur manière de composer, c'est-à-dire d'inventer et de développer des énigmes. Et je fus très vite empoigné par la passion de l'écriture. Et à mesure que je sautais d'un auteur à l'autre, je saisissais mieux les caractéristiques du roman problème.

M. X. — Nous sommes en quelle année, à ce point de vos travaux ?

THOMAS. — En 1947. Plus précisément en janvier 1947. Le premier recueil de pastiches ne verra le jour que plus tard. Comme vous le savez, je ne connaissais pas encore Pierre. Mais déjà, je me posais la question qu'il soulevait tout à l'heure : qu'est-ce qui ne marchait pas ?

M. X. — Vous n'étiez pas les premiers. J'ai là une note qui résume bien la pensée d'un célèbre auteur anglais, Anthony Berkeley. Et d'ailleurs vous en faites état dans votre *Esthétique*. Dès avant la guerre, il se disait « convaincu que le roman policier doit se développer en retenant le lecteur moins par des liens mathématiques que par des liens psychologiques ».

THOMAS. — Oui, mais il oubliait de faire des propositions concrètes. Je pensais pour ma part qu'il convenait de se tourner vers le roman d'action, et je préconisais la formule du roman de mouvement, bien avant que n'apparaisse O.S.S. 117. A ce propos... mais arrêtez-moi si j'abuse de la parole.

PIERRE. — Vas-y, mon vieux. Tu as parfaitement raison de montrer les étapes du cheminement qui était en train de nous rapprocher.

THOMAS. — Alors, je dois ouvrir ici une longue parenthèse. Il s'agit de l'épisode Terry Stewart. Qui était Terry Stewart ? En réalité, il s'appelait Serge Arcouet. Son père, qui enseignait le piano à Nantes, avait été entre les deux guerres un virtuose célèbre, Gontran Arcouet. Serge, en 1946, végétait, cherchant une occupation lucrative et peu fatigante. Nous habitions à quelques dizaines de mètres l'un de l'autre. Tout naturellement, nous échangions quelques livres et il me confia un manuscrit qu'il venait d'achever et qui s'intitulait : *La Mort et l'ange*. Le nom de l'auteur : Terry Stewart. En ce temps-là, romans et films américains faisaient la loi. La toute jeune Série Noire n'éditait que des Américains, et un débutant, s'il voulait percer, n'avait d'autre ressource que de se placer sous la protection d'un pseudonyme américain. Or, Arcouet, qui avait beaucoup lu, possédait ce don, si rare à l'époque : il avait spontanément le style Série Noire, humour, argot, violence, toutes qualités grâce auxquelles un Lemmy Caution, incarné plus tard par Eddy Constantine, empaumait les foules. Je lui conseillai d'envoyer son manuscrit à Marcel Duhamel, ce qu'il fit et c'est ainsi que Terry Stewart fut le premier auteur français admis dans la Série Noire. Moi, qui m'étais mis dans la tête que le R.P. avait besoin d'une cure de jouvence, je me trouvais sous la main un jeune écrivain tout prêt à aller dans mon sens. Mais... il y avait un très gros « mais ». Je n'aimais pas la « Série Noire ». Pour toutes sortes de raisons, dont la plupart étaient mauvaises. La vérité, c'est que, formé au roman policier orthodoxe, je ne voyais pas bien comment un roman noir était fait. Vous devinez la suite. J'offris à Arcouet d'écrire avec moi un roman du genre Hadley Chase. Je lui fournirais l'intrigue et c'est lui qui rédigerait.

M. X. — Un roman expérimental, en quelque sorte.

THOMAS. — Oui. Je pensais que nous pourrions ensuite produire des romans policiers à la française, mais enrichis du goût américain. Et ce roman vit le jour. Il était signé Thomas Narcejac et Terry Stewart. Il portait un titre qui n'y allait pas de main morte : *Faut qu'ça saigne*, et il parut aux Éditions du Scorpion, à peu près en même temps que le célèbre *J'irai cracher sur vos tombes*, de Boris Vian.

M. X. — Et cela se passait fin 1948, je crois.

THOMAS. — Exactement. Vous allez me dire : Et Boileau ? Mais d'abord, je ne connaissais Pierre que depuis six mois et nous n'avions pas encore eu le temps de former des projets d'avenir. Et ensuite, mon livre expérimental, comme vous dites, était achevé depuis un an, et j'avais déjà écrit les principaux chapitres d'une espèce d'essai pamphlet, qui parut en 1949, sous un titre provocant : *La Fin d'un bluff, le roman noir*, qui provoqua des remous violents dans le petit monde de l'édition. Marcel Duhamel me prit à partie. Je fus invité à venir m'expliquer avec lui au club du Faubourg. La polémique dura assez longtemps. Je ne suis pas sûr qu'il n'en existe pas encore des séquelles. Mais je savais, désormais, ce qu'il y avait dans un roman noir et comment il fallait doser les coups, le sexe, le fric et la torture. Ce qui m'échappait, c'était le génie des plus grands : Hammett, Chandler, etc. A d'autres, le soin de les étudier à loisir. Je me contentais d'avoir découvert quelque chose.

M. X. — Quoi, au juste ?

THOMAS. — J'avais découvert que, noir ou classique, le roman policier ne peut se passer d'un mystère, d'enquête, de vrais ou de faux témoins. Autrement dit, il ne se conçoit qu'à partir d'une structure qu'on peut assouplir, c'est vrai, mais pas supprimer. C'est la même chose pour les vertébrés. Les poumons, le sang chaud, le rythme cardiaque, tout cela peut varier à l'infini, de la souris à la baleine, mais les éléments constitutifs sont toujours les mêmes. Il y avait certainement moyen d'échapper au roman problème comme au roman noir et d'inventer autre chose.

M. X. — Tout cela était très clair dans votre esprit ?

THOMAS. — Pas du tout. Je tâtonnais. J'allais d'une intuition à l'autre.

M. X. — Il vous parlait de ses recherches, Pierre ?

PIERRE. — Souvent. Et d'autant plus volontiers que j'étais en proie à ces mêmes doutes. Mais je restais inébranlablement attaché à l'énigme en apparence insoluble et je marquais le pas.

THOMAS. — Moi, changeant mon fusil d'épaule, comme on dit, je me tournai vers le roman d'action et voici comment. J'avais connu, pendant la guerre, deux garçons qui avaient le sens des affaires et qui fondèrent, dès 1947, une maison d'édition : les Éditions Amiot-Dumont. En 1948, ils me proposèrent de créer, chez eux, une série policière d'un ton nouveau. J'acceptai, et je repris le contact avec Arcouet. Je lui fournirais les scénarios et il écrirait. Un seul nom d'auteur : John Silver Lee. Un personnage principal : Slim. Des titres raccrocheurs : *Slim n'aime pas le mélo, Le ciel est avec Slim*. Un roman tous les deux mois. En couverture, une photo du genre photo reportage. Au dos, quelques lignes tonitruantes : *Ce personnage follement attachant, c'est le héros policier moderne* (souligné) *que chacun attendait*. Bref, nous jouions le jeu, au point même que ces romans portaient la mention : *traduit de l'anglais par Robert Juinot*. Malheureusement, nous étions très mal payés, et au bout d'une demi-douzaine de volumes, Arcouet lâcha prise. Il venait d'être sollicité par le Fleuve Noir qui essayait tout juste de se frayer un chemin dans la jungle du roman policier car, il est bon de le rappeler, il existait alors une quantité de collections : Le Portulan, Le Jury, La Table ronde, L'Empreinte, Le Masque, Le Labyrinthe, la N.R.F., La Mauvaise Chance... Je cite de mémoire et j'en oublie la moitié. Arcouet, sous le pseudonyme de Serge Laforest, exploita jusqu'à la corde le thème de l'agent secret, dernier avatar du roman d'action. Notre collaboration ne devait plus renaître, et, pendant deux ou trois ans, je me débrouillai tout seul, écrivant des romans de mystère sur fond social, car le roman noir m'avait enseigné que le héros purement cérébral n'existe pas. Il appartient forcément à un milieu, à un groupe, à une province. Il a une hérédité. L'aurais-je oublié, Simenon était là pour me mettre en garde.

M. X. — Oui, à propos, quels étaient vos maîtres, à tous deux ? Je ne parle plus de vos admirations d'autrefois. Je pense aux auteurs que vous veniez de découvrir.

PIERRE. — Maîtres, c'est beaucoup dire. Mais il est exact que nous faisions plus ample connaissance avec les auteurs anglo-saxons. Vous voulez quelques noms ? Eh bien, Ellery Queen, Horace Mac Coy, Stanley Gardner... Mais je devrais citer des douzaines d'écrivains.

M. X. — Et vous ne subissiez pas l'influence de l'un d'entre eux ?

PIERRE. — Personnellement, non. Je vous l'ai dit, pour mettre au point ce que vous appelez le germe, on ne peut partir que de soi-même.

M. X. — Mais pour le style ?

THOMAS. — Fort heureusement, grâce à mes pastiches — il y en avait maintenant une vingtaine —, je m'étais mis à l'abri des influences.

M. X. — Il n'y a vraiment pas un livre dont vous auriez pu dire : voilà ce que nous aurions aimé faire ?

PIERRE. — Non. Je ne vois pas.

THOMAS. — Ce n'est pas outrecuidance de notre part, je vous assure. C'est tout simplement que nous commencions à sentir, mais sous la forme d'un manque, le roman qui viendrait bien un jour combler notre attente. Nous discutions ferme.

M. X. — Avec qui ?

PIERRE. — Mais avec personne. L'un avec l'autre, si vous préférez. Nos contacts avec nos confrères étaient amicaux mais très superficiels. Nous nous rencontrions dans des cocktails, juste le temps d'échanger quelques propos. Ou bien nous nous téléphonions entre membres des mêmes jurys. Je pense, notamment, au prix de Littérature policière, fondé, je crois, par cette maison à laquelle Thomas a fait allusion.

THOMAS. — Oui, Le Portulan. C'était un prix décerné, non plus sur manuscrit mais sur ouvrage édité. Et il a récompensé à peu près les meilleurs auteurs d'aujourd'hui. Mais tout cela nous écarte de notre propos.

M. X. — Pas tellement. J'ai l'air de jouer au plus fin avec vous, comme un policier qui cherche à obtenir des aveux, et les questions, même les plus anodines, me rapprochent du but. J'ai déjà appris sur vous beaucoup de choses que l'on ignore. En résumé, tandis que Pierre poursuit tout droit son petit bonhomme de chemin, fidèle, tout au moins en apparence, à la formule du roman problème, Thomas, lui, prend toutes sortes de sentiers de traverse. C'est bien ça.

PIERRE. — Oui.

M. X. — Pierre a déjà une longue pratique, notamment de la nouvelle. Thomas, lui, a exploré quelques no man's lands policiers, si j'ose dire, et vous voilà face à face, armés de convictions à la fois convergentes et opposées. Alors maintenant, avançons pas à pas.

THOMAS. — Attention. Nous ne nous sommes jamais penchés sur le roman policier comme des mécaniciens sur un moteur. Faut-il changer telle pièce. Ajouter ici. Retrancher là. Non. Ce qui nous gênait, finalement, c'était le détective. Simplement cela. Mais comment se passer du personnage qui paraissait être la clef du mystère ? Pierre était inébranlablement persuadé que le roman devait être construit autour d'une énigme en apparence insoluble et que suivait une explication rigoureuse. Et moi-même, n'avais-je pas décidé, dogmatiquement, dans l'*Esthétique*, qu'un *roman policier est un récit où le raisonnement crée l'effroi qu'il est chargé d'apaiser*. Autant dire que nous nous étions mis aux mains les menottes qui nous paralysaient.

M. X. — Je vois. Plus de détective et par conséquent plus d'enquête avec toutes les bifurcations qui font le charme d'une histoire policière.

PIERRE. — Mais inversement, acceptons le détective et nous voilà, de proche en proche, épluchant des témoignages fastidieux ; et c'est la barbe.

THOMAS. — L'obstacle était artificiel, bien entendu. Il provenait de notre penchant à penser trop logiquement. Dès qu'on commence par : « De deux choses l'une », ça y est ; on est cuit. Alors, je rentrais à Nantes, rongé par un doute lancinant. « Il doit pourtant exister un moyen », tandis que Pierre recommençait à marcher autour de son bureau.

PIERRE. — On pouvait se demander : qui est le criminel ? ou qui est la victime ? ou qui est le policier ? On pouvait se poser le problème du « comment ». Une arme ? une plante ? la torture ? l'hypnose ?

Hélas, on en revenait toujours à notre carrefour de la détresse : détective ou pas détective ?

THOMAS. — Cela dura très longtemps. J'étais passé aux Presses de la Cité. J'avais écrit trois ou quatre policiers peu conformistes, plus un essai : *Le Cas Simenon*, dans lequel j'essayais de débrouiller les rapports complexes que les personnages de Simenon pouvaient avoir avec *Pedigree*. Et puis, ce fut l'éclaircie, le coup de chance préparé par une longue rumination.

PIERRE. — Je me hasardai à...

THOMAS. — Excuse-moi si je te coupe. Un double coup de chance comme vous allez voir.

PIERRE. — Je me hasardai à imaginer un crime parfait, contrairement à mes habitudes. Entendez par là que je démarrais sur les criminels eux-mêmes. Je les montrais à l'œuvre.

M. X. — Un peu comme l'avait déjà fait Roy Vickers dans son *Service des affaires classées*.

PIERRE. — Non. Pas du tout. Ou plutôt je ne me proposais pas de savoir à cause de quelle minuscule négligence mes criminels seraient démasqués. Je me contentais d'inventer le point de départ d'une histoire qui pourrait peut-être se passer de policier. J'utilisai tout bonnement votre formule de l'autre jour : ML – C = MC – L.

M. X. — Laissez-moi continuer. M, c'est votre doctoresse des *Diaboliques*, ou plus exactement de *Celle qui n'était plus*. L, c'est Ravinel, son amant, et C désigne Mireille, la petite femme insignifiante de Ravinel.

PIERRE. — Tout juste.

M. X. — Ravinel et sa maîtresse décident de tuer Mireille ; mais, grâce à votre procédé d'inversion, en réalité Mireille est l'amie de la doctoresse et c'est Ravinel qu'elles complotent de faire disparaître.

PIERRE. — Ça, c'est ce que nous avons appelé « l'idée ». Mais pour avoir le « germe », il faut parfaire ce premier schéma.

M. X. — C'est très clair. Vous avez pensé au célèbre truc de la baignoire. On voit Ravinel et sa maîtresse noyer Mireille dans la baignoire, mais, grâce à une mise en scène adroite, Mireille n'est pas morte. Les deux amants vont transporter dans une malle d'osier et jeter dans un lavoir un corps bien vivant. Mireille se cachera et Ravinel se trouvera devant l'insoluble problème de la disparition puis des manifestations du cadavre.

THOMAS. — A moi, maintenant. Je suis incapable de me rappeler l'année, mais le mois, oui, je m'en souviens avec la plus grande précision. C'était en juin.

M. X. — D'après mes recoupements, en juin 1953.

THOMAS. — Merci. Nous venions d'assister au déjeuner du prix du Roman d'aventures, à la Rôtisserie périgourdine.

PIERRE. — Assister, c'est peu dire. Notre ami Albert Pigasse offrait à cette occasion un déjeuner somptueux.

THOMAS. — Pour prolonger l'euphorie, nous nous sommes assis à la terrasse d'un café voisin de la Rôtisserie, et c'est là que Pierre commença à me livrer son idée. Sans grand enthousiasme, car il est ainsi fait qu'il doute toujours de lui. Mais il était quand même assez content. Et moi, je fus tout de suite emballé. Je lui dis : formidable !

PIERRE. — Non. Tu m'as dit : « C'est foutral. »

THOMAS. — Vous vous rendez compte !

M. X. — Emballé, je le conçois. Mais enfin, la disparition d'un cadavre, est-ce que ce n'était pas monnaie courante dans le R. P.

THOMAS. — Pas une disparition comme celle-là. Car Mireille était bien morte. Ravinel avait touché le corps. Sa maîtresse, une doctoresse, ne l'oubliez pas, était particulièrement qualifiée pour constater un décès. En un mot, la morte était bien morte, archi-morte. Et pourtant elle allait bientôt se manifester et c'est cela qui, déjà, me mettait le feu à l'imagination. Je vis instantanément le thème qu'il fallait développer. Celui du fantôme. Mais attention, pas un fantôme conventionnel, qui revient pour menacer et punir. Au contraire, un esprit égaré dans l'autre monde, et littéralement une âme en peine, qui n'arrive pas à se déprendre de ses liens charnels, qui erre à tâtons dans des sortes de limbes. Un fantôme anodin et d'autant plus terrible. Tout cela, je le sentis, je le découvris, je le conçus dans la minute même. Ce fut comme une création venant doubler celle de Pierre, ce que j'appelais tout à l'heure notre double coup de chance.

M. X. — Voulez-vous préciser, parce que ce que vous me racontez là, c'est nouveau.

THOMAS. — Ce n'est pas facile, vous savez. L'idée de Pierre pouvait encore se développer en divers sens. Certes, il était énormément séduit par l'idée de la morte qui revient, mais là-dessus risquait de se greffer une enquête de style classique. Et c'était cela qu'il fallait éviter. Je m'explique : qui dit enquête dit forcément retour à une démarche normale, qui évacue a priori tout surnaturel. Or, ici, nous avions besoin d'une espèce de surnaturel léger, d'une sorte d'ébriété de style spirite, mais pas trop. Ça, j'en avais la certitude immédiate et profonde. Devant mon demi, en face de la place Saint-Michel et de ses pigeons, j'étais Ravinel, un pauvre bougre déchiré qui se prend à envier le sort posthume de la femme qu'il a tuée. Pîerre apportait la fausse noyée et moi j'apportais Ravinel. Vous voyez bien le phénomène qui s'opérait : une parfaite fusion entre un plan (celui de Pierre) et un projet (le mien). A partir de là, notre travail allait se développer dans une totale harmonie. On parle, à notre sujet, de collaboration, comme si nous tentions, avec plus ou moins de succès, de juxtaposer deux activités fatalement dissemblables. Pas du tout. Quand

Pierre me propose un plan, plus ou moins élaboré, je me mets à l'écoute des personnages qui ne sont encore que des abstractions, et je découvre, souvent du premier coup, le personnage clef qui, en se mettant à bouger, devient le moteur du récit, lui donne, sinon un style du moins un ton. Le plan, c'est la radiographie des os. Mais la chair, la forme et par conséquent la partie concrète, vivante, c'est l'écriture. Ce ne sont pas des choses séparables. C'est simplement un double point de vue sur une réalité unique.

M. X. — Pierre, vous contresignez ?

PIERRE. — Sans hésiter.

M. X. — Vous venez d'employer deux mots : « style » et « ton », qui ne me paraissent pas absolument clairs.

THOMAS. — Le style, pour moi, c'est ce qui caractérise un écrivain, c'est-à-dire un auteur qui vise d'abord à s'exprimer dans sa différence profonde, sans prendre appui sur une histoire. Tandis que le ton, c'est ce qui caractérise le romancier, c'est-à-dire l'auteur qui raconte et, bien entendu, se raconte par la même occasion, mais obliquement et avec prudence.

M. X. — Alors, dans ce premier roman conçu sur la place Saint-Michel, en pleine digestion du canard à l'orange et de la bombe glacée, vous voulez me faire croire qu'à travers Ravinel vous aperceviez déjà le ton du roman à venir ?

THOMAS. — Vous ne croyez pas si bien dire. Car Ravinel, c'est quelqu'un qui porte en lui un brouillard tenace. Et le ton, c'est ce brouillard, ce feutré, cette inconsistance froide où il perd pied et se décompose. Que son drame se déroule en hiver, par une période de brume intense, où n'existent que des silhouettes tout de suite effacées, et voilà l'effet de flou dont nous avions besoin. Brouillard en dedans. Brouillard au-dehors. Un ton qui va faire de *Celle qui n'était plus* exactement l'histoire que nous aurions tellement aimée trente ans plus tôt. Pas d'épouvante. Pas de frissons. Mais un lent effroi délicieux, une hallucination caressante. Pierre, j'ai raison ou non ?

PIERRE. — Il a encore plus raison qu'il ne le croit. Car l'instinct qui me guidait déjà et qui ne cessera plus de me conduire, c'est celui du mystère qui n'est pas un vrai mystère. Ou si vous aimez mieux, j'étais entraîné à imaginer des énigmes défiant la raison, celle d'un détective très intelligent tout comme celle des lecteurs aimant réfléchir. Bref, des énigmes en soi. Tandis qu'avec notre roman, je venais d'imaginer un mystère pour un individu donné. Le « mystère-pour-Ravinel ». Le mystère qu'il ne parviendrait jamais à résoudre. Le mystère conçu comme une arme.

M. X. — Ce qui allait vous conduire à votre théorie de la victime.

THOMAS. — Pas tout de suite. Nous n'allons pas vous résumer notre livre. Nous avions seulement conscience, au bout de quelques mois de travail, que nous venions de mettre la main sur une forme nouvelle de suspense.

PIERRE. — Cela fit l'objet d'une correspondance dont vous ne pouvez avoir idée. Entre les lettres que nous échangions, la progressive construction du plan, les corrections de toute sorte, je ne savais plus où loger mes dossiers. Heureusement, Thomas n'avait pas encore commencé à rédiger. Il attendait que le travail préparatoire soit terminé. Mais par la suite, il n'attendait plus ; il écrivait sur mes talons, si j'ose dire, et parfois sans trop s'occuper de ce que nous avions dédidé, si bien qu'il négligeait un détail que je jugeais essentiel, ou bien il prêtait à un personnage des initiatives qui me mettaient dans l'embarras.

M. X. — Et vous vous crêpiez le chignon.

PIERRE. — C'est arrivé plus d'une fois.

M. X. — Dans ce cas, qui arbitrait ?

PIERRE. — Personne, évidemment. Nous prenions le temps de revenir en arrière, de retrouver nos traces, comme des voyageurs égarés. Rappelez-vous que nous vivions à quatre cents kilomètres l'un de l'autre. Prudente disposition de la Providence. Le courrier mettait deux jours et le téléphone n'était pas encore automatique. On ne pouvait donc s'injurier qu'au ralenti. Et nous étions en train d'acquérir un sens si aigu du suspense que nous sentions ensemble les dissonances.

M. X. — J'aimerais bien que vous me parliez, tous les deux, du suspense. Mais à condition que vous ne soyez pas trop théoriciens. C'est votre péché mignon. Dès que vous en avez l'occasion, et surtout Thomas, hop, vous voilà partis dans des développements techniques. Mais imaginez la tête de votre lecteur — car j'espère bien qu'on vous lira — quand il tombera sur des aperçus passionnants, je ne dis pas, mais éloignés de ses préoccupations.

THOMAS. — Je proteste. Nous ne faisions pas de la critique littéraire. Nous demeurons au ras du métier, comme de scrupuleux artisans que nous sommes. Vous voulez savoir comment nous vivons notre collaboration. Eh bien, voilà.

M. X. — Tout de suite sur le qui-vive, ce diable d'homme ! D'accord, remettons à plus tard le problème du suspense. Je prends au hasard une de vos journées. Pierre, à vous le récit d'un jour de travail.

PIERRE. — N'attendez rien d'extraordinaire. A` neuf heures et demie, je suis devant ma vieille Underwood. Ou plutôt, j'étais. Elle m'a supporté pendant vingt-cinq ans avant de mourir à la tâche. Maintenant, je pianote sur une machine moderne qui ne la vaut pas. Bon. Je relis mes notes de la veille, et je retrouve mes craintes habituelles. Surtout que Thomas me harcèle toujours. « Ça va être trop court. Il va nous manquer un bon chapitre, etc. » Il faut vous dire que nos manuscrits sont très calibrés. Thomas, qui écrit sur des pages d'écolier, a l'habitude de remplir douze fois seize pages.

M. X. — C'est une manie ?

THOMAS. — Non. C'est simplement qu'une bonne histoire ne doit pas s'étaler. Au cinéma aussi, un film qui veut conserver son nerf dure quatre-vingt-dix minutes. Les grands machins qui demandent trois heures sont presque toujours lassants. Et pour en revenir au suspense, excusez-moi, s'il est vrai que le suspense est une attente, cette attente ne tarde pas à fléchir, à se tourner en impatience et l'impatience, par une espèce de choc en retour, déclenche une envie grandissante de rire, de se moquer, de critiquer.

PIERRE. — En revanche, ce que Thomas oublie de signaler, c'est qu'un roman un peu trop court donne à l'acheteur l'impression d'avoir été floué.

M. X. — Ça, c'est un propos de commerçant. Pas d'auteur.

PIERRE. — Erreur. Vous devez savoir maîtriser votre art. Dix ou quinze pages de moins et notre public se dirait : ils faiblissent. Et de là à penser que la bisbille commence à gangrener le tandem, il n'y a pas loin. On est surveillés, vous savez.

M. X. — Oh ! Vous n'exagérez pas un peu ?

PIERRE. — Pas tellement. Plus ou moins consciemment, notre public a le sentiment que ce travail à deux, si bizarre, a quelque chose d'un peu monstrueux, d'un peu contre nature. Vous-mêmes, vous avez cru tout d'abord que nous courions à l'échec.

THOMAS. — C'est si vrai que nos relations avec tous ceux qui nous approchent conservent quelque chose d'ambigu, je ne sais quelle réticence, quelle réserve. A Pierre, ses amis disent : « On a lu ton livre. » A moi, mes amis disent : « On a lu ton livre. » Comme si chacun de nous en était l'auteur unique. « Ton » livre. Jamais « votre » livre. Et les journalistes qui parlent de nous emploient toujours l'expression : « les complices », parce que cela fait clin d'œil, allusion à une activité de jeu quelque peu inquiétante mais sans réelle portée.

M. X. — Vous voyez bien, tous les deux, qu'il était urgent de mettre les choses au point. Et raison de plus pour tenir « porte ouverte », comme cela se pratique couramment désormais. Donc, Pierre, vous méditez devant votre machine. Pendant longtemps, près de vous, un beau chat noir vous a tenu compagnie.

PIERRE. — Oui, Petit Zoulou. Mais ce sujet est interdit. Il m'est encore trop pénible.

M. X. — Excusez-moi. Vous tapez aussi les dernières pages reçues de Nantes, en maudissant l'écriture de ce Narcejac de malheur qui est si peu lisible, et qui se laisse parfois aller à des improvisations intempestives. Mais nous reviendrons là-dessus car les rapports des personnages au plan posent encore quelques problèmes. Ensuite, vous déjeunez. Et après ?

PIERRE. — Après, je me remets au travail jusqu'à la fin de l'après-midi.

M. X. — Comme ça, d'arrache-pied ?

PIERRE. — Ma foi, oui. Je ne vais pas vite mais je tiens le coup longtemps. Évidemment, je reçois beaucoup de coups de téléphone. Les « relations publiques », c'est moi. J'organise notre « planning » en vue des deux jours que Thomas, très régulièrement, passe à Paris. Et puis je lui écris pour le mettre au courant et aussi, bien souvent, pour discuter d'un détail qui cloche.

M. X. — Très bien. Écoutons Thomas maintenant.

THOMAS. — Moi, je suis capable de travailler intensément, mais pas plus de deux ou trois heures. Je laisse de côté, bien entendu, mes activités professionnelles. Je fais allusion au roman en cours. Je lui consacre mes loisirs, et quand je suis en vacances, je lui donne mes matinées. Mais je ne me tiens jamais pour quitte. C'est tout le long du jour que je rumine notre histoire, que j'en mesure le fort et le faible, que je rature mentalement, mais que dire de plus ?... C'est un labeur qui ne finit pas. Mais là, je voudrais faire une remarque. Pour beaucoup de bons esprits, le roman policier est un genre paralittéraire, et c'est peut-être vrai.

M. X. — Permettez. C'est à voir.

THOMAS. — D'accord. Mais ce que je sais par expérience, c'est que les angoisses, les blocages, les doutes, les craintes d'un auteur policier sont exactement de même nature que les affres d'un créateur confirmé.

M. X. — Dont acte. Mais j'arrive au bout de mon enregistrement. C'est assez pour aujourd'hui. Demain, on reparlera du suspense en abordant le chapitre Clouzot.

CINQUIÈME ENREGISTREMENT

M. X. — Eh bien, abordons maintenant ce que j'appelais hier le chapitre Clouzot.

PIERRE. — Vous voulez qu'on parle du film ?

M. X. — Plus tard. Quand il nous faudra bien comparer le roman et le film. Et je sais que si vous admirez le travail de Clouzot, cela ne va pas sans réserve.

THOMAS. — Disons-le tout net : il a conçu, écrit et réalisé une histoire qui n'a plus qu'un air de parenté avec la nôtre.

M. X. — Nous verrons, nous verrons. Pour le moment, racontez-moi ce qui s'est passé quand vous avez appris que Clouzot s'intéressait à votre livre.

PIERRE. — C'est moi, naturellement, que notre éditeur a prévenu le premier. Il m'a téléphoné. Il avait beau me recommander de garder tout mon sang-froid, il était lui-même très excité. J'essayai à mon tour de téléphoner à Thomas, mais, pour une raison que j'ai oubliée, impossible d'avoir la communication. Comme j'étais en train de lui écrire, j'ajoutai une ligne à ma lettre et courus la poster.

THOMAS. — Une lettre, bon, rien ne pressait. Je ne l'ouvris pas tout de suite. Mais quand je la lus, la nouvelle m'éclata au visage. Peut-être a-t-on oublié, aujourd'hui, ce que représentait à l'époque le nom de Clouzot. Clouzot était l'un des tout premiers. Chacun de ses films avait secoué le monde du cinéma : *Le Corbeau, Manon* et, tout récemment, *Le Salaire de la peur*. Violence du ton, puissance de l'image, et un non-conformisme qui le poussait à une sorte de provocation permanente. D'où un impact extraordinaire sur les foules. Bref, il régnait et nous étions bien chétifs près de lui.

M. X. — Surtout que vous veniez à peine d'arriver chez Denoël. Votre manuscrit...

PIERRE. — C'est vrai. Il avait été refusé un peu partout et notamment au Masque et aux Presses de la Cité. « Boileau-Narcejac », ça n'inspirait pas confiance.

THOMAS. — Et le titre encore moins. *Celle qui n'était plus*. Cela ne cognait pas assez. Sous l'influence de la Série Noire, on en était aux titres racoleurs : *Adieu, ma jolie*, ou encore *Fantasia chez les ploucs*...

PIERRE. — Et puis, notre roman avait un gros défaut, il n'entrait dans aucune des catégories auxquelles le lecteur était habitué : classique ? Non. Psychologique ? Non. Érotique ? Encore moins.

M. X. — En somme, la maison Denoël vous avait recueillis comme des sortes de naufragés.

THOMAS. — Tout juste. J'irai presque jusqu'à dire : acceptés à l'essai. Il n'existait pas encore chez Denoël de collection policière. Nous ne portions ombrage à personne.

M. X. — Et voilà que le livre à peine sorti...

PIERRE. — Oui. Il retenait l'attention de Clouzot, alors que nous savions, par la presse, à quel point Clouzot était difficile dans ses choix.

THOMAS. — Dans ces cas-là, pendant quelque temps, on marche sur une autre terre ; on respire un air nouveau. Ce n'est pas la joie. Ce n'est pas le bonheur. C'est ce que j'avais éprouvé quand j'avais huit ans et que je traversais le miroir, et pour m'obliger à me récupérer je devais me dire : « Normal que Clouzot s'intéresse à ce roman. N'a-t-il pas fait, autrefois, *L'assassin habite au 21, Le Corbeau, Quai des Orfèvres*... Rien que des histoires policières. Par conséquent, il reste fidèle à lui-même. Ne nous emballons pas. Ce n'est pas un coup de chance, mais un événement prévisible. Dirait-on pas que Clouzot est un roi qui veut épouser une bergère ? Doucement. Il fait d'abord une bonne affaire. »

M. X. — Et vous ?

PIERRE. — Petite option. Petit contrat. Un contrat, hélas, c'est toujours un rapport de forces. Nous n'étions pas de taille à discuter.

M. X. — Je m'en doute. Mais n'allons pas trop vite. Nous en sommes au tout premier contact. J'imagine que ce n'est pas Clouzot en personne qui conduit la négociation.

PIERRE. — Non. Il a un agent. Et pendant quelques jours le téléphone ne cesse plus de sonner entre sa maison de production, Denoël et moi.

THOMAS. — Je vis alors par procuration, à l'écoute de Paris.

PIERRE. — Et puis nous sommes convoqués pour rencontrer Clouzot ; mais où, je ne m'en souviens plus. Quelque part aux Champs-Élysées, je suppose.

THOMAS. — J'ai oublié, moi aussi. Avec le recul, j'ai l'impression que nous avons dû jouer une scène du *Don Juan* de Molière. Dimanche chez Don Juan. « Holà, un siège pour M. Dimanche ! » Et beaucoup d'amabilités et de compliments avant que le maître des lieux ne nous reconduise, séduits et vaguement floués.

M. X. — Est-ce que vous n'abusez pas un peu, justement, du recul ? Vous semblez dur, pourquoi ?

THOMAS. — Non, détrompez-vous. Je revois la scène, au contraire, avec un grand détachement.

M. X. — Mais votre impression devant Clouzot ? Ils ne sont plus très nombreux ceux qui peuvent parler de lui en toute objectivité. A entendre ou à lire tel et tel, on a l'impression qu'il y a autant de Clouzot que de témoins.

PIERRE. — Notre impression reste très favorable, mais il fallait faire la part d'une certaine ironie, dans ses propos. Il y avait toujours un peu de moquerie dans ses yeux.

THOMAS. — D'abord, il avait des sourcils extrêmement fournis, d'où cette espèce de regard embusqué qui semblait prendre avec amusement votre mesure. Et puis il avait une certaine façon de fumer la pipe, comme quelqu'un qui ne ferait que tremper ses lèvres dans un verre d'alcool ; toutes petites bouffées économes, rapides pauses méditatives, et soudain un vif sourire carnassier précédant la question : Qu'est-ce que vous en pensez ? Et alors il vous guettait et on se sentait un peu idiots.

PIERRE. — Ajoute aussi qu'il aimait se tenir perché, sur le bras d'un fauteuil, sur le coin d'une table, balançant une jambe, toujours plus ou moins en mouvement, maîtrisant mal une sorte de trépidation intérieure.

THOMAS. — Exact. Il y avait en lui une salle des machines toujours sous pression. Au fond, je crois que ses interlocuteurs lui servaient à faire de la balle au mur, à relancer sans cesse une réflexion qui avait besoin de rebondir sur un obstacle. Voyez-vous, c'était un homme à la fois formidablement sûr de lui et terriblement indécis.

M. X. — Mais ça, vous ne l'avez pas constaté la première fois.

PIERRE. — Oh ! non, la première fois nous étions trop intimidés. Et comme il le sentait et en tirait un plaisir sensuel, il nous désarçonnait gentiment en nous disant par exemple : « Parlez-moi de Mireille. Si elle a eu la scarlatine étant gosse, je dois le savoir. » Et nous n'osions pas lui répondre que, ma foi, ce détail nous avait échappé.

THOMAS. — Ou bien il nous disait : « Votre ruisseau ne vaut rien. Il me faut une eau étale, en apparence morte, avec des choses en dessous. » Très précisément, c'était par là qu'il nous dominait. Il était à la fois scénariste, dialoguiste, metteur en scène.

PIERRE. — Et autre chose aussi. Il était un peu jaloux.

M. X. — Jaloux !

PIERRE. — Je ne vois pas d'autre mot. Ce roman, il s'en voulait presque de ne pas l'avoir conçu le premier. Et il nous en voulait un tout petit peu. Il était pris entre la tentation, sans doute inconsciente, de nous en dépouiller et le désir de nous associer, si peu que ce soit, au long travail de recherche qui, déjà, le mobilisait.

M. X. — Vous allez trop vite pour moi. Nous en sommes au premier contact.

THOMAS. — A la vérité, ce premier contact a été bref. Et quand nous sommes sortis du bureau, nous étions K.-O. debout. Mais le ton de nos rapports futurs était déjà donné. Car nous avons eu jusqu'à sa mort des contacts réguliers bien que très intermittents avec lui. Et ce ton, c'était celui d'une sorte de considération à la fois bougonne et narquoise.

PIERRE. — N'allez pas croire qu'il nous consultait. Non. Il nous demandait si nous avions lu des choses intéressantes, si nous avions aimé tel ou tel film. Il nous faisait confiance comme si nous avions été, comment dire, ses hommes de main. Il comptait, à sa manière ombrageuse, sur notre fidélité.

M. X. — Voilà un portrait bien différent de celui qu'on fait de lui, d'habitude.

PIERRE. — C'est peut-être le mot « fidélité », qui vous étonne. Et pourtant il est juste. D'ailleurs, si vous regardez le générique de ses films, vous constatez qu'il avait ses interprètes favoris, des acteurs qui avaient sa confiance, en dépit de tous les accrochages, de toutes les querelles qui sont restés célèbres.

THOMAS. — Une fidélité tout imprégnée de superstition, pour être précis. *Les Diaboliques* ont été pour Clouzot un succès presque sans précédent alors que le doute le tenaillait. Le prix Delluc, le public formant des queues de plusieurs centaines de mètres — il n'y a qu'à feuilleter les magazines de l'époque —, les recettes inespérées, avouez que Clouzot avait des raisons de croire que nous avions été sa chance. Il nous gardait donc sous la main, un peu comme un fer à cheval ou une patte de lapin. A la veille de sa mort, il tournait autour d'un de nos romans, *La Lèpre*, en vieux renard qui flaire longuement une viande à la fois alléchante et un peu louche. Il voulait nous rencontrer à ce sujet et puis...

PIERRE. — Franchement, nous l'aimions bien. Et nous l'admirions beaucoup.

M. X. — Comment avait-il été amené à lire et à aimer votre livre ?

PIERRE. — Par sa femme, Vera, qui lui cherchait des sujets et qui avait été emballée par *Celle qui n'était plus*.

THOMAS. — Clouzot avait déjà donné à sa femme un petit rôle dans *Le Salaire de la peur*. Rappelez-vous... La servante humiliée, lavant le sol où venait picorer la volaille.

PIERRE. — Il y a là un mystère. Clouzot, dans presque tous ses films, mettait en scène des vaincus, des bafoués, par exemple Vanel, dans *Le Salaire*. On a parlé de son sadisme. Je crois plutôt que le spectacle de l'abaissement lui permettait de trouver des images puissantes, écrasant les mots du dialogue.

THOMAS. — C'est vrai. Ou plutôt dialogue et image devaient partir, gauche, droite, comme des crochets. C'est à Vera, dans *Les Diaboliques*, qu'il a donné le premier rôle. Il a construit amoureusement son film autour d'elle et il l'a conduit en tortionnaire.

M. X. — Vous a-t-il expliqué pourquoi ?

PIERRE. — Un jour, il a eu une phrase assez claire. Il a dit : « La mort, au cinéma, c'est toujours dur à faire passer. »

THOMAS. — Au fond, son film est le récit d'une longue crise cardiaque. Ça justifie toutes les outrances. Mais la pauvre Vera, si fragile, si touchante, avec ses nattes de petite fille, en a vu de toutes les couleurs.

M. X. — Ne mélangeons pas tout, je vous en prie. C'est bien joli, un entretien à bâtons rompus, à condition de ne pas casser les bâtons trop menus, si j'ose dire. *Les Diaboliques*, bon, je comprends que vous vouliez en parler d'abondance, mais restons encore un peu sur le trio Clouzot, Boileau, Narcejac. Clouzot achète les droits de votre roman. Il vous rencontre à plusieurs reprises dans la foulée, en quelque sorte.

THOMAS. — Oui. Nous avions l'impression qu'il allait s'y mettre...

M. X. — Et puis des mois vont s'écouler et l'on commence à murmurer, dans les journaux, qu'il pourrait bien abandonner son projet. Tout le monde le savait versatile. Alors, que s'était-il passé ?

PIERRE. — Quelque chose de très simple mais dont nous n'avions pas mesuré l'importance. Hitchcock, de son côté, avait fait des propositions, quelque temps après Clouzot. *Celle qui n'était plus* lui plaisait. Il était prêt à en acheter les droits.

THOMAS. — Je note entre parenthèses que cette nouvelle nous confirma dans l'idée que notre conception du suspense, encore tâtonnante, était juste.

M. X. — Cher ami, vous placerez plus tard votre topo sur le suspense. Pierre, la suite ?

PIERRE. — Elle nous fut expliquée un peu plus tard par un ami. Clouzot, quand il flairait une bonne histoire, la bloquait par une option qui lui laissait les mains libres durant une année.

THOMAS. — Les fiançailles avant les accordailles, si vous préférez. Ou bien l'histoire continuait à le séduire, ou bien il se détachait d'elle.

PIERRE. — Et cette méthode lui assurait un autre avantage. Il écartait les rivaux éventuels pendant toute la durée de l'option. On a même vu des firmes achetant une histoire pour la geler définitivement. Nous qui avions cru naïvement que Clouzot allait s'atteler tout de suite au travail, nous étions terriblement déçus. Ce que nous ignorions, c'est que l'entrée en scène de Hitchcock avait donné à réfléchir à Clouzot. Si le vieux renard d'Hollywood avait senti que notre histoire pouvait conduire à un gros succès commercial, cela annonçait que l'affaire était saine. Bien entendu, nous n'avons jamais pu savoir le fin mot de cet épisode. Nous recueillions des bruits de coulisses, plus ou moins contradictoires. Clouzot ne donnait plus signe de vie. Nous étions écœurés.

THOMAS. — Ce fut notre baptême du feu. Un beau jour, je dis à Pierre : « Après tout, on s'en fout. On continue. » La période des grandes émotions était finie. Nous venions de prendre nos distances avec le cinéma, ses pompes et ses manœuvres.

PIERRE. — Là-dessus, nouveau coup de théâtre. Les journaux — toujours eux — nous apprirent que Clouzot cherchait des enfants pour un film d'après Boileau-Narcejac : *Les Diaboliques*. Des enfants, pour quoi faire ? Et pourquoi *Les Diaboliques*, puisque ce titre célèbre était la propriété des héritiers de Barbey d'Aurevilly. Nous connaissions encore bien mal notre Clouzot. En ce temps-là, il pouvait tout se permettre, même de s'approprier le titre qui, dans sa pensée, allait servir de locomotive à son film.

M. X. — N'y eut-il pas un procès avec les Gens de lettres ?

THOMAS. — Peut-être bien. Quoi qu'il en soit, ce titre ne nous disait rien qui vaille.

M. X. — Vous en avez parlé avec Clouzot ?

PIERRE. — Je ne m'en souviens pas. A Paris, je me trouvais au centre de toutes les rumeurs et Clouzot, avec un sens inné de la publicité, savait les provoquer, les entretenir, les relancer. Il avait vu juste et d'ailleurs il n'a jamais cessé de voir juste au sujet de la publicité. *Les Diaboliques*, une nouvelle diablerie de ce metteur en scène sulfureux. Les communiqués se succédaient. Des noms célèbres circulaient : Simone Signoret, Meurisse, Vanel.

THOMAS. — Déjà, nous ne reconnaissions plus notre histoire.

PIERRE. — Une école privée, une piscine, et, surtout, Meurisse jouant le rôle de Mireille. C'était peut-être génial, mais la subtile mécanique du roman était remplacée par un nouveau mouvement d'horlogerie.

THOMAS. — Dans le train qui me ramenait à Nantes, je rencontrais assez souvent Jean Brochard, qui allait passer le week-end dans sa propriété de Saint-Nazaire. L'excellent Brochard était un inconditionnel de Clouzot. « Vous en faites pas, me disait-il. Ce sera sensationnel. » J'avais quand même grand-peur.

M. X. — Mais voyons ! Clouzot ne vous a jamais consulté, pendant tout son travail préparatoire ?

PIERRE. — Jamais. C'est tout juste si nous l'avons entrevu, très peu de temps avant le début du tournage. Il nous a confié son script, épais volume où le moindre jeu de scène était indiqué avec une précision parfaite. Mais d'ailleurs, je le vois dans votre dossier.

M. X. — 182 pages. Et ce qui m'a frappé en le relisant, c'est la simplicité et la vigueur de chaque plan. Je pense, notamment, à la scène finale. Elle commence au 654e plan. Permettez, je la relis pour le plaisir.

« Salle de bains obscure. Christina (vous vous rappelez, c'est Vera qui joue Christina) en silhouette dans le couloir, tourne l'interrupteur. Lumière. Elle entre dans la salle de bains. Travelling arrière. Panoramique droite gauche. Elle prend son flacon de gouttes et se retourne.

« 655. Michel est dans la baignoire pleine d'eau, noyé. Il la regarde avec ses yeux blancs. 656. Elle hurle et lâche le verre. 657. Le cadavre se rélève lentement, face à elle, ruisselant. 658. Christina s'écroule. Michel, en amorce de dos, entre dans le champ par le bas. 659. Contrechamp plongée au départ. Michel enjambe la baignoire, prend une glace et la place devant les lèvres de Christina. 660. Pas la moindre buée sur la glace. 661. Michel sort du champ par en haut ; ses pieds sortent du champ à gauche. 662. La porte du couloir. Michel entre de dos, à droite. Travelling avant. Nicole, en pantalon, une lampe électrique à la main. *Nicole* : "Ça y est, cette fois ?" »

THOMAS. — Superbe. Et vous voyez comme j'avais raison de parler de coups de poing. Ce qu'on reçoit en plein visage, c'est que le noyé est toujours et a toujours été vivant. Et que la douce Vera est la victime de ce couple maudit, son amie Nicole et son mari Michel. Voilà qui justifie le titre du film. Il a eu un tel impact que, depuis, dès qu'on juge une affaire sortant un peu de l'ordinaire, les journaux titrent toujours : *Les diaboliques*, ou *Les amants diaboliques*, ou *Le couple diabolique*. Ils rendent hommage, sans le savoir, à la savante démesure de Clouzot.

PIERRE. — A propos de ce script, je me rappelle sa dernière recommandation. « Naturellement, nous dit-il, gardez tout ça pour vous. je n'aime pas montrer mes images à l'avance. » Il avait tout calculé, tout pesé, tout prévu. Vous me direz que beaucoup de metteurs en scène possèdent la même faculté, mais lui, ce qui le distingue, c'est sa composition en crescendo. C'était cela, je crois, son secret.

THOMAS. — Par ses images, c'est vrai, il possède le spectateur, l'amène bon gré mal gré jusqu'à l'orgasme. Il y a du violeur, en lui. C'est pourquoi, tout en aimant le genre policier, il ne supportait pas l'appendice des explications. Si mystère il y avait, la solution devait survenir d'un bloc, dans une image choc. L'émotion était à ce prix.

PIERRE. — C'est pourquoi, nous nous en rendons compte maintenant, tous ses films sont plus ou moins des suspenses. Moins peut-être le tout dernier à cause de la couleur qui a tendance à bercer le cauchemar.

THOMAS. — Faut-il conclure ? Le suspense à la Clouzot ne faisait pas du tout notre affaire. Nous admirions. Nous nous estimions très heureux d'être trahis avec tant de talent. Mais quoi ! Nous sentions le suspense d'une autre manière.

M. X. — Ah ! ah ! Nous y voilà. Eh bien, mon cher ami, le temps de recharger et je suis à vous. Mais, je vous en prie, restez simple. Vous causez avec nous. Vous ne faites pas un cours.

SIXIÈME ENREGISTREMENT

M. X. — Bon. Allons-y pour le suspense.

THOMAS. — Tout à l'heure, je n'ai pas eu le temps de finir. Je voulais dire encore que beaucoup de nos lecteurs ont été aussi surpris que nous. Au point, quelquefois, de protester. « Ce n'est pas la même histoire. Dans ce chassé-croisé de personnages, on se sent perdu, etc. »

PIERRE. — Non, quand même. Tu vas un peu loin. Simplement, on se demande pourquoi Clouzot a tout modifié, pour, finalement, suivre à peu près la ligne générale du roman. A mon avis, la réponse va de soi. Clouzot voulait donner le rôle principal à sa femme.

M. X. — Et vous croyez que c'était un bon choix ?

THOMAS. — Vera avait aimé la première notre roman. Elle a sûrement insisté pour jouer sa partie dans le film. Et, d'un autre côté, elle avait tout pour en être l'héroïne. Belle, touchante, innocente et malade, elle était parfaite en victime. Oublions le scénario imaginé par Clouzot. Que voyons-nous ? Un être frêle, sensible et sans défense, qui va se faire dévorer par un ogre et une ogresse : Meurisse et Signoret. C'est la distribution idéale.

M. X. — D'accord. Mais votre trio, à savoir : Ravinel, Mireille et Lucienne, ne présente pas du tout les mêmes caractères que le trio Vera, Meurisse et Signoret. Mireille et Lucienne, complices plus ou moins tendrement unies, se débarrassent d'un Ravinel qui les gêne, qui représente pour elles non pas le macho, façon Meurisse, mais le mâle sans envergure, sans ambition, sans avenir, sans ressort, l'ennemi du sexe, l'être falot qu'il est facile d'abuser et de pousser au suicide. Le coup de la baignoire est monté de telle sorte que bientôt Ravinel va se sentir hanté par une morte qui n'est pas morte, qui est là, non loin de lui, comme une espèce de présence absence, de chose impensable, insaisissable, qui imprègne l'air de la maison, de la rue, de la ville. A aucun moment, le remords ne le taraude. Au contraire, il est fasciné, drogué, lentement envahi par le désir de s'en aller à son tour, de disparaître. L'ombre de l'absente agit insidieusement sur lui comme un philtre de mort, si j'ose dire. Il n'agonise pas. Il se dissout.

PIERRE. — Tout à fait juste.

M. X. — Rien de tel, chez Clouzot. Signoret et Meurisse, en un premier temps, poussent à bout la malheureuse Vera, qui va devenir, malgré elle, une criminelle, et le souvenir de son mari noyé sous ses yeux ne va pas la lâcher. Cardiaque, empoisonnée par le remords, elle est rapidement amenée à ce degré de panique qui est susceptible de provoquer l'infarctus, à la moindre émotion. Et voilà que l'homme qui est mort dans une baignoire reprend vie dans une autre baignoire. C'est un superbe tour de prestidigitation, mais pour moi ce qui faisait le charme vénéneux de *Celle qui n'était plus* a disparu. Les titres, mis côte à côte, suggèrent très bien cela. *Celle qui n'était plus*, cela signifie je ne sais quel danger qui vient sur la pointe des pieds. *Les Diaboliques*, c'est d'emblée un orgueilleux cri de victoire et de défi.

THOMAS. — En somme, si je vous suis bien, ce que vous aimez dans notre histoire, c'est son flou, son ambiguïté. Chaque apparence est un mensonge.

M. X. — Oui.

THOMAS. — Tandis que dans l'histoire de Clouzot, tout est trop net. Un mari qui déteste sa femme. Une maîtresse qui convoite la fortune de sa victime. Des passions tout d'une pièce, en quelque sorte. Et si l'on va au fond des choses, le contenu psychologique du film est plutôt banal.

M. X. — Oui, cela m'a toujours frappé. Tandis que dans votre roman, le jeu des sentiments, indiqué d'ailleurs avec peut-être trop de retenue, est beaucoup plus subtil. Il paraît évident que Lucienne, la doctoresse, a mis la main sur une femme qu'elle domine et qu'elle tient probablement pour une gourde, afin d'avoir accès, par elle, à la succession de Ravinel.

PIERRE. — Oui, il ne faut pas oublier que Mireille a réussi à amener Ravinel à souscrire une importante assurance sur la vie à son profit et qu'elle en a fait autant au profit de son mari. Ainsi Lucienne sera sûre de s'approprier la fortune, par personne interposée, quelle que soit sa future victime, et on sait qu'elle hésitera, car il lui est aussi facile d'éliminer Mireille que Ravinel.

THOMAS. — C'est pourquoi on peut très bien s'amuser à imaginer ce que serait l'existence de ces deux femmes ; quelques années plus tard. Car si les convenances obligeaient Clouzot à terminer son film par l'arrestation des coupables, en revanche nous étions libres d'assurer l'impunité à nos deux complices. Nous aimons bien que nos romans ne s'achèvent pas sur le mot « fin ». Il faut que le lecteur sente que l'histoire pousse vers un avenir incertain des prolongements mystérieux. Je pense à ces grands violonistes qui font semblant de tenir leur dernière note, le morceau terminé, et vous croyez que la mélodie dure encore. L'émotion, cher ami, l'émotion ; tout est là.

M. X. — Votre conviction fait plaisir. Mais accordez-moi que l'émotion esthétique n'a pas grand-chose à voir avec le roman policier.

THOMAS. — Erreur, cher ami. Elle en est le nerf, au contraire.

PIERRE. — Au début, j'étais comme vous, pas très convaincu. Et puis, à la réflexion, j'ai fini par comprendre que le roman policier... essayons de dire les choses simplement... se propose toujours de nous tenir en haleine, n'est-ce pas ?... Et pas seulement le roman policier. Tout récit qui sait nous surprendre. C'est vrai du drame romantique et encore plus des grands feuilletons populaires d'autrefois.

THOMAS. — Et le roman policier s'est donné pour tâche, justement, de distiller ce fort sentiment de surprise et de curiosité pour en extraire un alcool qui est le suspense. Et voici qui nous ramène à Clouzot et d'une certaine façon à nous-mêmes. Mais d'abord la méthode Clouzot. Elle éclate dans tous ses films. Tout de suite, il éveille dans son public une réaction de révolte, de dégoût, à l'encontre d'un personnage. Par exemple Meurisse dans *Les Diaboliques*. Rappelez-vous l'épisode du poisson avarié. On a envie de lui casser la gueule. C'est quelque chose de viscéral. On se prend à haïr Meurisse. On se dit : il est à tuer. Et alors l'excès de ma colère, à moi, spectateur, appelle et justifie l'excès des images qui vont suivre : la noyade de Meurisse montrée avec un réalisme impitoyable, la toile cirée étendue sur la baignoire et le robinet qui goutte à petit bruit (ça, c'est la touche du maître). On admire ces images maléfiques et on ne se rend pas compte que c'est le public qui les souhaite, les attend et, pour ainsi dire, les impose. Clouzot peut se permettre d'aller trop loin, de dépasser le seuil du tolérable. Il paraît sobre — et d'ailleurs il l'est — en comparaison de l'excitation qu'il a provoquée au début de l'histoire. Démarrant sur une émotion forte, il n'a plus qu'à l'entretenir et l'accroître. J'irai jusqu'à dire que son talent, c'est le spectateur, d'abord, qui le lui fournit. Devant mille personnes, Clouzot triomphe et peut se permettre de leur demander : « Ne révélez pas la fin à vos amis. » Devant le téléspectateur, qui est souvent seul, qui ne sent pas autour de lui la respiration de la foule, l'émotion ne monte pas facilement à la tête. On regarde à froid et le film en pâtit.

M. X. — Si je vous suis bien, vous soutiendriez, à la limite, que Clouzot ne joue que sur des passions élémentaires.

THOMAS. — Évidemment. Et même une seule : la peur. Et vous savez pourquoi ? Parce que la peur est le sentiment fondamental, le matériau dont toutes les passions sont plus ou moins constituées.

M. X. — Pierre, vous êtes d'accord ?

PIERRE. — Au moins sur un point. Je vous ai parlé de la composition en crescendo qui est la marque de Clouzot. Eh bien, la peur se prête mieux que l'amour ou la haine ou l'ambition ou la cupidité à cette montée en puissance. La terreur est au bout et le cœur éclate, comme dans *Les Diaboliques*.

M. X. — Vous vous entendez comme larrons en foire, tous les deux. Il ne fait pas bon discuter avec vous. Mais, soit. J'accepte votre définition de la peur.

THOMAS. — Alors, vous voyez du même coup pourquoi, en construisant *Les Diaboliques*, Clouzot a modifié l'ordre et les rapports des personnages. Il voulait faire plaisir à sa femme, c'est entendu. Mais il avait, à mon avis, une autre raison beaucoup plus contraignante. Désirant jouer à fond sur l'effet de suspense, il avait besoin d'entrée de jeu d'une situation explosive, d'un conflit insupportable, d'où le duel Meurisse-Vera. L'un d'eux est de trop, et ça y est, le carburant qui va faire tourner la mécanique commence à jouer son rôle. La peur s'installe, la panique gagne, l'affolement se développe, l'épouvante éclate et culmine en horreur. Il y a des gens, parmi les spectateurs, qui s'évanouissent. Clouzot a gagné et nous, au même instant, nous avons perdu.

M. X. — Comment cela ?

THOMAS. — Notre roman ne fait pas appel à la même émotion. La peur, oui. Mais pas cet alcool brutal, qui assomme. Plutôt une liqueur douce qui procure l'impression qu'on se désincarne, qu'on flotte ailleurs, dans une sorte d'univers parallèle où les morts cherchent encore la main des vivants. Il y a de l'euthanasie, dans *Celle qui n'était plus*. Dans *Les Diaboliques*, c'est de l'assassinat.

M. X. — Il y a donc, d'après vous, plusieurs catégories de suspense.

PIERRE. — Dites plutôt plusieurs degrés.

THOMAS. — C'est évident. Le degré zéro, c'est celui qui entre dans la définition du roman policier classique. Le lecteur attend avec une certaine impatience le moment où le détective va démasquer le criminel.

M. X. — Degré zéro, pourquoi ?

THOMAS. — Parce qu'il ne s'agit là que d'une petite effervescence d'anxiété.

PIERRE. — Mais attention, c'est justement ce trouble de la pensée que nous recherchions quand nous étions gamins. Vous imaginez ce que nous pouvions ressentir quand nous apprenions qu'un serpent venimeux descendait, par le cordon de la sonnette, mordre le dormeur. Cette « bande mouchetée », guettée par Sherlock Holmes, elle provoquait en moi, je m'en souviens, un extraordinaire mélange de plaisir intellectuel — ma foi, oui, je risque le mot, et de frayeur physique.

THOMAS. — Mais l'explication tuait en partie l'émotion. C'est pourquoi je parle de degré zéro.

M. X. — Alors, passons au degré n° 1. Vous ne trouvez pas que cela ressemble à l'échelle de Richter, qui mesure les séismes ? J'espère qu'il n'y a pas sept degrés.

THOMAS. — Non. Rassurez-vous. Je n'en connais que trois. Pour moi, le degré n° 1, c'est celui de l'explication impossible ; celle qui défie la raison. Exemple : le crime parfait commis dans un local clos.

M. X. — L'idéal, visé par tous les auteurs d'autrefois, et si rarement atteint. Qui citeriez-vous ? Gaston Leroux, avec son *Mystère de la chambre jaune*.

THOMAS. — Et Pierre, au premier rang avec ses *Six Crimes sans assassin*, car il a été le seul, je crois bien, qui ait clairement vu que la répétition de la même énigme était capable de provoquer ce spasme de l'intellect, cette panne douloureuse de la réflexion, qui marque l'apparition du vrai suspense. Et il a bien fait de ne jamais renoncer à ce procédé, quelquefois contre moi.

M. X. — J'aimerais entendre le récit de vos conflits.

THOMAS. — Ça viendra. Vous saurez tout.

M. X. — Voyons le degré n° 2.

THOMAS. — C'est le suspens — confort.

PIERRE. — Tu ne m'avais jamais parlé de ça.

THOMAS. — Si. Mais en d'autres termes. C'est tout simplement le suspense infiltré d'humour, à la manière de Hitchcock. L'auteur tortionnaire étrangle doucement son lecteur en lui murmurant : « Laissez-vous aller. Ça ne vous fera pas de mal. Au contraire. » Alors, on perd le souffle et on agonise, mais comme l'étreinte se relâche aussitôt, on sent très vite qu'il s'agit d'un jeu très excitant.

PIERRE. — Le problème se reposera quand nous parlerons de *Vertigo*.

THOMAS. — Quant au troisième degré — c'est presque un jeu de mots — on l'obtient en supprimant l'humour. Vous ne trouverez pas trace d'humour dans *Le Salaire de la peur* ou dans *Les Diaboliques*. Clouzot savait d'instinct que l'humour ralentit les progrès de l'anesthésie qui doit lui livrer son spectateur à l'état de zombi.

M. X. — Vous avez déjà dit cela dans vos interviews ?

THOMAS. — Jamais.

M. X. — J'en étais sûr. Au fond, vous êtes des inconnus qu'on a pris pour des familiers. Mais à quel degré vous placez-vous, vous-mêmes ? Le degré zéro, pas question. Le troisième degré, pas question non plus. Le second, alors ? Mais il vous manque, en général, l'humour.

PIERRE. — Nous avons pourtant obtenu le prix de l'Humour noir avec notre roman *Et mon tout est un homme*.

M. X. — C'est vrai. Je n'y pensais plus. Faut-il parler, vous concernant, d'un premier degré amélioré ?

THOMAS. — Vous y êtes presque. Mais ici je dois ouvrir une parenthèse. Vous permettez ?... Nous venions donc d'écrire *Celle qui n'était plus*, et c'était une espèce d'événement — bien oublié aujourd'hui — mais qui nous valut toutes sortes d'articles, de passages à la radio, à la télé. Tenez, je me souviens que nous avons succédé un jour à Céline, sur le plateau de « Lectures pour tous ». C'était Desgraupes qui nous interrogeait. Bon, peu importe. Ce que je veux souligner, c'est que nous parlions doctement de notre bouquin sans bien comprendre encore comment nous nous y étions pris. S'il y avait trouvaille, où se cachait-elle ? Oui, notre livre racontait un crime parfait, mais avec quelque chose en plus. Quoi ? Il faut rappeler qu'entre 1950 et 1960, le suspense a été à la mode. La Série Blême avait vu le jour et avait révélé en France William Irish.

PIERRE. — *Ascenseur pour l'échafaud* de notre ami Calef est de 1956. Louis Malle en fit un film célèbre. Et tant d'autres œuvres qui me reviennent en mémoire. Par exemple, les Frédéric Dard du début, comme *Toi le venin* ou *Le Monte-charge*, ou encore le film de Gérard Oury, *Le Dos au mur*. On disait le suspense comme on dit maintenant le polar.

THOMAS. — Et tous ces romans à suspense — à l'exception d'Irish — présentaient un trait commun qui — je ne voudrais pas être désagréable — qui ne nous plaisait pas. D'ailleurs, ce n'était pas leur faute, c'était la pesanteur de genre qui jouait contre eux.

M. X. — Aïe ! Le voilà reparti dans ses élucubrations.

PIERRE. — Non. Il a raison. Si vous saviez combien nous avons eu de discussions à ce sujet.

THOMAS. — Je vais essayer d'être simple. Quand y a-t-il suspense ? Hein ? Quand un personnage est lentement écrasé par un événement qu'il n'a pas prévu.

M. X. — C'est pourquoi vous parlez de pesanteur.

THOMAS. — Parfaitement. Et, bien entendu, c'est l'écrasement qui provoque la terreur. Et à son tour la terreur ne peut s'accompagner que de sentiments pauvres, simples, nus. Autrement dit, la psychologie des personnages menacés sera d'autant plus sommaire que la menace sera plus proche. Être en suspens, c'est remâcher sa misère.

M. X. — Toujours ce goût du paradoxe !

THOMAS. — Mais pardon. Vera Clouzot remâche. James Stewart, dans *Vertigo*, remâche. Et si les personnages de la plupart des films de Hitchcock sont des gibiers de psychiatres, c'est bien parce qu'ils sont victimes d'une idée fixe. Vous n'y pouvez rien. C'est le genre qui le veut. Mais nous l'ignorions.

M. X. — Vous l'ignoriez ?

THOMAS. — Oh ! complètement ! Jusqu'au jour où il nous apparut que le personnage qui est la victime dans un suspense est un vrai personnage de roman et non plus le personnage le plus conventionnel du roman policier, avec, comme partenaires, le détective et le criminel tellement semblables aux masques d'une moderne *tragedia dell'arte*.

M. X. — Et ce jour a tardé à venir ?

THOMAS. — Ah ! si vous saviez ! Nous avions la vérité sous le nez et nous ne la voyions pas. Mais déjà elle nous menait à notre insu. Ravinel, par exemple. Eh bien, ce n'est pas un personnage créé pour trembler sans cesse et, par contagion, pour faire trembler le lecteur. Il a une vie propre, ce qui signifie qu'il a un passé, une histoire, un métier. Il est libre. Et même, comme un vrai personnage du roman, il a un inconscient.

M. X. — Pierre, soyez plus claire que lui.

PIERRE. — Pas facile. Ces choses-là, on les sent d'abord. Elles perdent à être expliquées. Mais prenez *La Mort aux trousses*. Cary Grant est poursuivi à travers des épisodes de plus en plus haletants. On est suspendus au spectacle, n'est-ce pas ? Et pourtant Cary Grant n'existe pas. Il n'a de consistance que par la poursuite. Il n'est que l'accessoire privilégié d'un jeu dont toute la réalité se trouve dans l'imagination du spectateur. Quand Thomas parle d'inconscient, il veut dire que Ravinel existe d'abord pour lui-même, qu'il possède son humanité bien à lui, avant d'entrer dans le suspense.

THOMAS. — Exact. C'est ça, la bonne formule. Un vrai personnage de suspense doit avoir un « avant ». Mais comment lui en fournir un d'autorité, pour ainsi dire, au risque de le violenter ?

M. X. — Oui, comment ?

THOMAS. — Rappelez-vous la conclusion de notre premier entretien. Je vous disais que pour passer de la novelette au roman, on avait besoin d'un romancier et qu'à la peur il fallait ajouter l'amour. La voilà, la solution, mais, bien entendu, il faut l'assouplir. C'est ainsi que Ravinel est à la fois amoureux de sa femme et de sa maîtresse, parce qu'il est un indécis de naissance et d'éducation. Seulement, cela n'est jamais clairement exprimé. C'est pris dans la masse. Il y faut des moyens littéraires qui ne sont pas ceux du genre policier.

PIERRE. — Tout ça représente des demis, des cafés crème, des déambulations autour de la butte Montmartre au pied de laquelle j'habitais. Des divergences aussi. Et vous commencez à comprendre pourquoi. Moi, je tenais à l'énigme. Thomas tenait à ce qu'il convient d'appeler, sans nuance, la psychologie. A chaque instant, ces éléments opposés que nous avions réussi à marier, dans *Celle qui n'était plus*, avaient tendance à se dissocier. Et la question lancinante se reposait : Comment avons-nous fait ? Tout ce que Thomas vient d'analyser n'est devenu clair qu'au bout de quatre ou cinq romans.

M. X. — Très bien. Je comprends. Mais, s'il vous plaît, revenons à vos trois degrés, puisque vous distinguez, dans le suspense, trois degrés : le degré n° 1, lié au problème du crime parfait et inexplicable ; le numéro 2, qui serait le degré Hitchcock ; et le numéro 3, qui serait le degré Clouzot. Vous-mêmes, vous vous placez à un degré situé entre le 1 et le 2. Ça signifie quoi, au juste ?

THOMAS. — Ça signifie que nous conservons le frisson du fantastique, qu'on ressent puissamment au degré n° 1. Mais que l'effroi ainsi provoqué, nous l'infusons à notre victime. Il va imbiber ses phantasmes et l'amener au seuil de la dépression, en ruinant ses défenses, en l'amenant à se détacher d'une existence qui a perdu son sens. La perte de sens, c'est là que convergent le fantastique et le désespoir.

PIERRE. — Est-ce que vous voyez à quel point nous restions fidèles à nos enfances en même temps qu'à nos penchants propres ?

M. X. — Oh ! parfaitement ! C'est très clair.

THOMAS. — Tant mieux. Pour nous, au contraire, c'était encore très confus. Comme notre roman marchait très bien, nous en avions mis un second en chantier. On ne va pas vous raconter la genèse des *Louves*. Pierre s'était dit : « Puisque *Celle qui n'était plus* est une histoire construite sur un escamotage, on pourrait essayer un autre procédé classique de la prestidigitation : la substitution. »

M. X. — N'allez pas trop vite.

PIERRE. — Il s'agissait simplement de substituer un personnage à un autre, de lui donner, si vous préférez, une identité usurpée. Le tour n'a rien d'original, ainsi résumé. Mais c'est le propre de n'importe quel tour de prestidigitation : il repose toujours sur des bases très simples. Ce qui le met en valeur, c'est la présentation, le décor, l'éclairage, tout ce qui est susceptible de rendre solennelle la banalité. Or, deux prisonniers se sont échappés d'Allemagne. Ici, je simplifie. L'un a eu le temps de raconter à l'autre sa vie, ses histoires de famille, bref tout ce qui le concerne jusque dans le plus petit détail. Et il a entretenu avec une jeune femme qui habite Lyon une correspondance amoureuse, comme cela se produisait souvent entre un soldat et sa marraine de guerre. Elle ne l'a jamais vu. Lui non plus. Mais il connaît son adresse et c'est chez elle qu'il comptait se réfugier. Qu'un autre se présente à sa place et se fasse passer pour lui, rien de plus simple. Or, le malheureux se tue accidentellement...

M. X. — Inutile de m'en dire plus. Vous semblez oublier, mon cher Pierre, que votre roman m'est tout à fait familier. Donc, au départ, un personnage va tenter de survivre à la place d'un autre. Je vais poursuivre pour vous prouver que je vous ai bien compris. La marraine a une sœur qui possède un certain don de voyance et voilà donc l'élément fantastique qui apparaît. Elle va peut-être découvrir que le garçon est un imposteur. Suspense. Les deux femmes sont amoureuses de lui. Suspense. Et lui, qui n'aime ni l'une ni l'autre, est obligé de montrer quelque tendresse à l'une et à l'autre. Suspense. Mais comme il tient le rôle d'un camarade plutôt rustique, alors qu'avant la guerre il commençait à faire une carrière de pianiste, comment donner le change à ces deux femmes qui l'observent et s'observent, et c'est à qui vaincra. Suspense. Nous sommes d'accord ?

THOMAS. — Certes. Et vous constatez que notre victime est bien ce que je disais tout à l'heure. Notre homme a un passé, des problèmes qui continuent à l'angoisser et qu'il ne peut confier à personne. Il souffre pour son compte avant de souffrir pour celui du lecteur. Il endure, en quelque sorte, dans cette maison où il étouffe, un amour impossible. Car un amour peut devenir un piège, l'équivalent d'un crime parfait. Et nous sentions fortement que nous tenions là une nouvelle histoire pour le cinéma.

PIERRE. — C'est ce qui s'est tout de suite vérifié. Plusieurs producteurs se sont immédiatement déclarés.

M. X. — Mais, en construisant le plan de ce roman, aviez-vous l'impression d'écrire déjà pour le cinéma ?

THOMAS. — Absolument pas. Nous nous doutions simplement que cette histoire, conçue d'une manière toute parente de *Celle qui n'était plus*, allait plaire. Mais ni Pierre ni moi n'étions capable de bâtir un scénario, faute d'expérience.

PIERRE. — Exact. J'avais bien fourni, quelques années plus tôt, les éléments de courts métrages policiers, mais je ne possédais nullement la technique d'un scénariste.

THOMAS. — Surtout qu'à l'époque on parlait encore de la « grammaire » du cinéma. J'avais lu deux ou trois ouvrages savants et j'étais naïvement persuadé qu'il fallait affronter plusieurs épreuves initiatiques : le synopsis, l'adaptation, le traitement, le découpage, le dialogue... Colonne de droite, colonne de gauche... Que sais-je encore ?

M. X. — Mais du moins vous pouviez déjà « voir », en homme de cinéma, certaines scènes.

THOMAS. — Non. Quand vous écrivez, vous ne prenez pas le temps d'un recul ; vous ne faites pas trois pas en arrière, comme un peintre. Vous vous accrochez, si j'ose dire, à la crinière de votre texte en craignant toujours d'être désarçonné.

M. X. — Accordez-moi, du moins, que certains effets de surprise sont identiques, ici, dans le roman, et là, dans le film. Par exemple : votre intrus ignore que le camarade dont il a pris la place avait une sœur avec laquelle il était fâché et dont il ne parlait jamais. Et voilà que cette sœur arrive à Lyon. Ça y est ! Il est perdu. Eh bien, non, pas du tout. Elle fait semblant de le reconnaître. Pourquoi ? Avouez que cela fiche un coup : ces trois louves qui tournent maintenant autour de leur proie sans défense.

PIERRE. — Mais ce sont justement là les points de contact entre livre et film. C'est grâce à ces points de contact que nous avons sans cesse cousiné avec le cinéma, sans jamais le solliciter.

THOMAS. — Pierre a tout à fait raison. Ce sont des domaines entièrement différents mais le suspense, tel que nous étions en train de le mettre au point, apportait aussi bien au cinéma qu'au roman quelque chose de neuf ; je dirai très modestement un goût nouveau.

M. X. — Quoi donc ?

THOMAS. — Le dérèglement du quotidien. Non pas le fantastique à tout va, mais une sorte d'empoisonnement du temps qui passe.

SEPTIÈME ENREGISTREMENT

M. X. — Excusez-moi. Je n'avais pas vu que je n'enregistrais plus. Mais nous pouvons reprendre. Vous parliez, mon cher Thomas, d'un certain fantastique.

THOMAS. — Oui. Dans *Les Louves,* nous l'avons affiné. Ce n'est plus une morte qui revient (et Dieu sait si, depuis, cet effet a été pillé !). C'est une ambiance qui, jour après jour, devient irrespirable. Il s'agit d'une espèce de dérive des apparences les plus familières. Vous connaissez l'expression : perdre le nord. C'est exactement ça. Il n'y a plus de nord, plus d'orientation possible. La victime ne se perd pas seulement parmi les choses. Elle se perd aussi en elle-même. Si bien que — cette fois, je pense au cinéma — chaque image est en même temps une non-image. Chaque image délire.

M. X. — Eh bien, mon cher Thomas, vos élèves devaient être à plaindre. Quel charabia.

PIERRE. — Maintenant, heureusement je suis habitué. En clair, cela signifie que dans *Vertigo,* par exemple, Stewart en arrive à s'interroger sur la réalité des choses. D'où l'admirable séquence du séquoia, symbole de la permanence du monde, de sa solidité, de sa densité. Cet arbre gigantesque est là depuis mille ans. Voilà qui rassure et fortifie, qui guérit du vertige. *Vertigo !* Tout le film de Hitchcock est subtilement construit en porte à faux, en faux pas, en déséquilibre.

M. X. — Assez, Pierre, assez ! A vous deux vous me donnez le tournis. Bon. Nous en sommes aux *Louves.* Tout de suite, les droits sont achetés. Par qui ?

THOMAS. — Par le patron des films Osso. Quand nous l'avons connu, ce n'était plus le producteur fastueux et hollywoodien du premier après-guerre. Mais il maintenait sa firme d'une main encore ferme. Vous n'avez sûrement pas oublié le signe qui annonçait ses productions : le globe terrestre soutenant une tour Eiffel d'où sortaient des éclairs. Je revois un homme très maigre, au visage osseux, corrigé par un sourire qui découvrait des dents un peu déchaussées. Une cordialité de cinéma, servie par des gestes empressés que prolongeaient des mains poilues. Mais, vraiment, un brave homme.

PIERRE. — Il n'avait du roman qu'une vue approximative mais chaleureuse. Et déjà il avançait des noms de vedettes et de réalisateurs. La distribution idéale est toujours le joujou des producteurs. On fait comme si on disposait d'un inépuisable budget. On retient, par jeu, les acteurs les plus célèbres, les actrices les plus chères. Charmante ébriété qui, pendant un instant, réunit des inconnus de la veille en une amicale « à la vie à la mort ».

M. X. — Mais, si j'en crois mes notes, Adolphe Osso n'était pas le seul producteur.

THOMAS. — Exact. Il était épaulé par M. Lawrence. Autant Adolphe Osso était expansif, autant M. Lawrence était réservé. Il avait une soixantaine d'années mais paraissait plus jeune. Il parlait peu, approuvait de temps en temps, à petits coups de tête. Quelquefois, il s'adressait en anglais à son partenaire. Je dois dire qu'il nous inspira tout de suite une confiance totale, non seulement parce qu'il se montrait à notre égard d'une courtoisie attentive, mais encore parce qu'il aimait notre roman.

M. X. — N'était-ce pas la moindre des choses ?

PIERRE. — Pas forcément. Nous avons connu des hommes d'affaires qui se contentaient d'acheter une histoire. Lui, au contraire, voulait d'abord faire un film. Et il se mit aussitôt au travail avec nous.

Pourquoi nous ? Parce qu'il désirait nous confier l'adaptation et les dialogues. Le premier réalisateur consulté avait été Alexandre Astruc et puis, pour d'obscures raisons, Astruc fut écarté.

THOMAS. — C'était dommage. Mais l'occasion nous fut ainsi donnée d'entrer en contact avec lui. Étrange garçon ! Plein de talent. Quelques années plus tard, le hasard nous fit à nouveau croiser sa route. Vadim préparait *Et mourir de plaisir,* et quelqu'un eut l'idée de nous consulter au sujet de ce film. Sur ce point, ma mémoire se brouille un peu, mais je me rappelle qu'Astruc nous fixa rendez-vous chez lui. Il habitait alors du côté des Champs-Élysées et il travaillait sur un problème de mathématiques, en nous attendant. Les maths, c'était sa gourmandise.

M. X. — Mais voyons, il y a quelque chose que je ne comprends pas. Vous m'avez bien dit que vous ignoriez tout de la technique. Et pourtant vous avez accepté d'adapter votre roman ?

PIERRE. — Oui. Un peu malgré nous. On nous répétait : « Vous verrez. Ce n'est pas sorcier. Votre roman se prête déjà au découpage. Il y a des dialogues qu'on peut facilement garder. Et puis on vous aidera. Et qui pourrait, mieux que vous, restituer l'étrange atmosphère de ce livre ? » Alors, petit à petit, on se laisse convaincre.

THOMAS. — Nous vivions plus que jamais sur la réputation des *Diaboliques.* Nous profitions d'un engouement qui nous portait. L'engouement, c'est comme l'alizé qui donne au marin la sécurité dans l'audace. Alors, vogue la galère.

PIERRE. — Astruc étant effacé, survint un metteur en scène pratiquement inconnu, Luis Saslavski, dont le charme argentin était irrésistible. Est-ce que j'exagère ?

THOMAS. — Oh ! non. C'était une espèce d'oiseleur dont la voix, riche, souple, caressante, était celle d'un conteur-né. Quand il nous parlait des *Louves*, nous l'écoutions comme s'il avait improvisé pour nous une histoire des *Mille et Une Nuits.*

PIERRE. — Comme beaucoup de réalisateurs étrangers, il venait tenter sa chance à Paris. Il avait réussi, un peu plus tôt, à porter à l'écran *La neige était sale,* un des meilleurs livres de Simenon. Le film avait été bien accueilli. Maintenant, il faisait le siège d'Adolphe Osso. Il lui mimait chaque séquence avec cet art de la persuasion qui nous plongeait tous dans un léger état d'hypnose. Le film ! On le voyait déjà. Saslavski marquait des points, mais Osso se faisait quand même tirer l'oreille. Les discussions concernant le budget se déroulaient dans la coulisse, loin de nous. Parfois, Saslavski nous rejoignait, accablé. « Il est impossible ! » disait-il. Mais ses yeux, d'un noir intense, brillaient de malice. Il sentait qu'il était sur le point d'emporter la décision. Il nous ramenait dans sa vieille Simca qu'il conduisait d'une seule main, ayant toujours besoin de libérer l'autre qu'il agitait devant lui, comme un chef d'orchestre bénissant un andante.

THOMAS. — Je n'ai pas oublié notre traversée de la place de l'Étoile, un jour, à midi, dans un concert d'avertisseurs déchaînés. A ce propos, je dois reconnaître que Pierre l'a beaucoup plus pratiqué que moi. J'étais tenu par mon métier que je faisais très consciencieusement. N'allez pas croire que je le négligeais au profit de mes travaux parallèles. Mais une adaptation bien conduite exige du scénariste et du metteur en scène une véritable cohabitation, ou du moins des contacts quotidiens. J'étais donc hors d'état d'intervenir efficacement dans leur labeur. C'est sans doute pourquoi j'étais assez souvent porté à le critiquer.

M. X. — Je sens venir des révélations bien intéressantes.

THOMAS. — Oh ! non. Pas des révélations, mais une découverte. Je me rendais compte qu'un auteur souffre la mort quand on commence à tripatouiller son texte. Et c'est toujours vrai, après tant d'années. Quand je lis les épreuves d'un roman qui attend le bon à tirer, je sursaute à la moindre coquille. Il s'agit d'un phénomène biologique, d'une véritable réaction de rejet.

M. X. — C'est pareil pour Pierre, non ?

PIERRE. — Eh ! non, justement ! Moi, le plan, je le construis de la manière la plus utilitaire. Il n'a pas valeur de texte. Quand je devais modifier notre histoire pour la recomposer en séquences, je ne surveillais que la cohérence du scénario. Je ne m'occupais nullement de sauvegarder un style.

THOMAS. — Et moi, arrivant de Nantes, je me trouvais devant ce qui me semblait être un champ de décombres. Et je pardonnais mal à Saslavski de s'y promener à l'aise.

M. X. — Il a beaucoup modifié le livre ?

PIERRE. — Le moins possible. J'y veillais de mon mieux. Mais il fallait bien rompre souvent la continuité du récit pour en extraire des scènes.

THOMAS. — Et voilà ce qui m'exaspère toujours. Le cinéma d'avant Truffaut, Chabrol et leurs amis, était fait de scènes, donc de dialogues à l'emporte-pièce où triomphaient, non sans génie, les Spaak et les Jeanson. « Est-ce que j'ai une gueule d'atmosphère ? » Vous vous rappelez. Or, ce sont justement ces mots-là qui fichent par terre un effet de suspense. C'est le « non-dit » qui nourrit l'attente. Le silence. Nos *Louves* étaient une histoire d'allusions, de chuchotements, de mystère un doigt sur les lèvres, vous voyez. Mais Saslavski, si fin pourtant, ne sentait pas bien cela. Il jouait sa partie sur l'enchaînement tellement retors des événements, pas sur l'ambiance.

PIERRE. — Thomas oublie l'essentiel. C'est le réalisateur qui est le seul maître à bord. J'allais forcément dans le sens choisi par Saslavski.

Et d'ailleurs, ce qui nous paraît clair, maintenant, l'était beaucoup moins à l'époque. Mais c'est vrai, Thomas et moi n'étions pas toujours d'accord.

THOMAS. — J'essaie seulement de saisir la cause exacte de nos divergences. Saslavski répétait, quand il flairait nos réticences : « Le cinéma veut que... » Cette formule me mettait toujours hors de moi. Le cinéma ne voulait rien ; n'imposait rien. Ce n'était pas une entité dictant ses lois, mais un art à assouplir, au contraire. Or, c'est ce que Saslavski ne faisait pas. Il notait, à gauche, d'un crayon rapide, « plan américain » ou « plan moyen » ou « travelling arrière », et j'avais toujours envie de lui demander : « Pourquoi ce plan », ou ce mouvement ? C'est destiné à produire quel effet ? Au fond, la caméra lui importait peu, du moment que le drame était solidement agencé. Et à toute critique, il n'aurait pas manqué d'objecter : « Le cinéma veut que... »

M. X. — Pierre ? C'est votre avis ?

PIERRE. — Thomas est injuste. S'il avait été sur le terrain, comme moi, jour après jour, il aurait compris qu'il n'y avait pas moyen de faire autrement. Car, au-dessus de nous, il y avait Adolphe Osso, qui supervisait le travail et n'hésitait pas à le critiquer. « Mettez-moi des piques, là-dedans, disait-il. J'aimerais trouver des piques. »

M. X. — Des piques, ça signifiait quoi ?

PIERRE. — Nous ne l'avons jamais su très exactement. Mais depuis, je me suis rallié à Thomas. Cela signifiait sans doute, dans son français approximatif : des scènes construites autour de mots d'auteur.

M. X. — Et l'autre producteur alors ? Ce M. Lawrence ? Vous m'avez dit qu'il travaillait avec vous.

PIERRE. — Il lisait nos textes, servait d'intermédiaire entre son associé et nous. Il s'occupait aussi avec le plus grand soin de la distribution. Une distribution brillante, voyez plutôt : François Périer, et les trois louves : Micheline Presle, Jeanne Moreau, Madeleine Robinson.

THOMAS. — Et Pierre Mondy, dans un petit rôle mais remarquable quand même. Nous arrivions chez M. Lawrence. Discret coup de sonnette. Un Asiatique nous ouvrait la porte, cérémonieux, silencieux. Il nous conduisait dans le bureau de son maître, allumait une lampe sur la table, bien qu'il fît jour, nous saluait encore et se retirait comme une ombre. Nous étions chez Fu-Man-Chu. Nous attendions M. Lawrence, et c'était souvent sa femme qui nous rejoignait la première, peut-être pour détendre l'atmosphère car, avec son mari, il n'y avait pas de Tom, de Peter et autres familiarités qui, d'ailleurs, nous auraient glacés. On commençait à parler des *Louves*, bien entendu, et alors cet animal de Saslavski, commentant les dernières séquences écrites, se mettait à les jouer avec tant de talent, à lancer les répliques avec tant de persuasion, à se déplacer avec tant d'à-propos que nous pensions, éberlués : « Mais la voilà, la vraie colonne de gauche ! »

PIERRE. — Au total, le film fut bien accueilli.

M. X. — Vous aviez eu des contacts avec les acteurs ?

PIERRE. — Oui. Des contacts très agréables. Jeanne Moreau a toujours été charmante de simplicité. D'emblée, le ton camarade. Micheline Presle aussi.

M. X. — Mais pendant le travail ? Ces trois femmes s'affrontant, il n'y avait pas d'incidents ?

PIERRE. — Saslavski, d'un compliment, d'un sourire, savait tout de suite rétablir l'harmonie.

M. X. — Et Périer ?

PIERRE. — Le vrai professionnel. Toujours prêt à refaire un jeu de scène. Attentif. Docile. Facilitant au maximum la tâche du réalisateur. Par la suite, nous l'avons rencontré plusieurs fois et nous l'avons toujours trouvé prêt à nous aider de ses conseils. Pour finir — mais c'était alors une tradition — nos producteurs nous offrirent une sorte de somptueux dîner d'adieu.

PIERRE. — Pourquoi d'adieux ?

THOMAS. — Parce que chacun, ensuite, s'en va de son côté. Truffaut l'a bien montré dans *La Nuit américaine*. Nous n'avons jamais revu Adolphe Osso, ni M. Lawrence, ni aucun de ceux qui firent le film.

M. X. — Pas même Saslavski ?

PIERRE. — Pas même lui. Il s'effaça sans bruit. On nous dit qu'il était reparti pour l'Argentine. Il ne nous avait jamais parlé de son passé et nous n'avons jamais rien su de son avenir. Mais je crois bien que c'est ça, le cinéma. Des gens qui ont été de grands amis pendant quelques semaines, et qui, en un clin d'œil, redeviennent des étrangers.

THOMAS. — On pense à la salle d'attente d'un aéroport, un jour de grève. Beaucoup d'agitation. Des voyageurs qui se groupent, partagent leurs provisions, s'épaulent dans la plus chaude solidarité. Et puis le haut-parleur se réveille. Hop ! Juste le temps de rassembler ses bagages. Au revoir. On se téléphonera. Et il ne reste plus que les balayeurs.

M. X. — Triste ?

THOMAS. — Non.

M. X. — Pierre, vous aussi ?

PIERRE. — Forcément. Pas triste, mais dégrisé.

M. X. — Est-ce que, du moins, ce film vous a appris quelque chose ?

THOMAS. — Sur nous-mêmes, je le crois. Nous avons compris qu'il valait mieux laisser à des scénaristes de métier le soin de décortiquer nos livres. Inutile de s'infliger la douleur d'une adaptation qui est toujours comme un filet aux mailles trop larges : le meilleur de nous-mêmes passe au travers.

PIERRE. — Nous avons longuement repensé à cette expérience des *Louves.* Avec *Celle qui n'était plus,* avec *Les Louves,* qu'est-ce que nous apportions ? Essentiellement, une situation de blocage créant une lente frayeur capable de plonger un personnage dans un fatal état dépressif. C'est peut-être ce mot de dépression qui traduit le mieux ce que nous attendions d'une histoire. Et nous avons eu l'impression que le cinéma s'intéresserait à nous aussi longtemps que nous resterions nous-mêmes fidèles à cette inspiration.

THOMAS. — Absolument d'accord. Pour la première fois, nous prenions conscience de nos limites. S'il existe un tour de main Boileau-Narcejac, il est composé de ces deux éléments : le blocage et l'état dépressif. J'insiste beaucoup sur ce point, au passage. Chez William Irish, avec qui nous avons été quelquefois comparés, il y a pratiquement toujours agression. Quelqu'un cherche à attenter à la vie de quelqu'un. Mais prenez *Celle qui n'était plus,* les deux femmes ne préparent aucune violence contre Ravinel. Elles le laissent se décomposer. C'est la victime elle-même qui achève le travail. Or, voilà très exactement ce que nous commencions à comprendre. C'est la victime qui finit par devenir son propre bourreau. Il ne fallait plus sortir de là.

M. X. — Et vous n'êtes plus jamais sortis de là ?

THOMAS. — Oh ! si. On n'écrit pas une quarantaine de romans sans évoluer. Nous verrons cela plus tard. Pour le moment, je voudrais faire le récit d'un échec qui vérifie ce que je viens de dire.

PIERRE — *S.O.S. Noronha ?* C'est à quoi tu penses ?

THOMAS. — Oui. Le film de Rouquier dont nous avons été les scénaristes malheureux.

PIERRE. — Personne ne connaît plus cette histoire, pas même vous, cher ami.

M. X. — En effet.

PIERRE. — Eh bien, voici. Une erreur très répandue dans les milieux du cinéma consiste à croire que tout romancier est un scénariste en puissance.

THOMAS. — Alors que le scénario n'est qu'un patron, un modèle, une forme, quelque chose de faufilé et de toujours provisoire. Pas absolument besoin d'être écrivain pour être scénariste.

PIERRE. — Mais, grâce à cet engouement dont nous parlions hier, les producteurs commençaient à se persuader que notre signature était une garantie. On nous demanda donc d'écrire le scénario de *S.O.S. Noronha.* En deux mots, je vous rappelle que Noronha est un petit promontoire situé au Brésil, du côté du Natal. L'Aéropostale y avait installé une station de radio qui était destinée, entre autres, à guider les premiers vols provenant d'Afrique. Or, Mermoz, parvenu au Brésil à bord d'un hydravion dont, malheureusement nous n'avons pas retenu le nom, pourtant historique, n'arrivait plus à décoller vers Dakar et Noronha était la première balise chargée de l'orienter dans la bonne direction.

M. X. — Quel rapport avec *Les Diaboliques ?*

PIERRE. — Aucun, n'est-ce pas. C'était un malentendu. Mais attendez. Une révolte ayant éclaté dans le coin, les émeutiers essayèrent de s'emparer de la station au moment où Mermoz se préparait à partir. Les assiégés devaient donc tenir le plus longtemps possible pour aider Mermoz. D'où suspense.

M. X. — Ah ! c'était là que vous deviez intervenir ?

PIERRE. — Oui. Mais qui était Rouquier ? Le metteur en scène de *Farrebique*, et *Farrebique*, c'était quoi ? Une chronique paysanne, admirablement racontée par un réalisateur épris presque maniaquement du détail vrai. Le cinéma vérité, c'était lui. Et son plus cher disciple, c'était Jacques Demy, qui venait de se faire remarquer grâce à un documentaire excellent : *Le Sabotier du Val de Loire*. Le maître et l'élève portaient sur les choses et sur les gens le même regard, ému et fraternel. Demy était alors l'assistant de Rouquier.

THOMAS. — Et Demy était nantais et me connaissait bien.

M. X. — Mais encore une fois, pourquoi eux deux et pourquoi vous deux ?

THOMAS. — Eh bien, le producteur s'est dit : Noronha, c'est une histoire vraie qui comporte une bonne dose de suspense. Pour la vérité, je ne trouverai pas mieux que Rouquier, et pour le suspense, je vais désigner ces deux gaillards qui ont la cote. Combien de fois avons-nous vu des producteurs qui, pour mettre toutes chances de leur côté, s'assuraient les services des privilégiés du box office, pensant que de cette collaboration sortirait automatiquement le succès. Et ce ne fut pas le cas.

M. X. — Pourquoi ? Vous ne vous entendiez pas bien, tous les quatre ?

PIERRE. — Au contraire. Rouquier était la gentillesse même. Et Demy était un assistant idéal. Mais comme nous avions à raconter une histoire qui ne tolérait aucun élément de fiction, tout ce que nous pouvions imaginer pour corser l'action était écarté par Rouquier. La vérité d'abord ! Et la vérité, à Noronha, qu'est-ce que c'était ? Celle d'une douzaine de braves types, bloqués sur leur petit promontoire et tuant le temps vaille que vaille.

THOMAS. — Rouquier en était réduit à filmer l'immobilité. Malgré tout son talent, il était condamné à la lenteur et il n'avait que trop tendance, déjà, à s'appesantir.

M. X. — Mais Mermoz ? Ne vous était-il pas possible de le montrer multipliant ses tentatives de décollage ? N'y avait-il pas moyen de passer alternativement des assiégés sur lui et de lui sur les insurgés, justement pour créer le suspense ?

PIERRE. — Non, parce que la réalité, la vraie réalité du documentaire était tout autre. Mermoz attendait, lui aussi. Il guettait des vents favorables. Rouquier s'interdisait de tricher.

M. X. — Bon. Mais votre échec, à vous, en quoi consistait-il ?

THOMAS. — En ceci — je vous l'ai dit — que la vérité de Rouquier n'était pas la nôtre. Au départ, pas de mystère. Ah ! s'il y avait eu un traître, parmi les responsables de la station de radio, un saboteur à démasquer, alors là, nous aurions été à notre affaire ! Noronha aurait eu le droit d'envoyer des S.O.S., non plus pour signaler que le poste était en danger de tomber aux mains des émeutiers mais pour dénoncer la présence d'un agent de l'étranger.

M. X. — Permettez-moi d'insister. Vous vous doutiez bien, au moment de signer le contrat, que vous ne seriez pas sur la même longueur d'onde que Rouquier ?

PIERRE. — Vous oubliez que nous n'étions encore que des débutants pleins de suffisance. Nous n'avions pas encore compris que nous n'aurions pas le droit d'affabuler.

THOMAS. — Pierre dit vrai. Mais il y a une autre découverte que nous allions faire à notre grande déception et qui touche directement à votre enquête. Après un mois d'effort, côte à côte, car je me souviens que j'étais en vacances, il nous parut évident qu'à deux nous produisions plutôt moins que si chacun de nous avait été seul.

M. X. — Je ne vous suis plus.

THOMAS. — Mais si, c'est très simple. Tout à l'heure, Pierre disait qu'il existe une « manière » Boileau-Narcejac.

M. X. — Oui. La situation bloquée qui produit un mortel effet dépressif. Ce sont vos paroles.

PIERRE. — Cela, nous savons le faire, un peu, si vous voulez, comme des pianistes jouant à quatre mains. C'est le même morceau avec des partitions différentes. Les mains ne risquent pas de se heurter. Mais imaginez dix doigts interprétant la même partition ; ils se chevauchent instantanément.

M. X. — Et vous jouiez la même partition ?

THOMAS. — Évidemment, puisque nous bâtissions le même scénario, ce qui revenait à écrire le même texte avec des détails qui, s'ils plaisaient à l'un, n'enthousiasmaient pas forcément l'autre.

M. X. — Si je vous comprends bien, chacun de vous marchait plus ou moins dans les plates-bandes de l'autre, si vous me passez cette image, car je suis plus doué pour le jardinage que pour le piano.

THOMAS. — En d'autres termes, chacun de nous peut travailler pour l'autre mais pas avec l'autre. *Pour,* mais pas *avec*. Pour, grâce à une sensibilité au mystère qui nous est commune. Mais pas avec, car nos moyens d'expression ne sont pas les mêmes. De sorte que, mis ensemble sur le même travail, nous avons tendance à nous paralyser.

M. X. — Iriez-vous jusqu'à prétendre que vous seriez stériles si l'on vous priait de vous atteler à l'adaptation d'une histoire inventée par un tiers ? Pourtant, vous l'avez retentée, cette expérience. Je suis bien renseigné.

PIERRE. — Oui, mais, à ce propos, nous aurons quelques nouvelles précisions à vous donner.

THOMAS. — Noronha nous a été utile d'une autre façon. Nous avons appris à nous guérir de tout amour-propre. J'entends par là que nous avons pris l'habitude de nous écouter mutuellement.

PIERRE. — Thomas veut dire que les suggestions de l'un concernant le travail de l'autre sont souvent pleines de bon sens. Par exemple, il m'arrive de critiquer certains de ses effets de style que je ne trouve pas bons et inversement il n'est pas toujours d'accord sur des détails de construction auxquels je tiens beaucoup.

M. X. — Alors, vous vous faites des concessions ?

THOMAS. — Pas du tout. Nous analysons la difficulté froidement pour voir ce qu'elle cache d'instructif. Je dis bien : froidement, sans préférence égoïste, ce qui ne nous empêche nullement de sauvegarder intact le sentiment du mien et du tien mais dans l'unité du « nôtre ».

PIERRE. — Un autre exemple : celui des noms propres ou des titres. En général, c'est Thomas qui choisit parce que ce petit problème est de sa compétence. *Celle qui n'était plus, D'entre les morts, Et mon tout est un homme*... Il aime bien les titres qui font image. Mais *Les Louves, Les Magiciennes, Les Veufs,* c'est moi.

M. X. — Et *L'ingénieur aimait trop les chiffres,* ou encore *La mort a dit : peut-être* ?

THOMAS. — Ce sont des titres du dernier quart d'heure, soufflés par des amis, le manuscrit devant partir chez l'éditeur. Vous sentez qu'ils ne sont pas de notre sang. Quant aux noms propres, nous nous les partageons à égalité, après bien des discussions.

M. X. — Finalement, vous devez beaucoup au cinéma, bien que vous vous en défendiez.

PIERRE. — C'est vrai. Il nous a rodés. C'est pourquoi, pour faire avancer votre enquête, nous sommes obligés d'aller sans cesse d'un livre à un film, d'un film à un livre.

THOMAS. — Chaque roman a été un pas en avant et, au risque de vous raconter notre vie, nous ne pouvons pas nous dispenser de retracer cette histoire.

M. X. — Eh bien, ce sera pour demain. Disons : A suivre. Cela vous rappellera les illustrés de votre enfance.

HUITIÈME ENREGISTREMENT

M. X. — J'ai eu la curiosité d'écouter, hier soir, tous nos entretiens et je constate qu'en trente ans d'interviews vous n'avez pas dit le quart de ce que vous êtes en train de me confier. Récapitulez vous-mêmes ce que vous m'avez appris en trois romans et trois films.

PIERRE. — Oh ! je ne sais pas si nos recherches de pure technique présentent quelque intérêt. Mais enfin, pour résumer, je dirai que nous avons renoncé à faire intervenir la police, l'identité judiciaire et tout ce fatras qui encombre le vieux roman policier. Nous avions également renoncé à utiliser un détective héros d'une suite, comme Maigret ou Poirot, parce que, je crois l'avoir signalé, le détective est un personnage abstrait, ou plus ou moins conventionnel, même Maigret, et nous voulions avoir les coudées franches.

THOMAS. — Oui, mon ambition, notamment, était d'injecter un peu de vrai roman dans le roman policier par le biais du suspense. D'un mot, le roman policier classique se caractérise par le crime parfait et le roman noir par le hold-up. Si l'on retirait de la Série Noire toutes les histoires de hold-up, elle se réduirait de moitié. Pourquoi ne pourrions-nous pas faire le roman de la victime ? Seulement, nous nous heurtions à une difficulté imprévue : pour que notre victime soit prise dans un piège, il fallait que ce piège soit imaginé et monté par quelqu'un de très intelligent. Autrement dit, au départ du récit, nous avions besoin de machiavélisme. Au machiavélisme correspondait la peur, l'angoisse, la panique. Entre les deux existait une relation de cause à effet, que nous ne voyions pas le moyen d'assouplir. Pierre, arrête-moi si je me trompe.

M. X. — Mais pourquoi diable souhaitiez-vous l'assouplir ?

PIERRE. — Pour laisser un peu de liberté à notre victime. Elle devait faire, mais librement, ce que le criminel avait prévu qu'elle ferait. Et ce n'est pas un petit problème. Si la victime est téléguidée vers sa propre disparition, il n'y a plus de vérité psychologique.

THOMAS. — Donc, plus de roman.

PIERRE. — Mais si notre victime conserve trop de libre arbitre et se dérobe à ses tourmenteurs, il n'y a plus d'histoire policière. Ce qui nous conduisait fatalement à un personnage faible, impressionnable, voir même un peu névrotique. Bref, un personnage sur qui on a facilement barre, qui se débat, essaie de résister, pense qu'il demeure le maître de ses décisions et pourtant succombe.

THOMAS. — A y regarder de plus près, non, nous n'étions pas contraints d'imaginer des personnages créant froidement, de toutes pièces, une situation inextricable, une toile d'araignée où viendrait se prendre innocemment la mouche. La vie, d'elle-même, est capable de creuser des chausse-trapes efficaces. Mais nous n'avions pas encore poussé nos recherches en ce sens. Tout naïvement et sans la moindre arrière-pensée, nous considérions que les femmes pouvaient nous fournir ces êtres machiavéliques requis par notre façon de sentir le suspense. Et Dieu sait combien on nous l'a reproché.

M. X. — Non sans raison, avouez-le. On avait l'impression que vous versiez dans le parti pris. Pourquoi donc le personnage faible et impressionnable dont vous parlez n'aurait-il pas été une femme ?

THOMAS. — Pour la raison la plus simple, c'est que moi qui étais responsable de la psychologie de nos héros, je n'aurais pas su dépeindre une femme comme ça.

M. X. — N'auriez-vous donc connu que des louves ?

THOMAS. — La question n'est pas là. Je vous répondrai seulement que notre petit monde masculin m'était plus familier que l'autre.

M. X. — Mais vous, Pierre, vous pouviez mettre en garde votre partenaire contre certains excès.

PIERRE. — Eh bien, non. Justement. Parce que ces excès servaient nos histoires. D'abord, nos louves, comme vous dites, restaient toujours à l'arrière-plan du récit et n'avaient pas besoin d'être éclairées, en quelque sorte. Seul, l'homme était placé en pleine lumière. Ensuite, parce que l'ambiguïté leur allait bien et mettait une distance entre elles et le lecteur. Avec une victime mâle, au contraire, le lecteur se sentait de plain-pied.

M. X. — Peut-être, mais vos lectrices ?

PIERRE. — Elles avaient pitié. On gagnait sur les deux tableaux.

M. X. — Allons, je vois que vous ne dites pas toute la vérité. Derrière vos belles raisons, il y en a sans doute que vous préférez taire. Soit. Qu'avez-vous encore appris ?

THOMAS. — Quelque chose de très important que nous commencions à entrevoir sans en saisir tout l'intérêt. J'appellerai cela le pouvoir de l'allusion. Dans le roman policier classique, l'auteur installe chaque détail dans une fausse évidence. On démontre, par exemple, que le local clos est, en effet, un local clos. De même, le prestidigitateur montre l'intérieur sans surprise de sa caisse magique. Le mystère est à ce prix. Mais si le mystère n'est plus qu'une ambiance, comme c'est le cas dans *Les Louves*, si la victime n'est plus qu'un chevreau au piquet qui sent la présence, de tous côtés, de la bête de proie, alors l'auteur jouit d'un avantage inattendu et précieux. Il n'a plus qu'à entretenir, sans avoir l'air d'y toucher, un certain climat du récit ou encore, pour être plus précis, à faire courir sous le récit un contre-récit qui est là pour suggérer que ce qu'on voit n'est qu'une apparence et que ce qui est dit compte moins que le non-dit.

M. X. — Mon cher Thomas, vous avez le talent d'embrouiller les choses.

PIERRE. — Je crois que je peux être plus clair. Il est bien vrai que dans un roman policier classique on doit mettre sous les yeux du lecteur tous les détails puisqu'il doit être capable de résoudre lui-même le problème posé. Dans un suspense, au contraire, la vérité, puisqu'elle est vue à travers le personnage de la victime comme à travers une vitre déformante, n'est qu'une vérité apparente qui laisse deviner la vraie vérité du complot, sa vérité latente, qui n'est rendue perceptible que par allusion. C'est bien ça ?

THOMAS. — Oui, c'est ça. Et dès que l'auteur procède par allusion, dès que, par conséquent, le mystère passe des choses dans les mots, dans le clair-obscur des mots, vous comprenez, eh bien, l'auteur se fait écrivain pour de bon. Comme dans un vrai roman, le contre-récit qui circule sous le récit devient la substance de l'histoire.

M. X. — Cette fois, je vous entends et je vois poindre une discussion ardue sur la valeur littéraire du roman policier. Laissons ce problème de côté et respirons un peu. Après *Les Louves,* vous avez écrit deux très longues nouvelles : *Le Mauvais Œil* et *Au bois dormant.* Selon quelle méthode ?

PIERRE. — La même. Mais en jouant davantage sur le fantastique. Dans *Le Mauvais Œil*, un jeune infirme se persuade qu'il détient un pouvoir maléfique, et il en use pour se venger de certaines personnes.

THOMAS. — La couverture du livre représentait, en gros plans, un œil.

PIERRE. — Oui, et tenez-vous bien, la femme d'un artiste célèbre crut reconnaître son œil et se fâcha rouge. « Le mauvais œil, elle ! » L'affaire faillit aller devant les tribunaux. Mais des incidents comme celui-là, nous en aurions beaucoup à raconter.

M. X. — Et *Au bois dormant* ?

THOMAS. — Ce fut pour moi un exercice de style. Sur un plan où Pierre avait multiplié, à dessein, les effets macabres, je m'amusai à écrire une histoire d'allure romantique par le biais des personnages, du vocabulaire, des lieux (un vieux château breton) et aussi par la violence des passions ; bref, une espèce de pastiche de Villiers de L'Isle-Adam. Les morts qui ne sont pas morts, les amours maudites, en un mot nous faisions la revue de nos thèmes avec, en prime, le clin d'œil de l'humour. J'oserai dire que le meilleur Boileau-Narcejac est là. Ce petit roman attira pas mal de réalisateurs, et notamment Jean-Christophe Averty, mais ce fut Pierre Badel qui l'emporta et en tira un téléfilm.

PIERRE. — Travail honnête et adroit, mais qui nous rendit évident que le fantastique est plus une affaire d'écriture que d'images. Ou alors il faut s'appeler Hitchcock. Lui a compris qu'un long couloir vide ou une immense campagne déserte serrent plus facilement le cœur qu'une porte qui grince ou une nuit traversée d'éclairs.

M. X. — Oh ! mais, je compte bien aborder avec vous le problème Hitchcock.

THOMAS. — L'année suivante, c'est-à-dire 1957, fut l'année des *Magiciennes.* Nous avons gardé de ce livre un souvenir très vivant.

PIERRE. — Et du livre et du film qu'il inspira.

THOMAS. — Le cinéma commençait alors à faire peau neuve : la nouvelle vague allait déferler. Je la découvris en voyant, à Nantes, un court métrage de Godard : *Tous les garçons s'appellent Patrick* ; tandis que Pierre découvrait, à Paris, *Les Mistons,* de Truffaut. Cette liberté d'allure, ce cinéma-les-mains-dans-les-poches nous fut une révélation. Nous étions loin de « le cinéma veut que ». Pardi ! Il fallait se laisser aller, ne pas s'imposer de règles. Or, nous sentions très fortement la direction que nous voulions suivre. Nous avions pour cela deux modèles, de valeur inégale, mais de séduction comparable : *Le Tour d'écrou,* de Henry James, et *Rebecca,* de Daphne du Maurier. Autant dire le roman du « chut », du doigt sur les lèvres, exactement ce que nous voulions faire.

M. X. — En quoi la nouvelle vague pouvait-elle vous aider ?

PIERRE. — En nous libérant des contraintes et d'abord de celles que nous nous imposions à nous-mêmes. Nous avions soudain envie de renouer avec l'enfance, le cirque, le music-hall et aussi avec la poésie de nos vieux maîtres oubliés : les Leblanc et les Leroux.

THOMAS. — Ce que cela impliquait, vous vous en doutez, c'était le renoncement au complot machiavélique et la préférence donnée — pour voir — à une situation sourdement dramatique, qu'on laisserait se développer librement. Et cette situation nous fut très fortuitement fournie par un numéro de femme serpent chez Medrano.

PIERRE. — Le cirque Medrano, à l'époque, était très florissant. J'habitais tout à côté. Il y avait en permanence, devant l'entrée des artistes, des roulottes d'où s'échappaient des cris d'animaux, des feulements, des aboiements d'otaries et une puissante odeur de litière.

THOMAS. — Je me rappelle que la première fois où je vins chez Pierre, je fus accueilli par un formidable rugissement... Ah ! Pierre, c'était le bon temps !

PIERRE. — Nous allions assez souvent au cirque et, ce jour-là, Medrano affichait un numéro d'une classe exceptionnelle. Imaginez un homme habillé en commissionnaire arrivant sur la piste en coltinant une petite panière. L'homme, légèrement pris de boisson, la lâchait. Elle tombait, s'ouvrait, un mannequin en sortait, une espèce de longue silhouette de rat d'hôtel dont la tête n'était qu'une sorte de boule voilée. Aussitôt, le porteur s'efforçait de faire rentrer la « chose » dans la panière, mais il devenait tout de suite évident qu'il n'y parviendrait pas, le contenant paraissant beaucoup plus petit que le contenu. Alors, commençait une lutte burlesque et étrangement émouvante entre ce corps qui se pliait en tous sens comme du caoutchouc et le malchanceux ivrogne qui s'affolait, bourrait de force le mannequin dans le panier, récupérait en vain un bras qui traînait, une jambe qui se dépliait mollement, et tout cela sans musique, dans un grand silence stupéfait. C'était presque tragiquement beau.

THOMAS. — Je me souviens que je murmurai : « Pierre, c'est ça qu'il faut faire. » Et « ça », c'était le music-hall, ses artistes, ses acrobates, ce monde du spectacle, de l'illusion, du merveilleux, si proche du fantastique policier.

PIERRE. — Vous dire par quel cheminement nous fûmes amenés à concevoir *Les Magiciennes,* non, ce n'est pas possible. L'idée mère fut celle de deux sœurs jumelles absolument identiques qui se substitueraient l'une à l'autre de telle sorte que le public abusé croirait sans cesse voir la même. Bref, il n'y avait plus qu'à broder sur ce thème.

M. X. — Laissez-moi le plaisir de résumer, car j'aime beaucoup cette histoire. Vous avez imaginé un jeune homme, fils d'un prestidigitateur célèbre et d'une mère qui lui sert de partenaire, Les Alberto. Voulant épargner à l'enfant les vicissitudes de leurs tournées en Europe, ils l'ont mis pensionnaire dans un collège de jésuites. Et l'enfant grandit, solitaire, malheureux, humilié d'être le fils d'un saltimbanque. Et puis, le professeur Alberto meurt. Sa veuve fait venir le garçon, qui est maintenant un jeune homme. Je passe sur bien des détails pourtant savoureux, notamment l'enterrement, à Hambourg, du prestidigitateur, accompagné par les artistes du music-hall, tout le personnel, les nains, les palefreniers.

THOMAS. — C'était follement amusant à écrire.

M. X. — Et voici les jumelles. Hilda et Greta, ravissantes, ne parlant que l'allemand mais tout de suite attirées par ce jeune et beau Français.

PIERRE. — Là, nous touchons à l'essentiel. Pas de complot. Rien de prémédité. Simplement un jeune homme, jeté dans un milieu insolite, privé de tout repère, et qui tombe amoureux des deux sœurs.

M. X. — Ce pouvait être un thème comique. Vous avez préféré en faire un thème dramatique. Et pourquoi pas, en effet ? On conçoit fort bien qu'un garçon très jeune, sans aucune expérience, aime subitement comme un fou les deux filles, ne sachant jamais qui est Hilda et qui est Greta. Le voilà pris dans un jeu de miroirs et victime d'un état de schizophrénie qui l'amène au bord du suicide.

THOMAS. — La peur et l'amour, vous vous rappelez ? Cette histoire nous fournissait les deux, avec, en plus, une foule d'effets poétiques que nous n'avions pas prévus et qui étaient comme des cadeaux apportés par le sujet.

M. X. — Je résume. Votre héros est si malheureux que sa mère projette de supprimer une des filles.

PIERRE. — Cela, c'est ce que nous avions décidé à froid, au stade du plan.

THOMAS. — Et alors se produisit quelque chose qui modifia dans une certaine mesure notre façon de travailler. Je me souviens que nous prenions notre petit déjeuner, la tête, comme toujours, bourdonnant de réflexions et de commentaires. Nous sentions que nous étions en train de violenter le roman et soudain la vérité éclata au moment où Pierre soulevait la cafetière. Il dit : « Ce ne peut pas être la mère ! » tandis que je m'écriais : « C'est le fils qui doit tuer. »

M. X. — C'est trop beau pour être vrai. Vous êtes sûrs que vous ne la fardez pas un peu, la vérité ? Avec vous, on ne sait jamais.

PIERRE. — Peut-être que je ne soulevais pas la cafetière. Mais ce qui est certain, c'est que, à la même seconde, la même intuition venait de nous visiter. Et c'était tellement plus logique ! Le garçon tuant son rêve.

THOMAS. — La victime devenant l'assassin ! C'est à partir de ce moment-là que se construisit dans notre esprit la notion enfin nette de ce qui est devenu, depuis, notre théorie de la victime. Oui, la victime était bien la pièce maîtresse du suspense. On pouvait se passer d'un complot et ne retenir, au début d'une histoire, qu'un diabolique concours de circonstances. En somme, le diable n'était que le hasard. Vous voyez à quel point s'allégeait désormais le roman tel que nous l'apercevions. La complication habituelle de l'histoire policière pouvait être remplacée par la complexité des sentiments.

PIERRE. — Peu de personnages. Une intrigue à rebondissements psychologiques. Des décors simples. Nous offrions au cinéma, sans l'avoir cherché, d'exceptionnelles facilités. Aussi, les propositions affluèrent.

M. X. — Vous connaissiez déjà beaucoup de monde ?

THOMAS. — Nous nous trouvions à une époque charnière. D'un côté, l'ancien cinéma, ce qui n'a pas du tout un sens péjoratif, et de l'autre un cinéma jeune, agressif, préférant la rue au studio. Nous avions rencontré Lampin, Chenal, Ray Ventura, flanqué de son ami Misraki. Un homme très surprenant. Nous avons déjeuné ensemble, aux Champs-Élysées, naturellement. L'auteur de *Ça vaut mieux que d'attraper la scarlatine* nous entretint longuement de ses méditations métaphysiques. Étonnant, non ?

PIERRE. — Avec qui n'avons-nous pas déjeuné ! En ce temps-là, plus qu'aujourd'hui, les affaires de cinéma se traitaient à table. Même les plus simples projets ne pouvaient prendre leur essor que dans le brouhaha de ces restaurants où tout nouvel arrivant n'en finissait plus de serrer les mains.

THOMAS. — Quelquefois, mais rarement, les rencontres avaient lieu au Quartier latin. Rappelle-toi. Henri Fescourt, près de la Sorbonne. Il nous offrit son livre : *La Foi et les montagnes.* Ou bien encore Ralph Baum, à côté du Sénat. Ralph Habib, aussi. J'ai une idée qui devrait vous intéresser, disait-il. Cette phrase nous a toujours fait frémir.

M. X. — Et cette idée, c'était quoi ?

THOMAS. — Franchement, j'ai oublié. Je sais qu'il s'agissait d'un jeune homme qui échangeait des billets doux avec une jeune fille en utilisant la corbeille aux offrandes qu'un sacristain un peu distrait faisait circuler pendant la messe.

M. X. — Magnifique.

THOMAS. — Avec Maurice Cloche, également, nous avons eu de fréquents contacts. Il avait en tête un projet intéressant ; il souhaitait réaliser une enquête policière qui durerait une heure et demie, exactement le temps d'un film. Le temps du film serait du temps réel, vous l'avez compris. Et nous devrions aussi vous parler de Suzy Prim, qui venait de produire un film avec Minou Drouet, comme vedette.

PIERRE. — Plus tard. Tu vas trop vite.

THOMAS. — Et le roman que nous devions écrire avec Simonin ? Est-ce qu'il ne se situe pas dans cette période-là ?

M. X. — Oh ! il n'y a pas grand-chose à raconter ! Le représentant d'une célèbre marque d'alcool nous invita à déjeuner chez La Pérouse, et au dessert nous proposa d'écrire en collaboration un roman qui servirait d'instrument publicitaire à sa firme. Il nous proposait un million.

THOMAS. — Les choses en restèrent là, évidemment. Mais le déjeuner avait été sensationnel. Côté nouvelle vague, nous avions aussi des contacts. Détail amusant : avec des jeunes, les déjeuners, c'était fini. On se bornait à prendre un verre. Le temps n'était pas loin où nous écririons avec Chabrol l'adaptation du roman de John F. Carr : *La Chambre ardente.*

PIERRE. — Plus tard. Tu brouilles tout.

THOMAS. — Je peux quand même dire que nous donnions la main à la fois aux anciens et aux modernes. Notre ignorance, en matière de cinéma, passait aux yeux des premiers pour de la réserve, et aux yeux des seconds pour du non-conformisme. Le contrat des *Magiciennes* fut enlevé par un producteur traditionnel qui choisit comme réalisateur un nouveau venu : Serge Friedman [1].

PIERRE. — Friedman n'avait tourné, je crois bien, qu'un court métrage dont le titre énigmatique : *Les Gloutons optiques*, nous plaisait fort. Ce garçon avait littéralement le cinéma dans la peau. Mais il y avait aussi une autre raison. Les producteurs, un beau jour, don-

1. Par la suite coréalisateur de *Châteauvallon*.

naient leur chance à des assistants qui, pendant dix ans et plus, avaient appris leur métier auprès des grands de la caméra. Le plus souvent, c'était à l'ancienneté qu'on décrochait ses galons de metteur en scène, et ce qui était offert d'abord au nouveau promu, c'était presque toujours un roman policier.

M. X. — Pourquoi ?

THOMAS. — Pour limiter la casse si le film était modeste. Le film était-il bon on disait : « C'est grâce à untel, qui est un garçon plein de talent. » Le film était raté, on disait : « Avec un roman aussi faible, ce n'est pas surprenant. » Dans les deux cas, le romancier courait de grands risques. Mais avec Friedman, il n'y eut jamais de difficultés. Il aimait l'histoire et il n'essaya jamais de la démolir pour la reconstruire à sa guise. Au contraire, il la servit avec une fidélité presque excessive.

M. X. — Voyons, il faudrait s'entendre.

PIERRE. — Ce n'est pas un reproche. Ce film nous apprit qu'un roman policier contient en général plus de choses qu'on n'en peut exprimer en quatre-vingt-dix minutes. Alors, si on ne veut rien laisser perdre, on est conduit à résumer, et si, au contraire, on veut traiter avec ampleur et force les moments clefs de l'histoire, on est obligé de tailler dans le vif, d'élaguer, bref de se substituer à l'auteur. Friedman s'en tira à son honneur. Il sut choisir admirablement ses interprètes. Pour jouer les rôles de Hilda et de Greta, il engagea Alice et Ellen Kessler, deux ravissantes Blue Bell Girls qui étaient à coup sûr les plus célèbres jumelles du monde. A les voir côte à côte, semblables à deux apparitions, on tombait amoureux aussi sec. Des magiciennes, oui, qui ajoutaient au film une élégance, une poésie dont vous ne pouvez avoir idée si vous n'avez pas vu le film. Jean Mercure, Daniel Sorano, Ginette Leclerc et Rebeyrolle complétaient la distribution.

M. X. — En effet, je n'ai pas vu le film. Il a bien marché ?

THOMAS. — Oui, je crois. Quant au roman, il allait bon train.

M. X. — Mais vous, mon pauvre Thomas, vous étiez un peu tenu à l'écart, par la force des choses.

THOMAS. — Oui, bien sûr. J'avais forcément une vie moins pleine que Pierre et pourtant plus encombrée. Une vie double, en vérité. Comme Jekyll et Hyde ; Jekyll une partie de la semaine et Hyde le reste du temps. Mais un Hyde qui se contentait de méditer de sombres intrigues avec son ami Boileau. Et quand je n'étais pas à Paris en personne, j'y étais par l'intermédiaire du téléphone et du télégraphe.

M. X. — Du télégraphe ?

THOMAS. — Oui, quand Pierre n'était pas chez lui, je lui envoyais des télégrammes, ce qui provoquait parfois d'étranges incidents.

M. X. — Exemple ?

THOMAS. — Oh ! j'ai le choix. Je me rappelle qu'un jour Pierre m'envoya une dépêche pour demander mon accord sur une décision à prendre. Or, la postière, qui me téléphonait le texte du télégramme, butait sur mon nom : « Marce, Narce... » Je rectifiai : « Narcejac », et l'employée, aussitôt soulagée, s'écria : « Ah ! C'est vous la baignoire ! » Encore une traumatisée des *Diaboliques.* Une autre fois, j'expédiai la dépêche suivante : « La corde ne donnera rien, plutôt le poison. » Nous échangions ainsi de brèves formules qui valaient une conversation. Pierre reçut mon texte une heure après, mais, le lendemain, sa concierge voyait venir un policier curieux d'apprendre ce que signifiait ce code mystérieux. Tout cela donnait à ma vie beaucoup de piquant.

M. X. — Mais quelle activité débordante !

THOMAS. — Et je ne vous parle pas de mille petits travaux en marge ; nouvelles pour *Mystère-Magazine* que notre ami Maurice Renault venait de lancer avec un grand succès, articles à droite et à gauche, comptes rendus notamment dans *L'Express,* pendant quelques années.

PIERRE. — Tout ça, plus les coups de téléphone, car nous étions très sollicités et nous allions l'être bien davantage après la sortie de *Sueurs froides...*

M. X. — C'était en 1958, n'est-ce pas ?

PIERRE. — Le film sortit en 1958 mais le roman fut écrit un an plus tôt. Il parut sous un titre un peu mystérieux : *D'entre les morts*, mais il fut traduit sous le titre choisi par Hitchcock : *Vertigo*. Depuis trois ans, nous attendions une nouvelle marque d'intérêt de la part du maître. J'emploie le mot à dessein car Hitchcock était au sommet de sa gloire, et comme un enchanteur, tout ce qu'il touchait de sa baguette se transformait en or. Il avait déjà métamorphosé Patricia Highsmith, Irish, Robert Bloch, Francis Iles, Daphne du Maurier.

M. X. — Ne me dites pas que vous avez écrit votre roman en le lui destinant.

PIERRE. — Non, quand même. C'est d'abord à nous que nous voulions plaire. Mais nous savions que nous partagions avec lui un certain sens du suspense. Et d'ailleurs, *D'entre les morts* nous aida à développer encore ce qui était en train de devenir notre manière et notre ton.

THOMAS. — Pour le meilleur et pour le pire, car, après 1958, d'amateurs adroits que nous étions, nous fûmes considérés comme des professionnels. Alors s'ouvrit une nouvelle décennie qui nous mit assez rudement à l'épreuve.

M. X. — Passionnant ! Ainsi, comme des peintres, vous avez eu votre période bleue, votre période rose, etc. Qui s'en serait douté ? Vous allez m'expliquer tout ça cet après-midi. Entracte.

NEUVIÈME ENREGISTREMENT

M. X. — Bon, reprenons. Nous en étions à Hitchcock.

PIERRE. — Qu'il soit bien entendu que nous ne sommes pas en train de raconter notre vie. Ce que nous voulons faire bien comprendre, c'est que notre travail n'a pas été un métier qu'on ne tarde pas à exercer d'une façon routinière, un roman après l'autre, toujours le même, mais au contraire une recherche constante, une quête d'alchimiste essayant d'isoler ce qui est la quintessence de toute littérature policière, le suspense. Que des critiques se penchent sur nos romans pour en analyser les composantes, la signification psychologique, bref, tout ce qui nourrit une investigation universitaire, cela, dirai-je, ne nous regarde pas. Mais l'introspection, oui, cela n'a jamais cessé de nous intéresser.

M. X. — Et que vous a-t-elle enseigné, concernant Hitchcock ?

THOMAS. — Eh bien, revenons en arrière, voulez-vous ? En écrivant *Les Magiciennes*, je m'étais aperçu que ce qui est peut-être l'âme du roman policier, c'est le problème de l'identité. Et, interrogeant nos romans précédents, *Les Diaboliques, Les Louves, Au bois dormant*, à plus forte raison *Les Magiciennes*, je constatai que nos personnages n'étaient pas seulement victimes d'une machination, mais qu'ils souffraient d'une perte progressive de leur identité. Au fond, le sens du réel ne fait qu'un avec la certitude qu'à travers toutes les épreuves on reste bien toujours le même. Il y a, en chacun de nous, une espèce de confiance totale, absolue, en notre inaliénable permanence. Et si peu que cette confiance vienne à s'altérer, c'est le monde qui chavire sous nos yeux. Mais je sentais qu'un nouveau roman ne serait pas de trop pour que la preuve de cette hypothèse nous fût fournie. Alors, selon notre maintenant vieille habitude, en avant les discussions, le pour, le contre, « faut voir », « pas facile », « allons-y »... Une maquette vit le jour. Point de départ : Flavières a un ami, Gévigne, qui lui demande de surveiller sa femme, dont le comportement est de plus en plus incompréhensible. Elle est persuadée qu'elle est la réincarnation d'une aïeule. Est-elle folle ? Ou bien subit-elle un envoûtement ? Flavières, ancien policier obligé d'abandonner son métier à la suite d'un grave accident qui l'a laissé pour ainsi dire infirme, puisque pour rien il est sujet au vertige et risque de tomber, est devenu avocat. Il s'attache aux pas de Madeleine et doit bientôt se rendre à l'évidence : Madeleine a un comportement des plus mystérieux. La suite, tout le monde la devine. Flavières tombe amoureux, mais ce qu'il ignore, le malheureux, c'est que Madeleine n'est pas la femme de Gévigne, mais sa maîtresse. Et la maîtresse et son amant sont d'accord pour supprimer l'épouse légitime, que Flavières ne connaîtra jamais. Madeleine simule un suicide en faisant semblant de se jeter du haut d'un clocher. Flavières, impuissant, paralysé par le vertige, verra le corps tomber, mais le cadavre méconnaissable, en bas, n'est pas celui de Madeleine. C'est le corps de l'autre. Substitution ! Prestidigitation ! Flavières, désespéré, est persuadé que Madeleine est morte. Elle s'est suicidée pour vivre de cette vie posthume où mûrissent de nouvelles réincarnations.

M. X. — Voilà qui rappelle votre plaisante équation : ML – C = MC – L. Et pour finir, on va voir revenir la morte. Au fond, vous avez refait *Les Diaboliques.*

PIERRE. — Remarquez que notre « plaisante équation », comme vous dites, a le don d'attirer les producteurs ; cela se vérifiera encore. Mais je réponds à votre objection. Gévigne et Madeleine ne cherchent nullement à supprimer Flavières. Ils ont simplement besoin d'un témoin. Donc, pas de machiavélique machination. Ce n'est pas leur faute si ce témoin entre pour ainsi dire malgré eux dans leur complot et s'y détruit. Or, le vrai ressort du roman, c'est l'amour fou de Flavières pour cette femme qui cherche à retrouver dans la mort l'aïeule qu'elle fut peut-être.

M. X. — Ça, Hitchcock l'a parfaitement compris et il suit pas à pas votre histoire, ce qui, entre nous, est tout à fait exceptionnel, car il n'avait pas l'habitude de respecter à ce point les œuvres dont il s'inspirait.

THOMAS. — C'est tellement vrai que *Vertigo* est son seul film grave, comme si l'amour de cet homme pour une femme marquée par la mort était un sentiment interdisant tout sourire. Mais il n'empêche que *Vertigo* s'éloigne énormément de notre roman.

M. X. — Comment ça ?

THOMAS. — L'important, dans notre histoire, c'est la guerre. *D'entre les morts* est un roman de guerre. Au moment où Madeleine fait semblant de se suicider, nous sommes en septembre 1939, et le pays tout entier est plongé dans l'angoisse, une angoisse qui paralyse les cœurs et les esprits. Si Flavières accepte presque sans révolte la mort de Madeleine, c'est que déjà les événements l'entraînent. Il n'y a plus de place, en quelque sorte, pour les émotions privées. Adieu, Madeleine ! Et pendant quatre ans, Flavières va être roulé dans la tempête, arraché à lui-même par l'immense drame collectif. Et, au cœur de ce drame, on ne sait plus qui est qui. Le traître, l'agent double, le fugitif, le réfugié, tout ce qui veut survivre s'abrite sous un nom d'emprunt. Cette terrible expérience a été celle de Flavières. Nous n'avions pas à la raconter, mais seulement à montrer un homme que la Libération rejette à la côte comme une épave. Il se tâte, il se récupère, il retrouve son identité et le souvenir toujours douloureux de son ancien amour. Vous voyez comment nous retombons sur nos pieds. Si Flavières a tout ce qu'il faut pour devenir une victime, c'est parce qu'il a d'abord à renouer avec lui-même. Quand s'ouvre la deuxième partie du récit, il est encore en période de mue, donc de fragilité psychologique.

PIERRE. — Et c'est justement à ce moment précis qu'il aperçoit, aux actualités, perdue dans une foule qui acclame de Gaulle, la femme de sa vie, de son rêve, de sa hantise.

M. X. — Oui, oui... J'ai bien la chose en mémoire.

THOMAS. — Mais si vous permettez, avez-vous bien compris que nous avions repris à notre compte le mythe d'Orphée aux Enfers ?

M. X. — J'ai bien peur que cela ne m'ait échappé.

THOMAS. — Ah ! vous voyez ! Et pourtant cet homme qui commence une enquête impossible, qui s'entête et finit par retrouver une personne ressemblant vaguement à la morte...

PIERRE. — Il se dit : si c'était elle ?... Alors, après quelques péripéties sur lesquelles je passe, il devient son amant. N'oublions pas que nous sommes dans cet immédiat après-guerre où reviennent les fantômes des camps de concentration, où des familles éclatées se reconstituent. Alors, si Madeleine — bien qu'elle ne s'appelle plus Madeleine — était bien Madeleine ? Et voilà Flavières qui, non seulement l'observe, la surveille, l'étudie, mais encore la reconstitue pièce par pièce. Les chaussures semblables à celles d'autrefois, les robes, le parfum, la coiffure. C'est bien Eurydice qu'il tient par la main, qu'il ramène « d'entre les morts ». Et sa passion s'exaspère. Devant cette femme — la même ou une autre — vous constatez que notre problème de l'identité est au cœur du roman — il lui faut un aveu. Elle nie. Elle s'entête à nier. Il la prend à la gorge, exige d'elle la vérité, et s'aperçoit qu'il vient de l'étrangler. Il est sûr et cependant il ne sera jamais sûr.

THOMAS. — Vous vous rappelez les dernières phrases du livre : « Flavières se pencha, posa ses lèvres sur le front pâle. "Je t'attendrai", murmura-t-il. » Ainsi, le mythe est le plus fort. A nouveau, il la guettera dans le royaume des ombres. Bien évidemment, au passage, nous indiquions le pourquoi de la machination, mais sans insister. Gévigne était mort. Le problème policier n'était qu'un aspect très secondaire de l'histoire. Ce qui nous intéressait, c'était ce suspense qui se survivait au-delà du point final. Et ça, Hitchcock n'a pas pu le garder. C'est lui-même qui nous a expliqué pourquoi.

M. X. — Racontez.

PIERRE. — Il faut vous dire que nous l'avons rencontré plusieurs fois.

M. X. — Combien ?

PIERRE. — Deux ou trois. Il descendait au Plazza et recevait à table, confessant que s'il parlait très mal le français, il n'avait cependant pas besoin d'un interprète pour traduire toutes les finesses du menu.

THOMAS. — Ce jour-là, il nous prit chacun par un bras, nous emmena à l'écart, et nous dit que l'adaptation de notre roman lui avait posé des problèmes, notamment la fin. Nous défendîmes notre point de vue, soulignant l'importance du thème de la guerre. Alors, il coula vers nous de haut en bas le regard malicieux qu'on lui connaît, il fit une moue un peu dégoûtée et répondit, avec cet accent dont il conservait l'outrance avec coquetterie : « La guerre... Je n'ai pas eu cette chance. »

PIERRE. — Il me semble plutôt qu'il a dit : « Vous avez eu de la chance. »

M. X. — Il faudrait savoir. Comment ! Vous avez eu la bonne fortune de recueillir un mot historique, et vous n'en avez pas gardé un souvenir merveilleux !

THOMAS. — A l'époque, Hitchcock était certes un grand monsieur, mais il n'avait pas encore pris cette dimension extraordinaire qui l'apparente aux immenses visages de pierre de Lincoln, Washington, Jeffries et Roosevelt, à la fin de *La Mort aux trousses*.

M. X. — Et vous avez eu l'audace de lui dire que vous n'étiez pas d'accord ?

PIERRE. — Non, quand même. Nous l'avons écouté avec déférence.

M. X. — Mais si vous aviez osé le critiquer, que lui auriez-vous objecté ?

THOMAS. — En réalité, rien du tout. Il avait été séduit autant que nous par cette idée de la femme aimée qu'on fait resurgir du passé, par touches successives, pour la détruire une nouvelle fois. Mais il devait satisfaire à l'impératif moral qu'il a toujours respecté : le crime ne paie pas. Donc, le film devait s'achever sur le châtiment de la coupable. Celle-ci, grâce à une astuce du scénariste...

M. X. — Attendez. Quelle astuce ? Je ne me souviens pas...

PIERRE. — Eh bien, Kim Novak, qui joue le rôle de notre Madeleine Gévigne, remet étourdiment un collier qui lui appartenait autrefois, avant sa disparition. La voilà confondue. Et James Stewart, c'est-à-dire notre Flavières, comprend tout, se révolte d'avoir été joué et dans une scène violente au sommet de l'église d'où Madeleine a fait semblant de tomber...

M. X. — Oui, ça, j'en ai gardé l'image. La justice passe et d'une manière un peu trop voulue, je l'avoue.

THOMAS. — Mais Hitchcock n'avait pas le choix. Et sa fin à lui modifie sensiblement celle que nous avions si amoureusement préparée. J'irai jusqu'à dire que ce n'est pas la même histoire, bien que le film, sérieux, concentré, parfois un peu solennel, prodigue des moments d'une grande beauté. James Stewart y est parfait.

PIERRE. — Jamais homme n'a paru plus envoûté. Il est comme hypnotisé d'amour. Mais un psychiatre dirait qu'il est mal remis de la chute qui l'a privé du sens de l'équilibre. Dès lors, il y a de la névrose dans son cas. Son amour est quelque chose qu'on pourrait soigner. Ce n'est pas un amour dont on meurt. Et d'ailleurs, Flavières-Stewart s'en remettra.

THOMAS. — Très juste. « Notre » Flavières, au contraire, est un homme qui a de la peine — comme des milliers d'autres — à se réintroduire dans son ancienne peau. Et quand il recrée la femme aimée d'autrefois, elle n'aurait qu'à lui avouer la vérité pour qu'il achève de guérir de la guerre. Pas de névrose, ici. Mais une immense fatigue, celle du guerrier qui ne sait plus déposer les armes. Vous sentez la différence.

PIERRE. — Il y avait aussi une autre raison. Hitchcock venait de tenir en haleine le spectateur par une savante montée d'angoisse. Il devait donc finir en force, par un éclat, l'explication du mystère, déjà amorcée depuis plusieurs minutes, étant à demi effacée par un ultime rebondissement dramatique. Clouzot nous avait fait le coup du noyé reprenant vie dans la baignoire. Hitchcock nous faisait le coup de la fausse morte se tuant pour de bon en tombant du clocher. Voyez-vous, dès qu'il existe au cinéma un mystère à résoudre, les réalisateurs sont toujours embarrassés pour l'expliquer sans rompre le rythme. Ils sont enthousiasmés par une énigme et ils finissent par redouter qu'elle ne leur reste sur les bras.

THOMAS. — Et puis...

M. X. — Quoi ! Encore des réserves ?

THOMAS. — Non, mais Kim Novak ne nous paraissait pas la femme du rôle. Avec son visage vigoureusement charpenté, ses épaules carrées, sa robustesse, en un mot, elle avait beau être très belle, elle n'était pas précisément cette créature fragile à demi rongée par une hantise mortelle.

M. X. — Mais je suppose que vous avez gardé pour vous cette réflexion.

THOMAS. — Évidemment.

PIERRE. — Hitchcock se montrait si gentiment simple avec nous. Après tout, il n'avait pas à se justifier. Il poussa la courtoisie jusqu'à nous dessiner le schéma de cette dernière scène. Tirant de sa poche une enveloppe toute froissée et un porte-mine, il esquissa en quelques traits le plan du plateau et j'avoue que nous étions subjugués.

M. X. — Que n'avez-vous conservé cette enveloppe pour votre petit musée personnel ! Et que vous a-t-il dit encore ?

THOMAS. — L'aparté était terminé. Mais plus tard, il nous fit savoir de Hollywood qu'il aimerait faire un film en Afrique et c'est ce qui nous donna l'idée d'un livre : *Delirium*, qui parut en 1969.

M. X. — Vous pouvez m'en donner un petit aperçu ? En dépit de mes notes, je suis un peu perdu au milieu de tous ces romans.

PIERRE. — C'était bien un titre pour Hitchcock, n'est-ce pas ? Et le thème aussi. Imaginez qu'un homme soit obligé de tuer quelqu'un de telle sorte que le corps soit promptement retrouvé, pour une question d'héritage, par exemple. Le cadavre est provisoirement abandonné au fond d'une cave ou d'une galerie de mine. Et voilà que des rats commencent à le dévorer. D'habitude, un assassin s'ingénie à faire disparaître sa victime. Ici, c'est juste le contraire. L'assassin s'arrache les cheveux en voyant le corps fondre littéralement sous ses yeux.

M. X. — Humour noir ! Hitchcock a eu connaissance de votre scénario ?

PIERRE. — Je ne sais plus. De toute façon, nous ne perdons jamais rien. L'idée a donné naissance à un livre. Et cette fois, les gens du cinéma ont reculé. Ces rats grouillant sur un cadavre, c'était trop. Aujourd'hui, en revanche !...

M. X. — Après *Sueurs froides*, vous voilà sur la plus haute marche du podium. C'est à partir de ce moment-là qu'on va vous appeler « les maîtres du suspense ».

THOMAS. — Ne vous moquez pas. Nous étions toujours, en réalité, des apprentis. Et pour une raison qui va vous surprendre. Nous n'avons jamais cessé de nous remettre en question. Avec *D'entre les morts* nous venions de nous assurer que le problème de l'identité était bien au cœur du suspense. De quelle façon pouvions-nous aller plus loin ?

M. X. — Vous ne songiez pas à vous accorder une petite récréation ?

PIERRE. — Impossible. Un auteur qui réussit est comme un athlète qui fait du surf. Il doit se laisser porter par la crête de la vague. Mais nous étions libres de choisir parmi toutes les propositions qui s'offraient à nous. Je ne vais pas vous les énumérer. J'en retiens une qui va vous amuser. Saviez-vous que nous avons visité le centre scientifique le plus surveillé, j'ai nommé Saclay.

M. X. — Mais cela touche au nucléaire. Secret d'État.

THOMAS. — N'exagérons pas. Seulement, oui, il fallait montrer patte blanche.

PIERRE. — Cela se passait en 1959. *Le Figaro* désirait organiser un grand concours à partir d'un roman qu'on nous demanda d'écrire.

M. X. — Qui, on ?

PIERRE. — Jean Fayard. Il pensait qu'un feuilleton d'action et d'espionnage pouvait remporter un grand succès, et c'est lui qui eut l'idée de prendre Saclay comme décor. Il nous obtint les autorisations nécessaires, peut-être en nous présentant comme des scientifiques de haut niveau... Ce qui est sûr, c'est que deux ingénieurs en blouse blanche nous montrèrent des installations si énormes, si compliquées que nous nous sentions transportés dans quelque Metropolis de science-fiction. Nous les suivions, mains au dos, l'air concentré, hochant la tête en visiteurs discrets, compétents mais impressionnés et admiratifs. Saoulés d'images, nous nous laissâmes reconduire jusqu'à la barrière où une sentinelle nous salua avec raideur.

M. X. — Vous pensez que votre mémoire ne vous joue pas des tours ? Parce que, enfin, vos papiers avaient dû être examinés au préalable.

PIERRE. — Je ne sais plus. Je vous livre mes réactions premières. Sortant de Saclay, j'étais comme un primate qui vient de visiter cap Canaveral.

M. X. — Et vous avez réussi à utiliser ce décor ?

THOMAS. — C'est Cocteau, je crois, qui a dit : « L'artiste avale une locomotive et rend une pipe. » Eh bien, c'était ça. Il n'y avait plus qu'à digérer la gigantesque machinerie pour la réduire à un décor futuriste. Mais, bien entendu, il nous fallait une intrigue à la mesure de l'environnement, c'est-à-dire aussi mystérieuse et compliquée que ces tableaux de commande aux clignotants multicolores. C'est pourquoi, s'inspirant de ses *Six Crimes*, Pierre proposa un scénario plein de rebondissements inexplicables, et moi, la tête encore farcie de visions surréalistes, j'écrivis rapidement ce livre dont le titre *L'ingénieur aimait trop les chiffres*, fut trouvé par Jean Fayard. Le concours eut lieu et remporta un vif succès.

PIERRE. — Et depuis, nous avons fourni bien souvent à des magazines des textes pour des concours d'été. A *Elle*, notamment. Rien de plus recommandé, pour l'entraînement, que ces mini-nouvelles construites autour d'un petit problème.

THOMAS. — L'ennui, c'est que cela prend pas mal de temps. Or, nous avions en chantier un roman qui traînait un peu. Pour ne pas vous faire languir, c'était *Maldonne*, qui fut réalisé finalement par Sergio Gobbi. Mais il y eut toute une bataille autour de cette histoire.

M. X. — Vous aviez encore utilisé le procédé de la substitution.

PIERRE. — Oui, mais d'une manière nouvelle. Un criminel nazi avait l'intention de se fabriquer un sosie pour le faire tuer à sa place par les justiciers lancés à sa poursuite.

THOMAS. — Ce qui était nouveau, c'était la référence à l'actualité. Les romans précédents étaient bien, par un certain biais, des romans d'époque. Mais *Maldonne* était l'une des premières histoires consacrées à la chasse aux criminels de guerre.

PIERRE. — Nous avions, tout d'abord, cédé les droits à deux garçons charmants. Malheureusement, ils ne disposaient pas de capitaux suffisants.

THOMAS. — Et ils se donnaient la comédie de brasseurs d'argent qui ne se laissent pas embarrasser par de petits problèmes financiers. Alors, ils se rendaient en Belgique ou en Suisse, pour mettre au point une formule de coproduction, ou bien, d'un coup d'avion, ils allaient à Rome d'où ils nous téléphonaient — une fois à deux heures du matin — pour nous annoncer qu'un groupe de bailleurs de fonds s'était mis d'accord. La production allait commencer.

PIERRE. — Et c'était le petit jeu de la distribution. Rien que des Américains, parce que nos deux amis avaient le culte, naturellement, du cinéma américain. On aurait Brando et peut-être Kim Novak (en souvenir de *Vertigo*). Bref, les acteurs les plus chers. Rien n'était trop beau.

THOMAS. — De même que les plongeurs imprudents sont guettés par le mal des profondeurs, de même les candidats producteurs sont promis aux dangers de la décompression quand ils remontent de leurs illusions. Et les déconvenues se multiplient.

PIERRE. — Nous semblons nous éloigner de notre propos, mais c'est pour mieux souligner à quel point ces discussions stériles et parfois orageuses peuvent gêner un travail de création qui se veut soutenu. Nous avions pourtant été mis en garde, naguère, par Steeman, puis par notre cher Pierre Véry, et par d'autres, beaucoup d'autres, que le cinéma avait servis mais le plus souvent garrottés. L'expérience nous fut utile. Elle nous permit de mieux choisir nos partenaires. Et, des partenaires, il y en eut beaucoup autour de l'année 1960. Inutile de vous les citer tous. Seulement Franju et Oury.

THOMAS. — Et pas pour le plaisir de flâner dans nos souvenirs, mais pour ajouter un chapitre à notre confession. Eh oui, nous avons été lâches. Nous savions, je vous l'ai dit, que nous n'étions pas de très bons scénaristes, et pourtant, quand Franju nous apporta le scénario des *Yeux sans visage*...

M. X. — Vous avez cédé ?

PIERRE. — Oui. On nous demandait de retoucher ce scénario et de lui infuser un peu de ce suspense dont on pensait que nous avions le secret.

M. X. — Qui vous le demandait ?

THOMAS. — Ah ! Voilà que vous nous aiguillez sur une nouvelle piste. Le personnage le plus pittoresque parmi les producteurs d'alors : Jules Borkon, que nous appelions entre nous très affectueusement tantôt « le père Borkon », tantôt « Jules », à la suite de Franju, de Robert Hossein et de tous ses familiers. Jules, qui avait été l'imprésario de Grock, portait sur le visage les innombrables rides de quelqu'un qui a beaucoup vécu, beaucoup vu, beaucoup retenu, et qui sait discerner ce qui sera « public » et ce qui ne le sera pas. Il téléphonait sans arrêt. « Parlez française », disait-il à quelque lointain interlocuteur et, reposant l'appareil, il commentait : « C'était Londres. » Il nous écoutait, sans cesser de passer sur ses yeux ses grandes mains velues, comme s'il avait de la peine à se réveiller, évitait soigneusement les remarques qui engagent : « Voyez Laurent », conseillait-il. Pierre Laurent était son directeur de production, personnage efficace entre tous, qui décidait après avoir pris conseil du patron, d'un coup d'œil rapide de joueur de poker.

M. X. — Et Franju ?

PIERRE. — Ah ! Franju ! Petit, maigre, toujours en mouvement, fumant cigarette sur cigarette, l'œil bleu du Breton, passionné, colérique ou rêveur. La parole rapide et saccadée ; le langage le plus cru qui soit et pourtant une finesse, une délicatesse, une tendresse qu'on sentait tout de suite, si bien qu'il aurait fallu être terriblement collet monté pour songer à s'offusquer. Ce nerveux survolté appartient à une génération qui risque d'être bientôt oubliée, mais pas lui, car il a signé notamment des courts métrages qui appartiennent aux anthologies, notamment *Le Sang des bêtes*, d'une cruauté si pleine d'amour qu'on est encore bouleversé quand on revoit ce film. C'était un plaisir de travailler avec lui, tellement il savait créer une ambiance fraternelle. Tous les acteurs étaient ses copains, même Pierre Brasseur qui, pourtant, n'était pas toujours facile à manier.

M. X. — Vous l'avez bien connu ?

THOMAS. — Bien, c'est beaucoup dire, mais assez pour admirer ses immenses qualités de comédien. Je me rappelle que... Et puis non ! Je sens que nous allons encore nous perdre en anecdotes.

M. X. — Mon cher Thomas, l'anecdote, c'est la gousse d'ail dans le gigot. Racontez.

THOMAS. — Après tout, ce que je vais vous rapporter n'est pas sans lien avec notre travail. Nous venions d'écrire une scène des *Yeux sans visage* et Brasseur nous avait demandé de passer chez lui pour la lui lire. Dans le film, il tenait le rôle d'un grand patron spécialiste de la greffe. Donc, nous nous présentons à son domicile, vers onze heures du matin. Nous l'attendons dans un salon plein de souvenirs, de toiles de maître, de dédicaces, et soudain nous l'entendons approcher. Il arrive, les pieds dans des mules, drapé dans une ample robe de chambre, le visage encore gonflé de sommeil mais, avec sa barbe en collier, plus altier qu'un condottiere. Sous son bras, il transporte une baguette. Dans une main, il tient un camembert, et dans l'autre un surin de loubard. Il nous toise et nous montre son fromage : « Vous en voulez ? » Un peu épouvantés, nous nous récusons. Il fait quelques pas, d'un fauteuil à l'autre, comme sur une scène. « J'ai lu votre truc, dit-il enfin. Ce n'est pas ça. Je vais vous montrer. » Il prend un peu de champ, se recueille une seconde et enfin s'avance, sans être le moins du monde embarrassé par son fromage et son couteau. Et c'est tout simplement prodigieux. Il est soudain le docteur halluciné de son rôle. On ne voit plus le camembert mais l'acteur. Il improvise le dialogue que nous avons raté, avec une émotion qui nous saisit, une justesse de ton qui nous accable. Hélas ! Nous n'étions que des enfants. Quelle leçon !

M. X. — Ces *Yeux sans visage* ont fait une belle carrière ?

PIERRE. — Moyenne. L'histoire parut trop cruelle.

M. X. — On vous a souvent reproché cette cruauté.

PIERRE. — C'est vrai. Plusieurs fois on nous a demandé de modifier et d'adoucir les dernières pages de certains romans. Ce fut le cas pour l'édition anglaise des *Visages de l'ombre*. Le roman policier traditionnel se gardait soigneusement de toute violence inutile. On y mourait décemment. Et comme nous étions « auteurs policiers », bon gré mal gré, nous devions accepter de temps en temps des conventions qui nous rendaient enragés. Quand je vois ce qui s'écrit aujourd'hui !... Si le lecteur n'est pas éclaboussé de sang, il ne vibre pas.

M. X. — Mais pour en revenir à Franju et à Pierre Brasseur, j'ai ici une coupure de presse qui concerne un film dont on a peu parlé : *Pleins Feux sur l'assassin*.

THOMAS. — Ah ! ça, c'est une idée qui dormait dans nos cartons depuis pas mal de temps. Je vous l'ai dit : Pierre et moi, nous nous amusons à nous proposer les sujets les plus farfelus, sachant d'avance que la plupart d'entre eux sont probablement inexploitables. Ils sont cependant mis de côté pour les jours de disette. Mais Franju n'ignorait pas que nous avions nos petites provisions pour l'hiver et comme il voulait refaire quelque chose avec nous, il insista tellement que Pierre lui parla d'un vague projet dont il avait pris note à tout hasard. Imaginez un « Son et Lumière » retraçant l'histoire mouvementée d'un château historique. Des crimes mystérieux y ont été commis autrefois. Un haut-parleur les relate mais, à mesure que ces drames sont évoqués, des crimes nouveaux les illustrent, reproduisant exactement les événements de jadis. Enfin, c'était cela, le thème.

PIERRE. — Franju s'enflamme, va trouver notre ami Borkon, lui dit : « Jules, j'ai quelque chose d'extraordinaire à te proposer. » Il tutoyait quand il était ému. Et de fil en aiguille...

M. X. — Stop. J'arrive au bout. Merci, nous reprendrons demain. Mais je compte bien que vous me raconterez encore quelques épisodes inédits.

PIERRE. — Il y en a un, en particulier... Comme histoire de fou, il est difficile de faire mieux.

DIXIÈME ENREGISTREMENT

M. X. — Nous parlions d'une histoire de fou quand cette sacrée machine a déclaré forfait. J'écoute.

PIERRE. — L'affaire avait été montée sans difficulté. C'était, si je ne me trompe, la Paramount qui la couvrait. Le château avait été trouvé non loin de La Baule et de la Brière.

THOMAS. — Le château de La Bretèche, on peut bien le dire, maintenant qu'il a été acheté par une entreprise pour ses colonies de vacances.

PIERRE. — Château d'époque, murs crénelés, tours d'angle, pont-levis en état de marche.

THOMAS. — Non, peut-être pas. Ce n'était pas la sombre forteresse féodale mais plutôt une ample demeure, encore un peu militaire avec le sourire d'une touche Renaissance. Vaste étang sous les fenêtres. Grand parc.

PIERRE. — On entrait par la poterne dans une superbe cour d'honneur flanquée de massifs et de parterres fleuris. Bref, un ensemble superbe qui, à la lumière des projecteurs, aurait grande allure. L'aile la plus éloignée était encore habitée par une très vieille dame, énormément titrée, que Franju, avait pris l'engagement de ne pas déranger. Donc, pas de bruits intempestifs. Il fallait tourner, je ne dirai pas sur la pointe des pieds, mais en évitant les cris d'une troupe d'acteurs qui se sentaient en vacances, et dont beaucoup étaient très jeunes. Rappelle-toi Trintignant, Dany Saval et tous les autres. Le tournage ne semblait pas présenter de difficultés. Et pourtant... Je raconte l'épisode du cheval ou celui des obsèques ?

THOMAS. — Le moins consternant d'abord. Celui du cheval.

PIERRE. — Dans notre histoire, il y avait un gentilhomme qui sortait à cheval du château pour faire une promenade en forêt. Rien de plus simple, comme vous voyez. Malheureusement, Franju avait oublié de louer un cheval. Bah ! on allait se débrouiller sur place. Eh bien, pas du tout. Le seul cheval immédiatement disponible était celui du corbillard de je ne sais plus quel bourg des environs.

THOMAS. — Tu penses si je m'en souviens. Une bête puissante, avec beaucoup de poil aux pattes et qui paraissait surtout faite pour les charrois lourds. On le harnache ; le cavalier grimpe dessus. En route. Franju effectue la première prise au moment où la monture disparaît dans l'ombre de la poterne. Tout va bien. Mais il y avait une suite. Le noble gentilhomme tombait dans un guet-apens et son cheval, étriers flottants, revenait au galop. On devait entendre le martèlement des sabots sur les planches du pont-levis. Les valets, mis en alerte par le bruit, devaient se précipiter, sauter au mors du cheval affolé et s'écrier : « Le maître est mort », ou quelque chose comme ça. Longue préparation du plan. Caméra en batterie. Côté campagne, les assistants devaient lancer en avant le percheron quand ils entendraient le signal. Tout le personnel était massé dans la cour pour assister au spectacle. Claquement du clap. On tourne. Alors on entendit sur le pont-levis le pas tranquille du brave canasson qui avait repris tout naturellement son allure ralentie du cheval de corbillard. Il déboucha dans la cour, avisa la plate-bande la plus proche et en toute bonne conscience se mit à brouter. « Nom de Dieu ! » cria Fanju. Et l'écho, le long des nobles façades, répéta : « ... de Dieu... de Dieu... » Évidemment, c'était un désastre.

PIERRE. — Vous imaginez les conciliabules. Comment faire ? Peut-être, au départ, en lui donnant un bon coup de fouet. Maintenant, on entourait le cheval. Pour un peu, on l'aurait cajolé pour le décider à piquer un tout petit galop. On lui promettait du foin, de l'avoine, même des fleurs, pourvu qu'il s'énerve trois minutes... même pas... deux petites minutes, juste le temps d'apparaître au seuil de la cour, « mais pas avec cette gueule d'enterrement », s'emportait Franju. « Mets-y du tien, bourrique ! » Et l'on recommença.

THOMAS. — Plusieurs fois, en vain. « Faudrait pas lui donner de mauvaises habitudes, décida Franju. Vous voyez pas qu'après il galope avec son défunt jusqu'au cimetière. » Et comme il n'était jamais à court d'idée, il trouva la solution idéale. C'est à n'y pas croire. On prit dans l'office un superbe chaudron de cuivre. On cassa plusieurs douzaines d'œufs et, à la force du poignet, un volontaire succédant à l'autre, on battit les blancs en neige. Ensuite, on enduisit de ces flocons qui ressemblaient à de l'écume les naseaux de l'animal, son cou, son poitrail. En un clin d'œil, il se transforma en étalon crachant le feu. Il suffisait, maintenant, de le filmer à la seconde où il se montrait au seuil de la poterne, dans un clair-obscur qui ne faisait que suggérer sa silhouette. L'illusion était parfaite, comme on en eut la preuve en voyant les rushes.

PIERRE. — Ce que tu oublies de dire, c'est que la scène fut coupée au montage. Nos producteurs décidèrent de supprimer trente minutes de spectacle. Vous vous rendez compte ! Trente minutes d'une histoire ajustée comme un mouvement d'horlogerie.

THOMAS. — Par chance subsista la scène des obsèques, un grand morceau, croyez-moi. Vous vous rappelez qu'une vieille dame habitait dans une aile du château. Eh bien, elle mourut alors que Franju était en plein tournage. Or, notre scénario prévoyait un enterrement. Toutes les dispositions avaient été prises, et paf ! voilà que le véritable enterrement venait nous couper l'herbe sous le pied, si j'ose dire.

Il fallait suspendre tout travail, peut-être pendant deux ou trois jours. Franju était furieux. Mais enfin l'équipe se composa des mines de circonstance. Condoléances. La famille, les proches, les amis, les relations arrivaient pour la cérémonie. Nous nous faisions tout petits, pour ne pas gêner. C'était vraiment un enterrement de première classe, avec chevaux caparaçonnés de noir, char funèbre orné de plumets, clergé sous les armes, et des couronnes, une profusion de couronnes, parmi lesquelles celle que nous avions offerte, en grinçant des dents. Le cortège se mettait en place. Un cortège que Franju appréciait en connaisseur. « Voilà ce qu'il nous aurait fallu », grommelait-il. Et ce fut soudain la catastrophe. Les enfants de chœur commençaient à se mettre en marche quand retentit, hors du château, un joyeux tintamarre de klaxons, et deux voitures décapotables bourrées de photographes et de journalistes embouquèrent le pont-levis et stoppèrent devant notre groupe... « Bravo, les gars ! Vous avez mis le paquet ! s'écria l'un d'eux en visant le convoi. Dites donc, ça va vous coûter chaud. » ... Là ! J'ai un trou de mémoire, comme si on m'avait donné un coup sur la tête. L'enterrement défilait en regardant ailleurs. Nous étions les réprouvés, les horribles, les lépreux. Et ces pauvres bougres de reporters qui tardaient à comprendre, qui murmuraient : « Ça va pas, quoi ! Qu'est-ce qu'on a fait ? » Enfin, ils se turent. Franju montra l'enterrement qui s'éloignait, et conclut, avec quelle nostalgie ! « C'était un vrai ! »

M. X. — Évidemment, c'est très drôle. Et Pierre Brasseur, pendant ce temps ?

PIERRE. — Ah ! Pierre Brasseur, il n'a pas assisté à cette scène. Il faut vous dire qu'il n'était pas là tous les jours. Il jouait tous les soirs à Paris une pièce à succès qui s'appelait *Cher Menteur*. Dès qu'il en avait terminé, il s'installait dans la D.S. qui l'attendait et filait nous rejoindre. Quatre cents kilomètres. Il arrivait au petit matin, prenait un copieux remontant et au travail ! Toujours d'attaque. Jeune parmi les jeunes. A peine libéré, il sautait dans la D.S. et rentrait à Paris, où, le soir, etc. Lui aussi, il pouvait faire sienne la phrase de Cocteau : « Un peu trop est juste assez pour moi. »

M. X. — Mais voyons. Il y a une question que je dois vous poser. Ces scénarios dont on tirait directement des films, pourquoi n'en faisiez-vous pas d'abord des romans ?

THOMAS. — Parce que je n'aurais pas eu le temps de les écrire. Et aussi parce que la tentation était grande d'aller au plus facile et au plus rentable. Notre situation privilégiée nous permettait de gagner notre vie en nous amusant de plus en plus. Mettez-vous à notre place.

M. X. — Je comprends.

THOMAS. — Mais il y avait une autre raison plus sérieuse. Nous ne voulions pas transiger sur la qualité de nos romans. Aucune vanité dans ce propos, croyez-le bien. Non. Simplement, nous restions fidèles à un certain genre d'histoires. C'était presque, et c'est toujours, une question d'oreille. A travers les années et depuis notre enfance, nous conservions intacte une sensibilité spéciale que nous exprimions grâce au suspense. C'est pourquoi, parmi les sujets qui s'offraient à nous, d'instinct nous mettions de côté celui qui pourrait nous fournir un roman. Les autres, ils étaient à vendre.

PIERRE. — A quoi j'ajouterai que nous apprenions beaucoup au contact des réalisations et des acteurs. Ça, je tiens à le répéter.

THOMAS. — Et si vous nous poussez dans nos derniers retranchements, je vous dirai encore ceci : nous ne tenions pas à produire beaucoup de livres. D'abord, les conditions dans lesquelles nous travaillions ne nous le permettaient pas, mais aussi nous sentions trop bien que, si nous avions consenti à produire bon an mal an trois ou quatre bouquins, nous aurions finalement toujours écrit le même.

M. X. — C'est pourtant de cette façon qu'on devient un auteur populaire.

THOMAS. — Justement. Nous ne le souhaitions pas.

M. X. — Est-ce bien la vérité ?

PIERRE. — Absolument.

M. X. — Pourtant, Simenon...

PIERRE. — C'est vrai. Il est populaire, mais grâce à Maigret. Il ne l'est pas par des romans comme *Les Anneaux de Bicêtres* ou *Le Petit Saint*. Sachez créer une « figure », comme James Bond ou S.A.S., et vous êtes assurés d'entrer dans la légende.

M. X. — Je voudrais être certain que vos paroles n'expriment aucune amertume.

THOMAS. — Aucune. D'emblée, nous avons choisi de ne nous faire à nous-mêmes aucune concession, ce qui est très facile, quand on est deux. Donc, pas de héros increvable, pas de série. Encore moins de ces appâts suspects : le sexe, l'érotisme de quatre sous.

M. X. — Je souris, mais c'est parce que je découvre en vous une sorte de puritanisme...

PIERRE. — Pourquoi pas ?

THOMAS. — Ce point est beaucoup plus important que vous ne l'imaginez. Vous me permettrez d'y revenir bientôt. Pour le moment, je tiens à dire que nous n'avons jamais rien écrit qui puisse gêner nos femmes ou nos filles. Non pas par suite de je ne sais quel complexe. Mais parce que l'intérêt d'une bonne histoire, encore une fois, se passe aisément de paprika et autre aphrodisiaques.

PIERRE. — Et d'ailleurs, il y a vingt-cinq ans, le roman policier ne faisait pas encore le trottoir. Rappelez-vous la devise du Masque : le roman qu'on peut mettre entre toutes les mains. Ce qui ne nous empêchait pas d'imaginer, quand c'était nécessaire, les situations les plus hardies. *Les Diaboliques,* en filigrane, c'est un problème d'homosexualité.

M. X. — Bon, bon. Très bien. Ne prenez pas la mouche. Hier, vous avez nommé Gérard Oury. Vous avez travaillé avec lui ?

THOMAS. — Oui, sur un film dont le titre primitif était *S.O.S. Radio Taxi.* Il s'agissait d'un fait divers dont la presse avait beaucoup parlé. Un gangster assassin d'un chauffeur de taxi et poursuivi comme dans une chasse à courre par tous les taxis munis de radio. Le film n'a pas laissé un souvenir impérissable, bien que Lino Ventura y fût, comme d'habitude, excellent.

M. X. — Et quel était votre rôle, là-dedans ?

PIERRE. — Mais le suspense, cher ami, le suspense. Le producteur s'était dit : « Nos deux gaillards vont me faire du Hitchcock. » A l'époque, quand on nous engageait, c'était pour faire du Hitchcock, comme si le grand Alfred et nous avions eu la recette miracle. Hélas ! La recette, la vraie, c'est d'abord le budget. Faire du Hitchcock avec quelques dizaines de millions, il n'y fallait pas songer, évidemment. Du moins, le privilège nous fut donné de vivre pendant quelques semaines dans l'intimité de Gérard Oury, et c'est un très agréable souvenir. Oury, alors, cherchait sa voie. Un inquiet perpétuel, Oury. Capable de s'acharner des jours entiers, de jeter au panier un découpage qui nous avait pris des heures et des heures.

THOMAS. — C'est dans la compagnie de ces monstres que nous avons compris, Pierre et moi, que nous étions stériles dès que nous cessions de travailler en tête à tête.

PIERRE. — Peut-être pas stériles, mais comme privés du sens de l'orientation. Nous n'entendions plus l'appel du suspense, de notre suspense bien à nous.

THOMAS. — Cependant, quand Oury eut l'idée de réaliser son film *Le crime ne paie pas*, ce que Pierre appelle très justement « notre sens de l'orientation » nous fut rendu parce qu'il nous laissa libres de choisir le sujet et de le développer à notre guise. Le film comportait trois histoires très différentes. Parmi nos interprètes, il y avait Girardot et, comme par hasard, Pierre Brasseur. Pour une fois, sur un thème qui avait défrayé la chronique, l'affaire Feneyrou, nous pouvions nous laisser aller exactement comme si l'idée avait été de nous. L'expérience acheva de nous éclairer. Romanciers nous étions, romanciers nous devions rester. Fini le temps de scénarios originaux. Fini le temps de cette besogne d'esclave qui est celle de scénariste. Désormais, nous laisserions nos agents et notre éditeur s'occuper des contrats. Les films à venir seraient ce que Dieu voudrait. Nous irions les voir, bien sûr, mais sans réagir, sans sursauter, bref, sans passion.

M. X. — Vous dites cela à propos de *Maléfices*, j'imagine.

PIERRE. — Oui. Thomas songeait depuis quelque temps à utiliser l'île de Noirmoutier, pour y placer une intrigue qui exploiterait le thème de la bilocation.

M. X. — Pourquoi donc ?

THOMAS. — Parce qu'à l'époque, on ne pouvait atteindre l'île, à marée basse, qu'en empruntant une chaussée, le Gois. Ainsi, chaque jour, Noirmoutier était une île ou une presqu'île, selon l'heure de la marée. Et les imprudents ne se comptaient plus qui, surpris par la montée brutale du flux, devaient se réfugier en toute hâte sur des plates-formes de bois érigées de loin en loin. Quant aux voitures, en quelques instants elles étaient noyées. Pierre vint se documenter sur place, comme il l'avait déjà fait à Saint-Gilles-Croix-de-Vie, quand nous avions pensé à l'histoire qui devint *La Porte du large*.

PIERRE. — L'idée qui nous paraissait excitante était la suivante : une femme était vue à la même heure, c'est-à-dire l'heure des hautes eaux, à la fois dans l'île et sur le continent. Ce n'était pas facile facile ! Une machination, voyez-vous, ça vient du premier coup ou bien il faut torturer la vraisemblance et, de complication en complication, on n'en sort plus.

M. X. — Mais vous conserviez, malgré tout, la technique de la machination ?

PIERRE. — C'est le seul moyen d'obtenir des effets surprenants. A condition, je le reconnais, que la machination ne devienne pas une machinerie par trop grinçante.

THOMAS. — C'est pourquoi, de mon côté, j'utilisai largement le décor. Cette fois, ce n'était plus un cadre, mais un élément du récit. L'avantage en est évident ; il ne s'agit pas d'être pittoresque à tout prix, mais simplement de placer les personnages dans un milieu qui les dépayse. Cette île, qui devient presqu'île, puis s'isole à nouveau, ce gué, à marée basse, qu'il faut traverser en regardant sa montre, il y avait là quelque chose de profondément insolite que je n'inventais pas. Je n'avais qu'à utiliser la réalité en exploitant au mieux ce qu'elle contenait, à l'état latent, de romanesque. Et une partie de notre secret est là, s'il est permis de parler de secret. Plus le réel est bizarre, de lui-même, et plus il autorise une construction alambiquée. Grâce à Noirmoutier, nous pouvions introduire dans notre histoire un personnage versé dans les pratiques de la sorcellerie africaine, une femme accompagnée d'un guépard. Autrement dit, Pierre pouvait se permettre, en quelque sorte, certains excès de machinerie.

PIERRE. — Et le cinéma sauta sur le roman. Decoin acheta les droits de *Maléfices*, engagea Juliette Greco et un guépard qui vint tout exprès d'Hollywood, mais en dépit de ses efforts, le film ne fut pas un chef-d'œuvre.

M. X. — Pourquoi ?

PIERRE. — Parce qu'il s'emberlificota dans l'intrigue qui, sur le papier, nous semblait claire, mais qui, à l'image, devenait très vite obscure. Quand on tourna *Le Faucon maltais*, la célébrité des interprètes fit oublier très vite le fil de l'histoire. Mais quand, avec un budget modeste et des ambitions limitées, on s'attaque à une intrigue comme celle de *Maléfices*, on peine très vite sur le découpage. Heureusement, il y avait Greco et son guépard et l'on se demandait parfois qui était le fauve. Cependant, ce roman éveilla en moi une inquiétude. Je n'eus certes pas l'impression de sécher sur le travail, mais il me parut évident que les machinations simples et d'autant plus efficaces, comme *Les Diaboliques* ou *D'entre les morts*, appartenaient à un filon qui risquait de s'épuiser. Mon problème, quand je courais après une idée neuve, c'était de mettre la main sur de l'invraisemblable vraisemblable, je veux dire de l'invraisemblable au ras du quotidien. Tandis que Thomas était à l'affût — il vient de vous le dire — d'un réel bizarre, je m'évertuais, de mon côté, à découvrir des motivations à la fois paradoxales et plausibles, car une bonne machination procède toujours d'une motivation simple, sentiment de frustration, amour défendu, vengeance, et ainsi de suite. Une motivation puissante fait passer n'importe quelle histoire. Mais pas une motivation trop voulue, pas assez évidente. On a besoin, alors, de s'appuyer sur ce dépaysement dont parle Thomas. Mais en mettant les choses au pis, on pouvait redouter qu'au lieu de se compléter nos efforts ne se paralysent.

THOMAS. — Nous avons compris qu'avant d'ouvrir un chantier, il nous fallait, à l'avenir, déterminer la part exacte d'artifice qui pouvait entrer dans la confection du sujet et ensuite dans son développement romanesque.

M. X. — Mais dans vos œuvres précédentes, vous aviez atteint sans peine ce point d'équilibre.

PIERRE. — C'est que la part d'artifice n'exigeait presque pas d'explications. Au contraire, dès que cette part d'artifice devient lourde à manier, Thomas doit s'ingénier à la masquer. Ainsi, au lieu de nous entraider, nous nous compliquons la besogne. Ça saute aux yeux dans *La Porte du large*. Pour substituer un personnage à un autre, j'ai dû me résigner à recourir au coup de feu qui détruit un visage et interdit de l'identifier. C'est gros, comme procédé, et surtout, c'est banal. Et la banalité, c'est le premier signe de l'usure. Nous devions donc nous arrêter et tenir notre conférence au sommet.

M. X. — Et qu'est-ce que vous avez décidé ?

THOMAS. — Nous avons décidé d'attendre, nous ne voulions pas nous enfermer dans une formule qui nous condamnerait à nous répéter.

M. X. — C'est pourtant ce que certains de vos confrères n'ont pas hésité à faire avec le plus grand succès. Prenez James Hadley Chase, par exemple. Il a écrit quelque quatre-vingt-dix romans qui racontent à peu de chose près la même histoire. Et tout le monde a applaudi.

PIERRE. — Nous les premiers. Mais ne perdons pas de vu ce qui restait notre but. Nous cherchions d'abord à nous être agréables à nous-mêmes, à nous amuser, à nous dire, en arrivant au bout d'un roman : celui-là, personne ne le recommencera après nous.

THOMAS. — Il n'existe aucun remake connu des *Diaboliques* ou de *Vertigo.*

PIERRE. — Mais si nous nous laissions aller à fabriquer du Boileau-Narcejac, les remakes, cette fois, seraient de notre main.

M. X. — Diable ! Messeigneurs, quel orgueil !

PIERRE. — Oh ! pas du tout ! Seulement le goût et le respect du travail bien fait.

M. X. — Alors, vous avez mis au point une autre forme de suspense.

THOMAS. — Non. Au contraire, nous avons recommencé. Encore la substitution qui nous sert de point de départ. Mais un nouveau style. Normal ! Avant d'en venir à choisir un nouveau type de construction, il fallait voir quel résultat on obtiendrait en racontant une histoire d'amour à la première personne ; pas une simple relation comme dans *Les Louves*, mais un récit ardent et désespéré.

PIERRE. — Après bien des hésitations, je me risquai à proposer le même schéma que *Vertigo*. Le narrateur tombe amoureux d'une femme qu'il croit l'épouse de son patron. Or, l'authentique épouse est une personne inconnue de lui et qu'il rencontre à l'étranger. Suspense. Cette inconnue parle et agit comme si elle était la vraie femme. Mais si elle est la vraie femme, quelle est l'autre ? Elles semblent avoir toutes les deux le même passé. Bref, le procédé de la substitution n'est là que pour rendre possible une passion qui va se nourrir de doutes, de craintes, de suppositions de toute sorte.

M. X. — Arrêtez. Il s'agit des *Victimes*, parbleu !

THOMAS. — Oui. Nous avons hissé ce titre comme un corsaire envoie son pavillon. Et j'avoue qu'à mes yeux, c'est le roman le plus achevé. Je vous ai parlé d'un décor qui dépayse les personnages et affole leurs sentiments. Eh bien, ici, le décor, c'était l'Afghanistan d'il y a trente ans. Notre narrateur était un journaliste qui accompagnait un ingénieur de grand talent, spécialiste des barrages et des usines hydro-électriques. Le trio classique : le mari, l'amant et une femme dont on ne savait plus la véritable identité. Vous reconnaissez nos phantasmes. Employant le « je » narratif, je me laissais aller à un lyrisme contenu qui donnait au récit une couleur nouvelle.

PIERRE. — C'était une expérience extrêmement intéressante. Thomas vous a déjà dit que notre conception du suspense était la plus propre à donner un « ton » original à nos histoires. Mais, grâce aux

Victimes, Thomas était en train de prouver que le ton pouvait devenir un style.

THOMAS. — Cela mérite quelques explications, mais je préfère les réserver pour un autre entretien.

M. X. — Soit. Un petit alcool, pour terminer la séance ?

PIERRE. — Une grenadine. C'est la grenadine qui est notre boisson de travail.

ONZIÈME ENREGISTREMENT

M. X. — Mine de rien, je vous pousse petit à petit dans vos derniers retranchements. Vous finirez par tout me dire de vos méthodes et de vos recherches, en dépit de votre goût du secret.

PIERRE. — Les problèmes que rencontrent deux auteurs sont toujours d'une nature compliquée. Si nous sommes obligés de parler souvent métier, technique, cuisine littéraire, excusez-nous. Comment faire autrement ?

M. X. — J'ai là une pile de coupures. Journalistes et critiques se sont beaucoup occupés de vous. Mais, bien entendu, en courant.

THOMAS. — Comment voulez-vous qu'il en soit autrement ? Un chroniqueur dispose, pour parler du polar, comme on dit maintenant, d'un petit bout de page et encore est-il obligé d'y faire tenir trois ou quatre comptes rendus. Il va au plus pressé, résume le livre et dépose sur le cercueil quelques fleurs.

M. X. — Vous êtes injuste. Vous avez eu des pages entières dans *Match*, dans *L'Express*, dans *Le Figaro*, dans *Libération* et dans beaucoup d'autres. Vous avez bénéficié de tribunes comme celle de Pivot, de P. Billard, de Chancel. Vous aviez toute latitude de vous expliquer.

PIERRE. — Ah ! comment vous dire ça ? Nous aimons énormément la littérature de mystère, et, en même temps, nous sentons bien qu'il faut conserver une certaine immaturité pour s'en occuper comme nous le faisons.

THOMAS. — Rien de plus juste. Parler doctoralement d'une activité avec laquelle nous faisons joujou, non, nous préférons nous taire.

M. X. — Soyons sérieux. Est-ce faire joujou que d'écrire un roman sur lequel les gens de cinéma se sont immédiatement précipités ?

THOMAS. — Exact. Mag Bodard, qui, à l'époque, produisait beaucoup, a voulu acquérir les droits des *Victimes*, mais une option avait déjà été prise par quelqu'un dont nous avons oublié le nom.

PIERRE. — Un producteur qui est mort peu de temps après.

THOMAS. — Et ce malheureux roman est allé de main en main.

Pendant longtemps, il a été la propriété d'un producteur américain, et puis il a été racheté, paraît-il, par une firme française. Bref, nous ne savons plus très bien où il se trouve. Ce qui est sûr, c'est que ce livre, très convoité, n'a jamais fait l'objet d'un film.

M. X. — Vous le regrettez ?

PIERRE. — C'est un genre d'émotion que nous n'éprouvons plus guère. Être deux, vous ne pouvez savoir à quel point cela aide à prendre les revers avec philosophie.

THOMAS. — Et justement, nous entrons dans une période de revers, dont le plus cuisant a été celui de notre roman peut-être le plus apprécié par les fans : *Et mon tout est un homme.*

M. X. — Vous m'étonnez. Comment, voilà un roman qui a obtenu le pris de l'Humour noir, qui a été acheté littéralement aux enchères — et quelles enchères — par la Fox, et vous voudriez...

THOMAS. — Continuez. Continuez. Par la Fox qui l'a revendu à la Paramount qui l'a revendu à la Metro qui, à son tour... Je ne sais plus. On s'y perd. Des dizaines, peut-être, de scénaristes, aussi bien à Hollywood qu'à Paris, ont essayé de mettre sur pied une adaptation convaincante. Rien à faire. Le sujet était devenu tabou.

M. X. — Comment une idée aussi farfelue vous était-elle venue ?

PIERRE. — En fouillant dans mon stock. En écartant des notes inachevées. Je me rappelle que j'ai dit en plaisantant : « Tiens, voilà un extrait de presse sur la banque des organes. Un truc sur la greffe, ce serait marrant. Tu imagines une tête de l'un recollée sur les épaules de l'autre. » Et j'ajoutai : « Pas seulement la tête. Tout le corps, morceau par morceau. Par exemple, un guillotiné dont le corps servirait à réparer des accidentés de la route. » Et Thomas, saisi, m'a dit : « Tu plaisantes, mais c'est faisable. La science-fiction, mon vieux, ça existe. Moi, je la vois très bien, cette histoire, à condition de la traiter dans l'humour noir. »

M. X. — Cela se passait en quelle année ?

PIERRE. — En 1965. L'idée d'une banque d'organes commençait à peine à voir le jour. Cependant, on citait des expériences qui avaient été tentées, çà et là. On avait réussi la greffe d'une tête de chien, notamment. Rien ne s'opposait, évidemment, à ce qu'on aborde un tel sujet en exploitant tous les effets comiques et macabres dont il paraissait riche. Voilà qui nous changerait de nos histoires de passions impossibles.

THOMAS. — Et ça, c'est une remarque importante. Nous éprouvions un besoin encore informulé de faire peau neuve.

PIERRE. — Ces effets funèbres et drôles s'offraient d'eux-mêmes, à partir d'un postulat que nous avions le droit de poser d'emblée. Il n'y avait qu'à inventer un génial chirurgien, sachant maîtriser le danger de rejet. Dès que les membres, les viscères, les entrailles, la tête, tout pouvait être greffé sans problème, nous n'avions plus qu'à répartir les morceaux entre une demi-douzaine de moribonds, par exemple, et nous obtenions six personnages remis à neuf, plus un septième, le donneur, qui se trouvait reconstitué dès que les six miraculés étaient réunis. D'où le titre qui s'imposait : *Et mon tout est un homme*, la formule habituelle des charades.

THOMAS. — Je dois avouer que nous nous amusions comme des fous. L'idée d'une amicale des survivants se réunissant pour rendre vie, pendant une heure, à leur bienfaiteur rendu présent, d'une manière fragmentaire mais réelle, à leur cérémonie du souvenir, c'était une belle trouvaille. Et elle ne cessait d'en suggérer d'autres.

PIERRE. — Mais on ne va pas vous raconter la suite, encore plus surprenante, et d'ailleurs vous la connaissez. Succès immédiat. Le prix de l'Humour noir. Une édition américaine : *Choice Cuts*, démarrant en fanfare, et crac, d'un seul coup, la catastrophe.

THOMAS. — La première greffe du cœur par le Pr Barnard.

PIERRE. — Le monde entier suspendu aux bulletins de santé.

THOMAS. — La polémique ardente : « A-t-on le droit ? » « N'a-t-on pas le droit ? »

PIERRE. — Et pour finir, après une longue agonie, la mort du patient.

THOMAS. — Nous avions bonne mine, avec notre histoire loufoque qui avait l'air de plaisanter sur un sujet aussi lugubre. Ce qui, la veille encore, relevait d'une saine science-fiction, devenait soudain une sinistre farce de carabins.

PIERRE. — D'où, sans doute, l'échec des scénaristes. De cette histoire d'humour noir, ils devaient faire disparaître l'humour noir. C'était foutu. Pardon. Je ne suis pas encore bien résigné. Il me reste encore un mauvais petit arrière-goût.

THOMAS. — Si, quand même, une consolation nous reste. Et même deux. Je vous rappelle que le récit était présenté sous la forme d'un long rapport adressé au président de la République par un haut fonctionnaire. Il s'agissait, en la circonstance, d'un document « top secret » intéressant la Défense nationale puisque le moyen était tout trouvé de rafistoler un nombre considérable de blessés au moyen de membres prélevés sur les tués. Or, un lecteur naïf prit la chose au sérieux et nous écrivit pour s'étonner que nous puissions ainsi livrer à des puissances étrangères un document de cette importance.

PIERRE. — Authentique, je l'affirme. Mais attendez, il y a mieux. Le chirurgien de notre histoire s'appelait le Pr Marek. Pourquoi pas ? Eh bien, une longue lettre nous parvint d'Argentine. Elle était signée : Professeur Marek, et le distingué praticien nous félicitait d'avoir utilisé, en la modifiant quelque peu, une communication savante faite par lui quelques années plus tôt, au sujet de ses propres recherches sur la greffe.

THOMAS. — A mon tour de dire : authentique. Mais dès qu'un romancier invente des noms propres, il est bien rare qu'il ne provoque pas, quelque part, des réactions de fureur ou de surprise émue.

M. X. — Et pour en revenir à votre seul ouvrage de science-fiction, personne n'a songé, après vingt ans, à l'adapter enfin pour profiter de la mode des films d'horreur.

PIERRE. — Après vingt ans, ce qui était hardi fait figure de pauvre machin banal. Nous avons jeté le voile sur cette mésaventure.

M. X. — Mais vous avez bien dû, selon votre habitude, en tirer une leçon.

PIERRE. — Une double leçon.

M. X. — Je vous écoute.

PIERRE. — Je compris que je m'étais enfermé dans une conception un peu étroite de l'intrigue, ou du moins de son point de départ. *Et mon tout est un homme* est une histoire libérée de toute contrainte. Pas de machination. Une situation absurde, certes, mais d'abord une situation toute simple. Faisons abstraction de l'absurdité. Gardons tout bonnement des circonstances un peu rares. Au risque de me répéter, je le redis : plus de complot. Plus de machiavélisme, voilà ce que je commençais à sentir avec force. Quel soulagement ! Depuis des années, je m'ingéniais, de nouvelles en romans, à trouver du neuf, coûte que coûte, et je retombais, la plupart du temps, sur du déjà-vu. Ça, c'était mon tourment.

M. X. — Oui. Nous le savons.

PIERRE. — Vous trouvez que je rabâche. Mais je dois insister parce que c'est à partir de 1965 que notre travail a changé de caractère.

THOMAS. — La deuxième leçon me concerne. Jusque-là, j'avais écrit « utile », en collant étroitement aux événements qui produisaient le suspense. Mais, grâce à notre roman de science-fiction, je m'étais accordé, pour la première fois, d'imaginer des personnages de pure fantaisie et cela m'avait procuré une grande satisfaction. Je n'écrirais plus de la même façon. A propos des *Victimes*, j'ai parlé d'une progressive évolution depuis ce qui était une sorte d'accent, de tonalité sourde, vers un style particulier. Si vous préférez, nos personnages cessaient d'être en liberté surveillée. Nous avions l'impression, l'un et l'autre, d'être désormais non plus ce qu'il était convenu d'appeler des « auteurs policiers », mais plutôt des conteurs.

M. X. — Au fond, cette étiquette d'auteurs policiers vous a toujours gênés.

PIERRE. — Pour la seule raison qu'elle était inexacte. Par exemple, si vous prenez Mérimée, vous ne direz pas que *Colomba* ou *Mateo Falcone* sont des récits policiers. Et pourtant vous y trouvez de la violence, du sang et un « tempo » vraiment policier. Mais ce sont ses dons de conteur que l'on retient. Alors, pourquoi ne nous serions-nous pas sentis à l'aise dans un rôle analogue.

THOMAS. — Pierre Véry proposait : écrivains de mystère. Je préfère « conteurs ». Si vous consultez le *Robert*, vous trouvez cette définition du mot « conte » : *Récit de faits, d'aventures imaginaires, destiné à distraire*. N'est-ce pas exactement ce que nous faisons ? Voyez-vous, nous marchons en équilibre sur la ligne de crête qui sépare la littérature de gare de la littérature tout court. Un pas à gauche et nous voilà honnis. Un pas à droite et les doctes nous repoussent. Mais nous avons bien le droit de savoir où nous mettons les pieds. Enfin !... C'est ce que je pensais à l'époque. Depuis...

M. X. — Cette querelle est bien dépassée, vous ne trouvez pas ?

PIERRE. — Dans le monde anglo-saxon, elle serait sans objet. Encore que Patricia Highsmith n'accepte pas qu'on dise d'elle qu'elle est un auteur de romans policiers. Mais en France il n'en va pas ainsi.

THOMAS. — *Et mon tout est un homme* a marqué pour nous un tournant. Non seulement parce que Pierre a cherché à renouveler son inspiration, mais encore parce que, libéré de mes occupations professionnelles, je pus l'aider beaucoup plus activement au stade du plan. Au lieu d'adapter nos personnages à un scénario préétabli, nous allions prendre le risque de faire l'inverse, et c'est là, comme je vous le montrerai, que nous avons commencé à nous tromper.

M. X. — Précisez bien que Pierre, quittant Paris, allait habiter à Beaulieu, tandis que vous-même, vous élisiez domicile à Nice. Finis, les va-et-vient entre Nantes et Paris, les lettres quotidiennes, les coups de téléphone, toutes les difficultés à cause desquelles votre travail était sans cesse décalé, faute de ce contact quotidien d'où jaillit l'invention à deux. Dans votre cas, si curieux, ne pensez-vous pas que votre mode de collaboration a été largement déterminé par votre éloignement relatif ? Je suis frappé de constater qu'il y a, dans votre œuvre, les livres d'avant Nice et ceux d'après. Et je suis également frappé de voir que, s'ils gardent un air de famille, ils ne sont plus tout à fait du même sang.

PIERRE. — Exact. Mais on vous a dit pourquoi. Il suffit que vous ne construisiez plus votre histoire sur un complot pour que votre suspense change de caractère.

THOMAS. — Et moi, j'ajouterai : pour qu'il s'affaiblisse. C'est facile à vérifier. Les grands succès au cinéma : *Les Diaboliques, Vertigo*, et même des réussites moyennes : *Les Louves, Les Magiciennes*, datent de la première époque, celle de l'artifice heureux. Mais gommez l'artifice et vous n'avez plus que des téléfilms : *Opération Primevère, L'Age bête, Carte Vermeil* ou *Terminus*.

M. X. — Vous êtes injuste en oubliant de signaler qu'à partir des années 65-70, en gros, la télévision a mis la main sur des sujets qui, une dizaine d'années plus tôt, auraient donné des films. On ne peut honnêtement prétendre qu'un téléfilm ne soit pas de la même qualité qu'un film.

THOMAS. — D'accord. Mais je me place à un autre point de vue. Je veux simplement dire qu'en poussant Pierre à abandonner, dans une large mesure, ce qu'il avait si bien su faire et en mettant à la place de la machination un problème de société, comme l'éducation dans *L'Age bête* ou le sort des vieux dans *Carte Vermeil*, eh bien oui, si j'enrichissais le contenu du conte, je retirais au suspense une partie de son mordant.

M. X. — Pierre, vous le croyez ?

PIERRE. — Il y a du vrai. Et à la limite, si tout avait été donné aux personnages, aux conflits psychologiques et aux problèmes d'écriture, il ne serait rien resté pour moi. Bien entendu, j'exagère. Mais j'avoue que j'avais assez souvent de la peine à modifier mes habitudes d'imagination. Pendant si longtemps, j'avais écrit des nouvelles. Je m'y sentais tellement à l'aise ! Alors que j'étais parfois fâcheusement dépaysé dans certains de nos romans les plus récents.

THOMAS. — Stop ! Si on ne l'arrête pas, il va dire des bêtises. Mais, sous la boutade se cache une vérité profonde. Vous ignorez sans doute pourquoi, un beau jour, nous avons eu l'idée de donner une suite aux aventures d'Arsène Lupin. Et pourquoi nous avons décidé d'écrire des romans pour la jeunesse.

M. X. — Je l'ignore, en effet.

THOMAS. — Eh bien, je vais le dire pour toi, mon petit Pierre. Parce qu'il aurait été grand dommage de ne pas donner un exutoire à ceux de tes dons qui ne trouvaient plus à s'employer d'une manière satisfaisante dans nos romans « new look ». Et d'ailleurs, toutes les fois que nous nous sommes heurtés à un obstacle, nous nous sommes repliés sur notre plus lointain passé pour retrouver la fraîcheur de sentiment momentanément perdue. Et il n'est pas trop tard pour recommencer.

PIERRE. — Oui. Vous pensez bien que ce retour inattendu à Lupin, retour qui nous a été reproché comme un enfantillage, ne s'est pas produit par hasard. C'est présicément en 1966, c'est-à-dire au moment où nous nous interrogions sur notre travail, que nous avons décidé d'achever le manuscrit du *Secret d'Eunerville*, dont nous possédions déjà quelques chapitres.

THOMAS. — Et c'est un an plus tard que l'idée nous vint de créer un personnage de jeune garçon, désordonné, distrait, mais astucieux, qui serait capable de conduire de véritables enquêtes. On allait le surnommer « Sans Atout », pour montrer qu'il saurait dominer l'événement, même s'il ne détenait pas les meilleures cartes.

M. X. — Je suppose que cela vous fut facile, connus comme vous l'étiez.

PIERRE. — Erreur. Pour Lupin, nous avons eu tout de suite l'accord du fils de Maurice Leblanc. Mais il nous fallut discuter longtemps avec Hachette, puis avec Le Masque. Et pour Sans Atout, ce fut la même chose, démarches, refus, jusqu'au jour où une modeste maison d'édition à laquelle nous n'avions pas pensé tout d'abord, les Éditions de l'Amitié, nous ouvrit ses portes. Mais tout cela nous avait pris beaucoup de temps, et ce fut 1968, avec les conséquences que vous savez.

THOMAS. — En simplifiant beaucoup, je dirai que 1968 renouvela le roman populaire, ses mythes, son style, son public, tout. La Série Noire, à l'époque, commençait à être à bout de souffle, faute d'auteurs nouveaux, de thèmes nouveaux, de langage nouveau. Les grands Américains avaient fait leur temps et les histoires exploitaient sans vergogne des scénarios rebattus, hold-up, règlements de comptes, violences conventionnelles. Et voilà que tout change, que s'accomplit une brutale transformation des mœurs, notamment par la libération sexuelle. L'argot, qui est le nerf de la langue parlée, cesse d'être la propriété du milieu, pour devenir le moyen d'expression favori d'une bourgeoisie qui s'enchante de ses hardiesses. Est-ce que j'exagère ?

M. X. — Non. A vue de nez, tout cela me semble assez vrai. Mais quel rapport avec Arsène Lupin ?

PIERRE. — Posez la question autrement. Dites d'abord : quel rapport avec vos propres romans ?

M. X. — Soit. Alors quel rapport ?

THOMAS. — Je vous répondrai d'un mot : nous étions démodés. Non, entendons-nous bien. Cela ne s'est pas fait en un jour. Et d'ailleurs, là encore, nous n'avons pas compris tout de suite. Mais enfin je note le subtil changement de vocabulaire. On ne dit plus : roman policier, on dit : polar. Et même par goût du superlatif : néo-polar, et ce petit mot : néo, signifie évidemment qu'il existe encore un « paléo » polar qu'il convient de mettre au musée. Or, qui le représentait le mieux, ce paléo-polar ? Dans une large mesure, c'était Boileau-Narcejac.

M. X. — Oh ! là, j'ai quelque peine à vous suivre.

PIERRE. — Pourtant, Thomas a raison. Nos personnages appartenaient, en général, à une classe moyenne de province, tandis que le néo-polar décrivait de préférence les banlieues, les H.L.M., les marginaux. Les passions que nous utilisions pour nourrir notre suspense conservaient encore un accent romantique. Le néo-polar les ramenait à l'instinct, au rut, de préférence le plus bestial. La torture faisait son apparition. Plus question de plaire au lecteur. On se proposait plutôt de l'agresser et de le faire souffrir.

THOMAS. — Voilà le trait dominant. Le suspense, tel que nous avons essayé de le définir, était plus un tourment de la pensée qu'un spasme du ventre. Maintenant, on ne dit plus suspense, mais thriller au sens intégral. L'ingrédient favori du néo-polar, c'est la douleur. Quant au langage, il n'est même pas cru. Il est ordurier. Pour moi, je considère que le néo-polar est à la littérature policière ce que l'amanite phalloïde est au champignon.

M. X. — Ouille ! Vous me permettrez bien de n'être pas de votre avis. Mais j'en reviens à Lupin. Vous ne m'avez pas encore expliqué...

THOMAS. — Attendez. Nous avons commis une erreur, autour des années 70, à laquelle j'ai déjà fait allusion, mais qui doit être mieux circonscrite. C'est Pierre qui l'a signalée tout à l'heure, quand il a noté — je ne me rappelle plus exactement — sa formule.

PIERRE. — J'ai dit que si l'on renonce, au début d'une histoire, à une machination machiavélique, le suspense change de caractère.

THOMAS. — C'est ça. Et il s'affaiblit. Or, qu'avons-nous fait ? Nous avons essayé de remplacer le choc émotif qui déclenchait la suite des événements par une situation dramatique, sans doute, mais empruntée à un problème social déjà banalisé. Par exemple, dans *Opération Primevère*, le problème confinant à l'absurde des bouchons de la circulation. En somme, au moment précis où le néo-polar, qui se foutait pas mal de nos scrupules concernant la machination et la qualité du suspense, accumulait les enlèvements crapuleux, les viols et les meurtres en série, nous nous rapprochions de plus en plus du bon vieux fait divers ; par exemple encore, dans *Terminus*, le cas d'un cheminot qui, à son insu, transporte de la drogue de Nice à Paris.

PIERRE. — L'écriture y gagnait.

THOMAS. — Mais le coup de surprise y perdait, et c'est ça que le lecteur attend.

PIERRE. — Il était trop tard pour recommencer le coup des *Diaboliques*, et d'ailleurs, si Clouzot vivait encore, lui qui aimait tellement prendre son spectateur à la gorge, n'en doutez pas, il irait chercher quelques romans bien saignants. Donc, nous avions renoncé à ce qui avait fait notre force.

THOMAS. — Si nous recommencions, on nous rirait au nez. « Vous faites du Boileau-Narcejac », nous dirait-on. Et même la façon dont j'écris aujourd'hui commence à dater. Il en va du style comme du costume trois-pièces. Même le président de la République, ne porte plus de gilet.

M. X. — Je comprends. Arsène Lupin vous offrait la possibilité de revenir à vos premières amours. L'artifice, le mystère entretenu à coups de passages secrets, de cryptogrammes indéchiffrables, de déguisements, de dialogues flamboyants à la manière de Rostand, et aussi de douces orphelines en perdition, de traquenards tendus à un Lupin amoureux...

PIERRE. — Eh ! oui, cette fois, vous y êtes ! Comme des musiciens qui ont abandonné la virtuosité pour la mélodie, nous avions bien le droit, inversement, de renoncer à Mendelssohn pour retourner à Sarasate ou à Paganini.

THOMAS. — Et ce fut *Le Secret d'Eunerville*, secret historique, comme il va de soi. Du pur Boileau, pour l'enchaînement ahurissant des épisodes, et du pur Narcejac par le soin apporté au pastiche. Le roman étonna et amusa. Il remporta même un prix. Mais, le plus important, c'est qu'il nous avait procuré ce ressourcement dont nous avions besoin pour continuer.

PIERRE. — Si vous vous reportez aux dates, vous constaterez tout de suite l'alternance des romans de la série Denoël et les Arsène Lupin. *Eunerville* après *Opération Primevère* et avant *La Tenaille*. Ensuite, *La Poudrière* (Lupin) et *La Lèpre* (Denoël) ; *Le Serment d'Arsène Lupin* et *L'Age bête*. En somme, un coup de remontant avant un roman à suspense. Et quand il nous fut évident que la série Arsène Lupin commençait à donner des signes d'épuisement, nous fîmes appel à Sans Atout.

M. X. — Sans Atout, si je vous comprends bien, serait un petit cousin d'Arsène Lupin.

PIERRE. — Vous n'avez sûrement pas oublié ce jeune collégien de *L'Aiguille creuse* qui met Lupin en échec ?

M. X. — Vous parlez d'Isidore Beautrelet ?

PIERRE. — Oui. Beautrelet, autrefois, nous avait plu énormément. Courageux, supérieurement intelligent, opiniâtre, et pourtant naïf, confiant et d'une honnêteté scrupuleuse, il était lui-même un petit Lupin d'avant le péché. Eh bien, Sans Atout est son jeune frère.

THOMAS. — Avec lui comme héros, nous pouvons nous offrir une bonne ration de mystère et même de frisson.

M. X. — Vous voulez dire que ces romans pour la jeunesse sont de vrais romans policiers à l'ancienne, composés avec le même souci de rigueur en même temps qu'avec le même mouvement intérieur ?

PIERRE. — Parfaitement. Mais Sans Atout est au service du droit, naturellement.

THOMAS. — Pas de scènes de brutalité, de violence gratuite. Et beaucoup de réflexion, de raisonnement. Bref, la formule Leblanc, à peu de chose près.

M. X. — Et ça marche ?

THOMAS. — Très bien.

M. X. — Mais vous ? Quelle satisfaction tirez-vous de récits malgré tout un peu simplets ? Ils vous rappellent des émotions de votre enfance, je veux bien. Mais la vie n'est pas faite que de pèlerinages.

PIERRE. — Bonne question. Eh bien, nous en tirons une satisfaction intellectuelle.

M. X. — Ça m'étonnerait.

THOMAS. — Je peux faire un tout petit peu de théorie ? Ce sera la dernière fois. Ce qu'il faut bien voir, c'est que la dose d'artifice que peut accepter un jeune lecteur est sans commune mesure avec celle que tolère un adulte. Revenons à la prestidigitation. Dès que le magicien est obligé d'utiliser beaucoup d'accessoires, le spectateur un peu averti décroche. L'excès de complication est une faiblesse. Au contraire, c'est cet excès même qui captive l'enfant. Et quand le romancier, à son tour, peut se moquer de la vraisemblance, peut inventer sans risque de l'extraordinaire, quel plaisir ! Ce que l'expérience nous a enseigné, c'est que le suspense de qualité exige un minimum d'artifice. Ce que le vieux roman policier, en revanche, savait faire, c'était des constructions purement imaginaires, sans souci de la vérité. Voyez Ellery Queen. Et c'était beau comme de la peinture abstraite. Oui. Ces vieux conteurs étaient des « abstraits » qui se moquaient de la perspective et du trompe-l'œil. Nous leur reprochions — moi le premier — de n'être pas dans la vie et nous ne voyions pas qu'ils avaient réinventé un « ailleurs » venu tout droit de l'enfance. Il nous faut retrouver le sens du bizarre.

PIERRE. — Je contresigne, sans hésiter. Un Sans Atout, c'est, au premier degré, une honnête histoire policière, mais au second degré, et peut-être pour nous seuls, c'est aussi cet « ailleurs » dont Thomas vient de parler.

THOMAS. — Seulement, attention. De l'invraisemblance, d'accord. A condition de ne pas donner dans le monstrueux. Je pense en particulier aux romans de Stephen King. Ils sont superbes, mais ils ont le tort de verser dans la parapsychologie. Alors, là, on franchit un seuil. On cesse de jouer. Or, ce qui doit rester la commune propriété du jeune enfant et du vieil enfant, c'est le goût du jeu. Notre « ailleurs » est de nature ludique. D'où le plaisir qu'il procure inlassablement. La paranoïa critique, dont parlait Salvador Dali, oui.

PIERRE. — Le dérèglement maîtrisé. Il nous faut y revenir.

M. X. — Mes pauvres amis, désolé de vous interrompre. Mais la machine commande. Elle a besoin d'être rechargée. Mi-temps, si vous voulez bien. C'est l'heure des rafraîchissements.

DOUZIÈME ENREGISTREMENT

M.X. — J'ai l'impression que nous arrivons au bout de nos peines. Et maintenant, je vous dois quelques excuses. J'ai constamment joué l'ignorant et pourtant je connaissais d'avance à peu près vos réponses. Mais je voulais les entendre de votre bouche, car vous, je suis sûr qu'en cours de route vous avez découvert sur vous-mêmes des choses intéressantes. En somme, si j'essaie de vous résumer, je dirai que, sans cesser de travailler la main dans la main, c'était tantôt l'un qui tirait l'autre et tantôt l'autre qui tirait l'un, mais dans l'unité constante d'une écriture qui fait très paradoxalement de vous un seul auteur.

PIERRE. — Nous sommes d'accord. Cependant, je vois mieux à quel point nous avons évolué. C'est très étonnant.

THOMAS. — Et j'ajouterai que nous avons évolué vers plus de simplicité et de nudité. Exemple : *Les Eaux dormantes*. Certes, nous n'avons pas ouvert un chemin. Nous avons essayé, c'est vrai, de nous tailler un petit sentier mais nous ne savons plus où il mène. Peut-être à de nouveaux échecs.

M. X. — Oh ! vous êtes dur !

PIERRE. — Mais songez à tout ce que nous avons raté. Au cinéma, à deux ou trois exceptions près, nous n'avons jamais été de bons scénaristes. Et au théâtre...

M. X. — C'est vrai. Reste le théâtre, dont nous n'avons pas parlé.

PIERRE. — Ça vaut mieux.

M. X. — Le Grand Guignol a joué une pièce de vous.

PIERRE. — Oui. L'histoire d'un coureur des 24 heures du Mans. Vous vous rendez compte, l'évocation du Mans sur une scène grande comme la main, avec les bruits tonitruants de l'épreuve enregistrés vaille que vaille. Vraiment, en ce temps-là, nous ne reculions devant rien.

THOMAS. — Ensuite, nous avons écrit une pièce policière qui, pendant vingt-quatre heures, faillit être acceptée.

PIERRE. — Et puis, M. Rouzière nous conseilla vivement de composer pour lui trois actes classiques, quelque chose comme *Le crime était presque parfait*. L'occasion était belle. Il aurait fallu la saisir au passage. Nous l'avons laissée échapper.

THOMAS. — Penser « théâtre » et penser « roman », c'est presque incompatible.

M.X. — Bon. Je n'insiste pas. Mais cette longue croisière à travers votre œuvre ne nous a pas amenés au port. Vous semblez encore une fois à la recherche d'une direction, comme si tant de romans, derrière vous, ne comptaient plus. Vous n'avez pas l'intention de jeter l'ancre. Alors ?

PIERRE. — Alors, nous nous remettons en question, comme nous l'avons fait tant de fois.

THOMAS. — Il y a peut-être une issue.

M. X. — Ah ! vous voyez bien !

THOMAS. — Nous relisons beaucoup de ces romans classiques, qui semblent revenir à la mode. C'est ce qui m'a conduit à vous dire que ces vieux auteurs étaient des « abstraits ». Parlons d'eux comme s'ils étaient des peintres, des baroques un peu surréalistes. Par rapport à eux, le « néo-polar » est aussi archaïque que le naturalisme, la peinture « à sujets ». Je vous ai dit encore qu'ils avaient réinventé un « ailleurs » et renoué avec les phantasmes de l'enfance. Eh bien, nous aussi. Alors, quand avons-nous commencé à dévier ? Très exactement, et par ma faute, quand nous avons cherché à faire sortir le merveilleux, la poésie du suspense, de ces problèmes de société qui ne sont que la cristallisation de faits divers banals.

M. X. — Vous considériez pourtant cela comme un progrès.

THOMAS. — J'avais tort. Il y a, dans ce machiavélisme qui me semblait être une sorte de péché originel du roman policier, une dose de folie qui peut être un poison mais qui, à l'état de trace, joue le rôle d'une vitamine.

M. X. — Ce que vous pouvez être compliqué. Vous passez, sans crier gare, de la peinture à la biologie. Pierre, vous ne pourriez pas m'aider ?

PIERRE. — C'est très simple. Notre suspense s'était anémié. Il fallait non pas toucher à la vérité de nos personnages, mais les affronter à des situations très délicatement, très légèrement absurdes.

THOMAS. — Voilà. Ce que nous avons découvert en toute innocence, dans *Celle qui n'était plus*, disons pour simplifier dans *Les Diaboliques*, nous devons le retrouver, maintenant, en toute lucidité. C'est à quoi notre petit Sans Atout nous a beaucoup aidés. Nos tout derniers romans n'ont pas « d'ailleurs », d'arrière-plan. Ils ne frôlent pas un autre monde.

M. X. — Vous croyez vraiment que les romans de Queen, ou de Patrick Quentin, ou de Freeman, sont des « abstraits » au sens où vous l'entendez ?

THOMAS. — Je l'affirme pour John Dixon Carr ou pour Chesterton.

M. X. — Et vous seriez capables, maintenant, de raconter une histoire qui répondrait à vos nouvelles exigences ?

PIERRE. — Nous y pensons. Imaginez un auteur qui apprendrait un jour que le personnage principal du roman qu'il est en train d'écrire — donc un personnage de pure fiction et, qui plus est, une femme — s'est rendu coupable d'un crime, j'entends d'un vrai crime, commis pour de bon, dans la vraie vie. La police a son signalement. Pas d'erreur possible. L'assassin est quelqu'un qui n'existe pas encore et qui pourtant existe bel et bien.

M. X. — Oh ! Oh ! C'est forcément le romancier qui est le coupable. Et nous retombons dans le cas du Dr Jekyll.

PIERRE. — Pas du tout. Ce serait trop simple.

THOMAS. — On lui explique ?

M. X. — Oui. Expliquez-moi.

PIERRE. — Non. Il reste encore trop de points obscurs à tirer au clair.

M. X. — Si vous réussissez, vous aurez écrit un chef-d'œuvre.

PIERRE. — Malheureusement, nous avons encore besoin de beaucoup de temps. Et, à notre âge, le temps joue plutôt contre nous.

THOMAS. — Mais quelle joie si nous pouvions nous dire : la boucle est bouclée. Avec les rêves de notre enfance, nous avons construit quelque chose qui laissera un souvenir, même si cela évoque le Douanier Rousseau ou le Facteur Cheval.

M. X. — Je vous remercie, mes amis. Vous voyez, j'ai prévu du champagne pour saluer votre épilogue. Et comment s'appellera-t-il, ce nouveau roman ?

PIERRE ET THOMAS. — *Celle qui n'était pas encore.*

CELLE QUI N'ÉTAIT PLUS [1]

La doctoresse Lucienne Mogard a lentement, patiemment réussi à persuader son amant, Fernand Ravinel, de la nécessité de supprimer sa femme, Mireille. Du même coup, il sera ainsi libre et riche, du fait d'une assurance sur la vie. Et Lucienne a mis au point un crime parfait. Fernand attirera secrètement Mireille à Nantes, où il est régulièrement appelé pour ses affaires, et il la noiera dans une baignoire. Deux jours plus tard, il transportera le corps à Enghien-les-Bains, où le ménage possède un petit pavillon. Là, Ravinel déposera le corps dans la rivière qui coule au bout du jardin, où il le « découvrira » quelques heures plus tard, en rentrant « officiellement », cette fois. Qui pourra jamais soupçonner que Mireille ne s'est pas noyée là où on a découvert son cadavre ? Et la date du décès étant facilement établie, comment Ravinel pourrait-il être soupçonné, puisque de nombreuses personnes l'auront vu à Nantes, *le jour du crime*, c'est-à-dire à quelque quatre cents kilomètres d'Enghien ?

Tout se passe comme prévu, ou presque. En effet, quand Ravinel retourne sur les lieux, accompagné d'un témoin, il constate que le cadavre a disparu. C'est en vain qu'il cherchera une explication plausible. Le courant de la rivière est manifestement trop faible pour pouvoir entraîner un corps. Alors, qu'est devenue Mireille ?

Ici commence le calvaire de Ravinel. Car, à partir de ce moment, la morte ne va pas cesser de se manifester. Discrètement, certes, mais de façon indubitable. Impossible de mettre en doute le décès de Mireille, décès dûment constaté par la doctoresse. Mais, d'autre part, comment mettre également en doute la présence de Mireille, que le mari criminel sent vivre dans son ombre et de plus en plus près de lui.

1. Pour les lecteurs qui auraient vu le film de Clouzot et n'auraient plus le roman présent à l'esprit. Une astucieuse publicité demandait au public de ne pas arriver en retard et de ne pas raconter le dénouement du film.

Terrible jeu de cache-cache, auquel ne pourra pas résister longtemps la raison de Ravinel. Il finira par se suicider.

Ainsi aura réussi le plan minutieusement mis au point par les deux femmes, qu'unit une tendre amitié ; un plan sur mesure, ajusté à la nature profonde de la proie visée.

DOCUMENTS

Recueillis par Francis Lacassin

ESQUISSES ET VARIANTES

LA GENÈSE DE « DELIRIUM »

La genèse du roman Delirium *(1969) commence, le 28 mai 1963, par le dépôt, à l'Association des auteurs de films, d'un synopsis intitulé* Celui qu'on croyait au loin... *Vers 1965, le thème, enrichi, remanié et transposé dans un décor américain, fera l'objet d'un scénario beaucoup plus élaboré, communiqué à Alfred Hitchcock et intitulé* Dernier Sommeil (His Last Sleep). *Cette dernière tentative n'ayant pas abouti, les auteurs en reprendront le thème dans leur roman* Delirium.

Les auteurs semblent avoir hésité sur la destruction de leur sujet (film ou roman) comme en témoigne une lettre non datée de Pierre Boileau à Thomas Narcejac. L'allusion au roman Les Victimes *paru en 1964 permet de situer cette lettre entre les deux étapes du scénario, vers 1965.* Dernier Sommeil *figure dans le tome III de* Quarante Ans de suspense. *On trouvera ci-après la première ébauche:* Celui qu'on croyait loin... *suivie de la lettre de Pierre Boileau.*

I. Celui qu'on croyait loin (1963)

Martin Eger est l'amant de Janine Herbon. Il est très épris, et il souffre, car Janine est mariée. Patrice Herbon dirige une exploitation minière. C'est un homme puissant, autoritaire, taciturne, qui voyage beaucoup et n'a pu consacrer à sa femme tout le temps qu'il aurait voulu ; d'où, sans doute, sa liaison, à elle...

Mais Martin ne peut supporter le partage. D'autre part, Janine, femme de tête, ne veut pas entendre parler de divorce. La situation semble sans issue. Ou, plus exactement, il y a une issue ; une seule, à laquelle Martin Eger songe de plus en plus souvent : que Janine devienne veuve.

Lentement, l'idée du crime fait son chemin dans l'esprit de Martin. Mais il se garde bien de confier ses sinistres projets à sa maîtresse.

Il la connaît trop bien. Il sait qu'elle n'accepterait jamais de se faire la complice d'une action aussi horrible. Non. Il faudra que jamais Janine ne puisse soupçonner la vérité. Pour elle, comme pour la police, comme pour tout le monde, Patrice Herbon aura été victime d'un crime crapuleux.

Et un soir, Martin Eger passe à l'action. La veille même du jour où Patrice Herbon doit s'embarquer pour un lointain voyage.

Martin attend Herbon dans une galerie de mine, l'attaque, le tue. Puis, pour donner à son crime le caractère crapuleux nécessaire, il lui prend son portefeuille qui renferme une grosse somme d'argent (l'argent que Herbon devait emporter avec lui). Mais, comme Martin est, à sa manière, un honnête homme, il se garde bien de s'approprier l'argent. Il le laisse dans le portefeuille et va cacher celui-ci dans un endroit où nul ne le trouvera. Il n'a plus, maintenant, qu'à attendre la découverte du corps. Or, on ne découvre pas le corps !

La galerie de mine était, en effet, déjà à demi abandonnée, à cause de récents éboulements. D'autres éboulements risquant de se produire, elle est définitivement condamnée.

Martin est cruellement ennuyé. Il s'était tellement préparé aux jours qui allaient suivre ; il avait tellement mis au point son comportement envers Janine !...

Enfin, pense-t-il, ce n'est qu'une question de quelques jours. On va signaler la disparition de Patrice Herbon, non arrivé au lieu où il était attendu. On organisera des recherches ; on découvrira qu'il ne s'est pas embarqué ; on finira bien par...

En attendant, Martin est obligé de jouer la comédie auprès de Janine qui croit son mari toujours vivant, et cette comédie est atrocement pénible à l'amant, que ronge déjà le remords.

Et voici qu'un jour Janine reçoit des nouvelles de son mari : une lettre d'Extrême-Orient. Pour elle, rien d'étonnant, bien sûr. Mais Martin sent sa raison s'égarer. Ce serait-il trompé de victime ? Aurait-il frappé un inconnu ?

Malgré sa répugnance ; il se rend à la galerie abandonnée. Le cadavre est là, et ce cadavre est bien celui de Patrice Herbon.

Et Patrice Herbon continue d'écrire. Il envoie même sa photo à sa femme.

Un imposteur, pense Martin. Il ne peut s'agir que d'un imposteur.

Mais comment le démasquer ? Il ne peut tout de même pas déclarer : « Le vrai Patrice Herbon repose dans la galerie. Je le sais, puisque c'est moi qui l'ai assassiné. » Alors, il essaie, par petites touches très discrètes, de faire naître un doute dans l'esprit de sa maîtresse. Mais ses efforts sont vains. Comment pourrait-elle imaginer que les lettres qu'elle reçoit sont apocryphes ?...

Et le temps passe... Et le cadavre devient rapidement méconnaissable ; l'humidité, les bêtes... Bientôt il ne sera plus qu'une dépouille anonyme. Le découvrirait-on, qui songerait jamais à Patrice Herbon, qui donne régulièrement de ses nouvelles, non seulement à sa femme, mais à son vieux père, qui s'éteint lentement, victime d'une maladie incurable.

La situation devient insoutenable pour Martin. Il faut en sortir. Et il se décide à agir. Il va retirer de sa cachette le portefeuille du mort, en brûle les billets de banque — qu'il ne veut à aucun prix s'approprier ; ses mobiles doivent rester « nobles » — puis il reprend le chemin de la mine. Non sans répugnance, il glisse le portefeuille dans une poche de Patrice Herbon que, maintenant, nul ne pourrait plus reconnaître. La première partie de son programme est remplie, la plus horrible. Mais pas la plus redoutable !

Le lendemain, Martin achève d'exécuter son plan : il provoque le petit incident destiné à attirer plusieurs personnes dans la galerie.

Et c'est, enfin, la découverte du cadavre. Mais de qui s'agit-il ? On le fouille... et on ne trouve rien sur le corps. Stupeur, affolement, désespoir de Martin !...

Et la vie continue.

Ce n'est que beaucoup plus tard (après un certain nombre d'épisodes qu'il est inutile de résumer ici) que l'amant criminel découvrira la vérité.

Janine n'est pas exactement la femme qu'il imaginait. Pour elle, une chose comptait par-dessus tout : l'argent. Elle aimait Martin, certes, mais jamais elle n'aurait pourtant divorcé, *parce que son mari était très riche*. Sans doute eut-elle accepté de se faire la complice d'un crime qui eût assuré sa fortune, mais pas d'un crime qui, simplement, la rendait libre.

Or, elle a découvert l'assassinat très peu de temps après que cet assassinat eut été commis. Et, pour elle, la mort de son mari était une catastrophe, parce que *prématurée*. Le vieux père, à l'agonie, laissait, en effet, une fortune énorme. Cette fortune, normalement, devait revenir à Patrice Herbon ; par contre, elle échappait à Janine, à la bru, si le père mourait avant le fils. Elle héritait de son mari, pas de son beau-père. Il fallait donc qu'on ignore le décès de Patrice. Il fallait faire en sorte que Patrice « ne meure qu'après son père ».

D'où la machination qu'elle montait en hâte avec son frère (ou un autre personnage qu'on aura vu au début de l'aventure). C'est ce frère qui s'est embarqué pour le pays où nul ne connaissait Patrice Herbon. C'est ce frère qui a écrit, en imitant l'écriture de Patrice, c'est lui qui a envoyé des photos (que Janine n'avait pas encore fait développer). Cependant, Janine ne cessait d'étudier, d'observer son amant. Sans peine, elle imaginait ce qui se passait en lui. Le soir où il était retourné à la mine, elle l'avait suivi, avait récupéré le portefeuille, dont la découverte aurait ruiné ses plans.

En somme, elle n'avait qu'à attendre patiemment la mort de son beau-père. Celui-ci disparu, elle prévenait son complice qui, quelque temps après, aurait simulé un accident mortel, ou mieux encore, aurait réussi, en y mettant le prix, à faire établir un acte de décès en bonne et due forme, au nom de Patrice Herbon.

Janine, alors, était riche, immensément riche. Et elle aurait pu vivre, heureuse, avec Martin, qui aurait toujours ignoré quel rôle elle avait joué. Rien ne se serait plus opposé à leur bonheur. (Bien entendu, le frère complice aurait touché sa part.) Tout aurait été pour le mieux.

En bref, le curieux drame de ces deux amants, c'est que les mobiles suffisants pour faire agir l'un, ne l'étaient pas pour faire agir l'autre. *Ils n'étaient pas capables des mêmes actes.*

Martin, lui, n'était même pas capable de comprendre Janine, qui, n'ayant, en fait, commis qu'une simple illégalité, allait lui apparaître comme infiniment plus criminelle que lui.

... Une scène terrible précéda la rupture. Martin partit, portant à tout jamais le poids de son crime inutile.

II. Lettre de Pierre Boileau à Thomas Narcejac

Je suis donc plongé jusqu'au cou dans l'histoire du « cadavre ». J'ai recherché toutes mes notes ; malheureusement, il n'y en a pas beaucoup. Au fond, ce projet était toujours resté très embryonnaire. Bref, je l'ai décortiqué et mis « absolument à plat ».

Eh bien, j'ai de plus en plus l'impression qu'il y a là un magnifique sujet, et riche non seulement sur le plan de la simple situation de base, qui est assurément très forte, mais encore sur le plan des personnages et de leurs rapports (l'amant et sa maîtresse). Seulement, il faut que tout cela soit exploité systématiquement ; il faut faire rendre le maximum à cette intrigue (ce qui est d'ailleurs notre règle). Pour les deux premiers tiers (?) de l'histoire, il n'y a pas de grands problèmes : une simple mise au point très précise ; la grosse difficulté, ce sont les explications finales. Bien d'accord avec toi : c'est l'aventure du cadavre qui est notre atout maître. C'est le magnifique thème, sur lequel on devrait même pouvoir broder de nouvelles variations.

Mais, il est impossible d'escamoter la partie des explications, disons « la mécanique-solution ». Et c'est là que commencent les complications. Tu te rappelles bien l'histoire. Si on pouvait s'en tenir à l'idée de l'assassin qui tue un type, et dont le crime n'est pas découvert, ce serait l'idéal. Mais impossible de tenir alors les dimensions voulues (qu'il s'agisse d'un roman ou d'un film) ; en outre, on risquerait de sombrer très vite dans le gros comique. Il faut, en somme, la contrepartie de cette situation de base ; c'est-à-dire : la femme qui a un très gros intérêt (héritage) à ce qu'on ne sache pas que son mari est mort... et qui le fait revivre avec l'aide d'un complice. C'est ici qu'on risque, en partie, de retomber dans le déjà vu (ça, encore, c'est arrangeable ; ce n'est pas trop gênant puisque le lecteur ou le spectateur *savent qu'il s'agit d'un imposteur*, et que nous ne jouons *à aucun moment* sur le thème du mort qui revient). Ce qui est gênant, c'est, à un moment quelconque, *d'exposer la machination de la femme et du complice* ; c'est surtout de trouver les épisodes de la fin : comment le héros de l'histoire découvrira la vérité, comment il agira, ce qu'il adviendra d'eux tous. Je crains ici qu'il y ait une grosse baisse de tension, par rapport à ce qui précède. Or, il n'y a pas moyen d'escamoter toute cette fin, sous peine de remettre un scénario inachevé. C'est là-dessus que je travaille ; et le boulot n'est pas facile. Toujours la même chose : on peut trouver la solution satisfaisante en deux heures, mais aussi bien en deux jours ou en deux semaines.

Quoi qu'il en soit, il y a certainement là également un très bon sujet de roman, et tout à fait différent de ce qui a été fait jusqu'à présent. Sur le plan policier : l'assassin qui n'arrive pas à ce qu'on découvre sa victime (c'est exactement le contraire de la situation classique). Sur le plan personnages : l'amant qui, d'abord, au lieu d'avoir sa maîtresse pour complice est, au contraire, contraint d'exécuter le mari sans qu'elle le soupçonne ; car il sait qu'elle n'accepterait pas le crime (autrement dit : il se méfie au moins autant d'elle que de la police) : ça aussi, c'est nouveau ; d'ordinaire, on a le couple criminel ; enfin, on a également cette situation extravagante (après le crime) de la femme légitime « torturée » parce qu'elle se croit toujours en puissance de mari (elle joue la comédie, mais on ne le sait pas), et l'amant qui l'a rendue « libre »... mais qui ne peut pas le lui avouer. Tout cela devrait donner beaucoup. Maintenant, il est possible que, après une certaine partie de l'histoire racontée, comme d'habitude, à l'envers, on ait intérêt à continuer à l'endroit (comme tu y avais pensé pour *Les Victimes*) ; il y a, en effet, tout un humour qui ne peut apparaître que si l'on sait la vérité en ce qui concerne le rôle exact de la femme. Bref, les matériaux ne manquent pas, mais il y a encore de sérieuses lacunes. Nous connaissons cela ; c'est le processus classique. L'ennui, ici, c'est qu'il faut aller vite. Pour le corps qui se décompose ; c'est tout de même là un détail qui risque d'écœurer immédiatement le lecteur ; je pense que (surtout pour « l'image ») il vaut mieux exploiter les rats. Le résultat est le même, mais on peut montrer des rats grouillant autour d'un corps ; on ne peut pas montrer des chairs en putréfaction. Autre chose : la mine est assurément pour nous le cadre le plus pratique (avec l'éboulement qui interdit l'accès d'une galerie) ; mais c'est un décor qui n'est pas très spectaculaire. Il faudrait peut-être en trouver un autre, répondant aux exigences de l'action, mais qui soit plus pittoresque. Bref, je continue.

Bien affectueusement.

PIERRE.

Encore une trop longue lettre. Mais ça m'aide de te résumer les difficultés ; ça me permet de mieux les cerner. Il y a bien d'autres points dont je voudrais te parler ; ça sera pour une autre fois. Tout cela a pour moi valeur de notes.

LA MONTRE

Conte de Pierre Boileau seul, paru en 1954 dans « Le Parisien libéré ». En 1973, les auteurs en ont repris le thème dans Les Douze Coups de minuit *à Paris. Voir* Nouvelles retrouvées.

Gisèle observait la pendule, du coin de l'œil. Sept heures moins cinq. Elle fit un signe discret à son mari. Paul plongea la main dans la poche de son veston, en tira un petit paquet enveloppé d'un papier de soie et serré dans un élastique.

— Mon vieux François, nous te souhaitons un bon anniversaire.

— Quoi... ? Mais c'est pourtant vrai... Ah ! vous êtes chics, tous les deux. Vous n'oubliez jamais... Mais quelle folie avez-vous encore faite ?

François étreignit ses deux amis, un gros baiser sonore sur chaque joue, puis il retourna le cadeau entre ses doigts, l'examinant successivement sur toutes ses faces, l'air prodigieusement intrigué.

— Je me demande bien...?

— Oh ! Ce n'est pas la peine de chercher ; tu ne trouveras pas, fit Paul en riant.

Lentement, la mine gourmande, François faisait glisser l'élastique, dépliait la fine enveloppe, découvrait une boîte de carton de la taille d'un étui à cigarettes.

— Cette fois, ce n'est pourtant pas un automate, ni une boîte à musique.

— Ni l'un, ni l'autre, en effet, convint Gisèle. Et pourtant, c'est quelque chose qui enrichira votre collection.

— Décidément, je vois de moins en moins.

De nouveau, Paul avait consulté la pendule.

— Vite ! Vite ! Plus qu'une minute.

— Diable ! Ce n'est tout de même pas une bombe à retardement !

— Presque.

François souleva le couvercle. Mais la vue du cadeau n'apaisa pas, pour autant, sa curiosité. Une montre ! Qu'avait-il besoin d'une montre ? Elle était belle, certes. Une de ces épaisses montres en or comme les hommes du siècle passé en portaient dans leur gilet. Mais il ne collectionnait pas les montres. Il la souleva délicatement par le ruban de moire passé dans l'anneau, l'éleva à la hauteur de son visage. Elle était remontée. La grande aiguille atteignait le cran soixante.

Et, soudain, s'égrenèrent sept petits tintements grèles, presque sans résonance, mais parfaitement distincts : tic... tic... tic...

Cette fois, François avait compris. Et une joie enfantine se peignit sur ses traits. Il rouvrit les bras à ses amis.

— Une montre à sonnerie ! Vous ne pouviez me faire un plus grand plaisir... Mais où donc avez-vous déniché cette rareté ?

Les deux époux eurent une même expression ravie.

— C'est un secret ! Tu serais capable d'aller dévaliser notre antiquaire. Et alors ? Qu'est-ce que nous t'offririons l'année prochaine ?

Gisèle prévint de nouvelles effusions. Elle ouvrit la porte de la salle à manger.

— A table !... Vous savez que Paul prend le train de neuf heures !

Les deux hommes partirent ensemble en taxi. François habitait à côté de la gare de Lyon. Paul, qui n'avait cessé de se montrer enjoué durant tout le dîner, demeurait maintenant silencieux, et son compagnon le regardait avec une inquiétude douloureuse, mais n'osait l'interroger. Comme ils faisaient les cent pas devant le wagon où le voyageur venait de déposer sa valise, Paul se décida brusquement.

— François, entre nous, franchement, tu n'as pas l'impression que Gisèle a... quelque chose ?

— Que veux-tu dire ?

— Je ne sais pas, justement... Depuis quelques jours, elle me paraît triste, préoccupée... Je suis persuadé qu'elle a un chagrin, tout au moins un grave souci, qu'elle cherche à me cacher.

— Je n'ai rien remarqué, mon vieux. Gisèle m'a paru exactement comme d'habitude.

— Il est vrai que, devant toi, elle n'a rien laissé paraître. Elle se domine, du reste, je le sens bien. Il faut la connaître comme je la connais...

Paul prit son ami par le bras.

— Je vais te demander un service. Je voudrais... oh ! pas que tu la surveilles, bien sûr... Mais enfin... que tu passes une fois ou deux à la maison, durant mon absence... et si tu as le sentiment... je ne sais pas, moi... que je ferais mieux de rentrer, tu me téléphoneras aussitôt. Et je plaquerai tout.

— Mon Dieu ! Tu crains que ce soit... aussi grave.

Paul fit un geste d'ignorance, en même temps il détournait la tête, gêné, feignait de suivre les évolutions d'une bibliothèque ambulante.

— Tu as une adresse ferme, à Dijon ? reprit François.

— Non. Je ne sais pas où je trouverai de la place... Mais c'est bien simple, tu n'auras qu'à me passer un coup de fil à la fabrique. Si je ne suis pas là, on me fera la commission.

— Je ne pourrai tout de même pas dire...

— C'est juste. Eh bien... oui, c'est cela... Nous allons convenir d'une formule, comme à la radio, durant l'Occupation.

Paul eut un sourire malheureux.

— Tu demanderas qu'on me prévienne que la montre est détraquée. Je comprendrai.

François tira la montre de son gousset, la porta à l'oreille de son ami.

— Compte sur moi, mon bon vieux. Mais écoute ce tic-tac. Il n'est pas prêt de s'arrêter. Je te le jure !

Paul trouva facilement une chambre. Mais il se sentait trop énervé pour dormir. Il alluma une cigarette, feuilleta sa liasse de commandes, pour distraire sa pensée. Il jura. La lettre de la Société rouennaise manquait au dossier. Parbleu ! Il l'avait machinalement remise dans le tiroir, après le calcul de ses prix de revient. Fallait-il qu'il eût la tête ailleurs !... Et il avait rendez-vous au début de la matinée avec le chef de fabrication !

Une resssource : téléphoner à Gisèle. Mais à une pareille heure !... Il allait l'affoler. Tout ce qui peut vous traverser l'esprit, en une seconde !... Et Gisèle était si émotive ! Jamais elle ne réussirait à se rendormir. Sa nuit serait gâchée. Une mystérieuse voix lui chuchota : « Avoue-le donc ! Tu as peur qu'elle ne soit pas là ! »

Paul porta les poings à son front, gémit. Non. Il n'était pas dupe de ses prétextes. Il avait peur, c'était vrai. Peur du silence au bout du fil, avec toute son atroce signification.

Longtemps, il demeura immobile, la main sur la poignée de la porte. Puis il se précipita dehors, dévala l'escalier. Vite ! Vite ! pour n'avoir pas le temps de se raviser. Il entra en courant dans le bureau de la réception.

— Est-ce que je pourrais téléphoner à Paris ?

— Mais... bien sûr, monsieur, répondit le veilleur en bâillant.

Déjà, la sonnerie d'appel a retenti à cinq reprises. Paul écrase le combiné contre son oreille. Il sent l'altération de son visage, mais il n'a ni la force, ni le courage de feindre. L'homme doit l'observer, endessous. Tant pis ! Au point où il en est !

Et soudain, un déclic. On a décroché. « Allo ? ». La voix ensommeillée de Gisèle.

— Allo ! C'est toi, chérie. Rien de grave ; rassure-toi... Je te demande pardon de te déranger... Oui, oui, j'ai fait un excellent voyage. Seulement, figure-toi que j'ai oublié la lettre de la Rouennaise... Oui, la grosse commande... Comment ?... Non. Elle arriverait trop tard... Tu vas m'en dicter le contenu... Dans mon bureau, le tiroir de gauche... la chemise bleue... Non, je ne quitte pas.

Un léger choc, un peu caverneux. Gisèle a reposé l'appareil sur le marbre de la table de nuit. Paul sent ses paupières se gonfler. Il répète, pour lui, puisque Gisèle n'est plus là pour l'entendre : « Je te demande pardon... » Et, ostensiblement, à cause de l'homme, il regarde la pendulette au-dessus du lit divan. Deux heures.

C'est alors que retentit, dans l'écouteur, un timbre grèle : deux petits coups presque sans résonance, mais parfaitement distincts : tic... tic...

UN CAS UNIQUE

Voici le synopsis, établi par Pierre Boileau de la nouvelle de même titre, recueillie dans Quarante Ans de suspense, *tome IV, p. 1097-1100.*

On pourrait donner comme titre à cette histoire : *Un cas unique* afin d'éveiller très vite la curiosité du lecteur, qui sentirait qu'il y a un « second degré », mais sans imaginer lequel.

Strelli passe, pour la dernière fois, le rasoir sur son menton, insiste sous la bouche, là où sa barbe était la plus fournie. Dans le lavabo, une énorme masse de poils bruns flotte, semblable à un animal mort. Strelli lève la bonde, et ouvre en même temps les deux robinets. Les poils tourbillonnent, afin de disparaître par le tuyau d'évacuation. Avec soin, Strelli rince le lavabo, fait disparaître toute trace de son rasage. Avec un regard étonné et ému, Strelli détaille, dans le miroir ce visage inconnu, ou plutôt oublié ; s'examine de face, de profil. Se peut-il vraiment que ce visage sans moustache, ni barbe soit le sien ? Est-ce vraiment sa bouche qui murmure :

— Strelli *n'est plus*... Désormais, je suis... Oui, disons : Joseph Bricheau... Pourquoi pas : Joseph Bricheau ?... Trente-trois ans... Profession... ? On verra tout à l'heure... Joseph Bricheau... Joseph Bricheau... Tu entends, Strelli : Joseph Bricheau... Joseph... Joseph... (Et à partir de cette sorte de bref prologue, on passe sur Joseph Bricheau, dont on parle au masculin.)

Il est dix heures du matin. Cela doit donc faire quelque trois heures que le crime a été découvert, quelque trois heures que les femmes de ménage, en commençant leur nettoyage quotidien des coulisses du cirque, ont découvert, dans la loge, le cadavre poignardé de Strella.

Joseph Bricheau évoque l'affreux spectacle qui s'est offert aux femmes de ménage : Strella, à demi-dévêtue, le buste reposant sur la tablette de maquillage, la glace à trois faces reflétant l'affreuse blessure : la lame restée plantée dans la gorge.

Joseph Bricheau imagine la stupeur, l'affolement, la consternation générale, et l'arrivée de la police, immédiatement alertée...

Les premiers interrogatoires avaient dû tout de suite éclairer les enquêteurs, en admettant qu'ils aient ignoré la liaison des deux partenaires, laquelle était pourtant de notoriété publique. Ce qu'ils avaient pu découvrir, c'était la jalousie maladive de Strelli, maladie dont les camarades du couple avaient pu apporter de multiples témoignages.

Nul doute que les policiers n'aient, alors, filé rue de Monceau où ils avaient trouvé porte close. Ce qui n'avait guère dû les surprendre, car ils devaient bien penser que, puisque Strelli n'avait pas été confesser son crime au plus prochain commissariat, ce n'était pas pour attendre passivement qu'on vienne l'arrêter à son domicile. Tout ce que pourrait peut-être révéler une perquisition de l'appartement, c'est que l'assassin, son crime commis, était remonté chez lui pour y récupérer quelques objets indispensables, ainsi que l'argent liquide nécessaire à sa fuite.

En bref, l'affaire ne posait aucun problème, n'avait pas le moindre caractère mystérieux. On savait qui, pourquoi et comment. Restait à rattraper Strelli !... Strelli qui estimait que l'infidèle Strella avait reçu le châtiment qu'elle méritait et n'estimait pas devoir sacrifier sa liberté pour payer un acte, affreux sans doute, mais que comprendraient ceux et celles qui ont vraiment aimé.

Autrement dit, il restait à Joseph Bricheau à mettre au point le plan longuement ruminé au cours de la nuit d'insomnie passée dans cette chambre d'hôtel, où l'assassin s'était échoué, après avoir longuement erré, au hasard.

Un plan qui se résumait à deux opérations :

1° Se procurer la carte d'identité qui lui permettrait de passer la frontière.

2° Gagner Rome, où Joseph savait qu'il trouverait aide et refuge auprès d'amis fidèles, qui, pour ne pas l'approuver, n'en trouveraient pas moins des excuses à son geste.

Dans l'immédiat, Joseph doit régler sa note et quitter l'hôtel. Ce qui ne soulève certainement aucun risque, le concierge de nuit, qui avait reçu et donné une chambre à un client barbu, ayant vraisemblablement quitté son poste. Un coup d'œil avant de s'engager dans le hall. Oui, le concierge a bien quitté son service. Donc, aucun regard soupçonneux ; aucune question indiscrète à craindre. Cinq minutes plus tard, Joseph se trouve dans la rue.

Et il est tout étonné de voir devant lui la gare Saint-Lazare. Il n'a, en effet, aucun souvenir du chemin qu'il a pu parcourir, dans la nuit.

Mais le hasard a bien fait les choses. Il entre dans une cabine de « photo-express », met de la monnaie dans la fente de l'appareil et repart bientôt, muni d'une douzaine de photos d'identité, qu'il étudie avec un étonnement sans cesse renouvelé. Joseph a beau se répéter : « C'est moi ! C'est moi ! » il reste sceptique. Et c'est fort bien ainsi, car qui le reconnaîtrait, alors qu'il n'arrive pas à se reconnaître lui-même ?...

La « première » de « France-Soir » vient de faire son apparition dans les kiosques. Joseph se précipite, achète le journal. Se peut-il que, déjà ?...

Oui. Et à la une, un titre en gros caractère :

CRIME PASSIONNEL AU CIRQUE.
STRELLI A TUÉ L'INFIDÈLE STRELLA

Et une grande photo, la plus célèbre ; celle qui a inspiré les affiches. Elle représente Strella, suspendue la tête en bas à un trapèze, et soutenant Strelli. Photo prise de telle sorte que les longs cheveux dénoués de Strella masquent complètement le visage de Strelli, dont l'épaisse barbe noire semble prolonger la blonde chevelure de sa partenaire.

A la vue de cette photo, une émotion soudaine étreint le cœur de Joseph Bricheau, qui sent ses yeux se mouiller. (Je crois bon de faire de Strelli un être sensible, douloureux, ce qui n'est pas apparu jusqu'à présent.)

Joseph lit l'article, qui résume sa carrière avec Strella (quelques brefs extraits devraient suffire : il est sous-entendu que tout le monde connait leur numéro. Un numéro de trapèze volant d'une extraordinaire mise au point.)

« Avant de se connaître, les futurs duettistes se produisaient dans d'assez obscurs numéros d'acrobatie, dans de petites troupes ambulantes. C'est le grand impresario Golden qui avait eu l'idée géniale de les réunir... Le tandem Strelli et Strella était né... et le succès avait été immédiat... La volumineuse barbe noire de Strelli et la blonde chevelure de Strella devaient faire le tour du monde... »

Joseph Bricheau doit essuyer ses larmes. Les lignes dansent devant ses yeux. (Ce qui permet de ne mettre que des bribes).

« ... Il était de notoriété publique que Strelli et Strella, indissociables à la scène comme à la piste, étaient également indissociables dans leur vie privée... La jalousie maladive de Strelli, dont ont pu témoigner tous ses camarades... »

Crime abominable, certes, écrit le journaliste, *mais comment ne pas imaginer la nature toute particulière que pouvait revêtir la jalousie chez un être aussi nécessairement torturé que pouvait l'être Strelli ? Car, et c'est bien là-dessus qu'il nous faut insister, le cas de Strelli est unique et c'est pourquoi le drame de la nuit dernière écarte toute comparaison avec les classiques crimes passionnels dont le récit occupe régulièrement nos colonnes. Acte abominable, donc, répétons-le, mais qu'on ne saurait juger d'après les critères habituels. Que chacun d'entre nous, pour s'en convaincre, se mette à la place de Strelli ? Si tant est que quelqu'un puisse se mettre jamais à sa place !*

Joseph Bricheau relit la dernière ligne et gémit.

Mais il ne s'agit pas de s'attendrir sur son propre sort. Il importe maintenant de se procurer au plus tôt une carte d'identité au nom de Joseph Bricheau, afin de pouvoir franchir la frontière sans difficulté. Sa longue méditation nocturne a persuadé Joseph Bricheau que le vieux Martineau ne lui refuserait pas ce service. Martineau ne doit-il pas la vie au père de Strelli ?... Un souvenir qui daterait bientôt de quarante ans, mais un de ces souvenirs qu'on n'oublie pas.

Le vieux Martineau n'a rien oublié, en effet. Il n'a pas encore vu « France-Soir », ni écouté la radio. Aussi, le faux Joseph Bricheau lui raconte tout : « Strella me trahissait. J'en ai acquis la preuve. Je l'ai tuée, hier au soir, après la représentation... Maintenant, la police me recherche... Alors, j'ai pensé à vous... à vos petits talents, dont mon père m'a parlé si souvent... Il faudrait me maquiller ma carte d'identité... Je serai désormais Joseph Bricheau... J'ai des photos à mon nouveau visage... Je suis absolument méconnaissable. D'ailleurs, il a fallu que je vous dise qui je suis... Vous seul pouvez me sauver... Si toutefois vous n'avez pas trop perdu la main... »

Le vieux Martineau n'est manifestement pas très enthousiaste, mais il est des dettes de reconnaissance qu'un homme de cœur ne saurait renier... Et, tout en « travaillant », il évoque les jours sombres de l'Occupation, l'activité du réseau auquel ils appartenaient, le père de Strelli et lui-même, leur captivité, leur évasion...

Joseph Bricheau repart, avec une carte d'identité d'une indiscutable authenticité.

(Il faudrait allonger un peu, afin que le lecteur ait le temps de se demander ce que le cas de Strelli présente de si particulier et que nous n'arrivions pas tout de suite à la chute.)

Jospeh Bricheau se rend à une agence d'Air France, se renseigne. Il y a un départ pour Rome à 16 heures, à Orly. Il a trois heures devant lui. Et voilà qu'il passe devant un magasin d'articles de télévision. C'est l'heure des informations. A travers la glace de la vitrine, il peut voir sinon entendre ce qu'émettent simultanément les trois chaînes. Et presque tout de suite, sur l'un des postes, apparaît une photo du cirque. Un journaliste interviewe quelques témoins, que Joseph Bricheau reconnaît aussitôt. Ils paraissent sincèrement accablés ; ils parlent en faisant de grands gestes... Et puis, ce sont quelques flashes : Strelli et Strella exécutant leur numéro, au cours d'une soirée de gala.

Joseph Bricheau s'arrache à sa douloureuse contemplation. Il se rend dans un restaurant. Il a besoin de prendre des forces, mais il a bien du mal à avaler une bouchée.

Peut-être, Joseph Bricheau, en sortant du restaurant (ou ailleurs) pourrait rencontrer quelqu'un qu'il connaît. Bref moment d'émotion ; mais l'autre ne l'identifie pas ; son regard passe, indifférent, sur ce visage rasé qui n'évoque rien pour lui. Et cet incident achève de rassurer Bricheau. De toute évidence, il ne risque rien.

(Pour l'embarquement, je ne sais pas très exactement comment cela se passe. Il faudra se renseigner.)

Le moment venu, Joseph Bricheau se rend à la gare des Invalides (?), prend le car pour Orly (?). Là, il prend son billet pour Rome. Aucun problème. C'est parfaitement rassuré qu'il attend, dans le hall, l'heure du départ.

Et c'est l'annonce du haut-parleur. Il présente sa carte d'idendité sans la moindre émotion ; et de fait, le préposé n'y jette qu'un regard machinal. Il passe ensuite dans la petite salle où un rayon détecte les objets métalliques. Là encore, pure formalité.

C'est alors qu'il avise, dans le couloir, un petit groupe de voyageurs stoppés par la police. Une voix annonce : « Nous nous excusons auprès de notre clientèle, mais tous les voyageurs à destination de Rome sont priés de se soumettre à la fouille... »

Joseph Bricheau se sent défaillir. Il a compris que tout était perdu.

(Ainsi, jusqu'à l'extrême limite, le lecteur continuerait à ne pas comprendre.)

La chute pourrait être très brève, peut-être un extrait de presse, ou un extrait des « informations » radio : « Strelli arrêtée » (avec l'accord, cette fois), « Un coup de téléphone anonyme — dont tout donne maintenant à penser qu'il s'agissait de l'œuvre d'un mauvais plaisant — avertissait, dans le courant de l'après-midi, les services de sécurité de l'aéroport d'Orly qu'un attentat devait avoir lieu dans tel Boeing, à destination de l'Italie. Une fouille en règle des passagers était alors immédiatement décidée. Elle ne devait pas amener l'arrestation de quelque dangereux terroriste mais bien de découvrir que l'un des voyageurs, se faisant appeler Joseph Bricheau, était en réalité... une voyageuse. Laquelle reconnut bientôt n'être autre que la trapéziste Strelli, recherchée depuis le matin pour l'assassinat de Strella, son infortunée partenaire et amie. L'ex-femme à barbe a été aussitôt conduite au dépôt. »

Notes : Ai oublié un détail important. Il faut, évidemment, que Strelli soit habillée en homme, ce qui n'est nullement sous-entendu ; il faudrait que cela soit précisé sans éveiller pour autant la curiosité du lecteur. Au début, donc, quand Strelli devient Joseph Bricheau, on pourrait dire que, après s'être rasé et habillé, Bricheau s'étudie avec soin de la tête aux pieds dans la glace de l'armoire. Il a choisi son costume le plus discret, veston gris légèrement cintré, pantalon au pli impeccable ; et il découvre, presque avec amusement, que c'est la première fois qu'il peut juger de l'élégance de sa cravate, que sa barbe masquait jusqu'à présent.

Peut-être signaler aussi que Bricheau emporte une petite valise.

Page 3 : j'ai parlé de la gare Saint-Lazare et ai mis : « Le hasard fait bien les choses ». Ce n'est pas clair. Je voulais dire que, à la gare Saint-Lazare, il y a des cabines de « photo-express » ; mais il y en a, je crois, dans toutes les gares (et même ailleurs).

L'AMOUR CONJUGAL

Voici le synopsis, établi par Pierre Boileau, de Tendresse, *qu'on trouvera dans la section* Nouvelles retrouvées *du présent volume.*

Un bon vieux ménage. Mariés depuis quelque quarante ans, les deux époux sont tout l'un pour l'autre.

Et puis, la femme commence à perdre progressivement la vue. Elle devient maladroite, renverse des objets, se heurte aux meubles, etc. Elle se soigne, bien entendu, mais les médicaments qu'on lui a conseillés paraissent peu efficaces. Et elle désespère. Elle se plaint de devenir « une charge pour son mari ». Elle est moralement très touchée.

Alors, par charité, le mari feint de perdre, lui aussi, progressivement la vue. Ainsi, elle ne s'estimera plus « une charge » pour lui ; pas plus qu'il ne sera une charge pour elle. Ils seront à égalité dans le malheur.

Il s'ingénie donc à avoir le même comportement que sa femme. Il imite ses maladresses, ses tâtonnements, se heurte de temps en temps aux meubles, aux portes... Comme elle, également, il se plaint que la pleine lumière lui est pénible. Il se met à porter des verres teintés. Il prend les mêmes médicaments, se met les mêmes gouttes dans les yeux. Et il renonce à lire le journal, à regarder la télé, puisque ce sont là, pour elle, plaisirs interdits.

Un jour, elle casse un saladier ancien, pièce à laquelle ils tenaient beaucoup : un souvenir de famille. Elle est bouleversée.

« Ah ! Il vaudrait bien mieux que je disparaisse. Quand on n'est plus bon à rien ! »

Aussi, le lendemain, il casse volontairement la soupière. Et ils finissent par rire ensemble de leur commune infortune.

Le temps passe... Et voilà que la femme se met à aller mieux. Le traitement qu'elle a suivi se révèle enfin efficace. Sa vue, lentement, se rétablit. Un vrai miracle.

Mais, par pitié pour son mari, elle n'ose lui avouer la vérité. En fait, il se passe exactement pour elle ce qui s'est passé pour lui. Les mêmes bons sentiments imposent à la femme de se comporter « comme son mari ». Elle feint donc de ne pas voir mieux.

C'est ainsi que, simulant l'un et l'autre, ils continuent de porter des verres teintés, de prendre des médicaments, qu'ils se privent de la télévision, des journaux, qu'ils se heurtent aux meubles, et cassent de temps en temps un peu de vaisselle...

LA GENÈSE DES « EAUX DORMANTES »

On trouvera ci-après les trois versions successives du Château, *première esquisse de ce qui deviendra en 1983 :* Les Eaux dormantes. *A travers ces trois synopsis établis par Boileau, se poursuit son dialogue avec Narcejac.*

I. Le Château. Premier projet (titre provisoire, bien entendu)

Gilbert, grosse situation (profession à arrêter). Veuf. Une fille de 20 ans. Il a perdu sa femme quelque quinze ans avant que l'histoire ne commence. Le ménage habitait un château qui venait des parents de sa femme, Juliette.

Désespéré par la mort de sa femme, Gilbert n'a plus voulu habiter ce château qui lui rappelait tant de douloureux souvenirs (c'est là que sa femme est morte), ni même y remettre les pieds. Il s'est alors installé à X..., avec sa fille Denise. Cependant, un vieux couple de serviteurs dévoués (les Martinet) a continué à habiter et à entretenir le château.

Et le temps a passé. Quelque quinze ans...

Au moment où commence l'histoire, *Denise a atteint sa majorité*. Elle peut donc prendre une décision, que son père n'avait pas voulu prendre seul. Décision qui concerne le château. Faut-il le conserver, faut-il le vendre. Denise et son père sont tombés d'accord pour mettre le château en vente. Et bientôt, le notaire leur annonce que plusieurs visiteurs se sont déjà présentés et qu'il a bon espoir de trouver un acheteur parmi eux.

Or, jusqu'alors, ce château, dont Denise n'a conservé aucun souvenir, n'avait pas, pour elle, d'existence réelle ; il lui apparaissait comme un mythe. Brusquement, il devient une réalité, et elle est prise d'une irrésistible envie de le voir, avant de prendre une décision définitive. (Ce château appartient, en fait, à Denise, héritière de sa mère.)

Denise prévient donc le notaire — peut-être aussi les vieux domestiques toujours installés au château — et se met en route. Son père n'a pas le courage de l'accompagner, et Denise s'est bien gardée d'insister.

Elle arrive chez le notaire, qui *attend justement* la visite d'un nouveau visiteur (ou peut-être mieux d'un visiteur qui s'est déjà présenté et qui paraît fort intéressé). Appelons ce futur acheteur : Hervé. Un peu par jeu, Denise demande au notaire de ne pas dire qui elle est, et de laisser croire au visiteur qu'elle est, elle aussi, une acheteuse possible. Consigne sera donnée, dans ce sens, aux vieux serviteurs, les Martinet.

Et Hervé se présente. Quarante et quelques années. Il est très beau. Un play-boy. Très vite, Denise va tomber follement amoureuse de lui. (à noter que Denise est *très jolie*).

Donc, visite du château (sous la direction du notaire, ou de Martinet). Mais, à la vérité, Denise s'intéresse plus à Hervé qu'au château.

Ils se reverront (peut-être à l'occasion d'une nouvelle visite). Denise aura la certitude que Hervé est amoureux d'elle, mais aura aussi l'impression qu'il cherche à l'éviter. Elle sentira qu'il y a un mystère dans la vie de cet homme ; ce qui le rendra encore plus attirant à ses yeux.

Bref, Hervé finira par s'apprivoiser et il deviendra l'amant de Denise.

Cependant, celle-ci aura également le coup de foudre pour le château. Plus question de vendre, tout au moins dans l'immédiat. Denise partagera sa vie entre son père, à X..., et le château. C'est dans ce château que Hervé viendra la retrouver fréquemment.

Cependant, Denise bavardera souvent avec les deux serviteurs, avec des gens du pays, ayant connu autrefois ses grands-parents et ses parents.

Et c'est ainsi qu'elle apprendra que sa mère est morte tragiquement (et non de maladie comme on le lui avait fait croire ; précaution qui se justifie parfaitement puisqu'elle était encore une enfant lors du drame).

Et cela l'amènera à mener une sorte d'enquête qui lui apportera une suite de révélations :

a. Sa mère n'est pas morte accidentellement, mais elle s'est suicidée.
b. Denise découvrira un journal, tenu par sa mère, ou bien : des lettres, dans une cachette. Et elle découvrira du même coup que Hervé a autrefois été l'amant de Juliette (c'est-à-dire quelque quinze ans auparavant. Juliette avait alors 34 ans, et Hervé 25). Et cela expliquera que Hervé ait voulu revoir le château (et peut-être même qu'il ait songé à l'acheter) ; cela expliquera surtout son comportement envers Denise (Denise qui ressemble terriblement à sa mère), pourquoi il a tout d'abord cherché à la fuir. Ses scrupules, ses remords... Remords d'autant plus violents que, Denise en sera vite persuadée, c'est à cause de Hervé que Juliette s'est suicidée... Il a dû vouloir rompre, ou bien il trompait Juliette...
c. Denise poursuit son espèce d'enquête (tout cela reste à imaginer et à mettre au point). Et cela la conduira à une nouvelle certitude : sa mère ne s'est pas suicidée, mais elle a été assassinée.
d. Et Denise en arrivera à cette autre conclusion : c'est Hervé qui a assassiné Juliette. Pour tel ou tel mobile (qui reste à imaginer : il voulait rompre ; elle s'accrochait à lui, menaçait de faire un scandale, de révéler la vérité à son mari, ou autre.)

Denise, voyant en Hervé l'assassin de sa mère, mais restant, en dépit de tout, follement éprise, n'en arrivera pas à le haïr. Aveuglée par sa passion, elle lui trouvera des circonstances atténuantes, estimera que sa mère portait une lourde part de responsabilité dans ce qui lui est arrivé, etc.

Cependant, par son comportement maladroit, par ses soupçons, qu'elle n'aura pas réussi à dissimuler, elle amènera peu à peu Hervé à se détacher d'elle. (En bref, elle sera devenue une maîtresse impossible.) (Également, dans une certaine mesure, Hervé se sera lassé d'elle.)

Et Denise sera rongée par la jalousie. Sentiment si violent qu'elle en arrivera à décider la mort d'Hervé. (Tout en se persuadant avec mauvaise foi « qu'elle va venger sa mère ». Femme jalouse, elle va se persuader qu'elle est une justicière.)

Néanmoins, elle va chercher à échapper à la police. Elle va mettre son crime bien au point... et c'est alors qu'elle aura une ultime révélation. Amenée à commettre son crime dans telle ou telle condition, elle se rendra compte que « son propre drame » rejoint exactement le drame qui s'est déroulé quinze ans auparavant... et que, par conséquent, l'auteur de ce premier crime n'était pas Hervé, mais Gilbert, son père, qui avait découvert la trahison de sa femme, Juliette.

En bref, à quelque quinze ans d'intervalle, c'est à peu près la même tragédie qu'auront vécue le père, puis la fille.

Le crime ne sera pas découvert (pas plus qu'il ne l'avait été autrefois). Et la vie continuera, au château, le père et la fille étant plus unis que jamais. Mais chacun saura-t-il « que l'autre sait » ?

Le père risque d'être terriblement gênant. Peut-être pourrait-il mourir, à un moment donné ? Ce qui ne changerait rien à la suite de l'histoire. (Bien entendu, à partir de cette fragile ossature, tout est à imaginer et à mettre au point. Ce qui me paraît important, dans cette histoire, c'est que la mécanique est mue uniquement par les sentiments : ce sont eux qui amènent les révélations, et les révélations qui les font évoluer.)

II. Deuxième projet

Denis de Malestroit (nom provisoire) arrive à Guérande, venant de Châtelguyon où il vient de faire une cure contre les amibes. Il est venu directement de Bangkok, via Paris. Il appartient aux Médecins sans frontières ; il a 27 ans. Il compte passer sa convalescence dans le château d'Aubignac, bien héréditaire vieux de 300 ans.

Au château, vivent sa mère Mathilde (?), 53 ans, et sa sœur cadette, Anne (?), 24 ans.

La mère, fière de sa naissance et propriétaire du château, est une femme rigide. Les principes d'abord. Ascendance de chouans. La fille n'a jamais eu toute sa tête. Elle est un peu demeurée et vit dans l'ombre de sa mère avec un petit côté fugueuse, qui l'entraîne parfois à vagabonder dans la Brière, comme une sauvageonne.

La mère attend son fils à la gare. Ils sont amenés au château dans une vieille limousine conduite par Jean-Marie, le jardinier factotum.

Problème : le château coûte trop cher à entretenir et il va falloir s'en défaire. *Mais*, si Denis acceptait de s'établir à Guérande — où le vieux docteur Michel va prendre sa retraite — il gagnerait assez d'argent pour qu'on puisse garder le château. C'est ça, la racine du conflit qui va couver, car Denis n'a nullement l'intention de s'enterrer dans cette province perdue. (Noter que sa sœur va tout de suite s'attacher à lui comme un chien, le suivant partout, etc. Il va s'apercevoir très vite que certaines de ses affaires disparaissent.)

On fait les comptes. Il y aurait moyen de prendre une hypothèque. D'où visites du notaire. On parle du passé. On évoque le père disparu. Occasion de revenir sur l'enfance bizarre de Denis. Le notaire conseille de vendre car il a justement un acheteur sous la main : le docteur Méchin, chirurgien en renom à Nantes. Très chic, yacht au Croisic.

Grand chasseur. Il a en outre une charmante femme, Blanche, 47 ans. Sportive. Élégante. Lui, a 53 ans.

Du temps passe. Denis se promène longuement en Brière, peu à peu gagné par le charme étrange de ce lieu hors du monde, impression qui se renforce encore au château, où pourtant il s'entend très mal avec sa mère qui estime que ces Médecins sans frontières sont tous des gauchistes, etc.

Quant à sa sœur, elle est à la fois l'esprit malin et innocent du château, circulant partout, espionnant tout. Il est sûr qu'elle lui a volé certaines choses. Il doit tout mettre sous clef. (Ici, on peut signaler que le père et la mère étaient cousins germains et qu'il y a eu des troubles d'hérédité : la fille étant plus ou moins kleptomane.)

Visite au château du couple Méchin. Le chirurgien est un homme vulgaire, entiché d'honneur, de considération, et orgueilleux de sa réussite. Sa femme, très attirante, mélancolique et réservée. Elle et Denis se plaisent du premier coup d'œil. Commencement timide d'une intrigue...

Cependant, Denis qui cherche où sa sœur peut bien cacher tout ce qu'elle chipe, découvre enfin l'endroit qui contient toutes sortes d'objets et notamment des choses ayant appartenu à des femmes, des billets donnant des rendez-vous et signés de prénoms féminins. Bref il a la preuve que son père était un fieffé coureur. Anne lui dérobait, comme une pie, tout ce qu'il laissait traîner.

A partir d'ici, l'intrigue amoureuse se développe en même temps que la curiosité concernant la mort du père. Intrigue dramatique par le fait que Blanche Méchin est mariée et qu'elle est largement son aînée.

On doit pouvoir mener parallèlement l'enquête sur la mort du père et les progrès d'une passion devenue furieuse.

Or, parmi les choses qui ont été amassées par Anne depuis des années, il y a un objet (mouchoir, bague ?) qui a appartenu à Blanche quelque quinze ans auparavant. Blanche le voit dans les mains de son amant et dit : « C'est à moi. Je le reconnais. » Comment Blanche a-t-elle pu perdre cette chose ? Tout bonnement parce que cela s'est trouvé dans les poches du père et a été volé par Anne. Le lien est établi entre Blanche et le châtelain mort mystérieusement. (On peut admettre que le père était un peintre de talent et qu'il changeait souvent de modèles. On peut admettre aussi que Blanche était une étudiante hollandaise, aux allures très libres.)

A signaler que la mère — qui avait la plus grande admiration pour le talent de son mari (c'est même une des raisons qui l'ont poussée à le tuer, par jalousie inconsciente et sentiment du devoir : « On n'a pas le droit de prostituer son talent ») — a laissé partout dans le château des tableaux, des mobiliers, bref, toute la décoration voulue par l'artiste. On est tout près de faire des dettes mais il y a le même train de vie que du vivant du père.

Donc, progression prévue : de la maladie, Denis passe à l'hypothèse accident. (On peut imaginer que le père a été trouvé en Brière, dans une cabane en roseaux, tué d'un coup de fusil de chasse en plein cœur.) De l'accident, on passe à l'idée de suicide (raisons à trouver) et enfin à l'idée de crime. (Il avait donné rendez-vous à la jeune fille. Il a voulu la violer. Elle s'est défendue, etc.)

Parallèlement, Denis vérifie que Blanche a été la maîtresse de son père. (Du moins, il le croit.) Il l'accuse de mensonge. Leur situation devient intenable (on peut admettre qu'ils se rencontrent soit dans les marais, où il y a toute sorte de caches, soit à Guérande, dans un pied-à-terre appartenant au chirurgien qui veut être à proximité de son yacht, mouillé au Croisic).

Finalement, Denis décide de repartir. (On ne peut pas lui prêter l'intention de tuer Blanche, car il est médecin avant tout. Mais ce n'est peut-être pas indispensable.)

Au rendez-vous, il découvre Blanche morte (peut-être tuée d'un coup de fusil de chasse en plein cœur, pour que tout ait l'air de recommencer). Il comprendra vite que c'est sa mère.

Épilogue : il retourne au Viêt-nam.

Cette ligne générale tient, au point de vue des sentiments. Mais l'histoire manque encore de péripéties. On pourrait admettre qu'il soupçonne sa sœur du second crime, ou bien le mari. (Je crois que c'est cette dernière partie qui est à développer.)

III. Troisième projet

On conserve provisoirement (ou définitivement ?) les noms :

GILBERT, pour le père.
MATHILDE, pour la mère.
DENIS, pour le fils, héros de l'histoire.
ANNE, la petite sœur.
BLANCHE, l'autre femme.

Quinze ans auparavant, Gilbert pourrait avoir voulu quitter le château pour fuir avec Blanche, sa maîtresse.

Il a laissé une lettre expliquant son départ. Et c'est Mathilde, sa femme, qui l'a tué, a fait disparaître le corps (la Brière) mais a, bien entendu, conservé la lettre qui l'innocente. Pour tout le monde, Gilbert sera parti volontairement.

Pour tout le monde, sauf pour Blanche, qui aura pu soupçonner la vérité. Mais elle s'est tue. Peut-être était-elle déjà mariée à l'époque, mais elle a craint de se retrouver seule, sans appui ; elle a pu aussi avoir peur du scandale, ne pas oser affronter l'opinion publique, etc. (Un silence facile à justifier, je crois.)

Peut-être Mathilde aura-t-elle pu ignorer (tout au moins pendant longtemps) avec qui son mari devait partir, aucun nom n'étant indiqué dans la lettre d'adieu.

... Et quelque quinze ans plus tard, on aurait une situation parallèle : la même femme étant concernée.

L'idée de la fille : Anne, kleptomane, me paraît excellente, surtout elle pourrait fournir un rouage important.

Denis, découvrant que sa sœur commet de menus larcins, s'arrangerait pour trouver l'endroit où elle cache ce qu'elle a dérobé. (Par exemple, il laisserait volontairement traîner quelque chose qui présenterait pour Anne un certain intérêt, et il observerait sa sœur. C'est ainsi qu'elle le mènerait à sa cachette.)

Et dans cette cachette, se trouveraient une élégante trousse de toilette et un portefeuille, deux objets ayant appartenu à son père. Dans le portefeuille, il y aurait notamment deux billets d'avion (datant *de quinze ans*), plus exactement : datés du lendemain du jour où Gilbert a disparu. Denis comprendrait alors que son père *n'est pas parti* (ce que lui et le lecteur auront cru jusqu'à cet épisode). Et comme ce père a disparu sans être parti, il serait clair qu'il a été assassiné, et qu'on a fait disparaître son corps. (Ce qui est l'exacte vérité.)

L'ennui, avec cette version, c'est qu'on devinera trop vite la vérité. Il sera évident que c'est Mathilde la criminelle ; son mobile étant trop apparent. Donc, on n'aurait plus aucune surprise finale.

Mais il y a peut-être une autre possibilité : ce n'est pas Mathilde qui a tué son mari, mais Blanche qui a tué son amant, celui-ci, au dernier moment, *ayant refusé de partir*. Scrupule, peut-être, ou lâcheté ; il a craqué. Il n'a pas voulu abandonner sa femme et ses deux enfants. (Là encore, on trouverait facilement, je pense, des raisons parfaitement acceptables.)

Et quinze ans plus tard, nous aurions une situation à peu près identique. Blanche tombant amoureuse de Denis — de Denis *qui ressemble à son père* — et voulant partir avec lui, Blanche ayant une revanche à prendre, et sur la vie, et sur Mathilde.

On garderait donc Denis découvrant la trousse de voyage de son père et le portefeuille *dans la cachette d'Anne*, et soupçonnant sa mère. Il faudrait même qu'il mène une sorte d'enquête et qu'il acquière la certitude — et le lecteur aussi — que c'est bien Mathilde qui a tué son mari, alors que celui-ci s'apprêtait à partir.

... Et puis, Denis et Blanche décideraient de partir (en partie parce que Denis ne peut plus supporter sa mère). Tout serait prêt pour le départ... Et, au dernier moment, Denis flancherait (comme a flanché son père). Il ne pourrait pas se décider à rompre définitivement avec son passé, avec le château, avec ce pays qu'il a redécouvert et qu'il aime, et aussi parce que la perspective de passer sa vie avec Blanche l'effraie un peu, et aussi parce que, à partir du moment où il a découvert la vérité sur la liaison de Blanche avec son père, il a eu le sentiment de commettre une sorte de sacrilège. (Là encore, je crois qu'on trouverait une justification de cette attitude.)

Bref, à l'ultime minute, Denis craquerait, comme son père, autrefois, a craqué. Il déciderait de ne pas partir.

Situation qui ferait éclater la vérité : Blanche armée d'un fusil et prête à abattre l'amant qui se dérobe, comme elle l'a fait quinze ans auparavant...

Voici grosso modo quelles pourraient être les étapes principales de l'histoire :

Denis croit — comme tout le monde — que son père a plaqué sa mère, quelque quinze ans auparavant — et est parti avec une femme (qui reste une inconnue) ; ce départ étant attesté par la lettre du père annonçant sa décision. (Bien entendu, il s'agit là d'un sujet tabou mais Denis pourra, suivant nécessité, recueillir quelques précisions par de vieux domestiques qui étaient déjà à l'époque employés au château.)

Denis amoureux de Blanche, dont il deviendra l'amant. Il s'agit d'une femme mystérieuse, douloureuse, qui aime sincèrement, violemment Denis (sa sincérité ne faisant aucun doute devra l'innocenter). Du reste, il ne sera nullement question de crime, puisqu'on croit le père parti. On aura simplement une femme assez étrange, torturée, sans qu'on connaisse les raisons de son trouble (on pourra incriminer le mari, si toutefois on la conserve mariée). La réalité, c'est que Blanche est bouleversée par l'aventure qui lui arrive, c'est-à-dire qu'elle est amenée à revivre la même passion qu'il y a quinze ans : Denis ressemble physiquement et moralement énormément à son père.

Denis découvre que sa sœur commet de menus larcins (non seulement au château, mais à l'extérieur). On pourrait, ici, avoir des confidences des domestiques. Anne barbotant des affaires chez des commerçants, que Mathilde doit, ensuite, indemniser. (Anne deviendrait ainsi un personnage intéressant, vaguement inquiétant, peut-être. Et elle deviendrait d'ailleurs un rouage nécessaire de l'histoire.)

Dans une des cachettes où Anne enferme « ses butins », Denis découvre la trousse de voyage et le portefeuille de son père, renfermant deux billets d'avion (ou autre chose) ; bref, des *indices* qui lui révèlent que son père n'est pas parti. D'où sa conclusion : son père a été tué.

Denis pourra soupçonner immédiatement sa mère (elle a tué son mari et fait état de la lettre de rupture. Tout le monde a cru le père parti). Peut-être un autre « indice » découvert dans la cachette d'Anne pourrait-il constituer un élément accablant contre Mathilde. Ici, il y aura un petit rouage à trouver.

Également, il faudra situer à quel moment Denis découvrira que la femme avec qui son père devait partir est Blanche. Découverte qui le bouleversera. Il sera rongé par les scrupules, aura l'impression de commettre un sacrilège. Il comprendra que c'est son père que Blanche aime à travers lui. (Bien entendu, il ne fera pas état de ce qu'il a découvert, mais il s'expliquera mieux le comportement de Blanche.)

Blanche réussit à persuader Denis de partir avec elle. Mais lui est de plus en plus perturbé de prendre en quelque sorte le relais de son père. Cependant, il doit prendre de multiples précautions. Anne tourne autour de lui, l'observe... (On aura là un personnage qui pourra nous être très utile et qui pourra, en outre, être très pittoresque.) En même temps, Denis, malgré lui, est amené à se méfier de sa mère. (Ce serait évidemment à doser.)

Et ce sera l'heure H. Et Denis, qui aura durant des semaines vécu dans l'imaginaire (moitié rêve, moitié cauchemar), reprendra contact avec le réel. Au pied du mur, il fléchira, comme a fléchi son père. Il refusera de partir. Et ce sera le drame (?) : la découverte de la vérité. (Épilogue à mettre au point.)

Évidemment, dans ce projet, Denis risque fort de ne plus beaucoup correspondre au personnage que tu as imaginé. C'est là toujours le danger d'avoir un personnage préexistant au mécanisme. L'avantage je crois, de ce petit projet, c'est d'avoir un assassin imprévu, puisque Blanche restera constamment une héroïne sympathique et touchante, même si elle se trouve entourée d'un certain mystère.

Tous les indices, découverts grâce à Anne, seraient à bien mettre au point (justifier notamment comment ils sont tombés entre ses mains) ; ce serait là la partie vraiment policière de l'histoire.

Mathilde, personnage antipathique, sera totalement innocente. Elle croira, elle a toujours cru que son mari était, en effet, parti avec une autre femme. Mais elle ignore qui était cette femme. Elle pourrait certainement, tout au moins dans les grandes lignes, être le personnage auquel tu as pensé. Son comportement (elle se méfie ; elle craint de voir son fils imiter son mari) achèverait de la rendre suspecte.

Peut-être (mais il faudra y bien réfléchir) ce pourrait être elle, à la fin, qui tue Blanche, afin que Denis ne parte pas « comme a fait son père ! ». Mais il est possible que la découverte d'un second assassin n'affaiblisse la fin de l'histoire au lieu de la tonifier.

L'important, au stade actuel, c'est de mettre au point le mécanisme de base.

Possibilités et éléments complémentaires à partir du petit mécanisme que je t'ai proposé :

— Gilbert (le père) et Mathilde (la mère) faisaient chambre à part. C'est dans sa chambre que Gilbert aura laissé, en évidence, la lettre dans laquelle il annonçait qu'il partait pour toujours. Il savait que sa femme, ne le voyant pas reparaître, se rendrait dans sa chambre et ainsi découvrirait sa lettre. (Et c'est exactement ce qui s'est passé.)

— Plus tard, Mathilde aura fermé la chambre à clef et jeté la clef (condamnant ainsi la chambre à tout jamais). Cela aura pu se passer en l'absence de Denis (en internat ou autre). Il apprendra ainsi des tas de détails qu'il ignorait par les vieux domestiques.

— Cette chambre pourrait apporter un élément mystérieux et pittoresque. Un jour, par exemple, Denis aura l'impression qu'il y a quelqu'un, dans la pièce. (Et on saura plus tard que c'était exact. C'est Anne, qui aura récupéré la clef jetée, et s'introduisait de temps en temps dans la pièce. C'est là qu'elle a sa ou ses cachettes. C'est là qu'elle avait trouvé la trousse de voyage et le portefeuille de son père.) (Découvertes que Denis fera également un peu plus tard, lorsqu'il surveillera les allées et venues de sa sœur.)

— Cette sensation d'une présence dans la chambre pourrait amener Denis à penser — durant un certain temps — que « son père est peut-être revenu et qu'il rôde dans le château ». Il se rendra compte, bien entendu, que son imagination l'entraîne trop loin. Il n'empêche qu'il croit, comme tout le monde, que son père *est parti*, et rien ne peut empêcher de penser que Gilbert est toujours vivant.

Voici ce qui pourrait s'être exactement passé quinze ans auparavant le soir du crime :

Gilbert avait rendez-vous avec Blanche et ils devaient partir ensemble. Il avait donc écrit sa lettre d'adieu à sa femme, et préparé quelques affaires (sa trousse), les billets d'avion dans son portefeuille.

Et puis, Anne est brusquement tombée malade, ou a eu un accident qu'on pourrait avoir, tout d'abord, cru assez grave. D'où, in extremis, la décision de Gilbert de ne pas partir (ou tout au moins de reculer la date de son départ). D'où le drame. En effet, à plusieurs reprises, déjà, Gilbert avait promis à Blanche de partir avec elle, et toujours il s'était déjugé, avait trouvé des prétextes pour rester. D'où l'effroyable colère de Blanche, depuis longtemps à bout de patience. D'où la discussion qui dégénère en crime. D'où le crime, le geste meurtrier (que Blanche aura peut-être immédiatement regretté ; mais il est trop tard).

Gilbert et Blanche pouvaient se retrouver secrètement dans la Brière. Ils se rendaient à leur rendez-vous en bateau ; sous prétexte d'aller à la chasse. Ils se rencontraient dans une hutte de roseaux. Armés d'un fusil. C'est avec son fusil que Blanche aura tué Gilbert, dont le corps sera resté au fond de l'eau (tout cela à ajuster, cela va sans dire).

Ce sont ces mêmes rendez-vous que Denis et Blanche auront, quinze ans plus tard. D'où une Blanche bouleversée, ayant l'impression de revivre son passé... une femme torturée à la pensée qu'elle est la maîtresse d'un homme dont elle a « assassiné le père ». Elle sera bien entendu très sincèrement amoureuse de Denis ; de Denis qui ressemble terriblement à son père, et est, comme lui, *un velléitaire*. D'où la crainte permanente de Blanche. Il me semble qu'on pourrait avoir là un personnage sympathique, attachant, et pourtant insoupçonnable. (Durant longtemps, le lecteur ignorera, d'ailleurs, que Gilbert a été tué ; donc, il n'y aura personne à soupçonner.)

— Si Blanche est mariée (elle pourrait s'être mariée par dépit, après la mort de Gilbert), voir comment on pourrait utiliser son mari. Peut-être celui-ci soupçonnerait-il que sa femme le trompe ; il se méfierait, épierait le couple. On aurait là un personnage inquiétant (à voir).

— En ce qui concerne Anne, sa folie (?) sera *à doser* suivant ce qu'il y aura lieu de lui faire faire. Elle pourra nous être très utile, à la fois rouage important et figure ambiguë. Denis ignorera ce que sa sœur sait exactement et dans quelle mesure elle simule.

— Mathilde, elle, sera totalement innocente. Elle croira, elle a toujours cru que son mari était parti avec *une inconnue* (ce que tout le monde a cru, du reste, puisque Gilbert annonçait son départ). Et elle craindra que son fils « retrouvé » n'en fasse autant. D'où sa haine pour Blanche (tout en ignorant totalement la vérité en ce qui concerne celle-ci). A partir du moment où on saura que Gilbert a été assassiné, les soupçons de Denis et du lecteur devraient, sans coup de pouce trop apparent, peser sur cette Mathilde.

LE SOUPÇON

Voici la toute première esquisse de l'histoire pour la jeunesse qui paraîtra en 1984 dans « Je bouquine ». Comme d'habitude, Pierre Boileau a établi ce synopsis sur lequel va travailler Thomas Narcejac. Les auteurs ont repris la situation de base de leur nouvelle Adieu Mamie *(dans* Quarante Ans de suspense, *III, p. 800-804) mais l'ont développée de façon à y intéresser de jeunes lecteurs.*

Je m'en tiens aux personnages essentiels ; tu pourras évidemment en ajouter d'autres, mais ce sera peut-être inutile. A première vue, il me semble, par exemple, qu'il n'y aura pas intérêt à multiplier « les suspects ». Il faudrait, en effet, imaginer alors *pourquoi* Untel et Untel sont suspectés et ça risque de compliquer les choses.

Je m'en tiens donc à :

YVONNE CHASSELOUP, 48 ans, la mère adoptive
GUY (11 ans) et Diop — que je vois : ***étudiant, âgé de 18/19 ans***
VALÉRIE LAMBOURDIN, la vieille dame (infirme mais pas complètement impotente)
MADELEINE, la domestique

Il n'est peut-être pas indispensable qu'ils habitent tous dans un même immeuble. Ils pourraient habiter des villas : la vieille serait simplement voisine des Chasseloup. Et si l'action se passait à Nice, dans un quartier chic, comme Cimiez ?

Pour éviter les difficultés que pourrait présenter l'autopsie, notamment en permettant d'établir l'heure de la mort, on pourrait s'en tenir au schéma suivant, qui est tout simple :

Madeleine, la bonne, passe la matinée chez la vieille. Elle fait le ménage, les commissions, la cuisine, sert le déjeuner (et mange elle-même).

Elle prend son service à 9 heures (?) et repart vers *deux heures moins un quart*. C'est juste avant son départ qu'a éclaté une scène violente au cours de laquelle elle a frappé (et tué) sa maîtresse. (Peut-être volait-elle sa patronne.) Donc : mort entre une heure et demie et une heure quarante cinq.

Guy est monté vers 14 heures. (Quelques minutes après la mort.) Il a trouvé la vieille morte, mais ne dira rien. Donc, pour la police : la vieille était encore en vie à deux heures de l'après-midi.

Quand l'autopsie sera pratiquée (le lendemain sans doute), elle ne permettra pas de fixer l'heure de la mort à une demi-heure ou une heure près. Donc, pas de problème de ce côté. La seule chose dont on sera certain, c'est que la bonne femme est morte « au début de l'après-midi », *après le passage de Guy*.

La vieille pourrait être une bonne femme très riche, et très avare. Elle pourrait avoir beaucoup d'argent chez elle, argent qu'elle répartirait dans de multiples cachettes. (Le cas n'est pas rare.) Donc, on pourrait supposer que le vol a été le mobile du crime, mais sans pouvoir absolument le prouver puisque ce serait de l'argent *caché* qui aurait été dérobé. Donc, pure supposition (mais ce pourrait être la vérité. (La vieille aurait découvert le vol et menacé Madeleine de la dénoncer. D'où, scène violente et coup mortel).

L'aventure pourrait se dérouler durant des vacances scolaires (à voir quels avantages ça pourrait présenter).

Résumé des temps forts de l'histoire :

1. Visite de Guy à la vieille. Elle est morte, mais il ne dit rien. Il rentre chez lui « comme si de rien n'était », puis part avec sa « mère » pour le manège.

2. Guy au manège. Le poney. La joie du gamin, en partie gâchée par son mensonge. (Il commence « à se confier au poney ».)

3. Retour de Guy chez lui. Il « apprend » la mort de la vieille, et qu'il s'agit d'un assassinat. Il est bouleversé mais ne se rend peut-être pas tout à fait compte des conséquences de son mensonge. Il continue donc à se taire.

4. L'enquête. (L'autopsie.) Plus le temps passe et moins Guy n'ose revenir sur ce qu'il a dit. (Il se voit arrêté pour faux témoignage ; il imagine les réactions de « sa mère », des policiers, de ses maîtres, etc.) Il a, heureusement, un confident : le poney.

5. Un jour, Guy découvre que Diop, son « frère », possède une petite moto, qu'il gare *secrètement* chez un copain. Diop ne peut nier ; il explique à Guy qu'il joue au loto et a gagné une certaine somme, ce qui lui a permis son achat. Mais il n'a rien dit à leur mère car il sait qu'elle lui aurait interdit « de rouler en moto ». Il fait promettre à Guy de se taire.

6. Guy a promis, mais il se demande si Diop lui a bien dit toute la vérité, notamment en ce qui concerne l'argent gagné au loto. Il en arrive à soupçonner Diop d'avoir assassiné la vieille pour la voler. Il ne cesse de l'observer. De son côté, Diop (qui est absolument innocent et a dit la vérité) vit dans la crainte que Guy ne parle à leur « mère » de l'achat de la moto. Il se méfie de Guy. D'où des rapports ambigus entre les deux frères.

7. Un jour, Guy échappe à un accident (qui sera à bien mettre au point). Il se persuade que c'est Diop qui a cherché à se débarrasser de lui, à le réduire définitivement au silence. Il est dès lors complètement paniqué. Il n'ose ni parler, ni continuer à se taire.

8. C'est « la fugue » à laquelle tu as pensé. Guy va se réfugier chez le grand-père, à qui il raconte tout. Le vieux le rassure. Il va prendre contact avec la police, mais il est déjà persuadé que Guy commet une grosse erreur en soupçonnant Diop. Le grand-père connaît bien Diop (il peut y avoir quelque dix ans qu'il a été adopté) et il se refuse absolument à voir en lui un criminel. D'autre part, il affirme à Guy que personne ne lui fera de reproche, qu'il va arranger les choses, etc. Guy est épuisé, fatigue, émotion... On le couche.

9. On pourrait retrouver Guy et le grand-père le lendemain dans l'auto qui les emmène à Nice (?).

Le grand-père achève de raconter à Guy que, dès l'instant où les enquêteurs ont su que la mort de la vieille dame ne se situait pas un peu après deux heures, mais un peu avant, le nom de l'assassin s'imposait ; c'était Madeleine, la domestique, laquelle allait finir par passer aux aveux. De ce côté, donc, plus de problème. Guy n'aura même pas à témoigner.

Il n'aura pas davantage, observe le grand-père, à expliquer quoi que ce soit à sa « mère ». On a fait un trait sur le passé. Plus jamais il ne sera question de la mort de la vieille Lambourdin.

En ce qui concerne Diop et sa moto, la « mère » s'est résignée : Diop ne sera plus contraint de rouler clandestinement. Quant à ce qui concerne Guy...

Le grand-père n'en dit pas plus, mais comme ils arrivent à la villa (si villa il y a) Guy aperçoit le poney, en train de brouter dans le jardin.

C'est le meilleur remède à ses appréhensions.

Suivant le plan définitivement arrêté, il y aura lieu de bien mettre au point certains rouages. Notamment en ce qui concerne la visite de Guy à la vieille dame. On peut envisager :

Version n° 1.

La vieille n'est pas totalement invalide ; simplement elle se meut avec difficulté. C'est elle même qui vient ouvrir quand on sonne (ceci valable aussi bien si elle habite un appartement dans un immeuble que si elle habite une villa).

Elle a donc ouvert à sa domestique, comme elle le fait chaque jour. Son crime commis (surtout si elle a frappé dans la colère), Madeleine, affolée, est partie *sans même refermer la porte derrière elle.*

C'est ainsi que Guy peut entrer chez la morte. Il est simplement surpris de trouver la porte entrouverte. Bien entendu, il sera à mille lieues de soupçonner Madeleine, qu'il connaît bien. Il pensera que quelqu'un (l'assassin) est venu voir la vieille entre le *départ* de Madeleine et son *arrivée* à lui. Ce qui pourra représenter une demi-heure (un quart d'heure serait sans doute un peu court).

En revanche, Guy pourra ou refermer la porte derrière lui, ou la laisser ouverte, comme il l'a trouvée. (A première vue, ça paraît sans importance pour la suite.)

Version n° 2.

La vieille ne peut guère se déplacer. Dans ce cas, Madeleine aura une clef de l'appartement (ou de la villa) et il y aura une autre clef chez Mme Chasseloup. C'est cette clef que Guy prendra pour rendre visite à la vieille. Dans ce cas, il pourra trouver la porte fermée (c'est-à-dire refermée par Madeleine), ce qui est tout à fait normal. Il ouvre, entre, découvre la vieille morte. Il repart, en refermant ou non derrière lui.

Lorsqu'il se mettra à soupçonner Diop, il pensera que celui-ci s'est muni de la clef qu'il a, après son crime, remise à sa place habituelle (où Guy l'a reprise un peu plus tard).

Version n° 3.

Si la vieille a un parlophone, les choses se présentent sensiblement de la même façon que si elle ouvrait elle-même à ses visiteurs. (Comme à la version n° 1.) La vieille a pressé sur le bouton commandant sa porte pour ouvrir à Madeleine, ce qu'elle fait chaque matin, et Madeleine est repartie sans refermer (indispensable, dans ce cas, pour que Guy puisse entrer dans l'appartement).

Rien de changé en ce qui concerne les soupçons de Guy à l'égard de Diop. Simplement, au lieu de penser que Diop a emprunté la clef de l'appartement de la vieille, il pense que Diop n'a eu qu'à s'annoncer au parlophone : la vieille lui a aussitôt ouvert.

En ce qui concerne l'enquête, il n'y aura pas grand-chose à modifier ; quelle que soit la version choisie. La police croira toujours que le crime a été commis peu après la visite de Guy.

Ou bien l'assassin aura pu entrer à l'aide d'un quelconque passe-partout, la serrure ne présentant aucune difficulté. Ou bien la vieille lui aura elle-même ouvert sa porte soit en se déplaçant, soit en appuyant sur le bouton du parlophone. Dans les deux cas, l'assassin n'aura eu qu'à invoquer n'importe quel prétexte, ou s'être fait passer pour n'importe qui. (Ce qu'on voit quotidiennement dans les journaux.)

LA GENÈSE DE « SCHUSS »

De tous les romans de Boileau-Narcejac, Schuss *(1986) est celui dont la genèse est la plus compliquée, car elle procède des métamorphoses et péripéties d'un projet de télévision qui, à ce jour, est non réalisé. C'est en avril 1981 que Michel Canello, de Telfrance Films, propose à Boileau-Narcejac d'écrire les scénarios d'une série de télévision composée de six films de 52 minutes, provisoirement intitulée* Vacances de neige *ou* Skis. *Chaque film devait se dérouler dans les stations de sports d'hiver de pays différents, avec des personnages différents sauf l'un d'entre eux qui, par sa présence et ses commentaires, assurerait la liaison entre les films. Les auteurs imaginèrent donc une jeune femme prénommée Denise, et surnommée « Marmotte », un mannequin spécialisé dans les tenues d'hiver : d'où sa présence dans les stations élégantes d'Europe.*

Trois synopsis différents furent élaborés par les auteurs. L'un d'entre eux fut développé et entièrement dialogué sous le titre Double Impunité.

Puis l'idée d'une série internationale fut abandonnée et le producteur suggère aux auteurs de tirer de l'un des trois synopsis le scénario d'un classique feuilleton en six épisodes. Les auteurs choisirent le sujet traitant des déboires d'une fabricante de skis de compétition en proie aux agissements criminels de mystérieux concurrents. Il en résulte un feuilleton de six épisodes, entièrement dialogués, intitulé Les Marchands d'espace. *Quelques mois plus tard, à la demande du producteur, les auteurs procédèrent à une version resserrée, en quatre épisodes et réintitulée* Schuss. *Cette nouvelle version, entièrement dialoguée, n'a pu voir le jour. C'est ainsi que les auteurs s'en inspirèrent, avec l'accord du producteur, pour en tirer un roman de même titre en 1985. Le synopsis ci-dessous est la toute première esquisse de l'œuvre qui deviendra successivement un feuilleton en six épisodes* (Les Marchands d'espace), *un feuilleton en quatre épisodes* (Schuss) *et un roman :* Schuss.

Prégénérique possible.

L'usine de Berthe Mouriez, P.-D.G., 40 ans. Elle est située à Grenoble. Berthe Mouriez la dirige seule. Elle est divorcée. Grâce aux efforts d'un chef de fabrication habile, Lucien Langogne (55 ans), l'usine a mis au point un nouveau modèle de ski, particulièrement rapide : le *Torpedo.*

En ce moment, on fête la sortie du ski. Réception. Champagne. La plupart des personnages importants de l'histoire sont là : l'ex-mari : Roger Mazère, 45 ans, reconverti dans l'immobilier, et sa jeune maîtresse : Solange Bellac. Gaston Mouriez, le frère de Berthe (32 ans), journaliste et photographe. Robert Blancart, 35 ans, ancien champion de ski et présentement propriétaire d'un important magasin d'articles de sport, à Grenoble. (Dix ans plus tôt, il a eu, avec Berthe, pas encore mariée à l'époque, une brève liaison et, depuis, il est resté un ami très proche.) Enfin, diverses personnalités de Grenoble.

Les nouveaux skis vont équiper soit l'équipe de France, soit une équipe étrangère (au choix). On peut, si l'on veut, indiquer ici les particularités du ski Torpedo. On apprend que Berthe a dépensé des sommes considérables pour la mise au point de l'engin.

Ce qui va suivre n'est qu'une simple esquisse de l'histoire, afin d'en dégager les lignes essentielles.

Le premier épisode s'ouvre sur une chute spectaculaire de Pierre Gallois, au cours d'une descente comptant pour le championnat du monde, Gallois court sur des skis de la marque. Il se fait une fracture du crâne. Que s'est-il produit exactement ?... Peut-être Gallois pourra-t-il l'expliquer quand il aura repris connaissance. En attendant, on étudie le film pris pendant la descente, passages au ralenti, arrêt sur certains plans, etc. Il semble que Gallois ait abordé trop vite un certain endroit du parcourt.

Berthe, très perturbée, demande à son mari Blancart de se livrer à une véritable enquête. Les skis que portait Gallois ont été largement testés, mais c'est évidemment l'usage qui permet d'apprécier vraiment les qualités et les défauts d'un matériel.

Et puis, Gallois meurt, et on pense que ce fut simplement un accident malheureux.

Mais un peu plus tard, Berthe reçoit un étrange message téléphonique. « Et si Gallois n'avait pas été victime d'un accident ! »

C'est tout. Mais cela suffit à la terrifier. Elle se confie à Blancart. S'agit-il d'une farce de mauvais goût ? D'une véritable menace... ? Peut-être essaye-t-on d'amorcer un chantage... ? Mais si, par malheur, on s'attaquait à un second champion, la situation serait grave. Blancart la rassure. Gaston Mouriez, le frère de Berthe, semble, lui, ne pas prendre la chose au sérieux. Bien entendu, on a longuement examiné les skis du mort (on pourra assister à cette expertise). Rien. Les skis sont impeccables, à part, peut-être, une très légère usure aux talons (par exemple) qui dénote une certaine fragilité, mais pas alarmante.

Cependant, il faut lutter contre un certain bruit qui commence à courir chez les professionnels : les skis Torpedo seraient peut-être trop rapides...

Deux jours avant un slalom géant (dans un second pays, au choix), nouveau coup de téléphone. « Et si Jean-François Derrien se ramassait à son tour ? »

Panique. Blancart et Gaston pensent qu'il s'agit d'une farce stupide. Mais Berthe est persuadée que quelqu'un lui en veut. Conseil de guerre. Ne pas porter plainte, car l'affaire serait alors rendue publique, et cela pourrait porter un énorme préjudice à l'entreprise. Le coupable, c'est n'importe qui. Peut-être un mauvais plaisant. Peut-être Roger Mazère, l'ancien mari de Berthe.

On décide d'aller voir Jean-François Derrien, qui a peut-être, lui aussi, été « mis en garde ». Tous les trois se rendent donc à X... et trouvent un Derrien un peu contracté mais plutôt confiant. Il doit gagner, le lendemain, bien qu'il ait souffert, récemment, d'une légère tendinite. On vérifie son équipement. Rien de suspect.

La course... Vaste public... Léger brouillard, mais beau temps. Derrien s'élance. Il va vite. Il frôle un peu trop les piquets et soudain, bêtement, il en emboutit un, culbute...

Clinique... Fracture du bassin... Derrien est perdu pour le ski. Et malheureusement, il est incapable d'expliquer ce qui lui est arrivé. La vitesse ? Oui et non... Tout à coup, il a raté une porte, ou plutôt, il a confondu des piquets, a cherché à se rattraper... Il avait pourtant soigneusement repéré son parcourt. Non. Il n'arrive pas à comprendre...

Berthe, elle, croit comprendre qu'il y a eu, certainement, sabotage. On emporte tout l'équipement à l'usine : skis, bâtons, etc...

Or, l'analyse ne donne rien, cette fois encore. Consternation. Sentiment accablant d'impuissance. (Tout cela facile à développer. On n'oubliera pas de surveiller l'ex-mari, de plus en plus suspect. Cependant, dans la coulisse, on s'agite. De méchants bruits commencent à circuler.)

... Le cirque s'est déplacé. On pourrait être en Suisse. Nouvelle épreuve en vue. La descente. Maurice Roque est le favori. Berthe, son frère et son ami, se rendent sur place, car Roque utilise les skis Torpedo.

Coup de téléphone anonyme : « Roque n'arrivera pas. » Berthe, effondrée, fait venir de Grenoble, par avion, des skis absolument neufs et tout un équipement dont on est absolument sûrs. Cependant, Roque est un peu inquiet ; il a lui aussi entendu les bruits qui circulent. Mais il n'est pas homme à se dégonfler. On passe la dernière soirée avec lui. Il est vraiment bon pied, bon œil, et fin prêt.

Le lendemain, Blancart et Gaston accompagnent Maurice Roque jusqu'au poste de départ. Roque doit descendre le troisième. Belle neige poudreuse. Temps clair.

Roque est parti. A mi-parcourt, il fait le meilleur temps. Et puis, sur une bosse, il s'envole, se reçoit acrobatiquement, mais perd un ski et dévale à la dérive jusqu'aux barrières. Il se relève, boîte un peu, mais, miraculeusement, il est indemne.

Blancart a récupéré le ski fugitif, puis le second. Les deux planches seront démontées, analysées à l'usine. Mais Berthe sait déjà que tout est inutile, que l'examen ne révèlera rien de plus que les examens précédents. Même chose pour le dopage. Une vérification sera opérée, mais ne donnera rien.

Le lendemain, échos venimeux dans la presse. Ainsi, le ski Torpedo semble condamné. Et Berthe qui n'a déjà que trop investi d'argent dans l'affaire songe à abandonner. Il y a trop de concurrence et elle est lasse de lutter. Blancart n'est pas de cet avis. Mais quoi ! Trois accidents — et qui ont été provoqués, c'est indéniable — sans qu'on puisse trouver un seul indice... Il n'y a pas de raison que la série ne continue pas. Plus Berthe attendra et plus elle sera obligée de vendre au rabais.

Blancart procède lui-même à des essais, pour en avoir le cœur net. Ça va tout seul. Les skis sont merveilleux. La meilleure politique, c'est encore l'attente.

... La date d'une prochaine épreuve n'est plus très loin. Et c'est le coup de téléphone redouté : « Pas de chance pour Pauline Garat. »

Or, Pauline Garat est l'une des meilleures Françaises. Problème. A-t-on le droit de l'exposer à un danger certain, car on ne possède aucun moyen de la protéger ?... Mais si, avertie, elle renonce à utiliser les skis Torpedo, c'est l'affaire rendue publique. Et sans doute le dernier coup ! Alors ?

Douloureux conflit. Gaston estime qu'il faut avertir Pauline et prendre le risque. Il ne s'agit, après tout, que d'un slalom. Le danger est réel mais acceptable, eu égard aux intérêts en jeu.

Affligé, depuis son accident, d'une claudication qui lui interdit l'usage des skis, Maurice Roque est entré, à titre de conseiller, dans la firme et a été mis au courant de la situation. C'est lui qui révèle la vérité à Pauline, et réussit à la convaincre. Elle chaussera les skis Torpedo.

Dernier examen du matériel. Derniers conseils. Pauline s'élance... Et elle tombe. Cheville fracturée. Pas trop de casse. Mais, cette fois, la preuve paraît évidente pour tous. Les skis Torpedo sont à écarter des compétitions. (Pauline a eu le temps d'expliquer que son ski gauche a coincé, s'est freiné tout seul.)

Chargé d'emmener les skis contestés à l'usine, Maurice Roque s'éloigne, les bois sur l'épaule, en boîtant. Cependant, Blancart tient tête à quelques journalistes. Il affirme que les skis sont impeccables et qu'il s'agit seulement d'une série noire. Mais soudain, après avoir énuméré les innombrables vérifications faites à l'usine... Nom de Dieu !... Et le fart ? On n'a jamais pensé au fart.

Blancart plaque les journalistes. Il connaît le parking où Roque gare sa voiture. Il y court. Pourvu qu'il arrive à temps !...

L'endroit est désert. Là-bas, Roque achève de ranger les skis dans son auto, il en fait le tour pour se mettre au volant.

Stupeur ! Roque ne boîte plus. « Roque, qui se croit seul, oublie de boîter ! »

Mais alors ?... L'auto démarre. Blancart réfléchit, mordu par le soupçon. Soupçon qui amène Blancart à se rendre à l'hôtel où Roque a sa chambre.

C'est le quartier général des skieurs. Personne ne fait attention à lui. Il fouille dans les affaires de Roque, mais ne voit rien d'intéressant, sauf une petite bouteille qui contient encore un peu d'Indocid (produit pharmaceutique dont les propriétés ne sont pas indiquées) et un tube de fart, ce qui est tout à fait normal chez un skieur.

(Nous restons ici sur les principaux personnages mais il y aura, bien entendu, des actions secondaires qui étofferont le récit.)

Blancart téléphone à Berthe pour la mettre au courant. De son côté, elle l'informe que les skis apportés par Roque à l'usine sont absolument normaux.

A tout hasard, Blancart se livre à une rapide enquête sur Roque. Garçon rangé, sérieux, tout à son métier. Et pourtant, miraculeusement, pendant un instant il a cessé de boîter. Et s'il était coupable de quelque chose ? Mais de quoi ?...

La teinture d'Indocid, d'après le pharmacien, est utile contre les douleurs musculaires et les tendinites.

Quant au fart, eh bien, c'est du fart. Blancart n'a aucune raison de s'en méfier. Cependant, il a bien l'intention de le confier au chimiste de l'usine. L'important, pour l'instant, est de surveiller Roque.

Le cirque revient en France (station ad libitum). Blancart et Gaston bavardent avec les skieurs. D'une façon générale, le ski Torpedo est abandonné. D'ailleurs, Blancart apprend par des vendeuses (se rappeler qu'il possède un magasin de sport à Grenoble) que le public boude les Torpedo. C'est un désastre financier qui s'amorce. Cependant, deux ou trois champions restent fidèles à la marque, car ils estiment que ces skis sont excellents et qu'il faut simplement s'habituer à eux. Et même Marc Nadaud, un très bon descendeur, à l'intention, pour la prochaine épreuve, de triompher grâce à eux. A ce propos, Berthe est prête à lui donner une importante gratification, en dessous de table.

Survient le coup de téléphone maintenant habituel : « Marc Nadaud à l'abattoir. Condoléances. »

Cas de conscience : faut-il laisser Nadaud chausser les skis Torpedo ?...

On essaie de le dissuader, sans pour autant aller jusqu'à lui parler des coups de téléphone. On lui dit simplement qu'on a peur pour lui. Mais il ne veut rien entendre.

Bref, le départ a lieu ; dans une ambiance de curiosité de la part du public, et de panique, pour Berthe et ses amis.

Nadaud descend en beauté... et c'est tout à coup la catastrophe. On charge Nadaud dans une ambulance. Cependant, Roque récupère les skis du blessé, afin de les porter à l'usine comme il l'a fait précédemment.

Ce que Roque est loin d'imaginer, c'est que Blancart, dévoré de soupçons depuis qu'il a constaté que l'infirmité de Roque était simulée, s'est attaché à ses pas.

Durant cette filature, Blancart sera témoin d'une scène étrange. En un certain endroit, Roque est rejoint par quelqu'un à qui il remet les skis que portait Nadaud, en échange d'une autre paire de skis, qu'il emporte dans sa camionnette.

Blancart est trop loin et il fait trop sombre pour qu'il puisse identifier le complice de Roque. Mais la vérité, ou tout au moins une partie de la vérité, lui apparaît. Comment trouverait-on des traces de sabotage sur les skis, alors que ceux qui sont apportés à l'usine pour y être examinés *ne sont plus* les skis trafiqués que portaient les concurrents accidentés ?

Par la suite, Blancart ne cessera d'exercer une vigilante surveillance sur les faits et gestes de Roque. Et c'est ainsi qu'il découvrira son rôle exact, ainsi que le but de la machination : ruiner l'entreprise de Berthe, qui serait alors rachetée à bas prix par une firme concurrente (ce pourrait être une firme japonaise), laquelle relancerait, sous une autre marque, des skis désormais inattaquables.

Ce que Blancart découvrira aussi, et avec stupeur, c'est que l'âme de l'opération est Gaston Mouriez, le propre frère de Berthe.

En ce qui concerne cette opération, deux possibilités pourraient être exploitées ; le point de départ de l'une comme de l'autre étant l'accident mortel (car il s'est agi là d'un *véritable accident*) dont a été victime l'infortuné Gallois. C'est cet accident, survenu alors que Gallois portait des skis *impeccables*, qui a suggéré un plan aux « conjurés ».

PREMIÈRE POSSIBILITÉ :

Pour le second accident (le slalom), Gaston Mouriez a fait absorber à Jean-François Derrien, qui venait de souffrir d'une légère tendinite, une forte dose d'Indocid (médicament qui provoque assez rapidement des troubles occulaires, troubles qui perturbent la perception des couleurs *(Exact !)*. Lors du slalom, Derrien a cessé de distinguer clairement les marques rouges et vertes des piquets, d'où la fausse manœuvre qui a entraîné sa chute. (Les skis n'y étaient donc pour rien.)

Troisième accident : du chiqué, celui-là, Roque ayant volontairement exécuté une magnifique pirouette. (Donc, cette fois encore, des skis inattaquables.)

Pour ce qui est des deux derniers accidents (les chutes de Pauline Garat et de Marc Nadaud), il y a bien eu sabotage des skis. (Et, là encore, deux solutions possibles : *a)* Ou l'utilisation d'un fart mis au point par des chimistes japonais, et qui a la propriété de durcir la semelle des Torpedo : une application sur un seul ski, et c'était le déséquilibre assuré au bout de quelque cinq cents mètres. *b)* Ou, le sabotage des skis à l'usine, par quelque complice. Sabotages qu'on ne pouvait découvrir, dans un cas comme dans l'autre, grâce à la complicité de Roque : les skis examinés à l'usine n'étant jamais ceux ayant provoqué l'accident. Et qui aurait soupçonné Roque, *qui faisait lui-même figure de victime* ?

DEUXIÈME POSSIBILITÉ (et de beaucoup la plus simple) :

Plus question d'Indocid ou de fart. Tous les skis destinés aux championnats, à l'exception de ceux utilisés par l'infortuné Gallois (l'accident mortel) et par Roque (l'accident « bidon »), *ont été trafiqués à l'usine*, par un complice.

Dans les deux cas, l'énigme posée restait la même : comment des skis reconnus impeccables pouvaient-ils provoquer des accidents ?

L'absence de toute explication logique devait suffire à causer la ruine des skis Torpedo.

M. HYDE

Établi par P. Boileau à l'intention de Narcejac, voici l'argument de départ de ce qui deviendra en 1957 Mr Hyde.

Vilarin a, dans son enfance, présenté de sérieux troubles psychiques... et il est encore loin d'être guéri. Il vit dans la hantise de commettre un crime. Et c'est pourquoi il a fini par écrire des romans policiers, c'est-à-dire qu'il tue « sur le papier ». Mais il craint que ce « dérivatif » ne soit pas suffisant. Et c'est pourquoi il « en a fait de plus en plus » en espérant naïvement qu'il arrivera ainsi à se défouler.

Un jour, un crime est commis « par un inconnu », mais cela dans des circonstances telles qu'elles ressemblent étrangement à l'exécution d'un crime que Vilarin a minutieusement décrit dans le roman qu'il écrit actuellement.

Et Vilarin en arrive à se demander si ce n'est pas lui qui a commis le crime en question « dans un état second ».

Hanté par cette idée, il finit par aller consulter un psychiatre : Maupertus. Celui-ci l'écoute longuement. Certes, il est très impressionné par le récit que lui fait Vilarin, mais il le rassure : il ne peut s'agir que d'une coïncidence. Et il lui conseille vivement de continuer à écrire.

C'est ce que fait Vilarin, qui est toutefois loin d'être rassuré. Il écrit donc un nouveau roman, assez horrifique, non pas pour le faire publier (il ne tient pas, malgré tout, à attirer l'attention de la police) mais « pour achever de se libérer ».

Or, le même phénomène se produit : un nouveau crime est commis, exactement dans les conditions imaginées par Vilarin.

Celui-ci retourne voir son psychiatre, et celui-ci doit reconnaître qu'on se trouve tout de même dans une situation extraordinaire. Et il en arrive à penser — à moins que ce ne soit Vilarin lui-même qui ait cette idée — que quelqu'un a connaissance de son manuscrit et s'en inspire, et même mieux : le copie. (Ici, apparaîtront certains personnages de l'entourage immédiat de Vilarin, notamment sa dactylo, son secrétaire, etc.) Impossible de découvrir quels peuvent être les mobiles qui font agir le criminel, mais sa ruse consiste à faire éventuellement accuser Vilarin, c'est-à-dire à faire croire qu'on se trouve devant des crimes commis par un fou.

Bref, il va s'agir pour Vilarin et Maupertus de démasquer l'inconnu, et pour cela ils vont lui tendre un piège : Vilarin écrit avec un luxe extraordinaire de détails l'histoire d'un nouveau crime. Il précise même le jour et l'heure où il sera commis (par exemple un 24 décembre à minuit), il décrit avec une extrême précision le lieu où le drame se déroulera, etc. En bref, un travail « tout mâché » pour « l'inconnu » qui n'aura qu'à agir comme un robot.

Ce texte, bien entendu, sera lu par les quelques personnes « qui risquent d'être concernées » (familiers de Vilarin, femme (?), beau-fils (?), collaborateurs, etc.

Et, la nuit venue, Vilarin et Maupertus vont se poster à l'endroit où risque de se commettre le crime. Attente angoissée... mais vaine : l'assassin ne vient pas.

A la suite de cet épisode, les rapports entre les deux hommes se modifient quelque peu. Vilarin a l'impression que Maupertus commence à se méfier de lui. Il le sent sceptique, voire soupçonneux. Et il donnerait gros pour savoir ce que le psychiatre pense exactement de lui.

Or, l'occasion va s'offrir un jour à lui de se trouver renseigné. Alors qu'il rend visite à Maupertus, celui-ci est appelé d'urgence à l'extérieur. Vilarin, qui attendait dans le salon du psychiatre, s'introduit dans son cabinet de consultation et se met à chercher dans les dossiers. Il trouve facilement celui qui lui est consacré.

Il apprend ainsi que Maupertus, après l'avoir durant longtemps considéré comme un cas assez exceptionnel, commence à se méfier de lui. Tout d'abord, il a pensé avoir affaire à un classique mythomane, mais les expériences se multipliant, Maupertus se demande maintenant si son client n'est pas *réellement* un criminel ; si son client n'est pas réellement l'auteur du (ou des crimes) commis, et si ses visites au psychiatre, si toutes les confidences qu'il lui a faites, n'ont pas réellement pour but, au cas où Vilarin serait un jour démasqué et arrêté, d'avoir un témoin de poids qui attesterait son irresponsabilité.

Désespoir de Vilarin. S'il n'est pas arrivé à convaincre Maupertus, qui convaincra-t-il, le cas échéant ?...

Et puis un nouveau crime est commis (crime également sans mobile apparent, mais des plus « pittoresques ») ! Et Vilarin en arrive à douter de lui plus que jamais. Il frise la dépression.

EXPLICATIONS :

Le mystérieux assassin, c'est Maupertus, le psychiatre. Le premier crime, ressemblant étrangement à celui imaginé et décrit par Vilarin dans son roman, *n'est qu'une coïncidence*. Il a fallu l'esprit tourmenté de Vilarin pour « s'identifier » en quelque sorte à l'assassin inconnu, pour s'imaginer que c'est peut-être lui qui a tué, dans un état second (souvenirs des troubles l'ayant traumatisé dans son enfance).

Or, un malheur a fait qu'il a été consulter un homme (Maupertus) qui avait d'excellentes raisons de se débarrasser de quelques-uns de ses semblables (soit pour être seul à hériter d'une très grosse fortune ; soit pour exercer une vengeance, mobile à imaginer), et ce psychiatre a bientôt vu comment il pouvait exploiter la situation. Mis au courant des projets littéraires de Vilarin, qui lui communiquait ses manuscrits, c'est lui qui a commis les crimes, en « pastichant » en quelque sorte ceux qu'imaginait Vilarin. En cas de nécessité, il s'arrangerait pour faire soupçonner Vilarin, « lequel n'était d'ailleurs pas tellement certain d'être innocent ». Maupertus s'arrangerait, du reste, à entretenir le doute dans l'esprit de son client.

Bien entendu, le « dossier Vilarin » était un dossier bidon. Maupertus se doutait bien que Vilarin ne manquerait pas, si l'occasion s'en présentait, de prendre connaissance de ce dossier, afin de savoir très exactement ce que le médecin pensait de lui. (Ce dossier présente en outre l'avantage d'innocenter complètement Maupertus dans l'esprit du lecteur, si celui-ci en arrivait à le soupçonner, ce que je ne crois pas.)

SCÉNARIOS NON RÉALISÉS

LES DIEUX DE L'ABIME (première version)

Dans notre tome I (p. 1275-1293) nous avons publié les deuxième et troisième versions de ce scénario, la première étant alors introuvable. Elle a été découverte récemment dans les archives de Pierre Boileau avec diverses correspondances qui nous permettent de rectifier une erreur. Contrairement à ce que nous écrivions en présentant les deuxième et troisième versions, elles ne sont pas le fruit d'une collaboration avec André Cayatte. Il ne s'agit pas, sous un autre titre, du scénario Les Jumeaux, *auquel ils avaient décidé de collaborer avec lui, comme en fait foi cette lettre du producteur Michel Safra, datée du 8 janvier 1960.*

« A la suite des accords que vous avez passés en date du 30 avril 1959, concernant le développement par vos soins, en un scénario cinématographique, d'une idée de film de M. André Cayatte, nous avons d'un commun accord renoncé à la première idée qui devait traiter de l'histoire du sosie du général Montgomery, ce sujet ayant été réalisé en un film cinématographique par une société anglaise.

Premier projet

Robert Joly (fils de restaurateurs français établis à New York, morts quand commence l'histoire) est devenu, à vingt-quatre ans, la vedette d'un film à succès. C'est un garçon qui a étudié l'art dramatique et qui est un excellent comédien. Mais, ce qui a fait le succès de son film, c'est une certaine qualité photogénique de ses yeux. Il a un regard pur et un peu visionnaire, le regard qui donne à rêver à toutes les filles du monde.

Ses producteurs comprennent qu'ils tiennent, en Robert Joly, une vedette capable d'incarner le mythe d'une certaine jeunesse en porte à faux dans l'existence. Mais Joly est un garçon un peu trop raisonnable, peut-être pas encore assez ambitieux. Il convient donc d'une part de persuader le jeune homme qu'il a devant lui une carrière exceptionnelle, et, d'autre part, de lui donner des films sur mesure pour imposer le sentiment que Robert Joly est à la fois « la bête et l'ange ».

Le succès de Joly se propage comme une épidémie. En quelques mois, il devient une sorte de Werther luciférien qui secoue violemment les foules. Mais les agents de publicité et l'imprésario du garçon estiment que sa vie privée doit être à la hauteur de sa légende. Ils le poussent à vivre d'une manière excentrique, afin de monter en épingle ses aventures. On organise même deux ou trois petits scandales, efficacement tapageurs. Et le malheureux Joly prend très vite goût à certains excès (boisson, peut-être drogue, etc.). On va être très vite obligé de le modérer, mais on a affaire à quelqu'un qui comprend mal ce qu'on attend de lui, et qui demeure très grisé par la fortune et la gloire.

Il a fait la connaissance, avec la complicité de son imprésario, d'une jeune actrice, Betty, très jolie fille, excentrique, qui ne le prend pas du tout au sérieux. Elle se contente de lui coûter très cher et d'alimenter la chronique. Joly est sincèrement épris d'elle et souffre de se voir traîter par elle comme le premier venu. Il est tout de même Robert Joly ! Ce qu'il voudrait, c'est qu'elle aime non seulement ce qu'il est mais le personnage qu'il incarne. Leur liaison est extrêmement orageuse.

Un soir, il y a eu, à la campagne, une espèce de surboum très poussée, réunissant les compagnons habituels de Joly. Tout le monde a bu exagérément. Betty flirte d'une manière provocante avec l'un des convives. Joly, furieux, finit par entraîner sa maîtresse. Il monte avec elle dans la voiture de celle-ci et démarre. Mais on a remarqué sa fuite, et, par jeu, stupidement, toute la troupe (ils sont cinq ou six) s'embarque dans une autre voiture et se met à poursuivre le couple, à grands coups de phares et même d'avertisseurs. Au début, c'est une grande rigolade ; et puis on finit par se prendre au jeu. Joly rate un virage. La voiture culbute. Betty est tuée. Joly est lui-même très touché.

Les autres (parmi lesquels l'imprésario), subitement dégrisés, tiennent un rapide conseil de guerre. Tant pis pour Betty, mais il faut mettre l'acteur à l'abri d'une enquête : un homicide en état d'ivresse, cela va chercher des années de prison. Ce serait la fin de la carrière de Joly. On va donc glisser le corps de la fille devant le volant, et emmener Joly dans une clinique où la discrétion sera obtenue à prix d'argent.

Mais, à la clinique, le docteur estime qu'il faudra, après la guérison de Joly, le désintoxiquer si l'on veut qu'il reprenne son activité professionnelle. Il sera immobilisé environ trois mois. Peut-être même ne pourra-t-il plus tourner avant très longtemps.

Désarroi à la firme. Joly devait commencer à tourner un mois plus tard. Tout d'abord, il faut expliquer pourquoi l'acteur a disparu pour un temps. On fait courir le bruit qu'il a voulu se suicider en apprenant la mort tragique de Betty. Cette très approximative vérité ne fera qu'augmenter le prestige de Joly et donnera le temps de se retourner.

Au bout d'un mois, l'état de Joly reste toujours alarmant. Il a subi un choc nerveux que ses excès antérieurs rendent très sérieux. Naturellement, des échos malveillants commencent à se répandre. On dit que c'est un type fini. On parle d'internement. Il faut sauver d'urgence la réputation de l'acteur, eu égard aux intérêts énormes qu'il représente désormais. Car ce ne sont pas seulement les intérêts du cinéma qui sont en jeu (le cinéma en a vu d'autres !). Ce sont aussi les intérêts, beaucoup plus importants, de célèbres marques publicitaires (savons, dentifrices, etc.). Joly a un nom qui suffit à lancer des produits pour lesquels on a investi des sommes fabuleuses.

Nouveau conseil de guerre, à l'échelon des hommes d'affaires. Il faut que Robert Joly réapparaisse, qu'on le voie, qu'on sache qu'il est guéri, ou sur le point de l'être. Mais comment ?... Quelqu'un pense alors à un obscur figurant dont la ressemblance avec Joly a été souvent un sujet de plaisanterie. L'idée, tout d'abord, est rejetée avec mépris. Mais à la réflexion on s'aperçoit qu'il y a peut-être là une solution. D'abord, il ne s'agit pas d'un sosie intégral. L'homme est plus maigre, plus émacié et surtout un peu plus âgé. Ensuite, son regard n'est pas tout à fait le même. Enfin, il est certain que ce garçon n'a pas la classe, à tous points de vue, d'un Robert Joly. Mais, comme ce dernier est censé sortir d'une grave épreuve morale et physique, ces légères différences iront dans le sens souhaité. D'ailleurs, on prendra soin de montrer le sosie le moins possible. Il suffira qu'il reçoive quelques journalistes, à la clinique. On se décide à risquer le coup.

Engagement du sosie. Par chance, celui-ci est célibataire. Il mène une existence obscure et besogneuse. Sa discrétion est assurée. Pendant une dizaine de jours, il va vivre auprès de Joly pour le copier fidèlement. On a expliqué à Joly qu'il devait se soumettre, dans son propre intérêt, s'il désirait rejouer un jour. Il n'empêche que les rapports entre les deux hommes sont très tendus. Puis le faux Joly reçoit les journalistes, et se tire à merveille de l'épreuve.

Or, huit jours après, le dernier film de Joly va être présenté à l'occasion d'un gala. On tente le coup. On va montrer en public le sosie de l'acteur. Et la démonstration est concluante. Le nouveau Joly fait sensation. Les femmes trouvent qu'il a mûri, qu'il a un masque encore plus intéressant qu'autrefois et que le désespoir lui sied à merveille.

En deux ou trois autres occasions, le sosie affirme ses qualités. Pendant ce temps-là, le vrai Joly reste prisonnier de sa névrose et l'amélioration attendue ne se manifeste pas. On se trouve placé devant une redoutable décision, car il y a un nouveau film à tourner. Tout est prêt. Le budget est engagé. Que faire?

La question qui se pose est celle-ci : le faux Joly vaut largement le vrai « à la ville ». Mais le vaut-il à l'écran ?... C'est très douteux. On va procéder à un essai et faire tourner au sosie une scène où Joly a, autrefois, manifesté tous ses dons. Désastre ! Le sosie est sans doute un homme intelligent et adroit mais il ne possède à aucun degré l'ancien charme envoûtant de la vedette. Il a simplement l'air d'un « honnête garçon ». L'imprésario a une idée. Il suffira de modifier le scénario, de l'adapter à la personnalité du remplaçant. Le personnage de Joly, au lieu d'être cet homme ambigu et trouble, ange et bête, sera tout bonnement un homme simple, sans complexe, qui décevra certainement ses fanatiques, mais qui, tout compte fait, assurera au film une carrière possible. Tant pis si on perd un peu d'argent avec ce film. On se rattrapera avec le prochain film du vrai Robert Joly.

Stupeur ! Le médiocre film est un triomphe. Non seulement il satisfait les supporters qui discernent, dans la nouvelle personnalité de l'acteur, un approfondissement de l'ancienne, mais encore tous ceux qui se méfiaient du côté maléfique de Joly, sont conquis par sa sobriété, sa simplicité et la qualité — garantie conforme — des sentiments qu'il exprime. C'est le type du film à voir « par tous », y compris les moins de seize ans. L'imprésario triomphe et conclut sans ambages : « L'ancien Joly est fini. Vive le nouveau. »

Cependant, le vrai Joly s'est lentement rétabli. Mais physiquement, il a beaucoup changé, et moralement, il est aigri, inquiet, désaxé. En somme, il serait plus apte que jamais à reprendre ses anciens rôles. Mais il est trop tard. La décision est prise. Elle lui est signifiée au cours d'une scène sèche et dramatique ; il doit s'effacer. Il a eu sa chance et il l'a gâchée. Maintenant, il faut qu'il renonce à tout, à sa carrière évidemment, mais aussi à son nom et même à son pays, où sa présence serait dangereuse pour la carrière de son remplaçant. Il sera largement dédommagé de la manière suivante : comme on n'est pas sûr que, dans son état de santé actuel, il ne dilapidera pas très vite un capital important, on lui versera des mensualités qui seront immédiatement suspendues s'il fait parler de lui, c'est-à-dire s'il a la tentation de révéler qui il est. Naturellement, Joly refuse avec indignation, parle de plaider, d'ameuter l'opinion. Alors, on lui rappelle son homicide. Il était ivre, il conduisait une voiture qui ne lui appartenait pas. Il a tué une femme. Il sait ce que ça coûte. Dans tous les cas, sa carrière est finie. Joly, atterré, finit par accepter l'évidence. Quand il quitte la réunion, il n'est plus personne. Son mythe l'a dévoré.

Joly est en France, sous le nom de son rival : Olivier Martin. Il a les cheveux coupés court, une fine moustache ; il porte des lunettes. C'est lui qui est devenu le sosie lointain du grand Robert Joly. En apparence, il semble résigné. Mais au fond c'est un homme ulcéré, qui n'accepte pas la vie impossible qu'il mène. Il souffre en particulier d'une solitude effroyable, puisqu'il ne peut plus avoir aucun rapport humain normal. Il a, en somme, accepté par contrat de ne plus être jamais lui-même. Il est devenu un homme en trop. Et, pendant ce temps, l'autre Robert Joly est le dieu de la jeunesse. Sa photo traîne partout. Il a des clubs de « fans ». Et les choses même parlent de lui, les rasoirs, les dentifrices, les cravates et jusqu'à la nouvelle coupe de cheveux qui fait fureur. Dans la rue, Joly coudoie d'innombrables petits Joly, images trop fidèles des affiches qui, un peu partout, chantent la gloire de l'idole. Lui, erre, tristement, de bar en bar, riche d'une fortune conditionnelle dont chaque franc lui rappelle l'odieux marché.

Joly s'intéresse de plus en plus à Sylvia, la manucure de l'hôtel de luxe où il est descendu (car il a conservé le train de vie auquel il était habitué). La jeune femme lui plaît parce qu'elle est simple, très différente des femmes plus ou moins sophistiquées (style Betty) qu'il a connues auparavant. Elle se laisse facilement éblouir et lui donne un amour naïf, gentil, reposant. Il a l'impression d'être aimé pour lui-même. Encore un peu, et il trouverait près d'elle le repos. Il recommencerait à aimer la vie. Il songe, pour la première fois, qu'il pourrait avoir un foyer et, l'occasion se présentant, il accompagne Sylvia chez elle.

Or, au mur de la chambre, que voit-il ? Deux photos de Robert Joly « deuxième manière », découpées dans un magazine. C'est pour lui un véritable choc. Sylvia se justifie avec sa simplicité habituelle. Oui, Robert Joly est pour elle, comme pour toutes les femmes, l'idéal masculin. D'ailleurs, ce qui l'a attirée vers son amant, c'est justement qu'il ressemble à l'acteur. Et même, s'il s'arrangeait autrement, ce serait assez frappant. Évidemment, il est plus marqué ; son regard, surtout, est très différent. Mais c'est bien agréable, pour une fille, d'aimer un homme qui rappelle le grand Robert Joly.

D'un coup, Joly se retrouve plongé dans son cauchemar. La femme qu'il aime — et cette fois avec gravité — n'aime en lui que l'image de l'autre. C'est abominable ! Quand il essaye de regarder les choses avec sang-froid, il se rend bien compte qu'il exagère. Sylvia est trop saine pour être vraiment éprise de quelqu'un qui demeure un rêve, un mythe, mais il n'empêche que le rival, le faux Joly, vient subitement en tiers dans cet amour.

Sylvia appartient à un club des Admirateurs de Robert Joly. Et, comme celui-ci va venir très prochainement en France pour la sortie de son dernier film, le club organise une séance de cinéma où le tout premier film du grand acteur sera projeté. A la fin de la séance, on désignera par tirage au sort un membre du club, qui passera une soirée en compagnie de Robert Joly. Sylvia n'a jamais vu ce film. Joly la pousse à assister au spectacle. Qu'espère-t-il ? Il ne le sait pas bien lui-même. Peut-être pense-t-il que Sylvia préfère le Joly des débuts à la vedette d'aujourd'hui ? Peut-être souhaite-t-il confusément détourner sur lui un peu de l'admiration que Sylvia éprouve pour l'acteur ? Peut-être même cherche-t-il inconsciemment à susciter l'occasion de faire à Sylvia des allusions ou des confidences voilées ?

Ils assistent à la projection du film et Sylvia est très émue. Joly a l'impression qu'il reprend sa maîtresse. Après le film, un débat (genre ciné-club) s'engage entre les supporters de l'acteur. Il s'agit d'ailleurs moins d'un débat que d'une sorte de cérémonie religieuse où se manifeste l'adoration des fidèles qui, dans un style extrêmement obscur et lyrique, d'une technicité ahurissante (on dirait qu'ils ont chacun, derrière eux, une longue carrière cinématographique), célèbrent le génie de Robert Joly, analysent sa philosophie de l'existence, sa métaphysique de l'inquiétude et enfin soulignent son admirable évolution vers des valeurs nouvelles où se trouvent conciliées la révolte et la sérénité ! Naturellement, Joly est exaspéré et accablé. Jamais il n'a senti autant qu'il vivait dans la peau d'un autre. Il est, lui, dans son fauteuil, comme un Martien. Mais, près de lui, Sylvia vibre, au contraire. Elle applaudit. Elle ne comprend rien mais elle adhère par toutes les fibres.

Arrive la minute du tirage au sort. C'est Sylvia qui est désignée.

Ils sortent. « Tu n'iras pas », dit Joly. Sylvia se cabre. Ils se querellent, de plus en plus violemment. Poussé à bout, perdant toute prudence, Joly lui dit brusquement : « Le vrai Joly, c'est moi ! » et il commence à lui raconter son histoire.

Ces aveux de Joly modifient la situation du couple dans un sens paradoxal. Tout d'abord, Sylvia n'a pas cru son amant et a pensé qu'il essayait de la bluffer par jalousie. Mais, devant l'insistance de Joly, à la vérité de certains accents, elle a bien dû admettre qu'il parlait sérieusement. Et elle s'est persuadée, non sans angoisse, que son compagnon vivait une sorte d'étrange délire. Joly semble s'identifier à la vedette et, comme Sylvia ne veut pas le perdre en le contrariant, elle entre malgré elle dans son jeu. Mais, à l'instant même, son amour se nuance de pitié et par là même ce n'est déjà plus de la passion. C'est une tendresse nuancée, déjà fragile, mêlée de peur (car l'exaltation du garçon est bien inquiétante). Le malheureux Joly, en s'attaquant au mythe, est en train de lasser sa maîtresse. Car il la harcèle. Est-ce qu'elle le croit ? Son tourment tourne à l'idée fixe. Il voudrait qu'elle renonce à cette soirée avec la vedette. Mais Sylvia, par orgueil, refuse de s'incliner devant ses sommations.

Quelques jours avant l'arrivée du faux Robert Joly, une scène plus violente éclate entre eux, dans un bar élégant. Poussé à bout, Joly gifle Sylvia. Mais aussitôt intervient un de ces petits jeunes gens coiffés et habillés à la Joly, et qui jouent les redresseurs de tort à la ville comme leur modèle le fait à l'écran. La colère de Joly se déchaîne et il démolit proprement ce garçon qui devient, en une seconde, le symbole de tout ce qu'il déteste. Scandale. Intervention de la police. Joly est embarqué, avec Sylvia et le jeune homme.

On s'explique au commissariat. Joly, après coup, est prêt à dédommager sa victime qui ne portera pas plainte. Cependant, l'inspecteur de service veut donner suite à l'affaire. Alors, Sylvia l'attire à l'écart. Elle lui explique que son compagnon traverse une période difficile. Il s'est mis en tête qu'il était Robert Joly. D'ailleurs, le policier a pu remarquer sa ressemblance avec la vedette. Bref, l'inspecteur se laisse fléchir.

Pendant que Sylvia se repoudre et achève d'apaiser Joly, l'inspecteur a le temps de signaler à un journaliste, qui fait sa quotidienne tournée des chiens écrasés, le petit incident et d'attirer son attention sur la ressemblance du délinquant avec le célèbre comédien. Quand le couple sort, au passage, le journaliste prend un flash.

Dans la rue, Sylvia signifie à Joly sa volonté de rompre. Joly comprend que tout effort serait vain. Ils se séparent.

Le lendemain, dans un journal, paraît un petit écho humoristique, avec une photo de Joly, parfaitement réussie.

Un peu plus tard, Robert Joly se présente aux guichets de sa banque pour toucher sa mensualité. On lui apprend que son compte a cessé d'être approvisionné. Une lettre de New York a avisé la banque que les versements au compte de Robert Joly étaient supprimés. Le même jour, Joly est informé par son ancienne firme que, puisqu'il n'a pas tenu ses engagements, il ne recevra plus rien et que, s'il continue à faire des sottises, on prendra des mesures encore plus énergiques.

Ainsi, Joly a désormais tout perdu. Il n'a même plus le désir de lutter. Il ne veut plus qu'une chose, se venger de l'homme qui lui a tout pris et dont les images se multiplient dans la ville à mesure que la date de son arrivée approche. Il ne lui reste plus qu'à tuer le mythe. Il se procure un revolver.

Le faux Robert Joly arrive à Orly. Mais il est impossible de l'approcher à cause de la foule qui encombre les abords.

Joly rôde ensuite autour de l'hôtel Crillon où est descendue la vedette. La foule est toujours aussi dense. Joly guette une occasion favorable. Elle se présentera à l'occasion de la fameuse soirée que l'acteur doit passer avec « la déléguée du Club des admirateurs de Robert Joly ». A six heures, il y a un cocktail, après lequel l'acteur emmènera Sylvia. Joly attend, sur le trottoir, mêlé à quelques centaines de « fans » parmi lesquels on reconnaît quelques visages aperçus lors de la séance du club. Il est parfaitement calme et presque heureux. Il va détruire cet énorme mensonge collectif qui réunit autour de lui cette foule hallucinée. Entre le porche et la chaussée s'étend un long espace brillant et vide et, en toile de fond, Paris qui s'illumine. Soudain, les gens s'agitent, se mettent à crier. Joly sort son revolver, se pousse au premier rang, pendant que rapidement l'acteur et Sylvia, précédés d'un portier, se dirigent vers la voiture qui les attend. (L'acteur ne sera qu'une silhouette dont on n'apercevra même pas le visage.)

Joly tend le bras. Son voisin lui saisit le poignet. Le coup part en l'air, et déchaîne la fureur des fidèles. On a voulu assassiner l'idole. De toutes parts, les fanatiques se jettent sur Joly. En une seconde, c'est plus qu'un lynchage. C'est un crime rituel. Joly est piétiné, écharpé, détruit, offert en holocauste au dieu qui s'éloigne, en Cadillac, sans même avoir remarqué ce qui, après tout, n'est qu'un incident.

On aperçoit, à travers la vitre arrière, le visage rayonnant de Sylvia qui sourit à son compagnon.

Note. Nous avons craint, en exploitant *simultanément* la vedette et son sosie, de tomber dans une certaine convention. Il faut certainement centrer le drame ou sur le sosie, ou sur la vedette, sous peine d'éparpillement. Mais si on raconte l'histoire du sosie, on perd un peu le mythe de vue. Il n'est plus qu'une sorte de toile de fond, alors que notre vrai sujet, c'est la vedette victime de son propre mythe. C'est pourquoi nous avons préféré aborder de front ce problème. Le héros de notre histoire, c'est la vedette déchue, remplacée par son sosie, mais restant toujours — dramatiquement — le personnage le plus attachant. C'est à travers lui seul qu'on peut peindre, semble-t-il, les effets extraordinaires de l'influence d'une vedette sur les foules. Quant au sosie, il existe sans être montré — si ce n'est au début — ce qui rend la narration beaucoup plus simple et naturelle, et ce qui crée une situation neuve, car le thème du sosie a déjà été exploité maintes et maintes fois. En résumé, notre sujet se divise en deux parties :

1. La vedette est détruite moralement par son mythe.
2. Elle est détruite physiquement par son mythe.

B.-N.

LE TRÉSOR MAUDIT (1963)

Après la tentative manquée de La Chambre ardente (1961), Le Trésor maudit *est le fruit d'un espoir, déçu, d'une nouvelle collaboration entre les auteurs et Claude Chabrol. Le producteur de celui-ci, Raymond Eger, était intéressé par un film relatant la recherche d'un trésor englouti, recherche entravée par des manœuvres criminelles. Aussitôt Boileau et Narcejac envisagèrent un thème à l'inverse de la situation classique. Au lieu de montrer les efforts pour découvrir un bateau englouti dont on ignore l'emplacement, montrer des efforts pour empêcher de découvrir un bateau englouti dont on connaît très bien l'emplacement.*

Ils imaginèrent que peu avant la libération de la France en 1944, quelques officiers S.S. sont chargés de transporter par bateau un trésor nazi en Espagne. Au lieu de cela, les S.S. s'emparent du contenu des caisses et se proposent de couler le bateau pendant la traversée pour effacer les traces de leur vol. Ils sont devancés par l'équipage qui, ignorant la présence d'un trésor à bord, coule le navire pour se débarrasser des S.S. dont ils trouvent le comportement suspect. Résultat : les marins seront punis pour traîtrise envers le Reich, et les S.S., qui ont survécu, glorifiés, pour avoir tenté de protéger le trésor nazi au péril de leur vie.

Boileau et Narcejac avaient en principe carte blanche à quatre détails près. Pour Chabrol, l'action devait se situer en 1964 et l'un des principaux personnages devait être particulièrement abominable. Le producteur, lui, tenait à un personnage « inverti », et demandait qu'on utilisât les nudistes de l'île du Levant. Exigences que les auteurs eurent bien du mal à satisfaire. A partir des « épaves » retrouvées dans les archives de Pierre Boileau, nous avons pu reconstituer et dater les étapes de la gestation de ce scénario, d'abord sans titre, et qui finit par s'appeler les in extremis : Le Trésor maudit. *A un moment donné Narcejac proposa :* La Toison d'or. *Belle référence mythologique mais d'une ironie et d'une poésie trop allusives pour être perçue par les spectateurs.*

I. « *Projet scénario Chabrol* »

La mission : le trésor à apporter à tel endroit (date, lieu, nature à arrêter).

Dix personnes à bord

LES SEPT, qui « désertent »
LES TROIS, qui restent

Remords, dégoût des Sept. Ils n'auront qu'une idée : se réhabiliter, (et cela d'autant plus que les Trois n'ont pas, ensuite, révélé la vérité en ce qui concerne ces Sept : leur lâcheté, leur trahison).

Donc, durant les années qui ont suivi, et suivant leurs possibilités (pécuniaires et autres), les Sept ont tenté des recherches pour retrouver le bateau englouti. (Peut-être un des Sept se sera-t-il suicidé, ne pouvant survivre au déshonneur ; un autre pourra être mort d'une façon ou d'une autre, pour limiter le nombre des rescapés.)

Un jour (vingt ans après le drame), un indice est découvert, qui permet de situer l'emplacement du bateau. Alors, les Sept décident de s'unir pour recommencer les recherches. (Ils pouvaient se retrouver *régulièrement* à l'occasion d'un banquet.)

Ils pourraient envoyer une délégation auprès des Trois, pour leur demander leur concours, (ainsi, les Trois seraient-ils mis au courant, ce qui nous est *indispensable*). Ou bien : la désertion des Sept serait déjà, à l'origine, due à *une manœuvre des Trois*. Ils avaient *un homme à eux, parmi les Sept*, un gars qui jouissait d'un grand prestige auprès de l'équipage : c'est ce gars qui a poussé les autres à ficher le camp, à tout abandonner. (Ses trois complices, ensuite, lui donneraient sa part du butin.) Donc : les Trois continueraient, en quelque sorte d'avoir *un espion parmi les Sept*. Et c'est cet homme qui les mettrait au courant *du projet* de ses camarades, qui leur signalerait le danger. Donc, d'une façon ou d'une autre : les Trois *sont au courant*. Il leur faut agir pour empêcher l'expédition de réussir, c'est-à-dire pour empêcher qu'on découvre l'épave... sans trésor, et portant en outre des marques qui établiraient que le récit qu'ils ont fait du naufrage était mensonger. Si (version **a**) (un des Sept, ou une délégation des Sept, allant prévenir les Trois et leur demandant de s'associer à eux) : Les Trois feindront de ne pas croire à ce qu'on leur raconte, d'estimer que la tentative est impossible, etc. (Attention : il ne faudra pas risquer ici d'éveiller les soupçons.) Si (version **b**) (officiellement, les Trois ne sont pas au courant. Donc, on ne s'expliquera pas les « malheurs » qui vont commencer à fondre sur les Sept.) Ou plutôt : on croira qu'il y a un assassin parmi eux. Or, dans cette version, il y aura effectivement un traître : l'agent des Trois. C'est embêtant, car l'effet de surprise sera un peu atténué. Il faudra peser les avantages et les inconvénients des deux versions.

Dans la première : les Trois apprennent la vérité de la bouche des Sept. Donc, ils peuvent être soupçonnés.

Dans la seconde : ils semblent ne rien savoir, donc on ne pense pas à eux, mais on cherche « parmi les Sept ». Or, il y a effectivement un traître (sinon un assassin) parmi les Sept.

Si l'histoire est racontée « à l'endroit », les objections tombent. Voir alors ce qui sera le plus « payant ». Mais il faudra alors que la perte de mystère soit compensée par la qualité des péripéties.

Ou bien : les Trois, après avoir *vainement* tenté de dissuader les Sept, acceptent de se mettre à la tête de l'expédition et de la financer (ils auront fait semblant, au début, d'être méfiants, de croire qu'il s'agissait d'une escroquerie, etc.). Bref, les voici associés à l'opération. Opération sur laquelle le secret le plus absolu sera gardé.

Pour les Trois, il faut d'abord gagner du temps. Ils soumettent donc les autres à un entraînement intensif (afin qu'ils soient à même de se livrer aux recherches nécessaires : plongées, notamment). D'où cette sorte de préparation comique des quinquagénaires : la discipline se trouve recréée ; les Sept, dans leur désir de se réhabiliter sont prêts à tout.

Et, jusqu'à la fin, l'association sera à l'image de la société : d'un côté, la minorité de malins, dénués de scrupules ; de l'autre, les victimes, les pauvres types qu'on fait marcher à coup de bons sentiments.

En gros, il y aurait trois parties assez distinctes :

la première, ou prologue : ce qui se passe il y a vingt ans, puis le désir de réhabilitation des déserteurs (dans tout cela, rien de comique, ce pourrait être l'amorce d'un film émouvant)

deuxième partie, mystérieuse et policière : les crimes commis, les sept abattus les uns après les autres (ça peut rester dramatique ; ça peut aussi, surtout si on sait la vérité, prendre un tour humoristique, style *Noblesse oblige*).

troisième partie, l'île des nudistes. (Ici, un comique qui risque de prendre un nouveau ton.)

Il faudrait niveler, donner de l'unité à l'histoire qui risque, autrement, de débuter sur un certain plan, de se poursuivre sur un autre, de s'achever sur un troisième.

Si l'histoire est racontée à l'endroit, ce risque disparaît pratiquement. Dès le début, c'est une histoire humoristique, et elle le reste jusqu'aux nudistes et à la fin.

Problème capital : justifier *pourquoi* les Sept veulent se réhabiliter. En effet, s'ils ont quitté le bateau par crainte d'un naufrage, et que le bateau coule effectivement (version officielle des faits), l'événement donne raison aux Sept : eux présents, rien n'aurait été changé. Par conséquent, pourquoi leur remords ?

Pour bien faire, il faudrait que ce soit, en apparence, leur désertion qui ait provoqué la catastrophe. Il faudrait qu'ils se disent : si nous étions restés, le trésor aurait été sauvé. Donc, nous devons retrouver ce trésor, nous devons réparer le mal que nous avons fait.

Dans ce cas, ce pourraient être les Trois qui auront présenté des faits une version accablante pour les Sept. (Au fond, ils ont profité de l'aubaine : le départ des Sept les a admirablement servis, ils ont exploité à fond la situation.) Eux, feront figure de héros ; les Sept, feront figure de salauds. Eux, seront les types qui ont lutté jusqu'au bout. Mais quel sera le sort des Sept, la guerre finie ? Faut-il aller jusqu'à faire d'eux des réprouvés dans leur pays ?... Ce serait presque le mieux : ils n'auront plus qu'une idée en tête : se réhabiliter, retrouver le trésor *perdu par leur faute*, et le rendre à leur pays.

Mais ce qu'il faudrait, pour rendre l'aventure plus savoureuse, c'est que la fuite des Sept n'ait pas été provoquée par la lâcheté, mais que leur départ ait presque un mobile assez noble (la situation serait ainsi franchement paradoxale : on aurait, d'un côté, sept braves types faisant figure de lâches, et trois affreux, d'un autre, faisant figure de héros).

Donc, peut-être revenir à la version envisagée : les Trois s'arrangeant, peut-être grâce à un complice, pour que les Sept fichent le camp, afin qu'ils aient toute liberté d'agir. Ainsi, *ils seraient responsables de tout*, et les Sept, *innocents de tout*. Dans ce cas, il faudrait vraisemblablement que l'histoire soit racontée depuis son début *à l'endroit*. Elle ne sera drôle, autrement, que *rétrospectivement* (d'où, unité de ton).

L'histoire racontée entièrement à l'endroit, on aura une unité de ton, *même* dans les parties émouvantes ou tragiques du début. Elle sera humoristique et satirique dans toutes ses parties.

Autre problème : Ce sentiment de culpabilité partagé par plusieurs personnes. Est-ce vraisemblable ?

Solution : et si on n'avait qu'un seul personnage (au lieu des Sept). Les Trois essaieraient de le supprimer... d'où une série de tentatives, qui échoueraient toujours. Effets comiques. On éviterait ainsi la série de crimes, qui présente deux dangers : ou de rester des crimes dramatiques (ce qui fausserait le ton), ou d'être traité dans un style humoristique (ce qui rappelerait *Noblesse oblige* ou autre film de ce genre).

Mais qu'est-ce qu'un individu seul pourrait tenter dans ce domaine (récupération de trésor), quels moyens d'action posséderait-il, quel danger réel présenterait-il pour les Trois ?

II. Lettres de Pierre Boileau à Thomas Narcejac

Samedi 30 novembre 1963

Cher vieux,

....

L'erreur serait de continuer à penser roman ou nouvelle quand on travaille pour un film. Il faut adopter une optique appropriée, et peut-être avons-nous justement trop tendance, l'un et l'autre, à ne pas penser suffisamment « en images » et à rester romanciers avant tout. Il y a peut-être des tas d'idées que nous trouverions (je songe en particulier à l'affaire Chabrol) si nous arrivions à nous libérer, à partir d'un certain moment, de notre façon habituelle d'imaginer et de construire.

Revenons donc à notre film. J'y ai travaillé toute la journée d'hier et je vois sans cesse de nouveaux problèmes, qui présentent d'ailleurs l'avantage de créer des possibilités nouvelles, les solutions à ces problèmes constituant autant de nouvelles versions. Je m'aperçois surtout que, à partir de notre prologue (qui n'est même pas au point pour les raisons que je t'exposais hier), il est difficile de construire alors que nous ne savons pas encore si nous raconterons l'histoire à l'endroit ou à l'envers. (A l'endroit, elle peut être franchement humoristique. A l'envers, elle est mystérieuse et dramatique. Or, ces deux aspects demandent des péripéties différentes et qui ne sont pas interchangeables. C'est pourquoi il me paraît toujours prématuré d'entreprendre dès maintenant le synopsis : résumer quoi ? Puisque l'histoire n'existe pas encore.)

Voici le nouveau problème qui m'est apparu, hier, dès que j'ai commencé à creuser sérieusement le sujet :

a. Est-il vraisemblable que *plusieurs personnes* puissent se sentir déshonorées par un acte comme celui que nous envisageons. Ce qui peut être valable pour un individu, ce qui constitue un cas, me paraît — à première vue — difficilement acceptable pour une collectivité. On admettra facilement qu'un gars qui a commis une affreuse lâcheté, qui se croit *responsable* d'une catastrophe, ne puisse pas arriver à se pardonner un moment de faiblesse et cherche à se réhabiliter, tant aux yeux des autres qu'à ses propres yeux. Si on a une demi-douzaine de personnes, je crains que le même point de départ ne paraisse un postulat, ce qui affaiblit toute la suite.

b. N'importe comment, je me demande si, après vingt ans, ce sentiment serait encore assez fort pour faire agir quelqu'un. (Le « lâche » aura réussi à oublier ou se sera trouvé des excuses, aura imaginé des circonstances atténuantes, aura minimisé sa faute.)

Bref, cherchant une solution à ces problèmes, j'ai finalement, pensé à une autre version, qui me paraît, dans son genre, tout aussi bonne que la précédente. La voici :

(Bien entendu, les conditions « matérielles » du naufrage restent toujours à mettre au point.)

Nous conservons, d'un côté, nos trois affreux (qui pourraient même, maintenant, être plus nombreux), mais, de l'autre côté, nous n'avons q· 'un seul type. Type qui pouvait avoir une mission plus importante que d'être un simple membre de l'équipage, et qui se considérera ensuite comme d'autant plus responsable de la suite des événements.

Ce « lâche », donc, voudra se réhabiliter. Ses mobiles seront beaucoup plus faciles à exposer qu'il s'agira maintenant *d'un homme seul*. On pourra résumer sa situation, au lendemain de la guerre, en faire une sorte de réprouvé, peut-être de proscrit. On aura « son cas », ce qui ne serait pas possible si on avait une demi-douzaine de gars à présenter.

Autre grosse modification : peut-être situer la seconde partie de l'aventure beaucoup plus tôt : en 1950 par exemple. (Ce « trou » de vingt ans me paraît, en effet, difficilement acceptable. S'il s'agissait simplement de chercheurs de trésors, oui. Mais pour la « suite » d'une aventure qui commence en 1944, cette interruption me paraît difficilement admissible. En vingt ans, notre héros, ou nos héros, auront changé ; leurs vérités ne seront plus les mêmes.)

Donc, admettons un type seul, et l'action rapprochée.

Le type, après avoir réussi à repérer l'épave, irait trouver les Trois, comme prévu (ou les Quatre ou les Cinq). Et il deviendrait, pour eux, le sinistre emmerdeur dont il faut se débarrasser. Alors, au lieu d'avoir la série d'assassinats prévus, on aurait une série de tentatives d'assassinats contre un même individu, tentatives qui échoueraient bien entendu, et même, qui se retourneraient parfois contre leurs auteurs (c'est-à-dire que, successivement, les cinq ne seraient plus que quatre, puis, plus que trois, etc.). L'avantage, c'est qu'en conservant le même principe des situations dramatiques, des crimes préparés puis exécutés, on échapperait à la mécanique bien usée des personnages à éliminer successivement (*Noblesse oblige, Six Hommes morts, Dernier de la liste, Pleins Feux sur l'assassin*, etc.). On aurait un petit bonhomme qui, innocemment, inconsciemment, passerait au milieu de tout ; et des types résolus à tout, puissants, disposant de moyens énormes, qui n'arriveraient pas à se débarrasser de ce gêneur. (En somme, on réintroduirait dans une certaine mesure le thème que nous avions envisagé pour le film Poiret-Serrault du cousin clochard qu'on cherche à faire disparaître.)

Je ne sais pas, note bien, si cette nouvelle version est meilleure que la précédente (les sept types qu'on supprime l'un après l'autre) ; mais elle mérite certainement d'être étudiée. Au départ, elle est plus vraisemblable : on peut imaginer un personnage plein de scrupules, ruminant sa lâcheté, ses remords ; l'idée fixe. Avec les sept... mais inutile de reprendre ce que je te dis plus haut.

Bref, j'en reviens à ce que je te disais en commençant. Nous sommes devant plusieurs possibilités (il doit y en avoir encore auxquelles nous n'avons pas encore songé) ; avant de « résumer », il faudrait que nous sachions quel sera le contenu de notre histoire, et que nous ayons choisi la manière de la raconter.

Enfin, autre point de vue, peut-être attendre tout de même que le contrat soit signé avant d'apporter un travail rédigé. Non ?...

Réfléchis à tout cela de ton côté. Ce qui me paraît maintenant évident, c'est que, à partir de notre naufrage, nous avons des tas de variations possibles, et c'est réconfortant : le sujet est certainement riche. A nous de choisir le meilleur.

Bien affectueusement.

P.-S. Je viens d'avoir Chabrol très longuement au téléphone. Il m'appelait pour savoir où nous en étions, si nous avions progressé et aussi pour nous demander d'établir sans trop tarder le synopsis pour Eger. Alors, j'ai pensé que le mieux était encore que je lui expose tout ce que je viens de t'écrire. Il a été absolument enchanté. Lui aussi, était un peu gêné par cette demi-douzaine de types cherchant à se réhabiliter, et étant supprimés les uns après les autres. Il m'a dit aussi que cet intervalle de vingt ans lui semblait difficile à expliquer. Bref, nous nous sommes rencontrés exactement sur les mêmes points. De son côté, il a eu cette idée : et si, au lieu que ce soit le « même type », c'était son fils, qui agissait. Le « lâche » sur son lit de mort fait venir son fils, lui confesse la faute qu'il a commise autrefois et lui confie la mission de retrouver le trésor.

(On aurait le début très mélo avec le clin d'œil.) Et ce serait contre le fils (qui pourrait avoir 25 ans) que nos quinquagénaires s'acharneraient. Chabrol trouve que ce sera beaucoup plus drôle et beaucoup plus original de voir les « affreux » éliminés les uns après les autres, que de voir les victimes successivement abattues... comme cela a été fait tant de fois.

Et toi, qu'en penses-tu ?... Si ce projet te plaît, veux-tu carburer de ton côté, surtout en ce qui concerne le début : les conditions du naufrage, la qualité de notre futur « lâche », la nature de sa désertion, etc., c'est-à-dire tout ce sur quoi va être construite l'histoire.

En principe, nous téléphonerons à Chabrol jeudi matin et nous le rencontrerons l'un des deux jours, mais sans Eger. Chabrol pense qu'il vaut mieux, en effet, ne pas continuer à discuter, car Eger risquerait de tout remettre en question. Selon lui, il faudra lui apporter un synopsis sur lequel nous serons tous les trois d'accord et que nous défendrons. Ce synopsis pourrait être remis dans la semaine du 9 au 14, et cela arrangerait Eger qui doit contacter, de préférence avant la Noël, les futurs coproducteurs.

Voilà, petit vieux. Ça ne s'engage pas mal, comme tu vois. Si ce nouveau projet te plaît, comme je l'espère, carbure à fond sur le début : le prologue, afin que celui-ci soit construit sur des bases solides et vraisemblables.

P.-S. L'ami Salin est à Paris, comme tu le sais peut-être. Je lui ai résumé l'histoire pour voir ses réactions. Il pense, lui aussi, que notre sujet est beaucoup plus acceptable avec un seul personnage qu'avec plusieurs. Mais il trouve également qu'il est peu vraisemblable que, en 1963, un gars essaie de retrouver le trésor du Grand Reich. Et il a une autre idée : s'il y avait, au lieu du trésor, des documents, les plans d'une invention, quelque chose concernant la défense nationale et qu'il soit capital de restituer à l'Allemagne, ce serait beaucoup plus acceptable que le coffre à lingots ou à bijoux. Bien entendu, nos trois affreux auraient déjà négocié ces documents à une puissance étrangère, d'où leur fortune actuelle.

Lundi 2 décembre 1963

Cher vieux,

Rien de nouveau, ici. J'ai longuement repensé au film, tu t'en doutes. Je serais heureux d'avoir tes réactions devant le nouveau projet. J'espère qu'il t'emballera comme il a emballé Chabrol ; j'espère aussi qu'il plaira à Eger. Mais je me rappelle très bien que lors de son dernier coup de téléphone, il m'avait dit (faisant allusion au projet précédent, que nous lui avions exposé) : « Je vois énormément *d'objections...* » Je lui avais répondu que nous les voyions aussi, et j'avais ajouté, en bluffant, que nous avions déjà trouvé plusieurs solutions. J'imagine que les objections d'Eger étaient les mêmes que les nôtres, et que, par conséquent, il aura déjà satisfaction de ce côté avec la nouvelle formule. Par ailleurs, comme je te l'écrivais samedi, il est certain que le thème des « sept hommes à abattre » a beaucoup servi ; celui de l'homme seul à abattre a, également, servi ; mais si on a une demi-douzaine de gars qui, successivement se trouvent pris à leurs propres pièges, je crois qu'on a là quelque chose d'assez neuf et amusant. Et puis, on retrouverait le côté Hitchcock de *La mort aux trousses*.

Au point de vue travail proprement dit, je pense qu'il serait plus simple avec ce sujet. On pourrait exposer le cas d'un personnage plus facilement que le cas de sept personnages. (Quand on a sept personnages, on n'en a pas un seul : l'action s'éparpille ; le spectateur risque de ne plus s'intéresser à personne. C'était l'un des défauts de *Pleins Feux* ; ces héritiers qu'on ne différenciait pas.)

Maintenant, il y a toujours le problème posé par la nature du trésor. Je t'ai dit, je crois, que Chabrol préférait que l'histoire se passe de nos jours (au lieu de 1950 par exemple). Mais alors, est-il vraisemblable qu'un gars veuille restituer au gouvernement démocratique allemand de 1964 un trésor de guerre nazi ? Cela ne tient guère debout (et je suppose que c'est là une des objections d'Eger). Avec l'idée que je te proposais samedi, la chose devenait plus acceptable : un secret intéressant la défense nationale appartient *toujours* à l'Allemagne, quel que soit son régime ; et on comprend alors le remords et la décision de notre patriote. Mais quelle peut être la nature d'un pareil secret ? S'il s'agit simplement de documents — même s'ils sont importants — il n'y avait guère besoin d'un bateau. Un des officiers n'avait qu'à les emporter dans son portefeuille ou dans un porte-documents. Alors... ? Peut-être un appareil, accompagnant les plans, et enfermé dans des caisses ?... Là encore, il y a quelque chose de capital à trouver.

Pour la suite, on aurait une situation absolument paradoxale et drôle : lorsque les attentats se retourneraient contre leurs auteurs, notre héros serait de plus en plus consterné ; il ne cesserait de s'accuser : tout ce qui est arrivé est ma faute ; c'est la conséquence de ma désertion de 1944... Et il n'en serait que plus dévoué aux « survivants », plus respectueux : il se sentirait de plus en plus indigne à mesure qu'il échapperait aux attentats. Bien entendu, il faudrait que ce soit le contraire de ce qui était prévu initialement : ce seraient nos affreux qui pourraient être sept (la quasi-totalité de l'équipage du bateau, ou bien les trois nazis s'entendant avec tout l'équipage, excepté le brave type en question).

Tout le film serait ainsi centré sur un gars. On aurait d'abord la nature de sa désertion (ça, ça reste à mettre bien au point) ; puis, les conséquences « officielles » de cette désertion (mais le spectateur, lui, connaîtrait la vérité dès le début, le film étant raconté « à l'endroit »). On aurait ensuite l'espèce de déchéance du gars, qui deviendrait une sorte de réprouvé, tandis qu'on aurait, parallèlement, l'ascension des autres (fortune et honneurs). Ce serait une sorte de prologue.

Puis ce serait l'histoire de la recherche du « trésor » (?). Le gars ne pouvant arriver à réussir tout seul, et allant s'adresser « aux autres ». Et on aurait cette énorme association, extrêmement puissante, essayant de supprimer le malheureux bonhomme... et ne pouvant pas y arriver (ça, c'est tout le corps du film à imaginer). On pourrait voir chacun des sept essayant à son tour d'assassiner notre héros (employant des moyens extraordinaires), et, à chaque coup, ce serait l'échec et la catastrophe pour le criminel (je ne sais pas, mais j'ai l'impression qu'il doit y avoir là de grandes possibilités : chacun des sept employant des moyens « personnels », correspondant à son caractère, sa profession, etc.). Et, bien entendu, ce serait « le plus affreux » qui resterait le dernier (ce pourrait être l'épisode de l'île des nudistes, ou bien le pédé).

Maintenant, il y a l'idée de Chabrol (pour éviter qu'on n'ait que des quinquagénaires, ce qui est, en effet, embêtant) : c'est-à-dire *le fils du lâche* ; le brave garçon que le père, sur le point de mourir, charge d'une mission sacrée. Au fond, ça ne change pas grand-chose aux données du problème. Le père a essayé vainement de récupérer le trésor (?) ; il a échoué. Il a un fils, qu'il a élevé dans le culte des nobles sentiments ; à l'article de la mort, il lui avoue son infamie, et le fils prend le flambeau. Ce qui, évidemment, amuse Chabrol dans cette situation, c'est d'avoir le groupe de bonshommes « arrivés », les bonshommes de 50 à 60 ans, riches, puissants, s'attaquant à un « jeune premier » (type Gary Grant de 20 ans). L'avantage du héros jeune, c'est qu'on pourra avoir également l'histoire d'amour : peut-être la fille qu'on lui met dans les jambes pour l'attirer dans un piège ?...

En tout cas, on retrouverait certainement là un type de sujet à la Hitchcock. Bref, comme je te l'ai dit, on doit reparler de tout cela jeudi (ou vendredi) avec Chabrol, mais sans Eger. Quand nous aurons tout mis au point dans les grandes lignes, on rédigera un petit texte (même si le détail précis des attentats n'y figure pas), et on dira à Eger : *voilà notre sujet*. Veux-tu donc ruminer tout cela. En résumé deux grands problèmes :

1°) la nature de la « désertion » de notre héros ; il faudrait qu'il puisse rester ensuite persuadé qu'il est « responsable de ce qui est arrivé » ;

2°) la nature du trésor (éviter si possible les lingots et les bijoux, ce qui est très banal et, surtout, ce qui explique mal le comportement du gars, *après vingt ans*, les vérités d'hier n'étant plus celles d'aujourd'hui).

Si nous avions les solutions à ces deux questions, j'estime que nous aurions fait un pas énorme : les bases seraient trouvées ; la suite serait plus gratuite.

Sans date (quelques jours après le 5 décembre 1963)

On conserve le principe du père (le marin déshonoré) et du fils.

Toute la famille du marin lui aura tourné le dos ; sa femme sera morte un peu plus tard. Cela pour qu'il reste *seul* avec son fils.

Quand commence le film proprement dit (vingt ans après), on a vraiment affaire à un vieux fou : le type qui a une idée fixe. Quand il va faire sa proposition aux cinq affreux, ceux-ci essaient de le dissuader. Ils lui démontrent que le trésor n'appartient plus à personne, qu'il n'y a donc pas de restitution à opérer (ils pourront même aller jusqu'à parler de « butin de guerre », de « spoliation », etc., afin de bien démontrer qu'il serait même immoral d'exhumer les fameuses caisses). Rien n'y fait. Les cinq affreux rencontrent le fils, qui semble, lui, plein de bon sens. Le fils reconnaît que son père est un vieux fou, que son projet ne tient pas debout (il a eu toute son enfance empoisonnée à cause de ce trésor), mais il ajoute que si les affreux ne marchent pas, son père ira « s'adresser *ailleurs* », qu'il est *impossible* de le faire renoncer. Il a essayé, lui, vainement ; car il trouve, lui aussi, l'entreprise *absolument absurde*.

Bref, il n'y a plus qu'une seule solution pour les affreux : supprimer le vieil emmerdeur.

(Nous craignions que cet assassinat du vieux ne constitue un épisode dramatique, ou émouvant, qui détonne. Je crois que, présenté comme suit, cet épisode reste dans la ligne humoristique du reste. Bien entendu, au stade du synopsis on n'entrerait pas dans le détail de l'assassinat dont on présenterait simplement les conséquences.)

Un des affreux est chargé d'assassiner le vieux (ou se charge de ce soin) et, comme nous y avions pensé, il est également victime de son mauvais coup. (Si le vieux est tué, et que l'autre le soit *aussitôt après, par contrecoup*, on restera sur l'impression comique ; surtout si le crime est déjà assez extravagant en soi.)

Les cinq (ou plutôt : les quatre) affreux qui restent sont soulagés. Ouf ! Au fond, ils ne sont même pas fâchés que leur complice ait été également victime, car cela les innocente tous. Et c'est dans une pleine euphorie qu'ils enterrent le vieux marin. Ils donnent même (pour faire plaisir au fils qui n'en demande pas tant) un certain éclat à l'enterrement du père (qui a lieu dans la « plus stricte intimité » : les quatre affreux et le fils). En fait, ils parodient l'enterrement de l'île (les deux gars noyés lors de l'accident du bateau, dans le prologue). Le chef des affreux fait un petit discours : mort au champ d'honneur, etc. (Tout cela d'une monstrueuse hypocrisie, mais se justifiant parfaitement.) Les affreux sont tellement soulagés qu'ils en arrivent à être *sincèrement émus* (la scène devrait plaire à Chabrol ; elle peut être assez énorme tout en restant logique et parfaitement dans le ton de ce qui précède : elle est dans la même ligne).

Ainsi donc, pour les affreux (et pour le spectateur !), la mort du vieux fou met un point final à l'aventure. Mais, au moment où, la cérémonie terminée, les affreux s'apprêtent à dire au fils un adieu définitif, celui-ci leur exprime son intention de « succéder au défunt ». L'assassinat de son père a pour lui, en effet, une valeur de défi : il lui faut venger son père ou tout au moins (les deux choses se confondant) poursuivre son œuvre. Que l'entreprise soit délirante ou non importe peu ; la question n'est pas là. C'est en vain que les affreux, affolés, essaient de raisonner le garçon ; celui-ci est intraitable, tout comme l'était son père. (Et, au fond, pour de meilleures raisons : pour lui, la recherche va prendre l'aspect d'un exploit sportif, d'une performance. Ah ! On a voulu empêcher son père de réussir, et bien, on va voir ce qu'on va voir...)

Et nous revenons ici à ce qui a été prévu :

— d'une part, le garçon que le trésor n'intéresse plus en aucune manière, mais qui sacrifiera tout pour le retrouver ;

— d'autre part, les affreux qui sont résolus à tout pour empêcher l'autre de « retrouver ce trésor qui n'existe pas ».

Il me semble qu'ainsi, depuis *le début* du film, exactement depuis la scène où « les affreux enterrent quelque part le contenu des caisses et repartent avec les caisses vides », on a une aventure entière qui est construite sur une situation absolument absurde.

Note. Si, pour le montage de notre mécanique, il devient préférable qu'on ne sache pas, lors de la mort du vieux fou, que celui-ci a été assassiné ; si on a « un accident » ayant fait « deux » victimes (le marin et l'affreux), les mobiles auxquels obéira ensuite le fils seront légèrement différents : au lieu que ce soit pour « venger » le mort, ce sera simplement pour « poursuivre » son œuvre, le fait que cette œuvre soit délirante ne changeant rien à la chose. *Dans un cas comme dans l'autre*, on aura cette même situation paradoxale : quand le père vivait, le fils était à cent pour cent *contre* son projet (ce qui rassurait les affreux), mais, le père mort, le fils reprend automatiquement le flambeau.

En ce qui concerne l'affreux tué en même temps que le marin. Ou bien on n'en parle plus ; ou bien on exploite également son enterrement (à mettre au point : peut-être une même cérémonie pour les deux hommes ?)

Ou encore : l'affreux n'est pas mort mais simplement très grièvement blessé. Il a été transporté dans une clinique. Inquiétude de quatre autres, qui demandent toujours « si le blessé n'a pas *le délire* ». « J'avais un ami, il délirait, il racontait les choses les plus invraisemblables », expliquera l'un d'eux à l'infirmière. On les rassurera. « Non, le blessé ne délire pas. Il a toute sa tête. La meilleure preuve...

c'est qu'il vient de demander un prêtre. Il veut absolument se confesser. »

Nouvelle terreur des « quatre ». Nul doute que le mourant ne veuille révéler la vérité. Bien sûr, il y a le secret de la confession ; mais peut-on admettre qu'un prêtre se taira alors que la vie d'un autre homme (le fils) est menacée ?

Et ici, si nous voulons, nous exploiterons l'idée du crime à la clinique : la nécessité d'aller achever le blessé avant l'arrivée du prêtre (la salle d'opération, le chirurgien et ses assistants sous le masque, etc.).

(A première vue, il me semble qu'on ne risque rien de multiplier les péripéties. Il serait amusant que les affreux se trouvent entraînés, bien malgré eux, dans une sorte de tourbillon, soient obligés de faire front de tous les côtés. Maintenant, au lieu que ce soit le premier attentat qui ait de telles conséquences, ce pourra être le deuxième, ou le troisième, ou le quatrième, puisque, à chaque coup ou presque, nous aurons également un affreux qui sera touché. Voir ce qui assurera la meilleure progression.)

Fin du film : Peut-être pourrait-on terminer sur un gag (car comment terminer une pareille histoire ?).

Le dernier des affreux aurait échappé à la mort. Il serait donc mêlé à l'épisode « nudistes ».

Tout à la fin, l'épave ayant été repérée, on verrait les premiers plongeurs percer la coque, découvrir les fameuses caisses (qui seraient sans doute des espèces de coffres blindés). On réussirait à en remonter une. On s'apprêterait à l'ouvrir. Pour l'affreux, ce serait la fin : la preuve enfin établie du mensonge et de la malhonnêteté des « héros ». Au moment où serait soulevé le couvercle ; il se suiciderait.

Et l'on découvrirait le contenu de la caisse : des bijoux, des lingots, une fortune. D'où, effet de surprise.

Aussitôt, on repasserait au fond de l'eau. On verrait les plongeurs au travail. L'un est muni d'un projecteur. Le rayon de ce projecteur éclaire une partie de la coque. On lit le nom du bateau... et ce nom n'a aucun rapport avec celui de la vedette du début : il y a erreur d'épave !

Ou encore : l'affreux n'a pas le courage de se tuer. Il pourrait porter un revolver à sa tempe, le laisser retomber.

Bref, il est présent quand on remonte la caisse, quand on en soulève le couvercle... Et, à la vue du contenu, il est foudroyé par l'émotion. Il s'écroule.

Possibilité : Le chef des affreux (celui qui restera le dernier) ou un des autres (à mettre au point) a une fille, ou mieux : une nièce, une pupille. Celle-ci a fait la connaissance de notre héros (le fils) ; les jeunes gens sont amoureux l'un de l'autre. Seulement, l'affreux ne veut rien savoir car le garçon est pauvre. Notre héros, d'ailleurs, a des principes ; il n'accepterait pas d'épouser une fille aussi riche alors qu'il n'a pas un sou. Et c'est à cause de cela qu'il va se décider à retrouver le trésor.

Apprenant la décision du garçon, l'affreux s'affole (en somme, il se trouvera partiellement sinon totalement *responsable* de cette décision). Il est tout prêt, maintenant, à accorder la main de la fille au garçon... Mais celui-ci refuse : il ne se mariera que lorsqu'il sera riche : d'où la nécessité du trésor.

Début de l'histoire : Pour éviter des explications ultérieures, c'est au moment même où les affreux enterreront le trésor qu'il sera *précisé* (sans doute par leur chef) qu'ils n'auront aucune peine, par la suite, la guerre terminée, à venir récupérer le trésor, à le ramener en Allemagne, à le négocier. Le chef pourra avoir précisé qu'il connaît des *joailliers* discrets, qu'il n'y aura aucun problème, aucun risque. Ainsi, par la suite, le spectateur comprendra parfaitement que les affreux soient devenus immensément *riches*, sans qu'il soit nécessaire de fournir d'autres explications à ce sujet : tout aura été dit au cours du prologue.

III. Lettre des auteurs à Raymond Eger (E.G.E. Productions)

16 décembre 1963

Cher monsieur,

Ci-joint, nous vous remettons notre synopsis. Comme vous le verrez, nous avons brodé très librement à partir du thème que vous nous avez indiqué : la recherche d'un trésor englouti. Cherchant avant tout à rajeunir ce thème (déjà souvent exploité dans les livres ou dans les films), nous avons pensé que le mieux était encore de prendre le contre-pied du sujet traditionnel. C'est ainsi que, au lieu de raconter les héroïques et exaltants exploits des habituels chercheurs (énigmes déchiffrées, dangers surmontés, luttes victorieuses, etc.), nous racontons les manœuvres criminelles d'un groupe d'individus sans scrupules pour : « empêcher la découverte d'un trésor dont nous connaissons tout de suite l'emplacement exact... et qui, d'ailleurs, n'existe pas ».

Il va sans dire que, dans nos intentions, l'histoire est constamment humoristique et parodique, mais nous pensons qu'elle doit être racontée avec le plus grand sérieux. En fait, il s'agit d'un film 100 % d'aventures (épisodes dramatiques, « suspense ») mais dont le public se rendra compte, dès qu'il y regardera de plus près, qu'il n'est, jusqu'à l'épilogue y compris, qu'une suite de situations paradoxales et absurdes.

A ce premier stade de notre travail, nous n'avons pu exploiter les éléments que vous nous aviez indiqués (les nudistes et l'inverti) ; nous essaierons — si toutefois notre sujet vous convient — de les utiliser dans le scénario proprement dit, mais il est toujours très difficile d'introduire des images ou des personnages préfabriqués dans une intrigue qui a ses exigences propres. De même, les détails de certaines péripéties (en particulier, nos attentats) ne pourront être arrêtés qu'une fois la ligne générale définitivement établie.

Nous avons déjà, en tout cas, le personnage répugnant que désire Chabrol. Il sera facile, à l'occasion des scènes envisagées, de le rendre de plus en plus ignoble.

Narcejac sera à Paris jeudi soir et y restera jusqu'à la fin du mois. Nous pourrons donc vous rencontrer dès que vous le désirerez.

Dans cette attente, et dans l'espoir que notre « Trésor maudit » vous aura amusé, nous vous prions de croire, cher monsieur, à l'assurance de nos sentiments très amicaux.

IV. Le Trésor maudit (projet de scénario)

Août 1944, en France...

Nous sommes à la veille du débarquement des troupes alliées en Provence. Déjà, les Allemands, qui acceptent secrètement leur défaite, commencent à mettre à l'abri *leurs trésors de guerre.*

Nice. Dans le bureau du général SS Bommarsund.

Devant une carte, Bommarsund explique au commandant Gottlieb ce que celui-ci devra faire. Son doigt traverse obliquement la Méditerranée, de Villefranche jusqu'à un point précis de la Costa Brava. La mission consiste à transporter chez des amis espagnols, dont le général est absolument sûr et dont il a déjà l'accord, une dizaine de coffres d'acier dont le contenu total représente plusieurs milliards.

— Il faut tout prévoir, dit le général. Supposons que nous perdions cette guerre. Un jour, notre peuple reprendra le flambeau et regroupera l'élite occidentale. Sur les ordres de notre Führer, constituons dès à présent le trésor qui permettra l'avènement du futur Grand Reich.

Et il précise ses instructions à Gottlieb. Durant la nuit, accompagné de quelques compagnons fidèles, « rien que des officiers », bien entendu, le commandant conduira les précieux coffres à Villefranche, où il réquisitionnera la vedette de haute mer : *X-0001.*

Ne conserver à bord que le minimum d'hommes nécessaires à la manœuvre ; ne leur fournir aucune explication quant à la nature du chargement. Employer la menace si nécessaire.

Gottlieb écoute, au garde-à-vous. Sous la raideur du robot, on sent un homme humilié, qui hait le général et est pourtant fasciné par l'allure, la morgue, la toute-puissance de Bommarsund. L'imiter, se faire, comme lui, craindre et obéir, telle doit être l'ambition secrète du commandant Gottlieb.

La nuit est tombée. Deux autos roulent sur la route déserte, une petite voiture de l'armée et une camionnette. Elles obliquent tout à coup dans une voie secondaire, s'arrêtant à quelques centaines de mètres, à l'orée d'une pinède. Tout le monde met pied à terre ; cinq hommes, dont le commandant Gottlieb, tous officiers SS. Le commandant désigne des repères : une tour en ruine, un rocher, un grand sapin dépouillé ; du doigt, il trace des bissectrices ; l'endroit sera aisément reconnaissable. Et maintenant, au travail !

Les deux officiers du grade le plus élevé montent la garde ; les autres se munissent de pioches et de pelles et retroussent leurs manches. Non sans répugnance. Mais ils n'ont pas le choix des moyens. Gottlieb, symboliquement, a donné le premier coup de pioche.

Lorsque le trou est suffisant, les « conjurés » vont retirer les dix coffres de la camionnette. Gottlieb les ouvre, et ses compagnons demeurent muets un instant à la vue de leur contenu : lingots d'or, plaques de platine, diamants, rubis, émeraudes, colliers de perles, bracelets, bagues, bijoux de toute nature, pièces d'orfèvrerie...

Mais il ne s'agit pas de perdre son temps. En hâte, on enferme les trésors dans des sacs de grosse toile, que l'on enterre.

Un des hommes ayant manifesté une certaine inquiétude quant aux possibilités, la guerre terminée, de rapatrier le trésor et, surtout, de le négocier, Gottlieb le rassure, d'un ton sans réplique. Qu'on lui fasse confiance pour ça comme pour le reste. Il fait son affaire du passage en douane, et il connaît, un peu partout, en Allemagne, des joailliers particulièrement discrets.

Mais enterrer le magot ne représente que la première partie — et de combien la plus facile — du plan imaginé par le commandant Gottlieb. Les cinq complices emplissent les coffres de pierres ramassées dans les ruines, puis ils les chargent sur la camionnette. Et maintenant, en route pour Villefranche.

A bord de la vedette *X-0001*, il y a deux hommes de garde, le quartier-maître Hassman et un marin : Ernst Ott.

Le commandant Gottlieb est muni d'un ordre de réquisition, mais cet ordre paraît tellement insolite au quartier-maître que celui-ci veut absolument aller en référer au commandant de la vedette, qui couche en ville. Gottlieb refuse, donne aux deux marins l'ordre de lever l'ancre. Ceux-ci (qui, entre parenthèse, détestent les SS) tergiversent, se retranchent derrière le règlement. Alors, on leur colle un revolver sous le nez. Force leur est bien d'obéir. Les dix coffres sont arrimés, et l'*X-0001* prend la mer. Direction, les côtes d'Espagne.

Dans leur cabine, devant une carte des fonds marins, les cinq officiers achèvent de mettre au point la dernière partie de leur programme. En vue de la Costa Brava, ils déclencheront le mécanisme d'un explosif à retardement, puis ils embarqueront sur le canot pneumatique. L'*X-0001* coulera, avec les deux imbéciles. Gottlieb souligne les fonds, sur la carte : plus de quinze cents mètres. Donc, rien à craindre pour l'avenir ; le secret sera bien gardé. Les cinq hommes prétendront qu'ils ont été torpillés, et le général Bommarsund croira le trésor englouti à jamais. Quels reproches pourra-t-il adresser à ses subordonnés ? N'auront-ils pas risqué leur vie pour remplir leur mission ? Tout paraît pour le mieux. Quelle que soit l'issue de la guerre, Gottlieb et ses amis pourront toujours revenir en France un jour ou l'autre. Et, même partagé en cinq, le trésor récupéré permettra à chacun de vivre une existence exceptionnelle. Ce sera une juste compensation à toutes les misères endurées.

On s'épanouit. On allume des cigares. Si seulement il y avait des liqueurs, dans cette maudite vedette !

De leur côté, Hassman et Ernst discutent aussi. Plus ils y réfléchissent et plus le comportement de leurs cinq passagers leur paraît étrange et inquiétant. Ces coffres, ce voyage en Espagne ? N'ont-ils pas affaire à des déserteurs, ou pis encore : à de faux officiers, à des espions ? Si seulement ils pouvaient lancer un appel radio, mais le poste émetteur est dans la cabine. Plus le temps passe et plus les deux marins se persuadent qu'ils doivent entreprendre quelque chose. Mais faire quoi ? Revenir à la côte ? Les autres s'en apercevront et ils n'hésiteront pas à les abattre. Ne les ont-ils pas déjà menacés ?

L'*X-0001* va bientôt passer au large des îles d'Hyères. Ensuite, ce sera le cap droit sur l'Espagne. Si les deux compagnons veulent agir, c'est la dernière occasion.

Après avoir une dernière fois pesé le pour et le contre, Hassman et Ott décident de saborder la vedette. Grâce au canot pneumatique, ils aborderont sans peine sur une des îles. Là, ils feront leur rapport ; et si on les blâme, si même on les punit, tant pis. Ils auront pour eux leur conscience de marins !...

Ils passent à l'action. Il ne leur faut qu'un instant pour pratiquer la voie d'eau. Et maintenant, le canot à la mer. Un quart d'heure plus tard, ils abordent sur l'île du Levant.

... Et un autre quart d'heure plus tard, en un autre point de la même île, abordent, épuisés, les officiers SS échappés au naufrage. Ou plus exactement quatre seulement des cinq officiers. Le cinquième, un certain lieutenant Fricker, ne savait pas nager.

Les îles relèvent de l'autorité du colonel Staub, un SS, lui aussi. Les deux marins lui font un exposé fidèle des événements, récit que confirment, d'ailleurs, point par point, le commandant Gottlieb et ses trois compagnons.

Les quatre complices sont, bien entendu, ravis de la façon dont l'aventure a finalement tourné. Le naufrage *anticipé* de l'*X-0001* a dépassé leurs espérances. Ainsi, ce qu'ils avaient décidé de faire eux-mêmes pour se débarrasser de leur compromettante cargaison, d'autres l'ont accompli et en prennent toute la responsabilité. Ce sont ces autres, *seuls*, qui ont à rendre compte de leur acte ; ce sont eux, les seuls coupables. Il va sans dire que Gottlieb s'est empressé de révéler la nature exacte de sa mission.

Hassman et Ott sont effondrés. Le trésor de guerre du Grand Reich englouti par leur faute, anéanti, irrécupérable (car comment retrouver l'épave ?), c'est comme s'ils étaient responsables de la perte d'une bataille, pour ne pas dire de la perte de la guerre. Les malheureux garçons trouveraient normal qu'on les fusille sur-le-champ, *comme serait tout prêt à l'ordonner le commandant Gottlieb*. Mais ils relèvent de la Kriegsmarine. Ils passeront devant un conseil de guerre sur le continent. Nul doute, d'ailleurs, que le résultat soit le même.

Et, pour ajouter encore à la honte, au remords, au désespoir de ces âmes simples, voici que la mer rejette le cadavre du noyé, le lieutenant Fricker.

On enterre Fricker dans le petit cimetière militaire voisin de la prison. Obsèques dignes et émouvantes, auxquelles Hassman et Ott assistent, de leurs cellules, le visage collé aux barreaux. Le commandant Gottlieb y va de son discours. Il rend hommage au courage, à l'abnégation du lieutenant dont il ne manque pas de souligner qu'il était « volontaire » pour la mission au cours de laquelle il devait trouver une fin glorieuse. Mission glorieuse aussi, a-t-il bien soin de préciser, puisque son seul objet était la survie du Grand Reich.

Ce discours porte le dernier coup à l'infortuné quartier-maître. On retrouve, le soir, Hassman pendu dans sa cellule.

Et Ernst Ott ? Sans doute a-t-il eu, lui aussi, envie d'expier sur le champ son ignominie. Mais il a une femme, un petit garçon. Il n'a pas le droit. Il attendra le verdict du conseil de guerre.

Mais il n'y aura pas de conseil de guerre. Le 15 août, les troupes alliées débarquent sur les côtes de Provence.

Vingt ans ont passé.

Nous sommes en 1964. Depuis longtemps, nos quatre ex-SS ont récupéré les trésors enterrés sur le chemin de Villefranche. Puissamment riches, ils jouissaient en Allemagne fédérale, non seulement de la considération qu'impose toujours une immense fortune, mais aussi du respect que leur a mérité une odyssée si souvent racontée qu'elle est finalement entrée dans la légende. Ne présentent-ils pas ce cas « doublement unique », pour des officiers de l'armée de terre, d'avoir fait naufrage et d'avoir sauvé leur vie en nageant ? C'est dire que nul n'a jamais songé à porter un intérêt particulier aux origines, déjà lointaines, de leurs fortunes respectives. Leur grand mérite ne suffit-il pas à tout expliquer ?

Ernst Ott, lui, a vécu tant bien que mal. Ses parents, ses amis, lui ont tourné le dos ; sa femme est morte de chagrin. Rongé par le souvenir de sa faute, le réprouvé a, non sans peine, élevé son fils, Rudolf. Dès que le petit a été en âge de comprendre, Ott lui a révélé son crime ; le crime inexpiable...

Inexpiable, mais peut-être pas irréparable...

Chaque année, comme le coupable qui revient sur les lieux de son exploit, Ott est allé passer quelques jours de vacances à l'île du Levant. Il a acheté un attirail de pêche sous-marine, loué un bateau. Et il a, patiemment, commencé ses recherches. En secret ! Pour tout le monde, il n'était qu'un pêcheur comme tant d'autres.

Vaines recherches, naturellement. Il fallait avoir le cerveau affaibli comme le pauvre Ott pour s'imaginer qu'un hasard miraculeux le ferait tomber sur l'épave de l'*X-0001*. Mais qui l'aurait guéri d'une idée fixe qui ne faisait que se développer avec l'âge ?

Si l'âge ne le guérit point (il approchait de la soixantaine), il interdit, en tout cas, à Ernst Ott de poursuivre ses expéditions sous-marines. Qu'importe ! Le jeune Rudolf reprendrait le flambeau. Et l'infortuné garçon de revêtir lunettes, palmes et scaphandre autonome. C'est qu'il ne s'agissait pas de désobéir au père Ott !

... Et, un beau matin, c'est l'incroyable miracle ! Rudolf a découvert la vedette. Elle est aux deux tiers enfoncée dans le sable mais les descriptions que le « vieux » en a faites sont suffisamment précises. L'*X-0001* et ses trésors sont là, par quarante-cinq mètres de fond. Peu s'en faut que l'ancien marin ne descende à son tour. Mais son cœur ne lui permettrait pas un telle imprudence, et il doit se contenter de relever d'une main tremblante la position exacte de l'épave.

Et maintenant ?...

Maintenant, il faut réunir les capitaux suffisants pour outiller un bateau de récupération et recruter son équipage. Or, ces capitaux, nul n'est plus qualifié pour les fournir que...

C'est ainsi que le vieux Ernst vient un jour, à la fois très fier et très intimidé, demander audience à Gottlieb.

Gottlieb est devenu un puissant financier. Il a réalisé son rêve. Il ressemble, maintenant, au général Bommarsund. Il est, à la fois, un seigneur et un magnat. Il préside quinze sociétés et possède un château historique dans la Forêt-Noire. Impitoyable, comme l'était le général, on ne lui connaît qu'une faiblesse, sa fille Elsa. Il est veuf.

Gottlieb reçoit Ott dans son majestueux cabinet de travail. Et, tandis qu'il s'approche, à pas craintifs, du bureau monumental derrière lequel trône l'omnipotent Gottlieb, le malheureux a le sentiment de comparaître enfin devant le tribunal que lui a épargné la défaite. Jamais il ne s'est senti aussi chétif, aussi coupable, aussi indigne.

— Herr Commandant, vous ne me reconnaissez sans doute pas... vous aviez sans doute oublié mon nom... Je suis Ernst Ott, le marin de l'*X-0001*...

Si, Gottlieb se rappelle, et ce n'est pas sans une curiosité inquiète qu'il contemple ce fantôme d'un temps volontairement oublié.

— Je m'étais juré de retrouver l'*X-0001*, Herr Commandant. Vingt ans de recherches, d'efforts... Mais, aujourd'hui, j'ai réussi. Ou plutôt, mon fils a réussi. J'ai relevé le point exact. Je viens vous restituer... (Ott a les larmes aux yeux) le trésor englouti par notre faute, à Hassman et à moi.

Gottlieb se rassure un peu. Allons ! Il ne doit pas être tellement difficile de convaincre le vieil Ott qu'il a tout intérêt à se tenir tranquille. Et Gottlieb entreprend de démontrer au marin que, loin d'être un bienfait pour leur pays, le repêchage des précieux coffres serait, au contraire, la source des pires ennuis. Car il n'appartient plus à personne, ce trésor, ou, plus exactement, il risquerait d'appartenir à trop de gens. Ott ne se rend pas compte des forces redoutables qu'une telle découverte risquerait de déchaîner, des complications internationales que ne manquerait pas de créer la compétition ouverte autour de l'*héritage de l'X-0001*.

— Mon pauvre garçon, je ne sais pas si vous imaginez...

Mais, justement, Ott n'imagine rien du tout. Simplement, il n'a pas oublié les phrases prononcées par le commandant Gottlieb à l'île du Levant (phrases que, rappelons-le, Gottlieb tenait lui-même du général) : ... le flambeau... le regroupement de l'élite occidentale... l'événement du futur Grand Reich...

C'est en vain que Gottlieb essaie de faire comprendre à Ott que ces conceptions sont maintenant dépassées. Il use d'un nouvel argument. « Vous semblez oublier, ''mon brave'', que notre vedette est immergée dans les eaux territoriales françaises. Alors, supposez que... »

Mais le vieux fou répond avec un grand bon sens qù'il n'y aura qu'à tenir secrète la récupération du trésor. Pourquoi, par exemple, ne pas faire semblant de tourner un film maritime ; il suffira d'une habile mise en scène...

Gottlieb secoue la tête. Non, il ne prendra pas le risque de provoquer une nouvelle conflagration. Il se récuse. Et il conseille vivement à Ott de renoncer à sa trop dangereuse entreprise.

Ott ne peut en croire ses oreilles. « Mais le flambeau, Herr Commandant... l'élite occidentale... »

Gottlieb ne veut rien entendre. Et Ott se retire. Tant pis ! Il a estimé de son devoir de s'adresser, avant tout autre, au commandant. Il va, maintenant, chercher d'autres concours.

Le puissant Gottlieb prend sérieusement peur. C'est que le vieil imbécile est bien fichu de faire ce qu'il dit ; et si on remonte les coffres... et si on découvre leur contenu...

Non ! Il faut absolument faire quelque chose. Mais quoi ?...

Gottlieb songe à ce fils, dont lui a parlé Ott. Sans doute celui-ci est-il plus censé que son père. Par lui, peut-être arrivera-t-on à faire entendre raison au vieux.

Gottlieb convoque Rudolf Ott. Et Rudolf se présente : un magnifique gaillard de vingt-cinq ans.

Gottlieb a d'autant moins de mal à le convaincre que le garçon n'a déjà que trop entendu parler de ce maudit trésor. Toute sa jeunesse en a été gâchée. Depuis vingt ans, il n'a cessé d'écouter les mêmes confessions, les mêmes serments. Et, pour finir, il a fallu qu'il s'adonne aux plongées sous-marines ; lui qui a une sainte horreur de ça... Mais, tout cela dit, ce n'est pas lui qui réussira à faire changer d'idée au vieil Ott. Ni lui ni personne. Le vieux a juré qu'il récupérerait le trésor ; il le récupérera. On peut lui faire confiance.

La situation est grave. Mais Gottlieb n'est pas seul menacé. Et il convoque ses anciens subordonnés : Sürich, Wolf, Heinkel. En quelques mots, il leur résume la situation. Les cailloux emplissant les coffres mis à jour, c'est la preuve de leur forfaiture, le scandale, la ruine... Il faut agir. Il faut, par tous les moyens, empêcher Ernst Ott de nuire. Or, en fait, il n'y a qu'un moyen véritablement décisif. Moyen qui est, à l'unanimité, accepté, après une brève discussion.

Mais qui agira, et comment ?

Sürich, Wolf et Heinkel préconisent les services d'un tueur. Mais Gottlieb s'oppose à ce qui lui paraît d'une imprudence folle.

— Un tueur... qui se transformera ensuite en maître-chanteur. Non ! Ce serait échanger un danger contre un autre peut-être plus redoutable encore. Alors... ?

Alors, il ne reste qu'une solution. Opérer soi-même. Au fond leur aventure n'est qu'une séquelle de la guerre ; ce qui était valable en 1944 l'est encore aujourd'hui.

Ils se regardent. Ils ont entre quarante-cinq et soixante ans. Évidemment, c'est un peu tard pour faire de pareils débuts, mais puisque le salut est à ce prix...

Reste à mettre au point les modalités d'exécution, et à désigner l'exécuteur. On choisit le plus jeune : Sürich.

Quant aux « modalités », il se trouve que Wolf dirige une grosse entreprise de construction navale. Il sera facile, sous prétexte du bateau à équiper en vue des recherches, de faire venir Ernst Ott aux chantiers de Hambourg. Là, on le fera monter sur quelque bateau en cale sèche. Il suffira d'une poussée. Adieu, vieux fou !

Gottlieb commence à respirer, en dépit d'un nouveau sujet de mécontentement.

Lors de sa visite, le beau Rudolf Ott a rencontré Elsa, la fille de Gottlieb. Coup de foudre réciproque. Les deux jeunes gens se sont revus, sont devenus de plus en plus amoureux l'un de l'autre. Bref, Elsa a décidé qu'elle n'aurait pas d'autre époux que Rudolf, et elle s'est ouverte de ses projets à son père. Stupeur et fureur de l'ex-commandant, à qui la nouvelle a fait l'effet d'une véritable provocation. Elsa, épouser ce garçon sans un sou ; c'est une mauvaise plaisanterie. En vain, Elsa a supplié son père. Il s'est montré irréductible. Il ne donnera sa fille qu'à un homme digne de leur rang.

Mais revenons au vieil Ott. Gottlieb lui annonce qu'il a consulté ses anciens compagnons et qu'ils sont finalement tombés tous les quatre d'accord pour donner à l'ancien marin les moyens de mener à bien son entreprise. Pour commencer, il faut équiper le bateau récupérateur en treuils et en « suçeuses », et nul n'est plus qualifié que Ott pour se charger du choix des appareils et surveiller leur installation. Voici donc Ott en route pour Hambourg.

Comme prévu, Sürich mettra à profit la visite de Ernst Ott sur les chantiers pour le supprimer [1]. Mais ce qui n'était pas prévu, c'est que, par suite d'une maladresse, Sürich partagerait le triste sort de sa victime ; un « retour de manivelle », en quelque sorte. A la vérité, Gottlieb, Wolf et Heinkel se résignent aisément à la perte de leur compagnon. L'essentiel est d'être enfin débarrassé du vieil Ott. Sürich n'avait qu'à être plus adroit.

Les trois hommes reprennent goût à la vie. C'est une véritable joie, pour eux, que d'assister à l'enterrement du vieux marin auquel ils ont voulu donner, par une délicate attention, le même cérémonial qu'à l'enterrement du lieutenant noyé lors du naufrage. En fait, il s'agit d'une honteuse parodie au cours de laquelle le commandant Gottlieb n'hésite pas à reprendre, presque mot pour mot, ce même discours qu'il a fait, vingt ans auparavant, dans le petit cimetière militaire de l'île du Levant. Ernst Ott n'est-il pas mort, lui aussi, au champ d'honneur ? Comment Rudolf soupçonnerait-il la monstrueuse hypocrisie de Gottlieb et de ses amis ?

1. Les détails de cet attentat, comme de ceux qui suivent, seront mis au point ultérieurement. Les auteurs n'ont cherché ici qu'à préciser la ligne générale de l'histoire.

Mais le trio a triomphé trop vite. Alors que Gottlieb est persuadé que la disparition d'Ernst Ott a mis le point final à l'opération *X-0001*, voici que sa fille lui apprend que Rudolf a décidé de poursuivre et de mener à bien l'œuvre amorcée par son père. Non plus, cette fois, pour effacer « la souillure », mais, beaucoup plus prosaïquement, pour avoir sa part du trésor englouti et devenir ainsi digne de prétendre à la main d'Elsa.

Consternation de Gottlieb qui, prenant sans pudeur le contrepied de son intransigeante position, déclare avec des mines de papa débonnaire qu'il a pu apprécier à leur juste valeur les mérites de Rudolf, que l'essentiel est que sa fille épouse un brave garçon, que d'ailleurs l'argent n'a jamais remplacé l'amour.

Elsa croit rêver. Elle se jette dans les bras de son père. Comment imaginerait-elle que l'affreux bonhomme la céderait indifféremment à n'importe qui pour protéger sa situation menacée ?

Elsa va donc apporter la bonne nouvelle à Rudolf. Mais celui-ci ne l'entend pas de cette oreille. Il a sa dignité. Il ne veut pas qu'Elsa puisse jamais soupçonner qu'il a pu l'épouser par intérêt. Il ne veut surtout pas risquer d'être le mari humilié. Non. Il deviendra riche... autant que son futur beau-père. Les flancs de l'*X-0001* ne renferment-ils pas pour plusieurs milliards d'or et de bijoux ? Une part suffira à faire de lui un époux respectable.

Nouveau conseil de guerre entre Gottlieb, Wolf et Heinckel. Puisque Rudolf Ott a pris la suite de son père, tant pis pour lui. Il connaîtra le même sort que le vieux fou.

Un second attentat est soigneusement mis au point. Mais il échouera. Rudolf échappera à la mort... cependant que, tout comme son prédécesseur, Wolf paiera de sa vie sa tentative.

Gottlieb et Heinckel (seuls survivants du groupe initial) feignent de partager une terreur superstitieuse. Ils essaient d'accréditer la légende d'un « trésor maudit », comme le fut celui des pharaons. « Assez de sang versé, gémissent-ils. Assez de morts. Renonçons ! »

Rudolf, lui, ne se sent nullement découragé. Au contraire, il semble que le danger le galvanise. Ah ! le Destin les met au défi, eh bien, on verra qui aura le dernier mot. Et Elsa, de plus en plus séduite par l'énergie et la vaillance de son fiancé, l'encourage à persévérer, en dépit des conseils hypocrites de Gottlieb. De Gottlieb qui, déjà, met au point avec son complice le plan qui les délivrera de ce Rudolf de malheur.

Entre-temps, le bateau a été équipé ; et on a mis le cap sur l'île du Levant.

Nouvel attentat. Et, cette fois encore, alors que pourtant toutes les précautions semblaient prises, Rudolf échappe. Cependant que Heinckel est tué. Il ne reste donc plus que Gottlieb.

L'île du Levant.

Bientôt, les plongées commencent, au grand affolement de Gottlieb. Mises en position, les « suçeuses » aspirent le sable dans lequel est enfoncée la vedette. Lentement, la coque se découvre et on peut l'attaquer au chalumeau. Sous les puissants projecteurs étanches, les plongeurs aperçoivent enfin les fameux coffres de métal. On fixe le premier à un filin. Et le treuil entre en action.

Livide, Gottlieb suit les opérations de la fenêtre de sa chambre d'hôtel, à l'aide d'une lorgnette. Le coffre est hissé sur le bateau, puis chargé sur un canot qui regagne le port tout proche. On décharge le coffre, et un petit groupe s'affaire. C'est bien entendu Rudolf qui commande la manœuvre, à côté d'une Elsa resplendissante.

A coups de pics, on fait sauter les coquillages qui enveloppent le coffre dans une espèce de carapace. Rouillées, les charnières résistent. Encore quelques efforts.

Allons ! Gottlieb a perdu la partie. Dans moins d'une minute, la forfaiture sera découverte, le rôle exact du commandant Gottlieb et de ses quatre compagnons révélé. Gottlieb porte un revolver à sa tempe. Mais l'homme qui faisait si bon marché de la vie des autres est un lâche. Son bras retombe. Tant pis. Il accepte la honte, le déshonneur, le mépris. Il veut vivre. Gottlieb reprend ses lorgnettes.

Là-bas, la dernière serrure a cédé. C'est à Rudolf que revient l'honneur de soulever le couvercle.

Et le contenu du coffre apparaît : des lingots, des diamants, des colliers, des bracelets, des rubis, des émeraudes. Tout le trésor annoncé resplendit au soleil.

Cette nouvelle émotion, après tant d'autres, est fatale à Gottlieb. L'infâme bonhomme s'effondre sur le plancher, foudroyé.

... Devant le coffre miroitant, Rudolf et Elsa s'étreignent, unissent leurs lèvres.

... Par quarante mètres de fond, les plongeurs poursuivent leurs travaux. Les « suçeuses » ont, maintenant, presque complètement dégagé la coque de la vedette, dont le numéro d'immatriculation apparaît dans le faisceau des projecteurs : *W-9999. Il y a erreur d'épave.*

LA PROIE RÊVÉE (1964-1975)

Achevé dès avril 1964, ce scénario a été communiqué par les auteurs le 8 août 1964 à Jules Borkon, le producteur des Yeux sans visage *et de* Pleins Feux sur l'assassin. *Dans la lettre d'accompagnement, Pierre Boileau écrivait :*

« Nous avons imaginé ce scénario à l'intention de Poiret et Serrault (qui le connaissent et sont tout disposés à l'interpréter). C'est une sorte de *comédie policière* dans laquelle on voit Poiret tenter en vain d'assassiner Serrault. La partie principale du film est constituée par une série d'attentats qui échouent les uns après les autres, attentats comiques, bien entendu, et qui seraient le prétexte à une suite de gags.

Il nous a paru original de faire de Poiret le « meurtrier » de Serrault, les deux hommes restant, par ailleurs, les meilleurs amis du monde ; car l'histoire est tout entière construite sur cette situation absurde : un homme cherche à en supprimer un autre, auquel il est très attaché, la disparition de sa victime ne pouvant qu'affecter cruellement le criminel. Il va sans dire qu'il s'agit d'un film d'humour noir. Tous les effets seraient "comiques", mais la machination proprement dite serait rigoureusement construite comme dans un film policier "sérieux" ».

Jules Borkon n'ayant pas réussi a concrétiser le projet, les auteurs l'adressent, le 28 juin 1966 à :

Monsieur Alfred Hitchcock
10957 Bellagio Road
Bel Air
Los Angeles 24

Cher Monsieur Hitchcock,

Suivant les indications de nos amis Odette Ferry et Isy Pront, nous sommes heureux de vous communiquer le scénario ci-inclus. Titre provisoire : *La Proie rêvée.* Nous avons eu, tout d'abord, l'intention d'écrire un livre, mais, chemin faisant, nous avons pensé qu'un film permettrait de bien mieux exploiter le suspense ou l'humour de certaines situations ; c'est pourquoi nous vous soumettons notre projet. Au cas où il ne pourrait vous convenir, nous reprendrions notre projet initial, et *La Proie rêvée* deviendrait un roman.

Inutile de vous dire combien nous sommes ravis de cette occasion de reprendre contact avec vous.

Croyez, cher Monsieur Hitchcock, à l'assurance de nos sentiments très fidèlement amicaux.

Hitchock n'ayant pas donné suite, les auteurs proposeront leur œuvre à Christian-Jaque et à Cinexport. Le août 1974, Boileau écrit au directeur de Cinéxport, M. Caraco :

A la suite de notre récent entretien, j'ai longuement reparlé de *La Proie rêvée* avec Narcejac, et je vous remets ci-joints les quelques feuillets sur lesquels nous avons consigné nos réflexions. Il paraît évident — et c'est là notre conclusion — qu'il y a de multiples façons de traiter notre sujet ; aussi est-il difficile, au stade actuel, d'aller au-delà de ce que nous avons initialement prévu. Il y a, maintenant, un choix à faire.

On trouvera plus loin cette note d'intentions. A la suite de la réponse du directeur de Cinexport, les auteurs lui envoient une « version améliorée » à l'intention de Christian-Jaque qui met davantage l'accent sur le rôle de la femme.

Quelques années plus tard, Boileau et Narcejac reprendront le thème de La Proie rêvée *comme thème d'un « film-pilote » pour une série télévisée provisoirement intitulé « Aventures d'un auto-stoppeur sur la Côte d'Azur ». On lira ci-après les deux versions — « Côte d'Azur » et « Fontainebleau » — de ce scénario qui connaîtra jusqu'au bout l'insuccès.*

I. Scénario pour Poiret (1964)

François Fougerolle, trente-cinq ans, est ingénieur dans une usine électronique (genre I.B.M.). Fils d'un gros industriel, il a fait de brillantes études et est un très remarquable technicien. Il a déjà pris de nombreux brevets, mais, comme c'est la règle dans l'industrie moderne, c'est toujours la firme qui les a exploités. Or, François Fougerolle est dévoré d'ambition, à juste titre d'ailleurs. N'a-t-il pas notamment mis au point les plans d'une nouvelle machine, du type « ordinateur électronique », qui est, en quelque sorte, la reproduction en miniature des machines actuellement en usage et qui, toutes, représentent un énorme volume ? L'extraordinaire mécanisme de Fougerolle n'occupera pas plus de place qu'un vulgaire distributeur automatique du métro : il pourra tenir en deux valises, se transporter comme n'importe quel bagage.

Fougerolle s'est mis à l'œuvre. Cinq ans de travail, une fortune engloutie. Mais il a réussi. La machine est là, dans le petit hôtel particulier qu'il habite avec sa femme, Florence.

Fille d'un « gros laboratoire de pharmacie », Florence est une fille essentiellement pratique. Assez dure, assez égoïste. Elle n'entend pas grand-chose aux travaux de son mari, mais, femme d'affaires remarquable, elle a vu tout le profit qu'on pouvait tirer de l'exploitation de la « machine ». Et c'est pourquoi elle a accepté de tout sacrifier à la réalisation du grand projet de François. Sa dot y a passé ; l'hôtel particulier a été hypothéqué, elle a vendu la plus grande partie de ses bijoux, des tableaux, des meubles précieux ; finalement, elle a même congédié ses domestiques. Mais le résultat est là, qui prouve que Florence a eu raison de faire confiance à son grand homme de mari.

Seulement, un nouveau problème se pose, maintenant, auquel les deux époux, uniquement préoccupés de leur premier objectif, n'avaient point suffisamment songé. Il leur faut encore des dizaines et des dizaines de millions pour exploiter *eux-mêmes* la machine, tout au moins pour passer au premier stade de la production industrielle, ensuite les capitaux afflueront. Bien entendu, il n'est pas question de faire appel aux sociétés déjà existantes. La « machine F.F.F. » représente, en effet, un tel progrès, une telle avance, que son apparition dévaluera, d'un coup, toutes les « machines-programmes », tous les « ordinateurs électroniques » déjà fabriqués. Non, si une société quelconque s'assurait des droits sur le prototype de François Fougerolle, ce ne pourrait être que pour le détruire.

Cent cinquante millions ! Telle est la somme que la machine F.F.F., interrogée, a elle-même fixée comme apport de base nécessaire à son exploitation commerciale. Cent cinquante millions ! Or, les époux Fougerolle n'ont, pratiquement, plus rien à vendre, plus aucune possibilité d'emprunter. Futurs milliardaires, ils sont assez paradoxalement sans un sou.

Que faire, pour se procurer les cent cinquante millions ? C'est alors que Florence, la femme pratique, a eu cette idée élémentaire, mais qui ne serait pourtant jamais venue à son mari : « Si on interrogeait la machine ? »

Sur une fiche, François a groupé toutes les données du problème, puis a glissé la fiche dans la fente, et il a abaissé le levier de mise en marche. L'œil électronique a lu ; les milliers de rouages ont joué durant quelques secondes, et la fiche est ressortie, apportant la solution au problème : comment se procurer cent cinquante millions : « Commettez un crime parfait. »

Certes, cet extraordinaire impératif a quelque peu déconcerté les époux Fougerolle ; mais la machine n'est-elle pas infaillible ? Ils se sont donc trouvés devant un choix : ou renoncer une bonne fois à leur grand projet, ou se résigner à... Bien entendu, ils n'ont pas choisi tout de suite. Ils ont simplement joué avec l'idée, ce qui ne les engageait à rien. Et pour s'amuser, ils ont continué à interroger la machine : quel genre de crime commettre ?... Quelles précautions prendre ?... Quelle machination mettre sur pied ?...

Et la machine F.F.F. a littéralement dicté ses ordres. François Fougerolle s'assurera sur la vie, au profit de Florence, pour la somme envisagée, puis il supprimera quelqu'un dans des conditions telles que :

a. le crime revêtira les allures d'un indiscutable accident.

b. la victime sera automatiquement identifiée comme étant François Fougerolle, ingénieur.

Florence touchera la somme prévue et s'expatriera. François ira la rejoindre, quelque part, très loin de France, en Amérique du Sud, par exemple. Là, sous une nouvelle identité, il exploitera sa machine.

François et Florence ont été confondus par la simplicité de ce plan. Par « jeu », toujours, ils ont poursuivi l'expérience : quelle victime choisir, qui puisse remplir les conditions désirées, conditions qui, à vrai dire, se réduisent à une seule, mais capitale : *pouvoir disparaître sans que nul ne se soucie jamais de sa disparition.* Et la machine a répondu : « Un clochard. »

La solution idéale étant enfin apportée, restait le problème moral. Certes, les époux Fougerolle sont loin d'avoir des âmes de criminels. Ils ont reçu la meilleure éducation ; ils se nourrissent même de sérieux préjugés. Seulement ni l'un, ni l'autre n'ont jamais été en prise directe sur la vie. François est un homme d'études ; pour lui, tout n'est que plans, épures, équations. Il n'a vécu que dans l'abstrait. Fille de bourgeois intransigeants et fiers, enfant gâtée, Florence, elle aussi, n'a connu qu'un monde clos, sans fenêtres ouvertes sur l'extérieur. Il y avait ses parents, sa famille, de rares amis... et puis une humanité assez malpropre qu'il fallait tenir à distance pour éviter la contagion. Florence s'est mariée jeune, elle ne pouvait choisir qu'un homme comme François. Elle l'admirait ; elle l'admire toujours, d'ailleurs. Il ne l'a pas déçue. Simplement, elle continue d'ignorer tout ce qu'il aurait pu lui apporter.

Comment ces deux êtres parfaitement assortis n'en seraient-ils pas assez vite arrivés à cette conclusion réconfortante que « le clochard » n'est pas un homme, à proprement parler, mais une sorte d'être hybride, asocial et perturbateur, pratiquement inclassable, et dont la disparition définitive s'imposerait, d'ailleurs, dans la civilisation purement « fonctionnelle » dont rêve notre théoricien.

Et puis, comment hésiter entre l'existence (à la fois précaire et néfaste) d'un clochard anonyme et les inappréciables avantages qu'assurerait, à une humanité régénérée par le progrès industriel et scientifique, l'exploitation à une vaste échelle d'une infaillible machine à penser ?

C'est ainsi que, conscients d'accomplir un devoir civique, François et Florence sont partis en chasse. Prétextant une enquête à but philanthropique, François a pris contact avec le monde de la cloche, n'hésitant pas à convoquer chez lui les spécimens qui lui paraissaient, a priori, se rapprocher le plus de la victime idéale. Il les a longuement interrogés (parents, amis, relations si éloignées fussent-elles) ; il a rempli des fiches... fiches que Florence, la mine dégoûtée, allait soumettre à la machine.

Elle a beaucoup souffert, Florence, à voir défiler chaque jour, dans son salon Louis XV, une demi-douzaine de pouilleux. Pouilleux qui n'hésitaient pas un instant à poser le litre de rouge sur le guéridon signé Boulle, à jeter leurs mégots sur les Aubusson...

Et toujours, la machine répondait : « Non ! » On a laissé repartir les clochards, nanti d'un modeste viatique. La plupart étaient furieux ; ils attendaient mieux ; certains ont fait des graffiti injurieux. On ne pouvait tout de même pas leur expliquer qu'on leur laissait la vie sauve et que c'était déjà beaucoup.

Bref, François et Florence étaient désespérés. L'avenir leur paraissait maintenant sans issue.

Et c'est alors que Didier Mourège avait sonné à leur porte... Didier Mourège est un cousin de François que celui-ci n'a pas revu depuis quelque dix ans, et que Florence ne connaît pas encore. Elle a simplement entendu parler par la famille (et en quels termes méprisants !) du cousin Didier, « qui avait tous les dons et n'a jamais rien fait ; du cousin Didier qui a dilapidé son patrimoine et bourlingué on ne sait où... en vivant on ne sait comment ». Que n'a-t-on pas raconté sur son compte ?... N'a-t-il pas été cuisinier, guitariste, prestidigitateur ?... N'a-t-il pas publié des vers, et été emprisonné au Japon ?... Où commence sa légende ? Ou plutôt : où finit-elle ?

Didier est, en tout cas, si misérablement vêtu que Florence croit avoir affaire à un nouveau clochard. D'office elle l'installe au salon, sans rien lui demander, et va prévenir son mari.

François met un instant avant de reconnaître son cousin, puis il lui ouvre les bras. Stupeur de Florence, en voyant les deux hommes enlacés. Présentations. Florence craint que Didier ne l'embrasse, avec sa barbe de trois jours. Mais, galamment, Didier s'incline sur sa main.

— Ce vieux Didier ! ne cesse de répéter François, tout à sa joie, et qui ne nourrit pas l'ombre d'une arrière-pensée. Ce vieux Didier !... Tu dînes avec nous... Tu dois en avoir des choses à nous raconter !...

Didier se rase, puis prend un bain. François l'a suivi dans le cabinet de toilette.

— Mais comment as-tu eu notre adresse ?... Tu n'étais jamais venu ici, je crois ?

— Non. J'ai simplement cherché dans l'annuaire... Pas plus malin que ça !

Les deux hommes rient. Tout en s'aspergeant d'eau de Cologne, Didier interroge :

— Dis donc, ta femme... elle ne doit pas être des plus satisfaites de me voir là, non ?... Entre nous, elle n'a pas l'air très marrante ?

— Elle n'est peut-être pas très marrante, comme tu dis, mais elle est très compréhensive... Ne t'en fais pas. Je suis sûr que vous ferez bon ménage.

Comme Didier va remettre ses vieux vêtements, François l'en empêche.

— Attends !... Nous avions à peu près la même taille, et je n'ai pas l'impression que ça ait changé.

Il apporte du linge à Didier, ses pantoufles, sa robe de chambre.

— Figure-toi que notre bonne est... en voyage ; alors c'est Florence qui est obligée de tout faire...

— Mais je vais l'aider !

Didier, déjà à son aise, file à la cuisine, attrape une poêle, des œufs. Il est habile, à la fois efficace et désinvolte. Florence le regarde faire, un peu éberluée.

Durant le dîner, Didier raconte ses voyages, ses aventures. Il a eu une existence, selon lui, magnifique. Il ne regrette rien, même les plus sales moments qu'il a pu connaître. Si c'était à refaire, il recommencerait. Mais, maintenant, il est au bout du rouleau ; il l'avoue, sans honte ni forfanterie. Il se rend compte qu'il a été un incapable, un inutile. Il se demande même si, bien qu'assagi, il est aujourd'hui récupérable. Qui voudrait de lui ?... D'ailleurs, il n'a repris contact avec personne. Il sait trop ce qu'on pense de lui, dans la famille. On doit le croire mort. C'est le lot des hommes comme lui : disparaîtrait-il pour de bon que nul ne s'en apercevrait.

La gorge un peu serrée, évitant de se regarder, les deux époux écoutent de toutes leurs oreilles. Didier boit d'abondance, fait des gestes. Et sa robe de chambre s'entrouvre, découvrant la chemise que lui a prêtée François, avec ses initiales brodées : F. F. ... François Fougerolle...

Un peu plus tard, les deux époux se retrouvent dans leur chambre. Comment leurs pensées n'auraient-elles pas suivi le même cours ? D'abord vagues et hésitants, leurs propos se font de plus en plus précis. Finalement, François remplit une fiche. Mais, déjà, ils savent quelle sera la réponse.

Et, en effet, la machine ne fait que confirmer ce qui leur était apparu comme une évidence. *Le cousin Didier est la victime idéale.*

François et Florence sont très sincèrement désolés ; François surtout, qui a toujours nourri une affection sincère à l'égard de son cousin. Mais il lui faut bien s'incliner. En fait, ce n'est pas lui qui décide ; il n'est que l'agent d'exécution.

Et François dresse ses batteries. Il annonce à Didier que sa femme et lui étaient sur le point de partir pour l'Espagne (cinq ans qu'ils n'ont pas pris de vacances... « A cause d'une maudite machine, que je te montrerai ! ») ; et il lui offre de partir avec eux. Ravi, Didier ne se fait pas prier ; il ne connaît pas l'Espagne, justement, comme il le leur a dit au dîner. Oui, son passeport est encore valable ; il le donnera à François qui s'occupera de toutes les formalités (ce qui permettra de substituer la photo de François à celle de Didier, et inversement). Un peu plus tard, en grand secret, François confiera à Didier quelques lettres personnelles auxquelles il tient beaucoup, mais qu'il craint que sa femme ne finisse par découvrir un jour. Et Didier, tout heureux de rendre service à son cousin, glissera soigneusement lettres et enveloppes au nom de François Fougerolle dans une poche intérieure de son veston, c'est-à-dire du veston que François vient de lui donner. Ainsi, lorsque se produira l'événement fatal, on retrouvera ces lettres dans les poches du mort. Ce sera, si besoin était, une preuve supplémentaire.

En quelques jours, toutes les précautions sont prises. Et le trio se met en route. Comment les deux époux « s'y prendront-ils », ils l'ignorent encore ; ce sont de ces choses qu'il est difficile de fixer à l'avance ; tout dépendra des circonstances. Et puis, François et Florence ont décidé de s'offrir un petit sursis. Ils ont convenu de gagner la frontière en trois jours, une promenade, et, durant ces trois jours, ils s'accorderont de « vraies vacances », autrement dit, ils éviteront de songer à l'avenir.

... Le petit voyage commence, et s'annonce, tout de suite, merveilleux. Didier est le plus charmant compagnon qui se puisse rêver, le plus drôle aussi. Il réapprend à rire aux deux époux, ce qu'ils avaient oublié depuis cinq ans, depuis que la machine a absorbé toutes leurs pensées, toute leur énergie, tous leurs loisirs. Didier rappelle à François des souvenirs d'enfance, évoque leurs blagues de potaches. Un soir qu'ils ont trop bien dîné, les deux hommes tirent des sonnettes, puis sautent à cloche-pied dans les cases d'un jeu de marelle, que des gamins ont tracé le long des murs de leur école. Et Florence les regarde, scandalisée... et vaguement attendrie.

La frontière passée, les époux Fougerolle reprennent, d'un coup, leurs « visages de Paris ». Métamorphose inexplicable, pour Didier, qui cherche à dérider ses compagnons, les interroge.

— Vous, vous avez des soucis que vous cachez à votre vieux Didier... Ce n'est pas chic... Je suis sûr que je pourrais vous aider !...

Cependant, la mort dans l'âme, François et Florence sont passés à la réalisation de la première partie de leur plan.

Lorsqu'ils descendent dans un hôtel, ils prennent trois chambres (« A cause de la chaleur, expliquent-ils à Didier, impossible de dormir à deux »), et Florence, qui parle couramment l'espagnol, fait en sorte que tout le monde croie que Didier Mourège est François Fougerolle. « Mon mari », dit-elle, en parlant de Didier. « Mon mari a demandé que vous le réveilliez à six heures... Mon mari préférerait des œufs... Mon mari... » De même, en parlant de François, elle dit : « Notre cousin. » Comment l'hôtelier devinera-t-il la vérité ? D'autant qu'il a pu voir les photos, sur les passeports. Quant aux femmes de chambre, elles rangent des pyjamas aux initiales F. F., que Florence a pris soin de faire démesurées.

A table, Florence s'assied toujours à côté de Didier. Elle est pleine de prévenance, ne cesse de s'occuper de lui, à tel point que Didier en est parfois gêné, à cause de François. Mais François paraît ne s'apercevoir de rien. Ces « scientifiques » ne sont-ils pas toujours dans les nuages ?...

Ainsi, pour tout le monde, *Didier est bien le mari de Florence* : l'ingénieur français François Fougerolle. Le jour fatal, qui nourrira l'ombre d'un doute ?...

Reste à trouver, plus exactement : à provoquer l'occasion favorable ; c'est à quoi les deux époux s'emploient activement, et non sans une tristesse grandissante, car ils s'attachent de plus en plus à leur compagnon. Ils seront des assassins désespérés.

Et, tout à coup, c'est le hasard qui intervient. Un soir qu'ils se promènent dans un port, Didier tombe à l'eau. Il ne sait pas nager ; il est perdu.

— Et songe que nous n'y sommes pour rien, répète François à sa femme, tandis qu'ils attendent, tout tremblants, le moment de donner l'alarme.

Ce « moment » leur paraît venu, lorsque, brusquement, François est appelé par son nom. Et c'est la rencontre avec des touristes parisiens, en vacances, eux aussi, et qui sont de vieux amis des Fougerolle. Mais alors...

Alors, la mort de Didier est parfaitement inutile, puisqu'on ne va pas pouvoir identifier le noyé comme étant François Fougerolle !...

François s'excuse, prétexte un oubli, prend congé de ses malencontreux amis, et va piquer une tête dans l'eau. Non sans peine, il réussit à ramener Didier sur la rive. Désormais, Didier aura une nouvelle dette de reconnaissance envers son cousin. Et quelle dette ! François n'a-t-il pas risqué sa vie pour le sauver ? Plus que jamais, Didier s'attachera aux deux époux, cherchera à leur manifester sa gratitude, son affection... Et ce n'est pas cela qui facilitera les choses !

Une région rocheuse, désolée, désertique. Un écriteau : *Attention-Mines* (en langue espagnole).

Les deux époux échangent un rapide regard.

— Qu'est-ce qu'il y a d'écrit ? interroge Didier.

François traduit : *Terrain à vendre.*

— Eh bien, il faudra que le propriétaire aime la solitude, commente Didier.

François quitte la route, engage la voiture sur la zone dangereuse.

— Tiens ! Il y a là-bas des petits coins à l'ombre ; on va pouvoir pique-niquer.

Ils croisent bientôt un groupe d'ouvriers qui s'éloignent à pas rapides.

— Dépêchez-vous, crient les hommes ! ça va sauter dans cinq minutes !

Et François traduit à Didier :

— Ils disent qu'il fait chaud, qu'ils vont casser la croûte.

François, qui regarde avec soin le sol autour de lui, découvre vite le fil électrique, courant dans le sable, par où va passer le courant. Il décrit un vaste arc de cercle.

— Arrêtons-nous là.

On saute à terre ; on pose le tapis de sol. Didier, dont c'est la fonction habituelle, commence à dresser le couvert. François a fait le tour des rochers, a aperçu la charge de dynamite.

— Bon sang ! Il ne reste plus une goutte d'eau, constate-t-il (après avoir vidé la gourde dans le sable). Je vais aller en demander aux ouvriers ; ils ne doivent pas être loin. Tu viens avec moi, Florence ?

Les deux époux remontent dans l'auto, s'éloignent à toute allure. Sortis de la zone dangereuse, ils s'arrêtent, et écoutent, les traits crispés.

Un appel de trompe retentit, et presque aussitôt, c'est l'explosion. Un nuage de poussière s'élève vers le ciel.

— Pauvre Didier, soupire Florence au bord des larmes.

— Oui ; il était bien brave. Il va nous manquer... N'oublie pas : ton mari s'est éloigné, il voulait ramasser des brindilles, pour allumer un feu...

— Oui, François...

— Non. Pas François... Pas François. Je suis maintenant Didier Mourège, ton cousin Didier...

— Oh ! Oh ! fait une voix joyeuse.

Ils se retournent. Didier s'avance, à petits pas, portant sur l'épaule le matériel de camping, plié dans le tapis de sol.

— C'était plein de fourmis, votre coin !

Didier se débarrasse de son fardeau, le fourre dans la malle arrière, puis brosse son pantalon avec vigueur.

— Saletés de bestioles !... Et, par-dessus le marché, j'ai l'impression qu'ils font sauter des mines !

Une nouvelle explosion fait écho à ses paroles.

— Tenez !... Qu'est-ce que je vous dis !...

Le trio remonte dans l'auto.

Les « vacances » se poursuivent.

Didier a beau avoir roulé sa bosse un peu partout, il est demeuré sensible et enthousiaste. Il est toujours prêt à admirer, à s'extasier ; la vue d'un troupeau de chèvres, d'une oliveraie, d'une vieille chapelle, le rend lyrique. Il découvre à Florence, qui n'en revient pas, la fraîcheur, la beauté des spectacles les plus simples. François, lui, regarde tout avec ses yeux secs de scientifique : il calcule la place perdue, les possibilités industrielles, le moyen de décupler le rendement ; le plus souvent même, il ne voit rien du tout, ses pensées l'absorbent tout entier. Parfois aussi, il parle à Didier de son invention ; il lui montre les plans de la machine ; et il réussit — ô miracle — à lui faire partager son exaltation.

Quand Florence et Didier sont seuls, la jeune femme interroge son cousin sur ses aventures passées, et aussi sur ses amours. Et Didier lui fait des confidences qui la troublent. Parfois aussi, Didier lui donne des conseils, lui fait modifier sa coiffure, son maquillage. En un mot, il la traîte en femme, ce que n'a jamais fait François. Et ces tête-à-tête se multiplient, car François est souvent parti « en reconnaissance », à la recherche de « l'accident possible ».

Cet « accident », ce pourrait être l'effondrement d'un vieux pont vermoulu, la chute dans un ravin de trente mètres. L'unique accès au pont est un sentier à demi enseveli sous des blocs de pierre ; aucune chance que quelqu'un s'y engage la nuit. Aussi, ce soir-là, laissant Florence et Didier à table, François prétextant une migraine, va prendre l'air. Il s'est muni des outils nécessaires. A l'aube, demain, le trio fera une petite excursion en montagne. Ce sera un jeu de laisser Didier passer le premier sur le sentier, et sur le pont...

Dans la salle du restaurant, comme d'habitude, Florence joue la scène de la « dame qui est avec son mari » ; elle picore des fruits dans l'assiette de Didier, boit dans son verre, se penche sur lui, lui prend la main. Et, comme il importe, aujourd'hui, d'aller plus loin encore, pour parachever sa démonstration, elle l'embrasse sur les lèvres. Si après cela les témoins ne sont pas persuadés qu'ils ont eu affaire à deux époux !...

François revient. Tout est prêt : le pont ne tient plus que par miracle. En sa présence, le brave Didier est affreusement gêné ; il propose d'aller vite se coucher, car le programme prévoit un réveil à l'aube.

François va retrouver Florence dans sa chambre et lui fait le compte-rendu de son expédition, compte-rendu auquel elle répond par un autre. Allons ! Tout est au point ; il n'y a plus qu'à attendre l'aurore.

Nuit affreuse ! Les deux époux ont peine à dominer leurs nerfs, à demeurer en place. Lorsqu'ils réussissent, par instants, à s'assoupir, ils font des cauchemars horribles : il assistent à « l'accident ». Pour un peu, ils envieraient le sort de Didier, qui, lui, au moins, dort paisiblement, sans soucis, la conscience pure.

Ce en quoi ils se trompent ; car Didier, très troublé par la scène du dîner, le baiser de Florence, ne peut lui non plus trouver le sommeil.

... Cinq heures ! François, légèrement vacillant, va frapper à la porte de son cousin. La chambre est vide. Didier a disparu.

Disparu en laissant épinglé à son oreiller un petit billet :

François, je suis indigne de ta confiance et de ton amitié. Je préfère partir. Pardon.

Affolement des deux époux, qui se disputent. François reproche à Florence d'en avoir « trop fait » ; point n'était besoin — selon lui — d'aller aussi loin pour convaincre le personnel de l'hôtel. Mais l'heure n'est pas aux paroles inutiles. Il faut retrouver Didier.

On se lancera à sa poursuite, après que François aura, toutefois, achevé de démolir le vieux pont pour éviter tout risque d'accident inutile.

Bientôt rattrapé, Didier se laissera facilement convaincre et reprendra avec joie sa place auprès de ses bienfaiteurs.

Nouvelle étape. L'hôtel où le trio est descendu est tenu par une jolie veuve expansive : Angela, qui est tombée amoureuse de Didier. Mais, persuadée qu'elle a affaire au « mari », Angela s'est gardée de manifester ses sentiments. Elle se contente d'observer Florence, pour qui elle nourrit la plus franche animosité. Or, une nuit, Angela découvre que François (qu'elle croit, naturellement, être le cousin) se rend dans la chambre de Florence. Comment ne serait-elle pas persuadée que Florence trompe son mari ?... Ses scrupules balayés d'un coup, elle improvise sur le champ un excellent prétexte pour se rendre dans la chambre de Didier.

Le lendemain, Angela se moque ouvertement de Florence, qui ne comprend absolument rien à cet étrange comportement, et croit l'hôtelière un peu folle. Mais, un peu plus tard, Didier conte sa bonne fortune à François, qui, fort amusé, va répéter la chose à sa femme... « Tu sais, Didier a fait une conquête : la patronne. » Il est tout étonné de voir que Florence ne partage pas sa gaieté, qu'elle paraît même indignée. Décidément, il ne comprendra jamais rien aux femmes. Peu après, Florence décrète qu'ils sont vraiment trop mal, et décide de changer d'hôtel.

... A dater de cet épisode, l'infortuné Didier se trouve un peu écartelé entre les deux époux. Dès que François le peut, il met la main sur son cousin, l'entretient de ses vastes projets... sans, bien entendu, préciser d'où lui viendra la fortune qui permettra de les réaliser. Didier, qui croit son cousin toujours très riche, ne pose d'ailleurs aucune question à ce sujet. Par contre, il demande des quantités d'explications sur « l'électronique », et François est ravi de jouer au professeur.

Ce sont de tout autres sujets de conversation qu'aborde Françoise. Traitée depuis toujours en camarade, sinon en « collègue », par son ingénieur de mari, la jeune femme est étonnée et ravie de se voir enfin traitée en femme, et elle découvre là une source d'émotion d'une fraîcheur inconnue.

Cependant, François n'a nullement renoncé à sa criminelle machination. Il n'y a, d'ailleurs, aucune hypocrisie dans son attitude et il est constamment sincère dans ses rapports avec son cousin ; simplement, « la chose » se situe sur un autre plan !

Le trio est maintenant installé dans un pittoresque village de pêcheurs. Pour permettre à Didier de satisfaire une de ses grandes passions : l'exploration sous-marine, les Fougerolle ont loué un petit voilier et offert à leur cousin un équipement. Ils ont fait la connaissance d'un ménage espagnol, les Peraldes, dont le bateau est ancré à une centaine de mètres du leur. Juan Peraldes est, lui aussi, un fervent de l'exploration sous-marine et a déjà réuni une précieuse collection de coraux, d'étoiles de mer, de coquillages, sans parler de quelques morceaux d'amphores ou de tuiles romaines. Sa femme, Paquita, une brune appétissante, paraît en constante admiration devant son colosse de mari.

Ce jour-là, François se livre à une inquiétante opération : il trafique la bouteille d'air comprimé de Didier de telle sorte que celui-ci ne pourra respirer que durant un temps limité. Ce sera l'asphyxie au fond de la mer, ou, si Didier tente de remonter trop vite, l'inévitable ambolie gazeuse. Dans un cas comme dans l'autre...

Là-bas, Juan Peraldes vient de disparaître sous les eaux. A son tour, Didier revêt son équipement, aidé par François, qui met la dernière main à sa criminelle tentative en abaissant le robinet de la réserve d'air. Sous le regard horrifié de Florence, Didier ajuste son masque, glisse l'extrémité du tuyau d'air dans sa bouche, et saute par-dessus bord.

L'attente commence. Insoutenable. Les deux époux n'échangent pas un mot. Régulièrement, François consulte sa montre. Un quart d'heure s'écoule. Selon ses prévisions, tout devrait être maintenant terminé.

... Tout serait terminé, en effet, si Didier avait bien effectué la plongée annoncée. Mais, pour puissant que soit l'intérêt qu'il porte aux fonds sous-marins, cet intérêt ne saurait se comparer à celui qu'il porte aux jolies femmes. Et ce n'est pas entre des rochers que nous retrouvons notre homme, c'est entre les bras de la belle Paquita, dans la cabine du bateau des Peraldes. Au lieu de descendre à la verticale, Didier s'est contenté de nager entre deux eaux. Deux minutes après avoir quitté le voilier des Fougerolle, il grimpait à l'échelle en haut de laquelle l'attendait la frémissante señora Peraldes... qui ne lui a même pas laissé le temps de retirer sa combinaison !...

Par quarante mètres de fond, l'honnête mari poursuit, lui ses patientes et passionnantes recherches et glisse ses découvertes dans une sorte de panier à salade.

Mais la prudence ordonne aux amants de ne pas trop prolonger leurs transports. Didier replace sa bouteille d'air, et Paquita lui remet une magnifique amphore... qu'elle a achetée le matin même chez un antiquaire des environs. Ainsi, Didier aura un parfait alibi. Qui pourrait soupçonner qu'il n'est pas descendu « très profond » ?...

... A bord du voilier, François consulte à nouveau sa montre.

— Encore dix minutes, et je donne l'alarme !

Florence ne répond pas. Il a fallu que l'irréparable s'accomplisse, pour qu'elle puisse lire véritablement en elle-même. Et ce qu'elle a découvert l'a bouleversée !

... Mais voici qu'un violent remous trouble la surface des eaux. Une tête apparaît : Didier !

Didier qui n'a même pas — et pour cause ! — épuisé sa réserve d'air.

François est frappé de stupeur. Florence défaille. Cependant, Didier, volubile, fait à ses amis le récit de sa fructueuse expédition sous-marine et brandit triomphalement sa trouvaille : une authentique amphore phénicienne !

Il en fait don aux deux époux... qui déchiffrent, non sans étonnement, sur le fond de l'amphore, l'indication : *800 pesetas.*

François, dont cette série de déconvenues a quelque peu altéré l'optimisme, décide de s'en remettre, une fois encore, à « la machine ». C'est elle qui, compte tenu des circonstances, lui dictera le meilleur plan.

Aussi, envoie-t-il Florence faire un tour avec Didier. Ce qu'il ne peut imaginer, c'est que Florence a pris soin de trafiquer la machine. Au petit bonheur, bien entendu ! Mais il doit suffire de si peu de chose pour dérégler un organisme aussi compliqué !

Et, quand Didier et Florence reviennent, l'un et l'autre enchantés de leur promenade, ils trouvent un François catastrophé. La machine est malade, et il est incapable d'émettre un diagnostic.

Armé d'un stéthoscope, Didier ausculte à son tour la machine. Cependant, avec une parfaite inconscience, François lui explique « ce qui ne tourne pas rond ».

Et, miracle ! C'est Didier qui, riche des leçons que lui a données son cousin, découvre à la fois le mal et le remède. En quelques instants, la Machine est réparée.

Florence en pleurerait !

Nouvelle étape : la Sierra Nevada. Conseillé par la Machine, François a arrêté un nouveau plan, très simple : endormir Didier, l'asseoir au volant de la voiture et précipiter celle-ci dans un précipice. Mais François, méfiant, a également interrogé la Machine en ce qui concerne Florence, dont le récent comportement n'a pas cessé de le préoccuper. Et, là encore, la Machine a été formelle. Non seulement François ne doit plus confier ses intentions à sa femme, mais il doit feindre d'avoir renoncé à son grand projet.

Ainsi a fait François. Et Florence n'a demandé qu'à se laisser convaincre. Aussi, en ce matin d'excursion en montagne, le trio semble plongé dans l'euphorie la plus complète. Euphorie que décuple encore un pique-nique abondamment arrosé d'amontillado. François en a acheté un petit tonnelet, et n'a cessé de servir à boire à ses compagnons, qui se sont volontiers laissé faire. Lui, s'est contenté de jeter discrètement le contenu de son verre.

Résultat : Florence s'est profondément endormie à l'ombre d'un buisson, avant même d'avoir fini de déjeuner. Quant à Didier, il est fin saoul et tient des propos délirants, que ponctue un violent hoquet. François achève son cousin avec quelques verres de xérès. Et Didier s'effondre à son tour.

François passe alors à la seconde partie de son plan. Il charge Didier, toujours secoué par le hoquet, sur son épaule et va le déposer dans la voiture, puis il s'assied au volant.

Quelques minutes plus tard, il a atteint le sommet d'une crète. Devant lui, s'étend un versant dénudé, escarpé, qui s'achève, cent mètres plus bas, sur un à-pic.

François engage la voiture sur la pente, braque droit sur l'abîme et bloque les freins. Il n'a plus qu'à pousser Didier devant le volant. « L'accident » s'expliquera facilement : une fausse manœuvre d'un homme ivre !

François desserre le frein à main, saute à terre... Et demeure littéralement collé à la voiture. Un brusque coup de vent a claqué la portière, qui s'est refermée, comme une mâchoire, sur les plans flottants de sa veste de toile.

Impossible de se dégager de la veste ! Impossible de rouvrir la portière ! Et l'auto commence à rouler vers le gouffre.

La nature d'un sol inégal, rocailleux et semé de pierraille ralentit heureusement la marche du véhicule, qui finit même par bientôt s'arrêter. François en pleurerait de joie. Les mains en pavillon, il appelle à l'aide, et l'écho répercute à l'infini sa voix. Mais les lieux sont déserts. Là-bas, Florence dort toujours profondément.

Les bras sur le volant, et le front sur les bras, Didier continue, lui aussi, de cuver son vin. Mais voici que le hoquet le reprend. Un hoquet puissant, qui le secoue de la tête aux pieds, sans le réveiller pour autant, et qui secoue en même temps la voiture. Elle se remet en marche ; s'arrête un peu plus loin ; repart, sur un nouveau hoquet. Le gouffre n'est plus qu'à quarante mètres, qu'à trente, qu'à vingt, qu'à dix...

Un dernier hoquet et ce sera la plongée dans le vide. Le cou tordu pour voir derrière lui, François attache sur le dormeur un regard empli d'épouvante. La lourde respiration de Didier emplit l'auto. François est suspendu à son rythme. Il défaille dès qu'elle se dérègle...

Et c'est le suprême hoquet. La chute...

C'est ici qu'intervient la Justice immanente. La voiture rebondit sur un rocher. Et, sous le choc, une portière s'ouvre. Celle du conducteur.

Didier, violemment éjecté, atterrit sur un massif broussailleux... où il poursuit paisiblement son somme. Cependant, cloué à sa portière, François disparaît dans le gouffre.

... Ainsi, Florence n'a nul besoin de mentir, de jouer la comédie, de faire des faux. C'est une « vraie veuve », absolument innocente — même vis-à-vis de sa conscience — qui touchera les cent cinquante millions de la compagnie d'assurances.

La fortune et l'amour, que rêver de plus ?

Pleine d'enthousiasme, de désirs, Florence proposera à Didier, son « futur second mari », de faire, pour commencer, le tour du monde. N'a-t-elle pas un immense retard à rattraper, une complète revanche à prendre sur la vie ?

Mais Didier ne l'entend pas de cette oreille. Au contact de son cousin, le bohème s'est définitivement assagi ; il est devenu « un adulte ». Surtout, il estime qu'il a contracté une dette d'honneur envers son regretté protecteur. Son devoir est tracé : exploiter l'invention, reprendre le flambeau, montrer au monde étonné ce qu'était François, prématurément victime d'un destin injuste !...

Finis les voyages, les vains plaisirs, les satisfactions dérisoires. Le monde moderne n'a pas de place pour les poètes, les songe-creux, les « amateurs » !...

Florence étouffera ses désirs tout neufs. C'était écrit. Elle restera au service de la Machine !

II. Note d'intentions pour Cinexport (1974)

Nous avons toujours vu La Proie rêvée *comme une* comédie *teintée d'humour noir. Autrement dit, nous pensons que les personnages (et les rapports qui les unissent) comptent au moins autant que les événements dont ils seront les héros ou les victimes. D'où* l'importance capitale du dialogue *dans ce film.*

FRANÇOIS, le mari. Sujet extrêmement brillant, il a dû passer les concours d'entrée de Centrale, des Mines, de Polytechnique, de Normale. Ses études puis ses recherches l'ont dévoré. Il n'a jamais songé à « vivre ». Il n'a aucune expérience amoureuse. Pour lui, une femme doit être avant tout une collaboratrice ; c'est dans cet esprit qu'il a épousé Florence. Mais l'objet de toutes ses pensées est demeuré « la machine ». Il est prêt à tout lui sacrifier, en toute innocence. Il y a chez lui un côté « savant Cosinus ». Personnage monolithique, il sera le seul héros de l'aventure à conserver des œillères jusqu'à la fin.

FLORENCE, sa femme. Nous l'avons définie, dans notre texte, comme une femme de tête, pratique, intéressée et voyant avant tout le prodigieux profit qu'on peut tirer de l'invention de son mari. Mais on peut également l'imaginer — ce qui la rendrait d'emblée plus sympathique — partageant la passion dévorante de son mari. Elle pourrait avoir fait, en partie, les mêmes études. Ils se sont connus étudiants. Ayant des goûts communs, ils en ont déduit qu'ils s'aimaient. Et leur mariage a été une association. Entente parfaite, d'ailleurs. Simplement, ils n'ont pas vécu pour eux, mais pour la machine. Ils ont commencé par se ruiner pour elle. Prêts à tout lui sacrifier, à commencer par eux-mêmes, comment hésiteraient-ils à lui sacrifier « un tiers » ?

Or, c'est ce tiers, Didier, qui va, insensiblement, opérer la métamorphose de Florence. A trente et quelques (?) années, elle va avoir la révélation d'un monde ignoré. Elle était sans élégance, sans coquetterie, sans désirs ; en bref, elle n'était pas « femme ». Elle va le devenir. Sa transformation morale et physique deviendra totale.

DIDIER, le cousin. Peut-être faudrait-il, pour rendre la fin de l'histoire plus plausible, qu'il ait, lui aussi, été initié aux mathématiques et aux sciences modernes. Mais son amour des voyages l'a emporté. Il a plaqué les études et bourlingué dans tous les coins du monde, où il a exercé tous les métiers avec une égale incompétence. Il ne devra, toutefois, pas faire figure « d'homme d'action » : les attentats auxquels il échappera seront en effet plus drôles s'ils sont machinés contre un personnage sans défense : un rêveur, un peu poète à l'occasion. Un « dur » serait, d'ailleurs, beaucoup plus difficile à manœuvrer. Didier sera beau parleur, plein de gaieté, d'enthousiasme ; il mentira à l'occasion, sans même s'en rendre compte, ne sachant plus lui-même si les souvenirs qu'il évoque sont vrais ou faux. L'essentiel n'est-il pas simplement que ces souvenirs soient émouvants ?... Il révélera Florence à elle-même, l'amènera à changer de coiffure, à se maquiller, lui découvrira tout ce qu'elle pouvait ignorer... à commencer par elle-même.

Cependant, lui-même, sera lentement contaminé par son ingénieur de cousin. Ayant vécu, un peu las, il est, en effet, prêt à s'assagir. Certes, il conserve encore un relent d'enthousiasme, de vitalité (de quoi, séduire Florence), mais il est mûr par un nouveau destin, prêt à se passionner pour une grande œuvre, prêt à donner enfin un sens à son existence.

Autrement dit, après un bref parcours parallèle, Didier et Florence emprunteront chacun « le chemin que l'autre avait suivi jusqu'alors ». Didier aura converti Florence, mais François aura converti Didier.

La « machine » les aura finalement broyé tous les trois. C'est en cela que *La Proie rêvée* peut être considérée comme « une fable moderne ».

Cela dit, au stade actuel, il paraît très difficile de fixer la *nature* et le *nombre* des attentats criminels dirigés par le couple (ou par le mari seul) contre Didier. Tout dépend du *ton général* que metteur en scène, adaptateur et dialoguiste entendront donner au film.

Celui-ci peut, en effet, tout aussi bien devenir une comédie « burlesque » (dans ce cas, multiplier les attentats et les rendre franchement bouffons) qu'une comédie « policière » (dans ce cas, les attentats deviendront raffinés, style « crime parfait »).

Nous pensons qu'ils doivent être peu nombreux et relativement discrets ; également qu'ils doivent assurer une sorte de ponctuation.

C'est dans cette optique que nous en avons prévu cinq, et de nature telle qu'ils assurent une constante progression dramatique.

1. La chute de Didier dans l'eau. C'est un simple accident. Les époux n'y ont aucune part ; au contraire, puisque, en définitive, François doit sauver la vie de son cousin.

2. L'explosion de mines. (Ce n'est pas François qui intervient *directement*, mais, en quelque sorte, le Destin. François a simplement omis de prévenir son cousin.)

3 et 4. Le pont qui s'effondre et la plongée sous-marine. (Dans les deux cas, il s'agit d'un crime « à retardement ». Le criminel ne

« frappe pas directement sa victime ». Et il ne sera pas là « quand la chose se passera ».)

5. Enfin, l'auto dans le ravin. (Cette fois, l'assassin paie de sa personne : il accomplit le geste. Et il en meurt.)

Il nous semble que, *au stade actuel*, il y a un juste dosage, un juste équilibre entre ce qu'on peut appeler la partie « sentimentale, romanesque » et la partie « criminelle ». Cet équilibre, ce dosage, ne peuvent être *modifiés* qu'en passant à un second stade du travail, et suivant les conceptions du réalisateur.

LA MACHINE. Dans la mesure où cela *restera vraisemblable*, il serait précieux d'avoir un ordinateur d'un *très petit modèle*, que les époux puissent consulter en toute occasion. Comme c'est cet appareil qui, finalement, *décidera*, cela justifiera éventuellement la nature *très insolite* des attentats dirigés contre Didier. Autrement dit : la machine laissera une liberté complète à l'imagination, la fantaisie la plus débridée revêtant les apparences *d'une nécessité scientifique*... Et François et Florence resteront des personnages sympathiques.

III. Scénario pour Christian-Jaque (1974)

Personnages principaux

FRANÇOIS BOUGERON
FLORENCE BOUGERON, sa femme
DIDIER MOURÈGE, leur cousin

François Bougeron est ingénieur dans une usine électronique (genre I.B.M.). C'est un sujet extrêmement brillant. Il a réussi aux concours d'entrée de Centrale, des Mines, de Polytechnique ; est sorti major de cette dernière école. Aux études ont alors immédiatement succédé les recherches ; recherches qui l'ont littéralement dévoré. Jamais il n'a songé « à vivre ». A quarante ans, il ignore ce qu'est la nature, ce que sont les joies artistiques, les joies de la table et presque les joies du lit. Pour lui, une femme doit être avant tout une collaboratrice. C'est dans cet esprit qu'il a épousé Florence ; l'unique objet de ses pensées demeurant... la machine.

Cette machine, du type « ordinateur électronique », François a mis cinq ans à l'établir. Elle est, en quelque sorte, la reproduction, dans un modèle très réduit, des appareils actuellement en usage mais qui présentent le grave défaut d'occuper, tous, un important volume. L'extraordinaire mécanisme de François Bougeron, lui, n'occupe guère plus de place que la partie supérieure d'un vulgaire distributeur automatique. Il peut tenir dans une valise et se transporter comme n'importe quel bagage à main.

Mais son invention, François entend l'exploiter *seul* ! Auparavant, il a pris de nombreux brevets ; mais, comme c'est la règle dans l'industrie moderne, ce sont toujours les firmes qui les ont exploitées. Cette fois, il n'en sera pas de même. Il a englouti sa propre fortune, celle de sa femme, mais il a réussi. La machine est là. Dans le petit hôtel particulier qu'il habite depuis son mariage, avec Florence.

Florence, fille « d'un gros laboratoire de pharmacie », nourrit pour son mari, dont le « cerveau » l'a subjuguée, une admiration sans borne, qu'elle a confondue avec l'amour. N'ayant point, au départ, l'esprit scientifique, elle n'en a pas moins fini par partager la passion dévastatrice de François. Elle s'est patiemment initiée au fonctionnement de la machine ; elle a fini par oublier de vivre, elle aussi. C'est ainsi qu'elle a, peu à peu, perdu toute élégance, toute féminité.

Par ailleurs, femme de tête, et assez intéressée, elle n'a cessé de voir tout le prodigieux profit qu'on pourrait, un jour, tirer de l'invention de François ; les sacrifices consentis n'étaient donc, en fait, qu'un très avantageux placement.

Mais ces sacrifices ont été grands. La dot y a passé, l'hôtel particulier a été hypothéqué, les bijoux vendus, ainsi que les tableaux et les meubles précieux. Finalement, Florence a congédié les domestiques. Mais le résultat est là ; la machine existe, elle marche ; ce qui prouve que, finalement, Florence a joué la bonne carte.

Seulement, un nouveau problème se pose, auquel les deux époux, uniquement préoccupés de leur premier objectif, n'avaient point suffisamment songé. Il leur faut encore des dizaines et des dizaines de millions pour exploiter eux-mêmes la machine, pour passer au premier stade de la production industrielle ; c'est-à-dire : fabriquer les premiers modèles. Dès que ceux-ci seront lancés sur le marché, les capitaux afflueront.

Bien entendu, il n'est pas question de faire appel aux sociétés déjà existantes. La machine « F.F.B. » (les initiales des deux époux) représente, en effet, un tel progrès, une telle avance, que son apparition dévaluera, d'un coup, toutes les « machines programmes », tous les ordinateurs électroniques déjà fabriqués. Non, si une société quelconque s'assurait des droits sur le prototype de François Bougeron, ce ne pourrait être « que pour le détruire ».

Cent cinquante millions (légers, bien entendu). Telle est la somme que la machine F.F.B. interrogée a elle-même fixée comme apport de base nécessaire à son exploitation commerciale. Cent cinquante millions ! Or, les époux Bougeron n'ont plus rien à vendre, plus aucune possibilité d'emprunter. François est orphelin ; quant à ses beaux-parents, trop de fois pressurés, ils n'ont plus aucun contact avec un gendre qu'ils considèrent comme un incurable dingue.

Que faire, pour se procurer ces cent cinquante millions ?

Florence, en cachette de son mari, établit des fiches, d'innombrables fiches sur lesquelles elle consigne tous les moyens imaginables de se procurer de l'argent. Elle les fait ingurgiter à la machine, puis l'interroge. Et la machine répond :

Commettez un crime parfait.

Cet extraordinaire impératif déconcerte quelque peu Florence. Elle recommence l'expérience. Même réponse. Et Florence sait que la machine est infaillible. Alors... ?

Bien que presque toujours « dans les nuages », François ne s'en rend pas moins compte que quelque chose ne tourne pas rond chez sa femme. Il l'interroge :

— Qu'est-ce que tu as ?

— Mais... les mêmes soucis que toi !

Cependant, toujours en cachette, Françoise se procure des comptes-rendus de procès célèbres des annales criminelles.

Un jour, elle va visiter le musée de la Préfecture de police. Et elle reste longtemps, pensive, devant les vitrines... Elle achète aussi des romans policiers, qu'elle dévore. Elle prend des notes, consigne sur des fiches toutes les variétés de crimes imaginables, les circonstances dans lesquelles ils ont été commis, la qualité des personnes qui y ont été mêlées, les éléments qui ont permis à la police de découvrir les coupables, etc. Et elle gave la machine. Oh ! Ce n'est toujours qu'un jeu, bien sûr, rien qu'un jeu...

Mais un soir, après d'infructueuses démarches, François revient, accablé. Selon lui, il n'y a plus rien à espérer. Et il déclare qu'il préfère détruire la machine plutôt que de l'abandonner à qui que ce soit... La détruire... et se détruire avec elle.

Il la contemple, la machine, la larme à l'œil. Et c'est alors que Florence la met en marche. Sous le regard ahuri de son mari, elle glisse une fiche dans la fente, abaisse le levier de la mise en marche. L'œil électronique lit, les milliers de rouages jouent, et la fiche ressort, dictant littéralement ses ordres :

François Bougeron s'assurera sur la vie au profit de Florence, pour la somme envisagée, puis ils supprimeront quelqu'un dans des conditions telles que :

a. le crime revêtira les allures d'un indiscutable accident,
b. la victime sera identifiée comme étant François Bougeron.

Florence touchera donc la somme prévue. Elle s'expatriera. François ira la rejoindre quelque part, très loin de France. Et, sous une nouvelle identité, il exploitera la machine.

François est anéanti. Florence lui explique ce qu'elle a imaginé, par jeu...

Et c'est toujours par jeu qu'ils vont poursuivre l'expérience en demandant à la machine : quelle victime choisir, qui puisse remplir la condition désirée, c'est-à-dire : disparaître sans que nul ne se soucie jamais de sa disparition.

La machine répond :

Un clochard.

Ainsi donc, voici apportée une solution idéale au problème qui paraissait sans issue.

Seulement les époux Bougeron sont loin d'avoir des âmes de criminels. Ils ont reçu la meilleure éducation ; ils nourrissent même de sérieux préjugés. Mais ni l'un, ni l'autre n'ont jamais été en prise directe sur la vie. François, nous l'avons vu, est un homme d'études ; pour lui, tout n'est que plan, épures, équations. Il n'a vécu que dans l'abstrait. Florence, fille de bourgeois intransigeants et fiers, n'a connu, elle aussi, qu'un monde clos, sans fenêtres ouvertes sur l'extérieur. Il y avait ses parents, sa famille, de rares amis... et puis une humanité assez malpropre qu'il fallait tenir à distance pour éviter la contagion.

Comment ces deux êtres, parfaitement assortis, n'en arriveraient-ils pas, la nécessité aidant, à cette conclusion réconfortante que « le clochard n'est pas un être humain à proprement parler », mais une sorte d'être hybrique, asocial et perturbateur, pratiquement inclassable, et dont la disparition définitive s'imposerait d'ailleurs dans la civilisation purement « fonctionnelle » dont rêve notre théoricien.

Et puis, comment hésiter entre l'existence (à la fois précaire et néfaste) d'un clochard anonyme et les inappréciables avantages qu'assurerait à une humanité régénérée par le progrès industriel et scientifique, l'exploitation à une vaste échelle d'une infaillible machine à penser ?

Ce sont ces hautes considérations qu'échangent inlassablement — et même au lit — les époux Bougeron. Et c'est conscients d'accomplir un devoir civique que, bientôt, ils partent en chasse.

Prétextant une enquête à but philantrophique, François prend contact avec le monde de la cloche, n'hésite pas à convoquer chez lui les spécimens qui lui paraissent, a priori, se rapprocher le plus de la victime idéale. Là, il les interroge longuement (parents, amis, relations si éloignées soient-elles) et il remplit des fiches. Fiches que Florence, la mine dégoûtée, va soumettre à la machine.

Elle souffre beaucoup, Florence, à voir défiler chaque jour, dans son salon Louis XV, une demi-douzaine de pouilleux. Pouilleux qui n'hésitent pas à poser le litre de rouge sur le guéridon signé Boulle, à jeter leurs mégots sur les Aubusson...

Et toujours, la machine répond : « Non ! »

On laisse repartir les clochards, nantis d'un modeste viatique. Mais la plupart sont furieux ; ils attendaient mieux. Certains font sur les murs des graffiti injurieux ou obscènes. On ne peut tout de même pas leur expliquer qu'on leur laisse la vie sauve et que c'est déjà beaucoup !...

Bref, François et Florence sont, de nouveau, désespérés. L'avenir leur paraît maintenant sans issue.

C'est alors que Didier Mourège sonne à leur porte.

Didier Mourège est un cousin germain de François, que celui-ci n'a rencontré qu'en de rares occasions. L'oncle de François a, en effet, épousé une Italienne, et c'est en Italie qu'il a passé la plus grande partie de sa vie. C'est là qu'est né Didier. Florence ne le connaît pas encore, mais elle a entendu parler de lui par la famille (et en quels termes méprisants !). Un garçon qui avait tous les dons, prétend-on, mais qui n'en a cultivé aucun. Il aurait exercé tous les métiers, roulé sa bosse un peu partout, vivant on ne sait trop comment... Un poète, prétendaient les uns. Un paresseux, rectifiaient les autres. Et d'aucuns disaient pis encore.

Où commençait sa légende ? Ou plutôt, où finissait-elle ?

Didier est, en tout cas, si misérablement vêtu que Florence croit avoir affaire à un nouveau clochard. D'office, elle le pousse dans le salon, sans rien lui demander, et va prévenir son mari.

François met un instant avant de reconnaître son cousin, puis il lui ouvre les bras. Stupeur de Florence, en voyant les deux hommes enlacés. Présentations. Florence craint que Didier ne l'embrasse, avec sa barbe de trois jours. Mais, galamment, il s'incline sur sa main.

— Ce vieux Didier, ne cesse de répéter François, tout à sa joie, et qui ne nourrit encore pas l'ombre d'une arrière-pensée. Ce vieux Didier... Tu dînes avec nous... Tu dois en avoir des choses à nous raconter !...

Didier se rase puis prend un bain. François l'a suivi.

— Mais comment as-tu eu notre adresse ?... Tu n'étais jamais venu ici, je crois.

— J'ai simplement cherché dans l'annuaire. Pas plus difficile que ça.

Les deux hommes rient. Tout en s'aspergeant d'eau de Cologne, Didier interroge :

— Dis donc, ta femme... elle ne doit pas être des plus satisfaites de me voir là, hein ?

— Ne t'en fais pas. Elle est très compréhensive. Je suis sûr que vous ferez bon ménage.

Comme Didier va remettre ses vieux vêtements, François l'en empêche.

— Attends... Nous avions à peu près la même taille, et je n'ai pas l'impression que ça ait changé.

Il apporte du linge à Didier, ses pantoufles, sa robe de chambre.

— Figure-toi que nous n'avons pas de bonne, pour le moment... Non, elle est... en vacances. Alors, c'est Florence qui est obligée de tout faire.

— Mais je vais l'aider. J'ai été cuisinier, figure-toi.

Déjà à son aise, Didier file à la cuisine, fait asseoir Florence, attrape une poêle, des œufs. Il est habile, à la fois efficace et désinvolte. Il a des gestes de prestidigitateur. Florence le regarde, un peu éberluée.

Durant le dîner, Didier raconte, avec un accent qui chante, ses voyages et ses aventures. Un véritable récital ! Aujourd'hui, il l'avoue, il est au bout du rouleau, mais il ne regrette rien. Si c'était à recommencer, il recommencerait. Certes, il a connu des moments difficiles, mais aussi combien d'intenses joies !...

Il précise qu'il n'a repris contact avec personne. Il sait trop ce qu'on pense de lui, en France comme en Italie. Si ça se trouve, on le croit mort. C'est le lot des hommes comme lui, conclut-il avec émotion : ils peuvent disparaître, nul ne s'en aperçoit...

La gorge serrée, évitant de se regarder, les époux Bougeron écoutent de toutes leurs oreilles. Didier boit d'abondance, fait des gestes. Et sa robe de chambre s'entrouvre, découvrant la chemise que lui a prêtée François, avec ses initiales brodées : F. B. ... François Bougeron...

Un peu plus tard, François et Florence se retrouvent dans leur chambre. Comment leurs pensées n'auraient-elles pas suivi le même cours ? D'abord vagues et hésitants, leurs propos se font de plus en plus précis.

Finalement, François remplit une fiche, sur laquelle il consigne tous les renseignements concernant Didier Mourège. Mais, déjà, ils savent quelle sera la réponse.

Et, en effet, la machine leur confirme ce qui leur apparaît comme une évidence :

Le cousin Didier est la victime idéale.

François et Florence sont sincèrement désolés, car Didier leur est particulièrement sympathique : il est tellement différent d'eux !... Mais il leur faut bien s'incliner. Ce ne sont pas eux qui décident.

Et François dresse ses batteries...

Il annonce à Didier que sa femme et lui étaient sur le point de partir pour l'Espagne. (« Cinq ans que nous n'avons pas pris de vacances, à cause d'une maudite machine que je te montrerai... et que nous emmènerons d'ailleurs avec nous. ») Et il lui offre de partir avec eux.

Ravi, Didier ne se fait pas prier. L'Espagne est justement un des rares pays qu'il ne connaît pas.

Un peu plus tard, en grand secret, François confie à Didier quelques lettres très personnelles auxquelles il tient beaucoup mais qu'il craint que sa femme ne finisse par découvrir un jour. Et Didier, tout heureux de rendre service à son cousin, glisse soigneusement lettres et enveloppes « au nom de François Bougeron » dans une poche intérieure de son veston... c'est-à-dire du veston dont François lui a fait don. Ainsi, lorsque se produira « l'événement fatal », on retrouvera ces lettres dans les poches du mort. Ce sera, si besoin était, une preuve supplémentaire qu'il s'agit de « François Bougeron ».

En quelques jours, toutes les précautions sont prises. Et le trio se met en route. Comment les deux époux « s'y prendront-ils » ; ils l'ignorent encore. Tout dépendra des circonstances. Et puis, François et Florence ont décidé de s'offrir un petit sursis. Ils ont convenu de gagner la frontière en trois jours, une promenade... Durant ces trois jours, ils s'accorderont de « vraies vacances » ; autrement dit : ils éviteront de songer à l'avenir.

Le voyage commence, et s'annonce tout de suite merveilleux. Didier est le plus charmant compagnon qui se puisse rêver, le plus drôle aussi. Il réapprend à rire aux deux époux qui, depuis cinq ans, ne savent plus ce que c'est que de rire. La machine n'a-t-elle pas absorbé toutes leurs pensées ?

Didier évoque les souvenirs des voyages qu'il fit en France avec ses parents, quand il était petit. Il raconte ses blagues de gamin, des blagues que François se rappelle avoir faites, lui aussi, mais qu'il a oubliées... comme il a oublié son enfance.

Un soir qu'ils ont trop bien dîné, les deux hommes tirent des sonnettes, puis sautent à cloche-pied dans les cases d'un jeu de marelle, le long des murs d'une école. Et Florence les regarde, scandalisée... et vaguement émue.

La frontière passée, les époux Bougeron reprennent, d'un coup, leurs « visages de Paris ». Métamorphose inexplicable, pour Didier, qui cherche vainement à dérider ses compagnons, les interroge :

— Vous, vous me cachez quelque chose... Ce n'est pas chic... Est-ce que je ne peux pas vous aider ?...

Cependant, la mort dans l'âme, François et Florence sont passés à la réalisation de la première partie de leur projet.

François a « groupé » leurs trois passeports, ce qui lui a permis de substituer sa photo à celle de Didier, et inversement. Et, lorsqu'ils descendent dans un hôtel, ils prennent trois chambres. « A cause de la chaleur, expliquent les époux à Didier, impossible de dormir à deux. »

Et Florence, qui parle parfaitement l'espagnol, fait en sorte que tout le monde croie que Didier Mourège est François Bougeron, son mari.

« Mon mari, dit-elle en parlant de Didier. Mon mari a demandé que vous le réveilliez à six heures... Mon mari préférerait des œufs... Mon mari... »

De même, en parlant de François, elle dit : « Notre cousin », ou « Monsieur Mourège ».

Comment l'hôtelier soupçonnerait-il la vérité ? D'autant qu'il a pu voir les photos, sur les passeports falsifiés. Quant aux femmes de chambre, elles rangent dans la chambre de Didier les pyjamas aux initiales : F. B., que François a offerts à son cousin, et dans la chambre de François, des pyjamas sur lesquels Florence a fait broder les initiales : D. M., en lettres énormes.

De même, à table, Florence s'assied toujours à côté de Didier. Elle est pleine de prévenances, ne cesse de s'occuper de lui, à tel point que Didier en est parfois gêné, à cause de François. Mais François paraît ne s'apercevoir de rien. Ces « scientifiques » ne sont-ils pas toujours dans les nuées ?...

Ainsi, pour tout le monde, Didier est bien le mari de Florence : l'ingénieur français François Bougeron. Le jour fatal, qui nourrira l'ombre d'un doute ?...

Reste à trouver, plus exactement à provoquer, l'occasion favorable ; c'est à quoi les deux époux s'emploient activement et non sans une tristesse grandissante, car ils s'attachent de plus en plus à leur compagnon. Ils seront des assassins désespérés.

Note. Ils pourront, bien entendu, interroger la machine, emportée dans leurs bagages. Les interventions de celle-ci sont *ad libitum*. Mais son usage trop fréquent risquerait sans doute de devenir monotone.

Et c'est, tout à coup, le hasard qui intervient.

Tous trois se promènent, un soir, dans un port désert. François et Florence marchent devant ; Didier, loin derrière eux, s'attarde à contempler chaque bateau. Soudain, le couple entend un plouf retentissant. Didier vient de tomber à l'eau.

Le premier mouvement de François est de se précipiter au secours de son cousin. Certes, Didier sait nager, mais il vient de trop bien dîner ; en outre, les berges sont à pic ; rien à quoi il puisse se raccrocher. Par conséquent...

Par conséquent, François s'arrête après trois enjambées. Et les deux époux demeurent immobiles, se regardant avec des yeux hagards.

François répète d'une voix blanche : « Nous n'y sommes pour rien... Nous n'y sommes pour rien... »

C'est alors qu'une voix joyeuse éclate :

— Bougeron ! Par exemple !...

Un couple vient de déboucher sur le quai. Un ancien condisciple de Polytechnique et sa femme.

Présentations, échange de propos banals, qu'interrompt brusquement François : « Mon portefeuille ! Je l'ai laissé au café... Excusez-moi ! »

Il fait demi-tour et s'éloigne au galop, bientôt suivi de Florence, à qui il explique, toujours courant, que la mort de Didier serait parfaitement inutile puisque, à cause de cette malencontreuse rencontre, on ne pourrait pas identifier le noyé comme étant François Bougeron.

François pique une tête dans l'eau, soutient Didier qui se débat, à bout de souffle. Cependant, Florence leur lance l'extrémité d'un filin, qu'elle a trouvé sous un hangar. Trois minutes plus tard, Didier reprend pied sur la terre ferme.

Désormais, Didier a une nouvelle dette de reconnaissance envers son cousin. Et quelle dette ! Non content de « l'entretenir », François ne vient-il pas de risquer sa vie pour le sauver ? Ce qu'un frère n'aurait peut-être pas fait.

Didier déborde de gratitude, de tendresse. Ce n'est pas ce qui va faciliter la tâche du couple !

Le voyage se poursuit... Et il serait charmant, ce voyage sans les sombres pensées qui empoisonnent la vie du couple. Didier est intarissable. Tout lui est prétexte à récits, à évocation de souvenirs. Souvenirs dont il avoue lui-même qu'il les a peut-être simplement rêvés. Mais l'essentiel n'est-il pas qu'ils soient beaux ?

Traversent-ils un marché, c'est lui qui choisit le chapeau de paille qui protégera Françoise du soleil, qui le lui essaie, dégage la mèche de cheveux qui adoucira son visage... Et, lorsqu'il sort seul, il lui rapporte un foulard, un bouquet... C'est vrai, les fleurs existent !... Certes, il paie avec l'argent de François mais n'est-ce pas l'intention, seule, qui compte ?

Une région rocheuse, désolée, désertique. Un écriteau, *en langue espagnole*, bien entendu :

Attention — Mines

Les deux époux échangent un regard rapide.

— Qu'est-ce qu'il y a d'écrit ? interroge Didier.

François traduit :

Terrain à vendre

— Eh bien, il faudra que l'acheteur aime la solitude, commente Didier.

François quitte la route, engage la voiture sur la zone dangereuse.

— Tiens ! Il y a là-bas des petits coins à l'ombre. On va pouvoir pique-niquer.

Ils croisent un groupe d'ouvriers qui s'éloignent à pas rapides.

— Dépêchez-vous, crient les hommes ; ça va sauter dans cinq minutes.

Et François traduit à Didier :

— Ils disent qu'il fait chaud, qu'ils vont casser la croûte.

François, qui regarde attentivement autour de lui, découvre vite le fil électrique, courant dans le sable, par où va passer le courant. Il décrit un vaste arc de cercle.

— Arrêtons-nous là.

On saute à terre, on pose le tapis de sol. Didier, dont c'est la fonction habituelle, commence à dresser le couvert. François a fait le tour des rochers, a aperçu la charge de dynamite.

— Bon sang, il ne reste plus une goutte d'eau, constate-t-il, après avoir vidé la gourde dans le sable. Je vais aller en demander aux ouvriers. Ils ne doivent pas être loin... Tu viens avec moi, Florence ?

Elle n'a pas la force de répondre. Ils remontent dans l'auto, s'éloignent à toute allure. Sortis de la zone dangereuse, ils s'arrêtent, écoutent, les traits crispés. Françoise est près de défaillir.

Un appel de trompe retentit, et presque aussitôt, c'est l'explosion. Un nuage s'élève vers le ciel.

— Pauvre garçon, soupire Florence, au bord des larmes.

— Oui, il était bien brave. Comme il va nous manquer !... N'oublie pas : ton mari s'est éloigné ; il voulait ramasser des brindilles pour allumer un feu.

— Oui, François.

— Non, pas François ; pas François, justement ! Je suis maintenant Didier Mourège, ton cousin Didier... Toi, tu es Madame Veuve Bougeron.

— Oh ! Oh ! lance une voix familière.

Ils se retournent. Didier s'avance à petits pas, portant sur l'épaule le matériel de camping, plié dans le tapis de sol.

— C'est plein de fourmis, votre coin !

Didier se débarrasse de son fardeau, le fourre dans la malle arrière, puis brosse son pantalon avec vigueur.

— Saleté de bestioles !... Et par-dessus le marché, j'ai l'impression qu'ils font sauter des mines !

Une nouvelle explosion fait écho à ses paroles.

— Tiens !... Qu'est-ce que je vous disais !

Et c'est une nouvelle étape.

Didier a beau avoir roulé sa bosse un peu partout (tout au moins le prétend-il), il est demeuré sensible et enthousiaste. Il est toujours prêt à admirer, à s'extasier ; la vue d'une mosquée, d'un patio, sinon d'un simple troupeau de chèvres, le rend lyrique. Il découvre à Florence la fraîcheur, la beauté des spectacles les plus simples. Très lentement, elle se dégèle...

François, lui, regarde tout avec ses yeux secs de scientifique. Il calcule la place perdue, les possibilités industrielles, le moyen de décupler le rendement. Le plus souvent, même, il ne regarde rien du tout, ses pensées l'absorbant tout entier.

Mais parfois, et même de plus en plus fréquemment, il parle à Didier de son invention. Il lui montre la machine (ou les plans). Et, ô miracle, il réussit à lui faire partager son exaltation ; car Didier est ouvert à toute chose.

Quand Didier et Florence sont seuls, elle l'interroge sur son passé, sur ses amours. « Mais moi, précise-t-il, je ne veux que des souvenirs authentiques ! » Le sont-ils vraiment ? Les improvise-t-il ? Comment savoir, avec lui ? En tout cas, elle les écoute avec un trouble visible, et qu'elle n'a jusqu'alors jamais connu.

Certaines fois, quand elle s'est maquillée un peu trop hâtivement — car, depuis peu, elle se maquille, ce dont François ne s'est même pas aperçu — il l'examine d'un œil critique, lui fait retoucher ses lèvres, ses cils. Ou lui fait modifier sa coiffure. A moins qu'il n'opère lui-même. Que ne sait-il faire, ce Didier ?

Et ces tête-à-tête se multiplient, car François est souvent parti, en reconnaissance, à la recherche de « l'accident possible ».

Un accident qu'il trouve enfin.

Ce sera l'effondrement d'un vieux pont vermoulu, la chute dans un ravin de trente mètres. L'unique accès au pont est un sentier, à demi enseveli sous des blocs de pierre ; aucune chance, par conséquent, que quelqu'un s'y engage la nuit.

Aussi, ce soir-là, prétextant une migraine, François, laissant Didier et Florence à table, va prendre l'air. Il s'est muni des outils nécessaires. A l'aube, le trio fera une petite excursion en montagne. Ce sera un jeu de laisser Didier passer le premier sur le sentier, puis sur le pont...

Dans la salle du restaurant, comme d'habitude, Florence joue la scène de la « dame qui est avec son mari » ; elle picore dans l'assiette de Didier, boit dans son verre, se penche vers lui, lui prend la main. Et comme il importe, aujourd'hui, d'aller beaucoup plus loin encore, pour parachever sa démonstration, elle effleure de ses lèvres les lèvres de Didier. Si après cela les témoins ne sont pas persuadés qu'ils ont bien affaire à deux époux...

François revient. Tout est prêt ; le pont ne tient plus que par miracle. « Migraine complètement dissipée », assure François. Mais le brave Didier est affreusement gêné, après ce qui vient de se passer, de se retrouver en présence de son cousin. Il propose d'aller vite se coucher, puisque le programme prévoit un réveil à l'aube.

François, discrètement, va retrouver Florence dans sa chambre et lui fait le compte-rendu de son expédition. Compte-rendu auquel elle répond par un autre. Ainsi, tout est prêt. Chacun a fait le nécessaire de son côté. François regagne sa chambre.

Nuit affreuse. Chacun des deux époux a peine à dominer ses nerfs. Et lorsqu'ils réussissent à s'assoupir, ils font des cauchemars horribles. Dix fois, ils assistent à l'accident, avec de légères variantes. Pour un peu, ils envieraient le sort de Didier qui, lui, au moins, dort la conscience pure.

Ce en quoi ils se trompent. Car Didier, très troublé par la « scène du dîner », par le baiser de Florence, ne peut, lui non plus, trouver un sommeil paisible.

Cinq heures. François, d'un pas mal assuré, va frapper à la porte de son cousin. Comme personne ne répond, il ouvre. La chambre est vide.

Mais Didier a laissé, épinglé sur son oreiller, un petit billet :

François,

Je suis indigne de votre confiance et de votre amitié à tous deux. Je préfère partir.

Merci et pardon.

Affolement des deux époux, qui se disputent. François reproche à Florence d'en avoir « trop fait », la veille au soir ; point n'était besoin, selon lui, d'aller aussi loin pour convaincre le personnel de l'hôtel que Didier était bien son mari. Mais l'heure n'est pas aux paroles inutiles. Il faut retrouver Didier.

Ils se lancent à sa poursuite, après toutefois que François a achevé de détruire le vieux pont pour éviter tout risque d'accident à des tiers.

Didier n'est pas loin. Ils le rattrapent bientôt. Et un curieux débat s'engage. Didier, bien entendu, ne peut révéler les motifs exacts de son départ ; il ne peut que prétendre qu'il en a assez de jouer les pique-assiette, que c'est une question de dignité. A quoi François, qui peut moins encore révéler les raisons de son insistance, feint de croire qu'ils l'ont froissé et qu'il essaie de les humilier à son tour.

Bref, Didier se laisse convaincre, et il reprend avec joie sa place auprès de ses bienfaiteurs.

Nouvelle étape.

L'hôtel où est maintenant descendu le trio est tenu par une jolie veuve, Angela, qui est tombée amoureuse de Didier. Mais, comme Angela est persuadée que Didier est « le mari », elle s'est bien gardée de manifester ses sentiments. Elle se contente d'observer Florence, pour qui elle nourrit la plus franche animosité.

Or, une nuit, Angela découvre que François (qui pour elle est « le cousin ») se rend dans la chambre de Florence. Comment ne seraitelle pas persuadée que Florence trompe son mari ?

Ses scrupules balayés, elle prétexte un objet perdu en faisant le ménage, et se rend dans la chambre de Didier. Elle n'en repart que deux heures plus tard...

Le lendemain, Angela se moque ouvertement de Florence, qui ne comprend absolument rien à cet étrange comportement, et croit l'hôtelière un peu folle. Mais, un peu plus tard, Didier conte sa bonne fortune à François, qui, fort amusé, va répéter la chose à sa femme.

Il est tout étonné de voir que Florence ne partage pas sa gaieté, qu'elle paraît même indignée. Décidément, il ne comprendra jamais rien aux femmes.

Florence décrète, peu après, qu'ils sont vraiment trop mal, et décide de changer non seulement d'hôtel, mais de région.

A dater de cet épisode, l'infortuné Didier se trouve un peu écartelé entre les deux époux. Dès que François le peut, il met la main sur son cousin, l'entretient de ses vastes projets, sans, bien entendu, préciser d'où lui viendra la fortune qui permettra de les réaliser. Didier, qui croit ses cousins toujours très riches, ne pose d'ailleurs aucune question à ce sujet. Par contre, il demande quantité d'explications sur « l'électronique », et François est ravi de jouer au professeur.

Ce sont de tout autres sujets de conversation qu'aborde Florence. Traitée depuis toujours en camarade, sinon en « collègue » par son ingénieur de mari, la jeune femme est étonnée et ravie de se voir traitée en femme, et elle découvre là une source d'émotion d'une fraîcheur inconnue.

Son allure, son physique, se sont, d'ailleurs, lentement mais totalement modifiés. Elle a suivi les conseils de Didier. Autrefois indifférente ou presque à sa toilette, vêtue le plus souvent de couleurs sombres, elle recherche maintenant les tons vifs et qui s'harmonisent. De hauts talons ont succédé à ses semelles plates. Ses gestes étaient précis, voire brusques ; sa voix, le plus souvent impérieuse et sèche. Là encore, la transformation est presque totale. Et il faut vraiment tout l'aveuglement de François pour ne pas s'apercevoir de cette métamorphose.

Mais François, qui voit, avec angoisse, les jours s'écouler, est de plus en plus obsédé par sa criminelle machination. Il en perd, comme on dit, le boire et le manger. Il se ronge. De plus en plus nerveux, de plus en plus maussade, il se transforme, lui aussi, comme sa femme, mais dans le sens opposé. Cependant, il se montre toujours plein de gentillesse et d'indulgence envers Didier. Et cela sans aucune hypocrisie. Il ne joue pas la comédie. Il est constamment sincère. Il aime bien son cousin. Il n'est pour rien dans ce qui arrive. Ce n'est tout de même pas sa faute si la machine...

Le trio est maintenant installé dans un pittoresque village de pêcheurs. Pour permettre à Didier de satisfaire une de ses grandes passions : l'exploration sous-marine, les Bougeron ont loué pour quelques jours un petit voilier et offert à leur cousin un équipement. Ils ont fait la connaissance d'un ménage espagnol, les Peraldes, dont le bateau est ancré à une centaine de mètres du leur. Juan Peraldes est, lui aussi, un fervent de l'exploration sous-marine, et il a déjà réuni une précieuse collection de coraux, d'étoiles de mer, de coquillages, sans parler de quelques morceaux d'amphores ou de tuiles romaines. Sa femme, Paquita, une brune appétissante, paraît en perpétuelle admiration devant son colosse de mari.

Ce jour-là, François Bougeron se livre à une inquiétante opération : il trafique la bouteille d'air comprimé de Didier, de telle sorte que celui-ci ne pourra respirer que durant un temps très limité. Ce sera l'asphyxie au fond de la mer, ou, si Didier tente de remonter trop vite, l'inévitable ambolie gazeuse. Dans un cas comme dans l'autre...

Là-bas, Juan Peraldes vient de disparaître sous les eaux. A son tour, Didier revêt son équipement, aidé par François, qui met la dernière main à sa criminelle tentative en abaissant le robinet de la réserve d'air. Sous le regard horrifié de Florence, Didier ajuste son masque, glisse l'extrémité du tuyau d'air dans sa bouche, et saute par-dessus bord.

L'attente commence. Insoutenable. Les deux époux n'échangent pas un mot. Florence se mord les poings. François consulte sa montre. Un quart d'heure s'écoule. Selon ses prévisions, tout devrait être maintenant terminé.

... Tout serait terminé, en effet, si Didier avait bien effectué la plongée annoncée. Mais, pour puissant que soit l'intérêt qu'il porte aux fonds sous-marins, cet intérêt ne saurait être comparé à celui qu'il porte aux jolies femmes. Et ce n'est pas entre des rochers que nous retrouvons notre homme, mais entre les bras de la belle Paquita, dans la cabine du bateau des Peraldes.

Au lieu de descendre à la verticale, Didier s'est contenté de nager entre deux eaux. Deux minutes après avoir quitté le voilier des Bougeron, il grimpait à l'échelle en haut de laquelle l'attendait la frémissante señora... qui ne lui a même pas laissé le temps de retirer sa combinaison.

Par quarante mètres de fond, l'honnête mari poursuit, lui, ses patientes et passionnantes recherches et glisse ses découvertes dans une sorte de panier à salade.

Mais la prudence ordonne aux amants de ne pas trop prolonger leurs transports. Didier replace sa bouteille d'air, et Paquita lui remet une magnifique amphore, garnie d'une croûte de coquillages... et qu'elle a achetée le matin même chez un antiquaire des environs. Ainsi, Didier aura un parfait alibi. Qui pourrait soupçonner qu'il n'est pas descendu « très profond » ?

... A bord du voilier, François consulte à nouveau sa montre.

Encore dix minutes, et je donne l'alarme !

Florence ne répond pas. Il a fallu l'irréparable, pour qu'elle puisse lire véritablement en elle-même. Et ce qu'elle a découvert l'a bouleversée.

... Mais voici qu'un violent remous trouble la surface des eaux. Une tête apparaît. Didier !

Didier qui n'a même pas, *et pour cause*, épuisé sa réserve d'air.

François est frappé de stupeur. Florence défaille. Cependant, Didier, volubile à son habitude, fait le récit de sa fructueuse expédition sous-marine, et brandit triomphalement sa trouvaille : une authentique amphore phénicienne.

Il en fait don aux deux époux... qui déchiffrent, non sans étonnement, sur le fond de l'amphore, l'indication : *800 pesetas*.

Suit une étrange période. Cette fois, ce sont les rapports du couple, qui se trouvent modifiés. François, qui n'est pas grand psychologue, est à mille lieues de soupçonner ce qui se passe dans le cœur de sa femme. Il pense simplement que les nerfs de Florence ont craqué, qu'elle n'a plus le sang-froid, l'énergie suffisants pour mener leur plan à bien. Autrement dit : qu'elle est une complice défaillante. Eh bien, il se passera d'elle !...

Florence, elle, vit dans un complet désarroi. Après la torture endurée à bord du voilier, elle ne peut plus douter de la nature exacte de ses sentiments. Mais que faire ? Elle sait qu'elle ne pourra jamais amener François à renoncer à ses ambitions ; elle le connaît trop. Il en mourrait, peut-être. Mais, d'un autre côté, Didier... Un des deux hommes est-il donc inévitablement voué au sacrifice ?

Quant au « cousin », déconcerté, il va de l'un à l'autre, se répétant : « Mais qu'est-ce qu'ils ont donc ? Qu'est-ce que je pourrais faire pour eux ? »

François, à court d'idées, a décidé de s'en remettre, une fois encore, à la machine. C'est elle qui, compte-tenu des circonstances et des possibilités virtuelles, dont François met minutieusement le détail en fiches, décidera du procédé à utiliser.

Aussi profite-t-il de ce que Didier et Florence sont allés visiter un musée. Ce qu'il ne peut imaginer, c'est que Florence — n'ignorant pas que son mari finirait par revenir à la machine — a pris soin de trafiquer celle-ci. Oh ! au petit bonheur. Mais il doit suffire de si peu de chose pour dérégler un organisme aussi compliqué !...

Et, quand Didier et Florence reviennent, ils trouvent un François catastrophé. La machine est malade, et il est incapable d'émettre un diagnostic.

Armé d'un stéthoscope, Didier ausculte à son tour la machine. Cependant, avec une parfaite inconscience, François lui explique « ce qui ne tourne pas rond ».

Et, miracle ! C'est Didier qui, riche des leçons que lui a données son cousin, découvre à la fois le mal et le remède. En quelques instants, la machine est réparée.

Florence frise la crise de nerfs.

Nouvelle étape : la Sierra Nevada.

La machine a dicté à François un nouveau plan, très simple : endormir Didier, l'asseoir au volant de la voiture et précipiter celle-ci dans un précipice.

Mais François se garde bien de tenir sa femme au courant de ce plan. Mieux, craignant que le trouble de celle-ci ne finisse par éveiller les soupçons de Didier, il réussit à persuader Florence qu'il renonce à son funeste projet. Tant pis ! Tout bien pesé, il traîtera avec quelque grosse société. La surprise de Florence n'a d'égale que sa joie ! Quant à Didier, il se réjouit de voir la bonne entente régner à nouveau dans le ménage. Décidément, la vie est belle !

Aussi, ce matin d'excursion en montagne, le trio semble plongé dans l'euphorie la plus complète. Euphorie que décuple encore un pique-nique abondamment arrosé d'amontillado. François en a acheté un petit tonnelet, et n'a cessé de servir à boire à ses deux compagnons, qui se sont volontiers laissé faire. Lui, s'est contenté de jeter discrètement le contenu de son verre.

Résultat : Florence s'est profondément endormie à l'ombre d'un buisson, avant même d'avoir fini de déjeuner. Quant à Didier, il est fin saoul, et tient des propos délirants, que ponctuent un violent hoquet. François achève son cousin avec quelques verres de xérès. Et Didier s'effondre à son tour.

François passe alors à la seconde partie de son plan. Il charge Didier, toujours secoué par le hoquet, sur son épaule et va le déposer dans la voiture, puis il s'assied à son côté, au volant.

Quelques minutes plus tard, il a atteint le sommet d'une crête.

Devant lui, s'étend un versant dénudé, escarpé qui s'achève, cent mètres plus bas, sur un à pic.

François engage la voiture sur la pente, braque droit sur l'abîme et bloque les freins. Il n'a plus qu'à pousser Didier devant le volant, après avoir fourré dans la boîte à gants passeport et permis de conduire trafiqués. Qui pourrait mettre en doute l'identité du mort ?... Quant à l'accident, il s'expliquera facilement : une fausse manœuvre d'un homme ivre.

François desserre le frein à main, saute à terre...

Et demeure littéralement collé à la voiture. Un brusque coup de vent a claqué la portière, qui s'est refermée, comme une mâchoire, sur les pans flottants de sa veste de toile.

Impossible de se dégager de la veste. Impossible d'ouvrir la portière. Et l'auto commence à rouler vers le gouffre.

La nature d'un sol inégal, rocailleux et semé de pierraille, ralentit heureusement la marche du véhicule, qui finit même par bientôt s'arrêter. François reprend espoir. Les mains en pavillon, il appelle à l'aide et l'écho répercute à l'infini sa voix. Mais les lieux sont déserts. Là-bas, Florence dort toujours profondément et sourit dans son rêve.

Les bras sur le volant et le front sur les bras, Didier continue, lui aussi, de cuver son vin. Mais voici que le hoquet le reprend. Un hoquet puissant, qui le secoue de la tête aux pieds, sans le réveiller pour autant, et qui secoue en même temps la voiture. Elle se remet en marche, s'arrête un peu plus loin ; repart, sur un nouveau hoquet. Le gouffre n'est plus qu'à quarante mètres, qu'à trente, qu'à vingt, qu'à dix...

Un dernier hoquet et se sera la plongée dans le vide. Le cou tordu pour voir derrière lui, François attache sur le dormeur un regard empli d'épouvante. La lourde respiration de Didier emplit l'auto. François est suspendu à son rythme. Il défaille dès qu'elle se dérègle...

Et c'est le suprême hoquet. La chute !

C'est ici qu'intervient la Justice immanente. La voiture rebondit sur un rocher. Et, sous le choc, une portière s'ouvre : celle du conducteur.

Didier, violemment éjecté, atterrit sur un massif broussailleux... où il poursuit paisiblement son somme. Cependant, cloué à sa portière, François disparaît dans le gouffre.

Le bruit de l'explosion qui retentit, trois secondes plus tard, ne réveille ni Florence, ni Didier.

La voiture a pris feu. Les flammes détruiront les photos de Didier Mourège.

Mais le mort conservera sa véritable identité : François Bougeron. Ainsi, Florence n'aura nul besoin de mentir, de jouer la comédie, de faire des faux. C'est une « vraie veuve », absolument innocente

— même vis-à-vis de sa conscience — qui touchera les cent cinquante millions de la compagnie d'assurances.

La fortune... et l'amour, que rêver de plus ?

Pleine des désirs, des curiosités, de l'enthousiasme que Didier a fait naître en elle, elle proposera à son « futur second mari » de faire, pour commencer, le tour du monde. N'a-t-elle pas un immense retard à rattraper, une revanche complète à prendre sur la vie ?

Mais Didier ne l'entend pas de cette oreille. Au contact de son cousin, le bohème s'est définitivement assagi ; il est devenu « un adulte ». Surtout, il estime qu'il a contracté une dette d'honneur envers son regretté protecteur. Son devoir est tracé : exploiter l'invention, reprendre le flambeau, montrer au monde étonné ce qu'était François Bougeron, prématurément victime d'un destin injuste.

Finis, les voyages, les vains plaisirs, les satisfactions dérisoires. Le monde moderne n'a pas de place pour les poètes, les songe-creux, les « amateurs »...

Florence étouffera ses désirs tout neufs. C'était écrit. Elle restera au service de la Machine.

IV. Scénario pour la série « Aventures d'un auto-stoppeur » (version Côte d'Azur)

Roger et Micheline Vulbert, de jeunes époux, ont mis au point une machination criminelle. Plus exactement, c'est Micheline, femme de tête, qui en a eu l'idée. Roger, être faible, assez inconsistant, mais très épris, a aussitôt cédé. Il s'est assuré sur la vie, au profit de Micheline, pour une somme très élevée. Le plan imaginé consiste à assassiner un quelconque individu, ayant approximativement l'âge de Roger, et à le faire passer pour celui-ci. Lorsque Micheline aura encaissé la forte somme, elle rejoindra, à l'étranger, son mari qui, lui, aura entretemps changé d'identité. La belle vie commencera !...

Les deux époux sont partis en auto et ont gagné la Côte d'Azur. But du voyage : découvrir un auto-stoppeur (il n'y a que l'embarras du choix) qui présentera les qualités voulues.

Bien entendu, les criminels tombent sur Katji. Ils le prennent à bord et le font bavarder. Katji leur apprend qu'il se promène en solitaire, qu'il ne connaît personne dans la région. La proie rêvée !...

Après différentes tentatives que le hasard fait échouer — et qui constitueront un long suspense — les époux Vulbert réussissent, au cours d'un pique-nique, à faire avaler à Katji un soporifique. Ils couchent le malheureux endormi sur le plancher de la voiture, devant la banquette arrière, le recouvrent d'une couverture, puis Roger reprend le volant. La scène a eu lieu sur la Grande Corniche.

L'auto s'arrête à La Turbie, et les deux complices s'installent à la terrasse d'un café. Roger commande plusieurs verres d'alcool, s'arrange pour attirer l'attention. Un peu plus tard, il fait semblant de s'apercevoir qu'il a oublié, lors du pique-nique, son appareil photographique. Laissant Micheline à la terrasse, il repart seul, avec l'auto. Le garçon de café assiste à son départ : Roger simule l'ivresse et conduit d'une manière incertaine. Ainsi, tout à l'heure, quand on « apprendra l'accident », le garçon constituera un excellent témoin.

Cet « accident », Roger a décidé qu'il aurait lieu sur la route en lacets, qui descend sur Monte-Carlo, route difficile et peu fréquentée. Bientôt, il arrive à l'endroit propice. Il installe sa victime, qui ne donne toujours pas signe de vie, au volant. Il ne reste plus qu'à précipiter la voiture dans le ravin ; Roger parachèvera, ensuite, la mise en scène...

... Cependant, à la terrasse du café de La Turbie, Micheline demande régulièrement l'heure au garçon. Elle feint d'être terriblement inquiète. « Vous avez vu dans quel état il était... Pourvu qu'il ne lui soit rien arrivé... » Le garçon tente de la rassurer, mais il est clair qu'il partage ses craintes.

Tout à coup, le visage de Micheline trahit un étonnement complet. L'auto vient d'apparaître à l'entrée du village. Elle roule vers la terrasse. « Je vous le disais bien que vous aviez tort de vous faire de la bile ! » s'exclame joyeusement le garçon.

L'auto s'arrête. Micheline court à la portière. Stupeur. C'est Katji qui tient le volant. D'un signe impératif, il l'invite à monter ; et elle n'ose se dérober.

Katji attaque bientôt la route en lacets, s'arrête à l'endroit où devait avoir lieu l'accident. « Mais la situation s'est quelque peu modifiée, précise-t-il avec ironie ; je suis revenu à moi un peu trop tôt. »

Micheline descend, Katji l'invite à se pencher, à regarder. Roger Vulbert est étendu, un peu au-dessous de la route. Sans mouvement. Mort de toute évidence. Un arbre a arrêté le corps, dans sa chute.

Alors, Micheline laisse éclater sa colère, son mépris, surtout. Comment a-t-elle pu faire confiance à un pareil imbécile ?... Mais, au fond, tout n'est-il pas pour le mieux ?... que Katji se montre compréhensif ; ils partageront la somme payée par l'assurance... Les choses vont se trouver extrêmement simplifiées, puisque le mort « est bien le bon ».

Seulement, le « mort » se relève. La petite comédie à laquelle Katji l'avait contraint de se prêter, sous peine de le dénoncer, a parfaitement réussi. Roger Vulbert sait maintenant à quoi s'en tenir, quant aux sentiments de sa femme.

Laissant aux prises les deux époux, qui sont près d'en venir aux mains, Katji remonte dans la voiture, reprend le volant :

— Vous m'avez fait perdre suffisamment de temps comme ça, lance-t-il aux ex-complices, vous retrouverez votre bagnole devant la gendarmerie de Roquebrune !

V. Scénario pour la série « Aventures d'un auto-stoppeur » (version Fontainebleau)

ROGER
MICHELINE
PIERRE (ce sera le héros de l'histoire, son nom n'aura sans doute même pas à être prononcé)
LE GARÇON DE CAFÉ

Le lieu devient indifférent. Mais on va avoir quelque chose de moins vraisemblable que dans la version Côte d'Azur. Là, nos assassins avaient des semaines pour trouver une victime, maintenant, ils cherchent durant un week-end, ça fait moins sérieux, ça donne un côté « amateur », bandits du dimanche, à l'histoire.

1. Exposition du projet des deux époux. Ils sont en auto (c'est encore le plus simple, sans doute). Environs de la forêt de Fontainebleau ou la forêt même.

Difficulté classique : ils doivent parler de ce qu'ils savent déjà. Donc, situer peut-être ces explications dans une discussion. Ça pourrait faire déjà plusieurs week-ends qu'ils battent les environs de Paris ; Roger en a assez. En réalité, et Micheline n'est pas dupe, il s'est toujours dégonflé. C'est elle qui a eu, qui a toujours l'initiative. C'est elle qui a eu l'idée de l'assurance, pour les sortir de leur *situation médiocre*. Puisqu'il n'est pas capable de gagner beaucoup d'argent honnêtement, il n'y a pas le choix. Elle ne veut pas croupir.

Donc, il s'est assuré pour une somme énorme. Le plan consiste à assassiner un quelconque individu ayant, approximativement, l'âge et la taille de Roger, et à le faire passer pour lui (le crime revêtant, bien entendu, les allures d'un accident). Dès le crime commis, il filera à l'étranger. Plus tard, Micheline touchera la police et ira le retrouver ; ce sera la belle vie.

Roger pourra soulever des objections. Elle lui répondra : « Dimanche dernier, tu étais plus décidé... » Ou encore : « Mais je t'ai déjà *cent fois expliqué...* »

Par exemple, pour l'*identité* du mort. Ne le reconnaîtra-t-on pas ? « Avec deux bidons d'essence, répondra Micheline, crois-moi, on ne reconnaîtra plus personne... Mais moi, je "te" reconnaîtrai. »

« Mais le type, dira encore Roger, quelqu'un, sa famille, signalera bien sa disparition ? »

« Et alors ? Je t'ai *déjà* répondu, non ?... On signalera une disparition, d'accord... Mais on ne le retrouvera pas... Aucun rapport avec le cas de Monsieur Rober Vulbert, *carbonisé au volant de sa voiture...* Il en arrive, des choses, le dimanche... » Autre objection de Roger :

— Et le soporifique, s'il y a une autopsie... Tu crois qu'on n'en retrouvera pas de trace.

— Il n'y aura pas d'autopsie, répond Micheline. Crois-moi, tout sera assez clair... (Au besoin, une partie de ce débat pourra avoir lieu dans *l'auto arrêtée*, pour faciliter le travail.)

2. L'auto croise un auto-stoppeur, qui leur fait signe. Mais le mari, qui conduit, continue son chemin. « Mais arrête-toi, lui crie Micheline. Il n'a pas l'air mal, ce garçon. » Nouvelle discussion : Roger prétend qu'il n'a pas sa taille, qu'il est certainement beaucoup plus âgé, etc.

— Pour ce qu'il en restera, répond Micheline.

Bref, elle l'oblige à faire demi-tour. Ils reviennent vers le gars. Petit examen tout en roulant au ralenti. Micheline devra convenir que, en effet, le type est nettement plus petit ou plus grand.

— Il suffirait que mon frère vienne me reconnaître, dira Roger.

— Lui, si tu crois qu'il se dérangera... (Ou autre chose, bien entendu. Peut-être se méfier de l'humour macabre qui risque de n'être pas très prisé à la télé française.) Donc, l'auto poursuit son chemin, laissant le gars *tout déconfit*.

3. Un peu plus loin, ils aperçoivent de loin à un carrefour un autre auto-stoppeur.

— Celui-là, il m'a l'air d'avoir ta taille... et ton âge, s'exclamera très vite Micheline.

— Comme si tu pouvais voir ça d'ici, rétorquera Roger.

Au même instant, une auto les double.

— Tu vas voir qu'ils vont le charger, fait Micheline avec fureur. Rattrape-la, bon sang, dépasse-la...

Mais l'autre auto arrive bientôt à la hauteur du gars, ralentit, s'arrête. Le gars monte. D'où colère de Micheline.

4. Plus tard, sur la route, un promeneur solitaire : Pierre. Ils le détaillent, en s'approchant. Il a l'air de faire l'affaire...

Roger ralentit, roule à côté du gars, lui propose de monter. Mais l'autre décline. Il est ravi de marcher... mais aussi de parler. Ici, il va falloir que le type se présente et parle de lui. Il vit seul, pas de famille, pas de femme... (Il ne faudrait pas, évidemment, que tout cela ait l'air trop voulu. Avec Katji, ça allait tout seul. On le connaissait déjà.)

Pendant que Roger parle avec Pierre, par la vitre baissée, Micheline pourrait pousser son mari du coude.

— C'est exactement ce qu'il nous faut... Fais-le monter...

Finalement, sur une nouvelle invitation, Pierre monte, moins sans doute pour éviter de la fatigue que pour continuer à bavarder.

5. Suite de la promenade dans la voiture. Suite du dialogue.

Pierre pourrait parler de son travail, du goût qu'il y porte : bref, pour les deux autres, le cave parfait. (Attention, bien entendu, qu'il ne fasse pas figure de niais, à cause de ce qui va suivre.)

6. Le pique-nique en forêt (Pierre avait emporté son casse-croûte). On pourrait les retrouver autour d'une toile de sol sur laquelle un couvert de camping est disposé. Un peu à l'écart, l'auto, avec sa malle arrière ouverte.

Roger débouche une bouteille d'apéritif, pendant que Micheline allume un petit réchaud de gaz butane. Elle dit à Pierre, qui est debout :

— Sans vous commander, vous ne voudriez pas me passer le petit écran, qui est dans la malle.

Pierre va chercher le petit écran (le truc pour protéger la flamme du vent). Pendant qu'il s'est éloigné, Roger, qui avait commencé à emplir trois timbales d'apéro, vide une poudre dans l'une des timbales.

Pierre revient avec l'écran, que Micheline dispose devant le réchaud. Tous trois s'asseyent et Roger tend les timbales. Pierre dit qu'il ne boit jamais d'apéritif ; il s'excuse. Les autres insistent, vainement. Pierre a des principes d'hygiène bien établis.

Ici, petit problème : faut-il multiplier les tentatives pour faire absorber à Pierre un soporifique ? Il est à craindre que tout cela ne soit réalisé lourdement et ne sente la facilité. Pierre pourrait, évidemment, refuser ensuite la boisson qu'on lui offrira. Il ne boit jamais pendant les repas, refuser également le café. (Il sera sous-entendu que tout ce qu'on lui offre est drogué.) Peut-être ellipse du déjeuner, et en arriver simplement au café, qu'il refuse, comme il a refusé l'apéritif. (Également, il ne boit que de l'eau, il a une thermos, que les deux époux auront réussi à droguer — dans ce cas, il faudrait qu'on les voie — Pierre renversera maladroitement sa thermos, et refusera de boire autre chose que de l'eau. Donc, ne boira pas.)

Autre question : s'il n'est pas endormi, il faut que Roger l'assomme. Bien entendu, on ne verra pas le geste. On pourrait voir simplement Roger s'armer de quelque chose... puis passer sur Micheline qui détourne la tête, pendant qu'on entend le choc, le bruit de la chute. On verra ensuite Pierre inanimé. Mais n'est-ce pas encore « trop brutal » pour la télé ?... Dans ce cas, il faudrait s'en tenir au café drogué : Pierre en prend et s'endort. Mais c'est plus plat. Roger pourrait prendre le portefeuille de Pierre, mettre le sien à sa place. Absolument par acquit de conscience, sera-t-il précisé, car il est évident que le feu détruira tout. De même, il glissera son alliance (ou une chevalière) au doigt de Pierre.

7. Pour éviter d'avoir l'air de reprendre certains effets dans le sketch qui a été refusé, peut-être vaudrait-il mieux que Pierre ne soit pas mis dans la malle arrière. Le couple ne pourrait-il pas le placer devant la banquette arrière, sur le plancher de la voiture, et le recouvrir de la toile de sol ?

Donc, les époux ont repris la route. Ils s'arrêtent aux gorges de Franchard, ou aux gorges d'Apremont, descendent, repèrent le lieu où aura lieu l'accident.

L'un d'eux ira soulever la toile de sol (ou le couvercle de la malle) jettera un coup d'œil sur le corps.

— Tu ne crains pas que..., pourra demander Roger.

— Non, non, rassure-toi, j'ai calculé la dose, répondra Micheline. Il en a au moins pour deux heures (en cas de soporifique, naturellement).

Ou bien, l'un tâtera le pouls de Pierre, lui soulèvera la paupière. « Crois-moi, il en a pour un bon moment. » (Ou autre, que le public ne crois pas que Pierre est mort.)

Ils repartiront.

8. L'auto arrive à Barbizon. Arrêt devant un café ; le couple s'assied à la terrasse. Roger fait semblant d'être un peu gris.

Micheline commande un demi, Roger un alcool. Micheline proteste, devant le garçon :

— Comment, chéri, tu ne vas pas *encore* boire de l'alcool.

Peut-être pas utile que Roger commande un second verre, car il faudrait meubler entre les deux. (Je ne sais pas, c'est à voir.)

Le garçon vient servir le premier verre (ou revient servir le second). Roger règle, et feint, tout à coup, de se rappeler qu'il a oublié quelque chose : le Kodak, par exemple, quand nous avons déjeuné... « Reste là, je vais le chercher... » (Il se lève, vide son verre.) Il a l'air un peu vacillant. Il grimpe dans l'auto, et tourne, non sans peine, pour revenir sur ses pas. Le garçon et Micheline l'ont regardé s'éloigner, la voiture zigzague un peu (peut-être excessif, je ne sais pas).

— Je n'aurais pas dû le laisser partir seul, dit Micheline au garçon...

9. L'auto arrive sur le lieu prévu. Roger pourrait sortir de la malle deux bidons, ou plutôt deux jerricanes, qu'il va déposer un peu plus

loin (on comprendra, je pense, qu'il s'en servira « après l'accident », pour aller foutre le feu à l'auto).

Ensuite, il va sortir le corps de Pierre, et l'installe au volant. (Ici, il y a quelque chose qui ne tient guère debout. Avec notre histoire sur la Côte d'Azur, ça pouvait aller. Mais, un dimanche, aux environs de Paris, il risque d'y avoir de la foule partout. La question se reposera pour tous nos sketches.)

Roger desserre les freins, ou fait je ne sais quelle manœuvre. Il faudra couper à peu près ici.

10. Terrasse du café de Barbizon.

Micheline demande l'heure au garçon.

— Mais enfin, il en avait pour un quart d'heure. Elle feint d'être très inquiète.

— Il n'aura peut-être pas retrouvé votre Kodak, dit le garçon qui veut la rassurer. Il le cherche. Mais il n'a pas l'air très convaincu. Micheline insiste.

— Vous avez vu dans quel état il est parti... Pourvu qu'il ne lui soit rien arrivé...

Si possible, prolonger un peu cette scène « d'attente ».

Et puis, le visage de Micheline se fige. Stupeur intense. Là-bas, à l'extrémité de la route, la voiture vient d'apparaître.

Le garçon l'a vue aussi et s'écrie :

— Vous voyez bien que vous aviez tort de vous faire de la bile.

Le garçon s'éloigne, appelé par de nouveaux clients.

L'auto s'approche. Soleil dans le pare-brise, qui empêche de voir à l'intérieur. L'auto s'arrête. Micheline se précipite, ouvre la portière...

Pierre est au volant, qui l'invite du geste à monter. Elle n'ose pas reculer. Elle monte. L'auto repart... fait demi-tour, reprend la direction d'où elle vient.

11. Dans l'auto.

— Que se passe-t-il ? demande Micheline.

— Votre mari est mourant... Il vous réclame, dit Pierre, qui ajoute : Voyez-vous, il y a eu une modification au programme... Je suis revenu à moi un peu trop tôt... C'était sa vie contre la mienne... Il m'a tout confessé... J'espère que vous n'arriverez pas trop tard...

(Ça ou quelque chose de cet ordre. Maintenant, nous avions pensé à un flash back. On revenait au moment où nous avions laissé les deux hommes, et le public assistait à ce qui s'était passé. Par exemple, Roger passant derrière la voiture qui reculait brusquement. Mais un flash back est toujours embêtant, et puis, ce flasch back serait *nécessairement* un récit de Pierre — même s'il avait lieu sans sa voix. Or, Pierre ne raconte pas exactement ce qui s'est passé, puisqu'il va y avoir la petite comédie, donc, ça risquerait de tromper le spectateur. Pour toutes ces raisons, je pense qu'il vaut mieux s'en tenir à quelques explications fournies par Pierre : il est revenu à lui, il a eu le dessus, il a mortellement blessé son adversaire...)

12. Arrivée sur les lieux. Ils descendent. Pierre fait une dizaine de mètres sur le terrain très en pente. Roger est étendu, face contre terre. Micheline est restée un peu en arrière (nécessairement). Pierre se penche, feint d'examiner le corps, soulève un bras qui retombe. Pierre secoue la tête.

— Je vous l'ai dit, c'était sa vie contre la mienne... (Pierre précisera qu'il *lui* a remis sa chevalière, ou alliance.)

Il remonte. Après un premier moment de stupeur, d'accablement, Micheline laisse éclater sa colère. Ce qu'elle regrette, c'est le fric. Et elle exprime tout son mépris pour son maladroit de mari. Comment a-t-elle pu l'épouser, d'abord ?... Un incapable... Dire qu'elle l'a supporté pendant *x* ans... etc. Et elle prend Pierre à témoin : un coup si bien imaginé...

Et puis, la femme de tête reprend le dessus. Au fond, tout n'est-il pas pour le mieux ?... Que Pierre se montre compréhensif, qu'il se taise... et ils partageront la somme versée par l'assurance. Aucun risque, puisque *maintenant le mort est le bon...*

(Le détail est amusant à signaler : le mort est bien le bon, mais ne pas insister là-dessus parce que l'accident d'auto ne joue plus, il y aura enquête, etc.) La femme pourrait presque aller jusqu'à faire du charme. On comprendra qu'il ne tiendra qu'à Pierre de remplacer le mari. (A voir. N'en pas faire trop.)

13. Alors, le mari se relève. « Vous voyez bien que j'avais raison », lui dira Pierre. (Il faut qu'on comprenne pourquoi le mari a accepté de jouer la comédie.)

Scène violente entre les deux époux. On comprendra que tout est fini entre eux, qu'ils se détestent (ce sera la fin morale de l'histoire, le châtiment des méchants).

Cependant, Pierre remonte dans l'auto, s'installe au volant.

— Vous permettez... Vous m'avez fait perdre assez de temps comme ça, et je ne veux pas rater mon train... Vous retrouverez votre bagnole devant la gendarmerie de Fontainebleau.

Il s'éloigne.

Note de Pierre Boileau concernant la séquence 8.

Peut-être sera-t-il utile (si cela n'alourdit pas trop) de donner quelques précisions complémentaires soit juste avant l'arrivée à Barbizon (quand les époux repartent), soit quand ils sont encore sur les lieux choisis pour le « futur accident », soit même, quand ils seront à la terrasse du café (?) : c'est-à-dire qu'après l'accident, le mari va disparaître dans la nature : il sera mort. Micheline, elle, attendra l'annonce du drame (ce qui ne pourra tarder). Maintenant, peut-être *est-ce superflu* ; je ne me rends pas compte au stade actuel.

LE PHOTOGRAPHE (1965 ?)

Rédigé à l'intention de H. G. Clouzot, le synopsis date probablement de 1965, époque à laquelle il cherchait un sujet de film ayant pour personnage principal un photographe. Bien entendu le synopsis n'a aucun rapport avec le film La Prisonnière *(1968), en dehors du fait que le personnage principal de ce film est également un photographe.*

RAYMOND : le photographe (30 ans)
EMMA : sa femme (42 à 45 ans)
CHANTAL : le premier modèle
DANIÈLE : le second modèle

Raymond a épousé la femme de son ancien patron, Michaudel. Les Michaudel exploitaient un studio de photographie d'un « autre âge », où l'on faisait surtout les mariages, les premières communions, les enfants en travesti, etc. (Il existait, tout récemment encore, une affaire de ce genre : « Chamberlain », dans un local encastré dans le cirque Médrano. On y trouvait des « décors 1900 », des toiles de fond « Côte d'Azur », des fragments de balustrade, des stèles, des plantes vertes, etc.)

Raymond, entré adolescent dans la maison comme opérateur, était très attaché à ses patrons, surtout à Emma. Il était orphelin. Le ménage était sans enfant. Il était un peu considéré comme le fils de la maison. A la mort de Michaudel, nécessité de continuer l'exploitation de l'entreprise. Mariage, mi-raison, mi-sentiment. Affection purement maternelle d'Emma. (Raymond, impuissant, comme prévu.)

Ambition et projets de Raymond. Ses conceptions en matière de photo (comme prévu). Il continue à travailler « dans la ligne Michaudel », pour faire plaisir à Emma ; mais a une activité parallèle : éditions d'art. Tentatives d'ailleurs malheureuses qui coûtent fort cher à Emma. Mais elle est très riche ; elle n'a cessé de considérer Raymond comme un grand enfant un peu étrange, qui, parfois, l'effraie un peu.

Raymond vit donc, en fait, dans « l'univers Michaudel » et en imagination dans une sorte « d'univers futuriste », où formes et proportions n'ont plus qu'un lointain rapport avec celles du monde réel.

Emma possède, dans les environs de Paris, un ancien moulin, où le couple va passer les week-ends. Une grande bâtisse assez triste au cœur d'une propriété mal entretenue. Profond étang, le Bief qui faisait, autrefois, tourner la roue du moulin.

Dans une province assez éloignée, vit la mère d'Emma, vieille femme très riche. Elle tombe gravement malade ; et Emma doit se rendre auprès d'elle. C'est durant son assez longue absence que se situe l'aventure entre Raymond et Chantal, jeune et séduisant modèle.

Petites annonces comme prévu (ou rencontre ?). Raymond fait venir la fille.

Succession de photos. Timide, d'abord, Raymond devient de plus en plus exigeant à mesure qu'il connaît mieux Chantal. Ses photos trahissent à la fois ses préoccupations esthétiques et ses désirs d'homme frustré. Elles se prolongent, d'ailleurs, et ne cessent de *s'animer*, dans son esprit. Tantôt il fait habiller Chantal de telle ou telle façon, ou la fait, au contraire se déshabiller dans tel ou tel cadre, avec tel ou tel objet... Il constitue, en quelque sorte, une espèce d'extraordinaire « photo-roman », qui est comme la projection de son inconscient. Parfois, il emmène Chantal au Moulin.

Durant ce temps, Emma est au chevet de sa mère. On la voit avec ses frères et sœurs. Les conversations, portant tantôt sur le premier mari, tantôt sur le second, nous permettent de mieux comprendre le caractère d'Emma, les raisons de son remariage, etc. On comprend aussi que la famille tient Raymond en piètre estime.

A différentes reprises, Emma doit revenir à Paris. Bien entendu, Raymond fait en sorte qu'elle ne soupçonne rien. Il est un peu dans la situation du mari qui trompe sa femme, ou plus exactement de l'enfant qui fait des sottises en l'absence de ses parents. Mais est-elle tout à fait dupe ?...

Et on arrive au drame prévu. Un jour, au cours d'une séance, Chantal éclate de rire, soit qu'elle ait découvert l'existence d'Emma, que Raymond lui avait toujours cachée, soit que, s'offrant à Raymond, elle ait constaté son impuissance. Et, affreusement humilié, Raymond, dans une crise de fureur (où il entre sans doute une bonne part de sadisme) étrangle la fille.

Si le crime a lieu dans le studio de Paris, il devra transporter le corps. Bref, il le fera disparaître dans la propriété. Il pourrait, après l'avoir lourdement lesté, le jeter dans le profond étang (ou autre, suivant les possibilités offertes).

Cependant, la mère d'Emma est morte. A peu près au même moment où Raymond tuait Chantal. Il se rend à l'enterrement. Et, dans son esprit, il y a bientôt substitution : c'est Chantal, qu'il « voit » à la place de la vieille femme ; c'est Chantal, qu'il enterre ; c'est sur son corps qu'il jette des fleurs dans la fosse.

Et Raymond rentre à Paris. Seul, Emma étant retenue par la succession et diverses démarches (la défunte laisse une très grosse fortune). Culte de Raymond pour la fille qu'il a tuée. Il va jeter des fleurs sur l'étang, comme il a jeté des fleurs dans la fosse, etc. Mais surtout, il contemple souvent et longuement la série de photos qu'il a prises de Chantal (peut-être même des photos de Chantal morte). Photos qu'il dépose dans une cachette. (Au cas, en effet, où une enquête conduirait jusqu'à lui, il nierait avoir jamais connu la disparue.)

Et apparaît la seconde fille : Danièle, une amie ou plutôt la sœur de Chantal (ce qui justifiera davantage qu'elle veuille découvrir la vérité et accepte même de courir de grands risques).

Après de veines démarches à la police, où l'on est persuadé que Chantal a fichu le camp volontairement, Danièle se met elle-même en campagne.

Après diverses recherches, elle finit, grâce à un indice quelconque (détail à arrêter), à découvrir l'existence de Raymond. Et elle entre en contact avec lui, soit à l'aide d'une nouvelle annonce, soit par tout autre moyen.

Et une même aventure recommence. Identique. (C'est de là que naîtra le suspense.)

Raymond refait les « mêmes photographies » : mêmes attitudes, mêmes vêtements ou mêmes déshabillés, mêmes décors, etc. Et, comme les photos de Chantal présentent pour lui un risque énorme, il substitue à chaque photo de la morte une photo correspondante de la vivante. Il détruit ensuite l'ancienne photo.

Ainsi, le spectateur suit le développement, la progression de la « seconde expérience », chaque nouvelle photo constituant une sorte « d'étape » vers quelque chose dont on ne peut évidemment prévoir la nature exacte, mais qui sera sans aucun doute tragique.

Danièle, donc, soit à Paris, soit au Moulin, cherche patiemment le détail, le minuscule indice, qui lui prouvera que Chantal l'a précédée sur les lieux. Et Raymond ne manque pas d'être tout d'abord surpris, puis inquiet, par le comportement ou les propos de son étrange « modèle ». Mais, dans une certaine mesure, il se prête à ce jeu redoutable. Il flirte avec le danger. Au fond, chacun des deux partenaires cultive, avec délectation, sa peur.

De loin en loin, Emma arrive. Et, avec elle aussi, le récent passé ressurgit. Toutefois, Emma semble, maintenant, nourrir certains soupçons.

Ainsi, qu'il soit avec l'une ou avec l'autre des deux femmes,

Raymond retrouve une même et pénible impression. Il les observe, comme elles l'observent. D'où une sorte de double duel silencieux, fait de regards, de silences, de gestes ou de propos ambigus.

Cependant, l'un des tas de photos diminue, tandis que l'autre augmente. Il ne reste bientôt plus que quatre ou cinq photos à prendre. Quatre ou cinq étapes avant que...

Et, un jour, Raymond s'aperçoit qu'on a « touché » à sa collection de photos. Mais qui ? Danièle ? Ou sa femme, qui vient de repartir ?

Auparavant, on aura pu avoir l'épisode du verre de contact. Raymond et Danièle sont au Moulin. La fille aperçoit, dans l'herbe, un petit cercle de verre (manifestement un verre comme en portait Chantal). Elle voudrait le ramasser, mais Raymond est là. Il regarde dans la même direction qu'elle. A-t-il vu le verre, lui aussi ?... Un peu après, il se lève, s'avance d'un pas machinal et l'écrase. Le geste a paru naturel. Mais comment savoir ?

Un ou deux épisodes de cet ordre sont à trouver. (Quand Danièle revêt certains des vêtements que Raymond a fait porter à Chantal, elle les examine soigneusement, les « sent ». Il lui faut, à tout prix, découvrir une trace du passage de son amie. Et les « indices » (?) qu'elle recueille parfois (une épingle à cheveux, par exemple) sont insuffisants.

Tout cela jusqu'à la dernière séance de photo. C'est ce jour-là que, soit dans le « décor », soit dans un des éléments de mise en scène choisis par Raymond, Danièle découvrira la preuve tant cherchée (ce détail établissant de façon indiscutable que Chantal s'est trouvée la).

Danièle alors se démasque. Tout en menaçant Raymond d'un pistolet, elle s'apprête à téléphoner à la police.

Intervention soudaine et inattendue d'Emma. (Elle aussi a soupçonné, puis découvert la vérité : c'est elle qui a trouvé la cachette aux photos.) Mais elle, n'agissait que pour *protéger* Raymond. Dans son esprit, il ne sera jamais un criminel, mais un enfant, qu'il faut défendre contre les autres et contre lui-même.

Elle tue Danièle. Puis fait disparaître le corps, en le poussant dans le Bief, qui l'entraîne rapidement sous le Moulin.

Épilogue

Les deux époux ont quitté les lieux ; moulin vendu.

Ils se sont retirés dans la propriété héritée de la mère. Emma est plus maternelle, plus « abusive » que jamais. Que se sont-ils dit ? Lui a-t-il appris l'exacte vérité ? C'est ce qu'on ne saura pas. Ils offrent, en tout cas, l'image de la « sécurité ».

Le moulin a changé d'aspect. Il est fleuri et décoré. Rajeuni. Les nouveaux propriétaires ont invité des amis. Garden party. L'heure sonne à un clocher voisin. Tout le monde se lève, verre en main.

Instant solennel. On a tout remis en état. Une main abaisse un levier. Le moulin s'illumine en même temps que la roue se remet à tourner.

Quelque chose apparaît, crève la surface de l'eau. Le cadavre de Danièle, coincé entre deux pales. Le corps monte, redescend, disparaît, pour reparaître à nouveau. La roue tourne.

SÉBASTIEN LABEUR (1976)

*Voici une troisième tentative de collaboration des auteurs avec André Cayatte, aussi infructueuse que les précédentes (*Les Jumeaux *en 1959,* La Vierge et le Taureau *en 1960). Au départ de cette tentative, il y avait une idée originale de Cayatte racontée oralement à Pierre Boileau et que celui-ci a mise par écrit à l'intention de Narcejac. La version Boileau-Narcejac, rédigée à l'hôtel du Mont-Chalusset à Châtelguyon, a été adressée de cette ville, le 12 septembre 1976, à André Cayatte. Le double envoyé au producteur était accompagné de la lettre suivante :*

Voici le petit travail que vous nous avez demandé. Comme vous le constaterez, nous sommes restés très fidèles au scénario d'André Cayatte, nous appliquant simplement à étoffer le sujet en imaginant de nouveaux épisodes, de nouvelles scènes possibles, et en donnant plus de relief aux personnages.

Nous vous avions signalé le roman d'où Hitchcock a tiré son dernier film parce que l'histoire renferme un « faux voyant », mais celui-ci ne ressemble en aucune façon à Sébastien Labeur, et ne joue, d'ailleurs, dans le film, qu'un rôle tout à fait secondaire. Il ne semble donc pas qu'il y ait à se faire le moindre souci à ce propos.

En ce qui concerne le « cambriolage » chez l'ambassadeur allemand, nous avons cherché à sortir des sentiers battus et exclu systématiquement les éléments (acrobatie, violence, mécanique savante, voire moyens électroniques) ainsi que les complications par trop volontairement spectaculaires. Nous avons choisi un suspense très simple en soi, mais particulièrement insolite. Nous serions heureux que notre idée vous plaise.

I. Projet Cayatte (d'après ce qu'il m'a raconté)

LINO VENTURA, Personnage central

L'action se passe en 1917. La guerre fait rage... Grandes offensives... les fusillés... etc.

A Caracas, Lino est un des rois des lieux où l'on s'amuse. Il dépense gros. Cabarets, filles, etc.

Une nuit, il est enlevé, porté à bord d'un bateau.

Et on le mène à Cayenne : au bagne.

Au bagne d'où il s'est évadé quelques années auparavant. *On a besoin de lui*. C'est en effet un spécialiste de l'ouverture des coffres dont il découvre les mots « à l'oreille », en les auscultant.

Or, le gouvernement français a décidé de découvrir « le chiffre » allemand, chiffre qui est, notamment, déposé dans le coffre de l'ambassadeur d'Allemagne à Berne. Et on propose le marché à Lino. Où il achèvera de purger sa peine au bagne, ou on « effacera tout » à condition qu'il réussisse à ouvrir le coffre de l'ambassadeur et à prendre des photos du « chiffre ». Opération que les Allemands ne devront, bien entendu, pas soupçonner. Et on lui expose le plan prévu :

La femme de l'ambassadeur est désespérée, son fils unique, aviateur militaire, ayant été porté disparu. Folle de chagrin, elle a tout tenté, vainement, pour savoir ce que le garçon est devenu. Elle est prête à n'importe quoi...

Aussi a-t-on songé à créer un « voyant », une sorte de médium doté d'un don absolument exceptionnel. On lui assurera une réputation dont les échos finiront par parvenir aux oreilles de la malheureuse mère et on ne doute pas que celle-ci ne fasse appel à ses services. Lino aura ainsi accès dans la place.

Lino accepte. On lui crée un état civil de Péruvien (le Pérou n'étant pas représenté en Suisse, ce qui est un élément de sécurité). C'est le début de l'aventure.

D'abord, on l'embarque pour l'Espagne, accompagné de deux agents du 2e Bureau, qui ne cesseront de le surveiller, car il ne faut pas que le gaillard s'échappe.

Et, durant la traversée, la comédie commence.

Les agents secrets, aidés s'il y a lieu de quelques complices, renseignent les autres voyageurs sur la qualité du personnage qui se trouve à bord. Ils vont d'ailleurs le consulter, font part autour d'eux des extraordinaires résultats obtenus. On monte une opération (bijoux perdus et retrouvés, par exemple) qui impressionne vivement tout le monde. Consulté, Lino fait à ceux qui viennent le trouver d'étonnantes révélations... que lui ont fournies les agents secrets, documentés sur les personnes en question, et qu'ils ont eux-mêmes sélectionnées, etc.

A Madrid. Même jeu. (Éléments à mettre au point.)

De Madrid, Lino passe à Paris. (Même chose, mais avec plus d'ampleur.) Lino découvre que la femme d'un personnage politique important le trompe. Scandale. Peut-être même drame. L'affaire a un retentissement énorme. (Bien entendu, elle a été réglée à l'avance, et les personnages concernés étaient d'accord : raison d'état.) Bref, des échos concernant « le médium » passent dans les journaux. On s'arrange pour qu'ils passent également dans les journaux suisses.

Quand Lino se rend enfin à Genève (évitant astucieusement d'aller justement à Berne), sa réputation est déjà bien établie. Mais il convient de frapper un grand coup. Il retrouve, grâce à ses dons, une fillette mystérieusement disparue. (Cela encore est du bidon.)

Bref, la femme de l'ambassadeur finit par se rendre à Genève, comme on l'espérait. Elle apporte à Lino des objets ayant appartenu à son malheureux fils. Et Lino (qui feint d'ignorer qui est sa visiteuse) lui fournit sur son enfant des renseignements précis (que les services secrets lui ont communiqués) et qui bouleversent la pauvre femme. Mais Lino prétend que, pour aller plus loin, il lui est indispensable de vivre dans les lieux où le disparu a vécu lui-même, de s'imprégner de l'atmosphère qui y règne. Bref, il fait tant et si bien qu'on l'invite à Berne, où l'ambassadeur a ses appartements privés à l'ambassade elle-même.

Et Lino a ses entrées dans l'appartement qu'occupait le fils. Il s'y promène, joue la comédie... cherche à établir le contact avec le disparu...

Cependant, d'autres gens viennent le consulter. Des affairistes, marchands de munitions et autres... Lino est ainsi témoin d'une écœurante cuisine...

Il n'est pas moins écœuré, par ailleurs, du rôle qu'il joue devant la malheureuse femme... Mais il doit aller jusqu'au bout.

Et il réussit ainsi (à mettre au point) à avoir accès, dans le domicile privé de l'ambassadeur, au bureau où celui-ci a son coffre.

Les établissements Fichet lui ont fourni un matériel très perfectionné permettant de prendre les empreintes d'une serrure, et on a pu, ainsi, lui confectionner des doubles des clefs du coffre.

Et une nuit, lors de la fête nationale suisse, alors que tout le monde diplomatique est à un banquet, Lino attaque le fameux coffre. Il fait jouer la serrure, « l'ausculte », et réussit à découvrir le mot. Il ouvre, s'empare « du chiffre » dont ses compagnons (les gars du 2e Bureau) prennent des photos, puis il remet le « chiffre » dans le coffre, qu'il referme. Nul ne soupçonnera l'opération.

Lino n'a plus qu'à quitter la Suisse. (Peut-être, entre-temps, aura-t-on réussi à retrouver la trace, plutôt le cadavre de l'infortuné fils, et Lino pourra ainsi prétendre qu'il a enfin réussi !...)

Il regagne la France, est reçu et félicité par Clemenceau qui lui annonce « qu'on effacera son passé » dès que la guerre sera finie, mais que, en attendant, Lino est incorporé à tel régiment, qu'il doit rejoindre dans trois jours.

Trois jours plus tard, Lino a disparu. Mais dans la nuit, une bijouterie de la rue de la Paix a été cambriolée. Tous les bijoux du coffre ont été emportés, le coffre ouvert « avec les outils de précision fournis par la maison Fichet ».

Et sur ce coffre il y a un petit carton :

Un coup pour vous.
Un coup pour moi.
Nous sommes quittes.

Lorsque Lino est à Cayenne, il cherche à retrouver ses petits talents, aidé en cela par les gars des services secrets et même par le directeur du bagne. Il lui faut, surtout, retrouver « ses oreilles » d'autrefois. Pour cela, il demande notamment à la femme du directeur de lui jouer du Chopin... et il finit par sauter la dame.

Il y a donc à imaginer des quantités de scènes (les consultations du « voyant » en particulier). Et le procédé qu'il utilise (quelque chose de pittoresque, qu'on peut inventer à 100 %). Il peut, d'ailleurs, en utiliser plusieurs. Grande liberté.

Bien entendu, créer une notion de danger : Lino ne doit pas avoir affaire qu'à des idiots. D'une part, il est surveillé par ses gardes du corps, qui se méfient ; d'autre part, il ne doit pas être démasqué par ceux qu'il mystifie.

II. Projet Boileau-Narcejac

Avril-mai 1917. C'est le moment le plus sombre de la guerre. Peut-être même la France va-t-elle la perdre. Il y a de grosses mutineries dans l'armée. Des soldats sont fusillés pour l'exemple. La troupe chante un chant interdit « La chanson de Craonne » (authentique). La guerre sur mer fait rage. Chaque mois, 500 000 tonnes, en moyenne, sont coulées par les sous-marins allemands. C'est l'asphyxie pour la France. Un conseil secret réunit les plus hauts responsables de l'État. Que faire qui n'ait déjà été tenté ? C'est alors que le chef du

2e Bureau a une idée. Elle est folle ! Probablement vouée à l'échec. Mais on peut toujours essayer.

Conciliabule avec Michelet, capitaine dans les services secrets, et le commissaire Dutoit. Michelet est du genre saint-cyrien, fanatique, ayant le mépris du civil, du « pékin ». Dutoit, plus âgé, est revenu de bien des choses. En apparence, un bon gros, mais qui a plus d'un tour dans son sac. Le spectateur ignore toujours l'objet de leur mission.

A Caracas, nous découvrons Sébastien Labeur, le plus habile « casseur » du monde, le plus grand spécialiste de l'ouverture des coffres « à l'oreille ». Condamné à dix ans de bagne et dix ans d'interdiction de séjour, il s'est évadé de Cayenne en 1912 et, grâce à son sens aigu des affaires, il s'est enrichi et mène la grande vie dans un pays où l'on a pour principe de ne pas s'intéresser au passé des gens. C'est si vrai que la belle Conception, bien qu'elle sache que Sébastien est loin d'être un ange, est très amoureuse de lui et voudrait bien l'épouser, maintenant qu'elle est veuve.

Et nous assistons justement à une violente scène de jalousie qui peut avoir lieu à voix basse, bien qu'avec quelques éclats, dans une boîte de nuit à la mode. La scène se poursuit pendant que le couple danse lascivement la danse qui fait fureur à l'époque : le tango. « Je te tuerais, si tu m'abandonnais ! » murmure Conception à Sébastien qui la serre contre lui.

Le couple passe sur une terrasse et regarde un lointain feu d'artifice. Des fusées éclatent dans la nuit. Crépitement. Gerbes d'étincelles.

Une heure plus tard, Sébastien, alors qu'il regagne, seul, son domicile, est attaqué par plusieurs hommes, à demi assommé et jeté dans une auto. Quand il reprend connaissance, il se trouve dans une cabine de bateau, quelque part, au large. Que veut-on de lui ?

Un homme entre, Michelet. Puis un autre, Dutoit, que Sébastien connaît de longue date. C'est Dutoit qui l'a arrêté, autrefois. Il y a même, entre les deux hommes, l'espèce de camaraderie qui unit souvent policiers et malfaiteurs incorrigibles. Protestations indignées de Sébastien. A partir de là, des relations d'une nature très spéciale vont s'établir entre les trois hommes. Pour Michelet, Sébastien n'est qu'une vulgaire crapule, un méprisable « embusqué », et Sébastien, qui a sa fierté et un tempérament bouillant, sera toujours prêt à lui sauter dessus. Dutoit, malin et diplomate, s'ingéniera à calmer l'un et l'autre en ménageant leur amour-propre. Bref, le bateau se rapproche de la côte et Sébastien reconnaît Cayenne. Pourquoi diable le ramène-t-on au bagne ? « Tu le sauras tout à l'heure », dit Dutoit.

On débarque à la nuit et Sébastien est enfermé dans une pièce qu'on referme soigneusement. Il est fou de rage. C'est un fauve qui ne supporte pas la captivité. Il ne perd pas une minute. Il casse sa montre et, avec le ressort, chatouille la serrure. Il réussit à l'ouvrir. Il a réussi à s'évader une fois ; il s'évadera bien une seconde fois.

Hélas, au bout du couloir, il tombe sur Michelet et Dutoit qui l'attendaient. « Une demi-heure, dit Dutoit. Tu as un peu perdu la main. Mais ce n'est pas trop mal. Viens par ici, qu'on t'affranchisse. »

On le conduit dans une autre pièce et là, on lui met le marché en main : ou bien il accepte d'ouvrir un coffre et il sera blanchi ; ou bien, il refuse, et c'est à nouveau le bagne. Dans ce dernier cas, il n'y a que la route à traverser.

Sébastien a vite fait de peser le pour et le contre : il accepte.

On le conduit alors chez le directeur de la Société générale de Cayenne, qui a été prévenu de l'expérience, et on l'amène devant le coffre. Sébastien tâtonne un peu. Il a bien conservé ses doigts, mais il n'a plus son oreille d'autrefois. Comme il est plein de rancune, il exige de ses geoliers, pour les empoisonner à son tour, qu'on lui fasse un peu de musique douce. Querelle. Enfin, on s'incline. La femme du directeur va jouer pour lui un peu de Chopin. Naturellement tout le monde écume, sauf Sébastien qui jouit du pouvoir (limité) qu'il a conquis sur ses deux gardiens.

L'oreille collée à l'acier, il manipule les boutons, réussit à trouver la combinaison. Il demande alors s'il est libre ? Pas du tout. Le coffre, le vrai, est ailleurs, en Europe. Mais c'est au tour des policiers de faire enrager Sébastien. Il n'en saura pas plus pour le moment. Ce qu'on attend de lui, maintenant, c'est qu'il se transforme... en « voyant ».

Il va s'appeler Fidel Chamayo, né dans l'île de Pâques et doué d'un extraordinaire pouvoir de voyance. Michelet sera son chauffeur et Dutoit, son secrétaire.

Sébastien explose. Pour qui le prend-on ? Il est un casseur, soit. Pas un guignol ! Discussion orageuse. Heureusement, le bagne est là, et c'est un argument de poids. Sébastien se résigne. Dutoit convient avec lui d'un vêtement adéquat (genre Lanza del Vasto) et lui montre ce que doit être le comportement d'un « voyant » (mimiques, langage, etc.).

Les voilà qui s'embarquent sur un petit paquebot brésilien à destination de Lisbonne. A bord, il y a une centaine de pèlerins de toutes conditions qui se rendent à Fatima, où des miracles viennent de s'accomplir à grand bruit (authentique : les premières apparitions ont eu lieu en mai 1917). Dans l'atmosphère exaltée qui règne parmi les pèlerins, le bruit se répand vite qu'il y a un voyant à bord.

Première exhibition, qui ressemble à un examen de passage. A l'occasion d'un exercice d'alerte, Dutoit dérobe les bijoux d'une riche passagère. Consulté, le soi-disant Fidel Chamayo désigne l'endroit où sont cachés ces bijoux : un canot de sauvetage. Grosse impression. Sébastien se dérobe prudemment aux questions de ses admirateurs.

Lisbonne... Puis Madrid. Les journaux parlent de celui qu'on appelle déjà : le Mage.

A Caracas, Conception, qui croit que la disparition subite de Sébastien signifie qu'il l'a abandonnée, est furieuse. Et quand les journaux portugais lui tombent sous les yeux, quand elle voit les gros titres et la photo de Sébastien, sa colère se déchaîne. Elle fait ses préparatifs, glisse un pistolet dans sa valise. « S'il s'imagine qu'on peut se moquer de moi et me lâcher pour quelque fille !... »

A Madrid, Michelet et Dutoit soignent la publicité de Fidel Chamayo. Ils s'arrangent notamment pour que la police espagnole découvre une bombe dans un immeuble en construction situé sur le passage du Roi, quand celui-ci se rend à la cathédrale. C'est naturellement le Mage qui a « vu » l'engin et déjoué l'attentat. (Se rappeler que la neutralité de l'Espagne était suspecte et que le roi était accusé de jouer double jeu.)

Le trio arrive enfin à Paris et s'installe au Ritz.

Sébastien est tout heureux de revoir son Paname. Mais Michelet le met en garde. Il est étroitement surveillé. D'ailleurs, pour plus de sécurité, on ne lui laisse aucun argent de poche. Il vivra, sans argent, dans un décor de luxe.

Dutoit lui révèle enfin le but de sa mission. Il s'agit de photographier « le chiffre » utilisé par les Allemands, pour communiquer notamment avec leurs sous-marins. Et l'endroit le moins inaccessible est l'ambassade d'Allemagne, à Berne. Grâce à un serviteur soudoyé, on connaît l'emplacement du coffre de l'ambassadeur. Il se trouve dans un salon de son appartement particulier, à côté de sa chambre à coucher, derrière une vaste volière, von Blomberg étant grand amateur d'oiseaux. L'espion a pu prendre l'empreinte de la serrure du coffre, mais il a disparu depuis, et il y a tout lieu de croire qu'il a été démasqué et supprimé. On possède donc une fausse clef, mais on ignore la combinaison. C'est là que Sébastien doit intervenir. Il lui faudra s'introduire dans l'appartement de von Blomberg, découvrir la combinaison du coffre, l'ouvrir, prendre « le chiffre » que Michelet photographiera, puis remettre tout en état, l'ennemi devant, bien entendu, ignorer l'opération.

Par chance, la femme de l'ambassadeur, Helga, est très superstitieuse et, portant à son fils, Wilhelm, un amour exclusif, elle consulte tous les voyants et médiums qu'elle peut trouver pour obtenir des nouvelles de cet enfant qui a disparu en combat aérien sur le front de l'Ouest.

Or, les Services secrets français savent qu'il a été soigné dans un hôpital et le tiennent soigneusement en réserve dans un camp de haute surveillance. Pas question de renseigner la Croix-Rouge, alertée par Helga von Blomberg. Sébastien devrait facilement capter la confiance de la pauvre femme. A lui de s'arranger pour devenir un de ses familiers, en lui révélant peu à peu « ce qu'il voit » concernant le jeune homme. A lui de s'arranger pour être introduit dans la place ! C'est évidemment très risqué, mais les combattants sur la Somme prennent des risques, eux aussi ! Maintenant, Sébastien peut toujours choisir le bagne, seulement il ne s'en tirera pas avec dix ans. « Abandon de poste devant l'ennemi », ça risque de coûter très cher. Les lettres envoyées par Wilhelm à sa mère ont été interceptées. Michelet les donne à Sébastien ; elles pourront l'aider à jouer sa comédie. Sébastien les lit avec émotion.

— Il faut que vous me preniez pour un rude salaud pour me demander de faire ce travail ! dit Sébastien rageusement. Mais il s'incline.

Conférence à l'université des Annales. Réunion très mondaine. Le conférencier parle des phénomènes psychiques, présente Fidel Chamayo. A l'issue de la réunion, beaucoup de femmes veulent interroger le voyant, qui accepte de répondre à certaines d'entre elles... sur lesquelles Sébastien a déjà été renseigné par les soins de Michelet.

Peu après, Fidel Chamayo reçoit, au Ritz, la visite de Madame Boussard, femme du directeur du *Journal de Paris*. Elle est venue l'interroger sur son mari, dont elle lui laisse une photo.

Joie de Michelet. Justement, Boussard gène le gouvernement par ses éditoriaux. C'est l'occasion de lui clouer le bec. Michelet consulte son fichier. Boussard est l'amant d'une petite actrice et la liaison est encore secrète. Sébastien n'aura qu'à révéler la vérité à Madame Boussard. Michelet compte sur un scandale qui déconsidérera Boussard ; lequel perdra ainsi tout crédit.

Mais Michelet n'avait pas prévu ce qui arrive. Madame Broussard tire sur son mari un coup de revolver. L'affaire a un retentissement énorme. C'est un peu l'affaire Caillaux qui recommence. On est violemment pour ou contre le nouveau Cagliostro.

Sébastien, lui, est atterré. S'il doit être la cause de drames de cette sorte, il préfère retourner au bagne. Dutoit a peine à l'apaiser.

Cependant, Fidel Chamayo est déclaré indésirable et prié de quitter la France. C'est là, pour Michelet, une publicité inespérée, en même temps que l'occasion la plus plausible de passer en territoire neutre. Le trio gagne Genève, où les journalistes suisses guettent déjà l'arrivée du Mage.

Conception est à Madrid. On la voit dans une église, où elle supplie avec violence la Vierge de lui rendre Sébastien. Elle prend, ensuite, un train pour Irun.

Installation du trio à Genève. Demandes de rendez-vous. Michelet possède sur un grand nombre de personnalités des fiches très complètes. La femme de l'ambassadeur de France vient consulter. Sébastien lui révèle sur son passé des choses stupéfiantes.

Dans le petit monde de Berne, les nouvelles vont vite. Rentrée chez elle, l'ambassadrice, très excitée, téléphone à son amie, la femme du ministre des Affaires étrangères suisse, et celle-ci téléphone à son tour à Helga von Blomberg.

Helga vient voir Sébastien. Elle lui cache son identité, qu'il feint de découvrir, ce qui la trouble profondément. Elle lui expose alors l'objet de sa visite.

Helga von Blomberg est une très belle femme, très grande dame, ce qui impressionne beaucoup Sébastien, habitué à rencontrer des personnes appartenant plutôt au demi-monde. Mais ce qui le touche infiniment, c'est l'amour pathétique qu'elle porte à son fils. Elle a apporté de nombreuses photos, ainsi que quelques objets ayant appartenu à Wilhelm. Sébastien lui affirme qu'il est vivant. Elle le remercie avec effusion, l'invite à lui rendre visite, chez elle, mais à l'insu de son mari.

Visite à l'ambassade. Sébastien entre par une porte privée et est reçu dans un petit salon. Il donne de nouveaux renseignements qui lui sont inspirés par les lettres que Wilhelm a écrites à sa mère. La pauvre femme revit, le retient pour qu'il ne parte pas trop vite. Qu'il vienne souvent ! Qu'il essaye de décrire l'endroit où vit le prisonnier...

Hélas ! Michelet est informé secrètement que Wilhelm von Blomberg vient de s'évader. C'est la catastrophe. Que le garçon réussisse à passer en Suisse et tout est fichu. Michelet n'hésite pas. Il fait donner l'ordre aux postes frontières français de redoubler de vigilance... et d'abattre le fugitif si celui-ci est pris. Et il presse Sébastien d'aboutir au plus vite. C'est maintenant une course contre la montre.

Le trio, donc, avertit la presse que le voyant, fatigué et désireux d'échapper aux curieux, renonce provisoirement à ses activités. Les trois hommes s'installent dans un hôtel de Berne. Sébastien aura ainsi toute liberté de rencontrer Helga.

Il lui dit qu'il a besoin de visiter les pièces où vivait le jeune Wilhelm, qu'il lui faudra s'imprégner de leur atmosphère. Helga l'emmène alors dans la chambre de l'adolescent, puis dans d'autres pièces ; c'est ainsi qu'il aperçoit une partie de l'immense bureau-salon de l'ambassadeur et un pan de la volière où s'agitent joyeusement une multitude d'oiseaux exotiques au ramage bruyant.

Sébastien se rend compte combien le « cambriolage » sera difficile. Il parle longuement de Wilhlem. Elle boit ses paroles, lui confie qu'elle n'a que ce fils comme raison de vivre. Son mari ?... Eh bien, c'est un fonctionnaire très occupé. Elle le voit à peine. Sébastien comprend que le ménage marche mal.

Il revient faire son rapport à Michelet.

Conception est maintenant à Paris. On la voit interroger le concierge du Ritz.

Sébastien a adopté une tenue discrète et porte des lunettes noires. Il va chaque jour à l'ambassade et se rend compte, de visu, que von Blomberg néglige gravement sa femme. On ne le voit jamais dans ses appartements, ce qui vaut mieux, car il mettrait sûrement le Mage à la porte !

Helga, en toute confiance, raconte sa vie à Sébastien. Il est devenu l'ami intime, le confident. Il invente un Wilhelm installé dans une captivité confortable. Chaque nouveau détail fait monter dans les yeux d'Helga une lueur de tendresse. Sébastien, tout ému, ne se presse pas de faire avancer les choses. Michelet et Dutoit le pressent et s'irritent, l'accusent de faire le joli cœur, lui demandent s'il est tombé amoureux. Ne serait-ce pas pour cette raison qu'il fait traîner les choses en longueur ?...

Il est vrai que Sébastien commence à s'éprendre de Helga, avec une timidité et une retenue dont il se croyait incapable. Comme Helga l'interroge à son tour, il s'invente une rude enfance dans l'île de Pâques. Mais la pire épreuve reste à venir !

En effet, Michelet reçoit une dépêche chiffrée qui lui apprend que Wilhelm a été abattu au moment où il atteignait la frontière suisse. Michelet, qui ne s'embarrasse pas de psychologie et qui ne connaît que la raison d'État, est soulagé. Le risque que courait Sébastien, est maintenant écarté. Il lui fait part de la nouvelle et Sébastien est atterré. Il se révolte. Il ne se sent pas le courage de mentir à Helga qui est avec lui toute franchise et toute amitié.

Scène violente avec un Michelet inébranlable et un Dutoit bien embarrassé. Les arguments de Michelet sont simples : on fait la guerre et tant pis pour les bavures. Il se moque du confort moral et des états d'âme d'un Sébastien. Ce qui compte, c'est de sauver d'innombrables vies de soldats et de marins. Sébastien doit se considérer comme mobilisé.

Et Sébastien, la mort dans l'âme, retourne auprès d'Helga. Et il recommence à lui parler de son fils. Il le « voit », dans un camp de prisonniers où il est fort bien traité.

— Est-ce qu'il pense à moi ?

— Tout le temps.

— Est-ce qu'il pourra enfin me donner de ses nouvelles ?

— Je le crois.

Le pauvre Sébastien est au supplice. Cependant, il guette l'occasion de s'approcher de cette maudite volière ; il voudrait savoir comment on peut la déplacer, et où se trouve exactement le coffre. A l'arrière plan de ses entretiens avec Helga, il entend toujours le joyeux ramage des oiseaux.

Conception est à Genève. Elle n'a aucune peine à suivre Sébastien à la trace.

Et puis c'est le coup de théâtre. Von Blomberg est rappelé à Berlin. Il va être remplacé par un autre diplomate. Helga, bien triste, apprend la nouvelle à Sébastien. Déjà, les serviteurs commencent à remplir des caisses. Atmosphère de déménagement. Sébastien est désespéré. Il essaye de cacher la vérité à Michelet, mais ce diable d'homme est déjà au courant et ordonne à Sébastien d'en finir au plus tôt, s'il ne veut pas crever au bagne.

Là-dessus, Sébastien reçoit un billet. Helga lui donne rendez-vous, le lendemain, dans un musée de Berne. Surpris, Sébastien court la rejoindre.

Helga lui dit que leur départ est avancé. Ils doivent prendre le train le lendemain. Elle n'a pas pu le recevoir chez elle parce que tout est sans dessus dessous ; les caisses encombrent les pièces. Bref, elle a tenu à le revoir une dernière fois pour le remercier, lui exprimer sa gratitude. Elle ne l'oubliera jamais. Elle l'invite à venir à Berlin, après la guerre, quand son fils sera rentré de captivité...

Sébastien est bouleversé. Il sait, maintenant, qu'elle est perdue pour lui. La minute est déchirante. Helga, très simplement, demande à Sébastien la permission de l'embrasser. Un chaste baiser sur la joue, pour marquer sa reconnaissance. Sébastien doit lutter pour masquer son émotion.

Mais Conception, qui a remonté la piste avec une obstination multipliée par sa rancune, est là, cachée par des visiteurs qui s'approchent. Elle assiste à la scène, folle de rage, mais impuissante à cause des gens qui l'entourent. Elle suit le couple.

Helga monte dans sa voiture. Sébastien saute dans un taxi. Conception en appelle un autre.

Elle descend derrière Sébastien, le suit dans son hôtel, le rejoint au moment où il entre dans sa chambre, repousse la porte et tire sur lui.

Plusieurs balles s'égarent. L'une d'elles l'atteint à l'épaule gauche. Le 6.35 n'a pas fait beaucoup de bruit, mais assez pour attirer Michelet et Dutoit, qui ceinturent l'exaltée. Conception s'effondre en larmes. Michelet l'emmène aussitôt. Dutoit déshabille Sébastien. La blessure n'est pas grave mais elle saigne beaucoup. Pansement. Sébastien s'allonge, épuisé. Michelet revient. Il a calmé Conception, lui a expliqué que Sébastien accomplissait une mission d'une haute importance mais qu'elle le retrouverait dès qu'il serait libre. Il l'a persuadée de rentrer à Paris.

Et maintenant, pas question de remettre à plus tard le « cambriolage ». Au contraire, l'occasion n'a jamais été si propice. Von Blomblerg donne, en effet, une discrète réception d'adieu. L'appartement privé sera désert. Mais Sébastien aura-t-il la force ? Il aura les coudées franches jusqu'à vingt-trois heures.

Hélas, Sébastien n'est pas brillant. La fièvre monte. On le dope, on essaie de le remettre en condition, comme un cheval de corrida après qu'il a été encorné.

A l'ambassade, fin de la réception. Les invités commencent à partir. La tristesse de Helga n'échappe pas à ses amies. Blomberg, lui, s'entretient avec quelques intimes. Ils parlent de l'Allemagne qui, délivrée du danger russe (la révolution a éclaté), est maintenant sûre de gagner.

Blomberg, ayant besoin de consulter un document, se rend en compagnie de son attaché militaire dans son bureau-salon, où se trouve le coffre. Les oiseaux, qui dormaient, se réveillent et piaillent. Blomberg recommande à son compagnon de ne pas s'approcher trop près, car les oiseaux prennent facilement peur quand ils ne connaissent pas le visiteur. Il les calme et fait lentement pivoter la volière puis il ouvre le coffre percé dans le mur.

Michelet, Dutoit et Sébastien se dirigent en voiture vers l'ambassade. Il est maintenant plus de vingt-trois heures, ce qui ne facilitera pas le travail de Sébastien. Ils se garent dans une petite rue. Dernières recommandations. Michelet remet à Sébastien la fausse clef du coffre. Il est muni, d'autre part, du matériel qui lui permettra de photographier les documents. Dutoit reste au volant. Sébastien titube un peu. La tête lui tourne. L'ouverture de la porte de l'appartement, à l'aide d'un vulgaire passe, n'en est pas moins un jeu pour lui.

Blomberg, après avoir pris congé, est remonté dans sa chambre, qui est contiguë au salon-bureau. Il se déshabille. De son côté, Helga en fait autant. Elle couche dans une chambre séparée de celle de son mari par une salle de bains. Il y a, partout, des valises, des caisses, de la paille sur les planchers.

Cachés dans le hall, qui ouvre sur la pièce à la volière, Michelet et Sébastien attendent. Par une porte entrouverte, ils voient passer Blomberg en pyjama, puis Helga, en déshabillé vaporeux. Sébastien soupire. Les lumières s'éteignent enfin.

... Maintenant, il faut y aller. Michelet fait avaler à Sébastien deux comprimés, et celui-ci se risque dans la pièce obscure. Un pépiement l'arrête. Si les oiseaux s'agitent, s'ils se mettent à crier, tout est foutu.

Pas après pas, il se rapproche. Court battements d'ailes... Sébastien, muni d'une lampe-crayon éclaire le plancher. La sueur lui couvre le visage. Agitation dans la cage. Sébastien s'assoit sur une caisse, et se frotte l'épaule.

Il reprend sa progression, surveillant chacun de ses mouvements, comme s'il désamorçait une mine. Il s'accroupit enfin, avec des grimaces de douleur. La cage pivote autour d'un axe, ce qui permet d'atteindre facilement par-derrière les bacs et les mangeoires et de les nettoyer. Le coffre est là, logé dans le mur.

Sébastien déplace la volière, millimètre par millimètre. Les oiseaux se sont réveillés ; on devine leurs yeux brillants. Déjà, plusieurs sautent d'un perchoir à l'autre.

Dans le hall, le cou tendu, Michelet a sorti un pistolet, prêt à couvrir la fuite de Sébastien, en cas de péril soudain. Voici Sébastien à pied d'œuvre. Il n'a plus qu'à tourner les boutons et à « interpréter leurs déclics ».

Il colle son oreille sur le métal et après quelques essais, s'aperçoit que le tic-tac de l'horloge qui est dans un coin de la pièce perturbe son travail. Il faut l'arrêter.

Nouvelle épreuve. Sébastien se redresse et, parce qu'il a un peu le vertige, s'appuie sans y penser sur un coin de la cage. Aussitôt, on entend quelques cris, des froissements de plumes, une sorte de long roucoulement. La lointaine respiration de Blomberg, jusque-là forte et régulière, s'embarrasse puis change de rythme, comme s'il allait s'éveiller.

Sébastien s'est figé. Blomberg se retourne dans son lit et se replonge dans le sommeil. Sébastien contourne une vaste panière dont le couvercle est relevé, arrête le balancier de l'horloge et revient lentement devant le coffre.

De nouveau, il manie les boutons et découvre enfin la combinaison. Un tour de clef. Ça y est. Le coffre est ouvert. Il s'empare du code, retraverse le salon à pas comptés, donne le document à Michelet qui entre dans l'ancienne chambre de Wilhelm et opère.

Les flashes éclairent fugitivement les photos du mort et Sébastien chuchote qu'on aurait pu choisir un autre endroit. Il se repose, épuisé. Son pansement s'est imprégné de sang. Il en a sur la main et s'essuie soigneusement.

Michelet a terminé ; il lui remet le code et lui donne un nouveau comprimé.

Sébastien repart, complètement groggy. Cependant, il réussit à remettre le document à sa place et à refermer le coffre. Mais, à bout de forces, il lâche la clef qui fait, sur le parquet, un bruit sec. Les oiseaux s'effrayent, volent en tout sens, poussent des cris. Le pire s'est produit.

Au même instant, le téléphone, sur le bureau, sonne. La lumière s'allume dans la chambre de Blomberg. Sébastien n'a que le temps de ramasser la clef, de repousser la volière et de se blottir entre la panière et le mur, ce qui fait une cachette suffisante, mais combien précaire ! Michelet se tient prêt, l'arme braquée.

Blomberg entre dans le salon, décroche l'appareil. Rapide échange en allemand. Il repose l'appareil, vient près des oiseaux leur parle doucement, leur explique que c'est seulement le téléphone, qu'il ne faut pas avoir peur. Évidemment, c'est désagréable d'être réveillé à une heure pareille. Machinalement, il regarde l'horloge, constate qu'elle est arrêtée, la remet en marche et va se recoucher.

Retour des deux hommes à la voiture. Sébastien s'écroule sur le siège, évanoui.

On passe dans le bureau de Clemenceau, à Paris. Dutoit, Michelet et Sébastien sont assis devant « le Tigre ». Celui-ci félicite Sébastien, lui dit que le passé est effacé. Sébastien retrouve donc tous ses droits. Mais, en ce moment, un citoyen libre doit se battre. Il invite en conséquence Sébastien à s'engager et Michelet, toujours faux jeton, promet qu'il va s'occuper de Sébastien et lui trouver une place de choix dans une unité d'élite. Sourire contraint de Sébastien.

On peut garder l'épisode prévu au scénario. Mais nous avons pensé que le matériel dont pouvait disposer Sébastien (en particulier la clef du coffre) ne lui servirait à rien pour un nouveau cambriolage.

Nous proposons donc un autre épilogue, dans l'humour noir.

Clemenceau dit simplement à Sébastien que son passé est maintenant effacé, qu'il est redevenu un citoyen comme tous les autres, avec les mêmes droits, mais aussi les mêmes devoirs...

... Et on passe sur la main de Sébastien écrivant à la lueur d'une bougie :

Très chère Conception, Je pense bien à toi et j'espère bientôt te revoir...

Il est vêtu de bleu horizon, porte un casque. Il est dans un abri. Il y a des musettes et des masques à gaz pendus à des clous. Quelques poilus ronflent. D'autres cherchent leurs poux. Une lointaine canonnade emplit l'horizon. Des fusées éclairantes se balancent dans la nuit. Des gerbes d'étincelles rappellent le feu d'artifice de Caracas.

L'ANGE DE LA TERREUR (1966)

Après Les Yeux sans visage *(1959),* Pleins Feux sur l'assassin *(1961) et la tentative infructueuse d'*Ottomar le maléfique *(1964), Georges Franju propose à Boileau-Narcejac une nouvelle collaboration en*

1966. Ce projet satisfaisait le goût du réalisateur et des auteurs pour l'humour noir, les héros à double personnalité, les artistes de la violence, les intrigues ténébreuses, Fantômas, *les films à épisodes de Louis Feuillade, les séries américaines comme* Les Mystères de New York *ou* Le Masque aux dents blanches.

Il s'agissait d'adapter le roman d'Edgar Wallace, L'Ange de la terreur, *que la femme de Franju venait de traduire en français. Devant la richesse... un peu trop foisonnante du sujet, les auteurs écriront d'abord une pré-adaptation relativement fidèle à Edgar Wallace ; puis ils élaboreront un second projet plus dépouillé prenant plus de recul à l'égard du roman original, et tenant compte de l'évolution d'un public populaire qui a beaucoup perdu de son innocence : « ... les déguisements, les perruques, les fausses barbes appartiennent, vraiment, aux récits d'une autre génération. »*

I. Pré-adaptation

MR BRIGGERLAND : 45 ans. Aventurier assez huppé. Gros train de vie. A fondé un club dans l'East End, pour le relèvement des mauvais garçons victimes du milieu. En réalité, il trouve là des hommes de main, qui le tiennent d'ailleurs plus ou moins par le chantage.

JEAN : sa fille, 20 ans, l'ange de la terreur. A été fiancée à James Meredith qui lui a rendu sa parole peu avant son arrestation.

JAMES MEREDITH : 29 ans et 11 mois. Son père a fait un testament qui deshérite James s'il n'est pas marié à l'âge de 30 ans. Dans ce cas la fortune ira à sa cousine Jean Briggerland.

JOHN GLOVER : avocat, une trentaine d'années. Défenseur de James, son ami intime.

JAGGS : le personnage le plus pittoresque. Il louche, il a un bras raide et il boite. Barbe blanche. Chauve. Fin limier sous un aspect ridicule.

LYDIA BEALE : 22 ans. Couverte de dettes contractées par son père qui est mort.

1. *Prélude.* James est accusé d'avoir tué un rival, au moment où il sortait de chez Juan. En réalité, c'est Briggerland qui a tué ce garçon, d'un coup de revolver, pour empêcher James de parler, car ce dernier a découvert la vérité sur le compte du père et de la fille. Jean déclare, sous la foi du serment, qu'elle a vu James tirer. C'est elle qui le fait condamner.

2. James, en prison, va donc être déshérité. Mais son ami Glover, qui sait que Lydia est prête à accepter de l'argent pour payer ses dettes, imagine de lui proposer un mariage blanc moyennant 5 000 livres. Ainsi l'argent n'ira pas à Jean. Procédé : James fera semblant d'avoir l'appendicite. Il sera conduit dans une clinique et là on pourra le marier clandestinement avec Lydia.

3. *Le mariage*. On le fixe à 9 heures pour tromper les espions de l'Ange. Il a lieu à 8 heures et l'Ange arrive trop tard. C'est sa première rencontre avec Lydia. Elle joue le rôle d'une fiancée bafouée et touche la tendre Lydia. Là-dessus James essaye de s'évader (ce qui a été prévu par l'avocat) mais il est abattu dehors (par Briggerland). Jean apprend à ce moment-là que le mariage a été célébré et que Lydia a hérité par testament de toute la fortune de Meredith. Glover accuse l'Ange d'avoir fait tuer Meredith et met Lydia en garde contre Jean.

4. A son retour, l'Ange reproche à son père d'avoir abattu Meredith d'une façon stupide (balle dans la tempe gauche, revolver dans la main droite) et cherche les moyens de devenir l'amie de Lydia. Elle fait semblant de renvoyer à Lydia des bijoux qui lui avaient été offerts par Meredith et joint une lettre, très digne, dans laquelle elle insinue que Glover est devenu son ennemi acharné parce qu'elle a repoussé son amour. A partir de ce moment-là, Lydia va se méfier terriblement de Glover.

5. Premier attentat, à la sortie du théâtre où les Briggerland ont emmené Lydia car ils sont devenus intimes. La voiture des Briggerland, par suite d'une fausse manœuvre, va renverser Lydia quand une main la tire en arrière. C'est Jaggs qui apparaît ainsi pour la première fois. Il a été engagé le matin même par Glover pour veiller sur elle la nuit, le jour les Briggerland n'osant pas sans doute attaquer Lydia.

6. Glover va dénoncer Jean à Scotland Yard. Il explique au Superintendant que Jean a déjà sans doute tué 3 hommes (avant le début de cette histoire). Dans les 3 cas, il s'agissait d'hommes riches qui voulaient l'épouser. Ils sont morts mystérieusement après avoir fait des dons importants à Jean. Le Superintendant met Glover à la porte. C'est pourquoi par la suite la police n'interviendra jamais.

7. Glover, désormais, conseille à Lydia de faire un testament (en faveur de qui elle voudra) pour décourager Jean. Lydia ne le fera jamais. Jean ordonne à deux cambrioleurs du club de son père d'aller tuer Lydia sous prétexte de voler. (Plus exactement elle s'arrange pour que les 2 hommes *aient envie* d'aller chez Lydia. Elle ne se compromet jamais). Donc tentative de meurtre en pleine nuit, mais intervention de Jaggs qui tue l'un et met l'autre en fuite.

8. Le père de Jean, navré de cet échec, va à l'asile de fous (sous prétexte d'étudier les maladies mentales). On lui présente un fou dangereux (ancien médecin). Ce dernier, qui a causé pendant la guerre la mort de plusieurs soldats, est passé en conseil de guerre : c'est ce qui l'a rendu fou. Il est persuadé que, s'il a été condamné, c'est parce qu'il y avait 2 femmes dans le conseil de guerre. Le père de Jean lui dit qu'il en connaît au moins une. C'est ainsi qu'il amorce le fou. (On ne dit pas comment Briggerland fait évader le fou.) Briggerland prévient sa fille. Il est sûr de lui.

9. Le cambrioleur qui n'a pas été tué précédemment, arrive chez Lydia pour se venger. Scène de terreur. Il veut l'étrangler mais s'abat sur elle couvert de sang. Il vient d'être poignardé par le fou, entré par la fenêtre. Celui-ci s'approche du lit : « Vous n'avez pas le droit de faire partie d'une cour martiale ! » dit-il. Il lève son couteau mais Jaggs surgit, armé d'un pistolet. « Bonjour, général, dit le fou. Nous allons la juger. » Mais Jaggs le désarme et le rend à l'hôpital.

10. Lydia, invitée par Mme Mortimer, relation mondaine qu'elle a rencontrée chez des amis (mais en réalité à la solde de Jean), se rend à Cap-Martin (pour oublier ses émotions et fuir Glover). Elle expédie Jaggs. (C'est à Cap-Martin que le fils du jardinier a la variole.) Lydia rencontre, comme autres invités, Briggerland et sa fille. Un soir que tout le monde est parti au cinéma, Jean, après s'être mis à l'abri de la contagion (masque, gants, etc.), va prendre l'enfant agonisant et le met dans le lit de Lydia où elle le laisse 1/2 heure. Retour de Lydia. Elle découvre sa chambre en désordre et son lit tout mouillé (alors que Jean avait remis la pièce en ordre). C'est Jaggs (venu secrètement à Cap-Martin) qui a trouvé cette ruse pour empêcher Lydia de coucher dans son lit. Lydia va coucher sur le divan du salon. Une fois de plus, Jean a raté son coup.

11. Son père va prendre le relais. Un jour qu'ils se baignent tous les trois, Briggerland prétend que quelqu'un les observe avec des jumelles. Il court parmi les rochers à la poursuite du voyeur. Dès qu'il a disparu, une balle frôle la tête de Lydia, puis une seconde. Jean se précipite. Elle trouve son père inanimé, une bosse au front. Quand celui-ci reprend ses esprits, il raconte à sa fille qu'il avait imaginé cette mise en scène (verre brillant au soleil et fusil caché dans les buissons) pour abattre Lydia. Il a bien tiré deux coups de fusil mais il a été assommé par derrière. (C'est encore Jaggs qui est intervenu.) Jean accable son père de reproches. Il n'est bon à rien, etc.

12. Apparition de Marcus. C'est un joueur décavé que Jean a rencontré au casino. Elle lui propose de se faire aimer de Lydia et de l'épouser. Ensuite, Marcus et Jean partageront la fortune de Lydia.

Mais Marcus refuse. C'est Jean qui l'intéresse. Il veut l'embrasser. Elle sort de son sac un poignard bijou et elle taillade froidement les mains de Marcus.

13. Glover vient à Cap-Martin, sous un prétexte quelconque. Mais Lydia et lui recommencent à se disputer. Glover signale que Jaggs est dans le pays. C'est ce qui donne à Jean l'idée d'attaquer Jaggs. Elle s'envoie à elle-même une lettre de menaces émanant d'un soi-disant vieux prince égyptien qu'elle aurait éconduit autrefois et qui, maintenant, voudrait se venger. Elle donne la lettre à la police et demande qu'on la protège. Le soir même, son père se poste sous la véranda avec un fusil. Ils savent tous les deux que Jaggs patrouille à la nuit tombée autour de la maison. Briggerland tire et rate Jaggs. Jean, furieuse, prend le fusil et part à la poursuite de Jaggs. Mais brusquement un bras lui entoure le cou. Une voix lui dit qu'elle va mourir (c'est Jaggs). Elle s'évanouit. Pour la première fois elle a eu peur. Là-dessus le chauffeur (qui a essayé d'écraser Lydia au début) révèle à Jean qu'il veut l'épouser. Sinon, il les dénoncera, elle et son père. Jean va être obligée de céder au chantage.

14. Le lendemain, Jean veut en finir avec Lydia, car, maintenant, elle redoute Jaggs. En outre, si Glover est là, c'est certainement pour amener Lydia à faire un nouveau testament. Elle fait donc semblant d'écrire un roman et, se sentant fatiguée, elle prie Lydia d'écrire à sa place. Elle lui dicte une lettre d'adieu, telle que l'héroïne du roman aurait pu en faire une. Dans la lettre, Lydia dit qu'elle aime un homme qui n'est pas de sa condition et qu'elle préfère mourir avec lui.

15. Jean rencontre Muley Hafiz, prétendant au trône mauresque, sur la plage. Ils se plaisent et Jean tombe, pour la première fois, amoureuse. Muley a fait tuer tous ses proches par ambition. Il est, en homme, ce qu'elle est, en femme. Marcus, de son côté, de nouveau décavé, songe à enlever Lydia. C'est pourquoi il se procure un bateau pour enlever Lydia qu'il compte épouser. Puis il suit Lydia partout. C'est ainsi qu'il sera au courant de la promesse fatale (voir paragraphe 14).

16. Jean raconte à Lydia qu'il existe, sur la côte, un rocher légendaire. Il suffit d'aller s'y asseoir pour avoir la révélation de l'homme qu'on épousera. Elle prête sa voiture et son chauffeur à Lydia qui se rend à l'endroit en question. Pendant ce temps Briggerland descend avec un fusil à proximité du rocher pour les tuer tous les deux (les lettres écrites plus haut égareront la police).

17. Jaggs téléphone à la villa pour parler à Lydia. Jean lui dit de venir. Dispute entre Jaggs et Jean. Jean dit à Jaggs qu'elle connaît son rôle exact et sa véritable identité. Puis elle court s'enfermer dans sa salle de bain. Jaggs veut enfoncer la porte. Alors, elle ouvre et lui jette à la figure une éponge imbibée d'ammoniaque. Il tombe et elle lui attache les mains. Jaggs avoue qu'il est John Glover.

18. Lydia s'approche du fameux rocher. Le chauffeur la laisse seule, Briggerland abat l'homme et ensuite tire sur Lydia qui tombe à la mer.

19. Jaggs explique qu'il s'est maquillé pour surveiller Lydia sans que les convenances en souffrent. Jean lui fait remarquer qu'il ne peut rien contre elle. Elle le délivre et le laisse aller. Il court pour retrouver Lydia. Il y a des curieux autour du corps du chauffeur. En bas, une écharpe flotte sur l'eau.

20. Jaggs-Glover alerte la police française et dénonce Briggerland qui est arrêté.

21. Pendant ce temps, Marcus est arrivé en bateau à temps pour repêcher Lydia, que la balle a manquée. Marcus la ramène et commence à lui ouvrir les yeux sur les Briggerland. Il la ramène à la villa du Cap-Martin et elle surgit, encore trempée, au moment où l'on va emmener le père Briggerland que cette apparition terrasse.

22. Jean, désemparée, persuade Marcus (toujours amoureux d'elle) de la faire fuir. Ils partent à bord du bateau de Marcus, tandis que Glover avoue son amour à Lydia et qu'ils tombent dans les bras l'un de l'autre.

23. En mer, Jean essaye de se débarrasser de Marcus, en organisant des « accidents ». En vain. Ils arrivent près de Tanger et sont jetés à la côte puis faits prisonniers par des guerriers de Muley Hafiz et conduits devant lui. Là, elle accepte de rester avec le Marocain tandis que Marcus est reconduit à Tanger.

FIN

II. Projet de scénario

Briggerland (45 ans), redoutable aventurier sous des dehors brillants, avait une fille d'un premier mariage : Jean. Deux ou trois ans avant que ne commence l'histoire proprement dite, il s'est remarié avec la richissime Edith Beale. Il ne l'a épousée que pour sa fortune. D'autre part, Jean a toujours détesté sa belle-mère. Le père et la fille forment un bloc solide, la fille étant plus intéressée encore et surtout plus ambitieuse que le père. Sous son aspect de pure et douce jeune fille, Jean est un monstre.

Briggerland, qui doit hériter de la moitié de la fortune de sa femme (l'autre moitié de la fortune d'Edith devant revenir à sa nièce : Lydia Beale), a tenté d'assassiner Edith, en donnant à son crime les allures d'un accident.

Mais il s'y est pris maladroitement. Edith n'a été que très grièvement blessée (fracture du crâne notamment). Elle a perdu la raison et a été internée.

John Glover, un jeune inspecteur de Scotland Yard, a été chargé d'enquêter sur les causes de « l'accident » d'Edith Briggerland. Très vite, il a acquis la conviction qu'il y avait eu attentat et que le coupable n'était autre que le propre mari de la victime : Briggerland.

Cependant, au cours de ses recherches, Glover a été appelé à rencontrer Jean Briggerland. Et ça a été le coup de foudre réciproque. D'où le traditionnel conflit cornélien : Jean peut-elle aimer l'homme qui s'acharne contre son père et va, peut-être, le faire condamner ?... L'amour de Glover est-il compatible avec son devoir de policier ?...

Le film pourrait commencer par le procès de Briggerland. Jean défend son père. Glover l'attaque avec violence. Mais il n'a guère que de fortes présomptions à proposer. D'autre part, la pathétique beauté de Jean influence vivement le jury. Comment mettre son témoignage en doute, lorsqu'elle affirme que, au moment où sa belle-mère a eu son « accident », Jean était bien loin de là, « en compagnie de son père » ? Griggerland est finalement acquitté.

Peu après, Glover est convoqué par le chef de Scotland Yard, Sir Charles. Celui-ci lui signifie que, en accusant Briggerland, personnage assez considérable, et surtout en l'accusant aussi légèrement, il a commis une lourde faute, et il conseille au jeune inspecteur de se faire oublier pendant un certain temps. « Allez vous reposer ; vous en avez besoin. » En fait, c'est une sorte de limogeage. Glover repart, ulcéré.

Le soir même, il retrouve Jean. Rendez-vous clandestin, bien entendu. Il ne faut pas qu'on les voie ensemble ; ce serait un scandale ! L'acquittement de son père a rendu Jean folle de joie ; mais la disgrâce de Glover la désespère. En réalité, la jeune fille est une remarquable comédienne. Elle n'a jamais aimé Glover. Elle espérait l'attendrir, l'influencer, le faire renoncer à attaquer son père. Maintenant, elle va exploiter d'une autre manière l'amour sincère de l'inspecteur.

Jean paraît nerveuse, inquiète. Elle dit à Glover qu'elle a l'impression d'avoir été suivie. Elle feint d'avoir peur et crée ainsi, durant toute leur rencontre, une atmosphère d'angoisse.

Vers minuit, après qu'ils se sont promenés dans des endroits où ils ne risquaient pas d'être reconnus, Glover et Jean prennent le chemin du retour.

Ils arrivent à la rue où habitent les Briggerland. Une fenêtre de l'hôtel particulier est éclairée : la chambre de Briggerland. « Ne vous montrez pas, dit Jean à Glover. Il ne faut pas que mon père sache la vérité ! »

Elle le quitte, tourne l'angle de la rue, bientôt suivie par une Austin de couleur noire.

Un bruit accéléré de moteur. Un hurlement... Glover se précipite. Jean est plaquée, toute tremblante, contre un mur. L'Austin disparaît au loin. Jean raconte à Glover que l'auto a foncé sur elle ; elle n'a échappé que par miracle.

Cet « incident » trouble vivement Glover. Quelqu'un a-t-il cherché à tuer Jean. Et qui... ?

Glover qui, jusqu'à présent, ne doutait pas de la culpabilité de Briggerland, commence à être ébranlé. Le père et la fille n'auraient-ils pas un ennemi ? C'est cet ennemi qui, après avoir attaqué Edith Briggerland, aurait laissé des indices destinés à faire soupçonner Briggerland ; et qui, maintenant, tenterait d'assassiner Jean ?

(Bien entendu, l'histoire sera présentée de telle sorte que le spectateur ne soupçonnera pas la vérité. Il verra les faits « à travers Glover ». Il croira qu'un inconnu s'acharne sur l'honorable famille Briggerland ; il croira que Jean aime Glover ; il croira que la jeune fille a véritablement failli être écrasée par l'Austin... alors que, nous le saurons plus tard, c'était son père qui la conduisait. Il croira aux paroles de Jean, lorsqu'elle supplie Glover de découvrir le ou les vrais coupables. « Ainsi, lui dit-elle, vous vous réhabiliterez aux yeux de vos chefs en même temps qu'aux yeux de mon père. Rien ne s'opposera plus à notre bonheur ! »)

Le lendemain, Glover et Jean se rendent à la maison de santé où est internée Edith Briggerland, et dont le directeur est un grand ami de Glover. Ils vont voir la malheureuse, qui ne reconnaît pas Jean, qui ne reconnaît plus personne. Glover interroge le médecin. Celui-ci estime que les jours d'Edith Briggerland sont comptés. Mais il n'est pas impossible, prétend-il, qu'elle recouvre partiellement sa lucidité. Peut-être, alors, pourra-t-elle préciser les circonstances de son étrange accident ?

Arrive à la clinique Lydia Beale, qui vient prendre des nouvelles de sa tante. (On aura déjà pu la voir, notamment lors du procès de Briggerland.) Lydia est accompagnée de son fiancé, Herry Merton (ce personnage n'existe pas dans le roman de Wallace).

Glover se retire dans une chambre voisine, tandis que Jean et Lydia bavardent. Les rapports entre les deux « cousines » sont assez froids. Il est manifeste qu'elles se détestent.

Lydia et Harry se retirent. Ils montent dans la voiture du garçon : *une Austin*.

A partir d'ici, on assistera à une série d'attentats dirigés contre Jean, et qui, tous, échoueront. C'est cette série d'attentats qui constituera la première moitié du film. Glover et le spectateur acquerront petit à petit la certitude que c'est Lydia et Harry Merton les coupables. Et leur but apparaîtra avec évidence : s'approprier l'héritage d'Edith Briggerland.

Ils ont d'abord tenté d'assassiner la tante de Lydia, en s'arrangeant pour que ce soit Briggerland, le mari, qui soit soupçonné. Ainsi, ils se seraient débarrassés, du même coup, de cet héritier, et ils auraient touché la totalité au lieu de la moitié seulement de la fortune d'Edith Briggerland.

Leur machination ayant raté, il va donc maintenant leur falloir : et supprimer Briggerland, et supprimer Jean, qui les soupçonne et que hait Lydia. Ensuite, ils n'auront plus qu'à attendre patiemment la mort d'Edith Briggerland, dans son asile.

Donc, suite d'attentats (qui pourront être imaginés avec une liberté totale et qu'on pourra rendre le plus pittoresques possible). Jean fait figure de belle et innocente héroïne persécutée, et Glover, de valeureux sauveur. (On reste ainsi dans la ligne d'Edgar Wallace et du classique « sérial ».)

A la fin de cette première partie, qui se déroule en Angleterre, les Briggerland pourront partir pour la Côte d'Azur, où Edith Briggerland possède une propriété. Peut-être l'état de santé de la folle justifiera-t-il ce déplacement. On la transporte dans un asile du midi de la France ; Briggerland et Jean partent également, pour ne pas être séparés de « leur malade ».

Une scène violente entre Jean et son père nous révélera *brutalement* la vérité sur leurs agissements, en même temps qu'elle éclairera le caractère et les sentiments véritables des deux complices.

On comprendra que Briggerland nourrit pour sa fille un amour sans limite [et peut-être même un peu troublant (?)], et que Jean tyranise littéralement son père, dont elle n'a cessé d'être le mauvais génie.

C'est elle qui a eu l'idée de se débarrasser de sa belle-mère. Briggerland, lui, se serait sans doute contenté de vivre aux crochets de sa femme. Jean a de grandes ambitions, que seule lui permettra de satisfaire la possession d'une immense fortune.

Au cours de cette scène, Jean reprochera cruellement à son père sa maladresse, et c'est ainsi que nous connaîtrons la nature exacte de « l'accident » d'Edith Briggerland. « Accident » auquel non seulement Edith a échappé, mais pour lequel Briggerland a failli être *justement condamné*. C'était la faillite de tous leurs beaux projets !

Toujours au cours de cette scène, le spectateur comprendra que la série d'attentats dont Jean a failli être la victime, étaient en réalité de faux attentats uniquement destinés à faire soupçonner Lydia et son fiancé et à innocenter définitivement Briggerland aux yeux de Glover. Les « interventions » de celui-ci avaient toujours été prévues par Jean et son père. Jamais la jeune fille n'avait couru de danger, et seul l'amour de Glover avait rendu le garçon aveugle.

Cet amour de Glover est également un sujet de discussion entre Jean et son père. Celui-ci reproche à Jean de « ne pas *uniquement* jouer la comédie ». Il craint que sa fille ne se soit prise au jeu et que ce ne soit à lui, Briggerland, qu'elle cache en partie la vérité. En bref, Briggerland se montre jaloux. Jean le rassure. Mais est-elle absolument sincère ?

En tout cas; il importe, pour les deux complices, de s'attaquer à la seconde partie de leur plan qui est, maintenant que les soupçons de Glover sont complètement endormis, de supprimer Lydia Beale.

La seconde partie du film sera donc consacrée à une nouvelle série d'attentats. Mais — et ce devrait être l'originalité du sujet — alors que, durant toute la première partie, le spectateur aura vu les attentats *côté victime* : les effets, en quelque sorte, il verra, dans la seconde partie, les attentats *côté coupables* (c'est-à-dire la mise au point : les « causes »). On aura ainsi non seulement deux explications différentes mais, pourrait-on dire : *opposées* d'un même thème.

Bien entendu, Lydia, son fiancé et Glover se trouveront également sur la Côte. Et leurs rapports se modifieront très sensiblement, ce qui situera la suite de l'aventure dans un *climat nouveau*. A de nombreuses reprises, Glover aura eu l'occasion de rencontrer Lydia. Tout d'abord, il aura vu en elle une ennemie à démasquer, mais, peu à peu, il se sera laissé gagner par le charme de la jeune fille, et se sera détaché de Jean. De son côté, Lydia aura peu à peu découvert que Harry, son fiancé, était un personnage assez douteux, et qui ne désirait l'épouser que par intérêt. Elle sera tombée amoureuse de Glover. Tout cela demeurant d'ailleurs extrêmement discret.

Jean, qui s'aperçoit que Glover se détache d'elle, a donc de nouvelles raisons de supprimer Lydia, devenue sa rivale. Et, alors que jusqu'à présent elle n'avait fait que jouer la comédie de l'amour, elle deviendra férocement jalouse. On aura donc ainsi l'introduction d'un élément passionnel, où l'on n'avait eu jusqu'à présent que le froid calcul d'une fille intéressée.

L'honnête Lydia aura loyalement prévenu Harry qu'elle s'était trompée et qu'elle ne serait jamais sa femme. Et Jean aura aussitôt pensé à exploiter cette rupture. Henry aurait d'excellentes raisons de se venger de Lydia. Donc, avec un peu d'habileté, Jean et son père pourront faire croire que c'est Harry qui a assassiné son ex-fiancée. Le mobile paraîtra évident.

D'où, nouveaux attentats. De « vrais » attentats, cette fois, soigneusement mis au point par le père et la fille, et auxquels Lydia n'échappera que grâce à l'intervention de Glover, à la grande fureur de Jean. Jusqu'à présent, nous avions vu une Jean admirablement lucide, mais la haine la rendra de plus en plus maladroite (on aura ainsi un personnage dont le caractère évolue).

Cependant, à la maison de santé, l'état mental d'Edith Briggerland s'est sensiblement amélioré. Elle a de brèves périodes de lucidité et le psychiatre prévoit que le jour n'est plus loin où la malheureuse pourra parler et, peut-être, faire d'étonnantes révélations.

Effroi des deux complices. Il faut, de toute urgence, supprimer Edith, et plus uniquement pour pouvoir hériter !

Mais Briggerland est usé ; il n'a plus le courage d'agir. A la suite d'une scène d'une extrême violence, Jean décide que c'est elle qui agira.

Une nuit, elle s'introduit dans la maison de santé. Mais elle manque d'être surprise. Elle ne réussit à s'échapper qu'en s'introduisant dans la chambre d'une malade. Mais cette malade est une dangereuse démente : elle étrangle Jean.

Briggerland ne survivra pas à sa fille.

Et Glover épousera Lydia.

Une note d'humour pourra être introduite dans le film grâce à un personnage supplémentaire : Rennet, sorte d'adjoint de Glover et « faire valoir » un peu comique.

Le personnage de Jaggs (qui est sans doute le plus pittoresque du roman de Wallace) pourrait être, au besoin, réintroduit dans cette nouvelle version ; mais les déguisements, les perruques, les fausses barbes appartiennent, vraiment, aux récits d'une autre génération.

D'une manière générale, nous avons cherché à construire une intrigue *relativement simple* et qui permette l'exploitation de situations et de péripéties dans le « genre Wallace ».

B.-N.

L'APPARITION OU MASQUES

Synopsis pour une pièce de théâtre en six tableaux

Les auteurs ne peuvent fournir de date précise (entre 1954 et 1975) pour ce synopsis dont il existe deux versions présentant entre elles d'infimes différences. Nous avons retenu ici la seconde version. Dans la première, les deux associés ne sont pas promoteurs immobiliers mais propriétaires d'un journal douteux : Le Réquisitoire. *Ce qui faisait de Didier un complice plus ou moins réticent de Richard. Moure n'était pas artisan mais promoteur immobilier. Seule différence notable, Raymonde employait à l'égard du secrétaire Jean-Claude un ton protecteur ou maternaliste qu'elle a perdu dans la deuxième version.*

Personnages

RICHARD HÉRADE : 35 ans
RAYMONDE : sa femme
DIDIER JANSAILLE : cousin germain de Raymonde et associé de Richard, 30 et quelques années
JEAN-CLAUDE CHOMELLE : 20 et quelques années, secrétaire des deux hommes
PATRICE BONVAL : maître d'hôtel, la cinquantaine
MARTIN MOURE : 40 et quelques années
L'INSPECTEUR CERVINS : 30 et quelques années
ARLETTE VÉRON : la bonne, 20 et quelques années
LE DOCTEUR TESNIÈRE : âge indifférent

L'action se déroule tout entière dans la très luxueuse villa du Vésinet où habitent Richard Hérade, sa femme Raymonde et le cousin germain de celle-ci : Didier Jansaille. La villa, comme on l'apprendra rapidement, a pour propriétaire, en réalité, le grand-père de Raymonde et de Didier.

Décor unique : un salon pas très moderne (il a été autrefois meublé par le grand-père) mais donnant l'impression d'une grande richesse. Un bureau dans un angle. Autres meubles ad libitum. Deux ou trois portes, dont une porte-fenêtre ouvrant sur un parc.

1er tableau

C'est l'après-midi. Didier Jansaille met à la porte le maître d'hôtel, Patrice Bonval. Celui-ci s'étonne et proteste. « Monsieur Didier » n'a aucun droit sur lui ; son vrai patron, le seul qu'il reconnaisse, c'est « Monsieur tout court », c'est-à-dire le vieux grand-père qui agonise présentement dans une clinique.

Didier répond au domestique qu'il a l'accord du vieillard. Il ajoute que celui-ci est perdu et ne remettra jamais les pieds dans sa propriété.

Pourquoi Didier renvoie-t-il Patrice ? Il le lui précise. Le domestique a pris trop d'autorité dans la maison. Avec le vieillard, c'était lui qui, finalement, commandait. Il a contracté des habitudes qui ne plaisent ni à Didier, ni à sa cousine, ni au mari de celle-ci.

Colère de Patrice, qui apparaît soudain comme un personnage pouvant être redoutable à l'occasion. Il réplique que Didier aurait pu avoir au moins la décence d'attendre le décès du vieillard. Il y a quinze ans que Patrice est au service de celui-ci ; la plus élémentaire délicatesse commandait de le conserver jusqu'à la disparition de son maître. Et Patrice reproche avec virulence à Didier d'avoir arraché son consentement à un pauvre malade sans défense et qui n'a sans doute plus sa tête. Il en arrive à proférer des menaces voilées.

Didier coupe court en sommant le domestique de quitter les lieux sur-le-champ. Il a déjà établi l'indemnité qui lui est due. Il lui signe un chèque pour solde de tous comptes et Patrice part en grommelant.

Entre Raymonde Hérade. Didier, non sans quelque gêne, la met au courant. Fureur de Raymonde. Didier aurait pu la consulter, avant de renvoyer Patrice. Il n'a pas plus de droits qu'elle, dans la maison du grand-père.

Didier se retranche derrière Richard. C'est Richard, qui ne pouvait plus supporter le maître d'hôtel ; seulement Richard, lui, n'a pas qualité pour le mettre à la porte. Il a donc chargé Didier...

— Et, comme toujours, tu lui as obéi ! explose Raymonde.

Elle se plaint amèrement de son mari ; accuse surtout Didier de toujours capituler devant Richard ; et cela dans tous les domaines. Ils n'en seraient pas où ils en sont ; ils ne se débattraient pas dans les pires difficultés monétaires ; ils n'en seraient pas réduits à vivre sous le toit du grand-père, si Didier avait su freiner Richard, au lieu de se lancer avec lui dans cette désastreuse affaire d'achats de terrains et de construction de lotissements, où ils ont, tous les trois, englouti le plus gros de leur fortune...

Le débat entre les deux cousins n'est pas nouveau, chacun taxant l'autre de faiblesse, sinon de lâcheté ; et Didier prend vite l'avantage en reprochant à Raymonde de ne pas oser se libérer d'un mari pour qui elle ne nourrit visiblement plus que du mépris. Pourquoi ne demande-t-elle pas le divorce ?

Et Didier se fait insinuant. A la mort prochaine du grand-père, c'est un héritage considérable qu'ils vont avoir à se partager, elle et lui. Héritage sur lequel Richard n'aura aucun droit. Qui les empêchera de monter ensemble une affaire saine, avec des associés honnêtes et compétents ? Une affaire avec laquelle — qui sait ? — ils auront peut-être la suprême joie de hâter la déconfiture de Richard ?

Cette dernière perspective paraît séduire particulièrement Raymonde. Elle avoue à Didier qu'elle a, en effet, peur de son mari ; qu'elle est sûre que, en dépit de son attitude souvent odieuse, en dépit des humiliations sans nom qu'il lui fait subir, son mari tient à elle. Qu'il n'est pas impossible qu'il cherche à se venger...

Mais elle ajoute que cette crainte n'est plus, aujourd'hui, suffisante pour l'arrêter, et elle informe Didier qu'elle a déjà introduit une instance en divorce.

Comme Didier doit se rendre à Paris (où la société qu'il a créée avec son cousin à son bureau), elle lui demande de l'emmener et de la déposer chez son avocat.

Arrive Richard Hérade. Raymonde lui reproche le renvoi de Patrice. Certes, elle est la première à ne pas aimer l'attitude du maître d'hôtel, mais c'était à Didier et à elle de prendre une décision et non à lui. Richard n'a aucun droit dans la maison.

Didier préfère ne pas assister à la scène. Il en a déjà tant vu ! Il dit qu'il va s'apprêter et sortir sa voiture.

— Envoie-moi Jean-Claude, lui demande Richard.

La discussion continue entre les deux époux. Le ton monte. C'est ainsi qu'ils n'ont pas entendu frapper, ni vu s'ouvrir une porte. Est apparue Arlette, la bonne. N'osant avancer, elle a fait un geste d'appel, derrière elle. Est alors apparu Jean-Claude Chomelle, le secrétaire des deux cousins. Resté sur le seuil, auprès d'Arlette, il a de la peine à se dominer quand il voit de quelle grossière façon Richard traite sa femme. Les poings serrés, il est près de se lancer sur lui, et Arlette doit le retenir.

Les deux époux découvrent enfin le couple, immobile sur le seuil, et leur discussion s'interrompt. Richard désigne à Jean-Claude une Raymonde au bord des larmes.

— Tenez ! Consolez-la. Vous avez l'habitude !... Je vous verrai tout à l'heure.

Il sort à grands pas furieux. Arlette, elle, a déjà prudemment disparu.

Consolez-la !... C'est assurément le plus cher désir de Jean-Claude, qui nourrit une violente passion pour Raymonde.

C'est un garçon robuste, décidé, ambitieux. Il demande à Raymonde comment elle a pu supporter si longtemps un pareil mari.

— Et vous, un pareil patron ? réplique-t-elle.

Il répond que c'est uniquement pour ne pas s'éloigner d'elle qu'il est resté au service d'une société dont il n'ignore pas qu'elle est des plus véreuses. Il est tout prêt à donner sa démission, mais alors que Raymonde parte avec lui... Il est jeune, plein de projets. Il se fait fort de réussir. Qu'elle lui fasse confiance, et elle verra...

Tout en se montrant très émue, Raymonde reste évasive. Et l'arrivée des deux cousins met fin à l'entretien.

Didier emmène Raymonde, comme ils en étaient convenus. Et Richard reste avec Jean-Claude. Très décontracté, il signe son courrier, émettant, chemin faisant, des considérations sur l'immoralité régnant dans le milieu des affaires. Propos qui n'ont visiblement pour objet que de narguer Jean-Claude. Mais celui-ci se contente de ronger son frein.

Jean-Claude part à son tour, pour rentrer chez lui. Il habite Le Pecq, à quelques kilomètres de là.

Richard se sert un whisky. Entre Arlette. Elle va faire quelques courses ; elle demande à Monsieur s'il n'a besoin de rien. Richard la charge de lui rapporter des cigarettes et les journaux, comme d'habitude. Elle part.

Coup de téléphone. Aux paroles de Richard, on comprend qu'il a, au bout du fil, un entrepreneur avec qui il est en conflit. Il se montre d'une grande brutalité.

L'appareil reposé, Richard finit son whisky, ouvre un épais dossier...

Entre silencieusement Martin Moure, qui pousse la porte-fenêtre entrebâillée. C'est un personnage assez anonyme, petit, médiocrement vêtu. En apparence insignifiant, inoffensif.

Surprise et indignation de Richard qui, relevant la tête, découvre le visiteur. Il pense avoir affaire à quelque représentant, lui demande de quel droit il est entré chez lui sans se faire annoncer, et le prie de déguerpir.

L'homme précise alors qu'il y a une demi-heure qu'il surveille les lieux ; qu'il a ainsi vu sortir « tous » les habitants de la propriété. Il attendait, souligne-t-il, l'occasion favorable de rencontrer Richard Hérade « seul ».

Il se présente : Martin Moure, artisan, ou plus exactement « ex-artisan », car il n'exerce plus ; car il a tout perdu ; et il rappelle dans quelles circonstances Richard a, quelque deux ans auparavant, provoqué sa ruine en le faisant saisir, alors que, connaissant les difficultés financières dans lesquelles Moure se débattait, il lui avait formellement promis de ne rien entreprendre contre lui.

L'homme s'exalte en parlant. C'est manifestement un homme à qui les malheurs ont troublé la raison. Il conclut son discours en disant qu'il va se tuer, mais « qu'il ne partira pas seul ». Avant de mourir, il débarrassera la société d'une bête nuisible. Et il tire un pistolet de sa poche.

Mais, si les paroles sont énergiques, l'homme, à la vérité, ne l'est guère, en dépit de son agitation. Ce n'est qu'un faible, un peu surexcité. Et Richard le sent parfaitement. Bien que sans arme, il domine son interlocuteur. Sûr de sa force, il le nargue.

Il a le tort d'aller trop loin. Exaspéré, Martin Moure appuie sur la détente. Et Richard reçoit une balle dans le bras gauche. Il comprime sa blessure.

— Vous êtes bien avancé, maintenant !

Il n'a plus, devant lui, qu'un malheureux bonhomme, qui n'en revient pas d'avoir osé, d'avoir tiré, et qui, pour un peu, demanderait pardon.

Richard va lui retirer le pistolet de la main.

— Donnez-moi ça. Vous seriez capable de faire une « seconde » bêtise.

Martin Moure, anéanti, ne réagit pas. Richard le pousse dehors, le regarde s'éloigner, hausse les épaules.

Il revient, pensivement, vers son bureau. Il contemple le pistolet, longuement, grimace un sourire.

— L'imbécile !

Il va glisser le pistolet dans un tiroir, qu'il ferme soigneusement à clef. Puis il décroche le téléphone, forme un numéro.

— Allo... Ah ! C'est vous, docteur...

Il le prie de passer d'urgence. Forme un second numéro.

— Allo !... Le commissariat...

Il a tout juste la force d'indiquer son nom, son adresse ; ses nerfs le trahissent ; il s'effondre.

2e tableau

Un peu plus tard. La nuit commence à tomber.

Le rideau se lève sur la fin d'une conversation entre l'inspecteur Cervins et Arlette. L'inspecteur a pris quelque notes, qu'il résume à Arlette. Ce qui nous apprend que celle-ci a trouvé son maître évanoui et blessé, en revenant de faire quelques courses. Elle s'apprêtait à téléphoner au médecin lorsque celui-ci, déjà alerté par la victime, est arrivé. Arlette a alors téléphoné à Monsieur Didier Jansaille, cousin de Richard Hérade, à son bureau de Paris. Didier Jansaille doit aller chercher Madame Hérade, sa cousine ; tous deux seront là sans tarder.

Arlette approuve. C'est bien cela.

A Arlette succède le docteur Tesnière, qui vient de soigner Richard Hérade, dans sa chambre. Il raconte au policier que le blessé a refusé de se laisser conduire à la clinique, et qu'il a dû procéder sur place à l'extraction de la balle qui l'a atteint. Il la remet, enveloppée d'ouate, à l'inspecteur.

— Quelques centimètres à droite, et le cœur était touché.

A la question de Cervins, le médecin répond qu'il peut monter interroger Hérade.

— C'est un roc, cet homme-là... Mais, tout de même, ne le fatiguez pas...

Le médecin prend congé. Cervins s'apprête à quitter la pièce, lorsque la porte s'ouvre, livrant passage à Richard. Visage creusé, cheveux en désordre, robe de chambre passée sur un pyjama, bras gauche en écharpe.

— J'ai pensé que nous serions plus à l'aise ici, pour bavarder, que dans ma chambre !

Commence l'interrogatoire. Richard raconte la sortie des différents habitants de la villa, puis arrive à l'apparition du criminel, qu'il décrit ainsi :

Un homme dont la tête était entièrement recouverte par un bas noir, percé de trous à la hauteur des yeux, autrement dit, le masque classique. Il portait un chapeau mou à bords larges, noir également, très enfoncé, et un imperméable de même couleur, très ample, ce qui donnait à l'inconnu un aspect volumineux. Des gants, et il brandissait un pistolet.

L'homme, qui parlait avec un fort accent d'Europe centrale, a annoncé à Richard qu'il allait le tuer pour se venger, sans toutefois préciser de quoi. Richard a tenté de le raisonner, de le fléchir, lui a offert de l'argent. Vainement. L'inconnu à tiré [1].

Bien entendu, Cervins demande à Richard si la silhouette ou la voix de l'homme ne lui rappellent pas quelqu'un. Réponse négative.

— D'ailleurs, observe le policier, une voix ou une silhouette ne signifient rien ; ça se modifie à volonté, une voix et une silhouette...

Richard Hérade a-t-il des ennemis ?

— Sans doute beaucoup, répond le blessé, comme tous les gens qui brassent de grosses affaires... et qui réussissent.

Cervins compulsent ses notes. Arlette lui a incidemment signalé que son patron venait de mettre à la porte le maître d'hôtel, Patrice Bonval. Richard rectifie : ce n'est pas lui qui a mis Patrice à la porte, mais son cousin : Didier Jansaille. Et, quand même, ç'aurait été moi, on ne tente pas de tuer un homme pour un si faible motif.

A quoi Cervins répond qu'il a vu des gens se transformer en assassin pour des motifs beaucoup plus minces.

Bref, l'inspecteur se réserve de convoquer le maître d'hôtel, comme il convoquera les autres familiers de la maison.

Et il se retire.

Richard sonne Arlette, la prie de lui servir un whisky, puis l'envoie préparer le dîner, car l'incident ne lui a, prétend-il, nullement coupé l'appétit. Arlette n'en revient pas.

Et c'est l'arrivée de Didier et de Raymonde. Celle-ci est toute surprise de trouver son mari debout.

— Ma chère, il faut en prendre votre parti. Vous n'êtes pas encore débarrassée de moi, lui dit Richard, dont la blessure n'a pas atténué l'agressivité.

S'adressant à Didier, il lui résume en peu de mots son aventure, c'est-à-dire « la version mensongère » qu'il a déjà présentée à l'ins-

---

1. D'ordinaire, dans une pièce policière, les témoins sont censés dire la vérité sur un crime auquel le public, lui, n'a pas assisté. Ici, au contraire, le public a assisté au crime ; il sait donc que le témoin principal (et victime) ment effrontément au policier.

pecteur. Didier se montre très inquiet; qui peut être ce mystérieux inconnu?...

Quant à Raymonde, dont Richard semble ignorer la présence, elle se retire bientôt.

Voici les deux hommes seuls. Didier, de plus en plus soucieux, tente de faire un inventaire des gens qui peuvent leur en vouloir au point de tenter de les assassiner. Il observe qu'ils ont été trop souvent imprudents, souvent aussi peu réguliers en affaires. Combien de fois n'a-t-il pas crié « casse-cou » à son cousin. Mais Richard n'a jamais voulu rien entendre.

Ces réflexions amènent Didier à évoquer le souvenir d'un certain Martin Moure.

— Martin Moure, ça te dit quelque chose?

Richard a froncé les sourcils. Il feint de chercher.

— Martin Moure...? Non. Je ne vois vraiment pas.

Didier rafraîchit la mémoire de son cousin, lui rappelle que Moure était un pauvre type, pas très équilibré, qu'ils ont honteusement exploité, et finalement acculé à la faillite.

— Et alors? interrompt Richard. Pourquoi me parles-tu de Martin Moure?

— Figure-toi que j'ai appris, il y a une heure, qu'il s'était suicidé. Il s'est jeté sous un métro, au Pont de Neuilly.

— Ce n'est pas le genre de mort que je choisirai, conclut placidement Richard.

Comment Didier songerait-il à établir un quelconque rapport entre ce suicide et l'attentat dont Richard a été victime, de la part d'un homme masqué?

Arlette paraît. Elle annonce que Madame ne dînera pas.

— Moi non plus, dit Didier.

— Eh bien, vous me servirez seul, fait Richard.

3e tableau

Une semaine plus tard. Le soir. Après-dîner.

Raymonde et Didier bavardent.

Didier, assez agité, expose à sa cousine les raisons de son inquiétude. En une semaine, l'enquête n'a pas progressé d'un pas et, faute d'avoir pu fournir des alibis inattaquables, Jean-Claude, Patrice et lui-même font plus ou moins figures de suspects.

Comme Raymonde proteste, il lui rappelle que, le jour du crime, après l'avoir déposée chez son avocat, il aurait fort bien pu revenir à la villa. Quant à Patrice et à Jean-Claude, ils auraient très bien pu, eux, ne pas s'éloigner, et attendre qu'Arlette fût sortie pour tenter d'assassiner Richard.

Leurs mobiles ?

Lui, se débarrasser d'un associé avec qui il est souvent en désaccord, et demeurer ainsi seul à la tête de leur affaire.

Patrice, le maître d'hôtel, pour se venger de son renvoi, car il doit bien se douter que c'est Richard qui en a été la cause.

Jean-Claude, enfin, pour la venger, elle ; pour la libérer d'un mari dont il est jaloux et qu'il hait.

— Je sais bien, dit Didier, pour nous qui les connaissons bien, c'est absurde ; mais pour ce policier qui ne nous voit tous « que de l'extérieur »...

— Mais enfin, proteste Raymonde, Richard l'a répété à ce Cervins, il est certain qu'il vous aurait aisément identifié, l'un ou l'autre, sous le déguisement de son agresseur.

— Il l'a répété, mais a-t-il convaincu Cervins ? J'en doute. Celui-ci affirme qu'il est enfantin de transformer son volume ou sa démarche.

Didier consulte sa montre. Il est tard. Comment se fait-il que Richard ne soit pas encore revenu de Paris ? Vague malaise.

— Quand je l'ai quitté, dit Didier, il n'en avait plus que pour une heure ou deux. Ah ! J'aurais mieux fait de l'attendre.

— Tu m'as dit qu'il était seul ?

— Oui. Il comptait en profiter pour se mettre à jour.

Apparaît Arlette. Elle vient demander si on n'a plus besoin d'elle et si elle peut aller se coucher.

— Attendez, lui répond Raymonde. J'allais justement appeler Monsieur.

Elle décroche, forme un numéro.

— Allo... Richard ?

Elle a une brève conversation avec son mari. Aura-t-il dîné ? Faut-il qu'Arlette lui prépare quelque chose ?

Elle raccroche, s'adresse à son cousin.

— Il sera là dans trois quarts d'heure. Il te fait demander, si tu es levé le premier, demain, de téléphoner tout de suite à Chéronnet... Tu sais pourquoi, paraît-il ?

— Oui. Je l'avais noté.

Raymonde s'adresse alors à Arlette.

— Monsieur a mangé des sandwiches. Il n'aura donc besoin de rien... Mais avant d'aller vous coucher, vous me rapporterez une tasse de café... Tu en veux une, Didier ?

— Non. Une me suffit.

Arlette se retire. Les deux cousins reprennent leur conversation. Elle porte sur Richard, dont la solidité les stupéfie, l'un et l'autre. Elle porte aussi sur le vieux grand-père, qui décline de jour en jour, puis sur le divorce de Raymonde. Didier demande à sa cousine comment Richard a accueilli la nouvelle.

— Il n'a pas réagi, justement, répond Raymonde. J'en suis même étonnée. Je pense qu'il n'a pas encore réalisé toutes les conséquences que notre séparation va avoir pour lui.

— Il devrait au moins comprendre que sa part d'héritage va lui passer entièrement sous le nez... Et, sans elle, comment espère-t-il se renflouer ?

Raymonde a un geste d'indifférence.

Arlette apporte son café à Raymonde, pose la tasse sur un petit meuble.

Comme elle passe devant la porte-fenêtre, elle a un violent haut-le-corps et recule épouvantée.

Paraît l'inconnu, « tel que l'a décrit Richard » : bas sur le visage, chapeau à bords larges, imperméable très ample, gants. Et pistolet au poing.

Et l'inconnu parle, avec un net accent d'Europe centrale. Il ordonne aux deux femmes de s'écarter. Ce qu'elles font en tremblant.

Puis l'homme annonce à Didier qu'il est venu pour se venger et qu'il va le tuer. Il a raté Richard Hérade, l'autre jour, mais Didier, il ne le ratera pas.

La peur paralyse Didier. L'autre tend le bras, vise, tire.

Didier s'écroule. L'assassin prend la fuite.

Un moment paralysées, les deux femmes se précipitent vers Didier. Constatent qu'il est mort.

Raymonde téléphone au commissariat, a la chance de tomber sur l'inspecteur Cervins ; elle lui résume le drame en deux mots.

— Il sera là dans quelques minutes, annonce-t-elle.

Puis elle appelle son mari. Celui-ci est encore à son bureau parisien. A lui aussi, elle résume le drame en quelques mots.

— Oui... Je crois qu'il est mort... Mais j'appelle quand même tout de suite le docteur Tesnières...

Le docteur, lui, n'est pas à son cabinet ; mais on lui fera la commission.

Arrive l'inspecteur Cervins.

Il examine le corps puis interroge les deux femmes. Aucun doute. On a affaire à ce même criminel qui a, quelques jours auparavant, tenté d'assassiner Richard Hérade. Il n'y aura, d'ailleurs, pour s'en convaincre qu'à comparer les deux projectiles tirés par le meurtrier.

Raymonde est défaillante ; l'inspecteur lui conseille de monter se reposer. Elle sort.

Resté seul avec Arlette, Cervins tire son carnet de sa poche, s'apprête à prendre des notes. Il commence sa seconde enquête.

4ᵉ tableau

Plusieurs jours plus tard.

Richard et Raymonde sont plongés dans une très violente discussion. Ce qui n'empêche pas Richard de parcourir différents papiers que lui tend Jean-Claude. De temps en temps, il interrompt son dialogue avec sa femme pour adresser une remarque à son secrétaire, lui préciser la réponse à donner à une lettre.

Comme la dispute est de plus en plus virulente, Jean-Claude fait mine de se retirer, mais Richard le retient.

— Restez ! Vous savez bien que nous n'avons plus de secrets pour vous !

De la façon la plus blessante, il reproche à sa femme d'avoir demandé le divorce. Inconscience ? Cynisme ? Mauvaise foi ? Il lui fait valoir tout le préjudice moral que risque de lui porter leur divorce, au moment où il traverse une passe particulièrement difficile.

Ayant achevé de donner ses instructions à Jean-Claude, Richard lui remet ses papiers, et annonce qu'il va prendre un peu l'air. Il est de nouveau parfaitement valide et semble ne plus se ressentir de sa blessure.

Jean-Claude laisse alors éclater son indignation. Il se demande comment il a pu se dominer... Mais il se demande surtout comment son « patron » peut se rendre aussi odieux ? N'a-t-il pas tout fait pour pousser sa femme à bout ? N'a-t-elle pas été d'une extraordinaire patience ? Comment peut-il, aujourd'hui, lui reprocher sa décision ?

— Parce que, en dépit de la cruauté de son comportement, il n'a pas cessé de m'aimer, répond Raymonde. Cela peut vous paraître incompréhensible ; c'est ainsi.

— Et vous ? interroge Jean-Claude. Quels sont exactement vos sentiments envers lui ?

— Moi, j'en suis arrivée à le haïr. Je le hais de toute mes forces... Mais je le crains.

Et Raymonde explique à Jean-Claude que, si elle a ainsi l'air de tenir tête à son mari, c'est en réalité pour masquer sa peur ; car il lui inspire une véritable terreur. C'est bien pourquoi elle le tolère encore dans la villa, où il ne devrait plus être, et ne l'a pas encore mis à la porte.

Pour elle, Richard est capable de tout. Elle sent, elle sait que Richard tentera de se venger d'elle, tout en ignorant comment il s'y prendra. Elle pourra s'éloigner, le divorce prononcé, il la fera rechercher, la retrouvera, où qu'elle soit, et alors...

Raymonde, qui est dans un état d'extrême agitation, finit par avouer à Jean-Claude qu'il y a des moments où... elle regrette que l'inconnu n'ait pas tué Richard, comme il a tué Didier.

Jean-Claude est très douloureusement affecté par les confidences que lui fait Raymonde. Ainsi, elle a l'intention de partir. Il va la perdre ! Cette idée lui est insupportable ; il le lui dit, avec fougue.

Raymonde n'est, certes, pas insensible aux propos du garçon. Mais elle observe qu'elle est, d'abord, de beaucoup son aînée. Mais enfin, mais surtout, il y a Richard !

— S'il pouvait imaginer que c'est pour vous que je l'ai quitté !...

Jean-Claude va jusqu'à la porte-fenêtre, observe Richard qui se promène dans le parc, revient.

— C'est vrai, ce que vous me disiez tout à l'heure... que vous regrettiez parfois que l'inconnu n'ait pas...?

Raymonde n'ose pas répondre.

— Et si, moi, je vous débarrassais de votre mari ?

Elle ne répond toujours pas. Alors, il s'enhardit, et il lui expose le projet qui, depuis des jours, murit lentement dans sa tête.

S'il se déguisait ? S'il revêtait la « tenue de l'inconnu », ce qui est bien facile ?... Et s'il supprimait Richard « en présence d'un témoin ». Tout le monde serait convaincu que « c'est le meurtrier qui a récidivé ». Jean-Claude, lui, serait insoupçonnable. Pourquoi aurait-il supprimé « ses deux patrons », ce qui le laisserait sans situation. Il serait impossible de lui attribuer un mobile.

Comme perdue dans un rêve, Raymonde l'écoute, paupières closes.

— Votre grand-père a été officier, poursuit Jean-Claude. Il y a un revolver dans la maison. Je l'ai déjà vu... Cherchez-le. Dès que vous l'aurez trouvé, j'agirai... Un soir... Je me posterai dans le parc... Vous trouverez un prétexte pour retenir Arlette... Vous me ferez un signal... Par exemple... vous éteindrez l'électricité, comme par inadvertance, et rallumerez aussitôt. Je saurai que je peux...

Raymonde ne bouge toujours pas.

— Bien sûr, les experts établiront que la balle qui aura tué votre mari ne provient pas de la même arme dont s'est déjà servi l'assassin. Et alors ?... Qu'est-ce que cela prouve ?... Que l'autre arme s'était enrayée... qu'elle était, pour une raison quelconque, hors d'usage...

Raymonde revient brusquement à elle.

— Vous êtes fou ! Et moi, je suis folle de vous écouter. Oubliez tout ce que vous venez de me dire. Oubliez ce que j'ai pu vous dire moi-même... Et, si vous voulez que nous restions amis, ne me reparlez jamais de tout cela.

C'est en vain que Jean-Claude essaie de la convaincre. Raymonde a recouvré sa lucidité et il n'est plus question de lui faire accepter ce monstrueux projet.

Richard reparaît. Comment devinerait-il qu'il tient son destin entre ses mains, qu'il est, en quelque sorte, « un mort sous condition » ?

Il s'étonne assez lourdement de trouver son secrétaire encore là, ironise, se condamnant ainsi, phrase après phrase. Un dernier trait, particulièrement humiliant, qu'il lance à sa femme, avant de quitter la pièce, clot l'implacable réquisitoire qu'il vient, inconsciemment, de dresser contre lui-même.

Richard a signé son arrêt. Raymonde saisit la main de Jean-Claude.

— Je chercherai le revolver !

5e tableau

Le soir...

Entrent Richard et Raymonde, qui viennent de finir de dîner. Arlette les suit. Richard la prie de lui servir un whisky.

D'un ton indifférent, Raymonde demande à Arlette si elle sait ce qu'est devenu Patrice.

Arlette répond qu'elle a rencontré le maître d'hôtel, qu'il va sans doute servir prochainement chez les Untel, qu'il viendra un de ces prochains jours demander un certificat « attestant qu'il a été durant quinze ans au service du grand-père de Madame »...

Les questions de Raymonde n'ont pour but que de retenir la domestique dans le salon. Mais Raymonde a encore trouvé mieux. Elle porte une cigarette à ses lèvres et s'aperçoit qu'elle a égaré son briquet. Elle est pourtant sûre, prétend-elle, qu'elle l'avait avant de passer à table ; elle s'en est servie « ici même ».

Arlette cherche de son côté, regarde par terre, sous les coussins, sous les meubles. Indifférent, Richard sirote son whisky, tout en parcourant un journal.

Raymonde continue à faire semblant de chercher. Malgré elle, elle regarde avec anxiété du côté de la porte-fenêtre. Tout à coup, comme par inadvertance, elle touche un commutateur, plongeant ainsi, durant quelques secondes, la pièce dans l'obscurité : c'est le signal convenu entre elle et Jean-Claude.

Mais Raymonde n'a pas le courage d'attendre « la suite ».

— Continuez de chercher, dit-elle à Arlette ; je monte me coucher.

La vérité est que Raymonde tient difficilement sur ses jambes. Elle gagne la porte en vacillant.

Arlette se remet à chercher. Richard est toujours plongé dans son journal ; cependant, ils échangent quelques menus propos.

Apparaît « l'inconnu » ; c'est-à-dire Jean-Claude, qui a revêtu « la tenue de l'assassin » : bas masquant le visage, large chapeau, ample imperméable... Il est entré sans bruit. Il demeure un moment immobile, un revolver au poing.

Arlette le découvre soudain, pousse un cri, qui arrache Richard à son journal.

Jean-Claude s'avance et, avec l'accent de l'inconnu, annonce à

Richard « qu'il vient achever son œuvre ». Didier Jansaille a payé. Richard, lui, a eu la chance de s'en tirer « la première fois », mais, aujourd'hui, l'homme ne le ratera pas.

Il ordonne à Arlette, qui se trouve dans sa ligne de mire de s'écarter ; ce qu'elle fait précipitamment. L'homme fait quelques pas vers Richard...

Une détonation claque. Mais c'est l'inconnu masqué qui s'écroule, foudroyé. Richard lâche son journal, démasquant le pistolet qu'il dissimulait, et qu'il pose sur un meuble.

Lentement, Arlette et Richard reprennent leurs esprits. Richard va se pencher sur le corps.

— Il est mort ? chuchote Arlette.

— Je le crois, oui.

— Mais... qui est-ce ?

Richard ne se sent pas le courage de « démasquer » le criminel. Il décroche le téléphone, appelle le commissariat, raconte hâtivement l'événement.

— Non, répond-il à une question. Je n'ose pas le toucher... Oui. Je vous attends.

Il raccroche, apparaît Raymonde, en tenue de nuit. Elle a entendu la détonation. Que se passe-t-il ?

Elle aperçoit le corps étendu, pousse un cri, manque de défaillir.

— Qui est-ce ?

— Regardez vous-même, si le cœur vous en dit.

Raymonde doit s'appuyer à un meuble pour ne pas tomber.

— Ne restez pas là, reprend Richard. Ce n'est pas un spectacle pour vous. Pour vous non plus, Arlette. Aidez Madame à regagner sa chambre.

Sortie des deux femmes.

Aussitôt seul, Richard agit très vite. Il sort d'un tiroir un pistolet qu'il saisit soigneusement à travers son mouchoir (ce pistolet, c'est celui avec lequel Martin Moure a tiré sur lui au premier tableau, et que nous lui avons vu ranger) et il va le glisser dans la main du mort, à la place du revolver, qu'il enferme, à son tour, dans le tiroir.

Après quoi, un peu chancelant, il va s'offrir, au goulot, une large rasade de whisky.

Arrive l'inspecteur Cervins. Il s'agenouille auprès du cadavre, retire le bas qui lui masque la tête. Apparaît le visage de Jean-Claude Chomelle. Richard manifeste une stupéfaction profonde.

Cervins retire ensuite le pistolet de la main de Jean-Claude, en dégage le chargeur. Il constate qu'il y manque deux balles. Parbleu ! Il manque celle que Richard a reçue dans le bras, lors du premier attentat, et celle qui a tué Didier. Les experts le confirmeront.

— Heureusement que vous avez tiré le premier ! Cette fois, il ne vous aurait pas raté !...

Ainsi, c'était Jean-Claude l'assassin ! Richard ne peut y croire. Il n'arrive pas à comprendre...

Mais, pour Cervins, la chose est claire. Il expose sa théorie à Richard.

Les deux époux sont en instance de divorce. Donc, Raymonde sera bientôt libre. Or, d'après les différents témoignages qu'a pu réunir le policier dès le début de son enquête, il lui est apparu évident que le secrétaire avait « des vues » sur la femme de son patron, et se berçait de certaines illusions. Ses sentiments étaient-ils sincères ? Jouait-il la comédie ? Il sera difficile, maintenant, de le savoir.

En tout cas, en supprimant Didier Jansaille, cousin germain de Raymonde, il faisait de celle-ci « l'unique héritière » du richissime grand-père, lui assurant ainsi une immense fortune sur laquelle il comptait bien mettre la main un jour.

— Mais moi ? objecte Richard. Moi ? Il n'avait aucune raison de me supprimer. Nous devions divorcer. Je ne représentais donc pas pour lui un obstacle.

— Sans doute, répond l'inspecteur. Mais, en éliminant seulement votre cousin, Jean-Claude Chomelle courait tout de même le risque d'apparaître, un jour, comme celui à qui le crime profitait. En vous supprimant, vous et votre associé, et en proclamant devant témoin qu'il satisfaisait une vengeance, il détournait complètement les soupçons ; il créait la fausse piste d'une victime se faisant par deux fois justice... une victime que j'aurais toujours pu chercher !...

Richard est suspendu aux lèvres de Cervins. Il fait une vilaine grimace.

— Si je vous comprends bien, mon assassinat avait pour unique mobile de camoufler le mobile de l'assassinat de Didier ?

— Exactement. Et c'est certainement pourquoi Jean-Claude Chomelle a poussé l'astuce jusqu'à s'attaquer à vous en premier, brouillant ainsi les cartes, dès le début.

Sur la demande du policier, Richard s'arme du pistolet avec lequel il a abattu son agresseur, et il explique à Cervins comment il a pu le tirer de sa poche, sous son journal déplié.

— Dommage que vous n'en ayez pas fait usage dès le premier jour, dit Cervins.

— Je ne l'avais pas encore. C'est seulement après ce qui s'était passé ici que j'ai estimé préférable d'assurer ma défense... J'imagine que je vais être poursuivi pour port d'arme prohibé.

— Rassurez-vous. Cela n'ira pas chercher très loin !...

6e tableau

La scène est vide. Il y a deux valises au milieu du salon.

Entrent Richard, tenue de voyage et portant une trousse de toilette, et Arlette, portant une valise qu'elle dépose à côté des deux autres.

— Merci, Arlette. Ne vous occupez pas du reste. Je les porterai moi-même à la voiture... Dépêchez-vous plutôt de faire vos commissions, sans quoi vous allez encore entendre Madame.

— Monsieur est sûr de ne rien avoir oublié ?

— Je ne pense pas. Vous savez bien que rien n'était à moi, ici... Et puis, si j'ai oublié quelque chose, le mal ne sera pas grand, vous viendrez me l'apporter.

— Si Madame me le permet.

— Madame vous le permettra. Soyez tranquille. Tout lui paraîtra préférable à me voir remettre les pieds ici !

— Eh bien, moi, je regretterai Monsieur.

— Moi aussi je vous regretterai, ma petite Arlette.

Entre Raymonde. Elle est mécontente de voir Richard bavarder aimablement avec Arlette.

— Je vous croyais aux commissions. Vous allez vous mettre en retard. Et j'ai un rendez-vous après le déjeuner.

— Bien, bien, Madame.

Arlette disparaît en hâte. Raymonde allume une cigarette. Elle feint d'ignorer la présence de Richard qui, lui, feint d'ignorer la présence de sa femme.

Reparaît Arlette, avec un panier à provisions. Elle vient dire adieu à Monsieur. Elle est un peu émue, mais pas fâchée, au fond, d'irriter Madame. Richard lui serre la main, et elle sort par le parc.

Richard va jusqu'au seuil de la porte-fenêtre et la regarde s'éloigner.

Alors, brusquement, les masques tombent. Nous avons devant nous deux époux, parfaitement unis, et dont nul nuage n'assombrit la passion. Deux époux simplement désolés à la pensée de devoir demeurer éloignés l'un de l'autre. Et Richard raisonne sa femme.

Ils n'ont pas moyen de faire autrement. La réussite exige qu'ils aillent jusqu'au bout de leur comédie, jusqu'au divorce. Un an est vite passé. Quelle joie, lorsqu'ils se retrouveront, à Rio de Janeiro, ayant l'un et l'autre rompu toute attache avec la France. Rio, où nul ne les connaît. Rio, où Richard pourra enfin donner toute sa mesure, entreprendre les grands travaux dont il rêve depuis si longtemps ! Que ne pourront-ils réaliser, grâce à la fortune du grand-père, dont non seulement les jours, mais les heures semblent maintenant comptés ! Une fortune que Raymonde fera aisément transférer là-bas, grâce à une infaillible filière...

Raymonde et Richard s'écartent soudain l'un de l'autre. Un homme vient de franchir le seuil de la pièce ; l'inconnu... L'inconnu, avec son bas sur le visage, son chapeau à bords, son imperméable flottant, ses gants. Il tient un pistolet à la main.

Il s'adresse aux époux terrifiés, avec « l'accent d'Europe centrale ». Il annonce à Richard qu'il vient le tuer, comme il le lui a promis :

— Vous savez bien... Le jour où je vous ai tiré cette balle dans le bras...

— Ce n'est pas possible ! balbutie Raymond. Ce n'est pas possible !... Qui êtes-vous ?

— Vous devez le savoir mieux que personne, « puisque c'est vous qui m'avez créé... »

L'inconnu s'approche, menaçant :

— Que vous m'ayez créé de toute pièce et accusé de vous avoir blessé, je vous l'aurais aisément pardonné. Ce n'était qu'un jeu. Mais que vous m'ayez crédité de l'assassinat de votre cousin, cela, je ne l'accepte pas. Pas plus que je n'accepte que vous m'ayez supprimé, l'autre soir, sous les traits de votre secrétaire. Ce serait trop facile. On donne vie à un personnage quand on a besoin de lui, et on l'efface, dès qu'il a cessé de servir. Vous m'avez enfanté, tant pis pour vous. Ou alors...

Et l'inconnu ajoute que, puisque « grâce à lui » Raymonde va hériter de la totalité de la fortune de son grand-père, au lieu d'avoir à partager cette fortune avec son cousin Didier, il est équitable que les époux lui reversent un honnête pourcentage. Il se contentera de trois cents millions... légers !

Le couple ne peut que s'incliner.

— Mais nous ne disposons pas encore d'une pareille somme, dit Richard.

— C'est pourquoi j'ai préparé une reconnaissance de dette, dit l'homme. Voyez... J'ai simplement laissé en blanc le nom du bénéficiaire.

Et il les fait signer l'un après l'autre.

Après quoi, il se débarrasse du bas qui lui sert de masque. Apparaît le visage triomphant de l'inspecteur Cervins.

— Une double signature qui vaut tous les aveux, toutes les confessions...

Il poursuit :

— Votre plan ne présentait pas une faille. Mais vous avez tout de même commis une erreur. Celle de conserver un peu trop longtemps à votre service votre maître d'hôtel, Patrice Bonval. C'est ainsi que celui-ci fut, certain jour et par le plus grand des hasards, témoin d'un étrange spectacle. Il vous aperçut dans les bras l'un de l'autre. Vous vous croyiez seuls. Bien que fort surpris, Patrice devait aussitôt oublier cette charmante image ; le pauvre avait d'autres soucis. La scène lui est brusquement revenue à la mémoire, tout dernièrement, lorsqu'il a appris votre divorce, et il a cru bon de me mettre au courant. Avouez qu'il y avait de quoi me donner à réfléchir.

« Ainsi, vous n'étiez pas les époux divisés et haineux, dont vous offriez, à tous vos familiers, le consternant spectacle. Vous étiez en réalité parfaitement unis. Pourquoi cette comédie ?... Il suffisait de réfléchir. La réponse s'imposait.

« Pourquoi ? Pour faire croire que vous n'aviez plus aucun intérêt commun ; autrement dit *(à Richard)* : que vous ne profiteriez en aucune façon de la fortune de votre femme devenue héritière unique après la mort de son cousin Didier. Qui vous eût soupçonné ?... Et cela d'autant que vous aviez, le soir du crime, un parfait alibi. Suivant le témoignage de votre bonne, immédiatement avant le drame, comme immédiatement après, votre femme vous avait téléphoné à votre bureau de Paris. J'avoue que j'ai été le premier à m'y laisser prendre ; jusqu'au moment où je me suis avisé que...

Il décroche le téléphone, tourne plusieurs fois le disque au hasard, sans même le regarder, porte l'appareil à son oreille :

— Allo... Ah ! C'est vous, Richard... En avez-vous encore pour longtemps ?... Faut-il qu'Arlette vous prépare quelque chose pour dîner ?...

Il raccroche.

— Et dix minutes plus tard...

Il décroche à nouveau. Même jeu. Mais, cette fois, l'inspecteur prend une voix altérée.

— Allo... Richard ?... Il arrive quelque chose d'épouvantable... Didier vient d'être assassiné... A l'instant, oui... Par cet homme masqué qui vous a attaqué déjà...

Il repose le combiné.

— Pas plus difficile que ça... Restait tout de même à vous assurer une impunité complète. Pour cela, le plus sûr moyen était évidemment de fournir un coupable à la police... Et un coupable qui ne puisse pas se défendre : un coupable mort, ce qui éteint l'action de la justice... J'ai appris que Jean-Claude Chomelle était follement amoureux de vous, chère madame, et combien je le comprends... J'imagine que vous n'avez pas eu grand mal à lui suggérer l'idée de vous délivrer d'un mari redoutable, que le divorce risquait de rendre encore plus dangereux... Est-ce vous, aussi, qui lui avez suggéré l'idée de ce déguisement qui ferait endosser son crime au providentiel inconnu ? C'est ce que l'instruction établira... En tout cas, c'est nécessairement vous qui lui avez remis une arme rendue inoffensive. Dame ! Il ne fallait pas que Jean-Claude s'avise de tirer le premier...

Cervins s'adresse à Richard.

— Cette arme, vous l'avez, bien entendu, récupérée et remplacée, dans la main de Jean-Claude, par le pistolet auquel il manquait deux balles : celle qui avait tué Didier et celle que vous aviez précédemment reçue dans le bras... Dès lors, qui aurait pu douter de la culpabilité de Jean-Claude ?...

Les deux époux sont effondrés.

— Tout cela dit, il y a un point, pour moi, qui reste obscur, poursuit le policier. Cette balle que vous avez reçue dans le bras, c'est vous-même qui vous étiez blessé ?... Non ?... Enfin, vous n'allez tout de même pas me dire que quelqu'un a réellement tiré sur vous...

— Je ne parlerai qu'en présence de mon avocat, dit Richard.

— A votre aise.

L'inspecteur revient au téléphone, forme un numéro.

— Allo... Le commissariat ?... Ici, Cervins... Figurez-vous que j'ai du nouveau, les enfants... Beaucoup de nouveau... Figurez-vous que...

CHRONOLOGIE

(révisée et augmentée)

1905 — *15 juillet.* Dans le magazine « Je sais tout » : *L'Arrestation d'Arsène Lupin*, première aventure du gentleman cambrioleur, par Maurice Leblanc.

« Le mythe de Lupin est un moment de la sensibilité française [...]. Sous l'influence de Leblanc, c'est une certaine manière collective de rêver qui change. Il y a le roman populaire, le feuilleton d'avant Lupin et il y a, ensuite, le roman policier. Avant, sévit le mélodrame, avec ses enfants volés, ses reconnaissances pathétiques, ses cas de conscience déchirants, ses tempêtes sous un crâne [...]. Après, quelle transformation ! L'action est devenue enquête. C'est le raisonnement qui la mène avec une rapidité inconnue et des renversements de situation d'une nouveauté bouleversante. [...] Leblanc a créé, avec une fécondité surprenante, toutes les situations clefs du roman policier moderne : tantôt le narrateur est le coupable (procédé qui fera le succès du *Meurtre de Roger Ackroyd*, d'A. Christie) ; tantôt Lupin résout les problèmes les plus ahurissants de ''chambre close'' et jamais un Dickson Carr ne trouvera de solutions plus élégantes que celles de Leblanc ; tantôt enfin l'auteur s'amuse à utiliser avec une virtuosité souriante les ressources les plus subtiles de la déduction... En vérité, Leblanc a tout deviné, tout indiqué, tout inventé. » (Boileau-Narcejac, *Le Roman policier*, Payot, 1964.)

1906 — *28 avril.* A Paris (9ᵉ), 60, rue de Dunkerque, naissance de *Pierre* Louis Boileau. Il est le fils de Louis Léon Boileau, chef de service dans une agence maritime, et de Maria Zoé Guillaud. Il a été précédé, en 1903, par un frère, Edmond.

1907 — *Avril.* La succursale parisienne de l'éditeur allemand Eichler lance une série de fascicules hebdomadaires : « Nick Carter, le grand détective américain », en provenance de New York via Dresde.

« [...] Je préférais les illustrations de Nick Carter. On peut les trouver monotones : sur presque toutes le grand détective assomme ou se fait matraquer. Mais ces rixes avaient lieu dans les rues de Manhattan, terrains vagues, bordés de palissades brunes ou de frêles constructions cubiques couleur de sang séché : cela me fascinait, j'imaginais une ville puritaine et sanglante dévorée par l'espace et dissimulant à peine la savane qui la portait : le crime et la vertu y étaient l'un et l'autre hors la loi ; l'assassin et le justicier, libres et souverains l'un et l'autre, s'expliquaient le soir, à coups de couteau. En cette cité comme en Afrique, sous le même soleil de feu, l'héroïsme redevenait une improvisation perpétuelle : ma passion pour New York vient de là. » (Jean-Paul Sartre, *Les Mots*, 1964.)

7 septembre. Dans l'hebdomadaire « L'Illustration », début du feuilleton de

Gaston Leroux : *Le Mystère de la chambre jaune*. C'est la première aventure du jeune journaliste Joseph Joséphin, dit Rouletabille.

« *Le Mystère de la chambre jaune* et *Le Parfum de la dame en noir* sont [...] des feuilletons plus que des romans, et quelquefois des complaintes plus que des feuilletons. Leroux a écrit *L'Opéra de quat'sous* du petit détective qui accomplit des prodiges "en prenant sa raison par le bon bout". Tout est excessif dans ces récits, emphatique, pesant, puéril. Mais peut-être Leroux a mieux servi que Leblanc le roman policier, car il a vulgarisé les méthodes de Sherlock Holmes. Il les a exposées en un langage de cours du soir, rigoureusement didactique. Rouletabille est le contraire d'un intellectuel. Il va de la cause à l'effet, du principe à la conséquence, avec une application studieuse. L'efficacité d'un raisonnement bien conduit l'émerveille toujours, et c'est cet émerveillement qu'il fait partager au lecteur. [...] Leroux est, par excellence, le metteur en scène de la révélation inattendue, ahurissante, impossible et nécessaire. Après lui et grâce à lui, on pourra traduire les auteurs anglo-saxons, le public sera prêt à les accueillir avec faveur. Ses réflexes auront été éduqués, il sera conditionné. » (Boileau-Narcejac, *Le Roman policier*, 1964.)

1908 — *3 juillet*. A Rochefort-sur-Mer (Charente-Maritime), rue Gambetta, naissance de *Pierre* Robert Ayraud (futur Thomas Narcejac) fils unique de Pierre Ayraud, armurier, et de Germaine Bernard. Il appartient à une famille où l'on est marin de père en fils. Aussi se découvre-t-il, très tôt, une vocation de marin.

4 juillet. Début de la bande dessinée de Louis Forton : *Les Pieds-Nickelés*, dans l'hebdomadaire illustré « L'Épatant ». Y paraîtront également deux cycles de romans de José Moselli : *John Strobbins détective-cambrioleur* et *Le Roi des boxeurs*.

1911 — *10 février*. A Paris, aux Éditions Fayard, parution de *Fantômas*, premier épisode d'une série de trente-deux volumes écrits par Pierre Souvestre et Marcel Allain.

« [...] Fantômas est l'envers de la Belle Époque, la négation joyeuse et systématique d'un conformisme symbolisé par le frac et le chapeau de soie. Ce dandy assassin, qui vole les plaques d'or du dôme des Invalides, se bat contre Juve dans la tour Eiffel et veut bombarder le casino de Monte-Carlo, ce long fantôme noir qui se dresse sur les toits de Paris, un poignard à la main, exprime avec beaucoup de naïveté un refus plein d'allégresse. [...] Le Dr Jekyll n'a jamais cessé d'enfanter M. Hyde. Fantômas est justement un M. Hyde qui aurait lu Jules Verne et se serait amusé à écrire comme Ponson du Terrail. » (Boileau-Narcejac, *Le Roman policier*, Payot, 1964.)

1913 — *Octobre*. A Paris, Pierre Boileau entre à l'école communale, 15, rue Turgot (9e) ; il en suivra les cours jusqu'en 1919. Parmi ses camarades d'école, les frères Lazareff. Roger sera plus tard Roger Féral, producteur de radio ; Pierre sera secrétaire général de « Paris-Soir », puis directeur de « France-Soir ». Leur instituteur, Caillaux, est vraiment un curieux personnage.

« Caillaux avait la manie des dessins bizarres. Par exemple, il nous demandait de représenter l'intérieur d'un cochon ou le fauteuil du roi Dagobert. Pour punir les chahuteurs, il les alignait : le premier de la rangée écopait de cent lignes, le suivant de deux cents lignes et ainsi de suite jusqu'au dernier qui n'était pas plus coupable que les autres. Il nous sanctionnait encore en arrachant fictivement des pages à nos éventuels livres de prix de fin d'année. Quoique ce soit sans conséquence, nous n'aimions pas ça. Il avait aussi pour manie de baptiser sa classe du nom des héros des journaux de bandes dessinées qu'il confisquait. Avec Pierre Lazareff, nous étions de la promotion *Isidore Flapi*, un personnage de "L'Épatant".

« A la communale, Pierre Lazareff était déjà très nerveux. Un matin, il arriva particulièrement agité car, la veille, ses parents l'avaient amené au théâtre de l'Atelier voir *Arsène Lupin* avec André Brulé. Cet acteur l'avait tellement impressionné qu'il voulut devenir comédien. Il récitait les fables intelligemment en mettant beaucoup d'intonation. Ça m'avait frappé. Très écorché vif, il était vraiment le seul à comprendre ce que nous ânonnions. » (Pierre Boileau, propos recueillis par J.-C. Lamy dans *Pierre Lazareff à la une*, Stock, 1975.)

1914 — *1er août*. Déclaration de guerre entre la France et l'Allemagne. Pierre Ayraud père et Léon Boileau sont mobilisés. La discipline familiale s'en ressentira ; surtout chez les enfants Boileau qui aborderont des lectures non destinées à la jeunesse. A la découverte de Nick Carter, faite quelques mois plus tôt, s'ajoutent celles de Nat Pinkerton, Rouletabille, Arsène Lupin et surtout Fantômas. Cet univers magique et criminel se prolonge au cinéma grâce aux films à épisodes nés du mariage entre le vieux roman-feuilleton et le jeune cinéma : *Judex*, *La Maison de la haine*, *Les Mystères de New York*, *Le Masque aux dents blanches*. A propos de ces découvertes, Boileau déclarera : « Ces romans m'ont vraiment marqué, bien que je n'aie jamais pensé, à treize ou quatorze ans, que j'en écrirais moi-même un jour. En vieillissant, je n'ai jamais retrouvé la qualité d'émotion que j'éprouvais alors. Je ne peux pas dire que j'ai été déçu car il y a eu par la suite de bien meilleurs romans que ceux que nous lisions quand nous étions gosses, mais j'ai toujours essayé en vain de retrouver quelque chose qui était perdu. Je me demande si ce n'est pas, en partie, cette recherche qui m'a amené à en écrire "sur mesure", étant à la fois l'auteur et le lecteur. Cela me permettait également de développer ce qui, à mon avis, n'était pas suffisamment exploité, par exemple le fantastique. » (*Boileau-Narcejac*, interview recueillie par Luc Geslin, « Mystère-Magazine », n° 274, décembre 1970.)

Octobre. A Rochefort, le jeune Pierre Ayraud entre à l'école communale du groupe Champlain dont il suivra les cours jusqu'en 1919. A Paris, les locaux du 15, rue Turgot sont transformés en hôpital militaire ; l'école est transférée rue Milton pour la durée de la guerre.

1916 — Pour Pierre Ayraud également, c'est le temps de s'émerveiller. « J'ai découvert Arsène Lupin en 1916, j'avais huit ans. Une parente m'offrit *813* et ce fut pour moi *la* révélation, juste à l'âge où l'imagination s'éveille. D'autres découvertes, à la même époque, eurent d'importantes répercussions : Charlot, Judex... Jeune cinéma et romans d'aventures formaient un tout, et cela en pleine guerre au milieu des circonstances les plus dramatiques. » (Lettre à F. Lacassin.)

Une de ces découvertes va avoir de fâcheuses conséquences : celle d'Arnoud Galopin. Pierre Ayraud se passionne, en particulier, pour son grand roman : *Le Tour du monde en aéroplane*, une de ses plus célèbres histoires. « Avec un camarade, il la joue dans un grenier. Ils y reconstituent un avion sommairement. Cet avion est censé avoir des pannes de temps à autre si bien qu'il se pose soit en pleine pampa, soit dans des îles désertes peuplées, comme toutes les îles désertes, de terribles cannibales. Thomas Narcejac possède alors une petite carabine qui n'est guère dangereuse ; son copain est armé, lui, d'un fusil à air comprimé. A un moment, Narcejac fait le Peau-Rouge. Son camarade descend de l'avion, l'ajuste de son fusil. Le Peau-Rouge s'écroule. Il a perdu un œil. Narcejac ne sera jamais marin. » (Georges Rieben, *T. Narcejac*, « Mystère-Magazine », juillet 1974.)

1919 — *23 juin*. Pierre Boileau obtient le certificat d'études primaires avec la mention bien.

Juin. Pierre Ayraud obtient également le certificat d'études primaires, premier du canton. « Ce n'était pas rien : on recevait un livret de caisse d'épargne de vingt-cinq francs ! Et puis soudain, cancer du péroné gauche. Jugé perdu, mais opéré par un médecin de marine d'un talent extraordinaire, le Dr Baril. Jambe sauvée, mais plus moyen de faire du sport. En 1919, avec ma jambe abîmée et l'œil gauche en moins, j'étais aussi mal en point qu'un soldat revenant du front. » (Lettre à F. Lacassin.)

Automne. Sa famille s'étant installée à Saintes, Pierre Ayraud entre au collège de Saintes où il préparera le baccalauréat. A Paris, Pierre Boileau entre à l'école commerciale de l'avenue Trudaine.

1920 — A Londres, première apparition du détective Hercule Poirot dans *The Mysterious Affair of Styles (La Mystérieuse Affaire de Styles)* d'Agatha Christie.

1923 — *Mars.* Pierre Boileau quitte l'école commerciale de l'avenue Trudaine et entre comme « secrétaire-dactylographe au service correspondance » chez les « Feutres français » de Gérardmer. Une fabrique aujourd'hui disparue, et située alors 3, rue des Forges, non loin de l'immeuble de la rue Réaumur, occupé par « L'Intransigeant » puis par « France-Soir ». Boileau conservera cet emploi jusqu'à la fin de 1932.

1926 — *Juillet.* A Saintes, Pierre Ayraud obtient le baccalauréat philosophie-lettres.

Automne. Il part pour Poitiers où il s'inscrit en « Khâgne », classe de lettres supérieures, préparatoire à la faculté de lettres. Mais, atteint par une scarlatine maligne, il doit interrompre ses études.

1927 — *Printemps* (?) Pierre Boileau effectue son service militaire au 41ᵉ régiment de tirailleurs malgaches (à Brest, puis à Rennes). Il passe ensuite au 46ᵉ régiment d'infanterie, et est enfin affecté au secrétariat de la 10ᵉ division d'infanterie, à l'hôtel des Invalides (Paris).

15 avril. A Nice, décès de Gaston Leroux, créateur de Rouletabille.

Juillet. A Paris, un événement d'une importance considérable dont les conséquences n'apparaîtront que beaucoup plus tard : c'est la parution du *Meurtre de Roger Ackroyd*, d'Agatha Christie, premier volume d'une collection de « romans d'aventures », « Le Masque », lancée par Albert Pigasse.

« Il comprit le premier que les adolescents passionnés par les aventures d'Arsène Lupin et de Rouletabille avaient atteint l'âge d'homme et souhaitaient lire des œuvres solidement conçues, adroitement écrites et proposant à la réflexion d'extraordinaires énigmes. [...] On a oublié aujourd'hui l'impressionnant triomphe du « Masque ». Il fut cependant comparable à celui de la Série noire et l'influence de Pigasse dépasse même celle de Marcel Duhamel. [...] Le roman problème s'imposait, comme un genre nouveau, suprêmement intelligent, et digne de retenir l'attention des plus cultivés. » (Boileau-Narcejac, *Le Roman policier*, Payot, 1964.) C'est dans « Le Masque » que Narcejac découvrira, entre autres, Sherlock Holmes.

Automne. A Poitiers, Pierre Ayraud, guéri, se réinscrit en « Khâgne ». C'est alors qu'il découvre, grâce à Ferdinand Alquié, le surréalisme.

1928 — *Automne.* Poitiers, Pierre Ayraud s'inscrit à la faculté de lettres pour préparer la licence de philosophie.

1929 — A New York, parution en librairie de *The Red Harvest (La Moisson rouge)*, premier roman de Dashiell Hammett.

A Paris, parution de *Le « Detective Novel » et la pensée scientifique,* de Régis Messac, volumineux ouvrage sur les origines du roman policier.

1930 — *Juin.* A Paris, le Prix du roman d'aventures, créé par Albert Pigasse, est attribué pour la première fois à Pierre Véry pour *Le Testament de Basil Crookes.*

Juillet. A Poitiers, Pierre Ayraud obtient le diplôme de licence ès lettres.

Septembre. Nommé professeur de lettres au lycée de Vannes, il s'établit dans cette ville jusqu'en 1937.

Octobre. Il épouse à Vannes une jeune fille ancienne élève de l'École de Sèvres, agrégée de lettres. Ils auront deux filles avant de divorcer en 1967.

Novembre. Tout en résidant et enseignant à Vannes, Pierre Ayraud s'inscrit à la faculté de lettres de Paris pour préparer une licence de philosophie.

1931 — *Février.* Aux Éditions Fayard, parution de *Monsieur Gallet décédé*, première enquête du commissaire Maigret, de Georges Simenon.

Juin. Pierre Ayraud obtient la licence de philosophie et le diplôme d'Études supérieures de lettres.

Octobre. Afin de pouvoir enseigner la philosophie, Pierre Ayraud s'inscrit à la faculté des sciençes de Bordeaux pour préparer un diplôme de P.C.B. (Physique, Chimie, Biologie).

1932 — *Avril.* Premier texte imprimé de Pierre Boileau. Dans un périodique du faubourg Poissonnière, « La Publicité, revue mensuelle des méthodes modernes de ventes », il inaugure une chronique sans rapports avec la fiction policière. Intitulée *Les Propos de l'homme de la rue*, elle paraîtra à peu près tous les mois jusqu'au dernier numéro de la revue, en février 1939.

Juin. A Bordeaux, Pierre Ayraud obtient le diplôme de P.C.B.

Novembre. Dans le mensuel « Lectures pour tous », une longue nouvelle de Pierre Boileau : *Deux Hommes sur une piste*. Son premier essai de fiction policière et la première enquête du détective André Brunel.

La même année, aux Éditions Gallimard, dans la collection « Les chefs-d'œuvre du roman d'aventures », ont paru deux romans de Dashiell Hammet : *La Clé de verre* et *La Moisson rouge*.

1933 — *2 janvier.* Décidé à se consacrer à l'écriture, Boileau abandonne son emploi aux « Feutres français » de Gérardmer. L'Administrateur-délégué atteste : « Je n'ai jamais eu qu'à me louer de son travail exécuté d'une façon dévouée, intelligente et pleine d'initiative. »

Naissance de Annette, première fille de Pierre Ayraud. La même année, il effectue son service militaire dans l'auxiliaire, à Vannes, au 35ᵉ régiment d'artillerie.

Aux Éditions Gallimard, sous la direction de Maurice Sachs, lancement de la collection « Détective ».

18 décembre. Contrat de Boileau avec les Éditions de France pour *La Pierre qui tremble*.

1934 — *15 mars.* Dans l'hebdomadaire « Marianne », parution de la nouvelle *Police technique*, de Pierre Véry. C'est la première apparition de l'avocat détective Prosper Lepicq qui interviendra dans *L'Assassinat du père Noël, Le Gentleman des antipodes*, etc.

10 mars. Dans la collection « A ne pas lire la nuit » paraît *La Pierre qui tremble*, premier roman de Pierre Boileau, avec André Brunel.

Avril. Dans « Lectures pour tous », début de la parution en feuilleton de *La Promenade de minuit*, deuxième roman avec le détective André Brunel.

16 août. Contrat de Boileau avec les Éditions de France pour *La Promenade de minuit*.

1935 — Naissance de Jacqueline, seconde fille de Pierre Ayraud. « Du coup, je m'accorde une année sabbatique qui va durer jusqu'en 1937, parce que j'en avais assez d'être un éternel étudiant. » (Lettre à F. Lacassin.)

29 juin. Le Stratagème d'André Brunel, première nouvelle de Boileau dans « Ric et Rac ». Il donnera dans cet hebdomadaire, jusqu'à la guerre, une douzaine de nouvelles et son troisième roman.

23 novembre. Dans l'hebdomadaire « Ric et Rac », début de la publication de *Six Crimes sans assassin*, troisième roman de Pierre Boileau.

1936 ou 1937 — Sa plume ne suffisant pas à le faire vivre, Boileau se résigne à reprendre un second métier. Il devient secrétaire d'une boîte de nuit, « Bohemia », rue Jean-Goujon, dans laquelle une de ses cousines a investi des fonds. Cet établissement tombera en faillite au bout de quelques mois et Boileau recherchera un nouvel emploi.

1937 — *Octobre.* Pierre Ayraud est nommé professeur de lettres et de philosophie au lycée de Troyes.

23 novembre. Pierre Boileau devient « employé aux écritures » à la Société de la margarine Astra, 37, rue La Boétie, Paris 8e.

1938 — *Juin.* Avec son quatrième roman, *Le Repos de Bacchus*, Pierre Boileau obtient le Grand prix du roman d'aventures créé par « Le Masque ». « Autant qu'il m'en souvienne, le jury était composé de Pierre Benoit, Pierre Mac Orlan, Francis Carco, Gus Bofa, Maurice Constantin-Weyer, Léon Defoux, Joseph Kessel. L'éditeur Albert Pigasse offrait alors un somptueux déjeuner où se rencontraient les membres du jury et les anciens lauréats. C'est ainsi que j'ai fait la connaissance de Pierre Véry qui avait obtenu le prix quelques années auparavant. » (Lettre à F. Lacassin.)

Cette première consécration attire l'attention de son ancien camarade de l'école communale de la rue Turgot, Pierre Lazareff, devenu chef des informations et secrétaire général du grand quotidien « Paris-Soir ». Lazareff lui ouvre aussitôt les colonnes de « Paris-Soir ». A cette occasion, Boileau retrouve leur ancien (et étrange) instituteur de l'école de la rue Turgot.

« J'ai revu Caillaux pour la dernière fois en 1938 à « Paris-Soir ». Comme moi il attendait que Lazareff le reçoive. Arrivé après lui, je fus pourtant introduit le premier dans le bureau de Lazareff. "Il te reçoit d'abord", remarqua Caillaux ulcéré. Puis sur un ton d'amer reproche, il ajouta : "Un garçon qui me doit tout !" » (P. Boileau, propos recueillis par J.-C. Lamy dans *Pierre Lazareff à la une*, Stock, 1975.)

21 juin. Dans « Paris-Soir », début de la série « Un problème policier de P. Boileau ». Une série de nouvelles dont il manque les dernières lignes, le lecteur étant invité à identifier le coupable.

Juillet. Paru dans « Le Masque », *Le Repos de Bacchus* est aussitôt lu et apprécié par Pierre Ayraud. « C'était à Troyes, et je corrigeais les copies du bac. » (Lettre à F. Lacassin.)

31 août. Il quitte son emploi à la Société Astra. « Pendant cette période M. Boileau nous a donné toute satisfaction dans son travail. »

26 décembre. Dans « Paris-Soir », début de la publication des *Trois Clochards*, cinquième roman de Pierre Boileau. Pour lui, c'est une nouvelle consécration : le tirage de « Paris-Soir » oscille, selon l'actualité, entre 1 870 000 et 2 500 000 exemplaires par jour.

La même année, Pierre Ayraud se livre à une première approche du genre. « Je suis venu au roman policier, en tant qu'auteur, après avoir compris le mode d'invention des auteurs de romans problèmes. Et pour comprendre cela de l'intérieur, il fallait bien écrire. C'est pourquoi je m'amusai avec mes élèves de Troyes à écrire un petit acte : *Le Rendez-vous de la dame de pique*. Ce fut le premier coup d'envoi d'une partie qui dure depuis 1947. » (Lettre à F. Lacassin.)

1939 — *12 janvier.* A 11 h 15, sur les antennes de Radio-Cité, Boileau évoque le roman policier dans l'émission « Le quart d'heure de Ric et Rac ».

29 avril. Mariage de Pierre Boileau avec Joséphine Baudin, secrétaire à la « Revue des Deux Mondes ». Ils n'auront pas d'enfants. Ils s'installent derrière le cirque Médrano, au 11, rue Viollet-le-Duc. Ils ne quitteront ce domicile qu'en 1982, pour s'installer à Beaulieu-sur-Mer.

Été. Le professeur Ayraud est muté au lycée d'Aurillac (Cantal). Il occupera ce poste pendant quelques jours seulement en raison de la déclaration de guerre.

4 septembre. Boileau est mobilisé à Autun au 608e régiment de pionniers, 4e compagnie. Une succession de déplacements ne lui laissera pas le moindre loisir pour se livrer à une activité littéraire.

Pierre Ayraud est lui aussi « mobilisé dès le troisième jour dans une unité combattante (toujours le 35e régiment d'artillerie) en qualité de secrétaire du médecin chef. Mais il n'y avait pas de médecin chef, si bien que j'étais en surnombre. On a fini par m'affecter à l'infirmerie. » (Lettre à F. Lacassin.)

Ces loisirs forcés vont par contre permettre à Ayraud de se livrer au plaisir de l'écriture. « Pourquoi ai-je décidé d'écrire un roman policier plutôt qu'un roman tout court ? En partie à cause d'un vif penchant pour ce genre et en partie pour apprendre à bien raconter. Un universitaire a toutes les peines du monde à se débarrasser d'un "bien dire scolaire". A ce point de vue le roman policier est d'une utilité certaine... Ma première tentative sérieuse fut un roman [*L'Assassin de minuit*] écrit pendant la "drôle de guerre". Pas bon du tout mais j'avais réussi à aligner douze chapitres et c'est le premier pas, capital. Il faut d'abord s'assurer qu'on peut tenir la distance. » (Lettre à F. Lacassin.)

12 septembre. Le régiment de Boileau rejoint le front à Breindenbach.

3 octobre. Il se déplace à Haselfurth (Bitche).

27 octobre. Il est cantonné à Soucht où il restera jusqu'au 14 mai suivant.

1940 — La « drôle de guerre » continue. Depuis des mois, les Français (barricadés derrière la ligne Maginot) et les Allemands (barricadés derrière la ligne Siegfried) s'observent sans combattre.

Mars. Pierre Ayraud est mis en affectation spéciale pour trois mois, de mars à mai, à Aurillac, pour renforcer les effectifs des professeurs chargés des classes d'examens. Il sera « cueilli sur place » par la défaite.

10 mai. L'armée allemande lance une grande offensive. Trois semaines plus tard, l'armée française a virtuellement cessé d'exister.

15 mai. Le régiment de Boileau est déplacé à Grosling.

31 mai. La compagnie de Boileau reçoit l'ordre de retraite et quitte Grosling.

20 juin. Dans une incroyable débandade, Boileau est fait prisonnier avec toute sa compagnie à Montbard (Côte-d'Or). Débordés par leurs flots de prisonniers, les Allemands l'interneront aux quatre coins de la France : Laignes (20 juin-12 juillet), Troyes (14 juillet-13 août), Rouen (15 août-décembre).

Octobre. Pierre Ayraud reprend ses cours au lycée d'Aurillac où il enseigne jusqu'en juillet 1945.

Décembre. Boileau est transféré en Allemagne au stalag XII D, près de Trèves. Il n'en bougera plus jusqu'à sa libération.

1940-1942 — Au stalag XII D, Boileau ne se livre à aucune activité littéraire, mais il fait partie du groupe artistique. Avec ses camarades, il monte et interprète *Marius*, de Marcel Pagnol, et *Étienne*, de Jacques Deval. En parlant avec un de ses compagnons de captivité, Jean-Paul Sartre, il découvre qu'ils ont eu les mêmes lectures d'enfant. Ils les évoquent souvent avec joie : les journaux illustrés « L'Épatant » et « L'Intrépide », le roman de José Moselli *Le Roi des boxeurs*, la bande dessinée *Les Pieds-Nickelés, Fantômas*, sans oublier les deux vedettes des fascicules hebdomadaires Eichler *Nat Pinkerton* et *Nick Carter*. Sartre confie à Boileau qu'il n'avait pas la patience d'attendre la sortie de *Nick Carter* dans les kiosques. Profitant de son âge et de ses culottes courtes, il allait se servir chez l'éditeur et gagnait ainsi un jour...

1942 — *11 mars.* Libéré pour raisons médicales, Pierre Boileau regagne Paris où il sera démobilisé sept jours plus tard. Soucieux de ne pas se compromettre dans la presse de la collaboration, il renonce à écrire des contes et nouvelles pour se consacrer à des romans qu'il proposera directement aux éditeurs.

28 juillet. Contrat de P. Boileau avec la librairie Arthème Fayard qui accepte deux manuscrits : *Les Trois Clochards* (paru dans « France-Soir en 1939) et *Le Drame des chaumes* (probablement rédigé ou esquissé peu avant la déclaration de la guerre ou pendant sa captivité en Allemagne). Le premier roman sera édité par Fayard en septembre 1945. Le second, publié en feuilleton dans « France-Soir », fin 1945, sous le titre *L'assassin vient les mains vides*, ne sera jamais édité en volume.

1942-1944 — Boileau écrit et engrange deux autres romans : *Sans Atout en danger* et *Le Spectre de Don Juan*, annoncés dès mars 1945 dans la réédition de *La Promenade de minuit*. Ils ne paraîtront respectivement qu'en 1949 et 1950.

1943 — *15 mars.* Ne pouvant vivre de sa plume, Boileau est engagé (grâce à sa qualité d'ex-prisonnier de guerre) comme rédacteur au Secours national, un organisme étatique d'aide aux défavorisés, en particulier à ceux qui sont victimes de la guerre. Il deviendra adjoint du directeur du service « Camps-Prisons. Aide aux familles d'internés civils ».

Novembre. Dans la nouvelle collection « Le Labyrinthe », dirigée par Jacques Decrest, paraît *120, rue de la Gare*, première enquête de Nestor Burma, par Léo Malet.

1944 — *Septembre.* A la Libération, le Secours national devient l'Entraide française. La guerre terminée, son champ d'action s'élargit aux prisonniers de droit commun. Ainsi Boileau aura-t-il l'occasion de visiter le Dr Petiot, guillotiné pour avoir tué et dépouillé des dizaines de juifs et de clandestins qu'il prétendait avoir fait passer en zone non occupée

31 décembre. Dans l'hebdomadaire « Radio 44 » : *Ferrandes père et fils*, nouvelle en trois épisodes de Pierre Boileau, son premier texte publié depuis cinq ans.

1945 — *Juillet-septembre.* Pierre Ayraud passe ses vacances scolaires dans sa belle-famille à Saint-Servan. « Loin de toute bibliothèque, je m'amusai à écrire de mémoire quelques pastiches (Leblanc, Simenon, Conan Doyle, etc.). Je ne visais pas à copier le style mais à retrouver la démarche d'imagination de ces auteurs, et cela m'aida beaucoup à me délivrer de ma peau d'universitaire. Ce fut le premier recueil publié au Portulan sous le titre — bien mauvais — de *Confidences dans ma nuit*. » (Lettre à F. Lacassin.)

11 septembre. « France-Soir » commence la publication de *L'assassin vient les mains vides* (sixième roman de Boileau) sur la recommandation de Pierre Lazareff, nouveau directeur de « France-Soir ». Dans les années suivantes, Boileau publiera de nombreux contes et nouvelles dans « Elle » (dirigé par l'épouse de Lazareff), « Bonjour Dimanche » (dirigé par Jean Nohain), « Joie » (dirigé par Gilbert Cesbron), « France-Dimanche », « Franc-Tireur ».

Octobre. Pierre Ayraud est muté à Nantes, au lycée Clemenceau, où il enseignera les lettres, jusqu'à sa retraite en 1968. Il s'installe avec sa famille, 11, chaussée de la Madeleine.

23 octobre. Diffusion par la radio d'État de *Attentat table 7*, premier des deux sketches policiers écrits par Boileau pour la série « Table 7 ». « C'était le nom d'une série d'aventures qui se déroulaient toutes dans un cabaret. » C'est aussi le début d'une longue carrière d'auteur radiophonique.

Automne. Au cours d'une conversation téléphonique, Jean Renon, une relation de Pierre Ayraud, lui annonce qu'il fonde une maison d'édition, Le Portulan, et cherche des auteurs pour sa collection policière. Il conclut : « Tous les universitaires ont un roman dans leurs tiroirs, vous devez bien en avoir un ? » C'est en effet le cas...

A la fin de l'année, chez Gallimard, Marcel Duhamel lance sa « Série noire », inaugurée par *La Môme Vert-de-Gris* de Peter Cheyney.

1946 — *Janvier.* Aux Éditions du Portulan, parution de *L'Assassin de minuit*, roman écrit par Pierre Ayraud de septembre 1939 à février 1940 à l'infirmerie du 35e régiment d'artillerie. Il est signé du pseudonyme Thomas Narcejac. « J'ai été élevé à Saintes. A l'époque, j'étais un pêcheur enragé ; j'allais pêcher dans un lieu-dit à quelques kilomètres de Saintes, qui se nomme Narcejac ; de l'autre côté de la rivière se trouve le village de Saint-Thomas. Quand je me suis mis à écrire, j'ai choisi Thomas Narcejac comme pseudonyme par une espèce de fidélité à l'enfance. Étant professeur de philo, je tenais absolument à séparer les deux activités. » (*Boileau-Narcejac*, interview recueillie par Luc Geslin, « Mystère-Magazine », n° 274, décembre 1970.)

Février. Au Portulan, parution de *Confidences dans ma nuit*, recueil des pastiches écrits pendant l'été 1945. Narcejac va se lier avec le groupe d'auteurs réunis par Jean Renon : Jacques Laurent (futur membre de l'Académie française), Maurice-Bernard Endrèbe, F.R. Falk.

5 mai. Boileau quitte l'Entraide française escorté de regrets : « ... Vous n'avez pas craint, durant les années d'occupation, de vous associer au travail clandestin que, dans l'intérêt des internés ou de leur famille, nous avons été amenés à faire quels que soient les risques entraînés par une pareille activité. Pendant les jours glorieux de la Libération de Paris, vous êtes resté à mes côtés, sans un jour de défaillance et vous m'avez aidé à recevoir nos compatriotes qui revenaient des camps d'internement et des prisons. Alors qu'en 1943 vous avez refusé de mettre votre plume d'écrivain au service de l'ennemi, aujourd'hui vous quittez l'Entraide française pour reprendre votre activité littéraire. Ainsi vous continuerez à servir. Je ne puis que m'en réjouir et vous en féliciter, tout en regrettant votre départ. »

6 mai. Début du feuilleton radiophonique en dix épisodes de Pierre Boileau, *Le détective est sur la piste*, avec le détective André Brunel. Une deuxième série sera diffusée l'année suivante.

Décembre. Au Portulan paraît : *La police est dans l'escalier*, deuxième roman de Narcejac.

1947 — *Janvier.* Au Portulan paraît l'essai de Narcejac : *Esthétique du roman policier.* « J'analysais avec beaucoup de toupet le cas de Pierre Boileau alors que moi-même je n'étais qu'un débutant. [...] Connaissant l'inépuisable courtoisie de Pierre, vous pensez bien qu'il m'a écrit pour me dire tout le bien qu'il pensait de cet essai. » (*Fiche technique Auteur. Th. Narcejac*, par Georges Rieben. « Mystère-Magazine », n° 317, juillet 1974.)

« C'est en 1947 que j'ai appris l'existence de Narcejac. Je passais devant une librairie. Un volume attira mon attention : *Esthétique du roman policier*. Auteur : Thomas Narcejac. Je me rappelle que ma première réaction fut : "De quoi se mêle-t-il, celui-là ?"

« J'achetai le volume. Je le dévorai. J'y trouvai soulevés certains problèmes que je me posais moi-même depuis longtemps ; des suggestions auxquelles j'adhérai d'emblée ; des définitions qui ne devaient plus sortir de ma mémoire. Quand j'y trouvai également mon nom, accompagné de quelques louangeuses considérations, je ne doutai plus que ce Thomas Narcejac ne fût un spécialiste éminent.

« Je lui écrivis pour le remercier, pour lui dire aussi combien j'avais apprécié son essai. Ce fut le début d'une longue correspondance [...] dans laquelle nous essayions de trouver des remèdes au mal dont souffrait, selon nous, un genre qui n'échappait à la sclérose du roman problème traditionnel que pour sombrer dans l'épilepsie du roman noir. » (P. Boileau : *Thomas Narcejac*, « Réalités », mars 1956.)

1948 — *Janvier.* N° 1 de « Mystère-Magazine », édition française de la revue américaine « Ellery Queen's Mystery Magazine ». Cette revue fondée par Maurice Renault sera le haut lieu des auteurs et amateurs du roman policier en France.

Mai. Le Grand Prix du Club des détectives est décerné pour la première fois à Léo Malet pour *Le Cinquième Procédé.* Devenu plus tard le Grand Prix de littérature policière, ce prix venait d'être fondé par Jean Renon, Thomas Narcejac, F.R. Falk, et Maurice-Bernard Endrèbe, lequel en est toujours le secrétaire général.

13 juin. A treize heures, le 13ᵉ Prix du roman d'aventures est décerné à Thomas Narcejac pour son quatrième roman : *La mort est du voyage.* Au déjeuner qui suit quelques minutes plus tard, à la Rotisserie périgourdine, place Saint-Michel, le lauréat peut, enfin, faire la connaissance de Pierre Boileau.

« Je me rappelle que, le repas à peine terminé, faussant compagnie à notre hôte, le cher Albert Pigasse, nous allâmes nous installer à une terrasse voisine où, devant une salutaire eau minérale, nous recommençâmes à discuter de vive voix — enfin ! — du sujet qui nous était cher. » (Pierre Boileau, *Thomas Narcejac*, « Réalités », mars 1956.)

Octobre. « Mystère-Magazine » publie pour la première fois une nouvelle d'un auteur français : *Contre-Projet.* Elle est de Pierre Boileau. « Celui qui allait devenir un ami fidèle, Maurice Renault, vint à nous le premier. Il lançait alors "Mystère-Magazine" et avait besoin de nouvelles. Or Boileau à l'époque était connu comme auteur de "short stories". C'est ainsi que nous rencontrâmes près de lui Véry, Maslowski et, de proche en proche, tous ceux qu'il avait groupés autour de "Mystère-Magazine". J'ajouterai Jacques Decrest qui dirigeait la collection "Le Labyrinthe" et dont j'achevai les derniers chapitres de son dernier roman, interrompu par sa mort. » (Lettre de Narcejac à F. Lacassin.)

Décembre. Aux Éditions du Scorpion, publication d'un roman de Narcejac et Terry Stewart (alias Serge Laforest, alias Serge Arcouet) : *Faut que ça saigne !* « J'écrivis un pastiche de roman noir (lancé en 1945 par Gallimard) pour dénoncer les outrances du genre. Cela s'appelait *Faut que ça saigne !* C'était le seul moyen que j'avais de me faire une idée précise de la "cruauté" écrite et cette expérience m'a été précieuse. C'était donc un roman "pour voir". » (Lettre à F. Lacassin.)

1949 — *Février.* Dans « Mystère-Magazine », première nouvelle de Thomas Narcejac : *Le Vampire.*

Mars. Aux Éditions Amiot-Dumont, *Slim entre en scène*, premier volume d'une série avec le même personnage. Ce roman « traduit de l'américain », signé John Silver Lee, est en réalité l'œuvre, ainsi que les volumes suivants, de Thomas Narcejac et Serge Arcouet.

Mai. Dans le « Larousse mensuel », *Aspects du roman policier*, une étude de Thomas Narcejac.

Juin. Ayant acquis une expérience de la « cruauté écrite » avec son roman *Faut que ça saigne !* Narcejac la commente dans un pamphlet au titre fracassant : *La Fin d'un bluff, essai sur le roman policier noir américain.* Il s'ensuit aussitôt dans la presse une vive polémique entre l'auteur et Marcel Duhamel, directeur de la « Série noire ».

Boileau et Narcejac ont l'occasion de commenter cette polémique et de confronter à nouveau leurs idées sur le renouvellement du genre policier. Ils se rencontrent une deuxième fois lors du déjeuner offert par « Le Masque » au nouveau lauréat et aux anciens lauréats du Prix du roman d'aventures.

8 juillet. Dans « Radio 49 », début du septième (et avant-dernier) roman de Boileau : *Sans Atout en danger.* En dépit du surnom du héros, il n'a aucun rapport avec la série *Sans Atout* qu'il écrira plus tard avec Narcejac pour la jeunesse.

Septembre. Dans « Mystère-Magazine », une copieuse et intéressante interview par Maurice Renault : *En bavardant avec... Pierre Boileau.*

8 novembre. Sur les antennes de Radio-Bretagne, *Ici police*, feuilleton en douze épisodes écrit par Thomas Narcejac.

1950 — *9 février.* Le quotidien « Franc-Tireur » commence la publication des *Rendez-vous de Passy*, dernière enquête d'André Brunel, et dernier roman signé par Boileau seul.

Juin. A l'issue du traditionnel déjeuner du Prix du roman d'aventures, Boileau et Narcejac décident d'écrire ensemble un roman selon les conceptions issues de leurs discussions. « Ensemble nous nous sommes rendu compte que le roman policier auquel nous étions attachés — le roman anglo-saxon, le roman problème, le crime, l'enquête, le suspect, les fausses pistes — tout cela venait de vieillir terriblement et qu'il n'était plus possible de continuer dans cette voie [...]. C'est ainsi que nous nous sommes proposé d'essayer une formule nouvelle qui faisait place et à l'angoisse et à l'énigme. On essayait de récupérer ce qu'il y avait de bon dans le "policier" classique et d'amener ce qu'il y avait de neuf dans la "Série noire". [...] Nous avons surtout essayé d'humaniser le roman problème, de faire du "policier" classique une œuvre littéraire. En général, les personnages n'ont aucune consistance ; ce sont des marionnettes qui obéissent à une sorte de déterminisme trop rigoureux, ce qui exclut une grande part de la valeur, de l'épaisseur des caractères. Nous avons voulu faire du roman policier un roman tout court et, comme nous ne voulions pas renoncer au mystère qui est pour nous l'essence même du roman policier, il était presque indispensable de travailler à deux, l'un s'occupant presque uniquement de la mécanique sans beaucoup tenir compte des personnages, l'autre s'occupant surtout des personnages indépendamment du premier. » (*Boileau-Narcejac*, interview recueillie par Luc Geslin, « Mystère-Magazine », décembre 1970.)

Septembre. Aux Presses de la Cité, *Le Cas Simenon*, essai de Thomas Narcejac.

Octobre. Dans la rubrique « Déclaration de titres » de la revue « Mystère-Magazine », Boileau et Narcejac réservent *La Part de l'ombre.* C'est le premier titre de *L'Ombre et la proie* qu'ils sont en train d'écrire ; et c'est la première allusion publique à leur collaboration.

9 octobre. Dans « France-Dimanche » paraît *Daniel et son Complexe*, par Pierre Boileau. C'est l'une des quatre nouvelles françaises sélectionnées pour le concours international du « New York Herald Tribune ».

27 octobre. Boileau écrit à Maurice Lemay, journaliste de « Détective » qui l'interrogeait sur ses projets : « Je prépare notamment en collaboration avec mon grand ami Thomas Narcejac une suite de romans... policiers, cela va sans dire. Le premier aura pour titre *Chambre d'amis* (un titre qui semble bien inoffensif !). Il doit paraître dans la collection du « Masque ». Je tiens, nous tenons beaucoup, Narcejac et moi, à ce projet de collaboration. Nous avons, tous deux, longuement étudié la question, et nous espérons pouvoir apporter quelque chose de neuf dans le genre. »

1951 — *Décembre.* Dans « La Revue des Deux Mondes », début de *L'Ombre et la proie*, premier roman dû à la collaboration Boileau-Narcejac. Considéré par les auteurs comme une simple maquette, il paraîtra en librairie seulement en 1958 et sous le pseudonyme Alain Bouccarèje.

1952 — *Juillet.* Narcejac est membre du jury du Prix de la nouvelle policière fondé par « Mystère-Magazine » et la « Revue internationale de criminologie et de police technique » de Genève.

23 juillet. Contrat avec les Éditions Denoël pour *Celle qui n'était plus*, leur deuxième collaboration. Refusé par toutes les collections policières (« Le Masque », « Un Mystère », « L'Empreinte », etc.), ce roman sera traduit dans dix-neuf langues, adapté plusieurs fois à la radio et au théâtre, et porté à l'écran par H.G. Clouzot sous le titre *Les Diaboliques*. Au total, huit de leurs romans seront portés au cinéma, et six feront l'objet de téléfilms.

Septembre. Dans « Mystère-Magazine », Boileau répond à l'enquête *Pour une définition du roman policier*. « [...] Aussi est-il paradoxal que, après n'avoir cessé de proclamer qu'un roman policier est un roman comme les autres, certains s'appliquent aujourd'hui à lui trouver une définition. Voici, maintenant, celle que je vous propose (et qui est, certes, bien imparfaite) : "C'est le récit romancé des recherches devant aboutir à l'explication d'un problème posé par un acte criminel ou, tout au moins, clandestin." »

Novembre. Aux Éditions Denoël paraît *Celle qui n'était plus.*

31 décembre. Cession à Filmsonor (H.-G. Clouzot) des droits cinématographiques de *Celle qui n'était plus.*

1953 — *Janvier.* « Mystère-Magazine » consacre un écho à leur manière de collaborer : en grande partie par correspondance. « Le fait que Narcejac habite Nantes et que Boileau réside à Paris ne facilite pas toujours cette collaboration. Désireux de s'entretenir avec Narcejac d'un détail de leur intrigue et ne pouvant joindre son collaborateur par téléphone, à la suite d'un dérangement de la ligne, Boileau se décida, l'autre jour, à lui envoyer un télégramme ainsi libellé : "Revolver impraticable. Adoptons poison, plus facile." Quelques heures après, un inspecteur en civil venait discrètement se renseigner chez la concierge de Pierre Boileau sur la personnalité de ce dernier ! »

Mars. Dans « Mystère-Magazine », *Daniel et son complexe*, la nouvelle de Boileau primée en 1950 par le « New York Herald Tribune ».

6 octobre. A Radio-Rennes, *Le Repos de Bacchus* de Pierre Boileau, adapté par Thomas Narcejac.

10 novembre. A la radio, *Fatalité*, première des sept pièces policières qu'ils écriront pour la série de Pierre Véry et Maurice Renault : « Faits divers », de 1953 à 1956.

Décembre. Dans « La Revue des Deux Mondes », début de leur troisième roman *Les Visages de l'ombre*. L'épilogue est adouci à la demande d'André Chaumeix, directeur de la « Revue », qui trouve l'intrigue trop noire. L'épilogue original sera rétabli dans l'édition du volume.

1954 — *Février.* Dans « Mystère-Magazine », la nouvelle *Une affaire terminée*, la première sous la signature commune. Chez Denoël, *D'entre les morts*, leur quatrième roman.

Mars. A la Librairie Arthème Fayard, parution du n° 1 de la revue « Le Saint Détective Magazine » qui doit son nom au héros de Leslie Charteris. Pierre Boileau y assure la chronique des livres policiers jusqu'à la disparition de la revue, en décembre 1967.

Avril. Dans la collection « Le Masque », un recueil de nouvelles de Pierre Véry : *Cinéma, Cyanure et Compagnie*. La première nouvelle, qui donne son titre au volume, est dédiée « A Pierre Boileau, maître horloger du mystère ».

18 juillet. Mort de leur ami Jacques Decrest (Jacques Napoléon Faure-Biguet), créateur du commissaire Gilles et ancien directeur de la collection policière « Le Labyrinthe ».

30 novembre. Cession à la Paramount des droits *D'entre les morts* dont Alfred Hitchcock titre *Vertigo (Sueurs froides)* en 1957.

1955 — *29 janvier.* Sortie du film de H.G. Clouzot, *Les Diaboliques*, inspiré de leur roman *Celle qui n'était plus* : immense succès. La publicité recommande aux spectateurs : « Ne soyez pas diaboliques : ne révélez pas la fin à vos amis. »

5 février. Au Studio Bertrand, en présence de plusieurs critiques et de nombreux amateurs, projection de *La Grande Horloge* de John Farrow. C'est la première manifestation du « Mystère Fiction Ciné-Club » fondé et présidé par Maurice Renault, et dont les vice-présidents sont Jacques Bergier et Pierre Boileau.

Février. Aux Éditions de Flore, parution de la dernière enquête du commissaire Gilles : *Les Complices de l'aube.* Un roman posthume de Jacques Decrest, achevé par Thomas Narcejac. Celui-ci s'en explique dans une préface en forme de lettre à l'auteur disparu : « Vous adoriez le pastel, ses coloris, qui se contentent de suggérer ses nuances infinies, ses pudeurs et je dirais presque ses silences. Vous étiez inimitable. Aussi aurais-je voulu me récuser, et l'aurais-je fait sans doute, si je ne m'étais rappelé que vous aviez guidé mes premiers pas. Il m'appartenait donc, hélas, de reprendre votre plume et d'achever, vaille que vaille, le récit interrompu. Je n'ai pas cédé au plaisir de vous pasticher ; je me suis gardé de raconter à ma manière ; j'ai seulement développé votre plan — très succinct — en adoptant un style neutre, impersonnel. Puisqu'il fallait, de toute façon, vous trahir, mieux valait vous trahir avec simplicité. »

Novembre. Chez Denoël, *Les Louves*, leur cinquième roman.

1956 — *Mars.* En feuilleton dans « Réalités » : *Au bois dormant.*

Mai. Dans la revue mensuelle « Les Œuvres libres » : *Le Mauvais Œil.*

8 juin. Contrat avec l'Union générale cinématographique au sujet de *S.O.S. Noronha.* Ils s'engagent à en écrire le scénario, d'après la nouvelle de Pierre Vire, pour le 5 octobre. C'est le début de leur carrière d'auteurs cinématographiques.

16 juin. « France-Soir » commente les malheurs du *Mauvais Œil* paru au début du mois en librairie : « Pour illustrer la couverture, les Éditions Denoël cherchèrent un œil. Elles le trouvèrent dans un portrait. Mais l'auteur du tableau, qui est Mme Van Parys, la femme du compositeur, n'a pas voulu considérer que cet emprunt était un hommage. Furieuse, sans doute, de voir son œil symboliser des maléfices, elle vient d'alerter la justice. On a saisi l'édition du *Mauvais Œil.* Et la carrière de ce roman policier commence par une décision de justice. » (L'ouvrage sera remis en vente avec un nouvel œil...)

17 juillet. Ils cèdent, à Zodiaque Productions, les droits cinématographiques des *Louves* et s'engagent à écrire eux-mêmes le scénario et les dialogues.

10 novembre. Au théâtre du Grand-Guignol, *Meurtre au ralenti*, la première de leurs quatre pièces de théâtre. L'action se situe dans le cadre des Vingt-Quatre Heures du Mans. Cette pièce sera adaptée à la télévision et plusieurs fois à la radio.

1957 — *26 avril.* Sortie du film de Luis Saslavsky : *Les Louves*, qu'ils ont adapté d'après leur propre roman.

Juin. Chez Denoël, *Les Magiciennes*, roman qui sera porté à l'écran par Serge Friedmann.

21 juin. Sortie du film de Georges Rouquier : *S.O.S. Noronha*, au scénario duquel ils ont collaboré.

Automne. Ils écrivent une adaptation cinématographique de leur pièce : *Meurtre au ralenti.* Espoir non réalisé, mais qui donnera lieu à un téléfilm l'année suivante.

Décembre. A New York, au John Golden Theatre, création de *Monique*, pièce de Dorothy et Michael Blankfort, d'après *Celle qui n'était plus.* Elle fera l'objet de nombreuses reprises jusqu'en 1988.

1958 — *11 mars.* Ils cèdent à Estella Films leur pièce radiophonique *La Belle* (diffusée en 1956 dans la série de Maurice Renault et Pierre Véry : « Faits divers »). Ce texte fournira la base du scénario du film *Douze Heures d'horloge*, sorti en 1959.

Fin mars. Alfred Hitchcock vient à Paris leur expliquer les changements que son film *Sueurs froides* apportera à la trame *D'entre les morts*. Il donne une conférence de presse retentissante.

4 avril. Contrat avec les productions Glikson et Labrousse. Les auteurs s'engagent à faire pour octobre 1958 l'adaptation et les dialogues d'un scénario de F.M. Roucayrol : *Étranges Aveux*. Le film devait être réalisé par Marcel Carné en février 1959, avec Eddie Constantine dans le rôle principal. Projet non abouti.

1er juillet. Maurice Renault cessant son activité littéraire, Boileau et Narcejac auront désormais pour seul agent, jusqu'en 1973, Alice Le Bayon.

25 juillet. Dans « Le Figaro », *L'ingénieur aimait trop les chiffres*, premier des seize romans qu'ils donneront en feuilleton dans ce journal. Le titre, qu'ils n'aiment pas — et qui ne leur ressemble pas —, a été trouvé par Jean Fayard, directeur littéraire du « Figaro ».

12 août. Contrat avec les productions de la Gaumont. Ils s'engagent à écrire pour le 30 septembre suivant le scénario du film *S.O.S. Radio Taxi* qui sera rebaptisé *Un témoin dans la ville*.

20 août. Ils cèdent à Estella Films le sujet de leur pièce radiophonique *La Belle* (1956). Le film, mis en scène par Geza Radvanyi, sortira sous le titre *Douze Heures d'horloge*.

Septembre. Chez Denoël, *L'Ombre et la proie*, leur premier roman, écrit en 1950. Signé Alain Bouccarèje (anagramme de Boileau-Narcejac), il passe inaperçu.

Automne. Maurice Renault fonde le Club du livre policier, aux éditions duquel ils donneront plusieurs préfaces et contributions.

24 octobre. Contrat avec Champs-Élysées Productions (Jules Borkon). Ils s'engagent à collaborer à l'adaptation du roman de Jean Redon : *Les Yeux sans visage*.

28 novembre. Ils cèdent aux productions cinématographiques Georges Labrousse et Samuel Selsky un scénario original intitulé successivement *Le Condamné, L'Intrus, Les Grands Moyens*. Ils s'engagent à lui apporter, le cas échéant, les modifications suggérées par les producteurs, le film devant être réalisé par Lazlo Benedek. Les révisions ne satisfaisant pas les producteurs, les auteurs acceptent qu'elles soient confiées à des tiers. Quatre adaptateurs (Alain Dorémieux, Vae Katcha, Harold Flenders, Antoine Tudal) se succéderont pendant trois ans sans parvenir à satisfaire les producteurs.

11 décembre. Contrat avec Paris-Films Productions pour l'adaptation du roman de Patricia Highsmith : *M. Ripley*.

12 décembre. Sortie du film d'Alfred Hitchcock *Sueurs froides*, adapté de leur roman *D'entre les morts*.

1959 — *13 janvier.* Sur l'unique chaîne de télévision, *Meurtre au ralenti*, téléfilm de Jean-Paul Carrère, d'après la pièce de théâtre créée en 1956 au théâtre du Grand-Guignol.

Février-mars. Ils travaillent à l'adaptation et aux dialogues de *Plein Soleil (M. Ripley)*. Ne partageant pas le point de vue du réalisateur, René Clément, sur la ligne à adopter, ils résilieront leur contrat à l'amiable le 24 juin 1959.

Avril. Chez Denoël, *A cœur perdu*, roman qui sera porté à l'écran par Étienne Périer sous le titre *Meurtre en 45 tours*.

2 avril. Pour Lambor Film, ils achèvent un synopsis : *La Femme des autres* (ex-Strip-Tease), d'après une idée du producteur Jules Borkon.

22 avril. Sortie du film de Geza Radvanyi : *Douze Heures d'horloge*, dont le scénario est basé sur leur pièce radiophonique *La Belle*.

30 avril. Contrat avec Speva Films. Sur une suggestion du producteur Michel Safra, ils écrivent avec André Cayatte *Les Jumeaux*, scénario qui sera abandonné quand ils apprendront que le même sujet vient d'être traité par une société anglaise.

6 mai. Sortie du film d'Édouard Molinaro : *Un témoin dans la ville*, au scénario duquel ils ont collaboré.

1er juin. Contrat avec Chronos Films (Marcel Roux) pour l'adaptation et les dialogues de *Un homme seul*, de Gérard Néry, le film devant être réalisé par Lazlo Benedek. Mais Boileau et Narcejac résilieront leur contrat le 27 novembre, leur emploi du temps paraissant « incompatible » avec celui du réalisateur.

Juillet. Chez Denoël, parution de *L'ingénieur aimait trop les chiffres*.

6 août-3 septembre. Dans « L'Express », une série de quatre nouvelles concours dont les lecteurs sont invités à trouver la solution.

4 novembre. Dépôt, à l'Association des auteurs de films, du synopsis *L'Héritage de la peur* qui deviendra *Le Château des mystères*.

1960 — *7 janvier.* Ils décident d'écrire avec André Cayatte, et d'après une idée de lui, le scénario d'un film d'espionnage : *La Vierge et le Taureau*, pour Speva Films. Projet non abouti.

2 mars. Sortie du film de Georges Franju : *Les Yeux sans visage*, au scénario duquel ils ont collaboré.

8 mars. Contrat avec Champs-Élysées Productions. Ils s'engagent à écrire le scénario original *Le Château des mystères*, rebaptisé *Pleins feux sur l'assassin*.

25 mai. Sortie du film d'Étienne Périer : *Meurtre en 45 tours*, adapté de leur roman *A cœur perdu*.

25 juin. Ils remettent à Speva Films *Les Dieux de l'abîme*. Scénario rejeté le 6 juillet suivant par le producteur. Non pas en raison de la qualité du travail, mais parce que l'intrigue se déroule dans les milieux cinématographiques.

24 août. Sortie du film de Serge Friedmann : *Les Magiciennes*, adapté de leur roman du même titre.

12 octobre. Mort de leur ami Pierre Véry, le merveilleux auteur de *L'Assassinat du Père Noël, Les Disparus de Saint-Agil, Goupi Mains rouges*.

1961 — *Janvier.* Mort de Dashiell Hammett, créateur, vers 1928, du roman policier *hard boiled*.

« Son influence a été immédiate et profonde : James Cain, Horace Mac Coy, James Hadley Chase, Peter Cheyney lui doivent beaucoup. Sans D. Hammett la "Série noire" ne serait certainement pas ce qu'elle est. Le roman policier, même quand il veut être un récit de mystère, est désormais obligé de compter avec la vie et de lui faire place. Mais c'est le roman d'avant-garde et le nouveau cinéma qui permettent de savoir la vraie grandeur de D. Hammett, car, le premier, il a compris qu'on aurait pu faire une œuvre d'art en refusant toute idéologie, en traitant l'homme comme une chose. » (Boileau-Narcejac, « L'Express », 19 janvier 1961.)

24 février. Contrat avec Paris-Film Productions. Ils s'engagent à écrire pour le 15 mai 1961 le scénario et les dialogues de *La Chambre ardente*, d'après John Dickson Carr, le film devant être réalisé par Claude Chabrol. Contrat résilié à l'amiable le 22 juin 1961 : le film sera réalisé par Julien Duvivier avec le concours d'un autre scénariste.

31 mars. Sortie du film de Georges Franju : *Pleins Feux sur l'assassin*, dont ils ont écrit le scénario original et les dialogues.

Mai. Maurice Renault lance la revue policière « Alfred Hitchcock Magazine ». Ils donnent dans le n° 1 une nouvelle : *Sylvestre à qui je dois la vie*. Chez Denoël, *Maléfices*, roman qui sera porté à l'écran par Henri Decoin.

26 juin. Contrat avec Transworld Productions. Ils s'engagent à écrire pour le 15 juillet un sketch, *L'Affaire Thérèse Feneyrou*, destiné au film de Gérard Oury : *Le crime ne paie pas*.

14 décembre. MM. Labrousse et Selsky n'ayant pas réussi à tourner le scénario *Le Condamné* qu'ils leur avaient cédé le 28 novembre 1958, les auteurs en ont tiré un roman intitulé *Maldonne.* Les producteurs en prennent acte mais s'opposeront à toute cession des droits cinématographiques de ce roman, celui-ci étant inspiré du scénario inutilisé.

1962 — *14 mars.* Sortie du film de Henri Decoin, *Maléfices,* d'après leur propre roman.

8 mai. Dépôt à l'Association des auteurs de films du scénario *La Disgrâce de Leclerc,* destiné à la série télévisée « Inspecteur Leclerc ». Projet non abouti.

Juin. Chez Denoël, parution du roman *Maldonne.* Il sera porté à l'écran par Sergio Gobbi en 1969 seulement, en raison du conflit avec les Productions Labrousse-Selsky.

1er juin. Ils cèdent aux Films artistiques français (P. de Saint-André) le scénario qu'ils ont tiré de leur pièce radiophonique *Parole d'homme* (diffusée en 1954 dans la série de Pierre Véry et Maurice Renault : « Faits divers »). Ils se réservent de signer leur contribution au film qui en sera tiré du pseudonyme Alain Bouccarèje. Projet non abouti.

6 juillet. Sortie du film de Gérard Oury *Le crime ne paie pas* dans lequel ils ont écrit le sketch : *L'Affaire Thérèse Feneyrou.*

1963 — *3 octobre.* Dépôt, à l'Association des auteurs de films, de leur comédie policière *La Brebis galeuse.* Cette œuvre, inédite, sera refondue en 1968 sous le titre *Les Crabes.*

15 novembre. Contrat avec Technisonor pour la série télévisée *Le train bleu s'arrête treize fois,* confirmant l'acceptation de huit scénarios : *Signal d'alarme, Courrier de huit heures, Le Fugitif, Le Piège, Choc en retour, Cabine onze, Le Mari dangereux, Un mystérieux petit hôtel.* Cinq autres scénarios devront être remis le 15 janvier 1964.

16 décembre. Ils remettent à Raymond Eger (E.G.E. Productions) le scénario : *Le Trésor maudit,* écrit à l'initiative de Claude Chabrol. Projet non abouti.

26 décembre. En feuilleton dans « Le Figaro », *Les Victimes.* Les droits cinématographiques de ce roman seront achetés par Eaglemont Productions (Londres), puis par Imperia Distribution Films, sans qu'aucun projet n'aboutisse.

1964 — *16 juillet.* Par ordonnance de référé, le vice-président du tribunal de Paris déclare résilié, aux torts des producteurs, le contrat relatif au scénario *Le Condamné.* Plus rien ne s'oppose à la cession des droits cinématographiques du roman *Maldonne* inspiré par ce scénario.

21 juillet. Contrat avec Champs-Élysées Productions (Jules Borkon). Ils s'engagent à remettre pour le 10 août 1964 le scénario et les dialogues du film *L'Étreinte du monstre,* à réaliser par Georges Franju. Rebaptisé *Ottmar le maléfique,* ce projet n'aboutira pas.

8 août. Ils adressent à Jules Borkon les scénarios de *La Proie rêvée* et *Le Vœu,* en accompagnant ce dernier du commentaire suivant : « En 1964, un truand "au cœur pur" accomplit, non sans peine, le vœu qu'il a fait à la Vierge dans des circonstances particulièrement dramatiques. Il s'agit d'une histoire beaucoup plus "débridée et bouffonne" que la précédente, mais qui, par un certain côté, devrait rester touchante. En bref, à travers mille péripéties abracadabrantes et burlesques, on verra se manifester une foi très naïve, aussi un tel sujet ne devrait-il choquer personne. A partir du thème imaginé, on pourra, bien entendu, multiplier les gags, et les ajuster à tel interprète envisagé. »

28 août. Ils déposent à la Société des auteurs et compositeurs dramatiques le scénario de la série télévisée *Les Survivants* qui sera diffusée l'année suivante.

Novembre. Dans la « Petite Bibliothèque Payot » paraît leur essai sur *Le Roman policier.*

1965 — *Juin.* « Femme Pratique » présente à ses lectrices deux enquêtes de miss Marple et les invite à identifier celle imaginée par Agatha Christie et celle *(Le Mystère de Sutton Place)* due à Boileau-Narcejac.

15 juillet. Dans l'hebdomadaire « Elle », ils publient jusqu'au 12 août une série de cinq nouvelles donnant lieu à un concours : « Les Apprenties détectives » ; les lectrices devant identifier l'assassin dans chaque nouvelle, publiées sans titres, et en proposer un.

20 septembre. A la télévision, première chaîne, début du feuilleton quotidien en treize épisodes, *Les Survivants,* dont ils ont écrit le scénario original.

8 octobre. A la télévision, deuxième chaîne, début de la série de treize téléfilms : *Le train s'arrête treize fois,* dont ils ont écrit les scénarios originaux.

29 octobre. Et mon tout est un homme obtient le 12ᵉ Grand Prix de l'humour noir Xavier Forneret. Ce roman devait être adapté à l'écran par Sidney Pollack. Projet non abouti.

21 novembre. Contrat avec Technisonor pour la série télévisée *Malican père et fils* dont ils ont conçu les principaux personnages. Ils sont chargés d'établir les scénarios et les adaptations de trois téléfilms *(La Mort de Phèdre, Mise en scène, La Rançon)* et les adaptations de neuf autres *(L'Infirme, Cache-Cache, Escroquerie, Danger de mort, Le Petit Jardin, Le Bistrot, L'Enfant prodigue, Les Trois Voyages, Tir aux pigeons).*

1966 — *Avril.* Chez Denoël, *Le train bleu s'arrête treize fois,* recueil de nouvelles inspirées par la série télévisée.

Septembre. A l'initiative de Georges Franju, ils écrivent pour les productions Maridia une adaptation du roman d'Edgar Wallace : *L'Ange de la terreur.* Projet non abouti.

1967 — *Avril.* Ils proposent à Jules Borkon (Champs-Élysées Productions) un scénario de vingt pages : *La Femme rêvée.* Il répond le 28 juin qu'il ne peut en envisager la production avant la saison prochaine. Projet non abouti.

16 juillet. A la télévision, deuxième chaîne, début du feuilleton quotidien en douze épisodes : *Malican père et fils,* dont ils ont écrit le scénario original.

10 août. Dans l'hebdomadaire « Elle » débute une série de quatre nouvelles donnant lieu à un nouveau concours des « Apprenties détectives ».

Automne. Albert Pigasse, le fondateur du « Masque », leur demande (ainsi qu'à Charles Exbrayat et à un autre auteur) d'écrire un court roman. La réunion des trois textes formera le 1 000ᵉ volume du « Masque » à paraître en janvier 1968. Ils écrivent donc *La Chanson qui tue (Télé-Crime).* Les deux autres auteurs pressentis étant défaillants, le projet n'aboutira pas.

Septembre. A Nantes, le professeur Pierre Ayraud prend sa retraite et laisse la place à Thomas Narcejac qui s'installe à Nice.

Octobre. Chez Denoël, *La mort a dit peut-être,* leur quatorzième roman.

Décembre. 154ᵉ et dernier numéro de la revue « Le Saint Détective Magazine » dans laquelle Pierre Boileau assurait la chronique des livres policiers.

22 décembre. A Nice, Thomas Narcejac se remarie avec Renée Dellery, professeur agrégé d'anglais.

1968 — *Printemps.* Sur les conseils d'Albert Husson, directeur du théâtre des Célestins de Lyon, ils refondent leur pièce *La Brebis galeuse* qui devient *Les Crabes.* Mais le projet n'aboutira pas.

Juillet. Dans « Constellation », un court roman : *La Chanson qui tue (Télé-Crime).*

1969 — *Janvier*. Chez Denoël : *La Porte du large*, qui sera portée à la télévision par Pierre Badel.

25 février. La société Eaglemont Productions (Londres) qui a déjà acquis les droits cinématographiques des *Victimes*, leur commande un scénario original.

29 mars. A Saint-Jean-Cap-Ferrat, ils achèvent un scénario original : *Le Maître ou le Minotaure*, pour Eaglemont Productions.

30 avril. Sortie du film de Sergio Gobbi : *Maldonne*, adapté de leur roman.

Novembre. Chez Denoël, *Delirium* suivi de *L'Ile*.

9 novembre. A la télévision, deuxième chaîne, Jacques Chancel leur consacre une émission entière de « L'Invité du dimanche » de seize à vingt heures. Au cours de cette soirée est diffusé un court métrage policier, *La Clé*, qu'ils ont écrit en une nuit, pour l'occasion.

1970 — *Avril*. Chez Denoël, parution de leur roman *Les Veufs*. Les droits cinématographiques seront acquis par Schwarz et Prézeur mais le projet n'aboutira pas.

13 juillet. Dans l'hebdomadaire « Elle », jusqu'au 17 août, ils publient une série de six nouvelles donnant lieu au troisième concours des « Apprenties détectives ».

24 août. Ils résilient leur contrat avec la compagnie anglaise Eaglemont Productions et reprennent les droits de leur scénario *Le Maître ou le Minotaure*. Ils en tireront, en 1974, le roman *Frère Judas*.

25 novembre. Contrat avec les Éditions de l'Amitié pour l'acceptation du manuscrit *Sans Atout et le Cheval fantôme*, premier titre d'une série de romans policiers pour la jeunesse.

1971 — *Mars*. Parution de *Sans Atout et le Cheval fantôme*, premier épisode des aventures et enquêtes du jeune François Robion dit Sans Atout.

30 avril. Contrat avec les Éditions de l'Amitié pour *Sans Atout contre l'homme à la dague*.

Juillet. Parution de *Sans Atout contre l'homme à la dague*.

Octobre. Chez Denoël, *Manigances*, recueil de trente-trois de leurs nouvelles. La société Télécip en acquiert les droits pour une série télévisée. Le projet échouera, en 1974, lors de l'éclatement de l'O.R.T.F.

1972 — *20 avril*. En feuilleton dans « Le Figaro », *La Vie en miettes*. Les droits cinématographiques en seront acquis par Signal Films puis par Télé-France Films sans qu'aucun de ces projets n'aboutisse.

Automne. A la demande de la société Walter Thompson, ils écrivent le synopsis de trois films publicitaires destinés à promouvoir les produits des Papeteries de France : *Le Testament de l'antiquaire, Pochette surprise, Les Tracts*.

10 novembre. Ils s'engagent à écrire pour Europe I le scénario original et les dialogues de deux téléfilms de la série « Jo Gaillard » : *L'Étrange Traversée* et *Crime à bord*.

17 novembre. Contrat avec les Éditions de l'Amitié pour *Les Pistolets de Sans Atout*.

1973 — *13 janvier*. Dans « Espoir-Hebdo » (Nice), début de la chronique *Les Romans policiers par Boileau-Narcejac*.

17 février. En feuilleton dans « Télé 7 Jours », *Le Secret d'Eunerville*. Un roman signé par... « Arsène Lupin ». Le premier des cinq épisodes posthumes qu'ils ajouteront à la saga du héros de leur enfance.

Mars. Aux Éditions de l'Amitié : *Les Pistolets de Sans Atout*.

2 août. En feuilleton dans « Le Figaro » jusqu'au 12 septembre : *Opération Primevère*. Les droits cinématographiques en seront acquis par Cinéfilms-Jacques Bar sans qu'aucun projet n'aboutisse. Telfrance Films en tirera un téléfilm en 1981.

1974 — *26 février.* A la télévision belge, *La Peur*, téléfilm de la série « Jo Gaillard » dont ils ont écrit le scénario original et les dialogues.

2 mars. Dans « Espoir-Hebdo » (Nice), dernière chronique de *Les Romans policiers par Boileau-Narcejac.*

12 mars. A la télévision belge, *L'Étrange Traversée*, téléfilm de la série « Jo Gaillard » dont ils ont écrit le scénario original et les dialogues.

Mai. A la Librairie des Champs-Élysées, *La Poudrière*, deuxième épisode de la saga posthume d'Arsène Lupin.

Octobre. Chez Denoël : *Frère Judas.*

1975 — *Janvier.* Dans la collection « Médiations », Thomas Narcejac publie un essai : *Une machine à lire, le roman policier.*

12 février. A la télévision, première chaîne : *Au bois dormant*, adapté de leur roman par Pierre Badel.

Mai. A la Librairie des Champs-Élysées : *Le Second Visage d'Arsène Lupin.*

7 juin. A la télévision, FR3 : *La Porte du large*, adaptée de leur roman par Pierre Badel.

Juillet. Dans la célèbre collection universitaire « Que sais-je ? », ils donnent un nouvel essai sur *Le Roman policier.*

9 août. En feuilleton dans « Le Figaro » : *La Tenaille.*

Septembre. Pour la société de production Télécip, ils préparent un projet de série télévisée *Des milliards à la clef*, dont le personnage central est un généalogiste. Projet non réalisé.

1976 — *26 avril.* En feuilleton dans « Le Figaro », *La Lèpre.* Un roman que H.G. Clouzot envisageait de porter à l'écran, peu avant sa mort. Les droits cinématographiques seront acquis en 1979 par les Films du Sioux. Projet non abouti.

12 septembre. De Châtelguyon, ils adressent à André Cayatte l'adaptation de son scénario *Sébastien Labeur* pour lequel il avait demandé leur concours. Projet non abouti.

30 septembre. Mort de Maurice Renault, fondateur de « Mystère-Magazine » et du Club du livre policier, et qui fut leur agent littéraire.

Octobre. 343e et dernier numéro de « Mystère-Magazine » dont la disparition coïncide avec celle de son fondateur.

1977 — *28 février.* En feuilleton dans « Le Figaro » : *La Justice d'Arsène Lupin.*

18 juillet. Dans « Elle », ils publient, jusqu'au 22 août, une série de six nouvelles qui donne lieu au quatrième concours des « Apprenties détectives ».

17 décembre. En feuilleton dans « Le Figaro » : *L'Age bête*, roman qui sera porté à la télévision par Jacques Ertaud.

1978 — *Printemps.* Pour la société de production Hammster Films, ils écrivent un scénario de feuilleton télévisé, d'après *Un roi prisonnier de Fantômas* de Souvestre et Allain. Projet non abouti.

Été. Ils achèvent une pièce de théâtre, *Impunité*, dont ils tireront en 1984 un roman : *La Dernière Cascade.*

2 octobre. En feuilleton dans « Le Figaro » : *Carte Vermeil*, qui sera adapté à la télévision par Alain Levent.

20 décembre. A la suite d'un récent entretien avec Roland Gritti, directeur de Telecip, ils lui adressent deux projets de séries télévisées « dont les héros, nés de nos temps incertains et particulièrement difficiles, pourront tout aussi bien être mêlés à des histoires "à énigme" qu'à des histoires "d'action", les unes et les autres devant, de préférence, ne jamais s'éloigner de l'observation de la vie d'aujourd'hui. » Mais Telecip n'arrivera pas à intéresser les chaînes à ces deux projets.

1979 — *9 février.* Ils sont les invités de Bernard Pivot, dans l'émission de télévision « Apostrophes », à l'occasion de la sortie en librairie de *Carte Vermeil.*

28 juin. En feuilleton dans « Le Figaro » : *Le Serment d'Arsène Lupin.*

1980 — *Janvier.* Chez Denoël : *Les Intouchables.*

30 janvier. A la télévision, sur TF1 : *L'Age bête*, adapté de leur roman par Jacques Ertaud.

27 mars. A la télévision, sur FR3 : *Les Panthères*, adapté par eux-mêmes, d'après la nouvelle recueillie dans *Manigances* (1971).

3 septembre. En feuilleton dans « Le Figaro » : *Terminus.*

1981 — *4 avril.* A la télévision, sur Antenne 2 : *Carte vermeil*, adapté de leur roman par Alain Levent.

9 avril. Contrat avec Telfrance Films pour le scénario d'un feuilleton télévisé en six épisodes. Scénario non réalisé ; ils en reprendront le thème en 1985 dans le roman *Schuss.*

1er août. En feuilleton dans « Le Figaro » : *Box-office.*

17 octobre. Sur Antenne 2 : *Opération Primevère*, téléfilm allemand, d'après leur roman de même titre.

1982 — *5 juillet.* En feuilleton dans « Le Figaro » : *Mamie.*

Octobre. Pierre Boileau quitte définitivement Paris et s'installe à Beaulieu-sur-Mer, où il passait les mois d'hiver depuis 1973.

1983 — *Juin.* La revue « Pleins Jeux Magazine » inaugure la série : *Les Énigmes littéraires et policières de Boileau-Narcejac*, huit nouvelles dont il manque la fin, à retrouver par le lecteur.

8 juillet. En feuilleton dans « Le Figaro » : *Les Eaux dormantes.*

1984 — *Mars.* Aux Éditions de l'Amitié : *Dans la gueule du loup*, quatrième épisode des aventures de Sans Atout.

9 juillet. En feuilleton dans « Le Figaro » : *La Dernière Cascade*, qu'ils ont tirée de leur pièce de théâtre inédite, *Impunité.*

Septembre. Aux Éditions de l'Amitié : *L'Invisible Agresseur*, cinquième épisode des aventures de Sans Atout.

1985 — *Février.* Dans « Ellery Queen's Mystery Magazine » (New York), traduction de leur nouvelle *Toto*, extraite de *Manigances.*

8 juillet. En feuilleton dans « Le Figaro » : *Schuss*, tiré du scénario inédit de même titre.

Septembre. Aux Éditions de l'Amitié : *Une étrange disparition* (Sans Atout VI).

21 octobre. Mort, à l'âge de quatre-vingt-dix-neuf ans, de leur ami Albert Pigasse, fondateur de la collection « Le Masque » et du Prix du roman d'aventures.

1986 — *Janvier.* Chez Denoël : *Tandem ou 35 ans de suspense*, les souvenirs et recettes d'une vieille complicité...

18 juin. A la télévision, sur Antenne 2 : *Les Louves*, téléfilm anglais adapté de leur roman.

1987 — *Janvier.* Chez Denoël : *M. Hyde*, roman.

Juillet. Aux Éditions de l'Amitié, *Le cadavre fait le mort*, septième enquête de Sans Atout.

Octobre. La revue « Les Cahiers de l'imaginaire » leur consacre un numéro spécial.

Novembre. Aux Éditions de l'Amitié, dans l'ouvrage collectif *Dix Contes de Noël*, une contribution de Boileau-Narcejac : *A la barbe du père Noël.*

5 novembre. Mort du cinéaste Georges Franju. Ils avaient écrit pour lui le scénario des *Yeux sans visage*, de *Pleins Feux sur l'assassin*, d'*Ottmar le maléfique*, de *L'Ange de la terreur* ; ces deux derniers non réalisés.

1988 — *Janvier.* Chez Denoël : *Champ clos*, roman.

Septembre. La collection « Bouquins » commence de publier les œuvres complètes de Boileau-Narcejac : *Quarante ans de suspense*, volumes I, II et III.

Octobre. Chez Denoël : *Le Contrat*, roman.

1989 — *19 janvier.* Mort de Pierre Boileau, à son domicile de Beaulieu-sur-Mer.

Février. Aux Éditions de l'Amitié, *La Mélodie de la peur*, roman pour la jeunesse.

12 février. Sur Antenne 2, *L'ingénieur aimait trop les chiffres*, téléfilm d'après le roman du même titre.

4 avril. Chez Denoël, *J'ai été un fantôme*, roman.

Avril. La revue « 813 », bulletin des Amis de la littérature policière, consacre un dossier en hommage à Pierre Boileau.

26 mai. Sur FR3, *Le Repos de Bacchus*, téléfilm d'après le roman de Pierre Boileau.

Francis LACASSIN

BIBLIOGRAPHIE

(révisée et augmentée)

I

ROMANS, CONTES, NOUVELLES [1]

1951. L'OMBRE ET LA PROIE, roman.

1) *L'Ombre et la proie.* (Signé Boileau-Narcejac.) Trois feuilletons bimensuels. « La Revue des Deux Mondes », décembre 1951-janvier 1952.

2) *L'Ombre et la proie.* (Signé Alain Bouccarèje.) « Collection policière » n° 2, Denoël, septembre 1958.

3) *L'Ombre et la proie.* (Signé Boileau-Narcejac.) Série « Les Maîtres du roman policier ». Collection « Le Masque » n° 1748. Librairie des Champs-Élysées, 1984.

4) Dans *Quarante Ans de suspense*, tome I. Collection « Bouquins », Robert Laffont, septembre 1988.

1952. CELLE QUI N'ETAIT PLUS, roman.

1) *Celle qui n'était plus.* Jaquette illustrée en couleurs. Denoël, novembre 1952.

2) *Les Diaboliques.* Couverture illustrée d'une photographie du film. Préface des auteurs. Denoël, mars 1955.

3) *Les Diaboliques.* Collection « Crime-Club », Denoël, 1960.

4) *Les Diaboliques* suivi de *Les Louves, Le Mauvais Œil, Au bois dormant.* Édition cartonnée avec jaquette. Denoël, 1961.

5) *Celle qui n'était plus.* Collection « Le Livre de Poche » n° 1531 [Librairie Générale Française], 1965.

6) *Celle qui n'était plus* suivi de *Les Visages de l'ombre.* « Club du livre policier » [Éditions Opta], 1967.

7) *Les Diaboliques.* Collection « Folio » n° 326. Gallimard, 1973.

8) *Les Diaboliques.* Collection « Les Grands Maîtres du roman policier » n° 5, Genève, Éditions de Crémille/François Beauval, 1973 et 1977.

9) *Celle qui n'était plus.* Dans *Quarante Ans de suspense*, tome I. Collection « Bouquins », Robert Laffont, septembre 1988.

1953. LES VISAGES DE L'OMBRE, roman.

1) *Les Visages de l'ombre.* Quatre feuilletons bimensuels. « La Revue des Deux

---

1. Pour les œuvres audiovisuelles : théâtre, radio, cinéma, télévision, voir le répertoire des œuvres audiovisuelles dans les tomes I et II, collection « Bouquins ».

Mondes », 1er, 15 novembre ; 1er, 15 décembre 1953. (L'épilogue est différent de celui de toutes les publications et traductions postérieures.)

2) *Les Visages de l'ombre.* Couverture illustrée en couleurs. Denoël, décembre 1953.

3) *Les Visages de l'ombre.* Collection « Les meilleurs romans policiers français » n° 9. Denoël, 1957.

4) *Les Visages de l'ombre.* Collection « Crime-Club » n° 13. Denoël, 1959.

5) *Les Visages de l'ombre* précédé de *Celle qui n'était plus.* « Club du livre policier » [Éditions Opta], 1967.

6) *Les Visages de l'ombre.* « Le Livre de Poche » n° 2632. [Librairie Générale Française], 1969.

7) *Les Visages de l'ombre.* Feuilletons quotidiens dans « La France » (Bordeaux), octobre 1971-janvier 1972.

8) *Les Visages de l'ombre.* Collection « Folio » n° 1653. Gallimard, 1985.

9) Dans *Quarante Ans de suspense*, tome I. Collection « Bouquins », Robert Laffont, septembre 1988.

1954. UNE AFFAIRE TERMINÉE, **nouvelle.**

1) « Mystère-Magazine » n° 73, février 1954.

2) Sous le titre *Un coupable* dans *Manigances*. Denoël, 1971.

1954. LE GRAND SECRET, **nouvelle.**

1) « Fiction » n° 4, mars 1954.

2) « Franc-Tireur », 12 mars 1954.

3) « Le Populaire de l'Ouest » (Nantes), 24 décembre 1955.

4) Dans *Quarante Ans de suspense*, tome I. Collection « Bouquins », Robert Laffont, septembre 1988.

1954. D'ENTRE LES MORTS, **roman.**

1) *D'entre les morts. Le faux visage de la morte.* Denoël, 1954.

2) *Sueurs froides.* Collection « Crime-Club » n° 7. Denoël, 1958.

3) *Sueurs froides.* « Le Livre de Poche » n° 2189. [Librairie Générale Française], 1967.

4) *Sueurs froides.* Lithos originales en couleurs de Guiramand. Reliure de l'éditeur. Monte-Carlo, André Sauret, 1969. Collection « Grand Prix des meilleurs romans policiers ».

5) *D'entre les morts.* Préface de Francis Lacassin. Collection « Les Chefs d'Œuvre du roman policier » n° 3. Cercle du bibliophile, 1971.

6) *Sueurs froides.* Collection « Folio » n° 366, Gallimard, 1973.

7) Dans *Quarante Ans de suspense*, tome I. Collection « Bouquins », Robert Laffont, septembre 1988.

1955. LES LOUVES, **roman.**

1) *Les Louves.* Denoël, 4e trimestre 1955 et février 1956.

2) *Les Louves.* Collection « Crime-Club » n° 15. Denoël, 1959.

3) *Les Louves.* Précédé de *Les Diaboliques* et suivi de *Le Mauvais Œil, Au bois dormant.* Édition cartonnée avec jaquette. Denoël, 1961.

4) *Les Louves.* « Le Livre de Poche » n° 2275 [Librairie Générale Française], 1967.

5) *Les Louves.* Collection « Folio » n° 385. Gallimard, 1973.

6) *Les Louves.* Édition cartonnée avec jaquette. France-Loisirs, 1982.

7) Dans *Quarante Ans de suspense*, tome I. Collection « Bouquins », Robert Laffont, 1988.

1956. LES CHATS, **nouvelle.**

1) « Le Saint détective Magazine » n° 13, mars 1956.

2) Dans *Manigances.* Denoël, 1971.

1956. AU BOIS DORMANT, **roman.**

1) En feuilleton dans « Réalités » nos 122, 123, 124 ; mars, avril, mai. Illustrations de Robin Jacques.

2) Recueilli à la suite de *Le Mauvais Œil,* Denoël, juillet 1956.

1956. LE DERNIER MOT, **nouvelle.**

1) « Mystère-Magazine » n° 100, mai 1956.

2) « Magazine du Mystère » n° 5, mai 1977.

3) Dans *Quarante Ans de suspense,* tome I. Collection « Bouquins », Robert Laffont, 1988.

1956. LE MAUVAIS ŒIL, **roman.**

1) Dans « Les Œuvres libres » n° 346, mai 1956 ; p. 109-194.

2) Suivi de *Au bois dormant.* Couverture illustrée. Collection « Les meilleurs romans policiers français ». Denoël, juillet 1956.

3) *Les Diaboliques,* suivi de *Les Louves, Le Mauvais Œil, Au bois dormant.* Denoël, 1961.

4) *Le Mauvais Œil* suivi de *Au bois dormant.* Collection « Folio » n° 32.

5) *Le Mauvais Œil* suivi de *Au bois dormant.* Collection « Folio » n° 781, Gallimard, 1978.

6) Dans *Quarante Ans de suspense,* tome I. Collection « Bouquins », Robert Laffont, septembre 1988.

1957. LES MAGICIENNES, **roman.**

1) *Les Magiciennes.* Couverture illustrée. Collection « Les meilleurs romans policiers français » n° 12. Denoël, juin 1957.

2) *Les Magiciennes.* Collection « Crime-Club » n° 14. Denoël, 1960.

3) *Les Magiciennes.* « Le Livre de Poche » n° 2720. [Librairie Générale Française], 1970.

4) *Les Magiciennes.* Collection « Folio » n° 178. Gallimard, 1972.

5) Dans *Quarante Ans de suspense,* tome I. Collection « Bouquins », Robert Laffont, 1988.

1958. LE RETOUR, **nouvelle.**

1) « Satellite » n° 2, février 1958.

2) Dans l'anthologie *Le Grandiose Avenir.* Seghers, 1975.

3) Dans *Quarante Ans de suspense,* tome I. Collection « Bouquins », Robert Laffont, 1988.

1958. L'INGÉNIEUR AIMAIT TROP LES CHIFFRES, **roman.**

1) *L'ingénieur aimait trop les chiffres,* 28 épisodes quotidiens dans « Le Figaro », 25 juillet-1er septembre 1958.

2) *L'ingénieur aimait trop les chiffres.* Collection « Crime-Club » n° 12. Denoël, 2e trimestre 1959.

3) *L'ingénieur aimait trop les chiffres.* Lausanne, la Guilde du Livre, s.d.

4) *L'ingénieur aimait trop les chiffres.* En feuilleton quotidien dans « Le Progrès de Lyon » à partir du 23 février 1963.

5) *L'ingénieur aimait trop les chiffres.* « Le Livre de Poche » n° 2411. [Librairie Générale Française], 1968.

6) *L'ingénieur aimait trop les chiffres.* Collection « Folio » n° 1723. Gallimard, 1986.

7) Dans *Quarante Ans de suspense*, tome I. Collection « Bouquins », Robert Laffont, septembre 1988.

1959. A CŒUR PERDU, roman.

1) *A cœur perdu.* « Collection policière » n° 9. Denoël, 1er trimestre 1959.

2) *A cœur perdu (Meurtre en 45 tours).* « Le Livre de Poche » n° 2328 [Librairie Générale Française], 1968.

3) *A cœur perdu (Meurtre en 45 tours).* Collection « Folio » n° 197, Gallimard, 1972.

4) Dans *Quarante Ans de suspense*, tome I. Collection « Bouquins », Robert Laffont, septembre 1988.

1959. PARANOÏA, nouvelle.

1) *Paranoïa.* « L'Express » n° 425, 6 août 1959.

2) *Paranoïa.* Dans *Manigances.* Denoël, 1971.

3) Sous le titre *Phantasmes.* « Cahiers de l'Académie de Bretagne » (Nantes) n° 9, 1972 [15 décembre 1971].

1959. PSYCHOSE, nouvelle.

1) Sous le titre *Vraiment fou.* « L'Express » n° 426, 13 août 1959.

2) *Psychose.* Dans *Manigances.* Denoël, 1971.

3) *Psychose.* « Marie-France » n° 196, juin 1972.

1959. NÉVROSE, nouvelle.

1) *Névrose.* « L'Express » n° 427, 20 août 1959.

2) *Névrose.* Dans *Manigances.* Denoël, 1971.

1959. ANGOISSE, nouvelle.

1) Sous le titre *Obsession.* « L'Express » n° 428, 27 août 1959.

2) *Angoisse* dans *Manigances.* Denoël, 1971.

1961. SYLVESTRE A QUI JE DOIS LA VIE, nouvelle.

1) « Alfred Hitchcock Magazine » n° 1, mai 1961.

2) « Le Journal du Dimanche » n° 872, 4 août 1963.

3) Dans *Quarante Ans de suspense*, tome II. Collection « Bouquins », Robert Laffont, septembre 1988.

1961. MALÉFICES, roman.

1) *Maléfices.* « Crime-Club » n° 34. Denoël, juin 1961.

2) *Maléfices.* « Le Livre de Poche » n° 2549 [Librairie Générale Française], 1969.

3) *Maléfices.* Collection « Folio » n° 1662, Gallimard, 1985.

4) Dans *Quarante Ans de suspense*, tome II. Collection « Bouquins », Robert Laffont, septembre 1988.

1962. SCHIZOPHRÉNIE, nouvelle.

1) Sous le titre *La Robe et le couteau.* « Réalités » n° 196, mai 1962.

2) Sous le titre *Passionnément.* « Cahiers de l'Académie de Bretagne » (Nantes) n° 5, 1968 [15 décembre 1967].

3) *Schizophrénie.* Dans *Manigances.* Denoël, 1971.

1962. LE CHIEN, nouvelle.

1) *Le Chien.* « Anthologie du mystère » n° 2, « Mystère-Magazine » n° 173 bis, 15 mai 1962.

2) *Le Chien.* Dans *Manigances*, Denoël, 1971.

1962. **MALDONNE, roman.**

1) *Maldonne.* Collection « Crime-Club » n° 205. Denoël, juin 1962.

2) *Maldonne.* « Le Livre de Poche » n° 2806 [Librairie Générale Française], 1970.

3) *Maldonne.* En feuilleton dans l'hebdomadaire « L'Écho de la Mode » 28 juin-18 octobre 1974.

4) *Maldonne.* Collection « J'ai Lu » n° 1598, 1984.

5) Dans *Quarante Ans de suspense*, tome II. Collection « Bouquins », Robert Laffont, septembre 1988.

1963. **UN GARÇON SUR LA ROUTE, nouvelle.**

1) *Un garçon sur la route.* « Week-End, le magazine du tiercé », 1er novembre 1963. Illustrations de Popineau.

2) Dans l'anthologie de J. Grégoire : *Suspense à tombeau ouvert.* « Club du livre policier » [Opta], 1965.

3) « Votre beauté » n° 377, décembre 1966.

4) « Mystère-Magazine » n° 231, avril 1967.

5) Recueilli dans *Manigances.* Denoël, 1971.

1964. **LES VICTIMES, roman.**

1) *Les Victimes.* 26 épisodes quotidiens dans « Le Figaro », 26 décembre 1963-26 janvier 1964.

2) *Les Victimes.* « Crime-Club » n° 222. Denoël, février 1964.

3) *Les Victimes.* Feuilleton hebdomadaire dans « Pour Tous » (Lausanne) à partir du n° 29, 14 juillet 1964.

4) *Les Victimes.* Collection « J'ai Lu » n° 1429, 1983.

5) Dans *Quarante Ans de suspense*, tome II. Collection « Bouquins », Robert Laffont, septembre 1988.

1965. **6-1=6, nouvelle.**

1) « Modes et Travaux » n° 772, avril 1965. [Version révisée de *Le Citron flottant*, signé P. Boileau ; paru dans « Joie » n° 31, 31 octobre 1946.]

2) Dans *Quarante Ans de suspense*, tome II. Collection « Bouquins », Robert Laffont, septembre 1988.

1965. **LA RIVALE, nouvelle.**

1) « Marie-Claire » n° 139, juin 1965.

2) Dans *Manigances.* Denoël, 1971.

1965. **LE MYSTÈRE DE SUTTON PLACE, nouvelle.**

(Pastiche d'Agatha Christie publié en même temps que sa nouvelle *La Demoiselle de compagnie.*)

1) « Femme pratique » n° 34, 15 juin 1965.

2) Dans *Quarante Ans de suspense*, tome II. Collection « Bouquins », Robert Laffont, septembre 1988.

1965. **LE FUSIL A FLÈCHES, nouvelle.**

1) « Elle » n° 1021, 15 juillet 1965.

2) Dans *Manigances.* Denoël, 1971.

1965. **LE PEIGNOIR BLEU, nouvelle.**

1) « Le Journal du Dimanche », 18 juillet 1965.

2) « Elle » n° 1022, 22 juillet 1965.

3) Dans *Manigances.* Denoël, 1971.

1965. LES TROIS SUSPECTS, **nouvelle.**
1) « Elle » n° 1023, 29 juillet 1965.
2) Dans *Manigances.* Denoël, 1971.

1965. CRIME EN FORÊT, **nouvelle.**
1) « Elle » n° 1024, 5 août 1965.
2) Dans *Manigances.* Denoël, 1971.

1965. L'ÉNIGME DU FUNICULAIRE, **nouvelle.**
1) « Elle » n° 1025, 12 août 1965.
2) Dans *Manigances.* Denoël, 1971.

1965. ... ET MON TOUT EST UN HOMME, **roman.**
1) *... Et mon tout est un homme.* Denoël, octobre 1965.
2) *... Et mon tout est un homme.* « Le Livre de Poche » n° 5123 [Librairie Générale Française], 1978.
3) Dans *Quarante Ans de suspense*, tome II. Collection « Bouquins », Robert Laffont, septembre 1988.

1966. LE FUGITIF, **nouvelle.**
1) « Le Journal du Dimanche », 16 janvier 1966.
2) Dans *Le train bleu s'arrête treize fois.* Denoël, mars 1966.

1966. LE TRAIN BLEU S'ARRÊTE TREIZE FOIS, **nouvelles.**
Recueil de 13 nouvelles inédites (sauf *Le Fugitif*) inspirées par une série de 13 téléfilms diffusés par la télévision française, 1re chaîne, en 1965-1966.
Signal d'alarme. Premier courrier. Marché en main. Choc en retour. Passe-Passe. Une balle de trop. On ne gagne qu'une fois. Coup fourré. Cabine 11. Le Piège. L'Aveu. Un mari dangereux. Le Fugitif.
1) *Le train bleu s'arrête treize fois.* Denoël, mars 1966.
2) Id. Adaptation de Liliane Del Marmol. Collection « Super-Facile », Hachette, 1976.
3) Dans *Quarante Ans de suspense*, tome II. Collection « Bouquins », Robert Laffont, septembre 1988.

1966. LE VŒU, **nouvelle.**
1) « Cahiers de l'Académie de Bretagne » n° 4, 1967 [15 décembre 1966). Illustrations d'Henri Bouyer.
2) Dans *Manigances*, Denoël, 1971.

1967. CERTAIN VENDREDI SOIR, **nouvelle.**
1) *Certain vendredi soir.* « Elle » n° 1129, 10 août 1967.
2) Sous le titre *Qui a dérobé les billets de banque de Nicole Bouzille ?* « Paris-Presse-L'Intransigeant », 11 août 1967.
3) *Certain vendredi soir.* Dans *Quarante Ans de suspense*, tome II. Collection « Bouquins », Robert Laffont, septembre 1988.

1967. LE DOSSIER MH-4, **nouvelle.**
1) « Elle » n° 1130, 17 août 1967.
2) Dans *Quarante Ans de suspense*, tome II. Collection « Bouquins », Robert Laffont, septembre 1988.

1967. SUR LE SABLE, **nouvelle.**
1) « Elle » n° 1131, 24 août 1967.
2) Dans *Quarante Ans de suspense*, tome II. Collection « Bouquins », Robert Laffont, septembre 1988.

1967. L'HOMME AUX GADGETS, nouvelle.
1) « Elle » n° 1132, 31 août 1967.
2) Dans *Quarante Ans de suspense*, tome II. Collection « Bouquins », Robert Laffont, septembre 1988.

1967. LA MORT A DIT : PEUT-ÊTRE, roman.
1) *La mort a dit : peut-être.* Denoël, octobre 1967.
2) *La mort a dit : peut-être.* Feuilleton quotidien dans « La Tribune de Lausanne » à partir du 15 novembre 1970.
3) *La mort a dit : peut-être.* Feuilleton quotidien dans « La Charente libre » (Angoulême) à partir du 23 novembre 1971.
4) *La mort a dit : peut-être.* Collection « Super Crime Club » n° 332, Denoël, avril 1973.
5) *La mort a dit : peut-être.* Feuilleton quotidien dans « Le Populaire du Centre » (Limoges), septembre-octobre 1973.
6) Dans *Quarante Ans de suspense*, tome II. Collection « Bouquins », Robert Laffont, septembre 1988.

1967. REMORDS, nouvelle.
1) « Mystère-Magazine » n° 238, novembre 1967.
2) Recueillie dans *Manigances*, Denoël, 1971.
3) Reproduite dans « Marie-France » n° 192, février 1972.

1967. LE BUSTE DE BEETHOVEN, nouvelle.
1) « Le Journal du Dimanche », 24 décembre 1967.
2) Recueillie dans *Manigances.* Denoël, 1971.
3) Reproduite dans « Modes et Travaux » n° 881, mai 1974.

1968. TÉLÉ-CRIME, roman.
1) *Télé-Crime.* « Constellation » n° 243, juillet 1968.
2) *La Chanson qui tue.* « Modes et Travaux », numéro hors série « Jeux », juillet 1985.
3) *Télé-Crime.* Dans *Quarante Ans de suspense*, tome II. Collection « Bouquins », Robert Laffont, 1988.

1969. LA PORTE DU LARGE, roman.
1) *La Porte du large.* Denoël, janvier 1969.
2) Dans *Quarante Ans de suspense*, tome II. Collection « Bouquins », Robert Laffont, septembre 1988.

1969. L'AUTRE RIVAGE, nouvelle.
1) Sous le titre *Le gangster croyait au père Noël.* « Un jour » n° 2, juillet 1969.
2) Dans *Manigances*, Denoël, 1971.
3) « Le Pèlerin du XXᵉ siècle », almanach 1973.

1969. DELIRIUM, roman.
1) *Delirium* suivi de *L'Ile.* Denoël, novembre 1969.
2) Dans *Quarante Ans de suspense*, tome II. Collection « Bouquins », Robert Laffont, septembre 1988.

1969. GUERRE FROIDE, nouvelle.
1) « Cahiers de l'Académie de Bretagne » n° 7, 1970 [15 décembre 1969].
2) Dans *Manigances*, Denoël, 1971.
3) « Modes et Travaux », septembre 1972.

1970. LE CORBEAU, **nouvelle.**
1) « Le Journal du Dimanche » n° 872, 8 février 1970.
2) Dans *Manigances.* Denoël, 1971.

1970. UNE FEMME DE TÊTE, **nouvelle.**
(Déjà parue sous la seule signature de P. Boileau dans « Bonjour Dimanche », 5 décembre 1948.)
1) « Un Jour » n° 9, avril 1970.
2) Dans *Manigances*, Denoël, 1971.

1970. LES VEUFS, **roman.**
1) *Les Veufs*, Denoël, 2e trimestre 1970.
2) *Les Veufs.* « Le Livre de Poche » n° 7402. (Librairie Générale Française), 1977.
3) Dans *Quarante Ans de suspense*, tome III. Collection « Bouquins », Robert Laffont, septembre 1988.

1970. L'AUTRE, **nouvelle.**
1) « Elle » n° 1282, 13 juillet 1970.
2) Dans *Manigances.* Denoël, 1971.

1970. FEU MONSIEUR LE COMTE, **nouvelle.**
1) « Elle » n° 1283, 20 juillet 1970.
2) Dans *Manigances.* Denoël, 1971.

1970. MORT EN PISTE, **nouvelle.**
1) « Elle » n° 1284, 27 juillet 1970.
2) Dans *Manigances.* Denoël, 1971.

1970. UN COUP AU CŒUR, **nouvelle.**
1) « Elle » n° 1285, 3 août 1970.
2) Dans *Manigances.* Denoël, 1971.

1970. LA BREBIS GALEUSE, **nouvelle.**
1) « Elle » n° 1286, 10 août 1970.
2) Dans *Manigances.* Denoël, 1971.

1970. ÉCHANGE DE BONS PROCÉDÉS, **nouvelle.**
1) « Elle » n° 1287, 17 août 1970.
2) Dans *Manigances.* Denoël, 1971.

1971. SANS ATOUT ET LE CHEVAL FANTÔME **(Sans Atout I), roman pour la jeunesse.**
1) *Sans Atout et le Cheval fantôme.* Collection « Poche-Jeunesse » n° 2, Hatier-Rageot, mars 1971.
2) *Sans Atout et le Cheval fantôme.* Collection « Folio-Junior », Gallimard.
3) Dans *Quarante Ans de suspense*, tome III. Collection « Bouquins », Robert Laffont, septembre 1988.

1971. RÉCITAL POUR UNE BLONDE, **nouvelle.**
1) Nouvelle-concours parue dans le bulletin interne de l'Oréal, mars, avril, mai 1971.
2) Dans *Quarante Ans de suspense*, tome III. Collection « Bouquins », Robert Laffont, septembre 1988.

1971. SANS ATOUT CONTRE L'HOMME A LA DAGUE (Sans Atout II), roman pour la jeunesse.

1) *Sans Atout contre l'homme à la dague.* Collection « Poche-Jeunesse » n° 13, Hatier-Rageot, avril 1971.

2) *Sans Atout contre l'homme à la dague.* Collection « Folio-Junior », Gallimard.

3) Dans *Quarante Ans de suspense,* tome III. Collection « Bouquins », Robert Laffont, septembre 1988.

1971. LE VAMPIRE, nouvelle.

(Déjà parue sous la seule signature de T. Narcejac dans « Mystère-Magazine » n° 13, février 1949.)

Recueillie dans *Manigances.* Denoël, 1971.

1971. TOTO, nouvelle.

Parue pour la première fois dans *Manigances,* 1971.

1971. UN HOMME COMME LES AUTRES, nouvelle.

(Déjà parue sous la seule signature de P. Boileau dans « Le Parisien libéré », 24 janvier 1956.)

Dans *Manigances,* Denoël, 1971.

1971. AU TEMPS DU MARCHÉ NOIR, nouvelle.

Parue pour la première fois dans *Manigances,* Denoël, 1971.

1971. LES PANTHÈRES, nouvelle.

Parue pour la première fois dans *Manigances,* Denoël, 1971.

1971. MANIGANCES, nouvelles.

Recueil de : *Paranoïa. Névrose. Angoisse. Psychose. Schizophrénie. Le Fusil à flèches. Les Trois Suspects. Le Peignoir bleu. Crime en forêt. L'Énigme du funiculaire. Feu Monsieur le comte. L'Autre. Mort en piste. Un coup au cœur. La Brebis galeuse. Le Vampire. Toto. Échange de bons procédés. Un homme comme les autres. Au temps du marché noir. Un coupable. Une femme de tête. Guerre froide. Le Buste de Beethoven. La Rivale. Remords. Un garçon sur la route. L'Autre Rivage. Le Vœu. Le Corbeau. Les Panthères. Les Chats. Le Chien.*

1) *Manigances.* Un vol. Cartonnage éditeur avec jaquette. Denoël, octobre 1971.

2) *Manigances.* Collection « Folio » n° 1743, Gallimard, 1986.

3) Dans *Quarante Ans de suspense,* tome III. Collection « Bouquins », Robert Laffont, septembre 1988.

1971. TROIS INDISPENSABLES ALIBIS, nouvelle.

1) Nouvelle-concours dans « Mystère-Magazine » n° 285, novembre 1971 ; et (solution) n° 290, avril 1972.

2) Dans *Quarante Ans de suspense,* tome III. Collection « Bouquins », Robert Laffont, septembre 1988.

1972. LAQUELLE DES TROIS, nouvelle.

1) « Le Journal du Dimanche » n° 1318, 27 février 1972.

2) Dans *Quarante Ans de suspense,* tome III. Collection « Bouquins », Robert Laffont, septembre 1988.

1972. LE DÉMON DE MINUIT, nouvelle.

1) « Le Journal du Dimanche », n° 1320, 12 mars 1972.

2) « Cahiers de l'Académie de Bretagne » (Nantes) n° 16, 1976 [15 décembre 1975].

3) Dans *Quarante Ans de suspense*, tome III. Collection « Bouquins », Robert Laffont, septembre 1988.

1972. LA VIE EN MIETTES, roman.

1) *La vie en miettes*, 28 épisodes quotidiens dans « Le Figaro », 20 avril-24 mai 1972.

2) *La vie en miettes.* Collection « Sueurs froides », Denoël, juin 1972.

3) Dans *Quarante Ans de suspense,* tome III. Collection « Bouquins », Robert Laffont, septembre 1988.

1972. ADIEU MAMIE, nouvelle.

1) « Le Journal du Dimanche » n° 1338, 16 juillet 1972.

2) Dans *Quarante Ans de suspense*, tome III. Collection « Bouquins », Robert Laffont, septembre 1988.

1973. LA TRANCHE DES ROIS, nouvelle.

1) « L'Espoir-Hebdo » (Nice), 6 janvier 1973.

2) Dans *Quarante Ans de suspense*, tome V. Collection « Bouquins », Robert Laffont, 1990.

1973. LE TUEUR DU CARNAVAL, nouvelle.

1) Sous le titre *Le Tueur de Mardi gras.* « L'Espoir-Hebdo » (Nice) n° 7, 17 février 1973.

2) Éditions de luxe in-4°, en feuilles, double emboîtage, 14 gravures en couleurs de Proszynska. Nice, Matarasso, 1987. Tirage limité à 60 exemplaires.

3) Recueillie dans *Quarante Ans de suspense*, tome V. Collection « Bouquins », Robert Laffont, 1990.

1973. LE SECRET D'EUNERVILLE (signé Arsène Lupin), roman.

1) *Le Secret d'Eunerville.* 16 épisodes hebdomadaires dans « Télé 7 Jours », 17 février-2 juin 1973.

2) *Le Secret d'Eunerville.* Un vol. in-12, cartonné avec jaquette. 252 p. Librairie des Champs-Élysées, septembre 1973.

3) Id. « Le Livre de Poche » n° 4098, 1975.

4) Id. Librairie des Champs-Élysées, 1986. Collection « Le Masque » n° 1849.

5) Id. Dans *Arsène Lupin*, tome IV. Collection « Bouquins », Robert Laffont, 1987.

1973. LES PISTOLETS DE SANS ATOUT (Sans Atout III), roman pour la jeunesse.

1) *Les Pistolets de Sans Atout.* « Poche-Jeunesse » n° 26. Éditions de l'Amitié-Rageot, mars 1973.

2) *Les Pistolets de Sans Atout.* Collection « Folio-Junior », Gallimard.

3) Dans *Quarante Ans de suspense*, tome III. Collection « Bouquins », Robert Laffont, septembre 1988.

1973. A LA BARBE DU PÈRE NOËL, conte.

1) Sous le titre, non voulu par les auteurs : *Malices.* « Distance, magazine des passagers U.T.A. » n° 1, [juillet] 1973.

2) *Pas de grisbi pour le père Noël.* « L'Espoir-Hebdo » (Nice) n° 51, 22 décembre 1973.

3) *Noël surprise.* « Pleins Jeux Magazine » n° 1, mars 1983.

4) *A la barbe du père Noël.* Dans l'ouvrage collectif *Dix Contes de Noël.* Éditions de l'Amitié, novembre 1987.

5) Dans *Quarante Ans de suspense*, tome III. Collection « Bouquins », Robert Laffont, septembre 1988.

1973. LES DOUZE COUPS DE MINUIT A PARIS, conte.

(Version nouvelle d'un conte de P. Boileau, *La Montre*, paru dans « Le Parisien Libéré » le 11 mars 1954.)

1) « L'Espoir-Hebdo » (Nice) n° 29, 21 juillet 1973.

2) Dans *Quarante Ans de suspense*, tome V. Collection « Bouquins », Robert Laffont, 1990.

1973. OPÉRATION PRIMEVÈRE, roman.

1) *Opération Primevère.* 35 épisodes quotidiens dans « Le Figaro », 2 août-12 septembre 1973.

2) *Opération Primevère.* Collection « Sueurs froides », Denoël, octobre 1973.

3) *Opération Primevère.* « Le Livre de Poche » n° 4812. [Librairie Générale Française], 1976.

4) Dans *Quarante Ans de suspense*, tome III. Collection « Bouquins », Robert Laffont, 1988.

1973. LA DERNIÈRE TENTATION, nouvelle.

1) « Distance, magazine des passagers U.T.A. » n° 2, (septembre) 1973.

2) « Modes et Travaux », numéro hors série « Jeux », juillet 1985.

3) « Les Cahiers de l'Imaginaire » (spécial Boileau-Narcejac) n°s 23-24, octobre 1987.

4) Dans *Quarante Ans de suspense*, tome III. Collection « Bouquins », Robert Laffont, 1988.

1973. GIBIER, nouvelle.

1) « Distance, magazine des passagers U.T.A. » n° 3, [décembre] 1973.

2) Dans *Quarante Ans de suspense*, tome III. Collection « Bouquins », Robert Laffont, septembre 1988.

1973. MADEMOISELLE MAUD, nouvelle.

1) « Le Journal du Dimanche » n° 1412, 16 décembre 1973.

2) Dans l'anthologie de Roger Martin : *Nouvelles noires.* Nouvelles Éditions Encre, 1985.

3) Dans *Quarante Ans de suspense*, tome III. Collection « Bouquins », Robert Laffont, 1988.

1974. ARSÈNE LUPIN DANS LA GUEULE DU LOUP, nouvelle.

1) « Mystère-Magazine » n° 314, avril 1974.

2) Dans *Quarante Ans de suspense*, tome III. Collection « Bouquins », Robert Laffont, 1988.

1974. LA POUDRIÈRE (signé Arsène Lupin), roman.

1) *La Poudrière.* Édition cartonnée avec jaquette. Librairie des Champs-Élysées, mai 1974.

2) *La Poudrière.* « Le Livre de Poche » n° 5224. [Librairie Générale Française], 1979

3) Id. Dans *Arsène Lupin*, tome IV. Collection « Bouquins », Robert Laffont, 1987.

4) Id. Librairie des Champs-Élysées, 1987. Collection « Le Masque » n° 1868.

1974. FRÈRE JUDAS, roman.

1) *Frère Judas.* Collection « Sueurs froides », Denoël, octobre 1974.

2) *Frère Judas.* Édition cartonnée avec jaquette. France-Loisirs, 1975.
3) Dans *Quarante Ans de suspense*, tome III. Collection « Bouquins », Robert Laffont, septembre 1988.

1975. **LE TUEUR AUX BOUQUETS, nouvelle.**
1) *Le Monstre.* « Mystère-Magazine » n° 325, mars 1975.
2) *Le Monstre.* « Var Matin » (Toulon), 27 et 28 octobre 1980.
3) *Le Tueur aux bouquets.* « Pleins Jeux Magazine » n° 14, juin 1984.
4) Dans *Quarante Ans de suspense*, tome IV. Collection « Bouquins », Robert Laffont, 1989.

1975. **LE SECOND VISAGE D'ARSÈNE LUPIN, roman.**
1) *Le Second Visage d'Arsène Lupin.* Librairie des Champs-Élysées, 1975.
2) *Le Second Visage d'Arsène Lupin.* Librairie des Champs-Élysées, 1986. Collection « Le Masque » n° 1829.
3) Dans *Arsène Lupin*, tome IV. Collection « Bouquins », Robert Laffont, 1987.

1975. **LA TENAILLE, roman.**
1) *La Tenaille.* 38 épisodes quotidiens dans « Le Figaro », du 9 août 1975 au 23 septembre 1975.
2) *La Tenaille.* Collection « Sueurs froides », Denoël, octobre 1975.
3) Dans *Quarante Ans de suspense*, tome IV. Collection « Bouquins », Robert Laffont, 1989.

1976. **CAS DE CONSCIENCE, nouvelle.**
1) Sous le titre, non choisi par les auteurs : *Fausse Erreur policière.* « Distance, magazine des passagers U.T.A. » n° 16, [avril] 1976.
2) *Cas de conscience.* « Var Matin » (Toulon), 23 et 24 octobre 1980.
3) *Cas de conscience.* « Pleins Jeux Magazine » n° 6, septembre 1983.

1976. **LA LÈPRE, roman.**
1) *La Lèpre.* 41 épisodes quotidiens dans « Le Figaro », du 26 avril au 17 juin 1976.
2) *La Lèpre.* Denoël, septembre 1976. Collection « Sueurs froides ».
3) Dans *Quarante Ans de suspense*, tome IV. Collection « Bouquins », Robert Laffont, 1989.

1976. **COUP DOUBLE, conte.**
1) « Les Nouvelles Littéraires », 2 septembre 1976. Illustration de Loeiz Hamon.
2) Dans *Quarante Ans de suspense*, tome IV. Collection « Bouquins », Robert Laffont, 1989.

1976. **LA DERNIÈRE VICTIME, conte.**
(Déjà paru, sous la seule signature de P. Boileau, dans la revue « Cellules Grises » n° 2, juillet 1955 et sous le titre *Le Vampire* ; ce texte n'a aucun rapport avec *Le Vampire*, publié par T. Narcejac dans « Mystère-Magazine » n° 13, février 1949.)
1) *Le Vampire.* « Ici Paris » n° 1633, 22 octobre 1976.
2) Retitré *La Dernière Victime* dans l'anthologie de Francis Lacassin : *Vampires de Paris.* Union Générale d'Éditions, 1981.
3) *La Dernière Victime.* Dans *Quarante Ans de suspense*, tome IV. Collection « Bouquins », Robert Laffont, 1989.

1976. **FLAGRANT DÉLIT, conte.**
(Déjà paru, sous la seule signature de P. Boileau, dans « Le Parisien Libéré », le 18 août 1954.)

1) « Ici Paris » n° 1635, 5 novembre 1976.
2) Dans *Quarante Ans de suspense*, tome IV. Collection « Bouquins », Robert Laffont, 1989.

1976. QUI A TUÉ TANTE EMMA ?, **conte.**
(Déjà paru, sous la seule signature de P. Boileau, dans « Le Parisien Libéré », le 18 novembre 1953.)
1) « Ici Paris » n° 1643, 3 décembre 1976.
2) Dans *Quarante Ans de suspense*, tome IV. Collection « Bouquins », Robert Laffont, 1989.

1977. L'ÉVADÉ, **conte.**
1) « Magazine du Mystère » n° 2, janvier/février 1977.
2) « Pleins Jeux Magazine » n° 13, mai 1984.
3) *Quarante Ans de suspense*, tome IV. Collection « Bouquins », Robert Laffont, 1989.

1977. LA JUSTICE D'ARSÈNE LUPIN, **roman.**
1) *La Justice d'Arsène Lupin.* 41 épisodes quotidiens dans « Le Figaro » du 28 février au 21 avril 1977.
2) *La Justice d'Arsène Lupin.* Librairie des Champs-Élysées, mai 1977.
3) Dans *Arsène Lupin*, tome IV. Collection « Bouquins », Robert Laffont, 1987.
4) *La Justice d'Arsène Lupin.* Librairie des Champs-Élysées, 1987. Collection « Le Masque », n° 1889.

1977. LA ROUE TOURNE, **conte.**
(Déjà paru, sous la seule signature de P. Boileau, dans « Le Parisien Libéré », le 6 janvier 1953.)
1) « Magazine du Mystère » n° 3, mars 1977.
2) Dans *Quarante Ans de suspense*, tome IV. Collection « Bouquins », Robert Laffont, 1989.

1977. CLIENTS DANGEREUX, **conte.**
(Déjà paru, sous la seule signature de P. Boileau, dans « Le Parisien Libéré », le 31 octobre 1952.)
1) « Ici Paris » n° 1659, 22 avril 1977. Illustrations de Dugevoy.
2) Dans *Quarante Ans de suspense*, tome IV. Collection « Bouquins », Robert Laffont, 1989.

1977. MORT INSTANTANÉE, **nouvelle.**
1) « Elle » n° 1645, 18 juillet 1977.
2) Dans *Quarante Ans de suspense*, tome IV. Collection « Bouquins », Robert Laffont, 1989.

1977. LE VRAI COUPABLE, **nouvelle.**
1) « Elle » n° 1646, 25 juillet 1977.
2) Dans *Quarante Ans de suspense*, tome IV. Collection « Bouquins », Robert Laffont, 1989.

1977. LE TRÉSOR CACHÉ, **nouvelle.**
1) « Elle » n° 1647, 1er août 1977.
2) Dans *Quarante Ans de suspense*, tome IV. Collection « Bouquins », Robert Laffont, 1989.

1977. **LA PORTE CLOSE, nouvelle.**
1) « Elle » n° 1648, 8 août 1977.
2) Dans *Quarante Ans de suspense*, tome IV. Collection « Bouquins », Robert Laffont, 1989.

1977. **UN CRIME STUPIDE, nouvelle.**
1) « Elle » n° 1649, 15 août 1977.
2) Dans *Quarante Ans de suspense*, tome IV. Collection « Bouquins », Robert Laffont, 1989.

1977. **ON NE SAURAIT PENSER A TOUT, nouvelle.**
1) « Elle » n° 1650, 22 août 1977.
2) Dans *Quarante Ans de suspense*, tome IV. Collection « Bouquins », Robert Laffont, 1989.

1977. **L'AGE BÊTE, roman.**
1) *L'Age bête.* 42 épisodes quotidiens dans « Le Figaro », du 17 décembre 1977 au 6 février 1978.
2) *L'Age bête.* Feuilleton quotidien dans « Paris-Normandie » (Rouen) à partir du 17 décembre 1977.
3) *L'Age bête.* Collection « Sueurs froides », Denoël, 1978.
4) Dans *Quarante Ans de suspense*, tome IV. Collection « Bouquins », Robert Laffont, 1989.

1978. **CARTE VERMEIL, roman.**
1) *Carte vermeil.* 44 épisodes quotidiens dans « Le Figaro » du 2 octobre au 22 novembre 1978.
2) *Carte vermeil.* Denoël, janvier 1979.
3) *Carte vermeil.* Édition cartonnée avec jaquette. France-Loisirs, juin 1979.
4) *Carte vermeil.* Collection « Les Grands Maîtres du roman policier », Éditions de Crémille/François Beauval, Genève, 1980.
5) *Carte vermeil.* Collection « Folio » n° 1212, Gallimard, 1980.
6) Dans *Quarante Ans de suspense*, tome IV. Collection « Bouquins », Robert Laffont, 1989.

1979. **LE SERMENT D'ARSÈNE LUPIN, roman.**
1) *Le Serment d'Arsène Lupin.* 42 épisodes quotidiens dans « Le Figaro » du 28 juin au 16 août 1979.
2) *Le Serment d'Arsène Lupin.* Librairie des Champs-Élysées, octobre 1979.
3) Dans *Arsène Lupin*, tome IV. Collection « Bouquins », Robert Laffont, 1987.

1980. **LES INTOUCHABLES, roman.**
1) *Les Intouchables.* Denoël, janvier.
2) *Les Intouchables.* Collection « Folio » n° 1595, Gallimard, 1984.
3) Dans *Quarante Ans de suspense*, tome IV. Collection « Bouquins », Robert Laffont, 1989.

1980. **TERMINUS, roman.**
1) *Terminus.* 48 épisodes quotidiens dans « Le Figaro » du 3 septembre au 28 octobre 1980.
2) *Terminus.* Denoël, novembre 1980.
3) *Terminus.* Édition cartonnée avec jaquette. Collection « Le Grand Livre du mois », Club Français du Livre, 1980.
4) *Terminus.* En feuilleton hebdomadaire dans « Bouquet » à partir du 3 février 1982.

5) *Terminus.* Collection « Folio » n° 1386, Gallimard, 1982.
6) Dans *Quarante Ans de suspense,* tome IV. Collection « Bouquins », Robert Laffont, 1989.

1980. PRÉMÉDITATION, nouvelle.
1) « Var Matin » (Toulon), 25 et 26 octobre 1980.
2) Dans *Quarante Ans de suspense,* tome V. Collection « Bouquins », Robert Laffont, 1990.

1980. USURPATION D'IDENTITÉ, nouvelles.
Édition remaniée et augmentée de l'ouvrage de Thomas Narcejac seul paru au Club du livre policier, 1959. Recueil de pastiches de A. Conan Doyle, Maurice Leblanc, G.K. Chesterton, Dorothy Sayers, Agatha Christie, Ellery Queen, Leslie Charteris, Georges Simenon, Peter Cheyney, Pierre Nord, Rex Stout, James Hadley Chase, Léo Malet, Antoine Dominique, Charles Exbrayat, Gérard de Villiers.
1) *Usurpation d'identité.* Hachette Littérature, novembre 1980.
2) *Usurpation d'identité.* Collection « J'ai Lu » n° 1513.
3) Dans *Quarante Ans de suspense,* tome V. Collection « Bouquins », Robert Laffont, 1990.

1980. A UNE HEURE PRÈS, nouvelle.
1) « Elle » n° 1825, 29 décembre 1980.
2) Dans *Quarante Ans de suspense,* tome IV. Collection « Bouquins », Robert Laffont, 1989.

1981. BOX-OFFICE, roman.
1) *Box-office.* 51 épisodes quotidiens dans « Le Figaro » du 1er août au 29 septembre 1981.
2) *Box-office.* Denoël, novembre 1981.
3) Dans *Quarante Ans de suspense,* tome IV. Collection « Bouquins », Robert Laffont, 1989.

1981. TENDRESSE, nouvelle.
1) « Cahiers de l'Académie de Bretagne » (Nantes) n° 19, 1982 [15 décembre 1981] ; p. 129-131.
2) « 813 » n° 27, avril 1989.
3) Dans *Quarante Ans de suspense,* tome V. Collection « Bouquins », Robert Laffont, 1990.

1982. UN CAS UNIQUE, conte.
1) *Un cas unique.* Dans le fanzine « 813 » n° 5, 1982.
2) *Un cas unique.* « Pleins Jeux Magazine » n° 10, février 1984.
3) Dans *Quarante Ans de suspense,* tome IV. Collection « Bouquins », Robert Laffont, 1989.

1982. MAMIE, roman.
1) *Mamie.* 54 épisodes quotidiens dans « Le Figaro » du 5 juillet au 6 septembre 1982.
2) *Mamie.* Collection « Sueurs froides », Denoël, janvier 1983.
3) Dans *Quarante Ans de suspense,* tome IV. Collection « Bouquins », Robert Laffont, 1989.

1983. LE TESTAMENT, conte.
1) Sous le titre, non choisi par les auteurs, *De l'authenticité d'un testament.* « Pleins Jeux Magazine » n° 4, juin 1983.

2) Dans *Quarante Ans de suspense*, tome V. Collection « Bouquins », Robert Laffont, 1990.

1983. LES EAUX DORMANTES, roman.

1) *Les Eaux dormantes.* 54 épisodes quotidiens dans « Le Figaro », 8 juillet-8 septembre 1983.

2) *Les Eaux dormantes.* Denoël, janvier 1984.

3) Dans *Quarante Ans de suspense*, tome IV. Collection « Bouquins », Robert Laffont, 1989.

1984. LA PERLE NOIRE, conte.

(Déjà paru, sous la signature de P. Boileau, dans « Le Parisien Libéré », le 7 septembre 1950.)

1) « Pleins Jeux Magazine » n° 11, mars 1984.

2) Dans *Quarante Ans de suspense*, tome V. Collection « Bouquins », Robert Laffont, 1990.

1984. DANS LA GUEULE DU LOUP (Sans Atout IV), roman pour la jeunesse.

1) *Dans la gueule du loup.* Collection « Les Maîtres de l'Aventure », Éditions de l'Amitié/G.T. Rageot, mars 1984.

2) Dans *Quarante Ans de suspense*, tome IV. Collection « Bouquins », Robert Laffont, 1989.

1984. ELLE OU LUI ?, conte.

(Déjà paru, sous la signature de P. Boileau, dans « Paris-Soir », 23 août 1938.)

1) « Pleins Jeux Magazine » n° 11, mars 1984.

2) Dans *Quarante Ans de suspense*, tome V. Collection « Bouquins », Robert Laffont, 1990.

1984. LA DERNIÈRE CASCADE, roman.

1) *La dernière cascade.* 51 épisodes quotidiens dans « Le Figaro », 9 juillet-6 septembre 1984.

2) *La Dernière Cascade.* Denoël, janvier 1985.

3) Dans *Quarante Ans de suspense*, tome V. Collection « Bouquins », Robert Laffont, 1990.

1984. L'INVISIBLE AGRESSEUR (Sans Atout V), roman pour la jeunesse.

1) *L'Invisible Agresseur.* Collection « Les Maîtres de l'Aventure », Éditions de l'Amitié/G.T. Rageot, septembre 1984.

2) Dans *Quarante Ans de suspense*, tome V. Collection « Bouquins », Robert Laffont, 1990.

1984. LE SOUPÇON, nouvelle pour la jeunesse.

1) « Je bouquine » n° 9. [Bayard-Presse], novembre 1984.

2) Dans *Quarante Ans de suspense*, tome V. Collection « Bouquins », Robert Laffont, 1990.

1985. SCHUSS, roman.

1) *Schuss.* 49 épisodes quotidiens dans « Le Figaro », 8 juillet-3 septembre 1985.

2) *Schuss.* Denoël, janvier 1986.

3) Dans *Quarante Ans de suspense*, tome V. Collection « Bouquins », Robert Laffont, 1990.

1985. UNE ÉTRANGE DISPARITION (Sans Atout VI), roman pour la jeunesse.

1) *Une étrange disparition.* Éditions de l'Amitié, septembre 1985.

2) Dans *Quarante Ans de suspense*, tome V. Collection « Bouquins », Robert Laffont, 1990.

1986. L'AS DE PIQUE, **nouvelle pour la jeunesse.**
1) « Je bouquine » n° 24. [Bayard-Presse], février 1986.
2) Dans *Quarante Ans de suspense*, tome V. Collection « Bouquins », Robert Laffont, 1990.

1987. M. HYDE, **roman.**
1) *M. Hyde.* Denoël, janvier 1987.
2) Dans *Quarante Ans de suspense*, tome V. Collection « Bouquins », Robert Laffont, 1990.

1987. LE CADAVRE FAIT LE MORT **(Sans Atout VII), roman pour la jeunesse.**
1) *Le cadavre fait le mort.* Collection « Les Maîtres de l'Aventure », Éditions de l'Amitié/G.T. Rageot, septembre 1987.
2) Dans *Quarante Ans de suspense*, tome V. Collection « Bouquins », Robert Laffont, 1990.

1988. CHAMP CLOS, **roman.**
1) *Champ clos.* Denoël, janvier 1988.
2) Dans *Quarante Ans de suspense*, tome V. Collection « Bouquins », Robert Laffont, 1990.

1988. LE CONTRAT, **roman.**
1) *Le Contrat.* Denoël, octobre 1988.
2) Dans *Quarante Ans de suspense*, tome VI. Collection « Bouquins », Robert Laffont, 1991.

1989. LA MÉLODIE DE LA PEUR, **roman pour la jeunesse.**
1) *La Mélodie de la peur.* Éditions de l'Amitié, février 1989.
2) Dans *Quarante Ans de suspense*, tome VI. Collection « Bouquins », Robert Laffont, 1991.

1989. J'AI ÉTÉ UN FANTÔME, **roman.**
1) *J'ai été un fantôme,* Denoël, 4 avril 1989.
2) Dans *Quarante Ans de suspense*, tome VI. Collection « Bouquins », Robert Laffont, 1991.

1989. L'AMOUR CONJUGAL, **conte.**
(Première esquisse de *Tendresse.*)
1) « 813 » n° 27, avril 1989.
2) Dans *Quarante Ans de suspense*, tome V. Collection « Bouquins », Robert Laffont, 1990.

II

ESSAIS

1964. LE ROMAN POLICIER.
1) *Le Roman policier.* « Petite Bibliothèque Payot » n° 70. Payot, novembre 1964.

2) *Le Roman policier d'Edgar Poe à la Série noire.* Dans *Quarante Ans de suspense*, tome II. Collection « Bouquins », Robert Laffont, septembre 1988.

1975. LE ROMAN POLICIER.

Le Roman policier. Collection « Que sais-je ? » n° 1623. Presses Universitaires de France. (Ouvrage différent du précédent.)

1986. TANDEM.

1) *Tandem ou 35 ans de suspense.* Denoël, janvier 1986.

2) Dans *Quarante Ans de suspense*, tome V. Collection « Bouquins », Robert Laffont, 1990.

III

TRADUCTIONS

CELLE QUI N'ÉTAIT PLUS, **1952.**

1) Traduction anglaise : *The Woman who was no more.* Londres, Hutchinson, 1954.

2) Traduction américaine : *The Woman who was no more.* New York, Rinehart and Co., 1954.

3) Traduction suédoise : *Mord makar emellan.* Stockholm, Lars Hakerbergs, 1955.

4) Traduction allemande : *Das Nebelspiel.* Stuttgart, Drein Raben Verlag, 1955.

5) Traduction italienne. En feuilleton dans le quotidien « Il Corriere della Sera », 1955.

6) Traduction norvégienne : *Liket som romte.* Oslo, Gyldendals Lommeboker, 1956.

7) Traduction japonaise. Tokyo, Hayakawa Shobo and Co. Ltd, s.d. [1956].

8) Traduction suédoise : *Mord Mellan.* Venersborg. Strombergs, 1957.

9) Traduction hollandaise : *Zij Die Er Niet Meer Was...* La Haye, Uitgave Succes, 1958-1959.

10) Traduction hollandaise : *Een Vrouw Moest Verdwifuen.* Utrecht, Bruna und Zoon, 1960.

11) Traduction allemande : *Tote sollten schweigen.* Hambourg, Rowohlt Taschenbuch Verlag, novembre 1963 et juillet 1975.

12) Traduction espagnole : *La que no existia.* Barcelone, Ediciones German Plaza. Policiaca, 1964 et 1968.

13) Traduction anglaise : *The Fiends.* Londres, Arrow Books, 1965.

14) Traduction suédoise : *Dedjävulska.* Stockholm, Bonniers, 1970.

15) Traduction roumaine : *Complot.* Bucarest, Editura Universala, 1970.

16) Traduction allemande : *Tote sollten schweigen.* Berlin (R.D.A.), Volk und Welt, 1974.

17) Traduction hongroise : *Az ördöngösök.* Budapest, Albatrosz Konyvek, 1975.

18) Traduction slovaque : *Diablice.* Bratislava, Slovensky Spisovatel, 1976.

19) Traduction espagnole : *La que no existia.* Barcelone, Plaza y Janes, janvier 1980.

20) Traduction italienne : *I Diabolici.* Milan, Giallo Mondadori, juin 1981.

21) Traduction brésilienne : *As Diabolicos.* Sao Paulo, Victor Civita, 1984.

22) Traduction brésilienne : *As Diabolicos.* Rio de Janeiro, Editora Globo, 1987.

LES VISAGES DE L'OMBRE, 1953.

1) Traduction italienne. Feuilleton dans le quotidien « Il Corriere della Sera », vers 1954.

2) Traduction anglaise : *Faces in the Dark*. « Book Society Recommendation. » Londres, Hutchinson, 1955.

3) Traduction hollandaise. Editions Succes, vers 1955.

4) Traduction suédoise : *Ansikteb Imorkret*. Stockholm, Strombergs, 1956.

5) Traduction hollandaise. En feuilleton dans un quotidien.

6) Traduction suédoise : *Ansikten Imorkret*. Vanersborg, Strombergs, 1957.

7) Traduction japonaise. Tokyo, Hayakawa Shobo and Co. Ltd, 1958, 1976.

8) Traduction espagnole : *Los rostros de la sombra*. Barcelone, Ediciones German Plaza, 1960 et 1968.

9) Traduction danoise : *Blindebuk med döden*. Copenhague, Martin Forlag, s.d. [1961].

10) Traduction allemande : *Die Gesichter des Schattens*. Hambourg, Rowohlt Taschenbuch Verlag, décembre 1961, 1980, 1983.

11) Traduction finnoise : *Pimëan Kasvot*. Helsinki, Kirjayhtnia, 1963.

12) Traduction japonaise. Tokyo, Hayakawa Publishing Inc., 1976 [éd. de Poche].

13) Traduction afrikaner : *Skimme in die duister*. Pretoria, Human and Rousseau, 1976.

14) Traduction allemande. Buchergild Gutenberg, vers 1977.

15) Traduction espagnole : *Los rostros de la sombra*. Barcelone, Plaza y Janes, 1980, « Collecion Bùo ».

16) Traduction russe. Moscou, Radonga, 1986.

17) Traduction brésilienne, Rio de Janeiro. Editora Globo. A paraître.

D'ENTRE LES MORTS, 1954.

1) Traduction italienne. Feuilleton dans « Il Corriere della Sera », vers 1955.

2) Traduction anglaise : *The Living and the Dead*. Londres, Hutchinson, 1956.

3) Traduction yougoslave. Kosmos [vers 1956].

4) Traduction japonaise. Tokyo, Hayakawa Shobo, 1956.

5) Traduction suédoise : *Den Levande och den doda*. Vanesborg, Strombergs, 1957.

6) Traduction allemande : *Von den Toten auferstanden*. Genf, Verlag Helmut Kossoda, 1957.

7) Traduction américaine : *The Living and the Dead*. New York, Ives Washburn Inc, 1957.

8) Traduction suisse-allemande. Holle, vers 1957.

9) Traduction américaine : *Vertigo*. New York, Dell Books, avril 1958.

10) Traduction anglaise : *The Living and the Dead*. Londres, Arrow Books, 1958 et 1965.

11) Traduction italienne : *La donna che visse due volte*. Milan, Garzanti, décembre 1958.

12) Traduction espagnole. Barcelone, Ediciones German y Plaza, vers 1959.

13) Traduction danoise. Feuilleton dans « Aller Press », vers 1959.

14) Traduction portugaise. Lisbonne, Publicaoes Europa America, vers 1962.

15) Traduction hollandaise : *Dee Vrouw die Tweemal leefde*. Utrecht, Bruna und Zoon, 1965 et 1981.

16) Traduction italienne : *La donna che visse due volte*. Milan, Garzanti per tutti, octobre 1967.

17) Traduction polonaise : *Zawrot Gtowy*. Czytelnik, 1968.

18) Traduction japonaise. Tokyo, Hayakawa Publishing Inc., 1977 et 1980.

19) Traduction italienne : *La donna che visse due volte*. Milan, Mondadori, septembre 1977, Collezione « Giallo Cinema ».

20) Traduction serbo-croate. Feuilleton dans un journal de Novi Sad, vers 1982.
21) Traduction slovaque : *Spomedzi mrtvych*. Bratislava, Dnevnik Tortran [1984].
22) Traduction allemande : *Aus dem Reich der Toten*. Hambourg, Rowohlt Taschenbuch Verlag, juin 1985.
23) Traduction bulgare. Sofia, Narodna Mladej, 1986.
24) Traduction allemande. Shoning. A paraître.
25) Traduction brésilienne. Rio de Janeiro, Rio Grafica. A paraître.

LES LOUVES, **1955.**
1) Traduction suisse-allemande : *Ich bin ein anderer*. Genf, Verlag Helmut Kossoda, 1957.
2) Traduction anglaise : *The Prisoner*. Londres, Hutchinson, 1957.
3) Traduction hollandaise : *De Wolvinven*. Utrecht, Bruna und Zoon, 1957, 1967, 1980.
4) Traduction suédoise : *Varginnorna*. Vanersborg, Strombergs, 1957.
5) Traduction japonaise. Tokyo, Sogensha, 1957, 1962.
6) Traduction espagnole : *Las Lobas*. Barcelone, Ediciones German y Plaza, 1960 et 1968.
7) Traduction danoise. Martins Forlag, 1960.
8) Traduction afrikaner : *Die gevangene*. Le Cap, Human and Rousseau, s.d. [1960].
9) Traduction allemande : *Ich bin ein anderer*. Hambourg, Rowohlt Taschenbuch, 1962 et 1981.
10) Traduction slovaque : *Vlcice*. Bratislava, Slovensky Spisovatel, 1976.
11) Traduction espagnole : *Las Lobas*. Barcelone, Plaza y Janes, 1979.
12) Traduction hongroise : *Nostenyfarkasok*. Budapest, Albatrosz Konyvek, 1984.
13) Traduction bulgare. Sofia, Narodna Mladej, 1986.
14) Traduction russe. Moscou, Radonga, 1986.
15) Traduction brésilienne : *As Lobas*. Rio de Janeiro, Editora Globo, 1987.
16) Traduction allemande. A paraître.

LE MAUVAIS ŒIL, **1956.**
1) Traduction japonaise. Tokyo, Hayakawa Shobo, [vers 1957].
2) Traduction anglaise : *The Evil Eye*. Londres, Hutchinson, 1959.
3) Traduction espagnole : *El mal de ojo*. Barcelone, Ediciones German y Plaza, 1960 et 1968.
4) Traduction anglaise : *The Evil Eye*. Londres, Four Square, s.d. [vers 1970].
5) Traduction allemande : *Der böse Blick. Ein Schlos in der Bretagn*. Hambourg, Rowohlt Taschenbuch Verlag, mars 1981.
6) Traduction espagnole : *El mal de ojo*. Barcelone, Plaza y Janes, 1982.

LES MAGICIENNES, **1957.**
1) Traduction japonaise. Tokyo, Sogen Sha Co., s.d. [1961].
2) Traduction italienne : *Misterius*. Milan, Garzanti, juillet 1962.
3) Traduction slovaque : *Carodejnice*. Bratislava, Slovensky Spisovatel, 1976.
4) Traduction brésilienne. Rio de Janeiro, Rio Grafica. A paraître.

L'INGÉNIEUR AIMAIT TROP LES CHIFFRES, **1958.**
1) Traduction italienne : *Il quarto colpo*. Milan, Garzanti Giallo, 1960.
2) Traduction anglaise : *The Tube*. Londres, Hamish Hamilton, 1960.
3) Traduction espagnole : *A l'ingeniero le gustan demasiado los numeros*. Barcelone, Ediciones German y Plaza, 1961.
4) Traduction japonaise. Tokyo, Sogen Sha Co. Ltd, 1960, 1961.

5) Traduction espagnole : *Al ingeniero le gustan demasiado los numeros.* Barcelone, Plaza y Janes, 1981, « Colleccion Bùo ».

6) Traduction allemande : *Die gleichung geht nicht auf.* Hambourg, Rowohlt Taschenbuch Verlag, août 1983.

LE RETOUR, **1958.**

Traduction hongroise dans Antologie Galaktika 42, vers 1980.

A CŒUR PERDU, **1959.**

1) Traduction anglaise : *Heart to Heart.* Londres, Hamish Hamilton, 1959.

2) Traduction japonaise. Tokyo, Sogen Sha Co., 1959, 1960, 1961.

3) Traduction espagnole : *Crimen en microsurco.* Barcelone, Ediciones German y Plaza, 1960.

4) Traduction allemande : *Mord bei 45 touren.* Hambourg, Rowohlt Taschenbuch Verlag, mars 1962 et 1983.

5) Traduction hollandaise : *De dood zongmee.* Utrecht, Bruna und Zoon, 1962 et 1974.

6) Traduction tchèque : *Ztracenemu srdci.* Prague, Mlada Fronta, 1977.

7) Traduction espagnole : *Crimen en microsurco.* Barcelone, Plaza y Janes, s.d. [1981], « Colleccion Bùo ».

8) Traduction brésilienne. Rio de Janeiro, Rio Grafica. A paraître.

MALÉFICES, **1961.**

1) Traduction anglaise : *Spells of Evil.* Londres, Hamish Hamilton, 1961.

2) Traduction espagnole : *Maleficios.* Barcelone, Plaza y Janes, 1961, 1962, 1984.

3) Traduction allemande : *Das Geheimnis des gelben Geparden.* Hambourg, Rowohlt Taschenbuch Verlag, septembre 1962, 1976, 1978, 1987.

4) Traduction hollandaise : *Het boze oog.* Utrecht, Bruna und Zoon, 1962, 1974.

5) Traduction japonaise. Tokyo, Sogen Shinsha, s.d. [1963].

6) Traduction italienne : *Sepolcro d'acqua.* Milan, Feltrinelli, 1964.

7) Traduction serbo-croate : *Cini.* Belgrade, Beogradski Izdavacko Graficki Zavod, 1975, 1985.

8) Traduction allemande : *Hexenspuk.* Berlin (R.D.A.), Volk und Welt Verlag, 1975.

9) Traduction norvégienne. Feuilleton dans le quotidien « Mortensen », Oslo, 1975.

10) Traduction brésilienne. Rio de Janeiro, Rio Grafica. A paraître.

MALDONNE, **1962.**

1) Traduction espagnole : *Destinos cambiados.* Barcelone, Plaza y Janes, 1963.

2) Traduction japonaise. Tokyo, Sogen Sha Co., s.d. [1964].

3) Traduction allemande : *Die Karten liegenfalsch.* Hambourg. Rowohlt Taschenbuch Verlag, avril 1965, mars 1987.

4) Traduction brésilienne. Rio de Janeiro, Rio Grafica. A paraître.

LE ROMAN POLICIER, **Payot, 1964.**

1) Traduction allemande : *Der detektivroman.* Berlin, Luchterhand, s.d.

2) Traduction japonaise. Tokyo, Hakusuisha, s.d.

LES VICTIMES, **1964.**

1) Traduction anglaise : *Who was Claire Jallu.* Londres, Arthur Baker Ltd, 1965.

2) Traduction hollandaise : *Die Eenander was.* Utrech, Bruna und Zoon, 1965.

3) Traduction allemande : *Die Frau die es zweimal gals.* Hambourg Rowohlt Taschenbuch Verlag, novembre 1965, 1982.

4) Traduction espagnole : *Las victimas.* Barcelone, Plaza y Janes, 1967.

5) Traduction anglaise : *The Victims.* Londres, Panther Crime, 1967.
6) Traduction japonaise. Tokyo, Sogen Sha Co. Ltd, s.d. [1967].
7) Traduction finnoise : *Kahdet Hasvot.* Helsinki, Sederstrom, 1977.

... ET MON TOUT EST UN HOMME, 1965.
1) Traduction anglaise : *Choice cuts.* Londres, Arthur Baker Ltd, 1966.
2) Traduction américaine : *Choice cuts.* New York, E.P. Dutton Inc. septembre 1966.
3) Traduction italienne : *Pezzi d'uomo scelti.* Milan, Feltrinelli, 1967.
4) Traduction espagnole : *... Y el total es un hombre.* Barcelone, Plaza y Janes, 1967.
5) Traduction allemande : *Mensch auf raten.* Hambourg, Rowohlt Taschenbuch Verlag, mars 1967, 1974.
6) Traduction hollandaise : *Het lisk dat uit de hand liep.* Utrecht, Bruna und Zoon, 1967, 1980.
7) Traduction suédoise : *... Och mitt hela ar en man.* Stockholm, Albert Bonniers, 1967.
8) Traduction japonaise. Hayakawa Shobo, 1967.
9) Traduction américaine : *Choice cuts.* New York, Bantam Books, janvier et juin 1968.
10) Traduction anglaise : *Choice cuts.* Londres, Panther Crime, 1968.
11) Traduction turque : *Kafa-Kol Bankûssi.* Ankara, Bilgi Basimavi, 1972.
12) Traduction italienne : *Pezzi d'uomo scelti.* Milan, Gialli Garzanti, juin 1974.
13) Traduction allemande. Buchergilde Gutenberg, vers 1977.

LE TRAIN BLEU S'ARRÊTE TREIZE FOIS, 1966.
1) Traduction allemande : *13 Stationen.* Hambourg, Rowohlt Taschenbuch Verlag, 1968.
2) Traduction japonaise. Tokyo, Hayakawa, 1968.
3) Traduction norvégienne. En feuilleton dans « Mortensen », Oslo, 1972.
4) Traduction japonaise. Tokyo, Geirin Shobo, vers 1972.
5) Traduction hongroise (partielle) dans l'hebdomadaire « Raketa », Budapest, vers 1976.
6) Édition allemande partielle en français avec une cassette (trois nouvelles) : *Signal d'alarme.* Stuttgart, Ernst Klett, 1978, 1980, 1981, 1985.
7) Édition japonaise partielle bilingue (trois nouvelles) : *Passe-passe.* Tokyo, Hakusuisha, 1983 et 1985.
8) Édition japonaise partielle en français (deux nouvelles). Tokyo, Hakusuisha, 1987.

LA MORT A DIT PEUT-ÊTRE, 1967.
1) Traduction allemande : *Parfum für eine Selbstmörderin.* Hambourg, Rowohlt Taschenbuch Verlag, août 1969.
2) Traduction suédoise : *Döden säger : Kanska.* Stockholm, Albert Bonniers Förlag, 1969.
3) Traduction hollandaise : *De Dood Zei : Misschien...* Utrecht, A.W. Bruna und Zoon, 1970, 1980.
4) Traduction japonaise. Tokyo, Hayakawa, s.d. [1970].
5) Traduction tchèque. Prague, Odeon, 1982.

LA PORTE DU LARGE, 1969.
1) Traduction japonaise. Tokyo, Hayakawa Publishing Co., 1970.
2) Traduction allemande : *Appartment für einen Selbstmörder.* Hambourg, Rowohlt Taschenbuch Verlag, janvier 1971.

3) Traduction hollandaise : *Een leeg vertrecht in zeezicht*. Utrecht Bruna und Zoon, 1973.

4) Traduction russe. Moscou, Radonga, 1986.

DELIRIUM, 1969.

1) Traduction japonaise. Tokyo, Hayakawa Shobo Co., 1971.

2) Traduction allemande : *Tod Nach Terminplan. Die Insel*. Hambourg, Rowohlt Taschenbuch Verlag, décembre 1979.

LES VEUFS, 1970.

1) Traduction suédoise. Stockholm, Albert Bonniers, vers 1971.

2) Traduction allemande : *Die trauernden witvar*. Hambourg, Rowohlt Taschenbuch Verlag, février 1972, mars 1985.

3) Traduction polonaise. Varsovie, R.S.W. Proza, 1973.

4) Traduction japonaise. Tokyo, Hayakawa Publishing Inc, 1974.

5) Traduction espagnole : *Los viudos*. Barcelone, Molino, 1975.

6) Traduction danoise : *Enkemaend*. Copenhague, Hernov Forlag, 1977.

7) Traduction brésilienne : Rio de Janeiro, Rio Grafica. A paraître.

MANIGANCES, 1971.

1) Traduction japonaise partielle. Tokyo, Hayakawa Publishing Co., 1975.

2) Traduction allemande : Feuilleton dans « Welt Am Sonttag ». Hambourg, 1975.

3) Traduction japonaise partielle. Tokyo, Geirin Shobo, vers 1975.

4) Traduction allemande intégrale en 2 volumes. Hambourg, Rowohlt Taschenbuch Verlag. 1. *Der Commissaire und andere unfreund liche Geschichten*, novembre 1975 — 2. *Der Psychiater und andere bosartigo Geschichter*, juillet 1976.

5) Traduction allemande (édition scolaire). Klett, 1976, avec une cassette.

SANS ATOUT ET LE CHEVAL FANTÔME, 1971.

1) Traduction portugaise : *Desligado e o Cavalo fantasma*. Rio de Janeiro, Ediçoes de Ouro, s.d.

SANS ATOUT CONTRE L'HOMME A LA DAGUE, 1971.

1) Traduction espagnole : *Désastre contra el hombre de la daga*. Madrid, Marcea, 1972.

2) Traduction allemande : *Der Mann mit dem dolch*. Arena Verlag, 1973.

LA VIE EN MIETTES, 1972.

1) Traduction allemande. En feuilleton dans « Der Stern », 1974.

2) Traduction allemande : *Das Leben ein alptraum*. Hambourg, Rowohlt Taschenbuch Verlag, octobre 1974 et juillet 1985.

3) Traduction japonaise. Tokyo, Hayakawa Shobo and Co. Ltd, 1974.

4) Traduction flamande (Belgique). En feuilleton dans « Het Laaste Niews », 1974.

5) Traduction norvégienne. En feuilleton dans « Mortensen », Oslo, 1975.

6) Traduction tchèque. Prague, Odeon, 1982.

7) Traduction brésilienne. Rio de Janeiro, Rio Grafica. A paraître.

LE SECRET D'EUNERVILLE, 1973.

Traduction japonaise. Tokyo, Popina-Sha, s.d.

OPÉRATION PRIMEVÈRE, 1973.

1) Traduction italienne : *Operazione Primula*. Milan, Sonzogno, 1975.

2) Traduction japonaise. Tokyo, Hayakawa Publishing Co., 1975.

3) Traduction allemande : *Leiche auf Urlamb*. Hambourg, Rowohlt Taschenbuch Verlag, février 1976.

4) Traduction hollandaise : *Operatie Sleutelbloem*. Utrecht, Bruna und Zoon, 1976.

5) Traduction tchèque : *Vinik*. Prague, Odeon, 1982.

6) Traduction brésilienne : *A Morte Nào Tira Ferias*. Rio de Janeiro, Editora Globo, 1987.

LES PISTOLETS DE SANS ATOUT, 1973.

Traduction allemande : *Schritte im dunkel*. Arena Verlag, 1975.

LA POUDRIÈRE, 1974.

1) Traduction espagnole : *El Polvorin*. Barcelone, Editorial Planeta, collection « Fabula », 1974.

2) Traduction italienne : *La Polveria*. Milan, Sonzogno, décembre 1975.

3) Traduction allemande : *Die Affäre Mareuse*. Francfort, Ullstein Buch, 1976.

4) Traduction portugaise : *O paiol de polvora*. Rio de Janeiro, Nova Fronteira, 1977.

FRÈRE JUDAS, 1974.

1) Traduction allemande : *Bruder Judas*. Hambourg, Rowohlt Taschenbuch Verlag, novembre 1977.

2) Traduction japonaise. Tokyo, Hayakawa Publishing Inc., 1979.

LE SECOND VISAGE D'ARSÈNE LUPIN, 1975.

1) Traduction allemande : *Arsène Lupin zweiter gesischt*. Francfort, Ullstein Buch, 1976.

2) Traduction japonaise. Tokyo, Popina-Sha, s.d.

LA TENAILLE, 1975.

1) Traduction italienne. Feuilleton dans « Gionà », 1976.

2) Traduction italienne : Rusconi, vers 1976.

3) Traduction allemande : *Wenn eine Tot mit zwei Mannern lebt*. Hambourg, Rowohlt Taschenbuch Verlag, juillet 1977, janvier 1986.

4) Traduction afrikaner : *Die Knyptang*. Le Cap, Human and Rousseau, 1977.

5) Traduction japonaise. Tokyo, Hayakawa Publishing Co., 1978.

6) Traduction tchèque. Prague, Odeon, 1982.

LE ROMAN POLICIER, Que Sais-je ? 1975.

Traduction japonaise. Tokyo, Hakusuisha, s.d.

LA LÈPRE, 1976.

1) Traduction allemande : *Ein Heldenleben*. Hambourg, Rowohlt Taschenbuch Verlag, mai 1978, 1980, 1981.

2) Traduction japonaise. Tokyo, Hayakawa Publishing Co., 1982.

3) Traduction danoise. Hernovs, vers 1981.

4) Traduction hollandaise : *Schim nait verleden*. Utrecht, Bruna und Zoon, 1982.

5) Traduction russe. Molodavia Gvardia. A paraître.

LA JUSTICE D'ARSÈNE LUPIN, 1977.

Traduction japonaise. Tokyo, Popina-Sha, s.d.

L'AGE BÊTE, 1977.

1) Traduction allemande : *Rache mit 15*. Hambourg, Rowohlt Taschenbuch Verlag, août 1979.

2) Traduction hongroise : *Kamaszok*. Budapest, Albatrosz Konyvek, 1980.
3) Traduction japonaise. Tokyo, Hayakawa Publishing Co., 1982.
4) Traduction slovaque : *Blaznivy vek*. Bratislava, Tatran, s.d. [1984].

CARTE VERMEIL, 1978.
1) Traduction allemande : *Auf dem Abstellgleis*. Hambourg, Rowohlt Taschenbuch Verlag, août 1980.
2) Traduction japonaise. Tokyo, Hayakawa Publishing Co., 1980.
3) Traduction hollandaise : *Huize Hibiscus*. Leeuwarden, Bruna Pockethuis BV, 1981.
4) Traduction serbo-croate : *Neizvrsena Oporuka*. Zagreb, Znanje, 1981.
5) Traduction slovène : *Gostice Hibiscus*. Ljubljana, Mladinska Knjiga, 1982.
6) Traduction tchèque : *Posledni stranka deniku*. Prague, Ceskoslovensky Spisovatel, 1983.
7) Traduction finnoise : *Rahan Varjo*. Juva, Werner Söderström Osakeyhtiö, 1984.
8) Traduction bulgare. Sofia, Narodna Koultoura, 1985.
9) Traduction brésilienne : *Um Retiro Macabro*, Rio de Janeiro, Rio Grafica, 1987.

LES INTOUCHABLES, 1980.
1) Traduction allemande : *Die unberühorboren*. Hambourg. Rowohlt Taschenbuch Verlag, juin 1981.
3) Traduction russe. Moscou, Molodaia Gvardia, 1983.
3) Traduction brésilienne : *Os Intocàveis*. Rio de Janeiro, Rio Grafica, 1987.

TERMINUS, 1980.
1) Traduction italienne : *Terminal*. Milan, Giallo Mondadori, avril 1982.
2) Traduction allemande : *Abschied von Lucienne*. Hambourg, Rowohlt Taschenbuch Verlag, novembre 1982.
3) Traduction brésilienne : *Estaçào Terminal*. Rio de Janeiro, Editora Globo, 1987.

USURPATION D'IDENTITÉ, 1980.
1) Traduction allemande : *Identitätchkertin*. Hambourg, Rowohlt Taschenbuch Verlag, 1982.
2) Traduction japonaise. Tokyo, Hayakawa Publishing Co., 1969. D'après le texte de 1959.

BOX-OFFICE, 1981.
1) Traduction italienne. Milan, Mondadori, vers 1983 [parution incertaine].
2) Traduction allemande : *Werthers zweiter Selbstmord*. Hambourg, Rowohlt Taschenbuch Verlag, mars 1984.

MAMIE, 1982.
1) Traduction allemande : *Mamie*. Hambourg, Rowohlt Taschenbuch Verlag, mai 1984.
2) Traduction brésilienne. Rio de Janeiro, Rio Grafica. A paraître.
3) Traduction russe. Molodaia Gvardia. A paraître.

LES EAUX DORMANTES, 1983.
Traduction allemande : *Ohne Spuren*. Hambourg, Rowohlt Taschenbuch Verlag, avril 1985.

LA DERNIÈRE CASCADE, 1984.
Traduction allemande : *Dertod Erlaud Kein Double*. Hambourg, Rowohlt Taschenbuch Verlag, août 1986.

SCHUSS, 1985.
1) Traduction allemande. Hambourg, Rowohlt Taschenbuch Verlag, 1987.
2) Traduction brésilienne. Rio de Janeiro, Rio Grafica. A paraître.

M. HYDE, 1987.
1) Traduction allemande. Hambourg, Rowohlt Taschenbuch Verlag, 1988.
2) Traduction brésilienne. Rio de Janeiro, Rio Grafica. A paraître.

TABLE DES MATIÈRES

Les titres précédés d'un astérisque sont totalement inédits
ou recueillis en volume pour la première fois ici

L'AS DE PIQUE

Mr HYDE

LE CADAVRE FAIT LE MORT
(Sans Atout, VII)

CHAMP CLOS

*LA BREBIS GALEUSE

LES NOUVELLES RETROUVÉES

TANDEM OU 35 ANS DE SUSPENSE

DOCUMENTS

ESQUISSES ET VARIANTES

DANS LA MÊME COLLECTION

HISTOIRE ET ESSAIS

ANSERMET, Ernest
Les Fondements de la musique dans la conscience humaine et autres écrits *(1 volume)*

BENOIST-MÉCHIN, Jacques
Soixante jours qui ébranlèrent l'Occident (10 mai – 10 juillet 1940) *(1 volume)*
Histoire de l'armée allemande *(2 volumes)* : Tome 1, 1918-1937 – Tome 2, 1937-1939

BOORSTIN, Daniel
Les Découvreurs *(1 volume)*

FRAZER, James George
Le Rameau d'Or – Tome 1 : Le roi magicien dans la société primitive – Tabou ou les périls de l'âme
Le Rameau d'Or – Tome 2 : Le dieu qui meurt, Adonis, Atys et Osiris
Le Rameau d'Or – Tome 3 : Esprits des blés et des bois, Le bouc émissaire
Le Rameau d'Or – Tome 4 : Balder le Magnifique, Bibliographie générale

GABORY, Émile
Les Guerres de Vendée *(1 volume)*

GIBBON, Edward
Histoire du déclin et de la chute de l'Empire romain *(2 volumes)* : Tome 1, Rome (de 96 à 582) – Tome 2, Byzance (de 455 à 1 500)

LA RÉVOLUTION FRANÇAISE (1789-1799)
Histoire et dictionnaire par Jean Tulard, Jean-François Fayard, Alfred Fierro *(1 volume)*

LAVISSE, Ernest
Louis XIV. Histoire d'un grand règne (1643-1715) *(1 volume)*

LE MONDE ET SON HISTOIRE, collection dirigée par Maurice Meuleau
Le monde antique et les débuts du Moyen Age par Maurice Meuleau et Luce Pietri *(1 volume)*
La fin du Moyen Age et les débuts du monde moderne par Luce Pietri et Marc Venard *(1 volume)*
Les révolutions européennes et le partage du monde ; le monde contemporain de 1914 à 1938 par Louis Bergeron et Marcel Roncayolo *(1 volume)*
Le monde contemporain de la Seconde Guerre mondiale à nos jours par Marcel Roncayolo *(1 volume)*

LE VOYAGE EN ORIENT de Jean-Claude Berchet
Anthologie des voyageurs français dans le Levant au XIXe siècle *(1 volume)*

MACAULAY, Thomas Babington
Histoire d'Angleterre depuis l'avènement de Jacques II (1685) jusqu'à la mort de Guillaume III (1702) *(2 volumes sous coffret)*

MICHELET, Jules
Histoire de la Révolution française *(2 volumes sous coffret)*
Le Moyen Age *(1 volume)*
Renaissance et Réforme : Histoire de France au XVIe siècle *(1 volume)*

MOMMSEN, Theodor
Histoire romaine *(2 volumes)* : Tome 1, Des commencements de Rome jusqu'aux guerres civiles – Tome 2, La Monarchie militaire

NAPOLÉON A SAINTE-HÉLÈNE
Par les quatre Évangélistes : Las Cases, Gourgaud, Montholon, Bertrand. Textes préfacés, choisis et commentés par Jean Tulard *(1 volume)*

RANKE, Léopold
Histoire de la Papauté pendant les seizième et dix-septième siècles *(1 volume)*

REVEL, Jean-François
Ni Marx ni Jésus – La tentation totalitaire – La grâce de l'état – Comment les démocraties finissent *(1 volume)*

RIASANOVSKY, Nicholas V.
Histoire de la Russie (des origines à 1984) *(1 volume)*

ROSTOVTSEFF, Michel
Histoire économique et sociale de l'Empire romain *(1 volume)*
Histoire économique et sociale du monde hellénistique *(1 volume)*

SAINTYVES, Pierre
Les contes de Perrault et les récits parallèles – En marge de la Légende dorée – Les reliques et les images légendaires *(1 volume)*

TAINE, Hippolyte
Les origines de la France contemporaine *(2 volumes)* : Tome 1 : L'Ancien Régime – La Révolution. Tome 2 : La Révolution – Le Régime moderne

THOMAS, Hugh
La guerre d'Espagne (juillet 1936-mars 1939) *(1 volume)*

TOCQUEVILLE, Alexis de
De la démocratie en Amérique – Souvenirs – L'Ancien Régime et la Révolution *(1 volume)*

TOLAND, John
Adolf Hitler *(1 volume)*

VIANSSON-PONTÉ, Pierre
Histoire de la République gaullienne (mai 1958-avril 1969) *(1 volume)*

WALLON, Henri
Histoire de l'esclavage dans l'Antiquité *(1 volume)*

WILSON, Arthur M.
Diderot – Sa vie et son œuvre *(1 volume)*

LITTÉRATURE

ALLAIS, Alphonse
Oeuvres Anthumes : A se tordre – Vive la vie ! – Pas de bile ! – Le Parapluie de l'escouade – Rose et vert pomme – Deux et deux font cinq – On n'est pas des bœufs – Le Bec en l'air – Amours, délices et orgues – Pour cause de fin de bail – Ne nous frappons pas – Le Captain Cap *(1 volume)*

AVENTURES POUR TOUS LES TEMPS
Léon Cahun : La Bannière bleue – Edmond About : Le Roi des montagnes – Alfred Assolant : Aventures merveilleuses mais authentiques du capitaine Corcoran – Théophile Gautier : Le Capitaine Fracasse *(1 volume)*

BALZAC, Honoré de
Le Père Goriot – Les Illusions perdues – Splendeurs et misères des courtisanes *(1 volume)*

BARBEY D'AUREVILLY, Jules
Une Vieille Maîtresse – Un prêtre marié – L'Ensorcelée – Les Diaboliques – Une page d'histoire *(1 volume)*

BOILEAU-NARCEJAC
Quarante ans de suspense, tome 1 : L'ombre et la proie – Celle qui n'était plus – Les visages de l'ombre – L'ange gardien – D'entre les morts – Les louves – Le dernier mot – Le mauvais œil – Au bois dormant – Meurtre au ralenti – Les magiciennes – L'ingénieur aimait trop les chiffres – Le grand secret – Le retour – A cœur perdu *(1 volume)*
Quarante ans de suspense, tome 2 : Sylvestre à qui je dois la vie – Maléfices – Maldonne – Les victimes – 6 – 1 = 6 – Le mystère de Sutton Place – ... Et mon tout est un homme – Le Train bleu s'arrête treize fois... – Les apprenties détectives – La mort a dit : peut-être – Télé-crime – La bête noire – La porte du large – La clef *(1 volume).*
Quarante ans de suspense, tome 3 : Delirium – L'île – Les veufs – Récital pour une blonde – Sans Atout et le cheval fantôme – Sans Atout contre l'homme à la dague – Trois indispensables alibis – Manigances – La vie en miettes – Trois nouvelles pour le Journal du Dimanche – Les pistolets de Sans Atout – Opération Primevère – Nouvelles 1973-74 – Frère Judas *(1 volume)*
Quarante ans de suspense, tome 4 : L'Étrange Traversée – La Tenaille – Nouvelles 1975-76 – La Lèpre – Nouvelles 1977 – Les Apprenties détectives – L'Âge bête – Impunité – Carte Vermeil – Les Intouchables – Terminus – À une heure près – Box-office – Mamie – Un cas unique – Les Eaux dormantes – Dans la gueule du loup *(1 volume)*

CARROLL, Lewis *(2 volumes sous coffret)*
Tome I : Les Aventures d'Alice sous terre – Les Aventures d'Alice au pays des merveilles – De l'autre côté du miroir et ce qu'Alice y trouva – Le Frelon à perruque – Alice racontée aux petits enfants – Autour du pays des merveilles – Lettres à ses amies-enfants – Visite d'Isa à Oxford – Visite de Maggie à Oxford – Jeux, casse-tête, inventions – Nuages matinaux – La Guida di bragia – Fantasmagorie et poésies diverses – Journaux *(1 volume)*
Tome II : La Chasse au Snark – Sylvie et Bruno – Tous les contes et nouvelles – Une histoire embrouillée – Le Magazine du presbytère – Le Parapluie du presbytère – Méli-Mélo – Logique sans peine – La Vie à Oxford – Essais et opinions *(1 volume)*

COLETTE *(3 volumes sous coffret)*
Romans, récits, souvenirs (1900-1919), tome 1 : Claudine à l'école – Claudine à Paris – Claudine en ménage – Claudine s'en va – La Retraite sentimentale – Les Vrilles de la vigne – L'Ingénue libertine – La Vagabonde – L'Envers du music-hall – L'Entrave – La Paix chez les bêtes – Les Heures longues – Dans la foule – Mitsou *(1 volume)*
Romans, récits, souvenirs (1920-1940), tome 2 : Chéri – La Chambre éclairée – Le Voyage égoïste – La Maison de Claudine – Le Blé en herbe – La Femme cachée – Aventures quotidiennes – La Fin de Chéri – La Naissance du jour – La Seconde – Sido – Douze Dialogues de bêtes – Le Pur et l'Impur – Prisons et paradis – La Chatte – Duo – Mes apprentissages – Bella-Vista – Le Toutounier – Chambre d'hôtel *(1 volume)*

Romans, récits, souvenirs (1941-1949), critique dramatique (1934-1938), tome 3 : Journal à rebours – Julie de Carneilhan – De ma fenêtre – Le Képi – Trois...Six...Neuf... – Gigi – Belles saisons – L'Étoile Vesper – Pour un herbier – Le Fanal bleu – Autres bêtes – En pays connu – La Jumelle noire *(1 volume)*

DICKENS, Charles

Les Grandes Espérances – Le Mystère d'Edwin Drood – Récits pour Noël *(1 volume)*

DOYLE, Conan

Sherlock Holmes, tome 1 : Une étude en rouge – Le signe des quatre – Les aventures de Sherlock Holmes – Les mémoires de Sherlock Holmes – Le retour de Sherlock Holmes *(1 volume)*

Sherlock Holmes, tome 2 : La vallée de la peur – Le chien des Baskerville – Les archives de Sherlock Holmes – Son dernier coup d'archet – Les exploits de Sherlock Holmes *(1 volume)*

Les Exploits du Pr Challenger et autres aventures étranges : Le Monde perdu – La Ceinture empoisonnée – La Machine à désintégrer – Quand la terre hurla – Au pays des brumes – Le Monde perdu sous la mer – Contes de terreur – Contes de crépuscule – Contes d'aventures – La Tragédie du « Korosko » – Contes de l'eau bleue – Contes de pirates *(1 volume)*

DUMAS, Alexandre

Les Trois Mousquetaires – Vingt ans après *(1 volume)*

Mes mémoires – Quid d'Alexandre Dumas *(2 volumes)*

FABRE, Jean-Henri

Souvenirs entomologiques, suivis d'un répertoire analytique *(2 volumes illustrés sous coffret)*

FLAUBERT, Gustave

Madame Bovary – L'Éducation sentimentale – Bouvard et Pécuchet suivi du Dictionnaire des idées reçues – Trois Contes *(1 volume)*

FLEMING, Ian

James Bond 007, tome 1 : Casino Royal – Vivre et laisser mourir – Entourloupe dans l'azimut – Les diamants sont éternels – Les contrebandiers du diamant – Bons baisers de Russie – Docteur No *(1 volume)*

James Bond 007, tome 2 : Goldfinger – Bons baisers de Paris – Opération tonnerre – Motel 007 ou l'espion qui m'aimait – Au service secret de Sa Majesté – On ne vit que deux fois – L'homme au pistolet d'or – Meilleurs vœux de la Jamaïque *(1 volume)*

FÉVAL, Paul

Les Habits Noirs, tome 1 : Les Habits Noirs – Cœur d'acier – La rue de Jérusalem – L'arme invisible *(1 volume)*

Les Habits Noirs, tome 2 : Maman Léo – L'avaleur de sabres – Les compagnons du trésor – La bande cadet *(1 volume)*

FONTANE, Theodor

Errements et tourments – Jours disparus – Frau Jenny Treibel – Effi Briest *(1 volume)*

GONCOURT, Edmond et Jules de

Journal. Mémoires de la vie littéraire, 1851-1896 *(3 volumes sous coffret)*

GREENE, Graham

La Puissance et la Gloire – Le Fond du problème – La Fin d'une liaison *(1 volume)*

Un Américain bien tranquille – Notre agent à la Havane – Le Facteur humain *(1 volume)*

HOUGRON, Jean

La Nuit indochinoise, tome 1 : Tu récolteras la tempête – Soleil au ventre – Rage blanche – Mort en fraude *(1 volume)*

La Nuit indochinoise, tome 2 : Les Portes de l'aventure – Les Asiates – La Terre du barbare *(1 volume)*

ITALIES de Yves Hersant
Anthologie des voyageurs français aux XVIIIe et XIXe siècles *(1 volume)*

JAMES, Henry
Daisy Miller – Les Ailes de la Colombe – Les Ambassadeurs *(1 volume)*

KIPLING, Rudyard
Le livre de la jungle – Le second livre de la jungle – La première apparition de Mowgli – Kim – Simples contes des collines – Fantômes et prodiges de l'Inde – Capitaines courageux *(1 volume)*
Au hasard de la vie – Histoires en noir et blanc – Trois soldats – Le Nauhlaka – Sous les cèdres de l'Himalaya – Wee Willie Winkie – L'administration Smith – Le Rickshaw-fantôme et autres contes étranges – Monseigneur l'éléphant *(1 volume)*
Puck, lutin de la colline – Le retour de Puck – La lumière qui s'éteint – Histoires comme ça – Ce chien, ton serviteur – Stalky et Cie – L'histoire des Gadsby – Les yeux de l'Asie – Souvenirs – Un peu de moi-même – Histoire des mers violettes *(1 volume)*

LA LÉGENDE ARTHURIENNE
Le Graal et la Table Ronde. Récits du XIIe au XVe siècle : Perceval le Gallois, par Chrétien de Troyes – Perlesvaus – Merlin et Arthur – Le Chevalier à l'épée – L'Atre périlleux – Hunbaut – La Demoiselle à la mule – Le Livre de Caradoc – Gliglois – Méraugis de Portlesguez, par Raoul de Houdenc – Le Roman de Jaufré – Blandin de Cornouaille – Les Merveilles de Rigomer – Méliador, par Jean Froissart – Le Chevalier au Papegau *(1 volume)*

LEBLANC, Maurice
Arsène Lupin, tome 1 : La comtesse de Cagliostro – Arsène Lupin, gentleman cambrioleur – Les confidences d'Arsène Lupin – Le retour d'Arsène Lupin – Arsène Lupin – Le bouchon de cristal – Arsène Lupin contre Herlock Sholmès – L'aiguille creuse *(1 volume)*
Arsène Lupin, tome 2 : La demoiselle aux yeux verts – Les huit coups de l'horloge – « 813 » – L'éclat d'obus – Le triangle d'or – L'île aux trente cercueils *(1 volume)*
Arsène Lupin, tome 3 : Les dents du tigre – L'homme à la peau de bique – L'agence Barnett et Cie – Le cabochon d'émeraude – La demeure mystérieuse – La barre-y-va – La femme aux deux sourires – Victor de la brigade mondaine – La Cagliostro se venge *(1 volume)*
Arsène Lupin, tome 4 : Boileau-Narcejac : Le secret d'Eunerville – La poudrière – Le second visage d'Arsène Lupin – La justice d'Arsène Lupin – Le serment d'Arsène Lupin – L'affaire Oliveira. Maurice Leblanc : Dorothée danseuse de corde – Le prince de Jéricho – Les milliards d'Arsène Lupin. Valérie Catogan : Le secret des rois de France *(1 volume)*
Les rivaux d'Arsène Lupin, tome 5 : La dent d'Hercule Petitgris – De minuit à sept heures – La vie extravagante de Balthazar – Le chapelet rouge – Le cercle rouge – La frontière – La forêt des aventures – Le formidable événement – Les trois yeux – Un gentleman *(1 volume)*

LE CARRÉ, John
La Taupe – Comme un collégien – Les Gens de Smiley *(1 volume)*

LE ROUGE, Gustave
Le mystérieux Docteur Cornélius – Le prisonnier de la planète Mars – La guerre des vampires – L'espionne du grand Lama – Cinq nouvelles retrouvées – Les poèmes du Docteur Cornélius *(1 volume)*

LEROUX, Gaston
Le Fantôme de l'Opéra – La Reine du sabbat – Les Ténébreuses – La Mansarde en Or *(1 volume)*

Les aventures extraordinaires de Rouletabille, reporter, tome 1 : Le Mystère de la chambre jaune – Le Parfum de la dame en noir – Rouletabille chez le tsar – Le château noir – Les étranges noces de Rouletabille *(1 volume)*
Les aventures extraordinaires de Rouletabille, reporter, tome 2 : Rouletabille chez Krupp – Le Crime de Rouletabille – Rouletabille chez les bohémiens, suivis de : La Double vie de Théophraste Longuet – Balaoo – Les Fils de Balaoo *(1 volume)*

LES ÉVADÉS DES TÉNÈBRES
Ann Radcliffe : Les Mystères du château d'Udolphe – Mary W. Shelley : Frankenstein ou le Prométhée moderne – Joseph Sheridan Le Fanu : Carmilla – Bram Stocker : Dracula – Gustav Meyrink : Le Golem *(1 volume)*

LES MILLE ET UNE NUITS
Dans la traduction du Dr J.-C. Mardrus *(2 volumes sous coffret)*

LONDON, Jack
Romans, récits et nouvelles du Grand Nord : L'Appel de la forêt – Le Fils du loup – Croc-Blanc – Construire un feu – Histoires du pays de l'or – Les Enfants du froid – La Fin de Morganson – Souvenirs et aventures du pays de l'or – Radieuse Aurore *(1 volume)*
Romans maritimes et exotiques : Le Loup des mers – Histoires des îles – L'Ile des lépreux – Jerry, chien des îles – Contes des mers du Sud – Fils du soleil – Histoires de la mer – Les Mutinés de l'« Elseneur » *(1 volume)*
Du possible à l'impossible : Michael, chien de cirque – Trois Cœurs – Le Vagabond des étoiles – Le Bureau des assassinats – Le Dieu tombé du ciel – Histoires des siècles futurs – Avant Adam *(1 volume)*
Romans et récits autobiographiques : Martin Eden – Les Pirates de San Francisco – La Croisière du Dazzler – Les Vagabonds du rail – Le Peuple de l'abîme – La Croisière du Snark – Le Mexique puni – Le Cabaret de la dernière chance *(1 volume)*
Aventures des neiges et d'ailleurs : Belliou la Fumée – L'Amour de la vie – En pays lointain – Fille des neiges – L'Aventureuse – Cherry ou Les Yeux de l'Asie – La Petite Dame de la grande maison *(1 volume)*

MALET, Léo
Les enquêtes de Nestor Burma et les nouveaux mystères de Paris, tome 1 : 120, rue de la Gare – Nestor Burma contre C.Q.F.D. – Le Cinquième Procédé – Faux-Frère – Pas de veine avec le pendu – Poste restante – Le Soleil se lève derrière le Louvre – Des kilomètres de linceuls – Fièvre au marais – La Nuit de Saint-Germain-des-Près – Les Rats de Montsouris – M'as-tu vu en cadavre ? *(1 volume)*
Les enquêtes de Nestor Burma et les nouveaux mystères de Paris, tome 2 : Corrida aux Champs Élysées – Pas de bavards à la Muette – Brouillard au pont de Tolbiac – Les eaux troubles de Javel – Boulevard... ossements – Casse-pipe à la Nation – Micmac moche au Boul'Mich – Du Rébecca rue des Rosiers – L'envahissant cadavre de la plaine Monceau *(1 volume)*
Dernières enquêtes de Nestor Burma, tome 3 : L'homme au sang bleu – Nestor Burma et le monstre – Gros plan du macchabée – Hélène en danger – Les paletots sans manches – Nestor Burma en direct – Nestor Burma revient au bercail – Drôle d'épreuve pour Nestor Burma – Un croque-mort nommé Nestor – Nestor Burma dans l'île – Nestor Burma court la poupée *(1 volume)*
Les confrères de Nestor Burma, tome 4 : Johnny Metal – Aux mains des réducteurs de têtes – Miss Chandler est en danger – Le dé de jade – Affaire double – Le gang mystérieux – La mort de Jim Licking – L'ombre du grand mur – L'enveloppe bleue – Erreur de destinataire – Derrière l'usine à gaz – L'auberge de banlieue – Le dernier train d'Austerlitz – La cinquième empreinte – Recherché pour meurtre – Cité interdite – Mort au bowling – Énigme aux Folies-Bergère – Abattoir ensoleillé *(1 volume)*

POÉSIE I
Premières Publications – Odes et Ballades – Les Orientales – Les Feuilles d'automne – Les Chants du crépuscule – Les Voix intérieures – Les Rayons et les Ombres *(1 volume)*

POÉSIE II
Châtiments – Les Contemplations – La Légende des siècles, première série – Les Chansons des rues et des bois – La Voix de Guernesey *(1 volume)*

POÉSIE III
L'Année terrible – La Légende des siècles, nouvelle série – La Légende des siècles, dernière série – L'Art d'être grand-père – Le Pape – La Pitié suprême – Religions et Religion – L'Ane – Les Quatre Vents de l'esprit *(1 volume)*

POÉSIE IV
La Fin de Satan – Dieu – Le Verso de la page – Toute la Lyre – Les Années funestes – Dernière Gerbe *(1 volume)*

THÉÂTRE I
Cromwell – Amy Robsart – Hernani – Marion de Lorme – Le Roi s'amuse – Lucrèce Borgia – Marie Tudor – Angelo, tyran de Padoue – La Esmeralda *(1 volume)*

THÉÂTRE II
Ruy Blas – Les Burgraves – Torquemada – Théâtre en liberté – Les Jumeaux – Mille francs de récompense – L'Intervention *(1 volume)*

POLITIQUE
Paris – Mes Fils – Actes et Paroles I – Actes et Paroles II – Actes et Paroles III – Actes et Paroles IV – Testament littéraire – Préface à l'édition *ne varietur* *(1 volume)*

CRITIQUE
La Préface de Cromwell – Littérature et philosophie mêlées – William Shakespeare – Proses philosophiques des années 60-66 *(1 volume)*

HISTOIRE
Napoléon le Petit – Histoire d'un crime – Choses vues *(1 volume)*

VOYAGES
Le Rhin – Fragment d'un voyage aux Alpes – France et Belgique – Alpes et Pyrénées – Voyages et excursions – Carnets 1870-1871 *(1 volume)*

CHANTIERS-OCÉAN
Fragments, notes, brouillons et documents *(2 volumes à paraître)*

INDEX GÉNÉRAL *(à paraître)*

CORRESPONDANCE
Familiale et écrits intimes : I. 1802-1828 *(1 volume)*

OUVRAGES DE RÉFÉRENCE

ATLAS *(4 volumes sous étui)*
Histoire ancienne *(1 volume)*
Histoire du Moyen Âge *(1 volume)*
Histoire moderne *(1 volume)*
Histoire des XIXe et XXe siècles *(1 volume)*

DICTIONNAIRE DE LA CIVILISATION INDIENNE de Louis Frédéric *(1 volume)*

DICTIONNAIRE DE L'ARCHÉOLOGIE de Guy Rachet *(1 volume)*

DICTIONNAIRE DE LA SAGESSE ORIENTALE
Bouddhisme, hindouisme, taoisme, zen *(1 volume)*

ROSNY AÎNÉ, J.-H.

Vamireh – Eyrimah – La guerre du feu – Le félin géant – Helgvor du fleuve bleu – Elem d'Asie – Nomaï – Les Xipéhuz – La grande énigme – Les hommes sangliers *(1 volume)*

SCOTT, Walter

Waverley – Rob-Roy – La Fiancée de Lammermoor *(1 volume)*

SOUVESTRE, Pierre et ALLAIN, Marcel

Fantômas, tome 1 : Le train perdu – Les amours d'un prince – Le bouquet tragique – Le jockey masqué *(1 volume)*

Fantômas, tome 2 : Le cercueil vide – Le faiseur de reines – Le cadavre géant – Le voleur d'or *(1 volume)*

Fantômas, tome 3 : La Série rouge – L'Hôtel du crime – La Cravate de chanvre – La Fin de Fantômas – Dictionnaire des personnages de Fantômas *(1 volume)*

STEVENSON, Robert Louis

L'Ile au trésor – Le Maître de Ballantrae – Enlevé ! – Catriona – Veillées des îles – Un mort encombrant – L'étrange cas du Dr. Jekyll et de Mr. Hyde *(1 volume)*

SUE, Eugène

Le Juif errant *(1 volume)*

Les Mystères de Paris *(1 volume)*

ZÉVACO, Michel

Tome 1 : Les Pardaillan – L'Épopée d'amour – La Fausta *(1 volume)*

Tome 2 : La Fausta (suite) – Fausta vaincue – Pardaillan et Fausta – Les Amours du Chico *(1 volume)*

Tome 3 : Le Fils de Pardaillan – La Fin de Pardaillan – La Fin de Fausta *(1 volume)*

POÉSIE

BAUDELAIRE, Charles

Œuvres complètes *(1 volume)*

UNE ANTHOLOGIE DE LA POÉSIE FRANÇAISE de Jean-François Revel *(1 volume)*

RIMBAUD – CHARLES CROS – TRISTAN CORBIÈRE – LAUTRÉAMONT

Œuvres complètes *(1 volume)*

TOULET, Paul-Jean

Œuvres complètes *(1 volume)*

VICTOR HUGO : ŒUVRES COMPLÈTES

ROMAN I

Han d'Islande – Bug-Jargal – Le Dernier jour d'un condamné – Notre-Dame de Paris – Claude Gueux *(1 volume)*

ROMAN II

Les Misérables *(1 volume)*

ROMAN III

L'Archipel de la Manche – Les Travailleurs de la mer – L'Homme qui rit – Quatre-vingt-treize *(1 volume)*

Romans, nouvelles et poèmes, tome 5 : La vie est dégueulasse – Le soleil n'est pas pour nous – Sueur aux tripes – « Contes doux » – La forêt aux pendus – La louve du Bas-Graoul – Le diamant du Huguenot – Un héros en guenilles – Le capitaine Cœur-en-Berne – Gérard Vindex gentilhomme de fortune – La sœur du flibustier – L'évasion du masque de fer – Le voilier tragique – Vengeance à Ciudad-Juarez – Vacances sous le pavillon noir – Contes et nouvelles divers – Poèmes – Pièces radiophoniques et téléfilm *(1 volume)*

MAUPASSANT, Guy de *(2 volumes sous coffret)*
Tome 1 : Quid de Guy de Maupassant – Contes divers 1875-1880 – La Maison Tellier – Contes divers 1881 – Mademoiselle Fifi – Contes divers 1882 – Contes de la bécasse – Clair de lune – Contes divers 1883 – Une vie – Miss Harriet – Les Sœurs Rondoli *(1 volume)*
Tome 2 : Yvette – Contes divers 1884 – Contes du jour et de la nuit – Bel-Ami – Contes divers 1885 – Toine – Monsieur Parent – La Petite Roque – Contes divers 1886 – Le Horla – Contes divers 1887 – Le Rosier de madame Husson – La Main gauche – Contes divers 1889 – L'Inutile Beauté *(1 volume)*

POE, Edgar Allan
Contes, essais, poèmes *(1 volume)*

PROUST, Marcel *(3 volumes sous coffret)*
A la recherche du temps perdu, tome 1 : Quid de Marcel Proust – Du côté de chez Swann – A l'ombre des jeunes filles en fleurs *(1 volume)*
A la recherche du temps perdu, tome 2 : Le côté de Guermantes – Sodome et Gomorrhe *(1 volume)*
A la recherche du temps perdu, tome 3 : La prisonnière – La fugitive – Le temps retrouvé *(1 volume)*

RENAN, Ernest
Histoire et parole : Œuvres diverses *(1 volume)*

RIDER HAGGARD, Henry
Elle qui doit être obéie : Elle ou la Source du feu – Le Retour d'Elle – La Fille de la sagesse – Les Mines du roi Salomon – Elle et Allan Quatermain *(1 volume)*

ROMAINS, Jules *(4 volumes sous coffret)*
Les hommes de bonne volonté, volume I : 1. Le 6 octobre – 2. Crime de Quinette – 3. Les amours enfantines – 4. Éros de Paris – 5. Les superbes – 6. Les humbles – 7. Recherche d'une église *(1 volume)*
Les hommes de bonne volonté, volume II : 8. Province – 9. Montée des périls – 10. Les pouvoirs – 11. Recours à l'abîme – 12. Les créateurs – 13. Mission à Rome – 14. Le drapeau noir *(1 volume)*
Les hommes de bonne volonté, volume III : 15. Prélude à Verdun – 16. Verdun – 17. Vorge contre Quinette – 18. La douceur de la vie – 19. Cette grande lueur à l'Est – 20. Le monde est ton aventure – 21. Journées dans la montagne *(1 volume)*
Les hommes de bonne volonté, volume IV : 22. Les travaux et les joies – 23. Naissance de la bande – 24. Comparutions – 25. Le tapis magique – 26. Françoise – 27. Le 7 octobre *(1 volume)*

ROMANS TERRIFIANTS
Horace Walpole : Le Château d'Otrante – Ann Radcliffe : L'Italien ou le Confessionnal des Pénitents Noirs – Matthew Gregory Lewis : Le Moine – Ernst Theodor Amadeus Hoffmann : Les Élixirs du Diable – Charles Robert Maturin : Melmoth ou l'Homme errant *(1 volume)*

DICTIONNAIRE DES AUTEURS *(4 volumes sous coffret)*

DICTIONNAIRE DES DISQUES ET DES COMPACTS (Guide critique de la musique classique enregistrée) par l'équipe rédactionnelle et technique de la revue *Diapason (1 volume)*

DICTIONNAIRE DES INTERPRÈTES (et de l'interprétation musicale au XXe siècle) de Alain Pâris *(1 volume)*

DICTIONNAIRE DES ŒUVRES *(7 volumes sous coffret)*

DICTIONNAIRE DES PERSONNAGES (de tous les temps et de tous les pays) *(1 volume)*

DICTIONNAIRE DES SYMBOLES de Jean Chevalier et Alain Gheerbrant *(1 volume)*

DICTIONNAIRE DU CINÉMA
Tome 1 : Les réalisateurs de Jean Tulard
Tome 2 : Les scénaristes, les producteurs, les acteurs, les techniciens de Jean Tulard
Tome 3 : Les films de Jacques Lourcelles *(à paraître)*

DICTIONNAIRE DU JAZZ de Philippe Carles, André Clergeat, Jean-Louis Comolli *(1 volume)*

DICTIONNAIRE ENCYCLOPÉDIQUE DE LA MUSIQUE par l'Université d'Oxford sous la direction de Denis Arnold *(2 volumes sous coffret)*

L'IMPRESSIONNISME ET SON ÉPOQUE (Dictionnaire international) de Sophie Monneret *(2 volumes sous coffret)*

MOZART (Sa vie musicale et son œuvre) de T. de Wyzewa et G. de Saint-Foix
Tome 1 : 1756-1777 : L'enfant prodige – le jeune maître
Tome 2 : 1777-1791 : Le grand voyage – l'épanouissement – les dernières années

TOUT L'OPÉRA de Gustave Kobbé *(1 volume)*

UNE HISTOIRE DE LA MUSIQUE de Lucien Rebatet *(1 volume)*

OUVRAGES PRATIQUES

CUISINE SANS SOUCI de Rose Montigny *(1 volume)*

DE LA TÊTE AUX PIEDS
Toute la chirurgie, rien que la vérité, par le Pr Herbert Lippert *(1 volume)*

DICTIONNAIRE DE L'ALIMENTATION de John Yudkin *(1 volume)*

DICTIONNAIRE DES MÉDICAMENTS (Tout ce qu'il faut savoir sur les 4 200 médicaments français) du Dr Jean Thuillier *(1 volume)*

ENCYCLOPÉDIE DES VINS ET DES ALCOOLS de Alexis Lichine *(1 volume)*

GASTRONOMIE des cardiaques, des diabétiques, des « hépatiques » et colopathes, de la femme enceinte et qui allaite, des enfants bien portants, des enfants malades, par Catherine Descargues *(1 volume)*

RÉUSSIR VOTRE CUISINE de Martine Jolly *(1 volume)*

SYMPTÔMES ET MALADIES (Encyclopédie médicale de la famille ; les règles d'or pour vivre plus longtemps et rester toute sa vie en bonne santé) de Sigmund S. Miller, assisté de 20 spécialistes *(1 volume)*

VOTRE ENFANT (Guide à l'usage des parents) par le Dr Lyonel Rossant avec la collaboration du Dr Jacqueline Rossant-Lumbrosco *(1 volume)*

DÉPÔT LÉGAL : MARS 1990

N° ÉDITEUR : S 934

ACHEVÉ D'IMPRIMER POUR
LES ÉDITIONS ROBERT LAFFONT
SUR LES PRESSES DE
BPCC HAZELL BOOKS
AYLESBURY (GRANDE-BRETAGNE)
Printed in Great Britain